U0164864

香港粵語大詞典

張勵妍　倪列懷　潘禮美　**編著**
詹伯慧　丘學強　劉扳盛　**審訂**

《香港粵語大詞典》編寫説明

前　言

香港地處粵方言區，但由於不同時期各地移民來港定居，人口的組成複雜，700多萬人中，使用的語言也是多樣的，包括了各種不同的方言，主要有粵方言、閩方言（福州話、閩南話、潮州話）、吳方言（上海話）、客家方言，還有普通話等。粵方言又包括廣東省內各種不同的粵方言下位次方言，如東莞話、台山話、中山話等。但是，香港社會絕大多數人長期使用的交際語言，是廣州話。

廣州話是粵方言的代表，舊稱廣府話，「粵語」的概念一般指的就是廣州話。廣州話流通於廣東珠江三角洲大部份地區、粵西和粵北的部份地區及廣西東南部，有的地區把粵語叫作「白話」。移居海外的華人，很多也是説廣州話的，他們習慣把粵語叫作「廣東話」。長期以來，香港人所使用的廣州話，跟這些地區使用的沒有多大不同。但由於香港獨特的歷史地位，廣州話在香港的發展逐漸跟其他地區產生了一些距離，時至今日，甚至在詞彙方面形成相當大的差異。我們以「香港粵語」為名編寫這本詞典，就是要印證語言發展的現實。

編寫緣起

香港近三、四十來，社會發展變化迅速，特別是近十多年，粵方言新詞不斷湧現，為了滿足社會發展需求，以及反映粵方言的最新面貌，很需要有一部收詞豐富、完備，釋義準確，能與時俱進的香港方言大詞典。

這部詞典編纂的原因，概括起來主要有以下幾點：首先，這十多年來為數不少的新詞語產生，而且某些原先不甚流行的詞語又重獲「新生」，並迅速流行。這種變化，有必要在詞典中反映出來。其次，近年來一批各具特色的與香港粵語相關的詞典陸續面世，這些研究的成果，也有必要被參考和吸收。第三，內地與香港人員交流日趨頻密以及內地移民人口增加，瞭解學習香港粵語的需求也日漸增多，加之語言學界對此類資料性工具書有一定需要，因此，社會上對此類詞典的需求一直持續不斷。故此，有必要編寫一部能夠超越現有詞典收詞量的、更能反映香港粵語詞彙現實面貌的新的詞典。

有鑒於此，2011 年底，由《港式廣州話詞典（1998）》編寫者張勵妍、倪列懷及資深語言學者潘禮美組成了詞典編寫組，以《港式廣州話詞典》為基礎，着手編寫這一部收錄詞條超過一萬二千條的《香港粵語大詞典》。

編寫原則

這部詞典編寫的總體思路，是以現有的主要粵語方言詞典所收詞條為基礎，吸收近年香港粵語詞彙研究的成果，增補近年出現的或重新流行的詞語以達至收詞盡量完備的目的。具體的收詞及編寫原則是：

1、實用性與學術性兼顧

作為詞典，當然須考慮閱讀者的需要，因此詞典的實用性——即適應語言學習者的需求，是我們編寫中首要的考慮；但另一方面，也要反映出香港粵語詞彙發展變化的軌跡，體現出作為詞彙研究成果的學術性。

2、新生詞與舊詞語並收

吸收近年湧現的新詞，固然是我們編寫詞典時首要的考慮，但我們也注意到，近年出版的一些粵語詞典，較注重對新詞的吸收，而對某些可能已經過時、不再流行或僅見於老一輩口頭的舊詞語有所忽略，這不能不說是一個遺憾。我們覺得，香港粵語的詞彙系統並非憑空產生，而是在兩廣各地粵語的基礎上吸收新的語言元素而逐漸形成的，因此其詞彙與兩廣各地粵語既有不少差異，又有許多相同的成份。我們打算編寫的既然是一部收詞盡量豐富的詞典，對於舊有詞彙當然也不應忽略。從反映詞彙變化的角度，我們力圖全面地反映香港粵語詞彙的現實和歷史面貌，做到既有傳承又有創新，這對於粵語詞彙研究，以至粵港歷史、文化研究應該是有一定價值的。

3、一般詞彙與常用專業詞彙並攬

作為學習語言的工具書，通常是只收錄語言中的一般詞彙，過於專門的詞語一般是不收錄的。但考慮到香港粵語中有不少專業術語或行業用語與香港的政治、經濟、文化或市民生活密切相關（如金融、股票、博彩等方面），或有一定的流行度（如在年輕人或網絡中流行），考慮了這些因素，我們對此類具有一定通行範圍的專業詞彙也適當予以收錄。

4、兼容並蓄，盡量吸收既有成果

如前所述，近年來對港式粵語詞彙研究出現了一批成果。這些既有成果我們也會參考借鑒。

創新特色

1、本詞典收詞力求全面，目前所收錄詞條（包括字母詞）達 12,000 餘條，較 15 年前張、倪二位編者編寫的《港式廣州話詞典》收詞量增加近一倍。

2、本詞典一方面力求與時俱進，同時兼顧舊詞的保存。本詞典增補近十多年來新出現而未被一般辭書收錄的詞語，主要包括社區詞語、口語流行語、社會（尤其是科技）發展變化產生的新詞語，如劏房、商廈、炸版、神級、寶藥黨、通波仔、寸嘴、升呢等。另一方面，本詞典盡量保留並增補一些流通程度減弱或已消失的舊詞，也適當收錄民間俗語諺語，以期保存香港粵語的原貌，如老舉、不求人、拜神唔見雞等。

3、本詞典兼收不同社會層面和應用範疇的詞語，如與社會生活密切相關的專業用語，甚至某些較為人熟知的黑社會用語、賭博用語、粗鄙語、罵詈語等，如藍籌股、撻朵、落飛、頂你個肺等。

4、香港方言詞彙中，已被普通話吸收的（包括普通話改換局部詞素後吸收的）詞語，本詞典仍予以保留，同時加以說明，如埋單（普通話又寫作「買單」）、搞掂（普通話作「搞定」）等。

5、本詞典在為詞條釋義之外，亦兼顧語言中的文化元素，有需要時，會對詞語作詞源或掌故考證，如「大牌檔」、「電燈杉掛老鼠箱」等，附有【小知識】欄目，對有關詞語作相應的補充闡述。

張勵妍　倪列懷　潘禮美

二〇一七年冬

雜議方言詞典編纂中的「與時俱進」(代序)
——兼評《香港粵語大詞典》

詹伯慧

漢語方言資源豐富，隨着漢語方言調查研究工作的持續發展，集中顯示方言詞彙研究成果的各種方言詞典層出不窮。粗略統計一下，近二三十年來出版問世的漢語方言詞典數以百計，同一方言擁有多種方言詞典的情況也時有可見。一些使用人口較多、使用頻率較高、社會影響較大的方言，像素有「強勢方言」之稱的粵方言和海峽兩岸共同享有的閩南方言（台語），便常有不同類型、不同體例、不同規模的方言詞典面世。當今我們能夠看到的方言詞典，或標以籠統的方言名稱，如「粵語」「閩語」、「閩南話」等；或標以該方言區代表點的名稱，如廣州方言（粵方言代表點），廈門方言（閩南方言代表點）等，也有一些以某方言區中某個地點方言為對象來編纂方言詞典，十多年前由李榮教授主編的42卷漢語方言分地詞典，其中每一卷就都是以一個地點方言的詞彙編集而成的，這些地點大都不是某個方言區的代表點。漢語方言複雜多樣，語言表現形形色色，有的方言區，其下位的次方言或地點方言跟方言區代表點存在着很大的差異，針對這些差異展開深入調查，挖掘特點，揭示真相，正日益受到方言學者的關注。例如粵方言中的「四邑方言」，作為粵方言下位的次方言，其表現就十分特殊，四邑方言中的台山話，跟廣州話的差別，幾乎比某些大方言區之間的差別還要大。但從漢語方言的總體架構出發，根據方言分區的原則和條件，聯繫社會歷史背景等方面的因素，四邑方言仍然被確認為粵方言大家庭中的一員。從這一實際情況出發，在粵語的調查研究中，有不少學者致力於四邑方言如台山話、新會話等的調查研究，寫出了不少顯示四邑方言特點，呈現四邑方言面貌的專著，無疑都是極具價值的。這些成果大大豐富了粵語研究的內涵。香港處於中西文化交匯之處，有着特殊社會歷史背景，香港粵語既屬於粵方言區，又明顯存在一些跟粵語代表點廣州話不同之處，對香港粵語進行深入的調查研究，自然也該是粵語研究中的一大課題，是值得我們為之花大力氣的。

毫無疑問，漢語方言之間的差異主要表現為語音和詞彙的差異。語音的差異是方言區人民相互溝通的主要障礙。但由於漢語各方言都是在漢語歷史發展過程中先後形成的，有着源流上的密切聯繫，實踐證明，語音上的差異大都可以借助古代漢語的音韻系統（如《切韻》系統）來找出彼此間存在的對應關係。長期以來在方言地區推行全民通用的普通話，正是利用了方言與共同語之間存在的對應關係來編寫各種有助於方言地區人民學習普通話的小冊子，收到明顯的效果。因為共同語畢竟是在漢語北方方言的基礎上產生的，北方方言跟各地方言同樣存在語音上的對應關係。至於方言詞彙上的差異，儘管也可以歸納成各種不同的類型，如同形異義、同義異形等等，但詞彙數量很大，來源很多，加上常隨社會的變化而變化，形式上也日新月異，五花八門，各呈異彩，要像語音的差異那樣整理出系統性很強的對應關係來，實在是談何容易！在語言和方言的應用中，詞彙的表現往往最為敏感，最易引人注目。對任何一個大小方言（包括次方言、地點方言等）詞彙面貌及其特色的調查研究，最具實用價值的莫過於方言詞典的編纂了。方言詞典不僅是方言地區口語的如實記錄，也是方言地區重要的文化載體。由於地域文化主要通過地方方言來表現，而最直接、最可見的地方文化面貌正是出現在方言詞典中的各種方言詞語！例如南方方言中有一個常見語詞叫「拜山」，清明時節人人都要去拜山，它義同普通話的「掃墓」，方言詞「拜山」一出現，自然就會使人想起先人下葬地點多在山崗、山坡之上，這就顯示出南方地區有別於北方的殯葬習俗文化了。在我們翻閱各地的方言詞典時，看到許多稀奇古怪的方言詞語，猶如一幅幅生動的地方文化畫面出現眼前。這對於我們認識地方文化，研究地方文化，該是多麼重要的資料啊。

前面提到對香港粵語進行調查研究的重要性。語言研究要為語言應用服務，香港粵語是當今香港社會上通行最廣的語言。儘管香港語言文化生活多元，但在「兩文三語」的政策下，香港粵語始終處於多元語言生活的主導地位，香港粵語的應用牽涉到千家萬戶，我們提倡對香港粵語開展深入研究，自然是順理成章的事。君不見近期粵語正音問題經常引發爭議，鬧得沸沸揚揚，成為社會的熱點問題嗎？解決的辦法離不開對粵語語音及其社會使用狀況的調查研究。至於粵語詞彙的應用，能否為廣大港人提供具有香港粵語特色、兼具學術性與實用性的香港粵語詞典，就顯得十分重要了。從我們接觸到的來看，在眾多的粵語詞典中，以 1999 年出版的《港式廣州話詞典》（張勵妍、倪列懷）和近期出版的《香港社區詞詞典》（田小琳，2009）較具「港味」。這兩部詞典都着意突出香港特色，前者在收錄一般粵方言詞語的同時，為了突出港語特色，着力加收了約二千個只出現在香港地區的、富有「港味」的方言詞；總詞數達到七千左右；後者所錄的全是香港社區間流行的詞語，全書約收二千詞條。前書的港味因地域關係而形成，後書的港味因社會制度、社會背景關係而形成，一樣都是深具特色的香港語言詞典，儼然跟一般的粵方言詞典有所不同。在這兩部充滿港味的辭書問世之際，我曾分別以〈一本地道「港味」的粵語詞典〉和〈一部反映漢語詞彙研究新成果的辭書〉為文，略抒我對此類港式辭書的讚賞和期盼。

個人認為，任何語文辭書的編纂，始終都應該抓好兩個方面：其一是要能夠通過收詞、用字、釋義以至用例等辭書的內容綜合反映出該語言或方言的特點，並準確地表現該語言或方言所承載的文化；二是要能夠與時俱進，根據語言或方言在社會發展中產生變化的情況，不斷增補辭書所收詞語及其義項，讓辭書能夠與時俱進，跟上時代前進的步伐。上述兩點既適用於編纂民族共同語的辭書，在編纂各地方言辭書中，也應該加以貫徹。在這方面，半個多世紀以前由我國老一輩語言學大師丁聲樹、呂叔湘主持開編，隨後一代又一代的辭書專業編纂者不斷修訂、不斷充實、不斷完善的權威性詞典《現代漢語詞典》給我們做出了很好的榜樣，是值得我們辭書編纂者好好學習，認真借鑒的。《現代漢語詞典》的編纂是直接為語言應用服務的。打從上個世紀七十年代《現代漢語詞典》問世以來，幾十年間我國社會發生了天翻地覆的變化，《現代漢語詞典》的編者們本着為社會語言應用服務的理念，跟隨社會的發展和語言的變化，不間斷地進行修訂。在 2005 年的第 5 版中，已經吸收了許多我國改革開放以來出現的新詞語，也淘汰了一些因社會發展而不再通行的舊詞語，深受讀者歡迎。近期在經過歷時七載的修訂後，又進一步貫徹推陳出新的精神，出版了這部詞典的第6版。第6版共收條目六萬九千多條，增加單字六百多個，增收新詞語三千多條，增補新義四百多項，充份體現了詞典編纂者與時俱進的精神。

值得欣喜的是，我們不少方言詞典的編纂者，也在認真看待與時俱進的問題。這裏我要特別提出的，就是此刻擺在讀者面前的這部新出版的《香港粵語大詞典》。前面我提到兩部港味較濃的粵語方言詞典中，其中一本由張勵妍、倪列懷編著的《港式廣州話詞典》，在出版15年後，這部詞典的作者又推出一部比《港式廣州話詞典》規模要大得多的《香港粵語大詞典》（以下簡稱《大詞典》）來。《大詞典》的編纂者除當年編纂《港式廣州話詞典》的倪列懷和張勵妍兩位外，還增加了一位資深學者潘禮美。他們三位可謂雄心勃勃，經過多年的共同努力，搜集、整理了超過一萬條香港粵語詞彙，終於實現了編成這部實用性與學術性兼顧的大型香港粵語詞典的夙願。當編纂者把《大詞典》的一部份列印稿送來我看時，我一口氣把它從頭到尾瀏覽了一遍。真是喜出望外。讀着卷首的編寫説明，我深深感到：作者所提出的編纂宗旨和編寫思路是很有眼光，很有見地，也是很切合實際的。為甚麼要花那麼大力氣來編這樣一部大型的香港粵語詞典？作者提出的幾點理由都很實際，很在理：新詞新語不斷產生，舊詞也有「新生」；粵語詞典陸續面世，許多研究成果可供參考、吸收；社會上對大型港式粵語詞典需求甚殷。這些就是促使作者下決心要編一部能夠超越現有香港粵語詞典、能夠全面反映港式粵語詞彙的現實和歷史面貌的大型詞典的誘因。換句話説，這幾位作者總想盡力編出一本既能反映當今香港粵語詞彙面貌，又能滿足香港廣大人民應用需要的香港粵語詞典來。這就完全符合我們語言工作者經常強調的——語言研究要為語言應用服務的精神，也完全符合詞典的編纂要與時俱進的精神。

當今的時代，是社會急速發展、科技突飛猛進的時代。這個不平凡的時代反映到我們無日不用的語言中，就是新詞新義的不斷產生。要使我們的方言詞典做到與時俱進，首要的問題就要像《現代漢語詞典》那樣，把眼光緊緊盯着那些不斷出現的香港粵語新詞，必要時得對詞典的框架和內容作適當的調整。也可以適當突破原有方言收詞的框框，為新詞新語的進入創造條件，打開籠子。例如在當前香港粵語的應用中，隨着電腦進入千家萬戶，網絡語言層出不窮，「語碼夾雜」現象到處可見，「字母詞」見怪不怪，這林林總總的社會語言應用現象，我們怎能視而不見，無動於衷！香港是個時尚的都市，動不動就講「新潮」，在語言方面自然也免不了有所謂「潮語」的出現。幾年前我在港大指導一篇文學碩士班學生的論文，做的就是香港「潮語」的研究。論文作者從常見的報刊中收集了許多我還沒接觸過的「潮語」，這些「潮語」承載着許多此時此地特有的文化元素，是多麼值得重視的珍貴語料！我的學生選擇這樣的題目來撰寫碩士論文，無疑是考慮到它的現實意義的。從這篇彙集、分析「潮語」的論文中，我看到年青一代對反映新鮮事物、體現香港文化的語言現象多麼的敏感，真令我們這些上了年紀、號稱語文工作者的人自愧不如。此事觸動我的專業神經，使我深深感慨：要研究好當今的語言或方言，非緊貼時代發展的脈搏，多多學習、努力掌握在社會發展中不斷產生、不斷變化的新鮮語言不可！

前面談及詞典編纂中的兩個重要方面：顯示語言特點、反映文化特色；着眼社會發展、跟進語言變化。剛剛面世的這部《香港粵語大詞典》，我們可以看到一些明顯的表現。《大詞典》的作者在介紹這部詞典的「創新特色」時，明確告訴我們：一是收錄詞條力求全面；二是內容力求與時俱進。三是增加文化元素。我看能夠着力於這三個方面，努力達致預期效果，《大詞典》的總體面貌必然會是煥然一新，我特別注意到《大詞典》如何體現「內容與時俱進」這一點。説實在，做到這一點是很不容易的，對此我曾經是心存疑慮的。可是，在有幸讀到《大詞典》的部份列印稿後，我回頭再反覆尋味作者在説明中所説的一段關於「與時俱進」的話，我的疑慮終於逐漸消除了。完全可以相信，作者能夠把一本原來只有六千多詞條的港式粵語詞典擴展到一萬多，而港味依舊濃濃，這已經是需要盡心盡力，精心挖掘，才有望結出碩果來的了。幾位作者怎樣圍繞着「港味」來進行開發挖掘，達到豐富詞源，增加詞數的目標呢？作者在「説明」中提及三個方面：一是增補近十年新出現的詞語，主要包括社區詞語、口語流行語、社會發展變化帶來的新詞語；二是補充的詞語會兼顧各範疇和社會層面應用的詞語，如與社會生活密切相關的專業用語，甚至某些較為人熟知的黑社會用語、賭博用語、粗鄙語、罵詈語等；三是盡量保留並增補流通程度逐漸減弱的詞語，包括將消失或已消失的老詞盡可能收錄，並盡力收錄民間俗語諺語，以期保存港式粵語的面貌。夠了，我想只要在這三個方面下足功夫，只要認真貫徹《大詞典》作者自己立下的原則，深入挖掘，認真整理，完全可以相信，《大詞典》作者所言的與時俱進絕不會是虛晃一槍的空話大話，而是扎扎實實的行動綱領。他們依據自己設計的藍圖，一步一個腳印地走來，15 載的辛勤耕耘，終於贏來了開花結果的時刻，實現他們的願景了。在這裏，我們面對新問世的這部《大詞典》，要為《大詞典》的成功殺青鼓掌叫好，要為《大詞典》的精彩紛呈表示由衷的喜悅！

《大詞典》成功之處當然並不止於它的「雙豐富」——豐富的收詞量和豐富的文化元素，仔細看看書中每條詞目的釋義，你會發現《大詞典》在釋義方面也堪稱是上乘之作。書中對每一個詞條的釋義，都力求準確而詳盡，有多個義項的，不會輕易「漏網」一個。例如「波」作為單音節詞時，既有英語音譯詞 ball 的詞義，又有非音譯的詞義，《大詞典》分別以波[1]、波[2]、波[3]列出，加以完善的解釋。《大詞典》對待每一個深具特色的方言詞，尤其是那些港味十足的詞，釋義時除一般的解釋外，還視乎需要設立了「小知識」項目，對相關詞語做一些補充闡述。方便讀者進一步理解。這是很有創意的。例如「便利店」一詞，在釋義「24 小時營業的雜貨連鎖店，規模小而分點多，以售賣食品、日用品、藥品為主」之後，再輔以【小知識】香港主要的便利店有「7-11」和「OK」。這更加深了讀者的印象，而且還更令人有親切感。

《大詞典》在收詞、釋義等多方面的優點，凸顯了編纂者與時俱進、有所開拓、有所前進的學術風格。《大詞典》讓人們較好地看到港式粵語絢麗多姿的風貌，也讓人們從中細細品味到香港獨特的文化韻味。《大詞典》的成功實踐，讓我們更加深信：必須認真對待方言詞典編纂中貫徹落實與時俱進精神的方針，只有那些反覆強調「與時俱進」的辭書編纂者，才能在方言詞典的編纂中更上一層樓，不斷攀登新的高峰！

總　目

凡例

一、收詞

1、本詞典收錄香港方言詞語一萬二千餘條。香港方言詞語，指流行於香港地區的粵語詞語。詞形、詞義與普通話完全相同的詞語，本詞典不予收錄。但個別明顯是源於香港粵語，後來被普通話吸收的詞語，如「的士」、「寫字樓」等，則酌情收錄。此外，一些詞形與普通話相同，但意義範圍和用法有明顯差別的詞語，如「單位（住宅單元）」、「戶口（銀行賬戶）」等，亦予以收錄。

2、香港方言屬於粵方言，在詞彙上與作為粵語代表方言的廣州話有很多相同之處。但由於香港獨特的社會發展歷史及語言運用特點，亦產生了不少有別於其他粵語方言區的獨特詞彙。本詞典收錄的詞語之中，約有三分之二是粵方言區所共有的；另外接近三分之一，約四千條，或為香港地區特有的，或為源於香港、但進而影響到其他粵方言區甚至普通話的——前者如「啪丸（服用軟性毒品）」、「箍頸黨（用手勒着人家的脖子進行搶劫的劫匪）」，後者如「電飯煲（電飯鍋）」、「泊車（停放車輛）」等。

3、粵方言中保留了較多的古漢語詞彙，這類詞語在普通話中已經不再使用，而在粵語中則依然具有生命力，如「抑或（或者）」、「卒之（終於）」、「走（跑）」等。這類詞語也作為方言詞收錄。

4. 某些粵語詞彙流通程度逐漸減弱，在香港人的日常生活中行將消失或已經消失，如「金山伯（老年美洲歸僑）」、「映畫戲（電影）」等，因其能夠反映、保存香港粵語的原貌，我們盡量收錄。

5、民間俗語諺語，是口頭表達方面鮮活生動的材料，對於語言學習、研究都有重要價值。本詞典雖然並非俗語、諺語詞典，但出於幫助語言學習者瞭解、熟悉香港粵語的目的，我們對一些使用頻率較高、結構比較固定的俗語、諺語，如「過橋抽板」、「刀仔鋸大樹」、「小心駛得萬年船」等，也酌情收錄。

6、某些原先僅限於特定場合或社會階層使用的詞語，流行開來以後轉而變成香港市民使用的普通詞語。像某些黑社會用語如「買起（僱兇手暗殺）」、「講數（黑社會組織之間的談判）」、「撻朵（大聲喊出自己所屬的幫派或所倚仗的人物、後台）」；某些賭博用語如「孖T（一種賽馬買彩形式）」、「六合彩（一種通過搖獎選出六個數字組合決定獲獎者的合法博彩）」；某些粗鄙語、罵詈語如「頂你個肺」、「契弟」等，本詞典也酌情選收。

7、作為學習語言的工具書，通常是只收錄語言中的一般詞彙，而專業詞語、術語一般不予收錄。但考慮到香港粵語中有不少專業用語與社會的政治、經濟、文化或市民生活密切相關——如金融、股票、房地產、風水等方面的某些為人熟知的術語如「除牌」、「紅籌股」、「樓花」、「三煞位」等，也酌情選收。

8、香港粵語由於其獨特的歷史背景，吸收了大量外來詞——尤其是來自英語和日語的外來詞。這類外來詞是本詞典收錄詞條的重點之一。本詞典收錄的外來詞分為兩種類型：一是經音譯、意譯或其他方式改造後引進的：如「士多（store，小雜貨店）」、「吞拿魚（tuna，金槍魚）」、「鑽禧（diamond jubilee，六十週年大慶）」、「奸爸爹（がんばって，加油）」等。其中有部份外來詞，是來源與普通話一致但引進方法不同的，如「朱古力（巧克力）」、「梳化（沙發）」等。這類外來詞因其具有漢字詞形，我們將其收錄在詞典正文部份。另外一種類型的外來詞，則是未加翻譯而用各種方式直接引進的，如「mind（介意）」、「DJ（Disk Jockey，唱片騎師）」、「man（manly 的省略，指富於男性氣質）」等。這類外來詞因為沒有漢字形式，我們將其另立為「字母詞」，附於正文之後。

9、本詞典收錄的詞語，一般以能夠充當句子成份的最小單位的詞為主，但也酌情收錄具有特定意義的或經常獨立使用的、形式相對固定的短語。詞素或可自由組合的詞組，不在收錄之列。

二、注音和用字

1、本詞典注音採用 1992 年香港教育署語文教育學院中文系編訂的

《常用字廣州話讀音表》所使用的粵音系統。

2、每一詞條按當前大多數香港人的實際語音標注，如遇讀書音與口語音有差異者，用口語音注音。

3、注音中如遇變調，均標注變調後的實際讀音，並在該變調後面加注「*」符號。

4、紀錄詞條的漢字，如非常用漢字，則採用常見的粵方言字。若習慣用字並非本字，或習慣用字有不同書寫形式（字形）者，採用較為常見的字形，同時把另一字形加括號列於該字後面，如「佢（渠）」。（該字在其他詞條中出現時不重複列出另一字形。）

5、有音但沒有常見字形者，一般以「□」符號表示，其後仍按常規注音。

6、音譯外來詞，採用最常見的音譯形式（字形）。如遇音譯詞用字讀音與該字原讀音不同者，一般按實際讀音標注。如「拉臣（licence，執照，牌照）」，按其音譯後的實際讀音 laai1 san2 注音，其中的「臣」字不按其原字音 san4 注音。

三、釋義及說明

1、每一詞條下屬的義項，以香港粵語所具有的概念為限。香港粵語與共同語相同的義項（除非是源自香港粵語），一般不予收錄。

2、詞條超過一個義項者，分別以 ❶❷❸❹ 標出。每一義項一般會舉出例句說明其用法，例句之後附有其現代漢語對譯，譯文加方括號【】標示。例句中重複該詞條時以「～」號表示。

3、詞語有特定用途或用法者，通常在釋義前用加方括號的詞語標示。標示的詞語使用縮略語。本詞典使用的縮略語及其含義為：

【文】書面語或較為文雅的場合用語；

【俗】俗稱，熟語或民間俗語；

【俚】時下流行語或較為粗俗的語言；

【諧】滑稽而詼諧的語言；

【謔】戲稱，戲謔的語言；

【諺】諺語；

【貶】貶義詞；

【婉】委婉語，語氣委婉、曲折的語言；

【歇】歇後語；

【蔑】蔑稱，蔑視或鄙視的語言。

4、部份詞條視必要在釋義之後增加【小知識】部份，用以對該詞條的詞源、典故、用途等背景知識作補充説明。

四、詞條的編排體例

1、詞條編排的次序，以詞條首字的粵語拼音字母次序排列，首字同音的詞條，以字的筆畫數量為序排列，首字字形相同者排列在一起。詞條超過一字者，第一字及第二、三……字，排列原則與首字相同。詞典另附詞條筆畫索引。

2、詞形相同但意義互不相關或相差甚遠的詞語，即使同音，仍各自單立條目，在詞條右上角用 1、2、3……標明。如：

生^{1} saang^{1} 活；活着。

生^{2} saang^{1} 長；生長。

生^{3} saang^{1} 「先生」之略稱。

部首目錄

詞條筆畫索引

勹部

戈部

戶部

手（扌）部

火〔灬〕部

爪（爫）部

父部

爻部

片部

牙部

牛部

犬〔犭〕部

玉（王）部

瓜部

瓦部

甘部

生部

用部

田部

疋部

疒部

癶部

白部

皮部

皿部

目（罒）部

矛部

矢部

石部

字首有音無字詞條索引

a

吖 a¹ 語氣詞。❶ 表示同意、讓步：好～【好的】｜係～【是的】｜既然佢唔得閒，噉我聽日嚟過～【既然他沒空，那我明天再來吧】。❷ 表示申辯、異議：我真係唔知，你逼我都無用～【我真的不知道，你逼我也沒用】。｜佢咁憎王太，邊會搵佢～【他這麼討厭王太太，怎麼會找她】？❸ 表示追問：你今晚嚟唔嚟～【你今天晚上來不來】？

吖嘛 a¹ ma⁵ 語氣詞。❶ 表示辯解：我冇講大話，佢係冇嚟～【我沒說謊，他就是沒來嘛】！❷ 表示解釋原因：照顧老竇係應份嘅，我係大佬～【照顧老爸是應該的，我是大哥嘛】。❸ 表示反駁前的讓步：你話佢冇嚟～，噉點解佢件衫喺度【你說他沒來對吧，那為啥他那件衣服在這兒】？

吖嗱 a¹ na⁴ 語氣詞。❶ 表示建議：唔啱去睇戲～【要不（咱們）去看戲吧】？❷ 表示警告：你試下再打人～【你再打人試試】？

呀 a³ 語氣詞。❶ 表示疑問：佢喺唔喺度～【他在不在】？｜阿細去咗邊～【小弟哪去了】？｜你個女大定我個仔大～【你女兒大還是我兒子大呀】？❷ 表示肯定、承認或強調：啱～【對呀】｜我係～【就是我呀】。｜我冇書～【我沒書呀】。❸ 表示囑咐、警告：記得畀電話我～【記着給我電話啊】。｜唔好亂嚟～【別亂來】！｜因住～，地下好滑㗎【小心呀，地上又濕又滑的】。❹ 表示感嘆：嘩，架車好靚～【嚯，這車好漂亮啊】！

阿 a³ 詞頭。亦作「亞」。❶ 用於單音節的親屬稱謂前，以稱呼親屬：～爺【爺爺】｜～嫲【嫲嫲】｜～哥【哥哥】❷ 用於姓、名、綽號、排行、親屬稱謂前以稱呼他人：～王【老王】｜～輝｜～瓊姐｜～肥【胖子】｜～二【老二】｜～哥【大哥】。

阿爸 a³ ba⁴ 父親；爸爸。

阿伯 a³ baak⁸ ❶ 伯伯；伯父。❷ 對一般老年男子的稱呼。意近「大伯」、「大爺」。

阿崩叫狗——越叫越走 a³ bang¹ giu³ gau² jyt⁹ giu³ jyt⁹ dzau²【歇】阿崩，人名，屠狗者。狗聽到屠夫的聲音，非常害怕，越叫牠，牠逃得越快。形容人給嚇壞了，不分青紅皂白，趕快逃避（一說阿崩是缺門牙的人，講話不清楚，狗才害怕逃走）：我推銷保險啫，又唔係打劫，但係佢哋個個都～【我推銷保險而已，又不是打劫，但是他們個個都越打招呼越遠遠躲開】。

阿崩吹簫——嘥聲壞氣 a³ bang¹ tsoey¹ siu¹ saai¹ seng¹ waai²* hei³【歇】阿崩，缺門牙或豁嘴的人。這類人吹洞簫，因為天生缺陷，既費力氣又吹得難聽。形容白費唇舌，效果不好：幾次勸佢戒毒，佢都唔聽，我係～【好幾次勸他戒除毒癮，他都不聽，我白費唇舌了】。

阿保阿勝 a³ bou² a³ sing³ 泛指任何人，類似「張三李四」：呢啲說話～都識講【這些話張三李四都會說】。

阿大 a³ daai²* ❶ 老大（通常用於指稱長兄、長姐、長子）。❷ 正妻：我老母係～，喺屋企話晒事【我母親是爸爸的正妻，她在家裏說了算】。｜我係～，你係阿二【我是正妻，你是妾】。

阿斗官 a³ dau² gun¹ 敗家子，生活奢侈浪費、腐化墮落的年輕人：搵呢啲～嚟做男朋友，唔靠得住㗎【找這種敗家子做男朋友，靠不住的】！

阿丁 a3 ding1 沒有知識、沒有本領的人；廢物：你唔落力讀書，大個咗就係～一個【你不努力學習，長大以後就是廢物一個】。

阿仔 a3 dzai2 兒子（用於對稱）。

阿姐 a3 dze1* ❶ 對一般年輕女子的稱呼。意義近「大姐」，「大妹子」。❷ 走紅的、資歷深的影視女明星：～級人馬。

【小知識】「阿姐」的使用範圍近年有所轉移，可用作稱呼年齡較大的女性；從事辦公室服務工作（如清潔衛生、茶水）的婦女，也泛稱「阿姐」（姐也可作 dze4 音）。而年輕女性通常稱「小姐」或「姐姐 dze4 dze1」。

阿吱阿咗 a3 dzi1 a3 dzo1 用言語表示不滿；藉故推諉；説三道四；嘮叨：我遲咗少少佢就～【我晚了點兒他就藉故推諉】。｜唔好喺度～，快啲畀錢【別在這裏嘮叨，快點給錢】！

阿豬阿狗 a3 dzy1 a3 gau2 泛指任何人、隨便甚麼人，語氣略帶輕蔑。類似「張三李四」：呢份工唔係～都做得嘅【這份工作不是誰都做得來的】。

阿福 a3 fuk7 指傻乎乎的、常被人作弄欺侮的人。類似「二百五」：老虎唔發威，你當我～呀【老虎不抖抖威風，你就拿我當二百五呀】？

阿哥 a3 go1 ❶ 哥哥。❷ 對一般男子的稱呼。意近「大哥」。

阿哥哥 a3 gou1 gou4 一種菲律賓舞蹈。英語 a-go-go 的音譯詞。1960 至 70 年代這種舞蹈在香港曾風行一時。

阿姑 a3 gu1 ❶ 姑姑；姑媽。❷ 對一般中年女子的稱呼。意近「阿姨」。

阿公 a3 gung1 ❶ 外公；姥爺。❷ 對老年男子的尊稱，意近「老大爺」。

阿 head a3 het7 上司。同「阿頭」。

阿姨 a3 ji1* ❶ 姨母（母親之妹）。❷ 兒童對青年、中年女子之稱呼。

阿二 a3 ji2* 二姨太；小老婆：你係～，呢度輪唔到你出聲【你是小的，這裏輪不到你插嘴】！

阿舅 a3 kau5 妻子的兄弟。

阿𡃴 a3 laai1 對最小的孩子的愛稱。

阿媽 a3 ma1 母親；媽媽。

阿媽都唔認得 a3 ma1 dou1 m4 jing6 dak7 連自己母親都認不出來，喻指狀態失常，達到極端的狀態：呢幾日熱到～【這幾天氣溫高得反常，熱得人都瘋了】。

阿媽係女人 a3 ma1 hai6 noey5 jan2* 母親是女人。喻指「誰都明白的常識」：佢話我身子弱要多啲進補，鬼唔知～咩，要有錢至得㗎【他説我體弱要多進補，這道理誰不明白，得有錢才行啊】！

阿嫲 a3 ma4 奶奶；祖母。

阿貓阿狗 a3 maau1 a3 gau2 張三李四。同「阿豬阿狗」。

阿乜人 a3 mat7 jan4 又作「阿乜誰（soey2*）」。任何人；甚麼人；誰人：我唔理你～，你都要守法先得㗎【我不管你是誰，你都得遵守法律才行吧】。

阿茂 a3 mau6 傻瓜；傻子。「茂」為「謬」之諧音：你唔好當我係～【你不要把我當傻瓜】。

阿茂整餅——冇嗰樣整嗰樣 a3 mau6 dzing2 beng2 mou5 go2 joeng6

dzing² go² joeng⁶【歇】阿茂，指傻子。傻子做餅不會像一般人那樣照着餅的模樣來做，而是隨心所欲，想做成甚麼樣就做成甚麼樣。故以此諷刺人沒事找事。（一說阿茂為製餅師傅，每天完成自己本職工作後，都會到樓面巡視，看哪些餅賣完或將近賣完，就返回廚房重新製作，以作補給。原為讚美之辭。）

阿妹 a³ mui²* 妹妹。

阿奀 a³ ngan¹ 瘦小、瘦弱的小孩：你呢個～邊度搬得起吖，等我嚟啦【你這個瘦小子哪裏搬得動，我來吧】。

阿女 a³ noey²* 女兒（用於對稱）。

阿婆 a³ po⁴ ❶ 姥姥；外婆；外祖母。❷ 對一般老年婦女的稱呼，意近「大媽」，「大娘」。

阿三 a³ saam³ 猴子。「三」是猴子的別稱「馬騮三」的省稱：你成日擒高擒低，正一係～【你整天攀高爬低，簡直就是一隻猴子】。

阿生 a³ saang¹ 舊時對一般男性的尊稱。「生」為「先生」的合音，確切的讀音為 si-aang¹，現多簡作 saang¹，一般只與姓氏組合，如潘生、姚生，與「阿」組合時，略帶抱怨之意：～，你畀少咗兩蚊喎【先生，你少給了兩塊錢啊】。

阿細 a³ sai³ ❶ 用於指稱排行最小的弟弟或妹妹：阿宣喺屋企係～【阿宣在家裏排行最小】。❷ 小老婆；二奶（用作他稱）。

阿嬸 a³ sam² ❶ 嬸嬸；嬸子；嬸母。❷ 對一般年長婦女的稱呼。意近「大嬸」、「嬸子」。❸ 泛指從事清潔衛生等工作的婦女。

阿壽 a³ sau⁶ 傻瓜；愚蠢的人。常與「阿茂」組合成詞：嗰班都係阿茂～，好易呃【那班人全是傻瓜，很容易上當受騙】。

阿四 a³ sei³ 女傭人的常見名字，借指傭人。舊時，傭人分工嚴謹，有近身、洗熨、煮飯和打雜四類，但一般人家只會請一人兼做四種工作，故稱「阿四」：你咪當我係～噉使【你別把我當傭人使喚】。

阿嬋 a³ sim⁴ 即「阿嬸」，「嬋」為「嬸」的變音。對中年婦女的稱呼，意近「大媽」，但帶輕蔑語氣：乜你着到成個～噉呀【你怎麼穿得像個大媽那樣】？

阿傻 a³ so⁴ 傻子；傻瓜。

阿蛇 a³ soe⁴【俗】用以稱呼警察、男教師，略帶敬意。又作「阿 Sir」。「蛇」是英語 Sir 之音譯。

阿誰 a³ soey²* 誰；是誰。又作「阿水」：我唔識你係～【我不認得你是誰】？

阿臊（蘇） a³ sou¹「臊（蘇）」為「臊（蘇）蝦仔（小孩子）」的省稱：我哋～唔食牛奶，食人奶【我的小孩子不吃牛奶，只吃母乳】。

阿嫂 a³ sou² 嫂子，嫂嫂；大嫂。

阿叔 a³ suk⁷ ❶ 叔叔，叔父。❷ 對一般中年男子的稱呼。意近「大叔」。

阿太 a³ taai²* 太太； 結了婚的女人：個皭妹着到成個～噉【那個年輕姑娘穿得像個少婦】。

阿太 a³ taai³ 曾祖母；外曾祖母。

阿頭 a³ taau²* 主管；上司；領導；頭兒：～出咗去，我哋唞下吖【頭兒出去了，咱們歇歇吧】。

阿駝 a³ to²* 駝背的人；羅鍋兒。

阿駝行路——舂舂地 a³ to²*

haang⁴ lou⁶ dzung¹ dzung¹ dei²*【歇】阿駝，指駝背者。駝背的人走路頭向下一磕一磕的，類似舂米。粵語「舂」與「中」同音，故以「舂舂地」諧音指代「中中地」。形容表現中等；還可以；還過得去：我個仔嘅成績呀？～喇【我兒子的成績？還過得去罷了】。

阿差 a³ tsa¹【蔑】印度籍男子。

阿燦 a³ tsaang³【貶】原為1979年一電視劇中一個來自大陸的新移民的名字，引申用以指代這類新移民：你着得咁老土㗎，成個～噉【你穿得那麼土氣，整一個大陸新移民的樣子】。

阿超着褲——焗住 a³ tsiu¹ dzoek⁸ fu³ guk⁹ dzy⁶【歇】阿超穿褲子，無可奈何。傳說一個叫阿超的胖子很怕熱，在家都穿褲衩，上街被迫穿上長褲，無可奈何時，直喊「焗住（裹住透不了氣）」。「焗住」引指被迫；無可奈何：你又有其他辦法，～都要啦【你又沒有別的辦法，無奈只好這麼做了】。

阿爺 a³ je⁴ ❶ 爺爺；祖父。❷ 公家；官方；中央政府：呢餐～請嘅，唔使我哋自己埋單【這頓飯公家請的，用不着我們自己結賬】。｜～唔岌頭，好多嘢想做都好難【上面不點頭，很多事情想做都不容易】。

亞姐 a³ dze²「亞洲小姐」的省稱。這是過去由亞洲電視台每年舉辦一次的選美比賽的冠軍頭銜。

呀 a⁴ 語氣詞。❶ 表示疑問（用於確定提問人尚無把握的問題）：係你搵我～【是你找我嗎】？｜今日唔使返學～【今天不用上學嗎】？ ❷ 表示反問：全部做啱晒，你估好易～【要全做對，你以為很容易嗎】？

哎吔 ai¹ ja¹ 名義上的；所謂的：佢嗰個～大佬係佢老媽子執返嚟養嘅【他那個所謂「大哥」是他老媽撿回來養大的】。

哎吔老竇 ai¹ ja¹ lou⁵ dau⁶【謔】名義上的父親：佢呢個～對我好好㗎【我這個名義上的爸爸對我很好】。

呃 aak⁸ 語氣詞。表示肯定：好～【（當然）好】｜我係唔走～，點吖【我就是不走，怎麼樣】？

b

巴 ba¹ ❶「巴士」的省稱，指公共汽車或大型載客汽車：小～｜冷氣～｜旅遊～。❷「巴士公司」的省稱：九～【九龍巴士有限公司】｜新～【新世界第一巴士服務有限公司】。

巴閉 ba¹ bai³ ❶ 形容人做事虛張聲勢，小題大作；或遇事一驚一乍，大驚小怪，過份緊張：呢個人做嘢，啲咁多小事都係咁～㗎啦【這個人做事，一點兒小事都這麼虛張聲勢的】。｜呢個動作唔算驚險，使乜咁～呀【這個動作不算驚險，用得着這麼緊張嗎】？ ❷ 形容人或事物了不起或厲害：佢好～㗎，年年都考第一【他很了不起，年年都考第一名】。｜呢隻滅蟲藥～囉，用一次蟲蟻就冇晒【這種滅蟲藥真厲害，用了一回就再不見有蟲子了】。 ❸ 形容場面的隆重、盛大、排場：今次奧運開幕式表演嘅陣容前所未有，認真～【這次奧運會開幕式表演的陣容前所未有，真夠排場】。

巴打 ba¹ da² 又作「爸打」，英語brother的音譯詞。兄弟（網絡流行語，用於討論區會員間的互相稱呼）：佢成日喺網上同啲～分享意見【他常常在網上跟討論區的兄弟分享意見】。

巴揸 ba1 dza1 ❶ 多嘴多舌；愛品評是非：佢班人佢最～，個個都怕晒佢【班上數他最多嘴多舌，誰都怕了他】。❷ 好管閒事：我家姐好～，件事畀佢知道佢實幫你唱通街【我的姐姐很愛管閒事，那件事讓她知道了準得滿世界嚷嚷】。

巴辣 ba1 laat9 厲害；難以對付或忍受：佢真係～咯【他真夠厲害的】。

巴黎帽 ba1 lai4 mou2* 無邊的扁平帽子，用毛線織成。「巴黎」是英語 barret 的音譯。

巴士 ba1 si2* 英語 bus 的音譯詞。❶ 公共汽車 ；公交車：～站｜上～。❷ 大型載客汽車：旅遊～【大型旅遊客車】。

吧女 ba1 noey2* 在酒吧中陪客人喝酒聊天甚至提供色情服務的女郎。

把 ba2 量詞。❶ 小捆兒：一～草｜ 一～菜。❷ 張（嘴巴）：我一個人得一～口，唔食得咁多【我一個人才一張嘴，吃不了這麼多】。❸ 用於聲音：一～聲。

把心唔定 ba2 sam1 m4 ding6 拿不定主意：佢出唔出國留學～【要不要出國留學他拿不定主意】。

把火 ba2 fo2 有火；惱火：一講起就～喇【一說起來就讓人惱火】。

把家姑婆 ba2 ga1 gu1 po4 終身不嫁的女兒。因把家裏的事看做自己的事，參與管家，故稱。

把鬼 ba2 gwai2 形容東西或事情沒有價值、作用、效果，多用於反詰句，含「有甚麼用」、「頂甚麼用」的意思。又作「把屁」：佢食齋嘅，你買咁多蝦～咩【他是吃素的，你買這麼多蝦有啥用】？

把口喫過油 ba2 hau2 long2 gwo3 jau4 用油漱過口。形容人說話油嘴滑舌：做保險經紀嘅梗係～㗎喇【做保險推銷員的當然是油嘴滑舌的了】。

把口唔修 ba2 hau2 m4 sau1 嘴巴無遮攔；不積口德；說話刻薄、刻毒：佢～，成日一出聲就得失人【他那張嘴沒遮沒攔的，經常一開口就得罪人】。

把脈 ba2 mak9（中醫）號脈；診脈：中醫師同我～【中醫師替我診脈】。

把炮 ba2 paau3 ❶ 把握：手術咁大，醫生都冇乜～【手術這麼大，醫生都沒甚麼把握】。❷ 本事；神通：得唔得，就睇佢老竇嘅～喇【行不行，就看他父親的本事啦】。

把屁 ba2 pei3 同「把鬼」，但語氣更強烈，相當於「有屁用」：你講咁多～咩【你講這麼多有個屁用】！

把舦 ba2 taai5 掌舵；駕駛船隻：我划槳，你～【我划船，你掌舵】。

罷啦 ba2* la1 語氣詞。表示較委婉的祈使語氣，用法類似「吧」、「好吧」：咁遠，不如搭的士去～【這麼遠，不如坐出租車去吧】。

霸 ba3 ❶ 強橫無理；恃勢迫人：惡～。❷ 霸佔；佔據：間房畀佢～咗【那間房間被他佔了】。❸ 同類中最傑出，無與倫比的：巨無～。❹ 冠軍；第一：呢場賽事佢要爭三連～【這場比賽他要爭取三連冠】。

霸兜雞 ba3 dau1 gai1 霸佔飼料盆的雞，引申為霸道自私的人：佢一上地鐵就椏住三四個位，成隻～噉【她一上地鐵就佔了三四個座位，真霸道】！

霸椏 ba3 nga6 霸道；強橫不講理；蠻橫：佢個人好～，完全唔講道理【這個人真霸道，完全不講道理】。

霸位 ba³ wai² 佔位置：你早啲去圖書館～【你早點去圖書館佔位置】。

霸王 ba³ wong⁴ 指進行消費活動卻不付錢的蠻橫行為：搭～車【不買票坐車】｜食～飯【吃飯不付錢】。

霸王花 ba³ wong⁴ fa¹ ❶ 又作「劍花」，一種植物的花朵。粵人常將其曬乾後用以熬湯。❷ 電影《霸王花》中的女警長角色，引指身手敏捷、武藝高強的女警察：佢係旺角區出名打得嘅～【她是旺角區出了名善於打鬥的女警察】。

霸王雞乸 ba³ wong⁴ gai¹ na²【俗】在街巷中橫行霸道的母雞，比喻潑婦，兇惡婆娘。又作「霸巷雞乸」。意近「母老虎」：有呢隻～喺度，邊個夠膽出聲吖【有這隻母老虎在這兒，誰敢吱聲呢】？

□□聲 ba⁴ ba² seng¹ ❶ 表示聲勢很大。同「砰砰聲」，股票升到～【股票狂升】。❷ 大量流出、湧出：眼淚～流出嚟【眼淚嘩嘩地流】。

罷就 ba⁶ dzau⁶ 算了；作罷；拉倒：唔嚟～，我哋食先【他不來拉倒，我們先吃】。

拜拜 baai¹* baai³ 再見。英語 bye-bye 的音譯詞。

擺白 baai² baak⁹ ❶ 同「擺明」。❷ 說白；說清楚：我～話畀你聽啦，升職冇你份【我給你說白了吧，升職輪不到你】。

擺檔 baai² dong³ 擺攤子：呢度唔畀喺街～㗎【這兒不讓在街上擺攤兒的】。

擺酒 baai² dzau² 擺酒席宴客，常常特指婚宴：你哋幾時～呀【你們甚麼時候請喝喜酒】？

擺款 baai² fun² 擺架子；擺派頭；擺款兒：佢最中意～，你唔親自請佢，佢係唔會嚟㗎【他最喜歡拿架子，你不親自請他，他是不會來的】。

擺闊佬 baai² fut⁸ lou² 擺闊氣；充大款：冇錢就唔好喺度～【沒錢就別在這兒充大款】。

擺街 baai² gaai¹ 同「擺街邊」。

擺街邊 baai² gaai¹ bin¹ 擺地攤兒：你都係搵份穩定啲嘅工嚟打好過，成日喺度～唔係辦法嘅【你還是找份穩定點兒的工作來幹好些，整天這麼擺地攤兒不是辦法】。

擺街站 baai² gaai¹ dzaam⁶ 在街頭設置攤位作宣傳活動（如散發宣傳品、喊話、徵集簽名等）：地鐵入口有人～做選民登記【地鐵站入口有人設置攤位作選民登記】。

擺景 baai² ging² 做擺設用的；不實用的：呢件嘢攞返去都係～啦，冇鬼用【這件東西拿回去還不是當擺設，管甚麼用】！

擺路祭 baai² lou⁶ dzai³ ❶ 在路旁設祭品，等待靈柩經過時祭奠死者。❷ 死於意外者的家屬、親友等在遇難地點或附近擺放祭品以祭奠、悼念死者。

擺尾 baai² mei⁵ ❶ 搖尾巴；搖頭擺尾：隻狗仔對住我猛～【那小狗向我直搖尾巴】。❷ 船家用語。兩船相遇時喊「擺尾」避免相撞。

擺明 baai² ming⁴ 明擺着：佢噉做，～係同你作對啦【他這麼幹，明擺着是跟你對着幹】。

擺明車馬 baai² ming⁴ goey¹ ma⁵ 原意指下象棋時把「車」、「馬」都亮出來進行較量。❶ 喻指擺開陣勢公開較量：佢哋公司今次噉做分明係～同我哋鬥嘅啫【他們公司這次這麼幹分明是拉開架勢跟我們鬥嘛】。❷ 喻指開誠佈公；把事情攤開說清楚：呢單嘢至好大家～傾掂佢【這事兒最好大家開誠佈公談妥它】。

擺平 baai2 ping4 ❶ 解決問題：呢件事咁難搞，請佢嚟都冇辦法～【這件事那麼難辦，請他來也解決不了】。❷ 打倒；收拾：呢個死飛仔，你去～佢【那個小流氓，你去收拾他】。

擺甫士 baai2 pou1 si2* 擺好姿勢（準備照相）。「甫士」是英語 pose 的音譯：佢好識～，你影相搵佢做模特兒最好喇【她很會擺姿勢照相，你照相找她做模特兒是最好的了】。

擺上枱 baai2 soeng5 toi2* ❶ 把事情公開：佢結婚嘅傳聞畀人～，喺網絡度瘋傳【他結婚的傳聞被公開，在網絡上瘋傳】。❷ 將別人的軍；把別人推出來承擔後果（讓別人處於尷尬、被動境地）：你噉做即係將我～嘅啫【你這麼做其實是讓我當箭靶嘛】。

擺軚 baai2 taai5 ❶ 扭動方向盤：唔好～，向前開【不用動方向盤，向前開】。❷ 引指形勢發生變化或立場轉變：期指市場喺度～【期指的走勢正在變化】。｜佢本來應承咗而家又想～【他本來答應了現在又想改變主意】。

擺枱 baai2 toi2* 擺好桌子和餐具：開飯喇，你快啲去～啦【開飯了，你趕快去擺好桌子和餐具】。

擺烏龍 baai2 wu1 lung2* 做錯；弄錯；誤會：三號後衛～將個波頂入自己龍門【三號後衛誤把球頂入自家的球門】。

拜月 baai3 jyt9 粵人風俗，中秋節，家人共同賞月，吃月餅，向月亮叩拜，祈求幸福。

拜門 baai3 mun4 新郎、新娘三朝拜見女家親屬。又作「回門」。

拜山 baai3 saan1 上墳；掃墓：我清明要返鄉下～【清明節我要回老家掃墓】。

拜神唔見雞 baai3 san4 m4 gin3 gai1【俗】拜神時發現祭品沒有雞，不由嘟嘟囔囔埋怨。形容人不停地自言自語，嘮嘮叨叨，喋喋不休：唔好～噉，爽手啲啦，冇乜時間喇【別嘮嘮叨叨的，趕緊做吧，沒甚麼時間了】。

拜仙 baai3 sin1 農曆七月初七，女孩子拜織女、牛郎，祈求幸福、巧遇，又作「拜七姐」：阿媽一早準備好～嘅嘢【媽媽一早準備好拜織女的東西】。

拜赤口 baai3 tsek8 hau2 農曆正月初三為傳統的「赤口」，習俗認為此日為凶日，不宜拜年或宴客，而往廟宇拜神。香港人慣例年初三前往車公廟上香拜神，故稱「拜赤口」，或「拜車公」。

敗家仔 baai6 ga1 dzai2 敗家子。

敗家精 baai6 ga1 dzing1 同「敗家仔」。

迫鈕 baak7 nau2 揿扣兒，子母扣兒。

百搭 baak8 daap8 能跟任何人或事物搭配；能替代任何人或事物：～米｜～牌｜佢做乜嘢角色都得，係個～演員【他甚麼角色都能演，是個全能演員】。

百足 baak8 dzuk7 蜈蚣。

百足咁多爪 baak8 dzuk7 gam3 do1 dzaau2【俗】腳多得像蜈蚣那樣，形容人聯繫廣，身兼各方面的事務，到哪裏都匆匆忙忙，很難見到：佢呢排成日頻頻撲撲，～，好難見到佢【他最近東奔西跑的，忙得要命，很難見到他】。

百中無一 baak8 dzung1 mou4 jat7 萬分出眾，千裏挑一：佢老公真係～，好到冇得頂【她的丈夫真是千裏挑一，好得沒人比得上】。

百合匙 baak8 hap9 si4 萬能鑰匙：開鎖佬

梗有～【開鎖的肯定有萬能鑰匙】。

百有 baak[8] jau[5]【諧】伯母。粵語「伯母」與「百冇」（意為「甚麼都沒有」）同音，為趨吉避凶，以「有」代「冇」，而「伯母」便以「百有」稱之（取「樣樣都有」的吉祥寓意）：多謝～賞面嚟食飯【謝謝伯母賞臉來吃飯】。

百厭 baak[8] jim[3] 淘氣；調皮：呢個細路好～，喺個車廂度周圍走【這小孩兒特淘氣，在車廂裏到處亂跑】。

百厭星 baak[8] jim[3] sing[1] 淘氣的小孩。「星」指小孩：呢個～邊個都管佢唔掂【這個淘氣包誰都管不住】。

百囉 baak[8] lo[1] ❶ 嬰兒出生一百天：孫仔出世～咯【孫子出生一百天了】。❷ 慶祝嬰兒出生一百天而設的宴席：同個孫做～【為孫子設「百日宴」】。

百萬行 baak[8] maan[6] hang[4] 由慈善機構「香港公益金」舉辦的步行籌款活動，1971 年首次舉辦。後泛指一般步行籌款活動：今年～你有冇參加【今年的步行籌款活動你有沒有參加】？

百年歸老 baak[8] nin[4] gwai[1] lou[5]【婉】去世：第日我～之後呢間屋要留畀個女住嘅【日後我死了這房子是留給女兒住的】。

百彈齋主 baak[8] taan[4] dzaai[1] dzy[2]（指代）對任何事情都諸多批評者：佢係～嚟嘅，無論你做乜嘢都唔會合佢心意【他是個事事批評的人，無論你幹甚麼都不會合他的心意】。

伯父 baak[8] fu[2]*【貶】對老年男子的稱呼：班～日日喺度捉棋【那夥老頭兒天天在這兒下棋】。｜鹹濕～【老色鬼】。

伯父 baak[8] fu[4] 伯伯；大伯。

伯公 baak[8] gung[1] 伯祖父（父親的伯父）。

伯爺 baak[8] je[1]* 老爹；老父親（用於背稱）：我～今日生日，要返去同佢慶祝下【我老爹今天生日，要回去跟他慶祝一下】。

伯爺公 baak[8] je[1]* gung[1] 老大爺；老頭兒；老頭子。

伯爺婆 baak[8] je[1]* po[2]* 老大娘；老太婆；老婆子。

伯母 baak[8] mou[5] 對朋友母親的尊稱；阿姨；大嬸；大娘。

伯娘 baak[8] neong[4] 伯母（伯父的妻子）。

伯婆 baak[8] po[4] 伯祖母（父親的伯母）。

白板 baak[9] baan[2] ❶（麻將牌中的）白皮。❷ 書寫用的磁性白板；白色「黑板」。

白鼻哥 baak[9] bei[6] go[1] ❶ 中國戲曲中的小丑，丑角。因其化妝時通常把鼻子畫成白色，故稱。引指輕薄女性的花花公子：佢呢個～專做埋啲下流嘢【他這個花花公子專作下流事】。❷ 落第、榜上無名的人。

白豆 baak[9] dau[2]* 黃豆；大豆。

白豆角 baak[9] dau[6] gok[8] 白豇豆；豇豆。果實為圓筒形長莢果，種子呈腎臟形。

白地 baak[9] dei[6] 空地：我間屋前面係～，可以種果樹【我家門前是一塊空地，可以種果樹】。

白鮓 baak[9] dza[3] ❶ 水母。❷（指代）交通警察。

白斬雞 baak[9] dzaam[2] gai[1] 白切雞。

白淨 baak[9] dzeng[6]（皮膚）白皙；白嫩。

白紙扇 baak[9] dzi[2] sin[3] 黑社會組織三合會裏掌管文書、財政或者出主意的人，意近「狗頭軍師」。

白紙草案 baak⁹ dzi² tsou² ngon³ 法律用語。指香港政府刊登於政府《憲報》第五號法律副刊上的法律草案。這種文件以條例草案的形式諮詢公眾意見，與即將提交立法機關表決的「藍紙草案」不同。

白撞 baak⁹ dzong⁶ 白天闖進別人家裏偷東西的小偷或帶有某種企圖找上門的人：嚴拿～【嚴厲捉拿小偷】。

白撞雨 baak⁹ dzong⁶ jy⁵ 晴天突降的過雲雨、陣雨。

白花油 baak⁹ fa¹ jau⁴ 一種藥油的名稱，味道清香如水仙（南洋又叫白花），故稱。

【小知識】白花油於 1927 年由顏玉瑩在馬來西亞創辦藥廠研製，註冊商標為「萬應白花油」，1951 年轉到香港生產，後更名為「和興白花油」，1999 年獲「香港十大名牌」稱號，品牌現推廣至世界各地。

白飯魚 baak⁹ faan⁶ jy²* ❶ 文昌魚。❷ 一種廉價橡膠底白色帆布鞋的俗稱：以前個個都係着～上體育堂【以前人人都穿那種白帆布鞋上體育課】。

白粉 baak⁹ fan² 海洛因：啲道友喺條後巷度食～【吸毒者在那條小巷裏吸海洛因】。

白霍 baak⁹ fok⁸ 輕浮。又作「沙塵白霍」：佢咁～，邊有人同佢做朋友吖【她這麼輕浮，哪會有人跟她做朋友呢】。

白鴿 baak⁹ gaap⁸ 鴿子。

白鴿籠 baak⁹ gaap⁸ lung²* 養鴿子的多層多格籠子，喻指矮小且空間狹窄不堪的房屋：香港有好多窮人住喺～度【香港有很多窮人住在狹窄不堪的房屋裏】。

白鴿眼 baak⁹ gaap⁸ ngaan⁵ 勢利眼。據說養鴿子的人家如果興旺，所養的鴿子會引領別家的鴿子飛來；若衰落的話，自己養的鴿子會被別家鴿子引去。因此民間認為白鴿有一雙勢利的眼睛：佢有啲錢就～睇低人【他有幾個錢就勢利眼看不起人】。

白金咭 baak⁹ gam¹ kaat⁷ 銀行信用卡中信用額度級別較金卡高的一類。

【小知識】銀行信用卡按信用額度一般分銀卡、金卡、白金卡幾種級別，個別銀行發行更高級別的黑金、鑽石級信用卡。

白金唱片 baak⁹ gam¹ tsoeng³ pin²* 銷售數量達到三萬張的唱片（參見「金唱片」條）。

白瓜 baak⁹ gwa¹ 一種瓜類蔬菜，因顏色得名。

白滾水 baak⁹ gwan² soey² 白開水：我唔飲茶，飲～【我不喝茶，喝白開水】。

白油 baak⁹ jau²* ❶ 塗改液。❷ 顏色淺的醬油，即鮮醬油。又作「生抽」。

白翼 baak⁹ jik⁹ ❶ 米蟲蛻變的小飛蛾。❷ 有薄翅的大螞蟻，即黑翅白蟻：咁多～喺燈底下亂咁飛，睇怕就嚟落雨嘞【這麼多飛蟻在燈下亂飛，恐怕就要下大雨了】。

白肉 baak⁹ juk⁹ 淺顏色的食用動物肉，尤指雞鴨鵝肉和魚蝦蟹肉。與「紅肉（豬肉、牛肉等）」相對。

白契 baak⁹ kai³ 未經政府、公司等機構蓋印的契約；無效契約：呢張係～，冇效力㗎【這一份契約還沒加蓋公章，是無效的】。

白□□ baak⁹ laai⁴ saai⁴ 又作「白□□（baak⁹ saai⁴ saai⁴）」。形容東西白得很

難看；白不呲咧：塊面化妝化到～噉有乜嘢好睇啫【臉上的化妝化得白不呲咧的有啥好看的】？

白欖 baak⁹ laam² ❶ 流行於粵語區的一種民間説唱藝術。又稱「數白欖」。❷ 橄欖。又作「白杬」。

白蘭 baak⁹ laan⁴ 白玉蘭。

白領 baak⁹ leng⁵ 在辦公室工作的文職人員。一般穿着整齊，男子多穿白襯衫結領帶，故以「白領」作借代。與「藍領」相對：～階級｜～麗人。

白領麗人 baak⁹ leng⁵ lai⁶ jan⁴ 女性文職人員：中環啲～穿着都講究啲【中環上班的女性，穿着都特別講究】。

白蒙蒙 baak⁹ mung¹* mung¹* 一片白；白花花的：啲粉搞到周圍～【粉末把周圍弄得一片白】。

白牌車 baak⁹ paai²* tse¹ 舊時對非法充當的士用途的車輛的俗稱。因這些非商用車輛的車牌是白底黑字，故稱：呢度好少的士到，～就有好多【這兒很少有的士來，非法招攬乘客的私家車就有很多】。

白□□ baak⁹ saai⁴ saai⁴ 同「白□□（baak⁹ laai⁴ saai⁴）」。

白蛇 baak⁹ se⁴ 水母；海蜇。

白蝕 baak⁹ sik⁹ 汗斑；花斑癬。

白鱔 baak⁹ sin⁵ 鰻鱺；生長在淡水中的鰻魚。

白鱔上沙灘——唔死一身潺 baak⁹ sin⁵ soeng⁵ sa¹ taan¹ m⁴ sei² jat⁷ san¹ saan⁴【歇】白鱔（鰻鱺）生長於泥水裏，身上多黏液，如果在沙灘擱淺，不死也出一身「潺（黏液）」。形容人遇到大難，就算能脱身也一身麻煩。

白鬚公 baak⁹ sou¹ gung¹ 老年男人：【俗】寧欺～，莫欺少年窮。

白□□ baak⁹ syt⁷ syt⁷ 雪白雪白的；白嫩白嫩的；非常潔白：鬼妹仔塊面唔使化妝都係～㗎啦【外國女孩的臉不用化妝都是白白嫩嫩的呀】。

白頭單 baak⁹ tau⁴ daan¹ ❶ 空頭支票。❷ 沒有印上公司名字、地址等資料、沒有蓋章的一般收據；白條：你攞呢張～係攞唔番錢嘅【你憑這張白條是領不到錢的】。

白頭郎 baak⁹ tau⁴ long⁴ 白頭翁，一種頭部羽毛黑白相間的鳥，以果實、害蟲為食物。

白頭浪 baak⁹ tau⁴ long⁶ 大風推動海水形成的浪，由於較高較快，前進時產生白色的浪花，故稱。

白鐵 baak⁹ tit⁸ 鍍鋅或鍍錫的鐵皮。

白車 baak⁹ tse¹【俗】緊急救護車。因其車廂為白色，故稱。又作「十字車」。

白切 baak⁹ tsit⁸ 雞鴨等（不加任何佐料）煮熟或蒸熟後切成塊，蘸調味料吃：～雞。

白灼 baak⁹ tsoek⁸ 白煮，即把新鮮的蔬菜、肉、海產等放進燒滾的水中汆熟。

白鯧 baak⁹ tsoeng¹ 鯧魚，一種海產品。身體短而側扁，味道鮮美。

白菜仔 baak⁹ tsoi³ dzai² 小白菜的一種，有時也指沒有充份生長的嫩白菜。

【小知識】：香港人一般把大白菜（包心白菜）稱為黃芽白，而以白菜統稱各種類別的小白菜，較幼嫩的便稱為白菜仔。香港粉嶺鶴藪盛產白菜仔，特徵則是莖幹短、葉身肥厚，人稱「鶴

> 藪白」，有時也寫作「學斗」。

白菜廍 baak⁹ tsoi³ po¹ 同「白菜仔」。

白話 baak⁹ wa²* 粵語；粵方言（這一叫法流行於廣東、廣西地區）。

班兵 baan¹ bing¹ 請救兵（來幫忙）：唔夠人手，你快啲去～【人手不夠，你趕快去請救兵】。

班底 baan¹ dai² 班子：新一屆理事都係舊～【新一屆理事都是舊班子】。

班頂 baan¹ deng² 賽馬術語。「頂」指最好的。比賽的馬匹通常按以往的成績分成若干班，在同一班馬中表現最好的稱班頂馬。

班房 baan¹ fong²* （班級的）課室。

班戟 baan¹ kik⁷ 薄煎餅。英語 pancake 的音譯詞。

班馬 baan¹ ma⁵ 搬救兵（來打架、幫忙）：你喺度睇實班歹徒，我返去～拉佢哋【你在這兒監視着這幫歹徒，我回去搬救兵來抓他們】。

斑馬線 baan¹ ma⁵ sin³ 畫在馬路上保障行人橫過時安全的等距白線。

斑塊 baan¹ faai³ 石斑魚塊：洋蔥炒～。

> 【小知識】用石斑魚烹製小菜，切成塊的稱「斑塊」，大塊的稱「斑球」或「斑腩」，切成小片的稱「斑片」。在較大眾化的餐廳或菜館，也會以稍為廉價的魚類代替石斑。

斑腩 baan¹ naam⁵ 用石斑、青斑的「魚腩（即魚腹部較為軟滑的魚肉）」炸製的魚肉塊：豆腐～煲。

斑片 baan¹ pin²* 石斑魚片：魚湯浸～。

板 baan² 特指照相館的相片底板，又稱「相板」：相影好啦，你聽日嚟睇～吖【相片照好了，你明天來看底版吧】。

板障 baan² dzoeng³ 室內用來間隔的木板牆。

板斧 baan² fu² 招數；本事：佢話到自己幾犀利，咪又係得嗰幾度～【他還説自己有多厲害，説穿了還不就是那幾招】？

板間房 baan² gaan³ fong²* 用木板作間隔的房間：～租金平，但間隔簡陋啲【木板間隔房間的租金便宜，但間隔較簡陋】。

> 【小知識】板間房在「唐樓（舊式樓房）」中很常見，有些房東、住戶會把房間分租，一套房多家房客的情況很普遍。

板床 baan² tsong⁴ 硬板床；木板搭的床鋪：老人家習慣瞓～【老人家習慣睡硬板床】。

辦 baan²* 樣品；樣本：貨不對～【貨物與樣品不符（亦用以比喻名不副實）】｜睇～【看貨樣】｜人～【可作為楷模的人】。

辦房 baan²* fong⁴ 專門製造商品樣本的工作室。

扮 baan³ （用長棍）使勁敲打；敲：攞支竹竿～啲楊桃落嚟食【拿根竹竿敲點楊桃下來吃】。

扮鬼扮馬 baan⁶ gwai² baan⁶ ma⁵ ❶ 裝神弄鬼：萬聖節梗係要～㗎喇【萬聖節當然要裝神弄鬼了】。❷ 裝模作樣：佢哋一個個戴晒動物頭套，～搞氣氛【他們一個個戴上動物頭套，裝扮起來製造氣氛】。｜佢最識～，模仿歌星真係似模似樣【他最會裝模作樣，模仿歌星唱得挺像那麼回事的】。

扮蟹 baan6 haai5【諧】像被水草捆紮起來的螃蟹。❶ 比喻被人五花大綁地捆綁、扣押：個賊畀人追到走入條倔頭巷，當堂～【那小偷被人追得跑進一條死胡同，當場被扣押】。❷ 喻指買股票後被套牢：今次買咗呢隻股，扮晒蟹啦【這次買了這隻股票被套牢了】。

扮嘢 baan6 je5 裝模作樣；裝樣子：佢～啫，你估佢好有錢咩【他是裝模作樣的，你以為他很有錢嗎】？

扮豬食老虎 baan6 dzy1 sik9 lou5 fu2【俗】裝瘋作傻或乘人不備以獲益。意近「咬人的狗不叫喚」：你咪以為佢唔識嘢，佢～啫【你別以為他不懂，他表面裝傻，乘人不備而獲益】。

扮 cool baan6 ku1 ❶ 裝出冷淡、冷漠的樣子：大家都開心到跳起，佢就扮晒 cool【大家都興奮得跳起來，他卻裝出冷淡的樣子】。❷ 裝扮得很帥、很酷：佢見到女仔即刻戴番副黑超～【他見到女孩子馬上戴上黑眼鏡裝酷】。

扮靚 baan6 leng3 化妝、打扮得漂漂亮亮：係女仔都鍾意～啦【女孩子都喜歡打扮的嘛】。

扮懵 baan6 mung2 裝傻；裝糊塗：一問佢借錢佢就實詐傻～【一跟他借錢他就裝傻】。

湴 baan6 ❶ 爛泥：成身泥～【一身爛泥】。❷ 泥濘：鄉下啲路好～，好難行【鄉下的路到處是泥濘，挺難走】。

辦館 baan6 gun2 大的雜貨店，主要出售香煙、汽水、洋酒、罐頭等，並會替大主顧定期送貨，過去曾極盛一時。

砰砰聲 baang4 baang2* seng1 ❶ 象聲詞。乒乓響；物件撞擊或敲門聲：道門畀人敲到～，你仲唔去睇下【門讓人家敲得嘭嘭嘭的，你還不去看看】？❷ 用作補語，表示程度很高。又作「□□聲 ba4 ba2 seng1」：今日股票升到～【今天股票狂升】。

砰門 baang4 mun4 用力關門；摔門：你咁大力～嘈醒細佬喇【你那樣摔門把弟弟吵醒了】！

八 baat8 ❶「八卦」的省稱。❷ 動詞。打聽（小道消息）：～下先【聽聽小道新聞】｜你～到啲乜嘢返嚟【你打聽到了甚麼秘密】？

八寶 baat8 bou2 好辦法；好計謀；法寶：我出盡～都救唔到佢【我用盡種種好辦法都挽救不了他】。

八爪魚 baat8 dzaau2 jy4 章魚。軟體動物，口的邊緣有八隻腕腳。

八珍 baat8 dzan1 ❶ 具有多種味道的，或用多種香料醃、煮的：～話梅。❷ 用多種材料（尤指禽畜內臟）合在一起煮成的菜：～炒麵｜～豆腐。

八卦 baat8 gwa3 ❶ 形容某些迷信者異於常人的舉動。❷ 形容人愛打聽小道消息，愛説人是非，愛管閒事，有「多事」、「多嘴多舌」之意：唔關你事你理咁多做乜嘢吖？唔好咁～喇【不關你的事兒你管那麼多幹嘛？別這麼多事兒】。

八卦週刊 baat8 gwa3 dzau1 hon2 刊登揭露社會或者各種人物奇聞軼事的週刊。

八卦妹 baat8 gwa3 mui1* 愛管閒事的女孩。

八卦婆 baat8 gwa3 po2* ❶ 迷信意識濃厚的女人。❷ 愛説是非、愛管閒事的女人。意近「事兒媽」。我唔會同啲～做朋友嘅【我不會跟愛管閒事的女人交朋友】。

八卦新聞 baat8 gwa3 san1 man2* 與名人尤其是娛樂圈名人的生活、事業或感情婚姻問題有關的新聞：呢啲明星緋聞、爭產之類嘅～我不溜都唔會留意【這類明星緋聞、爭產之類的無聊新聞，我向來都不會留意】。

八音 baat[8] jam[1] 舊指民間音樂隊及其演奏的樂曲：佢係戲班嘅大～佬【他是戲班子裏頭的大牌樂師】。

八月十五 baat[8] jyt[9] sap[9] ng[5]【謔】屁股。因中秋節的月亮較圓，故用以指代屁股：你洗乾淨個～等坐監啦【你把屁股洗乾淨等着坐牢吧】！

八妹 baat[8] mui[1]* 愛管閒事的女孩。「八卦妹」的省稱。

八婆 baat[8] po[4] ❶「八卦婆」的省稱。❷罵人語，略等於「死老太婆」、「臭女人」：死～，你唔好再嘈啦【死老太婆，你別再吵啦】。

八仙枱 baat[8] sin[1] toi[2]* 八仙桌，可圍坐八個人的四方桌。

包 baau[1] ❶擔保；保證：我～你冇事【我擔保你沒事】。｜呢樣嘢～你中意【這東西保證你喜歡】。❷同「包起」。包養：～二奶【養小老婆】。

包保 baau[1] bou[2] 同「包❶」。保管；準保：你聽阿爸話～冇錯【你聽爸爸的話準保沒有錯】。

包打包殺 baau[1] da[2] baau[1] saat[8] 全部承包辦理；甚麼都包了：你畀二十萬辦酒席，我～【你給二十萬，我全部承包辦理好酒席】。

包底 baau[1] dai[2] 保底；承擔不足之數：投資公司唔會為你嘅損失～【投資公司不會為你的損失保底】。｜一人夾一百，唔夠數我～【每人湊一百，不夠的我來付】。

包頂頸 baau[1] ding[2] geng[2] ❶專門跟別人抬槓：我講親嘢佢都～嘅【我一說話他就頂嘴抬槓】。❷喜歡跟人抬槓的人：呢個～喺度我唔想講嘢【這個抬槓大王在這兒我不想說話】。

包剪揼 baau[1] dzin[2] dap[9] 一種猜拳遊戲，普通話多稱為「剪刀錘子布」或「剪子石頭布」。玩法是各人同時伸出手，五指張開是「包」，伸兩指是「剪」，握拳則是「揼」，包贏揼， 揼贏剪，剪贏包。

包裝 baau[1] dzong[1] 美化人和事物的外部形象：而家啲歌星要學識～自己，先至容易紅【現在的歌星要學會美化自己的形象，才容易走紅】。

包租婆 baau[1] dzou[1] po[4] 向業主租房後轉租出去的女人；（女性的）二房東。男性的則稱「包租公」。

包伙食 baau[1] fo[2] sik[9] 包辦伙食：我哋公司係～嘅【我們公司是包辦伙食的】。

包伙爨 baau[1] fo[2] tsyn[3] 同「包伙食」。

包起 baau[1] hei[2] 又簡作「包」。❶包；包攬：呢幾圍枱啲數我～【這幾桌的賬我全包了】。｜食唔晒你要～呀【吃不完的東西你要包圓兒了呀】。❷包養（把女子養起來作為自己的情婦）：聽講某女星最近畀某公子～【聽說某女星當了某公子的情婦】。

包二奶 baau[1] ji[6] naai[1]* 包養小老婆；包養情婦：佢老公喺外面～【他老公在外面包養情婦】。

包尾 baau[1] mei[1]* 倒數第一；落在最後；壓尾：佢考親試都係～嘅【他每次考試都是倒數第一】。｜大家行先，我～【大家先走，我壓尾】。

包粟 baau¹ suk⁷ 苞米；玉米。

包頭 baau¹ tau⁴ 老婆婆頭戴的布箍。

包枱 baau¹ toi²* 預先在餐廳、飯店等訂座，把整張桌子包下來：我喺麗宮包咗張枱【我在麗宮（飯店）訂了座】。

包雲吞 baau¹ wan⁴ tan¹ 原意指包餛飩，亦喻指以紙巾擤鼻涕然後揉成一團（準備扔掉）：你一味喺度～，睇嚟傷風都好嚴重喎【你不停用紙巾擤鼻涕，看來傷風很嚴重呢】。

鮑魚菇 baau¹ jy⁴ gu¹ 一種新鮮蘑菇，肉質肥厚，外形像鮑魚，故稱。

鮑魚刷 baau¹ jy⁴ tsaat²* 一種橢圓形竹製小刷子，因其外形略似鮑魚，故稱。

鮑參翅肚 baau¹ sam¹ tsi³ tou⁵ 原指鮑魚、海參、魚翅、魚肚等較為名貴的菜餚原料，引指用這些原料做成的名貴菜餚：你一個月得雞碎咁多錢，仲想食～呀【你每個月就（掙）這麼點兒錢，還想吃名貴菜餚呢】？

飽滯 baau² dzai⁶ 吃得太多消化不良：我連續三日去飲，而家仲有啲～【我接連三天吃婚禮宴席，吃得太多，現在都消化不良了】。

飽噎 baau² jik⁷ 飽嗝兒：我食到係噉打～，好辛苦【我吃得不停地打飽嗝兒，很難受】。

飽死 baau² sei² 對別人的自誇表示不屑、厭惡、膩煩，或用於取笑、挖苦別人：佢話自己參加選美就實得冠軍喎，真係～【她說要是她參加選美準得冠軍，真是吹牛不怕閃了舌頭】！

飽死鬼 baau² sei² gwai² 難看，讓鬼都厭惡。意近「飽死」。

飽死荷蘭豆 baau² sei² ho⁴ laan¹ dau²*【俗】諷刺人的話，表示對別人不屑、厭煩。同「飽死」：佢扮到懶高貴噉，真係～【她裝成一副高貴的樣子，真德行】！

爆 baau³ ❶ 破裂：踩～【踩破】｜揮～【擠破】。❷ 迸出：啲火花喺個電掣度～出嚟【火花從開關裏迸了出來】。❸ 用沸油速灼：～下啲蝦先【先把蝦放在熱油裏過一下】。❹ 揭穿或洩露：～內幕｜唔好～我啲嘢出嚟【別把我的事洩露出去】。❺ 滿座：～棚｜五場都～晒【五場全滿了】。

爆錶 baau³ biu¹ ❶ 原意指用以記錄成績的秒錶的讀數都不夠用了，即破紀錄之意。❷（比喻）超支：結婚嘅預算～【結婚的預算嚴重超支】。

爆煲 baau³ bou¹ ❶ 原指鍋破裂了，借喻洩露秘密：呢件事一～就不得了【這件事一旦洩露出去就不得了】。❷ 鍋都要爆炸了，形容事物超乎正常狀態很多：公開試臨近，考生壓力～【公開試臨近，考生壓力超大】。

爆大鑊 baau³ daai⁶ wok⁹ 把重要內情暴露出來，公之於眾。常用於指披露罪案或不光彩的內幕：佢有好多堅料喺手，遲早～【他掌握很多重要的內情，早晚揭露出來公之於眾】。

爆燈 baau³ dang¹（比喻）遊戲中表演超水平，得分超過最高指標。「燈」指顯示程度的閃燈。

爆炸 baau³ dza³ ❶ 太多：資訊～。❷（熱得）厲害：熱到～【熱得很厲害】。

爆樽 baau³ dzoen¹ 用玻璃瓶向別人施襲：佢畀人～受咗傷【他被人用玻璃瓶襲擊受了傷】。

爆肺 baau³ fai³ 氣胸：佢透氣唔順，醫生話係～【他呼吸不順，醫生説是氣胸】。

爆火 baau³ fo² 發脾氣；發火：你有嘢慢慢講，唔使～【你有話好好説，不必發火】。

爆格 baau³ gaak⁸ 入屋盜竊。又作「爆竊」。

爆缸 baau³ gong¹ 原指汽車引擎過熱報廢，借喻被人毆打至出血。

爆穀 baau³ guk⁷ 又作「爆谷」。用大火煎炒稻穀，爆開後去殼，類似爆米花。

爆骨 baau³ gwat⁷ 衣服接縫處綻開：你條褲～，醜死怪【你的褲子接縫處綻開了，難看極了】。

爆響口 baau³ hoeng² hau² 揭露秘密；洩露秘密；公開消息；説穿：佢～話份文件係假嘅【他洩漏了一句，説文件是假的】。｜你千祈唔好～呀【你千萬別洩露秘密呀】。

爆血管 baau³ hyt⁸ gun² 血管爆裂。通常指因腦血管爆裂而中風：唔好咁勞氣，因住～呀【別這麼生氣，小心血管爆裂了】。

爆籃 baau³ laam²* 籃球比賽術語。上籃；突破防守投籃：佢咁高，～話都冇咁易【他個子那麼高，突破上籃實在太容易了】。

爆冷 baau³ laang⁵ 同「爆冷門」。

爆冷門 baau³ laang⁵ mun²* 發生出人意料的事；出現冷門。又簡作「爆冷」：你估今場比賽會唔會～吖【你猜這場比賽會不會出現冷門呢】？

爆料 baau³ liu²* 將情況或消息公開：佢響記者招待會度～【他在記者招待會上把他知道的都透露出來】。

爆咪 baau³ mai¹（比喻）聲音高亢嘹亮，表演超水平。「咪」指麥克風。佢幾乎首首歌都唱～【他幾乎每一首歌都超水平發揮，大受歡迎】。

爆滿 baau³ mun⁵ 滿座：呢場波，成個球場～【這場球賽，整個體育場都坐滿了】。

爆芽 baau³ nga⁴ 植物綻出新芽：啲樹枝～喇【樹枝綻出新芽了】。

爆棚 baau³ paang⁴ ❶ 粵劇演出精彩非常，觀眾擠破戲棚。❷ 活動場所座無虛席。❸ 物品放置得很滿：我個書櫃早就～，冇位再放新書【我書櫃的書早就放滿了，沒有位置再放新書】。❹ 十分充足：佢真係信心～【他真是信心十足】。

爆山 baau³ saan¹ 用炸藥炸開山上的石頭、泥土：嗰邊～，唔好行過去【那邊在炸石頭，別走過去】。

爆石 baau³ sek⁹ ❶ 用炸藥炸開岩石，意近「爆山」。❷【俗】比喻大解。

爆竊 baau³ sit⁸ 入屋盜竊。又作「爆格」：我屋企琴晚畀人～【我家昨晚給盜賊入屋盜竊】。

爆呔 baau³ taai¹ ❶ 車胎破裂了，「呔」即車胎。❷ 喻指累得大喘氣：你真係虧，未上到山頂就～【你體質真弱，還沒到山頂就氣喘吁吁了】。❸ 比喻褲子的縫合處破裂了：你條褲～都唔知【你的褲線裂開了你還不知道】？

爆肚 baau³ tou⁵ 演員臨場即興發揮，現編台詞：做戲唔照劇本做，自己亂咁～，噉點得【演戲不照着劇本演，自己亂編台詞，這怎麼行呢】？

爆拆 baau³ tsaak⁸ 皮膚皴裂：我凍到～【我給凍得皮膚皴裂】。

爆廠 baau³ tsong²（輸贏）超出一般程度：佢啲貼士好準，跟佢買股隨時贏～【他的內部消息很準，跟他買股票隨時贏大錢】。

爆粗 baau³ tsou¹ 罵娘；説髒話、粗話：唔好提呢條友，一講起佢我就忍唔住想～㗎啦【別跟我提這小子，一説起他我就忍不住想罵娘】。

骲 baau⁶ 用身體推擠；撞擊；拱：佢橫衝直撞，見到人就～開【他橫衝直撞，見人就推擠開】。

齙牙 baau⁶ nga⁴ 犬齒突出；虎牙：佢兩隻～箍牙之後就生番好【她兩隻虎牙進行矯正後現在長齊了】。

跛 bai¹ 瘸：～佬【瘸子】｜佢隻腳～～地【他的腳有點瘸】。

跛腳鴨 bai¹ goek⁸ ngaap⁸ 英語 lame duck 的意譯詞。瘸腳鴨子。❶ 喻指任期即將結束而權力受限、辦事難有實效的政府及立法機構：有人話香港政府似～，管治失效【有人説香港政府權力受限，管治失效】。❷ 喻指同一事物的兩個方面中，某方面有缺陷、不足：近年體壇有陰盛陽衰的～現象。

跛腳佬 bai¹ goek⁸ lou² 瘸子。

弊弊冇咁弊 bai²* bai⁶ mou⁵ gam³ bai⁶【俗】糟得沒法再糟：再唔制止，搞到場面失控就真係～喇【再不制止，弄到場面失控就糟得無以復加了】。

閉恭 bai³ gung¹ 大便秘結，又作「結恭」，為便秘的雅稱：食多啲青菜同生果就唔會～【多吃點兒蔬菜水果就不會大便秘結】。

閉翳 bai³ ngai³ 發愁；鬱悶；抑鬱；不開心：佢呢排成日好～嘅【他最近整天很不開心】。

弊 bai⁶ 糟糕；糟了：～啦，唔記得帶筆嚟【糟糕，忘了帶筆來】。｜若果趕唔切上機就～啦【如果誤了飛機就糟了】。

弊傢伙 bai⁶ ga¹ fo² 真糟糕；壞事兒了；大事不妙：～，我個銀包唔見咗【壞事兒了，我的錢包丢了】。

北菇 bak⁷ gu¹「北江香菇」的省稱。這是一種較厚的香菇，出產於粵北韶關一帶。

北姑 bak⁷ gu¹【貶】指從內地（香港以北）來港的青年女子，又特指從事皮肉生意的或被包養為「二奶」的女子。粵式菜餚有「北菇雞」，「雞」在粵語中借指妓女，遂以諧音「北姑」指代這類女子：呢度好多～企晒喺街度兜客【這兒很多大陸來的妓女站在街上招引男人】。

北芪 bak⁷ kei⁴ 黃芪（中藥）。

北佬 bak⁷ lou²【蔑】北方佬（指北方人，含輕蔑意）。

泵 bam¹ 英語 pump 的音譯詞。❶ 水泵；抽水機。❷ 抽水；泵水：～啲水上來【把水抽上來】。❸ 打氣筒。❹ 打（氣）：攞個單車泵嚟～下氣【拿打氣筒來給單車打打氣】。

泵把 bam¹ ba² 保險槓。英語 bumper 的音譯詞：我架車～斷咗【我的車保險槓斷了】。

泵氣 bam¹ hei³（給輪胎）打氣：條呔要～喇【這輪胎得打氣了】。

賓妹 ban¹ mui¹*【俗】在香港當家庭傭人的菲律賓女子。

賓周 ban¹ dzau¹ 男性性器官的俗稱，多用來指稱男孩的外生殖器。

賓治 ban¹ dzi⁶ 一種飲料，由果汁、香料、酒等混合調製而成。英語 punch 的音譯詞：雜果～。

檳榔芋 ban¹ long⁴ wu⁶ 芋頭的一種，味較香，熟後較鬆軟。

檳榔薯 ban[1] long[4] sy[4] 紅薯的一個品種，味道類似檳榔芋頭，較甜。

稟神 ban[2] san[4] ❶ 祈禱；向神靈禱告。❷ 引指喃喃自語，囉囉嗦嗦：老媽子成朝喺度～嘅，真係畀佢煩死【媽一上午嘮叨個沒完，煩死人】！

稟神都冇句真 ban[2] san[4] dou[1] mou[5] goey[3] dzan[1]【俗】跟神靈禱告都不說真話，形容人大話連篇，吹牛皮：你唔好信佢，佢～【你不要相信她，她一句真話都沒有】。

擯 ban[3] 編；梳理（辮子等）：～辮【梳辮子】。

笨鈍 ban[6] deon[6] ❶ 笨頭笨腦；舉動不靈活：佢自細～【他從小笨頭笨腦】❷ 又大又粗笨：張枱好～【這張桌子又大又粗笨】。

笨豬跳 ban[6] dzy[1] tiu[3] 英語 bungee jump 的音意合譯。高空彈跳；蹦極跳。一種用彈性保險繩繫住身體或足踝由高處跳下的冒險性體育活動。

笨屎蟲 ban[6] si[2] tsung[4] 蜣螂，屎殼郎，吃動物的屍體糞便，常把糞滾成球形。

笨柒（閂） ban[6] tsat[9] 粗話。笨蛋；蠢蛋。你正～，冇鬼用【你是大笨蛋，毫無用處】。

崩 bang[1] 缺；殘缺；破：打～頭【打破頭】｜～咗兩隻牙【缺了兩隻牙】。

崩大碗 bang[1] daai[6] wun[2] 草名，學名積雪草，小圓葉，邊緣鋸齒形。可作藥用，也可作盆栽觀賞植物。

崩仔 bang[1] dzai[2] 一種追隨「朋克」潮流，穿着打扮另類的青年。「崩」又音 pang[1]，是英語 punk 的音譯。

崩嘴茶壺——難斟 bang[1] dzoey[2] tsa[4] wu[2]* naan[4] dzam[1]【歇】豁嘴茶壺，難以斟茶。「難斟」是雙關語，表示難商討、商量：呢單嘢有咁多人插手，真係～【這件事情有那麼多人插手，要談成功不容易】。

崩口 bang[1] hau[2] 兔唇；豁嘴：佢哋成日蝦個～仔【他們常常欺負那個豁嘴的男孩兒】。

崩口人忌崩口碗 bang[1] hau[2] jan[4] gei[6] bang[1] hau[2] wun[2]【俗】豁嘴的人忌諱缺口的碗。喻有缺陷的人忌諱類似的事物：佢失戀你就唔好喺度猛提情人節啦，～呀【她失戀你就別老提情人節了，人家忌諱】。

崩沙 bang[1] sa[1] 一種麵製油炸甜食，形似蝴蝶，金黃，酥脆，是順德大良的特產。

鏰 bang[1] 硬幣。窮到一個～都冇【窮得連一個子兒都沒有】。

憑 bang[6] 倚靠；靠在：將塊板～喺枱邊【把木板靠在桌子旁邊】。

捭 bat[7] ❶ 盛；舀：～飯【盛飯】｜～餸【盛菜】。❷ 撮：～垃圾【撮垃圾】。

不單止 bat[7] daan[1] dzi[2] 不但；不僅；不止，意同「不特止」：我哋～完成咗工作量，重超額添【我們不僅完成工作量，還超額呢】。

不特止 bat[7] dak[9] dzi[2] 不但；不僅；不止：佢逃學～，仲偷嘢添【他逃學不說，還偷東西】。

不值 bat[7] dzik[9]【文】為被冤枉、受欺騙者而感到不平或惋惜，口語多作「唔抵」：佢白白冇咗份工，大家都戥佢～【他平白無故沒了工作，大家都為他忿忿不平】。

不俗 bat[7] dzuk[9]【文】相當好：呢棟樓今

日開始發售，反應～【這幢大廈今天開始發售，反應相當好】。

不菲 bat7 fei1【文】不少，一般指金錢上的大數量：呢隻錶價值～【這塊手錶價值很高】。｜佢收入～【他收入不少】。

不見天 bat7 gin3 tin1 豬的前肢腋下的肉。

不經不覺 bat7 ging1 bat7 gok8 不知不覺；不經意。口語多作「唔經唔覺」：～又過咗三年【不知不覺又過了三年】。

不宜 bat7 ji4 不如：～去玩乒乓波仲好【不如去打乒乓球更好】。

不求人 bat7 kau4 jan4 癢癢撓兒（一種撓背工具）。

不溜 bat7 lau1* 向來；一直：佢～都同我好啱嘅【他一直跟我關係很好】。

不落家 bat7 lok9 ga1 舊時廣東、福建一帶的一種婚俗。即出嫁後仍常住娘家，只有節日和重大日子時，才返夫家侍奉一日一宿，待懷孕後，才隨夫生活，正式「落家」。

不文 bat7 man4 不文明，不文雅，特指下流的、黃色的：～動作【下流動作】｜～作家【黃色作家】。

不文物 bat7 man4 mat9 【婉】陽具。

筆嘴 bat7 dzoey2 筆尖。

筆墨 bat7 mak9 學問；文章：大伯父嘅～幾好嘅【大伯父的學問精深】。

筆芯電 bat7 sam1 din6 AA 型電池（內地稱五號電池；台灣稱三號電池），常用於各式家電的遙控器。

筆升 bat7 sing1 筆筒：呢個古董～好值錢【這個古董筆筒很值錢】。

筆塔筒 bat7 taap8 tung2* 筆套；筆帽。又作「筆塔」。

拔蘭地 bat9 laan1* dei2* 白蘭地。英語 brandy 的音譯詞。

啤 1 be1 ❶ 啤酒之省稱。英語 beer 的音譯：生～（生啤酒）。❷ 喝啤酒：去邊度～一～【去哪兒喝杯啤酒】？

啤 2 be1 用注塑機壓出塑膠產品：～機【注塑機】。

啤酒妹 be1 dzau2 mui1* 飯店、餐廳中專門負責推銷啤酒的女推銷員。這種推銷人員通常受僱於啤酒生產商或銷售商。

啤酒肚 be1 dzau2 tou5 因發胖而挺出的大肚皮。民間說法謂喝啤酒會導致肚皮凸出，故稱。

啤梨 be1 lei2* 洋梨。英語 pear 的音意合譯。

啤令 be1 ling2* 滾珠軸承。英語 bearing 的音譯詞。

睥 be1 盯着；用眼睛長時間盯着：眼～～【眼睜睜盯着】｜～咩～【看甚麼看】！

比（畀）分 bei2 fan1 打分：陳 Sir ～好嚴㗎【陳老師打分很嚴】。

比堅尼 bei2 gin1 nei4 比基尼泳衣；三點式泳衣。英語 bikini 的音譯詞：佢着唔慣～【她穿不慣三點式泳衣】。

比拼 bei2 ping3 比較：將呢兩件衫～下，就知邊件好【把兩件衣服比較一下，就知道哪一件更好】。

比數 bei2 sou3（比賽的）比分：香港隊大～贏咗對方【香港隊大比分贏了對方】。

畀（俾） bei2 ❶ 給：～住三百蚊我先【先給我三百塊錢】。｜你寄～我就得啦【你寄給我就行了】。❷ 被；讓（表被動，或引入施動者）：我真係～佢激死呀【我真被他氣死了】。｜阿媽唔～我出夜街

【媽媽不讓我晚上出去】。

畀個水缸你做膽 bei² go³ soey² gong¹ nei⁵ dzou⁶ daam²【俗】給你天大的膽。又說「畀個天你做膽」。一般用於表示藐視對方沒有膽量做事：你咁驚老婆，～你都唔敢鬧佢【你這麼怕老婆，給你天大的膽你也不敢罵她】。

畀高帽佢戴 bei² gou¹ mou²* koey⁵ daai³ 吹捧他；給他戴上高帽子：人哋～佢就以為自己真係好叻【人家吹捧他他就以為自己真的有本事】。

畀鬼責 bei² gwai² dzaak⁸ 做噩夢，覺得有重物壓在身上：琴晚我～，好驚【昨天晚上我做噩夢，很害怕】。

畀鬼迷 bei² gwai² mai⁴ 罵詈語。指人失魂落魄：你～呀，叫你做嘅嘢樣樣你都唔記得【你失魂落魄的，叫你做的事你全忘了】！

畀過 bei² gwo³ ❶ 交給：將呢件衫～佢【把這一件衣服交給她】❷ 再度；再給：我唔中意讀呢本書，～第二本我【我不喜歡讀那本書，再給我另外一本】。

畀雷劈 bei² loey⁴ pek⁸ 罵詈語。挨雷擊；遭天譴：你咁冇良心，因住～【你那麼沒良心，小心挨雷擊】。

畀面 bei² min²* 賞臉；給面子；看……的面子：佢咁唔～呀【他這麼不肯賞臉呀】！｜～你大佬，呢次放過你【看你大哥的面子，這回放過你】。

畀眼睇 bei² ngaan⁵ tai² 等着瞧：～啦，我唔會輸畀你嘅【你等着瞧吧，我一定不會輸給你的】。

畀西瓜皮你踩 bei² sai¹ gwa¹ pei⁴ nei⁵ tsaai² 故意把西瓜皮放在地上讓人家踩（使其摔跤滑倒），即挖陷阱讓人家跳，坑害、陷害人家之意：人哋～你仲唔醒水【人家坑了你你還不警覺】？

畀心機 bei² sam¹ gei¹ 用心；努力；下功夫：～聽先生講呀【用心聽老師講啊】。

髀（肶） bei² 大腿：雞～【雞腿】｜大～【（人的）大腿】。

髀罅 bei² la³ 腹股溝：佢畀人踢傷～【他給人踢傷了腹股溝】。

痹 bei³ ❶ 麻；發麻；麻木：我隻腳～到唔嘟得【我的腳麻得動都動不了】。❷「骨痹」的省略。肉麻。❸（好得）令人陶醉；好極了：佢唱情歌冧到～【他唱情歌深情得令人陶醉】。

泌（滗） bei³ 過濾；將水與渣滓分開：～啲菜汁煲粥畀 BB 食【濾了點兒菜汁熬粥給寶寶吃】。

秘撈 bei³ lou¹ 在正常的職業之外，再兼做其他職務，賺取外快。秘即「秘密」（老闆通常不喜歡職員在外兼職，故須秘密行事）；「撈」指撈錢、掙錢：以前啲後生仔，好少唔去～【以前的年輕人，很少不私下兼職賺外快的】。

庇護中心 bei³ wu⁶ dzung¹ sam¹ ❶ 政府在颱風、暴雨等緊急事故時開放給市民作臨時住宿用的地方（通常是社區中心和學校）。❷ 一些社會服務機構為遭遇家庭暴力或危機的婦女及其子女提供的臨時居所。

避風塘 bei⁶ fung¹ tong⁴ 海港邊被防波堤圍起來的風浪較小的海面，可供船隻在風暴來襲時避風。

避忌 bei⁶ gei⁶ 避諱；忌諱：我唔怕講喋，呢啲嘢有乜嘢好～啫【這種事我不怕說出來，有甚麼好忌諱的呢】？

避禮 bei⁶ lai⁵ 舊風俗，女子訂婚時要到親戚家躲避幾天。

避年 bei6 nin4 過年時到外地躲避應酬：佢去外地～【他到外地躲避過年應酬】。

避車 bei6 tse1 錯車；兩車相向行駛或後車超越前車，一車在緩衝區或路旁暫停讓路，讓另一車順利通行。

鼻哥 bei6 go1 鼻子。

鼻哥窿 bei6 go1 lung1 鼻孔。

鼻哥窿冇肉 bei6 go1 lung1 mou5 juk9【俗】形容受驚嚇程度很深。粵人認為鼻子原來是完整的，只是因為受了驚嚇把兩坨肉嚇掉了，才露出兩個鼻子眼兒：驚到～【嚇得我鼻子眼兒都沒肉了】。｜上次玩笨豬跳，嚇到我～【上次玩蹦極跳，嚇得我心都跳出來了】。

鼻腍 bei6 nam4 鼻腔充滿鼻涕要流出來的感覺：我今朝～得好緊要【今天早上我總覺得想流鼻涕】。

鼻水 bei6 soey2 鼻涕。

鼻涕蟲 bei6 tai3 tsung4 鼻子整天掛着鼻涕的小孩。

賓士 ben1 si2* 奔馳牌汽車。這是德語Benz的音譯詞。

餅 beng2 ❶ 量詞。盒（專指錄音帶和錄像帶）。❷【俗】數詞。萬：一～嘢【一萬塊錢】。❸ 餅狀之物：屎～【乾屎餅】｜柿～【乾柿子餅】。

餅家 beng2 ga1 生產和售賣餅食糕點的商店。

餅印 beng2 jan3 ❶ 即「餅模子」。❷ 比喻兩人相貌相似，就像出自同一餅模子：佢哋兩兄弟成個～噉【他們兄弟倆就像一個模子做出來的】。

餅咭 beng2 kaat7 由糕餅店發售的糕點換領券：佢買咗三張～【他買了三張糕點換領券】。

併 beng3 藏；收藏：啲贓物～埋喺邊【那些贓物藏在哪兒】？

病君 beng6 gwan1 常患病的人；老病號，藥罐子：佢是～嚟嘅，入醫院就好似返屋企噉【他是個老病號了，進醫院就跟回家似的】。

病貓 beng6 mau1 比喻有病的人或精神疲憊、體質衰弱的人；好欺負的人：老虎唔發威你就當係～呀【老虎不發威你就以為牠好欺負的啊】！

病態賭徒 beng6 taai3 dou2 tou4 嗜賭成性、無可救藥的賭徒。

病壞 beng6 waai2* 臉帶病容，精神疲憊，身體衰弱的樣子：佢成個～噉，點打功夫呀【他弱不禁風的，怎麼練武術啊】？

啤啤 bi4 bi1 又寫作「BB」，也可簡作「B」。嬰兒；幼兒。英語baby的音譯。亦作「啤啤仔」：你個～食母乳定奶粉【你的孩子吃母乳還是奶粉】？

啤啤仔 bi4 bi1 dzai2 同「啤啤」。

迫 bik7 ❶ 擠；推擠：唔好～過嚟呀，我呢邊都無埞企啦【別擠過來呀，我這邊都沒地兒站了】。❷ 擁擠：放工時間，巴士係咁～㗎啦【下班時間，公共汽車就是這麼擁擠的】。❸ 逼；逼迫：你～我都無用，我真係唔知【你逼我也沒用，我真的不知道】。❹ 緊迫：快啲呀，時間好～喇【快點兒，時間很緊迫了】。

迫窄 bik7 dzaak8 狹窄；狹小。佢屋企咁～，點搞生日party呀【他家那麼狹小，怎麼搞生日會呢】？

迫狹 bik7 gip9 狹窄而擁擠：條街好～，想行快啲都唔得【這條街又窄又擁擠，想走快點都不行】。

逼人 bik⁷ jan⁴ 擁擠。同「逼 ❷」。

逼車 bik⁷ tse¹ 乘搭（通常很擁擠的）公共汽車、電車：唔夠錢搭的士，惟有～返去【坐計程車不夠錢，只好擠公共汽車回去】。

逼倉 bik⁷ tsong¹ 金融術語。因投資產品價格大幅下跌或上升，造成虧損，使按金低於規定之要求，金融機構要求投資者追補按金。

煏 bik⁷ 烹飪用語。烤；烘烤；用猛火煮：～乾｜用猛火～啲肥油出嚟【用猛火煮讓肥肉出油】。

逼力 bik⁹ lik⁷（汽車的）制動系統；剎車。英語 brake 的音譯詞：架車嘅～有問題，要整下至得【這輛車的剎車有問題，得修修才行】。

邊 bin¹ 哪；哪兒：～本書係你嘅【哪本書是你的】？｜你去～呀【你去哪兒】？

邊度 bin¹ dou⁶ ❶ 哪裏；哪兒：架電視喺～買㗎【這台電視機在哪兒買的】？❷ 哪裏（都）；到處（泛指隨便甚麼地方）：～都有得賣㗎喇【哪兒都有賣的】。

邊個 bin¹ go³ 哪個；誰：～話㗎【誰說的】？｜～係你大佬【哪個是你哥哥】？

邊處 bin¹ tsy³「處」又音 sy³。同「邊度」。

鞭 bin¹【俗】雄性動物的陰莖：三～酒（三種雄性動物陽具炮製的壯陽補酒）。

扁嘴 bin² dzoey² ❶ 鴨子的戲稱。❷ 形容要哭時嘴巴扁扁的樣子，或借指哭：一話佢佢就～【一說她她就哭】。

扁魚 bin² jy²* 白鰱魚。

扁□□ bin² tet⁹ tet⁹ 扁扁的：你做乜嘢將個袋壓到～噉【你幹嘛把提包壓得扁扁的】？

變態 bin³ taai³ 形容行為怪異：～佬｜佢好～，收埋好多女性用品【他行為很怪異，收藏了很多女性用品】。

便¹ bin⁶ 邊兒（用於作方位名詞的詞尾）：左～｜東～｜入～【裏邊】｜出～【外面】。

便² bin⁶「方便」的省略：你幫我帶封信畀阿姨～唔～呀【你替我給阿姨帶封信方便嗎】？

便裝警員 bin⁶ dzong¹ ging² jyn⁴ 便衣警察。

便服日 bin⁶ fuk⁹ jat⁹ 香港公益金一年一度的慈善籌款活動日。捐款者當日可不穿着校服、制服或西裝，而改為穿着便服上學或上班。

便利店 bin⁶ lei⁶ dim³ 24 小時營業的雜貨連鎖店，規模小而分店多，以售賣食品、日用品、藥品為主。

> 【小知識】香港主要的便利店有「7-11」和「OK」。

冰 bing¹ 即「冰毒」。這是其英語俗稱 ice 的意譯詞。

冰毒 bing¹ duk⁹ 一種毒品的俗稱，又稱作「冰」。冰毒原為興奮劑甲基苯丙胺，可供藥用，後被吸毒者濫用，成為一種新型毒品。因其原料外觀為純白結晶體，晶瑩剔透，類似冰塊，故稱。

冰格 bing¹ gaak⁸ 電冰箱的速凍箱：雪糕要放喺～【冰淇淋要放在速凍箱】。

冰片糖 bing¹ pin³ tong⁴ 一種方片形的冰糖。

冰室 bing¹ sat⁷ 冷飲店。

冰箱 bing¹ soeng¹ ❶ 作速凍或冷藏用的箱子：野餐帶埋個～，放啲飲品帶去飲【野餐帶個速凍箱子，放些飲料帶去喝】。❷ 電冰箱的速凍箱。同「冰格」。

乒乓波 bing[1] bam[1] bo[1] 乒乓球。

兵頭 bing[1] tau[2*] ❶（軍隊的）司令官、指揮官。❷ 舊時指香港總督。

兵頭花園 bing[1] tau[4] fa[1] jyn[2*]「香港動植物公園」的別稱，因園址曾用作香港總督府（總督又稱兵頭），故稱。

丙 bing[2]【俚】打：搵人～佢一鑊【找人揍他一頓】。

乒鈴嘭唥 bing[4] ling[1] baang[4] laang[4] 象聲詞。乒乒乓乓；劈里啪啦（形容東西撞擊或槍、鞭炮等的聲響）：道門畀人敲到～嘅，你仲唔去睇下係邊個【門被敲得乒乓響，你還不去看看是誰】？

咇 bit[7] 液體受擠壓而經小孔噴射出來：一撚個袋，啲水就～出嚟【一擠，袋子就噴水出來了】。

必殺技 bit[7] saat[8] gei[6] 殺手鐧：我有～，奪冠冇問題【我有殺手鐧，拿冠軍沒問題】！

標 biu[1] ❶ 噴；噴射；迸（多指液體）：條水喉漏咗，啲水～到我周身濕晒【水管漏了，水噴得我全身都濕透了】。❷ 萌（芽）；冒（出來）：啲種子～芽啦【種子都萌了芽】｜嚇到～汗【嚇得冒汗】。❸ 竄；衝：條魚一～就唔見咗【那條魚一竄就不見了】。｜槍一響，佢就由起跑線～咗出來【槍一響，他就從起跑線衝了出來】。

標奇立異 biu[1] kei[4] laap[9] ji[6]【貶】標新立異。指故意將言行或事物弄得新奇特別，以示與眾不同：佢哋中意～，所以着成噉【他們喜歡標新立異，所以穿戴成這副模樣】。

標參 biu[1] sam[1] 綁票。參，指肉票，因人參貴重、白胖，故用以比喻有錢人：佢個仔畀人～，周圍借錢想贖番個仔【他兒子被綁架了，到處借錢想贖回兒子】。

標貼 biu[1] tip[8] ❶ 指張貼標語或海報等：禁止～【禁止張貼標語海報】。❷ 貼在或繫在物品上、身上，作標記用的小紙片：大家要將旅行社嘅～貼喺身上【大家要把旅行社的標記貼在身上】。

標青 biu[1] tseng[1]（相貌或才藝）出眾；拔尖兒；出類拔萃：班女仔入便佢係最～嘅【那群女孩子裏面，她是長得最漂亮的】。｜你讀書咁～，唔會唔識呢個字啩【你讀書這麼出類拔萃，不會不認識這個字吧】？

標會 biu[1] wui[2*] 即「合會」。指小團體內，依靠互相信任維繫的一種集資及貸款活動。

【小知識】上世紀七十年代以前「錢會」活動頗為流行，性質類似銀行存款及借貸。通常由一個大家信任的人（會頭）負責收錢，滿若干期後各人可得回所供款項。每月，有需要借錢的人須「落標」（投標）以決定所借款項與實得款項的差額，此差額同時亦作為其他供款者的利息，即各人每月實際所供款項是應供款項減去這個差額之後的數目。而最後借款者（會尾）所得的利息也最多。

飆升 biu[1] sing[1] 指急促上升，多見於書面語：海暉實業集團被收購後，股價大幅～【海暉實業集團被收購後，股價急促上升】。

錶肉 biu[1] juk[2*] 錶芯；鐘錶的走時部份。

錶面 biu[1] min[2*] 鐘錶或儀錶上的刻度盤，上面有表示時間度數等的刻度或數字。

表表者 biu² biu² dze²【文】佼佼者：論到文字功夫，佢喺我哋幾個中間應該算係～㗎啦【説到文字的水準，他在我們幾個中間應該算是佼佼者了】。

表哥 biu² go¹【謔】早年稱內地來香港工作或定居的青年男子。

表妹 biu² mui²*【謔】早年稱內地來香港工作或定居的青年女子。

表嬸 biu² sam²【謔】早年稱內地外派來香港工作的女性人員，意同「表叔」。（參見該條）

表少 biu² siu⁶ ❶ 丈夫的表弟。❷ 表少爺，對年輕男性表親的尊稱。

表叔 biu² suk⁷【謔】早年稱內地來香港公幹的官員，或在各機構、企業工作的外派男性人員。源於中國文革時期著名京劇樣板戲《紅燈記》台詞「我家的表叔數不清」：我哋公司係中資嘅，高層好多都係～【我們公司是中資的，高層很多都是內地派到香港工作的男性人員】。

表錯情 biu² tso³ tsing⁴ 指某人説話、做事弄錯了對象或誤解了他人的原意：你～喇，呢位先至係董事長【你誤會了，這位才是董事長】。｜唔好～呀，我係請佢，唔係請你呀【別誤會，我是請他，不是請你】。

裱 biu² ❶ 裝裱：～呢幅畫要幾多錢【裝裱這幅畫要多少錢】？❷ 裱糊：呢隻暗花牆紙～房間都唔錯【這種暗花圖案的牆紙裱糊房間也不錯】。

波¹ bo¹ ❶ 球。英語 ball 的音譯詞。亦引指球賽：～板【球拍】｜世界～【具有世界水平的漂亮球】｜呢場～好精彩【這場球賽很精彩】。❷ 風球的俗稱。「風球」為早年天文台表示颱風級數的單位：而家掛咗八號～啦【現在已經掛出了八號風球了】。❸【俚】喻指女性乳房：有～有㗎【豐乳肥臀】。❹ 頭髮的波紋。

> 【小知識】香港天文台發出颱風警告時，會在全港各地設立的信號站懸掛代表颱風信號的標誌，即「風球」（或稱「波」），隨着最後一個信號站關閉，2002年天文台停止懸掛「風球」，改為發出「信號」；「除下風球」改為「取消信號」。

波² bo¹ 檔；排檔：～箱【變速齒輪箱】｜～棍【變速桿】｜二～轉三～【從二檔換到三檔】。

波³ bo¹ 舞會。英語 ball 的音譯詞：去親～呢幾個女人都要鬥下邊個扮得靚啲【每次出席舞會這幾個女人都要拼一下誰打扮得更漂亮點兒】。

波霸 bo¹ ba³【俚】指乳房很大的女人：佢自吹係～【她自誇是乳房最大的女人】。

波板 bo¹ baan² 乒乓球拍。

波板糖 bo¹ baan² tong²* 圓形的板狀棒棒糖。因其外形似乒乓球拍，故稱。

波餅 bo¹ beng² 被球擊中稱「食波餅」，用球擊別人則稱「揸波餅」：唔好企咁埋，因住食～【別站那麼近，小心當了球靶子】。

波缽 bo¹ but⁷ 高幫的球靴，一般指足球運動鞋。英語 ball 和 boot 音譯的組合。

波打酒 bo¹ da² dzau² 黑啤酒。「波打」是英語 porter 的音譯。

波子 bo¹ dzi² ❶ 滾珠。❷ 彈子；彈球兒；玻璃球兒：我細個好中意玩～【我小時候很喜歡玩彈球兒】。

波經 bo¹ ging¹ 球賽的學問、戰術、經驗等及相關評論：我好中意聽阿華叔講～【我挺喜歡聽華叔評論球賽】。

波鞋 bo1 haai4 球鞋；運動鞋。

波纜 bo1 laam2* 球賽的賭注。

波樓 bo1 lau2* 枱球室。

波羅雞——靠黐 bo1 lo4 gai1 kaau3 tsi1【歇】波羅雞是在波羅廟廟會期間賣的一種紙糊玩具雞，身上的雞毛是粘上去的。「黐」即「粘貼」。引申為吃白食，或借機會佔便宜：佢月尾使晒份糧，惟有一味～【他月底把這個月的工資花光了，只好靠蹭吃蹭喝來度日】。

波牛 bo1 ngau4【俗】喻指沉迷於踢球或打球的青少年。

波衫 bo1 saam1 ❶ 球衣。❷ 晚禮服。

波士 bo1 si2* 老闆；上司。英語 boss 的音譯詞：我～好惡死【我的老闆很兇】。

波箱 bo1 soeng1 汽車的變速齒輪箱。

波恤 bo1 soet7 球衣；運動衣。英語 ball 和 shirt 音譯的組合。

波場 bo1 tsoeng4 ❶ 球場。❷ 舞場。

玻璃生菜 bo1 lei1* saang1 tsoi3 質量最好的一種生菜。

菠蘿釘 bo1 lo4 deng1 原指菠蘿的釘眼。削菠蘿時釘眼都要去掉，喻毫無用處或沒有利用價值的人或事物：人哋幫你做咗一世，而家老咗你就當佢～，因住有報應呀【人家幫你幹了一輩子，現在老了你就當他是垃圾，小心有報應】！

菠蘿蓋 bo1 lo4 goi3 膝蓋骨；髕骨。

嚩 bo3 語氣詞。❶ 表示轉告；商量；祈求；警告：落雨～，仲去唔去呀【下雨了，還去不去】？｜你噉樣使錢唔係幾妥～【你這樣亂花錢不大妥當吧】！｜好咯～，再講我嬲㗎喇【夠了！再說我要生氣了】！❷ 表示醒悟；讚賞：係～，唔記得買報紙添【這才想起來，忘記買報紙了】！｜你幾叻～【你真能幹啊】！

撲 bok7（用棍棒等）打；砸；敲：攞個啤酒樽兜頭～落去【拿着啤酒瓶照着腦袋砸下去】。

撲撲齋 bok7 bok7 dzaai1【諧】私塾。私塾老師常用尺子敲頭的方式懲罰學生，故稱。

撲帽 bok7 mou2* 瓜皮帽；像半個西瓜皮形狀的舊式便帽。

撲濕 bok7 sap7 原指打人出血，引申為把人打得落花流水，頭破血流：搵兩個兄弟～佢【找兩個兄弟把他狠揍一頓】。

撲頭黨 bok7 tau4 dong2 在街頭用物件擊打受害者頭部以搶走他人財物的匪徒。

撲槌 bok7 tsoey2* 砸槌。原指拍賣師敲定競拍者最後的報價，引申為拍板、做出最後決定：買咁貴嘅嘢梗係要傾掂價錢之後至～【買這麼貴的東西當然得先談好價錢，然後才拍板購買】。

壆 bok8 ❶ 堤壩。❷ 地面上築起的埂兒：汽車失事撞咗上石～【汽車失事撞上了（路中間的）水泥隔離帶】。

搏 bok8 ❶ 拼；拼搏；拼命；拼爭：～一～啦，或者可以打贏都未定【拼一拼吧，說不定可以取勝】。｜要養幾個細路，唔～點得呀【要養幾個孩子，不拼命怎麼行啊】？｜唔使噉樣～出位啩【不用以這種方式來爭出風頭吧】？❷ 中國象棋術語。兑子：一車～雙馬【一車兑雙馬】。❸ 圖；貪圖：咁勤力，～乜呀【這麼勤快，圖甚麼呀】？❹ 碰（運氣）：～一～睇下贏唔贏到錢【碰碰運氣看能不能贏點錢】。

搏大膽 bok8 daai6 daam2 魯莽從事；只靠大膽魯莽做事，事前沒有周密思考、計劃：你做嘢千祈唔好～【你辦事情千萬不要魯莽從事】。

搏大霧 bok8 daai6 mou6 趁人不注意而撈便宜；混水摸魚：你買小童飛入場，想～呀【你買小童票入場，想混水摸魚嗎】？

搏到盡 bok8 dou3 dzoen6 為達到某種目標拼搏到底；傾盡全力：下星期考試，而家仲唔～咩【下星期就考試了，現在還不全力以赴嗎】。

搏亂 bok8 lyn6 趁混亂而撈便宜；混水摸魚（多指偷竊或非禮女性）：小心荷包，因住有人～【小心錢包，當心有人混水摸魚】。

搏命 bok8 meng6 拼命：時間唔夠，我～趕都趕唔切【時間不夠，我拼命趕都趕不及】。

搏懵 bok8 mung2 趁人不備從中取利或佔女人便宜：都未發令你就去馬，～呀【還沒發令你就開始（跑），想佔便宜呀】？｜女仔去嗰啲地方，好容易畀人～㗎【女孩子家去那種地方，很容易被人佔便宜的】。

搏殺 bok8 saat8 ❶ 大賭；豪賭：過澳門～。❷ 拼盡全力地做事：聽日要交報告，今晚又要～【明天要交報告，今天晚上又得拼命了】。

搏傻 bok8 so4 裝瘋賣傻：因住佢～呀【提防他裝瘋賣傻從中取利】！

搏彩 bok8 tsoi2 碰運氣：靠～發唔到達嘅【靠碰運氣是發不了財的】。

搏出位 bok8 tsoet7 wai2* 做出與眾不同的言行吸引媒體、大眾的注目，以提高知名度：佢想～，居然連裸跑噉嘅屎橋都諗得出嚟【他想引人注目、提高知名度，居然連裸跑這樣的餿主意都想得出來】。

搏同情 bok8 tung4 tsing4 爭取（或騙取）同情：而家有啲乞兒會扮盲公～【現在有些要飯的會裝扮成盲人騙取同情】。

搏炒 bok8 tsaau2 工作故意表現得不好以求被解僱：你日日遲到，～咩【你天天都遲到，想「爭取」被開除嗎】？

膊 bok8 肩：雙～【雙肩】。

膊頭 bok8 tau4 肩膀：嚟，坐老竇～度【來，坐爸爸肩膀上】。

膊頭高過耳 bok8 tau4 gou1 gwo3 ji5【俗】形容人非常消瘦，瘦得兩肩上聳：佢眼神呆滯，～，九成係道友【他眼神呆滯，瘦成那樣，大有可能是吸毒的】。

駁 bok8 ❶ 連接；接駁：坐完火車，仲要～六個鐘頭汽車至到【坐完火車接着再坐六個小時汽車才到】。❷ 辯駁；反駁：我～到佢冇聲出【我反駁到他啞口無言】。❸ 接枝；嫁接，培育果樹的一種方法：桃～李【桃子嫁接李子】。❹ 一段時間：呢～打咗三次風【這一段時間颳了三次颱風】。

駁艔 bok8 dou2* 大船與渡口、碼頭之間的接駁小艇；交通艇。

駁嘴 bok8 dzoey2 頂嘴：你而家大個咗識～咯�【你現在長大了會頂嘴了是吧】？

駁嘴駁舌 bok8 dzoey2 bok8 sit9 頂嘴；插嘴：大人講嘢細佬哥唔好～【大人説話小孩子別插嘴】。

駁火 bok8 fo2 交火：警匪雙方～廿幾響【警方與匪徒雙方交火二十多槍】。

駁腳 bok8 goek8 跑腿；中介：佢係喺證券行掛單專門負責搵客嘅～經紀【他是在證券行掛單專門負責找客戶的中介經紀】。

駁骨 bok8 gwat7 接骨；治療骨折：李醫師～好叻【李醫師治療骨折的技術很高超】。

駁口 bok8 hau2 ❶ 兩件東西的接口處：呢件嘢～好靚【這件東西接口很漂亮】。❷ 接着話題說：我講完，佢又～講【我講完，他又接着講下去】。

駁輪 bok8 loen4 交通艇，同「駁艇」。

駁艇 bok8 teng5 駁船；轉載人或貨物的小船。

駁長 bok8 tsoeng4 接起來使物體加長：要～兩條繩至夠長【要把兩條繩子接起來才夠長】。

薄英英 bok9 jing1 jing1 形容物件薄而輕；薄薄的：張被～【被子那麼單薄】。

薄絨 bok9 jung2* 薄呢；薄毛料。

薄笠 bok9 lap7 薄絨衣；秋衣。

薄皮 bok9 pei2* 臉皮子薄，多用於指小孩容易哭：咁小事都喊，乜你咁～㗎【這麼點兒小事都哭，你怎麼這麼薄臉皮呀】？

薄身 bok9 san1 物體較薄：呢種板～咗啲【這種木板薄了一點】。

薄削 bok9 soek8 布類單薄；不結實：呢隻布唔得，～過頭【這種布不好，太單薄】。

薄罉 bok9 tsaang1 糯米粉煎餅。

薄切切 bok9 tsit7 tsit7 形容物件很薄：份報告書～，唔係好似樣啩【這份報告書那麼薄，太不像樣了吧】？

幫 bong1 ❶ 幫助。❷ 替；為：你～我交畀佢【你替我交給他】。

幫辦 bong1 baan2* 督察的俗稱。督察為香港警察的警銜之一。（參見「督察」條）

幫補 bong1 bou2（經濟方面的）幫助；補貼：搵啲錢～下家用【掙點錢幫助應付家庭開銷】。

幫下眼 bong1 ha5 ngaan5 幫忙看一看；幫忙看管、照看一下：唔該～睇下呢個字係乜字嚟【勞駕幫我看看這個字是甚麼字】。｜我出去一陣，唔該～【我出去一下，麻煩給照看照看】。

幫口 bong1 hau2 幫腔（提出支持意見）：我自己同佢講得嘞，唔使你～【我自己跟他說行了，用不着你幫腔】。

幫理不幫親 bong1 lei5 bat7 bong1 tsan1【俗】支持有理的一方，即使親人也不袒護：我～，就算我老竇嚟都冇面畀【我只幫有道理的，即使我老爸來了我也不會給他面子】。

幫手 bong1 sau2 ❶ 幫忙：使唔使我～呀【要不要我幫忙呢】？❷ 臨時工；幫工：呢排咁忙，要請多個～先得【最近這麼忙，要多請個幫工才行】。

幫拖 bong1 to1 幫忙打架；又引指幫忙，支持，聲援：你細佬同人打交，你仲唔去～【你弟弟跟人家打架，你還不去幫一把】？｜佢已經失勢，而家想搵個人～都好難【他已經失勢，現在想找個支持他的人都很難】。

幫襯 bong1 tsan3 光顧（商店）；買：多謝～，下次再嚟啦【多謝您的光顧，歡迎下次再來】。｜有乜～呀？隨便睇下啦【想買甚麼？隨便看看】。

幫廚 bong1 tsy2* ❶ 辦喜事臨時找的廚房幫手：我哋要辦喜事，你去搵三個～【我們要辦喜事，請你去找三個廚房幫手】。❷ 幫助廚房做飯菜：聽日我要～【明天我要到廚房做幫工】。

綁 bong2 ❶ 捆；繫：～行李【捆行李】｜～鞋帶【繫鞋帶】。❷ 制約；束縛：畀間樓～死【為了買房子（分期還款），把開支束縛住了】｜畀啲仔女～住，冇機會周圍去玩【子女纏身，沒機會到處去玩】。

磅 bong6 ❶ 過磅；（用磅秤）稱：～下啲行李有幾重【稱一下行李有多重】。❷【俗】給（錢）：我唔夠錢交租，你～住五千蚊嚟先【我交房租的錢不夠，你先給我五千】。

磅水 bong6 soey2【俗】交錢；給錢：攞咗貨要即刻～【收了貨要馬上給錢】。

傍家 bong6 ga1 顧家；愛護家庭；顧念家庭：我老公好～，夜晚好少會唔返屋企食飯【我的丈夫很顧家，晚上很少不回家吃飯的】。

傍友 bong6 jau2* 【貶】陪伴在有錢有勢者左右、沾便宜吃喝玩樂的人；幫閒、跟班：佢身邊都係～，冇真心朋友【他身邊盡是些沾他便宜的人，沒有真心朋友】。

煲 bou1 ❶ 炊事用具，圓形中凹，多用陶瓷、鐵、鋁等製成；帶邊壁的鍋：沙～【沙鍋】｜銻～【鋁鍋】。❷（用鍋）煮；熬：～飯【煮飯】｜～湯【熬湯】｜～藥【熬中藥】。❸ 量詞。鍋：一～湯【一鍋湯】。❹ 量詞。件（多用以指麻煩事）：呢～嘢夠傑【這件事夠棘手的】。

煲電話粥 bou1 din6 wa2* dzuk7 在電話裏談天説地，絮絮不休。「煲粥」即熬粥，比喻時間長：佢喺房度～煲咗兩個鐘頭【她在房間聊電話聊了兩個小時】。

煲碟 bou1 dip2* 長時間地看影碟：我放假就喺屋企～【我放假就在家裏一天到晚看影碟】。

煲冬瓜 bou1 dung1 gwa1【謔】普通話；又引指説普通話。因「普通話」三字的發音近似於粵語「煲冬瓜」（煮冬瓜），故稱：同嗰個北京人講嘢要～，我唔得㗎喎【跟那個北京人打交道要説普通話，我不行呀】。

煲仔菜 bou1 dzai2 tsoi3 放在砂鍋裏煮熟後連鍋一起上的菜。

煲仔飯 bou1 dzai2 faan6 砂鍋飯；用砂鍋煮的配上菜餚連鍋一起上的飯。

煲粥 bou1 dzuk7 熬粥；煮粥。

煲煙 bou1 jin1 長時間地抽煙。也泛指抽煙：你要～就出去外面【你要抽煙就到外邊去】。

煲藥 bou1 joek9 煮中藥；熬中藥：睇中醫要～好麻煩【看中醫要熬藥很麻煩】。

煲劇 bou1 kek9 長時間追着看連續劇。

煲蠟 bou1 laap9 用中秋節燃點燈籠的蠟燭，玩燃點蠟油的遊戲：香港政府禁止喺公共場所～【香港政府禁止在公共場所玩點燃蠟油的遊戲】。

煲老藕 bou1 lou5 ngau5 淘古井，字面意思為「煮老蓮藕」，喻指找年紀較大者做情婦或妻子（通常指青年男子找中老年女性為配偶）。「藕」諧音「偶」：你搵個女人大你咁多，人哋會話你～【找個比你大那麼多的女人，人家會説你是淘古井呢】。

煲冇米粥 bou1 mou5 mai5 dzuk7 做無米之炊，喻指從事沒有結果或沒有成功希望的事：呢件事都係～啦，無謂試喇【這件事看來是勞而無功的，就別試了】。

煲燶粥 bou1 nung1 dzuk7 把稀飯煮糊，煮焦了。比喻費盡心機，卻把事情搞砸了：我已經落足力做，仲係～【我已經很努力做事，卻還是把事情搞砸了】。

煲水 bou1 soey2 ❶ 燒水。❷ 假的（消息）：～新聞｜報紙成日話阿信拍拖，不過次次都係～嘅【報紙上整天説阿信談戀愛，不過每次都是假的】。

煲水新聞 bou[1] soey[2] san[1] man[2]* 編造出來的假新聞。

煲呔 bou[1] taai[1] 領結。英語 bow tie 的音譯詞。

補習社 bou[2] dzaap[9] se[5] 課外輔導機構。

補妝 bou[2] dzong[1] 因為臉上的化妝已褪色而重新添上化妝品。

補鐘 bou[2] dzung[1] 補回原來不足的時間：上次考車牌過唔到，要搵師傅～【上次考駕駛執照沒通過，要找師傅再多學些時間】。

補粉 bou[2] fan[2] 同「補妝」。

補靨 bou[2] jim[2] 補釘：呢條褲有三窟～【那一件褲子上有三塊補釘】。

補㾍 bou[2] na[1] 打補釘。

補身 bou[2] san[1] 滋補身體：人參係送畀媽咪～嘅【人參是送給媽媽補養身體的】。

補師 bou[2] si[1] 在有學徒制度的行業中，已出師的學徒未達到師傅的資格，稱為補師。

補數 bou[2] sou[3] 補；彌補；補償：唔好嬲吖，我請你食飯～【別生氣，我請你吃飯補償】。

補水 bou[2] soey[2] 加班費：過時～【超時工作的加班費】。

補倉 bou[2] tsong[1] 金融術語。金融市場中，投資者只須付出按金，便可進行槓桿式買賣，若投資產品價格大幅下跌或上升，造成虧損，使按金低於規定之要求，便要增付按金，稱為「補倉」。

補鑊 bou[2] wok[9] 原指補鍋，引指補救錯失：你得罪咗個大客，快啲諗下點～喇【你得罪了一個大客戶了，快想想怎麼補救吧】。

保險套 bou[2] him[2] tou[3] 避孕套。

保良局 bou[2] loeng[4] guk[2]* 香港一個保護婦女、兒童的慈善組織，成立於 1878 年，開設有孤兒院等，屬下還有多所幼兒園、托兒所及中小學。

保你大 bou[2] nei[5] daai[6] 對某人的行為表示不能忍受、無可奈何，祈求有所收斂。意近「（我）怕了你了」：我～喇，你再咁任性，係咪想連呢份工都冇埋吖【我求求你了，你再那麼任性，是不是想連這份工作都丢了】？

保安 bou[2] ngon[1] 保安員（指執行警衛任務的保安人員，這類人員一般沒有槍械裝備）。又作「實 Q」。（參見該條）

保鮮紙 bou[2] sin[1] dzi[2] 一種用來包裝食物使其保鮮的塑膠薄膜。

保護費 bou[2] wu[6] fai[3] 黑社會在自己的勢力範圍內向商家、小販所收取的費用，名義上是保護他們不受搗亂破壞、協助解決糾紛，實質上是進行勒索敲詐。

褓姆 bou[2] mou[5] ❶ 為人照顧年幼兒童的女傭人。❷ 為名藝人處理各種事務的私人助理：我哋唔係大明星，邊有～用吖【我們不是大明星，哪裏有私人助理】？

褓姆車 bou[2] mou[5] tse[1] ❶ 接載學童的小型客車。❷ 藝人拍戲時跟在其身邊用於化妝、休息的麵包車或商務車。

寶藥黨 bou[2] joek[8] dong[2] 假借賣珍貴藥材誘騙購買的詐騙團夥：羅湖關閘附近有～出沒【羅湖關閘附近有借售賣珍貴藥材詐騙的團夥出沒】。

簿 bou[2]* 本子；簿子：練習～【練習簿】｜筆記～【筆記本】。

簿仔 bou[2]* dzai[2] 小本子，特指銀行存摺：紅～｜聽日要攞～去銀行 check 下扣咗我幾多錢先得【明天要拿存摺去銀行查核一下扣了我多少錢才行】。

布辦 bou³ baan²* 布料樣品：我要買布，畀啲～睇下【我要買布，請給布樣品看看】。

布甸 bou³ din¹* 布丁。英語 pudding 的音譯詞。

布帳 bou³ dzoeng³ 做分隔或遮擋用的幔帳。

布冧 bou³ lam¹* 洋李子。英語 plum 的音譯詞。

布藝 bou³ ngai⁶ ❶ 布製飾品；布製家庭用品如窗簾、沙發套等。❷（布製家具的）房屋裝飾、簾布窗紗等設計和製作行業的美稱。

布碎 bou³ soey²* 布頭；碎布。

布頭布尾 bou³ tau⁴ bou³ mei⁵ 布頭；剪裁後剩下的零碎布塊兒：用～做張「百寶被」【用零碎的布塊兒縫張「百寶被」】。

報警 bou³ ging² 向警方報案：有人打劫，快啲～【有人打劫，趕快向警方報案】！

報料 bou³ liu²* 向有關的人或者報社揭發事情或者人物的詳情：你當時在場，仲唔快啲去～【你當時在場，還不快點去提供情報】！

報事貼 bou³ si⁶ tip⁸ 便條貼；給人留言用的黏貼紙；自黏性告示貼。英語 post-it 的音譯詞。

報串 bou³ tsyn³ 打小報告；告密：你驚我同你老婆～呀【你怕我向你老婆告密嗎？】

步行電梯 bou⁶ hang⁴ din⁶ tai¹ 平移式電梯。

步級 bou⁶ kap⁷ 台階。又作「石級」。

步操 bou⁶ tsou¹ 紀律部隊或制服團體一種隊伍行進的操練。舊時又稱「操兵」。

埗（埠） bou⁶ 碼頭；渡口：深水～（香港地名，「埗」音 bou²*）｜到～【到達】（本意為「到達碼頭」，引指到達目的地）。

埗頭 bou⁶ tau⁴ 碼頭；渡口：喺邊個～搭船【在哪一個碼頭上船】。

菢 bou⁶ 孵：～雞仔【孵小雞】。

菢竇 bou⁶ dau³ 抱窩：～雞【抱窩母雞】。

布菲 bou⁶ fei¹ 自助餐。英語 buffet 的音譯詞：聖誕節去食～，會食到火雞肉【聖誕節吃自助餐，能吃到火雞肉】。

暴冷暴熱 bou⁶ laang² bou⁶ jit⁹ 乍冷乍熱：呢排～，着衫要小心啲【這陣子乍冷乍熱，穿衣服要多加小心】。

暴露 bou⁶ lou⁶ 特指袒胸露臂，多用於形容女性的衣着打扮，或色情演出中的形象：佢一定唔會應承拍大膽～嘅鏡頭【她一定不會答應拍大膽的裸露鏡頭的】。

暴瀉 bou⁶ se³ 行市急劇下跌；暴跌：股市～，公司損失咗好多錢【股市暴跌，公司損失嚴重】。

曝光 bou⁶ gwong¹ 喻指公開露面或被公開（多指被傳播媒介報道的對象或內幕消息）：為咗新歌宣傳，佢最近成日喺電視～【為了新歌的宣傳，他最近經常在電視上露面】。｜官員貪瀆案情～【官員貪污瀆職案情公開】。

曝光率 bou⁶ gwong¹ loet²* 指公開露面的頻率。

杯碟 bui¹ dip²* 茶杯和茶杯碟的統稱：呢兩套黃色～好精緻【這兩套黃色的茶杯和茶杯碟很精緻】。

杯葛 bui¹ got⁸ 抵制某種活動，使其不能正常進行。英語 boycott 的音譯詞。

杯耳 bui¹ ji⁵ 杯子的把兒。

杯麵 bui¹ min⁶ 裝在紙杯裏可以直接加開水沖泡的速食麵。

背脊 bui³ dzek⁸ 身體的背部。

背脊骨 bui³ dzek⁸ gwat⁷ ❶ 脊樑骨：我～痛得好緊要【我的脊樑骨疼得厲害】。❷ 中式衣服的背縫兒。

背後 bui³ hau⁶ 後面；後頭：佢屋企喺體育館～【她的家在體育館後面】。

背囊 bui³ nong⁴ 背包；揹在背上可用來載東西的口袋。

背心袋 bui³ sam¹ doi²* 一種形狀近似於背心的塑料薄膜袋。

背手影 bui³ sau² jing²（讀書寫字時）背光。

背 bui⁶ ❶ 偏僻；僻靜：呢度～過頭，冇乜人嚟【這兒太偏僻，沒甚麼人來】。❷ 孤僻；少與人來往：你真係～得交關，老友移咗民都唔知【你也太孤僻了，老朋友移民走了還不知道】。

背角 bui⁶ gok⁸ 偏僻；僻靜；邊遠：佢屋企好～【他的家很偏僻】。

背語 bui⁶ jy⁵ 隱語；黑話：班臭飛講晒～我哋都唔知點解【那幫流氓講的是隱語我們都聽不懂】。

背默 bui⁶ mak⁹ 默寫：老師話呢課要～，唔係讀默【老師說這一課要默寫，不是聽寫】。

焙 bui²* 醭麵；和麵時防止粉麵黏連的乾粉。

焙 bui⁶ 烤（乾）；烘（乾）：～乾條褲【把褲子烘乾】。｜你件衫濕晒，快啲除低佢～下啦【你的衣服都濕透了，快脫下來烘乾】。

卜 buk⁷ 預訂（位置、場地）。英語 book 的音譯詞：～位｜個場一早～滿晒【這個場地一早就訂滿了】。

卜卜聲 buk⁹ buk²* seng¹ 象聲詞。撲通撲通（形容心跳聲）：個心跳到～【心裏跳得撲通撲通的】。

伏 buk⁹ ❶ 趴；俯伏：佢～喺張枱度瞓着咗【他就趴在桌子上睡着了】。❷ 埋伏等候：個衰人就係匿埋喺度～啲女仔【那個壞蛋就是藏在這裏埋伏等候那些女孩子】。

伏低 buk⁹ dai¹ 趴下；臥倒。警匪槍戰，大家快啲～【警察和匪徒正在交火，大家趕快臥倒】。

伏兒（伊）人 buk⁹ ji¹* jan¹* 捉迷藏。又作「捉兒人」。同「伏匿匿」。

伏匿匿 buk⁹ nei¹ nei¹ 捉迷藏。又作「伏兒人」。

搬龍門 bun¹ lung⁴ mun⁴ 搬動龍門以遷就足球球員進球，比喻某些人經常轉換說法或使用雙重標準，以改變對自己不利的狀況：你上次又話佢可以申請，但而家又話要有人擔保至得，咁即係～啫【你上次又說他可以申請，但現在又說要有擔保人才行，你們的規矩怎麼一天一個樣】？

搬屋 bun¹ nguk⁷ 搬家；遷居：聽日我哋～【明天我們搬家】。

搬是非 bun¹ si⁶ fei¹ 又作「學是非」。搬弄是非：佢唔係好人，中意～【她不是好人，愛搬弄是非】。

本地薑唔辣 bun² dei⁶ goeng¹ m⁴ laat⁹【俗】喻指本地的人才、事物比不上外來的好，意近「遠來的和尚會唸經」。

本港 bun² gong² 指香港本地（多用於書面語）：～市民【香港市民】。

本嚟 bun² lai⁴ 本來；原本：我～想去，點知臨時有事去唔到【我本來想去，誰知臨時有事去不了】。

本銀 bun² ngan²* 本錢；本金：我籌足～，就會開間茶餐廳【我籌夠了本錢，就會開一家茶餐廳】。

本票 bun² piu³ 即銀行本票（cashier's cheque），由銀行簽發，銀行見票會向持票人即時支付款項。

本心 bun² sam¹ 良心；真心：佢老公真係冇～，一見佢得咗呢個病就話要離婚【她老公真是沒良心，一見她得了這個病就說要離婚】。

本事 bun² si⁶ ❶ 本領。❷ 有本事；能幹：佢大佬真係～，架車一整就行得番【他大哥真是有本事，那輛車他一弄就又能開了】。

半 bun³ 用於兩個意思相反的名詞或形容詞之前，用法近似「半……不……」：～新舊【半新不舊】｜～生熟【半生不熟】。

半踭鞋 bun³ dzaang¹ haai⁴ 半高跟兒鞋；中跟兒鞋。

半晝 bun³ dzau³ 半天：要做嘅嘢唔多，我～就做晒【要幹的事情不多，我半天就做完了】。

半鹹淡 bun³ haam⁴ taam⁵ 又作「唔鹹唔淡」。南腔北調；口音不純；摻雜方言：好多人講嘅普通話都係～啦【很多人講的普通話都是南腔北調的】。

半陰陽 bun³ jam¹ joeng⁴ 陰陽人；兩性人：佢畀人懷疑係～【她曾經被人懷疑是陰陽人】。

半□□ bun³ lang¹ kang¹ 半途；半截；半中腰（指事情剛做了一半）：啲嘢做到～佢就走人，點算呀【事情做了半截他就走了，怎麼辦】？

半賣 bun³ maai⁴ 半份（專指炒粉、麵，份量比正常減半）：要兩個～炒麵。

半山 bun³ saan¹ 又稱「半山區」。(指代）豪華住宅區。半山通常特指香港島太平山的山腰，那裏是高級豪華住宅所在地。

半天吊 bun³ tin¹ diu³ 掛在半空中，比喻辦事不牢靠，不實在；也比喻兩頭沒着落，進退兩難：你做嘢做到～，累埋我畀波士鬧【你辦事只幹了半截子，連累我跟着挨老闆罵】。｜都開波啦，佢仲未到，搞到我～，唔知入場定唔入場好【都開球了，她還沒到，搞得我進退兩難，不知道進場還是不進好】。

半條命 bun³ tiu⁴ meng⁶（只剩下）半條性命，比喻半死不活，又作「半條人命」：由醫院出來，我剩返～【從醫院裏出來，我只剩下半條性命】。

半唐番 bun³ tong⁴ faan¹【俗】中外混血兒，「唐」即唐山（舊時海外華人、華僑習慣稱中國為唐山）；「番」即番邦，指外國：佢係～【他是中外混血兒】。

半桶水 bun³ tung² soey² 半瓶醋。

埲 bung⁶ 量詞。堵；面（用於表示牆）：一～牆【 堵牆】。

𩙪 bung⁶ 量詞。股（用於表示氣味）：一～𡁻【一股味兒】。

缽酒 but⁷ dzau² （葡萄牙產的）波爾圖紅葡萄酒。「缽」為英語 port 的音譯。

缽櫃 but⁷ gwai⁶ 餐櫃；碗櫃。

㖊 but⁷ ❶ 象聲詞。叭；嘀（形容汽車喇叭聲）。❷ 動詞。揿（喇叭）；鳴（喇叭）：前面架車唔郁嘅？～下佢吖【前面那輛車幹嘛不走？揿一下喇叭提醒他】。

啉啉車 but⁷ but⁷ tse¹ 汽車（兒語）。「啉啉」為汽車喇叭聲。

鉢仔糕 but⁸ dzai² gou¹ 一種用小碗蒸的麵製點心。

鉢頭 but⁸ tau⁴ 鉢，鉢子；陶製的器具，形狀像盆而較小。

d

打 da² ❶ 加；加上（用於計算數字）：四蚊～兩蚊，總共六蚊【四塊加兩塊，總共六塊】。❷ 預計；（預先）算：～埋佢嗰份都唔夠【把他那份算上也不夠】。

打靶 da² ba² 槍決；槍斃。常用作咒罵語：佢害咗咁多人，應該拉去～【他害了這麼多人，應該抓去槍斃】。｜～仔【挨槍子兒的，殺千刀的】。

打靶鬼 da² ba² gwai² 挨槍子兒的；殺千刀的；該死的：佢呢個～，判五年真係益咗佢【這個殺千刀的，判他五年真是便宜他了】。

打敗仗 da² baai⁶ dzoeng³ 生病：我呢排～，喺屋企瞓咗幾日【我最近生病了，在家躺了幾天】。

打白鴿轉 da² baak⁹ gaap⁸ dzyn³ 打個轉；兜個風；兜一圈：我出去打個白鴿轉先【我先出去兜一圈】。

打包 da² baau¹ ❶ 把在餐廳飯店吃剩的菜餚裝好帶回去：唔該畀個袋我～吖【麻煩你給個袋子讓我把剩下的包回去】。❷ 醫院對死者作包裹等善後處理：死者～後已移送殯儀館。

打包單 da² baau¹ daan¹ 打保票；擔保；保證：我～佢一定會嚟嘅【我保證他一定會來】。

打包踭 da² baau¹ dzaang¹ 用手肘捅人（以暗示或提示對方）；肘擊。又作「打踭」或「開踭」：頭先佢兩個喺度～，我諗實有景轟【剛才見他倆肘子捅來捅去的，我想肯定有鬼】。｜我上籃嗰時佢就～【我投籃的時候他就用手肘捅我】。

打爆機 da² baau³ gei¹ ❶（比喻）玩電子遊戲打破最高記錄或打遍所有關卡。❷（比喻）瘋狂地長時間打電話。

打吡 da² bei² 德比。英語derby的音譯詞。❶ 跑馬賽事的一種，參加比賽的全部為優秀的四歲馬匹：～大賽。❷ 本地不同球隊之間的重要比賽：呢兩隊波嘅～大戰吸引咗好多本港球迷【這兩支足球隊的德比戰吸引了很多香港球迷】。

打鼻鼾 da² bei⁶ hon⁴ 打呼嚕；打鼾。又作「扯鼻鼾」。

打邊鼓 da² bin¹ gu² 敲邊鼓，比喻從旁幫腔，從旁助勢：呢件事你出馬，我哋幫你～【這件事你出馬，我們給你敲邊鼓】。

打邊爐 da² bin¹ lou⁴ ❶ 吃火鍋；涮鍋子：我唔中意大熱天時～【我不喜歡大熱天吃火鍋】。❷【俗】喻一班人圍着垃圾桶吸煙。（因室內禁煙致使人們到路邊吸煙的現象。）

打簿 da² bou²* （到銀行）打印存摺。香港稱存摺為「簿」或「簿仔」，故稱打印存摺為「打簿」：我去～ check 下條數先【我先去打印一下存摺查查賬】。

打背語 da2 bui6 jy5 說黑話；用行業暗語交談，尤其是談價錢：佢哋～，我唔識聽【他們說黑話，我聽不懂】。

打本 da2 bun2 ❶ 向別人提供經營資金、本錢：你如果想做，我～畀你【你要是想做，我給你本錢】。❷ 下本錢。

打大翻 da2 daai6 faan1 翻筋斗：佢～一連打三十個都得【他翻筋斗能連續翻三十個】。

打大交 da2 daai6 gaau1 激烈地打架或打鬥。

打大赤肋 da2 daai6 tsek8 laak8 打赤膊。同「打赤肋」。

打單 da2 daan1 匪徒向商戶、個人寫勒索信：老闆收到～信成個呆咗【老闆收到勒索信整個兒全傻了】。

打低 da2 dai1 打倒；打垮；弄垮：估唔到佢上咗拳擊台唔夠三分鐘就畀人～【沒料到他上了拳擊台不到三分鐘就被擊倒】。

打底 da2 dai2 ❶ 墊底：飲酒前要食啲嘢～【喝酒前要吃點東西墊墊肚子】。❷ 有意識地把消息先向人透露：同佢～先，等佢有心理準備【給他先露個底，讓他有心理準備】。❸ 在衣服下面穿上貼身衣物以作保暖或防護之用：條裙太短就要着番條～褲【裙子太短就要在裏面加條短褲】。❹ 化裝前作的護膚步驟：～霜。

打得更多夜又長 da2 dak7 gaang1 do1 je2* jau6 tsoeng4【俗】從前用打更報時，更次越多夜越深，好像夜很長。比喻講空話、做無意義的事徒然浪費時光或令事情節外生枝：件事噉拖落去，真係～，唔會有好結果【事情這樣拖下去毫無意義，不會有好結果】。

打得少 da2 dak7 siu2 欠揍：好學唔學學人偷嘢，你真係～【該學的不學，學人家偷東西，你欠揍是吧】！

打突兀 da2 dat8 ngat8（因事出突然或意外而）發楞：件事咁突然，我一聽到都打咗個突兀【這事這麼突然，我當時一聽都楞了一下】。

打地氣 da2 dei6 hei3 吸收了地面的潮氣；放在地上因而受潮：佢冇門口入，成晚就瞓喺出面～【他進不了門，就在外面地上躺了一整夜】。｜啲書放喺地下～唔好【書放在地上受潮不好】。

打地鋪 da2 dei6 pou1 席地而睡：冇床瞓咪喺廳度～囉【沒床睡覺在廳裏睡地板唄】。

打的 da2 dik7 坐出租車或截出租車：嗰度冇巴士同地鐵去，惟有～【那兒沒公交車和地鐵站，只好坐計程車】。

> 【小知識】「打的」並非源自香港。由「的士」的省稱「的」與普通話詞素「打」組成，源於廣州粵語，後再傳入，在香港流通度不高。

打掂 da2 dim6 打豎；豎着；直着：乜你打橫瞓㗎，～先至啱㗎嘛【怎麼你橫着睡呢，豎着才行嘛】。

打定輸數 da2 ding6 sy1 sou3 預計到很可能會輸、會失敗：佢係三屆冠軍，同佢比賽睇怕都係～啦【他是三屆冠軍，跟他比賽恐怕要做好輸的準備】。

打對台 da2 doey3 toi4 唱對台戲，對着幹：呢家製造商擺明同呢個牌子～【這家製造商分明跟這個牌子對着幹】。

打倒掟 da2 dou3 ding3 將物品倒過來，頂端朝下：呢樽酒最好～放【這瓶酒最好倒立着放】。

打到嚟 da² dou³ lai⁴ ❶ 打上門來；打來了：嗰年日本仔～，佢惟有返鄉下避難【那年日本鬼子打來了，他只好回老家避難】。❷ 來臨；到來（具聲勢）：個風～【颱風颱來了】！｜香港動漫節聽日～【香港動漫節明天就開始了】。

打倒褪 da² dou³ tan³ 後退；倒退；退後：人衰行路～【人一倒楣連走路都往後退】。

打躉 da² dan² 較長時間地在某地呆着；經常在某地活動：佢成日喺呢間茶餐廳～【他經常出入於這家茶餐廳】。

打齋 da² dzaai¹ 請和尚到家裏來（為死者或病者）念經超度或祈福；做佛事：樓下有人喺度～【樓下有人在做佛事】。

打齋鶴——度你升仙 da² dzaai¹ hok²* dou⁶ nei⁵ sing¹ sin¹ 【歇】道士在法事中手持旗幡，上面有一紙鶴，用作超度亡靈升上極樂世界。「打齋鶴」指誘人染上不良嗜好或教人犯罪的教唆者：千祈唔好群埋呢個衰人呀，佢係～㗎【千萬別跟那混蛋混在一起，他是個教唆犯，會把你引上死路】！

打踭 da² dzaang¹ ❶ 用手肘捅人。同「打包踭」。❷ 給鞋跟釘上鐵碼。又作「打掌」。

打褶 da² dzaap⁸ ❶ 皮膚產生皺紋：我老咗，面皮都～嘞【我老了，臉皮都起皺紋了】。❷ 做衣服時做出褶疊。

打仔 da² dzai² ❶（黑社會的）打手。❷ 動不動就打架的好鬥者。

打仔明星 da² dzai² ming⁴ sing¹ 著名的武打演員。又叫打星。

打針雞 da² dzam¹ gai¹ 注射過激素的雞：我唔要～【我不買注射過藥物的雞】。

打真軍 da² dzan¹ gwan¹ ❶ 真刀真槍表演：今次～㗎，你醒定啲呀【這次可是來真刀真槍，你當心點兒】！❷（比喻）不戴安全套性交。

打震 da² dzan³ 打顫；發抖；哆嗦：凍到～【冷得發抖】。

打尖（櫼） da² dzim¹ 加塞兒；插隊（不按次序排隊而插入隊伍中），又作「尖隊」：唔好～，去後便排隊喇【別加塞兒，後頭排隊去】。

打雀噉眼 da² dzoek²* gam² ngaan⁵ 眼睛睜得像打鳥時瞄準一樣，意指目不轉睛：佢～望住啲靚女【他目不轉睛地看着那些美女】。

打掌 da² dzoeng² 給鞋釘前掌或後掌，釘後掌又作「打踭」：就算係新鞋我都會攞去～至着【就算是新鞋子我也會拿去釘了鞋掌再穿】。

打種 da² dzung²（動物）配種：呢啲雞係用嚟～嘅【這些雞是種雞】。｜打壞種【配種配壞了】｜打亂種【配種配錯了】。

打住家工 da² dzy⁶ ga¹ gung¹ 當家庭傭工，通常在僱主家中住宿：佢後生嗰陣幫人～【她年輕時到人家家裏當傭人】。

打轉 da² dzyn³ ❶ 繞個圈兒：我出去打個轉就返【我到外面兜個圈兒就回來】。❷ 流水打漩渦。

打飯炮 da² faan⁶ paau³ 錯過了開飯時間，沒飯吃：隧道大塞車，睇怕今晚要～【隧道大堵車，恐怕今天晚上趕不及開飯時間，沒飯吃了】。

打飛機 da² fei¹ gei¹【俗】（男性）手淫。

打斧頭 da² fu² tau⁴ 代人辦事、買東西時從中揩油佔便宜：我屋企個工人做嘢手腳夠快，買嘢又唔～【我家傭人做事手腳麻利，買東西也不從中佔便宜】。

打風 da² fung¹ 颳風，特指颳颱風：香港七、八月成日～【香港七、八月份經常颳颱風】。

打風都打唔甩 da² fung¹ dou¹ da² m⁴ lat⁷ 颱風都吹不散，形容關係親密：佢兩個感情好好，～【他倆感情很好，關係鐵着呢】。

打風唔成三日雨 da² fung¹ m⁴ seng⁴ saam¹ jat⁹ jy⁵【諺】颱風颳不成就會下三天的雨。

打假波 da² ga² bo¹ 打假球，在賽前賄賂球隊的成員，以圖操控比賽結果：噉嘅賽果好明顯係～【這樣的比賽結果很明顯是打假球】。

打價 da² ga³ 估計價錢或收費：你同我～先，啱嘅話我就搵你做啦【你先給我估估價，合適的話我就交給你做】。

打格仔 da² gaak⁸ dzai² 對照片、電視的某些畫面用方格形色塊作模糊處理，以遮擋不雅、血腥或因為個人隱私等原因不宜公開的部份：裸體相梗係要～啦【裸體照當然要模糊處理了】。

打交 da² gaau¹ 打架。

打交叉 da² gaau¹ tsa¹ 打叉；畫個叉形表示錯誤的或作廢。「交叉」又音 kaau¹ tsa¹：你噉答實畀先生～啦【你這樣答題老師一定打叉】。

打救 da² gau³ 搭救：大家自己諗計啦，唔會有神仙～你㗎【大家自己想辦法吧，不會有神仙來搭救你的】。

打機 da² gei¹ 玩電子遊戲機。

打個突 da² go³ dat⁹ 感覺很突兀：佢失驚無神衝出嚟大家都～【他忽然衝出來，大家都感到很突兀】。

打個𫫀 da² go³ kwaak⁷ 繞個圈；轉個圈。又作「打個轉」、「打個 round」。

打腳骨 da² goek⁸ gwat⁷ ❶ 攔路搶劫。❷ 敲竹槓：佢話入村要查問，其實係～【他說進村要盤問一番，其實是想敲竹槓】。

打估 da² gu² ❶ 猜謎語：佢好聰明，～次次都係佢估中【他很聰明，猜謎語每次都是他猜中】。❷ 出謎語：我～畀你估下啦【我出謎語給你猜吧】。

打工 da² gung¹ 受僱取酬而工作：打暑期工【學生暑假期間工作】｜打風流工【不是為賺取生活費而工作】｜佢唔想一世都～【他不想一輩子都是為老闆工作】。

打工仔 da² gung¹ dzai² 泛指受僱於人者，常用作表示自己不是老闆的謙辭：我係個～啫，咁大件事唔到我話事【我不過是替老闆做工而已，這麼大的事情我作不了主】。

打功夫 da² gung¹ fu¹ 練武術；耍武功：佢自從跟咗師傅～，身體好咗好多【他自從跟師傅練了武術，身體好多了】。

打工皇帝 da² gung¹ wong⁴ dai³ 薪金極高的受僱人士：做～分分鐘仲發過做老闆【做高薪職員隨時比老闆還發財】。

打關斗 da² gwaan¹ dau² 翻跟斗。

打喊露 da² haam³ lou⁶ 打哈欠。

打乞嗤 da² hat⁷ tsi¹ 打噴嚏。

打起 da² hei² 加起；加上：兩件～總共五百蚊【兩件加起來總共五百元】。

打芡 da² hin³ 勾芡（菜炒好將上碟前加水澱粉）。

打荷包 da² ho⁴ baau¹ 偷錢包；掏兜兒：我頭先畀人～【剛才我被人偷了錢包】。

打噎 da² jik⁷ 打嗝兒。又作「打思噎」。

打預 da² jy⁶ 預料；估計：我～佢唔會嚟【我估計他不會來】。

打完齋唔要和尚 da² jyn⁴ dzaai¹ m⁴ jiu³ wo⁴ soeng²*【俗】做完了佛事就不要和尚了。比喻達到目的以後，就不管曾經幫助過自己的人。意近「過河拆橋」、「卸磨殺驢」：佢做人講誠信，唔會～【他為人講誠信，不會過河拆橋】。｜你～，噉佢返轉頭幫人哋對付你有乜嘢出奇啫【你過河拆橋，那麼他回過頭來幫人家對付你有啥奇怪的】？

打咭 da² kaat⁷ ❶ 職工上下班時將紀錄時間的卡片插入儀器（打咭鐘）中打印出當時的時間。❷ 一般寫作「打卡」。使用智能手機的定位功能，告知朋友自己所在的位置：我就唔會去到邊度都～，冇晒私隱【我才不會到哪兒都用手機公開自己的位置，一點兒隱私都沒有】！

打茄侖 da² ke² loen² 法國式濕吻（雙方以舌頭在對方口中打轉的激情接吻），又稱「打車輪」：琴日喺戲院同佢～嗰個女仔，我估就係佢二奶【昨天在電影院跟他激情接吻的那個女孩，我猜就是他的情婦】。

打困籠 da² kwan³ lung²* 困在某個地方，問題不得解決，喻交通嚴重擁堵，車或行人困在路上不能前進：前面打晒困籠，我架車喺度停咗半個鐘未郁過【前面完全堵死了，我的車在這兒停了半個鐘頭都動彈不了】！

打爛齋鉢 da² laan⁶ dzaai¹ but⁸【俗】破了齋戒；開齋。引指打破先例、戒律、準則：佢做職業球員咁耐都未食過紅牌，呢次真係～囉【他當職業球員以來都沒有吃過紅牌，這次可是打破了先例】。

打爛砂盆——璺到篤 da² laan⁶ sa¹ pun⁴ man⁶ dou³ duk⁷【歇】打破砂鍋問到底。「璺到篤」即裂痕延伸到盆底。「璺」是裂痕之意，取其諧音表示「問」的意思。

打冷 da² laang¹ 在潮州風味小食店吃東西。「冷」是潮州話「人」的粵語諧音，用以指代潮汕人所開的小食店：食西餐？我寧願去～好過【吃西餐？我寧願去潮州小食店】。

打冷震 da² laang⁵ dzan³ 打寒顫；（因寒冷、驚嚇而）哆嗦、發抖：泳池啲水咁凍，未落去我都已經～嘞【游泳池的水這麼涼；沒下去我就打寒顫了】。

打甩 da² lat⁷ 在訴訟中勝訴，成功擺脱罪名：今次畀人屈，好彩請咗個好律師幫手先可以～官司【這次被人冤枉，幸好請了個好律師幫忙才能打贏官司洗脱罪名】。

打理 da² lei⁵ 料理；照料；管理：阿媽係屋企～家頭細務【媽媽在家裏料理家務】。

打纈 da² lik⁸ 打結。

打鑼都搵唔到 da² lo²* dou¹ wan² m⁴ dou²【俗】喊破嗓子找不到（人）；到處找不到（人）：大家～你，原嚟你匿埋喺呢度【大家到處找不到你，原來你躲在這兒】。

打籠通 da² lung⁴ tung¹ 串通；合謀。同「打同通」。

打孖 da² ma¹ 成雙成對地；兩個一起的：四支啤酒，同我～綁吖【四瓶啤酒，替我兩支兩支捆在一起】。

打麻雀 da² ma⁴ dzoek⁸「雀」又音 dzoek²*。打麻將。

打埋 da² maai⁴ 連……也算上；連……也包括進去；加上：～我都係得三個咋【連

我算上才三個而已】。

打茅波 da² maau⁴ bo¹ ❶ 比賽中行為粗野，撒潑，違反規則：佢～畀球證罰出場【他犯規被裁判罰離場】。❷ 比喻辦事敷衍，不遵守規則：大家都冇傾過你就話全體通過，即係～啫【大家都沒有討論過你就說是全體通過，明顯是不講程序】。

打冇頭關斗 da² mou⁵ tau⁴ gwaan¹ dau² 空翻；身體騰空向前或向後翻轉：我已經學識～【我已經學會空翻】。

打霧水 da² mou⁶ soey² 讓露水沾濕；沾露水：你喺騎樓瞓，想～呀【你在陽台睡，想沾露水嗎】？

打牙鉸 da² nga⁴ gaau³ 聊天；閒聊：得閒過來飲茶～【有空的話，過來喝茶聊天】。

打仰 da² ngong⁵ 仰着：～瞓【仰臥】。

打尿震 da² niu⁶ dzan³ 排尿後身體類似打冷顫地抽搐（發生此現象者多為男性）：～好普通啫，唔算係病【小便後打哆嗦很普遍，不算是個病】。

打散工 da² saan² gung¹ 打短工；打零工；幹零活：呢半年我都係～【這半年我都是打零工】。

打蛇餅 da² se⁴ beng²（將長條物件）盤成餅狀：將條繩～【把繩子盤成餅狀】｜輪候嘅人多到～【排隊等候的人多得擠成了坨】。

打蛇隨棍上 da² se⁴ tsoey⁴ gwan³ soeng⁵【俗】蛇順着打蛇的棍子爬上去。比喻順着對方語意提出自己的要求、看法，意近「順水推舟」或「得寸進尺」：佢應承咗畀錢，你點解唔～，叫佢即刻磅水呀【他答應給錢，你幹嘛不順水推舟，叫他馬上付款呀】？

打死都…… da² sei² dou¹ 寧死也……：佢～唔肯講【他寧死也不肯說】。

打死狗講價 da² sei² gau² gong² ga³【俗】打死了狗才問狗的價錢（狗主就會漫天要價），比喻既成事實後再要價或提出要求：原先你冇話要收雙倍價錢嘅，而家～，擺明係搶啫【原來你沒說要收雙倍價錢，現在木已成舟才說，這不明擺着是搶錢嘛】？

打醒精神 da² seng² dzing¹ san⁴ 留神；當心；提高警惕。又說「打醒十二分精神」：今日校長嚟聽課，你要～呀【今兒校長來聽課，你可得格外當心】。

打思噎 da² si¹ jik⁷ 打嗝兒。又作「打嗌」。

打骰 da² sik⁷ 擲骰子以決定誰優先取牌，喻指有決定權，說了算：呢件事唔係我～，唔好問我【這事不是我說了算，不要問我】。

打小人 da² siu² jan²* 用紙剪成小紙人放在地上，用木屐或鞋猛打，同時說着詛咒的話（紙人被看作是某人的替身）。

【小知識】打小人是珠江三角洲民間流行的一種巫術禮儀，每年「驚蟄」最為盛行，在香港曾經成為一種行業，打小人的熱門地點是灣仔的鵝頸橋橋底，通常由上了年紀的婦人來做，今天已漸式微。

打賞 da² soeng² 獎賞；賞賜；給小費：而家經濟唔好，客人～都少咗【現在經濟不景氣，客人給的小費都少了】。

打水片 da² soey² pin²* 同「打水撇」。

打水撇 da² soey² pit⁸（用瓦片等）打水漂兒。

打書釘 da² sy¹ deng¹ 逗留在書店看書而不買書：佢一放假就去書店～【他一放

假就到書店呆在那裏看書】。

打頭陣 da² tau⁴ dzan⁶ 領頭；帶頭；打先鋒：今次出場，係大力隊～【這次出場，是大力隊打先鋒】。

打頭鑼 da² tau⁴ lo⁴ 演戲前打開場鑼鼓，引指帶頭說話或做事：呢件事我嚟～啦【這件事我來開個頭吧】。

打剔 da² tik⁷ 打勾；畫鉤形表示正確或選擇意向。「剔」是英語 tick 的音譯：條條題目都～，即係一百分【每道題都打鉤兒，也就是一百分】。

打沉 da² tsam⁴ 打敗；打倒：佢哋真係犀利，～隊冠軍隊【他們真厲害，打敗了那支冠軍隊】。

打赤腳 da² tsek⁸ goek⁸ 光腳丫；光着腳：細個喺鄉下，個個都係～㗎啦【小時候在鄉下，個個都是光着腳丫的呀】。

打赤肋 da² tsek⁸ laak⁸ 光着膀子；打赤膊。又作「打大赤肋」：熱起上嚟，真係宜得～【一熱起來，真想光着膀子】。

打出 da² tsoet⁷ 露出：～個肚【露出肚皮】。

打通關 da² tung¹ gwaan¹ 在划拳或其他比賽中戰勝所有對手：佢今日喺飲宴上便飲酒～【他在今天喜宴飲酒時划拳戰勝所有對手】。

打同通 da² tung⁴ tung¹ 串通；合謀，又作「打籠通」：佢兩個喺度眨眉眨眼，唔係～就出奇【他倆擠眉弄眼的，不是串通作弊才怪呢】！

打壞 da² waai²* 「打壞種」之省稱（參見「打種」條），即配種配錯了，多用以比喻人有先天性畸形或病弱不堪：睇佢個樣，成個～嘅【瞧他那樣子，整個一病秧子】。

打橫 da² waang⁴ 橫着（放）：張床～放好過打掂【這床橫着放比豎着好】。

打橫嚟 da² waang⁴ lai⁴ 蠻橫；蠻不講理：你都～講嘅【你說話太蠻不講理】。

打友誼波 da² jau² ji⁶ bo¹ ❶ 友誼賽（常指球類友誼比賽）。❷【俗】男女之間與熟人、朋友、同事等借機聯絡感情進而發生（無愛情基礎的）性行為：佢同個女秘書～【他跟他的女秘書發生關係】。

大 daai¹* 「大」的變音，「小」的意思：粒鑽石得啲咁～就咁貴呀【這顆鑽石才這麼小就那麼貴啊】？

大 daai²* 「大」的變音，「就這麼大（命就這麼長）」的意思：唔攞錢嚟，你個仔就係咁～喇【不拿錢來，你兒子就這麼大了（意為就沒命了）】。

帶子 daai³ dzi² 扇貝（一種海產貝類食品）。

帶家 daai³ ga¹ 為取得報酬替人帶商品（尤指違禁品、走私品）蒙混過關的人。

帶挈 daai³ hit⁸ 提攜；關照：有咗錢唔好唔記得～下班兄弟噃【有了錢別忘了關照一下弟兄們】。

帶眼 daai³ ngaan⁵ ❶ 長眼睛，指能看清周圍事物：行路要～【走路要看清周圍事物】。❷ 有眼力；能識別人：要～識人【要有眼力能識別人】。

帶眼識人 daai³ ngaan⁵ sik⁷ jan⁴ 【俗】認清、辨別人（之好壞），意近「睜大眼睛」：呢件事教識我以後要～【這件事教會了我以後要睜大眼睛看人】。

帶水 daai³ soey² 領航或領航員。

戴 daai³ 圍；別；繫（把東西放在頭、面、頸、胸、臂等處）：～圍巾【圍圍巾】｜～襟章【別胸章】｜～皮帶【繫皮帶】。

戴綠帽 daai³ luk⁹ mou²* 戴綠帽子，指妻子跟別人通姦：男人～要同個老婆離婚好正常吖【男人被戴了綠帽子要跟老婆離婚這很正常嘛】。

大 daai[6] 嚇唬：你～我呀？我嚇大嘅【你想嚇唬我？我是被嚇唬大的】！

大阿哥 daai[6] a[3] go[1] 黑社會組織的頭目。

大把 daai[6] ba[2] 有的是；多的是；很多：佢老竇～銀紙【他爸爸有的是錢】。

大把世界 daai[6] ba[2] sai[3] gaai[3] 多的是機會：你仲後生，以後～【你還年輕，以後多的是機會】。

大伯 daai[6] baak[8] 丈夫的哥哥；大伯子。

大班 daai[6] baan[1] ❶ 舊時對洋行總裁、總經理的稱謂。❷ 舞小姐：～小姐。

大板牙 daai[6] baan[2] nga[4] 大門牙。

大包 daai[6] baau[1] 個兒較大的肉包子，餡兒一般有雞肉、蛋黃、香菇等。

大包圍 daai[6] baau[1] wai[4] 用覆蓋所有選項的方式買彩票（或賭馬）以圖獲取頭等獎及其他獎項。

大笨象 daai[6] ban[6] dzoeng[6] 大象。

大啤 daai[6] be[1] 大瓶裝（650 毫升）的啤酒。與「中啤」、「小啤」相對。

大髀 daai[6] bei[2] 大腿。

大鼻 daai[6] bei[6] 擺架子；看不起人：佢好～，小生意佢唔想做【他架子很大，小生意他不想做】。

大餅 daai[6] beng[2] ❶【俗】（指代）一元、兩元、五元的硬幣。❷ 盤子：佢喺唐人街嘅餐館幫人洗～【他在唐人街的餐館給人家洗盤子】。

大步躪過 daai[6] bou[6] laam[3] gwo[3] 邁過；跨過。特指化險為夷；避過災難：今次意外你只係輕傷，真係～【這次意外你只受了點輕傷，算是避過一難】。

大大話話 daai[6] daai[6] wa[6] wa[6] 粗略估計；至少：我間廠～都有幾百人【我那家工廠少說也有幾百個工人】。

大單 daai[6] daan[1] ❶ 大規模；大宗：呢單係～嘢【這是宗大生意】。❷ 闖大禍；出大事故：大家小心啲唔好穿出去，唔係就～喇【大家要小心不要走漏風聲，要不然就會出大事故】。

大帝 daai[6] dai[3]（難對付的）傢伙：真係怕咗呢班～【這班傢伙真難對付】。

大豆芽 daai[6] dau[2]* nga[4] 黃豆芽。又作「大豆芽菜」。

大地魚 daai[6] dei[6] jy[2]* 鰨目魚。

大癲大廢 daai[6] din[1] daai[6] fai[3] 大大咧咧；漫不經心：佢個人～成日冇厘正經【他這人整天大大咧咧的沒點兒正經】。

大電 daai[6] din[6] 一號電池，常用於大型的手電筒。

大碟 daai[6] dip[2]* ❶ 用唱機播放的黑膠唱片。❷ 面積較大的 CD、DVD 光碟，一般可收錄較多歌曲或影視作品：電影原聲～。

大鈍 daai[6] doen[6] 蠢笨；頭腦遲鈍：佢個女真係～，講極佢都聽唔明【她女兒真的很蠢，費盡口舌她都聽不明白】。

大檔 daai[6] dong[3] 營業性的地下賭場。

大堆頭 daai[6] doey[1] tau[4] 數量多；聲勢大：呢套電影有幾十個名演員參加演出，可謂～【這套電影有幾十個名演員參加演出，可謂陣容鼎盛】。

大冬瓜 daai[6] dung[1] gwa[1] ❶ 形容人塊頭大而笨重，不靈活：佢成個～噉，點跑得快吖【他這麼個大塊頭，哪兒能跑得快呢】？❷ 塊頭大而笨重、不靈活的人。

大閘蟹 daai⁶ dzaap⁹ haai⁵【謔】以被捆住的大螃蟹比喻在證券市場交易中被套牢的人：個股市低成噉，好多人都變晒～【股市跌成這樣，把很多人都套牢了】。

大劑 daai⁶ dzai¹ 事態嚴重：好在啲賊用嘅係假槍，如果唔係就～【幸好劫匪用的是假槍，不然後果會很嚴重】。

大掣 daai⁶ dzai³ 總開關；總閘門：快啲去閂～【趕快去拉總閘】。

大陣仗 daai⁶ dzan⁶ dzoeng⁶ 大場面，大排場；隆重：接新娘嘅花車排到街口，真係～囉【接新娘的車排到街口，真是大排場】。

大執位 daai⁶ dzap⁷ wai²* 大調動；大換位：公司改革，管理層～【公司改革，管理層大調動】。

大酒店 daai⁶ dzau² dim³ ❶ 規模較大的旅店。❷ 借指殯儀館。

大姐大 daai⁶ dze¹* daai⁶ 某一行業或某一團體中，成就最大或最具影響力的女性：佢係我哋公司嘅～【她是我們公司裏的最傑出女性】。

大姐仔 daai⁶ dze² dzai² 小姑娘：追住個明星簽名嘅都係啲～【追着明星要簽名的都是那些小姑娘】。

大隻 daai⁶ dzek⁸ 個兒大；大個子；大塊頭：啲蘋果好～【那些蘋果個兒很大】。｜佢大佬好～【他哥哥個兒很大】。

大隻騾騾 daai⁶ dzek⁸ loey⁴ loey⁴ 牛高馬大的：睇你～，唔似咁易病喎【瞧你這牛高馬大的樣兒，不像那麼容易得病的呀】。

大隻講 daai⁶ dzek⁸ gong² 光說不做的人；天橋把式：嗰個～一味得把口，要佢幫手唔使指擬【那個光說不練的傢伙就剩一張嘴皮子了，要他幫忙，甭指望啦】。

大隻佬 daai⁶ dzek⁸ lou² 大個子；大個兒；大塊頭：搬嘢要佢噉嘅～至得喎【搬東西要他那樣的大塊頭才行】。

大隻騾騾，跌落坑渠 daai⁶ dzek⁸ loey⁴ loey⁴ dit⁸ lok⁹ haang¹ koey⁴【俗】牛高馬大的人跌到溝渠裏。嘲諷個子高大而沒有才能的人：你個樣咁威武，但做起嘢上嚟就手揗腳震，真係～【你看上去那麼威武，怎麼做起事來就手忙腳亂的，真沒本事】！

大枝嘢 daai⁶ dzi¹ je⁶ 驕傲；傲慢：衰仔，發咗達就咁～【這小子，發了財了就這麼傲慢】。

大姊 daai⁶ dzi² 大姐；長姐。

大紙 daai⁶ dzi² 面額大的紙幣：我攞三萬蚊港紙，要一千蚊～【我拿三萬元港幣，要面額一千元的】。

大字 daai⁶ dzi⁶ 毛筆字（多指大楷字）。

大直路 daai⁶ dzik⁹ lou⁶ 特指跑馬地馬場終點前一段一千多米長的直路。比賽馬匹進入此路段，表示接近終點，勝負大致已成定局。喻指事情已克服障礙，目標即將達成：雙方談判進入～【雙方談判即將達成協議】。

大蕉 daai⁶ dziu¹ 芭蕉。

大狀 daai⁶ dzong⁶【俗】大律師（訴訟律師）。

大早 daai⁶ dzou² 剛才：你～話乜嘢話【你剛才說甚麼】？

大造 daai⁶ dzou⁶ 大年，水果豐產的年份：今年荔枝～，好平【今年是荔枝大豐收年，價錢很便宜】。

大種乞兒 daai⁶ dzung² hat⁷ ji¹* 眼光很高的乞丐，喻指人接受錢物時貪多求大，少了或小了都不要。

大花大朵 daai6 fa1 daai6 doe2（布料、衣服）花裏胡哨：我呢種年紀唔着得～嘅衫啦【我這種年紀不能穿太花哨的衣服啦】。

大花面 daai6 fa1 min2* 大花臉（傳統戲曲中的角色）。

大花灑 daai6 fa1 sa2 喻指大手大腳亂花錢的人；奢侈浪費的人。「花灑」即淋浴用的噴頭或澆花的噴壺，粵人以「水」比喻錢財，大花灑噴水自然更多，恰如人花錢很多，故稱：呢個仔真係～，畀一千蚊零用佢，個零禮拜就話使晒【這個兒子真是個錢篩子，給他一千塊零用錢，才個把星期就花光了】。

大花筒 daai6 fa1 tung2* 同「大花灑」。花錢大手大腳的人：嗰個二世祖正一～嚟嘅【那個敗家子真是個散財童子】。

大番薯 daai6 faan1 sy2* 大白薯。喻指愚笨的人，意近「大傻瓜」、「大傻帽」。

大發 daai6 faat8 糕點名，「鬆糕（發糕）」的一種，用米漿、糖和酵母粉（發粉）做成，味甜，因多用於拜祭或嫁娶禮儀，為取吉利寓意而以「大發」（發大財）命名。

大□ 1 daai6 fang6 奢侈浪費；大手大腳花錢：後生仔要節儉啲，唔好咁～【年輕人要勤儉節約，不要大手大腳亂花錢】。

大□ 2 daai6 fang6 個子大；塊頭大：佢咁～，實好大力啦【他個子那麼大，肯定力氣大】。

大飛 daai6 fei1 加強了馬力的高速快艇，常用作走私。

大富由天，小富由儉 daai6 fu3 jau4 tin1 siu2 fu3 jau4 gim6【諺】大富由天意決定，小富從節儉開始。

大家姐 daai6 ga1 dze1* ❶（家庭中的）大姐。❷ 黑社會的女首領。

大家噉話 daai6 ga1 gam2 wa4 彼此彼此：你祝我升職加薪又好，佢咒我燉冬菇又好，我嘅回應都係一句：～【你祝願我升官提工資也好，他詛咒我降職也好，我的回應都是一句話：彼此彼此】。

大家好做 daai6 ga1 hou2 dzou6 雙方各走一步，彼此方便：你喺我呢度食煙犯法喎，你出去食啦，～【你在我這兒抽煙是犯法的，你還是到外面去吧，彼此方便】。

大假 daai6 ga3 ❶ 僱員除了「公眾假期」外的有薪假期，通常以工作滿多少個月便有假期多少天的方式來計算，放假日期通常可由僱員自己選擇：我今年有十日～，去北京旅行【我今年有十天長假，去北京旅行】。❷ 泛指較長的假期：考完試就放～。

大覺瞓 daai6 gaau3 fan3 睡大覺：就嚟開車喇，佢仲喺度～【就要開車了，他還在睡大覺】。

大雞唔食細米 daai6 gai1 m4 sik9 sai3 mai5【俗】大雞不吃小米粒，喻指不屑於幹小事，賺小數額的錢。

大偈 daai6 gai2（輪船的）大副。

大吉利是 daai6 gat7 lei6 si6「利」又音 lai6。原意是非常吉利、運氣好。在聽到不吉利的話、看到不吉利的事物之後，用作避凶趨吉的口頭語：～，今日係同老竇做生日，唔好死死聲【呸呸呸，今天是給老爸慶祝生日，別提「死」字】！

大嚿衰 daai6 gau6 soey1 塊頭大而招人討厭的人：佢成日恃住大隻蝦蝦霸霸，正一～【他整天仗着塊頭大橫行霸道的，真是個討人厭的混蛋】。

大頸泡 daai6 geng2 paau1 甲狀腺腫大。

大件事 daai6 gin6 si6 大事；大禍事；了不起的事：嘩，十車連環相撞，真係～喇【呀，十輛車連環相撞，可出大禍啦】！｜有乜咁～啫【有甚麼了不起】。

大哥大 daai6 go1 daai6 ❶ 黑社會組織的大頭目；領頭的人物：佢喺電影界係導演嘅～【他在電影界是頭號的導演】。❷【俗】以前對手提無線電話的俗稱。

大個 daai6 go3 ❶ 長大：一年唔見，個女～咗好多【一年沒見，女兒長大了很多】。❷（小孩）年紀較大：你～，要讓下個細佬【你年紀較大，要讓着弟弟】。｜咁～仲食波板糖【這麼大了還吃棒棒糖】？

大個女 daai6 go3 noey2（女孩）長大了，義同「大個仔」。

大個仔 daai6 go3 dzai2 長大了：阿雄～啦，唔好再當佢細佬哥喇【阿雄長大了，別再當他是小孩子】。

大姑 daai6 gu1 ❶ 大媽；大娘；大嬸（對年紀較長的女人的稱呼）。❷ 丈夫的姐姐。

大過天 daai6 gwo3 tin1 比天還大；高於一切。喻指比甚麼都重要：戀愛～【戀愛高於一切】。

大光燈 daai6 gwong1 dang1 汽燈。

大光燈——照遠唔照近 daai6 gwong1 dang1 dziu3 jyn5 m4 dziu3 kan5 ❶【歇】「大光燈」即「汽燈」，汽燈照得比較遠，近處反而不明亮。喻指為別人做好事，對自己家事卻不關心的人：我老公係～【我丈夫對別人的事熱心，自家的事卻不管】。❷ 名聲在外，在本地不大吃香：許老師係～，外地經常請佢去講學，但呢度冇乜人識佢【許老師名聲在外，外地經常請他去講學，但這裏沒幾個認識他的】。

大客仔 daai6 haak8 dzai2 大主顧；大客人：你千祈唔好得罪啲～呀【你可千萬別得罪那些大主顧呀】。

大喊十 daai6 haam3 sap9 指愛放開嗓門大哭的人（一般用於小孩子）。

大口扒 daai6 hau2 pa2* 大嘴巴。

大後日 daai6 hau6 jat9 大後天。

大戲 daai6 hei3 粵劇的俗稱：今晚去睇～【今晚去看粵劇】。

大鄉里 daai6 hoeng1 lei5 土包子；鄉巴佬：你真係～，遙控器都唔識用【你真是土包子，遙控器都不會用】！

大海欖 daai6 hoi2 laam2 中藥名，俗稱胖大海，一種梧桐科植物的種子，可治乾咳嗽、喉炎。

大汗疊細汗 daai6 hon6 daap9 sai3 hon6【俗】大汗淋漓：日頭咁猛，喺室外做嘢啲人個個～，真係辛苦【太陽那麼厲害，在室外工作的人一個個大汗淋漓，真辛苦】。

大喉 daai6 hau4 粵劇花臉的唱腔之一。

大喉欖 daai6 hau4 laam2 胃口大；貪吃貪喝：我哋本錢小，唔可以咁～【我們本錢小，不能貪多求大】。｜佢咁～，呢餐咁多好嘢食實食到佢肚痛【他那麼貪吃，這一頓好菜肯定把他吃得肚子痛】。

大紅大紫 daai6 hung4 daai6 dzi2 紅得發紫。形容人名聲很大，非常走紅：佢入咗娛樂圈咁多年，始終都未試過～【她進入娛樂圈這麼多年，始終沒有紅得發紫】。

大圈 daai6 hyn1 指廣州（原為黑社會用語，據說是廣州過去有城牆圍着有如大圈子，故名）：～仔（指由廣州及附近地區偷渡或移居香港後作奸犯科的青年人）。

大飲大食 daai6 jam2 daai6 sik9 大吃大喝：佢請親客都～，應酬開支好大【他每回請客都跟人大吃大喝的，應酬方面的開支挺大】。

大人大姐 daai6 jan4 daai6 dze2 大人；成人；成年人：～咯，仲喊【大人了，還哭】？

大人有大量 daai6 jan4 jau5 daai6 loeng6【俗】恭維他人有肚量，意近「丞相肚裏能撐船」：你～，唔好同細佬哥計較喇【您丞相肚裏能撐船，別跟小孩計較啦】！

大癮 daai6 jan5 癮頭大：你飲酒咁～，對身體冇益㗎【你喝酒的癮頭太大，對身體沒有好處】。

大日子 daai6 jat9 dzi2 重要的日子；節日；重大紀念日。

大嘢 daai6 je5 傲慢；架子大；自高自大：做人要謙厚啲，唔好咁～【做人要謙厚點兒，不要擺架子】。

大姨媽 daai6 ji4 ma1【婉】月經；例假。

大耳窿 daai6 ji5 lung1 放高利貸者。

大耳牛 daai6 ji5 ngau4 聽不進勸告、忠告的人（多指小孩）：真係畀你個～激死【真得讓你這犟犢子給氣死】。

大熱 daai6 jit9 大熱門：邊隻馬～我就買邊隻【哪匹馬是大熱門我就買哪匹】。

大熱倒灶 daai6 jit9 dou2 dzou3（比賽中）最有可能獲勝的熱門人、馬、狗（或隊伍）在比賽中意外落敗：呢場賽事，3 號馬竟然～，真係令人失望【這場賽事，3 號馬這匹大熱門居然輸了，真令人失望】。

大熱症 daai6 jit9 dzing3 傷寒。

大肉飯 daai6 juk9 faan6 上面蓋有豬肉及青菜的碟飯；豬肉蓋飯：喺外便食飯都係～之類，無乜好食【在外頭吃飯都是豬肉蓋飯之類的，沒啥好吃】。

大蓉 daai6 jung2* 飲食行業術語。分量較大的餛飩麵，有餛飩八顆。

【小知識】廣東的餛飩麵（雲吞麵）在行內稱「蓉」，按照分量分為大蓉、中蓉、細蓉，放的「雲吞」數量不同。「蓉」典出白居易《長恨歌》中的詩句「芙蓉如面」（以其中的「面」指代「麵」）。

大魚 daai6 jy2* 鱅魚，胖頭魚。

大魚大肉 daai6 jy4 daai6 juk9 指豐盛的菜餚；又引指享用豐盛菜餚：我捱肚餓，你就喺度～【我挨餓，你就在這兒大吃大喝】！

大襟衫 daai6 kam1 saam1 向右方斜扣扣子的中式傳統女上衣。

大妗 daai6 kam5 婚禮上負責陪伴新娘的婦女。

大妗姐 daai6 kam5 dze2 同「大妗」。

大茄 daai6 ke1【俗】大茄喱啡演員（小角色）的省稱，來自英語「Carefree」的外來詞，演出機會相對較多的小角色：佢本來做主角而家變咗～【他本來當主角現在變成了配角】。

大葵扇 daai6 kwai4 sin3 媒婆的別稱，因習慣手持一把大葵扇走東門串西門，故稱：全靠我揸～撮合佢兩個，佢哋至結得成婚【全靠我保媒撮合他們倆，他們才結得成婚】。

大菌食細菌，細菌當補品

daai6 kwan2 sik9 sei3 kwan2 sei2 kwan2 dong3 bou2 ban2【俗】以「大菌」指代不太講究衛生的人，他們認為不必太講究衛生，就算不乾淨的東西吃進去也等閒視之：碗筷唔使再用滾水洗啦，～【碗筷不用開水再燙了，不乾不淨，吃了沒病】。

大纜扯唔埋 daai6 laam6 tse2 m4 maai4【俗】怎麼樣也扯不到一起；風馬牛不相及：佢兩個照計就～，點知緣分就係咁神奇，卒之結咗婚【他們倆按理說很難扯到一塊，誰知道緣分就這麼奇妙，終於結了婚】。

大褸 daai6 lau1 大衣。

大律師 daai6 loet9 si1 訴訟律師，英語為 barristor，負責在較大的訴訟事件中替其事主出庭作辯。香港律師分律師和大律師兩種，前者相當於英語 solicitor，只負責一般法律事務。

大佬 daai6 lou2 ❶ 最大的哥哥。❷ 對一般中青年男性的稱呼，相當於「大哥」、「老兄」、「哥兒們」：～，借個火【老兄，借個火】。❸ 表示不認同某事或不願意做某事，作用與語氣詞相當：～，咁貴嗝，梗係冇人買啦【嚇，這麼貴，肯定沒人買】。｜～，會死人㗎嗝，我就唔去嘞【嚇，會有生命危險的呀，我才不去呢】！❹ 黑社會的大哥：佢成日扮～蝦啲低班嘅同學【他成天裝黑社會頭子欺負低年級的同學】。

大老倌 daai6 lou5 gun1 舊時指著名粵劇藝人。

大路貨 daai6 lou6 fo3 普遍流行的一般貨色：佢哋飲嘅都係～，周街都買到，冇乜嘢特別【他們喝的都是一般的牌子，到處都買得到，沒啥特別的】。

大碌竹 daai6 luk7 dzuk7 竹筒製的水煙筒。

大碌木 daai6 luk7 muk9 大段木頭，喻指又笨又蠢或呆板而不機靈的傻大個：佢成個～噉，你都肯嫁佢【他笨頭笨腦的，你都肯嫁給他】？

大碌藕 daai6 luk7 ngau5【諧】舊時指抽鴉片的工具（煙槍）。

大龍鳳 daai6 lung4 fung6 原為香港一著名粵劇團名稱，因粵劇演出都是大鑼大鼓，故以此比喻紛紛擾擾的事件或刻意鋪排的大場面：以前啲差人包庇黃色架步，但時不時都會做返場～嚟交差【以前警察包庇色情場所，但不時也會做場掃黃大行動向上交差】。

大唔透 daai6 m4 tau3 大小孩；老頑童（指年歲雖大但童心未泯）：咁大個仲玩車仔，真係～【這麼大了還玩小玩具車，真是大小孩】。

大孖 daai6 ma1 攣生的兄弟或姊妹中先出生的一個。（後出生的為「細孖」。）

大孖瘡 daai6 ma1 tsong1 癰；癰疽；有多個膿頭的毒瘡：佢背脊生咗個～【他背上長了個癰疽】。

大媽 daai6 ma1 ❶ 舊時多妻制家庭中庶出的子女對父親的正式夫人的稱呼，也可用作他稱：佢好似唔係～生嘅，分唔到佢老竇幾多身家【他好像不是大太太生的，分不了他父親多少財產】。❷【貶】「中國大媽」的省稱。原指在外國旅遊時爭購黃金、名牌貨的中年婦女，借用作對此一群體愛打扮炫耀、聚集跳舞等行為的調侃。

大馬 daai6 ma5 馬來西亞。

大命 daai6 meng6 命大（形容大難不死的人）：成車人死淨佢一個，真是～【全車的人只剩他一個沒死，真是命大】。

大面缽 daai6 min6 but8 大臉龐（臉長得

寬）：佢～，唔靚【她臉長得寬，不漂亮】。

大模斯樣 daai6 mou4 si1 joeng6 大模大樣：佢何德何能，竟然～坐上董事長嘅位置【他有甚麼能耐，居然大模大樣地坐上董事長的位子】。

大懵 daai6 mung2 糊塗；懵懂：我真係～，連銀包都唔記得帶【我真是糊塗透頂了，連錢包都忘了帶】。

大拿拿 daai6 na4 na4 那麼大數量的（金錢）：～幾萬蚊，我要時間去邊度搵呀【幾萬塊那麼大筆錢，我一下子上哪去找呀】？

大蝻蛇 daai6 naam4 se4 大蟒蛇。喻懶惰的人：佢成日遊手好閒，正一～【他整天遊手好閒，非常懶惰】。

大諗頭 daai6 nam2 tau4 ❶ 雄心勃勃；有野心：佢好～，話要自己搞生意【他雄心勃勃，說要自己搞生意】。❷ 費思量；費心思：換架新車啫，唔使咁～【換一輛新車罷了，不必那麼費思量】。

大淰 daai6 nam6 身體虛胖，動作不靈活：佢咁～，行都行得慢過人啦【她人虛胖，不靈活，走起路來都比人慢】。

大粒嘢 daai6 nap7 je5【諧】大人物。

大粒佬 daai6 nap7 lou2 大人物；有名望地位的人：呢個酒會，公司班～個個都出晒嚟【這個酒會，公司的上層人物全都出席了】。

大眼仔 daai6 ngaan5 dzai2 一種有色隱形眼鏡，戴上後可讓眼睛看起來又大又明亮。

大眼雞 daai6 ngaan5 gai1 ❶ 一種鹹水魚。因其眼睛較大而得名。❷ 一種漁船。船身前端兩邊畫有大紅圈，故名。

大押 daai6 ngaat8 規模較小的當舖，抵押期為三個月。

> 【小知識】典當業按照其規模和資金，分「當」、「按」、「押」三類，香港的當舖多為「押」類，舖名多稱「大押」。當舖的招牌，上為蝙蝠狀，下連着一個圓圈。蝙蝠象徵「福」，圓圈則為錢幣，象徵「利」。

大牛 daai6 ngau4【俗】面額為 500 元的港幣紙鈔。

大鱷 daai6 ngok9 原指香港早期股票市場中的外籍炒賣者，賺了一大筆錢後便回祖家，就像兩棲的鱷魚一樣，上岸飽吃一頓後，下水逃去無蹤：呢啲～，普通人唔夠佢鬥【這些狠撈一把就跑的洋鬼子，普通人是鬥不過他們的】。

大安旨意 daai6 ngon1 dzi2 ji5 過份放心而放任不管；鬆懈；不積極行動：佢以為大把時間，咪就～囉【他以為時間很充裕，不就鬆懈下來嘍】！

大糯 daai6 no6 糯米的一種，米粒圓而大。

大娘 daai6 noeng1* ❶ 打扮舉止俗氣的女人：佢着到成個～噉【她穿得俗氣死了】。❷ 多嘴多舌的女人：呢個～人人都怕晒佢【這個多嘴多舌的女人誰見了都怕她】。

大牌 daai6 paai2* 架子很大；氣派很大：佢好～㗎，請佢都未必嚟【他架子很大，請他都未必來】。

大牌檔 daai6 paai4 dong3 設在路邊專門供應粥粉麵食、茶水點心及小菜的飲食攤。廚房多用鐵皮及木板蓋成，座位則設在路邊，只在營業時才擺放出來。這些食肆都要領有牌照（政府批准營業的證件），牌照須在當眼處張貼出來，故稱大牌檔。

大泡和 daai6 paau1 wo4 ❶ 無能；窩囊；糊塗。❷ 無能、窩囊、糊塗的人：你正一係～，一啲用都冇【你真是個窩囊廢，一點兒用沒有】。

大炮 daai6 paau3 ❶ 大話；牛皮：佢份人好中意車～嘅，唔信得過㗎【他為人很喜歡吹大牛，信不過的】。❷ 愛吹牛皮的；愛說大話的：呢條友成日都咁～嘅【這傢伙整天都這麼愛吹牛皮的】。

大炮友 daai6 paau3 jau2* 吹牛大王；愛吹牛的人。

大婆 daai6 po2*（多妻者的）大老婆；元配夫人。

大沙炮 daai6 sa1 paau3 聲音大，殺傷力小的大炮，比喻虛張聲勢的人：佢係～，唔使驚佢【他虛張聲勢，不必怕他】。

大嘥 daai6 saai1 浪費：啲餸咁好就倒咗佢？好～喎【這麼好的菜就倒掉？真浪費呀】。

大晒 daai6 saai3 霸道之極；最厲害；高人一等。源於賭博術語，即通殺：你～咩，條路人人都有份【你怎麼那麼霸道，這條路人人都有份的】！

大殺三方 daai6 saat8 saam1 fong1 指麻將之類賭局中大勝其他三位對手，也喻指在商業競爭中一帆風順，財源廣進：今日手風順，簡直係～【今天手氣好，簡直是全無敵】。

大使 daai6 sai2 花錢大手大腳；揮霍：咁～呢個月家用又唔夠喇【這麼大手大腳這個月的家庭開支又不夠啦】。

大細超 daai6 sai3 tsiu1 眼睛一邊大一邊小，喻指不公平，厚此薄彼：你噉做分明係～，啲兄弟唔會服㗎【你這麼做，分明是一碗水沒端平，兄弟們會不服氣的】。

大手筆 daai6 sau2 bat7 ❶ 高明的；技術高超的：呢座雕塑一睇就知係～嘅作品【這座雕塑一看就知道是名家之作】。❷ 闊氣、肯花費或拿出相當的金錢（或物資）：佢封一千蚊利是，真係～【他給了一千塊的紅包，真夠闊氣】。｜全場嘅飲品都係呢間公司贊助嘅，真係～【全場的飲料都是這家公司贊助的，真闊氣】。

大蛇屙尿 daai6 se4 ngo1 niu6 【俗】喻指大場面，世面：佢老竇以前做過高官，～都見過【他爹以前做過高官，大場面都經歷過】。

大石責死蟹 daai6 sek9 dzaak8 sei2 haai5 【俗】大石頭壓死小螃蟹，喻指憑借權威和強力壓服別人；仗勢欺人：以為佢係董事長就可以～呀？我就唔忿氣【以為他是董事長就可以仗勢欺人？我偏不服氣】。

大聲夾惡 daai6 seng1 gaap8 ngok8 嗓門兒很大，還氣勢洶洶：自己做錯嘢仲～【自己犯了錯卻嗓門兒很大，還氣勢洶洶的】？

大聲公 daai6 seng1 gung1 ❶ 大嗓門的人。❷（指代）手提揚聲器：差人用～警告示威者唔好越過警戒線【警察用手提喇叭警告示威者別越過警戒線】。

大時大節 daai6 si4 daai6 dzit8 較大的節日；重要節日：～，啲仔女都會返屋企食飯【較大的節日，兒女們都會回家吃飯】。

大市 daai6 si5 股票市場：～平穩【股市行情平穩】。

大食 daai6 sik9 能吃；食量大；飯量大：咁～，成隻豬噉【這麼能吃，整一隻豬似的】。

大食懶 daai6 sik9 laan5 好吃懶做：你一得閒就瞓㗎，正一～【你一有空就睡覺呀，真是好吃懶做】。

大食會 daai6 sik9 wui2* 一種較隨意輕鬆的聚餐形式，食物通常由參與者各自帶來或共同製作。

大聖爺 daai6 sing3 je2* 被供奉的猴子（齊天大聖）。

大小通殺 daai6 siu2 tung1 saat8 ❶ 賭博術語。又說「大小通食」。不管押大還是押小都被莊家吃掉。❷ 全勝；贏了所有的人：我手氣好，攞到條同花順，～【我運氣好，拿了同花順，贏了所有的人】。

大少 daai6 siu3 ❶ 大少爺。❷ 少爺（有錢有勢者的兒子）：嗰個花心～成日呃女仔【那個花心少爺經常騙女孩子】。

大笑姑婆 daai6 siu3 gu1 po4 特別愛笑的女子。

大傻 daai6 so4 非常無知的人；大傻瓜；神經不正常的人：佢成個～噉嘅樣，實畀人呃啦【他像個傻瓜那樣，肯定上當受騙】。

大信封 daai6 soen3 fung1 解僱通知。因通常將其裝於一大信封內，故稱：你噉嘅工作態度，等住收～啦【你這種工作態度，等着收解僱信吧】！

大水喉 daai6 soey2 hau4（比喻）富裕的人；輸送龐大經濟利益的財源：你有～啡住點會搞唔掂嗜【你有那麼強的經濟後盾，不會有問題的】。

大餸 daai6 sung3（吃飯時）吃菜很多：炒多兩味餸吖，阿爸飲酒好～【多炒兩個菜吧，爸爸喝酒時挺能吃菜的】。

大貪 daai6 taam1 ❶ 非常貪心；十分貪婪：你唔好咁～，乜都想要【你不要太貪婪，甚麼都想要】。❷ 指貪心、貪婪的人：佢唔賺到盡唔肯收手，正～嚟【他不把所有好處拿到手就不會罷休，真是貪得無厭】。

大頭佛 daai6 tau4 fat9 ❶ 戴在頭上，笑容滿面的面具，常在舞獅時用作逗引獅子者的面具。❷ 難於收拾的麻煩事；很糟糕：搞出個～【把事情弄得很糟糕】。

大頭鬼 daai6 tau4 gwai2 闊佬；闊氣的人：充～【充闊佬】。

大頭蝦 daai6 tau4 ha1 ❶ 一種頭較大的淡水蝦。❷ 辦事粗心大意、愛丟三拉四的人；馬大哈：真係～，又唔記得帶筆記【真是馬大哈，又忘了帶筆記本】。

大頭菜 daai6 tau4 tsoi3 蔬菜名，根部肥大成球形或橢圓形，可煮熟吃，常用來腌製鹹菜。

大頭狗 daai6 tau4 gau2 ❶ 油葫蘆。昆蟲，像蟋蟀，比蟋蟀大，顏色，有油光。❷【貶】大人物：佢係三合會嘅～【他是三合會的大人物】。

大天二 daai6 tin1 ji2* 舊時珠江三角洲一帶橫行霸道的地痞流氓頭子。

大條道理 daai6 tiu4 dou6 lei5 振振有詞；明明係你唔啱仲～【明明是你不對還振振有詞】。

大肚 daai6 tou5 懷孕；大肚子。

大肚腩 daai6 tou5 naam5 大肚皮。

大肚婆 daai6 tou5 po2* 孕婦。

大茶飯 daai6 tsa4 faan6 可獲厚利的大事情，如大宗的交易。一般多指勒索、綁票、搶劫之類非法活動：呢班劫匪睇嚟係專食～嘅【這幫劫匪看來是專門做大案的】。

大餐 daai6 tsaan1 豐盛的宴席：法國～。

大車 daai6 tse1 大副，船長的主要助手，駕駛工作的負責人。

大腸頭 daai6 tsoeng2* tau4 ❶ 直腸；大腸的最末段。❷ 豬的大腸：～好高膽固醇，我唔敢食【豬大腸的膽固醇挺高的，我可不敢吃】。

大出血 daai6 tsoet7 hyt8 ❶ 喻指支出、花費很多錢財：請大家聽演唱會呀？今次你真係～囉【請大家聽演唱會呀？這次你可要破財嘍】。❷ 喻指商店賤價拋售商品。

大菜糕 daai6 tsoi3 gou1 糕點名稱，用瓊脂製作的冷食品。

大艙 daai6 tsong1 渡船或輪船的最低等的艙位，在船的最下層：～價錢好平【最低等的艙位價錢很便宜】。

大床 daai6 tsong4 雙人床。

大廚 daai6 tsy2* 首席廚師。

大話 daai6 wa6 謊話：你講～【你說謊】！

大鑊 daai6 wok9 大事不好了；問題大了：今次～，出咗人命添【這次大事不好了，出人命了】！

大鑊飯 daai6 wok9 faan6 大鍋飯，喻指團體中各成員的待遇一律不分高低。

大王眼 daai6 wong4 ngaan5 比喻人兇惡、蠻橫、貪婪：你唔好咁～呀【你不要兇巴巴的】！

大換血 daai6 wun6 hyt8 喻指大換班，即人事上的大調整：好多主力球員都會退出國家隊，睇嚟球隊要～【很多主力隊員都會退出國家隊，看來球隊要大換班了】。

擔 1 daam1 ❶ 挑：～水【挑水】。❷ 搬（桌椅）：～凳【搬凳子】。❸ 打（傘）；張開；舉起：～遮【打傘】。

擔 2 daam1 抬（頭）：你～高個頭【你抬起頭來】！

擔 3 daam1 叼：隻貓～住隻老鼠【那隻貓叼着一隻老鼠】。

擔戴 daam1 daai3 承擔責任；擔待：呢件事我唔～得起【這件事我可擔待不起】。

擔大旗 daam1 daai6 kei4 拿着令旗。喻指居領導地位、領頭，有權指揮或作決定。又作「揸大旗」：你哋幾個邊個～【你們幾個誰是領頭】？

擔擔抬抬 daam1 daam1 toi4 toi4 挑和扛，比喻做粗重的工作：呢啲～嘅嘢等我做啦【這些粗活讓我來幹吧】。

擔正 daam1 dzeng3 擔演主角或重要角色：佢終於可以～做主角【她終於可以任主角】。

擔幡買水 daam1 faan1 maai5 soey2 舊俗喪禮，孝子舉着幡子到水邊或井邊買水給去世的長輩：佢冇仔，死咗都冇人幫佢～【他沒兒子，死了都沒人替他當孝子操辦後事】。

擔綱 daam1 gong1 擔任主力；擔當主要角色：呢齣戲邊個～【這齣戲誰當主角】？

擔屎都唔偷食 daam1 si2 dou1 m4 tau1 sik9【俗】挑大糞都不敢偷一點，比喻人非常忠厚老實。

擔承 daam1 sing4 擔當；承擔：呢件事佢一力～【這件事的責任他一力承擔】。

擔梯 daam1 tai1 考試背榜。香港過去的中學會考，得 H 為分數最差的一級，如果幾個科目都得 H 的話，在成績單上同一豎行都是 H，連起來一看就像一架梯子，故稱：你張成績表科科都～，點畀得人睇呀【你這張成績表每一科都是 H，怎麼能拿出來給人看呢】？

眈天望地 daam¹ tin¹ mong⁶ dei⁶ 東張西望：上堂咪～，專心啲【上課別東張西望，專心點兒】！

膽 daam² ❶「燈膽」之省稱，即燈泡。也引申指真空管、電子管。❷ 物件中心的部份：菜～【菜心兒】｜呢場馬想贏最好搵隻馬王做～【要想贏這場賽馬最好找一隻王牌馬為主來搭配其他的馬】。

膽正命平 daam² dzeng³ meng⁶ peng⁴【俗】為正義不怕陪上生命：我哋～，唔會退縮嘅【我們為正義不怕死，絕不退縮】。

膽生毛 daam² saang¹ mou⁴ 膽大包天：大佬你都敢鬧，你真係～【大哥你都敢罵，真是膽大包天】。

膽生石 daam² saang¹ sek⁹ 膽結石。

膽識 daam² sik⁷ 膽量。

膽粗 daam² tsou¹ 有膽量；膽子大：佢都夠～喎，老闆都敢鬧【他膽子夠大的，老闆都敢罵】。

擔竿 daam³ gon¹ 扁擔。又作「擔挑」。

擔挑 daam³ tiu¹ 同「擔竿」。

啖 daam⁶ 量詞。口：飲～水【喝口水】｜錫一～【親一口】。

淡定 daam⁶ ding⁶ ❶ 鎮定：唔使驚，～啲【不用怕，鎮定點】！❷ 不慌不忙；穩重：就嚟夠鐘嘞，佢一樣咁～【時間快到了他還是那麼不慌不忙的】。｜做嘢要～啲【做事要穩重點兒】。

淡友 daam⁶ jau²* 指金融投資市場中看淡市場前景而買跌，或因而不願投資甚至退出市場者。又可用於其他範疇如房地產等的投資者。與「好友」相對：佢係～，一早就放咗啲股票啦【他看淡股市，一早就賣掉那些股票了】。

淡月 daam⁶ jyt²* 淡季；生意冷淡的時期：今年三月和四月係～【今年三、四月份是淡季】。

淡市 daam⁶ si⁵ 買賣不興旺；生意冷淡：冬天賣凍飲係～，生意額下跌【冬天賣冷飲生意冷淡，營業額下跌】。

單¹ daan¹ 量詞。件；樁：呢～嘢【這件事】｜一～生意【一樁生意】。

單² daan¹ 瞇；閉上：瞄準要～起一隻眼【瞄準要瞇上一隻眼睛】。

單邊 daan¹ bin¹ 有一邊沒有別的房子挨着或遮擋的舊式樓房：我中意～樓，又光猛又開闊【我喜歡這樓房一邊沒有房子捱靠，明亮又視野開闊】。

單打 daan¹ da² 冷嘲熱諷；旁敲側擊；指桑罵槐：他好中意～人【他很喜冷嘲熱諷別人】。

單單打打 daan¹ daan¹ da² da² 意同「單打」：你有嘢就直接講出嚟，唔好成日～【你有話就直接説出來，不要整天冷嘲熱諷】。

單丁 daan¹ ding¹ 單個的；不成對的：剩返啲～位你要唔要吖【剩下都是單個的座位，你要不要】？

單吊西 daan¹ diu³ sai¹ ❶ 不是配套的西裝上衣。❷ 只有一套西裝：我好少着西裝，呢件係～【我很少穿西裝，這件是獨一無二的】。

單擋 daan¹ dong² 籃球比賽術語。擋拆配合：佢同隊友做咗個～，直衝籃底入樽【他跟隊友做了個擋拆，直衝籃底灌籃】。

單刀 daan¹ dou¹ 足球比賽術語。足球員憑着一個人的力量完成過人、射門等動作，即單刀球：呢場波，最尾畀陳志強～射成三比一完場【這場球，最後被陳志強的單刀球射成三比一結束】。

單張 daan¹ dzoeng¹ ❶ 傳單：宣傳～【宣傳傳單】。❷ 紙質單頁廣告。

單係 daan¹ hai⁶ 單，單是；光，光是：～書都有幾十箱喇【光書就有幾十箱了】。

單行 daan¹ hong²* 用單線間隔成的行：～紙｜～簿。

單襟 daan¹ kam¹ 單排紐扣。

單企人 daan¹ kei⁵ jan²* 單立人；單人旁（亻）。

單料 daan¹ liu²* 單薄；單層：～銅煲【單層銅鍋】｜呢啲煲好～【這種鍋子很單薄】。

單料銅煲—— 一滾就熟 daan¹ liu²* tung⁴ bou¹ jat⁷ gwan² dzau⁶ suk⁹【歇】比較薄的銅鍋，燒水時熱傳得快，比喻容易跟人混熟：細佬仔好易玩得埋，正一～【小孩子一混就熟，就跟薄銅鍋燒水熱得快似的】。

單眼 daan¹ ngaan⁵ ❶ 瞎了一隻眼：佢係～嘅【他是個獨眼龍】。❷ 合上一隻眼：單起隻眼【他瞇着一隻眼】｜佢～穿針都得【他一隻眼都能穿針】。❸ 向對方眨（一隻）眼，以示獻媚：你見唔見到佢同你～【你沒看見他跟你擠眼來着】？

單眼簷 daan¹ ngaan⁵ jim⁴ 單眼皮兒。

單眼佬睇榜 —— 一眼睇晒 daan¹ ngaan⁵ lou² tai² bong² jat⁷ ngaan⁵ tai² saai³【歇】獨眼龍看榜，一眼看完。「一眼看完」語意雙關，指一目了然：呢個部門就得我哋三個人，～【這個部門就我們三個人了，一目了然】。

單身寡仔 daan¹ san¹ gwa² dzai² 單身漢：佢咁多年都係～，慣咗一個人住【他獨身那麼多年，習慣了一個人住】。

單身寡佬 daan¹ san¹ gwa² lou² 同「單身寡仔」。

單身貴族 daan¹ san¹ gwai³ dzuk⁹ 指經濟條件好、生活寫意的單身男女。這些人講究享受，因此以「貴族」為喻。

單親家庭 daan¹ tsan¹ ga¹ ting⁴ 因夫妻離異等原因而只剩下父親或母親一方帶着孩子的家庭。

單車 daan¹ tse¹ 自行車。

單車徑 daan¹ tse¹ ging³ 公路旁供自行車行駛的小路。

單程證 daan¹ tsing⁴ dzing³ 中國大陸居民獲准到香港定居者的赴港通行證。

單位 daan¹ wai²*（住宅的）套間；單元：下半年本港共有一萬五千個～推出市場【下半年本港共有一萬五千個住宅單元推出市場】。

彈藥 daan²* joek⁹ （比喻）所帶的、用於消費的金錢：去歐洲旅遊要帶足～先得【去歐洲旅遊要帶夠錢才行】。

蛋茶 daan²* tsa⁴ 糖水荷包蛋。

蛋卷（捲） daan⁶ gyn² 又稱「雞蛋卷」、「蛋筒」。一種香脆的圓筒狀甜點，用雞蛋和麵粉烤製，呈金黃色。

蛋散 daan⁶ saan² ❶ 排叉兒（一種麵製的油炸食品）。❷【俗】指怕事、沒出息的小人物：呢班～冇厘建設性，淨係識講唔識做【這幫傢伙毫無建設性，只會說不會做】。

蛋撻 daan⁶ taat⁷ 一種西式甜點，形狀像小碟，內填一層由雞蛋、奶油等製成的餡。「撻」為英語的 tart 的音譯。

蛋筒 daan6 tung2* 同「蛋卷（捲）」。

蜑（疍）家 daan6 ga1 過去廣東、福建等地的水上居民，生活在船上，從事漁業、水上運輸等工作。

蜑家雞——見水唔得飲 daan6 ga1 gai1 gin3 soey2 m4 dak7 jam2【歇】蜑家為水上居民，他們的雞養在船上，整天看到水，但是喝不到。比喻有的東西看得到但是得不到：我成世做西裝，但係從來都冇着過，真係～【我一輩子幫人做西裝，但是沒有穿過，看得到得不到。】

彈 daan6（把工作或事情）轉給：你啲生意接唔晒～啲畀我吖【你的生意接不下來就轉給我吧】。

彈板 daan6 baan2（跳水運動用的）跳板：三米～【三米跳板】。

彈弓 daan6 gung1 ❶ 利用彈力發射石子射鳥的器具。❷ 彈簧：～床【彈簧床】。

彈弓手 daan6 gung1 sau2 ❶ 醫學用語。指手指不自覺地收縮又彈開。❷ 猜拳時伸出又馬上收回並改變手勢。

彈弓床 daan6 gung1 tsong4 彈簧床；沙發床。

彈牙 daan6 nga4（食物）韌度夠、有彈性而不黏牙：啲肉丸好～【這肉丸子有彈性，口感好】。

彈票 daan6 piu3 銀行退回無法兌現的支票：你個戶口唔夠錢，所以～【你銀行賬戶裏錢不夠，所以支票無法兌現退回來了】。

彈叉 daan6 tsa1 ❶ 彈弓的叉子：～斷咗【彈弓的叉子斷掉了】。❷ 彈弓。

但係 daan6 hai6 但是。

嗒 daap7 ❶ 品嘗；試（味道）；咂：啲味咁苦，～一～都頂唔順【那麼苦的味道，咂一咂都受不了】。❷ 象聲詞。形容咂或吃東西時發出的聲音：～～聲【嘖嘖響】。

嗒糖 daap7 tong4 咂糖；嘗甜味。引指對某人產生愛慕、動心：佢咁靚，係男人見到都～啦【她長那麼漂亮，哪個男人不動心】？

搭 daap8 ❶ 委託：我～佢買兩張飛【我托他買兩張票】。❷ 附帶：買裔菜～條蔥【買棵菜搭根蔥】。❸ 搭乘；乘坐：去我屋企～車～船都得【到我家坐車坐船都可以】。

搭膊 daap8 bok8 扛（或挑）東西時墊肩或兼作擦汗用的方形或長方形布。

搭單 daap8 daan1 順帶：你送貨去門市我有嘢～【你送貨到門市順帶也給我帶點東西】。

搭檔 daap8 dong3 ❶ 與別人合作：我同王興以前～搞生意【我和王興以前合作搞生意】。❷ 臨時合作：搵個人搭住檔先【找個人先一起做做看】。

搭嘴 daap8 dzoey2 插嘴；插話：大人講嘢，細路仔唔好～【長輩講話，小孩子不要插嘴】。

搭客 daap8 haak8 ❶ 乘客。❷ 載客。

搭路 daap8 lou6 拉關係；牽線：我唔識人，要你幫我～【我不認識人，請你幫我牽牽線】。

搭棚 daap8 paang4 搭建築工程用的腳手架：修補外牆係大工程，要～㗎【修補外牆是大工程，得搭腳手架才行】。

搭手 daap8 sau2 順手；順便幫忙：～交埋我份功課吖【順手幫我也交上我的作業】。

搭食 daap8 sik9 搭伙：我喺學校～【我在

學校的食堂搭伙】。

搭順風車 daap[8] soen[6] fung[1] tse[1] 搭腳兒；免費搭乘順路車、船：我今日搭何經理嘅順風車返公司【我今天搭何經理的順路車回公司】。

搭上搭 daap[8] soeng[6] daap[8] 被委託辦事的人再委託別人去辦：你叫我買啲藥呢度都冇，我要～至買到嘅【你託我買的藥這裏沒有，我是再委託別人才買到的】。

搭頭搭尾 daap[8] tau[4] daap[8] mei[5] 較次的東西；非主要的東西；搭配的貨：本書最緊要係前面嘅內容，附錄係～嚟啫【整本書最重要的是前面的內容，附錄只是搭頭兒】。

搭枱 daap[8] toi[2]* 在飯店、餐廳吃飯時與其他顧客共用同一張餐桌。

搭秤 daap[8] tsing[3] ❶ 賣貨者在稱好重量後，再加一點，取悅顧客。❷ 好貨搭配次貨賣出：啲肥肉冇人要，就攞嚟～囉【肥肉沒人要就給買肉的搭一塊唄】。

搭錯線 daap[8] tso[3] sin[3] ❶ 打錯了電話。❷（因誤解而在回答他人時）牛頭不對馬嘴。

搭通天地線 daap[8] tung[1] tin[1] dei[6] sin[3] 打通上下左右各種關係：佢好犀利，識～，所以發咗達【他很厲害，能夠打通上下左右各種關係，因此發了大財】。

沓[1] daap[9] ❶ 量詞。疊；摞：一～書。❷ 量詞。座：一～樓【一座樓】。

沓[2] daap[9] ❶ 疊；摞：啲書稿～起身有成尺咁高【那些書稿摞起來有差不多一尺高】。❷ 鐘錶的分針指在某個數字上面：六點～二【六點十分】。

沓正 daap[9] dzeng[3]（鐘點的）整：～七點【七點整】。

沓名 daap[9] meng[2]* 重名；同名：個名叫國強嘅，好易同人～【名字叫國強的，很容易跟別人同名】。

疊水 daap[9] soey[2]（比喻）錢很多；很富有：佢噉使錢法就知佢好～啦【（瞧）他這麼個花錢法就知道他錢多得花不完】。

躂（撻） daat[8] ❶ 摔；摜；跌。～生魚【（殺魚前）摜死魚】｜佢由三樓～落地下都唔死得【他從三樓摔到地上都死不了】。❷ 摔、甩（軟的物體）：將啲泥～落埲牆度【把泥甩在牆上】。❸ 臥倒；趴倒：佢一返嚟就～落張床度【他一回來就趴在床上】。

撻朵 daat[8] do[2]【俚】又說「響朵」。高聲說出或亮出自己的後台勢力以獲取別人尊重，從而取得利益或方便。「朵」指名字（參見「朵」條）：你遇到麻煩撻我個朵就得㗎喇【你遇到麻煩亮我的名字就行了】。

笪 daat[8] 量詞。塊（指地方）：買咗～地【買了一塊地】。

達人 daat[9] jan[4] 專家。源於日語，平假名為たつじん。

低 dai[1] 用於動詞之後表示動作趨向，相當於「下」：坐～【坐下】｜縮～【彎下腰；蹲下】。

低B dai[1] bi[1] 智商低：咁～嘅問題你都攞嚟問我【這麼低智商的問題你也拿來問我】？

低波 dai[1] bo[1] 低速；用低速檔：條路凹凹凸凸，你用～行得啦【這條路凹凸不平，你用低速檔開好了】。

低莊 dai[1] dzong[1] 低檔；低級；貶低身價：佢連企街咁～嘅嘢都肯做，真係慘【她連街邊拉客的妓女這麼低賤的事都肯幹，真可憐】。

低格 dai¹ gaak⁸ 人品低下：佢做咗又唔認，認真～【他做了又不敢承認，真是人品低下】。

低開 dai¹ hoi¹ 股票市場術語。指股市開盤時價位比前一天低。與「高開」相對。

低下階層 dai¹ ha⁶ gaai¹ tsang⁴ 社會地位較低、家庭收入較少的階層。

低企 dai¹ kei⁵ 金融術語。指價格或價位維持於較低的位置：本週金價依然～。

低眉塞額 dai¹ mei⁴ sak⁷ ngaak⁹ 相貌醜陋；眉毛低而短；腦門低而狹窄：佢幾好笑，～仲話自己係靚仔【他很可笑，相貌醜陋卻自誇是美男子】。

低收 dai¹ sau¹ 股票市場術語。以低價位收市。

低水 dai¹ soey² 金融術語。在期貨市場中，現貨與期貨的差價即為「水位」，若期貨看跌，即「水位」低，稱為「低水」：十二月期貨指數跌幅較大，～十幾點【十二月份的期貨指數下跌幅度較大，價差低十幾點】。

低威 dai¹ wai¹ 比不上（對手）；沒骨氣，沒志氣；沒自信：認～【自歎不如】｜佢唔吻得你好多啫，唔使咁～嘅【他不比你強多少，用不着這麼沒自信心】。

低位 dai¹ wai²* 股票市場術語。「位」即「價位」，指價格升或降的單位，「低位」即低的價位。

抵¹ dai² 耐；承受；忍受：～凍【抗冷，耐寒】｜～肚餓【捱餓】。

抵² dai² ❶ 值得；划算；划得來：～食【值得吃（指物美價廉）】｜～錫【值得疼愛】｜三蚊斤，又幾～喎【三塊錢一斤，這倒挺划得來】。❷ 該；活該：咁勤力，～佢發達啦【這麼勤快，他是該發財】。｜～佢衰【活該他倒霉】。

抵埗（埠） dai² bou⁶ 抵達；到達：參加回歸儀式嘅查爾斯王子今日～【參加回歸儀式的查理斯王子今天抵達】。

抵得 dai² dak⁷ ❶ 耐；承受；同「抵¹」。❷ 值；值得：呢架靚跑車～好多錢【這架名貴跑車值很多錢】。

抵得諗 dai² dak⁷ nam² 能忍讓（形容人大度，不計較）；不怕吃虧。又作「抵諗」：咁蝕底嘅事，係佢先至咁～肯去做【這麼吃虧的事兒，只有他才會這麼看得開肯去做】。

抵到爛 dai² dou³ laan⁶ 划算得不得了（多指價錢便宜、事情值得）：咁平，～啦【這麼便宜，太划得來了】！｜讀一年就攞到文憑，真係～【讀一年就能拿到文憑，太值得了】。

抵冷 dai² laang⁵ 耐冷；耐寒；承受寒冷：呢種羊毛底衫好～【這種羊毛內衣很耐寒】。

抵力 dai² lik⁹ 吃力；費力；費勁：要我出一半錢我好～㗎【要我負擔一半的錢我很吃力的】。

抵壘政策 dai² loey⁵ dzing³ tsaak⁸ 1980年以前香港政府實施的一項政策，對成功進入市區的非法入境者不予拘捕遣返並准予居留。

【小知識】1970年代到80年代初，大量偷渡者從中國大陸進入香港，1974年政府實施抵壘政策，至1980年10月23日撤銷，自此，非法入境者一經拘捕會被立即遣返，稱為「即捕即解」（參見該條）。

抵諗 dai² nam² 同「抵得諗」：自己友，大家～啲啦【自己人，大家都忍讓點吧】。

抵唔住頸 dai² m⁴ dzy⁶ geng² 忍不住；氣不過：佢成日玩遊戲機，我～，話咗佢幾句【他整天玩遊戲機，我忍不住了，教訓了他幾句】。

抵手 dai² sau² 能幹；有本領；有技巧：佢繡花好～【她很會繡花】。

抵死 dai² sei² ❶ 活該；該死；缺德（罵人話）：～吖，邊個叫你唔聽我話【活該，誰叫你不聽我的話】！｜真係～，畫到我本書花晒【真該死，把我的書畫得橫七豎八的】。｜邊個咁～攞咗我副眼鏡【誰這麼缺德拿了我的眼鏡】？❷ 該死（用於自責）；討厭：真係～，又唔記得攞鎖匙【真該死，又忘了帶鑰匙】！｜隻狗仔好～㗎，越叫佢佢越走【這小狗很討厭，越叫牠牠就越跑】。

抵食夾大件 dai² sik⁹ gaap⁸ daai⁶ gin⁶【俗】指食物價錢划算，份量又夠足，引指其他消費很划算：樓下間餐廳嘅菜式認真～【樓下那家餐廳的菜餚真是份量夠足又便宜】。｜去嗰度旅遊，有得玩又有得食，團費又平，真係～【去那兒旅遊，有玩的、有吃的，團費還很便宜，真划得來】。

底 dai² 量詞。用於未切開的整塊的糕點：一～切到十二件【一大整塊可以切成十二小塊】。

底價 dai² ga³ 拍賣土地、房產或物品時拍賣者開出的最初價格。

底面 dai² min²* 物件的正面和反面：呢張紙～都有字嘅【這張紙正、反面都寫了字】。

底牌 dai² paai²* 撲克牌遊戲中沒亮出的牌，引指對外保密的真實打算、想法、計劃。如商業談判中買方可接受的最高價格，或賣方可接受的最低價格等。

底衫 dai² saam¹ 內衣。

底薪 dai² san¹ 不包括其他收入的基本工資。

底褲 dai² fu³ 內褲；褲衩。

渧 dai³ 滴：外母見女婿，口水嗲嗲～【丈母娘見女婿，（高興得）口水往外滴】。

諦 dai³ 諷刺；挖苦：你唔好見親面就～人吖【你別每次見面都挖苦人家呀】！

遞 dai⁶ 舉起；抬起：～高手【舉起手來】！

第九 dai⁶ gau²（事物）差勁；次；（人）沒出息：呢隻嘜頭真係～啦【這個牌子最差勁了】。｜一米高都跳唔過，真係～【一米高都跳不過，真沒出息】。

第一時間 dai⁶ jat⁷ si⁴ gaan³ 立刻；迅即；馬上：未等球落地就～射門【沒等球落地就立刻射門】。

第日 dai⁶ jat⁹ 以後；將來。又作「第時」：～大個咗要好好孝順阿媽【將來長大了要好好孝敬媽媽】。｜今日唔得閒，～先喇【今天沒空，以後再說吧】。

第二 dai⁶ ji⁶ 別的；另外的；其他的：～度【別的地方】｜～次【下次】｜～啲辦法【其他辦法】。

第二朝 dai⁶ ji⁶ dziu¹ 第二天，特指新婚後第二天。

第尾 dai⁶ mei¹* 最後；最末；倒數第一：跑步得～【賽跑得了個倒數第一】。｜兄弟姊妹入面佢排～【兄弟姐妹裏他排行最後】。

第時 dai⁶ si⁴「時」又音 si²*。❶ 以後；下回：今次搵唔到，～再嚟搵過喇【這次找不到，下次再來找】。❷以後。同「第日」。

弟嫂 dai[6] sou[2] 弟媳婦；弟妹（用於引稱）。

得 dak[7] ❶行；成；可以（表示允許、認可）：你過來幫下手～唔～【你過來幫幫忙行不行】？｜唔～，我做緊嘢【不行，我正幹活呢】。｜我哋唔輸～【我們不可以輸】！｜呢隻藥你唔食～【這種藥你吃不得】。❷有能力或具某功能（做某事）：我隻腳痹到唔郁～【我的腳麻得不能動彈】。｜呢個電話打唔打～IDD呀？【這個電話機能不能打國際長途】？❸能；善於（表示能力過人、出色、出眾）：我食～瞓～，冇理由唔肥吖【我能吃能睡，沒理由不發胖呀】？｜佢好飲～酒㗎【他挺能喝酒的】。❹可以（一試）；值得：呢味餸唔錯，食～下【這道菜不錯，值得一嚐】。｜呢部電影都幾睇～【這部電影可以看看】。❺只；只有；才（表示限止）：～我一個人【只有我一個人】｜～一碗飯【才一碗飯】。

得把口 dak[7] ba[2] hau[2] 形容人光說不做：你成日話要做大生意，講來講去～【你整天說要做大生意，說來說去都是光說不做】。

得把聲 dak[7] ba[2] seng[1] 同「得把口」。

得啖笑 dak[7] daam[6] siu[3] 只能搏人一笑而已：齣喜劇冇乜內容，淨係～【這齣喜劇沒甚麼現實內容，只能搏人一笑而已】。

得掂 dak[7] dim[6] 了得；不得了；妥當：佢噉搞法仲～嘅【他這樣搞還了得】？

得罪人多，稱呼人少 dak[7] dzoey[6] jan[4] do[1] tsing[1] fu[1] jan[4] siu[2]【俗】形容人心直口快，說話不加修飾，而常說出人家不愛聽的話：佢個人好串，成日～【他自大囂張，說話常得罪人】。

得滯 dak[7] dzai[6] 助詞。用於形容詞之後表示「過份」、「太過」之意：大～【太大了】。

得直 dak[7] dzik[9]【文】（上訴後）推翻原判決；勝訴：上訴～【上訴勝訴】。

得着 dak[7] dzoek[9] 收穫：呢次活動大家都有好多～【這次活動大家收穫都很大】。

得主 dak[7] dzy[2] 經一番競爭後獲得某事物或獎項的人：呢一屆歌唱比賽冠軍嘅～係十二號【這一屆歌唱比賽獲得冠軍的是十二號】。

得哥 dak[7] go[1]【俗】1986年香港家庭計劃（節育計劃）宣傳片中虛構的模範丈夫形象，引指採取了節育措施的男性。

得個吉 dak[7] go[3] gat[7] 一場空。「吉」是「空」的替代詞（粵語「空」、「凶」同音，故粵人用「吉」代替「空」）：使咗咁多錢，結果～【花了這麼多錢，最後落得一場空】。

得個……字 dak[7] go[3] dzi[6] 字面義是「就剩下一個……字」，意為「只能……（而沒有別的用途、辦法、效果）」：佢發明嘅「飛機」飛唔起，得個睇字【他發明的「飛機」飛不起來，光能看不中用】。｜你真係去至好，唔好得個講字【你真去才好，別放空炮】。

得過 dak[7] gwo[3] ❶放在動詞後表示值得、合算：搏～【值得一搏】｜買～【值得購買】｜噉嘅條件，制～喎【這樣的條件，挺合算的】。❷放在形容詞或動詞後表示超過、勝過：你冇可能聰明～佢【你沒有可能比他聰明】。

得閒 dak[7] haan[4] 得空；有空：～我嚟探過你吖【得空我再來探望你】。

得閒死唔得閒病 dak[7] haan[4] sei[2] m[4] dak[7] haan[4] beng[6]【俗】有時間死，沒

有時間病。喻忙得透不過氣。

得人…… dak[7] jan[4] 在表示情感、情緒等動詞前，表示使人、令人：～中意【令人喜歡】｜～憎【使人憎恨】｜～驚【令人害怕，可怕】。

得意 dak[7] ji[3]（小孩）有趣、逗人；（事物）有意思：佢個女好～【他女兒很有趣】。｜呢個電腦遊戲好～【這個電腦遊戲挺有意思】。

……得嚟 dak[7] lai[4] ❶ 放在動詞後，表示動作延續至完結：呢件大工程做～都要幾年啦【做完這個大工程得要好幾年】。｜你裝得飯嚟啲餸都畀人食晒喇【等你盛好飯，菜都讓人吃光了】。❷ 得了：咁多嘢我點做～呀【這麼多的事情我怎麼做得過來呢】？

得埋 dak[7] maai[4] 表示關係融洽、融和：佢哋行～【他們相處得很融洽】。｜我哋傾～【我們談得來】。

得米 dak[7] mai[5] 得手；達到目的：賊人～之後逃去無蹤【劫匪得手之後逃之夭夭】。

得失 dak[7] sat[7] 得罪：我噉做都係唔想～啲客仔啫【我這麼做是不想得罪顧客嘛】。

得戚 dak[7] tsik[7] 得意洋洋；得意忘形：你唔好咁～，唔係次次都你贏㗎【你別那麼得意，不是每回都是你贏的】。

……得切 dak[7] tsit[9] 放在動詞後，表示「來得及……」：得半個鐘頭，食飯食唔食～【只有半小時，吃飯來得及嗎】？

特登 dak[9] dang[1] 特意，有意；故意，存心：阿爺，我係～來探你嘅【爺爺，我是特意來探望你的】。｜佢係～整蠱你嘅，邊係唔覺意啫【他是故意作弄你，哪裏是不小心吶】。

特首 dak[9] sau[2]「特區首長」的簡稱。指港澳特別行政區的行政長官。

特惠金 dak[9] wai[6] gam[1] 香港政府發放的特別優惠金。

揼 dam[1] ❶ 耽誤（時間）；拖拉：快手啲，唔好～時間【手腳快點，別拖時間】。❷ 耗費（時間）：做呢架飛機仔係幾～時間【做這架小飛機（模型）是費了不少時間】。

揼工 dam[1] gung[1] 費時間；費工夫：磨呢塊石都幾～【打磨這塊石頭挺費工夫的】。

扰 dam[2] ❶ 捶；砸；又引申為蓋（圖章）：一拳～落佢個肚【一拳打在他肚子上】｜揾鎚仔～開把鎖【拿鎚子砸開鎖】｜～印【蓋印】。❷ 扔：唔好將雜物～落街【別把雜物扔到街道上】。

扰心口 dam[2] sam[1] hau[2] 捶胸口，指後悔。意近「捶胸頓足」：錢都唔見咗，你～都冇用㗎啦【錢已經丟了，你在這兒捶胸頓足也沒用了】。

扰心扰肺 dam[2] sam[1] dam[2] fai[3] 捶胸頓足，形容非常悲傷、懊喪、焦急的樣子：老來喪子，佢喊到～【老來喪子，她哭得捶胸頓足】。

氹 dam[2] 象聲詞。撲通（東西落水的聲音）：～一聲【撲通一聲】。

髧 dam[3] ❶ 垂：你件衫～落水喇【你的衣服垂到水上了】｜～條繩落去【垂根繩子下去】。❷ 垂釣：我哋去～蟛蜞【我們去釣小螃蟹】。

揼波鐘 dam[3] bo[1] dzung[1] 故意拖延時間，一般用於球類比賽。

氹氹轉 dam[4] dam[4] dzyn[3] 團團轉。「氹」又音 tam[4]。

□□𠾴 dam⁴ dam⁴ kwaak⁷ 繞圈子；兜圈：～圍住【圍（圈）起來】｜隻老虎仔喺老虎媽側邊～噉轉【這小老虎在母虎旁邊繞着圈轉】。

踩腳 dam⁶ goek⁸ 跺腳，表示焦急、生氣、悔恨等情緒：你激到佢係噉～【你把她氣得直跺腳】。

踩蹄踩爪 dam⁶ tai⁴ dam⁶ dzau² 連連跺腳，形容非常生氣、焦急：有嘢大家慢慢商量，你～都冇用【有事情大家好好商量，你那麼生氣也沒用】。

躉（不）dan² ❶ 底座；墩子：香爐～｜柱～｜監～【（引申指人）長期坐牢的罪犯】。❷ 臀部：佢個～好大【他的臀部很大】。❸ 量詞。座：一～大廈｜一～銅像。

墩 dan² 放：～低個旅行袋先【先放下旅行包】｜有錢唔好～晒落股票度【有錢別全部投放在股票上】。

扽 dan³ ❶ 震，震動；顛，顛簸：呢箱係玻璃杯，唔～得【這箱是玻璃杯子，小心震壞了】。｜架車～到坐都坐唔穩【這車顛的坐都坐不穩】。❷ 抖摟（倒轉、振動物件，使附着的東西落下來）：～乾淨鉛筆碎【把鉛筆屑倒乾淨】｜將個袋啲嘢～晒出嚟【把袋子裏的東西全抖摟出來】。❸ 跌；用力坐：坐唔正～咗落地【沒坐穩，一屁股坐到地上】。

扽蝦籠 dan³ ha¹ lung⁴ 喻口袋裏的財物全部給掏出來或拿去：我喺酒樓除低件褸，畀人～都唔知【我在酒樓脱下了外套，口袋裏的錢被人掏光了也不知道】。

扽氣 dan³ hei³ 發洩怨氣。

扽荷包 dan³ ho⁴ baau¹ 用光錢包裏的錢：今日呢餐睇嚟要～喇【這頓看來要花光我身上的錢了】。

燉 dan⁶ 烹調方法，把食物或中藥補品加水後放入有水的鍋中以文火久煮。

燉品 dan⁶ ban² 用燉的方法烹調的滋補食品，多用肉加上一些滋補的中藥材做成。

燉冬菇 dan⁶ dung¹ gu¹【俗】喻指降職或不予提升：如果唔係畀人～，我而家嘅職位實高過你【如果不是降了職，我現在的職位肯定比你高】。

燉盅 dan⁶ dzung¹ 用來燉食品的有蓋器皿：我中意用～燉排骨湯【我喜歡用有蓋的瓷器燉排骨湯】。

登 dang¹ ❶ 蹺；豎起：～手指公【豎起大拇指】。❷ 抬起：～起隻腳【抬起腿】。❸ 腳後跟抬起，腳尖着地：我～起睇佈告【我踮起腳看佈告】。

登對 dang¹ doey³「門當戶對」的省稱，指（配偶）配得上，相稱：佢哋兩個性格咁夾，真係夠晒～【他們倆性格這麼相像，真是天生一對】。

燈膽 dang¹ daam² 燈泡。又作「電燈膽」。

燈光火着 dang¹ gwong¹ fo² dzoek⁹ 燈火通明：琴晚你屋企～，請客呀【昨天晚上你家裏燈火通明，宴請客人嗎】？

燈油火蠟 dang¹ jau⁴ fo² laap⁹ 燈油錢。引指一般水、電雜費：開間舖除咗租金，～嘅開支都唔少【開店的話，除了租金，水電雜費等開支都不少】。

燈籠椒 dang¹ lung⁴ dziu¹ 甜椒；柿子椒。

燈色 dang¹ sik⁷ 彩燈，用作節日裝飾，以竹篾、鐵絲等材料紮成人物、樓閣等，貼上彩紙或布料而成，是佛山著名的民間工藝：佛山～。

燈飾 dang¹ sik⁷ 裝飾用的燈具：聖誕～。

燈位 dang¹ wai²* 有交通燈的路口。

等 dang[2] 介詞。讓：～我入去先【讓我先進去】。

等陣 dang[2] dzan[6] ❶ 等一會兒：叫佢～先去【叫他等一會兒再去】。❷（過）一會兒：～佢換完衫會出返嚟【一會兒她換了衣服會再出來】。

等使 dang[2] sai[2] 等着用的；有用的：你唔好做埋晒啲唔～嘅嘢【你不要淨做那些沒有用的事情】。

凳仔 dang[3] dzai[2] 小凳子。

戥[1] dang[6] 介詞。為；替：考入大學，我都～你開心【考進了大學，我都替你高興】。

戥[2] dang[6] 扶或壓（以使物體保持平衡）：～住把秤【扶着秤杆】｜四兩～千斤【四兩壓千斤】。

戥腳 dang[6] goek[8] 加入（遊戲或賭局）；湊齊人數：佢哋三缺一搵我～【他們的（麻將局）缺一個人，找我湊上】。

戥興 dang[6] hing[3] 湊熱鬧；助興：大家一齊去戥下興啦【大家一起去湊個熱鬧吧】。

戥手 dang[6] sau[2] ❶ 稱手；使用起來順手：呢把刀好～【這一把刀使用起來順手】。❷ 東西拿着覺得重：呢枝大毛筆好～【這枝大毛筆拿着覺得很沉】。

戥頭 dang[6] tau[4] 平衡：個天平右邊低咗，唔～【天平的右邊低了，不平衡】。

戥秤 dang[6] tsing[3] 般配；相稱；相配：佢兩個好～【他們兩個很般配】。

戥穿石 dang[6] tsyn[1] sek[9] 結婚當天陪伴新郎去接新娘的一群男士。

耷 dap[7] ❶ 耷拉；垂下：～低頭【耷拉下頭】｜啲花～晒落嚟【這些花都蔫了（垂下來了）】。❷ 狀態或走勢下降、轉壞：佢呢排點解咁～【為甚麼他最近情緒那麼低落】？｜今個月嘅生意～晒【這個月的生意大滑坡】。❸ 踩（剎車），又稱「耷迫力」（「迫力」為英語 brake 的音譯）：架車～唔切撞埋前面架車度【汽車來不及剎車，撞上了前面那輛車】。

耷尾 dap[7] mei[5] 做事後勁不繼；做事處理不妥善，結果不好：你哋做嘢唔好～【你們做事情不要後勁不繼】。

耷尾狗 dap[7] mei[5] gau[2] 垂下尾巴的狗，比喻垂頭喪氣的人：你要振作精神，唔好成隻～噉【你要精神振作，不要垂頭喪氣】。

耷濕 dap[7] sap[7] 寒磣；醜陋；難看；不體面：公司門面要大裝修，唔可以咁～【公司門面要大裝修，不能太寒磣】。

耷頭耷腦 dap[7] tau[4] dap[7] nou[5] 耷拉着腦袋，垂頭喪氣的樣子：佢心情唔好，成朝都～冇出過聲【她心情不好，整個上午都垂頭喪氣的沒開過口】。

耷頭雞 dap[7] tau[4] gai[1] 比喻軟弱可欺的人：唔好以為我係～【別以為我是軟弱可欺的人】。

揼（㧻） dap[9] ❶ 捶打；砸：～下條腰【捶捶腰】｜佢畀跌落嚟嘅花盆～親隻腳【他被掉下來的花盆砸到了腳】。❷ 掉；摔：唔好擒上去，因住～落嚟【別爬上去，小心摔下來】。

揼骨 dap[9] gwat[7] 捶背；按摩；推拿：打完波周身冤痛，要去揼下骨先得【打完球渾身痠痛，要去按摩一下才行】。

揼金龜 dap[9] gam[1] gwai[1] 比喻向妻子要錢：佢食軟飯，成日～【他吃現成飯，經常向妻子要錢】。

揼腳骨 dap[9] goek[8] gwat[7] 同「打腳骨」。❶ 敲竹槓。❷ 攔路打劫。

揼石仔 dap9 sek9 dzai2 敲擊石塊使成為小碎石。「揼」即用鐵錘敲。比喻任務艱難，要點滴積累才能完成：佢個議席係～揼返嚟嘅【他這個議席是一票一票爭回來的】。

溚 dap9（雨）淋：張氈畀雨～濕晒【毯子讓雨淋得濕透了】。

咄 dat7 頂撞；搶白：話佢一聲佢就～番轉頭【剛開口說他一句他就頂回來】。

胐 dat7 ❶ 擱；放（指置於其他東西之上）。❷ 坐着不動；隨便亂坐：成晚～喺個電視機前面【一整晚釘在電視機跟前】｜唔好～正喺個門口度【別坐在門口那兒擋着】。

凸 dat9 多出；超出；多餘：使～咗十幾蚊【多花了十幾塊錢】｜畀一百蚊有～喇【給一百塊錢有富餘了】。

凸額 dat9 ngaak9 前額突出：佢～又大口【她前額突出，嘴巴又大】。

凸眼 dat9 ngaan5 眼球凸出：～金魚【眼球凸出的金魚】。

凸腸頭 dat9 tsoeng2* tau4 脫肛：～係小病嚟啫【脫肛是小毛病而已】。

突兀 dat9 ngat9 突然；突如其來；出乎意料：發生呢件事好～【發生那一件事情很突然】。

兜 1 dau1 ❶ 裝家畜、家禽飼料的用具。❷ 盛飯菜的飯盒、飯盆等：飯～【飯盒】。

兜 2 dau1 ❶ 捧；撈；掬：揾件衫～住啲米【用衣服捧着米】｜用個殼～條魚上嚟【用這瓢把魚撈上來】｜擇手～啲泉水嚟飲【用手掬點泉水喝】。❷ 為行為或語言中出現的錯誤作補救：頭先爭啲穿煲，好在收尾～番住【剛才差點兒漏了餡，幸好後來遮掩過去了】。❸ 開車順道接送：我架車有位～埋你吖【我的車有位置順道送你回去吧】。

兜 3 dau1 ❶ 托舉；承托：～起張長凳【把長凳子托起來】。❷ 衝着；朝着；迎着：一大盆水～頭潑過嚟【一大盆水迎頭潑過來】。

兜 4 dau1 量詞。同「蔸 ❸」。

兜巴星 dau1 ba1 sing1 朝臉上狠摑：佢唔聽話我咪～佢囉【他不聽話我就摑他耳光】。

兜搭 dau1 daap8 ❶ 兜攬；招攬：你要學識～客戶【你要學會招攬客戶】。❷ 勾搭：佢專門～啲有婦之夫【她專門勾搭那些有婦之夫】。

兜篤將軍 dau1 duk7 dzoeng1 gwan1 原指下象棋時抄底（即在對方底線上）將對方老帥的軍，引指迂迴到後方給對手以打擊。

兜風耳 dau1 fung1 ji5 招風耳朵。

兜下巴 dau1 ha6 pa4 翹下巴。

兜口兜面 dau1 hau2 dao1 min6 迎頭；朝着臉：啲水～潑過嚟【水迎頭潑過來】｜佢～將疊錢擲番畀我【他把那疊鈔票朝我劈臉扔過來】。

兜踎 dau1 mau1 寒酸；低等：佢間舖頭又細又舊，好～啫【他的舖子又小又舊，很寒酸】。

兜肚 dau1 tou5 貼身穿的護肚衣物。同「肚兜」。

蔸 dau1 量詞。❶ 棵（用於較小的植物）：一～樹。❷ 叢（用於成片的植株）：一～禾【一叢水稻】。❸ 又作「兜」。條：一～金魚【一條金魚】｜【貶】嗰～友【那傢伙】。

斗零 dau2 ling2* 舊時行話，指半角錢，五分錢。引指極少錢：佢老竇～都唔畀佢【他父親一點錢都不給他】。

斗零都唔值 dau2 ling2* dou1 m4 dzik9 【俗】形容價值很低，不值半角錢：呢本書有咩咁巴閉，我就話～【這本書有甚麼了不起，依我說不值半角錢】。

斗零踭 dau2 ling2* dzaang1 女人鞋的細高跟，直徑大小同五分硬幣。

竇 dau3 ❶ 窩；巢穴：狗～【狗窩】。❷ 量詞。窩：一～老鼠【一窩老鼠】。

竇口 dau3 hau2 ❶ 活動、工作場所，又特指罪犯、黑社會的巢穴、據點。❷ 住處。

鬥[1] dau3 碰；動：唔好～我啲郵票【別碰我的郵票】。

鬥[2] dau3 比；較量：～快【比速度誰快】。

鬥[3] dau3 拼合；拼裝；拼砌；做：拆得開，～唔埋【拆得開，裝不攏】｜～張枱【做一張桌子】。

鬥負氣 dau3 fu3 hei3 賭氣；鬥氣；鬧彆扭：你哋兩個唔好再～啦【你們倆別再鬥氣了】。

鬥雞眼 dau3 gai1 ngaan5 對眼；鬥眼；內斜視：佢搵林醫生醫～【她找林醫生治療鬥眼】。

鬥木 dau3 muk9 做木匠活：佢老竇是～嘅【他父親是木匠】。

豆丁 dau6 deng1 小不點兒（形容極小的人或東西，有輕蔑之意）：你得～咁大粒，點打得籃球呀【你小不點兒的，怎麼打籃球呀】？

豆粉 dau6 fan2（烹調用的）澱粉；團粉。

豆枯 dau6 fu1 豆餅，大豆榨油後剩下的渣子壓成餅形。

豆腐花 dau6 fu6 fa1 豆腐腦。

豆腐膶 dau6 fu6 joen2* 豆腐乾。粵人忌諱「乾」字，以反義的「膶」代替。

豆腐膶咁細 dau6 fu6 joen2* gam3 sai3（地方的面積）像一塊豆腐乾那麼小。

豆腐頭 dau6 fu6 tau4 豆腐渣：窮人食～【窮人吃豆腐渣】。

豆腐卜 dau6 fu6 pok7（作烹調原料用的）油炸豆腐。

豆角 dau6 gok8 豇豆。

豆角金 dau6 gok8 gam1 金龜子，一種昆蟲。

豆膶 dau6 joen2* 豆腐乾。同「豆腐膶」。

豆蓉 dau6 jung4 豆子煮爛搗成泥或乾磨成粉，加糖精工製成的餡兒：～月餅｜～包。

豆泥 dau6 nai4（質量）差；劣；次：～貨【次品】。

豆豉眼 dau6 si6 ngaan5 眼力差，瞄不準：佢～，打靶唔合格【他眼力差，瞄不準，打靶不及格】。

豆沙 dau6 sa1 一種把豆子煮爛後加糖做成的甜湯：綠～｜紅～。

豆沙喉 dau6 sa1 hau4 沙嗓子；公鴨嗓子；（聲音）嘶啞：乜而家～都做得歌星嘅【怎麼現在沙嗓子都可以做歌星】？

揼 dau6 ❶ 取；拿：～啲畀我【拿點給我】｜～利是。❷ 輕輕托着；兜着：～住個紙皮箱【托着個硬紙箱】｜攞個漁絲袋～住【拿個網兜兜着】。

痘皮 dau6 pei4 麻子（人出天花後留下的疤痕）。

爹哋 de1 di4 英語 daddy 的音譯詞。爸爸

（可用於對稱、引稱）。

嗲 de[1] ❶ 口水。原指「茶」（de[1] 即為閩語和潮語中「茶」的發音），粵語有謂「口水多過茶」，故以「de[1]」喻口水：佢好多～，講咗成個鐘頭都未完【他長篇大論的，講了個把鐘頭還沒完】。｜收～【閉嘴】。❷（長時間地）談話；多費口舌：快啲喇，唔好～咁耐喇【快點吧，別嘮叨個沒完了】。

嗲 de[2] 嬌；嬌滴滴：～聲～氣【嬌聲嬌氣】。

嗲 de[4] 象聲詞。滴答（形容水滴下來的聲音）：～～聲（de[4] de[2] seng[1]）【滴滴答答響】。

嗲嗲滯 de[4] de[2] dai[3]（水）滴個不停，流個不停：水喉閂唔實，成晚～【水龍頭沒關好，整個晚上滴答個不停】。

嗲嗲吊 de[4] de[2] diu[3] ❶ 做事拖沓，責任心不強；吊兒郎當：你要勤力讀書，唔好～【你要用功讀書，別吊兒郎當】。❷ 不整齊；不修邊幅：你着到條褲～噉【你的褲子穿成那樣，太不修邊幅了】。

地（哋） dei[2]* 助詞。用在重疊的單音形容詞之後，表示程度較輕微，意近「有點兒」：甜甜～【有點兒甜】｜你都傻傻～嘅，噉都信【你真有點兒傻，連這也信】。

地膽 dei[6] daam[2] ❶ 地痞的頭子；地頭蛇。❷ 對當地情況了如指掌的本地人。

地底泥 dei[6] dai[2] nai[4] 被踩在地下的泥土，喻指極端低賤卑微的東西：唔通窮人條命就賤過～【難道窮人的生命就那麼賤嗎】？

地檔 dei[6] dong[3] 地攤兒：佢喺旺角擺～【他在旺角擺地攤兒】。

地蓆 dei[6] dzek[9] 當地毯用的粗草蓆。

地氈 dei[6] dzin[1] 地毯。

地藏 dei[6] dzong[6] ❶ 收藏：佢～好多名貴古董【他收藏了很多名貴古董】。❷ 私蓄；私房錢：王太太有好多～【王太太有很多私蓄】。

地中海 dei[6] dzung[1] hoi[2]【諧】喻指禿頂。因頭頂四周還有頭髮，頭頂光禿就像陸地中間的海水，故稱：大家三十年冇見，有啲白晒頭，有啲就變成～【大家三十年沒見面，有的已經白髮蒼蒼，有的成了禿頂】。

地庫 dei[6] fu[3] 地下室；建築物地面以下的一層：～商場。

地腳 dei[6] goek[8] 地基：打穩～【打好地基】。

地下 dei[6] ha[2]* ❶ 房屋的第一層：我住喺12號～【我住在12號一樓】。❷ 地上；地面：唔好坐～【不要坐在地上】。

地牢 dei[6] lou[4] 地下室；地窖：呢個～係唔係僭建㗎【這個地下室是非法建造的嗎】？

地踎 dei[6] mau[1] 二流子；遊手好閒，不務正業的人。

地踎館 dei[6] mau[1] gun[2] 舊時的低級小飯館。

> 【小知識】香港和海外均有以地踎館諧音「地茂館」命名的中西餐廳。

地皮 dei[6] pei[4]（供建築用的）土地：呢幅～唔可以起住宅樓【這塊地不可以蓋住宅樓房】。

地舖 dei[6] pou[3] 樓房一層（香港稱之為「地下」）臨街的可作商舖用途的房子：我間書店喺二樓，～貴過頭租唔起【我的書店在二樓，臨街的商舖太貴，租不起】。

地盤 dei⁶ pun⁴ 建築工地：我阿爸喺～做嘢【我老爸在建築工地幹活】。

地頭 dei⁶ tau⁴ 地盤；地方：呢一區係某一黑社會組織嘅～【這個區是某黑社會組織的勢力範圍】。

地頭蟲 dei⁶ tau⁴ tsung⁴ 地頭蛇：老虎不及～【強龍壓不過地頭蛇】。

地鐵上蓋 dei⁶ tit⁸ soeng⁶ goi³ 地鐵站上方的建築。

地拖 dei⁶ to¹ 拖把；拖布，墩布。

地塘 dei⁶ tong⁴ 曬場，供曬穀物等用的場地。同「禾塘」：（廣東童謠）月光光，照～【月亮亮堂堂，照在曬場上】。

地產 dei⁶ tsaan² 房地產。

地產商 dei⁶ tsaan² soeng¹ 房地產開發商。同「發展商」。

地王 dei⁶ wong⁴ 比喻最貴重的土地：呢度係九龍嘅～，啲樓普通人點買得起吖【這兒是九龍最昂貴的「地皮」，這兒的樓房普通人怎麼買得起呢】！

哋 dei⁶ 詞尾。表示複數，用法同「們」，（但使用範圍較「們」窄，一般只與代詞結合）：我～【我們】｜佢～【他們；她們；它們】。

笛 dek⁸* 話；使喚；指揮：聽佢枝～，有乜着數呀【聽他的話，有甚麼好處呢】？｜而家冇人聽我枝～喇【現在沒人聽我的話了】。

趯 dek⁸ 逃跑；跑：差佬嚟啦，快啲～【警察來了，快跑】！｜搵佢唔到？梗係又～咗去麻雀館【找不到他？肯定又跑去麻將館了】。

趯更 dek⁸ gaang¹ 同「趯路」。

趯路 dek⁸ lou²* 開小差；逃命，逃亡：佢老竇當年畀人拉去做壯丁，～嚟咗香港【他父親當年被抓壯丁，開小差逃命到了香港】。

糴 dek⁹ 買（糧食）：～米【買米】。

釘 deng¹ ❶「釘蓋」的省稱，婉言人死：佢～咗【他死了】。❷ 揭發、告發（使之受到司法審判）：我～死你【我告發你讓你完蛋】！

釘蓋 deng¹ goi³【俗】釘上棺材蓋子，即「死」之意，亦簡稱作「釘」：老竇都未～，你哋一個二個就喺度爭家產【父親還沒死，你們一個個就來爭奪財產】。

釘契 deng¹ kai³ 出售的物業可能牽涉欠債、破產、違例建築、訴訟等事，而將相關的文件向土地註冊處登記，俗稱「釘契」。

釘牌 deng¹ paai⁴ ❶ 取消某人的律師資格。❷ 吊銷駕駛執照。

頂夾 deng² gaap²* 髮卡；頭髮卡子。

頂樓 deng² lau²* 樓房最高的一層：住大廈～夏天會好熱【住樓房最高層夏天會很熱的】。

掟 deng³ 擲；投；扔：你做乜嘢攞膠擦～我呀【你幹嘛拿橡皮擦扔我】？

掟煲 deng³ bou¹（因感情破裂而）分手、一拍兩散：佢女朋友想同佢～【他的女朋友想跟他分手】。

掟死狗 deng³ sei² gau²【諧】形容糕點、麵包等堅硬得能夠把狗砸死：啲麵包～咁硬【麵包硬得能把狗砸死】。

掟仙 deng³ sin¹ 擲錢（小孩子玩的一種擲硬幣決定輸贏的遊戲）。

定（訂） deng⁶ 定金：落～【預付定金】。

埞（定） deng⁶ 地方；地兒：搵～坐【找

地方坐】。

埞方 deng6 fong1 地方：～好窄【地方很小】｜呢啲～女仔之家至好唔好嚟【這種地方女孩子家最好別來】。

啲 di1 ❶ 些；的（表示不確定的數量）：有～【有些，有的】。❷ 那些：～書唔好擺電視上高【那些書別放在電視機上】。❸ 一點兒；一些：飲～湯【喝點兒湯】｜今日人多咗～【今天的人（比以前）多了點兒】。

啲打 di1 da2 ❶ 嗩吶：吹～【吹嗩吶】。❷ 象聲詞。形容號聲、嗩吶聲。

啲打佬 di1 da2 lou2 吹鼓手（婚喪儀式上吹奏鼓樂的民間藝人）。

啲啲 di1 di1 同「啲咁多」：呢間餐廳嘅餸～味精都唔放嘅【這家餐廳做的菜，一點兒味精都沒擱】。

啲多 di1 doe1* 同「啲咁多」。

啲咁多 di1 gam3 doe1*「啲」又音 dit7。一點點；一丁點：得～錢，邊夠搭的士呀【就這麼一點錢，哪夠坐計程車啊】？

弟 di2* 用於某人的名字後面構成稱謂，以稱呼年輕男子或男孩：細～｜華～。

□□震 di4 di2 dzan3 直哆嗦：凍到我～【冷得我直哆嗦】。

弟弟 di4* di2* ❶ 小弟弟；小孩子的昵稱。❷ 舊時對鴨子的稱呼。

的 dik7 提；提溜；拎：～住個旅行袋【提着個旅行袋】。

的當 dik7 dong3 得當：佢做嘢好～【他做事情很得當】。

的起心肝 dik7 hei2 sam1 gon1 下決心努力（做某事）：～搵錢養家【一門心思掙錢養家】。

的而且確 dik7 ji4 tse2 kok8 的的確確：呢句說話～係我講嘅【這句話的的確確是我說的】。

的確涼 dik7 kok8 loeng4 的確良；滌綸紡織物。英語 dacron 的音譯詞。

的士 dik7 si2* 計程車；出租車。英語 taxi 的音譯詞。

的士高 dik7 si6 go1 舊作「的士夠格」。英語 disco 的音譯詞。❶ 迪斯科（一種節奏短促、強勁的舞蹈）。❷ 迪斯科舞廳：今晚得唔得閒呀？一齊落～玩下吖【今晚有空嗎？一起去迪斯科舞廳玩玩吧】。

的式 dik7 sik7 小巧玲瓏；精緻：架車仔的的式式，真係得人中意【這小玩具車精緻極了，真討人喜歡】。

的斜 dik7 tse2「的確涼斜紋布」的簡稱，普通話多稱之為「的卡」、「棉滌卡」。

滴水 dik7* soey2 男子的鬢腳：大～【長鬢腳】。

滴汗 dik9 hon6 電腦互聯網用語。源於漫畫人物臉上掛着大滴汗水的形象，借作形容無奈、尷尬、詫異的感覺（後衍生出相關的表情符號）：見工都要阿媽陪？聽到真係滴晒汗【應徵面試也要媽媽陪着去，聽了真是無話可說】。

滴滴仔 dik9 dik9 dzai2 乒乓球的一種初級打法，一方開球，球先觸球桌一端，球拍輕柔地把球打過中網送往另一端，觸球桌，另一方接球重複以上過程，沒有任何扣殺、削球、拉球等技巧。

滴露 dik9 lou6 一種消毒劑。英語品牌名稱 dettol 變讀後形成的詞彙。

點 dim2 ❶ 怎麼；怎樣；如何（詢問方式、方法）：呢句話英文～講【這句話英語怎麼說】？❷ 哪兒；怎麼；豈（表示反問）：嗽～得呀【這哪兒行】！❸ 怎麼樣；甚麼樣（詢問性質、狀態）：佢生得～呀【她長得怎麼樣】？❹ 指點；提示：佢乜都唔識，你～下佢喇【他啥都不懂，你指點一下他吧】。❺ 欺騙；胡弄：你唔好～我呀【你別騙我啊】！

點不知 dim² bat⁷ dzi¹ 誰知道。同「點知 ❷」。

點得 dim² dak⁷ ❶ 怎麼行：你唔返學～呀【你不去上學怎麼行呢】？❷ 怎樣才能：～你勤力讀書呢【怎樣才能讓你用功讀書呢】？

點頂 dim² ding² 怎麼撐得住；怎麼吃得消：業主又話加租，問你～【業主又說要加租，你說怎麼能撐下去】？

點知 dim² dzi¹ ❶ 怎麼知道：我～佢應唔應承呀【我怎麼知道他答應不答應】！❷ 誰知道；料想不到。又作「點不知」：佢啱啱買咗架新車，～第二日就撞咗【他剛買了輛新車，想不到第二天就出車禍了】。

點止 dim² dzi² 豈止；何止；哪兒止：去開會嘅～十幾人呀【去開會的豈止十幾個人】！｜～傷害，佢直情想殺人【何止傷害，他簡直是想殺人】！

點指兵兵 dim² dzi² bing¹ bing¹ 以點人頭的方法決定人選。原為「兵捉賊」遊戲用以決定身份的方法，參加者一邊唸出「點指兵兵，點着誰人做大兵」，一邊點人頭，最後點到誰，誰就是「兵」；選出「賊」的方法相同 。

點鐘 dim² dzung¹ ❶ 點（指具體時間）：三～上飛機。❷ 鐘頭；小時（指時間數）：飛機要飛六～先到【飛機要飛六個鐘頭才到】。

點解 dim² gaai² 為啥；為甚麼：～個個都有，得我一個冇【為甚麼人人都有，就我一個沒有】？

點係呀 dim² hai⁶ a³ 用於感謝別人的幫助、贈與的禮貌詞語，相當於「那怎麼好意思呢」。

點紅點綠 dim² hung⁴ dim² luk⁹ 【俗】胡扯；信口開河；胡說八道：唔好聽個衰仔～【別聽那小子胡扯】。

點樣 dim² joeng²* 怎麼；怎樣；怎麼樣。又作「點」：我知道～開呢度門【我知道怎麼開這扇門】。｜只要你中意，～都得【只要你喜歡，怎麼着都行】。

點脈 dim² mak⁹ 點穴：佢嘟都唔嘟好似畀人點咗脈噉【他一動不動好像被人點了穴似的】。

點心紙 dim² sam¹ dzi² 粵式茶樓、餐廳中印有各種茶點、菜餚名稱以供食客勾選的點心單。顧客勾選後由服務員收走並據此送上所勾選的食品。

點心咭 dim² sam¹ kaat⁷ 粵式茶樓用以記錄茶客消費情況以作為結賬憑據的紙卡。

【小知識】茶樓裏的「點心咭」通常會填寫茶客人數、餐桌編號，然後交給茶客。茶客點選的點心、菜餚等送上時，服務員會根據食品檔次（如特點、大點、中點、小點等）在卡上做記錄，然後憑卡結賬。

點醒 dim² seng² 從旁指點；提醒；提示：多得師傅～我，我先至唔會行錯路【多虧師傅給我提點，我才沒走歪路】。

點相 dim² soeng³（某人的樣貌）被人認定；被指出來：班劫匪畀我點晒相，我驚佢哋會殺人滅口【那幫劫匪全被我瞧見了，我怕他們會殺人滅口】。

點算 dim² syn³ 怎麼辦；如何是好：唔夠錢找數，～呀【不夠錢結賬，怎麼辦】？

點錯相 dim² tso³ soeng³ 認錯人；弄錯了目標人物。喻殺錯人：大家都唔信佢係畀仇家斬死，好可能係～【大家都不相信他是給仇人砍死，很可能是被人認錯了】。

點話點好 dim² wa⁶ dim² hou²【俗】怎麼着都行：食乜嘢你～吖【吃些啥全由你作主】。

掂 dim³ 觸；碰；動：唔好～我架電腦【不要動我的電腦】。｜你夠膽～下佢吖嗱，睇下我打唔打你吖【你敢碰他，看我不揍你才怪】！

掂手 dim³ sau² 用手觸摸；插手：個碗好熱，你唔好～埋嚟【碗很燙，你的手別伸過來碰】！

掂 dim⁶ ❶ 直；豎：打橫打～【橫七豎八的】。❷ 妥善完成；妥：搞～【辦妥了】｜我同佢講～晒喇【我跟他都講好了】。❸ 能應付；行：佢～唔～㗎【他行不行的呀】？｜叫佢做少少嘢都做唔～【叫他辦丁點事都沒辦成】。❹ 事事順利，一般指經濟狀況好：佢呢排撈得好～【他最近混得挺好】。

掂過碌蔗 dim⁶ gwo³ luk⁷ dze³【俗】字面義是比甘蔗還直。❶ 喻指事情辦得非常順利：籌集資金嘅事由佢搞實～【籌集資金的事由他來辦肯定非常順利】。❷ 喻指日子過得十分順心：呢排我～【最近我日子過得非常順心】。

掂行掂過 dim⁶ haang⁴ dim⁶ gwo³ 從人身邊走過不停下來：你見老師都～咁冇禮貌【你（怎麼）見到老師都不打個招呼，這麼沒禮貌】！

癲 din¹ 瘋；發瘋：～狗【瘋狗】｜你～咗咩【你發瘋啦】？

癲咄 din¹ dat⁷ 胡說八道；信口胡說：你唔好聽佢～【你別聽他信口胡說】。

癲癲咄咄 din¹ din¹ dat⁷ dat⁷ 同「癲咄」：佢不溜都係～㗎喇，唔使理佢【他一向胡言亂語慣了，別理他】！

癲癲廢廢 din¹ din¹ fai³ fai³ 傻乎乎；傻頭傻腦；傻裏傻氣；沒心沒肺的：嗰條友～㗎，老媽子病咗都唔去探下【那小子沒心沒肺的，老媽病了都不去探望一下】。

癲佬 din¹ lou² 瘋子。

抌 din² 打滾：佢畀人打到～地【他被人打得在地上滾來滾去】。

抌床抌蓆 din² tsong⁴ din² dzek⁹ 形容人極端痛苦，在床上翻轉打滾：佢個病好嚴重，有時痛到～【他的病很嚴重，有時痛得在床上打滾】。

電 din⁶ ❶ 乾電池，「電心」的省稱：個收音機要裝兩嚿～【這收音機得裝兩節電池】。❷ 觸電：小心唔好～到【小心別觸電】。❸ 指女人對男人拋媚眼施展魅力：放～【發放魅力】｜佢望班男人幾眼，個個都畀佢～暈晒咁滯【她向那班男人拋幾下媚眼，一個個幾乎都被她弄得神魂顛倒】。

電錶 din⁶ biu¹ 電錶；電度錶（記錄家庭用電量以作為收費依據的儀器）。

電單車 din⁶ daan¹ tse¹ 摩托車。

電燈膽 din⁶ dang¹ daam² ❶ 燈泡。❷ 燈泡密封不通氣，喻指不識趣的人。原句為歇後語「電燈膽——唔通氣」。粵語「唔通氣」即不識趣之意：佢兩個係拖友嚟，我哋快啲走，無謂喺度做～【他們倆是戀人，咱們快走，別不識趣夾在中間】。

電燈杉 din[6] dang[1] tsaam[3] 電線杆。

電燈杉掛老鼠箱 din[6] dang[1] tsaam[3] gwa[3] lou[5] sy[2] soeng[1]【俗】電線杆上掛老鼠籠子，形容在一起的兩個人一高一矮相差懸殊：你咁矮，搵嗰個高妹做老婆，噉唔係～【你這麼矮，找那個高個兒女孩當老婆，那豈不是電線杆上掛老鼠籠子】？

> 【小知識】1894年香港發生鼠疫，政府呼籲市民滅鼠，並設置鐵箱收集死老鼠，為了增加老鼠箱的覆蓋範圍，市政署把箱子掛在街道的燈柱上。廣州也曾經實行同樣的措施。早期燈柱用杉木造的，故稱電燈杉。

電掣 din[6] dzai[3] 電源的開關，亦指插頭、插座。

電鐘 din[6] dzung[1] ❶ 利用電力運轉的時鐘。❷ 電鈴：～響呀，你去開門睇睇【電鈴響了，你去開門看看】。

電髮 din[6] faat[8] 燙髮。

電風扇 din[6] fung[1] sin[3] 電扇。

電油 din[6] jau[4] 汽油。

電眼 din[6] ngaan[5] 接駁閉路電視監視屏幕的微型攝像鏡頭，通常安裝在不顯眼的地方。

電芯 din[6] sam[1] 乾電池。

電船 din[6] syn[4] 機動船。

電筒 din[6] tung[2]* 手電筒。

丁 ding[1] ❶ 很小的東西；極小量：肉～｜～咁多【一丁點兒】。❷ 量詞：個（只用於指人）：得三～人，點開會呀【才三個人，怎麼開會呀】。

丁香 ding[1] hoeng[1] ❶ 嬌貴小巧；嬌小玲瓏：你個女生得好～【你的女兒長得很嬌小玲瓏】。❷ 數量少：係咁多啦？～啲喎【就那麼點兒？太少了吧】！

丁權 ding[1] kyn[4] 新界原居民中的男性後人，獲政府批准在自己擁有的土地上建屋的權利。

> 【小知識】1970年代香港政府計劃發展新界，為了得到當地居民的支持，同意讓新界地區原居民中的「男丁」享有某些傳統權益，如遺產由男丁繼承、一生可以有一次在自己擁有的土地上興建房屋（即丁屋）的權利等。

丁屋 ding[1] nguk[7] 擁有丁權（參見「丁權」條）的新界原居民在自己擁有的土地上蓋的房子。

> 【小知識】按照香港政府1972年「新界小型屋宇政策」，丁屋准許興建的範圍是面積不超過700平方呎，最高三層（27呎）。丁屋如轉讓或出售給非原居民，需向政府申請並補地價。

叮 ding[1] ❶ 把食物放在微波爐裏加熱。微波爐在預定加熱時間已到時會發出「叮」的一聲作為提示音，故以此象聲詞作為動詞使用：你將啲火腿肉放喺微波爐入面～三分鐘【你把火腿肉放進微波爐裏加熱三分鐘】。❷ 本指在文藝圈的選拔中被淘汰出局，現可泛指被淘汰：～走佢【把他淘汰出局】｜殘酷一～【被不留情面地淘汰】。

叮叮 ding[1] ding[1]（指代）電車。早期電車響號發出「叮叮」聲，故稱。喺灣仔去中環好多人都會搭～【從灣仔到中環，很多人都會乘電車去】。

叮噹馬頭 ding[1] dong[1] ma[5] tau[4] 源自賽

馬術語，指不相伯仲，不相上下，難分高低：佢兩個嘅成績～，邊個都贏唔到邊個【他倆的成績不相上下，難分勝負】。

頂 ding² ❶ 支撐；抵擋；承受：老將出馬，真係冇得～【老將出馬，真是勢不可擋】。｜食包即食麵～下肚先【先吃包方便麵填填肚子】。❷ 接手。同「頂手❷」。❸ 罵詈語。同「頂你個肺」。

頂包 ding² baau¹ 冒名頂替；以次充好，以假充真：佢出咗事就搵人～【他出了事就找個人頂替】。

頂檔 ding² dong³ 頂；頂替；替代：個數學老師去咗生仔，所以搵我嚟～【數學老師生孩子去了，所以找我來頂替】。｜我要出一出去，你幫我頂住檔先【我要出去一會兒，你幫我應付一下】。

頂趾 ding² dzi² 擠腳（鞋子太緊，腳趾頂着伸不直）：買鞋寧願大啲都唔好～【買鞋子寧願大點兒也別擠腳】。

頂證 ding² dzing³ 作證；指證；對證：法院傳召證人出庭～【法院傳召證人出庭作證】。

頂頸 ding² geng² 頂嘴；抬槓：你阿媽話你，你唔好～呀【你媽媽説你，你不要頂嘴】。｜佢份人好中意同人～【他這個人，愛跟人家抬槓】。

頂癮 ding² jan⁵ 原指吸毒者戒毒時服食某種代替品以應付毒癮發作。引指感覺很痛快、過癮（帶諷刺意味）：呢齣戲挖苦啲中產家長，句句對白都好～【這部電影挖苦那些中產家長，對白妙極了，讓人聽了很痛快】。

頂級 ding² kap⁷ 最高級。

頂籠 ding² lung²* 達到頂點；頂多；充其量：呢度～坐三十人【這裏頂多坐三十個人】。

頂你個肺 ding² nei⁵ go³ fai³ 罵詈語。意近「去你的」：～！你又係講埋啲廢話，走啦【去你的！淨説廢話，滾吧】！

頂唔住 ding² m⁴ dzy⁶ 吃不消；受不了；支持不住：佢啲衰脾氣，我真係～【他那壞脾氣，我真受不了】。

頂唔順 ding² m⁴ soen⁶ 同「頂唔住」。

頂硬上 ding² ngaang⁶ soeng⁵ 硬着頭皮頂着；撐下去：噉嘅局面，冇辦法唔～啦【這樣的局面，不硬着頭皮頂着也沒別的法子了】。

頂硬檔 ding² ngaang⁶ dong³ 當主力；當主要角色：如果唔搵你嚟～，今次實輸波【如果不找你當主力，這回準輸球了】。

頂心頂肺 ding² sam¹ ding² fai³ 窩火兒；憋氣；令人生氣：佢激到我～【她氣得我窩了一肚子火】。

頂心杉 ding² sam¹ tsaam³ 使人不愉快的人；眼中釘；肉中刺：我同佢頂過嘴，所以佢當我係～【我跟他鬥過嘴，所以他把我看成眼中釘】。

頂薪點 ding² san¹ dim² 薪水的最高額。

頂手 ding² sau² ❶ 又稱「頂手費」。正在經營的業務或租用的住所、商店轉讓時，承受者須另外付給原經營者或原租用者一筆費用，其中包括對設備或裝修所作的補償，稱「頂手費」。❷ 接手。又作「頂」：有間製衣廠做唔落去，想搵人～，你做唔做【有家製衣廠做不下去了，想找人接手，你幹不幹】？

頂數 ding² sou³ ❶ 充數：唔夠人你幫手搵啲人～【人數不夠你幫忙找些人來充數】。❷ 頂替：佢病咗，你去～啦【他病了，你去頂替他吧】。

頂頭陣 ding² tau⁴ dzan⁶ 打頭陣：我幫

你哋～【我幫你們打頭陣】。

頂頭槌 ding² tau⁴ tsoey⁴ 足球運動術語。頭球；用頭頂球攻門或傳球。

頂肚 ding² tou⁵ 充飢；擋擋餓：食啲嘢頂下肚先【先吃點東西填填肚子】。

頂肚餓 ding² tou⁵ ngo⁶ 同「頂肚」：佢帶咗幾個麵包，預備喺路上～【他帶了幾個麵包預備在路上充飢】。

定 ding²* 副詞。肯定，準是（用於動詞、形容詞之後）：我個銀包呢？唔見咗～啦【我的錢包呢？肯定是丢了】。｜睇佢個樣咁無心機，輸咗～啦【看他無精打采的樣子，準是輸了】。

椗 ding³（瓜裏的）蒂：青瓜～【黃瓜的蒂】。

椗呤鄧掕 ding⁴ ling¹ dang⁴ lang³ 一串串地懸掛着：天花板吊住啲飾物，仲成條走廊～掛滿晒【天花板吊着飾物，還一串串掛滿走廊】。

定¹ ding⁶ ❶ 穩：車未停～，咪落車住【車沒停穩，先別下車】。❷ 鎮定；鎮靜：沉船嗰陣時我好～㗎【船沉的時候我挺鎮定的】。❸ 放心：你同我～，我早就準備好晒【你給我放心，我老早就全準備好了】。❹（預先準備）妥當；（先做）好：媽咪煲～湯等你返嚟飲【媽媽先熬好湯，等你回來喝】。｜仲有兩日至出發，你咁快執～行李做乜呀【還有兩天才動身，你這麼快收拾好行李幹嘛呀】？

定² ding⁶ 連詞。還是；或者；抑或（表示選擇）。又作「定係」：今晚食中餐～西餐呀【今晚吃中餐還是吃西餐】？

定必 ding⁶ bit⁷ 必定（用於書面語）。

定點 ding⁶ dim² ❶ 小數點：佢漏咗個～【他漏了一個小數點】。❷ 點：二～八【2.8】｜七～五【7.5】。

定當 ding⁶ dong³ ❶ 穩重、穩定：個個急到死，佢仲咁～【大家都急死了，他還文風不動】？❷ 停當；妥當：準備～【準備妥當】。

定過抬油 ding⁶ gwo³ toi⁴ jau⁴【俗】（因有把握而）鎮定自若：無論股價點跌，佢都～【無論股價怎麼下跌，他都鎮定自若】。

定係 ding⁶ hai⁶ 還是。同「定²」。

定力 ding⁶ lik⁹ 自我控制力：你個人好情緒化，唔夠～【你這個人很情緒化，缺乏自我控制能力】。

定銀 ding⁶ ngan²* 定金；預付的款項：呢度訂酒席使唔使畀～【這兒訂酒席要不要預付定金】？

定晒形 ding⁶ saai³ jing⁴ 發楞；發呆；呆若木雞：諗嘢諗到～【他想得發了呆】｜佢嚇到～【他嚇得呆若木雞】。

定時定候 ding⁶ si⁴ ding⁶ hou⁶ 又作「依時依候」。在固定的時候；準時：我每日～起身【我每天固定時間起床】。

定食 ding⁶ sik⁹ 源自日語，即日本式套餐。「套餐」指一份已配好飯、菜甚至湯的餐食。

定條 ding⁶ tiu⁴ 安穩；不亂動：我個女瞓覺好～【我女兒睡覺很安穩】。

碟 dip²* ❶ 盤子：個～打爛咗【盤子摔破了】。❷「唱碟（唱片）」或「光碟（光盤、電腦軟盤）」的省稱：影～｜大～【大張的唱片】｜遊戲～【（電腦）遊戲軟盤】。

碟頭飯 dip⁹ tau²* faan⁶ 蓋澆飯；蓋飯（盛在盤中有飯、菜等的快餐式份飯）。

疊埋心水 dip⁹ maai⁴ sam¹ soey² 一心一

意地；專心致志地：～讀書【專心致志地讀書】。

跌紙 dit⁸ dzi² 報紙銷量下跌。

跌咗 dit⁸ dzo² 丟了；掉了：我～條鎖匙，入唔到門【我丟了鑰匙，進不了門】｜～落地【掉在地上】。

跌價 dit⁸ ga³ 價格下跌；降價。

跌跤 dit⁸ gaau¹ 摔跤；摔跟頭：細路仔唔～點會大呀【小孩子不摔跤怎麼能長大呢】？

跌落地揦翻拃沙 dit⁸ lok⁹ dei²* la² faan¹ dza⁶ sa¹【俗】跌倒在地也要抓一把沙子，比喻落敗後不認輸，並強辯還有成果以挽回面子：佢話雖然輸咁多錢都唔衰得晒，起碼有錢買船飛返香港，真係～【他說雖然輸了大錢也還不算最倒霉，起碼有錢買船票回香港，還硬撐】！

跌眼鏡 dit⁸ ngaan⁵ geng²* 眼鏡掉了，看錯了。戴眼鏡者多被指為有學問者，其眼鏡掉地當然是失手，故以此比喻有學問者、內行者對事物的預測出現失誤，看走了眼：樓價今年以來都未跌過，連經濟專家都～【房價今年以來都沒下跌過，連經濟專家都看走了眼】。

跌watt dit⁸ wok⁷（影響力、水準）下跌；優勢消失：呢間酒樓水準～，少咗好多人幫襯【這家酒樓水準下降，客人最近少很多】。｜劉天王勁～，同兩年前冇得比【劉天王的影響力下跌，跟兩年前沒法比】。

丟荒 diu¹ fong¹ 原意指耕地因沒人耕種而荒廢。荒廢；荒疏：我個仔因病休學咗半年，功課都～晒【我兒子因病休學了半年，功課都荒疏了】。

丟架 diu¹ ga²* 丟臉，丟面子；丟人，跌份兒：我未試過好似今次咁～嘅【我沒經歷過像這次這麼跌份兒的】。

丟生 diu¹ saang¹ 荒疏（指學業、技藝等）：咁耐冇玩波，投籃技術都～晒【這麼久沒玩球，投籃技術都荒疏了】。

丟疏 diu¹ so¹ 同「丟生」。

丟書包 diu¹ sy¹ baau¹ 賣弄學問；掉書袋：佢演講嗰陣最中意～【他演講的時候，喜歡賣弄學問】。

刁喬扭擰 diu¹ kiu⁴ nau² ning⁶ 彆扭；調皮（形容人吹毛求疵，不聽話，難以對付）：呢個學生～，我真係冇佢符【這個學生愛鬧彆扭，我真拿他沒轍】。

刁蠻 diu¹ maan⁴ 蠻不講理；喜怒無常：佢咁～，我都費事睬佢【她這麼蠻不講理，我懶得理她】。

刁時 diu¹ si⁴ 原指網球比賽中的平分加賽決勝，引指為其他比賽中的加賽決勝。英語 deuce 的音譯詞。

屌（閅） diu² ❶ 操（發生性關係的粗俗說法），也用作罵詈語：～佢老母【操他媽的】。❷ 用作歎詞，表示對他人的不滿：～！次次加班都冇錢畀嘅【切！每回加班都不給加班費】！

屌那媽 diu² na⁵ ma¹ 罵詈語。操你媽的（粗話）。這是粵語中最常見的罵人話，被稱之為「省罵」。

【小知識】「屌那媽」又寫作「丟那媽」，一般為文字形式，由口語「屌你阿媽」簡化而成。口語衍生出的說法還有「屌你老母」、「你老母」和轉音形式的「你老味」、「你老闆」。

屌你老母 diu² nei⁵ lou⁵ mou²* 同「屌那媽」。

吊帳 diu³ dzoeng³ 圓頂蚊帳。

吊鐘 diu3 dzung1 ❶ 吊鐘花，一種玫瑰科植物。❷ 小舌；懸雍垂。

吊雞車 diu3 gai1 tse1 裝有吊臂式起重機的大型貨車的俗稱，又稱「吊臂貨車」或「吊機車」。

吊頸 diu3 geng2 上吊自殺：用條咁幼嘅繩～梗係唔死得啦【用這麼細的一根繩子上吊，當然死不了啦】。

吊頸都要透氣 diu3 geng2 dou1 jiu3 tau2 hei3【俗】上吊也要喘口氣。喻指再忙也得喘口氣。

吊腳 diu3 goek8 ❶ 三個缺一個：今日～，麻將打唔成咯【今天三缺一，麻將打不成了】。❷ 褲子做得太短，褲腿下端吊起來：～褲。❸（地方）交通不方便；位置偏遠：呢度好～，生意難做【這地方有點偏，生意不好做】。

吊櫃 diu3 gwai6 固定在牆上而不落地的衣櫃或雜物櫃。

吊起嚟賣 diu3 hei2 lai4 maai6 把貨物吊起來賣，讓人看得見摸不着。喻指商人囤積居奇，提高要價；引申指人自恃條件有利或優越而自高身價，意近「拿架子」：見我哋缺貨就特登～【他見我們缺貨就故意提高價錢】。｜男朋友對你咁好你仲～，因住畀人搶走咗【男朋友對你這麼好你還拿架子，小心被人家搶走了】。

吊靴鬼 diu3 hoe1 gwai2 胡攪蠻纏的人：咪～噉成日跟實晒啦【別胡攪蠻纏，整天跟在人後面】。

吊癮 diu3 jan5 形容癮頭很大卻無法滿足的難受感覺：咁凍，又冇酒飲，真係～【這麼冷，又沒酒喝，真難受】。｜呢度冇電視睇世界盃，真係～【這兒沒電視可看世界盃（比賽），真難受】。

吊鹽水 diu3 jim4 soey2 打點滴；靠輸鹽水維持生命。比喻（在經濟困難時）艱難地維持：呢間廠而家喺度～，遲早執【這家廠現在在苦苦撐持着，早晚得倒閉】。

吊籃 diu3 laam2* 可以吊起來的盛食物的籃子。舊時為防止老鼠、蟑螂等偷食，常把食物裝在特製的籃子裏頭吊起來。

吊尾 diu3 mei3 盯梢：後便有人～【後面有人盯梢】。

吊味 diu3 mei6 調味：落啲麻油吊下味【放點麻油調調味】。

吊命 diu3 meng6 ❶ 維持生命；救命：佢產後大出血，靠輸血吊住條命【她產後大出血，靠輸血維持生命】。❷ 維持生計；救急：問朋友借啲錢吊住命先【先去找朋友借點錢救救急】。

吊泥鯭 diu3 nai4 maang1 喻指的士司機像引誘泥鯭上釣一樣，非法招攬乘客合坐，按人頭計算收取車資以增加收入：搵食難好多司機惟有去～【不少計程車司機度日維艱，只好用非法手段招攬乘客】。

吊砂煲 diu3 sa1 bou1 因斷糧把飯鍋掛起來，喻指失業：我～吊咗幾個月喇【我失業好幾個月了】。

吊威也 diu3 wai1 ja2* 演員在高空表演時的一種安全措施。「威也」是由金屬絲或線扭結而成的保險繩索，是英語 wire 的音譯。「吊」就是在身上繫上：佢表演呢項雜技，唔使～，真係犀利【他表演這項雜技，不用掛安全繩，真厲害】。

吊吊揈 diu4* diu2* fing6 ❶（懸吊着的東西）晃來晃去；晃悠；晃蕩。引指（人）吊兒郎當：個車頭吊個元寶～，有乜好睇【車頭吊着個元寶晃晃蕩蕩的，有啥好看的】？｜你搵番份正經嘢做啦，唔好～喇【你找個正經事兒幹吧，別再吊兒郎當了】。❷ 引申指事情仍未定奪，還沒有着落，仍然懸着：對方雖然簽咗意向書，但仲未正式訂合約，所以單生意而家仲係～【對方雖然簽訂了意向書，但還沒正式訂立合同，所以這樁生意到現在仍然沒有着落】。

釣友 diu3 jau2* 一起參加釣魚活動的朋友。

掉 diu6 丟棄；丟；扔：喂，煙頭唔好亂咁～【喂，煙頭別亂扔】。又音 deu6。

掉期 diu6 kei4 ❶ 脱期，特指期刊延期出版。❷ 金融術語。買賣遠期金融投資產品的一種交易形式，投資者利用差價以獲取利潤。

調轉便 diu6 dzyn3 bin6 翻過來；顛倒：你未瞓醒呀？件衫～着喇【你沒睡醒呀，衣服穿反了】。

調轉頭 diu6 dzyn3 tau4 ❶ 轉身；回身：～一直行到篤就係經理室【轉身一直走到盡頭就是經理室】。❷（車、船等）掉頭；轉向相反方向：你將架車～裝貨先方便吖嘛【你把車掉個頭裝貨物才方便】。❸ 顛倒；倒了；反了：唔識英文就唔好扮嘢喇，張報紙～睇都有嘅【不懂英語就別裝模作樣，哪有把報紙倒過來看的】。

多得 do1 dak7 幸虧；多虧：～佢幫手，唔係我今日都唔知點算【多虧他幫忙，要不我今兒都不知道該咋辦】。

多得你唔少 do1 dak7 nei5 ng4 siu2 ❶ 多虧你幫了不少忙：今次～，第日請你飲茶吖【這次多虧你幫了不少忙，改日請你喝茶】。❷ 用作反語，表示對別人幫倒忙、搗亂破壞的不滿：我今次落選真係～，你仲喺度扮好心【我這次落選多虧你幫了不少倒忙，你還在這兒裝甚麼好心】！

多多 do1 do1 太多：唔關你事，你唔好口水～【不關你的事兒，你別話太多】。

多多聲 do1 do1 seng1 多得多；很多：佢矮過我～【他比我矮得多了去了】。

多多事幹 do1 do1 si6 gon3 多事兒：我唔得閒，你唔好喺度～【我沒空，你別在這兒沒事找事】。

多多少少 do1 do1 siu2 siu2 多少（有那麼點）：做咗咁多年，～都有啲積蓄嘅【幹了這麼多年，多少都有那麼點兒積蓄的】。

多謝夾盛惠 do1 dze6 gaap8 sing6 wai6 ❶ 連聲道謝。❷ 用作反語，表示對別人供給的利益或物品拒絕接受：你送錢畀我使？～嘞，我受唔起【你送錢給我？不必了，我受不起】！

多計 do1 gai2* 鬼心眼多；鬼主意多（多用以形容小孩子）：個蠱惑仔真係～，鎖住度門都畀佢走甩【那小鬼頭真是鬼主意多，鎖上門都讓他給跑掉了】。

多個香爐多隻鬼 do1 go3 hoeng1 lou4 do1 dzek8 gwai2【俗】多放一個香爐就多引來一隻鬼。比喻多一件事或一個人就多一份麻煩。

多個人多雙筷 do1 go3 jan4 do1 soeng1 faai3【俗】飯桌多坐一個人，多擺一雙筷子。留客人吃飯時表示歡迎的用語：一場嚟到，喺度食飯啦，～啫【既然來到，留下來吃飯吧，就添雙筷子，一點兒不麻煩】。

多口 do1 hau2 多嘴多舌：今次畀人打，都係衰～【這次挨打，就是多嘴多舌惹的禍】。

多籮籮 do1 lo4 lo4 很多；非常多；一大堆：呢件事，問題～，好難搞【這件事問題很多，不容易處理好】。

多心 do[1] sam[1] 不專心：你一邊做功課一邊玩，咁～點得㗎【你不要邊做功課邊玩兒，那麼不專心怎麼行】。

多手 do[1] sau[2] 愛動別人的東西：佢個仔好～【他的兒子很愛動別人的東西】。

多手多腳 do[1] sau[2] do[1] goek[8] 愛動手動腳，形容愛亂動人家的東西：你唔好咁～啦【你不要亂動人家的東西呀】！

多士 do[1] si[2]* 烤麵包片；麵包乾。英語 toast 的音譯詞。

多士爐 do[1] si[2]* lou[4] 麵包片烤箱，英語 toaster 的音意合譯。

多事 do[1] si[6] 多管閒事；多嘴：人哋嘅嘢，你咪～啦【人家的事，你別多管】！｜～啦，大人講嘢你駁乜嘢嘴【多嘴，大人說話你插甚麼嘴】！

多少 do[1] siu[2] 一些；一點兒：做嘢十幾年，錢都搵到～嘅【工作了十幾年，錢倒是掙了一些】。

多數 do[1] sou[3] ❶ 大部份；大多數；大多：～贊成【大多數贊成】。｜啲搭客～都遲到咗【乘客大多遲到了】。❷ 很可能；多半兒；大概：雨咁大，佢～嚟唔到喇【雨這麼大，他很可能來不了了】。

多謝 do[1] tse[6] ❶ 謝謝；非常感謝：～晒【非常謝謝】。❷ 謝謝；感謝（用作動詞）：幫我～佢吖【替我謝謝他】。

多除少補 do[1] tsoey[4] siu[2] bou[2] 多退少補：大家夾五百蚊先，～【大家每人先拿五百塊錢，多退少補】。

朵 do[2]（有身份的人的）名字：有乜嘢麻煩撻我個～就得喇【有甚麼麻煩把我的名字亮出來就行了】！（參見「撻朵」條）

躲懶 do[2] laan[5] 偷懶；逃避應做的事：佢好勤力，從來冇～【他很勤快，從來不偷懶】。

墮 do[6] 垂；下垂；墜。又作 doe[6]：佢一做掌上壓，個肚腩～晒落嚟，成隻豬乸噉【他一做俯臥撐，肚皮垂下來，整一隻老母豬似的】。｜塊布中間～晒落嚟，搣番衡佢吖【布中間墜了下來，把它拉直點兒】。

墮角 do[6] gok[8] 偏僻：呢度～啲，舖頭自然少客仔幫襯【這裏偏僻了點，小店自然少了顧客光顧】。

多 doe[1]*「多」的變音，「少」、「一丁點兒」的意思：剩返咁～～【只剩下這麼一點點兒】。

斲（剁） doek[8] 剁：～豬肉｜～排骨。

敦款 doen[1] fun[2] 擺架子；做作：佢好中意～【他很喜歡擺架子】。

鈍 deon[6] ❶ 遲鈍（反應不靈敏）：人哋中意咗你咁耐你都唔知，乜你咁～㗎【人家喜歡你這麼長時間了你還不知道，你怎麼這麼遲鈍】？❷ 笨（愚鈍）：佢讀書係～咗啲，不過幾勤力【他讀書是笨了點兒，但是挺勤奮的】。

啄[1] doeng[1] ❶ 尖端；尖兒；尖嘴兒：鼻哥～【鼻尖兒】。❷ 不良行為突出的人：佢係個是非～【他是個愛搬弄是非的人】。

啄[2] doeng[1] ❶ 啄食：雞～米。❷ 針對：你咪成日～我【你別老針對我】。

堆填區 doey[1] tin[4] koey[1] 指闢為堆放建築或生活垃圾的地帶。

揼 doey[2] ❶ 捅；伸：條鎖匙～唔入把鎖度【這鑰匙插不進鎖眼裏】。❷ 頂；撐：～住度門【頂着門】。｜你支炮唔好～

住我呀【你的槍別頂着我啊】。❸ 推；慫恿：呢件事求其～個人出去認咗佢算數啦【這件事，隨便推個人出去認認賬就算了】。

揼冧 doey[2] lam[3] 黑社會用語。幹掉：～佢【幹掉他】。

對 doey[2]* 對聯：寫～【寫對聯】。

對 doey[3] ❶ 量詞。雙；對：兩～鞋【兩雙鞋】｜一～新人【一對新郎新娘】。❷ 對聯。又音 doey[2]*。❸ 二十四小時；一整天（指從某時刻起到第二天的同一時刻）：一個～【二十四小時】。

對辦 doey[3] baan[2]* ❶ 貨物跟貨樣相符合：你睇真啲對唔～至好收貨【你看清楚到底貨物跟貨樣是不是相符合才收貨】。❷ 引指相合；合標準；合規矩：我跟足你嘅要求做，應該～喇【我完全按照你的要求做，應該合標準的了】。

對家 doey[3] ga[1] 打牌時坐對面的人：我～陳太成日出錯牌【坐我對面的陳太太經常出錯牌】。

對撼 doey[3] ham[2] ❶ 互相敵對；互相爭鬥：自己人無謂～【自己人沒有必要互相敵對】。❷ 較量；對陣：香港隊同澳門隊～【香港隊對陣澳門隊】。

對開 doey[3] hoi[1] 對面不遠處；附近：一艘遊艇喺南丫島～海域沉沒【一艘遊艇在南丫島附近的海域沉沒】。

對胸衫 doey[3] hung[1] saam[1] 對襟的衣服。

對摳 doey[3] kau[1]（以兩種東西）份量各半攙和或攪和：將麵粉同糖～。

對落 doey[3] lok[9] ❶ 往下；靠下面的：灣仔～就係銅鑼灣【灣仔往下走就是銅鑼灣】。❷ 以下（排行）：我～嗰個係個妹【我下面的是個妹妹】。

對路 doey[3] lou[6] 正確；對頭；相合：布景用粉紅色就～嘞【布景用粉紅色就對頭了】。

對埋 doey[3] maai[4] 靠裏邊的：鑰匙放喺窗口～張枱度【鑰匙放在靠窗戶裏邊的桌子上】。

對面海 doey[3] min[6] hoi[2] 特指香港維多利亞港水域對岸：要坐船過～【要坐渡輪到九龍（或港島）】。

對唔住 doey[3] m[4] dzy[6] 對不起。

對眼生響頭頂 doey[3] ngaan[5] saang[1] hoeng[2] tau[4] deng[2] 眼睛長在頭頂上，比喻人眼光太高，目中無人：佢做咗科長就～【他一當上科長就目中無人】。

對年 doey[3] nin[4]（死後）一週年：阿媽聽日做～【明天給母親做一週年冥祭】。

對手戲 doey[3] sau[2] hei[3] 兩位演員之間的合作表演：佢兩個成日演～，好有默契【他倆演戲經常搭檔，很有默契】。

對時 doey[3] si[4] 二十四小時。同「對 ❸」。

對上 doey[3] soeng[5] ❶ 靠上面的；正前方：我屋企～有條溪【我家正前方有一條小溪】。｜膝頭～就係髀【膝蓋往上就是大腿】。❷ 上面；以上（排行）：我～仲有兩個家姐【我上面還有兩個姐姐】。

對歲 doey[3] soey[3] 一週歲。

對沖基金 doey[3] tsung[1] gei[1] gam[1] 用買賣不同的金融投資產品、平衡風險為手段，以賺取差價盈利為目的的金融基金。

袋 doi[2]* ❶（衣物上的）兜兒：衫～【衣兜】｜褲～【褲兜】。❷ 袋子：膠～【塑料薄膜袋】。

袋錶 doi[6] biu[1] 懷錶。

袋袋平安 doi[6] doi[6] ping[4] ngon[1]【俗】

（得到錢財後）心安理得、快活：唔好見有錢收就～，因住廉記告你收受賄賂呀【別一見有錢拿就心安理得揣兜裏，小心廉政公署告你個受賄罪】！｜執到荷包就～，你良心過唔過得去呀【撿到人家錢包就心安理得地（收起來），你良心上過得去嗎】？

袋裝書 doi[6] dzong[1] sy[1] 袖珍書籍；大小剛好能放進衣服口袋的書。

袋靨 doi[6] jim[2] 衣服口袋上的蓋。

袋錢落你袋 doi[6] tsin[2] lok[9] nei[5] doi[2*]【俗】把錢放進你的口袋，喻指教別人做事、講授經驗或批評別人不足等，使對方有所得益，等同於賺取金錢：畀人話幾句我唔會介意，人哋係～【讓別人批評幾句我不會介意，人家的話對你有益，是在幫你呢】！

待薄 doi[6] bok[9] 虧待：你幫我做咗咁多嘢，我唔會～你嘅【你幫我幹了這麼多事兒，我不會虧待你的】。

代客泊車 doi[6] haak[8] paak[8] tse[1] 替顧客停放汽車（一些旅店、餐飲、娛樂等場所為顧客提供的服務措施）。

代溝 doi[6] kau[1] 源自英語 generation gap，指上下兩代的隔閡：而家父母同子女嘅～越嚟越大【現在父母與子女之間的隔閡越來越大】。

度[1] dok[9] ❶ 量；量度：你～下呢條繩夠唔夠長【你量量這繩子夠不夠長】。❷ 比；比較；比量：你兩個～下邊個高【你們倆比比誰高】。

度[2] dok[9] 溜達；走方步；踱：食完飯出街～下【吃完飯上街溜達溜達】。｜佢喺間屋度～嚟～去【他在房子裏踱來踱去】。

度[3] dok[9] ❶ 謀算；想計謀或設計新花樣：～橋【想計謀】｜呢筆錢我幫你～掂佢【這筆錢我替你想辦法】。｜～劇本【構思劇本】。❷ 要；借；給（金錢）：～水【借錢】｜～住五百蚊嚟先【先給我五百塊】。

度期 dok[9] kei[4] 考慮及安排做某事的時間表、日程表。

度身 dok[9] san[1] 做衣服量尺寸；量身：我去～做一套西裝【我去量尺寸做一套西裝】。

度身訂造 dok[9] san[1] deng[6] dzou[6] ❶ 比量着身材來裁製衣服；量體定做衣服：我呢套西裝係～嘅，幾正喋【我這套西服是量體定製的，挺好的】。❷ 引申指根據某人（如演員、運動員）特點專門設計劇本、訓練方法等：呢套片可以話係專為佢～嘅【這個片子可以說是專門為她編寫、拍攝的】。

度水 dok[9] soey[2] 要錢；借錢：冇錢使唔識搵老竇～咩【沒錢花了不會找老爸要嗎】？

鐸叔 dok[9] suk[7]【俗】吝嗇鬼；小氣鬼：佢係～嚟嘅，點會請人食飯吖【他是個小氣鬼，怎麼會請別人吃飯呢】。

當值 dong[1] dzik[9] 當班；值班：今日輪到我～【今兒輪到我當班】。

當災 dong[1] dzoi[1] 倒楣；遭殃：你做錯嘢，我～【你做錯事情，我遭殃】。｜黑狗偷食，白狗～【黑狗偷吃，白狗遭殃】。

當更 dong[1] gaang[1]（警察、護衛員、門衛等執勤者）當班；值班：我而家～，唔得閒去接你【我現在值班，沒空去接你】。

當黑 dong[1] hak[7] 倒霉；走背字兒：前年我～，間舖執咗【前年我倒了霉，把店舖給關了】。

當紅 dong¹ hung⁴ 正走紅：佢係呢間電視台嘅～藝員【她是這家電視台正走紅的演員】。

當眼 dong¹ ngaan⁵ 顯眼；容易看到：將盆花擺喺～嘅地方【把這盆花擺在顯眼的地方】。

當時得令 dong¹ si⁴ dak⁷ ling⁶ 正合時宜；時令正好；吃香：西瓜～，我日日都買嚟食【西瓜正合時令，我天天買來吃】。｜而家講環保，生產節能燈膽呢行可以話係～【現在講環保，生產節能燈泡這行很吃香呢】。

當衰 dong¹ soey¹ 合該倒霉：一出門就落大雨，真係～【一出門就下大雨，真是合該倒霉】。

當堂 dong¹ tong⁴ 當場：兩個賊扮成差人行竊，畀巡查警員識穿，～人贓並獲【兩個小偷裝扮成警察盜竊，被巡查警務人員識破，當場人贓並獲】。

當差 dong¹ tsaai¹ 當警察：我後生～嗰陣打槍幾準下【我年輕當警察的時候打槍挺準的】。

擋災 dong² dzoi¹ 消災；抵擋災難：破財～【損失錢財，抵擋災難】。

擋煞 dong² saat⁸ 擋住煞氣；抵擋惡鬼：我喺屋企門口掛靈符～【我在家門口掛符咒擋住煞氣】。

擋頭陣 dong² tau⁴ dzan⁶ 打頭陣：你幫我～【你幫我打頭陣】。

當如 dong³ jy⁴ 當成：個仔咁唔生性，就～生少個啦【兒子不長進，就當少生一個孩子】。

當佢冇到 dong³ koey⁵ mou⁵ dou³ 對人或事表現輕蔑而不放在眼裏，意近「不放在眼裏」或「不管它」、「管它呢」，（「佢」亦可根據對象的不同而以其他名詞、代詞替換）：佢雖然係總經理，但個個都～【他雖然是總經理，但誰都不把他放在眼裏】。｜打風都要去啦，幾滴雨，一於～【颱颱風都得去，下幾滴雨，管它呢】！

當佢透明 dong³ koey⁵ tau³ ming⁴ 就當沒看見他（它）。同「當佢冇到」：我有乜嘢好驚啫？差佬嚟我都～【我有啥好怕的？警察來了我也沒當一回事】。

當你神噉拜 dong³ nei⁵ san⁴ gam² baai³【俗】奉你為神佛般膜拜，比喻對人萬般恭維、殷勤服侍。意近「奉若神明」：你係佢公司嘅大客仔，佢梗係～啦【你是他公司的大客戶，他當然對你奉若神明了】。

檔 dong³ ❶ 攤兒；小賣部：煙酒～【賣煙酒的小賣部】｜報紙～【報攤】。❷ 量詞。攤（用於小店、小攤之前）：兩～生果【兩攤賣水果的】｜一～牛肉【一攤賣牛肉的】。❸ 非法的地下營業場所：賭～【地下賭場】。

檔口 dong³ hau² 同「檔 ❶❸」：警察話佢個～阻街【警察說他擺的攤阻礙行人】。

檔期 dong³ kei⁴（電影、戲劇等的）放映期、演出期：呢套片喺聖誕黃金～上演，撈到盤滿缽滿【這個片子在聖誕節黃金放映期上映，大撈了一筆】。

檔位 dong³ wai²* 店舖或貨攤所佔的位置：今年年宵市場嘅～貴咗一成【今年年貨市場的攤位，費用（比去年）漲了一成】。

蕩 dong⁶ 閒逛；晃蕩；逛蕩：放咗學就返屋企，唔好周街～【放了學就回家，別滿街晃蕩】。

蕩街 dong6 gaai1 逛街：我帶個仔去～【我帶兒子去逛街】。

蕩失路 dong6 sat7 lou6 迷路：唔好周街去，因住～【別滿街跑，小心迷路】。

刀豆 dou1 dau2* 豆角的一種；四季豆。

刀仔 dou1 dzai2 小刀；匕首。

刀仔鋸大樹 dou1 dzai2 goe3 daai6 sy6【俗】想用小刀鋸斷大樹，形容想以較小代價獲得豐厚利益。

刀嘴 dou1 dzoey2 刀尖：～斷咗【刀尖斷了】。

都 dou1 ❶ 副詞。都；也：兩個～係學生【兩個都是學生】。｜我唔去佢～唔會去【我不去，他也不會去】。❷ 副詞。強調動作已發生，有「已經」之意：我～話你唔入得去咯【我已經說過你不能進去了】。｜唔去～去咗咯，算啦【反正已經去了，那就算了唄】。

都係 dou1 hai6 還是（表示選擇）：我～唔去喇【我還是不去了】。｜計我話你～留低好啲【要我說你還是留下好點兒】。

到 dou2 助詞。到；着；了（liǎo）（用於動詞之後表示事情有了結果或目的已達到）：執～本書【撿到一本書】｜見唔～人【見不着人】｜去唔～學校【去不了學校】。

倒灶 dou2 dzou3 砸鍋；炸鍋；倒閉。比喻辦事失敗：大熱～【大有希望獲勝的卻輸了】。

倒米 dou2 mai5 捅漏子；拆台：唔好倒我米吖【別給我捅婁子啊】！｜我咁辛苦扮乖仔，你咪同我～啦！【我這麼辛苦裝成乖孩子，你可別拆我的台】。

倒米壽星 dou2 mai5 sau6 sing1 專門破壞別人好事的人；幫倒忙的人：叫你做宣傳就唔好講啲負面嘢啦，真係～【讓你幫着做宣傳你就別說負面的東西了嘛，盡幫倒忙】！

倒模 dou2 mou2* 製模具；鑄模。比喻複製出相同的東西：喺度出嚟嘅學生，個個都好似～嘅，完全無個性【這裏出來的學生，像一個模子出來那樣，完全沒有個性】。

倒瓤 dou2 nong4 瓜類過熟而中空變質：呢個西瓜～，唔食得咯【這個西瓜過熟變質了，不能吃了】。

倒瀉 dou2 se2 不小心使液體倒出或溢出：碗湯好熱，千祈咪～【這碗湯很燙，千萬別溢出來】。

倒瀉籮蟹 dou2 se2 lo4 haai5 裝螃蟹的籮筐倒了，螃蟹滿地亂跑，形容局勢、場面一時大亂：賊人一開槍，車站啲人即刻走避，～噉【匪徒一開槍，車站裏的人馬上逃避，場面一時大亂】。

倒塔咁早 dou2 taap8 gam3 dzou2 很早；一大早。「塔」指「屎塔（馬桶）」。以前城市傾倒各家各戶的馬桶都在黎明前進行，故借以形容事情一大早就開始進行：你～就返學校做乜呀【你一大早就到學校去幹嘛呢】？

倒錢落海 dou2 tsin2* lok9 hoi2 把錢投進大海，比喻白白花掉金錢；錢一直花下去沒有止境：賭博猶如～【賭博會不斷耗費你的財富，沒有止境】。｜你投資落佢間公司等於～【投資他的公司，你的錢等於打水漂兒了】。

賭波 dou2 bo1 利用對球賽（主要為足球）賽果的預測來進行的賭博。

賭檔 dou2 dong3 賭博攤子；小賭場：警察掃蕩旺角～【警察掃蕩旺角的小賭場】。

賭仔 dou[2] dzai[2] 賭徒、賭客、賭棍的統稱：十個～，九個敗家【十個賭徒，九個敗家】。

賭番攤 dou[2] faan[1] taan[1] 參與番攤的賭博。（「番攤」是一種押寶的賭博。）

賭館 dou[2] gun[2] 賭博場所：澳門有好多～【澳門有好多賭博場所】。

賭纜 dou[2] laam[2]* 賭徒下的賭注。

賭馬 dou[2] ma[5] 以賽馬進行的賭博。

賭船 dou[2] syn[4] 在公海開設賭場的遊船。香港法律不允許賭博，有的遊船把乘客載到公海，在船上開設賭場供人賭博。這類賭船多為傍晚上船啟程，第二天早上回港。

度 dou[2]* ❶ 製成一定長度的東西：鞋～【預先裁好的與鞋子周邊長度相等的繩子、帶子等，托人買鞋時用】｜呢件衫短～闊封【這件衣服又短又肥】。❷ 用於數量詞或由數量詞修飾的名詞之後表示的約數，相當於普通話的「左右」、「上下」、「來」：四十蚊～【四十塊左右】｜五十個學生～【五十來個學生】。

艔（渡） dou[2]* ❶ 由機動船牽引的內河客船：梧州～｜搭～【坐船】。❷ 渡船：搭～過海【坐渡船過海】。

到 dou[3] 助詞。❶ 得（用在動詞、形容詞之後連接其補語）：講～無晒口水【講得喉嚨都乾了】｜細～粒米噉【小得像一顆米一樣】。❷ 得（用法同上，但略去後面的補語）：我畀佢激～……【我讓他氣得……】｜今日凍～吖【今天冷得……】。

……到爆 dou[3] baau[3] 形容達到忍受的極限。也説成「……到㶶」：今日 30 幾度，真係熱～【今天 30 多度，熱得難受死了】。

到埗（埠） dou[3] bou[6] 到達目的地。同「抵埗（埠）」。

……到飛起 dou[3] fei[1] hei[2] ……得要命；……得不得了：熱～【熱得要命】｜開心～【高興得不得了】。

……到夠 dou[3] gau[3] ……個夠：食～【吃個夠】｜玩～【玩個夠】。

到喉唔到肺 dou[3] hau[4] m[4] dou[3] fai[3]【俗】形容慾望被刺激起來卻得不到滿足，不過癮：餓咗成日，得一個麵包，食咗都～喇【餓了一天，這才一個麵包，吃了也不解饞呀】。

到其時 dou[3] kei[4] si[4] 到時候；到那時：而家唔講住，～你就會明㗎啦【現在先不說，到時候你就會明白了】。

……到唔恨 dou[3] m[4] han[6] 同「……到死」。

……到死 dou[3] sei[2] 形容達到極點，意近「……得要命」、「……極了」：衰～【壞得要命】｜呢個細路曳到～【這小孩淘氣極了】。

到時到候 dou[3] si[4] dou[3] hau[6] 到時候；按時：你唔使驚，～佢就會嚟接你返屋企【你不要害怕，到時候他就會來接你回家】。

到會 dou[3] wui[6] 廚師上門做酒席宴客：慶祝週年紀念我哋請人喺村入邊～擺咗幾十圍【慶祝週年紀念我們請廚師到村裏做了幾十桌酒席宴客】。

倒掟 dou[3] ding[3] 顛倒；倒掛；倒置；倒着：個福字要～嚟貼【福字要倒着貼】。

倒吊荷包 dou[3] diu[3] ho[4] baau[1] 把錢包倒過來往下倒錢，形容不惜血本，傾盡所有：銀行一時間要我還咁多錢，我～都唔掂【銀行一下子要我還這麼多錢，我傾盡所有都不夠還的】。

倒吊冇滴墨水 dou[3] diu[3] mou[5] dik[9] mak[9] soey[2] 腹無點墨，形容人毫無文化：佢雖然讀咗十年書，但係～【他雖然讀了十年書，卻沒有文化】。

倒吊眼眉 dou[3] diu[3] ngaan[5] mei[4] 眉梢向上吊起；形容生氣：你睇佢～個樣就知佢幾嬲啦【你瞧他氣得眉毛都豎起來的樣兒就知道他有多生氣了】。

倒吊砂煲 dou[3] diu[3] sa[1] bou[1] 比喻窮得揭不開鍋：佢已經～【他已經窮得揭不開鍋】。

倒轉 dou[3] dzyn[3] ❶ 倒過來；顛倒：～放｜上下聯～咗貼【上下聯倒過來貼了】。❷ 反而：人哋幫你，你～鬧人【人家幫你，你反而責怪人家】。

倒轉頭 dou[3] dzyn[3] tau[4] 同「倒轉」。又作「調轉頭」。

倒後鏡 dou[3] hau[6] geng[3]（汽車的）後視鏡。

倒汗水 dou[3] hon[6] soey[2]（指鍋蓋上滴下的）蒸餾水：蒸餸嘅汁都係啲～嚟【蒸煮時菜裏頭的汁兒都是鍋蓋上滴下來的蒸餾水】。

倒扱牙 dou[3] kap[9] nga[4] 下牙包住上牙。

倒眼 dou[3] ngaan[5] 鬥眼；內斜視。同「鬥雞眼」。

倒褪 dou[3] tan[3] 倒退。同「打倒褪」。

倒刺 dou[3] tsi[3] 手指甲附近翹起的小片表皮。

度 dou[6] ❶ 表示處所、地方，意近「這兒」、「那兒」：行過去嗰～【走到那邊】｜本書喺寫字枱～【那本書在書桌那兒】。❷ 量詞。用於門或橋：一～門【一扇門】｜一～橋【一座橋】。

度度 dou[6] dou[6] 處處；到處：～都見得到【到處都見得到】。｜～都買唔到【到處都買不到】。

度假屋 dou[6] ga[3] nguk[7] 供人度假的別墅或房子，通常以短期出租的形式經營。

……度嘢 dou[6] je[5]【俗】……塊錢（通常用於較小的數額）：買個麵包都要幾～【買一個麵包都要幾塊錢】。

杜 dou[6] 毒殺（魚和害蟲，螞蟻）：～蟲【毒殺害蟲】｜～老鼠【毒殺老鼠】。

道姑 dou[6] gu[1]【諧】女性吸毒者。

道行 dou[6] hang[6] 高深的修養；高強的本領：佢嘅～好高【他有高深的修養】。

道友 dou[6] jau[5]【諧】癮君子；吸毒者。

導賞 dou[6] soeng[2] 文化教育項目（如藝術館、地質公園等）的導遊及講解：～員【講解員】｜展覽館有常設的～服務【展覽館有常設的講解服務】。

篤 duk[7] ❶ 底部；盡頭：碗～【碗底】｜行到～【走到盡頭】。❷ 量詞。泡（用於糞便）；口（用於口水、痰）：一～牛屎【一泡牛屎】｜屙～屎【拉泡屎】｜一～口水痰【一口痰】。❸ 刺；戳；扎；（用指頭）杵：氣球梗係一～就爆啦【氣球當然一扎就爆】。｜做乜嘢～我塊面【幹嘛杵我的臉】？

篤爆 duk[7] baau[3] 戳穿：個波被佢～咗【那個球給他戳破了】。｜佢唔想講就無謂～佢啦【他不想說就別把事情戳穿了】。

篤波 duk[7] bo[1] 打枱球。

篤背脊 duk[7] bui[3] dzek[8] 告發別人或揭露人家的錯處以達到打擊別人的目的，或背後說別人壞話，打小報告：佢最鍾意～，個個都憎死佢【他最喜歡打小報告，人人都討厭死他了】。

篤底 duk7 dai2 底層的；底下的：你睇個樽，～嗰啲水幾污糟呀【你看，這瓶子底下的水有多髒】！

篤眼篤鼻 duk7 ngaan5 duk7 bei6 又說「篤口篤鼻」。看着不舒服，看着礙眼：佢哋分咗手，佢張相無謂擺出嚟～啦【他們已經分手了，他的照片就別擺出來礙眼了】。

篤數 duk7 sou3 誇大銷量或數量（如統計數字）：唱片銷量好多時都係～嘅啦【唱片銷量常常都是誇大數量的】。

督 duk7 督促；監督：你呀，成日要人～住先肯讀書【你呀，整天要人督促才肯讀書】。

督卒 duk7 dzoet7 拱卒，原為中國象棋術語，引指偷渡到香港（今少用）。因偷渡者需越過深圳河，如拱卒過河，故稱。

督爺 duk7 je4【謔】港英政府時期對香港總督的俗稱。

督察 duk7 tsaat8 又作「幫辦」。❶ 香港警察的警銜之一。位在「警長」之上，「警司」之下。督察分三級：總督察，督察，見習督察。❷ 某些政府部門的稽查人員，如衞生督察，交通督察。

毒 duk9 指某些食物容易引發過敏或引發瘡癤化膿等人體反應的「毒性」：啲蝦蟹好～㗎【蝦和螃蟹很容易引起過敏反應的】。

毒格 duk9 gaak8 收藏毒品的地方。

毒男 duk9 naam4 電腦互聯網用語。源自日語，又作「獨男」，指欠缺社交能力、沒有異性緣的單身男性。

獨家村 duk9 ga1 tsyn1 孤獨；不跟人來往：陳伯係～嚟嘅【陳伯伯獨來獨往的】。

獨沽一味 duk9 gu1 jat7 mei2* 【俗】原指只賣一味藥，引申指只賣一種貨，或只專注於一件事：佢入親賭場都係～，就係玩輪盤【他每次進賭場都只玩一種花樣兒，就是賭輪盤】。

獨係 duk9 hai6 只是；只有：～佢得到金牌【只有她獲得金牌】。

獨行俠 duk9 hang4 haap9 獨自盜竊作案的匪徒。喻指單獨做事的人：佢係～，唔中意同人合作【他喜歡單獨做事，不喜歡跟別人合作】。

獨贏 duk9 jeng4 ❶ 一人得頭彩，獲得全部獎金。❷ 賽馬術語。在一場賽事中投注的馬匹獲第一名，即可獲取彩金。

獨市生意 duk9 si5 saang1 ji3 獨家生意。

獨食 duk9 sik9 吃獨食（形容獨佔好處不肯與人分享）：咪咁～啦，分啲畀姐姐吖【別光吃獨食，分點兒給姐姐】。

獨睡 duk9 soey6 單人用的（臥具）：～床【單人床】｜～蓆【單人睡覺用的蓆子】。

讀破字膽 duk9 po3 dzi6 daam2 讀錯字音：佢水平好曳，成日～【他水平很低，經常讀錯字音】。

讀屎片 duk9 si2 pin2* 罵詈語。責罵受教育的人不學無術，或飽讀詩書卻滿口歪理、行事愚蠢。「屎片」即尿布，喻指無用的廢物：噉嘅質素，仲話受過高等教育，真係～【這樣的素質，還說受過高等教育，真是枉讀了那些書】！

冬 dung1 冬至（節氣）；冬節：過～【過冬節】。

冬大過年 dung1 daai6 gwo3 nin4【俗】過冬節比過年還隆重。這是舊時粵人重視冬至習俗的一個略帶誇張的說法。

冬菇 dung1 gu1 香菇。

冬瓜豆腐 dung1 gwa1 dau6 fu6 三長兩短：我呢筆錢係驚住有乜嘢～，攞嚟救急嘅【我這筆錢是擔心有甚麼三長兩短，拿來救急用的】。

冬瓜盅 dung1 gwa1 dzung1 粵式菜餚名稱。掏空冬瓜瓤，以帶有一層較薄瓜肉的冬瓜外皮作為盛湯的容器。菜餚以上湯、冬瓜丁、蝦仁、肉丁等製作而成。

冬果 dung1 gwo2 油炸小麵食，用糯米粉、糖、調味品等製作，多作為過年食品。

冬甩 dung1 lat7 又稱「都甩」。炸麵包圈。英語 doughnut 的音譯詞。

冬前臘鴨——隻挨隻 dung1 tsin4 laap9 ngaap2* dzek8 lang3 dzek8【歇】指臘製好的臘鴨一隻一隻串在一起掛在櫃枱上方售賣，鴨與鴨頭尾銜接巧妙。喻指互相和諧相處，並有互補之妙：佢哋兩公婆一個肥，一個瘦，真係～【他們夫妻倆一高一矮，真是絕配】。

東家唔打打西家 dung1 ga1 m4 da2 da2 sai1 ga1【俗】不在這一家打工，可以到另一家去，比喻在這裏失意，可以到別的地方發展，路不只是一條：份工唔啱做咪搵過第二份囉，～之嘛【這份工作你覺得不合適就做別的好了，路不是只有一條嘛】。

東區走廊 dung1 koey1 dzau2 long4 港島東部沿着維多利亞港北岸築的高架路。

東華三院 dung1 wa4 saam1 jyn2* 香港歷史最悠久的慈善機構。1870 年東華醫院成立，後來廣華醫院和東華東院相繼成立，三家醫院後合稱東華三院。

凍 dung3 ❶ 冷；寒冷：今年～過舊年【今年比去年冷】。❷ 涼：飯都～晒【飯全涼了】。

凍冰冰 dung3 bing1 bing1 冰涼冰涼的；冷冰冰的：個西瓜雪到～，幾好食【那西瓜鎮得冰涼冰涼的，真好吃】。｜出便～嘅，都係留喺屋企舒服【外面冷冰冰的，還是留在家裏舒服】。

凍滾水 dung3 gwan2 soey2 涼開水；涼白開。

凍過水 dung3 gwo3 soey2 形容人的生命危險、危殆；引申指事情難有成功希望或完滿結果：唔係我救你，你條命就～啦【若不是我救你，你這條命就危險了】！｜呢單生意睇嚟都係～㗎喇【這樁生意看來是沒指望了】。

凍飲 dung3 jam2 冷飲。

凍薪 dung3 san1 凍結薪水額，使之不增減：公司～，我哋呢幾年都未加過人工【公司凍結了薪水額，我們這幾年都沒加過工資】。

戙 dung6 ❶ 豎立；使豎立：～起枝旗【把旗子豎起來】。❷ 礅：～齊沓紙【把一疊紙礅齊】。❸ 量詞。摞：一～（麻將）牌｜一～磚【一摞磚】。

戙篤企 dung6 duk7 kei5 垂直；直立：你～喺度做乜【你戳在這裏幹嘛】？

戙篤笑 dung6 duk7 siu3 一般寫作「棟篤笑」。單口相聲；個人搞笑表演。英語 Stand-up comedy 的意譯詞。

戙起床板 dung6 hei2 tsong4 baan2 豎起床板，指不睡覺，比喻通宵不停工作：今晚我要～做好今年嘅報表【今天晚上我要幹通宵把今年的報表做出來】。

戙企 dung6 kei5 直立。同「戙篤企」。

戙企水魚 dung6 kei5 soey2 jy2*【謔】立着的王八，喻指矮胖子：你咁高，呢個

～唔襯你嘅【你這麼高，這個矮胖子配不上你】。

動粗 dung6 tsou1 動武；使用武力：大家心平氣和商量，唔可以～【大家心平氣和商量問題，不可以動武】。

嘟咭 dut7 kaat7 用電子卡作驗證或付款。因通過檢驗時閱讀器發出「嘟」的聲音，故稱：出入門口都要～【進出門口都要用電子卡驗證身份】。

短打 dyn2 da2 ❶ 近身打鬥。❷ 上衣和下裝較短的輕便穿着：佢一身～裝扮【她一身短褂短褲】。

短度闊封 dyn2 dou2* fut8 fung1 ❶（衣服）長度短而寬度大。❷ 形容人矮而胖：我老公～，好似個冬瓜噉【我丈夫又矮又胖，像個大冬瓜】。

短樁 dyn2 dzong1 指高樓的地基打樁深度與設計深度存在差異，深度不足：～樓【打樁深度不足的樓房】。

短火 dyn2 fo2 短槍的別稱。

短命 dyn2 meng6 壽命短：貓～過狗【貓的壽命比狗短】。

短命種 dyn2 meng6 dzung2 罵詈語。短命鬼；夭折鬼；死鬼。

短切切 dyn2 tsit7 tsit7 短短的：個仔大得幾快，舊年買啲衫，今年就～喇【兒子長得挺快，去年買的衣服今年就顯得短短的了】。

斷 dyn3 論（以……為計量單位）：啲雞係唔係～斤賣㗎【這雞是不是論斤賣的】？

斷斷 dyn3 dyn3 絕對；一定：我～唔會害你嘅【我絕對不會害你的呀】。

斷打 dyn3 da2 像打架一樣，意近「斷搶」：買奶粉都～噉【買奶粉都像打架一樣】。

斷估 dyn3 gu2 亂猜；瞎蒙：我～咋，原來佢真係喺度【我只是瞎猜猜，原來他真的在這兒】。

斷搶 dyn3 tsoeng2 像搶一樣：大家斯文啲，唔好一見禮物就～喇【大家斯文點兒，別一見禮物就瘋搶】。

嘟 dyt7 噘（嘴）；嘟（嘴）：～起個嘴【嘟着嘴】。

dz

揸 dza1 ❶ 抓；捏；拿；握：～住把刀【抓着一把刀】｜手上～住三百蚊【手頭上有三百塊錢】｜～住枝筆【拿着一支筆】｜～起拳頭【握着拳頭】。❷ 駕駛，開：～車【開車】｜～飛機【駕駛飛機】。

揸大旗 dza1 daai6 kei4 指揮；領頭。同「擔大旗」：呢件事我唔熟行，都係你～好啲【這事我不內行，還是你領頭好點兒】。

揸大葵扇 dza1 daai6 kwai4 sin3 拿着葵扇，指做媒人為男女雙方保媒撮合：佢哋結婚係我～㗎【他們結婚是我作媒人的】。

揸兜 dza1 dau1「兜」指乞丐行乞用的缽，「揸兜」即托缽行乞：指擬佢份糧養家，真係～都得嘞【指望他那份工資養家，真得端個碗要飯去了】。

揸正嚟做 dza1 dzeng3 lai4 dzou6 公正地按原則辦事：呢件事你要～呀，唔係嘅話你自己都會周身蟻【這事你得公正地處理，不然的話你自己都會惹一身麻煩】。

揸莊 dza¹ dzong¹ 做主；擁有決定權；當東道主：呢間公司由佢～【這家公司由他做主】。

揸主意 dza¹ dzy² ji³ 拿主意：呢件事你自己～啦【這事你自己拿主意吧】。

揸弗 dza¹ fit⁷ 說了算；主事；掌握權力：呢度邊個～【這兒誰說了算】？

揸弗人 dza¹ fit⁷ jan⁴ 主事人；能做決策的人：佢至係電視台嘅～【他才是電視台的最高決策人】。

揸頸就命 dza¹ geng² dzau⁶ meng⁶「揸頸」即忍氣吞聲，「就命」即順從命運：我而家寄人籬下，惟有～【我現在寄人籬下，只能忍氣吞聲，順從眼前的境遇】。

揸腰 dza¹ jiu¹ 腰身很窄的一款衣服：件恤衫係～嘅，好貼身㗎【這件襯衫腰身很窄，穿着很貼身】。

揸拿 dza¹ na⁴ 把握；成功的可靠性：呢件事睇嚟冇乜～【這件事看來沒有成功把握】。

揸手 dza¹ sau² 捏着；在握；掌管：有二百萬～，佢想離婚咪離囉【有二百萬在手，他想離婚就離唄】。

揸數 dza¹ sou³ 原為黑社會用語，指掌管賬目的人。引指掌握財政權；管理財政：你要畀個信得過嘅人～至得【你要找個信得過的人掌管財政才行】。｜我屋企係老婆～【我家裏是老婆掌控財權】。

揸水煲 dza¹ soey² bou¹ 拎開水壺。指從事酒樓、餐廳的服務員工作：去～都搵到兩餐㗎【去端茶倒水也可以掙到口飯吃】。

揸軚 dza¹ taai⁵ ❶ 掌舵；掌握方向：呢條船邊個～【這艘船誰掌舵呀】？❷ 指揮；拿主意：大件事由佢～【大事情由他拿主意】。

渣 dza¹ 渣滓；殘渣：食完蔗成地都係蔗～【吃完甘蔗後，殘渣滿地都是】。

渣都冇 dza¹ dou¹ mou⁵ 一點兒也不剩；完全毀掉：碟魚畀隻貓偷食咗～啦【那盤魚給貓偷吃了，肯定一點不剩了】。｜你借部車畀佢揸，容乜易～【你把車借給他開，很可能全玩完】。

咋喳 dza¹ dza⁴ 一種甜食的名稱，內有各種豆子。

鮓 dza² 質量差；水平低：呢隻牌子嘅車好～嘅【這個牌子的汽車質量不咋的】。｜佢讀書好～【他學習很差勁兒】。

鮓斗 dza² dau² 差勁，也可省作「鮓」：乜你咁～㗎，番茄炒蛋咁簡單嘅餸都唔識整【你咋這麼差勁，西紅柿炒蛋這麼簡單的菜都不會做】？

咋 dza³ 語氣詞。表示限於，相當於「僅僅（只、才、就）……而已」：得三個人～【才三個人】｜識咗佢兩個禮拜～【才認識他兩個星期】。

詐 dza³ 裝；假裝：～病【裝病】｜～懵【裝糊塗】。

詐彈 dza³ daan²* 虛報的炸彈（事件）。這是模仿「炸彈」的語音造成的諧音詞。

詐諦 dza³ dai³ 裝蒜；裝作；假裝：快啲起身，唔好～【快起來，別裝蒜】。｜佢～聽唔到【他假裝聽不見】。

詐癲扮傻 dza³ din¹ baan⁶ so⁴ 裝瘋賣傻：你出去，唔好喺度～【你出去，別在這兒裝瘋賣傻】。

詐嗲 dza³ de² 撒嬌（通常用以指女孩子）：我至中意個女～嗰陣時個樣【我最喜歡女兒撒嬌時的樣子】。

詐詐諦諦 dza3 dza3 dai3 dai3 裝蒜；裝模作樣：貓哭老鼠，～【貓哭老鼠，裝模作樣】。

詐假意 dza3 ga1* ji1* ❶ 假裝：～唔中意【假裝不喜歡】。❷ 鬧着玩：佢～嚇你㗎咋【他只是鬧着玩嚇唬一下你】。

詐嬌 dza3 giu1 撒嬌。同「詐嗲」。

詐型 dza3 jing4 ❶ 指對事情表露不滿或因此而發牢騷：你今日再交唔出，因住老闆～呀【你今天再交不出，小心老闆給你臉色看】。❷ 擺架子：佢～唔肯嚟喎，話主席冇親自請佢【她擺架子不肯來，說主席沒有親自邀請她】。❸ 假裝；裝：唔使～喇，你根本冇受傷【別裝了，你根本沒受傷】。

詐傻扮懵 dza3 so4 baan6 mung2 裝瘋賣傻。同「詐癲扮傻」。

詐傻納福 dza3 so4 naap9 fuk7 裝傻而得到便宜：佢精過鬼，成日～【他精明狡猾，經常裝出憨厚愚蠢的樣子來謀取利益】。

炸版 dza3 baan2 電腦互聯網用語。又作「洗版」。即刷屏，指在互聯網的討論區中短時間發放大量重複或無意義的訊息充斥版面，目的是阻礙正常訊息呈現：佢哋嘅留言版畀人～，冇辦法運作【他們的留言版被刷屏，沒辦法運作】。

痄腮 dza3 soi1 腮腺炎：生～【得了腮腺炎】。

咋 dza4 語氣詞。表示疑問（多用於事物達不到預期想像時表示質疑），相當於「才（就、只）……嗎？」：得咁少～【就這麼少嗎】？｜十個人合格～【才十個人及格嗎】？

揸揸林 dza4 dza4 lam4 形容動作迅速。同「啦啦林」。

拃[1] dza6 阻攔；堵塞：班差佬～住，唔畀人通過【一班警察攔着，不讓人通過】。｜啲木箱～住路口，叫人點過呀【那些木箱堵住路口，叫人怎麼過去啊】。

拃[2] dza6 量詞。把：一～花生【一把花生】｜一～泥沙【一把泥沙】。

拃亂歌柄 dza6 lyn6 go1 beng3 又作「□(dzaam6) 亂歌柄」。打斷別人的話：人哋講緊嘢，你唔好喺度～【人家正在講話，你別打斷別人的說話】。

齋 dzaai1 ❶ 素（與「葷」相對）、素菜：年初一食～【大年初一吃素】。｜今日去食～好唔好【今天去吃素菜好不好】？❷ 形容食物或事情單一、單調：～啡【黑咖啡】｜～講【只用講的形式】｜淨係對白好～㗎喎，加啲唱歌啦【光是對白太單調了，加點歌唱吧】。

齋啡 dzaai1 fe1 既不加糖也不加牛奶的黑咖啡。

齋講 dzaai1 gong2 清談；空口說白話：～唔做有乜用啫【光說不做有啥用】？

齋姑 dzaai1 gu1 女居士（帶髮修行的女性）。

齋滷味 dzaai1 lou5 mei2* 素什錦；用蔬菜、瓜果等原料製成的多種花樣的食品：佢中意食～【她喜歡吃素什錦】。

齋 talk dzaai1 tok7 清談。同「齋講」。

齋堂 dzaai1 tong2* 道觀；庵寺。

齋坐 dzaai1 tso5 在茶樓飯館、茶餐廳等餐飲場所只叫一杯飲品，甚至不作消費而乾坐。亦引申作「只坐着而不做其他事」。

齋菜 dzaai1 tsoi3 又作「齋」。指僧尼或佛教信徒所吃的素食。

債仔 dzaai3 dzai2 借債人：我有辦法逼啲～還錢【我有辦法催逼借債人還錢】。

債市 dzaai3 si5「債券市場」的簡稱。

窄 dzaak8 ❶ 狹窄：條路好～【這條路很狹窄】。❷（衣服）細；瘦：條褲～咗啲【那條褲子瘦了點】。

窄狹狹 dzaak8 gip9 gip9 空間很小；地方狹窄：樓梯～【樓梯狹窄】。｜間房～，多個人都唔轉得身【房間太小了，多一個人都轉不了身】。

責 dzaak8 ❶ 壓：呢個箱唔～得【這個箱子不能壓】。❷（資金）不能調動；被套住：佢唔係冇錢，不過～死晒【他不是沒錢，不過全都不能動用】。❸ 積壓：今個月～咗好多貨【這個月積壓了許多貨】。

責袋 dzaak8 doi2* 隨身帶着錢備用：我帶幾百蚊～就得嘞【我隨身帶幾百元備用就行了】。

責年 dzaak8 nin4 壓歲。過年時買生菜、芹菜等放在米缸上，又把肉類、果品、年糕等放在米缸中，過了年才食用，這些傳統習俗叫「責年」。「責」有「鎮住」之意：阿媽年年都買兩條鯪魚～【母親年年都買兩尾鯪魚放在米缸中過了年才吃】。

擇日 dzaak9 jat2* 指挑選吉利的日子（多用於結婚）；選定日子：我哋打算出年結婚，已經擇咗日喇【我們打算明年結婚，已經挑好了日子】。｜佢鬧人唔使～【他罵人成習慣了】。

擇日不如撞日 dzaak9 jat2* bat7 jy4 dzong6 jat2*【俗】選擇吉日倒不如隨便定個日子（或馬上做）更好：咁啱大家都喺度，一齊食飯吖，～啦【大家剛好都在，這就一起去吃飯吧，約好不如碰巧】。

擇使 dzaak9 sai2 棘手；麻煩；困難：呢單嘢幾～下【這件事挺麻煩的】。

擇食 dzaak9 sik9 挑吃；偏食。又作「揀飲擇食」：細佬哥唔好～【小孩子別挑吃】。

宅男 dzaak9 naam4 源於日語，義近「御宅族」。指熱衷於上網、整天躲在家裏不出門的一群人。這類人的特點是對外界缺乏興趣，社交能力低。（女性則稱「宅女」）

斬 dzaam2 ❶ 砍；切；剁：～樹【砍樹】｜白～雞【白切雞（切成塊的雞肉）】｜～開兩橛【剁成兩截】。❷ 引申指買（熟肉）：～半隻燒鵝【買半隻烤鵝】。

斬到一頸血 dzaam2 dou3 jat7 geng2 hyt8 喻指顧客被經營者大大敲了一筆竹槓。意近普通話的「痛宰」：唔識行情嘅話，容乜易畀人～【不懂行情的話，很容易被那些奸商痛宰一筆】。

斬件 dzaam2 gin2* 把煮熟、烤熟的雞、鴨、鵝等切成塊：你去將啲燒鵝～上枱【你去把那隻烤鵝切成塊兒，端上餐桌（給大家吃）】。

斬腳趾避沙蟲 dzaam2 goek8 dzi2 bei6 sa1 tsung2*【俗】為了躲避傳説中能使人得腳氣病的沙蟲，就把自己的腳趾砍掉，意近「因噎廢食」。

斬纜 dzaam2 laam6 原意為「砍斷纜繩」。❶ 喻指與情人一刀兩斷。❷ 喻投資失利時，採取果斷措施終止投資活動。

斬料 dzaam2 liu2* 意同「斬 ❷」，其中「料」指代各種熟肉，故後邊不再加賓語：過節好多人都會～加餸嘅【好多人過節時都會買各種熟肉加餐】。

斬頭 dzaam2 tau2* 殺頭；砍頭：走私毒品？

～㗎嚂【走私毒品？要判死刑（殺頭）的】。

斬倉 dzaam² tsong¹ 金融術語。指金融市場投資者，以小量現金購入或沽出大於本身按金的投資產品（如股票、貨幣、期貨合約），當價格波動，造成虧損，使按金低於規定之要求，而又不能在規定時間內補回，被迫結算，稱為「斬倉」。

斬獲 dzaam² wok⁹ 原意為殺敵的戰果，引申為在金錢上有收益，多用於投資、賭博：今次入賭場冇乜～【這次進賭場沒甚麼收穫】。

𥅈下眼 dzaam² ha⁵ ngaan⁵ 一眨眼；一瞬間：頭先仲喺度，～佢又唔知去咗邊【剛才還在這，可一眨眼他又不知去了哪兒】。｜～四年大學就讀完咗【一眨眼四年大學就讀完了】。

𥅈眉𥅈眼 dzaam² mei⁴ dzaam² ngaan⁵ 「𥅈」即「眨」，用眼色向對方作提示，意近「擠眉弄眼」：個個～，梗係有古怪【一個個擠眉弄眼，肯定有鬼】。

𥅈眼 dzaam² ngaan⁵ 眨眼。

□亂歌柄 dzaam⁶ lyn⁶ go¹ beng³ 打斷別人的話。同「拃（dza⁶）亂歌柄」。

賺 dzaan² ❶ 徒然，徒找；白白，白：咁做法～辛苦【這麼幹活法，徒找辛苦】。｜你做咁多嘢～搞嘅咋【你做那麼多事也是白忙活一場罷了】。❷ 只能落得或只能惹來（不理想的結果或下場）：自己唔爭氣，～畀人睇衰【自己不爭氣，只能招人家瞧不起】。

賺衰 dzaan² soey¹ 自找倒楣：飲咗酒仲想揸車？撞到阿 Sir 你～咋【喝了酒還想開車？遇到警察你就自找倒楣嘍】。

盞 dzaan² 量詞。用於燕窩：一～燕窩【一個燕窩】。

盞（𨭆） dzaan² ❶ 好：你今日買呢幾件衫，幾～喎【你今天買的這幾件衣服挺好的】！❷ 寫意；愜意；有意思：咁熱去海灘游下水都幾～【這麼熱的天去海灘游游泳挺愜意的】。｜而家用電腦都可以睇電影，又幾～嚂【現在用電腦也可以看電影，真有意思】。

盞（𨭆）鬼 dzaan² gwai² ❶ 好；美好：份工咁高薪，有冇咁～呀【這份工作薪水那麼高，哪有這麼好的事】？❷ 有意思；有趣；逗笑：個麵包成隻龜仔噉，真係～【這個麵包像隻小龜，真有趣】。｜佢講嘢幾～喎【他說話挺逗笑的】。

讚 dzaan³ 稱讚；讚揚；誇獎：我第一次畀人～【我第一次給別人誇獎】。｜個個都～佢係孝順仔【人人都稱讚他是個孝順兒子】。

濽 dzaan³ ❶ 淬火：刀唔～過唔利【刀沒經淬火就不鋒利】。❷ 給熱的東西加入冷的刺激：等菜炒到有八成熟嘅時候再～啲酒【等菜炒到八成熟時加點酒】。

賺 dzaan⁶ 掙（錢）：～錢養家【掙錢維持生計】。

賺頭蝕尾 dzaan⁶ tau⁴ sit⁹ mei⁵ 經營手法之一。開始賣貨賺錢，賺的超過成本之後，剩下的貨物就降價出售，以加快資金流動。意近「進三步，退一步」。

賺錢買花戴 dzaan⁶ tsin²* maai⁵ fa¹ daai³ 【俗】掙錢用來買花打扮自己。喻指工作所掙的錢只用作打扮零花，無須負擔家庭生活開支：佢老公賺咁多，佢做呢份工都係～啫【他老公賺那麼多，她幹這工作不過是掙些零花而已】。

爭 dzaang¹ ❶ 欠；差；缺；短：佢仲～我一百蚊【他還欠我一百塊錢】。｜我呢度仲～一個秘書，你做唔做得呀【我這兒還缺一個秘書，你能不能勝任】？｜～兩個字十二點【差十分鐘十二點整】。｜買三斤提子，居然～半斤咁多【買三斤葡萄，居然短了我半斤】。❷ 偏袒；袒護；向着：你次次都係～住佢嘅【你每次都是袒護他的】。

爭在 dzaang¹ dzoi⁶ 就看；取決於；差別在於：飛都買咗咯，～你去唔去【票都買好了，就看你去不去】。｜兩部機功能差唔多，～個牌子【兩部機功能差不多，差別在於牌子】。

爭唔落 dzaang¹ m⁴ lok⁹ 不值得袒護、支持：佢今次完全唔講道理，真係～【這次她完全不講道理，真不值得袒護】。

爭天共地 dzaang¹ tin¹ gung⁶ dei⁶ 天差地遠；相差十萬八千里：你同佢比真係～【你跟她比真是相差十萬八千里】。

踭 dzaang¹（手）肘；（腳）跟，踵：手～【肘部】｜高～鞋【高跟鞋】。

掙 dzaang⁶ 撐；擠；塞：～壞個肚【撐壞肚子】｜～唔落【塞不下】。

嗻 dzaap⁹ 象聲詞。形容嚼或咂東西的聲音：食到～～聲【吃得咂咂有聲】。

雜 dzaap⁹ ❶ 下水；雜碎：牛～【牛下水】｜豬～【豬下水】。❷ 葷食；葷的（與「素」相對）：呢餐三～一齋【這頓飯三葷一素】。｜佢唔中意食～【他不喜歡吃葷】。❸（粵劇中的）丑角。

雜差 dzaap⁹ tsaai¹ ❶ 打雜的；跑腿的。❷ 便衣警察。

雜種仔 dzaap⁹ dzung² dzai²【貶】混血兒。又指因通姦而生之子，常用作罵詈語，意近「狗雜種」。

雜貨舖 dzaap⁹ fo³ pou²* 賣副食品、日常用品的小店，雜貨店。

雜架攤 dzaap⁹ ga³ taan¹ ❶ 賣雜物、玩具等的地攤兒：我去～買嘢【我到雜貨攤兒買東西】。❷ 比喻雜亂無章的地方：睇你吖，間辦公室搞到成個～噉【瞧你！辦公室弄得跟雜貨攤兒似的】。

雜嘜 dzaap⁹ mak⁷ 非大品牌；不知名的品牌：你貪平買埋啲～電器，唔怪得咁快壞啦【你貪便宜買這些不知名牌子的電器，怪不得那麼快就壞了】。

閘 dzaap⁹ ❶ 柵欄；門：鐵～【鐵柵欄】。❷ 剪票口；驗票口：出～【出剪票口】｜入～【入驗票口】。

閘住 dzaap⁹ dzy⁶ 打住；住嘴，停口。又說「閘住把口」：同我～，乜你把口咁衰【你給我住嘴，怎麼你那嘴巴這麼損】！

劄 dzaap⁹ 登記；記：～數【記賬】｜～低佢個名【把他的名字登記下來】。

襲警 dzaap⁹ ging² 襲擊警務人員（刑事罪名之一）：警察拉你你反抗？分分鐘告你～【你反抗警察逮捕，隨時被控告襲擊警務人員】。

鈒骨 dzaap⁹ gwat⁷（衣服、衣料）鎖邊：做衫之前，啲布料要攞去～先【做衣服，要先拿衣料去鎖邊】。

扎 dzaat⁸ ❶ 驚醒：～醒【驚醒】。❷（小孩熟睡時突然的）驚跳。❸ 因受驚或憤怒而跳起：佢聽到對方毀約，成個～起【他聽說對方撕毀合同，氣得跳了起來】。❹ 指一個人經濟地位、社會地位或職位大大提升；冒升：呢幾年佢～得好快【這幾年他冒升得挺快】。

扎扎跳 dzaat⁸ dzaat⁸ tiu³ ❶ 活蹦亂跳：今朝仲～，下晝就病咗【今早還活蹦亂跳的，下午就病了】。❷（氣得）渾身發抖：激到老細～【氣得老闆渾身發抖】。

扎職 dzaat8 dzik7 升職：睇相佬話你今年會～【相面的説你今年會升職】。

扎醒 dzaat8 seng2 突然醒來；驚醒：琴晚瞓得唔好，～幾次【昨天睡得不安穩，驚醒幾次】。

扎（紮）蹄 dzaat8 tai2* 以豬腿為原料的熟肉製品：麻香～【麻香豬蹄】｜滷水～【醬豬蹄】。

紮 dzaat8 ❶ 量詞。束：一～花【一束花】。❷ 捆，綁；包紮：～實佢【把它捆結實】。｜你流血呀，搵條毛巾～住先啦【你流血呢，先拿毛巾包紮一下】。❸「結紮（做絕育手術）」的簡稱。

紮仔 dzaat8 dzai2 纏腳的女子，也稱「阿紮」。

紮仔粉 dzaat8 dzai2 fan2 一種紮成小捆的較細的乾粉條。

紮腳 dzaat8 goek8 纏腳：以前～紮得越細係越靚嘅【以前（認為）纏腳纏得越小越漂亮】。

紮腳婆 dzaat8 goek8 po2* 纏腳的婦女；小腳女人：我嫲嫲係～【我奶奶是纏腳的】。

紮馬 dzaat8 ma5 ❶ 站好馬步；紮馬步。「馬」指馬步，即雙腿叉開微曲而立穩。❷ 引指大便。因舊式蹲廁必須使用類似蹲馬步的蹲踞形式解手，故稱。

紮炮 dzaat8 paau3 勒緊褲帶，引申指挨餓：晏晝我冇時間食飯，惟有～啦【下午我沒有時間吃飯，只好挨餓】。

抓 dzaau2（用鐵絲）捆紮：個窗鬆咗，搵條鐵線～實佢至得【窗子快鬆脱了，得拿根鐵絲紮一紮才行】。

抓毛 dzaau2 mou4 一種合成紡織物料，質輕、保溫性好，多用於做外套。

找贖 dzaau2 dzuk9（零錢）找換：本車不設～【本車不設零錢找換】。

找晦氣 dzaau2 fui3 hei3 報復或對付（某人）：你唔還錢，唔怕佢哋找你晦氣【你不還錢，不怕他們找你麻煩】？

找數 dzaau2 sou3 付款；結賬：今日呢餐我～【今天這頓飯，我來付錢】。

找換 dzaau2 wun6 兑換：～外幣【兑換外幣】。

罩（煠） dzaau3 過油；用油稍炸即撈出：～花生【油炸花生】。

棹 dzaau6 划（船）；划動（槳）：～艇【划船】｜出力～【使勁划】。

棹忌 dzaau6 gei6 ❶ 忌；忌諱：胃痛至～食生冷嘢【胃疼最忌吃生冷的東西】。｜佢至～人哋提起坐過監嗰件事【他最忌諱人家提起他曾經坐牢那件事】。❷ 倒霉；糟糕；麻煩：真係～，漏低條鎖匙喺屋企添【真糟糕，鑰匙忘在家裏了】！｜你去做兼職？畀老闆知道就～囉【你去做兼職工作？要讓老闆知道就麻煩了】。

擠 dzai1 放：書包唔好～落地【書包別放地上】。

擠逼 dzai1 bik7 同「擠擁」。

擠擁 dzai1 jung2 擁擠：今日係假期，車站好～【今天是假期，車站裏很擁擠】。

擠塞 dzai1 sak7 堵塞；因人或車太多，引致道路不暢順：呢區交通～嘅問題好嚴重【這個區的交通堵塞問題很嚴重】。

仔 dzai2 ❶ 兒子：佢生咗個～【她生了個兒子】。❷ 男孩。與「女（女孩）」相對：啤啤～【男嬰】。❸【俗】專用於指男友（量詞為「條」）：佢係你條～呀【他是你男朋友嗎】？❹ 用於名詞之後，表示細小或愛稱：雞～【小雞】｜公～【洋娃娃】｜明～【小明（對人的昵稱）】。❺ 作詞綴，指有某種特徵、身份、嗜好或來自某地的人：四眼～【戴眼鏡的人】｜打工～【受僱做工的人】｜馬～【跟班；走狗，手下】｜賭～【賭徒】｜上海～【來自上海的人】。

仔大仔世界 dzai² daai⁶ dzai² sai³ gaai³【俗】兒子大了自有他的打算，自有他的前程，意近「兒大不由娘」：～，你咪由佢囉【兒大不由娘，你由着他不就行啦】。

仔爺 dzai² je⁴ 父子；父親和子女：兩～【父子倆】｜佢哋三～去睇戲【他們（父親和子女）三個人去看戲】。

仔乸 dzai² na² 母子；母親和子女：兩～【母子倆】。

仔乸生意 dzai² na² saang¹ ji³ 一家人開的小店，前面是店舖，後面是住家：我哋啲～，賺唔到乜嘢大錢【我們一家人開的小店舖，賺不了多少錢】。

仔女 dzai² noey²* 子女；孩子：佢啲～都去咗外國【他的子女都到外國去了】。

仔細老婆嫩 dzai² sai³ lou⁵ po⁴ nyn⁶【俗】指家中有年輕的妻子和年幼的孩子：我～，咁大風險嘅事，我唔會做嘅【我家裏老婆年輕兒子小，這麼大風險的事，我不會做的】。

制 dzai³ ❶ 願意；幹：咁着數嘅事佢都唔～【這麼有利可圖的事他都不幹】？❷ 限制：～水【限制供水】。

制得過 dzai³ dak⁷ gwo³ 划得來；划算：份工人工咁高，～呀【這份工作工資這麼高，划得來】。

制治 dzai³ dzi⁶ 管治；管束；制服；折磨：佢成日諗住要點樣～個心抱【她整天想着怎麼管住兒媳婦】。

制服團體 dzai³ fuk⁹ tyn⁴ tai² 按規定穿着統一制服、組織嚴謹、講究紀律並須進行步操訓練的青少年志願團體。

【小知識】香港主要的制服團體有童軍、少年警訊、交通安全隊、民安隊少年團、聖約翰救傷隊少年團、航空青年團等。不少制服團體歷史悠久，建立初期都是由英國的相關團體領導。制服團體往往與中小學合作，以學校作為編制單位，進行活動。

制水 dzai³ soey² ❶ 指食水管制，或暫停食水供應：香港有過幾次～【香港有過幾次食水管制】｜今晚呢座大廈十二點以後～【這座大廈今晚十二點以後停止供水】。❷ 引指限制或終止經濟上的資助、供應：人手又唔夠，上頭又～，個項目好難做得落去【人手又不夠，上面又說沒有經費，這個項目很難做得下去】。

掣 dzai³ ❶ 開關；電鈕：電～【電源開關】｜撳～【摁電鈕】。❷ 制動裝置；閘：手～【手剎車】。

祭帳 dzai³ dzoeng³ 送給辦喪事人家的幛子；弔唁幛子，通常用綢緞、毛毯製作，上面貼哀悼文字：阿爺過身嗰陣時，屋企收咗好多～【爺爺去世時，家裏收到很多弔唁幛子】。

祭旗 dzai³ kei⁴ 行動前拿某人開刀，以壯士氣：上頭想殺雞嚇猴，搵你嚟～【上級想殺雞嚇猴，先拿你開刀】。

祭五臟廟 dzai³ ng⁵ dzong⁶ miu²*【諧】吃飯，填飽肚子：好肚餓，～先【肚子餓了，先吃飯】。

滯 dzai⁶ ❶ 消化不良；難以消化：個胃有啲～【胃有點消化不良】｜肥豬肉好～

【肥豬肉很難消化的】。❷ 膩；膩味：餐餐呢啲餸，我都食到～【頓頓都是這些菜，我都吃膩了】。❸ 遲鈍；阻滯：～手～腳【手腳遲鈍】｜運～【運氣不好】。

滯氣 dzai6 hei3 胃口不佳；不開胃；消化不良：我呢幾日有啲～，唔想食咁多肉【我這幾天胃口不好，不怎麼想吃肉】。

滯市 dzai6 si5 滯銷；市場不景氣：呢排啲貨好～【最近貨品滯銷】。

側邊 dzak7 bin1 旁邊：坐係媽咪～【坐在媽媽旁邊】。

側便 dzak7 bin6 同「側邊」。

側膊 dzak7 bok8 斜肩，兩個肩膀一高一低（搬運工常見的職業病）。

側側膊 dzak7 dzak7 bok8 推卸責任：你想～走人呀【你想推卸責任溜走】？

側跟 dzak7 gan1 附近；旁邊：我屋企就喺巴士總站～【我家就在汽車總站旁邊】。

側頭側腦 dzak7 tau4 dzak7 nou5 天生的歪脖子：佢自細就～，怕畀人笑好少出街【他天生歪脖子，怕被人嘲笑很少出門】。

仄紙 dzak7 dzi2 舊時指支票。英語 cheque 的音、意合譯，亦稱「仄」。

斟 dzam1 ❶ 往容器裏倒：～茶【倒茶】｜～酒【倒酒】。❷ 商談；商量；商議：加薪嘅事，要同老細～過先得【加工資的事，要跟老闆商議了才行】。

斟波 dzam1 bo1 籃球運動術語。爭球；跳球。英語 jumb ball 的音譯詞。

斟盤 dzam1 pun2* 談判；商議（一般多用於指商業交易）：價格由兩家公司～之後再公布。

針 dzam1 叮咬；蜇：我好驚畀蚊～【我很害怕被蚊子叮咬】。

針唔刮到肉唔知痛 dzam1 m4 gat7 dou3 juk9 m4 dzi1 tung3【俗】不被針扎不知道有多疼，喻指旁人很難真正體會當事者的痛苦感受，意近「站着説話不腰疼」。

針黹 dzam1 dzi2 針線活兒；裁、剪、縫的工夫：佢啲～好好【她的針線活兒很好】。

針腳 dzam1 goek8 衣服上縫線的痕跡：佢手勢好，～好靚【她手藝高，衣服的縫線很漂亮】。

針口 dzam1 hau2 被針扎過之後，皮膚上留下的小孔、針眼兒：呢個道友身上好多～【這個吸毒者身上有很多針眼兒】。

針冇兩頭利 dzam1 mou5 loeng5 tau4 lei6【諺】針沒有兩頭都鋒利尖鋭的，喻指事物難有兩全其美者，總是有利有弊：去外國留學係好，不過～，要時時見到媽咪就好難喇【去外國留學好是好，不過有其利必有其弊，要常常見到媽媽就很難了】。

針眼 dzam1 ngaan5 針鼻兒；針眼兒（縫衣針上用以穿線的小孔兒）：阿嫲隻眼已經花晒，睇唔清～喇【奶奶已經老眼昏花，看不清針眼兒嘍】。

針筒 dzam1 tung2* 注射器：～要嚴格消毒【注射器必須嚴格消毒】。

砧板 dzam1 baan2 炊事用的案板。

枕 dzam2 趼；繭子：手～｜腳～｜起～【長老繭】。

枕住 dzam2 dzy6 ❶ 經常。同「枕長」。❷ 連續不斷地；一口氣：佢～飲咗三樽汽水【他一口氣喝了三瓶汽水】。

枕頭包 dzam² tau⁴ baau¹ 方形長條麵包。因外形略似枕頭，故稱。

枕頭袋 dzam² tau⁴ doi² 枕套；枕頭套。

枕頭狀 dzam² tau⁴ dzong²* 妻子在枕邊向丈夫告別人的狀，講別人的壞話：她成日告～【她經常在枕邊向丈夫講別人的壞話】。

枕長 dzam² tsoeng⁴ 經常；長期：佢～嚟幫襯【他經常來光顧】。｜我～都唔返屋企瞓【我長期不回家睡覺】。

枕 dzam³ ❶ 頭放在枕頭上面：～兩個枕頭【（睡覺）用兩個枕頭】。❷ 靠；依靠；依傍：你～住我個膊頭瞓一陣【你靠在我肩膀上睡一會兒】。

浸 [1] dzam³ ❶ 泡；浸淫（指長時間在一個行業工作、在一個地方生活或研究一門學問）：我喺呢行～咗廿幾年【我在這一行裏泡了二十多年】。｜佢喺外國～咗咁耐，英文實講得好好【他在外國泡了這麼長時間，英語一定説得很好】。❷ 淹沒；淹：新界有啲地方一落大雨就會畀水～【新界有些地方一下大雨就會被水淹】。❸ 一種烹調方法：把食物放在油鍋裏，用微火慢慢炸熟：油～蝦仁【油炸蝦仁】｜油～鮮魷【油炸鮮魷魚】。

浸 [2] dzam³ 量詞。層：一～皮【一層皮】｜一～油漆【一層油漆】。

浸酒 dzam³ dzau² ❶ 釀酒：我阿叔好識～【我叔叔擅長釀酒】。❷ 把藥材、果子、蛇等泡入酒中製成的有治療或滋補作用的藥酒：畀啲甘草、熟地～【拿甘草、熟地泡酒】。

浸過鹹水 dzam³ gwo³ haam⁴ soey² 喻指出過國，留過洋，見過世面：你唔好睇小佢呀，佢～㗎【你別小看他，他留過洋的】。

沉 dzam⁶ 淹；溺：～死【溺水而死】。

沉底 dzam⁶ dai² 沉入水底：條艇仔～咯【那條小船沉入水底了】。

沉豬籠 dzam⁶ dzy¹ lung⁴ 舊時鄉村的宗族勢力對違反族規者的一種私刑。其方法是把違禁者裝進運豬的竹籠中，沉入水裏活活淹死。這種私刑多用於處罰偷情者。

朕 dzam⁶ 量詞。❶ 股（多指氣味）：一～臭𡁻【一股臭味】。❷ 陣（指風）：一～涼風【一陣涼風】。

真 dzan¹ 真切；清楚：睇～啲【看清楚點兒】｜聽唔～【聽不清楚】。

真傢伙 dzan¹ ga¹ fo² 真東西；認真的；真格兒：我把寶刀係～嚟嘅【我這把寶刀貨真價實】。｜佢呢次中獎唔係食詐糊呀，係～嚟【他這次中獎可不是被忽悠的，是真格兒的】！

真金白銀 dzan¹ gam¹ baak⁹ ngan⁴ 強調是真正的錢（現金），不是別的代替品：我～同你買屋【我用現金向你買房屋】。

真空 dzan¹ hung¹ 指外衣之內空無衣物：佢淨係着件睡袍，入便係～嘅【她只穿了件睡袍，裏頭可是光溜溜的】。

真人騷 dzan¹ jan⁴ sou¹ ❶ 真人表演；現場表演。多見於一些帶有色情意味的表演中。❷ 把實況記錄當成演出節目：電視台將培訓班上課情況影低，製作成特備節目，大做～【電視台把培訓班上課情況拍攝下來，製作成特備節目，把導師學員當成演員】。

珍寶機 dzan¹ bou² gei¹ 巨型飛機，如波音 747。「珍寶」是英語 jumbo 的音譯。

珍珠都冇咁真 dzan1 dzy¹ dou¹ mou⁵

gam[3] dzan[1] 珍珠都沒那麼「真確」，「珍」諧音「真」。比喻千真萬確：呢個消息～【這消息千真萬確】。

珍肝 dzan[1] gon[1] 禽畜的肝臟，也泛指內臟，如雞肝、肫等：燒～｜冬瓜～湯。

震 dzan[3] 打顫；打哆嗦，發抖：嚇到手～腳～【嚇得手腳打顫】。｜凍到～【冷得打哆嗦】。

震揗揗 dzan[3] tan[4] tan[4] 發抖；冷顫；直打哆嗦。又作「揗揗震」：你睇佢揸住講稿隻手～噉，就知佢好緊張【你看他拿着講稿的手一直抖，就知道他很緊張】。｜凍到～【冷得直打哆嗦】。

憎 dzang[1] 恨；憎惡；討厭：我至～就係佢【我最恨的就是他】。｜我至～男人乸型嘞【我最討厭男人娘娘腔的】。

憎人富貴厭人貧 dzang[1] jan[4] fu[3] gwai[3] jim[3] jan[4] pan[4]【俗】嫉妒富貴的人，厭惡貧窮的人；對所有的人都看不順眼：佢～，淨係睇得起自己嘅啫【他對所有的人都看不順眼，只看得起自己】。

爭拗 dzang[1] ngaau[3] 爭執：唔好為呢啲小事～啦【不要為這些小事爭執了】。

睜眉突眼 dzang[1] mei[4] dat[9] ngaan[3] 瞪大眼睛，表示很氣憤。意近「橫眉怒目」：佢～個樣，真係嚇死人【他橫眉怒目的樣子真嚇死人】。

贈慶 dzang[6] hing[3] ❶ 湊熱鬧；添熱鬧：我嚟同大家～【我來給大家湊湊熱鬧】。❷ 做出跟場合氣氛不相稱或相反的舉動，讓當事人尷尬、難堪。完整的說法是「攞景定贈慶」（參見該條）：人哋辦喜事你咪講埋啲傷心嘢啦，～咩【人家辦喜事你就別說這些傷心事了，你想讓人家難堪嗎】？

汁 dzap[7] ❶（菜餚中的）濃汁；湯汁：酸甜～｜撈～食飯【用菜裏的湯汁拌飯吃】。❷（壓榨出來的）汁液：橙～｜蔗～。

汁都撈埋 dzap[7] dou[1] lou[1] maai[4] 把菜裏的湯汁都拌飯吃了，喻指對所有好處或利益一點都不放過；佢份人，有乜嘢着數就連～，唔會益人嘅【他那種人，有甚麼好處就自己全獨吞了，不會讓別人沾光的】。

執 dzap[7] ❶ 撿；拾：～到個銀包【撿到一個錢包】。｜將跌低啲嘢～番起身【把掉下的東西撿起來】。❷ 收拾；拾掇：～齊行李【收拾好行李】｜～下張床【收拾一下床鋪】。❸ 拿；握：～筆忘字【拿起筆卻忘了字怎麼寫】。❹ 抓（藥）：去藥房～藥。❺ 得到；獲得：～福【得福】｜～到個女【得到（指生育）一個女兒】。❻「執笠」的簡稱，指倒閉：間公司～咗好耐啦【那家公司已經倒閉了很久了】。❼ 量詞。撮；把：一～毛【一撮毛】｜一～米【一把米】。

執包袱 dzap[7] baau[1] fuk[8] 打包袱，比喻離開。引申為 ❶ 離開原住地：佢唔鍾意同我住咯，我咪～走囉【他不喜歡跟我住，我乾脆收拾鋪蓋卷兒離開】。❷ 離職或被辭退；佢今次出咁大嘅錯，想唔～都幾難【他這次出了這麼大的差錯，想不被辭退就難了】。

執達吏 dzap[7] daat[9] lei[6] 又稱「執達員」或「執達主任」。負責傳達、實施法官判決的司法官吏、職員。其職責包括強制收回物業、執行拘捕令等。

執豆咁執 dzap[7] dau[2]* gam[3] dzap[7] 好像撿豆子般的容易，比喻做某事輕而易舉：我哋校隊喺音樂節攞獎直情係～【我們的校隊在音樂節拿獎簡直就是輕而易舉】。

執到寶 dzap^{7} dou^{2} bou^{2} 撿到或得到好東西：地上～，問天問地攞唔到【地上撿到好東西，問天問地要不到】。｜有噉嘅廿四孝男朋友，佢真係～囉【有這麼體貼入微的男朋友，她可真是撿到寶貝了】。

執到都喊三聲 dzap^{7} dou^{2} dou^{1} haam^{3} saam^{1} seng^{1}【諧】雖然好像撿了便宜，但卻有很多缺陷（因此不免要哭上幾回），意近「便宜沒好貨」：佢個老婆又唔識煮飯又唔識湊仔，真係～【他那個老婆不會做飯又不會帶孩子，好不到哪裏去】。

執到正 dzap^{7} dou^{3} dzeng^{3} 打扮得很漂亮：今晚有人請飲，佢仲唔～【今晚有人請吃飯，他還不把自己打扮得整潔漂亮】？

執仔 dzap^{7} dzai^{2} 接生：～婆【接生婆】。

執正 dzap^{7} dzeng^{3} 秉公辦理；按原則辦事：有輿論監督喺度，任何官員做嘢唔～都唔得【有輿論監督在，任何官員做事想不秉公辦理都不行】。

執字粒 dzap^{7} dzi^{6} nap^{7} 撿鉛字排版；排字：以前報紙排版係要～嘅【以前報紙要撿鉛字排版】。

執番身彩 dzap^{7} faan^{1} san^{1} tsoi^{2} 事情失敗之餘，撿回來一點幸運：佢咁多個項目都輸晒，呢項攞咗第四，都算係～啦【他那麼多項目全輸了，這一項拿了個第四名，也算是個小小的補償吧】。

執番條命 dzap^{7} faan^{1} tiu^{4} meng^{6} 撿回來一條命；僥幸逃生：今次火燭，佢跳樓～【這次火災，他跳樓逃生才撿回一條命】。

執福 dzap^{7} fuk^{7} 走好運；運氣好：你噉都中到獎，～啦【你這樣都能中獎，運氣好呀】！

執金 dzap^{7} gam^{1} 土葬的屍體，葬後若干年須開棺取骨，洗淨後裝入瓦罐，然後再重新安放。這種斂骨的傳統稱為「執金」，裝骨殖的瓦罐稱為「金塔」。

執人口水尾 dzap^{7} jan^{4} hau^{2} soey^{2} mei^{1*} 人云亦云；拾人牙慧：佢篇論文都冇自己嘅觀點，淨係～【他那篇論文沒有自己的觀點，光是拾人牙慧】。

執二攤 dzap^{7} ji^{6} taan^{1} ❶ 接手別人未完的工作，也引指與失過戀的女孩談戀愛或與離過婚的女性結婚：有冇搞錯呀？你同佢掟咗煲，叫我～【有沒有搞錯？你跟她散夥了，叫我來撿「二手貨」】？❷ 用人家用過的東西，撿人家的剩貨用：呢個電腦人哋用咗一年幾先畀我，我係～嘅啫【這個電腦人家用了一年多才給我用的，我是撿剩貨而已】。

執業 dzap^{7} jip^{9} 從事某種職業（從業員須持有專業執照）：～律師【從業律師】｜～牙醫【從業牙醫】。

執藥 dzap^{7} joek^{9} 抓藥，通常指抓中藥。又作「執茶」。

執笠 dzap^{7} lap^{7} 倒閉：等佢啲錢匯過來，我間廠早就～啦【等他的錢匯過來，我的工廠早就倒閉了】。

執漏 dzap^{7} lau^{6} 修理漏水的瓦壟：阿爸喺屋頂～【爸爸上屋頂修理漏水的瓦壟】。

執媽 dzap^{7} ma^{1} 舊時的接生婆，助產士，又稱「執仔婆」。

執拗 dzap^{7} ngaau^{3} 固執；堅持己見：佢好～，好難同佢溝通【他很固執，很難跟他溝通】。

執平嘢 dzap^{7} peng^{4} je^{5} 買便宜貨：大公司減價，去～【公司大減價，買便宜貨去】。

執生 dzap7 saang1 ❶（演員）説錯台詞後隨機應變地加以掩蓋、補救：嗰次講錯嘢，好彩得佢幫我～【那次說錯話，幸虧有他幫我遮掩過去】。❷ 彌補、遮蓋（過失）：邊個洩露出去就邊個～【誰洩露出去的，誰去補救】。❸ 見機行事，隨機應變：如果有事，各人自己～喇【如果出了事，各人自己見機行事】。

執拾 dzap7 sap9 收拾。同「執 ❷」。

執手尾 dzap7 sau2 mei5 善後；做收尾工作；收拾殘局。意近「擦屁股」：班衰仔，次次開大食會都要人幫佢哋～【這幫小子，每回聚餐都要別人替他們收拾殘局】。｜係佢搞出咁多麻煩，有乜理由要我～呀【是他惹出那麼多麻煩事，幹嘛要我來替他擦屁股】？

執死雞 dzap7 sei2 gai1 ❶ 撿到個意外的或得來不難的便宜：三號隊員趁對方龍門接球甩手～射入一球【三號隊員趁對方守門員接球脫手撿便宜射入一球】。❷ 買到退票：場波嘅飛一早賣晒，我係～先至入得到場咋【那場球的門票早就賣完了，我是買到退票才能進場的】。

執屍 dzap7 si1 收屍：份工咁危險唔好做啦，我唔想同你～呀【這種工作那麼危險不要做了，我不想給你收屍】。

執輸 dzap7 sy1 落後於人；被他人佔上風；吃虧：咁好嘅嘢，我哋唔好～，都去買番件【這麼好的東西，咱們別落人後頭，也去買它一件】。

執輸行頭，慘過敗家 dzap7 sy1 haang4 tau4 tsaam2 gwo3 baai6 ga1【俗】指做事要是落後於人、佔了下風，損失就比敗了家產還甚。告誡人們要事事爭先。

執頭執尾 dzap7 tau4 dzap7 mei5 收拾、整理零碎東西；處理雜務：舖頭呢排生意做唔切，想請多個人幫手～【店子最近生意忙不過來，想多請個人幫忙做些零活兒】。

執條襪帶，累副身家 dzap7 tiu4 mat9 daai3 loey6 fu3 san1 ga1【俗】撿到一條襪帶，卻賠上了全部身家，比喻因小失大。民間傳說，有人撿到一條襪帶，就想必須有襪子來配搭，買了襪子，又想有鞋，有了新鞋又要有新衣服，有了新衣服，又要新汽車……結果把積蓄全部花光了還不夠。

執茶 dzap7 tsa4 抓藥。同「執藥」。

執籌 dzap7 tsau2* 抽簽；抓鬮兒：邊個有份一於～決定啦【抓鬮兒決定誰有份吧】！

執位 dzap7 wai2* 擲骰子決定打麻將的座位。引申為用某種形式決定各人的位置；變動各人位置：公司高層最近大～【公司高層最近人事大變動】。

枳 dzat7 ❶ 塞子：樽～【瓶塞】。❷ 隨便亂放：唔好四圍～【不要到處亂放】。❸ 塞；塞進；填：～住佢把口【堵住他的嘴巴】｜～入櫃桶【塞進抽屜裏】｜求其～飽個肚就算【隨便把肚子填飽就算了】。❹ 大量拋售令股價下跌的行為：個價畀人～到好低【有人大量拋售，股價跌得很低】。

質 dzat7 打；揍：～佢兩錘【揍他兩拳】。

質地 dzat7 dei2* 質量；性質；品質；產品的優劣程度：呢隻布～幾好，又靚，又禁着【這布質量很好，又好看，又耐穿】。

質素 dzat7 sou3 ❶ 素質；質量：即事物本來的性質或人的品質、素養：我哋啲畢業生～好高㗎【我們的畢業生素質很高】。❷ 水平；水準：提升市民生活～【提高市民生活水平】。

侄 dzat9 侄子；侄兒。又音 dzat2*。

窒 dzat9 ❶ 害怕；恐慌：你唔使～佢，道理喺我哋度【你用不着怕他，道理在我們這邊】。❷ 突然停止：佢講到呢度，～咗下【他說到這兒，停頓了一下】。❸ 說些令人難堪的話；責備；損：寫錯個字啫，唔使咁～我啩【就寫了個錯字，用得着這麼損我嗎】？

窒口窒舌 dzat9 hau2 dzat9 sit9 結結巴巴；吞吞吐吐：佢有啲唔妥，講嘢～【他心中有鬼，講話吞吞吐吐】。

窒頭窒勢 dzat9 tau4 dzat9 sai3 故意打斷別人說話，或說些挑剔別人、使人難堪的話：佢存心同我作對，我講親嘢佢都～【他存心跟我作對，我一開口他老找我茬兒】。

周支無日 dzau1 dzi1 mou4 jat9 無日無夜；經常；不管甚麼時候。又作「周時無日」：佢～嚟嚟煩我哋，我哋真係頂唔順【他無日無夜地來騷擾我們，我們真是受不了】。

周街 dzau1 gaai1 滿大街；到處：～係人【滿大街都是人】｜～有得賣【到處都可買到】。

周年旺相 dzau1 nin4 wong6 soeng3 祝福語。全年興旺；整年好運：祝你哋～【祝你們全年興旺】。

周身八寶 dzau1 san1 baat8 bou2 有很多本領；很有辦法；很有計謀：你～，做乜嘢都得【你本領多多，做甚麼都行】。

周身刀——冇張利 dzau1 san1 dou1 mou5 dzoeng1 lei6【歇】身上有很多把刀，但沒有一把鋒利。比喻一個人懂得很多技能，但沒有一種是精湛的。

周身癮 dzau1 san1 jan5 形容人對甚麼都感興趣：佢～樣樣都學，所以冇時得閒【他興趣廣泛甚麼都學，所以沒有閒下來的時間】。

周身唔聚財 dzau1 san1 m4 dzoey6 tsoi4 全身不舒坦；感覺不舒服；心情不愉快：我呢排呢度痛、嗰度痛，～【我最近不是這兒痛就是那兒痛，渾身不舒坦】。

周身蟻 dzau1 san1 ngai5 比喻惹了很大麻煩。又作「一身蟻」：得罪咗呢條友，我諗你今次～喇【得罪了這傢伙，我想，你這次麻煩大了】。

周身屎 dzau1 san1 si2 ❶ 比喻人劣跡太多，臭名遠揚：個個都知佢～㗎喇【人人都知道他劣跡斑斑】。｜我做錯少少嘢，就畀人唱到～【我做錯了一點事，就被人家傳得臭名遠揚】。❷ 同「周身蟻」。

周時 dzau1 si4 時常；經常。又說「周不時」：我～喺呢間餐廳食晏【我經常到這家餐廳吃午餐】。

周時無日 dzau1 si4 mou4 jat9 同「周支無日」：佢～都着住件棉衲【他不管甚麼時候都穿着件棉襖】。

週日 dzau1 jat9 ❶ 星期一至五。與「週末」相對。❷ 星期日。

走[1] dzau2 ❶ 跑：睇邊個～得快【看誰跑得快】。❷ 逃；逃跑：疑犯～甩咗【嫌疑犯脫逃了】。

走[2] dzau2 ❶（食物裏）不添加：～青【不放蔥】｜杯咖啡～糖～奶【咖啡不要放糖和奶（又作「飛砂走奶」）】。❷ 逃賬；欠：～數【不付錢】｜我唔會～咗你份禮物嘅【我不會少你那份禮物的】。

走籃 dzau2 lam2* 籃球運動術語。上籃；

跑籃：佢～個動作好靚【他上籃的動作很漂亮】。

走白牌 dzau[2] baak[9] paai[2]* 用私人汽車作非法的營利性運營。香港私人汽車用的是白色號碼牌，故稱「白牌」：佢偷偷哋用老細架車～【他偷偷用老闆的車私下載客（賺錢）】。

走兵遇到賊 dzau[2] bing[1] jy[6] dou[3] tsaak[2]*【俗】逃掉一難又遇到另一難：我真係～，啱啱做完心臟手術，又發覺腦血管有問題【我真是逃掉一難又遇一劫，剛做完心臟手術，又發現腦血管有問題】。

走寶 dzau[2] bou[2] 失去好機會；失去可以得到的好處：咁平嘅嘢，唔買就～喇【這麼便宜的東西，不買就錯失良機嘍】。

走單 dzau[2] daan[1] 逃避支付賬單；逃賬。多指顧客吃完東西，拿了賬單不付款就溜走：你唔睇實，畀人～都唔知【你要是看得不緊，被人家逃了賬都不知道】。

走得快好世界 dzau[2] dak[7] faai[3] hou[2] sai[3] gaai[3]【俗】逃得快就可避開災難，意近「三十六計走為上計」：股市係噉跌，真係～喇【股市跌得那麼厲害，真得趕快「離場」】。

走地雞 dzau[2] dei[6] gai[1] 非圈養而是放養的雞。

走趯 dzau[2] dek[8] ❶ 活動；走動：我老咗嘞，好少出去～【我老了，很少出去活動】。❷ 奔波；奔走；跑腿：做保險呢行，係噉周街～㗎啦【幹保險（推銷員）這一行的，是得這樣滿街奔波的了】。

走電 dzau[2] din[6] 漏電；跑電：電線～，快啲叫人來整【電線漏電了，趕快請人來修理】。

走債 dzau[2] dzaai[3] 躲債；避債：佢去上海係～，你以為去旅遊呀【他到上海去是躲債，你以為去旅遊呀】？

走盞 dzau[2] dzaan[2] 回旋餘地：呢件事冇得～㗎啦【這件事沒有回旋餘地了】。

走走趯趯 dzau[2] dzau[2] dek[8] dek[8] 到處奔波；奔走；走來走去：做行街，係要成日～㗎喇【做推銷員就只能整天到處奔波勞碌的了】。

走精面 dzau[2] dzeng[1] min[2]*【貶】專往有利於自己的方面鑽；專為自己着想：佢個人最識～，唔係幾靠得住【這人做事只會為自己着想，不是太靠得住】。

走咗 dzau[2] dzo[2]【婉】死了；去世；夭折：我阿爺舊年～【我爺爺去年去世】。

走犯 dzau[2] faan[2]* 犯人越獄逃走：對於呢單～事件，警方仲調查緊原因【對於這宗越獄事件，警方還在調查原因】。

走法律罅 dzau[2] faat[8] loet[9] la[3] 鑽法律的空子：佢間舖頭開得成，係靠～【他的店舖能開張，是靠鑽法律的空子】。

走粉 dzau[2] fan[2] 走私毒品（白麵兒）：你幫人～，你未死過呀【你替人家走私毒品？你找死啊】！

走埠 dzau[2] fau[6]（演員、民間藝人等）跑碼頭；巡回演出；走穴：呢幾年佢靠～賺唔少錢【他這幾年靠巡迴演出賺了不少錢】。

走火 dzau[2] fo[2] 火災時逃離現場：呢位女租客～都顧住化妝，真係要靚唔要命【這位女租客火災時逃命還不忘化妝，真是要美不要命】。

走火警 dzau[2] fo[2] ging[2]「火警演習」的俗稱。

走火通道 dzau[2] fo[2] tung[1] dou[6] 建築物內專用於火災時疏散人的通道；安全門；

太平門：切勿阻塞～。

走街 dzau² gaai¹ 店舖負責買貨、接貨的人。又作「跑街」。

走夾唔唞 dzau² gaap⁸ m⁴ tau² 趕快離開；沒命地逃跑：佢哋一見到有差佬，個個都～【他們一看見有警察，馬上都逃光了】。

走雞 dzau² gai¹ 錯過、失去機會：咁抵買，千祈唔好～呀【這麼便宜，千萬別錯過機會啊】。

走警報 dzau² ging² bou³ 躲避敵機空襲（戰時用語）：日本仔打中國嗰陣，我哋成日都要～【抗戰時期，我們經常要進防空洞躲避敵機空襲】。

走鬼 dzau² gwai² ❶ 無營業執照的小攤販或非法勞工等，為躲避警察而逃跑：～呀，差佬嚟喇【快跑呀，警察來了】。❷ 引指無執照而從事擺賣等的小攤販經營活動：呢度就算做～都搵到兩餐嘅【這兒就是擺個小攤兒也能混飽肚子的】。

走光 dzau² gwong¹ ❶ 無意中使照相底片或感光紙感光：菲林一～就冇用啦【攝影膠片一曝光就沒用了】。❷ 引指身體敏感部位因衣着不嚴密裸露出來：你條裙咁短，因住～呀【你的裙子那麼短，小心露醜啊】。

走人 dzau² jan⁴ 走；開溜：一見我嚟，佢就即刻～【一看我來他馬上就走】。

走油 dzau² jau²* 過油（魚、肉在烹調前用油略炸一下）：啲排骨走下油先再炆就香啲【這些排骨先用油略炸一下再燜就比較香】。

走甩 dzau² lat⁷ ❶ 逃脱：差人嘅火力唔及班劫匪，卒之畀佢哋～咗【警察的火力不及那幫劫匪，終於被他們逃脱了】。❷（球類比賽中）盯漏了人：佢哋～咗二號仔，畀佢射入咗一球【他們盯漏了二號，被他射進一球】。

走甩雞 dzau² lat⁷ gai¹ ❶ 同「走甩」。❷ 錯過機會；錯失時機：尋日電腦平賣，～添【昨天電腦廉價出售，錯過機會了】。❸ 躲過了：呢次唔好又畀佢～【這回別再讓他躲過去】。

走漏眼 dzau² lau⁶ ngaan⁵ 因為不留心，精神不集中而看不到：原來你坐喺對面，我～睇唔到【原來你就坐在對面，我不留心看不到】。

走路（佬） dzau² lou²* ❶ 逃亡；逃避追尋者：攞到錢就即刻～【拿到錢就趕快逃】。｜你老闆走咗路，爭我哋筆數點呀【你們老闆跑了，欠我們的賬怎麼辦】？❷（女子）私奔；離開丈夫：一見佢冇晒錢，佢老婆就跟人～【一見他錢全沒了，他老婆就跟人私奔了】。

走馬樓 dzau² ma³ lau²* 樓房的一種內部建築格局。舊時的兩層樓房，在樓房內部、地下大廳上面，環繞一圈走廊，有欄杆，二樓走廊可俯視下面的大廳，稱「走馬樓」。

走味 dzau² mei⁶ ❶ 氣味消失；跑味兒：香水走晒味，唔用得咯【香水氣味消失了，不能用了】。❷ 指食物過了期失去原有味道：樽酒已經～，酸酸地，唔飲得嘞【這瓶酒已經串味兒了，酸酸的，不能喝了】。

走難 dzau² naan⁶ 逃難。

走片 dzau² pin²* 跑片子；傳送片子。舊時放電影時，一部片子先後緊接着在不同影院放映，因此影片的拷貝要在影院間傳送。

走勢 dzau² sai³ 發展的情勢；趨向：金價今個星期嘅～係穩定上揚【這個星期，

黃金價格的趨向是穩中有升】。

走水貨 dzau² soey² fo³ 倒賣未繳税的物品：～賺錢雖然容易，但都有風險【倒賣未繳税的物品雖然容易賺錢，但風險還是有的】。

走水客 dzau² soey² haak⁸ 運送或倒賣未繳税物品的人。又稱「水貨客」、「水客」：要杜絕～唔容易【要杜絕走私倒賣貨品的人不容易】。

走數 dzau² sou³ 逃避交款結賬；有意逃賬、賴賬：呢家醫院因病人～每年都會損失成百萬【這家醫院因為病人逃賬每年都會損失約百萬元】。

走投 dzau² tau⁴ 離開；離去：校長一坐埋嚟，個個都～【校長一坐下來，大家都離座走了】！

走堂 dzau² tong⁴ 逃課；翹課（即學生缺席某些應上的課）：大專生～嘅現象好普遍【大專學生逃課的現象十分普遍】。

走場 dzau² tsoeng⁴ 趕場（演員、模特兒等穿梭於幾個演出場地輪流表演）：對唔住，我要～，採訪等第二日先啦【對不起，我要趕場，採訪等以後再説吧】。

酒辦 dzau² baan²* 樣品酒：佢收集咗好多～【他收集了很多樣品酒】。

酒餅 dzau² beng²（發酵用的）酵母團子。

酒渣 dzau² dza¹ 糯米甜酒的酒糟：～煮雞蛋，好好食【糯米甜酒的酒糟煮雞蛋很好吃】。

酒糟鼻 dzau² dzou¹ bei⁶ 酒糟鼻子；紅鼻子（一種慢性皮膚病）。

酒家 dzau² ga¹ 同「酒樓」。常用作飯館名稱：海鮮～。

酒樓 dzau² lau⁴ 飯店；菜館。也作「茶樓」、「酒家」。供顧客喝茶、吃飯、宴飲的地方：她約我今晚喺歡樂～食飯【她約我今天晚上在歡樂飯店吃飯】。

酒廊 dzau² long⁴ 酒吧。

酒米 dzau² mai⁵ 粉刺；青春痘。

酒尾 dzau² mei⁵ 瓶中、罈中剩下的小量的酒：琴晚開咗支茅台，剩番啲～，我哋飲晒佢，點呀【昨兒晚上開了瓶茅台，剩下點瓶底兒，我們喝完它，怎麼樣】？

酒凹 dzau² nap⁷ 酒渦。

酒牌 dzau² paai⁴ 經營酒吧須領取的營業牌照。

酒水 dzau² soey² 酒和汽水等飲料：呢圍酒菜式唔錯，呢個價錢包埋～，都幾抵【這桌酒席菜式不錯，這個價錢還包括各種飲料費，挺划得來的】。

酒埕 dzau² tsing⁴ 酒罈子。

皺紙 dzau³ dzi² 一種做手工用的皺紋紙。

就 dzau⁶ 遷就：佢係細佬，你～下佢喇【他是弟弟，你遷就一下他吧】。

就住 dzau⁶ dzy⁶ ❶（為某種目的而）控制身體的活動：呢排成日腰痛，行路都要～～【最近老是腰痛，走路也要很小心】。❷ 遷就。同「就」。

就快 dzau⁶ faai³ 快要；即將：唔好催我，～得嘞【不要催我，快行了】。｜佢～生了【她快要生（孩子）了】。

……就假 dzau⁶ ga²；……才怪；是假的：唔嬲～【不生氣才怪】｜冇咗幾百萬，你話唔傷心～喇【損失了幾百萬，説不傷心是假的】。

就腳 dzau⁶ goek⁸ 交通便利；方便：由學校入市區唔係幾～【從學校進市區不太方便】。

就係 dzau⁶ hai⁶ 就是：呢位～經理【這

位就是經理】。

就嚟 dzau6 lai4 就要；即將；快要：佢六歲，～讀小學啦【他六歲，就要上小學了】。｜飛機～起飛【飛機即將起飛】。

就手 dzau6 sau2 順手；順利：放喺左便～啲【放在左邊順手點兒】。｜有老友拍檔，做嘢實～啲【有老朋友合作，做事肯定順利點兒】。

就話 dzau6 wa6 就可以；說得過去；近情合理：叫個工人送嚟～啫，老闆親自送嚟就太客氣啦【叫個工人送來就可以了，老闆親自送來就太客氣了】。

袖口鈕 dzau6 hau2 nau2 袖扣兒。

遮 dze1 傘：擔～【打傘】｜縮骨～【折疊傘】。

遮柄 dze1 beng3 傘桿兒：～斷咗，整番都冇用【傘桿兒斷了，修也沒用】。

遮骨 dze1 gwat7 雨傘的支架：～要實淨，把遮至禁用【雨傘骨架要牢固，雨傘才耐用】。

遮瞞 dze1 mun4 隱瞞：你～都冇用，大家都清楚晒【你隱瞞也沒用，大家都已經心中有數】。

遮頭 dze1 tau4 傘柄底端手拿之處，雨傘的一端。

啫 dze1 語氣詞。表示申辯或較委婉的反駁、批評：係人哋亂噏～，我冇噉講過呀【那是人家胡扯的，我沒這麼說過】。｜你噉做都唔係幾啱嘅～【你這麼做也不太對吧】。

啫喱 dze1 lei2* ❶ 果汁凍；果凍。英語 jelly 的音譯詞。❷ 凝膠體。英語 gel 的音譯詞。（參見「gel」條）

姐 dze1* 用在某人的名字之後，以稱呼輩份相同或年齡相近的婦女；引申為對一般婦女的稱呼：霞～｜Linda～。

姐 dze2 用以稱呼女傭人：三～｜彩～。

姐手姐腳 dze2 sau2 dze2 goek8「姐」代表女性，女性的傳統形象是嬌柔軟弱，難以從事繁重勞動。「姐手姐腳」，意即幹活不麻利，沒有力氣：睇你～噉，點搬得嘟塊石呀【瞧你那模樣兒，嬌柔軟弱的，怎麼搬得動那塊石頭呢】？

蔗 dze3 甘蔗。

借啲意 dze3 di1 ji2* 趁機：佢話要去覆個電話，～就走咗【他說要去回個電話，趁機就走了】。

借咗聾耳陳隻耳 dze3 dzo2 lung4 ji5 tsan2* dzek8 ji5【俗】借了聾子老陳的耳朵。比喻一個人聽不見或聽不進別人的話，意近「聾子似的」：我成日勸佢唔好賭錢，佢好似～噉【我整天勸他不要賭錢，他像聾子似的裝沒聽見】。

借殼 dze3 hok8 股票市場術語。指通過注資或收購手段掌握一家上市公司的控制權，借原公司的「外殼」，以相對簡易的手續達到將自己的業務上市的目的。

借借 dze3 dze3「借一借」的省略說法。同「借歪」。

借歪 dze3 me2 借光；請讓讓（請人讓路時的客套語）。又作「借借」：唔該～【麻煩您讓讓】。

借尿遁 dze3 niu6 doen6 藉口到廁所小便，偷偷溜走：他去親出便食嘢，都係一到埋單嘅時候就～【他每回去外面吃飯，都是一到結賬的時候就藉口到廁所小便偷偷溜走】。

借頭借路 dze3 tau4 dze3 lou6 找藉口；藉故：佢成日～過嚟溝女仔【他經常找藉口過來泡妞】。

姐姐仔 dze⁴* dze¹* dzai³ 用以稱呼女孩子。舊時多稱「大姐仔」：～，麻雀館呢啲地方唔啱你嚟㗎嚁【姑娘，麻將館這種地方不是你該來的】。

啫 dzek⁷ 語氣詞。表示反問或委婉的勸告：邊係我講嘅～【哪兒是我講的呀】？｜唔好去～【別去】。

啫屐 dzek⁷ kek⁹ 夾克。英語 jacket 的音譯詞。

隻 dzek⁸ 量詞。❶ 個；張：一～古仔【一個故事】｜一～碗【一個碗】｜一～光碟【一張光碟】。❷ 首；支：一～歌【一首歌】。❸ 頭：一～牛【一頭牛】。❹ 種：呢～牌子嘅電視機幾好【這種牌子的電視機挺好的】。❺【俗】個（指人）：畀呢～嘢激死【讓這（個）小子給氣死】！

隻眼開隻眼閉 dzek⁸ ngaan³ hoi¹ dzek⁸ ngaan³ bai³ 睜一隻眼閉一隻眼。

隻揪 dzek⁸ tsau¹ 黑社會用語。單挑；單打獨鬥：夠膽就出來～【夠膽量的話，就出來單挑】。

精 dzeng¹ ❶ 機靈；聰明：佢讀書幾～下【他讀書挺聰明的】。❷ 精明；會算計；會取巧（形容人精於為自己打算，含貶意）：～仔｜佢份人～過頭【他那個人過份精明】。

精仔 dzeng¹ dzai² 機靈鬼；會投機取巧的人：佢係～【他是個機靈鬼】。

精精地 dzeng¹ dzeng¹ dei²*（放）聰明點：～自己去自首好啲【放聰明點自己去投案自首好點兒】。

精乖伶俐 dzeng¹ gwaai¹ ling⁴ lei⁶ 形容小孩子聰明伶俐，討人喜歡：佢自細～，學乜嘢都一學就識【他從小就聰明伶俐，學甚麼都是一學就會】。

精乖 dzeng¹ gwaai¹ ❶ 聰明伶俐：佢啲仔女好～【她的孩子們很聰明伶俐】。❷ 手藝高；手巧：她又識做衫又識繡花，好～㗎【她又會縫衣服又會繡花，可手巧呢】。

精過鬼 dzeng¹ gwo³ gwai² 比鬼還精明；精明得很：佢～，你想呃佢？佢唔呃你你就偷笑喇【這傢伙精明着呢，你想騙他？他不騙你你該謝天謝地了】。

精人出口，笨人出手 dzeng¹ jan⁴ tsoet⁷ hau² ban⁶ jan⁴ tsoet⁷ sau²【俗】聰明人只動嘴，笨人才動手幹：～，你幫佢做埋呢啲嘢好蝕底㗎【聰明人只動嘴，笨人才動手，你幫他幹這種活吃虧的是你】。

精甩辮 dzeng¹ lat⁷ bin¹【貶】非常精明；精明之極。意同「精過鬼」：佢份人～，實唔會蝕底畀人【他這人非常精明，做事肯定不會吃虧】。

精叻 dzeng¹ lek⁷ 聰明能幹：佢自細就好～【他從小就很聰明能幹】。

精埋一便 dzeng¹ maai⁴ jat⁷ bin⁶【貶】聰明只用在做壞事或謀私利上；歪才：大家唔中意佢，佢～【大家不喜歡他，他的心思只用於謀私利】。

精出骨 dzeng¹ tsoet⁷ gwat⁷【貶】狡猾自私得令人生厭、為人不齒；太狡猾自私：佢着數攞盡，真係～【他佔盡便宜，真是太狡猾自私】。

正 dzeng³ ❶（商品）正宗；正牌；地道。同「正 ¹dzing³❷」：呢啲係～貨【這是正牌貨】。❷ 引申作好；美：今晚個湯好～【今晚這個湯挺好】。｜呢度嘅風景好～【這兒的風景很美】。❸ 準；準確（指動作能做得恰逢其時）：撞到～

【剛好碰上（某人）】｜佢啲普通話講唔～【他的普通話説得不標準】。

正斗 dzeng3 dau2 同「正 ❶❷」。

正嘢 dzeng3 je5 正牌貨；好東西；質量好的東西：呢支酒係～嚟喎【這瓶酒是正牌好貨】。

知 dzi1 知道：得啦，我～啦【行了，我知道了】。

知埞 dzi1 deng6 知道地方；知道目的地；認識路線：你唔～，我陪你去啦【你不認識路，我陪你去吧】。｜你搵食都要～至得【你撈錢也要看是誰的地方】！

知啲唔知啲 dzi1 di1 m4 dzi1 di1 一知半解；不全面了解事情：你～，唔好亂講【你不了解來龍去脈，別亂説】。

知到 dzi1 dou3 知道。

知機 dzi1 gei1 懂得時機；機敏；看準機會：買賣股票要～【買賣股票必須懂得時機】。

知客 dzi1 haak8 飯店、夜總會之類消費場所門口負責迎賓、引導工作的職員。

知慳識儉 dzi1 haan1 sik7 gim6 節約；節儉；會精打細算：而家好似佢咁～嘅女仔好少㗎喇【現在像她這樣節儉的女孩子很少了】。

知人口面不知心 dzi1 jan4 hau2 min6 bat7 dzi1 sam1【俗】知人知面不知心：估唔到佢居然會篤我背脊，真係～【想不到他居然會背後説我壞話，真是知人知面不知心】。

知死 dzi1 sei2 知道厲害；醒悟：到其時佢就～【到時候他就會知道厲害】。｜佢周街闖禍，都唔知幾時至～【他到處闖禍，不知道甚麼時候才醒悟】。

知醒 dzi1 seng2 自己醒來；睡醒：聽朝若果我唔～，唔該叫一叫我【明天早上如果我沒睡醒，請你叫一叫我】。

知書識墨 dzi1 sy1 sik7 mak9 知書識字；有文化：呢個女仔～，一定係大家閨秀【這個姑娘有文化，一定是大家閨秀】。

知頭唔知尾 dzi1 tau4 m4 dzi1 mei5 只知其一，不知其二；不瞭解真相：呢單嘢你～，最好唔好插手【這事兒你只知其一，不知其二，最好別插手】。

知醜 dzi1 tsau2 知恥；害臊；懂得羞恥：成日做錯嘢畀人鬧，你知唔～㗎【老犯錯挨罵，你害不害臊】？

知衰 dzi1 soey1 知道好歹；知道過失；認識錯誤：你成日得失人，都唔～嘅【你不知好歹，經常得罪人】。

之不過 dzi1 bat7 gwo3 但是；不過：我好想去，～唔得閒【我很想去，但是沒空】。｜呢隻酒幾好飲，～貴咗啲【這種酒挺好喝的，不過貴了點兒】。

之但係 dzi1 daan6 hai6 同「之不過」。

之唔係 dzi1 m4 hai6 表示同意對方意見，意近「就是」、「可不是」：～，都話投資股票要特別慎重啦【可不是嘛，都説投資股票要分外慎重】。

之嘛 dzi1 ma3 語氣詞。表示無所謂或輕蔑的語氣，相當於「罷了」、「而已」：十幾萬～，濕濕碎啦【十幾萬塊錢罷了，小意思】。｜三個人～，我一個就搞得掂【就這三個，我一個人就對付得了】。

芝麻綠豆 dzi1 ma4 luk9 dau2* 雞毛蒜皮，喻指小事情：為咗呢啲～嘅小事就打交，真係無謂【為了這麼點兒雞毛蒜皮的小事兒就打架，真不值得】。

芝士 dzi1 si2* 奶酪。英語 cheese 的音譯詞。

支 dzi¹ 量詞。個（指人）：我哋兩～公去行街【我們兩個人去逛街】。

支支坐坐 dzi¹ dzi¹ dzo⁶ dzo⁶ ❶ 磨洋工；偷懶：你唔好～，爽手啲啦【你別再磨洋工，抓緊時間】！❷ 藉故推搪：叫你去買嘢，你唔好～【叫你去買東西，你不要推三阻四】。

枝 dzi¹ 量詞。❶ 桿；根；瓶；管（用於桿狀、瓶狀、管狀的東西）：一～槍【一桿槍】｜一～火柴【一根火柴】｜一～汽水【一瓶汽水】｜一～牙膏【一管牙膏】。❷ 面（用於旗子）：一～旗【一面旗子】。

枝竹 dzi¹ dzuk⁷ 腐竹（指捲成條狀的乾豆腐皮）。

吱喳 dzi¹ dza¹ ❶ 吵鬧：一個一個講，咪咁～【一個一個說，別這麼吵鬧】。❷ 貧嘴；愛說話：呢條友靈舍～【這小子特別貧嘴】。

姿整 dzi¹ dzing² 形容人過份講究打扮，過份做作：又唔係去飲，唔使咁～【又不是去赴宴，不必過份講究打扮】。

姿姿整整 dzi¹ dzi¹ dzing² dzing² ❶ 同「姿整」。❷ 東搞西搞，弄來弄去：～嘥晒啲時間【弄來弄去把時間浪費掉了】。

資優生 dzi¹ jau¹ sang¹ 智商超越正常標準的學生。

資深 dzi¹ saam¹ 老資格的；資歷深：～記者【資格老的記者】。

滋油 dzi¹ jau⁴ ❶ 從容鎮定；不慌不忙：你咁～，唔驚咩【你這麼鎮定，不怕嗎】？❷ 慢吞吞的；慢條斯理的：食快啲，唔好咁～啦【快點吃，別這麼慢吞吞的】。

滋油淡定 dzi¹ jau⁴ daam⁶ ding⁶ 同「滋油 ❶」。

滋擾 dzi¹ jiu² 騷擾；擾亂：飛機起降嘅噪音，令到附近嘅居民受到～【飛機起落的噪音，使附近的居民受到了騷擾】。

滋味 dzi¹ mei⁶ 可口；味道：啲石斑魚夠新鮮，食起上嚟好～【這石斑魚夠新鮮，吃起來很可口】。

蝨 dzi¹ 寄生於人體或植物上的小蟲：生～。

指 dzi² 指點；指引：我唔會～條黑路你行嘅【我不會把你引到絕路上的】。

指鼻 dzi² bei⁶ 稱霸；稱雄；當頭頭：喺呢條村係佢～嘅【這個村子他稱霸】。

指定動作 dzi² ding⁶ dung⁶ dzok⁸ 運動比賽規定完成的動作，引申為慣性行為或反應：情人節送花係男士嘅～【情人節送花是男士的慣性行為】。

指冬瓜話葫蘆 dzi² dung¹ gwa¹ wa⁶ wu⁴ lou²*【俗】又作「指冬瓜畫葫蘆」。胡亂說話欺騙人；顛倒是非黑白：佢成日～，鬼信佢咩【他經常胡說一氣騙人，鬼才信他呢】。

指證 dzi² dzing³ 提供事實或證據，將事件揭發、揭露出來：佢唔敢企出來～班黑社會嘅犯罪行為【他不敢站出來揭發那班黑社會分子的犯罪行為】。

指甲鉗 dzi² gaap⁸ kim²* 指甲刀。

指甲水 dzi² gaap⁸ soey² 指甲油。

指嚇 dzi² haak⁸【文】以手槍一類的武器指向受害人加以威嚇：賊人用槍～銀行職員【劫匪用槍威嚇銀行職員】。

指擬 dzi² ji⁵ 指望：你唔使～有人會來幫你啦【你甭指望會有人會來幫你了】。

指壓 dzi² ngaat⁸ 中醫術語。用手指力壓某一穴位：腳板～治療｜好多～中心實際上係賣淫場所【很多指壓中心實際上是賣淫場所】。

指手督腳 dzi2 sau2 duk7 goek8 指手畫腳；輕率地指點批評：你自己唔做嘢，淨係識得～，好乞人憎【你自己不做事情，只會指手畫腳，令人討厭】。

指天督地 dzi2 tin1 duk7 dei6 ❶ 說話非常誇張，實際辦不到；誇誇其談：佢開會嗰陣時講到～，一到做嘢就唔見人【他開會的時候說得天花亂墜，一到幹活的時候就不見人了】。❷（表達有障礙時）用手勢胡亂比劃：佢～講咗一大輪，但冇人知佢講乜【他指手畫腳的說了一通，但誰也聽不懂】。

指天椒 dzi2 tin1 dziu1 朝天椒，辣椒的一種，個兒小，底朝天，故稱。

紙板警察 dzi2 baan2 ging2 tsaat8 警方在公眾場所擺放的警察模型，目的是阻嚇犯罪行為。模型按真人比例，用紙板製成，故稱。

紙紮 dzi2 dzaat8 紙糊的（東西）。形容人身體虛弱或物體不堅固：行幾步就暈，你係唔係～㗎【沒走幾步就頭暈，你是不是紙糊的呀】？｜張床一瞓就散，好似～嘅【那張床一睡就散架了，好像紙糊似的】。

紙紮舖 dzi2 dzaat8 pou2* 售賣香燭和祭祀用品的商店。商店也會自製一些用竹篾紮成然後糊上紙的紙人、紙屋或燈籠出售，故稱紙紮舖。

紙紮下巴——口輕輕 dzi2 dzaat8 ha6 pa4 hau2 heng1 heng1【歇】紙做的下巴，沒有份量，比喻信口開河；說話不負責任；說話不算數：你應承得人，就唔好～【你要是答應人家，就不要說話不算數】。

紙巾 dzi2 gan1 功用有如手帕或衛生紙的一種薄紙，通常以小包或紙盒的形式包裝，方便使用：濕～。

紙鷂 dzi2 jiu2 風箏。

紙皮 dzi2 pei4 硬紙板；馬糞紙：～箱【馬糞紙箱】。

紙皮石 dzi2 pei4 sek9 馬賽克（一種方形小磁磚）。

紙通 dzi2 tung1 一種厚而多孔、鬆軟的紙，可用於製作花朵、掛燈等：～花【紙花】｜～燈【紙燈籠】。

止得咳 dzi2 dak7 kat7 能把咳嗽治好。喻指 ❶ 有能力做決定；說話算數：要經理至～【要經理級才有權決定】。❷ 能解決問題；能幫得上忙：呢一招睇怕～喇啩【這一招看來能解決問題了吧】。

止蝕 dzi2 sit9 股票市場術語。為防止因價格變動造成更大虧損而採取的買賣方法：你要搵個辦法～【你要找個辦法防止價格波動的時候再賠錢了】。

子侄 dzi2 dzat9 後輩的泛稱；佢哋都係我嘅～【他們都是我的後輩】。

子雞 dzi2 gai1 嫩雞；笋雞；童子雞；仔雞。即還沒有完全長大的雞：炸～【炸仔雞】。

子薑 dzi2 goeng1 嫩薑。

子口 dzi2 hau2 接合的地方；接縫處：條褲～好窄，要放闊好難【褲子結合的位置太窄，很難再放寬了】。

子喉 dzi2 hau4 粵劇中旦角的唱腔。

子母床 dzi2 mou5 tsong4 一種特別設計的「二合一」睡床，較小的一張，可以收在較大的床的底下，用的時候才拉出來。

子孫根 dzi2 syn1 gan1 即男性生殖器官，人們視其為繁衍子孫所依賴之物，故以此為喻。

姊妹 dzi² mui²* ❶ 姐妹：兩～【姐妹倆】。❷ 婚禮當天陪伴新娘的伴娘。

至 dzi³ 副詞。❶ 才；再：你諗清楚～好呀【你得想清楚才行】。｜要擔張梯嚟攞～得【要搬把梯子來拿才行】。｜等我入去你～跟住入【等我進去了你再跟着進去】。❷ 最：我～中意食日本菜【我最喜歡吃日本菜】。｜～多坐十幾個人【最多坐十幾個人】。

至得 dzi³ dak⁷……才行；……才成：間房好暗，要開燈～【屋裏很暗，要開燈才行】。

至多 dzi³ do¹ 最多；頂多：我～買五斤牛肉【我最多買五斤牛肉】。

至多唔係 dzi³ do¹ m⁴ hai⁶ 大不了……，充其量……：～將間屋賣咗佢【大不了把房子賣了】。｜～畀人罰一百幾十蚊【充其量讓人家罰個百八十塊的】。

至到 dzi³ dou³ 到；直到：報名時間由而家起～十號【報名時間從現在起直到十號】。

至尊 dzi³ dzyn¹ 最強者、冠軍：武林～【武林最強者】。

至好 dzi³ hou² ❶ 才好；才行：你要畀啲心機讀書～呀【你要多用點心讀書才行】。❷ 最好：呢隻牌子係～㗎啦【這個牌子（的貨）是最好的了】。｜～咪畀細路仔一個人留響屋企【最好別讓小孩子一個人留在家裏】。

至好唔係 dzi³ hou² m⁴ hai⁶ 最好不是。實質表示肯定，意近「不是才怪呢」：你話你冇講過，～啦【你說你沒有說過，那才怪呢】！

至啱 dzi³ ngaam¹ ❶ 才合適；才對：條裙要短少少～【那條裙子要短一點點才合適】。｜要等埋阿爸返嚟一齊食～吖嘛【要等爸爸回來一起吃才對】。❷ 最適合……：食辣嘢，～我㗎啦【吃辣，最合我（口味）了】。

至話 dzi³ wa⁶ 剛才；正（要）。同「正話」。

置 dzi³ 購置；建立：佢想～啲傢俬準備結婚【他想購置點家具準備結婚】。｜～返頭家【成家（結婚）】。

置業 dzi³ jip⁹ 置辦產業，一般指購買房子：而家啲後生仔要～真係唔容易【現在的年輕人要買房子真的不容易】。

智障 dzi³ dzoeng³「智力障礙」的簡稱。指智力發育不健全（弱智）。

志在 dzi³ dzoi⁶ ❶ 在乎：出唔出名，我唔～【出不出名，我不在乎】。｜我既然幫佢就唔～回報【我既然幫他就不在乎他報答】。❷ 目的在於……，意圖是……：佢噉做，～製造新聞啫【他這樣做，目的是製造新聞（以求出名）而已】。

吱吱斟斟 dzi⁴* dzi¹ dzam⁴ dzam⁴ 吱吱喳喳（指小聲議論、嘮叨）：而家開緊會，你哋幾個做乜嗦度～呀【現在正開會，你們幾個幹嘛吱吱喳喳的】。

自 dzi⁶ 助詞。常與否定詞（「咪」、「唔」、「未」等）配合使用，表示「先別……」、「暫時還不……」的意思。又作「住」：咪走～【先別走】｜唔講～【暫時還不說】。

自僱 dzi⁶ gu³ 自己僱用自己，即自行創業者：～人士【自己僱用自己的人】。

自把自為 dzi⁶ ba² dzi⁶ wai⁶ 自作主張；自行其是：咁大件事，點可以唔問過老竇就～呀？【這麼人的事情，怎麼可以不問父親就自作主張呢】？

自爆 dzi6 baau3 將自己的秘密或有關自己的消息公開；自己透露：陳小姐～同某公子嘅戀情【陳小姐把自己跟某公子的戀愛關係公開了出來】。

自不然 dzi6 bat7 jin4 自然；自然而然地；理所當然：我～會準時出席【我自然會準時出席】。

自瀆 dzi6 duk9【婉】手淫。

自動波 dzi6 dung6 bo1（汽車等的）自動變速；自動變速裝置：架車係～嘅【這輛車是自動變速的】。｜架車個～要整下【這車的自動變速裝置要修修】。

自動櫃員機 dzi6 dung6 gwai6 jyn4 gei1 簡稱為「櫃員機」。銀行的一種供客戶自行辦理提款、存款等的裝置，通常24小時運作。一般稱作「提款機」。

自置 dzi6 dzi3 居住者自己置辦（的產業）：你呢度係唔係～物業【這裏是不是你自己置辦的產業】？

自助 dzi6 dzo6 顧客自己挑選商品食品；自我服務：～餐｜～旅遊。

自在 dzi6 dzoi6 舒服；安逸：張椅坐得唔～【這張椅子坐上去覺得不舒服】。｜辛苦搵嚟～食【辛辛苦苦掙來錢，就要舒舒服服地享受】。

自己工 dzi6 gei2 gung1 計件工。與「公司工」相對：佢做嘢快手快腳，做～梗係有着數喇【她做事手腳很快，做計件工當然划算】。

自己友 dzi6 gei2 jau2* 自己人：唔好開槍，佢係～【別開槍，他是自己人】。

自己攞嚟衰 dzi6 gei2 lo2 lai4 soey1 自找麻煩；自尋死路；自討苦吃：佢有車唔坐，係要自己行，而家腳都行到腫埋，真係～【他有車不坐，硬要自己走，現在走得腳都腫了，真是自討苦吃】。

自僱人士 dzi6 gu3 jan4 si5 自我僱用的人，指兼有僱主和僱員身份的人。

自由行 dzi6 jau4 hang4 即「個人遊」。內地居民以個人身份申請到港澳旅遊的一種類型。與參加旅遊團的旅遊方式不同。

自由身 dzi6 jau4 san1 身份沒有受任何限制，一般指並非受僱。

自讓 dzi6 jeong6 不通過中介而自己出售（房子或貴重財物）：名貴房車～【自己出售名貴房車】。

自然 dzi6 jin4 舒服（用於否定句）：你唔～就返屋企唞下啦【你要是不舒服就回家休息一會兒】。

自律 dzi6 loet9 自我約束、節制（以遵守法紀）：政府呼籲公眾～【政府呼籲公眾自我約束】。

自摸 dzi6 mo1* 麻將術語。靠自己摸到的牌而贏牌：～食糊【摸到了（牌），和牌】！

自摸 dzi6 mo2 撫摸自己的身體（手淫的一種方式）。

自細 dzi6 sai3 從小：佢～出國，而家唔係幾識講中文【他從小出國，現在不太會講中國話】。

自梳 dzi6 so1 舊時女子守身不嫁。以前順德一帶的絲廠女工和女傭等在經濟上具備自立能力後，為免嫁人的諸般痛苦而自己把辮子改梳成髮髻，終身不嫁，謂之自梳，亦稱「梳起」：～女。

自慰 dzi6 wai3【婉】手淫。

字 dzi6 五分鐘（鐘錶表面上十二個計時數字，每一個數字叫一個「字」）：八點五個～【八點二十五分】｜要行兩個～度【要走大約十分鐘】。

字花 dzi6 fa1 舊時的一種賭博方式。

字格 dzi6 gaak8 帶格子的單張習字帖：我去街買幾張～【我上街去買幾張習字帖】。

字號 dzi6 hou6 ❶ 店舖的名稱：你間舖頭係乜嘢～呀【你的店舖名叫甚麼】？❷ 商店：呢家老～有成百年歷史【這家老舖有上百年歷史】。

字墨 dzi6 mak9 文化：我讀書少，冇乜嘢～【我讀書少，沒甚麼文化】。

字粒 dzi6 nap7 鉛字：執～【排字】。

治 dzi6 對付；制伏；克；鎮：我唔信冇人～得到佢【我不信沒人對付得了他】。｜生魚～塘虱【黑魚制伏胡子鯰（比喻一物降一物）】。

則（積） dzik7 藍圖；設計圖：畫～【畫設計圖】｜呢度嘅間隔同原來個～唔同【這裏的結構跟原設計圖不同】。

則師 dzik7 si1 又稱畫則師，即負責設計建築物平面圖的專業人士。「則」指圖則，即建築設計圖：～樓【建築設計事務所】。

漬 dzik7 ❶ 污漬：件衫有墨水～【衣服上有墨水的污漬】。❷ 污垢：茶杯入便有好多茶～【茶杯裏有很多茶垢】。

積1 dzik7 撲克牌中的「J」。英語 jack 的音譯詞：紅心～【紅心鈎】。

積2 dzik7 積累；攢：～陰德【（做善事）積累陰德】｜～啲錢做棺材本【攢錢做買棺材的本錢（即養老之意）】。

積3 dzik7 千斤頂。英語 jack 的音譯詞：做到隻～噉嘅樣【承受巨大工作壓力（就像個千斤頂）】。

積積埋埋 dzik7 dzik7 maai4 maai4 積累；積儲；積聚；積壓：我～有一百幾萬【我積儲已有一百多萬元】。｜你～咁多污糟衫，好洗喇【你的髒衣服積聚那麼多，快洗洗吧】。

癪 dzik7 疳積：個仔面色咁黃又咁瘦，係唔係生～呀【兒子的臉色這麼黃又這麼瘦，是不是生疳積啊】。

織 dzik7 編；編織；打：～蓆【編席子】｜～冷衫【打毛衣】。

即捕即解 dzik7 bou6 dzik7 gaai3 指對非法入境者一經拘捕就馬上遣返的政策。香港政府於 1980 年 10 月 24 日起實施這一政策，以此遏制偷渡之風。

> 【小知識】1980 年 10 月 24 日之前，香港政府實施「抵壘政策」，准許成功進入市區的偷渡者居留。（參見「抵壘政策」條）

即管 dzik7 gun2 只管；儘管：有乜嘢要我幫手，你～開聲【有甚麼要我幫忙的你儘管開口】。｜你中意就～食【你要喜歡就只管吃】。

即係 dzik7 hai6 就是；即是：佢阿媽～我姑姐【他媽媽就是我姑姑】。｜你～話我錯啦【你這樣說就是我錯了】？

即使間 dzik7 si2 gaan1 即使；即便；表示假設的讓步：～我當時在場，睇怕都救唔到佢【即使我當時在場，恐怕也救不了他】。

即時傳譯 dzik7 si4 tsyn4 jik9 同聲傳譯。

即食 dzik7 sik9 立即可以食用：全部嘢都係～嘅，唔使煮【全部東西都是不用煮可以馬上吃的】。

即食麵 dzik7 sik9 min6 方便麵；速食麵。用沸水泡開便能食用的麵條。又稱「快熟麵」、「公仔麵」。

即食文化 dzik[7] sik[9] man[4] fa[3] 社會上急功近利的思維習慣和行為。

職級 dzik[7] kap[7] 職務的級別：你嘅～高過我【你職務的級別比我高】。

直資學校 dzik[9] dzi[1] hok[9] haau[6] 香港學校的一種類別，政府資助的模式有別於官立和津貼學校，是以學生為單位資助。直資學校一般收取較昂貴的學費。

【小知識】香港政府於 1991 年實施「直資學校」計劃，學校有較大的自主性，可自行設計課程，自行錄取學生，並可收取學費。學校須辦出特色及提供優質教育以吸引學生報讀。

直白 dzik[9] baak[9] 坦白；坦率；直率：佢為人～，應該信得過【他為人坦率，應該信得過】。

直板 dzik[9] baan[2] 挺括；無皺褶；較硬而平整：呢啲新銀紙都係～嘅【這些新鈔票都很挺括】。

直筆甩 dzik[9] bat[7] lat[7] 筆直的；直挺挺的：條路～一眼可以望到篤【那條路筆直筆直的一眼可以望到底】。｜你～噉企喺度嘟都唔嘟做乜呀【你直挺挺站這兒動也不動幹嘛呀】？

直身裙 dzik[9] san[1] kwan[4] 下襬較窄的西式連衣裙。

直頭 dzik[9] tau[4] 同「直程」。

直程 dzik[9] tsing[4] ❶ 簡直：你噉搞法～當我冇到啫【你這麼搞法，簡直是不把我放在眼裏】。❷ 直接；逕直：你～去搵老細傾掂就得啦【你直接去找老闆商量就行啦】。❸ 肯定；當然：～係喇【當然是啦】。

直腸直肚 dzik[9] tsoeng[4] dzik[9] tou[5] 一根腸子通到底，比喻性情爽直，說話不會拐彎抹角：佢份人～，有時講嘢得失咗人自己都唔知【他為人性格直爽，有時說話得罪了人自己還不知道】。

直通巴士 dzik[9] tung[1] ba[1] si[2*] 往返香港與內地間的直達長途公共汽車。

直通車 dzik[9] tung[1] tse[1] 原特指往返九龍、廣州間的直達火車，又稱「廣九直通車」、「港穗直通車」或「城際直通車」，現也泛指往中國其他城市的直達火車。

植字 dzik[9] dzi[6] 即「排字」，後用來專指一種利用光學原理進行的排字及印刷的技術，稱「照相排字」。技術員在植字機上打字、控制字的形體及大小，然後用底片，曬在光紙（香港稱「咪紙」）上面。文字處理的過程後來普遍使用電腦來做，稱「電腦植字」。「植字」一詞源於日文。

占 dzim[1] 果醬。英語 jam 的音譯詞。

沾寒沾凍 dzim[1] hon[4] dzim[1] dung[3] 忽冷忽熱：我自覺有啲～，唔知係唔係病咗【我感覺有點忽冷忽熱，不知是不是生病了】。

粘米 dzim[1] mai[5] 粳米；籼米（與「糯米」相對）。

尖筆甩 dzim[1] bat[7] lat[7] 尖尖的：枝鉛筆刨到～，拮到人好痛㗎【那鉛筆削得尖尖的，給扎到很痛的】。

尖隊 dzim[1] doey[2*] 加塞兒；插隊。同「打尖」。

煎 dzin[1] 剝（皮）：～咗你層皮【（我）剝了你的皮】！

煎堆 dzin[1] doey[1] 一種油炸食品，以糯米粉作皮，球狀，有時以爆米花、瓜子、芝麻、糖或豆沙為餡。一般當春節時的應節食品。

煎釀三寶 dzin[1] joeng[6] saam[1] bou[2] 常見的街頭小吃。做法是把鯪魚肉泥釀在切件的茄子、青椒和豆腐中，因在煎釀食物裏這三種最受歡迎，故稱「三寶」。

氈 dzin[1] 毯子：毛～【毛毯子】｜地～【地毯】。

氈帽 dzin[1] mou[2]* 鴨舌帽。

腱 dzin[2] 腱子；帶筋的肉：手瓜起～【（出力時）手臂腱子肉突起】｜牛～【牛的腱子肉】。

展板 dzin[2] baan[2] 展覽場上張貼展品用的硬板。

展能 dzin[2] nang[4] 展現能力。專用於殘疾人士：～中心｜～就業服務。

薦人館 dzin[3] jan[4] gun[2] 舊式的職業介紹所。

墊褥 dzin[3] juk[2]*「墊」又寫作「薦」。褥子：我瞓慣硬板床，唔使鋪～嘅【我習慣睡木板床，不用鋪褥子】。

箭嘴 dzin[3] dzoey[2] ❶ 箭頭；箭的尖頭。❷ 箭頭形符號，用來指示方向：順着～指嘅方向就可以行到地鐵站【順着箭頭指示的方向就可以走到地鐵站】。

箭豬 dzin[3] dzy[1] 豪豬。

賤格 dzin[6] gaak[8] 賤；下賤：未見過個女人好似佢咁～嘅【沒見過一個女人像她那麼下賤的】。

賤過地底泥 dzin[6] gwo[3] dei[6] dai[2] nai[4] 比地上的泥土還賤。形容行為低賤、卑鄙;或地位卑微、被人唾棄:喺呢個社會，你冇錢、冇屋住嘅話，真係～【在這個社會，你沒錢、沒地方住的話，那就低賤到底了】。

精品店 dzing[1] ban[2] dim[3] 售賣小件擺設、飾物及各種小玩意的商店。

精伶 dzing[1] ling[1]* 聰明伶俐；靈慧；精明能幹：佢啲仔女好～【她的孩子們很聰明伶俐】。

精神 dzing[1] san[4] 形容人身體狀態好，精神狀態好：朝早起身個人靈舍～【一大早起床人的精神特別好】。｜我唔多～【我不太舒服】。

精神爽利 dzing[1] san[4] song[2] lei[6] 精神矍鑠；心情舒暢：雖然退咗休，不過佢仲係咁～【雖然退休了，但他還是那麼精神矍鑠，心情舒暢】。

蒸生瓜——腍腍地 dzing[1] saang[1] gwa[1] san[5] san[2]* dei[2]*【歇】瓜蒸出來熟不透，硬而不脆。喻指人傻裏傻氣、不靈活：你唔好叫佢做啲緊要事，佢～【你不要叫他處理大事，他傻裏傻氣的】。

整 dzing[2] ❶ 弄；搞：唔好～亂我啲嘢【別把我的東西弄亂了】。❷ 做：個籃我自己～嘅【這個籃子是我自己做的】。｜～返幾味【做幾道菜】。❸ 修理：～車【修理汽車】｜部機爛咗～唔番啦【這部機器壞了修不好嘍】。❹ 要；給，來：好食喫，～返件吖【這挺好吃的，來一塊吧】。｜～巴佢歎下【給他一巴掌】！

整定 dzing[2] ding[6] 注定：死唔死都係～嘅【死不死這是（命中）注定的】。｜佢唔查清楚人哋嘅實力就同人爭，～佢輸啦【他不了解人家的實力就跟人家爭，注定他要輸】。

整整下 dzing[2] dzing[2] ha[2] 漸漸地；慢慢地：佢去咗外國咁多年，～連中文都唔識講【他去了外國這麼多年，慢慢地連中國話也不會說了】。

整蠱 dzing[2] gu[2] 捉弄；陷害人：衰仔吖，將吹波膠黐響張凳度想～我【你這臭小子，把泡泡糖粘在凳子上想捉弄我】？

｜佢噉～人冇好收場嘅【他這麼陷害人是沒有好下場的】。

整古做怪 dzing^{2} gu^{2} dzou^{6} gwaai^{3} 故意出洋相或做與眾不同之舉動；搗鬼：佢上堂成日～，所以畀阿 Sir 罰【他上課老是搗鬼，所以被老師懲罰】。

整鬼 dzing^{2} gwai^{2} 作弄；捉弄：佢好頑皮，中意～人【他很頑皮，喜歡捉弄別人】。

整色水 dzing^{2} sik^{7} soey^{2} 搞花架子；做表面功夫；裝模作樣。又說「整色整水」。原為歇後語「豉油撈飯」的下句（參見該條）：做嘢要踏實啲，唔好～【做事要踏實點，別搞花架子】。｜ 唔好～啦【別裝模作樣了】。

整餸 dzing^{2} sung^{3} 做菜；炒菜：我老婆好識～【我太太很會炒菜】。

正^{1} dzing^{3} ❶ 十足的；不折不扣的：～衰人【（真是）十足的壞蛋】。❷ 又作 dzeng^{3}。（商品）正宗；正牌；地道：～貨【正牌貨】。

正^{2} dzing^{3} 陽光產生的熱：中午日頭好～【中午太陽很熱】。

正版 dzing^{3} baan^{2} 正牌的版本，與「盜版」相對。

正莊位 dzing^{3} dzong^{1} wai^{2*} 主要客人的座位；正座兒：我哋全家人一齊食飯梗係阿爺坐～【我們全家人一塊兒吃飯當然是爺爺坐主位了】。

正經 dzing^{3} ging^{1} ❶ 端莊正派：佢為人好～【他做人很端莊正派】。❷ 踏實；認真：你哋做嘢要～至得【你們做事情要踏實認真才好】。｜～啲啦，咪成日掛住講笑啦【認真點兒，別老開玩笑】！

正氣 dzing^{3} hei^{3} 指食物不燥不寒，於人有益：藿香夠～【（服用）藿香於人有益】。

正行 dzing^{3} hong^{4} 正當的行業，與「偏門」（非法職業）相對：我哋係做～嘅，唔撈偏門【我們做正當的行業，不搞歪門邪道】。

正一 dzing^{3} jat^{7} 真是；十足；確屬：～衰神【真是個壞蛋】。

正薪 dzing^{3} san^{1} 底薪：呢份工～係低啲，但係有佣金分【這個工作底薪比較低，但是可以分佣金】。

正式 dzing^{3} sik^{7} 真是。同「正一」。

正話 dzing^{3} wa^{6} ❶ 剛才；剛剛：～有人打電話畀你【剛才有人打電話找你】。❷ 正（要）；正（想）：～想出門就落雨【正想出門呢就下雨了】。｜～要去探你，你就嚟咗【正要去看看你，你就來了】。

政府工 dzing^{3} fu^{2} gung^{1} 即政府機構的職位：打～【任職政府機構】。

政府合署 dzing^{3} fu^{2} hap^{9} tsy^{5} 香港政府興建、設立於各區的辦公大樓（某些地區也稱「政府大樓」），供各政府部門設立辦事處。大樓內往往也包括該地區公共設施，如圖書館、室內運動場等。

證供 dzing^{3} gung^{1} 證詞；提供的證據：呢單案，目擊者嘅～好關鍵【這個案件，目擊者的證詞很關鍵】。

淨 dzing^{6} 光；只；僅：～食飯，唔食餸【光吃飯，不吃菜】。

淨只 dzing^{6} dzi^{2} 單單；僅僅是；光是。僅用於否定句：唔～佢去，仲有好多人參加【不光他去，還有很多人參加】。

淨係 dzing^{6} hai^{6} ❶ 單是；光；光是：～顏色就有十幾種【單是顏色就有十幾種】。❷ 只有；僅僅：～我一個喺度【只有我一個人在】。｜～去過一次美國【僅去過美國一次】。❸ 全是；都是：來幫襯嘅～熟客【來光顧的全是熟客】。❹ 老是；總是：唔好～話人，你自己都有錯【別老說人家，你自己也有錯】。

淨飲雙計 dzing⁶ jam² soeng¹ gai³ 光顧茶樓或餐廳，只是喝茶或飲料（不點其他食物），收費加倍。

淨麵 dzing⁶ min⁶ 光麵；陽春麵。

剩得 dzing⁶ dak⁷ ❶ 只有：～佢去過【只有他去過】。❷ 同「剩返」。

剩返 dzing⁶ faan¹ 只剩下：～呢科未考【只剩這一科還沒考】。

靜靜雞 dzing⁶ dzing²* gai¹ 悄悄地；偷偷地；冷不防：我都唔知佢兩個幾時～結咗婚【我都不知道他倆甚麼時候靜悄悄結了婚】。

靜雞雞 dzing⁶ gai¹ gai¹ 靜靜地；悄悄地：一個人～坐喺度【一個人靜靜地坐在那兒】。｜佢～入嚟，嚇我一跳【他靜悄悄進來，嚇了我一跳】。

靜局 dzing⁶ guk⁹ 寧靜；安靜；冷清：坐窗口嗰便～啲【坐靠窗的位置比較安靜】。｜乜一個人咁～嘅【怎麼一個人這麼冷清啊】？

靜英英 dzing⁶ jing¹ jing¹ 靜悄悄的：一放假，成間學校就～【一放假，整所學校就靜悄悄的】。

接駁 dzip⁸ bok⁸ 連接；接上：喺火車站有～巴士開到學校門口【在火車站有專線公共汽車開到學校門口】。

接機 dzip⁸ gei¹ 到飛機場接人：我要去～【我要到飛機場迎接客人】。

接線生 dzip⁸ sin³ sang¹ 電話接聽員。有來電時，負責把總機的電線接到分機上去，故稱「接線」。現此詞少用。

接船 dzip⁸ syn⁴ 到碼頭接人。

接車 dzip⁸ tse¹ 到火車站或到汽車站接人。

摺埋 dzip⁸ maai⁴ ❶ 折起來。❷（比喻）部門結束；企業結束經營。

摺枱 dzip⁸ toi²* 能摺疊收起來的桌子。同類型的家具還有「摺椅」、「摺凳」等。

瀄 dzit⁷ ❶ 擠壓（液體等）：～啲牙膏出來【擠點牙膏出來】。❷（液體受擠壓而）噴射；迸；濺：你做乜喺屋企玩水槍，～到成地濕晒【你幹嘛在屋子裏玩水槍，濺得滿地是水】。

擳 dzit⁷ 撓癢癢；癢癢（抓人腋下等處使之發癢而笑）：再講我～你【再說下去我撓你癢癢】。

擳都唔笑 dzit⁷ dou¹ m⁴ siu³ ❶「擳」即「撓癢癢」。指被人撓癢癢都不會笑，比喻性格古板或心裏很不高興：佢個人好嚴肅，～【他那人很嚴肅，不輕易露出笑容】。❷ 逗笑的手法拙劣，怎麼也不能令人笑出來：呢套戲又話係笑片，但係啲橋段～【這齣電影說是喜劇片，但那些笑料讓人怎麼也笑不出來】。

折墮 dzit⁸ do⁶ ❶ 報應（指幹壞事的惡果）：有咁耐風流，有咁耐～【有多久的風流，就有多久的報應】。❷ 引申作缺德、沒良心：邊個咁～將啲蕉皮掉喺呢度【誰這麼缺德把香蕉皮扔這兒了】？

折現 dzit⁸ jin²* 折成現金：唔好送花畀我喇，～仲好啦【不要再給我送花了，折成現金更好啊】。

折讓 dzit⁸ joeng⁶ 打折扣出讓二手物品。

折頭 dzit⁸ tau⁴ 折扣：喺呢間舖頭買嘢有～【在這家商店買東西有折扣】。

浙醋 dzit⁸ tsou³ 浙江醋；紅醋。

節瓜 dzit⁸ gwa¹ 一種瓜類，長圓形，似冬瓜但個兒小得多，表面有一層絨毛，故亦稱「毛瓜」。

節目 dzit8 muk9 消遣的活動：星期日有乜嘢～【星期天有甚麼消遣啊】？｜一放假，父母都要傷腦筋為仔女安排～【一放假，父母都要為替子女安排假期活動而傷腦筋】。

截 dzit9 攔截：～的士【攔的士】｜～住佢【攔住他】！

截糊 dzit9 wu2* ❶ 打麻將時，兩三家同叫一張牌和牌。當這張牌打出時，位置在最前面的一家和牌，把後面一家（或兩家）的和牌搶過來了，就叫「截糊」。❷ 比喻被別人捷足先登而不能成事。

朝 dziu1 ❶ 早上；上午：今～【今天早上】｜～～飲早茶【天天早上去喝早茶】。❷ 天（較少用）：三～回門【（女子結婚後）第三天回娘家】。

朝早 dziu1 dzou2 早上；早晨。

朝九晚五 dziu1 gau2 maan5 ng5 香港大多數機構的文職人員，早上九時上班，下午五時下班，人們以朝九晚五形容他們的生活，後成為文職人員工作制度的代名詞：～嘅生活死板得滯，我唔中意【九點上班五點下班的生活太死板了，我不喜歡】。

朝見口，晚見面 dziu1 gin3 hau2 maan5 gin3 min6 經常見面；常常在一起：我哋～，大家好熟絡【我們經常碰面，大家很熟】。

朝行晚拆 dziu1 hong4 maan5 tsaak8 晚上擺床，早上拆床（此詞「朝」和「晚」搭配與意思相反，但用法已約定俗成）：我呢間房細過頭，惟有～至夠住【我的房間太小了，只好晚上把床擺上，早上把床拆掉】。

朝頭早 dziu1 tau4 dzou2 早上。同「朝早」。

招紙 dziu1 dzi2 貼在路旁牆上的廣告、告示、海報等，又作「街招」：牆上貼滿晒～【牆上貼滿了廣告】。

招積 dziu1 dzik7 態度自大、囂張，蔑視周圍。與「串」語意相近：佢贏咗上屆冠軍，你睇佢個樣幾～【他贏了上一屆冠軍，你瞧他那樣兒，多囂張傲慢】。

招呼 dziu1 fu1 ❶ 打招呼；寒暄：過去同佢～一聲【過去跟他打個招呼】。❷ 接待；招待：李小姐負責～客人，黃小姐負責收銀【李小姐負責接待客人，黃小姐負責收款】。❸ 引指用不友善、恐嚇或打擊等手段對付（用作反語）：你唔識做，我咪叫班嚫～下你囉【你不識趣，我會叫手下的人好好兒「服侍」你】。

招口舌 dziu1 hau2 sit8 惹是生非；招惹是非：你成日牙擦擦噉，好容易～【你老是這麼輕佻，很容易招惹是非的】。

招人仇口 dziu1 jan4 sau4 hau2 與人結仇：佢中意管人閒事，家陣咪～囉【他愛多管閒事，果然就跟人結上仇了】。

招郎入舍 dziu1 long4 jap9 se3 招女婿入贅。

招牌飯 dziu1 paai4 faan6 茶樓飯館一種價錢廉宜的蓋澆飯，利錢甚微，用以吸引顧客，賣招牌，故稱「招牌飯」。由此引申出「招牌笑客」、「招牌打扮」等，取「招牌」一詞的「有代表性」或「定型」之意。

招牌菜 dziu1 paai4 tsoi3 飯館中最拿手、出名的菜餚。

照 dziu3 ❶ 對着；當着：～頭淋【當頭淋（下來）】。❷ 黑社會大哥的「保護」。引指有勢力者的保護、關照，意近「撐腰」：你邊個～㗎【你是誰保護的呀】？｜唔好以為有差佬～住就冇事呀【別以為有警察撐腰就沒事啊】。

照板煮碗 dziu³ baan² dzy² wun² 依樣畫葫蘆：睇人哋點做，你就～得㗎啦【看人家怎麼做你依樣畫葫蘆就行了】。

照直 dziu³ dzik⁹ ❶ 不轉彎；一直；筆直：～行就到地鐵站【一直走就到地鐵站】。❷ 據實；照實；直截了當：你做咗乜嘢，～講得啦【你做了甚麼，照實說好了】。

照住 dziu³ dzy⁶ 意同「照 ❷」，引指照顧；支持；關照：我第一次做生意，你要～我呀【我是第一次做生意，你要多關照我啊】。

照肺 dziu³ fai³ ❶ 用X光透視肺部。❷ 引申為被訓斥；被罵：佢又畀老闆叫咗入房～【他又被老闆叫進去訓斥】。

照計 dziu³ gai³ 按理說；照說：～經理有理由唔嚟【按說經理沒理由不來】。

照起 dziu³ hei² 關照。同「照 ❷」。

照……可也 dziu³ ho² ja⁵ 表示理直氣壯去做某事；大膽去做：你唔使驚，照做可也【你不必害怕，照做不誤】。

照殺 dziu³ saat⁸ （無論如何都）照做不誤：呢單生意係細啲，都～啦【這樁生意小是小了點兒，照做】！

照田雞 dziu³ tin⁴ gai¹ ❶ 捉田雞。因用強光照的方法捕捉，故稱。我哋用大號手電筒～【我們用大號手電筒捉田雞】。❷ 喻指在地攤上請算命先生看相：我哋去～【我們去找地攤上的算命先生看相】。❸ 喻指揭發偷情的男女。

摷 dziu⁶ 狠揍；痛打：～佢一身【揍他一頓】｜畀人～到癱喺地下【被人揍得癱倒在地上】。

嚥（𡁻） dziu⁶ 又作 dzeu⁶。❶ 嚼：～香口膠【嚼口香糖】。❷ 大吃：～一餐【大吃一頓】。❸ 較量；吃掉；擊倒：細公司資金唔夠，好容易畀人～咗【小公司資金不夠很容易被吃掉】。

嚥完鬆 dziu⁶ jyn⁴ sung¹【俚】吃完了就走人。「鬆」即「溜」、「走」。專指男人玩弄女性後一走了之。

咗 dzo² 助詞。用在動詞之後表示動作已經完成，相當於「了」：封信寄～未【信寄了沒有】？｜畀人借～去【讓人家借走了】。

阻 dzo² ❶ 阻攔；阻擋：～住架車唔好畀佢過嚟【攔着那輛車別讓它過來】！｜唔該唔好～住個門口【請別擋着門口】。❷ 妨礙：～手～腳【礙手礙腳】｜唔好～住阿哥做功課【別妨礙哥哥做功課】。

阻埞 dzo² deng⁶ 佔着地方礙手礙腳：你唔覺擺張枱喺度好～咩【你不覺得擺張桌子在這兒挺礙手礙腳的嗎】？

阻滯 dzo² dzai⁶ 事情、工作並不暢順或受到妨礙：呢單嘢咁多～，想快啲做完都幾難啦【這件事遇上那麼多麻煩，想快點完事都很難嘍】。

阻街 dzo² gaai¹ 在街道上站立、行走或擺放物件，致使道路不通暢。早期多指在街頭招徠客人的妓女的活動，現則常用於指非法流動小販的擺賣：呢個小販畀警察告佢～【這個小販被警察指控非法擺賣妨礙交通】。

阻嚇 dzo² haak⁸ 以威嚇手段阻止某些行為：有個揸槍嘅護衛員戙喺度，對於啲想打劫嘅劫匪始終有少少～作用嘅【有個拿槍的保安員戳在這兒，對想打劫的搶匪畢竟有點兒威嚇作用】。

阻手阻腳 dzo² sau² dzo² goek⁸ 礙手礙腳：行開，唔好喺度～【走開，別在這兒礙手礙腳的】！

阻頭阻勢 dzo² tau⁴ dzo² sai³ 做出某些

行為，故意妨礙別人或阻攔事情進行，意近「礙手礙腳」：件事唔關你事，你唔好～【這事與你無關，你別礙手礙腳的】。

阻差辦公 dzo² tsaai¹ baan⁶ gung¹ 妨礙警察執行公務。（刑事罪名之一）。

阻住地球轉 dzo² dzy⁶ dei⁶ kau⁴ dzyn³【俗】妨礙事情正常運作或發展：人人都贊成，係佢一個唔肯應承，正一～【人人都贊成，就他一個不答應，讓事情辦不成】。

左便 dzo² bin⁶ 左邊；左側。

左近 dzo² gan²* ❶ 附近：呢度～有間士多【這兒附近有家小商店】。❷ 上下；左右（表示約數）：四斤～【四斤上下】｜五十歲～【五十歲左右】。

左口魚 dzo² hau² jy²* 鰨目魚。

左吠 dzo² jaau¹ 左撇子：佢係～嚟嘅，右手唔識寫字【他是左撇子，右手不會寫字】。

左鄰右里 dzo² loen⁴ jau⁶ lei⁵ 左鄰右舍。

左手邊 dzo² sau² bin¹ 同「左手便」。

左手便 dzo² sau² bin⁶ 左邊；靠左的一邊；靠左手的一邊。又作「左便」，「左手邊」。

左軚車 dzo² taai⁵ tse¹ 方向盤在左邊的車輛，與「右軚車」相對。中國內地的車輛靠右行駛，故方向盤設在左邊。（與英國、香港等地將方向盤設在右邊不同）。

坐 dzo⁶ 放：～壺水喺個爐度【放壺水在爐子上】。

坐低 dzo⁶ dai¹ 放下（重物）：～包米先，等我嚟托【先放下那包米，讓我來扛】。

坐底 dzo⁶ dai² 最少；最低限度：呢件嘢我估～都要兩千銀【這件東西我估計最少也要兩千塊】。

坐定粒六 dzo⁶ ding⁶ nap⁷ luk⁹ 擲骰子擲出六的點數，基本上就贏定了，故以此喻十拿九穩。意同「坐梗」：主席個位，你～啦【主席的位置，你十拿九穩】。

坐梗 dzo⁶ gang² 篤定；穩拿：今次升職佢～有份啦【這次提職他篤定有一份的】。｜佢～冠軍【他穩拿冠軍】。

坐向 dzo⁶ hoeng³ 房屋的坐落方向；朝向：你間屋乜嘢～【你的房屋是甚麼朝向】？

坐食山崩 dzo⁶ sik⁹ saan¹ bang¹ 坐吃山空：呢個敗家仔，靠食老竇份遺產，遲早～【這個敗家子，靠老爸那份遺產過活，早晚會坐吃山空】。

座地 dzo⁶ dei⁶ 落地（指燈、風扇）：～燈【落地燈】｜～風扇【落地風扇】。

座鐘 dzo⁶ dzung¹ 老式的擺在桌子上的鐘。

座駕 dzo⁶ ga³【文】對較有地位者的私人汽車的指稱：局長～畀示威人士包圍【局長的車被示威者包圍】。

座騎 dzo⁶ ke⁴【文】騎師出賽所騎的馬匹：個騎師畀佢嘅～抛咗落地【這個騎師被自己騎的馬匹抛了下來】。

助教 dzo⁶ gaau³ ❶ 泛指協助教師進行各種教學活動的人。❷ 大學中負責協助講師或導師輔導學生的教學人員。

□ dzoe¹ 喋喋不休；話多：吱吱～～｜嘴～～｜你唔好成日都～住我啦【你不要整天喋喋不休地煩我】。

腴腴 dzoe⁴ dzoe¹【諱】小雞雞（男童的生殖器），又說「腴腴仔」。

雀 dzoek²* 鳥兒：一隻～【一隻鳥兒】。

雀仔 dzoek8 dzai2 ❶ 小鳥：樹上有隻～【樹上有一隻小鳥】。❷【謔】小雞雞（指男童的生殖器）。

雀食 dzoek8 sik9 鳥籠中盛飼料或水的瓷質小罐，養鳥的器具。

酌 dzoek8【文】酒席；宴席：壽～【生日宴】｜薑～【滿月酒】。

酌情權 dzoek8 tsing4 kyn4 政府部門長官或司法官員在法律規定外對某些個案根據具體情況酌情靈活處理的權限。

鵲局 dzoek8 guk9 麻將牌局：飲宴開席前通常都會有～【宴會開始前通常都有麻將牌局】。

鵲友 dzoek8 jau2* 一起打麻將的朋友：我同佢係～，其他時間冇乜交往【我跟他是一起打麻將的朋友，平時沒有交往】。

着 dzoek8 穿：～裙【穿裙子】｜～多件衫【多穿件衣服】。

着孝 dzoek8 haau3 穿孝服；穿孝衣：舊陣時老竇走咗，孝子要～三年【以前父親去世，孝子要穿孝服三年】。

着草 dzoek8 tsou2 被法律追究或被人追殺而逃亡、逃命：佢爭咗貴利幾萬銀，搞到要～【他欠了放高利貸的幾萬塊錢，弄得要逃命】。

着1 dzoek9 對；有理：呢次係我唔啱我唔～【這次全是我不對】。

着2 dzoek9 逐一；一個個地：～個數【一個一個數】。

着3 dzoek9 ❶ 被；遭到；受到：你唔好～鬼迷【你不要被鬼迷惑】。❷ 佔：～咗一半人都冇嚟【佔了一半人沒來】。❸ 合算：原價咁貴，好唔～嗝【原價那麼貴，很不合算】。

着緊 dzoek9 gan2 在意；在乎：佢都係～你先至會噉講啫【他是在意你才會這麼說嘛】。

着意 dzoek9 ji3 留意；在意；上心：以前老竇好～我哋幾兄弟嘅品行【以前爸爸很在意我們幾個兄弟的品行】。

着數 dzoek9 sou3 ❶ 便宜；好處。又作 dzek7 sou4：幫你，有乜嘢～呀【幫你忙，有甚麼好處呢】？❷ 有利；合算：梗係佢～喇【當然是他有利了】。

樽 dzoen1 ❶ 瓶子：玻璃～【玻璃瓶】｜豉油～【醬油瓶】。❷ 量詞。瓶：一～酒【一瓶酒】。

樽枳 dzoen1 dzat7 瓶塞；軟木塞兒。

樽裝 dzoen1 dzong1 瓶裝（與「盒裝」、「罐裝」等相對）：～啤酒【瓶裝啤酒】。

樽頸 dzoen1 geng2 瓶頸，通常喻指道路、通道中像瓶頸那樣較狹窄的一段。

樽領 dzoen1 leng5 上衣的長豎領、高領：～冷衫【高領毛衣】。

津校 dzoen1 haau6「津貼學校」的簡稱。香港學校的一種類別，由私人或辦學團體開辦，政府資助，稱之為「津貼」。這類學校的學生免交學費。

進補 dzoen3 bou2 進食補品：秋風起，～合時【秋風一起，吃補品正合時宜】。

進賬 dzoen3 dzoeng3 增加的收入，多指得到的實際收益：今日舖頭有幾多～【今天店裏收入有多少】？

盡地一煲 dzoen6 dei6 jat7 bou1【俗】孤注一擲：再逼我我就～同佢搏過【再逼我我就孤注一擲跟他拚了】。

盡人事 dzoen6 jan4 si6 傾盡全力；盡最大努力：我哋盡晒人事都搶救唔到【我們

已經盡最大努力但仍搶救不過來】。

張 dzoeng1 ❶ 量詞。把：一～刀【一把刀】｜一～椅【一把椅子】。❷ 床；頂；條：一～被單【一床被單】｜一～蚊帳【一頂蚊帳】｜一～氈【一條毯子】。❸【俗】十歲：三～幾嘢【三十多歲】。

將 dzoeng1 介詞。把：～腳洗乾淨【把腳洗乾淨】。

將近 dzoeng1 gan6 快要，即將：飛機～起飛喇【飛機就要起飛了】。

長者咭 dzoeng2 dze2 kaat7 香港政府發放給 65 歲以上老年居民的一種身份證明卡。憑卡可在政府部門及其他公共服務、金融、商業等機構獲得某種優惠或優先服務。

掌摑 dzoeng2 gwaak8【文】即「摑」，在別人臉上打一巴掌。

掌上壓 dzoeng2 soeng6 ngaat8 俯臥撐。

仗 dzoeng3 量詞。次；回；趟：呢～弊嘞【這次糟了】。

脹卜卜 dzoeng3 buk7 buk7 脹鼓鼓的；鼓鼓囊囊的：食到個肚～【吃得肚子脹鼓鼓的】。｜個褲袋～唔知裝咗啲乜嘢【褲兜裏鼓鼓囊囊的不知裝了甚麼東西】。

醬園 dzoeng3 jyn2* 製醬的作坊兼賣醬料的店舖：九龍～。

橡筋 dzoeng6 gan1 ❶ 鬆緊帶。❷ 橡皮筋。

橡筋箍 dzoeng6 gan1 ku1 橡皮筋；猴皮筋。

卒仔 dzoet7 dzai2 小卒；低級人員：佢係～嚟啫，唔話得事嘅【他不過是個低級人員，作不了主】。

卒之 dzoet7 dzi1 終於：～做完喇【終於完成了】。

捽 dzoet7 搓；擦；揉：～老泥【搓汗垢】｜～跌打酒【擦跌打酒】｜～下條腰【揉一揉腰】。

蟀 dzoet7 蟋蟀：鬥～【鬥蟋蟀】。

追月 dzoey1 jyt2* 粵港澳風俗，農曆八月十六（中秋節第二天）也賞月、拜月，叫追月。

追龍 dzoey1 lung4 吸毒，指吸食毒品（白麵兒）：後樓梯有人喺度～【有人在後面樓梯間吸毒】。

追捧 dzoey1 pung2 ❶ 追逐；捧場：呢個樂壇新星受到好多年輕人～【這位樂壇新星很受年輕人歡迎】。❷（對股票）看好而一窩蜂購入：地產股再受～。

追瘦 dzoey1 sau3 原意是「追得人瘦了都要追上」，引指盡全力壓迫使人無法逃避：～佢【追到他降服】｜你應承咗又唔做，我哋實～你【你答應了又不做，我們一定追着你不放】。

追數 dzoey1 sou3 催討欠債：冇咗份工，一到月尾包租婆嚟～我就頭赤【沒了工作，一到月底房東太太來追債我就頭疼】。

嘴 dzoey2 吻；親：佢當眾～咗個女仔一啖【他當眾親了那女孩一下】。

嘴刁 dzoey2 diu1 吃東西愛挑剔；口味要求高：佢好～，乜都話唔食【他吃東西很挑剔，甚麼都說不吃】。

嘴□□ dzoey2 dzoe1 dzoe1 話多；多嘴多舌：佢不溜都咁～㗎啦【她向來都這麼多嘴多舌的】。

嘴斂斂 dzoey2 lim2 lim2 舌頭舔着嘴唇垂涎欲滴的樣子，指非常貪饞想吃，或還沒有吃夠。「斂」又音 lem2（舐）：佢一睇到東坡肉就～【他一看到東坡肉就垂涎欲滴】。

嘴藐藐 dzoey² miu² miu² 撇撇嘴；撇着嘴（用以表示不滿、輕蔑）：你～啲，唔忿氣呀【你撇着嘴，是不服氣嗎】？

嘴滑 dzoey² waat⁹ 能説會道；善於言辭：佢把嘴好滑【他很會説話】。

醉酒佬 dzoey³ dzau² lou² 醉鬼；醉漢。

醉貓 dzoey³ maau¹ 醉鬼：佢飲到成隻～噉【他喝得像個醉鬼】。

墜 dzoey⁶ ❶ 垂：一串串葡提子～晒落嚟【一串串葡萄垂了下來】。❷ 往下墜；拽：～到條繩都斷埋【往下墜到把繩子拽斷了】。

墜火 dzoey⁶ fo² 去火。中醫指消除身體裏的火氣：熱天飲綠豆糖水可以～【夏天喝綠豆湯可去火】。

聚腳 dzoey⁶ goek⁸ 順路；容易走；容易找：我屋企喺沙田，嚟我度好～【我家在沙田，來我家很順路】。

載 dzoi³ ❶ 裝載；乘坐：呢架車可以～五十人【這架車可以乘坐五十人】。❷ 裝；盛：嗰個樽～得一斤豉油【那個瓶子可以裝一斤醬油】。

在家千日好，出門半朝難

dzoi⁶ ga¹ tsin¹ jat⁹ hou² tsoet⁷ mun⁴ bun³ dziu¹ naan⁴【諺】住在家裏甚麼都方便，一出家門會處處遇到困難：我唔中意旅行，～【我不喜歡旅遊，出門辛苦，還是在家裏最方便、最舒服】。

在生 dzoi⁶ saang¹ 在世；生存；活在世上：佢～嗰陣時做好多善事喋【他在世的時候做過很多善事】。

作 dzok⁸ 虛構；捏造；胡編：呢件事係人哋生安白造～出嚟嘅【這事是人家無中生有捏造出來的】。

作嘔 dzok⁸ ngau² 噁心：我一見佢個樣就～【我一見他那模樣就噁心】。

作病 dzok⁸ beng⁶ 有發病（一般指感冒）的先兆。有時又稱「作感冒」：我周身痠痛，又冇胃口，實係～嘞【我渾身痠痛，又沒有胃口，一定是感冒要發作了】。

作大 dzok⁸ daai⁶ 誇張；誇大（成績）；過甚其辭；大肆炫耀：隻藥邊有咁靈吖，佢喺度～啫【這藥哪有那麼神，他誇大它的功效罷了】。

作動 dzok⁸ dung⁶ 臨產；要生產了：佢～喇，快啲叫醫生嚟【她要生了，快點叫醫生來】。

作置 dzok⁸ dzi³ ❶ 收拾；作弄；處置：佢中咗大獎，要～下佢，叫佢請大家食番餐【他中了大獎，要作弄作弄他，讓他請大家吃一頓】。❷ 下工夫；精心製作：你間房陳設好～【你的房間陳設很下工夫】。❸ 好處：你有乜嘢～帶挈下我啦【你有甚麼好處，請關照我一下】。

作賤 dzok⁸ dzin⁶ 糟蹋；虐待；糟踐：唔好噉～自己【不要這樣糟踐自己】。

作狀 dzok⁸ dzong⁶ 做作；裝模作樣；裝腔作勢：佢～畀你睇啫，平時唔見佢咁勤力【他不過裝裝樣子給你看，平時沒見過他這麼勤快的】。｜呢個明星做戲太～，唔好睇【這位演員演戲太裝腔作勢，不好看】。

作反 dzok⁸ faan² 造反：死仔，你想～呀【臭小子，想造反】？

作福 dzok⁸ fuk⁷ 祈福（一種擺祭品祈求神仙賜福的儀式）：年頭～，年尾還神【年初祈求神仙賜福，年底酬謝神仙】。

作供 dzok⁸ gung¹ 對案件提供證詞：我今日要出庭～【我今天要出庭提供證詞】。

作雨 dzok⁸ jy⁵ 天陰要下雨；醞釀下雨：個天有啲～，你出門要帶遮先得【天有點兒要下雨的樣子，你出門要帶雨傘才行】。

作死 dzok8 sei2 找死（罵人話）：你～呀【你找死】？

作賽 dzok8 tsoi3【文】出賽；參加比賽。

鑿 dzok9 ❶（屈指）敲打：～頭殼【敲腦袋】｜～門【敲門】。❷ 敲（竹槓）；敲詐：頭先畀人～咗幾百蚊陀地費【剛剛才被人敲詐了幾百塊錢的「保護費」】。❸ 偷；強取：畀人～咗架電單車【被人偷走了摩托車】｜佢見我個火機靚就夾硬～埋【他見我的打火機漂亮就硬是要走了】。❹【俚】玩（女人）：～嘢【性交】｜～咗幾條女【玩了幾個女人】。

裝 dzong1 ❶ 盛；裝：～飯【盛飯】。❷（佈設機關、陷阱）誘捕：～山豬【誘捕野豬】。❸「裝彈弓」之簡。設圈套：佢有心設個局嚟～你【他故意設個圈套來害你】。

裝彈弓 dzong1 daan6 gung1 設計陷害；設圈套害人：佢畀人～，冇咗份工【他被人設計陷害，丟了工作】。

裝飯 dzong1 faan6 盛飯。

裝假狗 dzong1 ga2 gau2 裝蒜；弄虛作假。多指人在外形上的偽裝：佢好中意～呃人錢【他很喜歡弄虛作假騙錢】。｜佢又戴假髮又裝假胸，成身都係～咁滯【她又戴假髮又裝假胸，幾乎全身都是假東西】。

裝香 dzong1 hoeng1（在廟宇中或靈位前）上香。

裝身 dzong1 san1 穿衣打扮：你～裝咗成個鐘喇，得未呀【你穿衣打扮花了一個小時了，完了沒有】？

莊 dzong1 某些組織的委員會：上～【某些組織的委員會上任】。

矇 dzong1 ❶ 偷看；偷窺：佢～女仔沖涼【他偷看女孩子洗澡】。❷ 探頭看：架車褪後要～下後便有冇人先【倒車前要探頭先看看後邊有沒有人】。

妝嫁 dzong1 ga3 嫁妝；陪嫁：阿嫲嫁入嚟何家嗰陣有好多～【奶奶嫁進何家那會兒有很多嫁妝】。｜～妹【陪嫁丫鬟】。

樁腳 dzong1 goek8 選舉期間負責在區內為候選人拉票的人，往往為該地區有勢力人士，會利用各種公開或隱蔽手段組織動員街坊、社團等支持候選人，甚至參與賄選。

撞鬼 dzong2* gwai2 ❶ 活見鬼；見鬼（罵人話）：你～呀，慌失失嘅做乜呀【你見鬼了，冒冒失失的幹嘛呀】？❷ 倒霉；真見鬼；真邪門（自己感嘆）：～，又唔記得帶鎖匙【倒霉，又忘了帶鑰匙】！｜～，又入錯門口【真見鬼，又進錯了門】。

撞邪 dzong2* tse4 意同「撞鬼」：真係～，銀包跌咗，鎖匙又唔記得帶【真見鬼，錢包丟了，鑰匙又忘了帶】。

撞 dzong6 ❶ 碰；撞：～親頭【碰着腦袋】｜畀車～到【讓汽車撞了】。❷ 碰上；遇見：～到老師【遇見老師】。❸ 闖：唔好喺度亂咁～【別在這裏亂闖】。❹ 矇；瞎猜：佢靠～嘅，你估佢真係乜都知呀【他是瞎猜的，你以為他真的甚麼都知道呀】？

撞板 dzong6 baan2 碰釘子；受挫；出婁子：以而家公司嘅嘅狀況，去問銀行借錢實～【以現在公司的狀況，去找銀行貸款肯定會碰釘子】。｜你噉做法實～【你這樣做肯定出婁子】。

撞板多過食飯 dzong6 baan2 do1 gwo3 sik9 faan6【俗】碰壁、碰釘子比吃飯還多，

形容非常不順利：我運氣唔好，成世人～【我運氣不好，一輩子經常碰壁】。

撞火 dzong⁶ fo² 生氣；發火：講起就～啦，好心話佢知仲畀佢鬧【說起來真氣人，好心告訴他還挨罵】。｜一話佢就～，邊個敢勸佢【一說他就發火，誰敢勸他】？

撞見 dzong⁶ gin³ 碰上；遇到。又說「撞到」：琴晚我響戲院～你家姐【昨晚我在戲院裏碰上你姐姐】。

撞口撞面 dzong⁶ hau² dzong⁶ min⁶ 經常遇見；低頭不見抬頭見：佢兩個分咗手，日日～好尷尬【他們兩個分了手，天天低頭不見抬頭見，好不尷尬】。

撞面 dzong⁶ min⁶ ❶ 無意中碰見；偶然碰見：佢而家咁大個，喺街度～都唔認得喇【他現在長那麼大了，在街上碰見都不認得了】。❷ 碰見；碰面：我哋住同一座大廈，成日～【我們住在同一座大廈，常常碰見】。

撞啱 dzong⁶ ngaam¹ 碰巧：一到巴士站就～架巴士到站【一到車站剛巧公共汽車到站】。

撞衫 dzong⁶ saam¹ 指兩個人穿的衣服款式、色彩等相同或相似：咁蹺，今日我哋～【真巧，今天我們兩個人穿一樣的衣服】。

撞手神 dzong⁶ sau² san⁴ ❶ 用手試試運氣（如摸彩、抓鬮兒）。❷ 碰巧（成功）；運氣好。意同「撞彩」：佢今次射籃入咗都係～啫【他這次投籃入球完全是靠運氣】。

撞死馬 dzong⁶ sei² ma⁵ 喻指橫衝直撞的人：畀呢個～撞到我企都企唔穩【我給那個橫衝直撞的人撞得站立不穩】。

撞色 dzong⁶ sik⁷ 顏色不協調：你條裙同件褸～【你的裙子跟外套顏色不協調】。

撞頭 dzong⁶ tau⁴ 雙方擦肩而過，沒有見到：今日我去佢屋企，佢又咁啱嚟我度，我哋撞咗頭【今天我到他家，他又正巧來我家，我們雙方擦肩而過沒能見面】。

撞彩 dzong⁶ tsoi² ❶ 碰運氣：買張六合彩撞下彩【買張彩票碰碰運氣】。❷ 碰上好運氣；運氣好：佢實力比唔上對方，贏咗都是～啫【他的實力不如對方，贏了純粹是碰上好運氣】。

狀師 dzong⁶ si¹ 律師。又稱「大狀」。

糟質 dzou¹ dzat⁷ ❶ 欺負；作弄；刻薄：有啲大學有舊生～新生嘅傳統【有些大學有高班學生欺負新生的傳統】。❷ 浪費；糟蹋（東西）：件新衫佢唔中意着就攞嚟抹枱，我都未見過人噉～嘢嘅【那件新衣服他不喜歡穿就拿來抹桌子，我還真沒見到過這麼糟蹋東西的】。

早走早着 dzou² dzau² dzou² dzoek⁹ 走為上計：呢度就快鎖門啦，都係～【這兒快鎖門了，還是早走為好】。

早響 dzou² hoeng² 早說；早點兒說（帶埋怨語氣）：取消咗你就～啦【取消了你就該早說】！

早一排 dzou² jat⁷ paai⁴ 同「早排」。

早排 dzou² paai⁴ 前一陣子；前些日子：～啲租金冇咁貴【前些日子的租金沒那麼貴】。

早晨 dzou² san⁴ ❶ 早上好：張生，～【張先生，早上好】！❷ 早：咁～，去邊呀【這麼早，上哪兒去】？

早晨流流 dzou² san⁴ lau⁴ lau⁴ 大清早的；大早晨的；很早。又說「晨早流流」：你～就出門，去行山呀【你大清早就出門，去爬山嗎】？

早時 dzou2 si4 又作 dzou2 si2*。❶ 早先；原來；以前；從前：呢度～有一間學堂【這裏以前有一所學校】。❷ 剛才；剛剛；～佢仲喺學校，而家好似返咗屋企【剛才他還在學校，現在好像回家了】。

早唞 dzou2 tau2 ❶ 早點兒休息。通常用作夜晚告別用語，相當於「晚安」。❷ 用於表示否定他人意見或做法，相當於「一邊兒呆着去吧」：你想用呢啲手段收買我？你～喇【你想用這些手段收買我？你一邊兒呆着去吧】！

早場 dzou2 tsoeng4 電影院最早的一場放映場次，票價較便宜。早期電影院的早場時間一般在 10：30。（詳見「公餘場」條。）

早禾 dzou2 wo4 春季稻子；早造的稻子：～怕北風，晚禾怕雷公（農諺）【春季的稻子怕吹北風（乾旱），秋季的稻子怕雷雨（澇災）】。

祖家 dzou2 ga1 特指在港英國人的祖國——英國。

灶基 dzou3 gei1 廚房中的磚台，放爐子用的。

灶君 dzou3 gwan1 灶神；灶王爺：年尾祭～【舊曆年底祭灶王爺】。

灶頭 dzou3 tau4 灶上；灶台；鍋台。

造 dzou6 ❶（作物上市的）旺季：荔枝～【荔枝旺季】｜過～【旺季已過（市面已少見或脫銷）】。❷ 量詞。茬：種水稻一年兩～【種水稻一年兩茬】。

造馬 dzou6 ma5 ❶ 賽馬術語。指在賽事中作弊，讓預定的某一匹馬取勝：呢匹病馬居然跑第一，顯然係～【這匹病馬居然跑了第一，顯然是作弊】。❷ 引申為在各種比賽、選拔中弄虛作假，讓預定的人（或物）贏得冠軍或獎項：呢次選美傳聞有～成份【這次選美比賽傳說有預定結果的嫌疑】。

造市 dzou6 si5 股票市場術語。指用不正當的手法（如發放虛假信息、非法購入或拋出自己的股票等）造成股市、股價的變化而從中牟利。

造價 dzou6 ga3 售出的實際價格；售價：港金～向好【香港黃金的售價趨向良好】。

造愛 dzou6 ngoi3 做愛；性交。英語 make love 的意譯詞。

做膽 dzou6 daam2 ❶ 塞東西到中空的物件內以填充空間：鞋店啲新鞋入便通常都會塞啲紙入去～【鞋店裏的新鞋裏頭通常都會塞些紙團進去把空隙填滿】。❷ 賽馬術語。作為複式投注的核心號碼：用二號馬～再拖其他馬【用二號馬做中心再搭配其他馬】。

做低 dzou6 dai1 幹掉：～佢【幹掉他】。

做到氣咳 dzou6 dou3 hei3 kat7 忙得喘不過氣來：得我一個人真係～【只我一個真是忙得喘不過氣來】。

做冬 dzou6 dung1 過冬至節日。

【小知識】廣東習俗，過「冬節」很隆重，有「冬大過年」之說。

做東 dzou6 dung1 做東道主；請人吃飯：今日我～【今天我做東道主】。

做 gym dzou6 dzim1 到健身室做健身運動。gym 是英語 gymnastics 的省略。

做正行 dzou6 dzing3 hong4 做正當行業；有正當職業：你哋要～，唔好撈偏門【你們要做正當行業，不要走歪門邪道】。

做莊 dzou6 dzong1 打牌時做莊家，引指主事；掌管；當主場：呢一屆輪到我哋

～【這一屆輪到我們來主事了】。

做 facial dzou[6] fei[1] sou[4] 做面部美容。

做架梁（兩） dzou[6] ga[3] loeng[2]* 替人家出頭；多管閒事。意近「路見不平，拔刀相助」：佢畀個惡人打，竟然有人敢去～【他被那惡人打，竟然有人敢替他出頭】。

做雞 dzou[6] gai[1]【俗】當妓女。

做忌 dzou[6] gei[6] 紀念先人忌日；祭祀去世的人。有時也用作詛咒語：聽日同阿爺～【明天祭奠爺爺】。｜你再唔還錢，等住我同你～啦【你再不還錢，等着我替你吊喪吧】。

做功課 dzou[6] gung[1] fo[3] ❶ 做作業，一般指家庭作業。又說「做家課」。❷ 喻指為某事而提前做好檔案、資料查找等事前準備工作：你要攻擊對手，又唔做足功課；抵你輸啦【你要攻擊對手，又不做好準備功夫，輸了活該】。

做工夫 dzou[6] gung[1] fu[1] ❶ 幹活兒；做工作：佢～好落力【他幹活兒很勤奮】。❷ 下工夫；花心思：想推銷得好，要喺包裝度～至得【想推銷得好，要在包裝上花心思才行】。

做瓜 dzou[6] gwa[1] 幹掉：有乜咿嘟就～佢【有甚麼動靜就幹掉他】。

做慣乞兒懶做官 dzou[6] gwaan[3] hat[7] ji[4] laan[5] dzou[6] gun[1]【俗】做慣了叫花子懶得再去當官。通常用於作無法升職或當官時的自我解嘲，或拒絕擔任某些公職、要職的托辭。

做鬼做馬 dzou[6] gwai[2] dzou[6] ma[5] 做乜沒用；做個鬼；幹個屁（牢騷話）。「做」也可換成其他動詞：架撐都冇，～咩【工具都沒有，做個屁呀】？｜隻錶爛成噉，整鬼整馬咩【這塊錶壞成這樣，還修甚麼】？｜個團都取消咗喇，去鬼去馬咩【（旅遊）團都取消了，去個鬼】！

做戲 dzou[6] hei[3] ❶ 演戲：佢大佬係～嘅【他哥哥是演戲的】。｜琴晚禮堂～，你有冇睇呀【昨晚禮堂演戲，你看了嗎】？❷ 裝樣子；做樣子：佢～畀你睇嘅咋，唔好信佢呀【他不過是裝樣子給你看，別信他】。

做好做醜 dzou[6] hou[2] dzou[6] tsau[2] ❶ 好歹；不管怎樣；不管好壞：～，點都要佢去一次【不管怎樣也要他去一趟】。❷ 又做好人，又做壞人，即又唱紅臉，又唱白臉：佢兩個都係我徒弟，惟有我嚟～啦【他們倆都是我徒弟，我只好又唱紅臉，又唱白臉，居中調停】。

做好心 dzou[6] hou[2] sam[1] 做善事，施捨；出於好心幫忙：我自己會搞掂，唔使你～【我自己會處理，不用你施捨幫忙】！

做人世 dzou[6] jan[4] sai[3]（與對方）結為夫婦，長期共同生活：呢啲男仔，同佢拍下拖就得，同佢～就唔好嘞【這種男孩子，跟他談談戀愛可以，跟他過一輩子就不行了】。

做人情 dzou[6] jan[4] tsing[4] ❶（為拉攏人心而）請客送禮。❷ 專指給辦喜事請客的主人家送賀禮。

做嘢 dzou[6] je[5] ❶ 工作；做事；幹活：食嘢唔～【光吃不做】。❷ 就業；就職；參加工作：我個細仔今年開始～【我的小兒子今年開始工作】。❸【俗】採取行動。意近普通話的「上」、「幹」：你唔應承呀？兄弟，～【你不答應？兄弟們，上】！｜政府由得個問題惡化，一直都冇～【政府任由問題惡化，一直都沒有採取措施】。

做乜 dzou[6] mat[7]「做乜嘢」的省稱。又說「做咩」。❶ 幹甚麼：嗰個人鬼鬼鼠鼠唔知～【那個人鬼鬼祟祟地不知道在幹甚麼】。❷ 為甚麼；幹嘛；怎麼：你～唔理人【你幹嘛不理人】？

做磨心 dzou6 mo6 saam1（夾在中間）左右為難，兩頭不是人。

做牙（禡） dzou6 nga4 舊時風俗，商家每逢月初、月中的「禡日」，例以葷菜祭土地神、財神，完畢之後把菜讓眾伙計們吃一頓。這種活動稱「做牙」，又稱「打牙祭」。其中每年正月初二的首祭稱「開牙」，臘月十六的末祭稱「尾牙」。

做女嗰時 dzou6 noey2* go2 si4 沒結婚時：阿嫲話佢～唔准同男仔交往【奶奶說她結婚前是不准跟男孩子交往的】。

做扒 dzou6 pa2 新聞行業術語。源自英語 stand-upper，即記者在鏡頭前直播。「扒」是 per 的音譯。

做生不如做熟 dzou6 saang1 bat7 ju4 dzou6 suk9【俗】幹陌生的新行當不如繼續幹自己熟悉的老行當，或找一個新職業（或職位）不如繼續幹原來那份工作。

做手 dzou6 sau2 戲曲的一種做工、演技：呢個花旦嘅～真係冇得頂【這個花旦的演技真是沒得說】。

做手腳 dzou6 sau2 goek8 暗中做安排（指舞弊等）；暗中搞小動作：呢份文件畀人做過手腳【這份文件被人暗中改過】。

做世界 dzou6 sai3 gaai3 ❶（為得到錢財而）作案（如盜竊、搶劫、兇殺、綁架等）：幫我搵幾枝槍去～【幫我找幾枝槍去幹樁大買賣】。❷「做某人世界」，意為「把某人幹掉」：做佢世界【幹掉他】。

做騷 dzou6 sou1 ❶ 表演；作秀。「騷」為英語 show 的音譯。❷ 引指做門面功夫，無實質效用：呢啲諮詢會都係～喋啫，你估啲官員真係落嚟聽民意咩【這些諮詢會不過是門面功夫，你以為那些官員真的下來聽民意啊】？

做數 dzou6 sou3 整理賬目；結算賬目：我今日要去公司～【我今天要到公司整理賬目】。

做台腳 dzou6 toi4 goek8 原為戲班用語，引指受僱於人，給人幫忙：我聽日要去～【我明天要去給人幫忙】。

做七 dzou6 tsat7 親人過世，按舊式俗例，頭四十九天內，每七天都會舉行一次祭祀儀式，稱為「做七」。第一次稱「頭七」，最後一次稱「尾七」。「做七」也用作詛咒語，同「做忌」。

做醜人 dzou6 tsau2 jan2* 出面做得罪人的事；唱白臉：今次我～，下次輪到你【這一次我出面做得罪人的事，下一次輪到你】。

竹 dzuk7 ❶ 竹子。❷ 竹竿：晾衫～｜攞枝～嚟做旗杆【拿枝竹竿來做旗杆】。

竹蔗 dzuk7 dze3 一種小甘蔗，桿細，汁不大甜，通常用於煮清涼飲料，有清涼、降火功效：茅根～水【茅根蔗水】。

竹枝 dzuk7 dzi1 ❶ 竹子的旁枝，小竹子。❷ 竹簝兒。

竹織鴨——有心肝 dzuk7 dzik7 ngaap8 mou5 sam1 gon1【歇】竹子編織的鴨子，沒有鴨心、鴨肝。比喻人沒有良心：呢個衰仔正一～【這渾小子真是竹編鴨子沒良心】。

竹戰 dzuk7 dzin3 比喻打麻將（早期的麻將牌是用竹子做的）。

竹花頭 dzuk7 fa1 tau2* 漢字偏旁「竹字頭（⺮）」。

竹篙 dzuk7 gou1 竹竿。

竹篙精 dzuk7 gou1 dzing1 高個子；高而瘦的人：佢正一～嚟嘅【他就一瘦麻稈兒】。

竹館 dzuk7 gun2 麻將館。

竹紗 dzuk7 sa1 府綢：～衫【府綢上衣】。

竹絲雞 dzuk7 si1 gai1 一種白毛而黑皮的雞。同「烏雞」。

竹升 dzuk7 sing1 竹槓。粵語「槓」與「降」同音，而「降」字不吉利，故為避諱而以「升」代「槓」。

竹升仔 dzuk7 sing1 dzai2 喻指在中國出生但在外國長大，對中國文化或外國文化都半通不通的華人男性。女性則稱「竹升妹」。

粥底 dzuk7 dai2 用於製作粵式各類「生滾粥」的白粥。這種白粥是預先慢火熬製，有時還會加入上湯和配料（如腐竹、乾貝等）一起煮好備用。製作各類生滾粥時，用小鍋把白粥煮開，加入魚片、皮蛋瘦肉等主料，快速煮熟，便可盛入碗中食用。

粥水 dzuk7 soey2 ❶ 稀飯上面的湯水；米湯：以前捱窮嗰陣，真係～都冇得飲【以前過窮日子的時候，連口米湯都喝不上】。❷ 很稀的稀飯。

捉字虱 dzuk7 dzi6 sat7 摳字眼兒：成日～，好似好有文化噉【整天摳字眼，好像很有文化似的】。

捉到鹿唔識脱角 dzuk7 dou2* luk2* m4 sik7 tyt8 gok8【俗】抓到了鹿卻不懂得取鹿茸，喻指碰上好機會卻不懂得利用，錯失良機。

捉雞腳 dzuk7 gai1 goek8 ❶ 捉姦：石太帶人去～【石太太帶人去捉姦】。❷ 抓住別人的弱點、把柄：佢專捉人雞腳嚟搵着數【他專利用人家的弱點撈油水】。

捉痛腳 dzuk7 tung3 goek8 揭瘡疤；抓住別人的把柄、弱點、要害：佢畀人捉到痛腳，所以唔敢出聲【他讓人家抓住把柄，所以不敢說話】。

捉伊人 dzuk7 ji1* jan1* 捉迷藏。又作「伏伊人」：細佬哥有邊個唔中意～啫【小孩子有誰不喜歡捉迷藏呢】。

捉棋 dzuk7 kei2* 下棋；下象棋。

捉老鼠入米缸 dzuk7 lou5 sy2 jap9 mai5 gong1【俗】弄隻老鼠放進米缸裏，意近「引狼入室」：叫呢個花花公子照顧你阿妹？噉咪～【叫這個花花公子照顧你妹妹？這豈不是引狼入室】？

捉錯用神 dzuk7 tso3 jung6 san4 錯誤猜測別人的意圖。（參見「捉用神」條）

捉用神 dzuk7 jung6 san4 猜測別人的意圖，然後去迎合人：呢條友至叻～啦【這小子最擅長的就是揣測別人的意圖】。

捉蟲入屎忽——自找麻煩 dzuk7 tsung4 jap9 si2 fat7 dzi6 dzaau2 ma4 faan4【歇】抓蟲子塞入自己屁眼裏，自己給自己找麻煩（有時不講出下句）。

捉黃腳雞 dzuk7 wong4 goek8 gai1 ❶ 捉拿入室調戲、姦污婦女的色狼。❷ 引指為敲詐錢財而設置「捉色狼」的圈套。即以一女子為餌引誘好色者，然後其他人以女子的丈夫或執法人員的身份闖入捉「姦夫」（或嫖客），從而勒索錢財。

燭光晚餐 dzuk7 gwong1 maan5 tsaan1 在燭光照明下進食的晚餐，多是戀愛中的男女情調浪漫的約會：有錢嘅話，就日日同女朋友～【如果很有錢，就天天跟女朋友到高級餐廳浪漫約會】。

逐 dzuk9 逐一；一樣樣地；一點點的：～個捉【一個一個地抓出來】｜呢堆貨櫃

入便有走私貨，大家要～啲查【這一堆集裝箱中有走私貨，大家要逐一檢查】。

俗例 dzuk⁹ lai⁶ 風俗習慣；習俗：照～，坐月係唔可以落床嘅【按一般習俗，坐月子是不可以下床的】。

續 dzuk⁹ 接；連接（繩子、線等）：～番條繩【把繩子接上】。

贖 dzuk⁹ 找回（零錢）：～返三十蚊畀你【找回你三十塊錢】。

濁 dzuk⁹ 嗆（水或食物等進入氣管而引起起咳嗽甚至窒息）：唔好飲得咁快，因住～親【別喝那麼急，小心嗆着】。

舂 dzung¹ ❶（用拳頭）打；捶：畀人～咗一拳【被人打了一拳】。❷ 闖：唔好亂咁～【別亂闖】。❸ 墜；栽，栽倒：～咗落地【栽倒在地上】｜飛機～咗落海【飛機墜到海裏去了】。

舂米公 dzung¹ mai⁵ gung¹ 一種昆蟲，黑色，形狀像細腰蜂，學名為「旗腹姬蜂」。因其尾部不停地上下搖動，類似人舂米的動作，故稱。

舂瘟雞 dzung¹ wan¹ gai¹ ❶ 形容人走路腳步不穩，東搖西晃，像發瘟雞一樣。❷ 比喻做事毫無計劃、規律，盲目亂來：做事冇厘計劃，～噉【做事沒甚麼計劃，跌跌撞撞亂來一氣】。

終極版 dzung¹ gik⁹ baan² 經改良或剪輯後推出的最後版本。一般用於指電子遊戲，也引指電影。

終須 dzung¹ soey¹ 終歸；總會，總：佢咁肯捱，～有出頭之日嘅【他這麼拼命，總會有出頭之日的】。

終須有日龍穿鳳，唔通日日褲穿窿 dzung¹ soey¹ jau⁵ jat⁹ lung⁴ tsyn¹ fung⁶ m⁴ tung¹ jat⁹ jat⁹ fu³ tsyn¹ lung¹【俗】原為粵劇唱詞，意為「總有一天會出人頭地，難道還天天穿着破褲子不成」。通常用作困境時自我激勵。下句也有說成「唔信一世褲穿窿」。

中巴 dzung¹ ba¹ ❶ 香港一家公共汽車公司「中華巴士有限公司」的簡稱。該公司已於1998年9月1日結束經營。❷「中型巴士」的簡稱。通常指20-30座左右的中型客車。

中座 dzung¹ dzo⁶ 電影院或戲院下層中間的幾排座位（以前戲院分前座、中座、後座和超等，票價不同。詳見「戲院」條。）

中中地 dzung¹ dzung¹ dei²* 中等；不好不壞；剛好：佢讀書～【他讀書（成績）不好不壞】。

中飛 dzung¹ fei¹ 裝有4-5個引擎的中馬力快艇。通常用於海上走私。和「大飛」相對。

中更 dzung¹ gaang¹（三班制工作的）中班。

中坑 dzung¹ haang¹ 中年人（蔑稱），與「老坑」相對：我哋呢啲～點跑得過啲後生吖【我們中年人怎跑得贏年輕人】。

中學雞 dzung¹ hok⁹ gai¹【謔】中學生。

中（鍾）意 dzung¹ ji³ ❶ 喜歡；喜愛：我～食川菜【我喜歡吃四川菜】。❷ 愛：我～佢，我一定要娶佢【我愛她，我一定要娶她】。❸ 滿意；合心意：揀到你～為止【挑選到你滿意為止】。

中褸 dzung¹ lau¹（長及膝蓋的）中大衣（與「長褸」或「短褸」相對）。

中小企 dzung¹ siu² kei⁵ 中小型企業的簡稱。

中停 dzung¹ ting²* 中等：呢啲燕窩嘅級數係～嘅【這些燕窩屬於中等貨】。

中途宿舍 dzung1 tou4 suk7 se3 政府為精神病康復者設立的過渡時期的宿舍，協助他們提升獨立生活能力以便於日後融入社會。

忠直 dzung1 dzik9 忠厚老實；忠厚耿直：佢為人好～【他為人很忠厚耿直】。

鐘 dzung1「鐘頭」的略稱；小時：一粒～【一個鐘頭】｜斷～計【按小時計算】。

鐘點女傭 dzung1 dim2 noey5 jung4 省作「鐘點」。按工作時數計酬的女傭人。

鐘數 dzung1 sou3 ❶ 時間，通常指額定的一段時間：我唔想加班，做夠～就走人【我不想加班，幹夠了時間就走】。❷ 時段（某一特定時間）：呢個～佢一定喺度【這個時間段他一定在】。

宗親會 dzung1 tsan1 wui2* 一種聯誼性質的社團組織，成員均為同一宗族的同姓鄉親：陳氏～。

粽（糭） dzung2* 粽子。

總掣 dzung2 dzai3 總開關；總電源：整電燈要閂咗～先【修電燈要先斷開總電源】。

總言之 dzung2 jin4 dzi1 總之，總而言之：～，你講嘢咁大聲就唔得【總之，你說話聲音那麼大就不行】。

縱 dzung3 寵；溺愛：個仔畀佢自己～壞晒【兒子讓她自己給寵壞了】。

縱慣斯勢 dzung3 gwaan3 si1 sai3 寵慣：佢瞓喺度睇書你都唔話佢？～第日好難改㗎【他躺着看書你也不說他，這樣寵慣了以後就很難改】。

中招 dzung3 dziu1 被人設計陷害而上了當；誤入圈套而受害：呢排呢個區好多騙徒出沒，好多人都～【最近這個區有好多騙子出沒，好多人掉進了圈套】。

中空寶 dzung3 hung1 bou2 唾手可得的巨大利益落空：我貼中隻頭馬，但係趕唔切落注，真係～【我猜中那匹馬跑第一名，卻來不及下注，唾手可得的大筆彩金落空了】。

中規中矩 dzung3 kwai1 dzung3 goey2 符合一般規範：佢做嘢～，都靠得住嘅【他做事符合一般規範，還算靠得住】。

中頭獎 dzung3 tau4 dzoeng2 ❶ 中一等獎，中最高的獎：佢買六合彩～【他買六合彩中一等獎】。❷【謔】喻指被樓上扔下來或掉下來的硬物擊中：呢棟樓宇以前經常出現高空擲物，導致路人「～」受傷【這棟樓宇以前經常出現高空墮物，導致路人頭部被擊中受傷】。

綜援 dzung3 wun4「綜合社會保障援助計劃」的簡稱，計劃供低收入人士申請。

> 【小知識】這項計劃於1993年實施，前身是「公共援助計劃（公援）」，是香港政府針對低收入或無收入人士或家庭的一項社會福利措施，申請人須通過入息及資產審查。

種金 dzung3 gaam1 一種層壓式的傳銷方式，以利誘消費者集資投資。消費者須先購買大批產品，並成為會員，再介紹其他人入會，向他們推銷產品，從中獲取佣金。行騙者聲稱投資可短時間獲得高額回報，故稱「種金」。

種票 dzung3 piu3 為選舉而事先在預定參選地區培植力量或安插自己人成為地區合資格選民以增加票源：區議會選舉～案，被告被判入獄三個月。

仲（重） dzung6 ❶ 還：～未到【還沒到】｜～有好多【還有很多】。❷ 更；更加：舊年嘅收成～好【去年的收成更好】。｜我架車～貴【我那輛車更貴】。

仲加 dzung6 ga1 更加。同「仲 ❷」。

仲估 dzung6 gu2 還以為；滿以為；認為：我～你會中意睇電影添【我還以為你會喜歡看電影呢】！

仲係 dzung6 hai6 還是；仍然：我～中意玩網球多啲【我還是比較喜歡玩網球】。｜佢～好似十年前咁青春【他還是像十年前那麼年輕】。

仲冇咁嬲 dzung6 mou5 gam3 nau1 字面義是「……還沒讓人那麼生氣」，意為「還不如……」：坐地鐵咁慢，坐巴士～啦【坐地鐵這麼慢，還不如坐巴士呢】。

豬板油 dzy1 baan2 jau4 豬的板狀脂肪。

豬八怪 dzy1 baat8 gwaai3 醜八怪，指長得很醜的人：你識唔識化妝㗎，畫到成隻～噉【你懂不懂化妝，怎麼搞成個醜八怪似的】？

豬大腸 dzy1 daai6 tsoeng2* 豬的大腸：以前街邊熟食檔有～賣【以前的街頭賣小吃的攤兒出售豬的大腸】。

豬膽鼻 dzy1 daam2 bei6 豬膽形的鼻子，形容漂亮的鼻子：佢四方面口，～，相貌堂堂【他國字形的臉龐，豬膽形的鼻子，相貌堂堂】。

豬兜 dzy1 dau1 ❶ 又寫作「豬篼」。豬食槽，餵豬的器具。❷【貶】蠢人；愚笨的人；笨蛋：佢以為自己係叻仔，人哋就係～【他以為自己是能人，別人全是笨蛋】。

豬髧兜 dzy1 dam3 dau1 ❶ 同「豬兜肉」。❷【貶】引指人像豬一樣蠢鈍、愚笨（罵人語）。

豬兜肉 dzy1 dau1 juk9 豬耳下方後頸部的肉，又作「豬髧兜」。

豬竇 dzy1 dau3 豬窩：你間房咁邋遢，直情～噉【你的房間又亂又髒，簡直跟豬窩似的】。

豬踭肉 dzy1 dzaang1 juk9 豬肘子。

豬雜 dzy1 dzaap9 豬雜碎；豬下水。

豬仔 dzy1 dzai2 ❶ 小豬。❷ 被賣到外國做苦力的工人：佢阿爺係賣～去美國嘅【他爺爺是被當作苦力賣去美國的】。❸ 被收買了的：～議員【被收買了的議員】。

豬仔包 dzy1 dzai2 baau1 一種港式麵包，一般指「硬豬仔包」，味道和質感跟長條法國麵包相似。另又有「軟豬仔包」，按味道不同，還分「鹹豬仔（包）」和「甜豬仔（包）」。

豬隻 dzy1 dzek8 豬：～供應。

豬花 dzy1 fa1 半大的豬；架子豬：佢養咗五隻～【他養了五頭架子豬】。

豬粉腸 dzy1 fan2 tsoeng2* 豬的小腸和十二指腸的合稱，也叫「粉腸」。

豬腳 dzy1 goek8 豬蹄（多指後蹄）。

豬腳筋 dzy1 goek8 gan1 豬蹄筋：你去海味店買半斤～【你到乾貨店去買半斤豬蹄筋】。

豬腳薑 dzy1 goek8 goeng1 豬腳煨生薑。廣東民俗婦女產後常以此作為滋補食品。

豬肝色 dzy1 gon1 sik7 褐色；醬色；黑黃色。

豬膏 dzy1 gou1 豬油；板油。

豬下雜 dzy1 ha6 dzaap9 豬內臟的一部份，包括大腸、小腸、肺、膀胱等。

豬紅 dzy1 hung4 豬血。

豬腰 dzy1 jiu1 豬腎；豬腰子。

豬膶 dzy1 joen2* 豬肝。廣東人忌諱「乾」

字及其同音字，因「乾」即「無水」，而「無水」在粵語中有「無錢」之意，故改「肝」為「膶」，取其與濕潤的「潤」同音。

豬欄 dzy[1] laan[1]* ❶ 養豬的地方；豬圈：你去掃下個～【你去打掃一下豬圈】。❷ 集中買賣豬的街市或集市。

豬柳 dzy[1] lau[5] 切成條形的豬的裏脊肉，與「牛柳」、「魚柳」等的用法相似。

豬脷 dzy[1] lei[6] 豬舌頭。廣東人忌諱「蝕」，因「舌」與「蝕」同音，故改為「脷」，取其與「利」同音。

豬籠 dzy[1] lung[4] 運豬用的竹編籠子。

豬籠入水——八面通 dzy[1] lung[4] jap[9] soey[2] baat[8] min[6] tung[1]【歇】下句又作「道道來」。把豬籠放進水裏，四周的水都向籠裏灌，形容人財運亨通，財源滾滾（經常不講出下句）：佢呢排～，賺到盤滿缽滿【他這一陣子財源滾滾，賺得口袋滿滿的】。

豬籠車 dzy[1] lung[4] tse[1] 一種貨車，車斗與車頂之間用鐵網圍着，貌像豬籠，故稱。香港警方早期常用這種車輛作拘捕較多嫌犯或違例小販之用，也在有需要時用來運送大批警員。

豬嘜 dzy[1] mak[7]【貶】蠢豬；笨豬（罵人語）：正～【真是蠢豬】。｜佢個樣成個～噉【看他那樣子就是個蠢豬】。

豬乸 dzy[1] na[2] 母豬。

豬乸菜 dzy[1] na[2] tsoi[3] 野菜「莙薘菜」的俗稱。

豬腩肉 dzy[1] naam[5] juk[9] 豬腹部肉的總稱。

豬扒 dzy[1] pa[2]* ❶ 豬排：煎～【煎豬排】。❷【貶】喻指醜女。

豬朋狗友 dzy[1] pang[4] gau[2] jau[5] 狐朋狗友：佢同班～飲酒飲到醉晒至返嚟【他同那幫狐朋狗友喝到醉醺醺才回來】。

豬潲 dzy[1] saau[3] 給豬吃的泔水、殘羹剩菜等；豬飼料：佢去煮～【她去熬豬飼料】。

豬手 dzy[1] sau[2] 豬的前蹄。

豬上雜 dzy[1] soeng[6] dzaap[9] 豬內臟的一部份，包括心、肝、腰子等。

豬頭 dzy[1] tau[4] ❶ 豬的頭。喻指鼻青臉腫：佢畀人打到成個～噉【他被人打得鼻青臉腫】。❷ 同「豬頭炳」。

豬頭炳 dzy[1] tau[4] bing[2]【貶】又蠢又醜的人：鬼先中意嗰個～【鬼才喜歡那個蠢豬醜八怪呢】。

豬頭骨 dzy[1] tau[4] gwat[7] 原指豬的頭骨，喻指既難啃又沒油水（難度大又沒甚麼好處）的工作、事情：呢單隧道工程地層咁複雜，又冇乜利潤，噉嘅～，邊個願做吖【這個隧道工程地質情況這麼複雜，利潤又不多，這種沒油水又難啃的活，誰願幹】？

豬頭肉 dzy[1] tau[4] juk[9] 豬頭部的肉。

豬肚 dzy[1] tou[5] 豬的胃：胡椒～湯【胡椒煮豬肚湯】｜反轉～就係屎【翻臉不認人】。

豬腸粉 dzy[1] tsoeng[4] fan[2] 一種食品。以米粉加水調漿後倒在平底盤中，加上蔥花甚至肉末後蒸熟，再捲成豬腸般的圓條狀，淋上油、醬油後食用，是最為大眾化的粵式早餐食品。亦省稱為「腸（tsoeng[2]*）粉」或「腸（tsoeng[2]*）」。

豬橫脷 dzy[1] waang[4] lei[6] 豬的胰腺。

朱古力 dzy[1] gu[1] lik[7] 巧克力。英語 chocolate 的音譯詞。

朱義盛 dzy[1] ji[6] sing[2]* 一老牌鍍金首飾店

名。借指假冒的首飾：我呢條金鏈係九九金嚟㗎，唔好以為係～呀【我這條金鏈是九九足金的，別以為是假冒貨】。

【小知識】朱義盛為百餘年前廣州狀元坊首飾店，出品的首飾雖為鍍金，但與真金一樣不會變色，幾可亂真，加之價錢不貴，故深得大眾歡迎，名噪省、港、澳。「朱義盛」曾經是「永不掉色」的同義語。

珠豆花生 dzy1 dau2* fa1 sang1 簡稱「珠豆」。一種小顆粒的花生：～食入口係香啲【小顆粒的花生吃起來比較香】。

珠被 dzy1 pei5 毛巾被。

硃砂桔 dzy1 sa1 gat7 一種盆栽柑橘子，供觀賞用，較金橘小，顏色偏紅。

諸事 dzy1 si6 愛管閒事，又作「諸事八卦」：乜你咁～㗎，啲女仔嘢你都理埋一份【你這麼愛管閒事，連這種女孩子的事你都插一手】。

諸事八卦 dzy1 si6 baat8 gwa3 愛管閒事。同「諸事」。

諸事理 dzy1 si6 lei1* 指愛管閒事的人：班女仔個個都係～【那些姑娘個個都愛管閒事】。

煮 dzy2 ❶ 做飯菜：今晚等我落廚～返餐【今晚讓我下廚房做一頓飯】。❷ 説壞話；陷害：佢想喺老闆面前～死你【他想在老闆面前陷害你】。

煮飯仔 dzy2 faan6 dzai2 小孩子學大人做飯的遊戲：玩～。

煮飯婆 dzy2 faan6 po2*【俗】老婆；太太：連家用都輸埋，返去點同～交代【連維持家計的錢都輸掉了，回去怎麼跟老婆交代】？

煮食 dzy2 sik9 做飯；煮飯：呢度唔畀～【這兒不讓做飯】。｜太太唔喺度，我就要自己～【太太不在，我要自己做飯】。

煮重米 dzy2 tsung5 mai5 ❶ 加油添醋説別人壞話；誇大別人的缺點：因住佢喺老細面前煮重你米【小心他在老闆面前加油添醋説你壞話】。❷ 煮了你的飯：你唔好走，我～嘞【你不要走，我煮了你的飯了】。

主婦手 dzy2 fu5 sau2 一種手部皮膚病。主要表現為皮膚乾燥、脱皮、過敏，甚至會出現裂口。患者多為從事家務勞動，雙手經常接觸各種肥皂、洗衣粉、洗潔精等化學洗滌用品的家庭主婦，故稱。

主禮 dzy2 lai5 主持儀式：今年畢業禮請咗局長嚟～【今年畢業典禮請局長來主持儀式】。

主腦 dzy2 nou5 首腦。

主催 dzy2 tsoey1 大力促成：呢幾年政府～創意產業，我轉行去做設計【這幾年政府大力促成創意產業，我轉行去做設計】。

注 dzy3 ❶ 投放、投入（資金）：～資三千萬【投入三千萬資金】。❷ 賭注：落～【下賭注】。

注碼 dzy3 ma5 賭注：呢個場啲賭客個個～都好大【這個賭場的賭徒賭注都很大】。

蛀米大蟲 dzy3 mai5 daai6 tsung4 沒有用、只會吃的傢伙，泛指庸碌無為的人。意近「飯桶」：佢乜都唔識做，正一係～【他甚麼都不會做，真是個飯桶】。

註冊 dzy3 tsaak8 領有認可執照的：～中醫【領有執照的中醫】。

駐診 dzy3 tsan2 中醫師在中藥店內駐店應診。香港較少專門的中醫醫院或中醫診所，故中醫師多以駐店方式執業。

駐唱 dzy3 tsoeng3 常駐在酒吧酒廊中演唱：佢係～歌手【他是常駐酒廊的歌手】。

住 dzy6 ❶ 助詞。用在動詞表示動作的持續，相當於「着」：攞～枝棍【握着根棍子】｜搵份工做～先【找份工作先幹着】。❷ 同「自」：咪走～【先別走】。

住家工 dzy6 ga1 gung1 住到僱主家裏幹活的工人，如女傭人等：佢打咗幾十年～【她做了幾十年傭人】。

住家男人 dzy6 ga1 naam4 jan2* 擔負（一般由主婦承擔的）家務活的男人。

住埋 dzy6 maai4 ❶ 同居：佢呢排同佢條仔～【她最近跟她的男友同居】。❷ 住在一起：我同姑仔～一齊【我跟小姑子住在一起】。

箸（筯） dzy6 ❶ 筷子：擺碗～【擺碗筷】。❷ 量詞。一筷子夾起的份量：夾一～餸【夾一筷子的菜餚】。

專登 dzyn1 dang1 特意；故意。同「特登」。

專業操守 dzyn1 jip9 tsou3 sau2 職業道德：做任何行業都要講求～【做任何行業都得講究職業道德】。

專門店 dzyn1 mun4 dim3 專門經營某類業務或售賣某類商品的商店。

專線小巴 dzyn1 sin3 siu2 ba1 行走某固定路線的小巴，其車身噴塗的顏色為綠色。又稱「綠巴」。

專上 dzyn1 soeng6 大專。中學教育以後的一個階段，也是各大學、教育學院、職業訓練局院校等高等院校的通稱：～學院。

磚 dzyn1 量詞。塊：一～豆腐【一塊豆腐】。

轉會 dzyn2 wui2* ❶ 職業運動員轉換效力的球會（足球俱樂部）。❷ 黑社會組織三合會專用術語。指某一成員經雙方同意轉換至另一三合會基層組織。

轉介 dzyn2 gaai3 把屬於自己單位的人員或顧客介紹或推薦、轉送給別的單位：醫生可以將病人～去其他醫院【醫生可以將病人轉送到其他醫院】。

轉下眼 dzyn2 ha5 ngaan5 一轉眼；轉眼間；一眨眼：～啲仔女都做老竇老母啦【一轉眼兒女們都已做了爸爸媽媽了】。｜頭先佢仲喺度，～又唔知去咗邊【剛才他還在這兒，一眨眼又不知道上哪兒去了】。

轉行 dzyn2 hong4 又作 dzyn3 hong4。改行：我而家唔做餐廳啦，～做貿易【我現在不做餐廳（生意）了，改行做貿易】。

轉性 dzyn2 sing3 性格、性情改變：乜你今日咁乖呀，轉咗性呀【怎麼你今天這麼乖，性格改變了】？

轉數 dzyn2 sou3 轉賬。

轉軚 dzyn2 taai5 扭轉方向盤；轉變方向。引申指改變立場：呢個時候你都唔～，因住冇得撈呀【都這個時候了你還不改變立場，小心混不下去】！

轉便 dzyn3 bin6 翻個兒；翻過來；顛倒過來：瞓喺病床度咁耐要幫佢轉下便至得【在病床上躺的時間長了要幫他翻翻個兒才行】。

轉角 dzyn3 gok8 拐角處；拐彎的地方：佢間屋喺呢條巷～【他家的房子在這條巷子拐彎的地方】。

轉工 dzyn3 gung1 改換工作單位：佢出嚟做嘢三年，～轉咗四次【他出來工作了三年，換過四次工作】。

轉口 dzyn3 hau2 改口；改變自己原來的説

法：佢發覺自己講錯咗，就啦啦聲～【她發覺自己説錯了，於是急忙改口】。

轉數 dzyn3 sou3 思維的速度：佢～好快，你難佢唔到【他腦筋靈活，甚麼事都難不到他】。

轉頭 dzyn3 tau4 回頭；等會兒：我送個客先，～我哋一齊去食飯【我先送個客人，回頭我們一起去吃飯】。｜～再畀電話你【等會兒再給你打電話】。

轉堂 dzyn3 tong4 從一節課轉到另一節課：得 10 分鐘～時間趕唔切去另一間課室喎【課間只有 10 分鐘來不及趕到另一間教室去】。

轉彎抹角 dzyn3 waan1 mut8 gok8 拐彎抹角：你講嘢唔好～【你講話不要拐彎抹角】。

鑽禧 dzyn3 hei1 六十週年紀念。英語 diamond jubilee 的意譯詞：～慶典。

鑽石王老五 dzyn3 sek9 wong4 lou5 ng5 有錢有勢有地位但通常歲數較大的未婚男性：你有車有樓未結婚，簡直係～【你有汽車、有房子、未婚，簡直是理想追求對象】。

啜 dzyt8 吮吸；吸食；吃；咂：～奶【吸食母奶】｜～田螺【吃田螺】。

絕橋 dzyt9 kiu2* 獨一無二的計謀或手段；高招兒：你咁叻，幫我度條～【你這麼有能耐，幫我想個好計謀】。

絕世好橋 dzyt9 sai3 hou2 kiu2* 世間少有的好主意、好計謀：我諗到條～【我想到一個絕妙的好主意】。

絕情 dzyt9 tsing4 無情；不夠交情：佢居然咁～，噉都做得出【他居然這麼無情，這樣的事都做得出來】？｜噉做法，係唔係～咗啲呀【這麼做是不是有點不夠交情啊】？

e

□ e1 ❶ 象聲詞。小孩啼哭的聲音。❷ 引申作吭聲、吭氣：～都唔敢～【一聲都不敢吭】。

□都冇得□ e1 dou1 mou5 dak7 e1 無法辯解，無言以對：駁到佢～【他被駁得再沒法辯解】。｜好多人都話睇到佢打人，佢～啦【很多人都説看見他打人，他無話可説了】。

f

花吧 fa1 ba1 提供陪酒女郎的酒吧。

花墩 fa1 dan2 放花盆的磚砌墩子：砌～。

花仔 fa1 dzai2【諧】結婚儀式中的喜童（專指男童）。

> 【小知識】西式婚禮上，新人步入教堂時，前面會有一對男孩和女孩，拿着花走在前面，男孩就是花仔，女孩就是花女。

花樽 fa1 dzoen1 花瓶。

花弗 fa1 fit7 花俏；愛打扮；趕時髦：去殯儀館唔好着得咁～【去殯儀館不能穿得這麼花俏】。

花款 fa1 fun2 花色品種；款式：仲有冇第二隻～呀？攞嚟睇下【還有沒有別的款式？拿來看看】。

花假 fa1 ga2 虛假的；虛偽的：我講嘢句句屬實，包冇～【我講的句句屬實，保證沒有虛假】。

花階磚 fa¹ gaai¹ dzyn¹ 花瓷磚：鋪客廳地板用～好睇啲【鋪客廳的地板用花瓷磚好看點兒】。

花基 fa¹ gei¹ 路邊的種花草的園地；花圃：馬路邊嘅～點解冇種花【公路旁邊的花圃怎麼沒有種花】？

花菇 fa¹ gu¹ 一種頂上有放射形花紋的優質香菇。

花紅 fa¹ hung⁴ 紅利：企業分給員工的額外報酬，即年底獎金，數目通常以每年賺取利潤多少作依據：今年公司賺大錢，年尾分～一定好大份【今年公司賺大錢，年底的獎金一定不會少】。

花冧 fa¹ lam¹ 花蕾。

花𡃁 fa¹ leng¹ 同「花𡃁仔」。

花𡃁仔 fa¹ leng¹ dzai² 油頭粉面沒有真才實學的男青年；奶油小生：搵呢個～做嘢靠唔靠得住㗎【找這個奶油小生靠得住嗎】？

花𡃁口 fa¹ leng¹ keng¹ 同「花𡃁仔」。

花𡃁女 fa¹ leng¹ noey²* 輕浮的女孩子，特徵如「花𡃁仔」。

花哩花碌 fa¹ li¹ fa¹ luk⁷ 同「花哩碌」。

花哩碌 fa¹ li¹ luk⁷ 又作「花哩花碌」。❶ 花花綠綠；花裏胡哨：埲牆畫到～有乜好睇吖【這堵牆畫得花花綠綠的有啥好看的】？❷（把紙、書等塗畫得）亂七八糟：細佬將我本功課簿畫到～【弟弟把我的作業本塗得亂七八糟】！

花令紙 fa¹ ling²* dzi² 逮捕令，逮捕證；傳票。「花令」是英語 warrant 的音譯，又譯作「窩輪」：佢個仔打傷咗人，今日收到～【他兒子打傷人，今天接到傳票】。

花尾艔 fa¹ mei⁵ dou²* 一種無動力的客船。這種客船通常由拖船拖帶，航行於珠江等內河。因其船尾漆花紋，故稱。

花名 fa¹ meng²* 外號；綽號：佢～叫毒龍【他的綽號叫毒龍】。

花面貓 fa¹ min⁶ mau¹ 形容小孩臉很髒：你去邊度玩呀？成隻～噉【你到哪兒玩去了？整一個大花臉似的】。

花奶 fa¹ naai⁵ ❶ 三花牌淡奶的簡稱。❷ 同「淡奶」。比鮮奶稍濃的一種奶類食品。

花女 fa¹ noey²* 【諱】結婚儀式中的喜童（專指女童）。與「花仔」相對。（參見該條）

花灑 fa¹ sa² ❶（澆花用的）噴壺；灑水壺。❷ 蓮蓬頭，淋浴噴頭。

花心 fa¹ sam¹ 形容人與異性交往時三心兩意，見異思遷：睇樣都知佢～啦【看樣子都能看得出他是個三心兩意的人】。

花心大少 fa¹ sam¹ daai⁶ siu³ 逢場作戲，玩弄女性的人；好色之徒：嗰個～玩過好多女藝人【那個花花公子玩弄過許多女演員】。

花心蘿蔔 fa¹ sam¹ lo⁴ baak⁹ 喻指對感情不專一的，見異思遷的男性：佢見一個愛一個，正一係～【他見一個愛一個，是個花花公子】。

花臣 fa1 san²* 花樣，花招；式樣。英語 fashion 的音譯詞：睇你仲有乜嘢～【看你還有甚麼花招】。｜唔好搞咁多～喇【別搞那麼多花樣了】。

花生友 fa¹ sang¹ jau²* 愛吃花生的人。喻指袖手旁觀、等看好戲的人：件事我哋無權話事，惟有做～【事情輪不到我們說話，只有站在旁邊看熱鬧】。

花生肉 fa¹ sang¹ juk²* 花生仁兒；花生米。

花生騷 fa[1] sang[1] sou[1] 時裝展示；時裝表演。英語 fashion show 的音譯詞。

花士令 fa[1] si[6] ling[2]* 凡士林。英語 vaseline 的音譯詞。

花菜 fa[1] tsoi[3] 菜花。同「椰菜花」。

花槽 fa[1] tsou[4] 圍成長條狀、用以種花草或放花盆的地方，通常在路邊、門外或窗外以磚石水泥等砌成。

花王 fa[1] wong[4]【俗】花匠，園丁：我喺佢屋企做～【我在他家做花匠】。

花會 fa[1] wui[2]* 舊時的一種賭博方式，俗稱「字花」。

化 fa[3] 通達人情世故；看透人生百態而淡然處世：嗰個老嘢，都唔～嘅【那老傢伙，不通人情的】。｜對錢財、名譽呢啲身外物，我都睇～晒喇【對錢財、名譽這些身外之物，我都看穿看透了】。

化悲憤為食量 fa[3] bei[1] fan[5] wai[4] sik[9] loeng[6]【諧】指以大吃大喝來抑制或發洩怒氣。這是模擬「化悲痛為力量」的習慣用語而形成的調侃語。

化骨龍 fa[3] gwat[7] lung[4]【謔】指依賴父母供養的兒女。廣東民間傳説一種比目魚中隱藏着化骨龍這種精怪，吃了這種魚的人會連骨頭都被銷毀無存。故以此來比喻消耗供養者精力血汗的人：結婚十年，多咗三條～，捱到我暈【結婚十年，多了三個要供養的（孩子），幹活掙錢幹得我發昏】。

化學 fa[3] hok[9] 質量低劣；容易毀壞；不經久耐用：呢隻牌子嘅嘢好～㗎【這個牌子的產品質量很差的】。｜諗唔到佢噉就去咗，做人真係好～【想不到他這樣就去世了，人真是太脆弱了】！

化水 fa[3] soey[2] 洇；湮；滲透：呢種紙唔好，寫字會～【這種紙張不好，寫字會洇】。

化算 fa[3] syn[3] 合算；划算：使咁多錢買啲噉嘅嘢唔～【花這麼多錢買這玩意兒划不來的】。

快把 faai[1]* ba[2] 英語 fiber 的音譯詞。❶ 快巴的確良（一種人造纖維布料）。❷ 又稱「快把板」。一種以植物纖維為原料的木板。

快勞 faai[1]* lou[2]* 英語 file 的音譯詞。❶ 檔案：開～【開檔案】｜我 check 過～，佢之前有案底嘅【我查過他的檔案，他以前沒有犯罪記錄】。❷ 檔案夾；文件夾：我琴日份合約你擠咗喺邊個～【我昨天那份合同你放哪個文件夾了】？

快快脆脆 faai[3] faai[3] tsoey[3] tsoey[3] 趕快；趕緊；快快：～做完啲功課，然之後一齊去踢波【趕快做完作業，然後一起去踢足球】。

快高長大 faai[3] gou[1] dzoeng[2] daai[6] 快快長大：望就望個仔～，冇病冇痛【希望兒子快快長大，身體健康】。

快過打針 faai[3] gwo[3] da[2] dzam[1]【俗】比打針的功效還要快。因注射藥物向以療效快見稱，故以此形容功效神速：污漬一抹就甩，功效～【污垢一擦就清除，功效特快】。

快口 faai[3] hau[2] 嘴快；饒舌：細路哥～亂講嘢，你唔好怪佢【小孩子家嘴快亂説話，你不要見怪】。

快手 faai[3] sau[2]（幹活）手腳快；麻利：～啲，做完就收工【麻利點兒，幹完就收工】。

快手快腳 faai[3] sau[2] faai[3] goek[8] 做事情快捷；動作快；抓緊時間做：呢單嘢我哋～，三日就搞得掂【這事兒我們抓緊時間做，三天就能做完】。

快閃黨 faai3 sim2 dong2 一群互不相識的人透過互聯網相約在指定時間、指定地點會合，一起做出某些特定動作或完成某些奇特任務，然後在短時間內迅速散去 。這是英語 flash mob 的音意合譯。

快相 faai3 soeng2* ❶ 拍照後馬上能洗出來的照片；立等可取的照片：辦證件嗰度有得影～【辦證件那裏可以拍攝立等可取的照片】。❷ 交通警察拍攝超速駕駛車輛的記錄：我就係喺呢度畀人影咗～【我就是在這個位置給拍了超速駕駛】。

快熟麵 faai3 suk9 min6 方便麵；速食麵。同「即食麵」。

快脆 faai3 tsoey3 快；利索；麻利：好～一個學期又過咗去【很快一個學期又過去了】。｜老細至中意做嘢～嘅人【老闆最喜歡幹活利索的人】。

快活不知時日過 faai3 wut9 bat7 dzi1 si4 jat9 gwo3【俗】快樂時，不知道時間過得飛快：玩到過晒鐘喇，你仲以為好早呀？真係～【時間早過了，光顧着玩，把時間都忘了】！

快活谷 faai3 wut9 guk7 英語 Happy Valley 的意譯。位於「跑馬地」的香港賽馬場的別稱。

筷子架 faai3 dzi2 ga2* 擺放筷子的支架。

筷子筒 faai3 dzi2 tung2* 放筷子的圓筒狀器具。

□ faak8 ❶ 用棍棒、鞭子打：做乜搵條繩～我呀【幹嘛拿繩子打我】？❷ 攪拌；打：～雞蛋【攪拌雞蛋】。

□水蛋 faak8 soey2 daan2* 加水攪拌後蒸的蛋羹。又稱「蒸水蛋」：我最中意食老婆整嘅～【我最喜歡吃太太做的蛋羹】。

番 faan1 助詞。用於動詞後作補語，表示回復、重新等意思：你嘅病好～未呀【你的病好了沒有】？｜凍呀，着～件褸啦【天冷，穿上外套吧】。｜放～好本書【把書重新放好】。

番啄 faan1 doeng1 又作「番鬼啄」，同「鶴嘴鋤」。鶴嘴鎬；十字鎬：以前啲工人掘地都用～【以前工人們挖掘土石都用鶴嘴鎬】。

番梘 faan1 gaan2 肥皂。

番狗仔 faan1 gau2 dzai2 哈巴狗，一種體小毛長腿短的寵物狗。也作「番狗」，泛指寵物狗：住洋樓，養～【住洋樓，養寵物狗】。

番瓜 faan1 gwa1 南瓜。

番鬼啄 faan1 gwai2 doeng1 同「番啄」。鶴嘴鎬。

番鬼荔枝 faan1 gwai2 lai6 dzi1 又作「番荔枝」。一種熱帶水果，大小約如蘋果。皮淡綠色，有瘤狀突起，果肉清甜，多核。

番鬼佬 faan1 gwai2 lou2 ❶【俗】簡作「鬼佬」。多指西洋人，含貶意。❷ 舊指洋人侵略者、蠻不講理的人：佢正一～嚟㗎【他真是個蠻不講理的人】。

> 【小知識】「番鬼佬」引申出「番鬼婆」、「番鬼妹」、「番鬼仔」。廣東童謠《月光光》有「……蘿蓋圓，買隻船，船沉底，浸死兩個番鬼仔」。今「番鬼」多省去「番」或只說「鬼」，如「公司高層全部都係鬼」，一般情況下並不含貶意。

番鬼佬睇榜第一 faan1 gwai2 lou2 tai2 bong2 dai6 jat7【俗】倒數第一。以前中國漢字直行書寫，或橫行書寫都是從右到左排列，排名次也是如此。西洋人正好相反。因此西式名單排在最左邊的一般是第一名，而中式名單排在最左邊的則是最後一名。故以「西洋人看名單排第一」來調侃排名倒數第一者：佢今次考試成績係～【他這一次考試成績，排名倒數第一】。

番鬼蒲桃 faan[1] gwai[2] pou[4] tou[4] 蒲桃的一種，南方水果名稱，淺粉紅色。

番茄 faan[1] ke[2] 西紅柿。

番蠻 faan[1] maan[4] 野蠻；蠻橫強暴；不文明：嗰條友幾～下【那小子挺蠻橫的】。現此詞少用。

番鴨 faan[1] ngaap[8] 早年外國引進的鴨子品種之一，比北京鴨大，比鵝小，味道鮮美。

番石榴 faan[1] sek[9] lau[2]* 一種南方水果，亦稱「芭樂」、「雞屎果」。

番書仔 faan[1] sy[1] dzai[2]【俗】讀洋文的孩子，指就讀於香港的英文學校或留學外國的學生：啲～好多都唔識寫中文【這些讀洋文的學生好多都不會寫中文】。

番薯 faan[1] sy[2]* 白薯；紅薯；甘薯。

番薯跌落灶——該煨 faan[1] sy[2]* dit[7] lok[9] dzou[3] goi[1] wui[1]【歇】紅薯跌到灶膛裏就會被炭火烤熟（「煨」即「烤」之意），粵語「該煨」有「可憐」之意，故以此表示帶有同情、心疼語氣的感歎：你畀人打成噉，真係～囉【你讓人打成這樣，真可憐】！

番薯糖 faan[1] sy[4] tong[4] 糖水甘薯，一種甜食。以紅薯切成塊狀，煮熟後加糖漿或紅糖等製成。現多稱作「番薯糖水」。

番攤 faan[1] taan[1] 舊時的一種賭博方式，類似押寶。

返 faan[1] ❶ 去；上：～工【上班】｜～學【上學】。❷ 回；返回：～屋企【回家】｜～鄉下【回老家】。❸ 助詞。用於動詞後作補語，表示該動作涉及自身：飲～啖湯【喝口湯】｜食～啖煙【抽口煙】。

返家鄉 faan[1] ga[1] hoeng[1] 比喻回到原來的地方、狀態（一般指投資買賣的價格）：樓價跌咗咁多年仲未～【房價跌了那麼多年還沒有回復到買入時的價格】。

返歸 faan[1] gwai[1] 回家：好夜喇，～喇【很晚了，回家吧】。

返去 faan[1] hoey[3] 回去。

返嚟 faan[1] lai[4] 回來。

返扯 faan[1] tse[2]（離開此地）回家：打攪晒，我～喇【打擾您了，我回家去】。

翻叮 faan[1] ding[1] 原指用微波爐把食物重新加熱，喻指落敗的成員重新獲得遴選或競賽的機會。「叮」為微波爐計時器的響聲，故稱：佢喺～嗰輪贏番，而家攞咗亞軍添【他在落敗者重賽時贏了，現在還得了亞軍】。

翻渣 faan[1] dza[1] 用已經煮過一次的藥渣加水後第二次再煎煮。

翻渣茶——冇厘味道 faan[1] dza[1] tsa[4] mou[5] lei[4] mei[6] dou[6]【歇】泡過多次的茶渣再用來泡茶，就毫無味道了。形容老一套毫無趣味：佢講嘅古仔都係～【他講的故事都是老一套，毫無趣味】。

翻風 faan[1] fung[1] 颳風；起風：～落雨，出門好唔方便【颳風下雨，出門很不方便】。

翻閹 faan[1] jim[1] 特指公務員屆退休年齡退任後，再次入職：呢個部門嘅高層，好多都係～高官【這個部門的高層，很多都是退休再入職的高官】。

翻生 faan¹ saang¹ 復活：華佗～都救佢唔到【華佗復活都救不活他】。

翻撻 faan¹ taat⁷ 重新點燃。多用於男女分手後復合。「撻」是「撻車（啟動引擎）」的省略，引指男女產生感情。

翻頭嫁 faan¹ tau⁴ ga³ 再嫁；（女性）再婚：佢老公死咗一年佢就～【丈夫才死了一年她就再嫁】。

翻頭婆 faan¹ tau⁴ po²* 再嫁的婦女。

翻炒 faan¹ tsaau² 原指將炒好的菜再炒，借指將舊的創作或製作的內容、形式照樣再使用：呢部電影好多橋段都係～嘅【這部電影很多細節、技巧都是抄襲的】。

反¹ faan² 逆反；翻：～轉【反過來】｜～面【翻臉】。

反² faan² 玩耍的俗稱：唔好～咁夜【不要玩得太晚】。

反斗 faan² dau² 頑皮；淘氣；調皮：～星【調皮蛋；搗蛋鬼】｜佢細個好～【他小時候很淘氣】。

反斗星 faan² dau² sing¹ 淘氣、頑皮的小孩：我兩個仔都係～【我的兩個小孩子都是調皮蛋】。

反智 faan² dzi³ 違反平常人的智慧；不合邏輯：噉嘅條件都接受，真係好～【這樣的條件都接受，真是腦袋有問題】！

反轉 faan² dzyn⁴ 翻過來；反過來：呢件皮褸可以～着【這件皮大衣可以翻過來穿】。

反轉便 faan² dzyn⁴ bin⁶ 睡覺時翻身：呢個細佬瞓一晚～幾次【這個小孩睡覺一晚上要翻身好幾次】。

反轉豬肚就係屎 faan² dzyn⁴ dzy¹ tou⁵ dzau⁴ hai⁴ si²【俚】把豬肚翻轉過來裏頭就是糞便，喻指翻臉不認人：呢個人～【那傢伙翻臉不認人】。

反瞓 faan² fan³ 睡覺時常轉動；睡覺不老實：阿妹好～，家姐唔中意同佢一齊瞓【妹妹睡覺不老實，姐姐不喜歡跟她一塊兒睡】。

反骨 faan² gwat⁷ 忘恩負義；恩將仇報：～仔【忘恩負義的小人】。

反黑組 faan² hak⁷ dzou² 香港警務處部門之一，專門對付黑社會。

反口覆舌 faan² hau² fuk⁷ sit⁹ 否認以前說的話；不認賬：你應承一齊分擔責任，唔可以～【你答應共同分擔責任，不能不認賬】。

反領 faan² leng⁵ 翻領：～衫【翻領衣服】。

反面 faan² min²* 翻臉：你再講我同你～【你再說我跟你翻臉】！

反眼 faan² ngaan⁵ 反目；翻臉無情：我舊時幫過佢，而家佢竟然～不認人【我以前幫過他，現在他竟然翻臉無情不認人】。

反仰 faan² ngong⁵ 仰着；肚皮向上；仰面朝天：條金魚經已～，我估冇得救喇【那條金魚已經肚皮朝天，我想應該沒得救了】。

反艇 faan² teng⁵ 翻船，又作「翻艇」，比喻全軍覆沒，或遭受重大失敗、損失：輸到～【輸光】｜樓價跌到～【樓價大跌】。

反枱 faan² toi²* 把桌子掀翻。喻指極為憤怒，跟對方鬧翻：你迫到我冇路行，我惟有同你～【你逼得我無路可走，我只好跟你鬧掰】。

反肚 faan² tou⁵ ❶ 肚了朝天；底朝天。同「反仰」：金魚～【金魚的肚子朝天】。

｜私家車撞樹～【私家車撞上大樹四輪朝天】。❷（笑得）前仰後合：佢一開口個個都笑到～【他一開口人人都笑得前仰後合】。

反為 faan² wai⁴ 反而：你畀錢佢～害咗佢【你給他錢反而害了他】。

犯 faan²* 犯人；罪犯；：個～判咗三年【那罪犯判了三年】。｜走～【犯人脱逃】。

凡事留一線，日後好相見 faan⁴ si⁶ lau⁴ jat⁷ sin³ jat⁹ hau⁶ hou² soeng¹ gin³【諺】凡事要留有餘地，才不至於把關係鬧僵，以後才能有轉圜餘地。意近「得饒人處且饒人」：～，你都係放佢一馬好啲【得饒人處且饒人，你最好還是放他一馬】。

帆布床 faan⁴ bou³ tsong⁴ 一種折疊式的床， 床架用若干木條組成，木條釘上或穿上帆布，使用時，用兩根活動的木條固定在床頭和床尾，把床打開。

犯眾憎 faan⁶ dzung³ dzang¹ 引起公憤；犯眾怒；令眾人憎惡：佢咁自私，唔～就假【他那麼自私，不犯眾怒才怪】。

犯小人 faan⁶ siu² jan²* 沖撞冒犯某人或某物，因而對自己不利：你最近咁運滯，係咪～呀【你最近事事不順，是不是沖犯誰了】？

飯兜 faan⁶ dau¹ 吃飯用的飯盆或飯盒。

飯焦 faan⁶ dziu¹ 鍋巴。

飯腳 faan⁶ goek⁸ ❶ 剩飯底子；碗底子：飯要食乾淨，唔好留～【飯要吃乾淨，不要留碗底子】。❷ 一起吃飯的伴兒：佢出街食飯實搵我做～【她在外面吃飯一定找我當她的伴兒】。

飯蓋 faan⁶ goi³ 飯鍋的蓋。

飯公 faan⁶ gung¹ 飯疙瘩；飯結成的硬團：炒飯一定要炒散啲～先得【炒飯一定要把飯疙瘩炒散了才行】。

飯後鐘 faan⁶ hau⁶ dzung¹ 大家吃完才到：唔使等佢喇，佢日日都係～【不用等他了，他天天都是等大夥吃完了才來】。

飯氣攻心 faan⁶ hei³ gung¹ sam¹ 吃飽飯產生睡意：食咁飽好容易～【吃得太飽易起睡意】。

飯殼 faan⁶ hok⁸ 盛飯用的勺子。

飯瓶 faan⁶ paang¹ 一種金屬飯盒，平底，一般是圓柱形，壁直立，有提手。

飯堂 faan⁶ tong⁴ 食堂。

飯鏟 faan⁶ tsaan² 盛飯或炒菜用的用具；鍋鏟。

飯鏟頭 faan⁶ tsaan² tau⁴ 眼鏡蛇。因其頭部像盛飯的飯勺，故稱。

法 faat⁸ ❶ 方式；方法：我唔知個盒點開～【我不知道這個盒子怎麼打開】。❷ 情形；樣子：睇佢嘅行路～，梗係受咗傷喇【瞧他走路的樣子，肯定受傷了】。

法定假期 faat⁸ ding⁶ ga³ kei⁴ 又稱為「勞工假期」，即香港《僱傭條例》中列明的假期。

> 【小知識】在香港，每年除星期日外，有 17 天「公眾假期」，但部份行業的僱員，如工人、家庭傭工等，只享有「勞工假期」，《僱傭條例》規定為 12 天，屬於法定的假期。

法定語文 faat⁸ ding⁶ jy⁵ man⁴ 法律規定的官方語言文字。

> 【小知識】1974 年，香港政府修訂《法定語文條例》，正式定明中文和英文都是香港的法定語文。

法例 faat8 lai6 法規；比較具體的法律規則。

法律援助 faat8 loet9 wun4 dzo6 簡稱法援。指訴訟程序中的政府資助。當事人因經濟能力之類原因無力承擔僱請律師的費用，可申請由政府僱請律師為其辯護，這種資助稱法律援助。

法團 faat8 tyn4 一種法人組織，享有民事權利和承擔民事義務：業主立案～。

發 faat8 同「發達」。

發達 faat8 daat9 發財：佢前幾年靠炒樓～嘅【他前幾年靠炒賣房屋發財了】。

發癲 faat8 din1 發瘋：你收聲啦，唔好喺度再～喇【住口，你不要再發瘋了】！

發電機 faat8 din6 gei1 喻指到處拋媚眼的女性。香港人稱拋媚眼為「放電（釋放電波）」。到處釋放電波者當然電力充足，故以「發電機」喻指這類女性。

發仔寒 faat8 dzai2 hon4 ❶ 渴望生男孩：佢生咗四個女，唔～先出奇【她生了四個女孩，不盼着生個兒子才怪】。❷ 女子渴望談戀愛：噉嘅男仔你都吼，你～呀【這種男孩你都看得上，真急成這樣嗎】？

發展商 faat8 dzin2 soeng1 又作「地產商」。房地產開發商。

發花癲 faat8 fa1 din1（因相思過度而）精神病發作 。

發風 faat8 fung1 患麻風病：～佬【麻風病人；亦喻指陰險狠毒之人】。

發雞盲 faat8 gai1 maang4 ❶ 患夜盲症。❷ 罵詈語，意近「瞎了狗眼」：本書明明就喺度仲周處搵，你～呀【那本書明明就在這兒你還到處找，你瞎了眼兒】？

發雞瘟 faat8 gai1 wan1 雞發病，感染疫症。喻指人糊塗，失常，神經病（罵詈語）。又作「發瘟」：你～呀，無端端亂鬧人做乜呀【你神經病啊，幹嗎無緣無故罵人】？

發姣 faat8 haau4（女性）賣弄風騷；發嗲：佢一見到有錢佬就～，直情拜金女一個【她一見有錢人就賣弄風騷，簡直就是一個拜金女郎】。

發開口夢 faat8 hoi1 hau2 mung6 説夢話。

發軟蹄 faat8 jyn5 tai4 腳軟；腳發軟：佢射門嗰陣時～，個波冇晒力，畀龍門接收咗【他射門時腳軟了，球沒有力度，被守門員接住了】。

發窮惡 faat8 kung4 ngok8 因窮困窘迫又遭逢不順心的事而發火。引指因經濟困難而採取的宣洩行為或財政措施：借唔到錢都唔使～㗎【借不到錢也別發火呀】。｜政府庫房冇錢，咪～向市民加稅囉【政府庫房錢不夠，不就向市民開刀加稅嘍】。

發爛渣 faat8 laan6 dza2 因沒法應付或招架而大發脾氣耍無賴：佢啲衰嘢畀人揭穿咗，於是乎咪～囉【他幹的壞事被人揭穿了，不就發脾氣耍賴嘍】。

發冷 faat8 laang5 ❶ 打擺子；發瘧疾：我尋晚開始～，好唔舒服【我昨天晚上打擺子，很不舒服】。❷（患病時）懼怕寒冷：你～呀？着咁多衫【你真那麼怕冷嗎？穿這麼多衣服】。

發老脾 faat8 lou5 pei2* 發脾氣：你唔畀錢佢，佢又試～㗎喇【你不給他錢，他又要發脾氣了】。

發茅 faat8 maaau4 因情緒衝動而失去理智：一見分數追唔上，對方球員開始～【一見比分追不上，對方運動員開始衝動起來】。

發掹憎 faat[8] mang[2] dzang[2] 因心中惱怒而給人臉色看、說令人難堪的話：佢升唔到職，成日喺屋企～【他的職務升不上去，整天在家裏黑着臉發脾氣】。

發狼戾 faat[8] long[1] lai[2] 大發雷霆：單嘢搞成噉，～都冇用，諗下點收科好過喇【事情搞成這樣，大發雷霆也沒用，還是想想怎麼收場好了】。

發夢冇咁早 faat[8] mung[6] mou[5] gam[3] dzou[2] 做夢沒那麼早，比喻異想天開：老闆會自動加你人工？你真係～【老闆會自動給你加工資？你真是異想天開】！

發毛 faat[8] mou[1]* 發霉：天氣潮濕，啲嘢好易～【天氣潮濕，東西很容易發霉】。

發木獨 faat[8] muk[9] duk[9] 發愣；發呆，你有乜事咁煩，點解成日～【你有甚麼煩心的事情，幹嗎整天發呆】？

發懵 faat[8] mung[2] ❶ 昏迷；昏昏沉沉：偉仔發高燒，燒到～【小偉發高燒，熱得昏昏沉沉的】。❷ 糊塗：信佢？你～呀【相信他？你糊塗啦】？

發夢 faat[8] mung[6] 做夢：佢～都估唔到會輸【他做夢也想不到會輸】。

發嬲 faat[8] nau[1] 發怒；發火；發脾氣：冷靜啲，唔好～【冷靜點，別發火】。

發牙痕 faat[8] nga[4] han[4] ❶ 牙齒發癢，比喻胡亂說話：佢成日～亂講嘢【他老胡亂說些不該說的話】。❷ 閒談；閒扯：我今日得閒，搵你～【我今天有空，來找你閒聊】。

發噏風 faat[8] ngap[7] fung[1] 胡說八道；胡扯：你唔好聽佢～【你別聽他胡扯】。

發吽哣 faat[8] ngau[6] dau[6] 發愣；發呆：完咗場佢仲喺度～【散場了他還在發愣】。

發泡膠 faat[8] pou[5] gaau[1] 泡沫塑料。

發晒茅 faat[8] saai[3] maau[4] ❶ 六神無主；手足無措：佢聽到個仔唔見咗就～【她聽說兒子不見了便六神無主不知所措】。❷ 因控制不住情緒而不顧一切地去做：佢一見到個兇手就～噉要去追佢【他一見那兇手就瘋了似的不顧一切要去追他】。

發散 faat[8] saan[2] 動員人員四出行動：狗仔唔見咗，已經～晒啲村民去搵喇【小狗不見了，已經動員村民到處去找了】。

發散 faat[8] saan[3] 散發；分發：～傳單【散發傳單】。

發神經 faat[8] san[4] ging[1] 神經病；瘋了（責備人用）：你～呀？亂噏【你瘋了？胡說八道】。

發市 faat[8] si[5] ❶ 開市（指做成了第一宗生意）：成朝都唔～【整個早上都沒做成一宗生意】。❷ 生意興隆：嘩，今日咁多客仔，真係～囉【嚯，今天這麼多顧客，真是生意興隆】。

發燒 faat[8] siu[1] 發熱；發燒。引指癡迷、熱衷於某事。

發燒友 faat[8] siu[1] yau[2]* 極熱衷、癡迷於某一事物的人；愛好者：集郵～【集郵愛好者】。

發水 faat[8] soey[2] ❶ 以水浸泡食物或烹飪原材料（如木耳之類）使之脹大、鬆軟：～麵包【鬆軟的麵包】｜你將啲蝦米攞去～【你把蝦米拿去泡一泡】。❷ 浸泡後發脹。比喻樓房在出售時宣稱的面積比實際面積大很多：佢哋賣嘅樓～發得好緊要【他們賣的房子實用面積比原先說的小很多】。

發水樓 faat[8] soey[2] lau[2]* 建築面積比實用面積大很多的樓房。

【小知識】「建築面積」指實用面積加上樓房公用地方的面積，如樓層內的走廊、樓梯、電梯、公眾大堂等。在香港，樓房一向以建築面積定價，而計算在建築面積內的項目往往具有爭議性，算進去建築面積的項目越多，實用面積的比例越低，房地產開發商運用這種手段獲取最大利潤，這些樓房，被稱為「發水樓」。

發鈔銀行 faat8 tsaau1 ngan4 hong4 負責發行貨幣的大銀行。在香港，發鈔銀行有中國銀行、滙豐銀行和渣打銀行三家。

發青光 faat8 tseng1 gwong1 青光眼（一種眼部疾病）。

發錢寒 faat8 tsin2 hon4 財迷心竅：你～呀？雞碎咁多錢你都做【你財迷心竅了？那麼點兒錢你都幹】！

發財好市 faat8 tsoi4 hou2 si5 一種著名的粵式菜餚。以髮菜、蠔豉為原料製成，取原材料的諧音為菜名，多用於年節、婚慶等宴飲中。

發圍 faat8 wai4 闖出一條路，向外發展：公司諸多限制，喺度做好難～【公司太多限制，在這兒做下去很難闖出個名堂來】。

發瘟 faat8 wan1 罵詈語。發瘋：你～㗎，我哋之間嘅嘢你同人亂咁講【你發瘋了，我們之間的事情你向人家亂說】！

發羊吊 faat8 yoeng4 diu3 發羊癇；發羊角風；癲癇發作。

髮腳 faat8 goek8 髮邊；（後腦勺上的）頭髮下沿。

髮型屋 faat8 jing4 nguk7 新潮的理髮店。

髮笠 faat8 lap7 髮網，罩在頭上，防止風吹髮亂。

髮廊 faat8 long4 新潮的理髮店。

髮尾 faat8 mei5 髮梢；髮尖：呢種護髮素可以保護～【這種護髮素可以保護髮梢】。

揮 fai1 英語 fight 的音譯詞。打；戰鬥；奮力爭取。引申指較量：你同佢簡直冇得～【你跟他簡直沒法比】。｜加班補水都係工人代表好辛苦～返嚟【加班補貼都是工人代表花大力氣爭取回來的】。

揮春 fai1 tsoen1 過年時貼的寫有吉祥字句的紅紙，內容通常有「福」、「出入平安」等。

廢 fai3 沒用；無能；窩囊廢：呢條橋好～【這一招兒根本沒用】。｜乜都幫唔到手，你真係～【甚麼忙都幫不上，你真是窩囊廢】。

廢青 fai3 tsing1【貶】指不思進取、一事無成的頹廢青年：我做唔到「成功人士」，唔代表我就係～【我當不成「成功人士」，不代表我就是一事無成的頹廢青年】。

費事 fai3 si6 ❶ 麻煩：請人返屋企食飯，使錢兼夾～【請客到家裏吃飯，花了錢還麻煩】。❷（因怕麻煩而）懶得：呢條友咁乞人憎，大家都～睬佢【這傢伙惹人討厭，大家都懶得理他】。❸ 免得；省得：快啲做啦，～又畀人鬧【快點兒幹，省得又挨罵】。

分餅仔 fan1 beng2 dzai2 瓜分利益：呢幾個獎都係由佢哋幾個～啦【這幾個獎還不是由他們幾個瓜分】。

分賬 fan1 dzoeng3 分錢；分攤利潤：三七～【按三七開的比例分利潤】。

分莊閒 fan1 dzong1 haan2* 分清主客身份。「莊」指賭局中的莊家，主持遊戲；

「閒」指「閒家」，即除莊家外的其他玩家。

分豬肉 fan1 dzy1 juk9 ❶ 特指祭祖完畢後給族人（男丁）分祭祖的燒豬肉。❷ 引指向各人給予好處或分派任務，每人都有：呢次抽獎，係太公～，人人有份【這次抽獎，每人都有，不會落空】。

分分鐘 fan1 fan1 dzung1 隨時；時時刻刻：你噉玩，～輸㗎【你這麼個玩法，隨時會輸】。｜～都唔得閒【一點空都沒有】。

分甘同味 fan1 gam1 tung4 mei6 同甘共苦：我哋咁多年老友，一定同你～【我們是多年好朋友，一定同甘共苦】。

分居 fan1 goey1 夫婦由於婚姻破裂或其他理由脫離同居關係，分開居住。

分居紙 fan1 goey1 dzi2 夫婦分居協議書。

【小知識】根據香港法律，夫婦雙方分居兩年後可以單方面申請離婚。雙方簽署的分居協議書可於申請離婚時作為證明。

分數 fan1 sou3 ❶ 記錄成績的數字。❷ 辦法；把握：你唔使出聲，我自然有～【你不用説，我自有辦法】。

分書 fan1 sy1 舊時的休妻文書：而家想離婚要去法院辦理，唔可以就噉寫張～【現在想離婚要到法院依法辦理，不能隨便寫張休妻文書就算】。

分拆 fan1 tsaak8 特指一家上市公司把旗下一部份業務從母公司的經營中分離出去，再次獨立上市：～上市。

分妻 fan1 tsai1 休妻；同妻子離婚：你老懵咗呀，要～【你老糊塗了，要跟妻子離婚】？

芬蘭浴 fan1 laan4 juk9 桑拿浴。

勳銜 fan1 haam4 勳章稱號：頒授 MBE～【頒授 MBE 稱號的勳章】。

粉 fan2 ❶ 麵（食物磨成的粉末）：粟米～【玉米麵】。❷ 末；麵兒；白粉：胡椒～【胡椒麵兒】｜藥～【藥末】｜走～【走私「白粉」（海洛因）】。❸ 米粉條；蒸米粉卷：炒～【炒粉條】｜湯～【帶湯粉條】｜腸～【卷粉】｜雞絲～卷【雞絲卷粉】。❹ 形容詞。麵（指含澱粉的食物如甘薯、藕等煮熟後鬆軟可口）：～藕｜啲番薯好～【甘薯很麵】。

粉底 fan2 dai2 作為化妝基礎的脂粉。

粉仔 fan2 dzai2 較細的乾米粉條。

粉蕉 fan2 dziu1 芭蕉的一種，淡黃色，皮薄，比較香甜。

粉角 fan2 gok8 形狀像水餃的一種鹹點心。

粉果 fan2 gwo2 ❶ 一種以米粉做皮，肉、蝦等作餡製成後蒸食的鹹點心。這是粵式茶樓常見點心之一。❷【俚】傢伙（含輕蔑意）：呢條～一早收咗佢錢，唔怪得咁落力啦【這傢伙早就收了他的錢，怪不得這麼賣力】。

粉牌 fan2 paai2* 記事牌；水牌（可以擦掉字跡重複書寫）：老闆叫我負責寫～【老闆要我負責寫記事牌】。

粉撲 fan2 pok8 化妝工具，用以往臉上敷化妝粉彩。

粉線袋 fan2 sin3 doi2* 裁衣服用的粉線口袋：冇咗～，裁縫點做嘢呀【沒了劃線用的粉線口袋，裁縫怎麼幹活】？

粉艇 fan2 teng5 經營粉、麵等食品的小艇。

粉擦 fan2 tsaat3 板擦兒。

粉刺 fan2 tsi3 皮膚對脂粉敏感而出現的小疙瘩。

粉腸 fan² tsoeng²* ❶豬的小腸中營養價值較高的一部份，一般作煮湯的材料或小吃。❷同「豬腸粉」。❸【俚】指稱那些面目可憎、不知所謂的人；亦用作罵人語。意近「混蛋」：畀呢班～話事，我哋遲早玩完【讓這幫混賬傢伙掌權，我們早晚完蛋】！

瞓 fan³ ❶睡：～着咗【睡着了】｜仲未～【還沒睡】。❷躺：～低，唔好出聲【躺下，別出聲】！

瞓街 fan³ gaai¹ 流落街頭；露宿：冇屋住惟有～【沒有居所只好露宿街頭】。

瞓覺 fan³ gaau³ 睡覺。

瞓捩頸 fan³ lai² geng² 落枕。

瞓身 fan³ san¹ 原指整個身體躺在上面，引申為付出全部的精神或財產去做事：好在我冇～，就算有損失都唔會破產【幸好我沒把錢全投進去，就算有損失也不至於破產】。

墳頭耍大刀——嚇鬼 fan⁴ tau⁴ sa² daai⁶ dou¹ haak⁸ gwai²【歇】在墳墓前揮舞大刀只能恐嚇鬼。比喻用這種手段對付人毫無用處：佢～，我哋唔使驚佢【他只是虛張聲勢，我們不必怕他】。

揈 fang⁴（用拳頭或棍棒用力）打：一棍～落去【一棍子打下去】。

忽 fat⁷ 糊塗；傻；精神失常。用法近「黐線」。源自「弗得（一種迷幻藥）」，因服食後引至瘋癲失常，故稱：～～地【精神失常】｜佢都～嘅，噉嘅大話都信【他真傻，這種謊話也相信】。

拂 fat⁷ 又作「揮」。舀：～水【舀水】｜～湯【舀湯】。

窟 fat⁷ ❶處所；位置；地方：【俚】姓乜名乜住喺邊一～【姓甚名啥住在啥地方】？｜個仔邊～最似你【你兒子哪一處最像你】？❷量詞。塊（指較小塊的）：一～布【一小塊布】。

弗（忽）得 fat⁷ dak⁷ 一種鎮靜劑，俗稱「搖頭丸」，其醫學名稱為 LSD（lysergic acid diethylamide）。因具有迷幻效果，這種藥物自二十世紀八十年代以來被一些無知青少年大量濫用，事實上變成一種軟性毒品。

佛都有火 fat⁹ dou¹ jau⁵ fo²【俗】佛都要發火了，比喻（脾氣最好的人都）忍無可忍：佢咁霸道，真係～，我點忍得住呀【看他那麼霸道，佛爺都得發火，我怎麼忍得住呢】？

佛口蛇心 fat⁹ hau² se⁴ sam¹ 口蜜腹劍：佢份人～，要小心防備佢【他為人口蜜腹劍，要小心提防】。

佛爺 fat⁹ je⁴ ❶佛像；神佛：拜～【參拜神佛】。❷比喻偷懶，坐着不幹事的人：你唔好成日坐住喺度做～啦【你不要整天偷懶坐着不幹活】。

浮泥 fau⁴ nai⁴ 浮土；虛土；淤泥：撥開～發現一具大石棺【撥開淤泥發現一具大石棺】。

浮皮 fau⁴ pei⁴ 沙炒的豬皮，白色，加水煮熟後較為鬆軟。也直接稱為「豬皮」。一般用以烹製菜餚或湯羹。因其煮熟後口感近似於魚肚，故亦稱假魚肚：～蘿蔔【豬皮煮蘿蔔（粵式茶樓常見小食之一）】。

埠 fau⁶ 港口；商埠（通常用以指外國港口、城市）：過～新娘【嫁到外國去的新娘】。

啡 fe¹ ❶「咖啡」的簡稱：齋～【不加糖和奶的咖啡】｜一～一茶【一杯咖啡、一杯奶茶】。❷咖啡的顏色，即褐色。佢着件件～色波衫【他穿了件咖啡色的球衣】。

□ fe3 ❶ 撥開；使散開：～走啲火灰，炭火先至旺【撥開火灰，炭火才會旺盛】。❷ 張開；裂開：隻鞋着到～開口【鞋子穿得鞋幫都裂開了】。

啡 fe4 ❶ 象聲詞，形容氣體泄漏的聲音：車轆漏氣漏到～～聲【車輪漏氣漏得嗤嗤響】。❷ 噴射：～水【噴射水】。

啡啡流 fe4 fe4 lau4 靠不住；不負責任：佢做人～【他為人不負責任】。

飛 fei1 ❶ 票。英語 fare 的音譯詞：車～【車票】｜買～【買票】。❷ 理、剪（頭髮）：前面～短啲【把前面的頭髮剪短點】。❸（把錄像帶或錄音帶用快速進帶的方法）跳過去：～帶。❹（衣着、打扮）時髦、新潮：三張幾嘢啦仲着得咁～【三十多歲了還穿得這麼新潮】。

飛單 fei1 daan1 收款不入賬：收銀員～，畀經理當堂捉住【收銀員收款不入賬，當場給經理抓住了】。

飛的 fei1 dik7 坐計程車趕路：我～撲到嚟，佢已經走咗【我坐的士趕過來，他已經走了】。

飛站 fei1 dzaam6（公共汽車在滿座、無人下車時）過站而不停。

飛仔 fei1 dzai2 阿飛；小流氓：唔好群埋班～【不要跟那些阿飛交往】。

飛象過河 fei1 dzoeng6 gwo3 ho4【諺】原指下棋時違反象棋規則把「象」跳過了河。❶ 比喻在飯桌上把筷子伸到遠離自己的地方夾菜。❷ 比喻在巴士上把腳踩到對面的座位上。

飛髮 fei1 faat8 理髮。

飛髮舖 fei1 faat8 pou2* 理髮店。

飛虎隊 fei1 fu2 doey2* 香港特種警察部隊（特警）的別稱，隸屬警察機動部隊。專門負責有高度危險性（如拯救人質、拘捕有重型武器的匪徒）的特別任務。

飛機欖 fei1 gei1 laam2 一種用甘草醃製的橄欖，是 1950 至 70 年代的流行涼果零食。橄欖用紙逐粒包好，流動小販背着欖型的鐵桶沿途叫賣，住在樓上的顧客會把錢仍給小販，小販則把橄欖扔到顧客的陽台上，技巧純熟，堪稱絕技。因往樓上扔橄欖就像放飛機一樣，故稱。

飛機師 fei1 gei1 si1 飛行員。亦省作「機師」。

飛機恤 fei1 gei1 soet7 夾克。亦省作「機恤」。

飛機頭 fei1 gei1 tau4 男性髮式之一，前面有個突出的波浪形：你留～唔靚【你理個波浪形的髮式並不好看】。

飛機場 fei1 gei1 tsoeng4 喻指女性胸部平坦：佢成日畀人笑係～【她經常給人嘲笑胸部平坦】。

飛起 fei1 hei2 ❶ 拋棄；遺棄；違背諾言：想～我搵第二個呀【想甩了我找別的（女友）嗎】？｜合約未到期佢竟然～我，搞到我損失好大【合約沒到期他竟然不守協議，令我損失很大】。❷ 做形容詞的補語，表示程度很高，意近厲害、要命：熱到～【熱得要命】｜貴到～【貴得厲害】。

飛翼船 fei1 jik9 syn4 高速航行的水面船隻，如氣墊船等。

飛擒大咬 fei1 kam4 daai6 ngaau5 形容商販漫天要價之兇猛：機場入便賣嘅嘢都貴過出便好多，真係～【機場裏頭賣的東西都比外頭貴好多，真是漫天要價】。

飛來蜢 fei1 loi6 maang2* 送上門來的便宜事，意近「天上掉下的餡餅」：莉莉呢隻～令佢神魂顛倒【自動送上門的莉莉使他神魂顛倒】。

飛輪 fei[1] loen[2]* 打電話。以前流行裝有輪盤的撥打式電話機，故稱：你今晚～畀我啦【你今晚給我打電話】。

飛砂走奶 fei[1] sa[1] dzau[2] naai[6] 飲食行業術語。（咖啡）不放糖和奶。「砂」即砂糖，「走」即不添加。又稱「走糖走奶」。

飛士 fei[1] si[2]* 面子。英語 face 的音譯詞：冇晒～【丟盡了臉】。

飛線 fei[1] sin[3] 把電話訊號連接到另一個電話號碼。

飛水 fei[1] soey[2] 汆（將食物在開水中稍燙一會兒）。

飛鼠 fei[1] sy[2] 蝙蝠。

飛天蠄蟧 fei[1] tin[1] kam[4] lou[2]* 喻指善於攀爬的小偷。「蠄蟧」即蜘蛛。

飛車 fei[1] tse[1] 超速駕駛：你噉～法好危險㗎喎【你這樣超速駕駛很危險的呀】！

飛翔船 fei[1] tsoeng[4] syn[4] 氣墊船、水翼船之類速度較高的客船，亦作「飛翼船」、「噴射船」。

非洲和尚——乞人憎 fei[1] dzau[1] wo[4] soeng[2]* hat[7] jan[4] dzang[1]【歇】「非洲和尚」即為「黑人僧」，諧音「乞人憎」，即令人討厭之意：嗰條友周圍問人借錢，真係～【那小子到處向人家借錢，真讓人討厭】。

非官守議員 fei[1] gun[1] sau[2] ji[5] jyn[6] 港英政府時期由非政府官員或公務員出任的行政局或立法局議員，與「官守議員」相對。（參見該條）

非禮 fei[1] lai[5] 耍流氓，調戲，猥褻：佢居然～未成年嘅女學生【他居然調戲未成年的女學生】。

非牟利機構 fei[1] mau[4] lei[6] gei[1] kau[3] 不以營利為目的、一般為慈善性質的非牟利團體。

菲傭 fei[1] jung[4]（香港的）菲律賓籍女傭人。

菲林 fei[1] lam[2]* 照相膠卷。英語 film 的音譯詞。

妃子笑 fei[1] dzi[2] siu[3] 荔枝著名品種之一，核小，香甜，多汁，味美。傳說當年楊貴妃一見這種荔枝就眉開眼笑，故稱。

緋聞 fei[1] man[4] 桃色新聞：佢兩個～不斷【他們兩個不斷傳出桃色新聞】。

肥 fei[4] ❶ 胖；肥胖：～仔【小胖子】｜～婆【胖婆娘】。❷ 油膩；肥膩：咁～，點食呀【這麼油膩，怎麼吃呀】？❸ 不及格。「肥佬」的省稱：我英文同埋數學～咗【我英語和數學不及格】。

肥頭耷耳 fei[4] tau[4] dap[7] ji[5] 肥頭大耳：～嗰個就係我老細【肥頭大耳的那位就是我的老闆】。

肥腯腯 fei[4] dat[7] dat[7] 胖墩墩的；胖乎乎的：佢身材～，冇你咁高【他胖墩墩的，身材不如你高大】。

肥□□ fei[4] dyt[7] dyt[7] 胖嘟嘟的：佢個面～，好得意【他的臉胖嘟嘟的，很可愛】。

肥仔嘜 fei[4] dzai[2] mak[7] 胖小子。

肥肥白白 fei[4] fei[4] baak[9] baak[9] 白白胖胖的：你好好養胎，幫我生番個～嘅仔【你好好保胎，給我生一個白白胖胖的兒子】。

肥雞餐 fei[4] gai[1] tsaan[1]【謔】喻指給自願退休人員的豐厚待遇。

肥蟹 fei[4] haai[5] 喻指肥缺；美差：畀你做呢個位，～嚟喎【讓你做這個職位，是個肥缺】。

肥佬 fei4 lou2 ❶胖子。❷考試失敗、不及格。又作「肥」。英語 fail 的音譯：今次又～【這次又考不及格】。

肥佬着喇叭褲——髀上不足，髀下有餘 fei4 lou2 dzoek8 la3 ba1 fu3 bei2 soeng6 bat7 dzuk7 bei2 ha6 jau5 jy4【歇】諧音「比上不足比下有餘」。胖子穿喇叭褲，褲腿上部不夠寬，下部卻有寬餘：我個女成績中上，可以話～【我女兒的成績中上，可以說是比上不足，比下有餘】。

肥佬着笠衫——幾大就幾大 fei4 lou2 dzoek8 lap7 saam1 gei2 daai2* dzau6 gei2 daai2*【歇】胖子穿套頭的汗衫，因身體肥胖會把汗衫撐大，比喻有大決心，豁出去（一般只講出下句，參見該條）：我呢次～，投資幾多都得【我這次下大決心了，投資多少都行】。

肥淰淰 fei4 nam6 nam6 形容食物很肥膩或物件沾滿油，油乎乎的：碟扣肉～，唔好食咁多【這碟「扣肉」挺油膩的，別吃那麼多】。

肥□□ fei4 nam6 nam6 肌肉胖而鬆軟：佢而家老咗，～好醜樣【她現在老了，胖得臃腫，很難看】。

肥泅 fei4 nap9 油膩粘手：隻碗好～，洗下佢啦【這隻碗油膩粘手，去洗洗】。

肥膩 fei4 nei6 油膩：我好怕食～嘢【我怕吃油膩東西】。

肥婆坐塔——□□冚 fei4 po4 tso5 taap8 tap7 tap7 ham6【歇】肥胖婦女坐在馬桶上，填的嚴嚴密密的。比喻配合很恰當，兩件事物嚴絲合縫。

肥屍大隻 fei4 si1 daai6 dzek8【貶】肥胖而高大：你～，蝦細佬哥，醜唔醜呀【你人高馬大的，欺負小孩子，害不害臊】？

肥水不流別人田 fei4 soey2 bat7 lau4 bit9 jan4 tin4 肥水要留在自己的田裏不要流到別人的田裏去，比喻有好處也得給自家人，別讓外人享用：我哋三兄弟合力買低呢間舖，～【我們三兄弟同心協力買下這間舖子，別讓外人沾光】。

肥豚豚 fei4 tan4 tan4 ❶【貶】胖得臃腫難看：佢～噉，好論盡【他胖乎乎的，笨手笨腳挺狼狽的】。❷油膩膩的：啲肉～，點食得落呀【肉又肥又膩，怎麼吃得下呢】？

肥田料 fei4 tin4 liu2* 化肥；肥田粉。

肥肚腩 fei4 tou5 naam5 大肚皮；肚子肥大。又作「大肚腩」：飲啤酒多過頭會～【喝太多啤酒會長肚子】。

咈哩啡咧 fi4 li1 fe4 le4 抽鼻子的聲音：你～噉，食啲傷風藥啦【你鼻涕直流，吃點傷風藥吧】。｜個個喊到～【大家痛哭流涕】。

□ fik9 ❶甩：你洗完手，要～乾啲水【你洗完手，要把手上的水甩乾】。｜～嚟～去【甩來甩去】。❷使勁揮動：～旗【揮動旗子】｜～手巾仔【揮小手帕】。

揗 fing6 ❶甩。同「□（fik9）」：～乾水【把水甩乾】。❷晃動：條繩～嚟～去【繩子晃來晃去】。

揗頭丸 fing6 tau4 jyn2* 一種軟性毒品，同「搖頭丸」。（參見該條）

弗 fit7（身體、精神）狀態好。英語 fit 的音譯詞：呢隻馬好～，好大機會跑贏【這匹馬狀態很好，跑贏的機會很大】。

□ fit7 ❶用小枝條抽打。❷象聲詞。形容揮動枝條、鞭子的聲音：～～聲【嗖嗖響】。

□士 fiu1 si2* 保險絲，又作「灰士」。英

語 fuse 的音譯詞。

科款 fo1 fun2 又作「科水」、「科錢」。徵收款項以共同負擔某項支出；湊份子：一個人請客好重皮喎，都係～啦【一個人請客負擔太重，還是（大家）湊份子吧】。

科主任 fo1 dzy2 jam6 中小學某一學科的教學負責人。

科文 fo1 man2* 領班；管工；工頭，英語 foreman 的音譯詞。

科騷 fo1 sou1 舞台上的個人歌舞表演。英語 floor show 的音譯詞。

火酒 fo2 dzau2 酒精：～燈【酒精燈】。

火遮眼 fo2 dze1 ngaan5 極之憤怒；被憤怒蒙蔽了理性：佢而家～，唔好惹佢【他現在正在火頭上，別惹他】。

火嘴 fo2 dzoey2 火花塞（內燃機的點火裝置）。

火燭 fo2 dzuk7 火災；火警；失火：小心～【小心火災】。

火燭鬼 fo2 dzuk7 gwai2【貶】消防員。

火燭車 fo2 dzuk7 tse1 消防車；救火車。

火鑽 fo2 dzyn3 紅寶石：我買咗隻～戒，送畀未婚妻【我買了隻紅寶石戒指，送給未婚妻】。

火灰 fo2 fui1 草木灰、爐灶灰等：～可以攞嚟做肥料【草木灰可以用來當肥料】。

火機 fo2 gei1 打火機。

火頸 fo2 geng2 脾氣暴躁；壞脾氣：佢好～，成日同人嗌交【他脾氣暴躁，經常跟人家吵架】。

火滾 fo2 gwan2 惱火；着惱：真係～【真叫人惱火】。

火起 fo2 hei2 發火；火兒：激到我～【氣得我發了火】。

火氣 fo2 hei3 脾氣（通常指火爆的脾氣）：乜咁大～呀【幹嘛發那麼大的脾氣】？｜你嘅～都唔細喎【你的脾氣也不小】。

火紅火綠 fo2 hung4 fo2 luk9 怒氣沖沖；非常憤怒：佢～噉衝咗出門【他非常憤怒地衝出門去】。

火油 fo2 jau4 煤油。同「火水」。

火煙 fo2 jin1 ❶ 煮飯燒焦的氣味：呢鑊飯煲燶咗，有～，好難食【這鍋飯燒焦了，有焦糊味，很難吃】。❷ 油煙積垢：去洗掃下廚房啲～【去洗刷廚房裏的油煙積垢】。

火麒麟——周身引 fo2 kei4 loen2* dzau1 san1 jan5【歇】「周身引（全身都是火藥引子）」諧音「周身癮」，指興趣太廣泛，對太多事物都要嘗試：你～，點專心讀書呀【你對甚麼事都感興趣，哪能專心學習呢】？

火鉗 fo2 kim2* 一種用於添加木炭、煤球等燃料，或鉗取人手不便獲取的物品的工具。形狀上部像剪刀但下部較長且無鋒刃。

火籃 fo2 laam2* 取暖用具，外形像花籃，內有泥胎以盛炭火。

火爉 fo2 lo3 煙味兒；焦糊味兒：呢煲粥有～味【這鍋稀飯有焦糊味兒】。

火爐 fo2 lou4 磚砌的大灶：有咗煤氣，有咗電，鄉下人都唔用～啦【有了煤氣，有了電，鄉下人也不用大灶了】。

火路 fo2 lou6 火候：煮餸講究～嘅【做菜是講究火候的】。｜啲湯唔夠～【那湯火候不夠】。

火龍果 fo2 lung4 gwo2 一種熱帶水果，

亦稱紅龍果。

火尾 fo2 mei5 火舌：木屋火燭，～好高【木屋火災，火舌很高】。

火腩 fo2 naam5 再度烹煮的燒肉（烤肉）：豆腐～飯。

火牛 fo2 ngau4 ❶ 變壓器。❷ 日光燈的鎮流器。

火棒 fo2 paang5 燒火棍：啲火就嚟熄喍啦，攞支～嚟撥下佢吖【火快熄滅了，拿燒火棍來撥一撥】。

火屎 fo2 si2 ❶（打鐵、電焊、燒木柴等飛迸出來的）火星：啲～飛嚟飛去，因住火燭【火星飛來飛去的，小心火災】。❷（因燃燒不透而遺留在灰燼中的）煤渣；炭渣。

火星撞地球 fo2 sing1 dzong6 dei6 kau4【俗】喻指激烈的爭吵、衝突：佢兩個～，唔肯聽人勸【他倆激烈爭吵，不肯聽別人勸解】。

火星文 fo2 sing1 man4 一般人看不懂的文字，多在網絡上使用。

火燒旗杆——長炭 fo2 siu1 kei4 gon1 tsoeng4 taan3【歇】旗杆燃燒後成了一塊長木炭，「長炭」諧音「長歎」，即可以長久地享福：你個仔投資成功，你又有長俸，真係～咯【你兒子投資成功，你又有長年養老退休金，從今以後可以享福嘍】。

火燒後欄 fo2 siu1 hau6 laan1*【俗】後院着火，喻危機迫近：官員私生活唔檢點，畀人揭完一單又一單，政府呢勻真係～咯【官員的私生活不檢點，讓人捅出一件又一件，這次政府是火燒到屁股上了】。

火水 fo2 soey2 煤油。

火水燈 fo2 soey2 dang1 煤油燈。

火水爐 fo2 soey2 lou4 煤油爐。

火船 fo2 syn4 機動輪船。

火船仔 fo2 syn4 dzai2 小輪船。

火燂塵 fo2 taam4 tsan4 煙灰塵；房屋頂或廚房裏的煙灰和塵土：唔該掃下啲～啦，好邋遢呀【勞駕打掃一下煙灰塵土吧，好髒啊】。

火筒 fo2 tung2* 吹火筒（生火時作送氣用）。

火柴骨 fo2 tsaai4 gwat7 用過的火柴棍兒：～唔好亂咁掉【用過的火柴棍兒不要亂丟】。

火柴盒 fo2 tsaai4 hap2* 舊時用作比喻窮人居住的狹窄房屋：好多打工仔都慣咗住～啦【香港很多工薪階層習慣了住火柴盒子般的小房子】。

伙 fo2 量詞。戶；家：一梯四～【一層樓道四戶】｜二樓住兩～人【二樓住兩家人】。

伙記 fo2 gei3 ❶ 伙計；店員：叫～幫手搬啲貨入嚟【叫伙計幫忙把貨搬進來】。❷ 伙伴；同事（警務人員之間互相稱呼）：呢位係重案組嘅～【這位是重案組的同事】。

伙頭 fo2 tau2* 伙夫；炊事員。

伙頭軍 fo2 tau4 gwan1 古時軍隊中負責做飯的軍人，引指廚師、伙夫。亦稱「伙頭大將軍」。

貨辦 fo3 baan2* 貨物樣品：呢啲係～，你睇睇先【這是樣品，你先看看】。

貨不對辦 fo3 bat7 doey3 baan2* 指貨物跟樣品不相符：如果廣告誇大，實際上～，你可以投訴佢【如果廣告誇大，實際上不是那回事，你可以投訴他】。

貨底 fo³ dai² 剩貨；次貨：店舖七折推銷～【商店打七折推銷剩貨】。

貨仔 fo³ dzai²【貶】質量欠佳的貨色；地攤貨：街邊檔啲～係噉啦【地攤貨就這麼回事兒了】。

貨腳 fo³ goek⁸ 運輸費，也叫「運腳」：你嚟開帶畀我就得啦，慳返～【你順便給我帶來就行，省下運費】。

貨櫃 fo³ gwai⁶ 集裝箱：～車｜～碼頭。

貨卡 fo³ ka¹ 運貨火車的車皮：呢架火車有十五個～【這列貨車有十五個車皮】。

貨𨋢 fo³ lip⁷ 載貨電梯。

貨面 fo³ min²* 擺在店裏當眼處的貨；好貨：～都賣晒喇【擺在當眼處的貨都賣完了】。

貨 van fo³ wen¹ 小型貨車；載貨麵包車。

課室 fo³ sat⁷ 教室。

慌 fong¹ ❶ 同「驚」：害怕。❷ 擔心：你～佢唔肯幫我呀【你擔心他不肯幫我嗎】？

慌怕 fong¹ pa³ 意同「慌」，但語意較強，害怕：你～我連累你呀【你怕我會連累你呀】。

慌失失 fong¹ sat⁷ sat⁷ 慌慌張張；驚慌失措：你～去邊呀【你慌慌張張去哪兒呀】？

慌死 fong¹ sei² 惟恐；害怕；生怕：佢坐埋一角，～畀人見到【他坐在角落裏，生怕人家看見】。

枋 fong¹ 四方柱形木料；房樑：搵幾條～撐住【拿幾根方形木料撐着】。

坊眾 fong¹ dzung³ 街坊：～學校｜～互助會。

坊間 fong¹ gaan¹ 指市面上：～嘅兒童讀物好多，但水準參差【市面上兒童讀物很多，但質量參差不齊】。

梆榔樹——一條心 fong² long⁴ sy⁶ jat⁷ tiu⁴ sam¹【歇】梆榔樹樹幹筆直，絕無分支，只有一條筆直的「心」（樹幹），比喻同心同德；一心一意：我哋兩個～，你挑撥都冇用【我們倆一條心的，你挑撥也沒用】。｜我對你～，唔會中意第二個【我對你是一心一意，不會喜歡別的人】。

房 fong²* 房間；屋：我住呢間～，家姐住嗰間【我住這個房間，姐姐住那間】。

房車 fong²* tse¹ 家庭用的小轎車（與跑車、敞篷車相對）。

放 fong³（證券、外幣交易中的）賣出：呢隻股票同我～咗佢【這隻股票你替我賣了它】。

放白鴿 fong³ baak⁹ gaap⁸ 串通行騙：佢兩個夾埋放我白鴿，畀我睇穿【他倆合夥想詐騙我，讓我看穿了】。

放膽 fong³ daam² 放心大膽地：你即管～去做【你儘管放心大膽地去做】。

放低 fong³ dai¹ 放下：～筆先【先放下筆】。

放電 fong³ din⁶ 又作「放生電」。指女人對男人施展魅力以吸引對方，通常最常見的方式是拋媚眼：佢最興～，啲男人頂佢唔順【她最喜歡到處拋媚眼兒，男人們都招架不住】。

放紙鷂 fong³ dzi² jiu² ❶ 放風箏：我哋去～【我們去放風箏】。❷（為圖利而）放長線釣大魚。

放飯 fong³ faan⁶ 解散讓工作人員休息用飯：拍戲時間長好辛苦，～係大家最開心嘅時候【拍戲時間長很累，一說休息吃飯大家最開心】。

放飛機 fong3 fei1 gei1 ❶ 把紙疊的飛機或模型飛機發射出去。❷ 引申為許下諾言但卻不去履行，像紙飛機飛出去不回頭一樣。還可插入表示對象的詞語，說成「放（某人）飛機」，意即「不遵守對某人許下的諾言」：佢應承咗我㗎，唔敢放我飛機嘅【他答應了我，不敢對我食言的】。

放監 fong3 gaam1 犯人出獄：佢盜竊判監一年，今日～【他因為盜竊被判刑一年，今天刑滿出獄】。

放工 fong3 gung1 下班；收工。

放貴利 fong3 gwai3 lei2* 放高利貸。

放光蟲 fong3 gwong1 tsung2* 會發螢光的蟲子，如螢火蟲等。

放軟手腳 fong3 jyn5 sau2 goek8 做事作風拖拉；不積極；持不合作態度：個個都唔服個新主管，做嘢咪～囉【大家都不服新來的主管，做甚麼事都不積極配合】。

放佢一馬 fong3 koey5 jat7 ma5 放過他：佢都係一時糊塗啫，你就～啦【他不過是一時糊塗，你這就放過他吧】！

放料 fong3 liu2* 吹風；發佈消息，透露消息：你幫我查下，邊個～畀佢哋知【你幫我查一下，誰給他們透露消息的】。

放落 fong3 lok9 存放：行李～你度先【行李先存放在你那裏】。

放□ fong3 pe5 撒野；態度消極：次次加班都無補水，啲工人做嘢咪～囉【每次加班都沒有補貼，工人們幹活都提不起勁兒】。

放盤 fong3 pun2* 發佈商品（多指房產）的價格信息以公開待售：最近啲業主都被迫低價～【最近那些業主都被迫開出較低的發售價】。

放生電 fong3 saang1 din6 女人施展媚力吸引男人。同「放電」。

放蛇 fong3 se4（警察、記者等為掌握證據、信息而）隱瞞身份進行偵察或採訪：警方派咗便裝探員入屋～【警方派了便衣警員進屋偵察】。｜報社派咗個記者扮租客～【報社派了個記者假裝成租客去暗訪】。

放聲氣 fong3 seng1 hei3 放出風聲：兩個月前佢就～要賣間樓【兩個月前他就放出風聲要賣房子】。

放水 fong3 soey2 讓水流出；讓水注入器皿中。引申為：❶ 私下給人方便；有意通融：唔係有人～，走私就冇咁易得手【要不是有人私下裏行方便，走私就沒那麼容易得手】。❷ 老師把考試內容私下告訴學生：今次考試老師～，所以冇人唔合格【這次考試老師透露試題，所以沒有人不及格】。❸ 發放現款或批出經費。「水」即錢：總公司點都唔肯～，我哋好難捱落去【總公司怎麼也不肯批筆款項下來，我們很難維持下去】。

放數 fong3 sou3 放高利貸。

放題 fong3 tai4 源自日語，意思為自由地、無限制地。特指日本餐廳讓顧客任意自選食物的一種售賣模式，還可泛指其他可任意選擇之事物：日式～ 100 元任食｜閱讀～【可隨意閱讀】。

放長雙眼 fong3 tsoeng4 soeng1 ngaan5 走着瞧。大家～睇下佢點收科【大家等着看他如何收場】。

防暴隊 fong4 bou6 doey2* 香港警察機動部隊的別稱。專門負責防暴、人群管制、災難救援等，因其性質屬準軍事化的防暴警察，故稱。

防盜眼 fong⁴ dou⁶ ngaan⁵ 又稱「防盜鏡」。裝在門扇中間的窺視孔；門鏡：唔好開門住，喺～睇下係邊個先【先別開門，在門鏡先看看是誰】。

防撞桿 fong⁴ dzong⁶ gon¹ 又稱「防撞欄」。保險槓（車輛前、後加裝的金屬槓，專為防止與車輛碰撞之用）。

防撞欄 fong⁴ dzong⁶ laan⁴ ❶ 道路兩邊為防止車輛失事衝出行車道而設的鐵欄。❷ 同「防撞桿」。

防煙門 fong⁴ jin¹ mun⁴ 樓梯口、樓道口設置的防火門，發生火災時用於阻擋煙霧擴散到其他樓層，平時必須關閉。

房協 fong⁴ hip⁸ 香港房屋協會的簡稱。這是為香港市民提供住屋及相關服務的非官方機構，業務包括市區更新、舊樓維修、長者住房等計劃。

房屋津貼 fong⁴ nguk⁷ dzoen¹ tip⁸ 私人機構或政府相關機構為某些級別的員工提供的住房津貼。

夫佬 fu¹ lou²* 撲克牌術語。又作「俘虜」、「葫蘆」。英語為 full house，即一個對子和三張點數相同的牌所組成的五張牌。「夫佬」是英語 full 的音譯。

苦麥菜 fu² mak⁹ tsoi³ 一種蔬菜，近似於油麥菜但略帶苦味，有去火清熱功效。

苦刁刁 fu² diu¹ diu¹ 非常苦：嗰啲藥水～【那種藥水非常苦】。

苦瓜噉嘅面 fu² gwa¹ gam² ge³ min⁶【俗】愁眉苦臉。同「苦口苦面」。

苦瓜乾 fu² gwa¹ gon¹ 愁眉苦臉，形容憂愁、苦惱的樣子：要節哀順變，唔好成日～噉【要節哀順變，不要整天愁眉苦臉】。

苦過弟弟 fu² gwo³ di⁴* di²* 原句為歇後語「苦瓜炆鴨——苦過弟弟」，形容味道極苦，亦引指心情愁苦、生活困苦等。粵人把鴨叫作「弟弟」，故稱：失業又兼夾重病，真係～【失業又加上患重病，真是苦不堪言】。

苦口苦面 fu² hau² fu² min⁶ 愁眉苦臉；哭喪着臉：做乜呀，成日～噉【幹嘛呀，成天愁眉苦臉的】。

苦茶 fu² tsa⁴ 清涼去火的藥劑同「涼茶」。

庫房 fu³ fong⁴ 錢庫，借指政府的財政儲備：～空虛【政府的儲備不足】。

褲 fu³ 褲子。

褲腳 fu³ goek⁸ 褲子的下沿。

褲骨 fu³ gwat⁷ 褲子合縫處。

褲襠 fu³ nong⁶ 褲襠。

褲頭 fu³ tau⁴ 褲腰。

褲頭帶 fu³ tau⁴ daai²* 褲腰帶；褲帶。

㧾 fu³ ❶ 用工具舀水；用手撩水：我哋去～魚【我們去掏乾水捉魚】。❷ 蹬踹使掀開：囡囡晚黑瞓覺成日～開被【女兒晚上睡覺常常蹬開被子】。

㧾斗 fu³ dau² 㧾水用器。

㧾斗邊 fu³ dau² bin¹ 左耳刀，左耳旁（即漢字用於左邊的偏旁「阝」）。

㧾被 fu³ pei⁵ （小孩睡覺時）蹬掉被子。

副 fu³ 量詞。用於成套東西：一～酸枝枱椅【一套酸枝桌椅】。

副學士 fu³ hok⁹ si⁶ 副學士學位（課程），2000 年引進香港，一般由大學的相關學院提供，性質相當於高級文憑（higher diploma），具有獨立的結業資格，課程又可銜接四年制大學第三年或三年制大學第二年。

負氣 fu³ hei³ 滿腹牢騷；氣沖沖的：佢講嘢咁～，我點敢勸佢呀【他説話這麼沖，我怎麼敢勸他呢】？

負氣袋 fu³ hei³ doi²* 經常賭氣、不愛搭理人家的人：佢脾氣古怪，成個～【他脾氣古怪，就是一個賭氣包】。

芙達 fu⁴ daat⁹ 又作「菩達」。苦瓜的別名（僅用於兒歌）：子薑辣，買～，～苦，買豬肚，……

芙翅 fu⁴ tsi³ 雞、鴨、鵝的珍肝：雞～【雞肝】｜炒鵝～【炒鵝肝】。

符弗 fu⁴ fit⁷【諧】辦法；轍兒；招兒：冇乜嘢～【沒啥轍兒】。

符碌 fu⁴ luk⁷ ❶ 英語 fluke 的音譯詞，指僥幸（入球），原為枱球用語，後引申至其他球類運動：佢憑一個～球追成 3 比 2【他憑一個僥幸的進球追成 3 比 2】。❷ 指人處事依靠運氣；引申為頹廢，混日子：佢個人好～，份份工都做唔長【他這個人很頹廢，每一份工作都做不長】。

輔幣 fu⁶ bai⁶ 硬幣。因其主要起找零之類的「輔助」作用，而不像紙幣那樣常用，故稱。

輔警 fu⁶ ging² 指香港輔助警察隊，由社會各階層的志願人士組成，是一支受過訓練的警察後備隊伍，負責在緊急事故中支援正規警察。

負資產 fu⁶ dzi¹ tsaan² 負數資產。指物業因價格大幅下跌，市值竟低於未償還的貸款，故稱。

負片 fu⁶ pin²* （攝影）底片。

腐竹 fu⁶ dzuk⁷ 一種豆製品名稱，用豆腐皮晾乾製成。

腐乳 fu⁶ jy⁵ 豆腐乳。

腐皮 fu⁶ pei⁴ 豆腐皮。

附屬咭 fu⁶ suk⁹ kaat⁷ 信用卡的附屬卡。

灰 fui¹ 態度悲觀、負面：付出咗咁多努力都冇結果，而家佢變得好～【付出了那麼多努力都沒結果，現在他變得很悲觀】。

灰斗 fui¹ dau² 泥水匠用來裝石灰漿的斗形工具。

灰沙磚 fui¹ sa¹ dzyn¹ 石灰沙子黏土混合製成的磚。

灰士 fui¹ si²* 保險絲。同「口士（fu¹ si²*）」。英語 fuse 的音譯詞。

灰匙 fui¹ si⁴ 瓦工用的抹子；抹刀。

灰水 fui¹ soey² 石灰水：外牆髹～，內牆貼瓷磚【外牆刷石灰水，內牆貼瓷磚】。

灰掃 fui¹ sou²* 刷石灰水的棕製工具。

灰桶 fui¹ tung² 盛灰水漿的桶。

晦氣 fui³ hei³ 態度蠻橫兇惡：睇佢個～樣個個都驚啦【看他那蠻橫樣，人人都害怕】。

晦氣星 fui³ hei³ sing¹ 倒霉蛋：呢個～我都係離佢遠啲好過【這個倒霉蛋我最好還是離他遠點兒】。

幅 fuk⁷ 量詞。❶ 塊；片。用於土地：一～地【一塊地皮】。❷ 張。用於布、照片、圖畫、網等：一～相【一張照片】｜一～網【一張網】。

複 fuk⁷ 疊為雙層；摺疊：你要～埋張被【你要把被子摺疊好】。

複修 fuk⁷ sau¹ 指教師在職進修：～課程【供在職進修者選讀的課程】。

覆 fuk⁷ 覆核數目：你幫我～下總數【請你

幫我覆核一下總數】。

覆 call fuk[7] ko[1] ❶ 回電話。❷ 回覆他人（通過傳呼機發送）的傳呼：我 call 極你點解你都唔～【我一再用傳呼機傳呼你，為甚麼你都不回電話】？

福心 fuk[7] sam[1] 修行；積德：佢有～救濟窮人【他修行積德，救濟窮苦人】。

福壽金 fuk[7] sau[6] gam[1] 喪葬費。

福頭 fuk[7] tau[4]【貶】愚笨的人；笨伯：呢個～又做錯咗嘢【這個笨伯又做錯事情了】。

蝠鼠 fuk[7] sy[2] 蝙蝠。

復康 fuk[9] hong[1] ❶ 康復。❷ 常指跟殘疾人士相關的事物：～中心【殘疾人康復中心】｜～巴士【設有特殊裝置專門接載殘疾人士的大型或中型客車】。

服務式住宅 fuk[9] mou[6] sik[7] dzy[6] dzaak[2]* 出租的酒店式住宅；酒店式公寓。住房配備家具及電器用品，提供專人家居服務。

寬減 fun[1] gaam[2] 減免：政府話今年會～部份税項【政府説今年會減免部份税額】。

歡喜 fun[1] hei[2] ❶ 開心；高興；快樂：見到個仔咁乖，我都好～【見到兒子那麼聽話，我很開心】。❷ 喜歡；愛好：我至～睇個孫仔跳舞【我最喜歡看孫子跳舞】。

歡容 fun[1] jung[4] ❶ 天生的笑臉：佢生得好～【她一副天生的笑臉】。❷ 歡樂、開心的神態：你見到人要～啲【你見到人神情要開心點兒】。

歡樂時光 fun[1] lok[9] si[4] gwong[1] 特指酒吧下午 4 點至晚上 8 點的營業時段。英語 happy hour 的意譯詞。因為該時段客源較少，店家往往提供優惠，故稱。

歡場 fun[1] tsoeng[4] 色情場所，指歌廳、舞廳、妓院等尋歡作樂的場所：～女子【在色情場所工作的女子】。

款 fun[2] ❶ 款式：呢個～唔啱你着【這種款式不適合你穿】。❷（人的）風度、格調、樣子：佢戴住眼鏡，成個書生噉～【他戴着眼鏡，整一個書生的樣子】。

封 fung[1] ❶ 布幅；（布的）寬度：闊～布【寬幅的布】｜呢隻綢有二尺一～【這種綢子有二尺一寬】。❷ 小紙袋；小信封：利是～【裝利是（壓歲錢）的小信封】。

封嘴 fung[1] dzoey[2] 封住嘴巴，禁止講話；閉嘴；不再談論或透露消息：佢受到壓力，～唔再講呢件事【他受到壓力，閉嘴不再談這件事】。

封咪 fung[1] mai[1] 歌星、電台或電視台主持人不再使用麥克風，指不再演出或者主持節目。

風兜 fung[1] dau[1] 搭在天窗的通風設備，使東南風吹入房屋裏：呢棟樓嘅房間，間間都有～，涼爽好多【這座樓的房間，每一間都有通風設備，涼快很多】。

風油軚 fung[1] jau[4] tai[5]「軚」即汽車的方向盤，用氣壓和液壓推動的方向盤稱「風油軚」。

風月片 fung[1] jyt[9] pin[2]* 早期的色情片。

【小知識】1970 至 80 年代香港邵氏電影公司拍攝了很多的風月片。「風月」通常也用作色情的雅稱，如「風月雜誌」、報刊的「風月版」等。

風球 fung[1] kau[4] ❶ 早年天文台表示颱風級數的單位，最強的為十號。2002 年天文台取消以「風球」作颱風信號的標誌：天文台掛起十號～【天文台掛起十號颱風信號】。❷ 泛指颱風：有冇～嚟緊【有沒有颱風要來】？

風褸 fung¹ lau¹ 擋風的外套，風衣。

風流 fung¹ lau⁴ ❶ 出風頭；過風光日子：今次佢就～啦，攞到個最高榮譽勳章嘞【這次他出盡風頭了，得到最高榮譽勳章】。｜有咁耐～有咁耐折墮【享多少福就遭多少罪】。❷ 引指有閒情逸致：我忙到死，邊有你咁～呀，又養魚又種花【我忙得要死，哪有你那麼有閒情逸致，又養魚又種花草】。

風涼水冷 fung¹ loeng⁴ soey² laang⁵ 涼爽宜人：呢度～，過來坐下吖【這兒涼爽宜人，過來坐坐吧】。

風栗 fung¹ loet⁹ 栗子：炒～【炒栗子】。

風爐 fung¹ lou²* 燒木柴、木炭的小爐子。

風赧 fung¹ naan³ 風疹；蕁麻疹，是一種皮膚過敏症，病人身上會出現紅色腫塊，感到灼熱、痕癢。

風炮 fung¹ paau³ 風鎬，手持的風動工具，用於採礦、築路等。因其使用由空氣壓縮機提供的高壓空氣驅動，故稱。

風生水起 fung¹ saang¹ soey² hei²（事業、生意）生機勃勃；發達興旺：佢呢排捞到～【他這陣子生意興隆】。

風扇 fung¹ sin³ 電扇，又叫電風扇。

風水輪流轉 fung¹ soey² loen⁴ lau⁴ dzyn²【俗】意近「三十年河東三十年河西」：你前一排咁得戚，而家～，輪到我威翻下【你前一陣子那麼囂張，現在三十年河東三十年河西，輪到我也威風威風】。

風水佬 fung¹ soey² lou² 風水先生。

風頭躉 fung¹ tau⁴ dan² 喜歡出風頭的人；鋒芒外露、備受注目的人：佢後生時係個～【她年輕時是個喜歡出風頭的人】。｜佢攞咗金牌之後，即刻變咗體育界嘅～【她拿了金牌後，一下子就成為體育界備受注目的人物】。

風頭火勢 fung¹ tau⁴ fo² sai³ 正在風頭上；正在對手有利的形勢下：而家～，你出街要小心【現在形勢不妙，你出門要小心】。

風槍 fung¹ tsoeng¹ 氣槍，利用壓縮空氣發射鉛彈的槍。

風腸 fung¹ tsoeng²* 煮和烤製成的一種熟肉食。同「臘腸」。

風吹雞蛋殼——財散人安樂 fung¹ tsoey¹ gai¹ daan²* hok⁸ tsoi⁴ saan³ jan⁴ ngon¹ lok⁹【歇】錢財損失、散盡了，再無誘惑牽掛，換來人的安心、快樂，就好像風把雞蛋殼吹掉，顯得乾淨。此語用來安慰財產受損失者（經常不講出上句）：啲錢投資蝕晒，～，而家少好多煩惱【錢在投資裏輸光了，沒錢反而沒牽掛，現在少了很多煩惱】。

風筒 fung¹ tung²* 電吹風器。

烽煙節目 fung¹ jin¹ dzit⁸ muk⁹ 一種電台節目，其形式是接聽聽眾打進來的電話並共同討論問題。「烽煙」是英語 phone-in 的音譯。

峰頂 fung¹ deng² 指黃金、外幣、股票等價格或銀行利率在某一段時期內的最高點，即波谷的最高點，和「谷底」相對。

峰會 fung¹ wui²*「高峰會議」的省稱。

逢親 fung⁴ tsan¹ 每逢；凡是：～有人客嚟，佢就唔專心做功課【凡是有客人來，他就不專心做作業】。

鳳爪 fung⁶ dzaau² 雞爪子的雅稱，俗稱「雞腳」，一般製成茶點後才稱之為鳳爪。這是粵式茶樓常見的點心之一。

鳳姐 fung[6] dze[2] 妓女。妓女又稱作「雞」，「鳳」為「雞」的雅稱，故以「鳳姐」代「妓女」。

鳳仙花 fung[6] sin[1] fa[1] 花名。花形像燈籠，花瓣可以用來染紅指甲。

奉旨 fung[6] dzi[2] ❶ 一定；非……不可：我唔係～要幫你㗎【我不是一定要幫你的】。❷ 包；肯定；絕對（只用於否定句）：佢～唔食西餐【他絕對不吃西餐】。｜佢咁硬頸，～唔會聽人勸嘅【他那麼固執，肯定不會聽別人勸說的】。

奉子成婚 fung[6] dzi[2] sing[4] fan[1]【謔】懷着身孕結婚；懷孕後才結婚。原為「奉旨成婚」，「奉子」是「奉旨」的諧音。

闊 fut[8] ❶ 寬：個波場有十幾米～【球場有十多米寬】。❷（衣服）肥大：件衫～過頭【這件衣服太肥大了】。❸ 闊氣；有錢；財富多：～佬【有錢人，財主】。

闊大 fut[8] daai[6] 寬闊廣大；寬大：件衫好～【這衣服很寬大】。

闊封 fut[8] fung[1]（布類）寬面，比一般布寬的布：呢幾匹布都係～嘅【這幾匹都是布面稍寬的布】。

闊口扒 fut[8] hau[2] pa[2]* 又作「大口扒」。嘴巴大的人。

闊咧啡 fut[8] le[4] fe[4]（衣服）顯得肥肥大大的；太肥大：件衫個袖～【衣服袖子太肥大了】。

闊落 fut[8] lok[9] 寬敞；空間大：間屋咁大，兩個人住都幾～【這間屋子這麼大，兩個人住挺寬敞的】。

闊佬 fut[8] lou[2] ❶ 財主；有錢人。❷ 闊氣：冇錢仲充～【沒錢還裝闊氣】｜乜今日咁～請大家食飯呀【今天怎麼這麼闊氣請大家吃飯呢】？

闊佬懶理 fut[8] lou[2] laan[5] lei[5] 啥事不管，當甩手掌櫃：見我咁忙都唔幫手，一個二個～【見我這麼忙都不來幫一幫，一個個當甩手掌櫃】。

闊扒扒 fut[8] pa[4] pa[4] 太寬大；太肥大。多用以形容衣服：我着呢件衫～，好難睇【我穿這件衣服太肥大，很難看】。

g

加把嘴 ga[1] ba[2] dzoey[2] 插嘴；在別人說話中間插進去說話：大人講嘢細路仔唔好～【大人講話，小孩子不要插嘴】。

加把口 ga[1] ba[2] hau[2] ❶ 同「加把嘴」。❷ 幫腔；在旁邊說話給予支持：你～求下情，或者佢會原諒我嘅【你幫幫腔求求情，也許她會原諒我的】。

加底 ga[1] dai[2] 蓋澆飯等中式快餐食品中，上面的肉、菜稱為「面」，而下面的主食如米飯、麵條等稱為「底」，加底指增加「底」的份量：唔該煎蛋飯～【麻煩你，來份煎蛋飯，多加點白飯】。

加加埋埋 ga[1] ga[1] maai[4] maai[4] 加在一起；加起來：今個月～搵咗萬零蚊【這個月加在一起掙了萬把塊錢】。

加控 ga[1] hung[3] 除了主要罪名之外再增加起訴的其他罪名：除咗傷人罪之外，檢控官仲～佢一項刑事毀壞罪【除了傷人罪之外，檢察官還另外起訴他一項刑事毀壞罪】。

加一 ga[1] jat[7]（飯館等）在總消費額外另加收一成服務費。

> 【小知識】香港一般餐廳飯館，都設「加一」服務費，逢年過節，如大年初一，有的還提高兩成（加二）或三成（加三）。

加零一 ga^{1} ling^{4} jat^{7} 在百分之百的數字上加上一，表示超過了極限；透了；多了：我憎到佢～【我恨死他了】。｜壞到～【比別人壞多了 / 壞透了】。

加碼 ga^{1} ma^{5} 加大力度或者增加數量：玩玩第二輪獎金～【玩第二輪獎金會增加】。

加料 ga^{1} liu^{2*} 加進別的東西；加重份量：呢杯嘢加咗料，會飲到人暈酡酡【這杯東西給加了點甚麼東西，喝了會讓人暈乎乎的】。｜碗麵係～炮製嘅【這碗麵是特地增加了份量的】。

加餸 ga^{1} sung^{3} 加菜。

家電 ga^{1} din^{6} 家用電器的省稱。

家陣 ga^{1} dzan^{6} 又作 ga^{1} dzan^{2*}。現在；這會兒，又作「而家」：～王仔發咗達，仲住喺呢啲地方咩【現在小王發財了，還住這種地方嗎】？

家陣時 ga^{1} dzan^{6} si^{2*} 同「家陣」。

家姐 ga^{1} dze^{1} 親姐姐（多用以稱長姐）。

家政 ga^{1} dzing^{3} 與家庭事務有關的工作、知識：～科。

家中有一老，猶如有一寶 ga^{1} dzung^{1} jau^{5} jat^{7} lou^{6} jau^{4} jy^{4} jau^{5} jat^{7} bou^{2}【諺】家有一老，如有一寶。用於肯定年老一輩閱歷豐富及其對家庭的重要性。

家肥屋潤 ga^{1} fei^{4} nguk^{7} joen^{6} 家道興旺，盡顯富足之態：佢家下～，唔同舊陣時喇【他現在家境優裕，跟以前不同嘍】。

家課 ga^{1} fo^{3} 家庭作業：你做完～至睇電視得唔得呀【你做完作業再看電視行嗎】？

家計會 ga^{1} gai^{3} wui^{2*} 家庭計劃指導會（香港一個推廣計劃生育及性教育工作的志願組織）的簡稱。

家機布 ga^{1} gei^{1} bou^{3} 土布（民間用手工織機織出的布）。

家居 ga^{1} goey^{1} 家庭；居所：而家個個都注重～環境【現在人人都挺注重家庭的居住環境】。

家公 ga^{1} gung^{1} 公公（丈夫的父親，用作引稱）。

家下 ga^{1} ha^{5} 現在。同「家陣」：～我都唔知應該點做【現在我都不知道應該怎麼做】。

家空物淨 ga^{1} hung^{1} mat^{9} dzeng^{6} 家徒四壁；家裏甚麼東西都沒有：佢出門半個月，畀賊入屋，搬到～【他出門半個月，家裏遭了賊，東西被偷光了】。

家爺仔乸 ga^{1} je^{4} dzai^{2} na^{2} 一家老幼；一家大小：同樂日我哋～都一齊嚟撐場【同樂日我們一家大小都來支持】。

家樂徑 ga^{1} lok^{9} ging^{3} 城中、城郊山林中供行人遠足、散步、遊覽的小道。又稱「行山徑」或「遠足徑」。

> 【小知識】香港政府於 1987 年修建第一條「家樂徑」，供遊人在山林中漫步，欣賞大自然景色，是郊野康樂及自然教育設施之一。全港各區現有十多條家樂徑，長度由一公里至三公里半不等，坡度平緩，沿途設有標誌指示方向及到目的地所需時間，方便遊人計劃行程。

家婆 ga^{1} po^{2*} 婆婆（丈夫的母親，用作引稱）。

家山 ga¹ saan¹ 祖墳風水：～有眼【祖宗有靈】。

家嫂 ga¹ sou² 公、婆等對兒媳的稱呼。

家頭細務 ga¹ tau⁴ sai³ mou⁶ 家庭瑣事；家務事：你咪以為女人淨係識做～呀【你別以為女人就光會做家務事】。

家庭計劃 ga¹ ting⁴ gaai³ waat⁹ ❶ 生育子女的計劃。❷ 家庭經濟開支的計劃。

家持 ga¹ tsi⁴ ❶ 尼姑庵主持人。❷ 尼姑們做法事時的主持人：林家做法事，妙玉做～【林家做法事，尼姑妙玉做主持人】。

家嘈屋閉 ga¹ tsou⁴ nguk⁷ bai³ 因家庭糾紛使家裏吵成一片，沸反盈天，一塌糊塗：有事慢慢講，唔好搞到～【有事慢慢說，別弄得家裏沸反盈天】。

家和萬事興，家衰口不停 ga¹ wo⁴ man⁶ si⁶ hing¹ ga¹ soey¹ hau² bat⁷ ting⁴【俗】家庭和睦就萬事興盛，吵鬧不休就會家庭衰敗。

家用 ga¹ jung⁶ 家庭日常費用；家庭日常開支：我老公今個月冇畀～我【我丈夫這個月沒給我家庭日常費用】。

傢俬 ga¹ si¹ 家具：新屋都可以用番舊～嘅【新房子也可以用舊家具呀】。

傢俬雜物 ga¹ si¹ dzaap⁹ mat⁹ 家具及其他雜物：間屋畀～堆滿晒【房間被家具和其他雜物堆滿了】。

嘉應子 ga¹ jing³ dzi² 蜜餞李子。

嘉年華會 ga¹ nin⁴ wa⁴ wui²* 狂歡節或類似的歡慶晚會，英語 carnival 的音、意合譯。

假 ga² ❶ 在否定句中與「就」字連用表示肯定、堅決的語氣，意近「不……才怪（呢）」：你咁百厭，返屋企我唔打你就～【你這麼淘氣，回家我不打你才怪呢】。❷ 在肯定句中與「都」字連用表示無用、徒勞之意：病成噉，食乜藥都～喇【病成這樣，吃甚麼藥都白搭】。

假膊 ga² bok⁸ ❶ 墊肩；扛東西時放在肩膀上的墊子。❷ 襯在上衣肩部與衣袖連接處用於墊高肩膀的三角形襯墊物。

假假地 ga² ga² dei²* 用於動詞前表示讓步後的轉折，有「再怎麼説也……」之意：～我都係你上司，畀啲面我得啩【再怎麼説我也是你的上司，給我點面子該可以吧】？

假過賣貓 ga² gwo³ maai⁶ maau¹ 賣貓的經常弄虛作假，只給人看貓的頭，這樣容易掩蓋缺點，進行欺騙。喻指弄虛作假等欺詐行為；假貨：你啲嘢～，我唔要【你的東西全是假貨，我不要】。

假魚肚 ga² jy⁴ tou⁵ 即「浮皮」，用沙炒的豬皮。（參見該條）

假石山 ga² sek⁹ saan¹ 假山；園林中用太湖石等堆砌而成的小山。

假使間 ga² si² gaan¹ 假如；假使；如果：～聽日股票大跌，我就慘咯【假如明天股票大跌，我就慘嘍】。

假天花 ga² tin¹ fa¹ 吊頂（樓層天花板之下，為裝飾用而加上的活動頂棚）。

喫 ga² 語氣詞。表示申辯、異議，用法近似「吖」：佢唔肯我都冇辦法～【他不肯我也沒有辦法呀】。｜有錢都唔係噉嚡～【有錢也不是這樣亂花嘛】。｜做嘢咪偷懶至得～【幹活兒別偷懶才行呀】！

架步 ga³ bou⁶ 秘密場所；從事非法營業的場所：色情～【賣淫場所】。

【小知識】清代三合會等反清的秘密團體，在聚會地點擺放石塊，排列成三角形或梅花形等，然後視來人是否依規定步法穿越石頭陣，據此鑒別來者是否幫派中人。後遂以「架步」稱代此類帶有隱秘色彩的地點。

架構 ga3 kau3 結構；框架：呢間公司嘅組織～唔係好合理【這家公司的組織結構不太合理】。

架勢 ga3 sai3 有氣派；了不起：呢間大學嘅校門真係好～【這所大學的校門真有氣派】。｜儀仗隊真～【儀仗隊真有氣派】。｜攞咗一次一百分啫，好～咩【才拿了一次一百分而已，好了不起嗎】？

架撐 ga3 tsaang1 傢伙，指工具或武器，又作「家（架）生」：聽日嚟返工記得帶埋～【明兒來上班別忘了帶上工具】。｜帶齊～同佢哋搏過【帶上武器跟他們拼了】。

咖啡妹 ga3 fe1 mui1*【俗】（指代）查抄違例停車的女交通督導員，因其通常穿着一身咖啡色制服衣裙，故稱。

㗎 ga3 語氣詞。用於陳述句、疑問句中，相當於「的」：件衫好貴～【這件衣服挺貴的】。｜枝筆喺邊度買～【那枝筆在哪兒買的】？

㗎咋 1 ga3 dza3 語氣詞。而已。同「咋（dza3）」：得一百蚊～，你以為好多呀【就這一百塊，你以為很多呀】。

㗎咋 2 ga3 dza4 語氣詞。表示疑問。同「咋（dza4）」：係噉～？我以為有好多嘢睇添【就那麼點兒？我以為很有看頭呢】。

㗎啦 ga3 la1 語氣詞。表示事情在意料之內：我一早都預咗～【我早就料到了】。

㗎喇 ga3 la3 語氣詞。❶ 表示有把握、肯定、認可：下次實唔會～【下次肯定不會了】。｜老師噉寫實啱～【老師這麼寫肯定是對的】。｜廿幾蚊斤算平～【二十多塊錢一斤算便宜的了】。❷ 表示較溫和的警告：你唔快啲嚟我哋食先～【你不快點趕來我們先吃啦】。｜快啲吖，就嚟夠鐘～【快點吧，時間快到了】。

㗎啦 ga3 la4 語氣詞。表示疑問，多用於對事物出乎意料之外或不太相信的場合：咁快就到～【這麼快就到了嗎】？

家（架）生 ga3 saang1 傢伙。同「架撐」。

價位 ga3 wai2* 金融術語。證券交易中規定的價格漲、跌的計算單位。如某股票規定價位為一角，則漲、跌都需為一角及其倍數，而不能是幾分錢之類零頭。

㗎 1 ga4 語氣詞。表示疑問，用於已略知答案但需對方證實時或用作反詰：架車你～【這輛車是你的】？｜你唔去～【你不去嗎】？｜唔通係你～【難道是你的】？

㗎 2 ga4【貶】用於指與日本有關的人或事物：～仔【日本人】｜～妹【日本女孩】｜～佬【日本佬】｜～文【日文】。

架忌泠 ga6 gi6 laang1 自己人。這是粵語音譯潮州話而成。

街邊 gaai1 bin1 街道旁邊；街道兩旁；路旁：交通意外嘅傷者，坐晒喺～【交通意外的傷者，都坐在馬路旁】。｜擺～【在街道旁邊擺攤兒】。

街邊貨 gaai1 bin1 fo3 在街道上擺賣的商品。通常是「便宜貨」的同義語。

街燈 gaai1 dang1 路燈。

街斗 gaai[1] dau[2] ❶ 可以在比較狹窄的街巷行駛的小貨車。❷ 小手推車。

街艔 gaai[1] dou[2]* 私人開辦的擺渡服務船隻。

街閘 gaai[1] dzaap[9] 舊時巷口設的鐵柵欄門，通常晚上上鎖以防盜賊：我哋呢度安咗～，好安全【我們這裏安裝了鐵柵欄，很安全】。

街知巷聞 gaai[1] dzi[1] hong[6] man[4] 家喻戶曉：呢單緋聞一早就～啦【這桃色新聞早已家喻戶曉了】。

街症 gaai[1] dzing[3] 政府醫院門診：輪～起碼要幾個鐘【輪候政府醫院的門診起碼要幾個小時】。

街招 gaai[1] dziu[1] 街頭廣告、告示、海報等：貼～。

街鐘 gaai[1] dzung[1] 嫖客帶妓女外出嫖宿，一般情況下按妓女外出時間計時收費，故稱：個日本客買～同佢出咗去【那個日本客人付鐘點費帶她出去了】。

街坊 gaai[1] fong[1] 鄰居。

街坊裝 gaai[1] fong[1] dzong[1] 休閒服；便服；日常穿的簡便服裝：佢雖然係名人，放假都係着住～四圍去【他雖然是名人，但是假期裏也是穿着休閒服到處去】。

街坊鬼鬼 gaai[1] fong[1] gwai[2] gwai[2] 很熟悉的鄰居、朋友；老鄰居：大家～，你有事我哋實幫你嘅【大家都是左鄰右舍，你有事兒我們肯定會幫你的】。

街坊菜 gaai[1] fong[1] tsoi[3] 廉價的、大眾化的家常菜餚：呢度賣嘅都係～【這裏賣的都是家常菜餚】。

街坊會 gaai[1] fong[1] wui[2]* 街坊福利會（香港一種傳統的居民互助組織）的簡稱。

街機 gaai[1] gei[1] 商舖裏的電子遊戲機。

街口 gaai[1] hau[2] 路口；街道的出口：個報紙檔就喺對面～【報攤兒就在對面路口】。

街喉 gaai[1] hau[4] 街上的公用水龍頭、水管：大廈停水，個個都要落樓去～度輪水【大廈停水了，家家都得下樓去公用水龍頭排隊打水】。

街市 gaai[1] si[5] 菜市場。

街市仔 gaai[1] si[5] dzai[2] ❶ 在市場上混日子的人。❷【貶】擺地攤賣貨的人：佢失咗業，惟有去做～【他失業了，只好去擺地攤賣雜貨】。

街線 gaai[1] sin[3] 能打到外面的電話線，與只能在機構內部通話的「內線」相對。

街數 gaai[1] sou[3] 外賬；賒購者所欠的債款：我今日要去收～【我今天要出門收外賬】。

皆因 gaai[1] jan[1] 都是因為；完全由於：今次取勝～夠經驗【這次取勝完全是因為經驗夠豐富】。

階磚 gaai[1] dzyn[1] ❶（鋪地板的）方磚。❷ 方塊（撲克牌花色之一）：～女【方塊 Q】。

解 gaai[2] 解釋；說明：呢句我唔識～【這句話我不明白】。｜～簽【解釋（在廟宇或算卦者那裏抽中的）簽文】。

解究 gaai[2] gau[3] 究竟（為甚麼）；實際原因（是甚麼）：佢自己都唔知因乜～會畀人追斬【他自己也不知道究竟為甚麼被人追殺】。

解畫 gaai[2] wa[2]* ❶ 解說影片內容，「畫」即「電影」（舊時稱「電影」為「映畫戲」）。❷ 引申為對事件、事物的解釋，解說：公司畀人揭發行騙，總經理要出嚟～【公司被人揭發行騙，總經理要出來解釋事件】。

介乎 gaai3 fu4 在……之間；介於：今日氣溫～ 20 至 26 度【今天氣溫在 20 到 26 度之間。】

芥辣 gaai3 laat9 芥末；芥末醬。

鎅 gaai3 割；裁；鋸：～開木板【鋸開木板】。

鎅刀 gaai3 dou1 又作「鎅紙刀」。裁紙刀。

鎅女 gaai3 noey2*【俗】以引誘挑逗的手法結識女性：你又去蒲吧～呀【你又流連酒吧找女人呀】？

戒毒所 gaai3 duk8 so2 醫治、戒除各種毒癮的專門機構、場所。

戒方 gaai3 fong1 戒尺。❶ 教師對學生施行體罰的木尺。❷ 佛教大師說戒時的用具。

戒口 gaai3 hau2 忌口；禁食某些食物：糖尿病人要～【糖尿病人要禁止吃某些食物】。

戒奶 gaai3 naai5 斷奶。

解款車 gaai3 fun2 tse1 押送現金款項的專車。又稱「鏢車」。

格 gaak8 壞人聚集做壞事的地方：煙～【秘密吸毒的地方】。

格仔 gaak8 dzai2 ❶ 格子。❷ 照片、電視上用以對某些畫面作模糊處理的方格形色塊。（參見「打格仔」條）

格價 gaak8 ga3 比較價格的高低：我去過好多舖頭～，至平係呢間【我去過好多商店比較過價格了，最便宜的是這家】。

格蘭披治 gaak8 laan4 pei1 dzi6 大獎賽。特指汽車大獎賽。英語 grand prix 的音譯詞。

格拳 gaak8 kyn4 拳擊術語。雙方用手臂相擊以較力：佢哋要去練習～【他們要去練習用手臂格鬥】。

格眼 gaak8 ngaan5 ❶ 格子的孔眼。❷ 看過之後評定、評判：琴日買咗件古董，都唔知堅定流，想請你嚟格下眼【昨天買了件古董，不知道真的假的，想請你來鑒定一下】。

喀 gaak8 語氣詞。表示沒有懷疑；非常肯定；理所當然：佢打人，你都親眼見到～【他打人，你也是親眼見到的】。｜佢唔請，我梗唔嚟～【他不請，我當然不來了】。

隔 gaak8 濾；濾去：～塵。

隔渣 gaak8 dza1 ❶ 過濾渣滓。❷ 比喻吝嗇：個個都知佢～【人人都知道他吝嗇】。

隔火層 gaak8 fo2 tsan4 避火層，即大廈內用作阻止火災蔓延及供人群作臨時庇護、歇息的樓層。根據香港消防條例，超過 40 層的建築物須有避火層的設計。

隔夜 gaak8 je6 隔了一夜的；前一天的：我冇～錢㗎【我口袋裏的錢存不到第二天】。｜～餸【前一天的剩菜】。

隔夜油炸鬼——冇厘火氣 gaak8 je6 jau5 dza3 gwai2 mou5 lei4 fo2 hei3【歇】過了夜的油條涼乎乎、軟綿綿的，喻指無精打彩或態度軟弱：佢出名～，你點鬧佢佢都唔會嬲【誰都知道他軟弱不會發脾氣，你怎麼罵他他都不會生氣】。

隔夜茶——唔倒唔安樂 gaak8 je6 tsa4 m4 dou2 m4 ngon1 lok9【歇】傳說隔夜茶有毒，不倒掉就放心不下。粵語「唔倒」和「唔賭」諧音，借以形容愛賭如命，不賭不舒服：呢個二世祖～【這個敗家子不賭不舒服】。

隔籬 gaak8 lei4 ❶ 隔壁：陳醫生住喺我～【陳醫生住在我隔壁】。❷ 旁邊：坐佢

～嗰個係邊個【坐他旁邊的那位是誰】？｜我屋企就喺公園～【我家就在公園旁邊】。

隔籬飯香 gaak[8] lei[4] fan[6] hoeng[1] 鄰居的飯菜比自己家裏的香，形容一些人總羨慕別人的東西：你老婆夠賢淑啦，唔好成日～羨慕人哋喇【你老婆夠賢慧的了，別老是羨慕別人】。

隔籬鄰舍 gaak[8] lei[4] loen[4] se[3] 左鄰右舍：大家～，幫下手應份嘅【大家左鄰右舍，幫幫忙應該的】。

隔奶 gaak[8] naai[5] 給小孩斷奶前，先間斷餵奶而餵吃其他食物：聽日畀 BB ～【明天起給小寶寶間斷餵奶】。

隔山買牛 gaak[8] saan[1] maai[5] ngau[4] 隔着一座山買牛，根本看不清楚，形容不了解實情。

隔涉 gaak[8] sip[8] 距離遙遠且很費周折：去你個農場又要搭船又要轉車，好～【到你農場去坐船後還要轉車，真費周折】。

胳肋底 gaak[8] laak[7]* dai[2] 胳肢窩；腋下。

監 gaam[1] ❶ 監獄；監牢：坐～【坐牢】。❷ 勉強；強迫：冇人～你坐喺度，出去行下都得喎【沒人強迫你坐在這兒，出去走走也行的】。

監躉 gaam[1] dan[2]【蔑】囚犯；囚徒（又作罵人語，有指對方非善類、言行惡劣之意）。

監犯 gaam[1] faan[2]* 犯人；犯罪的人。特指在押的罪犯：男女～係分開關押嘅【男女犯人是分開關押的】。

監房 gaam[1] fong[4] 牢房；監獄裏監禁犯人的房間。

監人賴厚 gaam[1] jan[4] laai[5] hau[6] 硬要別人喜歡自己，纏着人：我冇話中意你，你唔好～【我沒説喜歡你，你不要老纏着我】。

監頭 gaam[1] tau[2]* 監牢看守。佢而家做～，呢份工唔錯喇【他現在當監牢看守，這份工作不錯的了】。

監倉 gaam[1] tsong[1] 同「監房」。

減 gaam[2]（用筷子、棍子等）撥；撥減：你碗飯食唔晒就～番啲畀我【那碗飯吃不完就撥點給我】。

減筆字 gaam[2] bat[7] dzi[6] 簡體字。

減肥 gaam[2] fei[4] 採取措施，消除人體積存的過多脂肪：運動係～嘅有效方法【運動是消除脂肪的有效方法】。

減口 gaam[2] hau[2] 節食；減少食量；節制飲食：你肥過頭，要～先得【你太胖了，要節制飲食才行】。

監 gaam[3] 趁着：～新鮮食多啲【趁着新鮮多吃點兒】。｜～熱飲【趁熱喝】。

監黑 gaam[3] hak[7] 摸黑兒；在黑夜中摸索着行動：啲賊梗係中意～做嘢啦【盜賊當然喜歡摸黑兒「幹活」】。

監硬 gaam[3] ngaang[2]* 又作「夾硬」。強硬；不肯退讓；硬是：佢～要我畀錢佢【他硬要我給他錢】。

監平監賤 gaam[3] peng[4] gaam[3] dzin[6] 不惜血本以最便宜的價格（售出）：佢要移民，間屋～就賣咗【他要移民，只好賤價把房子賣掉】。

監生 gaam[3] saang[1] 活活地：佢就噉畀人～打死【他就這麼被人活活打死】。

監粗嚟 gaam[3] tsou[1] lai[4] 硬幹；蠻幹：唔好～，講下道理得唔【別胡來，講點道理可以吧】。

鑒證 gaam[3] dzing[3] 鑒定驗證血型、指紋

等：呢件證物要攞去做～【這件物證要拿去檢驗】。

鑒證科 gaam3 dzing3 fo1 香港警務處部門之一，負責指紋識別、血型鑒定等事務，及向法庭提供身份鑒定事宜的專家證據。

間 gaan1 量詞。家；所：一～公司【一家公司】｜一～餐廳【一家餐廳】｜一～學校【一所學校】｜一～醫院【一所醫院】

奸爸爹 gaan1 ba1 de1 加油；堅持。日語「がんばって」的粵語音譯。

奸奸狡狡朝煎晚炒，忠忠直直終歸乞食 gaan1 gaan1 gaau2 gaau2 dziu1 dzin1 maan5 tsaau2 dzung1 dzung1 dzik9 dzik9 dzung1 gwai1 hat7 sik9【俗】奸猾的吃香喝辣，忠厚的乞討要飯。這是嘲諷世道不公的俗語。（後一句常用於指人過份老實最後就會吃虧。）

奸賴 gaan1 laai3 賴皮；耍賴。又作「奸茅」：佢好～，唔好同佢玩【他愛耍賴，別跟他玩】。

奸賴貓 gaan1 laai3 maau1 耍賴皮；愛抵賴不認賬的人：嗰隻～，你唔係當堂捉住佢佢就唔會認數嘅【那個賴皮鬼，你不當場抓住他，他是不會認賬的】。

奸茅 gaan1 maau4 又簡作「茅」，同「奸賴」。

奸貓 gaan1 maau4 耍賴皮。同「奸賴貓」。

奸太師 gaan1 taai3 si1 奸臣；大奸臣。

梘 gaan2 肥皂：～盒【肥皂盒】｜香～【香皂】。

梘粉 gaan2 fan2 洗衣粉；肥皂粉。

梘液 gaan2 jik9 肥皂液；洗衣液。

梘水 gaan2 soey2 ❶ 舊時用草木灰加水過濾澄清而成的一種洗滌用液體。❷ 食用鹼水。通常是指溶於水的純鹼（化學成分為碳酸鈉）或蘇打（化學成份為碳酸氫鈉），通常用於做食品疏鬆劑和肉類嫩化劑。

梘水粽 gaan2 soey2 dzung2* 一種粵式粽子，用鹼水和糯米做成，既不加糖也不加鹽，食用時再蘸以佐料調味。

揀 gaan2 挑；挑選：咁多禮物，任你～【這麼多禮物，隨你挑】。

揀擇 gaan2 dzaak9 挑剔：唔好咁～喇，求其有得食唔係得囉【別那麼挑剔啦，隨便來點吃的不就行了】。

揀剩尾 gaan2 dzing6 mei5 挑剩的：～嘅貨梗賣平啲㗎啦【挑剩的貨物當然賣得便宜一些了】。

揀蟀 gaan2 dzoet7 鬥蟋蟀的玩家挑選合宜的蟋蟀，比喻挑選人才：佢請助理梗係要親自～啦【他請助理當然要親自挑選了】。

揀飲擇食 gaan2 jam2 dzaak8 sik9 挑吃挑喝；偏食：佢咁～，唔瘦先出奇【他這麼偏食，不瘦才怪呢】。

揀飲識食 gaan2 jam2 sik7 sik9 會挑選食品，精於飲食。同「識飲識食」。

揀手 gaan2 sau2 ❶ 挑選：我賣嘢任人～【我賣東西任人隨意挑選】。❷ 上等的：～貨【上等貨】。

間 gaan3 ❶ 劃；用尺子劃線：～格【劃格子】｜～條直線【劃條直線】。❷ 隔；隔開：將呢間大房～成兩間【將這個大房間隔成兩間】。

間中 gaan3 dzung1 偶爾；間或：～會停一陣電【偶爾會停一會兒電】。

間花腩 gaan3 fa1 naam5 五花肉。

間開 gaan3 hoi1 隔開。同「間 ❷」。

間行 gaan3 hong4 劃有直線的；有道道的：我要買有～嘅簿仔【我要買有道道的本子】。

間疏 gaan3 so1 相間搭配；間雜着：你可以炒嘅、煎嘅、蒸嘅～嚟食【你可以炒的、煎的、蒸的相間搭配着吃】。

間選 gaan3 syn2「間接選舉」的省稱。與「直選（直接選舉）」相對。

間條 gaan3 tiu2* 條紋；帶條紋的：～衫【有條紋的衣服】。

間尺 gaan3 tsek2* 尺子，直尺。

經絲 gaang1 si1 結網：蜘蛛～【蜘蛛結網】。

經繭 gaang1 gaan2（蠶）做繭吐絲：個細女養嘅蠶～喇【小女兒養的蠶做繭吐絲了】。

浭 gaang3 徒步涉水；蹚；蹚水：～水【蹚水】｜唔可以～過條溪，水好深【不能徒步涉水過小溪，水很深】。

浭底 gaang3 dai2 攪拌器皿的底部：加咗好多糖，要浭下碗底至得【加了很多糖，要攪拌一下碗底才行】。

夾 gaap8 ❶ 湊；合；聚合：～錢【湊錢】｜～埋有三千零蚊【合起來有三千來塊錢】。❷ 連詞。用於意義有關連的兩個形容詞中間，有「既……又……」「……而且……」之意：平～靚【既便宜又好】｜腌尖～孤寒【既挑剔又吝嗇】。❸ 合得來；配合默契：佢哋兩個都幾～【他們倆挺合得來的】。｜呢對雙打，一個左手，一個右手，幾～【這對雙打（選手），一個左手握拍，一個右手，配合得挺好的】。

夾 band gaap8 ben1 組織搖滾或爵士樂隊。band 為英語「樂隊」之意。

夾布 gaap8 bou3 一種厚布：阿嫲有兩件幾十年前用～做嘅衫【奶奶有兩件幾十年前用厚布做的衣服】。

夾檔 gaap8 dong3 合夥，又作「拍檔」：佢同朋友～開餐館：他跟朋友合夥開餐館】。

夾住 gaap8 dzy6（跟某人）合夥；搭伴兒：你哋～佢做生意我就放心好多【你們跟他合夥做生意我就放心多了】。

夾份 gaap8 fan2* 合夥；合股：我哋三個～開咗間餐廳【我們三個合股開了家餐廳】。

夾計 gaap8 gai2* 合謀；（共同）商量：兩個衰仔～去打劫【兩個壞小子合謀去打劫】。

夾口 gaap8 hau2 物件的接榫或接縫：件衫呢個～位車得唔好【衣服這個接縫位置縫得不好】。

夾口供 gaap8 hau2 gung1 串供（涉事的幾個人事前互相串通，確保被查問時口供一致，不出破綻）：佢哋分明係～屈個司機打人【他們分明是串通一氣，硬說那個司機打人】。

夾口形 gaap8 hau2 jing4 ❶ 配音演員配音：呢齣戲啲聲都唔～嘅【這部電影的配音跟嘴型配合不上】。❷ 對口形；假唱。

夾埋 gaap8 maai4 ❶ 加上；連同：～今次，你已經三次遲到喇【加上這次，你已經遲到了三回】。❷ 合謀；聯合：乜你哋成日～蝦細佬㗎【你們幹嘛老是連手欺負弟弟】？

夾萬 gaap8 maan6 保險櫃；保險箱。

夾衲 gaap8 naap9 夾衣；夾襖。

夾牙 gaap8 nga2* 又作「啱牙」、「啱key」。合拍；合得來：佢兩個幾～下【他倆挺合得來的】。

夾啱 gaap8 ngaam1 剛好；恰好：姑媽～都要去廣州，你哋一齊去最好嘞【姑媽剛好也要到廣州去，你們一起走得了】。

夾硬 gaap8 ngaang2* 強硬；硬是。同「監硬」。

夾年生 gaap8 nin4 saang1 合八字；算算兩人的生辰八字是否相配：佢兩個訂婚之前，要～先【他倆訂婚前先要去算算生辰八字是否相配】。

夾心餅 gaap8 sam1 beng2 夾心餅乾，喻指人處於兩頭不討好的境況之中，同「夾心人」。

夾心階層 gaap8 sam1 gaai1 tsang4 專指在 1990 年代實施的「夾心階層住屋」計劃中符合申請資格的人士。這些人士屬於中等入息階層，既無力購買私人樓房，又不合資格申請公共房屋，夾在兩者中間，故名。

夾心人 gaap8 sam1 jan4 夾在兩頭處於為難境地的人：我阿媽同我老婆成日嘈，我被逼做咗～【我媽跟我老婆整天吵架，我不得不左右兩難做人】。

夾手夾腳 gaap8 sau2 gaap8 goek8 齊心協力；同心合力：大家～，我唔信搞唔掂【大家同心協力，我不信做不好】。

夾榫 gaap8 soen2 竹、木、石製器物的接榫：張凳嘅～啲手工好差【那張凳子的接榫手工很差】。

袷 gaap8 裉（衣服的腋下前後相連處）。

挾 gaap8（用筷子）夾：～餸【夾菜餚】。

甲由 gaat9 dzaat2* 蟑螂。

甲由屎 gaat9 dzaat9 si2 蟑螂糞喻指雀斑。

膠[1] gaau1 ❶ 橡膠。❷ 塑膠（即塑料）的省稱：～袋【塑料袋】。

膠[2] gaau1【俚】借代或暗示粗話「鳩」：關你乜～事【關你屁事】！

膠袋 gaau1 doi2* 塑料袋。

膠紙 gaau1 dzi2 用於封口的有黏性的透明膠帶；膠帶紙。

膠紙袋 gaau1 dzi2 doi2* 塑料薄膜包裝袋。

膠喉 gaau1 hau4 橡膠管；塑料管。

膠箍 gaau1 ku1 橡皮筋；橡皮圈。

膠輪 gaau1 loen2* 橡皮小輪胎，常用於小兒車。又作「膠轆」。

膠轆 gaau1 luk7 ❶ 汽車的橡皮輪胎。❷ 泛指各種橡膠或塑膠製的小輪子，如手推車、電腦椅或機械用的輪子。

膠線 gaau1 sin3 ❶ 橡膠皮的電線。❷ 塑料絲；塑料線。

膠拖 gaau1 to1 橡皮或塑料拖鞋。

膠擦 gaau1 tsaat8 橡皮擦。

膠通 gaau1 tung1 橡膠管。同「膠喉」。

交足功課 gaau1 dzuk7 gung1 fo3（比喻）按質按量、盡職盡責地做好規定的工作或完成該完成的任務：老細叫我招呼好個大客，我都～啦【老闆讓我接待好這位大主顧，我都盡力完成了】。

交歡 gaau1 fun1【文】性交：兩人～之際突然有人敲門【兩人正在性交時突然有人敲門】。

交更 gaau1 gaang1 交班；交接班：今晚十二點～【今晚十二點交接班】。

交吉 gaau[1] gat[7] 房屋買賣易主。「吉」即「空」。（參見「吉」條）

交關 gaau[1] gwaan[1] 厲害；要命：肥得咁～【胖得這麼厲害】｜細得～【小得要命】。

交椅 gaau[1] ji[2] 靠背椅。

交易 gaau[1] jik[9] 生意來往；打交道：500蚊有～【500塊有賣的】。｜佢咁無信用，以後都冇～【他那麼沒信用，以後再不跟他打交道】。

交水費 gaau[1] soey[2] fai[3]【謔】交納用水費用。引申為小便的戲稱：我出去～【我出去小便】。

交投 gaau[1] tau[4] 股票市場術語。（交易所內的）買賣：～活躍【（交易所）買賣活躍】。

交通燈——點紅點綠 gaau[1] tung[1] dang[1] dim[2] hung[4] dim[2] luk[9]【歇】舊時交通燈由警察手控，可以隨意變換紅燈綠燈，故用以比喻瞎指揮，隨意做事，亂加指點：佢亂叫人做嘢，又冇成盤計劃，正一～【他亂派人做事，又沒有全盤計劃，真是瞎指揮】。

交通黑點 gaau[1] tung[1] hak[7] dim[2] 交通事故多發地段：呢個～又有車出事【這個事故多發地點又有車出事】！

茭筍 gaau[1] soen[2] 茭白，蔬菜名。

搞邊科 gaau[2] bin[1] fo[1]【謔】做甚麼；搞甚麼花樣：你今次又～呀【你這一次又玩甚麼花樣】？

搞掂 gaau[2] dim[6] 把事情、工作、問題等妥善解決完成。單獨使用時，意近「大功告成」、「完事兒了」；用於句中，意近「解決」或「完成」：～，收工【完事兒了，收工】！｜呢件事你要幫我～【這件事你要幫我解決】。｜你～晒就通知我啦【你搞定了就通知我】。

【小知識】普通話「搞定」的「定」由粵語「掂」轉音而來，普通話沒有合口韻尾，故用 ing 韻代替粵語「掂」的 im 韻，讀為 dìng，再以漢字「定」作為書面形式。

搞作 gaau[2] dzok[8] 搞；弄：你噉樣～唔係幾好【你這樣搞不太好】。

搞濁水 gaau[2] dzuk[9] soey[2] 把水搞混，喻指從中生事，製造麻煩：我哋一向相安無事，咪畀佢入嚟～【我們一向相安無事，別讓他進來生是非】。

搞風搞雨 gaau[2] fung[1] gaau[2] jy[5] 無事生非；挑撥離間：呢個誤會我哋已經解釋清楚，你唔好喺度～啦【這個誤會我們已經解釋清楚，你別再在這兒無事生非了】。

搞家 gaau[2] ga[1] ❶ 專門搗亂者；搗亂鬼：佢成日亂投訴，正～嚟【他經常亂投訴，是個搗亂鬼】。❷ 攪擾；搗亂：大佬讀緊書，你唔好去～【哥哥在讀書，你別去攪擾他】。

搞搞震 gaau[2] gaau[2] dzan[3] ❶ 胡鬧；亂起哄：班學生遊行為市民爭權益，點可以話～呀【那幫學生遊行為市民爭權益，怎麼可以說他們胡鬧呢】。❷ 喧鬧不休；製造噪音妨礙他人：琴晚頂樓有班人響度～，音樂放到兩三點，嘈到冇覺好瞓【昨晚樓上有班人吵吵鬧鬧，音樂放到兩三點鐘，吵得人睡不好覺】。

搞搞震，冇幫襯 gaau[2] gaau[2] dzan[3] mou[5] bong[1] tsan[3]【俗】只會添亂卻沒有任何幫忙或關照：呢條友真係～，一落場就擺烏龍入咗自己龍門一球【這小子真會添亂，一上場就踢進了自家球門一球】。

搞基 gaau² gei¹（男性）同性相戀或發生性關係。「基」為英語 gay 的音譯：佢兩個男人～係佢哋兩個嘅事【他們兩個男人搞同性戀是他們兩個自己的事】。

搞 gag gaau² gek⁷ 搞笑；逗樂，gag 為英語「插科打諢」之意：噉嘅場合，搵佢嚟～至啱喇【這種場合，找他來插科打諢逗樂大家最合適了】。

搞鬼 gaau² gwai² 搗亂；騷擾：原來係你喺度～【原來是你在這裏搗亂】。

搞亂檔 gaau² lyn⁶ dong³ 搗亂；添亂：你哋唔好入嚟廚房～喇，出番去玩啦【你們不要進廚房添亂了，出去玩吧】。

搞唔掂 gaau² m⁴ dim⁶ ❶ 無法應付、解決、完成、善後等：搵個人來幫下手吖！呢單嘢我一個人～【找個人來幫幫忙吧，這件事我一個人應付不了】。｜冇你～【沒有你（事情）不能解決】。❷ 受不了；擔當不起：呢個消息泄露出去我哋都～【這個消息泄露出去我們都擔當不了】。

搞手 gaau² sau² 組織、主持某種活動的人：要有多幾個～呢單嘢至成事【要多找幾個人負責組織推動這件事才能辦成】。

搞是搞非 gaau² si⁶ gaau² fei¹ 搬弄是非；挑撥是非：唔係佢喺度～，我大佬點會同大嫂離婚呀【不是他在這兒搬弄是非，我大哥怎麼會跟大嫂離婚呢】。

搞笑 gaau² siu³ ❶ 製造笑料以博人一笑：呢個人好識～，佢一嚟大家實笑餐飽【這個人很會逗笑，他一來大家肯定可以大笑一頓】。❷ 逗；開玩笑：你真係～，我屋企大把錢，使鬼搵佢借錢呀【你真逗，我家裏有的是錢，用得着跟他借嗎】？

搞錯 gaau² tso³ ❶ 弄錯：我～咗【我弄錯了】。❷「有冇搞錯」的省略，用於表示不滿情緒（對方不一定有錯）：～呀！個天熱成噉【怎麼搞的！天氣熱成這樣】！

搞禍 gaau² wo⁵ 弄壞；弄糟；搞砸：一隻烏蠅～一鑊粥【一隻蒼蠅弄糟一鍋稀飯（意同「一粒老鼠屎弄壞了一鍋粥）】。｜件事畀你～晒喇【這件事讓你給搞砸了】。

攪珠 gaau² dzy¹（用寫着數字的圓球）搖獎；搖出中獎號碼。

攪屎棍 gaau² si² gwan³ ❶ 到處搗亂、製造麻煩的人；刺兒頭：呢個衰仔喺班入便係頭號～【這臭小子是班裏頭號刺兒頭】。❷ 愛挑撥離間、搬弄是非或出餿主意製造矛盾、麻煩的人：呢幾個工人代表，係波士眼中嘅～【這幾個工會領袖，是老闆眼中製造麻煩的人】。

攪腸痧 gaau² tsoeng⁴ sa¹ 絞腸痧。一種以心腹絞痛為主要徵狀的病症。

絞纜 gaau² laam⁶ 小輪開船時把大纜繩絞起來。

絞唔埋纜 gaau² m⁴ maai⁴ laam⁶ 合不來；性格不相投。又作「大纜都扯唔埋」：我哋兩個～，點可以結婚啫【我倆合不來，怎麼可以結婚】？

校 gaau³ ❶ 調校；調節；校正：～正個收音機【把收音機（的接收頻率）調準】｜～水沖涼【調節好水溫洗澡】｜～鐘【校正鐘錶】。❷ 安裝：今日有人嚟屋企～冷氣【今天有人來家裏安裝空調機】。

校味 gaau³ mai⁶ 調味；加調料、配料使滋味可口：你係大廚，你嚟～好啲【你是廚師，由你來調味好一點兒】。

校奶 gaau³ naai⁵ 沖調奶粉（以餵養嬰兒）：依家做老竇都要識～㗎【現在做父親也要學會沖調奶粉】。

校音 gaau³ jam¹ 校正撥弦樂器的音階，又叫「校線」：拉小提琴之前，大家一齊～先【拉小提琴之前，我們先一起調好弦】。

較飛 gaau³ fei¹ 指輕率從事而不理後果：你唔識飛髮就唔好攞我個頭嚟～【你不會理髮就不要拿我來作實驗】。｜你有心臟病仲玩笨豬跳？唔好攞條命嚟～吖【你有心臟病還玩蹦極跳？別拿生命來賭】！

較腳 gaau³ koek⁸【俗】走；離開：執好嘢未呀？～喇【收拾完東西沒有？（該）走了】！

較為 gaau³ wai⁴ 比較：佢啲仔女入便，個細仔～聰明【他的子女裏頭，小兒子比較聰明】。

滘 gaau³ 分支的水道（多用作地名）：大埔～。

鉸 gaau³ 鉸鏈；合頁：門～【門上的合頁】｜架機器斷咗～【那機器的鉸鏈斷了】。

鉸剪 gaau³ dzin² 剪刀。

鉸剪梯 gaau³ dzin² tai¹ 人字梯。

教導所 gaau³ dou⁶ so² 又稱「懲教所」，隸屬香港懲教署。對罪行輕微的犯罪青年進行管教的機構，進入教導所是一項代替監禁的刑罰。

教精你 gaau³ dzeng¹ nei⁵ 指點你讓你變得聰明；把成功的秘訣告訴你：等我～啦，想贏錢一定要落重本【告訴你我的秘訣，想贏錢一定得下大本錢】。

教宗 gaau³ dzung¹ 教皇，天主教會的最高宗教領袖，駐梵蒂岡。

教館 gaau³ gun² 舊時指在私塾教書：佢阿爺係～先生【他的祖父在私塾教書】。

教路 gaau³ lou⁶ 傳授經驗、方法：佢係三屆冠軍，你一定要聽佢～吖【他是三屆的冠軍，你一定要聽他傳授經驗啊】。

教門 gaau³ mun⁴ 特指伊斯蘭教（回教）：～牛肉【清真牛肉】。

教識徒弟冇師傅 gaau³ sik⁷ tou⁴ dai²* mou⁵ si¹ fu²*【俗】教會徒弟，餓死師傅。

教書佬 gaau³ sy¹ lou²【貶】教師；教書匠。

教書先生搬屋——全書 gaau³ sy¹ sin¹ saang¹ bun¹ nguk⁷ tsyn⁴ sy¹【歇】意同「孔夫子搬家——全書（輸）」「書」和「輸」諧音：我賭馬都係～【我賭馬每一次都輸】。

覺覺豬 gaau⁴* gaau¹* dzy¹ 睡覺（對兒童用語）：瞓～【睡覺覺】。

雞¹ gai¹ ❶【俗】妓女：做～【做妓女】｜叫～【召妓】。❷ 哨子：吹～完場【吹哨子結束比賽】。

雞² gai¹ ❶【謔】用於名詞後，以示事物微小：一蚊～【一元】｜小學～【小學生】｜中學～【中學生】。❷ 差勁兒：咪以為佢好～，其實佢好捱得【別以為他做事很差勁兒，其實他挺能吃苦的】。

雞包 gai¹ bau¹ 以雞肉做餡的包子：我去茶樓至中意食～【我上茶樓最愛吃雞肉包子】。

雞髀 gai¹ bei² 雞腿。

雞髀鎚 gai¹ bei² tsoey⁴ 雞腿（小腿部份）。

雞蛋摸過輕四兩 gai¹ daan²* mo² gwo³ heng¹ sei³ loeng²【俗】形容極度貪婪，處處佔人便宜，連被他摸過的雞蛋都會輕掉幾兩。意近「雁過拔毛」：嗰條友～，點會咁大方吖【那小子雁過拔毛，怎麼會這麼大方】。

雞蛋盞 gai¹ daan⁶ dzaan² 一種粵式點心。外形似小碟子，以雞蛋黃加糖做餡兒。

雞蛋仔 gai¹ daan⁶ dzai² 一種香港傳統街

頭小吃。以雞蛋、砂糖、麵粉攪成蛋漿，倒進兩塊特製的鐵模板中，在炭火上烤製而成。模板設計成蜂巢狀，烤成的「雞蛋仔」每次約 20 個，連在一起，稱為「一底」。

雞蛋花 gai1 daan6 fa1 一種草藥名稱，是廣東著名的涼茶「五花茶」的原料之一。

雞蛋果 gai1 daan6 gwo2 一種芳香水果，又稱百香果，外形如雞蛋，故名。

雞竇 gai1 dau3 ❶ 雞窩。同「雞乸竇」。❷【俗】喻指妓女營業的場所。

雞啄唔斷 gai1 doeng1 m4 tyn5 雞啄米粒沒個完，比喻人嘮叨個沒完，或沒完沒了地交談：呢兩個女人喺埋一齊就～【這倆婆娘一湊到一起就聊個沒完】。

雞仔餅 gai1 dzai2 beng2 一種典型的粵式餅食，以糖、麵粉、肉等混合烘烤而成，味道甜中帶鹹。

雞仔蛋 gai1 dzai2 daan2* 半孵化的雞蛋，營養比較豐富。

雞仔媒人 gai1 dzai2 mui4 jan2* ❶ 愛管閒事的人；事兒媽：呢個～，乜嘢事都有佢份嘅【這個事兒媽，啥事都有份兒】。❷ 做吃力不討好的事；多管閒事：你呀，成日做埋晒啲～【你呀，整天盡幹這種吃力不討好的事】。

雞子 gai1 dzi2 雞睪丸。

雞花 gai1 fa1 剛出殼的小雞。

雞扶翅 gai1 fu4 tsi3 雞的肝、心、腎的總稱。太太去買咗斤～【太太去買了一斤雞肝、雞心、雞腎】。

雞雜 gai1 dzaap9 雞內臟的總稱。

雞噉腳 gai1 gam2 goek8 形容人急急忙忙地走路（含貶意）：佢一見經理嚟就～走咗嘞【他一見經理來就急忙溜了】。

雞忌發瘟，鴨忌離群 gai1 gei6 faat7 wan1 ngaap8 gei6 lei4 kwan4【諺】養雞最忌諱發雞瘟（會造成大量死亡）；合群的鴨子則忌諱離群（往往會造成鴨子失蹤），這些對於農家都是重大損失。喻指有災難。

雞腳 gai1 goek8 ❶ 雞的腳爪；雞爪子。食用時又稱「鳳爪」。❷ 把柄。同「痛腳」：我冇～畀你捉，唔驚你【我沒有把柄給你抓，不怕你】。

雞公 gai1 gung1 公雞。

雞公花 gai1 gung1 fa1 雞冠花。

雞公車 gai1 gung1 tse1 舊時運輸用的手推獨輪木頭車。

雞殼 gai1 hok8 帶些肉的雞骨架；～可以攞嚟煲湯【雞骨架可以用來熬湯】。

雞項 gai1 hong2* 小母雞；嫩母雞（未下過蛋或未抱過窩的母雞）。

雞紅 gai1 hung4【婉】雞血。粵人從趨吉避凶心理出發而諱言「血」字，故改以「紅」字代替之。

雞翼 gai1 jik9 雞翅膀。

雞翼袖 gai1 jik9 dzau5 喻指極短的袖子。

雞盲 gai1 maang4 夜盲症；唔食蔬菜、生果會發～【不吃蔬菜水果會患夜盲症】。

雞忘記 gai1 mong4 gei3 雞脾臟。

雞毛鴨血 gai1 mou4 ngaap8 hyt8 ❶ 一塌糊塗；不可收拾：單嘢搞到～【這事兒搞得一塌糊塗】。❷ 狼狽不堪；痛苦不堪：我畀佢累到～【我讓他連累得狼狽不堪】。｜我成家人畀佢害到～【我全家人讓他害得痛苦不堪】。

雞毛掃 gai1 mou4 sou2* 雞毛撣子。

雞乸 gai¹ na² 母雞。

雞乸竇 gai¹ na² dau³ 原意指雞窩，比喻亂蓬蓬的頭髮：你啲頭髮成個～噉，係新髮型嚟㗎【你的頭髮弄得亂蓬蓬的，是新髮型】？

雞乸咁大隻字 gai¹ na² gam³ daai⁶ dzek⁸ dzi⁶ 指字大得像隻母雞那樣。

雞屙尿——少見 gai¹ ngo¹ niu⁶ siu² gin³【歇】雞只有一個排泄孔道，同時拉屎撒尿，很少單獨撒尿：你今日唔玩遊戲機？真係～喎【你今天不玩遊戲機？真是少見】。

雞皮 gai¹ pei⁴ 雞皮疙瘩：凍到我起～【冷得我起雞皮疙瘩了】。

雞皮紙 gai¹ pei⁴ dzi² 牛皮紙。

雞泡魚 gai¹ pou⁵ jy²* 河豚。

雞生腸 gai¹ saang¹ tsoeng²* 母雞生殖器官。

雞心柿 gai¹ sam¹ tsi² 一種個兒較小的柿子，形狀像雞心。

雞腎 gai¹ san⁵ 雞胗（雞的胃）。

雞腎衣 gai¹ san⁵ ji¹ 雞胗的內皮；雞內金。可供藥用。

雞手鴨腳 gai¹ sau² ngaap⁸ goek⁸ 做事不沉着、不知所措；毛手毛腳：小心啲，做嘢～點得呀【小心點兒，幹活毛手毛腳的怎麼行呢】。

雞屎果 gai¹ si² gwo² 番石榴的別稱。

雞屎藤 gai¹ si² tang⁴ 植物名，一種草藥。

雞士 gai¹ si²*【俗】小額金錢；元。又可省作「雞」、或作「蚊雞」（參見「雞²」條 ❶）：做咁耐都係賺得幾～【幹那麼久才賺那麼幾塊錢】。

雞食放光蟲——心知肚明 gai¹ sik⁹ fong³ gwong¹ tsung²* sam¹ dzi¹ tou⁵ ming⁴【歇】放光蟲，螢火蟲之類的小蟲子。民間認為雞吃了這種蟲子，肚子會有螢光，變透明。故以此形容心裏清清楚楚、明明白白：佢啲錢係點得嚟嘅，大家～【他的錢從哪兒來的，大家心裏一清二楚】。

雞碎咁多 gai¹ soey³ gam³ do¹ 「多」又音 doe¹。一點兒；一丁點兒（形容數量太少）：～錢就想收買我【就這麼一丁點兒錢就想收買我】？

雞頭 gai¹ tau⁴ ❶ 雞的頭部。❷ 老公雞：呢隻～好威猛【這一隻老公雞很威武】。

雞春 gai¹ tsoen¹ 雞蛋。

雞春子 gai¹ tsoen¹ dzi² 母雞的腹內蛋。

雞春咁密都菢出仔 gai¹ tsoen¹ gam³ mat⁹ dou¹ bou⁶ tsoet⁷ dzai²【俗】雞蛋雖然沒有縫，裏面的小雞還是要孵出來。喻秘密保守得再嚴，還是會露餡的。

雞腸 gai¹ tsoeng²* ❶ 雞的腸子。❷【謔】喻指英文；洋文：啲～我唔識睇㗎【英文我看不懂】。

雞糟 gai¹ dzou⁴ 餵雞的酒糟。

雞蟲 gai¹ tsung⁴【俗】風流客；嫖客：呢座大廈咁多黃色架步，入去好容易畀人當～【這座大廈盡是色情場所，進去很容易被人當嫖客】。

雞同鴨講 gai¹ tung⁴ ngaap⁸ gong² 比喻操不同語言或方言的人交談，互不理解：我阿媽唔識英文，去到外國同鬼佬～，點溝通【我媽不懂英語，到了外國跟老外無法交談，怎麼溝通】？

偈¹ gai² 話：傾～【交談／聊天】｜冇乜嘢～好同佢傾【沒啥話可以跟他聊】。

偈² gai² 英語 gear 的音譯詞。❶ 機器；

引擎：你架車副～要大修【你這車的引擎要徹底維修】。｜～油【機油 / 潤滑油】。❷ 喻指人的身體（機能）：醫生話我呢副～再行三十年都冇問題【醫生說我這副身子骨再挺三十年都沒有問題】。

偈油 gai[2] jau[2*] 機油；（機器的）潤滑油。

計 gai[2*] 計謀；辦法；主意：諗～【想辦法】｜我都冇～【我也沒辦法】。

計仔 gai[2] dzai[2] 同「計 gai[2*]」。

計 gai[3] ❶ 算；計算：～下條數【算算賬】｜～下面積有幾大【計算看面積有多大】。❷ 照；按照；依：～我話你最好留低【依我說你最好留下】。

計帶 gai[3] daai[3] 心中的芥蒂；計較；介意；在意：大家冇～【大家沒有芥蒂】。｜佢做乜，我都唔～【無論她做甚麼事情，我都不計較】。

計正 gai[3] dzeng[3] ❶ 在正常情況下；從情理上說；按說：～搭車應該快過行路好多【按說坐車該比走路快多了】。❷ 按道理；按規矩：～收到貨就應該畀錢【按道理收到貨就該馬上付款】。

計我話 gai[3] ngo[5] wa[6] 依我說：咁牙煙，～不如唔好去【這麼危險，依我說不如別去】。

計數 gai[3] sou[3] ❶ 算；計算：我冇讀過書，唔識～【我沒讀過書，不會計算】。❷ 算賬：等佢返嚟我先同佢～【等他回來我才跟他算賬】！

計數機 gai[3] sou[3] gei[1] 計算器。

今 gam[1] 這；本：～次【這次】｜～屆【本屆】。

今朝 gam[1] dziu[1] ❶ 今天早上；今早。❷ 今天；今兒：～有酒～醉。

今個月 gam[1] go[3] jyt[9] 這個月；本月。

今日 gam[1] jat[8] 今天。

今日唔知聽日事 gam[1] jat[9] m[4] dzi[1] ting[1] jat[9] si[6]【俗】今天不知道明天會發生甚麼事情，比喻事情難以預料：～，擔心都冇用【今天不知道明天會怎樣呢，擔心也沒用】。

今時唔同往日 gam[1] si[4] m[4] tung[4] wong[5] jat[9]【俗】今非昔比，形容變化很大：佢發咗達，～啦【他發大財了，今非昔比嘍】。｜～，家陣有啲青菜仲貴過豬肉【今非昔比，現在有些蔬菜比豬肉還貴】。

今次 gam[1] tsi[3] 這次：～你輸咗【這次你輸了】。

今勻 gam[1] wan[4] 這次，這回：～運氣唔好，輸咗幾萬蚊【這回運氣不好，輸了幾萬塊錢】。

金箢籮 gam[1] bo[1] lo[1] 非常珍貴的東西；寶貝。比喻受寵愛的孩子：阿爺阿嫲都當呢個大孫係～【爺爺奶奶都拿這個長孫當寶貝】。

金多寶 gam[1] do[1] bou[2] 從每次六合彩派出的獎金中扣出的累積基金。傳統節日或紀念日等多設有金多寶獎金，售賣該期彩票前會公佈巨額獎金數目。

> 【小知識】香港賽馬會 1982 年開設金多寶彩池，當時獎金為港幣 100 萬元。2017 年中秋節金多寶獎金為港幣 8,000 萬元。

金針菜 gam[1] dzam[1] tsoi[3] 黃花菜。

金睛火眼 gam[1] dzing[1] fo[2] ngaan[5] ❶【謔】眼睛充血；疲累不堪：做記者成日都捱到～【當記者經常都熬夜，疲累不堪】。❷ 喻精神高度集中；緊緊盯着：個個都～噉睇住佢有冇出術【人人都緊緊盯着他，看他有沒有作弊】。

金豬 gam1 dzy1 新婚後新娘回門時男家送給女家的烤豬；又泛指各種祭祖或祭神儀式中用的烤豬。

金主 gam1 dzy2 為支持某個組織或某項行動而背後提供資金者。

金雞 gam1 gai1 舊時屋脊上的陶瓦公雞，民間以為可以辟邪。

金雞瓦 gam1 gai1 nga6 牆頭插的防盜的碎玻璃片：舊陣時啲有錢佬房屋圍牆上好多都插～【以前有錢人房屋圍牆上都插碎玻璃片】。

金腳帶 gam1 goek8 daai3 金環蛇（一種兩廣常見的劇毒蛇類，因顏色黃黑相間而得名）。

金禧 gam1 hei1 五十週年紀念。英語 golden jubilee 的意譯詞：～慶典【五十週年慶典】。

金魚缸 gam1 jy4 gong1 喻指香港聯合交易所，因為舊的交易所大廳是在一個非常大的玻璃屋子，外人可以看見裏邊穿着紅色背心的交易員走來走去，其情景好像紅色金魚在魚缸游來游去，故名。

金魚茜 gam1 jy4 sai1 放在魚缸中的水草。

金魚黃 gam1 jy4 wong2* 桔黃色，杏黃色。

金咭 gam1 kaat7「咭」指「信用卡」（參見該條），金咭指透支額度較高的信用卡，一般為金色，故稱。

金曲 gam1 kuk7 指深受聽眾喜愛的歌曲作品。由電台、電視台等等公眾傳播媒介評選出來的最受歡迎流行歌曲：十大～【十首最流行歌曲】。

金撈 gam1 lou1 金色的「勞力士」（瑞士名廠）手錶。

金銀膶 gam1 ngan4 joen2* 臘豬肝，因豬肝中間夾有肥肉，故稱。

金銀衣紙 gam1 ngan4 ji1 dzi2 燒給先人的紙祭品，也稱「冥鏹」。金、銀是紙錢，衣紙代表衣衫。

金牛 gam1 ngau4【俗】面額為 1000 元的港幣紙鈔，因鈔票為金黃色而得名。

金盆洗手 gam1 pun4 sai2 sau2 退出不幹。武俠小說中，寫江湖人物退出江湖，必舉行儀式，招請各路英雄觀禮，以金盆盛水洗手，表示從此不再幹舊營生。現多用以指黑社會重要人物不再操持黑社會的事業。

金山 gam1 saan1 最早指美國舊金山市（三藩市），後泛指美國乃至美洲：～阿伯【美國老華僑】。

金山伯 gam1 saan1 baak8 北美老華僑，特指旅美歸國老華僑。

金山客 gam1 saan1 haak8 北美華僑，特指旅美歸國華僑。

金山橙 gam1 saan1 tsaang1 美洲橙。

金山翅 gam1 saan1 tsi3 美國舊金山（三藩市）出產的魚翅。

金手指——篤人背脊 gam1 sau2 dzi2 duk7 jan4 bui3 dzek8【歇】用金手指戳人的背，借指在背後打小報告、陷害別人者（有時不講出下句）：佢成日做～㗎，小心佢呀【他經常打小報告的，小心他呀】。

金水 gam1 soey2 金價：呢一年幾～升咗好多【這一年多來金價漲了很多】。

金塔 gam1 taap8 裝屍骨的鑵子，因往往在外面塗有金黃色的釉而得名。又稱「金埕」。

金錢餅 gam1 tsin4 beng2 銅錢大小的小餅。

金唱片 gam1 tsoeng3 pin2* 根據唱片銷量而頒發的一個獎項。銷量要求因時、地、唱片種類不同而有別。按國際標準銷售數量達到五十萬張以上的唱片為金唱片。

【小知識】2008 年起香港流行音樂唱片銷售達 30,000 張為白金唱片，15,000 張為金唱片。

甘 gam1 ❶ 吃了含油脂較多的食物時所感覺到的香味：炸春卷～香鬆脆。❷ 嚼甘草或橄欖時所感覺的味道。

甘筍 gam1 soen2 胡蘿蔔。

甘草演員 gam1 tsou2 jin2 jyn4 資深配角演員。

噉 gam2 ❶ 這樣，那樣；這麼，那麼：又會變成～嘅【怎麼會變成這樣】？｜～唔係幾好啩【那樣不大好吧】？｜～嘅樣你都話靚【這麼個樣子你還說漂亮】？❷（像）……似的：佢又高又瘦，成枝竹竿～【他又高又瘦，像一根竹竿似的】。｜佢好似唔係幾高興～【他好像不太高興似的】。❸ 助詞。用於修飾形容詞、數量詞與其所修飾的動詞之間，用法類似助詞「地」：一步一步～行【一步一步地走】｜好大聲～叫【很大聲地叫】。❹ 助詞。用於象聲詞、形容詞、詞組等之後，用法類似助詞「的」：凍到面青青～【凍得臉青青的】。❺ 用於動詞、形容詞之後表示行為、性質、狀態或數量達到一定程度：我畀～好多你喇【我給了你挺多的了】｜阿爺嘅病好～啲喇【爺爺的病好些了】。

噉樣 gam2 joeng2* 這樣：～嘅人真係少見【這樣的人真少見】｜～都幾好【這樣挺好的】。

感化 gam2 fa3 對罪犯的一種較輕的刑罰，多用於年輕的或初犯的罪犯：被判接受～【被判接受感化教養】。

感化官 gam2 fa3 gun1 對罪犯施行「感化」的教養人員。

感化院 gam2 fa3 jyn2* 管教未成年罪犯的機關。

感性 gam2 sing3 感情豐富：佢係個好～嘅人，好容易觸景傷情【她是個很富於感情的人，很容易觸景傷情】。

感暑 gam2 sy2 中暑：佢～暈咗【他中暑暈倒了】。

咁 gam3 ❶ 這麼，那麼；這樣，那樣：～大個【這麼大】｜～緊張【這麼緊張】｜明星～靚【像明星那麼漂亮】。❷ 助詞。用於詞和詞組後，與之共同修飾後面的動詞，用法類似「地」：猛～走【拼命地跑】｜由朝到晚～做【從早到晚地幹活】。

咁大把 gam3 daai6 ba2 那麼少；那麼點兒：畀得十蚊～【才給十塊錢那麼點兒】。

咁滯 gam3 dzai6 助詞。用在動詞、形容詞或動詞性詞組之後，表示即將、將近、差不多等意思：天黑～【天就快黑了】｜我攰到就嚟死～【我快累死了】。｜我直情當你兄弟～【我簡直是把你當親兄弟了】。

咁高咁大 gam3 gou1 gam3 daai2*（兩人）長得一般高一般大，喻指地位一樣：大家～，你憑乜嘢點我做嘢【你我地位一樣，你憑甚麼指揮我】？

禁區紙 gam3 koey1 dzi2 出入（香港與大陸接壤的）邊境禁區的通行證。

撳（揿） gam6 摁；按：～門鐘【摁門

鈴】｜做乜嘢～住佢唔畀佢起身呀【幹嘛按着他不讓他起來】？

揿地游水 gam⁶ dei⁶ jau⁴ soey² 在淺水裏雙手撐着地游泳，比喻做事求穩當，小心翼翼：佢細膽過頭，做嘢都喺～【他膽子很小，辦事都小心翼翼】。

揿釘 gam⁶ deng¹ 圖釘；撳釘。

揿鷓鴣 gam⁶ dze³ gu¹【俗】原指獵人用鳥籠裝着雌性鷓鴣誘捕雄鳥，喻指行騙。

揿鐘 gam⁶ dzung¹ 用手按鐘；撳電鈴：你行到門口就～【你走到門口就撳門鈴】。

揿住頭 gam⁶ dzy⁶ tau⁴ 埋頭；頭也不抬地：佢～噉猛寫【他埋頭拼命地寫】。

揿機 gam⁶ gei¹ 從銀行自動櫃員機取錢：我冇帶錢，要去～先【我沒帶錢，要先去櫃員機取錢】。

跟 gan¹ ❶ 跟隨；尾隨；跟着：我～你【我跟着你（我排在你後面）】。❷「跟進」之省，即處理，擔負責任：我叫咗碗飯仲未嚟，唔該～一～【我叫了碗米飯還沒來，麻煩你再催一催】。｜呢單嘢邊個～㗎【這件事誰負責的】？

跟大隊 gan¹ daai⁶ doey²* 隨大流：佢做人淨係識～，冇啲主見【他做人就會隨大流，一點兒主見都沒有】。

跟得夫人 gan¹ dak⁷ fu¹ jan⁴【謔】源於英國地名 Kent 的粵語音譯「根德」。該郡是英女皇給根德公爵的封地；公爵的夫人 Duchees of Kent 即為「根德夫人」。港人據此仿造出與其諧音的「跟得夫人」、「跟得女友」之類詞語，戲指經常跟着丈夫、男友出雙入對的女性。

跟進 gan¹ dzoen³ 源自英語 follow up，意即某一工作或事情告一段落後，採取下一步行動，有「繼續處理（下一步的工作）」、「接手處理」之意。又作「跟」：我哋會～維修保養嘅事【我們會做好售後維修保養的事】。｜總經理放大假，呢件事而家由我～【總經理休假去了，這件事由我接手處理】。｜呢單新聞我哋電視台會繼續～【這條新聞我們電視台會繼續採訪】。

跟風 gan¹ fung¹ 跟潮流；隨風轉舵：佢不溜中意～，唔靠得住【他向來喜歡隨風轉舵，靠不住】。

跟下眼 gan¹ ha⁵ ngaan⁵ 盯着點；注意或繼續關注某事物：～，唔好畀佢走甩【盯着點兒，別讓他溜走了】。｜呢份稿你～，唔好再出錯【這份稿你再看看，別再出錯】。

跟紅頂白 gan¹ hung⁴ ding² baak⁸【俗】勢利眼，嫌貧愛富；捧得勢的，踩背時的：佢呢停人就係識得～，求佢雪中送炭？咪使指擬【他這種人就會嫌貧愛富的，求他雪中送炭？甭指望】！

跟佬 gan¹ lou² ❶（有夫之婦）與人私奔：佢老婆兩年前～走咗【他老婆兩年前跟人私奔了】。❷ 舊時指妓女從良。

跟尾 gan¹ mei⁵ 尾隨，跟隨；排在……後面：你～眼住前面架車【你尾隨監視前面那輛車】。｜跟住隊長尾【跟着隊長】｜你跟我尾【你排我後面】。

跟尾狗 gan¹ mei⁵ gau² ❶ 喻寸步不離，老跟在大人後面的小孩子。❷ 你咁大個仲做～【你長那麼大還老跟在大人後面】？狗腿子，喻指總是跟別人走，自己毫無主見的人：佢就係經理嘅～，有秘密千祈唔好畀佢知道【他是經理的狗腿子，有甚麼秘密千萬別讓他知道】。

跟手 gan¹ sau² 隨手；接着：～閂門【隨手關門】｜嗰個人推跌佢之後，～打咗佢一餐【那個人把他推倒之後，接着打了他一頓】。

跟手尾 gan[1] sau[2] mei[5] 為別人完成未完的工作，引指替人收拾爛攤子：我聽日唔得閒，呢度啲嘢要你～嘞【明天我沒空，這兒的事要請你去完成了】。｜件事係你搞出嚟嘅，而家要我～【禍是你惹出來的，現在要我去收拾殘局】？

跟尋 gan[1] tsam[4] 調查；追尋：呢個人來歷不明，你去～佢【這個人來歷不明，你去調查他】。

緊[1] gan[2] 助詞。用在動詞後面，表示動作正在進行：行～【正走着】｜吃～飯【正在吃飯】。

緊[2] gan[2] ❶ 急需；急用：啲錢你～就攞去先【這些錢你急用的話就先拿着】。❷（感到）急切，迫切：咁緊要嘅事，你～佢唔～，真係畀佢激死【這麼重要的事，你急他不急，真讓他給氣死了】。

緊張大師 gan[2] dzoeng[1] daai[6] si[1] 精神過份緊張、興奮的人：佢係～，小小事就幾晚都瞓唔着【他是個神經質的人，一點兒事就幾個晚上睡不着】。

緊要 gan[2] jiu[3] ❶ 重要；要緊：我有件～事要去做【我有件重要事要去辦】。｜個會開唔開都唔～【這個會開不開都不要緊】。❷（病情）嚴重：點呀，你個女嘅病緊唔～呀【怎麼樣，你女兒的病嚴重嗎】？

緊捋捋 gan[2] lyt[8] lyt[8] 緊繃繃；繃得很緊：嗰件衫太細，～噉，着起身好唔舒服【件襯衣太小，緊繃繃的，穿起來很不舒服】。

緊身 gan[2] san[1] 緊身兒；穿在裏面的窄而緊的上衣：我中意着棉～【我愛穿棉質緊身衣】。

緊事 gan[2] si[6] 緊急的事情：我有～，想請假早啲走【我有緊急的事情，想請假早點兒走】。

近住 gan[6] dzy[6] 靠近；接近：佢住上環，～港澳碼頭【他住上環，靠近港澳碼頭】。｜～年尾【接近年底】。

近身 gan[6] san[1] 貼身的侍從：我阿婆舊時有幾個～㗎【我外婆以前有幾個貼身的婢女】。

近身妹 gan[6] san[1] mui[1]* 貼身丫頭：紫鵑係林黛玉嘅～【紫鵑是林黛玉的貼身丫頭】。

近廚得食 gan[6] tsy[4] dak[7] sik[9]【俗】靠近廚房，弄到吃的總容易點，意近「近水樓台先得月」。

羹 gang[1] ❶ 同「匙羹」。匙子；羹匙：畀隻～我【給我個羹匙】。❷ 量詞。勺；匙子：一～糖【一匙子糖】。

梗[1] gang[2] ❶ 僵硬；不靈活：頸～膊痛【脖子僵硬，肩膀疼痛】｜啲螺絲生晒鏽，～到死【螺絲生了鏽，緊得要命】。❷ 固定了的：利息係～咗嘅【利息是定死了的】。

梗[2] gang[2] 當然；肯定；一定；必定：今次死～【這次死定了】。｜我～知啦【我當然知道啦】。

梗板 gang[2] baan[2] 機械；死板；不會變通：老陳為人太～【老陳為人太死板】。

梗檔 gang[2] dong[3] 固定攤檔。

梗房 gang[2] fong[2]* 獨立間隔的房間，有別於用不到頂的木板甚或布帳隔成的房間。

梗頸 gang[2] geng[2] 脾氣拗；固執；不能聽從別人意見：李堅好～嘅，我勸佢佢未必肯聽【李堅脾氣很拗，我勸他他未必肯聽】。

梗薪 gang[2] san[1] 固定工資。

更之 gang³ dzi¹ 更加：佢唔嚟～好，我慳返餐飯【他不來更好，我省下來一頓飯錢】。

急 gap⁷【婉】特指人無法忍受的急事，即大小便、放屁：人有三～。

急計 gap⁷ gai²* 急智；在緊急、尷尬狀況下臨時想出的應付辦法：琴晚個場面冇～好難解到圍【昨晚那個場面沒有急智挺難解圍的】。

急急腳 gap⁷ gap⁷ goek⁸ 匆匆而行：一落車佢就～返公司【一下車他就匆匆趕回公司】。

急急口 gap⁷ gap⁷ hau² 說話快；嘴快。同「口快快」。

急驚 gap⁷ geng¹ 中醫術語。急驚風。

急口令 gap⁷ hau² ling⁶ 繞口令。

蛤蚧 gap⁸ gai²* 小型爬行動物，形似蜥蜴，可以製成中藥。

蛤蜗 gap⁸ gwaai² 蟾蜍；青蛙。

蛤乸 gap⁸ na² 田雞；大青蛙。

眍 gap⁹ 又作 kap⁹。看；特別注意、監視：企高啲～唔～到【站高點兒能不能看到】？｜班警察～住晒，唔落得手【那幫警察正監視着，下不了手】。

眍嘢 gap⁹ 偷窺：個鹹濕佬成日喺度～【那個色鬼整天在這兒偷窺】。

吉 gat⁷【婉】空；空的（粵方言「空」與「凶」同音，故為避諱而改用「凶」的反義詞「吉」表示「空」的意思）：～屋【空屋】｜～車【空車】｜得個～【一場空，落空】。

吉列 gat⁷ lit⁹ 炸肉排；肉片。英語 cutlet 的音譯詞：～豬扒【炸豬排】。

吉士 gat⁷ si²* 英語 guts 的音譯。勇氣；膽量：老闆你都敢頂，真係夠～【上司你都敢跟他爭辯，真夠膽量】！

桔 gat⁷ 柑橘的一種，皮薄，色黃，味較酸。

刮 gat⁷ ❶ 刺；扎：一刀～入去【一刀刺進去】｜～親手【扎傷了手】。❷ 衣服布料纖維粗硬使人感覺如芒刺在背：件衫～肉【這件衣服有點扎】。

刮喉 gat⁷ hau⁴ 刺激喉嚨；刺激嗓子；嗆喉：咁～嘅，係唔係落咗辣椒呀【這麼嗆喉，是不是加了辣椒呢】？

趷 gat⁹ ❶ 一瘸一拐地走：佢扭親隻腳，行路～下～下【他扭傷了腳，走路一瘸一拐的】。❷ 抬高或翹起肢體某一部份：～起條尾【翹起尾巴】｜～高腳跳芭蕾舞【踮起腳跳芭蕾舞】。❸ 走；上：佢～咗去邊【他上哪兒去了】？

趷起條尾就知你屙屎定屙尿 gat⁹ hei² tiu⁴ mei⁵ dzau⁶ dzi¹ nei⁵ ngo¹ si² ding⁶ ngo¹ niu⁶【俗】一翹起尾巴我就知道你想拉屎還是拉尿，意為「你想玩啥花樣我全明白，休想騙人」。

趷路 gat⁹ lou⁶ 走開；滾蛋：你傷天害理，快啲～【你傷天害理，快滾蛋】！

趷頭 gat⁹ tau⁴ 一端翹起；一頭偏重：你企過啲啦小心塊板～呀【你站過去一點兒，小心木板翹起】。｜擔挑～【扁擔一頭偏重】。

吃口 gat⁹ hau² 結巴；口吃：佢～嘅，我都唔知佢講嘅係八蚊定係八百蚊【他口吃的，我都不知道他是說八塊還是八百塊錢】。

吃口吃舌 gat⁹ hau² gat⁹ sit⁹ 口吃；結巴：佢講嘢～嘅【他說話結巴】。

鳩（閌） gau¹ 男性生殖器，陽具。粗話，通常用作罵詈語；亦常夾在詞語中間作加強語氣用：做乜～嘢【做啥】！｜佢把口好臭，一出口就～～聲【他嘴巴真臭，一開口就是粗話】。

鳩屎 gau1 si2 罵詈語。好爭第一；自以為是；逞能：佢仲好～【他愛逞能】。

鳩嗚 gau1 wu1【謔】為普通話「購物」一詞的粵語諧音。特指一種借購物為名、以游擊方式聚集的群眾自發示威行為。

狗牙 gau2 nga2* 鋸齒狀的：～邊嘅手巾仔【鋸齒邊的手絹】。

狗髀架 gau2 bei2 ga2* 三角架。

狗竇 gau2 dau3 狗窩。喻睡慣的床或小而亂的住所：龍床不如～【龍床不如睡慣的床舒服】。｜你間屋成個～噉，執下佢啦【你這房子亂成這樣快收拾一下吧】。

狗爪邊 gau2 dzaau2 bin1 反犬旁（漢字的偏旁「犭」）。

狗仔 gau2 dzai2 ❶【諧】傢伙；手槍。❷同「狗仔隊」。

狗仔隊 gau2 dzai2 doey2* 追蹤報道名人隱私的記者們，源自意大利文 paparazzi：香港出名嘅明星都好驚畀～追蹤【香港的著名明星都很害怕那些追蹤報道名人隱私的記者糾纏不休】。

狗仔坐轎——不識抬舉 gau2 dzai2 tso5 kiu2* bat7 sik7 toi4 goey2【歇】小狗坐轎子，不知好歹：人哋幫你你都唔領情，真喺～【人家幫你你都不領情，真是不知好歹】。

狗隻 gau2 dzek8 狗的統稱：有人專門收養啲流浪～【有人專門收養流浪狗】。

狗經 gau2 ging1 與（澳門）賽狗比賽有關的信息、評論等。

狗牯 gau2 gu2 小公狗。

狗毛氈 gau2 mou4 dzin1 老人帽子，最早用狗毛織成，後來用羊毛編織，又叫狗皮帽子。

狗毛蟲 gau2 mou4 tsung4 毛毛蟲。

狗咬狗骨 gau2 ngaau5 gau2 gwat7 狗咬狗，喻指勾心鬥角，自相殘殺：班爛仔～，理佢做乜呀【那班小流氓狗咬狗，管他幹嘛】？

狗女 gau2 noey2* 未發育的小母狗。

狗虱 gau2 sat7 跳蚤。

狗虱覺 gau2 sat7 gaau3 睡得不安穩的覺：我琴晚瞓～，今朝冇厘精神【我昨天晚上睡得不安穩，今早精神不好】。

狗上瓦坑——有條路 gau2 soeng5 nga5 haang1 jau5 tiu4 lou6【歇】狗上屋頂，有路可走。「瓦坑」指（屋頂的）瓦溝，引指屋頂。「有路」喻有曖昧關係。

久不久 gau2 bat7 gau2 隔一段時間；時不時；又作「耐不耐」（「不」也作「唔」）：佢～就會嚟探下老竇【他時不時就來探望一下老爸】。

九大簋 gau2 daai6 gwai2 簋為商、周時食器，後人以九大盤菜宴客，仍稱九大簋，引申指盛宴：我仲以為請我食～添，原來喺大牌檔食咗碟炒牛河【我還以為請我吃大餐呢，原來在小食店吃了盤牛肉河粉】。

九九金 gau2 gau2 gam1 含金量 99%的黃金。

九宮格 gau2 gung1 gaak8 方格中畫有九個小格子的毛筆習字本。

九因歌 gau2 jan1 go1 乘法口訣；九九歌。

九一……九二 gau2 jat7……gau2 ji6

斷斷續續做事情。又作「久一……久二」：九一做啲，九二又做啲，仲驚做唔完咩【今天做一些，明天做一些，還怕做不完嗎】？

九月收雷，十月收烚 gau² jyt⁹ sau¹ loey⁴ sap⁹ jyt⁹ sau¹ ling⁶【諺】農曆九月停止打雷，十月停止閃電，以後雨水變少，一般不會有大雷雨。

九曲十三彎 gau² kuk⁷ sap⁹ saam¹ waan¹ 形容道路很彎曲：條山路～【這條山路彎彎曲曲】。

九唔搭八 gau² m⁴ daap⁸ baat⁸ 牛頭不對馬嘴，前言不搭後語：佢講嘢～，我懷疑佢講咗大話【他說話前言不搭後語，我懷疑他在說謊】。

九五 gau² ng⁵ 副詞。多半：～唔係佢做嘅【多半不是他做的】。

九時九 gau² si⁴ gau² 隔不多久；不時。又作「久時久」：我～去行下山【我隔不多久就去爬爬山】。

九成 gau² sing⁴ 極可能，又作「九成九」。其用法與普通話「八成」近似：我諗佢～唔肯嚟【我想他八成不肯來】。

九成九 gau² sing⁴ gau² 同「九成」、「十成九」：～係佢偷啦【極大可能是他偷的】。

九出十三歸 gau² tsoet⁷ sap⁹ saam¹ gwai¹ 一種高利貸。借錢時只給所借數額的百分之九十（即先扣除百分之十的利息），還錢時必須按所借數額的百分之一百三十償還。

韭菜命——一長就割 gau² tsoi³ meng⁶ jat⁷ tsoeng⁴ dzau⁶ got⁸【歇】韭菜一長了就被人割去，比喻稍有積蓄，就因種種意外花光了，不聚財：佢大佬年薪過百萬，但係～，到而家都冇買到樓【他哥年薪超過百萬，但不聚財，到現在還沒能買房子】。

夠 gau³ 副詞。表示同樣、相同，用法類似「也」、「不也……嗎」：咪以為你高，佢～高啦【別以為光你高，他也挺高的】。｜我～知啦【我也知道】。｜淨係你煩咩，我又～煩咯【光是你煩吶，我還不是挺煩的】。

夠本 gau³ bun² 夠；滿足：今日玩到夠晒本啦【今天可玩了個夠】。

夠膽 gau³ daam² 敢；有膽量：～就同佢打過【有膽量你就再跟他較量較量】。｜噉嘅說話你都～講【這種話你都敢說】？

夠膽死 gau³ daam² sei²（對冒險的事）敢做；有膽量做：咁牙煙你都～【這麼危險你都敢幹】？｜差人喺度佢都～亂過馬路【有警察在他竟然也敢亂過馬路】？

夠照 gau³ dziu³ 夠份量；壓得住陣腳。「照」為黑社會用語，即「保護」：你唔～，都係叫大佬去啦【你不夠份量，還是叫「大哥」去吧】。

夠鐘 gau³ dzung¹ ❶ 到點；到……的時候了：～起身喇【到點了，該起床了】。❷ 結束時間到了，預定時間已用完：～喇，大家放低筆唔好再寫【時間到，大家把筆放下不要再寫】。

夠㨃 gau³ gaang³ 足以匹敵；拼得過：佢財雄勢大，邊個夠佢㨃【他財雄勢大，誰敵得過他】？

夠勁 gau³ ging⁶ 帶勁：呢隊樂隊彈得認真～【這隊樂隊演奏得確實帶勁】。

夠傑 gau³ git⁹ 事情搞得很糟糕：呢煲畀佢搞到～喇【這事讓他搞得糟糕透了】。

夠薑 gau3 goeng1 有種：～嘅就做低佢【有種的就把他幹掉】！

夠行頭 gau3 haang4 tau4 熟悉門路；做事有章法：林經理做嘢～【林經理辦事有章法】。

夠喉 gau3 hau4（吃得）足夠；充份滿足：唔～再飲多杯【不夠再喝一杯】。｜我今日要玩到～為止【我今天要盡情玩個痛快】。

夠有凸 gau3 jau5 dat9 超額；綽綽有餘，你出咁多錢～啦【你拿出這麼多錢綽綽有餘了】。

夠力 gau3 lik9 ❶（人的）力氣夠大：佢好～喋，搵佢搬吖【他力氣夠大，叫他搬吧】。❷（物體）能受得住力：呢塊板薄得滯，唔～【這塊板太薄了，吃不住勁】。｜條柱要粗啲先～【這條柱子得粗點兒才受得住力】。

夠味 gau3 mei6 ❶ 夠鹹；夠味道：碗雞肉湯唔～【這碗雞肉湯不夠鹹】。❷ 滿意；盡興：今日我哋玩到好～【今天我們玩得很盡興】。❸ 夠嗆：呢次要行到上山頂，真係～囉【這次要爬到山頂，真夠嗆】。

夠派 gau3 paai1* 又作「派」。夠派頭；很時髦：阿麗扮到好～【阿麗打扮得很時髦】。

夠皮 gau3 pei2* ❶ 夠本：件衫要賣三百蚊先～【這件衣服要賣三百塊錢才夠本】。❷ 足夠；夠：得啲咁多酒，都唔～嘅【就這麼點酒，不夠（喝）的】。｜咁甜嘅嘢，我食一件就～啦【這麼甜的東西，我吃一塊就夠了】。

夠水頭 gau3 soey2 tau4 錢夠多：老竇～嘅話，佢就唔使借錢讀大學喇【老爸錢夠多的話，他就用不着借錢讀大學了】。

夠數 gau3 sou3（數目）夠；齊：打籃球要有五個人先～【打籃球得有五個人才夠】。｜爭兩蚊先～【差兩塊錢才夠】。

夠秤 gau3 tsing3 ❶ 份量足；足秤：呢間舖頭賣嘢唔～【這間店舖賣東西份量不足】。❷ 引申為（年輕人）夠年齡（做某事）：你學人飲酒？夠唔夠秤喋【你學人家喝酒？夠歲數了沒有】？

夠威 gau3 wai1 威風十足；挺神氣：你睇佢個樣幾～【你看他威風十足的樣子】。

夠運 gau3 wan6 走運；夠運氣：第一次買六合彩就中獎，真係～【第一次買「六合彩」就中獎，真走運】。

救命鐘 gau3 meng6 dzung1 老人用於應急呼救的電鈴，一般安裝在床頭或隨身佩帶。

救世軍 gau3 sai3 gwan1 一個國際基督教教會和慈善組織。這是其英文名稱 Salvation Army 的譯名。

救傷車 gau3 soeng1 tse1 救護車，也稱「十字車（因其車身印有紅十字）」、「白車（因其車身為白色）」：快啲 call～嚟救人吖【快點兒打電話叫救護車來救人吶】！

舊底 gau6 dai2 以前。同「舊時」。

舊陣時 gau6 dzan6 si4 以往。同「舊時」。

舊招牌 gau6 dziu1 paai4 老字號；老招牌。同仁堂係～【同仁堂是老字號】。

舊樓 gau6 lau2* ❶ 舊式樓房。一般指 1950 至 60 年代興建、五到六層高而沒有電梯的樓房。❷ 泛指二手樓房，與「新樓」相對。

舊曆年 gau6 lik9 nin4 陰曆新年；春節：過～【過春節】。

舊年 gau6 nin2* 去年。

舊生 gau6 sang1 原來的在校學生，與剛入學的「新生」相對。

舊生會 gau6 sang1 wui2* 校友會。

舊時 gau6 si4 以往，以前，過去。又作「舊底」、「舊陣時」：～我唔喺呢度住【先前我不在這兒住】。

嚿 gau6 量詞。❶ 塊；團：一～木【一塊木頭】｜一～泥【一團泥土】。❷【俗】百（元）：一～水【一百元】｜呢件衫兩～，好平【這衣服兩百塊錢很便宜】。

嘅 ge2 語氣詞。表示反詰、疑問、同意等：噉都得～【這還成】？｜點解屋企冇人～【為甚麼家裏沒人】？｜今次啲題目係難啲～【這次的題目是難了點】。

嘅 ge3 ❶ 助詞。的（表示領屬或修飾關係）：我～書【我的書】｜咁熱～天氣【這麼熱的天氣】。❷ 語氣詞。表示判斷或肯定：佢係長頭髮～【她是長頭髮的】。｜細妹實會中意～【妹妹肯定會喜歡】。

嘅啫 ge3 dze1 語氣詞。表示限止，有「而已」、「罷了」之意：呢度得三個人～【這兒才三個人】。｜噉話佢，賺大家反面～【這麼說他，只會惹得大家翻臉而已】。

嘅嗻 ge3 dzek7 語氣詞。❶ 表示較委婉的肯定語氣：個細佬哥好得意～【這小孩挺有趣的】。｜好衰～【真壞（親昵的罵人語）】。❷ 表示追問：呢件事，你知唔知～【這件事，你究竟知不知道】？

基 gei1 ❶ 埂；埂子：田～【田埂】。❷ 男同性戀。英語 gay 的音譯詞：佢阿哥係～嘅【他哥哥是同性戀者】。

基本法 gei1 bun2 faat8 特指《香港特別行政區基本法》。

基本盤 gei1 bun2 pun2* 基本群眾；勢力範圍；堅定支持者：呢一區嘅基層選民係佢哋嘅～【這一區的基層選民是他們的堅定支持者】。

基佬 gei1 lou2 男性同性戀者。「基」為英語 gay 的音譯。

基圍 gei1 wai4 防潮堤；防洪堤。

基圍蝦 gei1 wai4 ha1 生長於鹹、淡水交界處的一種蝦，因常隨海潮到堤壩邊水流平緩區產卵而得名，味道鮮美。

機頂盒 gei1 deng2 hap2* 數碼視訊轉換器的俗稱。又稱「解碼器」。

機帆 gei1 faan4 機動帆船。

機器佬 gei1 hei3 lou2【貶】開機器的技工：佢阿爸好後生就喺船上做～【他爸爸年紀輕輕就在船上開機器】。

機恤 gei1 soet7 夾克。同「飛機恤」。

飢食荔枝，飽食黃皮 gei1 sik9 lai6 dzi1 baau2 sik9 wong4 pei2*【諺】肚子餓了吃荔枝，肚子太飽吃黃皮。前者富含糖分，可暫解飢餓；後者較酸，可助消化。

羈留 gei1 lau4 拘留；司法機關拘留犯人或涉案人：～病房【拘留病房】。

羈留中心 gei1 lau4 dzung1 sam1 特指港英政府時期的越南船民羈押中心。

羈留所 gei1 lau4 so2 羈押所；拘留所。

幾 gei2 ❶ 多；多少（表示疑問）：你有～重【你有多重】？｜隻蟹～大【那隻螃蟹多大】？❷ 多；多麼（表示感歎、讚歎）：嘩，佢生得～靚呀【嚯，她長的多漂亮啊】！｜嗰陣時捱得～辛苦呀【那時熬得多艱苦啊】！❸ 挺，相當；還，還算：呢度熱天～涼下【這兒夏天挺涼快的】。｜佢成績都～好【他的成績還算好】。❹（不）太；（不）很；（不）怎麼（用於否定詞後）：唔係～多【不太多】｜冇～耐【不很久】｜唔係～啱【不怎麼對】。❺用於百、千、萬等數量詞後表示餘數，相當於「多」：三千～蚊【三千多塊錢】。

幾咁 gei^{2} gam^{3} 多麼：你都唔知嗰陣時你老竇～威【你還不知道那時候你老爸有多麼威風】！

幾大就幾大 gei^{2} daai^{2*} dzau^{6} gei^{2} daai^{2*}【俗】不管如何也堅決去做，有「豁出去了」之意，意近「該怎麼着就怎麼着」。常與「燒賣就燒賣」連用，以求順口：～，我唔驚佢報復【豁出去了，我不怕他報復】。｜用晒啲積蓄都要買呢間樓，～【把積蓄花光也要買下這套房子，這次是豁出去了】！

幾大 gei^{2} daai^{2*} 表示決心大，用法相當於「再怎麼着也……」：～都唔去【怎麼說也不去】｜～都要湊大個女【再怎麼着也要把女兒帶大】。

幾多 gei^{2} do^{1} 多少（詢問數量）：你食～碗飯【你吃多少碗飯】。

幾咁閒 gei^{2} gaam^{3} haan^{4} 無所謂；算不了甚麼；小意思。又說「幾唔閒」：你咁肥，食少兩餐～啫【你那麼胖，少吃兩頓無所謂了】。

幾夠 gei^{2} gau^{3} 很；挺：啲荔枝～清甜【這些荔枝挺清甜的】。

幾係 gei^{2} hai^{6} 認為事物在某方面達到一定程度，意近普通話的「挺那個的」、「夠那甚麼的」等：食咗咁多嘢，個肚都～【吃了這麼多東西，肚子挺那甚麼的】。｜坐五六個鐘頭車都～嘢【坐五六個鐘頭的車挺夠嗆的】。

幾何 gei^{2} ho^{4} 又作 gei^{2} ho^{2*}。次數少（表示稀罕，難得）：日蝕，有～見得一次呀【日蝕，多久才能見一回】？｜佢冇～請人食飯【他難得請客】。

幾難先至…… gei^{2} naan^{4} sin^{1} dzi^{3}…… 好不容易才……：我～借到呢本書【我好不容易才借到這本書】。

幾耐 gei^{2} noi^{6} 多長時間；多久：你住咗喺香港～？【你居住在香港多長時間了】？

幾十百 gei^{2} sap^{9} baak^{8} 好多；無數：我去過沙田～次【我到過沙田無數次了】。

幾時 gei^{2} si^{4} ❶甚麼時候；何時：你～到【你啥時候到的】？❷（無論）甚麼時候；任何時候：我～都係噉講略【我無論甚麼時候都這麼說】。

幾……下 gei^{2}……ha^{5}「幾」和「下」之間加上形容詞，表示「挺……的」：由九龍去離島都幾遠下【從九龍到離島路挺遠的】。｜佢兩個人性格幾似下【他們倆的性格挺相近的】。

紀律部隊 gei^{2} loet^{7} bou^{6} doey^{2*} 香港警務處、入境處、消防處、飛行服務隊、海關等穿着制服、必須受紀律約束的政府部門及所屬人員的總稱。

記 gei^{3} ❶記者的省稱：娛～【跑娛樂新聞的記者】。❷用作詞尾，與人、機構名的省稱結合，指代該人或該機構：廉～【廉政公署】｜臨～【臨時演員】｜發～【店名、阿發（名字中有「發」字的人）】。

記招 gei^{3} dziu^{1}「記者招待會」的簡稱，即新聞發佈會。

記認 gei^{3} jing^{6} 記號：佢身上有乜嘢～呀【他身上有甚麼記號呀】？

寄艙 gei^{3} tsong^{1} 飛機乘客托運行李：你有冇行李要～【你有沒有行李要托運】？

忌廉 gei[6] lim[1]* 奶油。英語 cream 的音譯詞：～蛋糕【奶油蛋糕】。

忌食 gei[6] sik[9] 不能吃；忌吃：飲過參湯～白蘿蔔【喝了人參湯忌吃白蘿蔔】。

妓寨 gei[6] dzaai[2]* 妓院。

驚 geng[1] 怕；害怕：我～佢唔中意我【我擔心他不喜歡我】。｜得我一個人喺屋企，我～【只有我一個人在家，我害怕呢】。

驚住 geng[1] dzy[6] 擔心；生怕：我～趕唔切火車呀【我擔心趕不上火車】。｜佢唔敢坐飛機，～會跌落嚟【他不敢坐飛機，生怕從天上掉下來】。

驚死 geng[1] sei[2] 生怕；很怕：佢～冇人嚟【他生怕沒有人來】。

驚青 geng[1] tseng[1] 害怕；慌張：定啲嚟，唔使咁～【鎮定點兒，別慌】。

頸 geng[2] 脖子。

頸都長 geng[2] dou[1] tsoeng[4]（盼望得）脖子都變長了，指盼望、等待時間太長，用法近似於「望穿秋水」：望發達望到～【盼望發財盼得脖子都長了】。｜等你等到～【等你等得太久了】。

頸巾 geng[2] gan[1] 圍巾。

頸梗 geng[2] gang[2] ❶ 脾氣犟。同「硬頸」：你聽下人講啦，唔好咁～【你聽人一句勸，別那麼犟】。❷ 脖頸痠痛：打咗成日電腦，～膊痛，郁都郁唔到【我用了一整天電腦，脖頸胳膊痠痛，痛得動不了】。

頸喉 geng[2] hau[4] 喉嚨；嗓門；嗓子：佢一口氣唱咗廿幾隻歌，～都啞埋【她一口氣唱了二十多首歌，嗓子都啞了】。

頸喉鈕 geng[2] hau[4] nau[2] 襯衣的第一顆衣鈕：打呔唔扣～好難睇【結領帶不扣上第一顆鈕子很難看】。

頸渴 geng[2] hot[8] 口渴；渴：啱啱踢完波，好～【剛踢完球，真渴】。

頸癧 geng[2] lek[9] 頸部淋巴結核；瘰癧：佢有～【他患頸部淋巴結核】。

頸鏈 geng[2] lin[2]* 項鏈。

鏡架 geng[3] ga[2]* 鏡框。

鏡面 geng[3] min[2]* 喻指衣服穿舊以後表面磨得光滑：條褲着到起晒～【褲子磨得都像鏡子那樣光滑了】。

鏡屏 geng[3] ping[4] 有座的大鏡子。

鏡枱 geng[3] toi[2]* 梳妝枱。

撳 geng[6] ❶ 提防：佢偷過嘢，你要～住佢【他偷過東西，你要提防他】。❷（發生糾紛時強者對弱者的）忍讓；讓：你做家姐要～下細佬吖嘛【你當姐姐的要讓着弟弟一點嘛】。❸ 小心：～住呀，唔好整污糟件新衫【小心，別弄髒了新衣服】。

撳手撳腳 geng[6] sau[2] geng[6] goek[8] 縮手縮腳：做嘢～唔得嘅【做事情縮手縮腳是不行的】。

撳惜 geng[6] sek[8] ❶ 忍讓。同「撳 ❷」。❷ 小心，愛惜：人哋嘅嘢要更加～先得【人家的東西要更加愛惜才行】。

嘰吃 gi[1] gat[9] 又作 gei[1] gat[9]。❶ 意見不和；有爭執；有摩擦：佢同主任有～個個都知啦【他和主任意見不和人人都知道】。❷ 梗阻；障礙；麻煩：呢件事你照做啦，佢有乜嘢～你再來搵我【這事你繼續，他有甚麼麻煩你再來找我】。

嘰嘰吃吃 gi[4] gi[1] gat[9] gat[9] ❶ 結結巴巴的：佢平時口齒伶俐，點知一上台就～

都唔知佢講乜【他平時能說會道，誰知一上台就結結巴巴不知說些啥】。❷ 礙手礙腳的：行開，咪喺度～【走開，別在這礙手礙腳的】。

嘰哩咕嚕 gi1 li1 gu1 lu1 象聲詞。形容說外國話的聲音：個鬼佬～我唔知佢講乜【那個外國人說話我不知他在說些甚麼】。

激 1 gik7 ❶ 惹人生氣；氣：畀佢～到扎扎跳【讓他氣得暴跳如雷】｜～死人【氣死人】。❷ 激烈；激進：呢場波兩隊都打得好～【這場球賽兩隊球員打得很激烈】。｜有人認為佢嘅行為好～【有人認為他的行為太偏激】。

激 2 gik7 電腦儲存器容量單位 gigabyte 第一個音的音譯。又寫作 G 或 GB：你隻「手指」有幾多～【你的 U 盤有多少 G】？

激氣 gik7 hei3 氣人；（令人）生氣：講極佢都唔明，真係～【說多少遍他都不明白，真氣人】！｜見到個仔噉嘅成績，唔～就假【見到兒子這樣的成績，不生氣才怪呢】！

激奀 gik7 ngan1 氣壞了；氣糊塗了：佢噉搞法，佢老竇真係畀佢～【他這麼幹，他老爹給氣壞了】。

激死老竇搵山拜 gik7 sei2 lou5 dau4 wan2 saan1 baai3【俗】形容子女不長進、忤逆父母，會把父親氣死：你輸晒啲學費，真係想～咩【你把學費全輸光，是不是想把父親活活氣死】。

極 gik9 ❶ 用於形容詞或某些表示心理活動的動詞後，說明某種情況、狀態達到了極點：呢齣戲好睇到～【這齣戲好看極了】。｜佢啲字靚～都唔夠你寫得靚喇【他的字再漂亮也不如你寫的好看】。❷ 用在動詞後，說明動作反覆次數多或持續時間長：呢味餸食～都唔厭【這道菜吃多少回都不膩】。｜呢啲嘢煲～都唔爛【這玩藝兒煮多久都不爛】。｜我講～佢都唔信【我怎麼說他都不信】。

極之 gik9 dzi1 極為；極其；非常：呢個罪犯～危險【這個罪犯極其危險】。

極力子 gik9 lik7 dzi2（汽車）離合器。英語 clutch 的音譯詞。

兼讀 gim1 duk9 在職修讀某種課程：而家好多大學都有～嘅學位課程【現在很多大學都有供在職者修讀的學位課程】。

兼夾 gim1 gaap8 連詞。❶ 並且；而且：呢家酒樓嘅菜好味～大份【這家飯店的菜味道好而且份量足】。❷ 加上；再加：今次攞到冠軍，係有實力～好運【這次能拿到冠軍，是（因為）有實力加上運氣好】。

檢控 gim2 hung3 檢舉控告的略語。指警方對一些違規或違法行為採取的法律行動：教唆兒童犯罪會被～【教唆兒童犯罪會被檢舉控告】。

檢控官 gim2 hung3 gun1 檢察官。

檢討 gim2 tou2 對個人行為或工作上的得失作總結：個計劃做咗一年，應該～下【計劃實行了一年，應該總結一下】。

檢獲 gim2 wok9 查獲：警方喺疑犯屋企～一批槍械【警方在嫌疑犯家裏查獲一批槍械】。

劍花 gim3 fa1 同「霸王花」。一種植物的花朵。（參見該條）

堅 gin1 ❶ 準確的；真的：你話佢結婚係咪～㗎【你說他結婚是不是可靠的】？｜呢件古董係～嘅【這件古董是真的】。❷（想法、意念）很強烈；很堅決地：我～想買部新手機【我真的很想買部新手機】。｜佢～係想辭職【他堅決要辭職】｜阿強～唔中意唱 K【阿強極不喜歡唱卡拉 OK】。

堅嘢 gin1 je5 與「流嘢」相對。真材實料；真的。又作「堅料」。（參見該條❷❸）

堅料 gin1 liu2* ❶ 準確的內部消息：報紙講嘅未必全部係～嚟嘅【報上講的未必全部是準確無誤的信息】。❷ 真材實料；好東西：我賣畀你嘅全部是～【我賣給你的全都是好東西】。❸ 真的；真正的（跟假、仿製品相對）：呢幅明朝花鳥畫係～【這幅明朝花鳥畫是真品】。

見 gin3 感覺到；覺得：呢排天氣～凍【這陣子天氣讓人覺得有點冷】。｜咳咗成日，晚黑～好啲【咳了一整天，晚上覺得好點兒了】。

見步行步 gin3 bou6 haang4 bou6 沒有或無法預定計劃，只能看當時具體情況決定對策，意近「看着辦」、「走着瞧」：我都唔知點算好，惟有～【我也不知道該咋辦，只好看着辦】。

見周公 gin3 dzau1 gung1【諧】睡覺；睡着了：阿爺九點鐘就去～嘞【爺爺九點鐘就去睡覺了】。

見招拆招 gin3 dziu1 tsaak8 dziu1 採取適當手段化解對手的攻勢，意近「兵來將擋，水來土掩」：唔理佢有乜嘢毒辣招數，我都會～【不管他有甚麼毒辣手段，我都會採取適當手段來化解】。

見飯 gin3 faan6 出飯多；同樣的米煮出的飯較多：良種米～啲【良種大米煮出的飯較多】。

見風使艃 gin3 fung1 sai2 lei5 見風使舵；見風轉舵：佢至叻～，自己冇立場【他最會見風使舵，自己沒有立場】。

見高拜，見低踩 gin3 gou1 baai3 gin3 dai1 tsaai2【俗】看到有錢有勢的人就逢迎，見到地位低的人就欺壓，很勢利眼：佢份人出名～啦【他為人勢利是出了名的】。

見攰 gin3 gui6 覺得疲倦：我連續做咗十個鐘，開始～嘞【我連續工作十小時，開始覺得疲倦了】。

見工 gin3 gung1 應徵職位者到招聘機構面試：銀行通知你去～【銀行通知你去面試】。

見功 gin3 gung1 見效：我日日跳繩減肥，都幾～下【我天天跳繩減肥，挺見效的】。

見過鬼怕黑 gin3 gwo3 gwai2 pa3 hak7【俗】形容心有餘悸。意近「一朝被蛇咬，十年怕井繩」：佢炒股蝕咗一大筆，而家～，唔買股票嘞【他買股票虧了一大筆，現在心有餘悸，不買股票了】。

見光死 gin3 gwong1 sei2 事情、真相一經曝光就徹底崩潰：佢兩個戀情公開一個月即刻～【他們兩個的戀情公開後一個月就散了】。

見好就收 gin3 hou2 dzau6 sau1 得到了一定的好處就停手，比喻做事適可而止，不能太貪心：你都贏咗咁多，～喇，因住輸番呀【你都贏了那麼多，別再賭了，小心輸掉】。

見牙唔見眼 gin3 nga4 m4 gin3 ngaan5 笑得瞇着眼睛只看見牙齒，形容人很高興、開心：睇佢～嘅樣，你就知佢得咗啦【瞧他笑得合不攏嘴的樣子，你就知道他成事了】。

見使 gin3 sai2（錢）經花；經用：呢度物價咁高，啲錢真係唔～【這裏物價這麼高，錢真不經花】。

見蛇不打三分罪 gin3 se4 bat7 da2 saam1 fan1 dzoey6【俗】見蛇不打就有三分罪，比喻見到壞人壞事不打擊就等於犯罪。

見食 gin3 sik9（食物）耐吃：而家屋企人口少咗，一包米半個月都食唔晒，真係～【現在人少了，一包米半個月都吃不完，真耐吃】。

見肚 gin3 tou5 孕婦的肚子凸出來了：有咗兩個月未～嘅【懷孕兩個月還看不出來】。

件 gin6 量詞。塊：三～蛋糕【三塊蛋糕】。

件頭 gin6 tau2* 成套的幾樣東西中的一樣：三～西裝【三件兒一套的西裝】。

健姐 gin6 dze2「健美小姐」的省稱。這是由香港無綫電視台舉辦的「健美小姐選舉」的冠軍頭銜。（選舉於 1985 年和 2000 年舉辦了兩屆。）

健康舞 gin6 hong1 mou5 健美操；健身操。

健力士 gin6 lik9 si6 吉尼斯，愛爾蘭產的一種黑啤酒。英語 Guinness 的音譯詞。又指「健力士世界記錄大全」：呢個巨型月餅破咗～記錄【這個巨型月餅破了吉尼斯世界記錄】。

經 ging1 某種專門的知識、學問、訣竅：股～【關於股票的知識、學問、訣竅】｜馬～【關於賽馬、賭馬的知識、學問、訣竅】。

經紀 ging1 gei2 經紀人。

經下眼 ging1 ha5 ngaan5 過目；略看一下：我份初稿，你幫我～【我寫的初稿請你過過目】。

經已 ging1 ji5 已經。

經理人 ging1 lei5 jan4 代表某人處理經營其私人業務的人：你而家咁紅，要搵個～至得喇【你現在這麼走紅，要找個代理人替你處理業務才行】。

矜貴 ging1 gwai3 珍貴；貴重：呢件古董好～㗎，唔好打爛呀【這件古董很貴重的，別打爛了】。

警花 ging2 fa1 喻指警隊中漂亮的女警察：佢係～，大把人追【她是美女警察，追求的人多的是】。

警匪片 ging2 fei2 pin2* 內容講述警察追剿緝捕匪徒的影片。

> 【小知識】在香港，電影按照不同的內容，劃分為各種類型，早期多分為：古裝片、時裝片、偵探片、豔情片等；現在常見的分法為：警匪片、武打片、驚慄片、災難片、笑片（喜劇片）、勵志片、科幻片、三級片（色情片）等。

警局 ging2 guk2* 警察局。同「警署」。

警員 ging2 jyn4 警察；警務人員。

警權 ging2 kyn4 警察行使公務的職權。

警司 ging2 si1 香港警察的警銜之一，屬於高級警官級別。

警署 ging2 tsy5 警察局。又作「警局」。

> 【小知識】香港的警察局均稱「警署」，如「灣仔警署」；早期稱「差館」，按序號命名，如「九號差館」。現時全港警署連較小的警崗和報案中心計有六十多處。

景轟 ging2 gwang2 曖昧的事：佢哋兩個有～係人都知啦【他們兩個關係曖昧誰不知道】！

競飲 ging3 jam2 飲酒或者飲啤酒比賽。

勁 ging6 ❶ 上好的；一流的；頂呱呱的：佢英文好～【他的英語一流】。❷ 強勁；有力：音樂好～【音樂很強勁】｜佢呢腳波好～【他這一腳球夠狠】。❸ 副詞。

很；非常：同呢啲人傾偈真係～無聊【跟這種人聊天真是無聊透了】。

勁歌 ging⁶ go¹ 節奏強烈有力的流行歌曲。

勁片 ging⁶ pin²* 有強烈吸引人的情節、影音、畫面的大製作影片。

勁秋 ging⁶ tsau¹「勁秋」原指「風頭很勁的鄭少秋（他 1979 年因出演電視連續劇《楚留香》而風頭十足）」，後來轉為形容詞，意同「勁❶」，指「厲害、水平高」。後又常寫成「勁揪」，強調力量強大（2010 年英國電影 Kick-Ass 在香港上映時譯名為《勁揪俠》，主角為一超級英雄）：一個人攞兩個冠軍，真係～【一個人拿兩個冠軍，真厲害】！

篋（喼） gip⁷（皮、籐製的）箱子：旅行～【旅行箱】｜皮～【皮箱】。

喼汁 gip⁷ dzap⁷ 一種辣醬油，味道酸甜微辣，色澤黑褐，最早用於西餐調味，現為粵式點心山竹牛肉球常用蘸料。

【小知識】最早的喼汁是 18 世紀中國南部沿海地區的一種調味料，由鮭魚加香料調製，味道似魚露，後傳至東南亞，馬來語譯為 kěchap，後演變成英語 ketchup 或 catchup、catsup，材料亦有變化，加入番茄，成為番茄醬，粵語稱「茄汁」。

喼紙 gip⁷ dzi² 紙炮，玩具手槍用的紙製彈藥。

喼帽 gip⁷ mou²* 鴨舌帽。英語 cap 的音譯與「帽」構成的合成詞。

喼槍 gip⁷ tsoeng¹ 火槍；裝火藥和鐵砂的舊式槍。

澀 gip⁸（味道、感覺）澀：啲香蕉唔夠熟，有啲～【這香蕉還沒全熟，有點澀】。｜寫咗成晚，眼好～【寫了一晚，眼睛都乾澀了】。

挾 gip⁹ ❶ 夾（在腋下）：～住本書【腋下夾着一本書】。❷（被門、閘等）夾：佢畀車門～住【他被車門夾着了】。

結恭 git⁸ gung¹ 便秘；大便秘結：食多啲生果、蔬菜先唔會～【要多吃水果、蔬菜才不會便秘】。

結靨 git⁸ jim² 結痂：佢個傷口仲未～【他的傷口還沒結痂】。

傑（杰） git⁹ ❶ 稠稠的：啲粥煲到咁～，我唔中意【這粥煮得這麼稠，我不喜歡】。❷ 引指厲害、嚴重：得罪咗個大客，呢鋪～喇【得罪了個大主顧，事情嚴重了】！

傑嘢 git⁹ je⁵ 稠的東西，比喻厲害的做法：整煲～你歎【給你點厲害嚐嚐】。

傑撻撻 git⁹ taat⁹ taat⁹ 又作 git⁹ tet⁹ tet⁹。稠乎乎的：啲粥煲到～，邊好食啫【這粥煮得稠乎乎的，哪能好吃】。

嬌嗲 giu¹ de² 嬌滴滴。同「嗲」。

叫座 giu³ dzo⁶ 賣座：由你做主角，一定夠晒～力【由你當主角，一定夠號召力】。

叫花 giu³ fa¹ ❶ 舊時指叫妓女陪酒。❷ 貓叫春；貓發情求偶大叫。又稱「喊花」。

叫雞 giu³ gai¹ 【俗】召妓；嫖妓女。

叫起手 giu³ hei² sau² 一時間；需要用到的時候：～搵唔番出來【一時間找不出來】。｜如果唔儲錢，～就冇得使嘞【如果不儲蓄點兒錢，要用的時候就沒有錢花了】。

叫開叫埋 giu³ hoi¹ giu³ maai⁴ 使喚；隨時使喚：阿媽年紀大，有個工人～好啲【媽媽年齡大了，有個傭人隨時使喚好點】。

叫數 giu^{3} sou^{3} 店員大聲向掌櫃報告錢數。

叫床 giu^{3} tsong^{4} 男女性交時在床上發出的叫聲。

叫糊 giu^{3} wu^{2*} 指打麻將時「聽牌」（只差一張牌即可和牌）。

撬客 giu^{6} haak^{8} 搶別人的顧客：佢想盡辦法去～【他想盡辦法去挖別人的顧客】。

撬票 giu^{6} piu^{3} 挖對手的票源。

撬牆角 giu^{6} tsoeng^{4} gok^{8} 挖牆角，又說「撬牆腳」。指用不道德的手段佔有他人的情人；暗中挖走對方的人才。

哥仔 go^{1} dzai^{2} 兄弟；小兄弟。又作「哥哥仔」。這是對比自己年輕又不熟悉者的客氣稱呼（參見「姐姐仔」條）：～，埋嚟睇下啦，公司貨嚟【小兄弟，過來看看，都是好貨色】。

哥爾夫 go^{1} ji^{6} fu^{1} 高爾夫球。英語 golf 的音譯詞。

哥羅芳 go^{1} lo^{4} fong^{1} 三氯甲烷。一種無色透明、有特殊氣味的氣體，具麻痹作用，人吸入後會導致精神紊亂以至昏迷。英語 chloroform 的音譯詞：「迷暈黨」用沾有～的毛巾掩住少女口鼻後犯案。

歌柄 go^{1} beng^{3} 話頭；話茬兒：拃亂～【打斷話頭】。

歌紙 go^{1} dzi^{2} 印有歌詞的紙片；歌片兒：我要睇住張～至識唱【我要拿着歌片兒才會唱】。

歌神 go^{1} san^{4} 喻指唱歌技藝到了出神入化境地的歌手。又特指 1970 至 80 年代著名歌手許冠傑。

嗰 go^{2} 那：～邊【那邊】｜～陣時【那時】。

嗰板豆腐 go^{2} baan^{2} dau^{6} fu^{6} 那套貨色；那套玩意兒：佢講嚟講去都係～【他說來說去都是那套玩意兒】。

嗰便 go^{2} bin^{6} 那邊；那一邊。

嗰度 go^{2} dou^{6} 那裏；那兒：～冇人【那裏沒人】。｜佢去咗阿媽～【他去了媽媽那兒】。

嗰陣 go^{2} dzan^{6} 又作 go^{2} dzan^{2*}。那時候那時；那陣子。又說「嗰陣時」：～你唔係仲睇緊書咩【那時你不是還在看書嗎】？｜細個～我好中意游水【小時候我很喜歡游泳】。｜到老～你後悔都嚟唔切啦【到老的時候你後悔也來不及了】。

嗰槓嘢 go^{2} lung^{2*} je^{5} 那種事兒；那種把戲：你～，冇人信㗎喇【你（玩的）那種把戲沒人信的了】。

嗰排 go^{2} paai^{4} 前一陣子，又說「嗰輪」、「嗰駁」：～我好唔得閒【前一陣子我很忙】。

嗰處 go^{2} sy^{3} 那兒。同「嗰度」。

嗰頭 go^{2} tau^{4} 那邊；那頭：你架車停喺～【你的汽車停放在那邊】。

嗰頭近 go^{2} tau^{4} kan^{5}【婉】原意是「離那邊很近了」，指離死亡不遠：我都～囉，怕者睇唔到你畢業喇【我日子不多了，恐怕看不到你畢業了】。

個 go^{3} 量詞。❶ 塊（錢）；元（一般用於錢的數額的個位數之前，且通常後面必須跟有完整的零數如一角、二角……）：～六【一塊六毛】｜三十八～二【三十八元二角】｜六千九百八十三～半【六千九百八十三元五角】。❷【俗】萬：做成一單買賣，淨係佣金都賺到五、六～啦【做成一宗買賣，光是佣金都能賺五、六萬了】。

個嚤 go^{3} bo^{3} 語氣詞，又作「個嗰」。❶ 表示警示、警告：呢件皮褸好貴～【這件皮大衣很貴的】！｜你噉做係犯法～【你這麼做是犯法的】！❷ 表示肯定、讚賞、申明：佢都走得幾快～【他跑得挺快的嘛】。｜你都幾識講嘢～【你還挺能說會道的嘛】。｜我哋好難做～【我們很為難的呀】。

個喎 go³ wo³ 語氣詞，同「個嚁」。

個人遊 go³ jan⁴ jau⁴ 內地省市的居民以個人身份（不需參加旅行團）到港澳旅遊。俗稱「自由行」。

個囉 go³ lo³ 語氣詞。同「啫喇 ❶」：平嘢係噉～【便宜貨就這樣的了】。

個案 go³ ngon³ 案件；案例；事件；例子：本港從未發生過黃蜂刺傷致死嘅～【本港從未發生過（人）被黃蜂蜇傷致死的事件】。｜研究人員就二千五百宗死亡～進行資料分析。

個頭 go³ tau⁴ ❶ 個子；塊頭：北方人～好大【北方人的個子很高大】。❷ 物品的個數：碌柚係斷～賣嘅【柚子是論個來賣的】。❸ 用於拒絕對方要求或提議，意近「……個屁」：買你～，有咁多錢咩【買個屁！有那麼多錢嗎】？

個唱 go³ tsoeng³「個人演唱會」的省稱。

個喎 go³ wo⁵ 語氣詞。表示轉達別人的說話：佢話唔係佢做～【他說不是他做的】。

㓤 goe¹ 割斷喉嚨，特指殺雞，有時也戲稱殺人：你再嘈我就～咗你【你再嚷我就宰了你】。

鋸頸 goe³ geng² 自刎；抹脖子：～自殺【抹脖子自殺】。

鋸牙 goe³ nga²* 鋸齒；鋸條上的尖齒：啲～鈍咗，唔係幾好使【鋸齒鈍了，不太好使】。

鋸扒 goe³ pa²*【諧】用刀叉吃牛扒、豬扒等。又引指吃西餐：今晚我請你～【今晚我請你吃西餐】。

咕 goe⁴ 順心；心情舒暢；服氣：蝕咗錢，邊個都唔～啦【虧了錢，誰都不順心啊】！｜噉輸畀佢，真係條氣唔～【這麼輸給他，真不服氣】！

腳¹ goek⁸ ❶ 腳；腳丫：大～八【腳大的人】。❷ 腿：體操選手腳都好長【體操運動員腿都很長】。｜三～凳【三條腿的凳子、缺一條腿的凳子】。❸（牌局、賭局中的）人手；人：唔夠～【（玩牌的）人手不夠】｜搵～開枱【找人打麻將】。

腳² goek⁸ 殘渣；剩餘物：飯～【剩飯】｜茶～【茶葉渣子】。

腳板底 goek⁸ baan² dai² 腳掌；腳底。

腳板堂 goek⁸ baan² tong⁴ 腳掌；腳心。

腳綁 goek⁸ bong² 綁腿；纏裹小腿的布帶。

腳帶 goek⁸ daai²* 裹腳布。

腳踭 goek⁸ dzaang¹ 腳後跟。

腳掣 goek⁸ dzai³（汽車的）腳剎車；腳踏制動器。

腳趾公 goek⁸ dzi² gung¹ 腳拇指。

腳趾罅 goek⁸ dzi² la³ 腳趾縫兒。

腳趾尾 goek⁸ dzi² mei¹* 腳小指。

腳法 goek⁸ faat⁸ ❶ 指踢足球時用腳的技術、方法：呢個隊嘅球員～唔錯【這個隊的運動員球技不錯】。❷ 賽馬術語。指馬匹用腳跑路的方法。

腳甲 goek⁸ gaap⁸ 腳趾甲。

腳骹 goek⁸ gaau³ ❶ 腿關節：琴日踢波，～傷咗【昨兒踢球，腿關節受傷了】。❷ 腳腕子：佢踩到香蕉皮跌倒，扭親～

【他踩到香蕉皮跌倒，腳腕子扭傷了】。

腳瓜 goek8 gwa1 腿肚子；小腿後面隆起的部份。

腳瓜瓤 goek8 gwa1 nong1* 同「腳瓜」，又作「腳肚」、「腳肚瓤」。

腳骨 goek8 gwat7 ❶ 小腿：着裙梗露～喇【穿裙子當然得露出小腿啦】。❷ 腿腳；腳杆：我係老咗啲，不過～仲係好使得【我是老了點兒，不過腿腳還行】。

腳骨力 goek8 gwat7 lik9 腿力（指走路的耐久力）：老人家邊有咁好～吖【老人家的腿腳哪有這麼好的耐力】。

腳香 goek8 hoeng1 拜神用的普通粗製的香：拜神買～就得喇【拜神買粗製的香就行了】。

腳軟 goek8 jyn5 兩腿發抖。形容十分害怕、驚慌：我一上台就～【我一上台就兩腿發抖】。

腳橋 goek8 kiu4 腳底的拱形處：佢鴨乸蹄冇～【他扁平足，腳底沒有拱形】。

腳面 goek8 min2* 腳背。

腳眼 goek8 ngaan5 踝子骨。

腳坳 goek8 ngaau3 膕窩；腿彎曲時膕部形成的一個窩，在膝部的後面。

腳肚 goek8 tou5 腿肚子。同「腳瓜」。

姜太公封神——漏咗自己 goeng1 taai3 gung1 fung1 san4 lau6 dzo2 dzi6 gei2【歇】姜太公把陣亡將帥封為神仙，沒有封自己，比喻具有忘我精神：佢將紅利全部分畀大家，自己一啲都冇，真喺～【他把全部紅利都分給大家，自己分毫不取，真是大公無私】。

薑酌 goeng1 dzoek8 嬰兒滿月宴會。粵俗這種宴會通常會有豬腳薑之類菜餚，故稱。

薑醋 goeng1 tso3 用薑、醋、紅糖等煮成的食品，通常是煮給產婦吃的。

□□聲 goet9 goet2* seng1 象聲詞。形容鼾聲：佢一躂落床就～【他一躺下就打呼嚕】。

居英權 goey1 jing1 kyn4 香港人前往英國定居的權利。

> 【小知識】英國政府 1990 年於香港推行居英權計劃，讓部份合資格的香港人獲得英國居留權，成為英國公民，即使在主權移交後，也可隨時前往英國定居。

居屋 goey1 nguk7 香港政府於 1970 年代開始推行的「居者有其屋」計劃中興建出售的公營房屋，簡稱「居屋」，售價比商家建造的商品樓房低三分之一左右，但銷售對象有特定的限制。

啹喀兵 goey1 ga4 bing1 又作「啹（goe1）喀兵」。港英政府時期駐港英軍中來自尼泊爾的僱佣兵——廓爾喀兵。英語 Gurkha 的音譯詞。

舉報 goey2 bou3 向廉政公署或政府有關部門檢舉（貪污、受賄、舞弊等）。

舉腳贊成 goey2 goek8 dzaan3 sing4【諧】「舉手贊成」的詼諧說法，表示非常贊成：我提議精簡議程，大家都～【我提議精簡議程，大家都舉雙手贊成】。

句鐘 goey3 dzung1【文】小時。「句」意即「個」：一～【一（個）小時】。

巨無霸 goey6 mou4 ba3 原指一種較巨型的漢堡包，喻指碩大無比的事物。

該衰 goi1 soey1 又作「當衰」。該倒楣；該遭殃：真係～囉，個銀包畀人扒咗【真倒楣，錢包被人偷走】！

該煨 goi[1] wui[1] 作孽；可憐（帶有憐憫、心疼語氣）：～囉，傷成噉【可憐啊，傷得那麼嚴重】！

改名 goi[2] meng[2]* 起名；取名：你個仔～未呀【你兒子起名了沒有】？｜同個女改個好聽啲嘅名呀【給女兒起個好聽點的名字啊】。

各花入各眼 gok[8] fa[1] jap[9] gok[8] ngaan[5] 形容人的愛好、審美、評判標準各有不同，用法近於「蘿蔔白菜，各有所愛」：你唔中意佢中意呀，～，好出奇咩【你不喜歡他喜歡，蘿蔔白菜，各有所愛，這有甚麼奇怪的】？

各施各法 gok[8] si[1] gok[8] faat[8] 各顯神通：三個人～，終於透着個火【三個人各顯神通，終於把火生起來】。

各適其適 gok[8] sik[7] kei[4] sik[7] 各自去做他認為適當的事；各得其所：潘經理分配工作合理，令大家～【潘經理分工合理，讓大家各得其所】。

各處鄉村各處例 gok[8] tsy[3] hoeng[1] tsyn[1] gok[8] tsy[3] lai[6]【俗】各地有不同的風俗習慣，應該入鄉隨俗：～，喺我哋呢度，入屋係要除鞋嘅【各地有各地的習慣，在我們這裏，進屋是要先脱鞋的】。

角 gok[8] 帶尖角的食品：鹹水～（一種油炸的點心）。

角仔 gok[8] dzai[2] 小餃子，用麵粉或米粉做皮，糖、各種豆沙做餡，用油炸熟：過年阿媽一定整～食【過年媽媽一定弄炸餃子吃】。

角落頭 gok[8] lok[7]* tau[2]* 角落：枝筆喺櫃桶～【那枝筆在抽屜的角落裏】。

閣仔 gok[8] dzai[2] 閣樓：屋入便搭咗個～，我哋三兄弟就瞓喺嗰度【屋裏搭了個閣樓，我們哥仨就睡那兒】。

覺眼 gok[8] ngaan[5] ❶ 顯眼：街招要貼喺～嘅地方先得吖嘛【街頭告示得貼在顯眼點的地方才行】。❷ 注意；留意：我唔～，唔知佢去咗邊【我沒注意，不知道他上哪兒去了】。

干邑 gon[1] jap[7] 英語 Cognac 的音譯詞。原為法國地名，特指法國 Cognac 出產的白蘭地酒。

乾 gon[1] ❶ 退潮：水～嗰時可以行得過去【退潮的時候可以走得過去】。❷ 不花費精力、體力：佢根本冇落力做嘢，～揸一日人工【他根本不努力做事情，白拿一天薪水】。

乾冬濕年 gon[1] dung[1] sap[7] nin[4]【諺】冬至時如果沒有下雨，春節期間就可能下雨。

乾杍杍 gon[1] dzang[1] dzang[1] ❶ 乾燥；乾：塊田～噉，點種嘢呀【這塊地乾成這樣子，哪能種東西】？❷（人）乾瘦：睇佢～噉，係咪營養不良呀【看他那麼乾瘦，是不是營養不良】？

乾淨企理 gon[1] dzeng[6] kei[5] lei[5] 整齊乾淨：房間執到～【房間收拾得整齊乾淨】。

乾瑤柱 gon[1] jiu[4] tsy[5] 乾貝，又説「江（乾）珧柱」。用海產扇貝的肉柱曬乾而成的食品原料，可以製作菜餚，亦可作為熬湯原料。

乾哽 gon[1] kang[2] 硬咽下；吞下沒有水份或水份很少的食物：食餅乾冇水飲好難～【吃餅乾沒有水喝很難硬咽下去】。

乾骾骾 gon[1] kang[2] kang[2]（食物）乾巴巴的：啲麵包～叫人點食呀【這麵包乾巴巴的叫人怎麼吃】？

乾禮 gon[1] lai[5] 用錢代替禮品送的禮：我梗係寧願收～啦【我當然願意收錢代替

收禮物】。

乾身 gon1 san1 形容乾貨或食物不帶水份或水份很少的狀態：呢啲燕窩係～嘅【這些燕窩是乾的】。｜炒飯炒得～啲至好食【炒飯炒得乾點兒才好吃】。

乾濕褸 gon1 sap7 lau1 一種晴雨皆宜、兩面都能穿的外套。

乾手淨腳 gon1 sau2 dzeng6 goek8 ❶ 乾淨利落：呢單嘢我一定做到～【這件事我保證做得乾淨利落】。❷ 不用張羅；不用多費周張：咁多人食飯，費事自己煮啦，出去食～【那麼多人吃飯，別自己弄了，到外邊吃不用多費周章】。

乾塘 gon1 tong4 ❶ 把池塘中的水車乾淨：～捉魚【車乾淨池塘水捉魚】。❷ 比喻缺錢；財政陷於崩潰：個樂團就快～，就嚟捱唔住㗎啦【樂團的經費所剩無多，快撐不住了】。

乾炒 gon1 tsaau2 一種烹調方法。炒時只加各種調味品而不加或少加水。與加水較多的「濕炒」相對：～牛河【乾炒牛肉粉條】。

趕豬郎 gon2 dzy1 long4 以趕配種公豬為職業的人。

趕住 gon2 dzy6 趕着；忙着：我而家～去火車站，唔得閒同你傾【我現在趕着上火車站，沒空跟你聊】。｜唔好阻手阻腳吖，我～做嘢【別礙手礙腳的，我忙着幹活呢】！

趕住去投胎 gon2 dzy6 hoey3 tau4 toi1 【俗】按舊時的迷信說法，人死後才能重新投胎。「趕住去投胎」暗寓「忙着去找死」之意，用於對別人的過份匆忙的嘲諷或指責：乜你亂咁衝，～咩【你幹嗎亂衝亂撞，想找死嗎】？

趕急 gon2 gap7 趕快；趕緊：你～去接個仔返嚟啦【你趕緊去接孩子回來】。

趕狗入窮巷 gon2 gau2 jap9 kung4 hong6 【俗】把狗趕入死胡同，狗無路可逃，情急之下，就會回頭咬人，喻走投無路時會背水一戰，絕地反擊：唔好逼人太緊，因住～畀人咬返啖【不要逼人太緊，小心狗急跳牆，反而受其傷害】。

趕狗棒 gon2 gau2 paang5 ❶ 哭喪棒，出殯時孝子拄的纏着白紙的棍子。❷ 打狗棍（舊時乞丐手上拿的防惡狗的棍子）。

趕工 gon2 gung1 加班；趕工期：琴晚～趕到兩點幾【昨晚加班加到兩點多鐘】。

趕客 gon2 haak8 趕走客人：你噉嘅態度係咪想幫我～呀【你這樣的態度是不是想把客人趕走】？

趕喉趕命 gon2 hau4 gon2 meng6 趕時間；匆匆忙忙：遲咗出門口，搞到要～【出門晚了，弄得匆匆忙忙的】。

趕唔切 gon2 m4 tsit8 來不及；趕不及：快啲喇，唔係～上車喇【快點吧，要不來不及上車了】。

趕鴨仔 gon2 ngaap8 dzai2 喻指參加旅行團旅遊。這種旅遊因行程有一定程序，往往由導遊帶着一群遊客走馬觀花，如趕鴨群一樣，故稱。

趕扯 gon2 tse2 趕走：～隻烏蠅【把蒼蠅趕走】。

缸瓦 gong1 nga5 ❶ 家用陶瓷器皿的總稱：～舖【陶瓷店】。❷ 引指不值錢的假古董：呢幾隻爛碗就叫文物？～咋啩【這幾隻爛碗就叫文物？假古董吧】？

缸瓦船打老虎——盡地一煲 gong1 nga5 syn4 da2 lou5 fu2 dzoen6 dei6 jat7 bou1 【歇】在運陶瓷的船上用陶器、瓷器打、砸老虎，有孤注一擲、全豁出去、竭盡全力的意思：佢將份棺材本都攞出嚟投資，真係～咯【他把養老的錢都拿來投資，真是孤注一擲了】。

江湖佬 gong¹ wu⁴ lou² 跑江湖的人：我畀個～呃咗幾百蚊【我讓一個走江湖的騙了幾百塊錢】。

講打講殺 gong² da² gong² saat⁸ 動粗；用武力解決：我哋係斯文人，唔會～嘅【我們都是斯文人，不會動粗的】。｜啲啲就～唔係辦法嘅【動不動就想用武力解決不是個辦法】。

講大話 gong² daai⁶ wa⁶ 說謊；撒謊：你分明係～呃人【你分明是說謊騙人】。

講得口響 gong² dak⁷ hau² hoeng² 說得好聽；唱高調：你講就～，不過實做唔到嘅【你說得好聽，但肯定做不到】！

講多無謂，食多會滯 gong² do¹ mou⁴ wai⁶ sik⁹ do¹ wui⁵ dzai⁶【諺】多說無益，表示不必多說了：～，我唔再講了【多說無益，我不再開口了】。

講多錯多 gong² do¹ tso³ do¹ 言多必失：見工嘅時候，人哋唔問你就無謂多講，費事你～【面試時，人家不問你就沒必要多說，「言多必失」啊】。

講到口水乾 gong² dou³ hau² soey² gon¹ 說得喉嚨都乾了：我～，佢都唔肯制【我說得喉嚨都乾了，他還是不願意】。

講到尾 gong² dou³ mei⁵ 說到底：～，你都係唔信我啫【說到底，你就是不相信我】。

講到話 gong² dou³ wa⁶ 至於。另提一件事時用以引出內容：～增加投資，我覺得風險大過頭【至於要增加投資，我覺得風險太大】。

講真 gong² dzan¹ ❶ 說真的；說實話；認真的：我係～嘅，唔係玩玩下【我是說真的，不是鬧着玩的】。❷ 同「講真嗰句」。

講真嗰句 gong² dzan¹ go² goey³ 說心裏話；說實在的。又作「講心嗰句」：～，我都覺得佢好乞人憎【說實在的，我也覺得他很討厭】。

講就天下無敵，做就有心無力 gong² dzau⁶ tin¹ ha⁶ mou⁴ dik⁹ dzou⁶ dzau⁶ jau⁵ sam¹ mou⁴ lik⁹【俗】只說不做；說得好聽但沒有實際行動。意近「光說不練」。

講假 gong² ga² 說假話：你～呃唔到我【你說假話騙不了我】。

講咁易 gong² gam³ ji⁶ 又作「話咁易」。很容易；不費力氣：在香港要買樓住唔係～㗎【在香港要買房子住並不容易】。｜攞冠軍～呀【拿冠軍？沒那麼容易】。

講古 gong² gu² 講故事；說書（多指歷史故事）：聽～【聽講故事】｜～佬【說書藝人】。

講閒話 gong² haan⁴ wa²* 背後議論人：你哋噉樣人哋會～【你們這樣人家會議論的】。｜你哋唔好講人閒話【你們不要背後議論人】。

講口齒 gong² hau² tsi² 講信用；說話算數：佢都唔～嘅，梗係冇人信佢啦【他不講信用，當然沒人信他啦】。

講開又講 gong² hoi¹ jau⁶ gong² 說完一件事時又提起與之有關的另一件事，用以承上啟下的插入語，意近「話說回來……」、「說起來……」或「順便說一句」：我打人係唔啱，不過～，係佢講粗口鬧人先嘅【我打人是不對，不過話說回來，是他說粗話罵人在先】。

講人事 gong² jan⁴ si⁶ 講關係；講人情：以前入洋行做嘢都要～嘅【以前要進大

公司做事都要講人情的】。

講耶穌 gong2 je4 sou1【謔】講大道理：我都係走先，費事聽校長～【我還是先開溜吧，懶得聽校長講大道理】。

講嘢 gong2 je5 ❶ 說話。❷ 用於反詰，表示不相信對方的話。用法近於「你開玩笑啊」：冇錢想娶老婆？你～呀【沒錢還想娶老婆？你開玩笑吧】？

講漏嘴 gong2 lau6 dzoey2 說走了嘴；說話露餡兒：佢～我先知道呢件事嘅真相【他說走了嘴我才知道這件事情的真相】。

講來講去三幅被，量來量去二丈四 gong2 loi4 gong2 hoey3 saam1 fuk7 pei5 loeng4 loi4 loeng4 hoey3 ji6 dzoeng6 sei3【俗】民間織造業慣例，一幅被子長八尺，三幅被子共長二丈四尺。一再重複告訴人家三幅被子長二丈四，比喻說話重複，毫無新意：聽佢講嘢就知佢無料到，～【聽他講話就知道他沒有才學，說來說去都是老一套】。

講三講四 gong2 saam1 gong2 sei3 說三道四；亂發議論：關你乜事呀，喺度～【關你甚麼事，在這兒說三道四的】。

講實 gong2 sat9 說好了：我～幾時交貨就幾時交貨【我說好了甚麼時候交貨就甚麼時候交貨】。

講笑 gong2 siu3 開玩笑：佢同你～，你唔好嬲【他跟你開玩笑，你不要生氣】。

講笑搵第二樣 gong2 siu2* wan2 dai6 ji6 joeng2* 用於表示對對方的意見不以為然，意近「別開玩笑」：問我借錢？～吖，我仲窮過你【跟我借錢？別開玩笑了，我比你還窮】！

講數 gong2 sou3 爭端雙方（或再加上中間人）進行談判，尤指黑社會組織間的此類談判：你有乜嘢資格同我～呀？叫你大佬嚟【你有甚麼資格跟我談判呀，叫你們「大哥」來】！

講數口 gong2 sou3 hau2 講條件；講價錢：佢哋喺度～【他們正在講價錢】。

講書 gong2 sy1（教師）講課：你要留心聽先生～，知道嗎【你要留心聽老師講課，明白嗎】？

講說話 gong2 syt8 wa6 說話：呢度幾時輪到你～【這裏輪不上你說話】。

講粗口 gong2 tsou2 hau2 說粗話。

講話 gong2 wa6 同「話」。說（通常用於轉述他人語言）：老闆～今晚要加班【老闆說今天晚上要加班】。

講話有骨 gong2 wa6 jau5 gwat7 ❶ 話中帶刺：雖然佢～嘅，不過我唔想同佢嘈【雖然她話中帶刺，不過我不想跟她吵】。❷ 話裏有話：你聽唔聽得出呀？佢～嘅【你聽得出來嗎？他話裏有話】。

港島 gong2 dou2 香港島。

港督 gong2 duk7 香港總督的省稱。

港督府 gong2 duk7 fu2 港英政府時期香港總督的辦公室和官邸。現稱為禮賓府。

港姐 gong2 dze2「香港小姐」的省稱。這是由香港無綫電視台於 1973 年起舉辦的年度選美比賽的冠軍頭銜。

港紙 gong2 dzi2 港幣。

港孩 gong2 haai4【貶】香港孩子，又稱「港童」。特指在家庭備受照顧、嬌生慣養而自理能力低的新生一代兒童。

港客 gong2 haak8 內地或澳門等對香港旅客的稱謂。

港人 gong2 jan4 香港人。

港人治港 gong² jan⁴ dzi⁶ gong² 由香港人管治香港。

港英政府 gong² jing¹ dzing³ fu² 中國對香港恢復行使主權前，代表英國對香港實行管治的政府機構。簡稱「港府」。

港聞 gong² man⁴ 香港本地新聞：～版｜電視台通常係報完～至報國際新聞嘅【電視台通常是播完香港新聞才播國際新聞的】。

港男 gong² naam⁴ ❶「香港先生」的別稱。這是由香港無綫電視台於 2005 年起舉辦的男士選美比賽的冠軍頭銜。與「港姐」相對。❷ 泛指（年輕的）香港男性。

港女 gong² noey²* 【貶】具有某些不良特質（如拜金、自命不凡）的香港年輕女性。

港產片 gong² tsaan² pin²* 香港出品的電影。

港燦 gong² tsaan³ 【謔】土氣如鄉巴佬一樣的香港人。

【小知識】阿燦原為 1979 年電視劇集《網中人》中一名大陸來港移民的土裏土氣的角色，有歧視意味；後反過來諷刺香港人到了外國或內地，成為當地人眼中的「土包子」。

降班 gong³ baan¹ 降級；特指球隊降級。與「升班」相對：～馬【降級比賽的馬匹（喻指降級球隊）】。

槓架 gong³ ga²* 單槓和雙槓的統稱。

鋼骨 gong³ gwat⁷ ❶ 鋼筋：～水泥【鋼筋水泥】。❷ 專指鋼造的傘骨：～遮【傘骨是鋼造的雨傘】。

鋼通 gong³ tung¹ 鋼管。

弶 gong⁶ 螯；（螃蟹的）鉗：蟹～。

割禾青 got⁸ wo⁴ tseng¹ 【俗】禾苗還未長大便提早收成，比喻在賭局中贏了錢便想提早開溜的行為：你咁早就走又想～呀【你這麼早就走，又想贏了錢便開溜】？

割價 got⁸ ga³ 大幅減價：～出售。

割頸 got⁸ geng² 自刎。同「鋸頸」。

割引 got⁸ jan⁵ 源於日語。減價；打折扣：春季大～。

高大衰 gou¹ daai⁶ soey¹ 【俗】傻大個兒：咪睇佢牛高馬大，弊在冇乜腦，～一個【別看他人高馬大的，可惜腦子不靈，就一傻大個兒】。

高大威猛 gou¹ daai⁶ wai¹ maang⁵ 高大威武：個仔咁～，你慌冇女仔中意咩【兒子這麼高大威武，你還怕沒女孩子喜歡嗎】？

高竇 gou¹ dau³ 高傲；傲慢：佢～過頭，咪冇乜嘢朋友囉【他過份高傲，不就沒甚麼朋友了嘛】。

高竇貓 gou¹ dau³ maau¹ 態度高傲，看不起人的人（用於女性）：佢呢隻～，普通男人又點會睇得上眼吖【這種眼睛長在額頭上的女人，普通男人她怎麼會瞧得上眼呢】。

高崠崠 gou¹ dung⁶ dung⁶ 高高的；高高聳立（的）：呢度全部都係～嘅摩天大樓【這裏全都是高高的摩天大樓】。

高踭鞋 gou¹ dzaang¹ haai⁴ 高跟鞋。

高章 gou¹ dzoeng¹ 章法或招數高明：佢真係～，呢單嘢都畀佢搞得掂【他真高明，這件事都能解決得了】。

高腳鷯哥 gou¹ goek⁸ liu¹ go¹ 長腳的八哥鳥，喻指高個子的人。

高腳七 gou[1] goek[8] tsat[7] 原為一個高個子的童話人物之名，現常用以指代高個子：呢個～唔玩籃球就嘥咗【這高個子不打籃球就浪費了】。

高官 gou[1] gun[1] 高級官員：港府～近日頻頻出訪。

高官問責制 gou[1] gun[1] man[6] dzaak[8] dzai[3] 香港政治委任制度的俗稱，是特區政府2002年開始推行的改革。「問責制」下的政府高官須為過失負上政治責任。

高櫃 gou[1] gwai[6] 大衣櫃；立櫃。

高開 gou[1] hoi[1] 股票市場術語。指股市開盤時價位比前一天高。與「低開」相對。

高院 gou[1] jyn[2]* 高等法院的省稱。通常特指香港高等法院。

> 【小知識】香港特別行政區高等法院轄下包括原訟法庭和上訴法庭。1997年前稱為「香港最高法院」。

高企 gou[1] kei[5] 價位、價格居高不下：人民幣～【人民幣的價位居高不下】。

高齡津貼 gou[1] ling[4] dzoen[1] tip[8] 香港政府給70歲或以上的長者按月發放的津貼，俗稱「生果金」。（參見該條）

高粱粟 gou[1] loeng[4] suk[7] 高粱米。

高佬 gou[1] lou[2] 高個子：南方人冇咁多～【南方人高個子不多】。

高買 gou[1] maai[5] 在商店中假裝購物而進行偷竊。

高尾艔 gou[1] mei[5] dou[2]* 一種用小輪船拖行的、內河載客的船尾較高的小型無動力客船。

高薪養廉 gou[1] san[1] joeng[5] lim[4] 給官員、公務員以較高的薪金，使其保持廉潔。是一種防止貪污受賄所實行的政策。

高尚住宅 gou[1] soeng[6] dzy[6] dzaak[2]* 高級私人住宅。

高湯 gou[1] tong[1] 較鮮美的湯水。同「上湯」。

高層 gou[1] tsang[4] 高級員工；上級領導：公司嘅～話今年會加薪十個巴仙以上【公司的上層領導説今年會加百分之十以上的工資】。

篙竹 gou[1] dzuk[7] 撐船用的竹竿。

膏 gou[1]（動物）脂肪或像脂肪的東西；螃蟹體內的卵巢和消化腺：豬～｜蟹～【蟹黃】。

膏蟹 gou[1] hai[6] 有蟹黃的雌螃蟹。

糕粉 gou[1] fan[2] 熟糯米粉。作蒸糕點用，故稱。

糕盤 gou[1] pun[2]* 蒸食品用的金屬大盤。

告白 gou[3] baak[9] 廣告：賣～【登廣告】。

告地狀 gou[3] dei[6] dzong[2]* 一種乞討方式，把自己不幸的遭遇寫出來擺在地上，以求得到路人的同情和施捨：而家好少見到有人～【現在很少看到有人把身世自訴書擺在地上去乞討】。

告枕頭狀 gou[3] dzam[2] tau[4] dzong[2]* 妻子向丈夫數説別人不好：佢做咗老細嘅二奶，成日～，搞到啲員工個個都驚【她做了老闆的情婦，經常在床頭向老闆數落人，搞得員工人人自危】。

告假 gou[3] ga[3] 請假。

告票 gou[3] piu[3] 警察等執法人員對違反法例者發出指控的傳票或處罰通知：你喺度泊車，想收～呀【你在這兒停車，是不是想收罰款通知書】？

姑表 gu[1] biu[2] 兄妹或姐弟的子女之間的

關係：～姐妹【表姐妹】。

姑仔 gu1 dzai2 丈夫的妹妹；小姑。亦稱「細姑」。

姑姐 gu1 dze1 姑姑；小姑姑（父親的妹妹）。

姑丈 gu1 dzoeng2* 姑父。

姑爺仔 gu1 je4 dzai2【貶】指靠女人吃飯或發財的男子。尤指教唆或強迫女子賣淫而從中獲利的男子。

姑勿論 gu1 mat9 loen6 且不說……：～人哋點，諗下你自己做得啱唔啱先【且不說別人怎麼樣，先想想你自己做得對不對】。

姑奶 gu1 naai1* 丈夫的姐姐；大姑子：大～【大姑姑】｜二～【二姑姑】。

姑奶奶 gu1 naai4* naai2* 丈夫的姑母（比較年輕的）。

姑娘 gu1 noeng4 對女護士的尊稱，也引申指女性護理人員或社會工作者：～，喺邊度打針呀【護士小姐，在哪兒打針呢】？｜陳～。

姑娘仔 gu1 noeng4 dzai2 小姑娘：～要斯文啲至得【小姑娘要斯文點兒才好】。

姑婆 gu1 po4 姑奶奶（祖父的姐妹）。

姑太 gu1 taai3 丈夫的姑母（年紀比較大的）。

沽家 gu1 ga1 金融術語。售賣（股票等）的一方。

沽壓 gu1 ngaat8 金融術語。售賣（股票等）的壓力：因有不利消息傳出，港股～明顯增大【因為有不利消息傳出，香港股市拋售壓力明顯增大】。

沽盤 gu1 pun2* 金融術語。❶ 待售商品行情。❷ 售賣的股票。

沽售 gu1 sau6 金融術語。賣出（股票等）：公用股有～壓力【公用股有被賣出的壓力】。

沽清 gu1 tsing1 全部賣完：限日～【限日全部賣完】。

沽出 gu1 tsoet7 賣出。同「沽售」。

孤寒 gu1 hon4 吝嗇；小氣：借廿蚊搭車都唔畀，乜你咁～【借二十塊錢坐車都不給，怎麼你這麼小氣呀】？

孤寒鐸 gu1 hon4 dok9 吝嗇的人；吝嗇鬼：問嗰個～借錢？咪使指擬【找那個吝嗇鬼借錢？甭指望】！

孤寒種 gu1 hon4 dzung2 同「孤寒鐸」。

咕哩 gu1 lei1【蔑】苦力（通常指裝卸、搬運工人）。英語 coolie 的音譯詞。

古 gu2 故事：鬼～【神鬼的故事】｜人哋講～唔好駁～【人家講故事不要質疑】。

古仔 gu2 dzai2 故事，尤指適合於兒童聽的故事：佢晚晚瞓覺前要媽咪講～畀佢聽【他天天晚上睡覺前要媽媽講故事給他聽】。

古裝劇 gu2 dzong1 kek9 表現歷史題材的戲劇或電視劇。

古氣 gu2 hei3 呆板；迂腐；守舊：伯父好～，對啲新嘢佢乜都睇唔順眼【伯父很守舊，對新事物他甚麼都瞧不順眼】。

古月粉 gu2 jyt9 fan2 胡椒粉。古、月合起來即「胡」字，故稱。

古靈精怪 gu2 ling4 dzing1 gwai3 稀奇古怪的：你扮到～噉，想嚇死人咩【你打扮得稀奇古怪的，想嚇死人嗎】？

古老大屋 gu2 lou5 daai6 nguk7 祖屋；老房子：呢間～有一百年歷史喇【這座古舊的大房子有一百年歷史了】。

古老當時興 gu² lou⁵ dong³ si⁴ hing¹ 【俗】把古老、過時的事物或行為當做時髦的：依家又興番着旗袍，真係～【現在又流行穿旗袍了，真是老古董又變時髦了】。

古老十八代 gu² lou⁵ sap⁹ baat⁸ doi⁶ 很久以前；年代久遠；上八輩子：阿爺好中意講啲～嘅古仔畀我哋聽【爺爺很喜歡講年代久遠的故事給我們聽】。

古老石山 gu² lou⁵ sek⁹ saan¹ 比喻頑固、守舊的人：我老竇係個～嚟【我老爸是個老頑固】。

古龍水 gu² lung⁴ soey² 科隆香水，產於德國科隆，推出時深受男士歡迎，後成為男用香水的代名詞。英語 Cologne 的音、意合譯。

古縮 gu² suk⁷ 形容人性格內向，沉默寡言而不合群；蔫兒：得閒出嚟大家一齊玩，咪咁～先得【有空出來和大家一塊兒玩，別那麼老蔫兒嘛】。

古玩座 gu² wun²* dzo²* 古玩的底座。

古玩舖 gu² wun²* pou²* 賣古玩的店舖：香港上環仲有唔少～【香港上環還有不少賣古董的店舖】。

估 gu² ❶ 猜：你～下我有幾重【你猜猜我有多重】？❷ 以為（通常用於反詰句）：你～我睇唔到呀【你以為我看不見嗎】？

估估下 gu² gu² ha² 猜一下；猜測：啲股票升定跌大家都係～【股票是升還是跌大家都是猜測而已】。

估唔到 gu² m⁴ dou² 沒料到；沒想到：～你都會嚟【沒料到你也會來】。

鼓氣 gu² hei³ 態度冷酷；氣鼓鼓：你成日都咁～，係人都驚咗你啦【你一天到晚氣鼓鼓的，誰都嚇跑了】！

鼓氣袋 gu² hei³ doi²* 充滿了氣的袋子，喻指人氣鼓鼓的，一肚子火。

鼓埋泡腮 gu² maai⁴ paau¹ soi¹ 鼓着腮幫子生悶氣：睇佢～嘅樣，梗係又試同老公嗌交定啦【瞧她鼓着腮幫子生悶氣的樣兒，肯定是又跟丈夫吵架了】。

鼓皮 gu² pei⁴ 鼓面：唔好大力過頭，因住打爛～【不要使太大勁兒，小心敲破鼓面】。

臌脹 gu² dzoeng³ 中醫指因寄生蟲、瘀血等原因引起的腹部膨脹的疾病；大肚子病：佢係生～，唔係有咗【她是患大肚子病，不是懷孕】。

股民 gu² man⁴ 持有股票的小股東。

股市 gu² si⁵ 股票市場的簡稱。

蠱惑 gu² waak⁹ ❶ 鬼點子；鬼把戲；花招：因住佢出～【當心他玩花招】！｜呢件事實有～【這件事有鬼】。❷ 鬼點子多；詭計多端：個衰仔好～，唔好畀佢呃到【這小子詭計多端，別讓他給騙了】。

蠱惑友 gu² waak⁹ jau²* 奸詐的人；滑頭：同嗰個～做朋友，你死梗啦【跟那個奸詐小人做朋友，你死定了】。

蠱惑仔 gu² waak⁹ dzai² ❶ 黑社會分子：咁細個就學人出嚟做～，真係唔知死字點寫【這麼小就出來混黑社會，真是不知道「死」字怎麼寫的】。❷ 街頭的小混混。

顧住 gu³ dzy⁶ ❶ 留意；當心：～嗰啲行李呀，我去辦登機手續先【留意行李，我先去辦登機手續】！｜記得吃藥，～身體【別忘了吃藥，當心身體】。❷ 惦記着；掛念着：～整早餐，唔記得叫你起身添【光惦記着做早餐，忘了叫你起床了】。｜佢要出去返工，又要～屋企啲細路【她要出來工作，又要惦記着家裏的小孩】。

顧住收尾嗰兩年 gu3 dzy6 sau1 mei1* go2 loeng5 nin4【俗】一種詛咒，叫對方小心最後兩年，意近「不得好死」：你做埋啲噉嘅陰質嘢，～呀【你盡幹壞事，小心不得好死】！

顧家 gu3 ga1 眷戀家庭；顧念家庭：佢老公好～【他丈夫很顧念家庭】。

故衣 gu3 ji1 舊衣服：～舖【賣舊衣服的舖子】。

故此 gu3 tsi2 連詞。因此；所以：佢成日呃人，～大家都唔信佢【他經常欺騙人，因此大家不相信他】。

固網電話 gu3 mong5 din6 wa2 通過固定電訊網絡提供服務的住宅電話或辦公室電話。與「移動電話」相對。

咕咕（鴣鴣） gu4 gu1【譃】小男孩的生殖器。

咕咕聲 gu4 gu2* seng1 ❶ 咕咕響（指腸鳴聲）。❷ 形容人因內心不滿而嘀嘀咕咕地埋怨：球證噉樣判，教練梗係～啦【裁判這樣判，教練當然不滿意了】。

攰 gui6 累；疲乏；疲倦：寫字寫到手好～【寫字寫得手很累】。｜今日好～，我想早啲瞓【今天好累，我想早點兒睡】。

攰賴賴 gui6 laai4 laai4 累得無精打彩；累癱了：睇你吖，～噉，聽日至做啦【瞧你，累得無精打彩的，等明天再做吧】。

攰死賴賴 gui6 sei2 laai4 laai4 累得要死：我做咗十三個鐘，攰到～【我幹了十三小時，累死了】。

谷底 guk7 dai2 指黃金、外幣、股票等價格或銀行利率在某一段時期內的最低點，即波谷的最低點，和「峰頂」相對。

谷古 guk7 gu2 可可。英語 cocoa 的音譯詞。

脶（谷） guk7 ❶ 憋（氣）；屏住（氣）：佢～到面紅晒都推唔噃架車【他憋得臉頰通紅還是推不動那輛車】。｜大家早就～到一肚火【大家早就憋了一肚子氣】。｜佢舉重嗰時～住度氣堅持住，卒之破咗世界紀錄【他舉重時屏住氣堅持着，終於破了世界紀錄】。❷ 催；促使：落啲肥～佢快啲大【下點肥料催它長快點】。

脶氣 guk7 hei3 憋氣；受氣：冇做錯嘢都要畀人鬧，真係～【沒做錯啥事都要挨罵，真憋氣】。

脶奶 guk7 naai5 ❶ 催奶：我去開啲中藥畀老婆～【我去開點兒中藥給老婆催奶】。❷ 乳房因奶水過多而發脹。

菊蜜 guk7 mat9 菊花蜜糖水。茶餐廳常見的飲品之一。

菊普 guk7 pou2 加菊花的普洱茶。粵式茶樓供應的常見茶品之一。

穀 guk7 稻穀；穀子：一粒～【一粒稻穀】。

穀牛 guk7 ngau4 米中的小蛀蟲。

穀圍 guk7 wai4 竹編的囤，用作存稻穀。

局縮 guk9 suk7 ❶ 內向；不喜歡交際；不愛説話：佢由細到大都係咁～【他從小到大都這麼內向】。❷ 地方窄小；住處擁擠：香港好多人住嘅屋都好～【香港很多人住的房子都很狹小擁擠】。

局縮氣 guk9 suk7 hei3 窩囊氣：佢成肚～【他一肚子窩囊氣】。

焗 guk9 ❶ 烘焙；用烤爐烤：～飯｜～麵包【烤麵包】｜芝士～薯【奶酪烤馬鈴薯】❷ 用蒸汽或熱氣使密封容器裏的食物變熟：鹽～雞。❸ 用煙薰：～老鼠【用煙薰老鼠】。❹（天氣、環境）悶；悶熱：今日好～，透氣都唔順【今天天氣很悶熱，氣都喘不過來】。｜車入便好～【車裏很悶】。❺（在別無選擇的情況下）被迫；逼迫：車壞咗，～住行路返嚟【車壞了，被迫走路回來】。｜佢唔中意就唔好～佢食【他不喜歡就別逼他吃】。

焗盅 guk9 dzung1（沏茶用的）蓋碗。

焗脚 guk9 goek8 鞋子不透氣，讓腳部有悶的感覺：呢對鞋好～【這雙鞋穿着覺得很悶】。

焗汗 guk9 hon6 發汗；用藥物等使身體出汗：我冷親，阿媽叫我冚多張被～【我受涼了，媽媽叫我多蓋床被子發汗】。

焗油 guk9 jau4 理髮行業術語。護理乾性頭髮的一種方法。

焗雨 guk9 jy5 天氣悶熱將要下雨：你帶把遮，個天～【你帶把傘，天氣悶熱將要下雨】。

焗爐 guk9 lou4 烤爐；烤箱。

焗悶 guk9 mun6 悶熱：我最驚～天時【我最怕悶熱天氣】。

焗傷風 guk9 soeng1 fung1 因感暑熱而傷風。

焗茶 guk9 tsa4 泡茶。

焗親 guk9 tsan1 中暑：我琴日行山～【我昨天去爬山中暑了】。

焗漆 guk9 tsat7 烤漆。

官地 gun1 dei6 政府所擁有的土地。

官仔骨骨 gun1 dzai2 gwat7 gwat7 形容男子穿着高雅，形象文質彬彬：佢～噉，唔似係壞人【他文質彬彬的，不像是個壞人】。

官津學校 gun1 dzoen1 hok9 haau6 由香港政府開辦的「官立學校」及提供資助的「津貼學校」的統稱。

官非 gun1 fei1 官司；法律糾紛：我唔想惹～，犯法嘅事唔好搵我【我不想惹上官司，犯法的事情別找我】。

官立學校 gun1 lap9 hok9 haau6 公立學校。

官媒 gun1 mui4 官方媒體。

官守議員 gun1 sau2 ji5 jyn4 港英政府時期由政府官員或公務員出任的行政局或立法局議員，與「非官守議員」相對。

【小知識】現任特區政府的行政會議成員同樣分為「官守」與「非官守」兩類。立法局引入選舉制度後，議員由選舉產生，再無官守議員。

官太 gun1 taai2* 官太太：做咗～就冇以前咁自由啦【做了官太太就沒以前那麼自由了】。

棺材本 gun1 tsoi4 bun2 準備買棺材的本錢；老本：老竇～都攞晒出嚟，呢單生意我唔可以失敗嘅【老爸連做棺材的老本都拿出來了，這樁生意我不可以失敗的】。

棺材老鼠 gun1 tsoi4 lou5 sy2【蔑】偷陪葬品者，盜墓賊。

觀課 gun1 fo3 聽課；到課堂觀摩或審視。

觀音兵 gun1 jam1 bing1 指特別樂意為女性奔走效勞的人。又簡稱「兵」：有得同成班小姐一齊去旅行，佢唔介意做～【有機會跟一大幫小姐一起去旅行，他可不會介意做尼姑庵長老】。

觀音竹 gun1 jam1 dzuk7 羅漢竹，竹身不高，節間突出，為觀賞植物。

觀音菩薩——年年十八 gun1 jam1 pou4 sat8 nin4 nin4 sap9 baat8 【歇】「觀音菩薩」即廟裏的神靈，省稱「廟靈」，諧音「妙齡」，故為「年年十八」，形容女性青春常駐。

觀音坐轎——靠人抬舉 gun[1] jam[1] tso[5] kiu[2]* kaau[3] jan[4] toi[4] goey[2]【歇】比喻沒有真實才幹，全靠人吹捧：佢只不過～嘅啫，有料到嘅【他全靠人吹捧，沒啥能耐】。

公 gung[1] ❶ 雄性（動物）：隻雞係～嘅定乸【這隻雞是雄性的還是雌性的】？❷ 男人；男子：盲～【（男性）瞎子】｜一支～冇乜牽掛，都幾自由下【大男人一個沒甚麼牽掛，挺自由的】。❸ 與表示人的特徵、身份、地位等的詞語結合，一般表示「老年男子」之意：伯爺～【老大爺】｜鬍鬚～【大鬍子】｜壽星～【壽星】。❹（中國象棋的）將；帥。又作「公頭」：我隻馬一將，你隻～走去邊呀【我的馬一將，你的老帥能跑哪去】？

公仔 gung[1] dzai[2] ❶ 人形玩偶；洋娃娃。❷（畫中的）人；有人的圖畫：畫～【畫人】｜本書有好多～【書裏有不少插圖】。

公仔紙 gung[1] dzai[2] dzi[2] ❶ 指印有人像或圖畫的小硬紙片：拍～。❷ 特指舊時香煙盒中的畫片。

【小知識】舊時兒童玩意之一。玩法是把紙片放在手心兩人對拍，之後紙片掉到地上，圖畫向上為贏。

公仔麵 gung[1] dzai[2] min[6] ❶ 方便麵；速食麵。同「即食麵」。❷ 一種方便麵的品牌。

公仔書 gung[1] dzai[2] sy[1] 連環畫；小人書。

公積金 gung[1] dzik[7] gam[1] 一種在僱員離職或退休時支取的儲備金。儲備金的款項通常是每月從僱主的收益及僱員薪金中各自按 定的比例提取。

公證 gung[1] dzing[3] ❶ 公正的見證人：佢下星期要去法庭做～【他下星期要到法庭作見證人】。❷ 裁判員；仲裁員。

公眾假期 gung[1] dzung[3] ga[3] kei[4] 政府規定的任何人皆可享受的假日、假期，如元旦、春節、聖誕節等，與其他有一定對象限制的法定假期如婚假、產假等有別。

公眾人物 gung[1] dzung[3] jan[4] mat[2]* 在媒體上經常公開露面的人物，如政府官員、演藝明星、運動員等：你而家係～，行為要檢點啲【你現在經常公開露面，行為要檢點一點兒】。

公腳步 gung[1] goek[8] bou[6] 戲台上的四方步：做大戲嘅都要學識～【粵劇演員都要學會（在戲台上）走四方步】。

公公 gung[1] gung[1] ❶ 對外祖父的稱呼。又作 gung[4]* gung[1]。❷ 指年老的男性；老公公。與「婆婆」相對：佢成日去老人院探啲～婆婆【他經常到老人院探望那裏的老公公老婆婆】。

公共房屋 gung[1] gung[6] fong[4] nguk[7] 又稱「公營房屋」、「公共屋邨」，簡稱「公屋」。由政府出資興建的住宅樓房，業權為政府擁有，出租或出售予合資格的中低收入人士。

公共援助 gung[1] gung[6] wun[4] dzo[6] 即「公共援助計劃」，簡稱「公援」。指政府向無收入或者低收入人士提供的維持其最低生活水平的入息補助。

【小知識】公共援助計劃是香港政府一項社會福利措施，申請人須通過入息及資產審查。1993 年後改為「綜合社會保障援助計劃」（簡稱「綜援」）。

公關 gung[1] gwaan[1]「公共關係」的省稱，英語 public relations（PR）的意譯詞：～小姐｜～經理。

公開試 gung[1] hoi[1] si[3] 透過公開程序進行、考生可考取認可學歷的考試。

公一份，婆一份 gung[1] jat[7] fan[6] po[4] jat[7] fan[6] 指夫妻倆都出外工作，各掙一份錢：以前女人好多都係家庭主婦，而家就多數～【以前女人很多都是家庭主婦，現在多半是夫妻倆都出來工作】。

公益金 gung[1] jik[7] gam[1] 一種為社會福利機構提供資助的儲備金，款項由社會人士募捐得來。收集到的捐款由獨立的機構負責管理和分配。

【小知識】「香港公益金」是一個非政府、非牟利、財政資源獨立及管理自主的機構，成立於 1968 年，董事會由社會賢達、商界領袖組成，通過向社會人士呼籲及各種籌款活動募集捐款，然後撥捐給最有需要的社會服務或政府資助未能覆蓋的層面，包括兒童服務，安老服務，醫療及復康等服務。

公營機構 gung[1] jing[4] gei[1] kau[3] 由政府成立和營運的企業、機構。

【小知識】香港主要的公營機構有香港房屋委員會、香港機場管理局、香港交易及結算所等。

公餘場 gung[1] jy[4] tsoeng[4] 舊時電影上午 10：30 或下午 5：30 放映的電影場次，放映的一般為二輪電影，票價較便宜。

【小知識】以前電影院放映場次一般是固定的，正場有四場，為下午 12:30、2:30；晚上 7:30、9:30。此外也有上午 10:30 的早場、下班和放學後 5:30 的公餘場（後改為 4:00）和晚上 10:00 以後的午夜場、凌晨 12:00 以後的子夜場，這些場次門票較便宜。

公契 gung[1] kai[3] 整座樓宇（而非樓宇中的個別單元）的買賣合約。

公立學校 gung[1] lap[9] hok[9] haau[6] 由政府興辦並經營的學校。又作「官立學校」。

【小知識】早期新界地方團體所開辦的學校，傳統以「公立學校」命名，目前大多為津貼學校。如上水惠州公立學校。

公安 gung[1] ngon[1] 內地警察的稱謂。因內地稱警局為公安局，故稱：你畀人搶嘢有冇報～呀【你讓人家搶了有沒有向警察報案呢】？

公屋 gung[1] nguk[7]「公共房屋」、「公共屋邨」的省稱。參見「公共房屋」條。

公屋富戶 gung[1] nguk[7] fu[3] wu[6] 居住於政府「公共屋邨」而收入相對較高的家庭。

公司貨 gung[1] si[1] fo[3] 有出廠證明，能享受售後服務的產品。

公事包 gung[1] si[6] baau[1] 公文包。

公數 gung[1] sou[3] 由公家報銷的賬目：出～【由公家報銷】。

公頭 gung[1] tau[2]*（中國象棋的）將、帥。同「公 ❹」。

公帑 gung[1] tong[2] 政府的公款；公有的錢財：政府要謹慎理財，唔可以亂用～【政府要謹慎理財，不能亂用公款】。

公娼 gung[1] tsoeng[1] 某些性行業合法化的國家或地區的持有合法營業執照的妓女。

供 gung[1] 貸款後按期還款；以分期付款的方式購買商品：間樓要～十年【房子的貸款要十年才還清】。｜～車【分期付款買汽車】。

供款 gung1 fun2 ❶ 以分期方式付款。❷ 分期償還給貸款機構的款項：分期越長，～越多【分期越長，每期要付的錢越多】。

供股 gung1 gu2 股票市場術語。指上市公司發行新股讓現有股東認購，股東可按其持股比例認購新股。

供膳 gung1 sin6 【文】提供膳食的福利，口語又作「包伙食」。

供書教學 gung1 sy1 gaau3 hok9 長期出錢讓子女、後輩受系統的正規教育：老竇老母養大你，～，係想你做個對社會有用嘅人【父母撫養你長大，不斷出錢讓你接受系統教育，是想讓你做一個對社會有用的人】。

供會 gung1 wui2* ❶ 交納會費。❷ 參加錢會之後，每人每月按時交納款項：佢三個月唔～，走咗路【他三個月不按時交納錢款，跑了】。

工 gung1 ❶ 工作：搵工【找工作】｜呢份～幾啱我【這種工作我挺適應的】。❷ 量詞。一個單位的工作時間：新年加班當雙～【新年加班按雙倍工時計算】。

工多藝熟 gung1 do1 ngai6 suk9 一件工作幹多了也就熟練了；熟能生巧：～，佢而家打字快過啱啱學嗰陣時好多【熟能生巧，她現在打字比剛學的時候快多了】。

工展小姐 gung1 dzin2 siu2 dze2 由每年「工展會」（工業產品的大型戶外展銷會）舉辦的選美比賽的冠軍頭銜。

工作紙 gung1 dzok8 dzi2 印有練習題用於做練習的紙張。英語 worksheet 的意譯詞。

工作坊 gung1 dzok8 fong1 將人們聚集一起，對某種議題進行思考、探討、相互交流或推行整體活動以找尋解決對策的一種方式。英語 workshop 的意譯詞。

工作午餐 gung1 dzok8 ng5 tsaan1 利用午餐時間邊進食邊進行的工作會議。

工夫 gung1 fu1 工作；活兒：我啲～都未做完，唔行得開【我的活兒還沒幹完，走不開】。

工夫長過命 gung1 fu1 tsoeng4 gwo3 meng6 【俗】工作永遠幹不完。又說「長命工夫長命做」：～，你唔使急，慢慢做【工作永遠幹不完，你甭着急，慢慢幹】。

工人 gung1 jan4 家庭傭工；傭人；褓姆：你屋企有冇請～【你家有沒有請褓姆】？

工業行動 gung1 jip9 hang4 dung6 僱員與僱主或政府的糾紛中，僱員一方採取的如罷工、怠工等迫使對方讓步的集體行動。

工業邨 gung1 jip9 tsyn1 大量工廠集中在一起的新發展區。

工廠大廈 gung1 tsong2 daai6 ha6 簡稱「工廈」或「廠廈」。由政府或建築商興建作工業用途的樓房。

功夫 gung1 fu1 中國武術；武功；武藝；武打：識～【懂武功】｜～片【武打片】。

功夫茶 gung1 fu1 tsa4 一種以沖泡功夫精緻而聞名的飲茶方式，流行於閩南及粵東潮汕地區。又作「工夫茶」。

功能組別 gung1 nang4 dzou2 bit9 香港立法會代表所屬行業的非直選議員界別。又稱「功能界別」或「功能團體」。

【小知識】香港現行立法會選舉中，分配給不同行業一定的選舉名額，這些議員由該行業從業者投票選出，作為該行業在立法會的代表，與通過全港市民一人一票直接選舉產生的議員有別。功能組別包括的主要界別有醫藥衛生界、法律界、教育界等。

攻略 gung[1] loek[9] 進攻的策略，現多用於電子遊戲。這是一個源自日文的外來詞。

貢 gung[3] 爬；鑽：小狗～咗入個狗竇【小狗鑽進了狗洞】。

共 gung[6] 與；跟：我～你一齊去【我跟你一起去】。

共埋 gung[6] maai[4] 加起來；一起，合在一起：呢啲嘢～幾多錢【這些東西加起來多少錢】？｜你哋～佢玩啦【你們跟他一起玩吧】。

共市 gung[6] si[5]「歐洲共同市場」的省稱。

□水 gut[7] soey[2]（投資活動中）獲利後套現離場：見個股價升番，仲唔～走人咩【看到股價回升了，還不沽貨收錢走人】？

□聲吞咗佢 gut[2*] seng[1] tan[1] dzo[2] koey[5]【俗】像喝水似的一口吞下去，比喻逆來順受或默默忍受痛苦：你窒咗我咁耐我都～，但係你鬧我老母我就唔忍得【你當面損我這麼長時間我都忍了，但你罵我老媽我就無法忍受】。

□ gut[9] 喝水聲。用法近於「咕咚咕咚」。

瓜 gwa[1]【諧】死。又作「瓜直」、「瓜老襯」、「瓜柴」：打～佢【打死他】｜佢一個人住，第日～咗都冇人知【他獨自一個人住，以後翹了辮子都沒人知道】。

瓜得 gwa[1] dak[7]【諧】死；完蛋：用你條橋實～【按你說的做肯定完蛋】！

瓜子口面 gwa[1] dzi[2] hau[2] min[4] 瓜子臉：個孫女～，幾得人惜【小孫女瓜子臉，真讓人疼愛】。

瓜子肉 gwa[1] dzi[2] juk[9] 瓜子仁。

瓜直 gwa[1] dzik[9]【諧】死；死亡。又作「瓜」：打到佢～【打死他】。

瓜仁 gwa[1] jan[4] 大的白瓜子。

瓜老襯 gwa[1] lou[5] tsan[3]【諧】死；死掉。又作「瓜」：我八十九啦，就算聽日～都冇乜嘢好驚喎【我八十九了，即使明天就死掉也沒啥可怕的】。

瓜皮艇 gwa[1] pei[4] teng[5] 形狀像西瓜皮的無篷運輸小船：以前珠江有好多～運貨㗎【以前珠江上有很多瓜皮形小船運輸貨物】。

瓜柴 gwa[1] tsaai[4]【諧】死；死了。又作「瓜」：佢宜得個老竇快啲～【他恨不得老爺子快點兒死】。

呱呱叫 gwa[1] gwa[1] giu[3] ❶ 空口說白話，不做事：你淨係識～【你只會空口說白話，不做事情】。❷ 哭；大喊：個啤啤餓到～【小寶寶餓得哇哇地哭】。｜痛到佢～【他痛得大喊大叫】。

寡 gwa[2] ❶ 口腔、腸胃感覺不舒服：我食咗好多涼瓜，有啲口～【我吃太多苦瓜，嘴裏有點兒不舒服】。❷ 同「寡淡」。

寡仔 gwa[2] dzai[2] 單身漢。同「寡佬」。

寡公 gwa[2] gung[1] 結過婚又失去妻子的人；鰥夫。

寡佬 gwa[2] lou[2] 光棍；單身漢：佢四十歲未結婚，仲係～一名【他四十歲還沒結婚，還是光棍兒一條】。

寡佬證 gwa[2] lou[2] dzing[3] 男子未婚證明書的俗稱。

寡母婆 gwa[2] mou[5] po[2*] 中、老年寡婦。

寡淡 gwa[2] taam[5] 淡而無味：呢碟餸咁～

嘅【這一盤菜餚這麼淡而無味呀】。

掛 gwa³ ❶ 掛念；惦念；惦記：唔使成日～住阿媽【不用整天掛念着媽媽】。｜畀心機做嘢，唔好淨係～住拍拖【用心幹活，別老惦記着談戀愛】。❷ 盼望；巴望：細佬哥係噉㗎啦，成日～住過聖誕【小孩子是這樣的了，整天就巴望着過聖誕節】。

掛帶 gwa³ daai³ 牽掛；掛念：個女去留學，做媽咪嘅梗係～啦【女兒出國留學去了，當媽的當然掛念了】。

掛單 gwa³ daan¹ ❶ 到別人家裏蹭飯吃：我聽日去你屋企～【我明天到你家蹭飯吃】。❷ 醫生到其他醫院診症或做手術：～醫生。

掛臘鴨 gwa³ laap⁹ ngaap²* 【諧】比喻上吊自殺。

掛爐鴨 gwa³ lou⁴ ngaap²* 又作「燒鴨」。掛在爐壁上用明火烤成的鴨子，故名。

掛綠 gwa³ luk⁹ 荔枝的一個名貴品種。

掛望 gwa³ mong⁶ 掛念。同「掛帶」。

啩 gwa³ 語氣詞。吧（表示猜測、半信半疑或不十分肯定）：呢度有千零人～【這兒有千把人吧】？｜唔係呢啲～【不是這些吧】？｜或者會有人嚟～【或許會有人來吧】？

拐子佬 gwaai² dzi² lou² 拐賣人口的騙子。

怪雞 gwaai³ gai¹ 形容人怪異；奇怪：乜你咁～㗎，喺室內都戴住黑超嘅【你怎麼怪怪的，在室內還戴着墨鏡】？

關 gwaan¹ ❶ 關涉；牽涉：唔～你事【事情跟你無關】。❷ 關注；注意：一眼～七【眼觀六路，耳聽八方】。

關斗 gwaan¹ dau² 跟斗；跟頭：打～【翻跟頭】。

關刀 gwaan¹ dou¹ 與關雲長所持的樣式相似的長柄大刀。

關注團體 gwaan¹ dzy³ tyn⁴ tai² 關注社會問題的團體。

關顧 gwaan¹ gu³ 關照：唔該你幫我～下明仔【麻煩你替我關照一下小明】。

關人 gwaan¹ jan⁴ 表示事情與己無關或不願過問時的用語，意近「關我啥事兒」：～喇，呢啲係老細嘅事【管它呢，這是老闆的事】。

關人屁事 gwaan¹ jan⁴ pei³ si⁶ 表示事情不願意過問或與自己不相干，用法近於普通話的「關我屁事兒」：佢去炒股票輸晒錢，～【他炒股票把錢輸光了，關我屁事兒】？

躀 gwaan³ 摔；摔跤；摔倒；跌跤：個彎急得滯，好多（單車）選手收掣唔切～低【那個彎轉得太急，好多（自行車）選手來不及剎車而摔倒】。

躀杯 gwaan³ bui¹ 迷信的人拋杯珓（蚌殼形占卜用具）於地上以占卜吉凶：我去黃大仙～，話我會行好運【我到黃大仙去拋杯珓，預示會走好運】。

躀直 gwaan³ dzik⁹ 使人摔倒，引申為陷害人：佢將件事誇大，今次真係畀佢～【他把事兒鬧大，這回真的讓他給害慘嘍】。

慣匪 gwaan³ fei² 有較多犯罪記錄或作案經驗的匪徒。

慣熟 gwaan³ suk⁹ 熟悉：呢度嘅環境佢～【這裏的環境他很熟悉】。

刮 gwaat⁸ ❶ 搜刮；搜斂：佢利用職權～咗唔少錢【他利用職權搜刮了不少錢】。❷ 搜查；查找：～料【查找、搜集資料】｜你無論如何都要幫我～呢條友出嚟【你無論如何要給我把這小子搜出來】。

刮龍 gwaat8 lung2* 貪污；搜刮錢財：啲貪官淨係識～，個個都家財豐厚【那些貪官就會搜刮錢財，個個都財產豐厚】。

刮削 gwaat8 soek8 剝削：地主～農民【地主剝削農民】。

刮塘 gwaat8 tong4 把池塘水弄乾捉魚：一年～一次捉大魚【一年一次把池塘水弄乾抓大魚】。

刮粗龍 gwaat8 tsou1 lung2* 搜刮大筆錢財：啲貪官邊個唔係～㗎【那些貪官有誰不是大筆搜刮錢財的】。

摑 gwaat8 打；打耳光：～咗佢一巴【打了他一巴掌】。

龜蛋 gwai1 daan2* 罵詈語。王八蛋。

龜仔 gwai1 dzai2 罵詈語。雜種；龜兒子。

龜公 gwai1 gung1 ❶ 王八（指妻子有外遇的人）。❷ 妓院的男性老闆。

龜婆 gwai1 po2* 鴇母，妓院的老闆娘。

歸一 gwai1 jat7 整齊有序：搬過啲梳化之後，個廳～咗【把沙發重新擺放，客廳的佈局整齊劃一多了】。

歸西 gwai1 sai1【婉】死亡；去世：阿爺歸咗西喇【爺爺去世了】。

歸心馬 gwai1 sam1 ma5 中國象棋術語。窩心馬。

歸齊 gwai1 tsai4 整齊；整潔：你屋企啲傢俬好～【你家的家具擺設很整齊】。

歸位 gwai1 wai6 整齊：啲書擺到好～【這些書擺放得很整齊】。

鬼 1 gwai2 ❶ 泛指代詞，表示「任何人」、「誰」：～識佢呀【誰認識他（鬼才認識他）】？｜～中意佢【鬼才喜歡他】。❷ 用在動詞、代詞「乜（甚麼）」之後，表示對某事物的否定態度：唔知噏乜～【不知說些啥】。｜個咪壞咗，唱乜～吖【麥克風壞了，唱個屁呀】！｜人都唔齊，開乜～會呀【人沒到齊，開甚麼會呀】！❸ 插在某些多音詞或詞組中間，或副詞「好（很）」之後，起加強語氣作用：真係麻～煩【真麻煩】！｜功課咁～多，點做得晒呀【作業這麼多，怎麼做得完呢】？｜碗湯好～熱呀【這碗湯好燙啊】。❹ 用在「咁」或「噉」之前，與之結合表示「極度」之意：雨～咁大【雨大得要命】。｜ 開車快到～噉【開車快得要命】。｜攰到～噉【累得要命】。

鬼 2 gwai2 外國的；外國人：～妹【外國姑娘】｜～婆【外國婦女；外國太太】｜法國～【法國人】。

鬼打 gwai2 da2 ❶ 罵詈語。又作「鬼整」。活見鬼；鬼迷心竅：～你呀？成日喺度搞搞震【真活見鬼，你一天到晚瞎搗甚麼蛋】！❷ 同「鬼 1 ❹」。極；非常：～咁攰【累死了】。

鬼打都冇咁精神 gwai2 da2 dou1 mou5 gam3 dzing1 san4 【俗】精力充足；精神煥發：一提起踢波，佢就～【一提起踢球，他就精神煥發】。

鬼打鬼 gwai2 da2 gwai2 狗咬狗；勾心鬥角：佢兩個衰人～，我哋當睇戲咁睇唔係得囉【他們兩個壞蛋狗咬狗，我們就當看戲好了】。

鬼仔 gwai2 dzai2 ❶【貶】又作「番鬼仔」。外國男孩。❷ 小鬼；夭折嬰兒或早逝小孩的靈魂：養～【收養小鬼以符咒控制他們的一種邪術】。

鬼知 gwai2 dzi1 天知道：～佢去咗邊呀【天知道他去哪兒了】？

鬼整 gwai2 dzing2 罵詈語。活見鬼。同「鬼

打」。

鬼火咁靚 gwai² fo² gam³ leng³【諧】非常漂亮：你今日做乜着到～呀【你今天幹嘛穿得這麼漂亮呀】？

鬼叫你窮，頂硬上 gwai² giu³ nei³ kung⁴ ding² ngaang⁶ soeng⁵【俗】誰叫你窮，只有拼命幹。指條件不好，無可奈何，只能硬着頭皮上。

【小知識】這是舊時搬運工人勞動時唱的歌謠，後曾被譜成歌曲。

鬼古 gwai² gu² 鬼故事：呢個～好恐怖【這個鬼故事很恐怖】。

鬼鬼鼠鼠 gwai² gwai² sy² sy² 鬼鬼祟祟。你～喺度做乜嘢呀【你鬼鬼祟祟在這兒幹嘛呢】？

鬼影 gwai² jing²（指代）電視機熒幕上出現的重影。

鬼影都冇隻 gwai² jing² dou¹ mou⁵ dzek⁸【俗】人影兒都不見一個：又話開會，夠鐘嘞～【又説開會，到點了人影兒都不見一個】。

鬼靈精怪 gwai² ling⁴ dzing¹ gwaai³ 鬼點子多；有計謀：佢兩個～，唔知又搞乜嘢花樣【他倆鬼點子多，不知道又有甚麼新花樣兒了】。

鬼零秤 gwai² ling⁴ tsing³ 不整齊：乜你着到～嘅【你怎麼穿得那麼不整齊】。

鬼佬 gwai² lou²【貶】又作「番鬼佬」。多指西洋人。

【小知識】「鬼佬」引申出「鬼婆」、「鬼妹」、「鬼仔」等，這些詞有時可省略成「鬼」，如「公司高層全部都係鬼」。因國際間民間交往的增加，「鬼佬」等詞的貶義逐漸消失，作為背稱，已無不敬之意。然正式場合，則用「外籍人士」。

鬼佬月餅——悶極 gwai² lou² jyt⁹ beng¹ mun⁶ gik⁹【歇】月餅逐字翻譯成英語是「moon cake」，粵語諧音為「悶極」，意思是極為沉悶、無聊。

鬼佬涼茶 gwai² lou² loeng⁴ tsa⁴【諧】啤酒。這種源於西方的飲料因有中國式清涼茶去熱解渴的作用，故稱。

鬼唔望 gwai² m⁴ mong⁶ 一定會；準會：你唔落力讀書，～你留班【你不努力讀書，準會留級】。

鬼馬 gwai² ma⁵ ❶ 機靈而滑稽：佢做戲好～【他演戲很機靈滑稽】。❷ 狡猾；滑頭，不正經：呢條友仔好～，因住畀佢呃到【這小子很狡猾，小心別讓他騙了】。

鬼掹腳 gwai² mang³ goek⁸ 跑不迭；匆忙離去：啱啱坐低一個字就話要走，你～呀【剛坐下才五分鐘就説要走，你跑不迭嗎】？

鬼面罩 gwai² min⁶ dzaau³（指代）汽車前面的通氣口。

鬼五馬六 gwai² ng⁵ ma⁵ luk⁹ ❶ 稀奇古怪：做乜着到～嘅呀【幹嘛穿得稀奇古怪的】？❷ 烏七八糟；不正經的：你自己做嘢都～嘅，點教個仔呀【你自己做事都烏七八糟的，怎麼教孩子呀】？

鬼揞眼 gwai² ngam² ngaan⁵ 被鬼蒙住眼睛。用於指責他人，用法近於「鬼迷心竅」或「瞎了眼」：你～咩，點會中意嗰個花心大少㗎【你鬼迷心竅呀，怎麼會愛上那個花花公子呢】？

鬼拍後尾枕——不打自招 gwai² paak⁸ hau⁶ mei⁵ dzam² bat⁷ da² dzi⁶ dziu¹【歇】讓鬼拍了後腦勺，不必拷問

就自己招認，糊裏糊塗地吐露真言（經常不講出下句）：我叫佢唔好亂噏，點知佢～【我叫他不要亂說話，沒想到他糊裏糊塗自己全承認了】。

鬼殺咁嘈 gwai2 saat8 gam3 tsou4 吵吵鬧鬧的；吵得要命（指吵鬧聲或噪音很大）：你兩個唔好喺度～【你們倆別在這兒大聲嚷嚷】！｜樓上裝修日日～，點讀到書呀【樓上裝修天天吵得要命，怎麼複習功課呢】。

鬼死 gwai2 sei2 表示極度。同「鬼❹」。

鬼聲鬼氣 gwai2 seng1 gwai2 hei3 說話陰陽怪氣：佢講嘢～噉，好難認得佢把聲【他說話陰陽怪氣的，那聲音很難辨認】。

鬼食泥噉聲 gwai2 sik9 nai4 gam2 seng1 比喻人說話含糊不清，有如自言自語，意近「絮絮叨叨」：你講嘢～邊個聽到【你說話絮絮叨叨的誰能聽清】？

鬼上身 gwai2 soeng5 san1 鬼魂附體；引指說話或行為失常，胡說八道：佢成日～噉亂講嘢【他經常胡說八道】。

鬼鼠 gwai2 sy2 鬼祟：嗰個人咁～，係唔係想偷嘢呀【那傢伙鬼鬼祟祟，是不是想偷東西呢】？

鬼旋風 gwai2 syn4 fung1 突如其來的旋風。

鬼頭仔 gwai2 tau4 dzai2 告密、通風報信者：邊個做～我唔會放過佢【誰告密我不會放過他】！

鬼畫符 gwai2 waak9 fu4 喻指寫字馬虎、潦草，難以辨認。

桂花粉 gwai3 fa1 fan2 桂花形狀的米粉製品，供食用。

桂花糖 gwai3 fa1 tong2* 食品名，有桂花香味的糖製點心。

桂圓肉 gwai3 jyn4 juk9 簡稱「圓肉」。乾龍眼肉。

桂味 gwai3 mei2* 荔枝的一個品種，味清甜，核很小，是較好的品種之一。

貴賓房 gwai3 ban1 fong2* 餐飲、娛樂企業專供貴賓使用的房間。這類房間通常會規定較高的消費額度。

貴刁 gwai3 diu1 潮州話「粿條」的粵語諧音。粿條近似於「沙河粉」，用大米磨漿後蒸製而成，通常用於做主食的原料，有炒、做湯等不同做法。

貴妃床 gwai3 fei1 tsong4 一種較寬大的有扶手的硬木躺椅：我屋企有張古董～【我們家有一張帶扶手的古董硬木躺椅】。

貴價 gwai3 ga3 價錢貴的（東西）：～貨【價錢貴的東西】。

貴氣 gwai3 hei3 高貴的風度：去呢啲高級場合，着衫要～啲【到這些高級場合，衣服要穿得高貴一點兒】。

貴利 gwai3 lei2* 高利貸。

貴利王 gwai3 lei2* wong4 放高利貸者。

貴相 gwai3 soeng3 相貌端正、高貴：你睇佢呢幅相，幾有～呀【你瞧她這幅照片，挺高貴的】。

季尾 gwai3 mei5 季度的末尾。

跪低 gwai6 dai1 原意是跪下，比喻車輛拋錨：我架車開到半路突然間～【我的車半路上突然拋錨了】。

跪地餵（餼）豬乸——睇錢份上 gwai6 dei6 wai3 (hei3) dzy1 na2 tai2 tsin2* fan6 soeng6【歇】跪地上餵養老母豬，只是為了掙錢罷了。喻指為謀生不得已忍受屈辱：老細個太子爺成日整蠱我，我一早想打佢一餐，不過～，我惟有忍咗佢【老闆的兒子經常作弄我，我早想揍他一頓。不過看在錢的份上，我只好忍了】。

跪墊 gwai[6] dzin[3] 跪拜用的墊子。

櫃員 gwai[6] jyn[4] 櫃枱工作者。

櫃員機 gwai[6] jyn[4] gei[1] 銀行一種供客戶自行辦理提款、存款等的裝置。同「自動櫃員機」，又作「提款機」。

櫃面 gwai[6] min[2]* 櫃枱：企～【站櫃枱，當售貨員】｜出～畀錢【到櫃枱那裏付錢】。

櫃桶 gwai[6] tung[2] 抽屜：本書喺～入便【那本書在抽屜裏】。

櫃位 gwai[6] wai[2]* 櫃枱。

均真 gwan[1] dzan[1] 不含糊；公正嚴謹（多指處理賬目等事）：佢好～㗎，絕對唔會收多你一個仙【他算賬一點兒不含糊，絕不會多收你一分錢】。

軍裝警員 gwan[1] dzong[1] ging[2] jyn[4] 又可簡作「軍裝」。穿制服的警察，與「便裝警員」相對：警方出動大批～維持秩序。

滾[1] gwan[2] ❶ 沸騰；（液體）開：～水【開水】｜湯～喇【湯（燒）開了】。❷（在開水中）略燙；汆：魚片～下就食得㗎喇【魚片汆一下就可以吃了】。❸ 滾燙的；很熱的：啲水好～，攤凍咗至好飲呀【水很燙，等晾涼了才能喝】。

滾[2] gwan[2] 跟女人鬼混；搞女人：佢結咗婚仲出去～【他結了婚還到外面搞女人】。

滾得埋 gwan[2] dak[7] maai[4] 合得來；人際關係好；打成一片：佢同啲同事～，應該好快適應到呢份新職【他跟同事們合得來，應該很快就能適應這份新的工作】。

滾軸溜冰 gwan[2] dzuk[9] lau[4] bing[1] 旱冰；滑旱冰：～鞋【旱冰鞋】。

滾攪 gwan[2] gaau[2] 打攪；打擾：～晒，我哋告辭【打攪了，我們告辭】。｜你咁忙，我唔好意思去～你【你那麼忙，我不好打擾你】。

滾熒 gwan[2] hing[3] 發燒；發燙；發熱：你摸下細佬個頭，好～【你摸一摸弟弟的頭，發燙的厲害】。

滾紅滾綠 gwan[2] hung[4] gwan[2] luk[9] 同「滾[2]」。胡鬧；（跟女人）鬼混。

滾友 gwan[2] jau[2]* 騙子；常跟女人胡混的男人；色狼：大～【大騙子、大色狼】。

滾熱辣 gwan[2] jit[9] laat[9] 滾燙：碗湯～，因住唔好燙親【這碗湯滾燙滾燙的，小心別燙了嘴】。

滾瀉 gwan[2] se[2] 湯水滾沸後溢出：我睇書入晒神，啲湯～都唔知【我看書入迷了，湯溢出來還不知道】。

滾石 gwan[2] sek[9] 搖滾音樂，英語 rock and roll 的意譯詞。又作「樂與怒」，其中的「樂」、「怒」為音譯。

滾水不響，響水不滾 gwan[2] soey[2] bat[7] hoeng[2] hoeng[2] soey[2] bat[7] gun[2]【諺】開水不響，響水不開。比喻有真才實學的人不賣弄，到處賣弄的人都是半吊子：人哋話～，睇佢巴巴喳喳嘅樣唔慌有料啦【人家說響水不開，開水不響，瞧她那咋咋呼呼的樣子，就知道不是真有本事】。

滾水淥豬腸——兩頭縮 gwan[2] soey[2] luk[9] dzy[1] tsoeng[2] loeng[5] tau[4] suk[7]【歇】用開水燙豬腸，豬腸兩頭都縮短了，形容兩頭虧損、緊縮：我今年減咗人工，但係物價又升，真喺～【我今年工資收入減少了，但物價上升，真是兩頭都虧損】。

滾水 gwan² soey² 開水：凍～【涼開水】。

滾水淥腳 gwan² soey² luk⁹ goek⁸（好像）開水燙了腳，沒個安生的時候，形容人來去匆匆：佢返嚟～噉，放低啲嘢就走咗嘞【他回來匆匆忙忙的，把東西放下就走了】。

詃 gwan³ 又作 kwan¹。騙；詐騙：畀人～咗好多錢【被人家騙走了很多錢】。

棍波 gwan³ bo¹（汽車的）手動變速器，與「自動波」相對。

骨¹ gwat⁷ ❶ 骨頭。❷ 關卡；關：今次考試唔知過唔過到～【這次考試不知道能不能過關】。

骨² gwat⁷ 四分之一。英語 quarter 的粵語音譯詞：五點一個～【五點一刻】｜三個～褲【長度剛過了膝蓋的褲子】。

骨³ gwat⁷ ❶ 衣縫兒；接縫兒：衫～【衣服的接縫】｜鈒～【（給布料）縫邊】。❷ 支架；杆兒；梗：縮～遮【折疊傘】｜芹菜～【芹菜梗】。

骨痹 gwat⁷ bei³【俗】肉麻：佢講嘅説話～到死【他説的那些話肉麻得要命】。

骨子 gwat⁷ dzi² 精緻；別致；雅致：呢隻水晶馬幾～【這匹水晶馬挺雅致的】。｜呢間屋佈置到幾～嚱【這間房子佈置得挺別致的】。

骨梗 gwat⁷ kwaang² 身架子；骨架：你家姐～細，所以唔覺肥【你姐姐骨架子小，所以不顯得胖】。

骨妹 gwat⁷ mui¹* 【俗】按摩女。佢去做～【她去做按摩女】。

骨女 gwat⁷ noey²* 【俗】同「骨妹」。

骨場 gwat⁷ tsoeng⁴【俗】按摩院。

> 【小知識】某類骨場會提供色情服務，俗稱「邪骨場」。

倔 gwat⁹ ❶ 禿的；鈍的：～尾雞【禿尾巴雞】｜枝鉛筆好～，刨下佢啦【這鉛筆很鈍，削一削吧】。❷ 固執；不近情理：乜你個人咁～，唔肯聽人勸【你這人怎麼這麼固執，不肯聽人勸呢】？

倔擂槌 gwat⁹ loey⁴ tsoey⁴ ❶ 禿禿的；鈍鈍的：枝毛筆經已～，仲唔買過枝新嘅【這枝毛筆變禿了，還不買枝新的】？❷ 固執。同「倔 ❷」。

倔尾龍 gwat⁹ mei⁵ lung²* 比喻好鬧事、愛闖禍的人：足球需要團隊精神，我唔會畀呢隻～喺度搞搞震嘅【足球需要團隊精神，我不會讓這個闖禍精在這兒興風作浪的】。

倔尾龍拜山——搞風搞雨 gwat⁹ mei⁵ lung²* baai³ saan¹ gaau² fung¹ gaau² jy⁵【歇】民間傳説，一條斷了尾巴的龍每年到恩人墳前來掃墓時，會行雲布雨。後用作比喻愛搞是非的人一來，就會興風作浪：～，今次呢條友一嚟，有戲睇喇【好事之徒愛搞事，這小子一來，有戲看了】。

倔頭 gwat⁹ tau⁴ ❶ 禿頭的；無尖端的：把掃把都～咯，去買過把新嘅【掃把都禿了，去買一把新的】。❷ 盡頭；不能通行的：～巷【死胡同】｜條路～㗎【這條路是不通的】。

倔頭巷 gwat⁹ tau⁴ hong²* 死胡同。

倔頭路 gwat⁹ tau⁴ lou⁶ 走不通的路；絕路；死路。同「倔頭巷」：畀條生路你唔行，係要行～【給條活路你不走，偏要走絕路】！

倔情 gwat⁹ tsing⁴ 絕情；無情義：阿婆喺度坐一陣你都趕？唔使咁～啩【老婆婆

在這兒坐一會兒你也要趕走她？用不着這麼絕情吧】。

倔篤 gwat[9] duk[7] 盡頭。同「倔頭 ❷」。

踗 gwat[9] 用仇視的眼光嚴厲地盯着：佢～住我，所以我唔敢出聲【他盯着我，所以我不敢作聲】。

果子狸 gwo[2] dzi[2] lei[4] 野生動物，也叫花面狸，哺乳綱，靈貓科，體大如貓，棲息山林中，食水果、昆蟲等。

果占 gwo[2] dzim[1] 果醬。英語 jam 的意音合譯。

果欄 gwo[2] laan[1]* 水果批發市場（現在也兼營零售）。

果皮 gwo[2] pei[4] 乾的橘子皮，藥用的叫陳皮。

裹蒸粽 gwo[2] dzing[1] dzung[2]* ❶ 一種粵式粽子，以綠豆、豬肉等為餡，個兒較大。❷ 喻指穿太多衣服而顯得臃腫：天一凍，個個着到～噉【天一冷，個個都穿得像個大粽子】。

過[1] gwo[3] ❶ 漂洗：啲衫～咗水㗎啦【衣服已經漂洗過了】。❷ 量詞。漂洗的次數：已經過咗兩～【已經漂洗了兩次】。

過[2] gwo[3] ❶ 用於動詞之後、指人賓語之前表示給予之意：佢借咗好多錢～我【他借給我不少錢】。｜我話～你知【我告訴你】。❷ 用於形容詞後表示比較：我高～你【我比你高】｜西餐有乜好食？食雲吞麵仲好～【西餐有啥好吃的？吃餛飩麵還更好】。❸ 用在動詞後表示重新、再、另外等意思：你聽日嚟～啦【你明天再來吧】。｜呢件唔啱，咪買～件囉【這件（衣服）不合適，另外買一件唄】。｜我計錯咗，要由頭嚟～【我算錯了，得重新再算一次】。❹ 用在「一」與量詞之後，表示動作、事情一下完成，不再繼續：一次～【就一次；只此一回】。

過大海 gwo[3] daai[6] hoi[2] 特指到澳門賭博。

過大禮 gwo[3] daai[6] lai[5] 結婚前男家將聘金、禮品送到女家，以肯定婚姻關係。意即「下聘禮」：我個仔三日後～【我兒子三天下聘禮】。

過底紙 gwo[3] dai[2] dzi[2] 複寫紙的別稱。

過電 gwo[3] din[6] 來電；喻指異性之間有相互吸引的感覺：我同佢第一次見面就～【我跟他第一次見面就有來電的感覺】。

過檔 gwo[3] dong[3] 指轉到同一行業的另一家機構工作：新電視台高薪挖角，好多人都想～【新電視台高薪搶演員，很多人都想轉過去】。

過冬 gwo[3] dung[1] 過冬至；過冬節。

過節 gwo[3] dzit[8] 雙方之間存在芥蒂或仇怨：佢哋有～，大打出手一啲都唔出奇【他們有過嫌隙，大打出手一點都不奇怪】。

過招 gwo[3] dziu[1] 較量：高手～【高手較量】。

過咗海就係神仙 gwo[3] dzo[2] hoi[2] dzau[6] hai[6] san[4] sin[1]【俗】過了關就是勝利：～，入到大學就得，讀邊間都冇所謂【闖過考試關就是勝利，能進得去大學就行，進哪所都沒關係】。

過造 gwo[3] dzou[6] 有季節性的東西過了最旺盛時期：荔枝～啦，市面上好難搵到【荔枝過了收穫季節了，市面上很難找到了】。

過鐘 gwo[3] dzung[1] 超過了規定或預定的時間：過晒鐘佢仲未到【早就過了（約定）時間他還沒到】。

過主 gwo[3] dzy[2] 原為驅趕乞丐用語，意為「找別家主人去（要飯）」，現多用於驅趕他人，用法近於「滾開」：你仲想搵我笨？～啦【你還想騙我？滾開吧】！

過埠 gwo3 fau6 去外國：佢籌緊錢供個仔～讀書【他正在籌錢讓兒子到外國留學】。

過埠新娘 gwo3 fau6 san1 noeng4 嫁到外國去的女子。

過街過巷 gwo3 gaai1 gwo3 hong6 穿街過巷：佢朋友好多，一返香港就～周街搵老友飲茶【他朋友很多，一回香港就穿街過巷到處找朋友喝茶】。

過膠 gwo3 gaau1 過塑，即為相片、文件、證件等套上特製的塑料膜，經特定的機械熱處理，使塑料膜貼附在物品表面以利於長期保存。

過江龍 gwo3 gong1 lung4 喻指在外地發展的成功人士：喺美國人眼中，李小龍係傑出嘅～【在美國人眼中，李小龍是傑出的外來成功人士】。

過骨 gwo3 gwat7 過關：今次考牌佢可唔可以～呀【這次考駕駛證他能過關嗎】？

過口癮 gwo3 hau2 jan5 ❶隨便吃點零食，讓嘴巴過過癮：我悶悶地嚟呢度～【我覺得無聊就來這裏隨便吃點零食】。❷隨便閒聊幾句。

過氣 gwo3 hei3 ❶ 過時的；以前的：～藥【過時失效的藥】｜～議員【前任的議員】。❷ 用油煎、炸的食物放涼後失去香味和鬆軟的口感：～油炸鬼，邊好食【這軟了的油條，哪能好吃呢】？

過氣老倌 gwo3 hei3 lou5 gun1 失掉權勢、地位的人：阿叔係～，幫唔到你啦【叔叔我已經是失掉權勢地位的人，幫不了你了】。

過日辰 gwo3 jat7 san4 過日子；打發日子：退咗休唔搵啲嘢做下點～呀【退休不找點事做怎麼打發日子】？

過日 gwo3 jat9 過日子；度日：股票大跌，佢而家係艱難～【股票大跌，他現在是很艱難地過日子】。

過意唔去 gwo3 ji3 m4 hoey3 過意不去：要你等咁耐，我真係～【讓你等這麼長時間，我真過意不去】。

過橋 gwo3 kiu2* （借某人或某事）擺脱麻煩；墊背；迴避責任：佢借你嚟～㗎咋【他只是拿你墊背而已】。

過橋抽板 gwo3 kiu4 tsau1 baan2【俗】過河拆橋：佢以前盡晒力幫你，你唔好～呀【他以前竭盡全力幫過你，你可別過河拆橋】。

過冷河 gwo3 laang5 ho4 食物加工中，把本已煮熟的東西放到冷水中稍浸一下再重新煮的方法：煮麵要過下冷河先好食【煮過的麵條過一過涼水，才好吃】。

過龍 gwo3 lung4 過了頭：講嘢唔好～【説話別説過了頭】。｜行～都未知【走過了頭還不知道】。

過唔去 gwo3 m4 hoey3 過不去；故意刁難：你嚟我中餐廳點牛扒，即係同我～啫【你來我這家中餐廳點牛排，就是故意跟我過不去嘛】。

過門都係客 gwo3 mun4 dou1 hai6 haak8【俗】進到家裏來的都是客人（招待客人時的客氣話）：我上佢屋企攞本書，佢話～，招呼我飲茶食點心【我到他家拿本書，他説進他家就是他的客人，招待我喝茶吃點心】。

過山峰 gwo3 saan1 fung1 一種毒蛇名。

過山香 gwo3 saan1 hoeng1 香蕉的著名品種之一，又稱糯米蕉，果形較短小，味道香甜。

過世 gwo³ sai³ 同「過身」。

過身 gwo³ san¹【婉】去世；辭世：你阿爺幾時～㗎【你爺爺甚麼時候去世的】？

過手 gwo³ sau² 經手：嗰件事唔喺我～嘅【那件事不是我經手的】。

過水 gwo³ soey² 以錢財賄賂權勢者或應付黑社會組織：個個月都要～畀收保護費嘅人【每個月都得交錢給那些以「收保護費」為名勒索的人】。

過水濕腳 gwo³ soey² sap⁷ goek⁸ 比喻經手錢財的人，謀取私利，佔取便宜：我哋做公務員一定要廉潔奉公，絕對唔可以～【我們當公務員的一定要廉潔奉公，雁過拔毛的事絕對不能做】。

過樹榕 gwo³ sy⁶ jung⁴ 一種毒蛇，亦稱「灰鼠蛇」。

過頭 gwo³ tau⁴ ❶ 沒頂：水深～【水深沒頂】。❷ 用在形容詞後表示過份、過於之意：細～【太小了】｜窄～【太窄了】｜孤寒～【過份吝嗇】。

過頭笠 gwo³ tau⁴ lap⁷ 套頭穿的衣服：我唔中意着～嘅冷衫【我不愛穿套頭的毛衣】。

過雲雨 gwo³ wan⁴ jy⁵ 陣雨：～啫，好快停㗎啦【陣雨而已，很快就會停的】。

國字口面 gwok⁸ dzi⁶ hau² min⁶ 國字臉，四方臉。

國際學校 gwok⁸ dzai³ hok⁹ haau⁶ 以外籍人士子女為主要招生對象、以英語等外語教學的學校。

國技 gwok⁸ gei⁶ 能代表本國文化精華的技藝：李小龍係弘揚～嘅第一功臣【李小龍是弘揚中華武術的第一功臣】。

國樂 gwok⁸ ngok⁹ 中樂；民樂。與「西樂」相對。

光 gwong¹ 亮：嗰眼燈～過頭【那盞燈太亮了】。｜間屋唔夠～【這間房子不夠亮堂】。

光管 gwong¹ gun² 日光燈，日光燈管。

光棍 gwong¹ gwan³ 騙子；地痞無賴：佢畀個～呃咗三千蚊【他被騙子騙了三千塊錢】。

光棍佬遇着冇皮柴 gwong¹ gwan³ lou² jy⁶ dzoek⁸ mou⁵ pei⁴ tsaai⁴【俗】「沒有皮的木柴」也就是光棍，光棍遇到光棍，大家都是騙子：～，睇佢兩個點樣狗咬狗骨【騙子遇到騙子，看他倆怎麼狗咬狗】。

光捋脫 gwong¹ lyt⁷ tyt⁷ 光禿禿；赤條條。同「光脫脫」。

光猛 gwong¹ maang⁵ 明亮；亮堂：呢間屋好～【這間房子很亮堂】。

光暗掣 gwong¹ ngam³ dzai³ 燈具可調節亮度的開關。

光身 gwong¹ san¹ ❶ 空手；不帶東西：去外母屋企你就噉～去呀【去丈母娘家你就這麼空着手去呀】？❷ 素的；沒有花紋的；光滑的：～玻璃杯【沒有花紋的玻璃杯】。

光鮮 gwong¹ sin¹ 形容人的衣着打扮漂亮整齊：着到咁～，去飲呀【穿得這麼漂亮，去赴宴嗎】？

光鮮企理 gwong¹ sin¹ kei⁵ lei⁵ 整齊美麗：你去參加朋友嘅婚禮要着得～啲至得【你去參加好朋友的結婚典禮要穿得整齊美觀點兒才好】。

光酥餅 gwong¹ sou¹ beng² 餅名，一種嶺南傳統糕點。

光頭佬擔遮——無髮無天

gwong1 tau4 lou2 daam1 dze1 mou4 faat7 mou4 tin1【歇】禿子打傘，沒有頭髮，又看不到天空，意同「和尚打傘——無法無天」，「法」和「髮」諧音。

光肚 gwong1 tou5 牛胃之一。

光棖棖 gwong1 tsaang4 tsaang4 亮得耀眼：啲燈～，照到我睇唔見嘢【燈亮得耀眼，晃得我看不見東西】。

光禿碌 gwong1 tuk7 luk7 光禿禿沒有毛髮：和尚個頭梗係～㗎喇【和尚的腦袋當然是光禿禿的】。

光脫脫 gwong1 tyt7 tyt7 ❶ 光禿禿：個山冇樹又冇草，～噉【這座山沒樹又沒草，光禿禿的】。❷ 赤條條：裸泳吖嘛，梗係除到～啦【裸泳嘛，當然是脫得赤條條的了】。

廣東三樣寶，陳皮、老薑、禾稈草 gwong2 dung1 saam1 joeng6 bou2 tsan4 pei4 lou5 goeng1 wo4 gon2 tsou2【俗】廣東的三件寶：陳皮、老薑和稻草。這些都是廣東人生活中常用、喜歡用的東西。

廣府 gwong2 fu2 廣州市；廣州：～話【廣州話】。

廣場 gwong2 tsoeng4 原指寬廣的一片平地，現常用作巍峨壯觀的大廈或建築群的名稱：置地～【置地大廈】｜交易～【交易大廈】。

捐（鑽） gyn1 鑽：隻老鼠～咗入竇【老鼠鑽到洞裏去了】。

捐法律罅 gyn1 faat8 loet9 la3 又作「走法律罅」。鑽法律空子：佢想～，卒之輸咗官司【他想鑽法律空子，結果還是打輸了官司】。

捐窿捐罅 gyn1 lung1 gyn1 la3 走遍每一個角落：我哋～去搜羅香港嘅美食，介紹畀觀眾【我們走遍香港各區搜羅美食，介紹給觀眾】。

捲閘 gyn2 dzaap9 金屬捲門：舖頭裝咗～會安全啲【商店裝了金屬捲門會安全一點兒】。

捲粉 gyn2 fan2 捲成圓狀的熟米粉，供食用。

橛 gyt9 量詞。截；段：斷成兩～【斷成兩截】｜一～路【一段路】。

h

哈囉 ha1 lou2 見面是打招呼用語。英語 hello 的音譯詞。

哈囉喂 ha1 lou2 wai3 萬聖節。英語 Halloween 的音譯詞。

蝦 ha1 欺負：唔好～細佬【別欺負弟弟】。

蝦到上面 ha1 dou3 soeng5 min2* 肆無忌憚地欺負人；欺負到頭上了：你唔好蝦人～【你不要肆無忌憚地欺負人】。

蝦膠 ha1 gaau1 剁成泥狀的蝦肉，常用來做餡或菜餚佐料：你去將啲鮮蝦斲成～【你去把那些鮮蝦肉剁成肉泥】。

蝦餃 ha1 gaau2 粵式茶樓著名點心。用米粉做皮，鮮蝦做餡的蒸食餃子。

蝦蝦霸霸 ha1 ha1 ba3 ba3 ❶ 欺負人：唔好恃住自己大隻，就～【別仗着自己塊頭兒大就欺負人家】。❷ 愛欺負人的；橫行霸道的：個衰仔成日～，會有報應嘅【這小子整天橫行霸道，會有報應的】。

蝦瘌 ha1 laat8 小螃蟹的一種，生活在小水溝、稻田裏。

蝦碌 ha¹ luk⁷ ❶ 蝦段兒；中型大小成隻的蝦或切成一段一段的蝦肉。一般用於烹調：乾煎～。❷ 演員在拍攝時因出錯或演出不理想而被剪掉的影片片段。英語 hard luck 的音譯詞：電影完咗之後會播番啲～鏡頭【電影結束後會播放一些演員出洋相的鏡頭】。

蝦毛 ha¹ mou¹* ❶ 蝦皮；蝦苗。用於曬乾食用，也可製成蝦醬。❷ 比喻卑微人物：大魚食細魚，細魚食～，佢哋呢啲～，畀人食好正常吖【大魚吃小魚，小魚吃蝦米，他們這種小蝦米，任人欺凌是很正常的】。

蝦醬 ha¹ tsoen¹ 一種淡水中的浮游生物，灰色，蒸熟後變紅色，味道鮮美，常用作菜餚配料。前人誤以為是蝦卵，故稱。

下 ha² 助詞。用在重疊使用的動詞之後，表示該動作在進行中發生了變化或發生某事：寫寫～唔記得咗【寫着寫着忘記了】。｜個摩打轉轉～唔郁喇【馬達轉着轉着不動了】。

吓 ha² 嘆詞。❶ 應答聲：～，係唔係你叫我【誒，是不是你叫我呀】？❷ 表示疑問、質問或驚嘆：係唔係你做㗎，～【是不是你幹的，啊】？｜～？叫我原諒佢【啥？叫我原諒他】？｜～，原來係你呀【呀，原來是你】？❸ 表示徵詢意見，詢問可否：你去先吖，～【你先走吧，嗯】？

霞霞霧霧 ha⁴ ha⁴ mou⁶ mou⁶ ❶ 視線模糊不清：阿嫲有白內障，對眼～，睇唔到電視囉【奶奶有白內障，視線模糊不清的，看不了電視嘍】。❷ 糊裏糊塗：你要醒神啲，唔好～【你要清醒一些，不要糊裏糊塗】。

霞氣 ha⁴ hei³ 在平滑而冰冷的物體（如玻璃）上凝結的水汽。

霞霧 ha⁴ mou⁶ 霧氣；霧：～籠罩飛鵝山【霧氣籠罩飛鵝山】。

下 ha⁵ 助詞。❶ 用於動詞之後表示動作的短暫：你哋傾～先【你們先聊一會兒】。｜我去問～佢【我去問問他】。❷ 用於動詞之後，並與動詞一起重疊使用，表示動作持續，而不覺時間之消逝：玩～玩～天都黑晒【玩着玩着天全黑了】。｜傾～傾～過咗三個鐘頭【聊着聊着三個小時過去了】。❸ 用在「幾」加形容詞的後面，表示「挺……的」之意：幾貴～【挺貴的】｜幾惡搞～【挺難搞的】。

下下 ha⁵ ha⁵ 每次，每回；每樣，樣樣：乜你～都要人服侍【幹嘛你樣樣都要人家服侍】？｜～都要人哋就住佢【回回都要人家遷就他】。

下便 ha⁶ bin⁶ 下面；下邊；底下：本書跌咗落枱～【那本書掉到桌子底下去了】。

下啖氣 ha⁶ daam⁶ hei³ ❶ 消氣；出氣：大家講清楚，我就下咗啖氣嘞【大家講清楚了，我就消氣了】。❷ 忍氣吞聲：唔好同佢計較，我哋～係啦【別跟他計較，我們忍忍氣算了】。

下低 ha⁶ dai¹ 下面；底下（指較低的地方）：鎖匙喺～個櫃桶【鑰匙在下面那個抽屜】。

下底 ha⁶ dai² 底下（指正在某物下方）：隻船啱啱行到橋～，曬唔到熱頭【船剛好到了橋底下，曬不到太陽】。

下晝 ha⁶ dzau³ 下午。

下作 ha⁶ dzok⁸ 舉止不文雅；下流：佢咁～，點同佢做朋友呀【他這麼粗俗下流，怎麼跟他做朋友】？

下間 ha⁶ gaan¹ 舊時指廚房。

下腳 ha⁶ goek⁸ 下腳料；賣不出的貨：香

港好多大商鋪中意將啲～送畀老人院【香港好多大商店喜歡把賣不出去的貨送給老人院】。

下欄 ha6 laan4 ❶ 飯店的殘羹剩飯。❷ 服務性行業職工的工資外收入，如小費、賣殘羹剩菜所得款項等。

下流賤格 ha6 lau4 dzin6 gaak8 下流無恥；猥瑣下賤：村長～，大家都好憎佢【村長下流無恥，大家都很憎惡他】。

下午茶 ha6 ng5 tsa4 下午約三點到四點半左右工間休息時喝茶吃點心。這是香港受到英式生活習慣影響而形成的一種習俗。

> 【小知識】英國人傳統的下午茶時間是三四點，香港目前茶樓和茶餐廳等食肆一般將兩點到五點半定為下午茶時間。在建築裝修行業及「寫字樓」，有下午茶的習慣，時間在三點十五分，故「三點三」成為下午茶的別稱。

下扒 ha6 pa4 下巴；下巴頦兒。

下扒輕輕 ha6 pa4 heng1 heng1 下巴頦兒太輕，指輕易作出承諾：你唔好～呀，應承咗就要做㗎喇【你別輕易承諾，答應了就得幹吶】。

下水 ha6 soey2 豬、牛的內臟。

下水船 ha6 soey2 syn4 往下游行駛的船：由廣州落香港係～，應該快好多【從廣州到香港是順流順水的船，應該快多了】。

夏至早，荔枝一定好 ha6 dzi3 dzou2 lai6 dzi1 jat7 ding6 hou2【諺】夏至若是來得早，荔枝一定收成好。

夏威夷恤 ha6 wai1 ji4 soet7 夏威夷襯衫。短袖、及腰、平腳的襯衫，料子較薄，色彩較鮮豔，流行於熱帶地區。

揩 haai1 蹭；擦：～到成身油【蹭得滿身油】｜畀架車～咗下，爭啲冇命【給那輛車擦了一下，差點兒丟了命】。

揩油 haai1 jau2* 佔人便宜：畀人～你都唔出聲，噉點得【被人佔了便宜也不吭聲，那哪兒成】！

揩嘢 haai1 je5 ❶ 沾惹麻煩；因出了問題受到影響：呢間公司今次～，賬面輸咗百幾二百億【這家公司惹上麻煩，賬面上虧損了一百多到二百億元】。｜侵權件事牽連咁大，你個部門有冇～【侵權的事牽連那麼大，你那個部門有沒有受影響】？❷ 特指吸毒、染上毒品或濫用藥物（「嘢」特指毒品或興奮藥物）：佢話冇～警察都唔會信啦【他說沒有吸毒警察都不會相信】。

鞋度 haai4 dou2* 鞋子的長短尺寸；鞋碼：你幫我度下，睇應該着乜嘢～【請你替我量一量，看該穿多大鞋碼】。

鞋踭 haai4 dzang1 鞋跟兒。

鞋掌 haai4 dzoeng2 鞋的前掌：打個～【釘個鞋的前掌】。

鞋碼 haai4 ma5 釘皮鞋底用的腰子形的鐵片：你對鞋咁名貴，都係打下～好啲【你這雙鞋這麼名貴，還是給鞋底釘一下「鐵碼」好一點兒】。

鞋抽 haai4 tsau1 鞋拔子。

嚡 haai4 澀；粗糙：條脷好～【舌頭很澀】｜皮膚好～【皮膚很粗糙】。

嚡熠熠 haai4 saap9 saap9 粗粗的；粗糙的：張紙～，點寫呀【這張紙粗糙得要命，怎麼寫呀】？

蟹 haai5 ❶ 螃蟹。❷ 喻指在證券市場交易中被套牢的人，為「大閘蟹」之省稱：我做咗～仲邊有錢再入貨吖【我買股票虧本被套牢，哪有錢再入貨】。

蟹貨 haai⁵ fo³ 喻指跌破底價的貨物或股票。

蟹蓋 haai⁵ goi³ 螃蟹的上面的殼。

蟹弶 haai⁵ gong⁶ 蟹鉗。

蟹膏 haai⁵ gou¹ 蟹黃：你膽固醇高，唔好食咁多～【你膽固醇高，別吃這麼多蟹黃】。

蟹厴 haai⁵ jim² 螃蟹腹下的薄殼。

蟹柳 haai⁵ lau⁵ 長條的蟹肉：街市賣嗰啲所謂「～」查實係人造嘅【市場上賣的所謂「長條蟹肉」其實是人造的】。

蟹民 haai⁵ man⁴ 喻指被套牢的買賣股票者。

蟹盤 haai⁵ pun²* 喻指賣剩的樓盤。

蟹𥻘 haai⁵ tsoen¹ 螃蟹的粒狀的卵。

械 haai⁶ ❶ 武器（刀、槍等）：～劫【持槍搶劫】。❷【謔】男性生殖器：露～【暴露陽具（有不文雅怪癖者的行為）】。

械劫 haai⁶ gip⁸ 持械行劫，指劫匪帶着武器搶劫：以前嘅～案多數發生喺年尾【以前持械搶劫案件多半發生在年底】。

嚇 haak⁸ 嚇唬：佢喺門後便扮鬼～我【他躲門後頭裝神弄鬼嚇唬我】！

嚇窒 haak⁸ dzat⁹ 嚇呆了；嚇愣了：我當堂畀佢～【我當場被他嚇呆了】。

嚇親 haak⁸ tsan¹ 嚇着；嚇壞：萬聖節嗰日佢扮猛鬼，真係～我【萬聖節那天他化裝成惡鬼，真嚇壞我了】。

客 haak⁸ 顧客；客戶：食晏嘅時候舖頭好多～㗎【吃午飯的時候店裏有很多顧客的】。｜佢見緊～【他正在會見客戶】。

客仔 haak⁸ dzai² 主顧；顧客；客戶：熟～【熟客】｜大～【大主顧】。

客飯 haak⁸ faan⁶ 份兒飯；論份兒賣的飯。

客家佔地主 haak⁸ ga¹ dzim³ dei⁶ dzy²【俗】喧賓奪主；客人佔了主人的位置：你哋唔好～啦，請主人家講嘢先吖嘛【你們別喧賓奪主了，請主人先講話嘛】。

客路 haak⁸ lou⁶ 顧客來源；因消費習慣相近而形成的顧客階層：冇咗班打工仔幫襯，就斷咗～【沒了這幫工人光顧，客源就斷了】。

喊 haam³ 哭：唔好～【別哭了】。

喊包 haam³ baau¹ 指愛哭的孩子：佢係～嚟，少少嘢都喊一餐【他是愛哭的孩子，丁點兒大的事就大哭一場】。

喊打喊殺 haam³ da² haam³ saat⁸ 吆喝着要動武：街邊有人～，啦啦聲報警啦【街上有人大喊大叫要動武，趕快打電話報警】！

喊苦喊忽 haam³ fu² haam³ fat⁷ 叫苦連天；哭哭啼啼：做少少嘢就～，真係冇用【幹點活就叫苦叫累的，真沒用】。｜喺度～，搏同情之嘛【在這兒哭哭啼啼的，不過想別人同情她】。

喊㖭口 haam³ gam² hau² 扁起嘴想哭的樣子，比喻遇到倒霉的事心情不暢快。意近「哭喪着臉」：佢件新衫整污糟咗，所以咪～囉【她的新衣服弄髒了，所以就哭喪着臉】。

喊驚 haam³ geng¹ 喊魂（一種迷信習俗。指大人在孩子得病時到野外呼喚病孩的名字，認為這樣便可以招回其魂魄）：～有鬼用咩？啦啦聲送佢去醫院吖嘛【去喊魂有個屁用啊？趕快送醫院嘛】。

喊口婆 haam³ hau² po²* 喪禮上代他人哭喪的婦女。

喊冷 haam³ laang¹* 拍賣；叫賣。「冷」

是「夜冷」的省稱（「夜冷」為英語 yelling 的音譯）：～嘅貨係平好多【拍賣的貨物是便宜得多】。

鹹 haam4 ❶（衣服或身體）髒；汗味濃：件衫又～又臭【衣服又髒又臭】｜成身～味【滿身汗味兒】。❷「鹹濕」的省稱：～帶【黃色錄像帶】｜～片【黃色電影】｜～古【黃色故事】。

鹹蛋煲湯——心都實 haam4 daan2* bou1 tong1 sam1 dou1 sat9 【歇】用鹹鴨蛋來煮蛋湯，心都涼了。「心」指鹹蛋黃，煮熟了會變硬。「心實」指憂慮、失望：個仔咁唔生性，仲望佢養我？我係～埋【兒子這麼不爭氣，還指望他贍養我？我是心都涼了】。

鹹蛋黃 haam4 daan6 wong2* 用鹽醃製、曬乾後的鴨蛋蛋黃，扁平狀，可長時間保存。過去水上人製魚網要用鴨蛋蛋白作材料，蛋黃無用，因此大量醃製作食用。

鹹煎餅 haam4 dzin1 beng2 油炸麵餅。一種粵港常見的早餐食品。

鹹豬嘴 haam4 dzy1 dzoey2 這是從「鹹豬手」派生出來的詞語（參見該詞條），喻指好色之徒用言語輕薄異性，引指有這種行為的好色之徒。

鹹豬手 haam4 dzy1 sau2 原指「德國鹹豬手」（一種德式菜餚），引申指好色之徒動手動腳輕薄異性，亦指有這種行為的好色之徒：入佢哋公司做，你要因住老細嘅～先得【進他們公司幹活，你要小心老闆的（動手動腳的）性騷擾才行】。｜嗰條友有名～【那小子手腳不老實是出了名的】。

鹹苦 haam4 fu2（生活）艱辛困苦：佢喺金山捱過好多～【他在美國經歷過很多艱難日子】。

鹹乾花生 haam4 gon1 fa1 saang1 鹽水煮熟晾乾的帶殼的鹹花生，不脆。

鹹蝦 haam4 ha1 ❶ 蝦醬。❷ 鹵蝦。

鹹蝦撐 haam4 ha1 tsaang3 又作「鹹蝦燦」，是澳門人對土生葡人的謔稱。「鹹蝦」指澳門近海盛產的「鹹蝦膏」；「撐」原指一種粵式煎餅「煎薄鐺」（通常誤寫作「煎薄撐」），此處則指與其外形類似的西式食品——熱香餅。澳門土生葡萄牙人喜歡中西結合，把中式的鹹蝦膏塗於西式的熱香餅上食用，澳門當地人遂謔稱澳門土生葡人為「鹹蝦撐」，意指其不中不西。

鹹肉粽 haam4 juk9 dzung2* 一種粵式粽子，用糯米、綠豆、肥肉、蛋黃等製造。

鹹魚 haam4 jy2* 喻指死屍，因其與鹹魚一樣會發臭，故稱：掟條～落海【把屍體扔海裏去】。

鹹魚欄 haam4 jy4 laan1* 香港島西營盤區售賣、批發鹹魚和海味（海產乾貨）店舖的集中地。早於二十世紀初該區德輔道西等幾條主要街道一帶，這些店舖已經林立，其中八成售賣鹹魚，故稱「鹹魚欄」。

鹹魚翻生 haam4 jy2* faan1 saang1 鹹魚又復活了，比喻絕無可能的事發生或在絕望中重獲生機：呢間上市公司兩年前停咗牌，而家居然～，升咗兩三倍【那家上市公司兩年前被停了牌，現在居然絕處逢生，還升值兩三倍】。

鹹龍 haam4 lung4【謔】港幣。該詞現已少用。

鹹味粥 haam4 mei6 dzuk7 喻指黃色故事或性笑話。「鹹味」指黃色、色情，「粥」是英語 joke 的音譯。

鹹赧赧 haam4 nan2* nan2*（味道）太

鹹：佢煮餸～好難食【他做的菜餚太鹹，很難吃】。

鹹濕 haam⁴ sap⁷ 下流的；色情的；黃色的。亦可省做「鹹」：～電影【黃色電影】｜～佬【下流胚子】。

鹹水 haam⁴ soey² ❶ 海水：～魚。❷【謔】外幣；外匯：寄啲～畀阿媽使【寄點外幣給媽媽花】。

鹹水貨 haam⁴ soey² fo³ 走私貨：海關破獲大批～【海關破獲大量走私貨】。

鹹水歌 haam⁴ soey² go¹ 水上人家（蜑民）流行的一種民歌。

鹹水喉 haam⁴ soey² hau⁴ 輸送海水（沖廁用的）的水管。

鹹水魚 haam⁴ soey² jy²* 海魚。

鹹水樓 haam⁴ soey² lau²* 用海水（即鹹水）攪拌水泥建造的樓房，質量較差。

> 【小知識】1960 年代因淡水缺乏，部份承建商為節省成本，改用海水拌和混凝土建造樓房，造成鋼筋快速鏽蝕，1980 年代問題陸續顯現，至使有 26 座公共房屋被拆卸。

鹹水草 haam⁴ soey² tsou² 一種水草，又稱「鹹草」。通常用來編織蓆子或在肉菜市場捆紮青菜魚肉等。

鹹水話 haam⁴ soey² wa²* 喻指半英半中不純正的英語。

鹹餸 haam⁴ sung³ 下飯的小菜，例如鹹魚、鹹蛋等：我哋餐餐都有味～嘅【我們每頓飯都有一道下飯小菜】。

鹹酸 haam⁴ syn¹ 泛指用醋腌製的瓜菜：我好中意呢啲～嘢，食咗好開胃【我很喜歡這些腌製瓜菜，吃了很開胃】。

鹹酸菜 haam⁴ syn¹ tsoi³ 酸芥菜。

鹹臭 haam⁴ tsau³ 又髒又臭：對襪咁～仲唔換【襪子又髒又臭，還不換一換】？

鹹脆花生 haam⁴ tsoey³ fa¹ saang¹ 烘、炒的帶殼的、較脆的花生。

鹹菜 haam⁴ tsoi³ ❶ 腌製的帶鹹味的小菜、或味道較鹹的菜（如豆豉、蘿蔔乾、鹹魚等）的總稱。❷ 同「鹹酸菜」。

鹹蟲 haam⁴ tsung⁴ 好色者；色鬼；色情狂：呢條～又走嚟溝女喇【那個色鬼又跑來勾引女孩子了】。

慳 haan¹ ❶ 節儉；節省：咁～做乜吖？又唔係冇錢【這麼節儉幹嘛？又不是沒錢】。｜去美國，搭呢間公司嘅飛機係至～嘞【去美國，坐這家公司的飛機是最省錢的了】。❷ 省；省錢：佢唔聽人勸嘅，你～返啖氣啦【他不會聽別人勸說的，你還是省點口水吧】。｜屋企嘅裝修費比預算～咗成萬蚊【家裏的裝修費比預算省了上萬塊錢】。｜日本車～油【日本車比較省油】。

慳啲 haan¹ di¹ 省點兒；別白費力氣。為堅決拒絕對方要求的用語，帶諷刺語氣，意近「妄想」、「辦不到」：你想吞埋我嗰份？～啦【你想把我那份也吞了？休想】！

慳家 haan¹ ga¹ 節約；（過日子）節省：佢好～【他過日子很節省】。

慳儉 haan¹ gim⁶ 省儉；省；節儉：一個月得啲咁多錢，唔～啲點夠使呀【一個月才這麼點錢，不省着點兒哪夠花呀】？

慳皮 haan¹ pei²* 節省，節約；省錢，經濟：有病要補充多啲營養，唔好咁～【生病就要多補充點兒營養，別那麼節省】。｜都係喺屋企食～啲【還是在家裏吃飯省錢點兒】。

閒 haan4 ❶ 輕鬆；輕易：佢係跳遠冠軍，跳六七米好～嘅啫【他是跳遠冠軍，跳個六七米的很輕鬆】。❷ 等閒的；不重要的：整損少少，好～啫【擦破點兒皮，沒啥事的】。

閒科 haan4 fo1 指學校課程中除主要科目之外的一些不列入升學考試範圍而被視為「無關緊要」的科目，如體育、音樂等：啲～係唔計分嘅【那些次要科目是不計算分數的】。

閒偈 haan4 gai2 閒話：開工唔好掛住傾～【工作的時候不要光顧着聊天兒】。

閒閒地 haan4 haan2* dei2* 形容能輕而易舉地做到或完成某事或達到某一水平：佢咁有錢，～攞幾百萬出嚟啦【他這麼有錢，拿幾百萬出來，小意思了】。｜架車入一次油，～都行得五六百公里【這輛車加一次油，至少可以跑五六百公里】。

閒口 haan4 hau2 零食；零嘴：食～太多有害無益【吃太多零食有害無益】。

閒日 haan4 jat2* ❶ 舊時指不逢集的日子：今日係～，唔怪知得咁冷清【今天不逢集，難怪這麼冷清】。❷ 平時；非節日或假期的日子。

閒嘢 haan4 je5 ❶ 閒事；小事：你理呢啲～做乜嘢啫【你管這種閒事兒幹嘛】？❷ 小事物；不足道的東西：呢幾件～嚟啫，你攞去玩啦【這幾件破玩意兒，你拿去玩兒好了】。

閒時無燒香，急時抱佛腳 haan4 si4 mou4 siu1 hoeng1 gap7 si4 pou5 fat9 goek8【諺】平時不好好做準備，到緊要關頭才倉猝張羅，意即「平時不燒香，急來抱佛腳」：你勤力啲啦，～，點會考得好㗎【你要多用點功，平時不燒香，急時抱佛腳，怎麼能考得好呢】。

閒事 haan4 si6 很容易辦的事：呢啲～，我幫你搞掂【這麼容易辦的事，我幫你弄妥】。

限量版 haan6 loeng6 baan2 限量發行或限量銷售的產品，一般價格較貴。

坑 haang1 溝；通水道：山～【山溝】｜條～咁闊跳唔到過去【這水溝那麼寬跳不過去】。

坑渠 haang1 koey4 溝渠；下水道：我跌咗隻戒指落～度【我把戒指掉到溝渠裏了】。

行 haang4 ❶ 走，行走；行駛：他～得好快【他走得很快】｜架車～到半路壞咗【車跑到半道上壞了】。❷ 走；離開：你咪～住，等我一陣【你先別走，等我一會兒】。❸ 喻指（與人）來往，尤指談戀愛：你唔好同班損友～埋一齊【你別跟那些壞朋友混在一起】。｜佢呢排同個鬼妹～緊【他這陣子跟一個外國女孩談戀愛】。

行咇 haang4 bit7 警察（在街道上例行的）巡邏。又作「行必」、「行 beat」。「咇」是英語 beat 的音譯詞。

> 【小知識】兩名警察一起巡邏稱「行孖咇」。

行步路都打倒褪 haang4 bou6 lou6 dou1 da2 dou3 tan3 往前走路卻會倒退，比喻幹甚麼都不順利：呢排我行衰運，～【最近我運氣不好，幹啥都不順利】。

行大運 haang4 daai6 wan6 走好運：呢排佢～【最近他走好運】。

行得正，企得正，唔怕雷公在頭頂 haang4 dak7 dzeng3 kei5 dak7 dzeng3 m4 pa3 loey4 gung1 dzoi6 tau4 deng2【俗】行為光明磊落，即使頭頂上打

雷也不怕，意近「為人不做虧心事，半夜敲門心不驚」：我驚乜嘢呀，～【我怕啥？為人不做虧心事，半夜敲門心不驚】。

行得快，好世界 haang4 dak7 faai3 hou2 sai3 gaai3 【俗】動作快就有好運氣：快啲去買股票，～【快點去買股票，動作快就有好運氣】。

行得走得 haang4 dak7 dzau2 dak7 手腳正常，行動自如：我仲～，唔使人服侍【我還能行動自如，不用別人來照顧】。

行地方 haang4 dei6 fong1 到外地遊玩：暑假我成家人去～【暑假我全家到外地旅遊】。

行花市 haang4 fa1 si5 ❶ 逛花市。❷ 比喻說話兜圈子：你唔好再帶我哋～喇，快啲入正題啦【你不要再兜圈子了，快說正事吧】！

行街 haang4 gaai1 ❶ 逛街：出去～呀【出去逛街嗎】？❷ 上門推銷者：我唔想一世都係做～【我不想永遠只當個推銷員】。

行街紙 haang4 gaai1 dzi2 臨時居留證。持此可以合法地出門上街，故稱。

行經 haang4 ging1 來月經。

行蠱惑 haang4 gu2 waak8 為黑社會做事：我已經冇～好耐喇【我已經很久沒有為黑社會做事了】。

行公司 haang4 gung1 si1 逛商店：我同個細女去～【我跟小女兒去逛商店】。

行行企企 haang4 haang4 kei5 kei5 這兒走走，那兒站站（指人不踏實做事，遊手好閒）：唔幫得手就出去，唔好喺度～阻住晒【幫不了忙就出去，別在這兒東逛西蕩礙手礙腳】。

行行企企，食飯幾味 haang4 haang4 kei5 kei5 sik9 faan6 gei2 mei2* 指遊手好閒、餓了填飽肚子，比喻例行公事；懶懶散散混日子：大家返工都係～，唔會落力【大家上班都是懶懶散散混日子，不會認真做事】。

行開 haang4 hoi1 走開；離開：～，我唔想見你【走開，我不想見你】！｜我行唔開，唔陪得你去【我走不開，不能陪你去】。

行開行埋 haang4 hoi1 haang4 maai4 走開又返回，指並非一直逗留在某處：你個袋唔好放喺度，我～未必睇得實【你的提包別放在這兒，我有時會走開不能替你看管】。

行雷 haang4 loey4 打雷。

行路 haang4 lou6 走路；步行：由呢度～去十分鐘就到㗎啦【從這兒步行去十分鐘就到了】。

行路唔帶眼 haang4 lou6 m4 daai3 ngaan5 走路不長眼（通常在指責人走路碰撞了他人時用）。

行埋 haang4 maai4 ❶ 走近來；靠近：請你～我度【請你到我這邊來】❷【婉】過性生活：佢兩公婆冇～好耐喇【他們夫妻倆很長時間沒過性生活】。

行山 haang4 saan1 ❶ 清明節掃墓：年年清明我都返鄉下行山【年年清明節我都回鄉掃墓】。❷ 爬山；在山路上漫步；走山路（體育鍛煉）：我哋日日去～【我們天天走山路鍛煉】。

行山徑 haang4 saan1 ging3 在山間修建的供人運動、漫步或郊遊的路。

行山客 haang4 saan1 haak8 在山徑上運動、漫步或郊遊的人。

行衰運 haang4 soey1 wan6 倒楣；走背運；走惡運：我今年～【我今年走惡運】。

行先死先 haang4 sin1 sei2 sin1 先走的先死，喻指首先行動的人或領頭者，往往先遭遇失敗而犧牲：未有人做過嘅嘢都係咪做喇，費事～【沒人做過的事還是不要做了，免得先做犧牲者】。

行水 haang4 soey2 買路錢：黑社會收～【黑社會勒索買路錢】。

行船 haang4 syn2* 駕船行駛；當海員、水手：我阿爸係～嘅，我細個唔係成日見到佢【我爸爸是海員，我小時候不是常常見到他】。

行船爭解纜 haang4 syn4 dzaang1 gaai2 laam6 泊在一起的船爭着先解開船纜，早點起航。比喻快人一步，早佔先機。

> 【小知識】此語出於通勝，原句為「行船爭解纜，買賣佔前頭」，後來被榮華餅家用作廣告口號，改為「行船爭解纜，月餅我賣先」。每年農曆五月端午節過後，榮華餅家就開始推銷月餅，廣告深入民心，逐漸成為家喻户曉的宣傳口號。

行船走馬三分險 haang4 syn4 dzau2 ma3 saam1 fan1 him2【俗】出海、騎馬總有幾分風險，喻指從事某些有風險的工作：～，做得軍人梗係預咗要打仗㗎喇【出海、騎馬總有風險，做軍人的當然得要有去打仗的準備】。

行天橋 haang4 tin1 kiu4 走T型台表演，即從事時裝表演。

行差踏錯 haang4 tsa1 daap9 tso3（在為人處世方面）出差錯；犯錯誤：女仔人家，要帶眼識人，唔係有乜～就後悔都遲啦【女孩子家，交朋友要多長個心眼，要不有甚麼差錯就後悔都來不及了】。

行出行入 haang4 tsoet7 haang4 jap9 進進出出：呢幾日成日喺度～，個看更都認得我喇【這幾天經常在這兒進進出出那個門衛也認識我呢】。

行運 haang4 wan6 走運：你今年開始～【你今年開始走運】｜行衰運【不走運倒霉了】。

行運行到腳趾尾 haang4 wan6 haang dou3 goek8 dzi2 mei1* 從頭到腳都走好運指運氣極好：佢搵到份好工，又中咗六合彩，真係～【他剛找到份好工作，六合彩又中了獎，真是從頭到腳走好運】

行運醫生醫病尾 haang4 wan6 j sang1 ji1 beng6 mei5【俗】走運的醫生替即將痊癒的病人看病。通常用作謙辭，表示自己的成功有前人的功勞：呢單嘢主要都係張生做嘅，我係～嘅啫【這件事主要是張先生幹的，我碰巧替他收尾撿了個便宜功勞】。

呷 haap8 喝；啜：～啖粥【啜口稀飯】｜～啖水【喝口水】。

呷乾醋 haap8 gon1 tsou3 在男女關係上無緣無故嫉妒：我同美美係普通朋友，你唔好～【我跟美美是普通朋友，你不要無緣無故嫉妒】。

呷醋 haap8 tsou3 吃醋（指在男女關係方面的嫉妒言行、情緒）：女人好容易～【女人很容易就吃醋】。

荚 haap8 ❶ 菜幫子：白菜～。❷ 量詞。用於指菜葉子：一～白菜【一片白菜葉子】。

巧驚驚 haau2 geng1 geng1【俚】好害怕。「巧」是普通話「好」字的粵語諧音，「驚」即害怕。多在網絡流通，為戲謔之語：你話要圍攻我？我真係～呀【你說要圍攻我，我真的「好害怕」】！

考起 haau2 hei2（被）考倒了（指對問題

答不上來）：你真係～我，呢個字我都唔識【你真把我考倒了，這個字我也不懂】。

考眼界 haau2 ngaan5 gaai5 考驗眼力：鑒定呢個古董係真定假，都幾～下【鑒定這個古董是真的還是假的，挺考人眼力的】。

考牌 haau2 paai4 考執照，尤指考汽車駕駛證：唔～點揸車呀【不考駕駛證怎麼開車】？｜考醫生牌【考行醫資格證】。

考師傅 haau2 si1 fu2 碰到大的困難，遇到重大考驗：要我整番好部電視機，真係～【要我把電視機修好，真是大考驗】。

孝義 haau3 ji6 孝順：我啲仔女好～【我的子女很孝順】。

孝堂 haau3 tong2* 辦喪事的廳堂，靈堂。

姣 haau4 風騷；淫蕩：睇佢個～樣就知佢唔係正經人啦【看她那副風騷的樣子，就知道她不是正經女人了】。

姣婆 haau4 po4 淫婦；風騷的女人：佢成日同啲男人眉來眼去，成個～噉【她老跟那些男人眉來眼去，整一個蕩婦的樣子】。

姣婆藍 haau4 po4 laam4 翠藍；豔藍。

姣屍扽篤 haau4 si1 dan3 duk7 形容女子故作嬌媚的樣子；撒嬌獻媚的樣子：呢男人就係中意佢～【有些男人就喜歡她故作嬌媚的樣子】。

屄（閪） hai1 對女性外生殖器官的粗俗叫法。

喺 hai2 ❶ 動詞。在：大佬～唔～屋企【哥哥在不在家】？｜本書～邊度【那本書放哪了】？❷ 介詞。在：你～邊度住【你在哪兒住】？｜我～門口等你【我在門口等你】。

喺度 hai2 dou6 ❶ 在這裏：你本書～【你那本書在這兒呢】。❷ 還在；還活着：佢老竇唔～囉【他老爸去世了】。❸ 正；在；正在（用於動詞之前，表示動作正在進行）：老竇～瞓覺，你哋唔好嘈【爸爸正在睡覺，你們別吵】！

喺處 hai2 tsy3「處」又音 sy3。在這裏。同「喺度 ❶」。

係啦 hai2* la1 就是了：事到如今，惟有放棄～【事到如今，只好放棄就是了】。

係 hai6 是：你～唔～經理【你是不是經理】？｜你即刻去！——～【你馬上去！——是】！

係都要 hai6 dou1 jiu3 不管如何都要（做某事）：我都叫咗佢唔好去，佢～去【我已經叫他別去了，可他硬是要去】。

係噉 hai6 gam2 ❶ 就這樣：佢份人～㗎啦，無謂同佢計較吖【他就那副德性，犯不着跟他計較】。❷ 這麼着：一於～咯噃【就這麼着了】！❸ 一直不停；一個勁兒：佢一見到阿媽就～喊【他一看到媽媽就一個勁兒地哭】。

係噉意 hai6 gam2 ji2* ❶ 送禮時的客套語，意近「（一點兒）小意思」：我冇買第二啲嘢畀你，～兩盒花旗參意思下【我沒買別的東西給你，一點小意思，兩盒西洋參表示一點兒心意】。❷ 做做樣子，把事情對付過去，意近「意思意思」：啲題目無條識，我～寫咗幾行就交卷【題目全不會做，我隨便寫了幾行就交卷了】。｜你未賺錢，～夾返一嚿水得啦【你還沒掙錢，意思意思給一百塊湊份子就行了】。

係噉先 hai6 gam2 sin1 ❶ 先這樣；先這麼着。這是告別或電話掛線時的通用語：我要走喇，～【我要走了，先這麼着吧】。❷（事情）了斷；完蛋：佢個病唔知可以捱幾耐，一斷藥就～喇【他的病不知道還能撐多久， 一斷藥就沒救了】。

係噉話 hai6 gam2 wa6 就這麼着；一言為定：星期日搞生日會好呀，～啦【星期天搞生日會好，就這麼着】。｜五百蚊包晒，～喇【五百塊全包了，一言為定】。

係咁大 hai6 gam3 daai2* 就這麼大了（即馬上就會死亡，無法再長高長大）；完蛋了；沒命了：畀一個鐘頭你，唔畀錢你個仔就～㗎喇【給你一個小時，不給錢那你兒子就沒命了】。

係咁上下 hai6 gam3 soeng6 ha2* 大致如此；差不多就是這樣：我一日人工六七百蚊，～啦【我平均一天工資六七百元，差不多就是這樣】。

係要 hai6 jiu3 一定要；硬要：呢件事～你親自去做至得【這件事情一定要你親力親為才行】。｜我都叫佢唔好去，佢～去【我都叫他別去，他硬是要去】。

係咪 hai6 mai6 是不是。「咪」是「唔係」的合音：你～呢間學校嘅老師【你是不是這家學校的老師】？

係威係勢 hai6 wai1 hai6 sai3 ❶ 似乎很有來頭的樣子：咪睇佢～噉，查實佢冇乜料㗎【別看他咋咋呼呼的，其實沒啥了不起的】。❷ 像煞有介事的；跟真的似的：佢～噉一講，大家都以為係真嘅【他煞有介事地表白一番，大家都以為是真的】。

黑 hak7 倒霉；走背運；倒霉事：呢排真係～，生意蝕本，老婆又畀車車親【這陣子真倒霉，生意虧了本，老婆又讓車給撞了】。｜頭頭碰着～【處處碰壁】。

黑底 hak7 dai2 黑社會的背景：佢有～㗎，得罪咗佢冇乜着數【他有黑社會背景，得罪了他沒好處】。

黑點 hak7 dim2 交通事故或治安、刑事案件多發的地點、地段：交通～【交通事故多發地點】。

黑道 hak7 dou6 黑社會，與「白道」相對。

黑道中人 hak7 dou6 dzung1 jan4 黑社會人物；黑幫分子。

黑仔 hak7 dzai2 倒霉，意同「黑」：佢好有希望攞冠軍，估唔到咁～受咗傷要退出【他很有希望拿冠軍，沒料到這麼倒楣受了傷要退出】。

黑膠綢 hak7 gaau1 tsau2*「雲紗」一類絲織品，質地較硬，表面黑色，背面褐色，是舊時夏裝名貴衣料。

黑狗得食，白狗當災 hak7 gau2 dak7 sik9 baak9 gau2 dong1 dzoi1【俗】黑狗有吃的，白狗卻遭殃。喻指某人得到好處的同時，旁人卻遭到災害：我借錢畀佢過咗個難關，到頭來佢搶埋我啲生意，真係～【我借錢幫他渡過難關，到頭來他把我的生意搶走，他可得意了，我卻遭了殃】。

黑古勒特 hak7 gu2 lak9 dak9【貶】黑不溜秋：曬到～有乜好睇啫【曬得黑不溜秋的有啥好看的呢】？

黑工 hak7 gung1「黑市勞工」的省稱。

黑過墨斗 hak7 gwo3 mak9 dau2 比墨斗還要黑，喻十分倒霉（「黑」意即倒霉，參見該條）：我今日真係～，一早畀人鬧幾次【我今天倒霉透了，一大早就被人罵了好幾回】。

黑口黑面 hak7 hau2 hak7 min6 黑着臉；板着臉；滿臉陰雲：笑下啦，唔好成日～噉【笑一笑吧，別整天板着臉】。

黑吃黑 hak7 hek8 hak7 黑道人物或幫派之間互相傾軋：佢撈過偏門，呢啲～嘅事見慣喇【他以前幹過非法營生，這種黑吃黑的事早司空見慣了】。

黑學生 hak7 hok9 saang1 被黑社會組織網羅、利用的學生：學校入便有～就麻鬼煩嘞【學校裏有涉足黑社會的學生就麻煩嘍】。

黑印 hak7 jan3 特指香港身份證上的黑色印章。居民在香港合法居住滿 7 年，換領的身份證上即蓋有黑色印章，代表享有永久居留權。

【小知識】香港政府發出的第二代（1960 年）和第三代（1973 年）身份證所蓋的印章，黑色的代表「永久居民」，綠色的代表「臨時居民」。

黑葉 hak7 jip2* 荔枝的一個品種，果核大，果肉飽滿多汁，香味濃郁。

黑雨 hak7 jy5 每小時雨量超過 70 毫米的大雨。香港天文台在遇到這種級別的大雨時會懸掛黑色暴雨警告信號，故簡稱「黑雨」。

【小知識】香港天文台發佈的暴雨警告信號通常依降雨量大小分為三級，即黃色（30毫米以上雨量）、紅色（50 毫米以上雨量）、黑色（70 毫米以上雨量）。

黑麻麻 hak7 ma1 ma1 又作「黑瞇麻」。天色黑；黑咕隆咚的：出便～，冇電筒點行呀【外面黑咕隆咚的，沒手電筒怎麼走呢】？

黑馬 hak7 ma5 原指賽馬場上本來不被看好但最後卻出人意料獲勝的馬匹，引指異軍突起、出人意料之外的勝利者。英語 black horse 的意譯詞：三屆冠軍輸咗界呢位個個都唔識嘅～【三屆冠軍輸給了這位大家都不認識、不看好的選手】。｜股票投資者會刻意搜尋～，諗住可以賺多啲錢【股票投資者會刻意尋找未來可能大幅升值的冷門股票，認為可以多賺錢】。

黑墨墨 hak7 mak9 mak9 黑漆漆；黑黝黝：游咗一個月水我就曬到～嘅【游泳游了一個月我就曬得黑黝黝的】。

黑掹掹 hak7 mang1 mang1 又作「黑瞇掹」。❶ 黑暗；黑漆漆；黑咕隆咚的：冇咗電，四圍～，乜都睇唔見【停電了，周圍黑咕隆咚的，啥也看不見】。❷ 黑糊糊的；黑黑的：佢冇着鞋，腳板底～【他沒穿鞋子，腳底髒兮兮的】。

黑瞇麻 hak7 mi1 ma1 黑暗。同「黑麻麻」。

黑瞇掹 hak7 mi1 mang1 黑漆漆。同「黑掹掹」。

黑面神 hak7 min6 san4 ❶ 面帶怒氣者或整天黑着臉者：股票大跌，佢成個～嘅【股票大跌，他整天黑着臉】。❷ 黑面包公；臉上皮膚比較黑的人：我啱啱由非洲返嚟嗰陣時，個個都叫我做～【我剛從非洲回來那會兒，個個都叫我黑臉包公】。

黑泥白石光水氹 hak7 nai4 baak9 sek9 gwong1 soey2 tam5【諺】夜裏在外行走要記住的要領——黑色是泥土，白色是石頭，發亮是水窪。

黑手 hak7 sau2（暗語）有前科的囚犯，與「白手」相對。

黑市夫人 hak7 si5 fu1 jan4 姘婦；沒有正式結婚、不能公開的「夫人」：我哋去登記結婚，我唔做～【我們去登記結婚，我絕不做姘婦】。

黑市居民 hak7 si5 goey1 man4 指沒有居

留權而非法居住的外來者。

黑市勞工 hak⁷ si⁵ lou⁴ gung¹ 非法勞工，亦稱「老鼠工」，簡稱「黑工」。通常特指非法在香港工作者。這類人士及其僱主如被查獲，將會被起訴判刑：唔好為咗慳錢請啲～呀，要坐監㗎【別為了省錢請非法勞工，要坐牢的】！

黑箱車 hak⁷ soeng¹ tse¹【俗】收屍車；殯葬車。因其車廂漆成黑色而得名。

黑頭 hak⁷ tau⁴ 臉部皮膚上的黑斑。

黑超 hak⁷ tsiu¹ 太陽眼鏡；墨鏡：晚黑戴～，真係多餘【晚上還戴墨鏡，純屬多餘】。

克戟 hak⁷ kik⁷ 一種西式點心，又稱「熱香餅」。英語 hot cake 的音譯詞。

克力架 hak⁷ lik⁹ ga²* 一種餅乾。英語 cracker 的音譯詞。

堪輿 ham¹ jy⁴ 舊時指相宅、相墓等方面的學問。俗稱風水：我買咗本講～嘅書【我買了一本講風水的書】。

堪輿家 ham¹ jy⁴ ga¹ 風水先生的雅稱。

坎 ham² 量詞。門（用以指火炮）：一～大炮【一門大炮】。

扲 ham²（頭）撞：～頭埋牆【把頭往牆上撞】。

□□聲 ham⁴ ham²* seng¹ 形容火勢很大；聲勢很大：燒到～【火燒得很旺】｜最後一分鐘啲人～湧到嚟【最後一分鐘人們洶湧而至】。

冚 ham⁶ 嚴密（指物體幾個部份間結合得嚴絲合縫）：杯蓋扱得好～【杯子蓋兒蓋得很嚴】｜個窗閂唔～【窗戶關不嚴實】。

冚唪唥 ham⁶ baang⁶ laang⁶ 全部；統統：功課～寫完晒【功課全部做完了】。｜～出去【統統出去】！

冚盅 ham⁶ dzung¹ 有蓋且蓋得很嚴密的陶瓷罐，通常用以貯物或作燉東西的炊具。

冚轉 ham⁶ dzyn³ 反蓋住；反扣過來：～隻茶杯【把茶杯反扣過來】。

冚家富貴 ham⁶ ga¹ fu³ gwai³【婉】全家死絕，同「冚家鏟」（罵詈語）。

冚家鏟 ham⁶ ga¹ tsaan² 罵詈語。全家死絕。又說「冚家拎」、「冚家富貴」：嗰個～做咗咁多衰嘢，會有報應嘅【那個斷子絕孫的做了這麼多壞事兒，會有報應的】。

痕 han⁴ 癢：畀蚊咬親，～到死【給蚊子咬了，癢死了】。

恨 han⁶ ❶ 悔恨：老婆走咗，你～都遲喇【老婆跑了，你悔恨也遲啦】。❷ 惋惜：本書買唔到都唔使～啦【那本書買不到也沒甚麼好惋惜的】。❸ 巴望；巴不得；渴望：女大～嫁，老人～孫【女孩大了巴望出嫁，老人則巴不得有孫子】。❹ 羨慕；喜歡：人哋有錢，你唔～得咁多㗎喇【人家有錢，你羨慕也沒用】。｜佢脾氣咁臭，邊有人～呀【她脾氣那麼壞，哪有人喜歡呢】？

恨錯 han⁶ tso³ 悔恨：我細個唔落力讀書，依家～一生【我小時候不努力讀書，現在一生悔恨】。

掹 hang¹（使勁）敲；磕：考試唔合格因住老竇～你頭呀【考試不及格小心老爸敲你腦袋】！｜咁重手，因住～爛個碗呀【手腳那麼重，小心把碗磕破了】。

衡 hang⁴ ❶ 繃緊、拉緊（使之變直）的狀態：將條鐵線搣～啲【把鐵絲拉直點】。❷ 鼓脹：個波～過頭【這個球氣太足了】。｜車胎唔夠～【輪胎不夠脹（氣不足）】。❸（轉速）快：螺旋槳轉得好～【螺旋槳轉得飛快】。

衡晒 hang4 saai3 用在動詞之後表示動作正緊張地、持續地進行：逼～【緊緊逼着】｜催～【老是催促着】。

恒指 hang4 dzi2 「恒生指數」的簡稱，即香港股票市場的重要股價指標。指數由五十間上市公司的股票作為成分股，按其市值計算出來，由恒生銀行屬下的有限公司負責計算。恒生指數於 1964 年由恒生銀行研究部負責人創製，故稱。

行政局 hang4 dzing3 guk2* 港英政府最高行政機關。

行人專用區 hang4 jan4 dzyn1 jung6 koey1 專用步行街。

行人路 hang4 jan4 lou6 人行道。

恰 hap7 欺負：人地生疏，好易畀人～【人生地不熟，很容易被人欺負】。

瞌 hap7 合（眼）；閉（眼）：由琴晚到家下都未～過【從昨晚到現在都沒合過眼】。｜坐低～下先【先坐下閉一會兒眼】。

瞌眼瞓 hap7 ngaan5 fan3 打瞌睡：上堂唔好～【上課不要打瞌睡】。

合眼 hap9 ngaan5 合意；對眼：搵女婿，個女自己～至緊要，做父母嘅都係畀啲意見佢參考嘅嘀【招女婿，女兒自己合意最重要，做父母的只是提點兒意見供她參考】。

合眼緣 hap9 ngaan5 jyn4 （對人、事物）看起來順眼、合心意：我第一次見佢，就覺得好～【我第一次見他就覺得很順眼、很合心意】。

合晒合尺 hap9 saai3 ho4 tse1「合尺」為工尺譜（用傳統記譜法寫的中樂樂譜）中的兩個音，粵劇用此作調絃。比喻完全符合口味；正對路；正對勁兒：你請佢嚟講飲食心得真係合晒佢合尺【你請他來講飲食心得是正對上他心思】。

合心水 hap9 sam1 soey2 合心意：揀咗咁多款都冇一套～嘅【挑了這麼多款式都沒一套合心意的】。

合桃 hap9 tou4 核桃。

合桃酥 hap9 tou4 sou1 核桃酥，一種以麵、核桃粉為原料烘烤而成的餅狀甜點心。

合襯 hap9 tsan3 合適；相配；配襯：件衫同你好～【這件衣服跟你很相配】。｜呢套梳化嘅款式同間房嘅佈置都唔～嘅【這套沙發的款式跟房子的佈置不配襯】。

盒仔茶 hap9 dzai2 tsa4 一種解暑的感冒藥茶，原名甘和茶，藥材加工後壓製成小方塊，裝在小盒裏，故稱。

闔府統請 hap9 fu2 tung2 tsing2【文】府上諸人均在邀請之列（請帖常用套語）。

乞 hat7 乞討；乞求：冇飯食去～囉【沒飯吃就去要飯】！｜～人幫手不如靠自己【求人幫忙不如靠自己】。

乞人憎 hat7 jan4 dzang1 令人討厭；令人憎惡：喺公眾場所食煙好～【在公共場所抽煙挺令人討厭的】。

乞兒 hat7 ji1* ❶ 乞丐；叫化子；要飯的。❷ 形容人腆顏向人要東西：人哋唔畀就算喇，咪咁～喇【人家不給就算了，別這麼不要臉】。

乞兒——唔留隔夜米 hat7 ji1* m4 lau4 gaak8 je6 mai5【歇】乞丐天天討飯天天吃光，不留隔天的食物，比喻把每月的收入都花光，完全不積蓄：你賺幾多使幾多，～，老咗點算【你賺多少全都花光，像叫化子一樣毫無儲蓄，老了以後怎麼辦】？

乞食 hat⁷ sik⁹ 要飯；討飯。

乞嗤 hat⁷ tsi¹ 噴嚏。

睺（吼） hau¹ ❶ 看守：～住個篋【看着行李箱】。❷ 注意；留意；留心：嗰條友有啲鬼鼠，～住佢【那小子有點鬼鬼祟祟的，留意着他】。｜～住荷包，因住扒手呀【留意錢包，小心有小偷】。❸【諧】要，想要；看中：你生得咁靚，慌冇人～咩【你長得這麼漂亮，還怕沒人看中你嗎】？｜呢件衫咁老土，邊有人～呀【這件衣服這麼土氣，哪會有人要呢】？❹ 趁着：～佢唔覺意我哋走入去【趁他不注意我們溜進去】。

睺機會 hau¹ gei¹ wui⁶ 尋找機會；等待時機：佢仲想～捲土重來【他還想尋找機會捲土重來】。

口 hau² ❶ 嘴；嘴巴：佢把～好臭【他嘴巴真損】。❷ 量詞。用於指煙、針、釘子等：食～煙【抽根煙】｜一～針【一根針】。

口多多 hau² do¹ do¹ 多嘴多舌：呢啲係我嘅事，唔使你喺度～【這是我的事，不用你多嘴多舌】。

口毒 hau² duk⁹ 說話刻薄或惡毒：佢咁～，唔乞人憎先出奇【他說話那麼刻毒，不惹人討厭才怪呢】。

口窒窒 hau² dzat⁹ dzat⁹ 說話結結巴巴：佢一急～反而講唔清楚【他一急，結結巴巴反而說不清楚了】。

口在路邊 hau² dzoi⁶ lou⁶ bin¹ 路在嘴邊（形容勤於問路就不致於迷路）。（此詞「口」和「路」搭配與意思相反，但用法已約定俗成）。

口盅 hau² dzung¹ 漱口杯；牙具。

口花花 hau² fa¹ fa¹ 花言巧語；巧舌如簧；油嘴滑舌：呢啲～嘅人，唔信得過【這種花言巧語的人不可信的】。

口快快 hau² fai³ fai³ 說話快；嘴快：～講咗出嚟【說走了嘴】。

口苦 hau² fu² 嘴裏苦澀：我病咗之後～，食乜都冇味【我生病以後嘴裏苦澀，吃啥都沒味道】。

口吃吃 hau² gat⁹ gat⁹ 結巴；口吃：佢講嘢～，點做主持人呀【他口吃，怎麼能當主持人】？

口角 hau² gok⁸【文】吵嘴；不和：佢兩個為咗單小事發生～，幾乎動武【他倆為了件小事吵嘴，差點打起來】。

口乖 hau² gwaai¹ 嘴甜；說話討人喜歡：佢個女又靚又～，我哋個個都好錫佢【她女兒長相漂亮、說話乖巧，我們個個都挺疼愛她的】。

口果 hau² gwo² 蜜餞果品。

口嗨脷素 hau² haai⁴ lei⁶ sou³ 口淡而澀：呢兩日～，唔知食乜好【這兩天口裏又淡又澀，不知吃啥好】。

口黑面黑 hau² hak⁷ min⁶ hak⁷ 黑着臉。同「黑口黑面」。

口痕 hau² han⁴ 嘴巴癢癢（形容人愛說話）：收聲啦，～呀【住口吧，你嘴巴癢癢啊】？

口痕友 hau² han⁴ jau²* 貧嘴的人：佢個朋友係～嚟【他那位朋友是愛耍貧嘴】。

口氣 hau² hei³ ❶ 語氣；說話的口氣：聽～，你好似唔贊成噉樣做【聽語氣，你好像不贊成這麼做】。❷ 口臭：我口腔發炎，有啲～【我口腔發炎，有點兒口臭】。

口輕輕 hau² heng¹ heng¹ 信口開河：佢成日～，冇人信佢【他經常信口開河，沒有人肯相信他】。

口響 hau^2 hoeng^2 說得好聽；唱高調：你咪睇佢講得咁～，做唔做得到都好難講【你別看他說得好聽，能不能做到還難說呢】。

口立濕 hau^2 lap^9 sap^7 零食；小食品：食咁多～無益嘅【吃這麼多零食有害健康的】。

口唔對心 hau^2 m^4 doey^3 sam^1 心口不一：佢不溜～【他向來心裏想的和嘴上說的不一樣】。

口擘擘 hau^2 maak^8 maak^8 嘴張開。引指張口結舌：你嚇到佢～【你嚇得他說不出話來】。

口密 hau^2 mat^9 嘴巴嚴；沉默寡言：你放心吖，佢份人好～，唔會講出去嘅【你放心吧，他那人嘴巴很嚴，不會說出去的】。

口面 hau^2 min^6 臉；面孔：呢個人好熟～【這個人很臉熟】。

口丫角 hau^2 nga^1 gok^8 嘴角。

口啞啞 hau^2 nga^2 nga^2（因理虧、無準備或有所忌諱而）啞口無言：啲記者追問佢點解飛咗個女友，佢～冇聲出【記者追問他為啥拋棄女友，他啞口無言】。

口硬 hau^2 ngaang^6 嘴巴硬；犟嘴：你而家講到咁～，第日唔好後悔呀【你這麼嘴硬，以後別後悔呀】。

口硬心軟 hau^2 ngaang^6 sam^1 jyn^5 口氣強硬，心腸慈和：佢份人～，唔會害人嘅【他為人嘴硬心軟，不會害人的】。

口噏噏 hau^2 ngap^7 ngap^7 說個不停；喋喋不休：阿嫲成日～，煩到我抽筋【奶奶整天喋喋不休，煩死我了】。

口疏 hau^2 so^1 嘴快；嘴巴不嚴（指人知道甚麼就說甚麼，想到甚麼就說甚麼，難以保守秘密）：佢呢個人～，咪話畀佢知【他這個人嘴巴不嚴，別告訴他】。

口唇 hau^2 soen^4 嘴唇。

口水 hau^2 soey^2 ❶ 吐沫；唾液：吐～。❷ 借指話語：你唔想去就唔好去，咪咁多～【你不想去就別去，別那麼多廢話】。

口水多過茶 hau^2 soey^2 do^1 gwo^3 tsa^4 形容人話太多且大多是不着邊際、言不及義的廢話。又說「口水多過嗲」：去做嘢啦，～【去幹活吧，廢話那麼多】！

口水都乾 hau^2 soey^2 dou^1 gon^1 舌敝唇焦；費盡口舌：我講到～，你聽都唔聽【我講得舌敝唇焦，你卻完全不予理會】。

口水花 hau^2 soey^2 fa^1 唾沫星子：使乜咁激動呀，講到～亂咁飛【用得着這麼激動嗎，說得唾沫星子亂飛】。

口水花噴噴 hau^2 soey^2 fa^1 pan^3 pan^3 唾沫橫飛：佢講親嘢就～，好煩【他一說話就唾沫橫飛，真煩】。

口水肩 hau^2 soey^2 gin^1 圍嘴兒；圍肩兒（圍在嬰兒脖子上防口水流淌用）。

口水佬 hau^2 soey^2 lou^2 嘴把式（光會說不會幹的人）：老王係～【老王是光會說不會幹的人】。

口水蚊 hau^2 soey^2 man^1 吃剩下的東西。

口水尾 hau^7 soey^2 mei^1* 別人說過的話；別人吃剩的東西：執人～【拾人牙慧，鸚鵡學舌】。｜我唔食人～【我不吃人家吃剩下的東西】。

口水溦 hau^2 soey^2 mei^1* 唾沫星子。同「口水花」。

口水騷 hau^2 soey^2 sou^1 電台或電視台的訪談節目。「騷」是英語 show 的音譯。

口水痰 hau2 soey2 taam4 痰。

口爽 hau2 song2 順口；口快：佢應承就幾～，但係幾時起到貨就唔知嘞【他答應得挺爽快的，但甚麼時候能完成就不知道了】。

口爽荷包慳 hau2 song2 ho4 baau1 haan1 嘴巴答應而不會兑現：唔好信佢呀，睇怕佢係～嘅啫【別輕信他，恐怕他是嘴巴説説而不會兑現】。

口數 hau2 sou3 口算；心算：佢～好犀利【他心算很厲害】。

口淡 hau2 taam5 嘴巴淡而無味；沒有食慾：呢幾日有啲～【這幾天沒有食慾】。

口甜舌滑 hau2 tim4 sit8 waat9 又説「口甜脷滑」。油嘴滑舌，油腔滑調：佢好輕浮，～【他很輕浮，油腔滑調】。

口臭 hau2 tsau3 ❶ 臭嘴巴（形容人愛説別人不愛聽的話）：佢係～啲，不過人就冇乜嘢嘅【他嘴巴是臭了點兒，不過為人就沒啥】。❷ 口腔發炎有臭味。

口齒 hau2 tsi2 信用：做人要講～嘅【做人要講信用的】。

口同鼻拗 hau2 tung4 bei6 ngaau3 嘴巴與鼻子抬槓，喻指無謂的內訌，或指各自辯解而解決不了問題：醫生同你拗咁耐都係～，無第三者在場好難證實邊個有錯【醫生跟你辯這麼久都解決不了問題，沒有第三者在場很難證實誰對誰錯】。

口滑 hau2 waat9 口感好；嘴內舒服：呢間酒樓嘅東坡肉食落幾～【這家餐廳的東坡肉吃起來口感挺好】。

吼 hau4 盯着；渴望弄到手：啲細路個個都～住你袋禮物【孩子們都盯着你那袋子禮物（等着分）】。

喉 hau4 ❶ 管；管道：水～【自來水管】｜煤氣～。❷ 水龍頭：街～【街道上的公用水龍頭】。

喉嘴 hau4 dzoey2 氣門芯兒。

喉急 hau4 gap7 又作「猴擒」。急切；焦急；心急：唔好咁～，慢慢食【別那麼心急，慢慢吃】。

喉乾頸渴 hau4 gon1 geng2 hot8 口燥唇乾；口乾舌敝：我～，幫我攞杯水嚟先【我現在口燥唇乾，先替我拿杯水來】。

喉管 hau4 gun2 小口徑水管。

喉鉗 hau4 kim2* 管鉗子；管板子，又稱「水喉鉗」。

喉欖 hau4 laam2 喉結。又作「喉核」。

喉轆 hau4 luk7 轉輪式消防水龍：快去搵～來救火【趕快去找消防水喉來滅火】。

喉嚨椗 hau4 lung4 ding3 咽喉；小舌：我～痛，唔知係唔係感冒【我咽喉疼痛，不知道是不是感冒了】。

喉嚨伸出手 hau4 lung4 san1 tsoet7 sau2 形容非常渴望吃東西：我一日冇食嘢，餓到～【我一天沒吃東西，餓得恨不得一口吞下一頭牛】。

喉腩 hau4 naam5 胃口：我幾大～，要請我食飯就整多啲嘢呀【我胃口挺大的，要請我吃飯就多做點兒東西啊】。

喉核 hau4 wat2* 喉結。又作「喉欖」：女人～細，男人～大【女人喉結小，男人喉結大】。

猴擒 hau4 kam4 焦急。同「喉急」。

厚沓沓 hau5 dap9 dap9 物體很厚：咁多書，～噉點睇得晒呀【這麼多書，厚厚的哪看得完呢】？

厚淨 hau5 dzeng6 又厚又結實（衣服、布等）：我中意～啲嘅冷衫【我喜歡厚實的毛衣】。

厚笠 hau5 lap7 厚絨衣。

厚身 hau5 san1 厚實：～冬菇係好食啲【厚實的冬菇是好吃點兒】。

後便 hau6 bin6 後面；後邊：企響門～【站在門後】｜排喺～【排在後面】。

後背 hau6 bui3 後面；背面：呢件衫～好邋遢【件衣服背面挺髒的】。

後背底 hau6 bui3 dai2 同「後背」。

後底 hau6 dai2 後面。同「後便」。

後底乸 hau6 dai2 na2 後娘；後媽；繼母。

後枕 hau6 dzam2 後腦勺兒。同「後尾枕」。

後座 hau6 dzo6 電影院或戲院下層較後的座位。（以前戲院分前座、中座、後座和超等，票價不同。詳見「戲院」條。）

後日 hau6 jat9 後天。

後嚟 hau6 lai4 後來。

後尾 hau6 mei1* 又作 hau1* mei1*。❶ 後來；最後：琴日你唔係搵李生嘅？～有冇搵到呀【昨天你不是找李先生嗎？後來找到沒有】？❷ 末尾；最後（指位置）：～仲有個位【最後那兒還有個座位】。

後尾枕 hau6 mei5 dzam2 後腦勺兒，又作「後枕」：做乜嘢拍我～呀【幹嘛拍我後腦勺兒】？

後生 hau6 saang1 ❶ 年輕：你咁～就係博士喇【你這麼年輕就是博士了】？❷ 舊時指在「寫字樓」負責送信等雜務的職員，即英語的 office boy。今稱「辦公室助理」：喺大洋行做～都要識英文至得【在大洋行做個打雜的都要會英語才行】。

後生仔 hau6 saang1 dzai2 年輕人；小夥子。

後生仔女 hau6 saang1 dzai2 noey2* 年輕人：啲～梗係多節目啦【年輕人當然有很多活動的了】。

後生遙遙 hau6 saang1 jiu4 jiu4 年紀輕輕（含「以後日子很長」之意）：佢～，成日都要睇醫生，真係慘【她年紀輕輕的老要看病，怪可憐的】。

後生女 hau6 saang1 noey2* 青年女子；大姑娘。

後生細仔 hau6 saang1 sai3 dzai2 小青年：～唔好咁急娶老婆住，搵啲老婆本先【小年輕先別急着娶媳婦兒，掙點兒成家的本錢再說】。

候鑊 hau6 wok2* 廚師；大師傅；掌勺的。

□ he2 嘆詞。用於講出自己的看法後要求對方同意：呢套戲幾好睇～【這電影挺好看的，啊】！

□1 he3 敞；扒：～開心口【敞開衣服（露出胸膛）】。｜～開啲菜乾攞去曬下【扒開那些乾菜拿出去曬曬】。

□2 he3 一般以英語譯音 hea 為通用寫法。傳統用法有「翻、找」之意，有說本字為「迆」。引申為 ❶ 隨意蹓躂；漫無目的地打發時間：周圍～下【到處逛逛打發時間】。❷ 懶散；無所事事：就快考試喇，唔好再咁～喇【快考試了，別再這麼懶散了】。

稀疏 hei1 so1 ❶ 薄而稀疏（紡織品）；稀薄：件冷衫咁～，唔保暖嘅【這件毛衣這麼稀薄，不保暖的】。❷ 稀少；很少：天寒地凍，大公司啲客好～【天氣嚴寒，大商店的顧客稀少】。

稀框框 hei1 kwang1 kwang1 液體稀薄：啲牛奶咁～，我估實溝咗水【這牛奶稀稀的，我猜準是加了水】。

稀冧冧 hei[1] lam[1] lam[1] 稀溜溜，形容液體不稠：我唔中意食啲～嘅粥【我不喜歡吃稀溜溜的稀飯】。

欺山莫欺水 hei[1] saan[1] mok[9] hei[1] soey[2]【諺】用於提醒人到江河湖海邊要小心（山高可以看得出，水深則變化莫測，故不可大意）：～，你落水千祈小心啲呀【山可以輕視，水可不行。你下水千萬要小心點兒】。

嬉水池 hei[1] soey[2] tsi[4] 專讓兒童嬉水的淺水泳池。

起 hei[2] ❶ 建；蓋（房屋）：～樓【建大樓】｜～屋【蓋房子】。❷ 用在動詞後表示「完成」之意：封信寫～未呀【信寫好了沒有】？

起病 hei[2] beng[6] 發病；生病；患病：自從上個月～，到而家都冇好過【自從上個月生病，到現在還沒有痊癒】。

起錶 hei[2] biu[1] 指（計程車）計價器開始計價的最低標準：新界的士～平過市區的士【新界的士最低收費比市區的士便宜】。

起膊 hei[2] bok[8]（扛、挑）上肩。

起底 hei[2] dai[2] 摸清別人的底細：佢一早畀人起咗底【他早就給人家摸清了底細】。

起釘 hei[2] deng[1] 把釘子拔出來。

起踭 hei[2] dzaang[1] 用肘子撞擊別人：佢～撞跌對方球員，被判犯規【他用肘部撞翻了對方球員，被判犯規】。

起腱 hei[2] dzin[2] 長出腱子肉；結實：我練咗健身一年，練到手瓜～【我參加健身運動一年，練得手臂長出腱子肉了】。

起醮（焦） hei[2] dziu[1] 結痂：個傷口經已～，就嚟好啦【傷口已經結痂，就快好啦】。

起租 hei[2] dzou[1] 加租（多指房租）：租金已經咁貴今年又話要～，真係頂唔順【租金已經夠貴了，今年又說要加租，真是吃不消】。

起花 hei[2] fa[1] 烹飪用語。在食品上刻花紋。

起筷 hei[2] faai[3] 拿起筷子（夾菜）。通常為主人請客人用飯菜時的用語：大家～，唔使客氣【大家請（動筷子），甭客氣】。

起飛腳 hei[2] fei[1] goek[8] 喻指突然襲擊；突然發難（如拋棄情侶，暗算合作者等）：大家老友鬼鬼，勢估唔到佢居然會～【大家多年老友，沒料到他居然會暗算人】。

起貨 hei[2] fo[3] ❶ 完工；完成（多用於貨品生產）：幾時可以～【甚麼時候可以完工（提貨）】？❷ 裝貨。與「落貨（卸貨）」相對。

起價 hei[2] ga[3] 提價；漲價：今日油渣又～，揸車佬就嚟冇啖好食喇【今天柴油又提價，司機就快沒飯吃了】。

起膠 hei[2] gaau[1]（打、攪）成膠狀；變黏糊：將啲魚肉斲爛，躂到～【把魚肉剁爛，打成膠狀】。

起雞皮 hei[2] gai[1] pei[4] 起雞皮疙瘩：佢唱歌聽到個個～【他唱歌大家都聽得起雞皮疙瘩】。

起轎 hei[2] kiu[2]* 舊時指抬起轎子出發，引指出發、動身：你幾時～呀【你甚麼時候出發】？

起腳 hei[2] goek[8] ❶ 動身。同「起行」。❷ 踢；動腳：你唔好～傷人【你不要踢傷人】。

起骨 hei[2] gwat[7] 剔去骨頭：將雞翼～【把雞翅膀去骨】。

起行 hei[2] hang[4] 啟程；動身：佢決定後日～【他決定後天啟程】。

起後腳 hei² hau⁶ goek⁸ ❶ 暗算：你因住畀人～【你要小心被人暗算】。❷（驢、馬等）尥蹶子：佢畀隻馬～踢傷咗【他被馬尥蹶子踢傷了】。

起嚟 hei² lai⁴ 起來。又作「起上嚟」：佢一嬲～個個都驚【他一發起火來人人都害怕】。

起落貨 hei² lok⁹ fo³ 裝卸貨物：～工人【裝卸工】。

起馬 hei² ma⁵ 舊時指迎神賽會開始巡遊。

起尾注 hei² mei⁵ dzy³ 把別人得到的利益、好處竊去或奪去：佢辛辛苦苦搵到單生意畀人起咗尾注【他辛辛苦苦拉成的生意卻被別人給搶走了】。

起五更 hei² ng⁵ gaang¹ 五更起床；一大早起床：我日日～【我天天一大早起床】。

起眼 hei² ngaan⁵ ❶ 顯眼：將啲新貨擺喺～嘅地方【把新貨擺在顯眼的地方】。❷ 引人注意：佢個人唔係好～，冇乜人識佢【他這個人不太引人注意，沒幾個人認識】。

起屋 hei² nguk⁷ 蓋房子；建造房屋。

起㿭 hei² pok⁷ 長水泡：我兩隻手都起晒㿭【我雙手都長滿水泡】。

起泡 hei² pou⁵ 出泡沫：呢隻洗衣粉～多【這種洗衣粉出泡沫多】。

起勢 hei² sai³ 一個勁地；越來越有勁地：個賊～走，差佬搏命追【那小偷一個勁地跑，警察拼命追】。

起晒弶 hei² ssai³ gong⁶ 又說「裝晒弶」。像螃蟹伸出雙螯，作防衛或攻擊狀。喻指對人擺出不友善態度，甚至會作出攻擊：佢一同父母講嘢就～【他跟父母說話總是擺出一副要吵架的樣子】。

起心 hei² sam¹ ❶ 動了邪念：一見個女仔生得靚佢就～【一見這女孩長得漂亮他就動了邪念】。❷（青菜）抽苔：菜～咯【菜抽了苔了】。

起參 hei² sam¹ 救出被綁架的人質：飛虎隊安全～【香港特警隊安全救出被綁架的人質】。

起身 hei² san¹ ❶ 起床：～食早餐啦【起床吃早餐了】。❷ 起來：企～【站起來】。

起薪點 hei² san¹ dim² 工資的起點；最低的工資額。

起首 hei² sau² 一開始：～我唔想去，收尾佢話陪我去我先至應承【一開始我不想去，後來他說陪我去我才答應】。

起先 hei² sin¹ ❶ 開頭；起初：佢～話去嘅，不過琴日病咗，唔去得喇【他開頭說要去的，不過昨天病了，去不了】。❷ 剛才：～佢話出去一陣就返嚟【剛才他說出去一會兒就回來】。

起上嚟 hei² soeng⁵ lai⁴ 起來。同「起嚟」：今日又凍～【今天又冷起來了】。

起痰 hei² taam⁴【俗】起壞心；起邪念：佢呢停人，一見靚女就～喇【他這種人，一見漂亮女孩兒就起壞心】。

起頭 hei² tau⁴ 開頭；起初。同「起先」。

起茶 hei² tsa⁴ 聚會、宴席結束，給客人上茶，表示歡送：九點幾啦，好～送客咯【九點多了，可以端茶送客嘍】。

起出 hei² tsoet⁷ 查獲；繳獲：警方喺疑犯屋企～一批毒品【警方在疑犯家裏查獲一批毒品】。

起菜 hei² tsoi³ 將菜餚端到餐桌上；上菜：等人齊先～【等人齊了再上菜】。

起鑊 hei² wok⁹ 上碟（把煮好的食物從鍋

中裝到盤子裏去）。

起獲 hei[2] wok[9] 查獲。同「起出」。

喜酌 hei[2] dzoek[8]【文】婚禮酒席。通常用作喜帖、酒席菜單等用語：敬備～恭候【敬備酒席恭候】。

喜慶事 hei[2] hing[3] si[6] 喜事；結婚慶壽之事：我哋呢個月要辦好多～【我們這個月要辦好多喜事】。

汽船 hei[3] syn[4] 拖帶渡船的機動蒸汽船。又稱「火船仔」。

氣泵 hei[3] bam[1] 打氣筒。

氣頂 hei[3] ding[2] ❶ 呼吸不順暢；憋氣：我發高燒，覺得有啲～【我發高燒了，覺得有點憋氣】。❷ 氣人；讓人冒火：噉都畀佢走甩真係～【這樣都讓他跑掉，真氣人】！

氣定神閒 hei[3] ding[6] san[4] haan[4] 神情自若；從容鎮定：兩把槍對住佢，佢仲係～【兩枝槍指着他，他還是神情自若】。

氣咳 hei[3] kat[7] 氣喘吁吁的：追到我～【我追得氣喘吁吁的】。

氣羅氣喘 hei[3] lo[4] hei[3] tsyn[2] 氣喘吁吁的：走到～噉【跑得氣喘吁吁的】。

餼 hei[3] 餵養：～雞【餵雞】｜～狗仔【餵小狗】。

戲子佬 hei[3] dzi[2] lou[2]【蔑】戲子；戲曲演員。

戲招 hei[3] dziu[1] 戲班的海報，內容多為介紹戲班的演員和上演的劇目。

戲肉 hei[3] juk[2]* 戲劇的精彩部份；高潮：遲啲先去洗手間啦，就嚟到～喇【過會兒再去洗手間吧，戲的高潮馬上到了】。

戲院 hei[3] jyn[2] 電影院；劇院：皇都～【皇都電影院】。

【小知識】香港的電影院都稱戲院，部份也兼作戲劇表演場地。舊時的戲院都是大型設計，座位分堂座和超等，有的更設有包廂。堂座票價相對較廉宜，又按座位距離銀幕的遠近分前座、中座、後座，越後的越貴。

戲橋 hei[3] kiu[2]* ❶ 劇情。❷ 戲劇上演或電影上映時，即場派發的劇情簡介。

戲棚 hei[3] paang[4] 演戲搭的棚；戲台：年年佛誕都會喺球場呢度搭～【年年佛誕都會在球場這兒搭戲台】。

戲棚竹——死頂 hei[3] paang[4] dzuk[7] sei[2] ding[2]【歇】支撐戲台的竹子，死撐着。比喻無論遇到任何困難都要拼死撐住：冇人幫到我哋，大家惟有～啦【沒人幫得了我們，大家只有死撐到底了】。

戲船 hei[3] syn[4] 戲班專用船。舊時廣東地方戲班子大多乘船來往演出，住在專用船上。

輕擎 heng[1] keng[4] 輕便；輕巧；小巧玲瓏：呢架單車幾～【這架自行車挺輕巧的】。

輕寥寥 heng[1] liu[1] liu[1] 輕飄飄；輕悠悠：你咪睇呢盒嘢～呀，頂級高麗參嚟㗎【你別瞧這盒玩意兒輕飄飄的，頂級高麗參呢】！

輕泡泡 heng[1] pau[1] pau[1] 很輕的樣子：呢個排球～，唔合規格【這個排球那麼輕，不合規格】。

輕身 heng[1] san[1] 物體輕，稱起來不重：好茶葉～，一大包先至半斤【好茶葉不壓秤，一大包才半斤】。

輕星星 heng[1] sing[1] sing[1] 很輕的感覺：塊招牌～，風大啲都驚佢跌落嚟【這塊招牌那麼輕，風大點兒都怕它會掉下來】。

輕秤 heng[1] tsing[3] 東西體積大而重量輕；

不壓秤：木耳好～㗎【木耳不壓秤】。

險過剃頭 him² gwo³ tai³ tau⁴ 比剃頭還危險（理髮剃頭時要讓別人在頭頂上動刀動剪的），比喻事情驚險：頭先佢爭啲畀車撞到，真係～【剛才他差點兒讓車撞了，真是驚險極了】。

險死還生 him² sei² waan⁴ saang¹ 大難不死；死裏逃生：船沉咗落海，佢喺海上漂流咗幾日，畀漁民救返嚟，真係～【船沉到海裏，他在海上漂流了幾天，讓漁民給救回來，真是死裏逃生】。

欠奉 him³ fung⁶【文】不供應；不提供：本店只供應飲料，酒類～【本店只供應飲料，不提供酒類】。

牽瘕 hin¹ ha¹ 哮喘。又作「扯瘕」。

牽氣 hin¹ hei³ 臨死前的喘氣：佢一路講一路～，將啲後事同老婆仔女交代完【他一邊說一邊喘氣，把後事向老婆子女交代完】。

蜆 hin² 淡水小蛤蜊：～肉【蛤蜊肉】。

蜆芥 hin² gaai³ 蜆肉製的醬。

蜆殼牌 hin² hok⁸ paai⁴ 荷蘭殼牌石油公司（Shell Oil）所產油品的品牌。

蜆鴨 hin² ngaap⁸ 小野鴨；水鴨。

憲報 hin³ bou³ 政府公報（香港政府公開發佈的各類政府公文）。

獻世 hin³ sai³ 出醜；丟臉：你噉嘅身材去跳芭蕾舞？唔好～啦【你這種身材去跳芭蕾？別出醜了】！

輕飄 hing¹ piu¹ ❶ 輕浮：佢個人咁～，唔係幾信得過【他這人這麼輕浮，不太信得過】。❷ 消瘦：我病咗個幾月，～咗好多【我病了一個多月，消瘦了很多】。

輕鐵 hing¹ tit⁸ 「輕便鐵路」的省稱。特指行走於新界西元朗區至屯門區線路的輕便火車，列車一般為兩節。

罄香 hing¹ hoeng¹ 值得愛惜；金貴（多用作否定）：咪以為自己好～【別以為自己很金貴】。

焫 hing³ ❶ 烤；烘；以火加熱：～乾件衫【烘乾衣服】｜～熱啲飯【把飯熱一熱】。❷ 熱；燙：你額頭有啲～，係唔係發燒呀【你額頭有點燙，是不是發燒了】？｜今日好～【今天好熱】！❸ 熱鬧；（情緒）高漲：大家又唱又跳玩到好～【大家又唱又跳情緒高漲極了】。❹ 來勁：佢～起嚟一氣唱咗十幾隻歌【他一來勁一口氣唱了十幾首歌】。❺ 氣；氣人；火：畀人噉激法你話～唔～吖【讓人家以這種方式氣你，你說火不火】？

焫過火屎 hing³ gwo³ fo² si² 比燃燒的炭還熱，形容非常憤怒、生氣。意同「焫過焫雞」。

焫過焫雞 hing³ gwo³ naat⁸ gai¹ 比電烙鐵還熱，形容非常憤怒、生氣：佢而家～，你唔好再激佢【他現在氣得要命，你別再惹他】。

焫焓焓 hing³ hap⁹ hap⁹ ❶ 熱烘烘的；熱辣辣：間房曬到～，快啲開冷氣【房間曬得熱烘烘的，趕快開空調】。❷ 形容情慾高漲：同個咁性感嘅女仔飲咗成晚酒，有乜辦法唔～【跟那麼性感的女孩喝了整夜的酒，怎麼能控制得住情慾呢】？

歇暑 hit⁸ sy² 指香港的賽馬在夏天停止舉行，讓馬匹避暑休息。又稱「唞暑」。

囂 hiu¹ 囂張；趾高氣揚：佢喺警察面前都咁～，真係大膽【他在警察面前都那麼囂張，膽子真夠大的】。

曉 hiu² 懂；會：唔～電腦咪學囉【不懂電

腦學不就行了】？｜學～又冇乜用呀【學會了又有甚麼用呢】？

呵 ho¹（以溫言軟語）安慰；賠小心（一般對小孩、女人用）：個仔喊喇，～下佢啦【孩子哭了，哄哄他吧】。｜你老婆嬲喇，仲唔～下佢【你老婆生氣了，還不趕快給她賠個不是】？

河粉 ho²* fan²「沙河粉」的簡稱。一種用米漿蒸製的寬粉條，又省作「河 ho²*」：～好食過米粉【米粉條比米粉絲好吃】。｜乾炒牛河【乾炒牛肉米粉條】。

合尺 ho⁴ tse¹ 工尺譜（用傳統記譜法寫的中樂樂譜）中的兩個音：合晒佢～【對他來說最合適】。

何B仔 ho⁴ bi¹ dzai² 小雞雞（指小男孩的陽具，亦可泛指陽具）。

何來 ho⁴ loi⁴ 何苦；何必：我又冇病，～送咁多補品畀我【我又沒病，何必送那麼多補品給我】？

荷包打倒掟 ho⁴ baau¹ da² dou³ ding³ 沒有錢；錢包空了：佢～，問我借三萬蚊【他沒有錢了，向我借三萬塊】。

荷包蛋 ho⁴ baau¹ daan² 煎雞蛋的一種，因外形與荷包相似，故稱。

荷包倒吊 ho⁴ baau¹ dou³ diu³ 亂花錢；揮霍：呢啲二世祖個個使錢都～【這些敗家子都揮霍無度】。

荷官 ho⁴ gun¹ 澳門賭場用語。又稱「莊荷」，指在賭場內負責發牌、殺（收回客人輸掉籌碼）賠（賠彩）的一種職業，亦指該職業的從業人員。

荷蘭水 ho⁴ laan¹* soey² 汽水的舊稱。因最早由荷蘭傳入，故稱。

荷蘭水蓋 ho⁴ laan¹* soey² goi³【謔】勳章的戲稱，一般指 1997 年前港英政府頒發的勳章。因其外形似汽水（舊稱「荷蘭水」）的瓶蓋，故稱。

荷里活 ho⁴ lei⁵ wut⁹ 好萊塢。英語 Hollywood 的音譯詞。

荷惠 ho⁴ wai⁶ 舊時媳婦過門，第二天拜見公婆和親屬時奉上布帛、鞋等禮品：～巾｜～鞋。

賀喜 ho⁶ hei² 客套話。恭喜；祝賀人家的喜事：恭喜～【恭喜恭喜】。

賀咭 ho⁶ kaat⁷ 節日、喜慶時用以祝福他人的卡片，如祝賀新年的賀年卡、祝賀生日的生日卡等。

賀年咭 ho⁶ nin⁴ kaat⁷ 賀年卡；賀卡。

賀歲波 ho⁶ soey³ bo¹ 香港足球總會為慶祝農曆新年舉辦的特邀外來球隊與本地球隊參加的足球邀請賽。

賀歲盃 ho⁶ soey³ bui¹ 農曆新年期間香港足球邀請賽——賀歲波足球賽的冠軍獎盃。亦用以稱呼該比賽。

賀歲片 ho⁶ soey³ pin²* 農曆新年期間以慶賀新年的名義宣傳、推廣的新影片。

靴咁大隻腳 hoe¹ gam³ daai⁶ dzek⁸ goek⁸ 腳像穿了靴子一般大。形容遇到困難的事而腳步沉重。

靴咁大個鼻 hoe¹ gam³ daai⁶ go³ bei⁶ 靴子般大的鼻子。形容態度高傲，看不起人。

嚡 hoe¹ ❶ 噓；起哄：～佢【噓他】！｜聽佢講先，唔好亂咁～【先聽他說，別亂起哄】。❷ 引指喝倒彩：佢一出台就畀人～【他一上台就被人喝倒彩】。

嚡 hoe⁴ 哈氣：天凍到～一啖氣玻璃就一層霧【天冷得哈一口氣玻璃就一層霧】。

嚡嚡聲 hoe⁴ hoe²* seng¹ ❶ 形容水剛開時

的聲音：水～了，快啲去沖茶【水開了，趕快去泡茶】。❷ 嗓門高；人聲鼎沸：成個足球場～好嘘冚【整個足球場人聲鼎沸很熱鬧】。

香 hoeng^{1}【婉】「燶」的常用代用詞。「燶」原指飯及其他食物燒糊、燒焦了，引指生意、事業的失敗、受挫，以及人去世：佢盤生意～咗【他那門生意失敗了】。｜佢阿爺～咗【他爺爺去世了】。

香燈 hoeng^{1} dang^{1} 香火；後代：屋企要我快啲結婚，早啲生個孫承繼～【家裏要我趕快結婚，好早點兒生個孫兒繼承香火】。

香蕉仔 hoeng^{1} dziu^{1} dzai^{2}【謔】喻指西化了的華人（黃皮白心）；假洋鬼子：佢係～，唔識規矩唔出奇吖【他是個假洋鬼子，不懂規矩不奇怪】。

香主 hoeng^{1} dzy^{2} 黑社會組織三合會的骨幹。

香梘 hoeng^{1} gaan^{2} 香皂。

香笄 hoeng^{1} gai^{1} 香燒完後剩下的小木（竹）棒。

香笄腳 hoeng^{1} gai^{1} goek^{8} 喻指瘦而長的腿；竹竿似的腿：練舉重？佢對～邊夠力呀【練舉重？他那雙竹竿腿哪來力氣】？

香江 hoeng^{1} gong^{1} 香港的雅稱。

香港地 hoeng^{1} gong^{2} dei^{2*} 意為「香港這地方」：～只要你肯做，冇話餓死人嘅【香港這地方只要你肯幹，不會餓死人的】。

香港腳 hoeng^{1} gong^{2} goek^{8} 腳癬；腳氣。

香港先生 hoeng^{1} gong^{2} sin^{1} saang^{1} 由香港無綫電視台於 2005 年起舉辦的男士選美比賽的冠軍頭銜。

香港小姐 hoeng^{1} gong^{2} siu^{2} dze^{2} 由香港無綫電視台於 1973 年起舉辦的年度選美比賽的冠軍頭銜。簡稱「港姐」。也可泛指所有參賽的佳麗。

香港太太 hoeng^{1} gong^{2} tai^{3} tai^{2*} 由香港無綫電視台舉辦的香港已婚女性選美比賽的冠軍頭銜。

香口膠 hoeng^{1} hau^{2} gaau^{1} 口香糖。

香油 hoeng^{1} jau^{4} 香火錢（給寺廟的香燭錢）：添～【捐香燭錢】。

香肉 hoeng^{1} juk^{9}【婉】狗肉（因香港依從西方習俗而禁止屠狗，不便直截了當地稱呼，故改稱香肉）。

香爐躉 hoeng^{1} lou^{4} dan^{2} 香爐下面的底座，喻指獨生子，取其可接續香火之意。

香爐灰 hoeng^{1} lou^{4} fui^{1} 香爐內的香灰。

香牙蕉 hoeng^{1} nga^{4} dziu^{1} 香蕉名，較小，很香甜。

香片 hoeng^{1} pin^{2*} 香片茶。即花茶；茉莉花茶。這是粵式茶樓供應的常見茶品之一。

香蕈 hoeng^{1} soen^{3} 蘑菇的一種，比香菇薄，味道不如香菇。

香雲紗 hoeng^{1} wan^{4} sa^{1} 原稱「響雲紗」，俗稱「雲紗」。高級紗料，黃褐色，有雲形花紋，夏天穿比較涼快，為夏裝名貴衣料。

鄉下 hoeng^{1} ha^{2*} 家鄉；老家：你～邊度嘅【你老家是哪兒的】？

鄉里 hoeng^{1} lei^{5} ❶ 同鄉：我哋係～【我們是同鄉】。❷ 老鄉（即同縣甚至同省的人）。❸ 老鄉；當地人：搵個～嚟問下路先得【找個老鄉來問問路才行】。❹ 鄉巴佬：你真係大～【你真是個鄉巴佬】。

鄉里鬼鬼 hoeng1 lei5 gwai2 gwai2 鄉里鄉親的：我哋～，唔使咁客氣【我們鄉里鄉親的，別那麼客氣】。

響 hoeng2 ❶ 在。同「喺」。❷【俚】聲稱；表露；明說：早～【早說】｜～朵【亮出自己的後台（勢力）】。

響螺 hoeng2 lo2 一種大海螺，螺肉味美，螺殼可用於做螺號。

虛應故事 hoey1 jing3 gu3 si4 敷衍應付：佢嘅回應只係～，完全解決唔到問題【他的回應只是敷衍應付，完全解決不了問題】。

墟 hoey1 集市：趁～【趕集】。

墟冚 hoey1 ham6 原指像集市中那樣嘈雜，引指場面的熱鬧喧騰：呢度係市中心，由朝到晚都咁～【這裏是市中心，從早到晚都那麼嘈雜】。｜聖誕晚會上人頭湧湧，場面～【聖誕晚會上人頭湧湧，場面熱鬧】。

去到盡 hoey3 dou3 dzoen6 不留餘地；盡所有能力：你係要懲戒佢，但唔使去到咁盡嘅【你是要懲罰他，但也不用這樣不留餘地】。｜為咗理想你可以去到幾盡【為了理想你能付出多少】？

去夜街 hoey3 je6 gaai1 晚上去逛街、消遣：阿媽唔畀我～【媽媽不讓我晚上上街】。

去馬 hoey3 ma5 賽馬術語。指馬開跑，引指決定實行：大家都贊成嘅話，就～喇【大家都贊成的話，就行動吧】！

去 P hoey3 pi1【俚】參加派對（舞會）。P 為英語 party 的縮寫。

去片 hoey3 pin2* 開始播放（影片）：而家睇下呢段訪問啦，～【現在來看看這段訪問，開始播放】！

去偷去搶 hoey3 tau1 hoey3 tsoeng2 為非作歹；偷盜搶劫：你唔好理啲錢點嚟，總之唔係～就得啦【你別管這些錢怎麼弄來，總之不是偷來搶來就是】。

開¹ hoi1 ❶ 以水或其他液體配製溶液：一匙羹生粉～兩匙羹水【一勺子芡粉加兩勺水】。❷ 溶化；稀釋：～水飲【用水稀釋了喝】｜～牛奶【用水兑牛奶】。

開² hoi1 辦酒席；擺開桌子：佢哋喺酒樓～咗三十圍【他們在酒樓辦了三十桌酒席】。｜～枱食飯【擺飯桌吃飯】。

開³ hoi1 助詞。用於動詞之後表示該動作由過去延續至今，甚至有可能延續下去：我做～裝修唔想轉行【我一直幹裝修不想改行】。｜呢個位係我坐～嘅【這個位置一直是我在坐的】。

開⁴ hoi1（數目）倍：賺一個～【賺一倍】。

開便 hoi1 bin6 外面；靠外面的：坐～嗰個係我家姐【靠外面那個是我姐姐】。

開標 hoi1 biu1 ❶（某種）賭博或彩票開彩。❷ 錢會開彩：要～至知收幾多錢【要錢會開彩才知道拿多少錢】。

開波 hoi1 bo1 ❶ 開球；發球。❷ 引指開始：世界盃幾時～呀【世界盃啥時候開始呢】？

開底 hoi1 dai2 外邊：遲到嘅坐～【遲到的人坐外邊】。

開燈 hoi1 dang1 ❶ 上元節點彩燈。❷ 添丁。粵俗，生男孩後次年元宵節在祖宗靈位前張掛一盞彩燈，故稱。

開檔 hoi1 dong3 ❶ 擺開攤子（做小販），開始營業；開張：佢日日喺呢度～【他天天在這兒擺攤兒】。｜十點幾喇仲唔～【十點多了，還不開始營業】？｜呢間舖頭啱啱～，新貨唔少【這家店剛開張，新貨不少】。❷【諧】開始：夠人就～【人夠了就開始（打牌等）】。

開刀 hoi¹ dou¹ ❶ 動手術。❷ 向人敲竹槓：佢咁有錢，梗係向佢～啦【他那麼富裕，當然向他敲竹槓了】。

開齋 hoi¹ dzaai¹ ❶ 比喻初次入球：呢隊波踢完半場都未～【這支球隊踢完了上半場都沒進球】。❷ 結束齋戒期：我們聽日～【我們明天結束齋戒】。

開踭 hoi¹ dzaang¹ 用手肘捅人；肘擊。又作「打包踭」或「打踭」：就算人迫，都唔好～【就算人擠，也不要用手肘捅人】。

開枝散葉 hoi¹ dzi¹ saan³ jip⁹ 宗族繁衍；生育子女；子孫眾多：六十年前我阿爺阿嫲嚟到香港，而家～，家族已經有三十幾個人【六十年前祖父母來到香港，現在子孫繁衍，家族已經有三十多人】。

開埠 hoi¹ fau⁶ 開闢為商埠：香港～以來【香港開闢為商埠以來】。

【小知識】1841 年，香港割讓予英國，英國對香港實行殖民統治，同時宣佈香港為自由港。故也稱之為「開埠」。

開伙爨 hoi¹ fo² tsyn³ 開伙；做飯；辦伙食：老婆仔女去咗旅遊，我一支公唔想～，日日茶餐廳搞掂【老婆子女旅遊去了，我一個人不想開伙，天天在茶餐廳解決（三餐）】。

開房 hoi¹ fong²* 在旅店開房間，尤指男女幽會時到旅店租住房間：呢對狗男女又喺旺角～【那對狗男女又在旺角別墅開房間幽會】。

開鏡 hoi¹ geng³（電影、電視劇）開拍：呢套片準備三月份～【這部影片準備三月份開拍】。

開講有話 hoi¹ gong² jau⁵ wa⁶ 引用諺語、俗語時所用的開頭語，相當於「常言道；常言說」：～，防人之心不可無【常言說，防人之心不可無】。

開槓 hoi¹ gong³ 麻將術語。槓牌，即碰牌湊齊四張牌，又叫明槓。某一張牌的四張牌全在手的槓牌叫暗槓。

開古 hoi¹ gu² 揭開謎底，引指揭露秘密、內幕：我估唔到喇，快啲～啦【我猜不出來，快說出謎底吧】。

開局 hoi¹ guk⁹ 賭博；打牌：聽日你哋嚟我屋企～【明天你們到我家來打牌】。

開館 hoi¹ gun² 舊時指私塾開學。

開工 hoi¹ gung¹ ❶ 上班；工作：今日我喺跑馬地～【今天我在跑馬地上班】。❷ 工程開始；動工：呢條新地鐵線一年前已經～【這條新地鐵線一年前已經動工了】。

開光 hoi¹ gwong¹ 宗教用語。為新神廟或神像舉行開啟儀式：聽日車公新廟～【明天車公新廟舉行開幕儀式】。｜呢尊佛像畀法師開過光【這尊佛像由法師做過開啟儀式】。

開坑 hoi¹ haang¹ 挖坑：臨急～【臨渴掘井】。

開口 hoi¹ hau² 新刀開刃：呢張刀～未呀【這把刀開刃了嗎】？

開口棗 hoi¹ hau² dzou² 笑口棗，一種以麵、糖等製成的油炸甜點心。

開口扱着脷 hoi¹ hau² kap⁹ dzoek⁹ lei⁶ ❶ 一開口就咬了舌頭，喻指一開口就說錯了話：我講多錯多，～【我說得多錯得多，一開口就說錯了話】。❷ 話中帶刺：佢講嘢～，邊個會中意聽吖【他講話有刺，誰喜歡聽】？

開口埋口 hoi¹ hau² maai⁴ hau² 開口閉口：佢～講錢不講情【她開口閉口只講錢不講情】。

開口夢 hoi¹ hau² mung⁶ 夢話：佢飲醉之後就會發～【他喝醉後就會說夢話】。

開喉 hoi¹ hau⁴ 開水龍頭（一般指消防水龍頭）：～灌救【開水龍頭灌救】。

開紅盤 hoi¹ hung⁴ pun²* 指新年後第一個股市交易日，股價全面上升。也可用於賽馬「開鑼日」的投注額，電視節目首播收視率，或商店推廣首天銷售量等。

開油鑊 hoi¹ jau⁴ wok⁹ 開油鍋，以油炸各種食品：喺屋企好少～，因為好嘥油【在家裏很少開油鍋，因為很費油】。

開揚 hoi¹ joeng⁴ ❶ 地方寬闊；開闊：我屋企喺海邊，望出去好～㗎【我家在海邊，望出去很開闊】。❷ 性格開朗。

開嚟 hoi¹ lai⁴ 出來：大家～排隊【大家出來排隊】。

開籠 hoi¹ lung⁴ ❶ 才出蒸籠的：～饅頭【才出籠的饅頭】。❷ 出了籠子：～雀【出了籠子的鳥雀】。

開籠雀 hoi¹ lung⁴ dzoek²* 脫離牢籠的鳥兒，喻指擺脫羈絆，歡快鳴叫：阿媽一走開，佢就好似～噉【媽媽一走，他就好像脫離牢籠的雲雀那樣，說個不停】。

開埋井過人食水 hoi¹ maai⁴ dzeng² gwo³ jan⁴ sik⁹ soey²【俗】挖好了井，卻任由他人飲用井水，比喻自己辛苦努力，卻白白讓別人佔了便宜：我落重本裝修好間屋，佢突然話要收番自己住，真係～【我花了一大筆錢裝修好房子，他忽然說要回去自己住，白白讓人家佔了便宜】。

開面 hoi¹ min⁶ 戲曲演員演出前化妝：下一個輪到你唱啦，仲唔快啲去～【下一個輪到你演唱了，還不趕快去化妝】？

開明鑼鼓 hoi¹ ming⁴ lo⁴ gu² 說明白；講清楚：你要乜嘢條件至好～講出嚟【你要甚麼條件最好清清楚楚說出來】。

開名 hoi¹ meng²* 公開姓名：佢話有人喺背後支持佢，但係就唔肯～【他說有人在背後支持他，卻不肯公開支持者的姓名】。

開鈕門 hoi¹ nau² mun⁴ 挖扣眼兒，縫紉用語。

開眼 hoi¹ ngaan⁵ 睜開眼睛：天～【天睜開眼睛】｜個 BB 啱啱出世仲未～【初生寶寶還沒睜開眼睛】。

開眼盲 hoi¹ ngaan⁵ maang⁴ 睜眼瞎：好醜你都睇唔出嚟，真係～【好壞你都看不出來，真是個睜眼瞎】。

開硬弓 hoi¹ ngaang⁶ gung¹ 硬來；特指強迫女性做愛。意即「霸王硬上弓」。

開年 hoi¹ nin⁴ 舊時習俗，農曆正月初一忌葷，正月初二起才能吃葷，稱為「開年」。

開襠褲 hoi¹ nong⁶ fu³ 開襠褲。

開片 hoi¹ pin²* 打群架；聚眾鬥毆：黑幫當街～，路過途人當黑【黑幫當街打鬥，過路途人遭殃】。

開盤 hoi¹ pun²* 開始發售。尤指新樓盤開始發售。

開篷車 hoi¹ pung⁴ tse¹ 敞篷車。

開晒 hoi¹ saai³ 猜拳用語，手掌全張開。

開晒巷 hoi¹ saai³ hong⁶ 成績大大超越別人：贏到～【贏得比人家多很多】。｜呢套劇集紅到～【這部電視劇紅火得不得了】。

開心見誠 hoi¹ sam¹ gin³ sing⁴ 坦誠；掏

出心裏話：有乜嘢誤會大家不妨～解釋清楚佢【有啥誤會大家不妨坦誠地解釋清楚】。

開心果 hoi¹ sam¹ gwo² ❶ 一種美國產堅果。❷ 喻指能逗人開心的人：呢個女係我哋兩公婆嘅～【這個女兒是我們夫妻倆的活寶】。❸ 樂天派（開心樂觀的人）：就算喺病床度都成日聽到佢笑，係個真正嘅～【即使在病床中也成天聽到他的笑聲，真是個樂天派】。

開身 hoi¹ san¹ ❶（船舶）起航：隻船幾點～呀【這艘船幾點鐘起航】？❷（漁民）出海。

開首 hoi¹ sau² 起初；開初；開始。又作「起首」：我～做得唔好【我起初做得不好】。

開聲 hoi¹ seng¹ 開口；出聲；吱聲；吭聲：你做乜嘢唔～呀【你幹嘛不吭聲】？｜老竇喺度，我邊敢～呀【父親在這兒，我哪兒敢吱聲】？

開膳 hoi¹ sin⁶ 開伙；辦伙食：我哋間廠早晚餐唔～【我們廠早餐、晚餐不辦伙食】。

開水喉 hoi¹ soey² hau⁴ 原意指開水龍頭，喻指政府向銀行發放資金。粵語以「水」喻指錢，開水龍頭自然「水」就來了，故稱：今次金融危機，睇怕政府要～救急先得，唔係嘅話好多企業都唔掂【這次金融危機，恐怕政府得發放貸款才行，要不然好多企業很難熬得過去】。

開騷 hoi¹ sou¹ 公開表演；開音樂會、演唱會等。「騷」是英語 show 的音譯詞：呢支樂隊第一次嚟香港～【這支樂隊第一次來香港表演】。

開攤 hoi¹ tan¹ 設賭（「攤」專指「番攤」）。

開天索價 hoi¹ tin¹ saak⁸ ga³ 開高價；漫天要價：呢對鞋要成千蚊？你唔好～嚿【這雙鞋要上千塊？你可別漫天要價】！

開拖 hoi¹ to¹ 攻擊對手或開戰；打架：買嘢講價最後變成～【買東西講價錢最後變成打架】。

開枱 hoi¹ toi²* ❶ 擺（飯桌）。❷ 打麻將：唔夠人點～呀【人手不夠怎麼打麻將呢】？

開衩 hoi¹ tsa³ 衣服的開叉。

開餐 hoi¹ tsaan¹ 進餐；開始吃飯：晏晝叫外賣返嚟喺公司～好唔好【午飯叫餐廳送過來在辦公室吃好不好】？｜齊人喇，～【人齊了，開飯啦】！

開初 hoi¹ tso¹ 起初；開頭：我～唔識，而家明喇【我起初不懂，現在懂了】。

開錯口 hoi¹ tso³ hau² ❶ 說錯了話：我今日～，得失咗佢【我今天說錯了話，得罪了她】。❷ 提出要求，遭到拒絕：你問老竇借錢去旅行，你真係～喇【你問爸爸借錢去旅行，他肯定不答應，你是白說了】。

開長喉 hoi¹ tsoeng⁴ hau⁴ 開着水龍頭長時間不關；喻水源充足：唔好～嚟洗菜，浪費食水【不要開着水龍頭洗菜長時間不關，浪費自來水】。

開彩 hoi¹ tsoi² 揭曉彩票的中獎結果。

開床 hoi¹ tsong⁴ 安放床鋪；鋪好床上的被褥：你快啲去幫阿嫲～【你快點去給奶奶鋪好床上的被褥】。

開通頂 hoi¹ tung¹ deng² 通宵工作或學習。又作「開通宵」或「通頂」：我琴晚～趕起份稿【我昨晚通宵沒睡把稿子趕出來】。

開位 hoi¹ wai²* （到酒樓）訂座位；找好座位：你去海鮮酒樓～先【你先去海鮮飯店找好座位】。

開胃 hoi¹ wai⁶ ❶ 胃口好：我今餐幾～【我這頓飯的胃口挺好的】。❷ 使人胃口好：酸辣湯幾～【酸辣湯挺開胃】。❸ 諷刺人胃口太大，太貪得無厭或脱離實際：咁多錢全部畀晒你？你就～咯【這麼多錢全給你？你胃口也太大了】！｜唔畀心機讀書就想搵份好工？你～咯【不用功讀書就想找個好工作？你也太異想天開了】。

開胃消滯 hoi¹ wai⁶ siu¹ dzai⁶ 消食開胃：生果～，你食多啲就冇事啦【水果消食開胃，你多吃點兒就沒事兒了】。

海 hoi² ❶ 大海；海港，尤其特指香港維多利亞港水域：過～隧道【海底隧道】｜對面～【海港對面】。❷ 江；河：過～【過江；過河】。

海底針 hoi² dai² dzam¹ 大海撈針，極難找到，喻指難以捉摸的事物或人：女人心，～【女人的心事，就像海底的針那樣難以捉摸】。

海底摸月 hoi² dai² mo¹ jyt²* 又作「海底撈月」。水中撈月。❶ 比喻根本做不到，白費力氣：佢都唔中意你，想追佢睇怕都係～嘅啫【她不喜歡你，想追她恐怕是海底撈月】。❷ 麻將術語。自摸最後一隻牌（海底牌）和了。

海豬 hoi² dzy¹ 海豚。

海軍鬥水兵——水鬥水 hoi² gwan¹ dau³ soey² bing¹ soey² dau³ soey² 【歇】「水」在粵語中有「低劣」之意。海軍與水兵，都跟水有關，喻指水平低劣的雙方較量、比賽：呢兩支降班球隊對陣，真係～【這兩支降級球隊較量，水平一樣差】。

海軍藍 hoi² gwan¹ laam⁴ 深藍色。

海鱟 hoi² hau⁶ 鱟，一種節肢動物，生活在海底，肉可食用。又稱「馬蹄蟹」。

海洋大盜 hoi² joeng⁴ daai⁶ dou⁶ 海盜；海匪。

海洛英 hoi² lok⁹ jing¹ 海洛因，毒品。英語 heroin 的音譯詞。

海味 hoi² mei²* 曬乾的海產類食品。

海面浮萍——無根底 hoi² min⁶ fau⁴ ping⁴ mou⁴ gan¹ dai²【歇】浮在水面上的浮萍，沒有着地的根鬚，比喻知識淺薄，沒有文化根底：佢淨係識得吹水，～嘅【他誇誇其談，其實知識淺薄】。

海皮 hoi² pei⁴ ❶ 海邊。❷ 江邊。

海傍 hoi² pong⁴ 原指海（江、河）邊，引申而用作專有地名，常用於香港、九龍市區一些濱海地段。

海鮮 hoi² sin¹ 新鮮的、活蹦亂跳的海產品，如魚蝦蟹之類：生猛～。

海鮮醬 hoi² sin¹ dzoeng³ 一種粵菜的醬料，一般用於蘸點北京烤鴨、乳豬或街頭小吃。

海鮮價 hoi² sin¹ ga³ 很高的價格。各種肉類中以海鮮的價格為高，故稱：呢間學校嘅學費喺香港地都算係～喇【這所學校的學費在香港都算是很高的了】。

害人害物 hoi⁶ jan⁴ hoi⁶ mat⁷ 連累他人；危害大眾：你自己做錯自己孭鑊吖，唔好～吖嘛【你做錯了就該自個兒負責，別連累別人】。｜呢啲～嘅貪官真係拉晒佢至得【這種危害大眾的貪官真得全部抓起來才行】。

殼 hok⁸ ❶ 勺；瓢：飯～【飯勺】｜水～【水瓢】。❷ 量詞。勺；瓢：一～湯【一勺湯】｜一～水【一瓢水】。❸（企業的）空架子：空～公司【預先成立專門用作出售的、無經營實際業務的有限公司（英語 shell company 的意譯）】。

殼股 hok⁸ gu² 股票市場術語。某些上市公司業務出現虧損或沒有實質業務，擁有的資產價值不高（甚至出現負資產），其公司只剩下一個「上市公司」名義（外殼），這類公司的股票即稱為「殼股」。其他擬上市的公司，為了回避申請上市的諸多手續，可購買其「殼」，以相對簡易地達到將自己業務上市的目的。（參見「借殼」條）

學 hok⁹ ❶ 效仿；模仿：咁細個就～人食煙【這麼小就學人家抽煙】？❷ 像：邊個～你咁蠢吖【誰像你這麼笨】？

學店 hok⁹ dim³ 對只顧賺錢不顧教學質量的學校的貶稱。

學警 hok⁹ ging² 警察學校的學生。

學行車 hok⁹ haang⁴ tse¹ 學步車（供小孩子學走路的「車」）。

學能 hok⁹ nang⁴ 學習能力和潛能：～測驗。

學生哥 hok⁹ saang¹ go¹ 泛指男學生：嚟搵暑期工嘅多數係～【來找暑期短期工作的，多是（男）學生】。

學神 hok⁹ san⁴ 學車新手：跟住個～，想開快啲都唔得【跟在開車新手後面，想開快一點都不行】。

學師仔 hok⁹ si¹ dzai² 學徒。

學是非 hok⁹ si⁶ fei¹ ❶ 挑撥；搬弄是非：呢啲中意～嘅八婆你都係離佢遠啲好過【這種喜歡搬弄是非的事兒媽你還是離她遠一點才好】。❷ 學舌；把聽來的話轉告別人：唔好喺細路哥面前講呢啲嘢，佢會～嘅【不要在孩子面前說這些，他會在人家面前瞎搬弄的】。

學堂 hok⁹ tong²* 舊時對學校的稱呼。

學位 hok⁹ wai²* 學校可容納學生的名額：呢間小學得三百個～，邊夠呀【這間小學只能容納三百個學生，哪兒夠呀】？

學位教師 hok⁹ wai²* gaau³ si¹ 中小學中具有大學學位的合資格教師。

> 【小知識】中小學教師的職級，分為學位教師（GM）和文憑教師（CM）兩大類。後者指擁有香港教育學院證書課程資歷的教師，又稱「非學位教師」。

學護 hok⁹ wu⁶ 護士學校學生；見習護士。

鶴嘴鋤 hok⁹ dzoey² tso⁴ 俗稱「番啄」。洋鎬；鶴嘴鎬；十字鎬（挖掘土石用的工具，鎬頭兩頭尖，或一頭尖，一頭扁）。

鶴絨 hok⁹ jung²* 鴨絨：～被【鴨絨被】。

看更 hon¹ gaang¹ 工廠、住宅大樓的看守人；門衛。

看牛 hon¹ ngau⁴ 放牛：我上山～【我上山放牛】。

看護 hon¹ wu⁶ 護士。

寒 hon⁴ ❶ 虛寒：佢有啲～啫，唔緊要【他有點虛寒，不要緊】。❷ 寒性：蘿蔔好～【蘿蔔性很寒】。❸ 怕；驚：呢度咁陰森，人人個心好～【這裏陰森恐怖，大家都心驚膽戰的】。❹ 同「寒背」。

寒背 hon⁴ bui³ 輕微的駝背：行路要挺直條腰，唔好～【走路腰板兒挺直點兒，別弓着背】。

寒底 hon⁴ dai² ❶ 中醫術語。寒性體質；（身體）虛寒：我有啲～，唔食得呢的嘢【我身子骨有點虛寒，不能吃這些東西】。❷ 引申指家底薄，收入少，寒酸：佢慳儉嘅啫，唔好以為佢～呀【他只是生性儉省，別以為他寒酸】。

寒飛 hon4 fei1 低級阿飛；衣着寒磣的小混混：乜你着到成個～噉㗎【你怎麼穿得像個混慘了的小混混】。現此詞少用。

寒涼 hon4 loeng4 寒性：苦瓜～，你唔好食咁多【苦瓜寒性，你不要吃那麼多】。

寒削 hon4 soek8 指食物性寒。

寒暑表 hon4 sy2 biu2 溫度計。

寒天飲冰水，點滴在心頭 hon4 tin1 jam2 bing1 soey2 dim2 dik9 dzoi6 sam1 tau4 冬天喝冰水，點滴在心頭。喻指對別人的恩德一點一滴都記在心上：你幫咗我咁多次，我～嘅【你幫我這麼多，你的恩德我點滴銘記在心】。

韓戰 hon4 dzin3 指 1950 年代發生的朝鮮戰爭。

旱天 hon5 tin1 乾旱天氣：～種嘅西瓜會好食啲【旱天種的西瓜會好吃點兒】。

旱廁 hon5 tsi3 沒有沖水裝置的廁所，與「水廁」相對。

汗斑 hon6 baan1 花斑癬，一種感染了花斑癬菌引起的皮膚病。民間誤以為汗斑是由於出汗多了，汗跡印染在皮膚上留下來的，故稱。

汗毛 hon6 mou4 寒毛；人體皮膚上的細毛。

汗宿 hon6 suk7 汗酸味；汗臭味：我三日冇沖涼，周身～【我三天沒有洗澡，全身汗臭味】。

康文署 hong1 man4 tsy5 香港政府部門「康樂及文化事務署」的簡稱。

康城 hong1 sing4 法國城市名。「康」是法語 Cannes 的音譯。

康城影展 hong1 sing4 jing2 dzin2 法國城市 Cannes 一年一度舉辦的電影節。

糠 hong1 碎屑：麵包～【麵包屑】。

粇 hong2 陳米的霉味：啲米～～地【這些米有點兒霉味兒】。

糠 hong2 ❶（皮膚）乾燥：天冷，搽啲潤膚露皮膚先至唔會～【天冷，擦點潤膚露皮膚才不會乾燥】。❷ 缺錢；手緊：呢排有啲～，借兩嚿水用住先得啩【這陣子有點兒手緊，先借兩百塊錢來用用該可以吧】？

糠耳 hong2 ji5 不分泌分泌物的耳朵。與「油耳」相對。

行 hong2* 「行（hong4）貨」的省略，用作形容詞，指很一般（參見該條）：佢設計啲嘢好～【他設計的東西不過是大路貨色】。

行貨 hong2* fo3 經正式代理商進口的貨品。與非正式進口的「水貨」相對：呢件係～嚟【這一件是正式進口的好貨】。

炕 hong3 烘；烤：～麵包【烤麵包】｜～乾【烘乾】。

炕底 hong3 dai2「炕」即「烤」。用烤麵包製三明治，稱為「炕底」：蛋治要～【雞蛋三明治，要烤的】。

炕沙 hong3 sa1 放在沙灘上；船隻擱淺：睇住呀，隻船就快～喇【小心啊，船快要擱淺了】！

行1 hong4 擺（床）；架（床）：朝～晚拆【晚上擺床，早上拆床】（參見該條）。｜地方咁細，～張床都唔夠【地方這麼小，擺張床都不夠】。

行2 hong4 希望：點呀，今次有冇～呀【怎麼樣，這次有沒有希望】？

行尊 hong4 dzyn1 某一行業、行當的權威；專家：佢係建築界嘅老～【他是建築界的權威】。

行貨 hong4 fo3 大路貨；一般產品：又話

係名設計師，啲嘢都係～嚟啫【又說是名設計師，作品也不過是大路貨】。

行家 hong4 ga1 ❶ 內行人。❷ 同行；從事同一行業的人。

行口 hong4 hau2 行（專營商店）；大買賣，大生意：佢個家族喺呢個～做咗成百年喇【他們家族經營這一行有上百年了】。

行頭 hong4 tau4 ❶ 演戲的服裝和道具的總稱。引指一般穿着：大老倌嘅～有幾大箱【大牌演員的服裝頭飾有好幾大箱】。｜佢領獎呢副～睇嚟都有幾十萬【她領獎這一身打扮看來要幾十萬】。❷ 行業：今年呢個～唔好景【今年這個行業不景氣】。

行情光 hong4 tsing4 gwong1 熟悉某些行業內幕：你做呢行一定要識郭老總，佢行情好光【你做這一行一定要認識郭老總，他很熟悉行業內幕】。

桁 hong4 張開兩臂攔住，攔擋：幫我～下豬仔【幫我攔住小豬】。

絎 hong4 一種縫紉手法：～衫【縫衣服】｜～被【縫被子】。

絎針 hong4 dzam1 做棉被用的大針；大號的針兒。

喝 hot8 吆喝；叫喊：你唔好～生晒【你不要瞎吆喝】。

渴市 hot8 si5 商品緊俏；供不應求：因為原產地水災，呢種生果呢排好～【因原產地遭遇水災，這種水果最近供不應求】。

好 hou2 ❶ 很；非常：～多【很多】｜～好【很好】。❷ 該：～走囉噃【該走了】。｜～收聲囉噃【該閉嘴了】。

好辯駁 hou2 bin6 bok8 能說會道：佢咁～，應該去讀法律【他這麼能說會道，應該去讀法律】。

好膽 hou2 daam2 有膽量；夠膽量：老闆你都敢鬧，真係～【老闆你都敢罵，真夠膽量】！

好地地 hou2 dei6 dei6 好端端的；好好的：朝早仲～，下晝就又屙又嘔【上午還好端端的，下午就又拉又吐】。｜喺度做得～，做乜要辭職啫【在這裏做得好好兒的，幹嗎要辭職呢】？

好仔 hou2 dzai2 品質好的青年：佢真係～，又唔好煙酒、又孝順【他真是個好青年，沒有煙酒嗜好，又孝順】。

好在 hou2 dzoi6 幸虧；幸好：上晝遊樂場黑幫開片，～你唔喺嗰度【上午遊樂場裏流氓打群架，幸好你不在那裏】。

好做唔做，年卅晚謝灶 hou2 dzou6 m4 dzou6 nin4 sa1 maan5 dze6 dzou3【俗】早該做的不做，到了除夕夜才送灶神（民間習俗「謝灶」一般在年廿三、廿四）。比喻做事不合時宜：人哋結咗婚一個月啦，你先去送禮，真喺～【他們結婚一個月了，你才去補送賀禮，做事真不合時宜】。

好番 hou2 faan1 好轉；身體康復：我上個禮拜病咗，而家～晒嘞【我上星期生病，現在已經康復了】。

好瞓 hou2 fan3 睡得香：食咗安眠藥梗係～啲啦【吃了安眠藥當然睡得香點兒了】。

好狗唔攔路 hou2 gau2 m4 laan4 lou6【俗】好狗不擋道（用於指責、譏諷阻礙別人走路、做事者的罵人話）：唔好坐喺呢度阻住人出入吖，～【別坐這兒擋着別人進出，好狗不擋道】！｜～，你搞唔掂就唔好揸住個位吖【好狗不擋道，你幹不了就別佔着這個職位嘛】。

好嘅唔靈醜嘅靈 hou2 ge3 m4 leng4 tsau2 ge3 leng4【俗】好話不應驗，壞話卻應驗了：佢話贏咁多錢好容易輸番晒，點知真係～【他說贏那麼多也會全輸掉，誰知道壞話真的應驗了】。

好頸 hou2 geng2 脾氣好：佢咁唔～，話唔定同人打起上嚟【他脾氣臭，說不定跟人家打起來了】。

好極有限 hou2 gik9 jau5 haan6 再好也不過如此；再好也好不到哪兒去：佢咁瘦弱，身體～啦【他這麼瘦弱，身體再好也好不到哪兒去】。

好景 hou2 ging2 境況好；生活好：我今年幾～，搵到唔少錢【我今年境況很好，賺了不少錢】。

好腳頭 hou2 goek8 tau4 能帶來好運的人：今年我買啲股票勁升，我都話個孫仔～【今年我買的股票大升，我都說是小孫子帶來的好運氣】。

好鬼 hou2 gwai2 非常；很：今日～熱【今天非常熱】。

好過 hou2 gwo3 用於比較，有「比……更好」之意：去睇戲？我喺屋企睇電視～【去看戲？我寧願在家看電視】。

好閒 hou2 haan4 表示無所謂，意近「小意思」、「沒甚麼」、「算不了啥」：我一個打佢哋三個～啫【我一個對付他們仨，小意思啦】。｜咁少錢，～啫，攞去啦【這麼點兒錢，沒甚麼，拿去吧】。

好行 hou2 haang4 ❶ 慢走（送客用語）。❷「好行夾唔送」的省略，用於對不受歡迎者表示驅逐之意，用法近於「你請便吧」。❸ 表示拒絕對方要求（態度堅決而又冷淡）：上次啲數都未還又想借錢？～啦【上次的賬還沒還清又想借錢？別做夢了】！

好口 hou2 hau2 嘴巴甜；說話動聽：佢咁～，屋企人唔惜佢先出奇【她嘴巴這麼甜，家裏人不疼她才怪呢】。

好氣 hou2 hei3 囉嗦；健談：我急到死，佢仲鬼死咁～【我急得要命，他還囉裏囉嗦的】。｜佢冇你咁～，一於食咗先算【他不管那麼多（不跟你囉嗦那麼多），吃了再說】。｜佢講咗三個鐘頭仲咁～【他講了三個鐘頭還沒打算停下來】。

好氣色 hou2 hei3 sik7 健康；神采奕奕；容光煥發：佢身體健壯，～【他身體健壯，神采奕奕】。

好好睇睇 hou2 hou2 tai2 tai2 很體面；很像樣兒：個仔結婚，梗要做到～先得【兒子結婚，（婚禮）當然要辦得體體面面才行】。

好飲得 hou2 jam2 dak7 酒量大：我二叔～【我二叔酒量很大】。

好人好姐 hou2 jan4 hou2 dze2（指人）正常的；好端端的：你～，做乜入醫院呀【你好端端的，幹嘛進醫院呢】？

好人有限 hou2 jan4 jau5 haan6 不是甚麼好人：佢咁爛賭，～啦【他沉迷賭博，不是啥好人】。

好人有好報 hou2 jan4 jau5 hou2 bou3 吉人天相，好人有好的回報：你唔使咁擔心，～嘅【你不必太擔心，好人不會遭災的】。

好人事 hou2 jan4 si2* 心腸好；古道熱腸：佢好～，求佢幫手佢實應承嘅【他心腸很好，求他幫忙他一定答應】。

好日子 hou2 jat9 dzi2 吉利日子；佳期；吉日：阿爸阿媽幫我哋揀咗～【家裏給

我們選定了結婚佳期】。

好友 hou² jau²* 指金融投資市場中看好市場前景並因而投資購入期貨、股票者。又可用於其他範疇如房地產等的投資者。與「淡友」相對：股市一升，啲～鬼咁開心【股市一上漲，那些投資買入者開心極了】。

好嘢 hou² je⁵ ❶ 好東西；好貨。❷ 好呀；太好了：～，我哋贏咗【好啊，我們贏了】！

好衣好着 hou² ji¹ hou² dzoek⁸ 衣冠楚楚；穿戴整齊、漂亮：佢不溜～【他向來衣冠楚楚】。

好衣食 hou² ji¹ sik⁹ 樂善好施，好幫助人（含積福之意）：你真係好心人，～【你真是好心人，助人積福啊】。

好意頭 hou² ji³ tau⁴ 好兆頭；吉利：我抽到 99 號，真係～【我抽到 99 號，真是個好兆頭】。

好耳 hou² ji⁵ 聽力好：你咁大年紀仲咁～，真係有福氣【你這麼大年紀聽力還這麼好，真有福氣】。

好樣 hou² joeng²* 容貌好；漂亮：一個人，唔理佢～定醜樣，始終都有佢嘅尊嚴【一個人，不管他樣子漂亮還是難看，始終都有他的尊嚴】。

好傾 hou² king¹ ❶ 健談：吳老師好好～【吳老師很健談】。❷ 談得來；聊得來勁：你兩個講乜嘢咁～呀【你倆聊甚麼那麼來勁呢】？

好力 hou² lik⁹ 力氣大：佢玩舉重嘅，好～【他練舉重的，力氣挺大的】。

好佬怕爛佬，爛佬怕潑婦 hou² lou² pa³ laan⁶ lou² laan⁶ lou² pa³ put⁸ fu⁵【俗】好人怕無賴，無賴怕潑婦，指沒有修養、不講道理的人最可怕：～，撞到呢啲八婆，我惟有認低威【好人怕無賴，無賴怕潑婦，碰上這種潑婦，我只好認輸】。

好唔掂 hou² m⁴ dim⁶ 很不好過；很不順利：呢排佢～，要靠借債度日【最近他日子很不好過，要靠舉債度日】。

好物沉歸底 hou² mat⁹ tsam⁴ gwai¹ dai²【俗】好的東西在底下，比喻好的事物、事情最後才出現：～，等到收尾你會得個大獎都未定【好事兒在後頭，最後你中個大獎也說不準】。

好眉好貌 hou² mei⁴ hau² maau⁶ 好模好樣，外表好看：咪睇佢～，查實佢係個殺人犯【別瞧他好模好樣的，其實他是個殺人犯】。

好眉好貌生沙虱 hou² mei⁴ hau² maau⁶ saang¹ sa¹ sat⁷【俗】比喻外表好看，裏面卻壞透了：佢斯斯文文，但係原來成日打老婆，真係～【他相貌堂堂，但經常打老婆，滿肚子壞水】！

好命婆 hou² meng⁶ po²* 全福人（三代同堂，父母、丈夫、兒女俱全的婦女）：個女結婚要搵個～嚟梳頭先得【女兒結婚要找個「全福人」來梳頭才行】。

好命水 hou² meng⁶ soey² 好命運；命好：萬中抽一你都可以攞到獎，真係～【萬分之一的概率你都能獲獎，真是命好】。

好眼 hou² ngaan⁵ 眼神好；視力好：你～啲，幫阿嫲穿下針吖【你的眼神兒好點，幫奶奶穿穿針吧】。

好眼界 hou² ngaan⁵ gaai³ 眼力好；眼睛有準頭：佢三發三中，真係～【他三發三中，準頭真好】。

好女兩頭瞞，唔好女兩頭搬 hou² noey²* loeng⁵ tau⁴ mun⁴ m⁴ hau²

noey²* loeng⁵ tau⁴ bun¹【俗】「兩頭」指娘家和婆家。好的媳婦把娘家和婆家有分歧、矛盾的事情隱瞞下來，維持和諧；不好的媳婦則兩頭搬弄是非，引致不良後果。

好世界 hou² sai³ gaai³ 生活美好；生活幸福：撈得快，～【撈錢先下手，生活美好不發愁】。｜走得快，～【跑得快，命不賴】。

好心 hou² sam¹ ❶ 心腸好：佢好～，成日煮多啲飯餸攞畀隔籬個阿婆【他心腸很好，經常多弄些飯菜給隔壁的老婆婆送去】。❷ 心好；行行好（虛化）：張枱咁亂，～你執下啦【書桌那麼亂，你就收拾一下吧】。

好心着雷劈 hou² sam¹ dzoek⁹ loey⁴ pek⁸【俗】一番好意對方不領情，反遭埋怨或指責：我幫你你仲話我多事，真係～【我幫你你反說我多管閒事，真是好心還遭雷擊】！

好心機 hou² sam¹ gei¹ 耐心；細心：呢個先生教細佬哥讀書好～㗎【這位老師教孩子讀書很耐心的】。｜我家姐做嘢～過我【我姐做事比我細心】。

好心事 hou² sam¹ si⁶ 會體貼人；很細心：呢個姑娘真係～，啲病人都好中意佢【這個護士真的很細心，病人們都很喜歡她】。

好手腳 hou² sau² goek⁸ 手腳乾淨；不貪不偷：搵工人至緊要～【找傭人最重要的是手腳乾淨】。

好手尾 hou² sau² mei⁵ 做事有始有終：佢做嘢～，信得過【他做事情有始有終，信得過】。

好手勢 hou² sau² sai³ 手藝高，手藝巧；尤其特指廚藝好：你件旗袍幾～噃【你這件旗袍做得手藝好】。｜佢媽咪煮餸好～【他媽媽很會做菜】。

好死 hou² sei²「好」（對人抱否定態度時用，含貶意）：佢唔會咁～借錢畀你【他才不會借錢給你】。｜綁匪點會咁～，攞唔到錢就放人【綁匪哪會沒拿到錢就放人】？

好聲 hou² seng¹ 小心：老人家，～行呀【老人家，走路小心】！｜～攞，因住跌落地【小心拿好，當心別掉地上了】。

好聲好氣 hou² seng¹ hou² hei³ 好言好語地；和聲細氣地；心平氣和地：我～同你講你唔聽，係唔係想打呀【我好言好語跟你說你不聽，是不是討打】？｜大家唔好激氣，～商量先啱吖嘛【大家別發火，心平氣和地商量才行】。

好時糖黐豆，唔好時水摳油 hou² si⁴ tong⁴ tsi¹ dau²* m⁴ hou² si⁴ soey² kau¹ jau⁴【俗】感情好的時候就像糖豆那樣，糖衣緊緊黏着豆子；感情不好時就水火不相容，形容關係忽好忽差：佢兩公婆～【他們夫妻有時非常親熱，有時大吵大鬧】。

好市 hou² si⁵ ❶ 生意興隆；暢銷：乜今日豬肉咁～㗎【怎麼今天豬肉這麼好賣呢】？❷ 股票升價：今日股票～，要出貨先得【今天股票升價，該沽貨了】。

好事近 hou² si⁶ gan⁶ 好事臨近，特指即將結婚：我問佢係唔係～，佢話冇噉嘅事【我問他是不是快結婚了，他說沒那事兒】。

好色水 hou² sik⁷ soey² 顏色好看：呢件外套幾～呀【這件外套顏色挺好看的】。

好食好住 hou² sik⁹ hou² dzy⁶ 吃得好、住得好；生活無憂：係呢度～你做乜要搬走【在這兒生活無憂你幹嗎要搬走呢】？

好少何 hou² siu² ho²* 很少；少有：近排～見到佢【最近很少見到她】。

好少理 hou² siu² lei⁵ ❶ 不管；少管：佢讀書讀成點我不溜都～【他讀書讀得怎麼樣我一向不管】。❷ 不理睬：佢無論點求情，個差佬都一於～【他無論怎麼乞求，那警察就是不理睬】。

好笑口 hou² siu³ hau² 滿面笑容；笑口常開：乜今日咁～呀，執到寶呀【今天幹嘛滿面笑容的，撿到寶貝了】？

好傷 hou² soeng¹ 傷害很大；損失很大：老婆話要同佢離婚，佢真係～【老婆説要跟他離婚，對他傷害很大】。｜今次空難我哋旅行社～【這次空難我們旅行社損失挺大】。

好相就 hou² soeng¹ dzau⁶ 好説話兒；樂意幫人：阿嫲好～嘅，你叫親佢實幫你嘅【奶奶很好説話的，對你一定有求必應】。

好相與 hou² soeng¹ jy⁵ 形容人脾氣好，易相處：包租婆幾～㗎【房東太太挺好相處的】。

好衰唔衰 hou² soey¹ m⁴ soey¹ 合該倒霉；倒霉的是……：～，一出門就落雨【合該倒霉，一出門就下雨】。｜佢紅燈過馬路，～畀差佬睇到【他衝紅燈過馬路，倒霉的是，讓警察給看到了】。

好頭不如好尾 hou² tau⁴ bat⁷ jy⁴ hou² mei⁵【俗】有了好開頭，更需要有好結尾：開初你做得唔錯，再落力啲做好佢，～吖嘛【開始你做得不錯，再努力做好它，別虎頭蛇尾嘛】。

好天 hou² tin¹ 晴天：今日～【今天是晴天】。

好天瓜，落雨麻 hou² tin¹ gwa¹ lok⁹ jy⁵ ma⁴【諺】天晴有利瓜類生長，下雨有利麻類生長。

好天攞埋落雨柴 hou² tin¹ lo² maai⁴ lok⁹ jy⁵ tsaai⁴【諺】未雨綢繆，天晴要把雨天的柴火也預備充足，比喻平時要積儲財物，以備應急：而家唔～，儲多啲錢，第日老咗點算【現在不未雨綢繆，多攢點兒錢，以後老了怎麼辦】？

好醜 hou² tsau² 好歹；好壞：人哋幫緊你，仲鬧人哋，真係唔知～【人家幫你呢，還罵人家，真不知好歹】。

好醜命生成 hou² tsau² meng⁶ saang¹ seng⁴【俗】指人的際遇好或不好是命裏注定的：雖然話～，但人人都想求返支好籤行個好運【雖説好壞命中注定，但人人都想抽到好籤交上好運。】

好似 hou² tsi⁵ 好像；似乎：呢枝筆～唔係我嗰枝【這枝筆好像不是我那枝】。｜啲水凍到～冰噉【這水冷得好像冰一樣】。

好唱口 hou² tsoeng³ hau² 原指嗓子好，戲唱得好。❶ 引指嘴裏不停的哼着歌：佢今日咁～，心情一定好好【他今天老哼歌兒，心情一定很好】。❷ 引指説得好聽，或光會説風涼話：你咁～，又唔去試下【你説得這麼好聽，幹嘛不去試試】？

好彩 hou² tsoi² ❶ 走運；幸運：今次車禍冇傷到人，真係～【這次車禍沒傷了人，真幸運】。❷ 幸虧；幸好：食完飯先發覺唔夠錢，～帶咗信用咭【吃完了飯才發覺錢不夠，幸虧帶了信用卡】。

好話 hou² wa⁶ 回應他人的問候或讚揚的用語，原用以表示自謙，後又含自誇之意：～～，都係你撈得掂啲【哪裏哪裏，還是你混得好】！｜～嘞，我就係全場冠軍【不好意思，我就是全場冠軍】！

好話唔好聽 hou2 wa6 m4 hou2 teng1 慣用語，用以引出下文對對方來説是逆耳忠言或直言不諱的說法，近似於「説句不好聽的」、「老實説」：～，你再噉搞法，賺蝕本咋【説實話，你再這麼做法，只能虧本】。｜～，如果你有乜嘢意外，你媽媽邊個照顧呀【説句不好聽的，如果你出甚麼意外，你媽媽誰來照顧】？

好話為 hou2 wa6 wai4 同意對方的要求；好商量：你要買幾多都得，～【你要買多少都行，好商量】。

好飲好食 hou3 jan2 hou3 sik9 愛大吃大喝，喜歡吃吃喝喝：佢～唔讀書，冇出息【他愛大吃大喝，不讀書，沒出息】。

好面光 hou3 min6 gwong1 愛面子；愛體面：佢～，唔肯認做錯嘢【她太愛面子，不肯承認做錯】。

好使 hou3 sai2 揮霍成性；愛花錢：呢個女仔咁～，若果娶咗佢你就有排捱啦【這女孩子愛花錢，要是娶了她你得累死】。

好食懶飛 hou3 sik9 laan5 fei1 好吃懶做：佢後生嗰時～，到而家都一事無成【他年輕時好吃懶做，到現在一事無成】。

毫 hou4 量詞。角，毛：一斤六～【一斤六毛錢】｜三～半【三毛五分】。

毫子 hou4 dzi2 角；……毛錢：買五～花生【買五毛錢花生】｜毫半子【一毛五分錢】。｜而家啲舖頭好多都唔收～【現在的商店很多都不收一角兩角的零錢】。

毫銀 hou4 ngan2* 舊時指一角面值的銀幣。

豪賭 hou4 dou2 揮霍鉅資的賭博。

豪宅 hou4 dzaak2* 豪華住宅。

豪氣 hou4 hei3 財大氣粗；豪爽大方：我哋老細好～，包咗成間酒樓擺酒請啲員工團年【我們老闆很豪爽大方，包了整個飯店請員工吃團年飯】。

豪雨 hou4 jy5 大雨；特大的暴雨。

豪乳 hou4 jy5 特別豐碩的乳房。

蠔 hou4 牡蠣。

蠔油 hou4 jau4 一種粵式調味品，以鮮牡蠣肉煮汁加調料製成。

蠔豉 hou4 si2* 煮熟後曬乾的牡蠣肉。

濠江 hou4 gong1 澳門的別稱。

凶宅 hung1 dzaak2* 不吉利的住宅。通常指發生過兇案的住宅。

空姐 hung1 dze2「空中小姐」的省稱。即機艙女服務員。

空降 hung1 gong3 喻指外來人才擔任要職：經理係由美國總公司～過嚟嘅，我哋都唔知佢份人點【經理是美國總公司指派過來的，我們都不知道他為人如何】。

空股 hung1 gu2 股票市場術語。乾股（指公司設立人或股東依協議贈予第三者的股份，這類「影子股東」一般以勞務或聲譽等代替實際出資）。

空口 hung1 hau2 單吃一樣東西；單吃菜：你唔食飯淨係～食餸點得【你不吃飯光吃菜怎麼行呢】？

空口講白話 hung1 hau2 gong2 baak9 wa6 ❶ 空口無憑；説話沒有依據：你～，我唔信【你空口無憑，我不相信】。❷ 光憑嘴巴講：要做啲嘢出嚟，～冇用嘅【要做點事兒出來，光憑嘴巴講沒用的】。

空框框 hung1 kwaang1 kwaang1 空蕩蕩的：啲嘢搬走晒，屋入便～【東西都搬走了，屋裏空蕩蕩的】。

空寥寥 hung1 liu1 liu1 又作 hung1 leu1 leu1。空空的：個盒～，乜嘢都冇嘅【盒

子是空的，甚麼都沒有】。

空心老倌 hung[1] sam[1] lou[5] gun[1] 外強中乾的人：我以為佢係富家仔至應承嫁佢，點知佢係個～【我以為他出身富貴人家才應承嫁給他，哪裏知道他表面上富裕，實際上很窮】。

空頭白契 hung[1] tau[4] baak[9] kai[3] 無效力的單據或契約；白條：呢張係～，我唔收【這是一張白條兒，我不收】。

空前偉大 hung[1] tsin[4] wai[5] daai[6]【謔】指乳房大。「空前」諧音「胸前」。

胸襲 hung[1] dzaap[9] 摸胸部乳房調戲女性的行為，這是諧音「空襲」一詞而形成的詞語。

胸圍 hung[1] wai[4] 乳罩；文胸。

胸泳 hung[1] wing[6] 蛙泳。

孔明撞到周瑜——一味靠激 hung[2] ming[4] dzong[6] dou[2] dzau[1] jy[4] jat[7] mei[2]* kaau[3] gik[7]【歇】比喻使用激將的辦法，一心要令對方感情衝動：要員工畀心機做嘢，淨係～有用嘅，仲要有物質鼓勵先得【要讓員工用心幹活，光靠激將法沒有用，還得有物質鼓勵才行】。

嗅 hung[3] 嗅；聞：隻狗好似～到乜嘢氣味嘅【這隻狗好像嗅到了甚麼氣味似的】。

控罪 hung[3] dzoey[6] 所指控的罪行：檢控官對佢提出三項～【檢察官提出對他三項罪行的指控】。

控股 hung[3] gu[2] 持有上市公司的一半以上股權：～公司。

紅 hung[4]（家禽、家畜的）血：豬～【豬血】。

紅白藍 hung[4] baak[9] laam[4] 一種編織袋，因其常用紅白藍三色條紋的尼龍編織布製成，故稱：咁多嘢，要搵個～嚟裝先得【這麼多東西，要找個編織袋來裝才行】。

紅白事 hung[4] baak[9] si[6] 喜事或喪事：左鄰右里有～，佢都會盡心盡力幫手【左鄰右舍有婚喪之類的大事兒，他都會盡心盡力幫忙】。

紅卜卜 hung[4] bok[7] bok[7] 紅撲撲的：個孫女啱啱瞓醒，面珠仔～【小孫女剛睡醒，小臉蛋兒紅撲撲的】。

紅簿仔 hung[4] bou[2]* dzai[2]（個人的）銀行活期存摺。因其封面為紅色，故稱。

紅底 hung[4] dai[2]【俗】面額一百元的港幣紙鈔，因鈔票為紅色而得名。又作「紅衫魚」。

紅燈區 hung[4] dang[1] koey[1] 色情場所較為集中的地區。

紅豆 hung[4] dau[2]* 紅小豆。

紅豆沙 hung[4] dau[2]* sa[1] 紅小豆甜粥，一種常見的甜食。紅豆煮爛成稀粥狀，稱為「起沙」，故名「紅豆沙」。

紅當蕩 hung[4] dong[1] dong[6] 紅豔豔（紅得俗氣）：我咁大年紀着到～有咩好睇啫【我這麼大年紀穿得紅豔豔的有啥好看的】。

紅粉緋緋 hung[4] fan[2] fei[1] fei[1]（臉色）紅潤：佢呢排日日進補，食到～，【他這陣子天天進補，吃得紅光滿面的】。

紅股 hung[4] gu[2] 股票市場術語。上市公司額外派贈給股東的股票。派發紅股實際上是上市公司既可給股東以回報、又不用花費大量款項的一種經營手段。

紅棍 hung[4] gwan[3] 黑社會用語。黑社會組織三合會的一個職級，其「職責」是在與其他黑幫打鬥時或懲罰內部犯規者時充當打手。

紅汞水 hung[4] hung[3] soey[2] 紅藥水；紅汞。

紅紅綠綠，馬騮衣服 hung4 hung4 luk9 luk9 ma5 lau1 ji1 fuk9【俗】衣服花哩胡哨的，像玩把戲的猴子穿的一樣。

紅肉 hung4 juk9 顏色偏紅的食用動物肉，如豬肉、牛肉，與「白肉」（如魚肉、雞肉）相對。

紅雨 hung4 jy5 每小時雨量超過 50 毫米的大雨。香港天文台在遇到這種級別的大雨時會懸掛紅色暴雨警告信號，故簡稱「紅雨」。（暴雨信號級別參見「黑雨」條）

紅契 hung4 kai3 經過政府、公司等機構蓋章的契約；有效契約。

紅屐仔 hung4 kek9 dzai2 再婚婦女。來源於客家風俗，婦女再婚時須穿紅木屐，故稱。

紅蘿蔔 hung4 lo4 baak9 胡蘿蔔。

紅馬甲 hung4 ma5 gaap8 證券交易員。因其在交易所中身着紅色馬甲，故稱。

紅面關公 hung4 min6 gwaan1 gung1 指代滿面通紅的人：我一飲酒就好似～噉【我一喝酒就滿臉通紅的】。

紅毛鬼 hung4 mou4 gwai2【蔑】西洋人。因有些西方人頭髮顏色偏棕紅色，故稱。

紅毛泥 hung4 mou4 nai4 水泥。又稱「英泥」、「士敏土（「士敏」是英語 Cement 的音譯）」。舊時稱西方人為「紅毛鬼」，故稱。

紅牌 hung4 paai2* 大紅大紫：喺呢間舞廳佢以前就係～，而家唔係喇【以前在這家舞廳她是大紅大紫，現在不是了】。

紅牌阿姑 hung4 paai2* a3 gu1 大紅大紫、名氣十足的大姐級演員。

紅衫魚 hung4 saam1 jy2* ❶ 金線魚（一種海魚），因魚身有紅色條紋而得名。❷【俗】面值百元的港幣紙鈔。又作「紅底」。

紅紙 hung4 dzi2 給小孩或飯店、賓館侍者的紅包：一張～，小小意思【一個紅包，略表心意】。

紅色炸彈 hung4 sik7 dza3 daan2*【謔】對紅色喜慶請帖的謔稱。收到這類請帖意味着必須送禮、增加開銷，讓錢包「受傷」，故謔稱其為炸彈。

紅色小巴 hung4 sik7 siu2 ba1 香港的公共小型巴士。

> 【小知識】香港小巴以車頂顏色為標誌分為兩類，紅色的為「公共小巴」（俗稱「紅 van」），綠色的為「專線小巴」（俗稱「綠 van」）。紅色公共小巴行駛路線較長，可以隨時停車上下客（禁區除外），分段收費；綠色專線小巴行駛路線較短且有固定停靠站點和價格。

紅鬚綠眼 hung4 sou1 luk9 ngaan5 紅鬍子綠眼睛（對西洋人的長相的誇張化形容）：聽啲～嘅鬼佬唱京戲，都幾有意思嚸【聽那些紅鬍子綠眼睛的外國人唱京戲，也挺有意思的】。

紅鬚軍師 hung4 sou1 gwan1 si1 低能卻愛給人家出主意的人；出餿主意的人。因戲台上這類角色都戴短紅鬍子，故稱：唔好理嗰個～，淨係識諗啲屎橋【別理那個狗頭軍師，光會出餿主意】。

紅棗巢皮心未老 hung4 dzou2 tsaau4 pei4 sam1 mei6 lou5【俗】紅棗乾了，外皮滿是皺紋，其實它仍然香甜可口，喻指人老心不老：黃伯八十幾歲仲好落力學英文，真係～【黃伯伯八十多歲了還在努力學英語，真是人老心不老】。

紅籌股 hung4 tsau4 gu2 股票市場術語。

指在香港或海外註冊，由中資企業控股的香港上市公司的股票。「紅籌股」是仿照「藍籌股」造出來的詞語，因海外習慣以「紅色」代表中國，故稱。

紅潮 hung⁴ tsiu⁴ 赤潮（海洋中一些微藻、原生動物或細菌在一定環境條件下爆發性增殖或聚集達到某一水準，引起水體變紅的一種生態異常現象）。

熊人 hung⁴ jan²* 狗熊。

熊貓眼 hung⁴ maau¹ ngaan⁵【諧】黑眼圈：睇佢成對～都知佢琴晚又捱通頂啦【瞧他那一雙黑眼圈都知道他昨晚又熬通宵了】。

熊證 hung⁴ dzing³ 股票市場術語。預測某種股票會跌價而買入的證券。（參見「牛熊證」條）

熊市 hung⁴ si⁵ 股票市場術語，指市場價格處於低迷狀態。

鴻運扇 hung⁴ wan⁶ sin³ 一種電風扇。其外形通常為正方型，帶有轉動斜向送風葉片。

哄 hung⁶ 圍攏；圍着：大家都～住新郎新娘攞糖食【大家都圍着新郎新娘要喜糖吃】。

虹 hung⁶ ❶污跡；印記；痕跡：件褲有條～，幫我攞去乾洗吖【褲子有污跡了，替我拿去乾洗吧】。❷暈；圈兒：月光周圍有～，聽日或者會落雨【月亮周圍有暈，明天可能會下雨】。

圈中人 hyn¹ dzung¹ jan⁴ 行內人（一般指娛樂圈中人）。

勸交 hyn³ gaau¹ 勸架，勸阻吵架；勸阻打架：你過去～，因住佢連你都打埋【你去勸架，小心連你都被打了】。

血色 hyt⁸ sik⁷ 氣色：佢呢排～幾好【她最近的氣色很好】。

j

吔吔烏 ja⁴ ja⁴ wu¹ 最差勁的：佢啲功夫認真～【他的功夫真的很差勁】。

也文也武 ja⁴ man⁴ ja⁴ mou⁵ 耀武揚威：佢係邊個呀？喺度～【他是誰呀？在這兒耀武揚威的】。

廿 ja⁶ 二十，這是「二」和「十」的合音：～幾歲【二十多歲】。

踹 jaai² ❶踩：因住唔好～到我隻腳【小心別踩了我的腳】。❷同「踩❶」。騎（車）：～單車【騎自行車】。

喫 jaak⁸ 吃：～飯【吃飯】｜～乜嘢呀【吃甚麼呢】？

染 jaam⁵ 蘸：～啲豉油好食啲【蘸點兒醬油更好吃】。

□ jaang³❶腳向下使勁；蹬。又寫作「撐」：～上十樓【走樓梯上十樓】｜畀對方後衛～咗一腳【被對方後衛蹬了一腳】。❷【俗】引指走人：～喇【撤了】！

□ jaap⁸ ❶掖；捲。同「押（ngaap⁸）」。❷質量差劣；差勁兒；不像樣：呢間餐廳咁～，去隔籬嗰間啦【這家餐廳太不像樣，去旁邊那家吧】。｜你搵返嚟班演員太～，完全唔識做戲【你找回來那幫演員太差勁兒，完全不會演戲】。

揜手 jaap⁹ sau² 招手；揚手：你唔～，的士點會停啫【你不揚手，出租車怎麼會停下來呢】？

撓仁 jaau¹ ngan⁴ 農曆新年款待客人的習

俗，請客人在「全盒（攢盒）」中取瓜子、果仁等吃：大伯娘，～啦【大伯母，吃點瓜子兒】！

曳 jai5 ❶ 劣；次；賴；差：呢批貨好～【這批貨很差】。｜考到八十幾分唔～㗎啦【考了八十多分不算差的了】。❷ 淘氣：聽媽咪話，唔好咁～呀【聽媽媽話，別那麼淘氣啊】！

音帶 jam1 daai2* 「錄音帶」的省稱：呢盒～錄咗好多舊歌【這錄音帶錄了好多舊歌曲】。

陰 jam1 ❶ 暗算；暗害：有人想～我，冇咁易【有人想暗算我，沒那麼容易】。❷ 同「陰濕」。陰險：佢真係～【他真陰險】。

陰啲陰啲 jam1 di1 jam1 di1 逐漸；一點兒一點兒的：佢搵機會接近你，～嘅呃晒你啲錢【他找機會接近你，一點兒一點兒的把你的錢全騙走了】。

陰毒 jam1 duk9 惡毒；狠毒：佢連個仔都害，真係～【他連兒子都坑害，真狠毒】。

陰質 jam1 dzat7 沒陰德；心腸壞；作孽。意同「陰功 ❶」：乜你咁～㗎，搞散人哋頭家【你真缺德，拆散了人家的家庭】！

陰乾 jam1 gon1 ❶ 漸漸消瘦：你再唔食嘢，係咪想～自己呀【你再不吃東西，難道想讓自己漸漸瘦下去嗎】？❷ 經濟條件越來越差：冇咗基金會資助，學社就慢慢～【沒有基金會的資助，學社的經濟條件就變得越來越差】。

陰功 jam1 gung1 ❶「冇陰功」的省略。沒有陰德；作孽；造孽。又作「陰質」：你無端端將人哋打成噉，真係～【你無端把人家打成這樣，真是作孽】。❷ 淒涼；可憐：～咯，流咗咁多鼻血【真可憐鼻子流了這麼多血】。

陰氣 jam1 hei3 ❶ 性格陰沉；不開朗：老闆個人好～嘅【老闆性情陰沉】❷ 缺乏男子氣魄。引指男女比例不均，女多男少：他生性柔弱，好～【他生性柔弱，缺乏男子氣概】。｜呢度～太盛【這裏女多男少】。

陰陰凍 jam1 jam1 dung3 陰沉寒冷：天氣～，你着多件衫喇【天氣陰沉寒冷，你要多穿一件衣服】。

陰陰笑 jam1 jam1 siu3 暗地裏偷偷地笑：見到老闆出醜，大家都係度～【見到老闆出醜，大家都在偷笑】。

陰翳 jam1 ngai3 陰暗；密雲欲雨：今日天氣～【今天天氣密雲欲雨】。

陰濕 jam1 sap7 陰險；狡猾。又省作「陰」：扮頂頭槌專登撞傷我哋龍門，佢哋呢一招真係～【假裝頂頭球故意撞傷我們的守門員，他們這招真陰險】。

陰聲細氣 jam1 seng1 sai3 hei3 輕聲細氣：男人老狗，乜講嘢～好似女仔噉咧【男子漢大丈夫，怎麼說話輕聲細氣的像女孩子似的】。

陰司紙 jam1 si1 dzi2 燒給死者的紙錢；冥鈔。

髺（陰） jam1 劉海（垂在額前的短髮）。

飲 jam2 ❶ 喝：～茶【喝茶】。❷ 赴宴：執得咁正，係唔係去～呀【穿得這麼整齊，是不是去赴宴呢】？

飲飽食醉 jam2 baau2 sik9 dzoey3 酒足飯飽；吃飽喝足：你喺出便～，我就幫你捱生捱死【你在外面酒足飯飽的，我就為你拼死拼活】。

飲品 jam2 ban2 各類軟飲料（非酒精類飲

料）的統稱。

飲大咗 jam2 daai6 dzo2（酒）喝高了：琴晚～，點返屋企都唔記得【昨晚喝多了，怎麼回的家都忘了】。

飲得 jam2 dak7 能喝（指酒量大）：佢老竇好～嘅，三杯點灌得醉佢吖【他老爸挺能喝的，三杯怎麼能灌醉他呢】。

飲得杯落 jam2 dak7 bui1 lok9 可以放心地飲酒慶祝，指完成一項工作或了卻一件心事以後心情輕鬆愉悦。又作「嗒得杯落」：你終於考到車牌嘞，～啦【你終於考取了駕駛證，可以痛痛快快乾一杯了】！

飲咗門官茶 jam2 dzo2 mun4 gun1 tsa4 迷信的人認為喝了拜門神的茶後會開懷大笑，喻指笑口常開：你～呀，成日笑【你喝了拜門神的茶呀，整天笑嘻嘻的】。

飲咖啡 jam2 ga3 fe1 喝咖啡。特指被廉政公署傳訊。因廉政公署約談時通常會先斟一杯咖啡請當事人喝，故稱：佢畀廉記請咗去～【他被廉政公署傳訊】。

飲歌 jam2 go1（自己）唱得最熟練或最好聽的歌：呢隻係佢嘅～，次次都唱到好投入【這是他最拿手的歌，每次都唱得很有感情】。

飲薑酒 jam2 goeng1 dzau2 喝滿月酒。

飲衫 jam2 saam1 赴宴穿的漂亮衣服。引指衣服中最體面的那件：阿爸件～二十年前着到而家，個孫結婚都係佢【老爸那件赴宴穿的衣服從二十年前穿到現在，孫子結婚還是穿它】。

飲勝 jam2 sing3 乾杯：大家～【大家乾杯，不醉不歸】。

飲水尾 jam2 soey2 mei5 喝剩湯，引申指獲取別人剩下的微利：我發唔到大財，淨係～啫【我沒有發大財，只撈到些別人剩下的微利】。

飲頭啖湯 jam2 tau4 daam6 tong1 喝第一口湯，喻指最早獲得利益、好處：佢做電腦生意飲咗頭啖湯，好多人跟住佢做呢一行【他最早做電腦生意而獲益，很多人就跟着他幹這一行】。

飲茶 jam2 tsa4 ❶ 喝茶。❷ 喝開水。❸ 到酒樓茶館去喝茶、吃點心：第日我請你～【過幾天我請你（上茶館）喝茶吃點心去】。

飲茶灌水 jam2 tsa4 gun3 soey2 請對方吃喝以作賄賂：想同佢搞好關係，～就唔少得㗎喇【想跟他搞好關係，請客送禮是免不了的了】。

飲橙汁 jam2 tsaang2 dzap7 喝橙汁。特指接受戒毒治療。治療毒癮使用的藥物「美沙酮」通常為橙色藥劑，與橙汁很相似，故稱。

飲筒 jam2 tung2* 吸管。

任……唔嬲 jam6 m4 nau1 ……都可以；任君……；儘管……都沒關係：任揀唔嬲【任君挑選】｜自助餐任食唔嬲【自助餐吃多少都行】。

因 jan1 ❶ 估算：你～下啲贈品夠唔夠派【你估算一下贈品夠不夠派】。❷ 因為：你～乜遲到呀【你為甚麼遲到了】？

因住 jan1 dzy6 ❶ 當心；留心；留神：～，前面有坑渠【當心，前面有條水溝】。｜～畀人見到【當心被別人發現】。❷ 估計；估量；估摸：唔得閒度喇，～咁上下長就得啦【沒空兒去量度了，估摸着差不多就行了】。

因住嚟 jan1 dzy6 lai4 當心；小心點兒。帶警告口吻：再唔還錢，你～【再不還債，你可小心點】！

因住收尾嗰兩年 jan1 dzy6 sau1 mei1* go2 loeng5 nin4【俗】當心最後兩年的日子。喻指作惡之人最終會有所報應；亦含有詛咒人不得善終之意：你害完一個又一個，～呀【你害完一個又一個，當心不得善終】。

因由 jan1 jau4 原因：唔知係乜嘢～，佢突然話退出比賽【不知道是甚麼原因，她突然說要退出比賽】。

因乜解究 jan1 mat7 gaai2 gau3 甚麼原因：～星期日都要返工【甚麼原因星期天都要上班】？

忍 jan2 忍住；忍耐；憋着：咁熱點～【那麼熱怎麼受得了】？｜細路仔急尿就要去廁所，唔好貪玩～尿【小孩子尿急就要上廁所去，不要貪玩憋尿】。

忍頸 jan2 geng2 忍氣吞聲：同老闆講嘢，我唔～都唔得【跟老闆說話，我不忍着點不行】。

隱蔽青年 jan2 bai3 tsing1 nin4 躲在家中不工作的自我封閉型的青年人。

隱形眼鏡 jan2 jing4 ngaan5 geng2* 軟性眼鏡。

癮君子 jan2 gwan1 dzi2 吸毒者。

印度神油 jan3 dou6 san4 jau4 一種春藥。

印花稅 jan3 fa1 soey3 香港間接稅之一。主要針對房地產和股票交易徵收。因稅務局會在送交的交易檔上加蓋收稅印章（即「印花」），故稱。

印傭 jan3 jung4 印尼籍家庭女傭。

人辦 jan4 baan2*（人的）樣板、榜樣：想知吸毒嘅結果，佢就係～嘞【想知道吸毒的結果，他就是個樣板】。

人哋 jan4 dei6 人家；別人：～都唔急，你使乜急啫【人家都不急，用得着你急嗎】？｜呢件事唔好話畀～知【這事情不要告訴別人】。

人多口雜 jan4 do1 hau2 dzaap9 ❶ 人多議論多；人多意見多：我最怕～，好難辦事【我最怕人多意見多，不好辦事】。❷ 人多流言蜚語多，事情難以保密：公司～，唔好亂講嘢【公司人多流言蜚語多，不要亂說話】。

人渣 jan4 dza1 社會渣滓；敗類：賣白粉都做？正一～嚟嘅【販毒的事都幹？真是個敗類】。

人仔 jan4 dzai2 【謔】人民幣。

人仔細細 jan4 dzai2 sai3 sai3 小小年紀：佢好聰明，～就識背好多唐詩【他很聰明，小小年紀就會背很多唐詩了】。

人際網絡 jan4 dzai3 mong5 lok8 人際關係網：畢業前佢已經建立好～【畢業前他已經建立好人際關係網】。

人之患 jan4 dzi1 waan6【謔】指代教師。源出《孟子．離婁上》「人之患在好為人師」。

人間蒸發 jan4 gaan1 dzing1 faat8 無故失蹤。源自日語「人間蒸発」：某富豪一夜情之後～，警方懷疑佢可能遇害【某富豪一夜情之後無故失蹤，警方懷疑他可能遇害了】。

人講你又講 jan4 gong2 nei5 jau6 gong2 人云亦云：你識乜嘢吖，～【你懂啥，只會人云亦云】。

人工 1 jan4 gung1 工資；薪水：一個月有幾多～【一個月有多少工資】？

人工 2 jan4 gung1 ❶ 工夫：要用幾多～先整得好呀【要用多少工夫才做得好

呢】？❷ 工藝：貴係貴啲，不過～靚【貴是貴了點，不過工藝精美】。

人客 jan4 haak8 客人：你屋企有～呀【你家裏來了客人】？

人氣 jan4 hei3 人望；知名度：呢位女星近排因緋聞而～急升【這位女明星最近因為緋聞而知名度激增】。

人氣榜 jan4 hei3 bong2 人望排名榜。

人氣急升 jan4 hei3 gap7 sing1 知名度激增：佢攞咗獎之後～【他得獎以後知名度激增】。

人日 jan4 jat2* 正月初七。傳説女媧摶土製成萬物，在第七天造的是人，故稱。

人一世物一世 jan4 jat7 sai3 mat9 jat7 sai3【俗】人生匆匆；人生幾何：～，有機會去南極一定要去見識一下【人生幾何，有機會到南極一定要去見識一下】。

人有我有 jan4 jau5 ngo5 jau5 人家有的我也有（用於自我解嘲、自我安慰）：間屋係細咗啲，不過算係～㗎喇【房子是小了點，不過也算是人家有的咱也有了】。

人有三衰六旺 jan4 jau5 saam1 soey1 luk8 wong6【俗】人不是走運就是倒運。這是用於安慰別人的用語：～，遇到少少阻滯好正常嘅啫，唔好灰心【誰都有走運或者倒楣的時候，遇到一點困境很正常嘛，別灰心】。

人肉炸彈 jan4 juk9 dza3 daan2* 人體炸彈（攜帶炸彈與目標同歸於盡者）。

人球 jan4 kau4 被人當球一樣踢來踢去，喻指被辦事的各相關部門或相關責任人互相推諉而無所適從者：你哋幾兄弟將個老母當～噉踢，有冇良心㗎【你們兄弟幾個把母親當球踢來踢去的不願贍養，有沒有良心呢】？

人老精鬼老靈 jan4 lou5 dzeng1 gwai2 lou5 leng4【俗】人老了，積累的人生經驗豐富了，就會變得更精明：～，你哋後生仔呢啲屎橋呃唔到我嘅【人老了就學精明了，你們年輕人這種鬼點子騙不了我的】。

人龍 jan4 lung4 指排隊輪候的較長的隊伍：～排到去街尾【輪候的隊伍一直排到街的盡頭】。

人細鬼大 jan4 sai3 gwai2 daai6 指年紀不大卻懂得大人的事：你～喇，學人約女仔去街【你太早熟，小小年紀就學人約姑娘逛街談情説愛】？

人蛇 jan4 se4 偷越邊界的人；偷渡者。這些人多數蜷縮一團，藏在船倉底層、火車運貨的車廂裏面，像蛇似的盤屈着，故稱：偷運～入境。

人事 jan4 si2* 人情；關係：你又冇錢，又冇～，好難喺度搵食嚡【你又沒錢，又沒關係，在這兒很難混飯吃的】。

人瑞 jan4 soey6 罕見的高齡人士，一般指上百歲的老人。

人頭搏芋頭 jan4 tau4 bok8 wu6 tau2*【俗】用人頭跟不值錢的芋頭打賭，表示對某事很有把握、很有信心：我～，呢件事肯定唔會係佢一個人做嘅【我可以保證，這件事肯定不會是他一個人做的】！

人頭豬腦 jan4 tau4 dzy1 nou5 人長着豬腦袋，即愚蠢之意：你真係～嚟嘅，咁簡單嘅題目都答唔出【你真是長了個豬腦袋，這麼簡單的題目都答不出來】！

人頭湧湧 jan4 tau4 jung2 jung2 指人很多，只能看見無數人頭在湧動：銅鑼灣幾時都係～嘅【銅鑼灣甚麼時候都擠滿了人】。

人情 jan4 tsing4 賀禮；賀款：～緊過債【送賀禮比還債更要緊】。｜唔去飲（喜酒）都要做～【不去赴宴，也要送賀禮】。

人情還人情，數目要分明 jan4 tsing4 waan4 jan4 tsing4 sou3 muk9 jiu3 fan1 ming4 交情歸交情，金錢上的數目還是不能含糊：你借畀我筆錢我寫番張借據畀你，～【你借給我那筆錢我給你立張借據，交情歸交情，金錢方面還是清清楚楚的好】。

引 jan5 ❶ 導火線；引線：你去點炮仗～【你去點爆竹的導火線】。❷ 引誘；逗引：你～佢過嚟【你逗引她過來】。❸ 吸引：一放煙花～到個個走晒出嚟睇【煙火一放，人人都被吸引到外面來觀看】。

癮 jan5 ❶ 癮頭。❷ 興趣：睇大戲？佢邊有～吖【看粵劇？他哪有興趣】？

入 jap9 ❶ 進：你～去先【你先進去】。｜行～間房【走進那間屋子】。❷ 放進；裝進；放入：將藥片～落個樽度【把藥片裝進瓶子裏】。❸ 靠裏邊；往裏：行～車廂【往車廂裏走】｜隻手伸～啲至摸到【手要再往裏伸一點兒才摸得到】。

入稟 jap9 ban2 向法院提交起訴書。

入便 jap9 bin6 裏頭；裏邊；裏面：屋～冇人【屋裏沒人】。｜你坐～，我坐出便【你坐裏邊，我坐外邊】。

入波 jap9 bo1 ❶（球類比賽的）進球：上半場得佢一個人～【上半場就他一個人進了球】。❷（開車時）掛檔：你都未～，架車點會哪吖【你還沒掛檔，車怎麼會動彈呢】？

入紙 jap9 dzi2（向政府、司法機關、外交使團等）遞交申請表之類的文書：～申請移民【遞交表格申請移民】。

入則 jap9 dzik7「則」指圖則，即建築設計圖。建築物或建築單位要加建或改建，須向政府有關部門申請，申請時提交有關圖則，稱為「入則」。

入座率 jap9 dzo6 loet2* 上座率。

入樽 jap9 dzoen1 籃球運動術語。扣籃；灌籃。即手持籃球在籃球框上方把球使勁放進籃筐。亦叫「錋樽」：佢～嘅技巧全場叫絕【他扣籃的技巧全場叫絕】。

入罪 jap9 dzoey6 定罪。

入伙 jap9 fo2 遷入；入住（新房子）：新屋～【搬進新房子】｜呢棟樓今年十月～【這幢樓房今年十月可以入住】。

入伙紙 jap9 fo2 dzi2 政府部門向新建成的建築物發出的符合標準、准許入住或使用的證書：間屋未有～係唔可以買賣嘅【這房子沒有准許使用的證明書是不可以買賣的】。

入鄉隨俗 jap9 hoeng1 tsoey4 dzuk9 到了別的地方、國家，就要遵從當地的風俗習慣，意近「入鄉問俗」。

入行 jap9 hong4 選擇、進入某一行業：我～三年幾，多少學到啲嘢嘅【我進入這一行三年多，多多少少學到點東西】。

入 U jap9 ju1 進大學。U 為英語 university 的首字母，以其指代大學。

入肉 jap9 juk9（刺激、損失等）非常厲害、沉重，甚至達到極點：生意蝕到～【生意虧損得很厲害】。

入味 jap9 mei6 指烹調或腌製食物時調味料的味道能滲入食物內部，吃起來可口。

入屋叫人，入廟拜神 jap9 nguk7 giu3 jan4 jap9 miu2* baai3 san4【俗】到別人家裏要跟人打招呼，進了寺廟要敬拜廟裏的神像。喻指要尊重主人和人家的習俗。

入心 jap⁹ sam¹（感受）進入心坎，形容程度很深：佢呢句說話，我聽落真係甜到～【他這句話，我聽來真是甜到心坎裏】。｜畀蜜蜂針到，痛到～【讓蜜蜂蜇傷，痛得難以忍受】。

入息 jap⁹ sik⁷ 收入：佢啱啱出嚟做嘢～冇幾多【他剛出來工作收入沒多少】。

入息稅 jap⁹ sik⁷ soey³ 個人所得稅。

入數 jap⁹ sou³ ❶ 入賬；記賬；記載在賬本上：呢筆收入～未【這筆收入記賬了沒有】？｜今餐入我數【這頓飯記我的賬（即「我請客」之意）】。❷ 引申為歸咎責任；算賬：佢做錯嘢無理由入埋我數嚁【他做錯了沒理由把賬算到我頭上的呀】。

入數紙 jap⁹ sou³ dzi² 到銀行付款結賬後的收據、憑證。

入冊 jap⁹ tsaak⁸（指代）進監獄坐牢；入獄。與表示出獄的「出冊」相對：佢 20 歲～，而家已經坐咗八年監【他 20 歲入獄，現在已經坐了八年牢】。

入青山 jap⁹ tsing¹ saan¹（指代）進精神病院。青山為香港精神病院所在地。

入牆櫃 jap⁹ tsoeng⁴ gwai⁶ 嵌入牆裏的衣櫃或組合櫃。

入場券 jap⁹ tsoeng⁴ hyn³ 喻指能參與某些活動的資格：佢喺呢個項目攞到奧運嘅～【他在這個項目拿到了奧運會的參賽資格】。

入廠 jap⁹ tsong²【謔】原意指進工廠修理，喻指住院治療。

入圍 jap⁹ wai⁴ ❶ 經競爭或抽簽等方式，進入一個特定範圍或中獎：佢擊敗咗同組對手～，有份參加決賽【他擊敗了同組的對手，有資格參加決賽】。❷ 引申指被錄取：佢考公務員終於～【他考公務員終於被錄取了】。

一 jat⁷ 用於某些重疊的單音形容詞中間表示「很」之意，此類結構通常置於動詞之後作補語：扮到靚～靚【打扮得很漂亮】｜架車開到慢～慢【那輛車開得很慢】。

一日 jat⁷ jat⁹ 總之；終歸；說到底：呢件事～都係你唔啱【這事說到底全是你不對】。

一日到黑 jat⁷ jat⁹ dou³ hak⁷ ❶ 一天到晚；成天：～都忙到死【一天到晚都忙得要死】。❷ 說到底；歸根結底：～都係佢攪事先嘅【說到底都是他先挑起事端的】。

一把火 jat⁷ ba² fo² 心頭火起；火冒三丈：個仔學期考居然三科唔合格，激到我～【兒子學期考試居然三科不及格，氣得我火冒三丈】。

一便 jat⁷ bin⁶ 一邊：放埋～【放在一邊】。｜～睇，～喊【一邊看，一邊哭】。

一本通書睇到老 jat⁷ bun² tung¹ sy¹ tai² dou³ lou⁵【俗】曆書是年年更換的，一部曆書用一輩子，比喻死板，墨守成規：而家有錢要攞嚟投資，唔係存喺銀行最好，你咪～啦【現在有錢要用來投資，不是存銀行最好，你別墨守成規了】。

一䬟嚾 jat⁷ bung⁶ tsoey⁴ 一股臭味或霉味：廚房有～，好難聞【廚房有一股臭味，很難聞】。

一擔擔 jat⁷ daam³ daam¹ 扁擔兩頭挑着的東西——一樣（重），喻指一路貨色：佢兩兄弟都係～啦，而家一齊坐緊監【他兄弟倆一路貨色，現在都被關進牢裏】。

一啖砂糖一啖屎 jat⁷ daam⁶ sa¹ tong⁴

jat7 daam6 si2【俗】一口砂糖一口屎。❶ 打你個巴掌又替你揉一揉；一會兒跟你親密，轉眼又翻臉：女朋友對我～噉，我真係頂佢唔順【女友對我陰晴不定的，我真受不了她】。❷ 引指情況有好有壞，或一會好一會兒壞：我尋日場比賽贏咗，不過～，今日場場都輸晒【我昨天的比賽贏了，不過有好的一面就有壞的一面，今天的就全輸了】。

一等一 jat7 dang2 jat7 最好的；超一流的：呢家銀行嘅服務真喺～【這家銀行的服務是最好的】。

一啲 jat7 di1 一點兒；一些：好咗～㗎喇【好一些了】。｜雖然咁夜，我～都唔眼瞓【雖然已經很晚，可我卻一點兒也不睏】。

一啲啲 jat7 di1 di1 ❶ 一點兒；一點點：胡椒粉落～就夠喇【胡椒粉放一點點就夠了】。❷ 因情況不同而異：～啦，唔係樣樣都受歡迎嘅【不同的東西情況不一樣，不是每樣都受歡迎的】。

一丁麵 jat7 ding1 min4「出前一丁」速食麵的省稱。

一度 jat7 dou6 一番；一次；一陣子：西裝～【穿一身西裝】｜風流～【快活一陣子】。

一膕都冇 jat7 dung6 dou1 mou5 原指打牌時把籌碼全輸光了，引指「無法招架」、「一籌莫展」：佢講完之後，即時畀人駁到～【他說完後，馬上給反駁得沒詞兒了】。｜呢排現金周轉唔嚟，搞到我～【這陣子現金周轉不過來，弄得我一籌莫展】。

一朕煙 jat7 dzam6 jin1 一股煙；一陣煙。比喻過一陣就消失：佢成日發嬲，不過～嘅啫【她老發脾氣，不過像一陣煙很快就過了】。

一陣間 jat7 dzan4 gaan1 過一會兒；等會兒：～佢嚟嗰陣時你唔好出聲【等會兒他來的時候你別吱聲】。

一陣 jat7 dzan6 ❶ 又作 jat7 dzan2*。同「一陣間」。❷ 一會兒：你坐喺度等～【你坐這兒等一會兒】。｜佢啱啱走咗～【他剛走了一會兒】。❸ 一陣子；一段時間；一段日子：前～【前一陣子】｜喺外國住咗～【在外國住了一段時間】。

一陣陣 jat7 dzan6 dzan6 不經常；有時：佢就算發羊吊都係～嘅啫【他癲癇病發作也只是間歇性的】。

一就一二就二 jat7 dzau6 jat7 ji6 dzau6 ji6 乾淨利落；實事求是；該怎麼辦就怎麼辦：佢做嘢不溜都～【他辦事向來實事求是】。

一姐 jat7 dze1* 機構中的第一把手或行業、學術領域的最具權威性的女性。與「一哥」相對：呢位教授係我哋學校微電子學研究嘅～【這位（女）教授是我們學校微電子學研究的最高權威】。

一隻積 jat7 dzek8 dzik7 喻指過度辛苦勞累。「積」即千斤頂，英語jack的音譯詞。千斤頂個頭不大，卻得力頂千斤，故稱：啱啱出嚟做嘢嗰幾年，為咗搵錢養家供樓，佢捱到～噉【剛工作那幾年，為了掙錢養家、供樓，他都快累癱了】。

一隻狗 jat7 dzek8 gau2 喻辛苦勞累得跟狗似的：今日做到～噉【今天忙得夠嗆】。

一隻屐 jat7 dzek8 kek9 ❶ 形容被訓斥、責罵得狼狽不堪：畀老竇鬧到～噉【被父親罵得狗血淋頭】。❷ 形容勞累不堪：日日做到～噉，都搵唔到三餐飽【天天累成一攤泥，都掙不到三頓飽飯吃】。

一支公 jat7 dzi1 gung1【諧】孤零零一個

人（僅用於指男性成年人）：～行街有乜癮啫【一個人逛街有啥意思】？｜得你～喺度咋【就你一個人在這呀】？

一自 jat⁷ dzi⁶ 一邊；一面。表示兩個動作同時進行：你唔好～食，～講喇【你不要一邊吃飯，一邊說話】。

一自自 jat⁷ dzi⁶ dzi⁶ 逐漸；一點點地：個天～暗【天逐漸黑了】。

一字咁淺 jat⁷ dzi⁶ gam³ tsin² 像「一」字那樣淺顯明白：～嘅道理，你都唔明嘅【像「一」字那麼淺顯的道理，你都不明白】？

一字角 jat⁷ dzi⁶ gok⁸ 角落。又作「一二角」：佢縮埋～【他縮在角落裏】。

一字馬 jat⁷ dzi⁶ ma⁵ 劈叉：她學識～嘞【她學會做劈叉了】。

一字眉 jat⁷ dzi⁶ mei⁴ 臥蠶眉；平直的眼眉：佢條～好粗【他的臥蠶眉很粗】。

一竹篙打一船人 jat⁷ dzuk⁷ gou¹ da² jat⁷ syn⁴ jan⁴【俗】撐船的竹竿一掃，把全船的人都打了。喻指說話不分青紅皂白，累及無辜者：你鬧人要分清是非，唔好～【你罵人要分清青紅皂白，不要一棍子把大家都打了】。

一族 jat⁷ dzuk⁹ 同一類人：上班～【上班族（上班的人士）】。

一盅兩件 jat⁷ dzung¹ loeng⁵ gin⁶ 一杯茶，兩三樣茶點。這是粵式茶樓的顧客吃早點時消費的常態。

一磚豆腐想升仙 jat⁷ dzyn¹ dau⁶ fu⁶ soeng² sing¹ sin¹【俗】剛拜佛、吃齋，才吃了一塊豆腐就想成仙，比喻想一步登天：你學得嗰幾日功夫，就想參加比賽，你真係～呀【你的武術才學幾天，就想參加比賽，你以為能一步登天呀】？

一家大細 jat⁷ ga¹ daai⁶ sai³ 一家老小；全家人：佢哋～出晒去玩【他們全家都出去玩了】。

一家便宜兩家着 jat⁷ ga¹ pin⁴ ji⁴ loeng⁵ ga¹ dzoek⁹【俗】雙方都能佔到便宜；雙方都有好處：捐款助學可以幫到人，又可以合理避稅，呢啲係～嘅好事【捐資助學既可以幫助他人，又可以合理避稅，這是兩邊兒都佔便宜的好事兒】。

一雞死一雞鳴 jat⁷ gai¹ sei² jat⁷ gai¹ ming⁴【俗】指事物循環發展，有死亡，有新生：呢度間玩具舖執咗，又開番間餐廳，正所謂～，生意始終有人做嘅【這裏的玩具店關門了，又開了家餐廳，有衰落有新生，生意總有人做的】。

一雞士 jat⁷ gai¹ si²*【諧】一元；一塊錢。又作「一蚊雞」。

一嚿飯 jat⁷ gau⁶ faan⁶【諧】形容人笨拙、無能：佢做嘢～噉，邊幫得到手吖【他幹活笨手笨腳的，哪幫得了忙啊】！

一嚿水 jat⁷ gau⁶ soey²【諧】一百元。

一嚿雲 jat⁷ gau⁶ wan⁴ 喻指說話漫無邊際（好像漂浮不定的一朵雲似的），其用法近於「雲山霧罩」：佢講啲嘢～噉，唔知噏乜【他說的話雲山霧罩的，不知道說些啥】。

一頸血 jat⁷ geng² hyt⁸ 脖子上盡是血，被傷害得很嚴重，喻指金錢上的損失很大：呢間餐廳咁高級，實畀人斬到～【這家餐廳那麼高級，（在這兒吃飯）肯定讓人宰得不輕】。

一哥 jat⁷ go¹ ❶機構中的第一把手；頭兒：我哋公司入便張生就係～，唔聽佢聽邊個呀【我們公司裏張先生就是頭兒，不聽他的聽誰的】？❷行業、學術領域的權威；最出色的人；老大：香港地產界佢算係～㗎啦【香港地產界他該算是老大了】。❸ 香港警務處處長的俗稱。

一個半個 jat[7] go[3] bun[3] go[3] 少數；個別；個把：全班咁多人，有～唔參加好平常嘅啫【全班這麼多人，有個別人不參加也很正常嘛】。

一個對 jat[7] go[3] doey[3] 一晝夜；一日一夜：我哋留咗喺度～喇【我們留在那裏一日一夜了】。

一個字 jat[7] go[3] dzi[4] 五分鐘：四點～【四點零五分】｜煮～就熟【煮五分鐘就熟】。

一個鐘 jat[7] go[3] dzung[1] 一小時；一個鐘頭。

一個骨 jat[7] go[3] gwat[7]「骨」為英語 quarter 的音譯，意為「四分之一」，特指（時間上的）一刻鐘、（重量上的）四分之一磅、（長度上的）四分之一英尺：四點～【四點一刻】｜等咗你～【等了你一刻鐘】｜買～嘅牛油【買一塊四分之一磅的黃油】。

一個閒 jat[7] go[3] hoi[1] 一倍：呢批貨可以賺～【這批貨可以賺一倍錢】。

一個二個 jat[7] go[3] ji[6] go[3] 個個；每一個：你哋～都幫唔到我手，我惟有自己做囉【你們一個個都幫不上我忙，我只好自個兒幹了】。

一腳牛屎 jat[7] goek[8] ngau[4] si[2]【貶】指土氣；土裏土氣：我啱啱由鄉下落嚟香港嗰陣時，真係～，乜都唔識【我剛從家鄉來到香港的時候，真的是土裏土氣，啥都不懂】。

一腳踢 jat[7] goek[8] tek[8] 各種事務全由一個人包辦；獨自一個人幹：呢間舖頭，由入貨、搬運到賣貨，都係我～【這間小店從進貨、搬運到賣貨，全是我自個兒幹】。

一句到尾 jat[7] goey[3] dou[3] mei[5] 直接了當地說：～，你贊成定反對【一句話，你贊成還是反對】？

一句講晒 jat[7] goey[3] gong[2] saai[3] ❶ 總而言之；一言以蔽之：～，我已經決定咗噉做【總而言之，我已經決定這麼做】。❷ 不必多說：～，呢間樓冇 500 萬我唔會賣【不必多說，這套房沒有 500 萬我不賣】。

一句起兩句止 jat[7] goey[3] hei[2] loeng[5] goey[3] dzi[2]【俗】形容人交談時話很少，說話不長篇大論：同佢傾偈佢都係～【跟他談話他都只說那麼一兩句】。

一蟹不如一蟹 jat[7] haai[5] bat[7] jy[4] jat[7] haai[5]【俗】賣螃蟹時好的螃蟹總是先被買走，剩下的總是不如先前的。比喻人的素質或事情、狀況等不如以前，意近「一代不如一代」：佢阿爺係舉人，老竇係大學生，佢就只係得中六畢業，真係～【他爺爺是舉人，他爸大學，他才中六畢業，真是一代不如一代】。

一係 jat[7] hai[6] ❶ 要麼……；或者……：～你去話畀佢知，～打電話畀佢【要麼你去告訴他，要麼你打電話給他】。❷ 要不：我而家唔得閒，～你等陣再嚟過【我現在沒空，要不你過一會再來吧】。

一口價 jat[7] hau[2] ga[3] 價錢一口說死；言無二價；無討價還價餘地：你有心買嘅話，～十蚊賣畀你【你有意要買的話，一口說定十塊錢賣給你】。

一氣 jat[7] hei[3] 一起：坐埋～【一起坐】｜生肉同熟肉唔好放埋～【生肉跟熟肉不要一起放】。

一殼眼淚 jat[7] hok[8] ngaan[5] loey[6] 滿把辛酸淚；滿眼都是淚水：呢件事一提起真係～【這件事一提起真是滿把辛酸淚】。

一一二二 jat⁷ jat⁷ ji⁶ ji⁶ 副詞。❶ 清楚詳細地：你～話晒畀我知【你清楚詳細地告訴我】。❷ 有條理、有次序：我～將書櫃啲書執好晒【我有條理、有次序把書櫥整理好了】。

一夜情 jat⁷ je⁶ tsing⁴ 一個晚上的婚外性愛：我絕對唔會玩乜嘢～嘅【我絕對不會玩甚麼一個晚上的婚外性愛】。

一樣米養百樣人 jat⁷ joeng⁶ mai⁵ joeng⁵ baak⁸ joeng⁶ jan⁴【俗】人吃的米雖然都一樣，但是人人各不相同：有人睇唔過眼就鬧出來，有人就乜嘢都可以忍，真係～【有人看不過眼就指責，有人就事事忍耐，真是各有各樣，各不相同】。

一二角 jat⁷ ji⁶ gok⁸ 角落。同「一字角」。

一於 jat⁷ jy¹ ❶ 堅決；執意：我哋～唔去，睇佢點【我們堅決不去，看他怎麼着】。❷ 一定要；怎麼也……：～等到佢嚟先一齊走【一定要等到他來才一起走】。❸ 就（表示決定）：～噉話【就這麼定了】｜～噉做【就這麼幹】。❹ 乾脆：呢啲嘢都爛喇，～抌晒佢啦【這些東西壞了，乾脆全扔掉算了】。

一元拍賣 jat⁷ jyn⁴ paak⁸ maai⁶ 從底價一元起進行的拍賣，通常每口叫價為五元。這是一些商業機構為吸引顧客採用的商業推銷技巧。

一級片 jat⁷ kap⁷ pin²* 按照香港電影分級制度（參見「三級片」條）的規定，沒有色情、暴力等內容，適合各年齡層觀眾觀看的電影。

一纊掕 jat⁷ kwang³ lang³ ❶ 成串的東西：～鎖匙【成串的鑰匙】。❷ 引申為全部的：佢一推，啲積木～冧晒【他一推，積木全部散了】。

一樓鳳 jat⁷ lau⁴ fung²* 個體的性工作者。又稱「一樓一鳳」、「一樓一」。香港法律禁止開設妓院，而妓院的定義是至少有兩個以上妓女。因此個體的性工作者便利用這一法律規定的漏洞經營。

一理通百理明 jat⁷ lei⁵ tung¹ baak⁸ lei⁵ ming⁴【諺】一個道理弄通了，就能觸類旁通明白相關的道理了。

一輪嘴 jat⁷ loen²* dzoey² 一口氣不停地說，令別人插不上嘴：你唔好～噉，聽人解釋咗先【你別滔滔不絕說個不停，先聽聽人家的解釋】。

一路 jat⁷ lou⁶ ❶ 一貫；一向；向來：個衰仔～都唔聽人講嘅【這小子一向都不聽別人勸告的】。❷ 一邊……：～行～喊【邊走邊哭】。

一碌葛 jat⁷ luk⁷ got⁸ 同「一碌薯」。

一碌木 jat⁷ luk⁷ muk⁹ 一根木頭，比喻人呆板不靈活，意近「木頭腦瓜」；也可用以形容人呆立着：嗰條友仔～噉，點極都唔明嘅【那小子真是木頭腦袋，怎麼提示都不明白】。｜出聲吖，做乜嘢企喺度～噉【說話呀，幹嘛站這兒木頭似的】。

一碌薯 jat⁷ luk⁷ sy⁴ 跟紅薯似的，形容人愚蠢、呆板。又作「一碌葛」：佢都唔識做嘢嘅，好似～噉【他不會做事，很愚蠢、呆板】。

一碌杉 jat⁷ luk⁷ tsaam³ 一根杉木，意同「一碌木」，比喻人呆板不靈活。

一唔係 jat⁷ m⁴ hai⁶ 要麼……。同「一係」。

一碼還一碼 jat⁷ ma⁵ waan⁴ jat⁷ ma⁵ 兩碼事；兩回事：結婚係結婚，生仔還生仔，～，唔好撈埋嚟講【結婚是結婚，生孩子是生孩子，這是兩碼事兒，別混為一談】。

一蚊雞 jat7 man1 gai1【諧】一元；一塊錢。十元以內的多少塊錢都可用「蚊雞」稱之，如兩蚊雞、五蚊雞等。

一味 jat7 mei2* 只顧；光是：去做功課啦，唔好～掛住玩【做作業去，別只顧着玩】。｜佢都冇乜料，～靠把口嗜【他沒甚麼真本事，光憑那張嘴巴（吹牛）】。

一面屁 jat7 min6 pei3 狗血淋頭；灰頭土臉：畀人鬧到～【讓人給罵得狗血淋頭】。

一凹一凸 jat7 nap7 jat7 dat9 ❶ 崎嶇不平：馬路未整好，～好難行【公路還沒有修好，崎嶇不平很難走】。❷ 引申指（夫妻或伴侶）兩人性格相反，彼此互補：兩夫妻性格～，感情至維繫得長遠【兩口子性格相反、彼此互補，感情才能維持長久】。

一粒嘢 jat7 nap7 je5【諧】又作「一粒神」。一毛錢；一角。兩毛錢叫兩粒嘢。

一粒鐘 jat7 nap7 jung1 一個鐘頭：我喺度等咗你～【我在這兒等了你一個鐘頭】。

一粒神 jat7 nap7 san2* 一毛錢。同「一粒嘢」。

一粒骰 jat7 nap7 sik7 跟一顆骰子似的，形容個子小：你～噉邊有可能做到籃球健將【你個子這麼小哪有可能成為籃球名將】！

一額汗 jat7 ngaak9 hon6 因狀況危急而表現出驚恐和焦急。意近「一顆心懸在半空」：聽到佢喺意外現場未走到出嚟，個個都～【聽到他在意外現場沒能逃出來，大家都焦急得一顆心懸在半空】。

一岩一窟 jat7 ngaam4 jat7 fat7 不方正；不整齊：佢啱啱學識剪嘢，所以剪到～【她剛學會剪東西，所以剪得參差不齊】。

一眼針冇兩頭利 jat7 ngaan2* dzam1 mou5 loeng5 tau4 lei6【俗】針不可能兩頭都是針尖，喻指有其利必有其弊，不能兩全：做呢行係幾好搵，不過～，好辛苦嘅【幹這一行是挺掙錢的，不過針沒兩頭尖的，挺辛苦的】。

一眼關七 jat7 ngaan5 gwaan1 tsat7 一眼觀察到前後左右上中下七方面，意近「眼觀六路，耳聽八方」：起飛嗰時，機師要好專注，～【起飛時，飛行員要高度專注，眼觀六路，耳聽八方】。

一眼睇晒 jat7 ngaan5 tai2 saai3 一目了然；一覽無遺：全場有幾多人，～【全場有多少人，（不用數）一目了然】。

一排 jat7 paai4 相當一段時間：我過～先會再去北京【我過一段時間才會再到北京】。

一排瀨 jat7 paai4 laai4 一排一排的；成排的：啲花盆～噉擺晒喺門口【花盆成排放在門口】。

一拍行 jat8 paak8 haang4 並排走；肩並肩地走：我哋～【我們並排走】。

一拍兩散 jat7 paak8 loeng5 saan3 一刀兩斷；不歡而散：佢哋因為點樣分賬傾唔掂，結果～【他們因為怎樣分賬談不攏，結果不歡而散】。

一泡氣 jat7 paau1 hei3 同「一肚氣」一肚子氣。

一匹布咁長 jat7 pat7 bou3 gam3 tsoeng4 像一匹布那麼長，形容「說來話長」：呢件事講起嚟就～咯【這事兒提起來就話長了】。

一皮 jat⁷ pei⁴ ❶【諧】一元；一塊錢。❷【諧】一萬元：呢件衫要～嘢【這件衣服賣一萬塊】。

一撇水 jat⁷ pit⁸ soey²【諧】一千元，因「千」字的頭一筆為撇，故稱。

一鋪清袋 jat⁷ pou¹ tsing¹ doi²* 又稱「一Q清袋」。原指枱球比賽中用一次上枱子機會就把所有球打入洞中。喻指全部輸掉；徹底喪失：佢嘅千萬家財喺金融風暴裏面～【他千萬財產在金融風暴中損失殆盡】。｜有啲藝員因一時行差踏錯就令自己嘅良好形象～【有的演員會因為一時差錯讓自己的良好形象徹底喪失】。

一仆一轆 jat⁷ puk⁷ jat⁷ luk⁷ 被打敗時的狼狽相。「仆」是跌倒，「轆」為打滾之意：佢哋畀人打到～【他們讓人家打得跌跌撞撞，滿地打滾】。

一盤水 jat⁷ pun⁴ soey²【諧】一萬元。

一世人 jat⁷ sai³ jan⁴ 一輩子：她～都冇捱過苦【她一輩子都沒受過苦】。

一世人兩兄弟 jat⁷ sai³ jan⁴ loeng⁵ hing¹ dai⁶ 意為「一輩子就你這個兄弟」，用法近於「咱哥倆誰跟誰呀」：～，我唔會呃你嘅【咱哥倆誰跟誰呀，我不會騙你的】。

一身蟻 jat⁷ san¹ ngai⁵ 同「周身蟻」。

一身潺 jat⁷ san¹ saan⁴ 一大堆麻煩：你噉樣做唔死都～【你這樣做肯定惹出一大堆麻煩】。

一身腥 jat⁷ san¹ seng¹ 無端被牽連：都係你衰啦，搞到我～【都是你的錯，弄得我無端受牽連】。

一身鬆 jat⁷ san¹ sung¹ 一身輕鬆；很輕鬆：考完試，～晒【考試完了，一身輕鬆了】。

一實 jat⁷ sat⁹ 一定；一準；肯定：我噉樣做～冇錯【我這樣做肯定沒有錯】。

一手一腳 jat⁷ sau² jat⁷ goek⁸ 獨自（做事）：個仔未出世老公就出咗國，係我～將個仔湊大嘅【兒子還沒出生丈夫就出了國，是我獨自把兒子帶大的】。

一時半時 jat⁷ si⁴ bun³ si⁴ 一時半會兒；短時間：呢篇文我～寫唔出【這篇文章我一時半會兒寫不出來】。

一時一樣 jat⁷ si⁴ jat⁷ joeng⁶ 經常變化；一天一個樣：公司啲規矩～，叫人點跟呀【公司的規矩經常變化，叫人怎麼遵循呢】？

一時時 jat⁷ si⁴ si⁴ ❶ 有時……；時……時……：今日生意係幾好，不過係～嘅啫【今天的生意是好，不過是時好時壞罷了】。❷ 不同的時候；因時間不同而異：心情靚唔靚，～啦，好難講嘅【心情好不好，因時而變，很難說的】。

一式 jat⁷ sik⁷ 一樣：間舖頭～都係呢啲鞋，揀唔落手【這商店全是這種鞋子，沒有辦法挑選】。

一梯兩伙 jat⁷ tai¹ loeng⁵ fo² 每層樓房兩戶人家，共用一部電梯或一道樓梯。這是常見於房屋廣告中的說明用語。

一頭 jat⁷ tau⁴ 一邊……：～做嘢～傾偈【邊幹活邊聊天】。

一頭半個月 jat⁷ tau⁴ bun³ go³ jyt⁹ 半個月到一個月左右：今次去考察，要～【這次去考察，要半個月到一個月左右】。

一頭家 jat⁷ tau⁴ ga¹ 一個家庭；全家：我～唔似得你單身寡佬，可以話走就走【我有家庭（要照顧），不像你單身漢可以說走就走】。

一頭煙 jat⁷ tau⁴ jin¹（因天氣悶熱或事務繁忙而）頭昏腦脹：呢兩日忙到～，你唔好再來煩我啦【這兩天忙得頭昏腦脹，你別再來煩我了】。

一頭霧水 jat⁷ tau⁴ mou⁶ soey² 不明究竟；莫名其妙；摸不着頭腦：件事究竟係點，我都～【這件事究竟如何，我也摸不着頭腦】。｜阿媽點解會鬧我，我都～【媽媽為甚麼罵我，我也莫名其妙】。

一 take 過 jat⁷ tik⁷ gwo³ 電影（電視）拍攝的一個鏡頭稱為 take。一 take 過指一次拍攝完成，不用重來，比喻做事一次就成功。

一天都光晒 jat⁷ tin¹ dou¹ gwong¹ saai³ 雲散日出，晴空萬里，比喻一切都好起來：原先係誤會啫，而家大家講清楚唔係～囉【原來是誤會，現在大家說清楚了，不就撥雲見日了嗎】？

一條氣 jat⁷ tiu⁴ hei³ ❶ 一股勁；一口氣：今日我～走咗五千米【今天我一股勁跑了五千米】。❷ 氣壞了；氣炸了：畀個仔激到～【讓兒子給氣壞了】。❸ 氣喘吁吁；上氣不接下氣：佢走到～【他跑得氣喘吁吁】。

一條龍 jat⁷ tiu⁴ lung⁴ 比喻很多環節連成一線。泛指為客人提供的一系列性質相關的服務；又特指同時辦有小學和中學的學校及其辦學方式：本公司提供～婚禮服務，包括攝影、化妝、租禮服、證婚、婚宴，全套九折優惠。

【小知識】在香港，一條龍學校的學生在校內升中不用參加政府的電腦隨機學位分配，這種「直升」的機制，有利於保持教育的連貫性，減少升學壓力。

一肚氣 jat⁷ tou⁵ hei³ 一肚子氣：嚟咗三次都搵佢唔到，真係～【來了三次都找不到他，真是一肚子氣】。

一沉百踩 jat⁷ tsam⁴ baak⁸ tsaai²【俗】人一倒楣，大家都來欺負；牆倒眾人推：佢一失勢，大家就同佢劃清界線，～，老友都冇晒【他一失去權力，大家就跟他劃清界線，甚至踩上兩腳，老朋友一個個都疏遠他】。

一抽一掕 jat⁷ tsau¹ jat⁷ lang³ 一串串的（一般指提着的、掛着的東西）：我見佢～噉，拎住好多嘢【我看見她大包小包的，提着很多東西】。

一尺水 jat⁷ tsek⁸ soey²【諧】一百元。

一次過 jat⁷ tsi³ gwo³ ❶ 只此一次：張飛係～嘅咋【這張票只用一次】。❷ 一次性；一次就：以後我～還錢畀你【以後我一次就把錢全部還給你】。｜我畀你啲錢你～用晒呀【我給你的錢你一次就全部花掉了】？

一次生兩次熟 jat⁷ tsi³ saang¹ loeng⁵ tsi³ suk⁹【俗】一回生兩回熟。

一場嚟到 jat⁷ tsoeng⁴ lai⁴ dou³ 既然來了：你～，冇理由水都唔飲啖就走啩【你既然來了，沒有理由水都不喝一口就走吧】？

一為神功二為弟子 jat⁷ wai⁶ san⁴ gung¹ ji⁶ wai⁶ dai⁶ dzi²【俗】一方面為了修練神功，另一方面也為門下的弟子，一舉兩得，比喻所做的事上上下下都得益：搞呢次慶典，～，公司又出到名，大家又有餐食【辦這個慶典，真是一舉兩得：公司可以出名，大家又可以吃一頓】。

一鑊粥 jat⁷ wok⁹ dzuk⁷ 同「一鑊泡」。

一鑊泡 jat⁷ wok⁹ pou⁵（把事情弄得）一

團糟；一塌糊塗。又作「一鑊粥」：本來計劃到好地地，點知佢一接手，就搞到～【本來計劃得好好的，誰知他一接手，就弄得一團糟】。

一鑊熟 jat[7] wok[9] suk[9] ❶ 同歸於盡；一起完蛋：唔好開槍，唔係差佬一到大家就～【別開槍，要不警察一到大家都得一起完蛋】。❷ 畢其功於一役；一舉完成：我哋一齊前後夾攻就可以～【我們一起前後夾攻就可以一舉成功】。

日 jat[9] 天：三～【三天】｜幾多～【多少天】。

日頭 jat[9] tau[2*] ❶ 太陽。又作「熱頭」：今日冇出～【今天沒出太陽】。❷ 白天：～返學，夜晚做功課【白天上學，晚上做功課】。

日本仔 jat[9] bun[2] dzai[2]【蔑】小日本；日本鬼子。

日本郵船——遲早丸 jat[9] bun[2] jau[4] syn[4] tsi[4] dzou[2] jyn[4]【歇】日本郵船，早晚要完蛋。「丸」和「完」諧音。喻事物不能長久：你盤生意噉搞法，真係～【你的生意用這種手法經營，早晚撐不下去】。

【小知識】日本郵船通常以「丸」命名，「遲早丸」為虛構之名。此語流行於 1960 至 70 年代，諷刺日本生產的物品不耐用，很快「完蛋」，反映當時的反日情緒。

日更 jat[9] gaang[1] 日班；白班；白天上班：今日我當～【今天我上白班】。

日光日白 jat[9] gwong[1] jat[9] baak[9] 光天化日：～都敢搶嘢【光天化日之下都敢搶劫】？

日日 jat[9] jat[9] 天天。

日霜 jat[9] soeng[1] 白天使用的護膚品，與「晚霜」相對。

溢利 jat[9] lei[6] 除稅後未扣除各項經營開支的盈利。

憂 jau[1] ❶ 愁；發愁；犯愁：功課唔識做？唔使～，阿爸幫你【作業不會做？別發愁，爸爸幫你】。❷ 擔心；擔憂：有咁多錢，下半世唔使～啦【有那麼多錢，下半輩子不用擔憂了】。｜十二點啦個仔仲未返嚟，唔～就假啦【十二點多了兒子還沒回來，不擔心才怪呢】。

優 jau[1] 把褲子、襪子往上提溜：～褲｜～襪。

優職 jau[1] dzik[7] 待遇、收入好的工作、職業：佢話呢份係～【他說這是個待遇好的工作】。

優皮 jau[1] pei[4] 優皮士；雅皮士（具有專業資格、講究高格調行為的人士）。英語 yuppies 的音譯詞。

優薪 jau[1] san[1] 薪水好：又想有～又想唔使做，邊有咁着數【又想薪水好，又想不必做工作，哪有這麼好的事情】。

優差 jau[1] tsaai[1] 待遇、收入好的工作。

優才計劃 jau[1] tsoi[4] gai[3] waak[9] 優秀人才入境計劃。這是香港政府實施的吸納外來人才移民香港的計劃。

休班警員 jau[1] baan[1] ging[2] jyn[4] 並非正在當班的警員。

悠悠閒閒 jau[1] jau[1] haan[4] haan[4] 悠閒自在；不慌不忙：佢～，又過一日【他悠然自在地，又過一天】。

悠遊 jau[1] jau[4] 悠閒自在：你都好～嚅【你都很悠閒自在呀】。

友 jau[2*]【蔑】小子；傢伙：呢條～姓王【這傢伙姓王】。

友仔 jau2* dzai2 同「友」（多指青少年）。

油 jau2* ❶ 油漆：油～【塗油漆】。❷ 汽油：入～【加油】。

柚 jau2* 柚子：沙田～【廣西沙田村產的柚子】。

柚皮 jau2* pei4 柚子皮。

柚青 jau2* tseng1 半成熟的尚未變黃的柚子皮，可以用來做菜餚。

幼 jau3 細：～沙【細沙】｜條繩好～【這根繩子很細】。

幼稚園 jau3 dzi4 jyn2* 即幼兒園。香港的幼稚園一般為三年制，三歲入學；較低的年級則稱「幼兒園」。（參見該條）

【小知識】香港的學前教育分幼兒園和幼稚園兩種。幼稚園招收三至六歲的幼童，分低班、中班、高班三個級別；通常附設幼兒園，招收未足三歲的幼兒，性質與托兒所相近。香港的幼兒園和幼稚園都是私立的，政府以學券方式資助。

幼兒中心 jau3 ji4 dzung1 sam1 學前教育服務性機構。為未入讀幼兒園的幼兒提供托兒服務。

幼兒園 jau3 ji4 jyn2 相當於內地的托兒所，一般招收三歲以下的幼童，與招收三歲以上兒童的「幼稚園」有別。（參見該條）

幼細 jau3 sai3 ❶ 細小：啲字咁～點睇呀【字這麼細小怎麼看呢】？❷ 精細：粗人唔做得～工【粗人幹不了精細活】。

幼滑 jau3 waat9 細滑；細嫩；潤滑：佢個細路女嘅皮膚好～【她女兒的皮膚很細嫩】。

由 jau4 ❶ 又音 jau2*。又作「由得」。聽任；任憑；任由；隨便：你想去邊度玩都～你【你想去哪玩都隨便你】。❷ 介詞。介紹時間、地點的起始點、出發點，相當於「從」、「自從」：～朝到晚【從早到晚】｜～呢處去中環有幾遠【從這兒去中環有多遠】？

由得 jau4 dak7 同「由 ❶」。

由得佢 jau4 dak7 koey5「由得」亦作合音 jau2。隨他便；隨他（它）去；不要管他（它）：佢唔嚟就～啦【他不來就隨他便唄】。｜壺茶～擺喺度先喇，我哋仲飲嘅【這壺茶隨它放在這裏，我們還在喝呢】。

油 jau4 塗；漆；（粉）刷：～油【塗油漆】｜～灰水【粉刷（牆壁等）】。

油布衫 jau4 bou3 saam1 一種舊式雨衣；用油布做的雨衣。

油多 jau4 do1 牛油多士（塗上黃油的烤麵包片）的省稱。

油渣 jau4 dza1 ❶ 輕柴油。❷ 煉過豬油的渣。

油渣車 jau4 dza1 tse1 以柴油為動力源的汽車。

油炸鬼 jau4 dza3 gwai2 油條。

油滋 jau4 dzi1 陰囊皮刺癢，一種皮膚病。

油脂 jau4 dzi1 1970 年代美國電影 Greese（中文譯名《油脂》）帶來的一種生活與服飾裝扮的風潮。在服裝上有「油脂裝」，而模仿電影中男女角色的衣着、舉止的青少年被稱為「油脂仔」、「油脂妹」。

油脂仔 jau4 dzi1 dzai2 時髦而淺薄的男性青少年（如為女性的，則稱為「油脂妹」。其服飾稱「油脂裝」）。

油脂裝 jau4 dzi1 dzong1 美國電影 Greese（中文譯名《油脂》）中青少年的裝束

——夾克、貼身長褲、戴墨鏡等，曾在1970年代流行。

油脂飛 jau4 dzi1 fei1 同「油脂仔」。

油脂妹 jau4 dzi1 mui1* 時髦而淺薄的少女。與「油脂仔」相對。（參見該條）

油紙遮 jau4 dzi2 dze1 油紙傘。

油漬 jau4 dzik7 油的污漬：佢件衫有～【他的衣服上有油污痕跡】。

油粘米 jau4 dzim1 mai5 一種優質大米。

油鯧 jau4 dzoey1 花鰻。

油嘴 jau4 dzoey2 偏食（好吃的東西）：細路仔唔可以～【小孩子不可以偏食好東西】。

油甘子 jau4 gam1 dzi2 一種可食用的野果名稱，味甘，能解渴。

油角 jau4 gok2* 油炸甜酥餃子。粵港舊俗，春節期間，例以麵粉或糯米粉為皮，以糖、花生、芝麻等為餡料，做成餃子狀再油炸，用以饗客或作為拜年的禮物饋贈親友。

油器 jau4 hei3【文】油炸食物的總稱。

油耳 jau4 ji5 分泌黃液的耳朵。

油膉 jau4 jik7 又簡作「膉」。指含油的食品變質後發出的蛤喇味兒。

油煙 jau4 jin1 燒菜做飯時冒出來的煙和氣：～機｜廚房好大～，唔好入去【廚房裏炒菜的煙氣很大，別進去】！

油潤 jau4 joen6 潤滑；油光水滑的：佢啲皮膚好～【她的皮膚很潤滑】。

油麥菜 jau4 mak9 tsoi3 一種屬於葉用萵苣的蔬菜；蓧麥菜；苦菜。

油淰淰 jau4 nam6 nam6 油乎乎的。

油瓶仔 jau4 peng2* dzai2【蔑】隨母改嫁的兒子。

油瓶女 jau4 peng2* noey2*【蔑】隨母改嫁的女兒。

油水位 jau4 soey2 wai2* 有好處可撈的職位；肥缺。

油菜 jau4 tsoi3 煮熟的青菜，上菜時澆上「蠔油」，故稱油菜。

【小知識】油菜是菜館和茶餐廳等常見菜式，材料是時令蔬菜（又稱時菜），種類不限，烹調的方法是用燒開的水或湯煮（粵語稱「灼」），上菜時在碟子上一根根排好，最後澆上蠔油（用牡蠣製成的一種粵式調味醬油）。

游水 jau4 soey2 ❶ 游泳。❷ 活生生的、還能游動的（特指魚蝦之類）：～海鮮。

游乾水 jau4 gon1 soey2【謔】打麻將。因打麻將洗牌時兩手一張一收像游泳一般，故稱。

遊蕩罪 jau4 dong6 dzoey6 在公共場所無目的遊蕩而導致他人感到不安全，就會觸犯「遊蕩罪」。

遊花園 jau4 fa1 jyn2* 比喻說話兜圈子；不直截了當：你直接講你想做乜得唔得，唔好同我～【你直接說你想幹嘛行不行，別跟我兜圈子】。

遊埠 jau4 fau6 出國旅遊觀光：放假有冇去～【放假有沒有到外國去旅遊】？

遊學 jau4 hok9 留學，多指修讀短期的課程：我個女今年暑假參加咗去美國嘅～團【我的女兒今年暑假參加了到美國的學習團】。

遊遊閒 jau4 jau4 haan4 遊手好閒：佢成

日～，叫佢搵工佢一啲都唔着緊【他整天遊手好閒，叫他找工作他一點兒都不着急】。

遊轆河 jau4 lip7 ho2*【諧】有意或無意坐錯了電梯，遊走各層。此詞是仿「遊船河」、「遊車河」之意而成。

遊繩 jau4 sing2* 由懸在半空的繩子的一端攀爬或者滑落到另一端：警察由窗口～落去下一層嘅露台救人【警察從窗子吊下繩子攀到下一層的陽台去救人】。

遊船河 jau4 syn4 ho2* 坐船在水上遊覽：會慶活動可以租隻船搞一次～【會慶活動可以租艘船組織一次出海遊玩活動】。

遊車河 jau4 tse1 ho2* 開着車兜風；乘車到處玩：佢買咗架新車，得閒就同女朋友去～【他買了輛新車，有空兒就帶着女朋友開車兜風】。

猶自可 jau4 dzi6 ho2 還好；還可以；尚且可以：佢唔講～，講出嚟之後就激起大家把火【他不說還好，說出來以後就把大家激怒了】。

猶如 jau4 jy4 好像；好比：我同佢～親兄弟【我跟他好像親兄弟】。

郵差 jau4 tsaai1 郵遞員。

有把炮 jau5 ba2 paau3 ❶ 有把握；有能力：佢做乜嘢都好～【他做甚麼事都很有把握】。❷ 有靠山；有依靠：呢件事搵佢去做啦，佢～【這一件事請她去做好了，她有靠山】。

有波有囉 jau5 bo1 jau5 lo1 指女性前凸後翹，身材曲線好。「波」指「乳房」，「囉」指「囉柚（屁股）」。

有寶 jau5 bou2 對他人視為珍寶的或秘不示人的某種事物，表示不以為然、輕蔑時的用語，用法類似普通話的「有甚麼稀罕的」、「有啥了不起」之類：一個二流歌星嘅簽名之嘛，～咩【一個二流歌星的簽名而已，有啥稀罕的】！｜乜嘢咁～呀【啥東西那麼了不起呀】？

有得 jau5 dak7 有……的：呢隻油漆度度都～賣【這種油漆到處都有賣的】。｜價錢～商量【價錢有商量的（餘地）】。

有得震冇得瞓 jau5 dak7 dzan3 mou5 dak7 fan3【俗】只有擔驚受怕，無法安心睡覺；經常感到害怕：佢成日驚大耳窿上門搞事，真係～咯【他怕放高利貸的人上門搗亂，整天提心吊膽，擔驚受怕】。

有得攤 jau5 dak7 maan1 可以挽救；有可能挽回：呢件事仲～嘅【這事還有可能挽救】。

有突 jau5 dat9 有餘；超過（原定數量）：餐飯食咗一千蚊～【這頓飯吃了超過一千塊錢】。｜咁多位，夠你哋坐～啦【那麼多位置，夠你們坐有餘了】。

有定啦 jau5 ding2* la1 肯定有；當然有：買樓有冇同屋企商量過？～【買房子有沒有跟家裏人商量過？當然有】。

有定性 jau5 ding6 sing3 有耐心。同「定性」：佢做嘢好～【她做事情很有耐心】。

有多 jau5 do1 有富餘；超過（某一數量）：今日賺咗三千～【今天賺了超過三千】。｜啲蛋糕～喎，食多件添吖【蛋糕有富餘，多吃一塊吧】。

有陣時 jau5 dzan6 si4「時」又音 si2*。有時候：我～會嚟探佢【我有時候會來探望他】。

有之 jau5 dzi1 有可能：咁危險，出意外都～【這麼危險，有可能會出意外】。

有姿勢冇實際 jau5 dzi1 sai3 mou5 sat9

dzai³【俗】只有花架子而不實用；中看不中用：佢踢足球～【他踢足球只會玩花架子】。

有自唔在，攞苦嚟辛 jau⁵ dzi⁶ m⁴ dzoi⁶ lo² fu² lai⁴ san¹【俗】自討苦吃：焗到成身汗都唔開冷氣，你真係～【悶得滿身大汗都不開空調，你真是自找苦吃】。

有咗 jau⁵ dzo²【婉】懷孕；有了身孕。與普通話的「有了」用法相同：佢～兩三個月啦【她已經有了（身孕）兩三個月了】。

有着落 jau⁵ dzoek⁹ lok⁹ ❶ 有下落；有落腳處。❷ 有可靠的來源：公司出年嘅資金已經～【公司明年的資金已經有可靠來源】。

有着數 jau⁵ dzoek⁹ sou³ 有便宜；佔便宜；有好處：打籃球梗係高啲～啦【打籃球當然是高一點兒的佔便宜了】。｜生意嘅嘢，～就做【生意上的事，有賺頭的就做】。

有早知，冇乞兒 jau⁵ dzou² dzi¹ mou⁵ hat⁷ ji¹*【俗】原意是「事情能預知的話就沒有乞丐了」，用以諷刺那些事後才表示「悔不當初」的人。

有返兩度 jau⁵ faan¹ loeng⁵ dou⁶ 有兩下子：佢整電器～【他修電器有兩下子】。

有返咁上下 jau⁵ faan¹ gam³ soeng⁶ ha²* 有兩下子；有真本事：她唱大戲～㗎【她唱粵曲水平還挺不錯的】。

有分數 jau⁵ fan¹ sou³ 心中有數；心中有底：生意點做我～喇，唔會蝕嘅【生意該怎麼做我心裏有數，不會虧本的】。

有份 jau⁵ fan²* ❶ 有一份；參與其中：公司大家都～嘅【公司大家都有份】。❷ 有可能；準：你得罪佢，殺咗你都～【你冒犯他，準把你宰了】。

有符弗 jau⁵ fu⁴ fit⁷ 有計謀；有辦法，有本領：對付呢班細路，佢～嘅【對付這幫小孩兒，她有辦法】。

有風駛盡𢃇 jau⁵ fung¹ sai² dzoen⁶ lei⁵【俗】有風就扯滿帆，喻指在形勢、條件有利時盡量利用之以獲取最大利益、不留餘地。多用作貶義，意近「得勢不饒人」：佢而家有啲地位，就～，對朋友都好絕情【他現在有點地位，就得勢不饒人，對朋友都不留情面】。

有交易 jau⁵ gaau¹ jik⁹ 可以成交；生意做得成：呢間大牌檔啲嘢唔算貴，快餐廿蚊～喇【這間小食店的東西不算貴，快餐二十塊就可以買到了】。

有雞仔唔管管麻鷹 jau⁵ gai¹ dzai² m⁴ gun² gun² ma⁴ jing¹【俗】指自己手下的人不管束卻責備外面的人，意即該管的不管：你自己嘅事都未理掂，仲話去幫人籌錢搞生意，真係～【你自己的事都處理不好，還說去幫別人集資搞生意，真是該管的不管】！

有咁……得咁…… jau⁵ gam³ dak⁷ gam³ 能（到甚麼程度）……就（到甚麼程度）：畀心機，要做到有咁好得咁好【加油！要做到能多好就多好】。｜有咁嚡得咁蹺【要多巧就有多巧】。

有咁耐風流就有咁耐折墮 jau⁵ gam³ noi⁶ fung¹ lau⁴ dzau⁶ jau⁵ gam³ noi⁶ dzit⁸ do⁶【俗】享多少福就遭多少罪：佢包完二奶包三奶，結果副身家畀佢哋呃晒，老婆又走埋，真係～【他養小老婆一個不夠還養第二個，結果財產被淘光了，老婆又跑了，真是享多少福就遭多少罪】。

有斤両 jau⁵ gan¹ loeng² 有真功夫：佢整電腦有返咁上下斤両【他修理電腦真有

些功夫】。

有機 jau[5] gei[1]「有機會」的省略：呢次單生意睇嚟會～嘅【看來這筆生意有機會談得成】。

有幾何 jau[5] gei[2] ho[2]* 表示「經常」之意（用於反詰句），意近普通話的「能有幾回呢？」：噉嘅機會，人生又～【這樣的機會，人生能有幾次呢】？

有頸冇埞吊 jau[5] geng[2] mou[5] deng[6] diu[3]【俗】想上吊都找不到地方，又説「有頸冇繩吊」。意同「有氣冇埞透」。喘不過氣。

有嘰吃 jau[5] gi[1] gat[9] 彼此有疙瘩：佢兩個不溜都～，唔會合作嘅【他倆向來有疙瘩，不會合作的】。

有景 jau[5] ging[2] 好景；景況好；有客源：經濟持續增長，呢一季個市應該～【經濟持續增長，這個季度股市應該有好前景】。｜戲院門口～【戲院門口有人等車】。

有景轟 jau[5] ging[2] gwang[2]（事情）有蹊蹺，有內情；（人）關係曖昧，不尋常：主任辭職件事一定～【主任辭職的事一定不簡單】。｜佢兩個～【他倆的關係很曖昧】。

有肝膽 jau[5] gon[1] daam[2] 待人真誠；能盡力幫助人：佢對朋友好好，人人都話佢～【他對朋友挺好的，人人都説他待人真誠有義氣】！

有古怪 jau[5] gu[2] gwaai[3]（事情）有可疑之處；有名堂：佢不溜都好孤寒，今次居然借錢畀你，實～【他向來都很小氣，這次居然借錢給你，肯定有名堂】。

有局 jau[5] guk[9] ❶ 有飯局；有人請吃飯或聚餐：我今晚～，要好夜至返【我今天晚上有飯局，要很晚才能回來】。❷ 舊特指妓女去陪客。

有鬼 jau[5] gwai[2] 沒有；有個屁：佢～學問【他有個屁學問】。

有骨 jau[5] gwat[7] 帶刺兒：他講嘢句句～【他説話句句都帶刺兒】。

有餡 jau[5] haam[2]*【婉】喻指懷孕：佢兩個係先～後結婚嘅【他倆是先懷孕後結婚的】。

有限 jau[5] haan[6] ❶ 説話者對某些事物的性質、程度等不盡滿意甚至輕蔑、否定時的用語，意近「……不到哪裏去」、「（再怎麼着也）……不了多少」：佢啲錢多極～吖【他的錢再多也多不到哪裏去】。｜我嘅胃有病，食極都～【我的胃有毛病，再怎麼吃也吃不了多少】。❷ 不多；一點而已：買晒都係～錢啫【全買下來錢也不多】。｜佢嘅人工多過我～啫【他的工資只比我高一點兒而已】。

有限公司 jau[5] haan[6] gung[1] si[1]【諧】水平有限：我嘅英文係～嘅啫【我的英語水平有限】。

有口齒 jau[5] hau[2] tsi[2] 有信用；説話算數：佢講到做到，好～【她説到做到，很有信用】。

有口話人，冇口話自己 jau[5] hau[2] wa[6] jan[4] mou[5] hau[2] wa[6] dzi[6] gei[2]【俗】光指責別人，不説自己的責任：你夠成日遲到啦，～【你也老遲到呀，怎麼就光説別人，不説説自己呢】！

有氣冇埞透 jau[5] hei[3] mou[5] deng[6] tau[2]【俗】忙得喘不過氣：呢排佢做到踢晒腳，直情係～【最近她工作繁重，忙得簡直喘不過氣來】。

有氣冇力 jau[5] hei[3] mou[5] lik[9] 沒有精神；有氣無力：佢病到講嘢都～【他病得説話都有氣無力】。

有行 jau5 hong⁴ 有希望：佢早人哋好多嚟報名，我睇今次～【他報名比人家快了很多，我看這次有希望（入選）】。

有血性 jau⁵ hyt⁸ sing³ 有種；有志氣：畀佢幾多錢都唔做，真係～【給他多少錢都堅決不做，真有種】。

有癮 jau⁵ jan⁵ ❶ 過癮；有趣：天咁熱，去游水最～【天這麼熱，去游泳最過癮了】。❷ 有意思（對他人的行為、狀態表示輕蔑時用）：咁熱天仲食辣？你真係～【這麼熱的天還吃辣的？你可真有意思】。

有爺生冇乸教 jau⁵ je⁴ saang¹ mou⁵ na² gaau³【俗】指孩子缺乏家庭教育（特指沒有母親的孩子）。「爺」即父親，「乸」即母親：你冇啲修養，真係～【你毫無修養，真是缺乏家庭教育】。

有嘢 jau⁵ je⁵ 有曖昧關係：佢同個女仔係咪～【她跟那女孩子是不是有曖昧關係】？

有衣食 jau⁵ ji¹ sik⁹ 生活好；生活富裕；命運好：我哋而家都算係～，好過好多人㗎啦【我們現在也算是生活不錯，比好多人都過得好】。

有型 jau⁵ jing⁴ 穿着有樣子；衣裝有格調；帥：佢好識扮靚，幾時都咁～【他很會打扮，啥時候都穿得很有格調】。

有型有款 jau⁵ jing⁴ jau⁵ fun² 外表突出，像個樣子。意近「有型」：你呢個打扮真係～【你這樣子打扮很突出、很漂亮】。

有腰骨 jau⁵ jiu¹ gwat⁷ 有責任感；可以信得過：佢個人好～，唔會咁容易縮沙嘅【他為人很負責任，不會那麼容易就變卦】。

有樣學樣 jau⁵ joeng²* hok⁹ joeng²* 不分好壞，見甚麼就學甚麼；照樣兒學：父母係好賭嘅，細路仔咪～囉【家長嗜賭的話，小孩子就照樣兒學】。

有樣睇 jau⁵ joeng²* tai² 從外貌可看出人品：佢唔係好人，～【他不是好人，從外貌就可以看出來】。

有傾有講 jau⁵ king¹ jau⁵ gong² 有說有笑：頭先佢哋仲～，為乜轉下眼就打起上嚟【剛才他們還有說有笑，為甚麼轉眼間就打起來了】？

有辣有唔辣 jau⁵ laat⁹ jau⁵ m⁴ laat⁹ 有利有弊：政府呢啲措施，其實～【政府這些措施，其實是有利有弊】。

有禮數 jau⁵ lai⁵ sou³ 有禮貌；講究禮節：佢哋家族係名門，個個都好～【他們家族是名門，人人都很講究禮節】。

有理冇理 jau⁵ lei⁵ mou² lei⁵ 不管那麼多；不管三七二十一：～做咗至算【不管三七二十一，做了再說】。

有料 jau⁵ liu²* 有真材實料，指人能力強、有學問、有本事：聽佢講嘢就知佢～啦【聽他說話就知道他有真本事】。

有料到 jau⁵ liu²* dou³ ❶ 指人有能耐、有本事：個阿 Sir 貼啲題目好準，真係～【這位老師猜題目挺準的，真有本事】。❷ 有內容：唔係寫得多就好，最緊要～【不一定寫得多就好，最重要是有內容】。❸ 有消息；有情況：～，照計劃行動【有情況，按計劃行動】！

有兩度散手 jau⁵ loeng⁵ dou⁶ saan² sau² 有兩下子；有本領；有功夫。又說「有幾度散手」、「有兩手」：佢寫嘢～㗎【他寫作有兩下子】。

有兩手 jau⁵ loeng⁵ sau² 有兩下子，同「有兩度散手」。

有落 jau5 lok9 小巴乘客下車時向司機的喊話，表示即將下車：街口～【前面街口下車】。

有路 jau5 lou6 指男女間有曖昧關係；有一腿：人人都知佢同個女秘書～【個個都知道他跟女秘書有一腿】。

有路數 jau5 lou6 sou3 有門路；有法子：第二啲我唔敢講，搵呢隻貨我～【別的我不敢說，找這種貨物我有門路】。

有慢 jau5 maan6 請司機停車的用語。同「有落」。

有米 jau5 mai5 有錢；富有：佢以前好～，成條街啲樓都係佢嘅【他以前挺有錢的，整條街的房子都是他的】。

有紋有路 jau5 man4 jau5 lou6 有條有理；有板有眼。又作「有頭有路」：佢唔多出聲，做嘢～【她不太說話，幹活挺有板有眼兒的】。

有味 jau5 mei6 ❶ 餿了；有酸臭的氣味。❷【俚】鹹味。指代下流的、色情的：～電影｜睬你都～【王八蛋才理你】！

有面 jau5 min2* 有面子；有名望：佢老竇好～，個壽宴有好多名人出席【她父親很有名望，壽宴上有很多名人出席】。

有毛有翼 jau5 mou4 jau5 jik9 羽翼已豐（形容孩子已經長大或某人實力已強大）：佢老母捱咗咁多年供佢讀完大學，而家～喇就唔理老母，真係冇良心【他媽熬了這麼多年供他讀完大學，現在羽翼已豐了就不理他媽，真是沒良心】。

有冇搞錯 jau5 mou5 gaau2 tso3 有沒有弄錯；怎麼搞的（用於表示異議、不滿，語氣較委婉）：～呀，我食咁少嘢你收我五百幾蚊【有沒有弄錯？我就吃那麼一點東西，你就收我五百多塊】？｜～呀，電視都唔熄就出咗去【怎麼搞的，電視都不關就出去了】！

有諗頭 jau5 nam2 tou4 有頭腦；善於思考：佢好～㗎，宣傳嘅嘢由佢負責啦【他很有頭腦，宣傳方面的事情由他負責吧】。

有牙冇眼 jau5 nga4 mou5 ngaan5 形容人開懷大笑的樣子：個仔得咗金牌，老竇笑到～【兒子得到金牌，父親開懷大笑】。

有挨有憑 jau5 ngaai1 jau5 bang6 有靠山；有後台：佢～，升職唔快先出奇【他有靠山，升職不快才奇怪呢】。

有眼睇 jau5 ngaan5 tai2 明擺着；看得見：大家～，係佢打人先【大家都看見，是他先動手打人】。

有腦 jau5 nou5 有頭腦；腦筋靈活：而家搵食最緊要～【現在謀生講究的是腦筋靈活】。

有排 jau5 paai4 還有很長時間：～捱【還要熬很長時間】｜～未食完【還有很長時間都吃不完】。

有牌爛仔 jau5 paai4 laan6 dzai2 指警察。即名正言順的流氓。

> 【小知識】1960年代，香港警隊形象低下，警察貪污受賄盛行，行為與流氓無異，不同的是他們有「皇家香港警察」的身份（有牌），名正言順作惡。

有便宜唔使頸 jau5 pin4 ji4 m4 sai2 geng2【俗】因為有利益就不計較。引指有便宜的事不會放過，意近「不要白不要」：有咁優惠嘅條件佢梗係要咗先啦，～吖嘛【有那麼優惠的條件他當然要了再說，不要白不要呀】。

有殺冇賠 jau[5] saat[8] mou[5] pui[4] ❶ 賭場術語。莊家全贏賭客。❷ 引申為採取果斷行動，嚴厲對付：呢啲造假呃人嘅集團，政府應該拉晒佢哋，一於～就啱喇【這些造假騙人的集團，政府應該把他們全抓起來，嚴厲對付他們才對】。

有殺錯冇放過 jau[5] saat[8] tso[3] mou[5] fong[3] gwo[3]【俗】寧枉勿縱；寧可錯殺，也不放過元兇：禽流感嗰陣，衛生部門～，啲雞就噹災囉【禽流感那會兒，衛生部門（為了控制疫情）大開殺戒，多少雞就這樣被殺掉了】。

有心 jau[5] sam[1] ❶ 向別人問候、慰問表示感謝時的用語，可單獨使用或加上副詞「真」、「真係」等在句中做謂語：我嘅病好咗好多啦，你～【我的病好了很多了，承蒙您關心】。❷ 故意；有意：對唔住，我唔係～嘅【對不起，我不是故意的】。

有心機 jau[5] sam[1] gei[1] 用心；專心致志：我個仔讀書好～【我兒子讀書挺用心的】。

有心冇肺 jau[5] sam[1] mou[5] fai[3] 沒心沒肺；不用心；不動腦筋。

有心冇神 jau[5] sam[1] mou[5] san[4] 精神不集中；不專心：你今日～，做乜事呀【你今天精神恍惚的，出甚麼事了】？

有薪假期 jau[5] san[1] ga[3] kei[4] 僱員享有的帶薪假期。

【小知識】香港政府《僱傭條例》規定，僱主必須給工作滿一年的僱員提供帶薪假期，包括法定的公眾假期及除此以外的七天假期。

有身紀 jau[5] san[1] gei[2] 有身孕：你～，出入要小心啲【你有身孕，進進出出要小心點兒】。

有神冇氣 jau[5] san[4] mou[5] hei[3] 有氣無力；無精打采：佢呢排失戀，成日～【他最近失戀了，整天無精打采的】。

有手有腳 jau[5] sau[2] jau[5] goek[8] 手腳齊全，指具有正常人的能力，可自己動手，自力更生：我～，唔使等政府救濟【我有工作能力，不用等政府救濟】。

有仇口 jau[5] sau[4] hau[2] 有仇：佢哋～，一見面就嗌交【他們有仇，一見面就吵架】。

有聲氣 jau[5] seng[1] hei[3] 有消息；有着落；有希望：加人工嘅事～未【加工資的事有消息了沒有】？｜佢三十歲嘞，都仲未～結婚【他都三十了，結婚的事還沒有着落】。

有聲有氣 jau[5] seng[1] jau[5] hei[3] 有人陪伴；不孤單：間屋多個人～好啲【屋裏人多些好，熱鬧點兒，不孤單】。

有剩 jau[5] dzing[6]「剩」又音 sing[6]。有剩餘；有富餘：呢度五百蚊，～當貼士啦【這裏五百元，有剩餘就當小費吧】。

有數為 jau[5] sou[3] wai[4] 合算：我計過條數，呢筆生意應該～【我算過賬了，這筆生意應該是合算的】。

有彈有讚 jau[5] taan[4] jau[5] dzaan[3] 有批評指責，也有讚美表揚：市民對政府呢啲措施～【市民對政府的這些措施有人批評，也有人讚揚】。

有彈冇讚 jau[5] taan[4] mou[5] dzaan[3] 只有批評，沒有表揚：我做親乜嘢老竇都係～【我無論做甚麼老爸都只會批評、不會誇獎】。

有頭有主 jau[5] tau[4] jau[5] dzy[2] 已有主人；呢啲貨全部～， 畀人買晒喇【這些貨全有主兒了，已經都賣出去了】。

有頭有路 jau[5] tau[4] jau[5] lou[6] ❶ 同「有紋有路」。❷ 有來由；有來頭：佢夠膽嚟應徵，我睇佢係～嘅【他膽敢來應徵，我看他是有來頭的】。

有頭有尾 jau[5] tau[4] jau[5] mei[5] 有始有終：做乜嘢都要～好啲【做甚麼事都要有始有終才好】。

有頭有面 jau[5] tau[4] jau[5] min[6] 有頭有臉；有地位有聲望：出席呢啲政府宴會嘅多數都係～嘅人【出席這種政府宴會的大多是有頭有臉的人物】。

有頭冇尾 jau[5] tau[4] mou[5] mei[5] 有始無終：佢做嘢唔會～嘅【她做事情不會有始無終的】。

有頭威，冇尾陣 jau[5] tau[4] wai[1] mou[5] mei[5] dzan[6]【俗】有頭無尾；虎頭蛇尾：佢做嘢～【他做事虎頭蛇尾】。

有拖冇欠 jau[5] to[1] mou[5] him[3] 最終一定會歸還：我問你借錢不溜都係～嘅【我跟你借錢向來都是肯定會歸還的】。

有賊心冇賊膽 jau[5] tsaak[9] sam[1] mou[5] tsaak[9] daam[2]【俗】想做壞事卻沒有膽量：邊夠膽去打劫銀行呀，佢～嘅啫【哪兒敢去打劫銀行呢？他有那份心也沒那個膽量】。

有情飲水飽 jau[5] tsing[4] jam[2] soey[2] baau[2]【俗】指有了愛情，就算是喝水也可以填飽肚子，比喻愛情不靠金錢維繫，只要真心相愛，沒有錢也可以過生活：結婚要有經濟基礎至得，唔通真係～咩【結婚要有經濟基礎才行，難道靠愛情就可以過日子】？

又 jau[6] ❶ 也：我～去【我也去】。❷ 怎麼：你～會唔知嘅【你怎麼會不知道呢】？

又點話 jau[6] dim[2] wa[6] 表示遷就對方或對做某事毫不在乎的態度時的用語，意為「即使……又有甚麼呢」，「即使……也不要緊（沒關係）」：好，畀你試多次～呀【好，就算讓你多試一次也沒甚麼】。｜畀多你五百蚊～呀【多給你五百塊錢也不要緊】。

又係噃 jau[6] hai[6] bo[3] 表示領悟後的肯定，相當於「可也是」、「對啊」：～，你唔提起我都唔記得咗添【對啊！你不提我都忘了】。

又要威，又要戴頭盔 jau[6] jiu[3] wai[1] jau[6] jiu[3] daai[3] tau[4] kwai[1]【俗】又愛出風頭，又要戴安全帽（保護自己）。諷刺人既要炫耀自己，又膽怯怕事：要去見啲歌迷就唔好怕畀人逼親，你～，點得呢【要去見歌迷就不要怕擠，又要做又怯場怎麼行呢】？

又唔係 jau[6] m[4] hai[6] 還不是：同佢講過好多次喇，～噉【跟他講過好多次了，還不是那樣】！

又乜又物 jau[6] mat[7] jau[6] mat[9] 又這個又那個的：佢好多要求，呢樣嗰樣，～，煩到死【他諸多要求，又這個又那個，煩死了】。

又哾又篩 jau[6] ngai[1] jau[6] sai[1] 苦苦哀求：佢～噉，我唔應承都唔得啦【他苦苦哀求，我不答應也不行啊】！

又翳又諦 jau[6] ngai[3] jau[6] dai[3] 冷嘲熱諷：你唔好對佢～噉呀【你別對她冷嘲熱諷的嘛】。

又呢又嚕 jau[6] ni[1] jau[6] lou[3] 又這樣，又那樣；囉唆：你唔好成日～啦，好討厭【你別整天囉哩囉唆，令人討厭】。

又試 jau[6] si[3] 又：啱啱出院啫，～要入院【剛出院，又要住院】。｜佢～去問大耳窿借錢【他又去找放高利貸的借錢】？

又話 jau6 wa6 不是説（……嗎）：你～去游水，點解又唔去【你不是説去游泳嗎，幹嗎又不去】？

右便 jau6 bin6 右邊；右側。

右手邊 jau6 sau2 bin1 同「右手便」。

右手便 jau6 sau2 bin6 右邊；靠右的一邊；靠右手的一邊。又作「右便」。

右軚車 jau6 taai5 tse1 方向盤在右邊的車輛，與「左軚車」相對。香港交通規則沿用英式做法，車輛靠左行駛，故方向盤設在右邊。

爺 je4 父親：兩仔～【父子倆】。

椰汁 je4 dzap7 椰子肉榨出的液。

椰殼 je4 hok8 椰子殼兒。

椰殼頭 je4 hok8 tau4【謔】又叫「椰升頭」，戲稱女性短髮的髮式。

椰衣 je4 ji1 椰子的棕狀皮，可以做掃把：～掃把。

椰肉 je4 juk9 椰子的果肉。

椰茸 je4 jung4 加工成細茸狀的椰子肉，通常用作餡料、調味料等，用途與椰絲近似。

椰絲 je4 si1 切絲、曬乾的椰子肉。通常用作菜餚、甜食的調味料或餡料。

椰水 je4 soey2 椰子汁；椰子水。

椰菜 je4 tsoi3 卷心菜；洋白菜。

椰菜花 je4 tsoi3 fa1 ❶ 又作「花菜」。白色花椰菜；菜花。❷ 性傳染疾病「尖鋭濕疣（Genital Warts）」的俗稱。

惹 je5 ❶ 傳染：呢排感冒流行，出門小心啲，因住～到【這陣子感冒流行，出門小心點，當心別傳染上了】。❷ 引起；產生：橙食得多好易～痰㗎【橙子吃多了很容易生痰】。❸ 逗；挑逗；招惹：由佢自己玩，唔好～佢【讓他自個兒玩，別逗他】。

惹火 je5 fo2（女子）形態打扮很誘惑人。

惹官非 je5 gun1 fei1 惹上官司。

惹是惹非 je5 si6 je5 fei1 招惹是非：你再喺度～，我哋就請你出去㗎喇【你再在這兒招惹是非，我們只好請你離開了】。

野仔 je5 dzai2【蔑】私生子。

野雞 je5 gai1 ❶ 非正式的；不合標準的：～大學【指一些教學質量甚差，只靠賣文憑賺錢的大學】。❷ 指沿街拉客的低級妓女，私娼。

野貓 je5 maau1 ❶ 野生的貓；沒有人養的貓。❷ 喻指有姘夫的女人。

野味 je5 mei2* 野生動物的肉食；山珍：人人都話～好補【人人都説吃山珍是挺滋補的】。

嘢[1] je5 ❶ 東西；物品：買～【買東西】｜呢個～好重呀【這玩藝兒可真重】。❷ 活兒；工作，事情：做～【幹活兒】｜冇～【沒事兒】。❸ 東西；傢伙（罵人或自嘲語）：衰～【混賬東西】｜老～【老傢伙】。

嘢[2] je5 量詞。下：打咗兩～【打了兩下】。

夜 je6 晚：～喇，去瞓覺啦【晚了，去睡吧】。｜琴晚做嘢做到好～【昨晚幹活幹得很晚】。

夜香 je6 hoeng1【謔】糞便。又稱「夜來香」。過去抽水馬桶不普遍，有逐家逐戶上門倒糞桶的行業，稱「倒夜香」。此工作都在凌晨天未亮進行，故稱「夜」；而糞臭，為避諱改稱「香」。

夜啲 je6 di1 遲一些；晚一點：今日我會

～返嚟【今天我會遲一點回來】。

夜店 je6 dim3 指營業超過半夜的商店、娛樂場所，尤指各種夜總會和俱樂部。

夜更 je6 gaang1 夜班：我今晚當～【我今晚值夜班】。

夜工 je6 gung1 夜班：我今日返～【我今天上夜班】。

夜鬼 je6 gwai2 夜貓子；喜歡在夜晚做事的人：我老公係～，冇兩三點都唔會瞓覺【我丈夫是個夜貓子，不到夜裏兩三點鐘是不會睡覺的】。

夜學 je6 hok2* 夜校；在晚上上課的課程：我日頭做嘢，夜晚返～【我白天幹活，晚上上夜校】。

夜遊鶴 je6 jau4 hok2* ❶ 池鷺，鶴類的一種。❷ 比喻夜遊的人：佢係～，晚晚深夜至返屋企【他是夜遊人，天天深夜才回家】。

夜冷 je6 laang1* 英語 yelling 的音譯詞。❶ 舊的、翻新出售的貨品，同「夜冷貨」：專營～。❷ 售賣二手貨的店舖。

夜冷貨 je6 laang1* fo3 ❶ 拍賣的貨物。❷ 舊的、翻新出售的貨品。又作「夜冷」。

夜麻麻 je6 ma1 ma1 ❶ 夜深了；很晚了：～你仲出街【夜深了你還上街】？❷（夜裏）黑咕隆咚的：周圍都～，點搵呀【四處黑咕隆咚的，怎麼找呢】？

夜馬 je6 ma5 晚上進行的賽馬：今晚跑～【今天晚上賽馬】。

夜晚 je6 maan5 晚上；夜裏；夜間。又作「夜晚黑」、「晚黑」：呢度～冇乜人嚟㗎【這兒晚上沒甚麼人來的】。

夜晚黑 je6 maan5 hak7 晚上。同「夜晚」、「晚黑」。

夜船 je6 syn2* 夜班開的船。

夜場 je6 tsoeng4 各種夜間娛樂場所的總稱。

贏面 jeng4 min2* 獲勝的可能性：你呢單官司～好大【你這場官司獲勝可能性很大】。

衣 ji1 ❶ 物體外的薄皮；種皮：花生～【花生皮】。❷ 果實外面的保護層：椰～。

衣紙 ji1 dzi2 燒給死者作為紙衣的彩色紙，也指紙衣：燒金銀～【燒紙錢紙衣】。

衣夾 ji1 gaap2* 曬衣服時用來夾緊衣物的小夾子。

衣掃 ji1 sou2* 同「衣刷」。

衣刷 ji1 tsaat2* 刷衣服用具。又作「衣掃」。

衣車 ji1 tse1 縫紉機。

依足 ji1 dzuk7 完全依照（要求辦事）：你要～規矩至得【你要完全按照規矩辦事才行】。

依家 ji1 ga1 現在。同「而家」。

依司執 ji1 si1 dzap7 很容易幹的活兒；容易完成的任務。英語 easy job 的音譯。也寫作「easy 執」。

依時依候 ji1 si4 ji1 hau6 準時；準點兒：～赴約【準時赴約】。

齙（依） ji1 咧（嘴）：開心到～嘴笑【高興到咧嘴笑】。

齙開棚牙 ji1 hoi1 paang4 nga4 咧嘴露出牙齒：佢笑到～【她笑得露出一口牙齒】。

齙牙鬆弶 ji1 nga4 sung1 gong6 插嘴插手，喻多加議論：睇人捉棋，唔好咁多聲氣，旁觀者不得～【看人家下棋，別加意見，正所謂，旁觀者不得多嘴多舌】。

伊麵 ji¹ min⁶ 伊府麵。用麵粉混合雞蛋或鴨蛋炸製而成，麵條很長，又叫長壽麵。食用時可煮成湯麵，亦可做成乾燒伊麵。

咿挹 ji¹ jap⁷ 比喻在男女關係方面有不軌行為：聽講話佢老婆同波士有啲～【聽說他老婆跟老闆有一腿】。

咿咿挹挹 ji¹ ji¹ jap⁷ jap⁷ 指男女間偷偷摸摸的行為：你同佢喺度～做乜嘢呀【你跟她在那裏偷偷摸摸幹甚麼呀】？

咿咿嘟嘟 ji¹ ji¹ juk⁷ juk⁷ 動來動去：你唔好～【你不要動來動去】。

咿嘟 ji¹ juk⁷ 舉動；動靜；風吹草動：佢有乜～，你就趕佢出去得㗎喇【他一有甚麼動作，你就把他趕出去得了】。| 有乜嘢～，即刻報告畀我知【有甚麼動靜，馬上向我報告】。

醫館 ji¹ gun² 跌打醫師的診所。

醫五臟廟 ji¹ ng⁵ dzong⁶ miu²*【謔】填肚子。同「醫肚」。

醫生紙 ji¹ sang¹ dzi² 醫生證明書（一般用作請假條）。

醫肚 ji¹ tou⁵【謔】填肚子；充飢：有乜嘢～呀【有沒有東西能填填肚子的】？

姨 ji¹* ❶ 母親的妹妹。❷ 阿姨（對一般中青年婦女的稱呼）。

姨仔 ji¹* dzai² 小姨子（妻子的妹妹）。

咦 ji² 嘆詞。表示驚訝：～！乜你都喺度呀【咦，怎麼你也在這兒】？

椅 ji² 椅子。

椅墊 ji² din³ 坐墊。

椅腳 ji² goek⁸ 椅子腿。

椅披 ji² pei¹ 中式椅子靠背上的布製裝飾品。

椅拼 ji² peng¹ 椅子靠背。

椅手 ji² sau² 椅子的扶手。

椅橫 ji² waang⁴ 椅子腿間的橫木。

倚憑 ji² bang⁶ 靠；依靠。又作「倚傍」：佢老公過身之後，佢失去咗～【他丈夫去世後，她就失去了依靠】。

倚傍 ji² bong⁶ 同「倚憑」。

意粉 ji³ fan²「意大利粉」的省稱。意大利麵。

意頭 ji³ tau⁴ 兆頭（迷信者指吉利與否的徵兆）：好～【好兆頭】。

薏米 ji³ mai⁵ 薏苡的種子，白色，可入藥和食用，營養價值高。又叫「薏仁米」。

姨表 ji⁴ biu² 兩家的母親是姐妹的親戚關係：～兄弟【表兄弟】。

姨丈 ji⁴ dzoeng²* 姨父；姨夫。

姨媽 ji⁴ ma¹ 母親的姐姐。

姨媽姑姐 ji⁴ ma¹ gu¹ dze¹ 父母親的姐妹的統稱，又稱「姨媽姑爹」。引指一大堆親戚或有連帶關係的人：男家咁多～，新娘斟茶斟到手軟【男家那麼多親戚，新娘都要端茶敬奉真忙不過來】。| 佢開呢啲職位，係為咗方便將佢啲～塞入去【他設這些職位，是為了方便安排他的關係戶】。

姨甥 ji⁴ sang¹ 外甥（姐妹互稱對方的子女）。

姨甥女 ji⁴ sang¹ noey²* 外甥女（姐妹互稱對方的女兒）。

宜得 ji⁴ dak⁷ 希望；巴不得：兩個衰仔～我早啲死【兩個不孝兒子巴不得我早點兒死】。

疑犯 ji⁴ faan²* 犯罪嫌疑人：啲差人將個～帶咗返差館【警察把那個犯罪嫌疑人

押解回警察局】。

疑匪 ji4 fei2 被懷疑與案件有關的匪徒：～當場被捕。

疑兇 ji4 hung1 兇案的犯罪嫌疑人：～有三個【有三個兇案犯罪嫌疑人】。

而家 ji4 ga1 現在。又作「依家」：～先七點半【現在才七點半】。｜～嘅人七十歲都好有活力【現在的人到七十歲也充滿活力】。

兒戲 ji4 hei1* 不牢靠；不可靠：呢張凳好～，唔好坐落去【這張凳子很不牢靠，別坐下去】。｜乜你做嘢咁～㗎【怎麼你幹活這麼不可靠的呢】？

移船就磡 ji4 syn4 dzau6 ham3 把船靠碼頭，比喻採取主動配合對方：佢哋好有誠意，我哋就～啦【他們很有誠意，我們也就主動配合配合吧】。

咿咿哦哦 ji4* ji1 ngo4 ngo4 嘮嘮叨叨；囉囉嗦嗦：我返遲少少，佢就～【我回來晚了點兒，她就嘮嘮叨叨的】。

耳 ji5 ❶ 耳朵。❷ 把子；提手：杯～【杯的把手】｜煲～【鍋的提手】。

耳背 ji5 bui6 耳朵背（有點聾）。

耳仔 ji5 dzai2 耳朵。

耳仔邊 ji5 dzai2 bin1 漢字偏旁，通常指左耳旁，即「阝」。

耳仔嘟 ji5 dzai2 juk7 形容吃得香，耳朵都動：呢碗紅燒肉食到我～【這碗紅燒肉我吃的非常帶勁兒】。

耳仔軟 ji5 dzai2 jyn5 耳根軟；容易相信人言：你唔好～，人哋講兩句你就應承【你別這麼輕信，人家說兩句你就答應】。

耳珠 ji5 dzy1 耳垂。

耳後見腮 ji5 hau6 gin3 soi1 腮部突出，從背後可以見到腮幫子。

耳窿 ji5 lung1 ❶ 耳朵眼兒；耳孔。❷ 耳朵上的小孔：我唔戴耳環嘅，所以冇穿～【我不戴耳環，所以沒穿耳孔】。

耳屎 ji5 si2 耳垢。

耳性 ji5 sing3 記性：你都冇～嘅，講過咁多次你都唔記得【你都沒一點兒記性，說了這麼多回你怎麼都忘了】！

耳筒 ji5 tung2* 耳機。

耳挖 ji5 waat2* 耳挖子。

以心為心 ji5 sam1 wai4 sam1 將心比心：你唔好怪佢喇，～，畀着你都可能會驚啦【你不要怪他了，將心比心，如果是你也可能會害怕】。

二八亂穿衣 ji6 baat8 lyn6 tsyn1 ji1【諺】二月、八月的天氣冷暖不定，夏衣、冬衣胡亂穿着。

二八天 ji6 baat8 tin1 二月、八月的天氣，泛指冷暖交替的季節。

二打六——未夠斤両 ji6 da2 luk9 mei6 gau3 gan1 loeng2【歇】二加上六是八，不夠十（一般不講出下句）。❶ 比喻無關緊要的人物，小角色：政改嘅事，點到我哋呢啲二打六出聲呀【政治體制改革的事情，哪兒輪得到我們這種小人物開口呢】？❷ 指技術水平低劣或不稱職者：意近「二把刀」：你請埋呢啲二打六嚟做嘢，點會做得好吖【你請來這種二把刀來幹活，怎麼會做得好呢】。

二仔底 ji6 dzai2 dai2「二仔」指紙牌中點數最小的牌張。底牌是「二」，即沒有實力，比喻基礎薄弱，底子不好。

二仔底——死跟 ji6 dzai2 dai2 sei2 gan1【歇】「二仔」指紙牌中點數最小

的牌張。玩撲克拿到「二」的底牌，勝算很低卻仍跟着對手下注，硬充有實力。意指誓死跟隨：人哋一話養生就要食乜食物，佢一定～【人家一說養生要吃哪種東西，她都跟着吃】。

二指 ji6 dzi2 食指；二拇指。

二分四 ji6 fan1 sei3 原指重量最輕的錢幣，比喻收入極微薄。替人打工俗稱「受人二分四」。

二房 ji6 fong4 次子一支。（長子一支叫長房。）

二房東 ji6 fong4 dung1 租下業主整套房子，然後分房轉租給別人而從中取利者。

二人世界 ji6 jan4 sai3 gaai3 只有夫妻（或情侶）兩個人在一起，享受不受打擾共處的時光：啱啱結婚，享受幾年～再生仔都未遲【剛結婚，享受幾年兩個人相處的生活再生孩子都不算遲】。

二級片 ji6 kap7 pin2* 按照香港電影分級制度（參見「三級片」條）的規定，兒童及青少年須在家長指導下觀看的稍帶色情或者暴力成份的電影。

二奶 ji6 naai1* ❶ 小老婆；姨太太：包～｜～村。❷ 舊時指妾侍。

二奶仔 ji6 naai1* dzai2 妾生的兒子；庶出的兒子：佢係～，喺屋企冇地位【他是庶子，在家裏沒啥地位】。

二奶命 ji6 naai1* meng6 原意是指女性命裏注定不能作正室夫人而只能做妾，喻指某些人榮譽、地位總是低人一等：次次佢都係差少少攞唔到冠軍，佢都係～喇【每次他都差那麼一點兒拿不到冠軍，看來也只有拿亞軍的命了】。

二奶村 ji6 naai1* tsyn1 指被包養的女性（二奶）聚居的小區。

二五仔 ji6 ng5 dzai2【俗】叛徒，有背叛行為的人：邊個做～就死邊個【誰做叛徒就處死誰】！

二按 ji6 ngon3 業主將已作貸款抵押的物業，作第二次按揭：做～要還嘅利息高啲【作第二次按揭的利息高點兒】。

二撇雞 ji6 pit8 gai1 八字鬍子。

二世祖 ji6 sai3 dzou2 指承受祖業而不成器的子弟，來源於秦朝二世皇帝。也指蜀漢的劉禪，即所謂「扶不起的阿斗」，引申指生於富貴人家卻揮霍祖業、花天酒地、好吃懶做的敗家子。

二手 ji6 sau2 舊的、他人用過的：～貨【舊貨】｜～車【舊汽車】。

二手貨 ji6 sau2 fo3 舊貨；已經被人用過的東西。

二手煙 ji6 sau2 jin1 指被動吸入的香煙煙霧：～有毒【被動吸入的香煙煙霧有毒】。

二手市場 ji6 sau2 si5 tsoeng4 舊貨市場。

易辦事 ji6 baan6 si6 香港一個通用電子收費系統的俗稱。英文簡稱為 EPS（Easy Paid System）。

易過借火 ji6 gwo3 dze3 fo2【俗】易如反掌。

易過食生菜 ji6 gwo3 sik9 saang1 tsoi3【俗】比喻容易得很：背唐詩之嘛，～啦【背唐詩而已，太容易了】！

易話為 ji6 wa6 wai4 好商量：佢份人好～嘅，求親佢都唔會托手踭嘅【他為人挺好商量的，每次求他他都不會拒絕】。

義工 ji6 gung1 ❶ 義務工作：佢一得閒就去老人中心做～【他一有空就去養老院義務服務】。❷ 義務工作者；志願者：

呢次要搵多幾個～嚟幫手【這次要多找幾位志願服務者來幫忙】。

義勇軍 ji⁶ jung⁵ gwan¹ 港英政府時期皇家香港軍團的別稱。

【小知識】義勇軍由自願從軍的香港市民組成，由駐港英軍指揮，屬業餘預備役部隊，配備輕型武器。軍團成立於 1854 年，1995 年解散。

義乳 ji⁶ jy⁵ 假乳房。

異相 ji⁶ soeng³ 難看（指異於常人）：佢啲頭髮染成噉，幾～呀【頭髮染成這樣，多難看吶】。

益 jik⁷ 給……得到好處，讓……受益，讓……佔便宜：呢件衫我唔啱着，～下你吖【這件衣服我不合穿，你拿去穿吧】。

益力多 jik⁷ lik⁸ do¹ 一種活性乳酸菌飲品。日語「ヤクルト」的音譯，英語名稱為 Yakult。

膉 jik⁷ 有蛤喇味兒；變味兒了（指含油的食物變質後發出難聞的臭味）：啲花生～咗【這花生變味兒了】。

抑或 jik⁷ waak⁹ 或；或者；還是：無論我～佢，都唔會噉做【無論我還是他都不會這樣做】。｜搭火車～搭飛機都得【坐火車或坐飛機都行】。

翼 jik⁹ 翅膀：雞～【雞翅膀】｜天使有對～【天使有一雙翅膀】。

亦都 jik⁹ dou¹ 也；同樣（地）：你唔去，我～唔會去【你不去，我也不會去】。

逆境波 jik⁹ ging² bo¹ 原為球賽用語，指在失利的情況下打球，也可用於一般競賽或其他場合：踢～【踢逆風球（指在先失球的情況下踢球）】。｜經濟差嘅時候，就要學識打～【經濟環境差的時候，就要懂得逆流而上】。

閹 jim¹ 閹割，喻宰割；算計：你哋噉樣畀人～咗都唔知【你們這樣被人算計了都不知道呢】。

腌尖（臢） jim¹ dzim¹ 愛挑剔；愛吹毛求疵：佢食嘢好～【他吃東西很挑剔的】。

腌尖腥悶 jim¹ dzim¹ seng¹ mun⁶ 因過份挑剔、講究、囉嗦個沒完而令人討厭：佢份人～，好煩【他就喜歡挑剔，嘮叨得煩人】。

掩掩抰抰 jim² jim² joeng² joeng² 燈火時明時滅，喻人影晃來晃去：佢喺你面前～，係想你留意到佢【他在你面前晃來晃去，是想你能注意他】。

厴 jim² ❶ 螺螄的口蓋，螃蟹的腹蓋：螺～｜蟹～。❷ 遮蓋物：袋～【口袋蓋兒】。

靨 jim² 痂：傷口結咗～，就快好啦【傷口結了痂，快好了】。

厭 jim³ 厭煩；膩煩：喺海邊住，蝦蟹食到～【在海邊住，蝦、蟹都吃膩了】。

厭惡性行業 jim³ wu³ sing³ hong⁴ jip⁹ 指通常容易招致社會歧視的行業，如屠宰、殯葬、清潔等工作。

鹽焗雞 jim⁴ guk⁹ gai¹ 用「鹽焗」的方法烹製的雞。製法是以紙包着雞，埋置於粗鹽中，放進鍋內用火燒烤，直至雞熟透為止。

鹽（簷）蛇 jim⁴ se²* 壁虎。

嫌命長 jim⁴ meng⁶ tsoeng⁴ 活得不耐煩了：你噉衝紅燈法，～呀【你這樣闖紅燈，活得不耐煩了】！

嫌錢腥 jim⁴ tsin²* seng¹ 表面意思為嫌棄銅臭，指不稀罕財富、不貪錢：呢個世界，我估冇人係～嘅【這個世界，我想沒有人是不愛錢的】。

驗身 jim[6] san[1] 檢查身體；體檢：聽日我要去醫院～【明天我要去醫院體檢】。

驗車 jim[6] tse[1] 車輛年檢。

豔星 jim[6] sing[1] 拍香豔電影的女演員。

豔情片 jim[6] tsing[4] pin[2]* 描寫情愛色慾的影片。

煙 jin[1] ❶ 水蒸氣：個壺嘴出～，啲水應該滾喇【壺嘴冒水蒸氣啦，水應該開了】。❷ 煙氣大；煙霧濃：走廊好大～呀，係咪火燭呀【走廊煙霧很大，是不是失火了】！❸ 熏：～到個個流眼水【熏得個個都流眼淚】。

煙仔 jin[1] dzai[2] 香煙：食～【抽煙】。

煙精 jin[1] dzing[1] 煙鬼：佢係老～【他是老煙鬼】。

煙灰盅 jin[1] fui[1] dzung[1] 煙灰缸。

煙灰罌 jin[1] fui[1] ngaang[1] 同「煙灰盅」。

煙骨 jin[1] gwat[7] 煙葉柄及葉脈。

煙友 jin[1] jau[2]* 舊時指抽鴉片的人，也指抽煙的人。

煙帽隊 jin[1] mou[2]* doey[2]*【俗】消防隊中配備防毒面罩專門負責進入火場滅火、救人的隊伍。

煙屎 jin[1] si[2] ❶ 煙具或牙齒積存的煙油、煙灰垢：～牙。❷ 用於人的姓（或名）之前以稱呼煙癮很大的人：～王【煙鬼老王】。

煙士 jin[1] si[2]* 撲克牌中的「A」。英語 ace 的音譯詞。亦可省稱作「煙」：梅花煙【梅花尖兒】。

煙頭 jin[1] tau[2]* 煙蒂；煙屁股。

煙鏟 jin[1] tsaan[2] 煙鬼。

煙塵 jin[1] tsan[4] 揚起的灰塵、塵土：車一過就～滾滾【車一經過就塵土飛揚】。

煙通 jin[1] tung[1] 煙囪。

胭脂腳 jin[1] dzi[1] goek[8] 柚子品種之一。因其果肉呈粉紅色，故稱。

胭脂紅 jin[1] dzi[1] hung[4] 番石榴品種之一，因其果皮上有紅胭脂的顏色，故稱。

蔫韌 jin[1] ngan[6] ❶ 韌：啲牛腩咁～，點食呀【這牛肚肉這麼韌，怎麼吃呢】？❷（男女間）纏綿；黏乎；親熱：睇你兩個咁～，幾時拉埋天窗呀【瞧你們倆，這麼黏乎，啥時候結婚呢】？

演 jin[2] 挺：～胸凸肚【挺着胸脯、肚子】。

演嘢 jin[2] je[5] 賣弄、炫耀自己：佢搵到啲錢就成日喺人面前～【他掙了點兒錢就整天在人前賣弄】。

演繹 jin[2] jik[9] 表演；扮演；詮釋：佢～呢一類角色唔係幾慣【他表演這一類角色不太習慣】。｜你唔可以噉樣～我嘅觀點【你不能這樣詮釋我的觀點】。

演藝界 jin[2] ngai[6] gaai[3] 又稱藝能界，俗稱娛樂圈。泛指影視表演、歌舞等行業及其從業人員。

燕梳 jin[3] so[1] 保險。英語 insure 的音譯詞：買～【買保險】。

然之後 jin[4] dzi[1] hau[6] 然後；之後：你先入一波，～踩油門【你先掛上一檔，然後再踩油門】。

弦索 jin[4] sok[8] 弦樂器（一般指中樂）：玩～【彈奏弦樂器】。

現兜兜 jin[6] dau[1] dau[1]（花）現金：用信用卡有度好，唔使～攞錢出嚟買嘢【用信用卡有個好處，買東西不用直接花現金】。

現樓 jin6 lau2* 指在房地產市場中現成的樓房，包括新落成的待售樓房。與此相對的是「樓花」：買樓都係買～穩陣啲【買房子還是買現成的保險點兒】。

現銀 jin6 ngan2* 現金：～交易。

現時 jin6 si4 現在。

英界 jing1 gaai3 港英政府時期稱中港邊界地區屬於英國管轄的地域。與「華界」相對：羅湖橋嘅呢便係～，嗰便係華界【羅湖橋的這一邊屬英國管轄，那一邊屬中國管轄】。

英文中學 jing1 man4 dzung1 hok9 以英語為教學語言的中學，全稱為「英文文法中學」。港英政府時期，全港中學百分之九十以上為此類中學。

英泥 jing1 nai4 水泥。又作「紅毛泥」。

英雌 jing1 tsi1 女英雄。

應份 jing1 fan6 應該：仔女養老母係～嘅【子女贍養母親是應該的】。

應承 jing1 sing4 答應；承諾：銀行張經理已經～咗借一筆錢畀我【銀行的張經理已經答應了借一筆錢給我】。

鷹爪 jing1 dzaau2 一種灌木名稱，花像鳥爪。

影 jing2 照；攝：～張相【照一張相】。

影帶 jing2 daai2*「錄影帶」的省稱。電影、電視劇等的錄像帶：～出租【錄像帶出租】。

影帝 jing2 dai3 電影獎的最佳男主角獲獎者的俗稱。

影碟 jing2 dip2* 錄影盤、電影光盤。同「鐳射影碟」。

影碟機 jing2 dip2* gei1 影碟放映機。

影快相 jing2 faai3 soeng2* ❶ 指拍攝能馬上洗印出來的照片。❷ 交通警察拍攝超速駕駛車輛。

影后 jing2 hau6 電影獎的最佳女主角獲獎者的俗稱。

影音 jing2 jam1 影像和音響：～器材【播放影像和音樂的器材】。

影印 jing2 jan3 複印。

影印機 jing2 jan3 gei1 複印機。

影友 jing2 jau5 又稱「拍友」。攝影愛好者。

影樓 jing2 lau4 舊時稱照相館。

影相 jing2 soeng2* 照相。

影相機 jing2 soeng2* gei1 照相機。

映衰 jing2 soey1 敗壞（聲譽、面子等）：呢個變態司機真係～晒成行【這個變態司機影響了整個行業的聲譽】。

映畫戲 jing2 wa2* hei3 舊時指電影。來自日語。

認真 jing2* dzan1 真；非常；確實；實在：呢一區嘅樓～貴【這個區的房子真貴】。｜佢嘅手勢～麻麻【她的廚藝實在不怎麼樣】。

應節 jing3 dzit8 因應節慶（而做）：～食品【過節的食品】｜端午節包粽～【端午節包粽子過節】。

應召女郎 jing3 dziu6 noey5 long4 應嫖客召喚到酒店或對方指定地點提供性服務的女性。現此詞少用。

型仔 jing4 dzai2 帥哥；很帥的年輕男性。

型格 jing4 gaak8 獨特、有個性、有格調的模樣或狀態：～時裝【有格調的時裝】｜佢着衫好有～【他穿的衣服有個性】。

型男 jing4 naam4 很帥、很有個性的男性。

覺住 jing4 dzy6 一種心理幻覺，心裏想着就覺得某種事物、情況存在。即猜疑；疑為；覺得：雖然老公死咗幾個月，不過佢一直～個老公仲陪住自己【丈夫已經去世幾個月，但她心裏一直覺得丈夫還陪在自己身邊】。

營養餐 jing4 joeng5 tsaan1 營養師設計的膳食。

認低威 jing6 dai1 wai1 服輸；自嘆不如；甘拜下風：佢咁叻，我想唔～都唔得喇【他這麼聰明能幹，我想不服輸都不行呀】。

認叻 jing6 lek7 逞能；自以為聰明能幹：你樣樣都～，仲使人幫手咩【你樣樣逞能，還用得着別人幫忙嗎】？

認衰仔 jing6 soey1 dzai2 自認無能：佢點會喺人面前～吖【他怎麼會在別人面前自認無能呢】？

認屎認屁 jing6 si2 jing6 pei3 指人愛居功；炫耀自己；自吹自擂：我最睇唔起啲人無料又一味～【我最瞧不起那些見識少又愛自吹自擂的人】。

認頭 jing6 tau4 承認責任；認領；確認自己的一份：呢件事冇人出嚟～【這件事沒有人出來承擔責任】。｜剩返呢兩件禮物有冇人～【剩下的這兩份禮物有沒有人認領】。

認親認戚 jing6 tsan1 jing6 tsik7 認別人作親戚，指拉關係、套近乎：佢喺董事長面前～，無非想搵啲着數【他在董事長跟前套近乎，無非想撈點好處】。

醃 jip8 醃製：～鹹菜【醃製鹹菜】。

業者 jip9 dze2 同「業內人士」。

業績 jip9 dzik7（工商企業）業務上的成就、成績：本公司上年度～驕人【本公司上年度業務成績驕人】。

業主 jip9 dzy2 產業（尤指房地產）的所有人。

業主立案法團 jip9 dzy2 lap9 ngon3 faat8 tyn4 由物業的業權人代表組成的一種法團組織，具有對於該物業所在大廈（建築物）各項日常事務的決策權。

業界 jip9 gaai3 某個行業圈：～普遍反對全面禁煙。

業權 jip9 kyn4（物業的）產權。

業內人士 jip9 noi6 jan4 si6 某個行業的從業人員或經營者。又作「業者」。

熱底 jit9 dai2 中醫術語。熱性體質；有火氣。

熱到飛起 jit9 dou3 fei1 hei2 熱得不得了；酷熱。

熱滯 jit9 dzai6 消化不良；上火：你食咁多炸雞翼會～㗎【你吃這麼多炸雞翅膀會上火的】。

熱痱 jit9 fai2* 痱子。

熱褲 jit9 fu3 較短的貼身短褲。

熱狗 jit9 gau2 夾有香腸的麵包，英語 hot dog 的意譯詞。

熱九 jit9 gau2 【諧】指沒有空調的公共巴士。這是「熱狗」的諧音詞。

熱氣 jit9 hei3 ❶ 上火：我有啲～，要煲啲涼茶飲至得【我有點上火，要煮點清涼茶喝才行】。❷ 指食物容易使人上火的特性：啲油炸嘢好～，你都係食少啲好【油炸的東西很容易讓人上火，你還是少吃點兒吧】。

熱辣辣 jit9 laat9 laat9 ❶（天氣）很熱：今日天氣～【今天天氣很熱】。❷（東西）燙乎乎的；很熱：碗湯～點飲呀【碗湯滾乎乎的怎麼喝得下去呢】？

熱賣 jit[9] maai[6] 暢銷。

熱身賽 jit[9] san[1] tsoi[3] 正式比賽前的練習賽。

熱腥 jit[9] seng[3] 晴天突然下雨時所散發的氣味。

熱線電話 jit[9] sin[3] din[6] wa[2]*「熱線」是英語 hot line 的意譯。❶ 專門為某一種目的而設的，可經常保持暢通的電話線，如國與國政府首腦之間的電話，或專供訂購某場表演門票的電話等。❷ 電台、電視台在播出某些讓聽眾、觀眾參與的節目時開通的專線電話。

熱頭 jit[9] tau[2]* 太陽。又作「日頭」。

熱天 jit[9] tin[1] 夏天；炎熱的天氣：～行山要小心中暑【夏天爬山要預防中暑】。

熱錢 jit[9] tsin[2]* 外來的以炒賣股票獲利為目的的流動資金。

夭 jiu[1] 剔；挖；摳。又作「撩」：～牙【剔牙】｜～耳屎【挖耳垢】。

夭心夭肺 jiu[1] sam[1] jiu[1] fai[3] 內心被刺、被摳的感覺，意近「不順心」、「討厭」，或「蕩氣迴腸」：佢嫌個心抱～，趕咗佢出去【他嫌兒媳婦怎麼看怎麼不順心，把她趕了出去】。｜呢個愛情故事咁感人，簡直係～【這個愛情故事那麼感人，真讓人蕩氣迴腸】。

腰枕 jiu[1] dzam[2] 墊腰部的枕頭。

腰骨 jiu[1] gwat[7] ❶ 腰；腰桿子：～痛【腰痛】｜～硬【腰桿子僵硬】。❷ 引申指骨氣：有～【有骨氣】｜冇～【沒骨氣】。

腰骨硬 jiu[1] gwat[7] ngaang[6] ❶ 有骨氣；耿介：佢為人正派，～【他為人正派，有骨氣】。❷ 有靠山；後台：佢有勢力，～【他有勢力，後台夠硬】。

擾攘 jiu[2] joeng[6] 鬧騰：抗議嘅人～咗一個鐘之後各自散去【抗議者鬧騰了一個小時後各自散去】。

要靚唔要命 jiu[3] leng[3] m[4] jiu[3] meng[6] 只顧漂亮不顧身體安全：天咁凍佢仲着住露背裝，真係～【天這麼冷她還穿着露背裝，真是為了漂亮命都不要了】。

要面 jiu[3] min[2]* 要面子：佢不認錯，死～【他不承認犯錯誤，死要面子】。

搖搖 jiu[4] jiu[2]* 悠悠球。英語 yo-yo 的音譯詞。

搖搖板 jiu[4] jiu[4] baan[2] 蹺蹺板。

搖身搖勢 jiu[4] san[1] jiu[4] sai[3] 身子搖來晃去的：你上堂唔好～【你上課時身體不要搖來晃去的】。

搖頭丸 jiu[4] tau[4] jyn[2] 又作「擰（fing[6]）頭丸」。一種安非他命類的毒品，俗稱 MDMA，服用後可導致活躍過度，頭部不受控地劇烈搖晃，故稱。

約莫 joek[8] mok[2]* 大約；大概：船上～有廿幾個人【船上大約有二十多個人】。

弱智 joek[9] dzi[3] 智商或智力低於正常值：～人士。

弱雞 joek[9] gai[1] 弱；沒有實力：呢隊波咁～，輸梗啦【這支球隊那麼弱，肯定輸】。

弱能 joek[9] nang[4] 生理機能不正常或低於常人：～人士。

弱勢社群 joek[9] sai[3] se[5] kwan[4] 弱勢群體（社會中經濟收入低或被社會忽略的一群）。

藥煲 joek[9] bou[1] 熬中藥用的藥鍋：佢要成日孭住個～【她一年到晚都離不開這藥鍋（指長年吃藥）】。

藥梘 joek[9] gaan[2] 藥皂：用～有益皮膚健康【用藥皂有益皮膚健康】。

藥水膠布 joek[9] soey[2] gaau[1] bou[3] 止血貼；創可貼；亦稱 OK 繃。

藥材舖 joek[9] tsoi[4] pou[2]* 中藥店。

藥丸 joek[9] jyn[2]*（西藥）藥片。

【小知識】粵語把「藥片」和製成丸狀的「藥丸」，都一律稱為「藥丸」，不作區分；後者或稱為中藥丸、蠟丸。

虐畜 joek[9] tsuk[7] 虐待動物。

【小知識】香港及一些西方國家都有禁止虐畜的規定，違反規定的行為，如將雞鴨倒過來提、禽獸在籠中太擁擠等，均有被檢舉、罰款的可能。

膶 joen[2]* 避諱用語。用以取代「肝」、「乾」等：豬～【豬肝】｜豆腐～【豆腐乾兒】。

膶腸 joen[2]* tsoeng[2]* 用豬肝和豬肉做成的香腸。

潤 joen[6]【俚】諷刺；挖苦。又作「瘀」：佢畀人呃咗錢已經好慘喇，唔好再～佢喇【他讓人家騙了錢已經夠慘的了，別再挖苦他了】。

抰 joeng[2] 抖；抖落；抖摟：乜張床單咁多餅乾碎，快啲～乾淨啦【怎麼床單上這麼多餅乾碎屑，快把它抖摟乾淨】。｜因住我將你啲衰嘢～出嚟【當心我把你那些壞事抖摟出來】。

様衰 joeng[2]* soey[1]（外貌、外形）難看：佢咁～，鬼中意佢咩【他長得那麼醜，鬼才喜歡他呢】。

羊牯 joeng[4] gu[2]【俗】傻瓜；傻冒：佢直情當嗰條友係～，呃完一次又一次【他簡直當那小子是個傻瓜，騙了一次又一次】。

羊咩 joeng[4] me[1] 羊（幼兒語）。

洋燭 joeng[4] dzuk[7] 蠟燭。

洋樓 joeng[4] lau[2]* 洋房。

養唔熟 joeng[5] m[4] suk[9] 指人或動物跟隨某人（主人） 很長時間仍做出不忠誠的行為：呢隻貓～【這隻貓養那麼久都不馴服】。｜佢喺度咁多年始終～，上個月帶埋啲客戶跳槽去咗第二間公司【他在這裏幹了那麼多年心還是不向着公司，上個月帶着客戶轉到別的公司去了】。

養眼 joeng[5] ngaan[5] 悅目：你頂帽好～喎【你的帽子很悅目】。

釀 joeng[6] 把肉末或其他餡料塞在豆腐、魚、腸子、瓜類植物的中間再燒熟（或蒸熟）的菜餚製作方法：～豆腐｜～苦瓜。

様辦 joeng[6] baan[2]* 貨物的樣品；樣本。也常寫作「樣板」、「樣版」。

錐 joey[1] ❶ 扎；鑽：係呢度～一個窿【在這兒鑽一個窟窿眼兒】。❷ 錐子：鞋～【鞋錐子】。

錐鞋 joey[1] haai[4] 舊時指縫補鞋子。

錐耳 joey[1] ji[5] 穿耳：～唔會好痛嘅【穿耳不會很痛的】。

肉 juk[2]* 瓤；心兒；芯：信～【信封裏裝的信】｜枕～【枕心兒】｜表～【表芯】。

哪 juk[7] ❶ 動：～手【動手】！｜咪～【別動】！❷ 動手打人：～佢【揍他】！

哪啲 juk[7] di[1] 動不動。又作「哪親」：～就喊【動不動就哭】｜～就鬧人【動不動就罵人】。

嘟動 juk[7] dung[6] 活動；走動：張凳有啲～【這凳子有點活動（鬆脱）了】。｜老人家要多的～下至得【老人家要多活動活動才行】。

嘟嘟貢 juk[7] juk[7] gung[3] 不停地動來動去（多用以指小孩）：先生一轉身寫黑板，佢哋就喺下便～【老師一轉身寫黑板，他們就在下邊動來動去】。

嘟嘟下 juk[7] juk[7] ha[2] 一動一動的：呢條魚未死，仲～【魚還沒有死，還一動一動的】。

嘟身嘟勢 juk[7] san[1] juk[7] sai[3]（人）動來動去（不安生）：要影相啦，企定啲，咪～【要照相了，站穩當點，別晃來晃去】。

嘟手 juk[7] sau[2] 動手：有事慢慢講，咪～【有事兒慢慢説，別動手】！

嘟手嘟腳 juk[7] sau[2] juk[7] goek[8] 動手動腳：你唔可以對佢～【你別對她動手動腳】。

嘟親 juk[7] tsan[1] 同「嘟啲」。

肉彈 juk[9] daan[2]* ❶ 乳房豐滿的女性。❷ 賣弄肉體的女人。

肉地 juk[9] dei[2]* 皮膚的質地：佢啲～好嫩【她的皮膚很細嫩】。

肉金 juk[9] gam[1] 靠賣淫所得的金錢，嫖資：佢一晚嘅～要二十萬【她出賣肉體，收的嫖妓費用一個晚上要二十萬】。

肉感 juk[9] gan[2] 給人豐滿的肉體感：佢噉打扮好～【她這樣打扮給人豐滿的肉體感】。

肉緊 juk[9] gan[2] 緊張；乾着急：睇戲啫，使乜咁～呀【看戲而已，用得着這麼緊張嗎】？｜佢自己唔爭氣，你～都冇用呀【他自己不爭氣，你乾着急也沒用】。

肉蟹 juk[9] haai[5] 青蟹。一種肉多的螃蟹，是螃蟹中常見的一個好品種。

肉月 juk[9] jyt[2]*「肉餡月餅」的省稱。

肉批 juk[9] pai[1] 肉餡餅。

肉潺潺 juk[9] saan[4] saan[4] 肉黏滑，口感差：啲豬肉煮到～噉，唔好食【豬肉煮得太黏滑，不好吃】。

肉參 juk[9] sam[1] 被綁票的人質：差佬成功救出～【警察成功救出了被綁票的人質】。

肉酸 juk[9] syn[1] ❶ 肉麻；難看：咁～嘅，細佬哥唔好睇【這麼肉麻，小孩子別看】！｜佢啲字寫得好～【他的字寫得很難看】。❷ 癢癢（被撓癢癢的感覺）：畀佢㩒到我鬼咁～【讓他把我撓得怪癢癢的】。

肉赤 juk[9] tsek[8] 同「肉痛」。

肉痛 juk[9] tung[3] 心疼：又唔係使自己錢，有乜好～啫【又不是花自己的錢，有甚麼好心疼的】。

肉滑 juk[9] waat[2]* 經加工的肉泥：呢啲～係要攞嚟整肉丸嘅【這些加工好的肉泥是用來做肉丸的】。

浴簾 juk[9] lim[2]* 懸掛在浴缸邊上用來防止淋浴時水花濺出的塑料布簾。

浴屏 juk[9] ping[4] 防止淋浴時水花濺出的玻璃門裝置。

佣 jung[2]* 回扣。又作「回佣」：買家同賣家都要畀～地產經紀【買賣雙方都要給地產經紀付回扣】。

湧 jung[2] 搶：啲救濟品一到就畀難民～晒【那些救濟品一到就被難民搶光了】。

擁躉 jung[2] dan[2] 擁護者；崇拜者；支持者：出名嘅球隊都有好多～【著名的球隊都

有很多支持者】。

擁吻 jung2 man5（熱烈地）擁抱着親吻：歌迷衝上台～歌星【歌迷衝上台擁抱親吻歌星】。

絨 jung2* 呢絨；料子：～褸【料子大衣】。

容乜易 jung4 mat7 ji6 該多容易……啊；……那還不容易：企喺船邊，～跌落水呀【站在船邊該多容易掉水裏去啊】！｜寫幾個字啫，～吖【才寫幾個字，那還不容易】？

榕樹鬚 jung4 sy6 sou1 榕樹的氣根。

榕樹頭 jung4 sy6 tau4 九龍油麻地眾坊街天后廟前一個廣場的俗稱。

> 【小知識】榕樹頭廣場於 1887 年興建，英文名稱為 Public Square Street，當時中文譯為公眾四方街，後改稱眾坊街。榕樹頭為居民閒暇休憩的地方，舊時入夜後有各式賣藝者聚集，「講古」、算命、演唱，十分熱鬧，現改建為油麻地休憩公園，而這些活動，部份仍保留於附近的廟街。

茸（蓉） jung4 ❶ 稀爛；稀巴爛：將啲花生舂到～【把花生舂得稀爛】。❷ 像泥一樣的、稀爛的東西：蒜～【蒜泥】。

茸茸爛爛 jung4 jung4 laan6 laan6 破破爛爛：扮乞兒梗係要着件～嘅衫喇【演要飯的當然要穿件破破爛爛的衣服了】。

濃 jung4 ❶ 密；濃密：呢棵樹啲樹葉好～【這棵樹的樹葉很密】。❷ 釅；（味）濃：飲杯～咖啡就唔眼瞓㗎啦【喝杯濃咖啡就不睏了】。

用家 jung6 ga1（商品）使用者：買二送一益～【買二送一，用者受益】。

於是乎 jy1 si6 fu4 於是：大家都冇理佢，～佢走咗【大家都不理她，於是她走了】。

瘀 jy2 ❶（因受壓、碰撞而）受傷、瘀血：蘋果跌到瘀咗【那些蘋果摔得有點爛】。｜隻腳畀人踢～咗【腳被人踢得瘀血了】。❷ 丟臉；丟面子：對住咁多人畀老婆鬧，好～㗎嘛【當着這麼多人被老婆罵，很丟臉的】。❸ 挖苦。又作「潤（joen6）」：畀人～【給人挖苦】。

瘀黑 jy2 hak7 因碰撞、打擊而受傷後皮下出血造成的青腫。

魚白 jy4 baak2* ❶ 魚鰾。同「魚臚」。❷ 雄性魚的精囊，味道鮮美、可口，色白如豆腐，故稱。又作「魚獲」。

魚蛋 jy4 daan2* 魚肉丸子：～麵【魚肉丸子湯麵】。

魚蛋檔 jy4 daan2* dong3 ❶ 賣魚蛋（魚肉丸子）的小店。❷ 一種可玩弄雛妓的、低檔的色情場所（流行於 1970 年代）。

魚蛋妹 jy4 daan2* mui1* 出賣色相的少女。（參見「魚蛋檔 ❷」條）

魚花 jy4 fa1 魚苗；魚秧子。

魚腐 jy4 fu6 用魚肉、雞蛋白做成的一種廣東風味菜餚原料。

魚骹 jy4 gaau3 魚頭中軟滑的肉，味道鮮美。

魚笱 jy4 gau2 捕魚籠，用竹篾製造，進口像漏斗，魚進去就游不出來：我哋去放～捉魚【我們去放捕魚籠捕魚】。

魚剛骨 jy4 gong1 gwat7 魚頭裏最大的那塊硬骨。

魚骨 jy4 gwat7 魚刺、魚骨的統稱。

魚油 jy4 jau4 魚肝油。

魚茸 jy4 jung4 魚肉糜：～粥【魚肉糜粥】。

魚欄 jy4 laan1* 鮮魚及各種海產的批發市場。

魚柳 jy4 lau5 魚背上的嫩肉。

魚笭 jy4 ling1* 魚簍；盛魚用的竹器。

魚露 jy4 lou6 一種調味品，以魚身上沁出的汁液加鹽後煮沸濃縮而成。

魚尾紋 jy4 mei5 man4 年紀大的人的眼角皺紋。

魚腩 jy4 naam5 ❶ 魚腹部的肉，因肥美少刺，故被視為上品。❷【俗】油水多又容易上當（或容易戰勝）的人：你同佢哋打牌注定係做～【你跟她們打牌注定要輸給她們】。

魚皮花生 jy4 pei4 fa1 sang1 一種在花生米外面包裹一層麵粉加調味料製成的有鹹脆外殼的小食。

魚膘 jy4 pok7 魚鰾；魚泡。又作「魚白❶」。

魚生 jy4 saang1 生魚片，用鮮活的魚切成薄片後加調料製成：去過一次日本料理之後，我就中意咗食～【去過一次日本餐廳之後，我就愛上生魚片了】。

魚絲袋 jy4 si1 doi2* 尼龍絲網兜兒。

魚頭雲 jy4 tau4 wan2* 又作「魚雲」。魚腦及魚頭內的白色螺旋紋狀的組織。

魚肚 jy4 tou5 魚鰾的乾制品。

魚欉 jy4 tsoen1 魚子；魚卵。

魚滑 jy4 waat2* 加工的魚肉泥。生魚肉去骨、刺後，攪碎，加澱粉製成膠狀物，是做魚丸的原料或其他菜餚的配料。

魚雲 jy4 wan2* 同上「魚頭雲」。

魚獲 jy4 wok2* 雄性魚的精囊。同「魚白❷」。

漁網裝 jy4 mong5 doi2* 一種網狀的女性服裝，因為有很多網眼兒，故顯得比較暴露、性感。

娛記 jy4 gei3 採訪娛樂新聞的記者。

娛樂圈 jy4 lok9 hyn1 影視表演、歌舞等行業的統稱。又作「演藝界」：人人都話～係一個大染缸【人人都說影視表演、歌舞等行業的圈子是個大染缸】。

雨遮 jy5 dze1 雨傘。又作「遮」。

雨粉 jy5 fan2 毛毛雨。

雨粉粉 jy5 fan2 fan2 極小的雨；煙雨濛濛：今日～，你要帶把遮【今天細雨濛濛，你要帶雨傘】。

雨褸 jy5 lau1 雨衣。

雨溦 jy5 mei1* 毛毛雨：出便落緊～【外邊下着毛毛雨】。

雨溦溦 jy5 mei1* mei1* 細雨濛濛：出便～嘅，我唔想出門【外面細雨濛濛的，我不想出門】。

雨毛 jy5 mou1* 毛毛雨：落～啫，唔使擔遮都得【只下毛毛雨，不用打傘也可以】。

雨水天 jy5 soey2 tin1 多雨季節：農曆三月係江南～【農曆三月是江南的多雨季節】。

乳 jy5 仍在吃奶的；小的：～豬【小豬】｜～鴿【未長粗毛的小鴿子】。

乳酪 jy5 lok8 酸奶；酸乳。英語為 yogurt。

乳豬 jy5 dzy1 小豬；烤小豬。

乳豬全體 jy5 dzy1 tsyn4 tai2 宴席菜名，燒烤整隻小豬。

乳膠漆 jy5 gaau1 tsat7 一種合成樹脂乳液塗料。

乳鴿 jy5 gap8 未長粗毛的幼鴿；烤的或滷製的小鴿子。

與及 jy5 kap9【文】以及：全校師生～家長、來賓坐滿禮堂【全校師生以及家長、來賓坐滿了禮堂】。

預 jy6 ❶ 預計；估計；計劃在內；算一個：呢次出海有危險，我～咗啦【這次出海有危險，我早有準備的了】。｜你哋想去係你哋事，唔好～我【你們想去是你們的事，別把我算進去】。❷ 預留（餘地）：時間～鬆啲，到時至唔會太匆忙【時間預留得寬鬆一點，到時候才不會太匆忙】。

預早 jy6 dzou2 預先；提早：～話畀我知【提前告訴我】。

預鬆 jy6 sung1 時間預算得較寬鬆：我好穩陣嘅，出門口通常會～啲【我做事很保險，出門一般都會把時間預算得較寬鬆】。

預算 jy6 syn3 ❶ 打算：我～聽日去北京【我打算明天去北京】。❷ 預料：～佢後日會來探你【預料她後天會來看望你】。

御宅族 jy6 dzaak9 dzuk9 源自日語，指熱衷於動畫和電腦遊戲的一群人。這類人的特點是沉迷於漫畫世界，不善言辭，對外界缺乏興趣，社交能力較低。

御用大律師 jy6 jung6 daai6 loet9 si1「皇家御用大律師」的簡稱。這是港英時期最高級別的律師。

冤 jyn1 腐臭（像臭雞蛋的臭味）：啲蛋臭到～【這些雞蛋臭得要命】。

冤崩爛臭 jyn1 bang1 laan6 tsau3 臭氣熏天；臭烘烘的：個坐廁塞咗，搞到個洗手間～【坐廁全堵了，搞得衛生間裏臭氣熏天】。

冤口冤面 jyn1 hau2 jyn1 min6 愁眉苦臉：喺舖頭成日～噉，點招呼客人呀【在店裏頭整天愁眉苦臉的，怎麼招呼顧客呢】？

冤氣 jyn1 hei3 ❶ 行為讓人感到不暢快、難受。❷ 引作男女間打情罵俏用語：聽晒你話喇，～【全聽你的，小冤家】！

冤戾 jyn1 lai2 冤枉：唔關我事㗎，你唔好～人呀【不關我的事兒啊，你別冤枉人】！

冤臭 jyn1 tsau3 腐臭。

淵 jyn1 痠痛，義同「淵痛」：太耐冇打波，打完一場周身～到死【太久沒打球，一場球下來渾身痠痛得要命】。

淵痛 jyn1 tung3 同「淵」。

鴛鴦 jyn1 joeng1 ❶ 咖啡與奶茶各半混成的飲品。❷ 成雙成對而又彼此各有差異的事物（或人的性別不同）：～筷【一長一短的筷子，或款式不同的筷子】｜～襪【款式或顏色不同的襪子】。

丸仔 jyn2* dzai2 特指製成藥片狀的軟性毒品。

院線 jyn2* sin3 屬於同一財團經營的一系列電影院。

院商 jyn2* soeng1 電影發行商。

鉛筆刨 jyn4 bat7 paau2* 鉛筆轉刀；轉筆刀。

原本 jyn4 bun2 原來；本來：～呢度係菜田嚟嘅【這兒原來是菜地】。｜我～唔想嚟嘅【我本來不想來的】。

原底 jyn4 dai2 同「原本」。

原汁原味 jyn4 dzap7 jyn4 mei6 ❶ 指烹調時不加太多水份和調味品，保持了食品原來的味道。❷ 引指保留了較為原始的風格：～嘅蒙古族歌舞而家好難睇到喇【保留着原始風貌的蒙古族歌舞現在很難看到了】。

原子 jyn4 dzi2 舊時對新科技產品所冠的

修飾語：～筆【圓珠筆】｜～褲【緊身褲子】。

【小知識】二次世界大戰後，由於當時的人們對西方科技新產品不太熟悉，喜歡在表示新科技產品所屬事物類別的名詞前加上「原子」作為修飾語，以作為這些產品的名稱。例如原子筆、原子襪（尼龍襪）、原子粒收音機（晶體管收音機）等。

原子筆 jyn4 dzi2 bat7 圓珠筆。

原裝 jyn4 dzong1 ❶ 由生產廠家出品並包裝完備的。❷ 在原產地裝配並整件出廠的（有別於用原廠零配件在別的地區組裝的）。

原盅 jyn4 dzung1 用瓷盅燉熟後連燉盅一起上桌的燉品，有別於用大鍋燉後分裝入小燉盅裏的燉品：～燕窩。

原訟庭 jyn4 dzung6 ting4 香港高等法院中最高級的原訟法院，審理最嚴重的原訴案件。

原居民 jyn4 goey1 man4 特指 1898 年前就定居在新界地區的居民及其後裔。

原嚟 jyn4 lai4 原來。

原訴人 jyn4 sou3 jan4 原告。

圓□□ jyn4 dam4 dam4（圓形）很圓；圓圓的：佢塊面～【他的臉圓圓的】。

圓□□ jyn4 dam4 doe4 同上「圓□□（dam4 dam4）」。

圓軲轆 jyn4 gu1 luk7 圓溜溜；圓滾滾的。又作「圓轆轆」：個西瓜～【這個西瓜圓滾滾的】。

圓肉 jyn4 juk9 乾的桂圓肉。

圓轆轆 jyn4 luk7 luk7 圓圓的；圓滾滾的。又作「圓軲轆」。

圓眼 jyn4 ngaan5 龍眼；桂圓。

圓蹄 jyn4 tai4 豬肘子。

員佐級 jyn4 dzo3 kap7 香港警察職級中最低的一級，警員、探員屬於這一職級。

芫茜 jyn4 sai1 芫荽；香菜。

軟𨇉𨇉 jyn5 daat8 daat8 軟弱的；軟軟的：病啱啱好，成身仲～噉，點出去呀【病剛好，渾身軟綿綿的，怎麼出去呢】？｜條竹～，點做得旗杆呀【這根竹子軟不拉嘰的，怎麼能做旗杆呢】？

軟飯 jyn5 faan6 由女人掙來的衣食：食～【靠女人養活】。

軟腳蟹 jyn5 goek8 haai5 ❶ 腿腳軟，比喻走不快或走不遠的人。❷ 指沒主意，驚慌失措的人：男人老狗一見到血就～噉點得【男子漢大丈夫看見血就驚慌失措的怎麼行呢】。

軟荏荏 jyn5 jam4 jam4 軟綿綿的：張被～，好舒服【被子軟綿綿的，很舒服】。

軟皮蛇 jyn5 pei4 se4 對別人的批評、勸告無動於衷的人；癩皮狗：佢畀人鬧嗰陣時都嘻皮笑面，正一係～【他就是被人罵的時候都嘻皮笑臉的，真是癩皮狗】。

軟性毒品 jyn5 sing3 duk9 ban2 毒性較弱的毒品。

軟熟 jyn5 suk9 柔軟（多指布料）：呢條毛巾好～【這條毛巾很柔軟】。

願 jyn6 願意：你～唔～嫁畀佢呀【你願不願意嫁給他】？

願賭服輸 jyn6 dou2 fuk9 sy1 輸了認賬、負責任，比喻做有風險的事，就要心甘情願去承擔一切後果：投資就預咗有風險，我～【投資就要把風險計算在內，我會承擔後果】。

月供 jyt[9] gung[1] 分期付款時每月所付的款項；每月償還給貸款機構的款項：～兩萬【每月還貸款兩萬】。

月桂 jyt[9] gwai[3] 桂花。

月光 jyt[9] gwong[1] 月亮：中秋個～好圓【中秋節的月亮很圓】。

月下貨 jyt[9] ha[6] fo[3] 過時的貨品；非應時的新產品。

月尾 jyt[9] mei[5] 月底。

月門 jyt[9] mun[4] 月亮門；圓形的門。

月頭 jyt[9] tau[4] 月初。

越南船民 jyt[9] naam[4] syn[4] man[4] 乘船逃出越南的難民。

> 【小知識】1970 年代，大批越南難民乘船進入香港，香港成為「第一收容港」。「船民問題」困擾了香港達 25 年，到 2000 年最後一個難民營關閉，香港共接收高達 20 萬名船民。

粵語殘片 jyt[9] jy[5] tsaan[4] pin[2]*【謔】指香港 1950 至 60 年代拍的電影，電視台重播時一般稱為「粵語長片」，不過，因影片給人的印象是又舊又殘，後來人們改「長」為「殘」，戲稱為「殘片」。

K

卡 ka[1] ❶ 車皮；車廂：一個新～【一個新車廂】。❷ 量詞。用以指車皮、車廂：一～軍火【一車皮的軍火】。

卡口 ka[1] hau[2] ❶ 收費關卡：呢條高速公路有幾個～【這條高速公路有好幾個收費關卡】。❷ 土匪、惡霸勒索過客的關卡。

卡窿 ka[1] lung[1] ❶（位置）中間留空：嗰邊仲有幾個～位，你哋分開坐啦【那邊還有幾個中間位置，你們分開坐吧】。❷ 麻將術語。連着的三張麻將牌的中間張，如二三四條中的三條：叫～【聽中間張】。

卡士 ka[1] si[2]* 演員表；演員陣容。英語 cast 的音譯詞：呢齣戲啲～好勁【這套電影的演員陣容鼎盛】。

卡通 ka[1] tung[1] 動畫；動畫片。英語 cartoon 的音譯詞：～片｜～人物。

卡位 ka[1] wai[2]* 餐廳或菜館中對座的座位；廂座（形式如包火車中面對面兩排的座位）。

卡罅 ka[3] la[1]* ❶ 兩物之間的間隙，縫兒：山～【山谷；山口】。❷ 相間；交互：男仔同女仔～坐【男女相間地坐】。

卡娃依（伊） ka[6] wa[1] ji[1] 日語「可愛い（かわいい、kawaii）」的音譯詞，表示人或事物很可愛、形象似動畫人物：佢係呢個商場嘅～大使【她是這個商場的可愛形象大使】。

□ kaai[1] 一般以英語譯音 kai 為通用寫法。源自「獃」的普通話讀音 kǎi，「獃子」即呆子、傻子之意。❶ 形容人笨、低能、幼稚（略帶侮辱性）：佢個人～～地嘅，做乜都唔經大腦【他這個人白癡低能，做事不用腦袋】。❷ 形容事情很可笑、無聊：呢個廣告嘅「創意」真係好～【這個廣告的「創意」真的很可笑】。

楷 kaai[2] 量詞。用於柚子、柑橘瓣兒：一～柑【一瓣橘子】。

揩 kaai[3] 介詞。現此詞少用。❶ 將；把：唔好～啲嘢嚟嘥啦【不要把東西浪費掉了】。❷ 用；運用；使用：呢件衫～嚟替換嘅【這件衣服是用來替換的】。

咭（卡） kaat[7] 卡片；卡。英語 card 的音譯詞：｜生日～【生日卡】｜信用～【信用卡】。

咭片 kaat[7] pin[2*] 名片。

咭數 kaat[7] sou[3] 用信用卡消費後的欠款。我要去銀行還～【我要去銀行還信用卡的透支款】。

靠害 kaau[3] hoi[6] 害；坑害；陷害：你明知我唔飲得仲斟咁多酒，想～呀【你明知我不能喝酒還倒這麼多，想害我呀】？｜係佢塞啲白粉入我個袋度～我嘅【是他把海洛英塞進我包裏想陷害我的】。

靠人手指罅出 kaau[3] jan[4] sau[2] dzi[2] la[3] tsoet[7] 依靠別人手指縫中漏出來的東西為生，即靠人養活：佢諗住去搵嘢做，唔想再～【她打算去找工作，不想再靠別人養活了】。

靠詏 kaau[3] kwan[1] 欺騙；欺詐：他唔係好人，一味～嘅【他不是好人，一直欺詐別人】。

靠惡 kaau[3] ngok[8] 恃惡；仗着兇橫；仗勢欺人：你以為老竇係高官就可以～呀【你以為你爸是高官就可以仗勢欺人呀】！

靠車 kaau[3] tse[1] 靠吹牛：你咪信佢，佢～咋【你別信他，他吹牛而已】。

靠黐 kaau[3] tsi[1] ❶ 吃白食：你唔做嘢，成日～點得呀【你不幹活，整天吃蹭飯怎麼能行呢】。❷ 白拿或白用人家的東西。

溪錢 kai[1] tsin[4] 冥錢；冥鈔；紙錢：撒～【撒紙錢】。

契 kai[3] ❶ 認乾親；結拜：佢一出世就～咗畀人做女【她一生下來被人認做乾女兒】。｜～佢做兄弟【跟他結拜為兄弟】。❷ 乾的；結拜的：～仔【乾兒子】｜～細佬【乾弟弟】。

契弟 kai[3] dai[6] 原指男同性戀或雙性戀者的變童，現用作罵人語，相當於「混蛋」、「臭小子」之類：唔好理嗰個～，佢都打橫嚟嘅【別理睬那個混蛋，他蠻不講理的】。

契弟走得嚤 kai[3] dai[6] dzau[2] dak[7] mo[1]【俗】「嚤」即慢。窩囊廢才慢慢地跑，形容流氓聞風而逃：爛仔一見差佬嚟，就～【流氓一看到警察來了，就聞風而逃】。

契仔 kai[3] dzai[2] 乾兒子。

契家 kai[3] ga[1] 乾親之間相互的稱謂：佢個仔契畀我，佢係我～嚟嘅【她兒子叫我乾爹，她是我的乾親】。

契家佬 kai[3] ga[1] lou[2] 情夫；姘頭。

契家婆 kai[3] ga[1] po[4] 情婦；姘頭。

契爺 kai[3] je[4] 乾爹。

契媽 kai[3] ma[1] 乾媽。

契相知 kai[3] soeng[1] dzi[1] 指舊時相約不嫁守身或長期不住夫家的女性：我哋係～【我們都相約不嫁】。

撠 kak[7] 同「撠（kik[7]）」。

禁（襟） kam[1] 經得起，耐：～用【耐用】｜～着【耐穿着】。

禁計 kam[1] gai[3]（因數量多）難計算；計算起來很花時間：結婚嘅開支，筆筆都好犀利，條數真係～【結婚的費用，每一筆都挺多的，那數字可真算不清】。

禁諗 kam[1] nam[2] 費腦筋；費思考：呢條數學題～嗮【這道數學題很費腦筋啊】。

禁新 kam[1] san[1] 耐用而不顯舊；經久耐用：呢種綢最～【這種綢緞耐用而不顯

舊】。

襟章 kam1 dzoeng1 胸章；徽章。

襟兄弟 kam1 hing1 dai6 連襟；女性伴侶的另一個男人。同「老襟」。

冚 kam2 ❶ 蓋：～被【蓋被子】｜～鑊蓋【蓋上鍋蓋】。❷ 用巴掌往下打；摑：佢～咗我一巴，我冇還手【她打了我一巴掌，我沒有還手】。

冚得過 kam2 dak7 gwo3 賺賠相抵；有時賺有時賠：佢間咖啡店嘅生意算係～啦【他那家咖啡店的生意算過得去吧】。

冚斗 kam2 dau2 倒閉；停業：噉蝕落去遲早～【這樣虧下去早晚關門】。

冚竇 kam2 dau3 清剿匪巢：警察突擊行動去元朗～【警察突擊行動到元朗清剿匪巢】。

冚檔 kam2 dong3 ❶ 倒閉（多用於指小商店）：客仔咁少，惟有～減少損失【顧客這麼少，只好關張減少損失】。❷ 警察搜查、查封非法經營的攤檔、商店：好多夜總會因為涉及色情交易畀警方冚咗檔【很多夜總會因為涉及色情交易被警方查封】。

冚過頭瞓 kam2 gwo3 tau4 fan3 蒙着頭睡覺：你唔好～【你不要用被子蒙着頭睡覺】。

冚旗 kam2 kei4 用布或毛巾等將計程車的計價器遮蓋起來（用以表示暫停營業）：呢個時候的士趕住收工，好多都～【這個時候計程車司機都趕着下班，計價器都拿毛巾蒙着，不做生意了】。

冚唔過 kam2 m4 gwo3 賺得少賠得多；賺賠不相抵：她開咗間茶餐廳一年都係～【她開茶餐廳一年都是賺少賠多】。

冚波 kam2 bo1（乒乓球）扣球：淨係識削波唔識～係好蝕底嘅【只會削球不會扣球是很吃虧的】。

琴行 kam4 hong2 賣鋼琴、小提琴、吉他等樂器的商店。

> 【小知識】一般琴行經營銷售樂器之外，還會間隔出若干練琴的小房間，或出租，或供個人授課之用，從中賺取佣金。

琴日 kam4 jat9 昨天。又作「尋日」。

琴晚 kam4 maan5 昨天晚上。又作「尋晚」。

琴晚黑 kam4 maan5 hak7 同「琴晚」。

蠄蟝 kam4 koey2* 癩蛤蟆。

蠄蟧 kam4 lou2* 大蜘蛛。

蠄蟧絲網 kam4 lou4 si1 mong1* 蜘蛛網。

擒 kam4 爬；攀爬：～上樹【爬上樹】。

擒高擒低 kam4 gou1 kam4 dai1 爬上爬下：我個孫仔好百厭，至中意～【我的小孫兒很淘氣，喜歡爬上爬下】。

擒爬 kam4 pa4 同「擒高擒低」。

擒青 kam4 tseng1 ❶ 冒失；莽撞：做嘢穩陣啲，唔好咁～【做事穩重點，別那麼冒失】。❷ 匆忙；匆匆忙忙地：咁～去邊呀【這麼匆忙上哪兒去啊】？

妗 kam5 同「妗母」。

妗母 kam5 mou5 舅媽；舅母：大～【大舅母】。

妗婆 kam5 po4 舅姥姥；舅奶奶（父母親的舅媽）。

勤工獎 kan4 gung1 dzoeng2 全勤獎。

勤力 kan4 lik9 用功；勤快；勤奮；賣力：～讀書【用功讀書】｜佢個人好～㗎【他這人做事很勤奮】。

哽 kang[2] 噎着；卡：我食魚～親【我吃魚卡着喉嚨】。

哽頸 kang[2] geng[2] ❶ 噎（食物堵住喉嚨）：食麵包冇水飲好～㗎【吃麵包沒水喝噎得慌】。❷（骨頭、魚刺等）卡住喉嚨：食魚唔好咁急，因住～【吃魚別那麼急，當心（魚刺）卡了喉嚨】。❸ 比喻功敗垂成：～四【第四名】｜真係～，爭少少就得獎啦【真是倒霉，差一點兒就得獎了】。

哽頸四 kang[2] geng[2] sei[3] 第四名。「哽頸」即卡在喉嚨，比喻不上不下，一般表示剛好進不了前三名：今年佢又係～【今年他又是得第四名】。

哽唔過頸 kang[2] m[4] gwo[3] geng[2] 同「哽唔落」。

哽唔落 kang[2] m[4] lok[9] 騙來的吞不下肚：佢呃咗人好多錢，但係始終都～【他欺詐了別人很多錢，但是終於還是咽不下去（還得吐出來）】。

啃 kang[2] ❶ 大口吃；狼吞虎嚥：你慢慢食，唔好亂咁～【你慢慢吃，不要胡亂大口吃】。❷ 咬；咬的痕跡：狗～噉【狗咬似的（不平整）】。

揩 kang[3] ❶ 聰明能幹；有本領：你噉都搞得掂，真係～【你連這種事都能擺得平，真有本事】。❷ 酒味醇厚：呢樽酒真係～【這一瓶酒味真醇厚】。❸ 煙味烈：呢隻煙仔好～【這個牌子的香煙很嗆人】。

揩鼻 kang[3] bei[6] 嗆鼻子：五糧液好～【五糧液酒很嗆鼻子】。

吸火罐 kap[7] fo[2] gun[3] 拔火罐。

扱 kap[7] 罩；扣；蓋：～印【蓋章】｜佢攞頂帽～住頭，睇唔清係唔係光頭【他拿帽子罩着腦袋，看不清是不是禿頂】。

及第粥 kap[9] dai[2]* dzuk[7]「三元及第粥」的省稱，是著名的粵式肉粥。主要材料有豬肝、豬粉腸、豬腰等。

㹻 kap[9]（動物）迅猛而大口地咬：畀隻狗～咗一啖【讓狗咬了一口】。

眨 kap[9] 看；監視。同「眨（gap[9]）」。

咳[1] kat[7] 咳嗽。

咳[2] kat[7] 中斷；刪除。英語 cut 的音譯詞：個節目播播下畀人～咗【那個節目播着播着就給砍掉了】。｜咁長，～短啲啦【那麼長，刪減一點吧】。

溝 kau[1]【俚】勾引；結識（女性）：～女【結識女孩子】。

溝渠 kau[1] koey[4] 水溝；水渠；水道。亦稱「坑渠」。

摳 kau[1] 摻和；調；對（兑）：～多啲水落啲顏料度，色就淺啲【在顏料裏調多點水，顏色就淺一點】。｜一斤麵粉～斤半水【一斤麵粉兑一斤半水】。

摳針 kau[1] dzam[1] 倒針，一種縫紉方法。

摳亂 kau[1] lyn[6] 弄亂；摻和；混合：佢將兩份文件～咗【他把兩份文件弄亂了】。｜唔好～綠豆同黃豆【不要把綠豆跟黃豆混到一起】。

扣 kau[3] 用別針固定：讀中學嗰陣要喺心口度～個校徽【讀中學時要在胸口別上校徽】。

扣針 kau[3] dzam[1] 別針。

扣酒 kau[3] dzau[2] 酒喝到嘴裏不咽下去，偷偷吐掉：你要飲晒佢，唔好～呀【你得全喝下去，可別含在嘴裏偷偷吐掉啊】！

扣盅 kau[3] dzung[1] 有蓋的茶碗：沖茶最好

用～【泡茶最好用有蓋的茶碗】。

扣喉 kau3 hau4 用手指刺激喉嚨以促使嘔吐。時下流行用此法在進食後強行把食物吐出，以達致減肥效果。

扣起 kau3 hei2 扣掉：大耳窿借錢畀你，一千蚊佢～兩百當利息【高利貸借錢給你，借一千他給你扣掉兩百當利息】。

扣佣 kau3 jung2* 拿回扣。又稱「收佣」：介紹單生意畀你，我梗係要～啦【介紹這筆生意給你，我當然要拿回扣了】。

扣數 kau3 sou3 扣除部份金額或數額：呢車菜有幾百斤責爛咗，要～㗎【這車菜有幾百斤被壓爛了，要在交貨數中扣除】。

扣頭 kau3 tau4 回扣。同「回佣」。

扣查 kau3 tsa4 扣留檢查：一艘漁船因運毒嫌疑遭警方～【一艘漁船因運送毒品的嫌疑遭到警方扣留檢查】。

叩門 kau3 mun4 敲門。特指對升中或升小統一分配結果不滿意，而到期望的學校請求給予學額：每年都有好多學生嚟～，但都係收得幾個【每年都有好多學生來請求錄取他們入學，但都只能收那麼幾個】。

叩頭 kau3 tau4 磕頭：阿爺九十大壽，我同佢～【爺爺九十大壽，我給爺爺磕頭】。

求人不如求己 kau4 jan4 bat7 jy4 kau4 gei2【俗】求人幫忙不如自己解決：自己識最好自己整啦，～吖嘛【自己懂的話自己修最好，自力更生總比依賴別人好】。

求其 kau4 kei4 ❶ 隨便：～食啲嘢頂住肚先【先隨便吃點東西填填肚子】。｜～寫張收據畀我得啦【隨便寫張收據給我就行了】。❷ 馬虎：做嘢唔好咁～，畀啲心機先得【幹活別那麼馬虎，用心點才行】。

球證 kau4 dzing3 球賽的裁判員。

舅仔 kau5 dzai2 小舅子（妻子的弟弟）。

舅仔鞋 kau5 dzai2 haai4 新郎送給新娘兄弟的鞋（用於婚禮時答謝小舅子送姐姐出嫁用）：佢買咗五對～【他買了五對送小舅子的鞋】。

舅父打外甥，打死冇人爭 kau5 fu2* da2 ngoi6 saang1 da2 sei2 mou5 jan4 dzaang1【諺】舅父有權教訓犯錯誤的外甥，外人說不了甚麼閒話，連父母親都不能袒護。這是母系社會遺留的習俗。

舅公 kau5 gung1 父母親的舅舅。

舅婆 kau5 po4 父母親的舅媽。同「妗婆」。

舅少 kau5 siu3 對妻子的弟弟（小舅子）的尊稱。

□ ke1【俗】屎：屙～【拉屎】。

茄喱啡 ke1 le1 fe1【俚】跑龍套的；無關緊要的小角色。英語 carefree 的音譯詞：咪聽佢亂車，佢喺戲入便做～嘅啫【別聽他胡吹，他在戲裏頭當個跑龍套的而已】。

茄士咩 ke1 si6 me1 開司米（用山羊絨毛製成的毛線及其織品）。英語 cashmere 的音譯詞。

茄汁 ke2 dzat7 一種番茄醬，英語稱 ketchup。

茄醬 ke2 dzoeng3 番茄醬。

茄瓜 ke2 gwa1 茄子的一種，較圓、短。

騎膊馬 ke4 bok8 ma5 小孩騎在大人肩膀上：細個嗰陣同老竇出街都係～過馬路嘅【小時候跟老爸上街都是騎在老爸肩

膀上過馬路的】。

騎警 ke⁴ ging² 交通巡警，因騎摩托車巡邏執法而得名。

騎劫 ke⁴ gip⁸ 劫持（飛機或車輛）：～民航客機。

騎樓 ke⁴ lau²* ❶ 一種適合南方天氣的城市建築物。二樓以上樓層遮蓋在人行道上以遮擋陽光、雨水。❷ 陽台：攞啲衫出～晾【把衣服拿到陽台去晾】。❸ 走廊（屋前半露天的過道）：我屋企客廳前面個大～好陰涼【我家客廳前面那條寬走廊很陰涼】。

騎樓底 ke⁴ lau⁴ dai²「樓」又音 lau²*。上有樓房的人行道：行埋～避下雨【到樓房底下避避雨】。

騎留王馬 ke⁴ lau⁴ wong⁴ ma⁵ 把經手的錢財吞沒掉：呢個衰人～吞晒我哋啲錢【這個壞蛋把我們的錢全吞掉了】。

騎呢 ke⁴ le⁴ ❶ 怪異；古怪；奇形怪狀。一般用於形容服飾：她着啲衫好～【她穿的衣服古裏古怪的】。❷ 行為失禮；表現古怪；彆扭；笨拙：呢場鬧劇真係好～【這場鬧劇真是很笨拙難看】。

騎呢蚧 ke⁴ le⁴ gwaai² ❶ 一種青蛙，較瘦，遇敵人會射尿攻擊。❷ 比喻行為或服飾怪異的人。又作「騎呢怪」。

騎牛遇親家——出醜偏遇熟人 ke⁴ ngau⁴ jy⁶ tsan³ ga¹ tsoet⁷ tsau² pin¹ jy⁶ suk⁹ jan⁴【歇】因為貧窮沒有馬騎，只好騎牛，偏偏又遇上親家，就更加難堪。

騎牛搵馬 ke⁴ ngau⁴ wan² ma⁵ 騎着牛去找馬，比喻先將就着幹現在的工作（或使用眼前能用的東西、人等），以等待機會尋找更理想的工作（或更理想的東西、人才等）。

騎牛搵牛 ke⁴ ngau⁴ wan² ngau⁴ 東西在身邊卻到處找；騎馬找馬：我周圍搵我對眼鏡，原嚟就喺我頭頂，真係～【我到處找我的眼鏡，原來就在我頭頂上，真是騎馬找馬】。

騎師 ke⁴ si¹ 賽馬馬匹的騎手。

畸士 kei¹ si²* 案件。又引指事例、個案。英語 case 的音譯詞：打劫金舖單～好棘手【打劫金飾店那個案子很棘手】。｜同物業公司談判嗰單～係我跟開嘅【跟物業公司談判那個個案是我一直做着的】。

奇 kei⁴ 奇怪：真係～啦，頭先我仲放喺度，點解一陣間就唔見咗【真奇怪，剛剛我還放在這兒，怎麼一會兒就不見了】？

奇異果 kei⁴ ji⁶ gwo² 獼猴桃。

蜞乸 kei⁴ na² 螞蟥。

祈福黨 kei⁴ fuk⁷ dong² 一個詐騙組織，以玄學道術之名博取陌生人信任，詭稱為事主祈福，騙取其金錢財產後逃去無蹤。

旗下 kei⁴ ha⁶ 屬下；下屬的：我哋公司～有十幾間企業【我們公司屬下有十多家企業】。

耆英 kei⁴ jing¹ 對老人的雅稱。

企 kei⁵ ❶ 站：～起身【站起來】｜～喺度唔好郁【站在這兒別動】。❷ 直立或接近於直立：將啲竹竿～起嚟放【把竹竿立着放】｜張梯～過頭好難擒上去㗎【梯子太垂直了很難爬上去的】。❸ 處於……位置：失業率高～【失業率處於高位】。

企街 kei⁵ gaai¹【婉】指妓女在街道上伺機兜攬嫖客。

企櫃 kei⁵ gwai²* 在當舖中管收貨估價的

員工，地位比較高。

企人邊 kei5 jan2* bin1 單立人兒（漢字偏旁「亻」）。

企理 kei5 lei5 整潔；乾淨整齊：將間屋執～啲【把房子收拾整潔點兒】。｜着得咁～，去邊呀【穿得這麼乾淨整齊，上哪兒去呀】？

企領 kei5 leng5（衣服的）豎領；立領：～冷衫【立領毛衣】。

企埋一邊 kei5 maai4 jat7 bin1 讓開；靠邊站；站在一邊。又作「行埋一便」：有車過嚟，大家～【有汽車開過來，大家站到一邊去】。｜人哋係世界級人馬，我哋呢啲小人物～啦【人家是世界級的人馬，我們這些小人物還不靠邊站】！

企歪啲 kei5 me2 di1 讓開；請讓路：唔該你～【請你讓開點兒】。

企硬 kei5 ngaang6 寸步不讓；堅持原則：大家都～，談判好難有協議【大家都不讓步，談判很難達成協議】。

企身 kei5 san1 較高的器物：～櫃【立櫃】。

企身煲 kei5 san1 bou1 較高的砂鍋。

企跳 kei5 tiu3 企圖跳樓：少女天橋～獲救【少女在天橋上企圖跳下自殺獲救】。

企堂 kei5 tong2* 跑堂的（舊時稱茶樓的服務員）。

企位 kei5 wai2* 在交通工具或表演場地中，因座位不足而供人站立的位置：樓上不設～【樓上不設站立的位置】。

屐 kek9 木板製的拖鞋；木屐。

劇集 kek9 dzaap9（電視）連續劇。

劇透 kek9 tau3 含有故事或劇情的描述：呢篇影評有大量～，睇完冇睇電影就冇癮喇【這篇影評透露了很多劇情，讀完再看電影就沒意思了】。

戟 kik7 蛋糕；餅。英語 cake 的音譯詞：班～（pancake）【西式烤薄餅】｜克～（hot cake）【西式薄煎餅】。

撠 kik7 ❶ 又作 kak7。卡：攞條棍～住單車轆，唔好畀佢郁【拿根棍子卡住自行車的輪子，別讓它動】。❷ 阻；礙；阻礙：～手～腳【礙手礙腳】。

撠腳 kik7 goek8 交通不便；繞腳：我呢度去元朗好～嚅【我這兒到元朗去挺不方便的】。

鉗 kim2* ❶ 鉗子：鐵～【鐵鉗子】。❷ 鑷子，拔除毛或夾取細小東西的用具：眉～｜指甲～【指甲刀】。

鉗 kim4 ❶ 用鉗子夾：～住鱔魚【夾住鱔魚】。❷ 鉗子：火～【火鉗子】。

鮎魚 kim5 jy2* 一種無鱗魚，味美可口：紅燒～｜清燉～。

揿 kin2 ❶ 揭；揭開：～開個蓋【揭開蓋子】。❷ 翻開；翻（頁）。同「揭」：～開本書【把書翻開】。

乾隆爺契仔——周日清 kin4 lung4 je4 kai3 dzai2 dzau1 jat9 tsing1【歇】周日清原為清代武俠小說《聖朝鼎盛萬年青》中的人物，是乾隆皇帝的義子。此歇後語取其名字中含有的語意，諧音雙關意指「每天的錢都花清光」：我得雞碎咁多人工，不溜都係～，邊有積蓄呀【我就這麼點兒薪水，向來都是每天花個清光，哪有積蓄呢】？

傾 king1 談；聊：～生意【談生意】｜得閒打電話返嚟～下【有空打電話回來聊聊】。

傾偈 king1 gai2 聊天；談話：一邊飲茶一邊～【一邊喝茶一邊聊天】。｜傾密偈【私下聊天】。

傾閒偈 king¹ haan⁴ gai² 閒談；聊天；閒聊：個個咁忙，你哋就喺度～【大家都忙着，你們卻在那兒閒聊】。

傾唔埋 king¹ m⁴ maai⁴ 談不來；談不攏：我同佢～【我跟她談不來】。

瓊 king⁴ ❶ 澄：碗茶～清咗至飲【這碗藥澄清了再喝】。❷ 凝結：凍到油都～咗【冷得油都凝結了】。

喼弗 kip⁷ fit⁷（運動）健身；保持良好身材。英語 keep fit 的音譯詞：佢積極～，身材好睇咗好多【她積極運動練健美，身材好看多了】。

揭 kit⁸ 翻開；翻（頁）。又作「㨶」：大家～去第 10 頁【大家翻到第 10 頁】。

揭盅 kit⁸ dzung¹ 揭曉：呢個秘密聽日就會～【這個秘密明天就會揭曉】。

蹺 kiu² 湊巧：真係～，啱啱仲周圍搵你，你就到咗【真湊巧，剛剛還到處找你，你就到了】。

蹺妙 kiu² miu⁶ ❶ 巧妙；奇妙：你去倫敦旅行喺街邊撞到個廿年前嘅老街坊，件事真係夠～【你去倫敦旅遊在街上遇到二十年前的老鄰居，事情夠奇妙的】。❷ 妙招；絕招：佢炒牛肉炒得咁好食，係有啲～嘅【他牛肉炒得那麼好吃，是有一些妙招的】。

蹻 kiu²* 蹺；抬高；抬起：～起腳【把腿蹺起來】。

橋 kiu²* ❶ 辦法；法子；計策：絕～【高招，妙計】｜屎～【餿主意】｜大家諗下～【大家想想辦法】。❷ 電影創作人員設計的吸引觀眾的手法或情節：偷～【模仿別人的手法或情節】。

橋凳 kiu²* dang² 長凳；板凳。

橋王 kiu²* wong⁴ 點子大王（以善於出點子、出計謀而著名的人）。

喬溜 kiu⁴ liu¹ 挑剔；講究。又作 keu⁴ leu¹：佢食得好～【他吃東西很挑剔】。

橋躉 kiu⁴ dan² 橋墩。

橋段 kiu⁴ dyn⁶ 影片中有吸引力的情節、細節、手法：而家拍片唔會用埋啲咁古老嘅～嘞啩【現在拍電影不會再用這種古老的手法了吧】？

繑 kiu⁵ ❶ 纏繞：～冷【纏毛線團】｜～實晒解唔開【纏得很緊解不開】。❷ 交叉；挽（手）。也寫作「蹺」：～埋對手【交叉着手】｜～住阿媽隻手【挽着媽媽的手】。

繑絲邊 kiu⁵ si¹ bin¹ 絞絲旁（漢字偏旁「糸」）。

哥啦（喇） ko¹ la¹ 早年屈臣氏公司生產的一種汽水（Beserages），色澤和味道略近可樂。英語 Cola 的音譯。

可惱也 ko¹ laau¹ je¹ 原為粵劇表演時借用官話的摹音語句，口語中加以套用則顯出風趣的意味。其含義與「真可氣」、「真氣死人」相同：叫極佢都唔嚟，真係～【怎麼叫他都不來，真氣人】。

強人 koeng⁴ jan⁴ 能力強的人：女～。

強積金 koeng⁵ dzik⁷ gam¹ 強制性公積金計劃的簡稱。

【小知識】「強積金」是香港政府 2000 年實施的一項政策：成立基金會，強制要求 18 至 65 歲就業人口按月繳納供款，到 65 歲方可提取，作為退休之後養老之用。

拘 koey¹ ❶ 拘謹：唔使～，當自己屋企得啦【別太拘謹，就當是自己家得了】。❷ 計較；客氣：少少唔～【（捐錢）少的話，也無須多計較】。｜咪～【別客氣（現多用於反面之意，表示不願接受某種事情）】。❸ 嫌棄；拒絕：你唔要畀埋我我都唔～㗎【你不要送給我我也不會拒絕】。

拘執 koey[1] dzap[7] 拘束；拘謹：大家隨便傾，隨便食，唔使～【大家隨便吃，隨便聊天，不必拘束】。

拘控 koey[1] hung[3] 拘留控告；拘捕並控告：由於證據確鑿，警方立即將佢～【由於證據確鑿，警方立即逮捕並起訴他】。

拘禮 koey[1] lai[5] 過於守禮；太多禮；特別見外：你送咁多禮物，太～喇【你送那麼多禮物，太多禮了】。

渠 koey[4] 流水溝；水渠；排水管；排水溝：坑～【流水溝】｜通～【疏通排水管】。

渠務 koey[4] mou[6] 處理污水、雨水排放，清除渠道淤塞，修理水渠等工程或工作。

佢（渠） koey[5] ❶ 他；她；它。❷ 用在祈使句中表示使令：閂埋度門～【把門關上】！

佢哋 koey[5] dei[6] 他們；她們；它們。

佢認第二有人敢認第一 koey[5] jing[6] dai[6] ji[6] mou[5] jan[4] gam[1] jing[6] dai[6] jat[7]【俗】數一數二；沒有人能超越：講到酒量，喺我哋公司，～【說到酒量，在我們公司，沒人能跟他比】。

拒載 koey[5] dzoi[3] 計程車司機無正當理由而拒絕搭客：有生意做我點會～吖【有生意做我怎麼會拒絕載客呢】？

搉 kok[7] ❶ 敲打：～爛玻璃【敲破玻璃】。❷ 象聲詞，形容敲擊硬物的聲音。

涸 kok[8]（上呼吸道）乾燥：我一緊張喉嚨就會有啲～【我一緊張氣管就會發乾】。

涸喉 kok[8] hau[4] 嗆（指吃乾燥食物時喉嚨發乾難以下咽的感覺）。

炕枕 kong[3] dzam[2] 陶瓷枕頭：熱天瞓～舒服啲【夏天用陶瓷枕頭比較舒服】。

炕几 kong[3] gei[1] 炕床上的小矮桌。

炕床 kong[3] tsong[2]* 一種寬大的、可躺可坐的長椅。

箍煲 ku[1] bou[1]【俗】把破裂的砂鍋重新修補起來，比喻採取補救措施以挽救已經破裂或已有裂痕的夫妻關係或戀愛關係：你女朋友發嬲喇仲唔快啲～【你女朋友生氣了，還不趕快補救】！

箍頸 ku[1] geng[2] 勒脖子打劫：我畀人～【我被人勒脖子打劫了】。

箍頸黨 ku[1] geng[2] dong[2] 用手勒着人家的的脖子、搶掠人家身上財物的劫匪。

箍票 ku[1] piu[3] 爭取或保住足夠的支持票數；拉票：佢哋當選議員肯定有助政府～，通過法案【他們當選議員肯定對政府爭取支持票數通過法案有幫助】。｜選舉前幾日佢搏晒命去～【選舉前幾天他拼了命去拉票】。

箍（咕）臣 ku[1] soen[2]* 軟墊子；抱枕。英語 cushion 的音譯詞

箍頭攬頸 ku[1] tau[4] lam[2] geng[2] 摟肩搭背。同「攬頭攬頸」。

曲奇 kuk[7] kei[4] 小甜餅乾，英語 cookie 或 cooky 的音譯詞。

曲奇餅 kuk[7] kei[4] beng[2] 同「曲奇」。

曲尺 kuk[7] tsek[8] ❶ 木工用來畫直角的尺子。❷ 一種手槍。如中國產的「五四式」手槍。因其形狀類似直角尺，故稱。

藭 kung[1] 量詞。包（一般指玉米）；嘟嚕：一～包粟【一包玉米】｜一～提子【一嘟嚕葡萄】。

窮等人家 kung[3] dang[2] jan[4] ga[1] 窮人家

庭；窮人：我哋啲～邊度有錢畀啲仔女出去遊學吖【我們這些窮人家庭哪裏有錢讓孩子出國遊學呢】？

窮到燶 kung4 dou3 nung1 窮得不剩一分錢，窮得叮噹響。「燶」即「焦」，意為程度到了極點：我～，你仲問我借錢【我窮得叮噹響，你還跟我借錢】？

窮人一條牛，性命在上頭 kung4 jan4 jat7 tiu4 ngau4 sing3 ming6 dzoi6 soeng6 tau4【諺】意指「牛是農家的命根子」。

𡁵（框） kwaak7 ❶ 圈兒；圈子；彎兒：我唔識路，兜咗一個大～先搵到呢度【我不認識路，繞了一個大圈兒才找到這兒】。❷ 圈住；打框：～住呢度，唔好畀人踩入嚟【把這一塊圈起來，別讓人踩進來】。

礦算盤 kwaak7 syn3 pun4 打算盤。

梗 kwaang2 稈兒；梗；莖（多用以指菜莖）：將啲芹菜～切一寸長【把芹菜梗切成一寸長】。

虧 kwai1（身體）虛弱；氣虧：身體咁～，要食啲補品補下先得【身體這麼虛弱，要吃點補品滋補一下才行】。

虧負 kwai1 fu6 ❶ 對不起；辜負：今次係我～咗你【這次是我虧欠了你】。❷ 虧本：好在冇～【幸好沒虧本】。

虧佬 kwai1 lou2【貶】氣虛體弱的男人：一個二個～噉點同人打呀【一個個氣虛體弱的，怎麼跟人家打鬥】。

規 kwai1 保護費：未有廉署之前，差佬都會向小販收～【廉政公署成立前，警察也會向小販私下收保護費】。

規例 kwai1 lai6 規則；條例：政府應該及早制定～限制水貨客【政府應該盡早制定規章制度限制走私旅客】。

葵瓜子 kwai4 gwa1 dzi2 葵花子。

葵骨 kwai4 gwat7 葵樹葉脈。

葵麵 kwai4 min6 掛麵。

葵心扇 kwai4 sam1 sin3 葵扇。

葵扇 kwai4 sin3 黑桃（撲克牌中花色之一）：～煙【黑桃 A】。

葵鼠 kwai4 sy2 豚鼠。

訇 kwan1 又作 gwan3。哄；騙：畀人～晒啲錢【讓人騙走了所有的錢】。

裙腳仔 kwan4 goek8 dzai2【貶】在媽媽裙子邊長大的孩子（指過份依賴家人照顧、缺乏獨立性的孩子）：樣樣嘢都話要問過阿媽，成個～噉【甚麼事情都要問媽媽，整一個長不大的孩子】。

裙腳妹 kwan4 goek8 mui1* 舊時指貼身丫鬟。

裙褂 kwan4 kwa2 傳統中式結婚禮服中的女服。

裙拉褲甩 kwan4 laai1 fu3 lat7 裙子被扯、褲子掉下，形容衣衫不整。比喻狼狽不堪、顧此失彼：幾分鐘就話要趕到去，搞到個個～噉【幾分鐘就要趕到，大家都狼狽不堪】。

群埋 kwan4 maai4 結交；與……為伍：佢成日～啲唔三唔四嘅人玩【他整天跟那些不三不四的人混在一起玩】。

纊 kwang3 蹭着；鉤住；絆倒：隻袖～到啲油【袖子蹭油了】。｜件衫畀口釘～住【衣服被釘子鉤住了】。｜佢伸隻腳出來～跌我【他伸腳把我絆倒了】。

闃礫𡁵嘞 kwik7 lik7 kwaak7 laak7 ❶ 象聲詞。形容較硬的物體碰撞、摩擦發出的聲音：佢着住對木屐成晚～噉行嚟行去，嘈到我瞓唔着【他穿着木屐整個晚上踢踏踢踏地走來走去，吵得我睡不着】。｜佢～噉打算盤【他劈劈啪啪地打算盤】。❷ 雜七雜八；各種各樣：結婚好多～嘅嘢要搞【結婚有很多雜七雜八的事要辦的】。

犴野派對 kwong[4] je[5] paai[3] doey[3] 一種通宵達旦進行的狂野式派對，英語 rave party 的意音合譯。派對中表演者和觀眾會在強勁的電子音樂中狂舞以宣洩情緒。

拳腳冇眼 kyn[4] goek[8] mou[5] ngaan[5] 拳腳不長眼睛，表示施展武功時難以避免會擊中對手。

拳拳到肉 kyn[4] kyn[4] dou[3] juk[9] 擊中要害：呢篇社論嘅觀點真係～【這篇社論的觀點真是擊中要害】。

拳頭不打笑面人 kyn[4] tau[4] bat[7] da[2] siu[3] min[6] jan[4]【俗】因為態度和善，對方原想使用暴力的念頭也會改變，意即為人處世要與人為善，遇到危急事態時也要表露溫和的態度。意同「伸手不打笑面人」。

l

啦 la[1] 語氣詞。❶ 表示較委婉的命令、祈求：坐多陣先走～【多坐一會再走吧】。｜幫下我～【幫幫我吧】。❷ 表示應允，同意：好～，你話點就點啦【好吧，全聽你的】。

拉士 la[1] si[2]* 最後；最後的。英語 last 的音譯詞：我排～，實冇份啦【我排在最後，肯定沒份兒了】。

揦 la[2] ❶ 抓；拿：跌落地～翻拃沙【跌倒了抓一把沙（意近「死也找個墊背的」）】。❷ 被鹽、醃料或化學物質侵蝕的感覺：～肥豬肉｜～手。

揦住 la[2] dzy[6] ❶ 愁眉苦臉，同「揦埋口面」：佢個樣～～噉，梗係輸咗錢啦【他愁眉苦臉的，肯定輸了錢】。❷ 抓住；揪住：我一手～佢件衫佢就走唔甩嘞【我一手揪住他的衣服他就跑不了了】。❸ 數目「五」。因抓住的動作是五隻手指合攏，故稱。

揦脷 la[2] lei[6] 形容價錢太高；貴得厲害：件衫要成千蚊，真係～【這件衣服要上千塊，貴得厲害】！

揦埋 la[2] maai[4] ❶ 收攏；混雜在一起：～啲衫入房【把衣服收進房間】。｜呢啲係兩件事嚟，唔好～嚟講【這是兩回事，別混為一談】。❷ 動不動；剛一接觸就……：你唔好～就發嬲，聽佢解釋先【你別動不動就發火，先聽他解釋】。❸ 一般來說；隨便碰到的：呢隊籃球隊嘅球員個個～都有兩米以上【這個籃球隊的運動員隨便哪一個都身高兩米以上】。

揦埋口面 la[2] maai[4] hau[2] min[6] 黑着臉；愁眉苦臉：你成日～，人哋想同你傾偈都唔敢啦【你成天黑着臉，人家想跟你說說話都不敢了】。

揦西 la[2] sai[1] 馬虎；吊兒郎當：做嘢認真啲，唔好咁～【幹活認真點兒，別那麼馬虎】。

揦手 la[2] sau[2] 棘手；難辦：呢單嘢好～，未必咁容易搞得掂【這件事挺棘手的，沒那麼容易弄妥】。

揦手唔成勢 la[2] sau[2] m[4] sing[4] sai[3] 形容手忙腳亂，或事情做起來很棘手：有事個個都嚟搵我，我又冇經驗，真係～【一有事大家都找我，我又沒經驗，真是手忙腳亂】。

揦屎上身 la[2] si[2] soeng[5] san[1] 自找麻煩：都唔關你事，你無謂～【事情跟你無關，何必自找麻煩】。

喇 la[3] 語氣詞。❶ 用於陳述句，相當於「了」：做完功課～【作業做完了】。｜有人嚟～【有人來了】。❷ 用於祈使句，表示命令、請求：唔好再遲到～【別再遲到了】！

罅 la[3] 縫兒，縫隙：門～【門縫兒】｜手指～【手指縫隙】。

啦 la[4] 語氣詞。表示疑問：你唔去～【你不去了】？｜功課做～【作業做完了】？

啦啦聲 la[4] la[2]* seng[1] 形容動作迅速；很快：大家～唔到半個鐘就搞掂晒【大家稀哩嘩啦的，不到半個小時就全幹完了】。｜想早啲走就～做嘢喇【想早點走就趕快幹活吧】。

啦啦林 la[4] la[4] lam[4] 又寫作「拿拿臨」。同「啦啦聲」。又作「揸揸林」。

揦鮓 la[5] dza[2] ❶ 骯髒：張枱好～，抹下啦【桌子很髒，擦一下】。❷【婉】不乾淨（一般指不吉利）：我頭先見到啲～嘢【我剛才見到不吉利的東西（有鬼）】。

揦鮓招 la[5] dza[2] dziu[1] 骯髒的手段、方法：用埋呢啲～，就算贏波都贏得唔光彩啦【連這種骯髒手段都用上，就算贏球也贏得不光彩】。

拉 laai[1] ❶ 抓；捕（犯人等）：～人【抓人】｜畀差佬～咗【被警察抓走了】。❷ 押：～上法庭【押上法庭】。❸ 叼：因住啲魚，唔好畀貓～走咗【小心那些魚，別讓貓叼走了】。

拉布 laai[1] bou[3] 英語 filibuster 的意譯詞。❶ 球賽術語。指為保戰果而消耗比賽時間的一種策略，指足球隊球員在比賽中只玩控球，不進攻，不射球。❷ 政治術語。在議會中利用冗長辯論的策略，癱瘓議事，阻撓投票，以拖延法案通過。

拉大纜 laai[1] daai[6] laam[6] 拔河。又作「扯大纜」。

拉隊 laai[1] doey[2]* ❶（軍警）集合人馬；集合隊伍：警方～搜查【警方集合隊伍去搜查】｜～離開現場【集合人馬離開現場】。❷ 成群地；有組織地集中一起：你今次做主角，我哋全班～嚟捧你場【這次你做主角，我們全班會集體來為你捧場的】。

拉掣 laai[1] dzai[3] 拉繩式的電燈開關：呢盞燈～嘅設計幾好睇【這盞燈的拉繩開關設計得挺好看的】。

拉伕 laai[1] fu[1] 舊時指強拉民夫充當雜役，引指強邀別人做事：呢啲人全部係臨時～嚟嘅【這些人全是臨時叫來充數的】。

拉傢伙 laai[1] ga[1] fo[2] 拿出武器：匪徒一入銀行就～瘋狂搶劫【匪徒一進入銀行就拿出武器瘋狂搶劫】。

拉記 laai[1] gei[3]【諧】圖書館。其中「拉」為英語 library 的第一個音節的音譯：我哋去～【我們上圖書館】。

拉人 laai[1] jan[4] 捉人；拘捕犯人：費事同佢哋講咁多耶穌，報警～好過【懶得跟他們講那麼多道理，報警抓人更省事兒】。

拉人封艇 laai[1] jan[4] fung[1] teng[5] 舊時水上艇戶居民（蜑家）如犯了事，除了會遭拘捕外，還會被查封艇主的戶籍，謂之「拉人封艇」。現用於形容以嚴厲手段對付違法者：偽造文件好大罪㗎，警方夠證據嘅話，一早就～啦【偽造文件罪名很大，警方要是有足夠證據，早就把人抓起來了】。

拉人裙冚自己腳 laai[1] jan[4] kwan[4] kam[2] dzi[6] gei[2] goek[8]【俗】拉別人的裙子來遮自己的腿，比喻借別人的勢力、聲望來抬高自己；意近「拉大旗作虎皮」：佢恃住識得董事長個女，就～【他仗着認識董事長的女兒，就借此拉大旗作虎皮抬高自己】。

拉纜 laai[1] laam[6] 拉縴。

拉力賽 laai[1] lik[9] tsoi[3] 分段且連續數天進行的汽車競速賽。「拉力」是英語 rally 的音譯。

拉埋天窗 laai[1] maai[4] tin[1] tsoeng[1]【俗】（戀人）正式結婚：你兩個拍咗咁耐拖，幾時～呀【你倆談了這麼長時間戀愛，甚麼時候結婚呢】？

拉牛上樹 laai[1] ngau[4] soeng[5] sy[6]【俗】讓人做力所不及的事，意同「趕鴨子上架」：你叫我跳舞直情就係～啦【你讓我表演舞蹈簡直就是趕鴨子上架】。

拉衫尾 laai[1] saam[1] mei[5] 同「搣衫尾」。

拉臣 laai[1] san[2]* 執照；牌照。英語 licence 的音譯詞。

拉線 laai[1] sin[3]（中間人）為雙方牽線搭橋：呢單生意我可以幫你哋～，不過價錢你哋自己斟掂佢【這樁生意我可以為你們牽線搭橋，但是價錢你們自己商定】。

拉箱 laai[1] soeng[1]【俗】原指舊時粵劇戲班巡迴演出後搬運裝行頭的箱子離開，今引指走、離開。

拉上補下 laai[1] soeng[6] bou[2] ha[6] 截長補短；盈餘跟虧損互相抵消：靠日頭啲生意就蝕梗，夜晚多啲客，～都維持得住嘅【靠白天的生意肯定虧本，晚上客人多點兒，平均來算，還能維持得住】。

拉蘇 laai[1] sou[4] 煤酚皂溶液；來蘇兒（一種消毒劑）。英語 lysol 的音譯詞。

拉頭纜 laai[1] tau[4] laam[6] ❶ 打頭炮（首先發言）：聽日開會你～，我跟住講【明天開會你打頭炮，我接着講】。❷ 帶頭；牽頭：次次工業行動都係呢個工會領袖～【每次罷工都是這個工會領袖牽頭】。

拉頭馬 laai[1] tau[4] ma[5] 每一場賽馬中贏得冠軍的馬匹，在比賽結束後由騎師以及馬匹的馬主、練馬師等眾人拉着馬走回出發點，並拍照留念，此舉稱為「拉頭馬」。

拉柴 laai[1] tsaai[4]【諧】死；翹辮子：睇佢個樣好似就快～喇【看他的樣子好像快死了】。

拉扯 laai[1] tse[2] ❶ 平均：你～一年有幾多收入【你平均一年有多少收入呢】？❷ 合着；共同；合夥：我哋兩兄弟嘅錢～用【我們兄弟倆的錢合着用】。

拉尺 laai[1] tsek[8] 捲尺；金屬製造的可捲起的軟尺。

拉腸 laai[1] tsoeng[2]* 布拉腸粉的簡稱，腸粉的一種。把米粉漿倒到鋪有紗布的蒸盆上，加蓋蒸熟後連紗布取出反轉，拉去紗布，將腸粉捲成長條，切段後上碟，淋上醬油等佐料，即成「布拉腸粉」。

拉勻 laai[1] wan[4] 平均；扯平均；拉平：間舖頭一年～都賺得十零萬嘅【這家店一年平均都能賺十來萬】。

瀨 laai[1] 末尾；最後的；排行最小的：～仔【小兒子】。

瀨仔拉心肝 laai[1] dzai[2] laai[1] sam[1] gon[1]【俗】父母最疼小兒子：～，阿爸阿媽至緊張我啦【小兒子就是心頭寶，父母親最牽掛的就是我了】。

𢱕尾 laai[1] mei[1]* 末尾；最後；後面：佢排～【他排最後】｜初初老竇唔肯畀錢，～卒之應承咗【開始父親不肯給錢，最後終於答應了】。

舝 laai[2] 同「舐」。舔：～嘴唇【舔嘴唇】。

舝嘢 laai[2] je[5]【俚】惹上了麻煩事兒；被抓獲：佢第一次走粉就～【他第一次販賣毒品就被抓住了】。

舝屎窟 laai[2] si[2] fat[7] 舔別人屁股，喻指拍馬屁：好似佢噉靠～上位，我做唔出嚟【好像他那樣靠拍馬屁混上去，我可做不出來】。

賴貓 laai[3] maau[1] 賴皮，耍賴：我明明見到你打爛窗玻璃，你仲～【我明明見到你打爛了窗戶玻璃，你還賴皮】？

癩 laai[3] 疥瘡，一種傳染性皮膚病。

癩瘡 laai[3] tsong[1] 同「癩」。

𢅥𢅥𢄂𢄂 laai[4] laai[4] saai[4] saai[4] 不修邊幅或衣衫襤褸的樣子：佢不溜都係～【他一貫不修邊幅】。

𢅥𢅥㡃㡃 laai[5] laai[5] kwaai[5] kwaai[5] 衣服不合身；上衣不扣口子，敞開胸：我着呢套衫～，唔好睇嘅【我穿這一套衣服不合身，不好看】。

賴 laai[6] ❶ 丟失；遺漏；落下：弊，個荷包唔知～咗喺邊【壞了，錢包不知道丟哪兒去了】？｜呢度～咗個問號【這兒漏了個問號】。｜我枝筆～低喺課室【我的筆落在課室裏了】。❷ 遺（大小便失禁）：～尿【遺尿】。❸ 把責任推給別人：佢乜都～晒我【他甚麼都推在我身上】。

賴尿蝦 laai[6] niu[6] ha[1] ❶ 一種淺海蝦類動物，學名「蝦蛄」，又稱「皮皮蝦」、「爬蝦」。❷ 喻指常尿床的小孩。

賴死 laai[6] sei[2] 賴着不走：佢哋喺度～，個個都冇晒佢哋符【他們賴在這兒不走，誰都拿他們沒轍】。

瀨粉 laai[6] fan[2] 米粉條的一種，類似廣西的「桂林米粉」或雲南的「過橋米線」，但較為粗大且顏色較透明。又稱「酹粉」。

酹 laai[6]（順着一定方向）倒；澆；灑：～啲油落鑊【倒點兒油下鍋】。

嘞嘞聲 laak[7] laak[7] seng[1]（水平或能力）頂尖：佢英文～【他的英語說得好極了】。

嘞 laak[8] 語氣詞。了（表示有把握或放心）：今次個賊實走唔甩～【那個小偷這次肯定跑不掉了】。

攬 laam[2] 摟；抱；擁抱：～住個細佬哥【摟着個小孩】｜風浪好大，要～實條柱先企得穩【風浪很大，要抱緊柱子才站得穩】。

攬住一齊死 laam[2] dzy[6] jat[7] tsai[4] sei[2] 玉石俱焚；兩敗俱傷：我有乜嘢好驚啫？至多唔係大家～【我有啥好害怕的？大不了大家拼個兩敗俱傷】。

攬頸 laam[2] geng[2] 搭肩；摟着脖子：佢哋成日都箍頸～，好似兩兄弟噉【他倆成天摟肩搭背的，好像兄弟倆似的】。

攬身攬勢 laam[2] san[1] laam[2] sai[3]【貶】摟摟抱抱的；半摟半抱的：喺課室入便都～，真係唔知醜【在課室裏也摟摟抱抱的，真不害臊】。

攬頭攬頸 laam[2] tau[4] laam[2] geng[2] 摟肩搭背的。又作「箍頭攬頸」：以前兩個人好到成日～，而家就好似仇人噉【以前兩個人好得成天摟肩搭背的，現在就跟仇人似的】。

欖 laam[2] 橄欖。

欖角 laam[2] gok[8] 又作「欖豉」。把洋橄

欖煮熟、切半、去核後加鹽醃製而成的一種醃鹹菜。

欖球 laam² kau⁴ 美式橄欖球。

欖豉 laam² si⁶ 同「欖角」。

躪 laam³ 跨；間隔。同「躪（naam³）」。

躪日 laam³ jat⁹ 每隔一天：個鐘點工人～嚟一次【那個鐘點工每隔一天來一次】。

藍燈籠 laam⁴ dang¹ lung⁴ 黑社會用語。指「三合會」以簡易手段吸收入會的低層會員：佢雖然入咗三合會，之不過係～，話唔到事【他雖然進了三合會，不過只是低層會員，（在組織裏）說不上話】。

藍靛紙 laam⁴ din⁶ dzi² 複寫紙。

藍紙草案 laam⁴ dzi² tsou² ngon³ 法律用語。指香港政府刊登於政府《憲報》第三號法律副刊上的法律草案。這種草案是即將提交立法機構表決前刊登出來的，其內容往往是「白紙草案（初次刊登的用以廣泛徵求意見的法規草案）」的修訂版，或政府按照已有的法規修訂後推出的新法例草案。

藍精靈 laam⁴ dzing¹ ling⁴ ❶ 漫畫人物，一群渾身藍色的活潑小精靈。源自比利時動畫家佩悠（Peyo）1958 年創作的同名漫畫。❷ 一種軟性毒品咪達唑侖（midazolam）的俗稱。

藍罐曲奇 laam⁴ gun³ kuk⁷ kei⁴ 曲奇餅的一個著名品牌，罐子為藍色。英文名稱為 Kjeldsens。由丹麥藍罐公司生產。

藍藥水 laam⁴ joek⁹ soey² 紫藥水；龍膽紫：你隻手損咗，搽啲～呀【你的手擦傷了，擦點紫藥水吧】。

藍領 laam⁴ leng⁵（指代）從事體力勞動者：高級寫字樓一樣有～嘅，執垃圾掃地嗰啲咪係囉【高級辦公樓照樣有從事體力勞動者，收垃圾掃地那些不就是嗎】？

藍帽子 laam⁴ mou²* dzi² 香港警察機動部隊的俗稱。其性質屬準軍事化的防暴警察，專門負責防暴、人群管制、災難救援等。因頭戴藍色帽子，故稱。

纜 laam⁶ 圍；環繞：～住條花頸巾【圍着一條花圍巾】。

躝 laan¹ ❶ 爬行：條蛇～咗出去【那條蛇爬了出去】。❷ 滾；滾蛋：你同我～【你給我滾】！❸ 溜：個衰仔，又唔知～咗去邊【那臭小子，又不知溜哪兒去了】。

躝屍 laan¹ si¹ 滾蛋：呢條友幾時～呀？我都頂佢唔順嘞【這小子啥時候滾蛋呢？我都受不了他了】。

躝屍趷路 laan¹ si¹ gat⁹ lou⁶ 同「躝屍」。

躝癱 laan¹ taan² 指稱那些流氓、混蛋、到處作奸犯科的人；亦常用作罵詈語：警方雖然成日捉啲道友，但嗰啲～點會咁易趕得絕【警方雖然天天抓那些吸毒者，但那些混蛋哪會那麼容易就能抓得完】？｜你條～仲敢嚟見我【你這混蛋還敢來見我】？

欄 laan¹* 專門收購、批發某一類農副產品或水產品的商號：魚～｜豬～｜生果～。

讕叻 laan²* lek⁷ 逞能：唔識就唔好喺度～【不懂就別在這兒逞能】。

讕醒 laan²* sing² 自高自大；自以為聰明；自以為機靈：你呀，畀人呃咗都唔知仲喺度～【你呀，讓人家騙了都不知道，還在這兒自以為聰明】。

讕得戚 laan²* dak⁷ tsik⁷ 自以為了不起；自以為有威風；自鳴得意：考到個 B 就喺度～，人哋攞幾個 A 都唔出聲啦【考到個 B（的成績）就在這兒自鳴得意，人家拿幾個 A 的都不聲張】。

讕正經 laan²* dzing³ ging¹ 假正經；充正經：唔好睇佢平日～，一見靚女就原形畢露㗎喇【別瞧他平時貌似正經，一見漂亮女孩兒就原形畢露了】。

讕闊佬 laan²* fuk⁸ lou² 擺闊氣：冇錢就唔好喺度～【沒錢就別在這兒擺闊氣】。

讕架勢 laan²* ga³ sai³ 逞能。同「讕叻」。

讕有寶 laan²* jau⁵ bou² 自以為很了不起；自以為很有本領。亦作「讕有嘢」：佢～噉，查實冇料到嘅【他自以為了不起，其實沒啥本事】。

讕有嘢 laan²* jau⁵ je⁵ 同「讕有寶」。

讕熟落 laan²* suk⁹ lok⁹ 跟別人顯出很熟悉的樣子；套近乎：我唔識你噃，唔好喺度～【我不認識你，你別在這兒套近乎】。

欄河 laan⁴ ho⁴ 欄杆：你擒過個～走過馬路咁危險㗎【你翻過欄杆跑過馬路很危險呐】！

懶到出骨 laan⁵ dou³ tsoet⁷ gwat⁷ 非常懶惰：佢成日打機，唔讀書，真係～【他整天玩遊戲機，不讀書，真是懶到骨子裏去了】。

懶人多屎尿 laan⁵ jan⁴ do¹ si² niu⁶ 【俗】指懶惰的人總是在該幹活的時候就以拉屎、拉尿等為借口而偷懶。

懶人使長線 laan⁵ jan⁴ sai² tsoeng⁴ sin³ 【俗】懶惰的人怕穿針麻煩而使用長線，結果因懶惰而弄巧成拙，造成縫紉困難。引以諷喻圖省事而取巧的行為。

懶懶閒 laan⁵ laan⁵ haan⁴ 又作「laai⁵ laai⁵ 閒」。指對應做的事不着急：佢父母成日催佢結婚，佢自己就～【他父母老催他結婚，但他自個兒一點兒也不着急】。

懶理 laan⁵ lei⁵ 懶得管；不願管：呢啲得失人又冇着數嘅事個個都～【這些得罪人又沒好處的事誰都懶得管】。

懶佬鞋 laan⁵ lou² haai⁴ 懶漢鞋。即不用綁鞋帶、一穿而就的平跟鞋，專為懶人而設計，故稱。

懶佬工夫 laan⁵ lou² gung¹ fu¹ 給懶惰的人做的工作，通常指比較簡單，不必多費力氣的工作：呢啲～係人都識做㗎啦【這種簡單活兒誰都會幹】。

懶慢 laan⁵ maan⁶ 拖拉懶散：大家做嘢爽手啲，唔好咁～【大家幹活兒抓緊點兒，別這麼拖拉懶散】。

懶蛇 laan⁵ se⁴ 懶漢；懶蟲：嗌呢條～勤力做嘢，好難㗎喇【叫這個懶蟲勤快幹活兒，很難的】。

爛 laan⁶ ❶ 破：條褲～咗【褲子破了】｜個碟跌～咗【盤子摔破了】。❷ 壞：架電腦～咗【電腦壞了】。❸ 撒野；無賴；蠻不講理的：呢個女人出咗名～㗎喇【這女人誰都知道她是個無賴】！

爛湴 laan⁶ baan⁶ 爛泥；稀泥。

爛打 laan⁶ da² 愛打架；好鬥：佢好～㗎，至好咪激佢發嬲【他愛打架，最好別惹他發火】。

爛笪笪 laan⁶ daat⁸ daat⁸ ❶ 稀巴爛。❷ 形容人肆無忌憚，為所欲為：佢～噉有乜嘢道理好講啫【他那麼肆無忌憚，有甚麼道理好講呢】？｜搵咗個～嘅女人做老婆，我睇佢戴梗綠帽都得喇【找了個胡作非為的女人做老婆，我看他肯定得戴綠帽子了】。❸ 無賴之極；自暴自棄：佢咁～，你唔好黐埋佢度【這種無賴之極的人，你離他遠點兒】。

爛賭 laan⁶ dou² 嗜賭；好賭：佢嫁咗個～老公，一世捱窮【她嫁了個愛賭博的丈夫，一輩子受窮】。

爛仔 laan6 dzai2 流氓；無賴（一般指青少年）。

爛賤 laan6 dzin6 ❶ 不值錢的：呢啲周街都有嘅假首飾，最～㗎喇【這種假首飾到處都有，最不值錢了】。❷ 便宜；賤（指東西因供過於求或質量不佳而價格低廉）：呢度偏僻，啲樓好～㗎咋【這兒偏僻，樓房價格很便宜】。

爛賬 laan6 dzoeng3 難收的賬；收不回的賬：公司派我去收～，睇怕又要食白果【公司派我去收拖欠的賬，恐怕還得白忙活】。

爛飯 laan6 faan6 煮得比較軟的飯。

爛瞓 laan6 fan3 貪睡；睡得沉（不容易醒）：夠鐘返學喇，快啲起身啦，唔好咁～【到點兒去上學了，快起床吧，別這麼貪睡】。｜乜佢咁～㗎，個鬧鐘響咗咁耐都唔醒【他怎麼睡得那麼沉，鬧鐘響了這麼長時間都醒不了】？

爛瞓豬 laan6 fan3 dzy1 瞌睡蟲（愛睡覺的人）；睡覺很沉的人。

爛 gag laan6 gek7 不好笑的笑話：呢啲～你講都冇人笑啦【說這些破笑話人家也不笑】。

爛鬼 laan6 gwai2 ❶ 形容不值錢的、破爛的東西（含輕蔑意）：呢件～衫值一千蚊【這破衣服值一千塊錢】？❷ 流氓無賴；不成器、不成材的人；壞人：嗰個～，邊個嫁到佢就真係行衰運嘞【那個流氓，誰嫁了他誰就倒了霉了】。

爛鬼嘢 laan6 gwai2 je5 破爛東西；破爛貨：我唔要你啲～【我不要你這些破爛玩意兒】。

爛口 laan6 hau2 ❶ 下流話：咪講～【別說下流話】。❷ 愛說下流話（的）；說話下流：喺女仔面前唔好咁～【在女孩子面前別粗言粗語】。

爛口角 laan6 hau2 gok8 嘴角發炎；口角炎。

爛飲 laan6 jam2 沒有節制喝大量的酒；酗酒：佢咁～，搵幾多錢都唔夠買酒啦【他這麼酗酒，掙多少錢都不夠酒錢吶】。

爛癮 laan6 jan5 愛好成癖的：我玩橋牌真係好～㗎【我玩橋牌癮頭大得很呢】。

爛茸茸 laan6 jung4 jung4 ❶ 破破爛爛；殘舊。亦作「茸茸爛爛」：個球場～噉，好耐冇維修過定嘞【這個球場破破爛爛的，一定是很久沒有維修了】。❷ 稀爛的：啲粥係要煲到咁～先至啱啲老人家食【粥要熬得稀爛稀爛的才適合老人家喝】。

爛佬 laan6 lou2 惡棍；肆無忌憚、蠻不講理的人：呢啲噉嘅～，我哋至好避遠啲【這種惡棍，咱們最好躲遠點兒】。

爛尾 laan6 mei5 不能善始善終，沒有好結局：呢單嘢你唔親自去我驚會～【這件事你不親自去（處理）我擔心會無法善始善終】。

爛尾樓 laan6 mei5 lau2* 建築過程中因資金鏈中斷或其他因素而中途放棄建設的樓房。

爛命 laan6 meng6 不值錢的（因而可以不惜一拼的）生命：佢有大把身家，我得～一條，睇下邊個驚邊個【他有萬貫家財，我賤命一條，誰怕誰】？

爛泥扶唔上壁 laan6 nai4 fu4 ng4 soeng5 bek8【諺】爛泥塗不上牆（形容人低能或不求上進，別人再幫忙也沒用）。

爛生 laan6 saang1 繁殖能力很強。同「粗生」。

爛身爛勢 laan6 san1 laan6 sai3 衣服破

爛、骯髒：我～啲，等我換番件衫至去飲啦【我這一身又髒又破，等我換件衣服再去吃喜宴吧】。

爛市 laan6 si5（貨物）滯銷；生意（因供過於求而）市道維艱：呢排啲西瓜多到～【這陣子西瓜多得都滯銷了】。｜見裝修好搵就個個踩隻腳埋嚟，而家做到～【見裝修好掙錢就人人都插一手，現在搞得市道維艱】。

爛食 laan6 sik9 貪吃的；愛吃東西：你咁～，因住變肥仔呀【你這麼貪吃，小心成胖子啊】。

爛熟 laan6 suk9 滾瓜爛熟：啲課文要背到～，唔係點考一百分【要把課文背得滾瓜爛熟，要不怎麼能考一百分】？

爛船都有三斤釘 laan6 syn4 dou1 jau5 saam1 gan1 deng1【諺】破船都還有幾斤釘子，喻指雖然敗落但還有一些實力，意近「瘦死的駱駝比馬大」：佢雖然話破產，不過～，唔使捱窮嘅【他雖然說是破產，但是瘦死的駱駝比馬大，還不用過窮日子】。

爛炖炖 laan6 tan4 tan4 軟爛；熟而爛：老人家中意食啲～嘅肉【老人家喜歡吃煮得熟爛的肉】。

爛頭蟀 laan6 tau4 dzoet7 傳說舊時鬥蟋蟀時身體有傷殘的蟋蟀打鬥時特別勇猛。「爛頭蟀」即頭部受了傷的蟋蟀，喻指不怕死的、無所顧忌的好鬥之徒：打親交呢幾隻～都係衝喺前便【每次打架這幾個亡命之徒都是衝在前面】。

爛茶渣 laan6 tsa4 dza1【貶】已經沖泡過的茶葉渣，喻指沒人要的東西：男人四十一枝花，女人四十～【男人四十歲還像鮮花一樣寶貴，女人四十歲就沒人要了】。

爛銅爛鐵 laan6 tung4 laan6 tit8 破銅爛鐵：收買～【收買破銅爛鐵】。｜佢成屋都係～，仲話樣樣都好有用【他滿屋子都是破銅爛鐵，還說每一件都很有用】。

呤 laang1 ❶ 象聲詞，形容鈴聲。❷（鈴）響：個鐘～咗成個字佢都唔醒【鬧鐘響了差不多五分鐘他都沒醒】。

呤鐘 laang1 jung1 ❶ 鈴；電鈴；鈴鐺。❷ 鬧鐘。

冷佬 laang1 lou2 潮州人；潮州佬。「冷」是潮州話「人」的摹音詞。

冷 laang1 毛線。法語 laine 的音譯詞：～衫【毛線衣】｜～帽【毛線編織的帽子】。

冷 laang5 ❶ 寒冷。❷ 凍：～到手指硬晒【凍得手指全僵了】。❸ 着涼：佢有啲發燒，可能琴晚～親【他有點兒發燒，可能是昨晚着了涼】。❹ 涼的：～水。

冷飯 laang5 faan6 剩飯：炒～【炒剩飯（比喻重複過去的做法）】。

冷飯菜汁 laang5 faan6 tsoi3 dzap7 殘羹剩飯：媽咪畀好嘢我哋食，自己就食～【媽媽好東西給我們吃，自己就吃殘羹剩飯】。

冷氣 laang5 hei3 冷氣機的省稱；空調（機）。又特指空調機吹出的冷氣：～開放｜你走嗰陣時記住熄～【你走的時候別忘了關空調】。｜呢個商場啲～唔夠【這個商場的空調開得不夠冷】。

冷氣機 laang5 hei3 gei1 空調機。

冷巷 laang5 hong2* ❶ 小胡同；小巷：橫街～。❷ 房屋內部的過道；走廊：呢條～行到篤就係洗手間【這條過道走到盡頭就是洗手間】。

冷巷擔竹竿——直出直入 laang5 hong2* daam1 dzuk7 gon1 dzik9

tsoet[7] dzik[9] jap[9]【歇】小巷子裏扛竹竿，直來直去。指老實人説話、做事不會拐彎：他誠實可靠，講嘢～【他誠實可靠，説話直來直去】。

冷馬 laang[5] ma[5] 賽馬術語。指出人意外獲勝了的馬匹。亦可引指意外獲勝者：呢排次次都係～跑出，唔知有冇景轟【這陣子每回都是冷門的賽馬獲勝，不知道有沒有蹊蹺】。

冷手執個熱煎堆 laang[5] sau[2] dzap[7] go[3] jit[8] dzin[1] doey[1]【俗】喻指意外地撿到便宜，意近「撿到天上掉下來的餡餅」：排名前幾位嘅選手自相殘殺，畀我呢個排位低嘅～，攞咗個冠軍【排名前幾位的選手自相殘殺，讓我這個排名較低的撿了個便宜，意外獲得冠軍】。

冷天 laang[5] tin[1] ❶ 天氣冷的時候。❷ 冬天：喺香港就算～都有十幾度【在香港，就算冬天，（溫度）也都有十幾度】。

冷親 laang[5] tsan[1] 着涼；感冒：着多件衫，因住～【多穿件衣服，小心着涼】。

擸 laap[8] ❶ 收攏；收拾到一起：～埋書架啲書放晒入個紙箱度【把書架上的書收拾起來全放到紙皮箱裏】。｜～埋啲污糟衫一齊去洗【把髒衣服收攏起來拿去洗】。❷ 搜羅；佔有：今年畢業嘅幾個博士生都畀幾家大公司～晒【今年畢業的幾個博士生都被幾家大公司搜羅光了】。｜老竇啲遺產都畀佢一個人～晒【老爸的遺產都讓他一個人獨佔了】。❸ 搶購：～平嘢【搶購便宜貨】。❹ 摟；抱（東西）：～住一疊書【抱着一摞書】。❺ 粗略地看；瀏覽；掃（一眼）：份計劃書我～咗下，都幾有新意【那份計劃書我掃了一眼，還挺有新意的】。❻ 並：三步～埋兩步衝入個軳度【三步并作兩步衝進升降機裏】。❼ 跨；邁（大步）：～大步啲【跨大步點兒】。

擸擸焾 laap[8] laap[8] ling[3] 油光鋥亮：皮鞋擦到～【皮鞋擦得油光鋥亮】。

擸焾 laap[8] ling[3] 鋥亮。又作「擸擸焾」：佢架車抹到～【他那輛車擦得鋥亮】。

爉 laap[8] 火燎；灼：佢隻腳畀火尾～親【他的腳被火苗灼傷】。

立品 laap[9] ban[2] 修心養性；建立好品行：發財～｜做人要立下品至得【做人要修心養性、建立好品行才行】。

立定心水 laap[9] ding[6] sam[1] soey[2] 拿定主意：你～未呀，唔好到時又改行程喎【你拿定主意了沒有，別到時又改變行程啊】。

立雜 laap[9] dzaap[9] ❶ 雜七雜八的：就嚟食飯啦仲食埋呢啲～嘢【就要吃飯了還吃這些雜七雜八的東西】？❷ 亂七八糟的；混亂的：間屋咁～，執下佢吖【屋子這麼亂，收拾一下吧】。❸ 複雜：嗰啲場所好～，乜嘢人都有【那種場所很複雜，甚麼人都有】。

立法局 laap[9] faat[8] guk[2]* 香港立法會 1997 年前的舊稱。

立法會 laap[9] faat[8] wui[2]* 香港最高立法機關。

立腳 laap[9] goek[8] 立足：佢冇埞方～【他沒有地方立足】。

立心 laap[9] sam[1] ❶ 居心；存心：你唔好～害人【你不要存心害人】。❷ 決心；下決心：我已經～好好地讀書喇【我已經下決心要好好學習了】。

立實心腸 laap[9] sat[9] sam[1] tseong[4] 横下一條心；下定決心：今次我哋～，點都唔會讓步【這次我們横下一條心，絕不讓步】。

垃圾崗 laap[9] saap[8] gong[1] 堆放垃圾的地

方：你唔好將間房整到好似～噉【你不要把房間搞得像堆放垃圾的地方】。

垃圾鏟 laap9 saap8 tsaam2 垃圾鏟；簸箕；畚箕。即掃地之後把垃圾從地上撮起來的鐵皮或塑料製器具。

垃圾蟲 laap9 saap8 tsung4 1970 年代香港政府推行的清潔運動中用作宣傳的卡通形象，造型醜陋，被塑造成一個不講公共衛生、隨地拋棄垃圾的反面人物。也用於指代有相似行為者。

蠟板 laap9 baan2 舊時用來刻寫油印蠟紙的鋼板：刻～【在鋼板上刻寫蠟紙】。

蠟青 laap9 tseng1 瀝青。

臘豬頭 laap9 dzy1 tau4「臘味」的一種，把豬頭弄扁製成臘製食品。

臘味 laap9 mei2* 臘肉、臘腸等臘製食品的總稱：香港人中意食～【香港人喜歡吃臘製食品】。

臘腸 laap9 tsoeng2* 以中國傳統工藝醃製後風乾或烘乾而製成的香腸。

臘腸褲 laap9 tsoeng2* fu3 褲腿較瘦、形似「臘腸」的褲子。

焫 laat8 用火點着；燒；灼：蠟燭啲火～着咗張被【蠟燭的火把被子點着了】。

瘌痢 laat8 lei1* 頭癬：～頭【頭上長黃癬而有局部脫髮、斑禿的人】。

迾 laat9 量詞。排；行；列：將啲公仔擺開一～【把洋娃娃排成一列】。｜離行離～【不成行列】。

剌 laat9 用刀輕輕劃出痕，不切斷：將條魚～幾刀再煎，好煎兼夾好食【把魚輕輕劃幾刀，好煎還更好吃】。

邋遢 laat9 taat8 骯髒；不整潔。又作「揦鮓」：你的手好～【你的手很骯髒】。

撈鬆 laau1 sung1 老兄。指說普通話的外省人（略帶輕蔑之意）。這是普通話「老兄」的摹音詞。

撈攪 laau2 gaau6 ❶ 亂糟糟的；亂七八糟的：乜間屋咁～喫【屋子裏怎麼這麼亂糟糟的】？｜篇文章寫得鬼咁～【那篇文章寫得挺雜亂無章的】。❷ 麻煩；夠嗆；狼狽：湊住啤啤出門好～【帶着小孩出門挺麻煩的】。｜呢單嘢真係～【這事可真麻煩】。

撈□ laau4 saau4 馬虎應付；敷衍；不細心：你做嘢咁～點砌得好副模型飛機【你做事那麼不細心怎麼拼得成這飛機模型】。

捩 lai2 扭；轉；擰：～轉頭【轉頭，掉頭】｜～轉隻手【把手扭住】。

捩轉頭 lai2 dzyn3 tau4 回過頭來：你～睇我點做【你回過頭來看我怎樣做】。

捩歪面 lai2 me2 min6 轉過臉去；扭轉臉：老師同佢講咗咁耐，佢都係～，聽唔入耳【老師跟她說了那麼久，她一直別過臉去，沒有聽進去】。

捩手 lai2 sau2 回手；轉手；一接過手就：你送啲鮮花，佢～就掉咗落垃圾桶【你送的那些鮮花，她一轉手就丟進了垃圾箱】。

捩橫折曲 lai2 waang4 dzik8 kuk7 歪曲事實；蠻橫無理：你唔好～！講下道理好唔好【你別歪曲事實！講講道理行不行】？

嚟真 lai2* dzan1 動真格的；來真格的：我講下笑啫，你～呀【我說說笑而已，你來真格兒的】？

嚟 lai4 ❶ 來：今晚～我屋企玩【今晚來我家玩】。｜行～行去【走來走去】。❷ 助詞。用在句末，表示曾發生甚麼事情，或表示追問，類似於普通話的「來着」：我啱啱打過電話畀佢～【我剛打過電話給他來着】。｜嗰個高佬係邊個～【那個高個子是誰來着】？❸ 用於動詞或助詞「住」之後，表示較委婉的祈使語氣：睇住～【看着點兒】｜聽住～【聽着】。

嚟得切 lai⁴ dak⁷ tsit⁸ 來得及：你而家去買票仲～【你現在去買票還來得及】。

嚟㗎 lai⁴ ga³ 語氣詞，用在判斷句後以加強肯定或疑問的語氣：呢啲係參湯～！你以為係茶呀【這是人參湯！你以為是茶嗎】？

嚟緊頭 lai⁴ gan² tau⁴ 時間就要到了；快到了：開場時間～喇，快啲行啦【開場時間就要到了，快點走吧】。｜佢四十都～喇【他快到四十了】。

嚟唔切 lai⁴ m⁴ tsit⁸ 來不及：你仲唔快啲行，就快～喇【你還不快點走，快來不及了】。

禮拜 lai⁵ baai³ ❶ 星期：三個～【三個星期】｜～四【星期四】。❷ 星期天：今日～，去邊度玩呀【今兒星期天，上哪兒玩呢】？❸ 參加基督教星期天或重大節日舉行的宗教儀式：做～。

禮券 lai⁵ hyn³ 送禮用的銀行現金券。

禮衣邊 lai⁵ ji¹ bin¹ 衣字旁兒，衣補兒（漢字的偏旁「衤」）。

禮義廉 lai⁵ ji⁶ lim⁴【謔】「禮義廉恥」缺了「恥」字，嘲諷別人無恥。

禮數 lai⁵ sou³ 禮節；禮貌：你全家人都好好～【你們全家人都很有禮貌】。

覼 lai⁶ 瞟；瞪；用眼角看人：老闆～咗佢一眼，佢就唔敢出聲喇【老闆瞟了他一眼，他就不敢開口了】。

荔枝乾 lai⁶ dzi¹ gon¹ 曬乾的荔枝果肉。

荔浦芋 lai⁶ pou² wu⁶ 原產於荔浦的一種芋頭，是芋頭中最好的一個品種。

勵志 lai⁶ dzi³ 有教育意味的、有激勵人心作用的：～歌曲【激勵人心的歌曲】｜佢寫啲文章好～【他寫的文章很有鼓勵人奮發向上的作用】。

例飯 lai⁶ faan⁶ 餐館裏有預定份量、標準的飯菜。

例規 lai⁶ kwai¹ 規則；條例：呢件事可以靈活處理，～係死的，人係生嘅【這件事可以靈活處理，規則是死的，人是靈活的】。

例牌 lai⁶ paai²* ❶ 照例的；時時如此的；老一套的，不變的：～節目【老一套的節目】｜～笑容【不變的笑容】。❷ 一般慣例大小的份量（指餐廳的菜餚）：要一個拼盤，～嘅，再要半隻燒鴨【要一個拼盤，就是一般那麼大的，再要半隻烤鴨】。

例牌菜 lai⁶ paai²* tsoi³ 當天固定的標準菜餚：～平啲【標準菜餚比較便宜】。

例湯 lai⁶ tong¹ 原指飯店供應的以豬肉為主要材料的湯，後來泛指餐館中每天供應的預定的湯。

甩咳 lak⁷ kak⁷ ❶ 崎嶇不平：條路咁～，要開慢啲先得【這條路這麼崎嶇不平，要（把車）開慢點兒才行】。❷（說話）不流利；結結巴巴：佢講嘢鬼咁～，仲想做司儀【他說話那麼結結巴巴的，還想做司儀】？

勒 lak⁹ 把（尿、屎）：同個啤啤～下尿【給孩子把把尿】。

簕 lak⁹（植物的）刺。

冧¹ lam¹ 花蕾。同「花冧」。

冧² lam¹ ❶ 哄；用好話討別人喜歡：你咁

有本事，實～到個大客啦【你這麼有能耐，肯定能討那個大主顧的喜歡】。❷被別人哄得心裏很高興：佢收到男朋友送嘅花成個樣～晒【她收到男朋友送的花整一副幸福得快醉了的樣子】。

冧酒 lam[1] dzau[2] 朗姆酒；（甘蔗汁製的）糖酒。英語 rum 的音意合譯詞。

冧歌 lam[1] go[1] 抒情歌；深情的歌曲（多指以愛情為主題的歌）：佢哋最中意聽啲男歌星唱～【她們最喜歡聽那些男歌星唱深情的流行歌曲】。

冧篷頭 lam[1] pung[4] tau[2]* 寶蓋頭；寶蓋兒（漢字偏旁「宀」）。又稱「冧公頭」。

冧 lam[3] ❶ 倒塌；坍塌；崩塌：～樓【樓房倒塌】｜～山泥【山坡崩塌】。❷ 死：叫人揼～佢【找人幹掉他】。

冧檔 lam[3] dong[3]「冧」為倒或崩塌，「檔」指「檔口」即「攤子」。「冧檔」指幹活或做生意的地盤沒有了，即事情失敗或公司倒閉：佢哋想我哋～，冇咁容易【他們想讓我們垮台，沒那麼容易】！

林擒 lam[4] kam[4] ❶ 喉急；狼吞虎嚥：你食嘢唔好咁～【你吃東西不要這麼狼吞虎嚥的】。❷ 忙不迭；急急忙忙；快而馬虎：繡花呢樣嘢要細心加埋耐心，咁～點得呀【繡花這種活兒要細心加耐心，急急忙忙怎麼行】？

林林沈沈 lam[4] lam[4] sam[2] sam[2] ❶ 林林總總；雜七雜八：舖頭雖然細，但係啲商品～都有幾百種【商店雖然小，但商品林林總總的也有好幾百種】。❷ 凌亂；雜亂無章：你做乜嘢搞到間房～啫【你幹嘛把房間弄得亂七八糟的】？

林沈 lam[4] sam[2] ❶ 形容事情拉雜；雜七雜八；零零碎碎：聽日去旅行仲有好多～嘢要準備【明天去旅行還有很多拉拉雜雜的事要準備】。｜我落街買啲～嘢【我下樓去買點零碎東西】。❷ 麻煩的；烏七八糟的：你搞埋啲～事唔好煩到我【你要搞那些烏七八糟的事可別給我添麻煩】。

淋 lam[4] 澆：～花【澆花】。

淋油 lam[4] jau[2]* 在機構、私人住宅外牆、門扇上面潑塗油漆顏料等以進行威脅或追討欠債。這是債務方進行的非法行為：公司琴晚畀人～【公司昨晚被人潑油漆】。

臨急開坑 lam[4] gap[7] hoi[1] haang[1] 臨渴掘井；臨時抱佛腳：讀書要平時努力，到考試先～有用嘅【讀書要平時努力，到考試才臨渴掘井是沒用的】。

臨急臨忙 lam[4] gap[7] lam[4] mong[4] 事到臨頭；事情很緊急。亦作「臨時臨急」：你唔早啲撲飛，而家～好難買到【你不早點兒搞票，現在事到臨頭票是很難買到的】。

臨記 lam[4] gei[3]（拍電影時請的）臨時演員、群眾演員。

臨老學吹打 lam[4] lou[2] hok[9] tsoey[1] da[2]【俗】臨老了再學新行當，有為時已晚之意。

臨尾香 lam[4] mei[5] hoeng[1]「香」即失敗。在最後階段失敗；功敗垂成：仲以為贏波添，點知臨完場畀人哋連入兩球，真係～【還以為贏球呢，誰知道終場前被人家連進兩球，真是功敗垂成】。

臨時臨急 lam[4] si[4] lam[4] gap[7] 同「臨急臨忙」。

臨天光賴尿 lam[4] tin[1] gwong[1] laai[6] niu[6]【俗】快天亮了才尿床，比喻功敗垂成，功虧一簣。

臨屋 lam[4] nguk[7] 即「臨時房屋」。政府搭

建的臨時性房屋。一般為兩層簡易房，設施較簡陋。通常用於供災民或因遷拆重建等原因需要臨時居所的人居住。這些人經過排隊輪候，最終會獲分派政府興建的公共房屋。

□ lam⁵ 沾：～啲麵粉炸魚【沾點麵粉炸魚】。

掭 lam⁶ 摞；堆疊；碼：～幾本書當枕頭【摞幾本書當作枕頭】。｜啲柴枝就～喺個爐側邊啦【木柴就堆在爐子旁邊吧】。

掭人山 lam⁶ jan⁴ saan¹ 疊羅漢：你細個有無玩過～【你小時候玩過疊羅漢沒有】？

冧班 lam⁶ baan¹ 留級；留班：校長話佢個仔考試唔合格要～【校長說他兒子考試不及格要留級】。

冧莊 lam⁶ dzong¹ 再次當莊家：啱啱係我莊家，呢鋪我贏咗，又係我～【剛才是我坐莊，這把我贏了，還是我坐莊嘛】。

撚（閵） lan² 男性生殖器；陽具。同「撚²（nan²）」。

掕 lang³ 量詞。串：一～荔枝【一串荔枝】｜行完公司，個個一抽一～噉出嚟【逛完百貨公司，一個個大包小袋的走出來】。

棱 lang³ 又作 lang⁴。鞭打留下的傷痕：佢畀人打到成身都係～【她被人鞭打得渾身都是傷痕】。

笠 lap⁷ ❶ 竹簍。❷（從上往下）套；罩；穿戴：～多件冷衫【多穿件毛衣】｜劫匪頭部～住絲襪【劫匪的頭部罩着絲襪】。❸「笠高帽」的省稱。捧；戴高帽：我中意聽多啲批評意見，唔好成日～我【我喜歡多聽些批評意見，別老給我戴高帽】。

笠記 lap⁷ gei³【諧】即「笠衫」。套頭汗衫：牛記～【穿牛頭褲（短褲）和套頭汗衫】。

笠高帽 lap⁷ go¹ mou²* 戴高帽（吹捧、恭維人）：你以為同 Miss ～佢就會畀高分你咩【你以為給老師戴高帽她就會給你高分嗎】？

笠衫 lap⁷ saam¹ 套頭汗衫。

立立亂 lap⁹ lap²* lyn⁶ ❶ 亂糟糟；亂七八糟：間屋搞到～噉，執下佢喇【房間搞得亂糟糟的，收拾一下吧】。❷ 心神不安；心亂如麻：我而家個心～噉，揸唔到主意【我現在心裏亂糟糟的，拿不了主意】。

立亂 lap⁹ lyn⁶ 亂；雜亂：廚房啲嘢咁鬼～都唔執下【廚房裏的東西這麼雜亂都不收拾一下】！

立亂 lap⁹ lyn²* 胡亂；隨便：唔識就唔好～講【不懂就不要胡說】！｜人哋啲嘢唔好～攞【人家的東西別亂拿】。

立時間 lap⁹ si⁴ gaan¹ 一下子；時間短促。又作「霎時間」。

甩 lat⁷ ❶ 脫落；掉：～色【掉色】｜佢好後生（很年青）就開始～頭髮【他很年輕就開始掉頭髮了】。｜走唔～【跑不掉】。❷ 用手指來辨認麻將牌、骨牌等：佢隻隻牌都～到，就係～唔到呢隻「紅中」【他甚麼牌都可以憑手感辨認，就是辨不出這隻「紅中」】。

甩底 lat⁷ dai² 不守承諾；失約；失信：佢應承咗過嚟幫我搬屋，估唔到佢會～【他答應過來幫我搬家的，沒想到他會失信】。｜我幫你約咗佢喇，唔好～呀【我替你約好她了，可別失約啊】。

甩肺 lat⁷ fai³ 形容被人打得半死或十分勞

累：做到～【幹活累得半死】｜你再唔還錢，我搵人打到你～【你再不還錢，我找人打你個半死】。

甩骹 lat7 gaau3 關節脱臼：佢係～嘅啫，骨頭應該冇事【他只是脱臼，骨頭應該沒事】。

甩下巴 lat7 ha6 pa4 ❶掉下巴；下巴脱臼：笑到～【笑掉下巴】。❷引指爽約、説話不算數：你應承咗就要做到，唔好～【你答應了就要做到，別説話不算數】。

甩期 lat7 kei4 失期；脱期；延誤了預定日期、時機：批出口南非嘅貨聽日一定要運到，唔係一～就要等半個月後先有船去㗎喇【那批出口去南非的貨明天一定要運到，要不一延誤了日期就要等半個月才有船去了】。

甩甩離 lat7 lat7 lei4 快要脱落的樣子：個櫃桶底～喇，快啲整下啦【抽屜底板要掉了，趕快修修】。

甩甩離離 lat7 lat7 lei4 lei4 支離破碎或破破爛爛的樣子：張摺椅～嘅，點坐得呀【那把摺疊椅子破破爛爛的，怎麼能坐人呢】？

甩牌 lat7 paai2* 用手指來辨認麻將牌、骨牌等。引申為用力慢慢地從邊緣揭開紙牌。

甩皮甩骨 lat7 pei4 lat7 gwat7 破爛或殘舊得很嚴重：你啲書～，想留畀細妹用都好難【你的這些書「皮開肉綻」的，想留給妹妹用都不行】。

甩身 lat7 san1 脱身：仔仔冇人湊，我甩唔到身【兒子沒人帶，我脱不開身】。｜佢話要追究到底，你想～都好難【他説要追究到底，你想脱身不容易】。

甩手 lat7 sau2 脱手；賣出（指賣出貨物）：件古董有瑕疵，好難～【這件古董有瑕疵，很難脱手的】。

甩色 lat7 sik7 掉色：件衫洗咗一次就～【這件衣服剛洗一次就掉色】。

甩線 lat7 sin4 縫線綻開：你個衫袖甩咗線喎【你的袖子縫線綻開了】。

甩繩馬騮 lat7 sing2* ma5 lau1 脱了繩子的猴子。喻指到處亂跑、蹤跡難尋的人：個仔一放學就好似～嘅，都唔知去咗邊【兒子一放學就好像脱了韁的野馬，不知道上哪兒去了】。

甩鬚 lat7 sou1 原指舊時戲劇演員演出時掛在臉上的鬍鬚脱落而當場獻醜。引指丟人現眼；出醜；出洋相：佢畀人問到口啞啞，當堂～【他被人問得張口結舌，當場出醜】。

甩拖 lat7 to1 ❶失戀；與情人分手：佢啱啱同女友甩咗拖，心情唔靚【他剛剛跟女友分手，心情不好】。❷同「失拖」。

甩青 lat7 tseng1（搪瓷器皿）掉了瓷：阿爺個嗽口盅～甩到連原先嘅顏色都睇唔出【爺爺的搪瓷漱口缸掉瓷掉得連原先的顏色都看不出了】。

摟 lau1 ❶披：夜喇，～多件褸【夜深了，多披件大衣】。❷蒙；蓋：新娘用紅布～住個頭【新娘子用紅布蒙着頭】。❸（蒼蠅、螞蟻等小昆蟲）爬；叮：啲烏蠅響蛋糕上～嚟～去【蒼蠅在蛋糕上爬來爬去】。｜蟻多～死象【螞蟻多了連大象也咬得死（比喻人多力量大或聯合起來就可以弱勝強）】。

摟口摟面 lau1 hau2 lau1 min6 小飛蟲撲到臉上叮人：我去鄉下至驚一樣嘢，就係啲蚊仔～噉飛嚟飛去【我到鄉下最怕一件事，就是那些蚊子兜頭兜臉的飛來飛去】。

摟蓑衣救火——惹火上身

lau¹ so¹ ji¹ gau³ fo² je⁵ fo² soeng⁵ san¹【歇】披着蓑衣救火，惹火來燒。喻指自找麻煩，自尋危險。

摟錯人皮 lau¹ tso³ jan⁴ pei⁴ 白披了一張人皮。指騙子、偽君子：親戚朋友佢都呃，真係～【親戚朋友他都騙，真是白披了一張人皮】。

褸 lau¹ 大衣：長～【長大衣】｜短～【短大衣】。

褸丘 lau¹ jau¹ 衣衫穿得很破爛：狗咬～人【狗咬衣服穿得破爛的人】。

褸裙 lau¹ kwan⁴ （小孩子用的）斗篷。

褸尾 lau¹ mei¹* 後來，同「後尾」。

褸被 lau¹ pei⁵ 嬰兒或幼童用的連帽薄被，通常在小孩被大人背在背後時用於禦寒。

樓 lau²* ❶ 樓房：一幢～【一棟樓房】｜唐～【舊式樓房】。❷ 一套房子：有～收租｜炒～【炒買炒賣房屋】｜我收入咁低，點買得起～【我收入那麼低，哪裏買得起房子】。

樓齡 lau²* ling⁴ 樓房的「年齡」：呢棟樓～五年，都算好新喇【這棟樓蓋了五年，算是挺新的了】。

嘍 lau³ ❶ 邀約：佢～我一齊去食料理【他邀我一塊兒去吃日本菜】。❷ 勸；鼓動：佢～我辭咗職去做生意【他鼓動我辭了職去做生意】。

嘍打 lau³ da² 向對方挑釁；挑起打架。意同「撩交」：你哋咁多人衝晒入嚟，係咪想～呀【你們那麼多人一起衝進來，想打架嗎】？

嘍口 lau³ hau² 口吃；結巴：佢講嘢有少少～【他說話有點兒結巴】。

流 lau⁴ 次等；劣等；假的。通常與「堅」相對：～嘢【次品；假貨；假消息】｜～料【假的消息】｜～定堅【假的還是真的】？｜佢哋賣嗰啲人參，多數都係～嘅【他們賣的那些「人參」，大多是假的】。

流電 lau⁴ din⁶（指代）虛假消息。又作「流料」。

流動電話 lau⁴ dung⁶ din⁶ wa²* 移動電話，手機。

流行榜 lau⁴ hang⁴ bong² 流行歌曲的一種排名榜。排名次序根據歌曲的流行成績而定：呢首歌喺「國語歌曲～」入面排第二位【這首歌在「國語歌曲排行榜」上排第二位】。

流口水 lau⁴ hau² soey² 喻指成績、質量低劣：呢件衫着咗兩日就甩鈕，真係～【這件衣服穿了兩天就掉扣子，真差勁】。

流嘢 lau⁴ je⁵ 次品；偽劣產品；假消息：使咁多錢買咗個～，你話激唔激氣吖【花這麼多錢買了個偽劣產品，你說惱不惱火】？｜呢家雜誌嘅報道，好多係～嚟㗎【這家雜誌的報道，很多是虛假新聞】。

流流 lau⁴ lau⁴ ❶ 用在表示時間的詞語之後，表示「正當……的時候」之意，用法類似於普通話「大……的」：晨早～【大清早的】｜過年～【大過年的】｜新年～，唔好講呢啲說話【正當新年的，別說這些話】。❷ 長久。同「流流長」。❸ 用於特定的對象之後，下接表示規勸的句子，作用類似於普通話中「女孩子家」這一說法中的「家」字：女仔～，唔好成日出夜街【女孩子家，別老是晚上出去外面逛】。

流流長 lau⁴ lau⁴ tsoeng⁴（日子、時間）長久：一世～【一輩子長着呢】｜一年

～【一年（時間）那麼長】。

流離浪蕩 lau4 lei4 long5 dong6 流轉離散；到處漂泊，沒有一定住處：佢一生～【他一生到處漂泊】。

流料 lau4 liu2* 虛假消息：聽講銀行股會升，我懷疑係莊家特登作出嚟嘅～【聽説銀行股會升值，我懷疑是莊家故意捏造的假消息】。

流馬尿 lau4 ma5 niu6【謔】哭鼻子；流淚。

流蚊飯 lau4 man1 faan6【謔】流血。血是蚊子的「飯」，故稱：一拳就打到你～【一拳就打到你流血】。

流鶯 lau4 ngaang1（營業場所不固定的）暗娼。

流選 lau4 syn2 選舉無效或無法舉行。

流會 lau4 wui2* 因人員缺席過多、不足法定參與人數而導致會議臨時取消。

琉璃燈盞 lau4 lei4 dang1 dzaan2 一種蜻蜓名。

琉璃油 lau4 lei4 jau4 寺廟中琉璃燈中的油，只有上面薄薄的一層，油下面注水，故以此表示外表漂亮裏面不好之意：佢睇落好靚仔，查實係～【他外貌英俊，其實是繡花枕頭】。

琉璃獸 lau4 lei4 sau3 琉璃做的動物小玩具：爸爸買幾個～畀我玩【爸爸買幾個琉璃做的小貓、小鳥玩具給我玩】。

留班 lau4 baan1 留級。

留返啖氣暖下肚 lau4 faan1 daam6 hei3 nyn5 ha5 tou5【俗】勸人要忍耐，不要生氣：你發火鬧佢都冇用，～啦【你對他發怒也沒用，還是忍一忍保重身體吧】。

留醫 lau4 ji1 住院治療：醫生話要你～觀察【醫生説要你住院觀察】。

留嚟煲醋 lau4 lai4 bou1 tsou3【俗】留着沒用；留着不如用掉：你有咁多年假唔放～咩【你有那麼多假期，白白留着有啥用呢】？

留力 lau4 lik9 保存實力或力氣：長跑一開始唔好走太快，要～至得【長跑一開始不要跑太快，要保存力氣才行】。

留案底 lau4 ngon3 dai2 犯罪者的罪行被司法部門記錄存檔。「案底」，即犯罪記錄。留有案底者，日後就業、出國旅行或定居等將受到影響。

留堂 lau4 tong4 學校對學生的一種處罰方法，即放學後不讓學生回家而將其留在課室或辦公室裏。

劉備借荊州，一借冇回頭 lau4 bei2* dze3 ging1 dzau1 jat7 dze3 mou5 wui4 tau4【俗】喻指借東西或借錢不還：你唔好借錢畀佢呀，佢～㗎【你別借錢給他，他借了錢不還的】。

樓底 lau4 dai2 建築物裏面天花板離地面的高度：舊式唐樓～高啲【舊式中國式樓房樓層間的高度高點兒】。

樓頂 lau4 deng2 天花板：我企喺食飯枱可以摸到～【我站在飯桌上就可以摸到天花板了】。

樓陣 lau4 dzan6 樓房的框架結構，材料通常是木頭或鋼筋。又簡稱作「陣」：屋裏面裝修拆牆點都唔可以郁到條～【屋裏裝修拆牆怎樣也不能動大廈的框架結構】。

樓花 lau4 fa1 尚未建造或尚未建成的商品樓房（建築商往往以出賣這種圖紙上的「樓房」的業權來籌集建築費用）：賣～｜炒～【炒買炒賣尚未建成的樓房（的業權）】。

樓下 lau⁴ ha⁶（在某數字）以下：喺呢區呎價一萬蚊樓下嘅樓好少喇【這個區很少有每平方英呎一萬元以下的房子】。

樓蟹 lau⁴ haai⁵ 喻指以較高價格買入樓房，卻因樓市低迷無法賣出、供款壓力很大的炒買炒賣樓房者。「蟹」原喻指在證券市場交易中被套牢的人，因其如被捆的螃蟹般無法掙扎，故稱（大閘蟹）。

樓宇 lau⁴ jy⁵ 樓房：住宅～【住家樓房】｜～維修【樓房維修】。

樓契 lau⁴ kai³ 房地產證，即房屋產權證明書。

樓面 lau⁴ min²* 酒店、餐館、茶樓等服務性行業的營業區（樓層）。借用於指代飲食業服務員：～好闊【營業區面積很大】｜做～【做服務員（工作）】。

樓盤 lau⁴ pun²* 指供買賣的房子：呢個區嘅～，我哋公司有好多【這個區可供買賣的房子，我們公司有很多】。

樓市 lau⁴ si⁵ 房產交易：～活躍【房產交易活躍】。

樓上舖 lau⁴ soeng⁶ pou³ 在二樓以上樓層開設的商店。這種商店的店租通常較為便宜。

樓上書店 lau⁴ soeng⁶ sy¹ dim³ 亦作「閣樓書店」。一般指開在樓房閣樓層的書店。因樓房通常為「舊樓」，店舖又不在街道上，租金較為便宜，經營成本相對低廉。

漏 lau⁶ 遺漏；落下：我～咗本筆記係課室度【我把筆記本落在課室裏了】。｜我～咗句說話唔記得講【我漏了句話忘了說】。

漏底 lau⁶ dai² 暴露了秘密：你講嘢小心啲，因住～【你講話小心點兒，當心暴露了秘密】。

漏雞 lau⁶ gai¹ 錯過了機會。同「走雞」：今次免費旅遊你～嘞【這一次免費旅遊你錯過機會了】。

漏氣 lau⁶ hei³ ❶ 跑氣：個車胎～，要補下【這個車胎跑氣了，要補補】。❷ 形容人做事拖沓：話明七點集合，佢咁～【說好七點集合，怎麼他這麼拖沓呢】？

漏氣橡皮波——吹唔脹掹唔長 lau⁶ hei³ dzoeng⁶ pei⁴ bo¹ tsoey¹ m⁴ dzoeng³ mang¹ m⁴ tsoeng⁴【歇】漏了氣的橡皮球，吹不起來又拉扯不長。形容一個人疲沓，推不動，拉不走，叫人無可奈何：你叫佢做乜，佢嘟都唔嘟，真係～【無論你叫他做甚麼事情，他都不肯做，真叫人無可奈何】。

漏夜 lau⁶ je⁶ 連夜：～趕工【連夜（加班）趕活兒】。

漏罅 lau⁶ la³ ❶ 漏縫兒。❷ 漏洞；差錯：佢份人好均真，做嘢冇～嘅【他為人很認真，不會出漏洞的】。

瘺□ lau⁶ bau⁶ ❶ 肥胖（臃腫而行動不便）。❷ 臃腫：着到咁～，係唔係真係咁凍呀【穿得這麼臃腫，是不是真有那麼冷呀】？

咧咁□ le² gam³ he³ ❶ 匆匆忙忙：佢～就走咗【她匆匆忙忙就走了】。❷ 狼狽；手忙腳亂；手足無措：佢搞到我～【她搞得我很狼狽】。❸ 做事沒有步驟，沒有計劃：你睇佢做嘢～，真係唔掂嗝【你看他做事情毫無計劃，真的不行】。

咧□ le² he³ 狼狽；夠嗆。又作「咧咁□」：佢趕唔切刷牙洗面就去返工，真係～【他顧不得刷牙洗臉就趕去上班，真狼狽】。

咧 le⁴ 語氣詞。表示商請對方同意或央求：一齊去～【一齊走吧】？｜畀我睇下～

【讓我看看吧】。

咧 le[5] 語氣詞。❶ 表示事情不出所料：我都話係佢寫嘅，冇錯～【我都說是他寫的，沒錯吧】？❷ 表示堅持自己的看法、意見：我唔想去～【我真的不想去】。｜信我啦，我係唔識佢嘅～【沒騙你，我確實不認識他嘛】。

咧□ le[5] fe[5] 吊兒郎當；衣冠不整：件衫跌咗粒紐，褲又冇熨，咁～點出門呀【衣服掉了個扣子，褲子又沒熨，衣冠不整的怎麼出門呢】？

喱士 lei[1] si[2]* 又稱「蕾絲」。通花（網狀、帶孔的）織品；花邊。英語 lace 的音譯詞，：～衫【通花衣服】｜領口～【領口通花花邊】。

厘戥 lei[4] dang[6] 戥子；一種用來稱藥品或金銀珠寶的小桿秤。

厘定 lei[4] ding[6] 制定（標準）：商品價格嘅～係要兼顧利潤同埋消費者嘅承受力【商品價格的制定是要兼顧利潤和消費者的承受力】。

厘印 lei[4] jan[3] 又作「厘印費」，即「印花稅」。

離地 lei[4] dei[6] 形容人脫離現實，尤其指對基層群眾的處境不了解：你連地鐵都未迫過，你真係好～【你連擠地鐵都沒試過，真是不知民間疾苦】！

離島 lei[4] dou[2] 指香港特別行政區所屬的幾個外圍島嶼，與「港島」、「九龍」相對。

離行離迾 lei[4] hong[4] lei[4] laat[9] ❶ 並排的兩者，距離很遠。「一迾」即「一列」、「一排」：佢兩個行到～，邊度似拍拖吖【他倆並排走路還隔那麼遠，哪兒像談戀愛呢】。❷ 不成行列，又引申為（錯得）一塌糊塗：抄幾個字就錯到～【抄了幾個字就錯得一塌糊塗】。

離奶 lei[4] naai[5] 小孩斷奶，不再吃母奶：個啤啤要～，晚黑同老竇瞓【這孩子要斷奶，晚上跟爸爸睡】。

離天隔丈遠 lei[4] tin[1] gaak[8] dzoeng[6] jyn[5] 相隔很遠；路途遙遠，又作「離天九丈遠」：我住香港，你喺北京，～，見一面都好難【我住香港，你在北京，相隔遙遠，見一面很難】。

籬更竹 lei[4] gaang[1] dzuk[7] 竹子的一個品種，又稱「籬經竹」或「籬竹」。通常用來做籬笆。

㦡 lei[5]（船）帆：有風駛盡～【順風就掛滿帆（比喻人在順境時充份利用優勢，不留餘地）】。

裏 lei[5] 裏子：呢件皮褸用絲綢做～【這一件皮大衣用絲綢做裏子】。

利 lei[6] 鋒利；快：把刀好～【刀很鋒利】。

利便 lei[6] bin[6] 便利；方便：香港交通好～【香港的交通很便利】。

利疊利 lei[6] daap[9] lei[5] 利上加利；利息滾利息：借咗大耳窿嘅錢，～就還唔清嘞【借了高利貸，利息滾利息就還不清了】。

利得稅 lei[6] dak[7] soey[3] 香港的一種直接稅。商業、專業機構、個人在某一計稅年度內因其商業或專業服務所得盈利減去成本等合理開支後，需按純利的一定比例繳納這種稅收。利得稅是香港政府的主要財政收入來源之一。

利好 lei[6] ho[2] 對金融、股票、期貨等市場有利的：～消息｜股市急升係各種～嘅因素造成嘅【股市急劇上揚是各種有利於投資者的因素造成的】。

利利是是 lei[6] lei[6] si[6] si[6]「利」又音 lai[6]。祝福人一切順順利利，沒有不吉利的事發生：第一次見你個仔仔畀封利是，～【頭一回見你的小兒子給個紅包（希望他）順順當當的】。

利是 lei6 si6 有時寫作「利市」。「利」又音 lai6。❶ 在除夕或春節期間大人給小孩的壓歲錢、紅包：恭喜發財，～拇來【恭喜發財，紅包拿來】。❷ 辦喜事時酬謝親友幫忙而贈送的錢，也指給替自己辦事者的賞金：啲工友咁落力幫你搬屋，你應該畀返封～人哋【工友這麼賣力幫你搬家，你應該給人家一個紅包】。❸ 吉利：呢間屋有人喺度自殺過，唔～，唔好買呀【這間房子曾有人自殺，不吉利的，別買】。

利是封 lei6 si6 fung1「利」又音 lai6。裝「利是」錢的小紅紙袋。

脷 lei6 舌頭。粵語中「舌」與「蝕本（即虧本）」的「蝕」同音，為避其忌而改用「吉利」、「盈利」的「利」字加月構成「脷」字：豬～【豬舌頭】｜伸條～出嚟【把舌頭伸出來】。

脷根 lei6 gan1 舌頭的根部；舌根：黐～【大舌頭】。

脷刮 lei6 gwaat8 刮舌子（刮除舌面污垢的用具）。

脷䆐䆐 lei6 loe2 loe2 説話含糊不清：佢講嘢～【他説話含混不清】。

脷苔 lei6 toi1 舌苔。

叻 lek7 聰明能幹；有本事；棒：個仔讀書好～【兒子讀書挺聰明的】。｜佢至～車大炮啦【他最拿手的就是吹牛】。

叻到𠵱 lek7 dou3 man3 聰明透頂；棒極了；非常能幹：佢個女～【她的女兒能幹極了】。

叻仔 lek7 dzai2 ❶ 聰明的孩子；聰明的兒子：你個仔係～嚟嘅【你兒子挺聰明的】。❷ 聰明人；能人。（多用以指年輕人）。❸ 聰明；能幹：你咁～，做乜唔去考博士呀【你這麼聰明，幹嘛不去考博士呢】？

叻唔切 lek7 m4 tsit8 形容人搶出風頭，迫不及待地表現自己：主持人問題都未問完，佢就～噉搶住答【主持人的問題還沒問完，她就迫不及待地搶着回答】。

叻女 lek7 noey2* ❶ 聰明的女孩子；聰明的女兒。❷ 聰明人（用以指女性，尤其是年輕女性）。❸ 聰明；能幹（多用以形容年輕或年少的女性）：佢好～【她很聰明】。

壢 lek9 畦：一～菜【一畦菜】。

舐 lem2 又作「䑛（laai2）」。舔：隻貓用條脷～乾淨啲毛【貓用舌頭把毛舔乾淨】。

舐舐脷 lem2 lem2 lei6 舔舔嘴唇；形容嚐到美味食物後的感覺：佢煮嘅餸食到個個～【她炒的菜好吃，大家都吃得津津有味】。

嚫 leng1【俚】對黑社會大哥的手下的稱呼：佢條～【他的手下】｜你啲～得罪咗我哋大佬【你的手下得罪了我們「大哥」】。

嚫仔 leng1 dzai2 ❶ 小子；小孩子。❷ 男孩子（指青少年）；傢伙：喺屋企啲～嘈喧巴閉【在家裏小孩吵吵嚷嚷的】｜死～【臭小子】。

嚫□ leng1 keng1 小子；小傢伙（指小孩）。

嚫模 leng1 mou4 少女模特兒。

嚫妹 leng1 mui1* 小妞兒；小女孩。與「嚫仔 ❶」相對：個～咁細個就學人拍拖，真係世風日下【這女孩年紀輕輕就學別人談戀愛，真是世風日下】。

靚妹仔 leng[1] mui[1]* dzai[2] ❶ 女孩子（一般指青少年且略含貶意），與「靚仔 ❷」相對：好多～細細個學人食煙【很多女孩子年紀輕輕的就學人家抽煙】。

零 leng[2]* 多一點（後面不能有詞）：個～【一塊多一點】｜六點～【六時多】。

靚 leng[3] ❶ 漂亮；美麗；美：風景好～【風景很美】。❷ 品質好；上乘：呢隻料好～【這種料子質量很好】。❸ 動聽；悅耳：～歌【動聽的歌】｜佢把聲好～【她的聲音很悅耳】。❹ 感覺好；舒心；合意：心情～【心情好】｜走勢好～【走勢合乎理想】。

靚爆鏡 leng[3] baau[3] geng[3]【謔】比喻非常漂亮：你唔使化妝都～啦【你不用化妝都已經漂亮極了】。

靚到㸆一聲 leng[3] dou[3] dam[2] jat[7] seng[1]【俗】漂亮得不得了。「㸆」為東西落水的聲音。

靚仔 leng[3] dzai[2] ❶ 漂亮的小伙子、男孩子；帥哥。❷（青少年打扮得）漂亮：今日咁～，係唔係去拍拖呀【今天（穿得）這麼漂亮，是不是約了女朋友呀】？❸ 飲食行業用語。指白飯。

靚女 leng[3] noey[2]* 年輕漂亮的女性；漂亮妞兒。

零 leng[4] 放在整數或量詞之後，表示有零頭，多：千～蚊【一千多元】｜佢五十～歲嘞【她五十多歲了】。

鯪魚 leng[4] jy[2]* 同「土鯪魚」。

靈擎 leng[4] keng[4] 靈驗：醫肚痛，呢隻藥幾～㗎【治肚子疼，這藥挺靈驗的】。

領當 leng[5] dong[3] 同「領嘢」。

領嘢 leng[5] je[5] 上當：信佢？噉你就～喇【信他？那你就上當了】。

領呔 leng[5] taai[1] 領帶。英語 tie 的意音合譯。

哩哩啦啦 li[4] li[4] la[4] la[4] 形容動作迅速、利落。意近普通話「三下五去二」：佢～四個餸一個湯就煮好晒【她三下五去二地四個菜一個湯就全煮好了】。

叻幣 lik[7] bai[6] 新加坡貨幣。因新加坡舊稱「叻埠」，故稱。

叻埠 lik[7] fau[6] 新加坡。「叻」來自馬來文 Selat 的後一個音節。

叻架 lik[7] ga[2]* 清漆；凡立水。英語 lacquer 的音譯詞。

力康雞 lik[9] hong[1] gai[1] 力行雞；來亨雞。源自意大利的一種蛋用雞，蛋殼白色，毛色也以白色為主。「力康」是英語 leghorn 的音譯。

斂嘴斂脷 lim[2] dzoey[2] lim[2] lei[6] 舔嘴咂舌的，形容吃相不雅。「斂」又音 lem[2]（舐）：你食嘢唔好～啦，好難睇【你吃東西時別舔嘴唇伸舌頭的，很不雅觀】。

廉政公署 lim[4] dzing[3] gung[1] tsy[5] 簡稱「廉署」。香港政府於 1974 年設立的打擊貪污、舞弊和非法行為的專門機構。該署以肅貪倡廉為目標，獨立運作，僅對特區行政長官（以前是港督）負責。

廉租屋 lim[4] dzou[1] nguk[7] 香港政府興建的以低廉租金出租的房屋，現統稱為「公共屋邨」，簡稱「公屋」。

廉記 lim[4] gei[3] 廉政公署的俗稱。

鑾 lin[2]* 量詞。條，塊（長而大的）：一～豬肉。

撻 lin[2]* 鬥，競爭：～車【比賽開快車】｜你咁有實力一於同佢～過【你這麼有實力乾脆跟他拼一拼】。

鏈 lin2* ❶ 鏈兒；鏈條：頸～【項鏈】｜單車～【自行車鏈條】。❷ 發條：上～【上發條】。

鏈冚 lin2* kam2（自行車的）鏈套。

連汁都撈埋 lin4 dzap7 dou1 lou1 maai4 連湯汁都吃掉，喻指一點兒好處也不剩。

連中三元 lin4 dzung5 saam1 jyn4 科舉制度中，同時考中解元、會元、狀元。引指球賽中一個球員入三球，或者一支球隊連贏三場。

連氣 lin4 hei3 一連；連續：～幾個禮拜【一連幾個星期】｜～打兩場波【連續打了兩場球】。

連戲 lin4 hei3 演員的形象或表現，不會因為鏡頭剪接的關係而出現前後不連貫、不銜接：佢呢個鏡頭個人肥咗咁多，完全唔～【他這個鏡頭忽然變胖了，一點兒都不連貫】。

連贏 lin4 jeng4 賽馬術語。在一場賽事中投注的馬匹獲第一名及第二名（不計順序），即可獲取彩金。（買中「連贏」的彩金通常比買中「獨贏」、「位置」等要高。）

連埋 lin4 maai4 連同，加上……，一共：～今屆，佢哋已經攞咗三次冠軍【連同這一屆，他們已經拿了三次冠軍】。

連消帶打 lin4 siu1 daai3 da2 原為武術術語，指用一個連貫動作在化解對手攻勢的同時又展開反擊。引指用語言或動作同時進行防守及反擊：個龍門雙拳出擊，～，化解咗對方嘅攻門，又順便將球傳咗畀本方嘅前鋒【這個守門員雙拳出擊，一箭雙鵰，化解了對方的攻門，還順便把球傳給了本方的前鋒】。｜面對記者嘅問題，佢～，回應得乾淨利落【面對記者的提問，她既化解了各方質疑又作出反擊，回應得乾淨利落】。

連鎖店 lin4 so2 dim3 由一個大商業集團在一地，或一國乃至世界各地開設的一系列商店，其經營的範圍、方式基本相同，如麥當勞美式快餐店，香港的百佳、惠康超級商場等。

連環圖 lin4 waan4 tou4 連環畫：我細個嗰時會去租～睇【我小時候會去租連環畫看】。

蓮子口面 lin4 dzi2 hau2 min6 圓形的面龐。

蓮子蓉口面 lin4 dzi2 jung4 hau2 min6 美麗的笑臉：好多人中意佢嘅～【很多人喜歡她的美麗笑臉】。

蓮花杯 lin4 fa1 bui1 杯裝的冰淇淋。

蓮蓉 lin4 jung4 蓮子泥，以煮熟的蓮子搗爛並加糖調勻製成。通常用作包子、月餅的餡料。

蓮藕 lin4 ngau5 藕。

練習生 lin6 dzaap9 sang1 指在某些行業中提供給初入行的或沒有經驗的僱員的一種較低的職級，略似舊時的學徒工：我哋經理啱啱入嚟公司做嘢嗰陣，都係由～做起【我們經理剛來公司工作時，也是從最低那一級學徒做起的】。

練精學懶 lin6 dzeng1 hok9 laan5 指人做事不踏實、愛取巧：佢啱啱出嚟做嘢，就～，以後好難有乜成就【他剛出來工作就這麼愛取巧，以後很難有啥成就的】。

練馬師 lin6 ma5 si1 賽馬馬匹訓練員。

練仙 lin6 sin1 學道術；修仙：你食咁少，想～呀【你只吃一點點東西，想修仙呀】！

拎 ling1 ❶ 拿；取：～個杯過嚟【把杯子拿

過來】。｜你一次～咁多錢做乜嘢呀【你幹嘛一次取這麼多錢呢】？❷ 提；提着：你～住咁多嘢點行得嘟呀【你提着這麼多東西怎麼走得動呢】？

鈴冧鼓 ling^{1*} lam^{1} gu^{2} 撥浪鼓：我買咗個～畀個孫女【我買了一個撥浪鼓給小孫女】。

鈴鈴 ling^{1*} ling^{1*} ❶ 小鈴鐺。❷（道士做法事用的）法鈴。

鈴鈴喳喳都掉埋 ling^{1*} ling^{1*} tsa^{4} tsa^{2*} dou^{1} diu^{6} maai^{4}「鈴鈴喳喳」指道士的法鈴和鈸。道士把施法用具都扔掉了，比喻失敗得很慘或丟盔棄甲狼狽而逃。

烇 ling^{3} 鋥亮；物體光滑發亮：地板打過蠟～咗好多【地板打過蠟鋥亮了很多】。

烇擸擸 ling^{3} laap^{8} laap^{8} 鋥亮。同「擸擸烇」。

零丁 ling^{4} ding^{1} 形容數目較大但又有零頭，有「不整」之意：一個人夾二百零三個二，咁～【每個人出二百零三塊二毛，這數有點不太整齊】。

零零林林 ling^{4} ling^{4} lam^{4} lam^{4} 形容動作迅速，意近「嘁哩卡嚓」：我哋～就做完晒【我們嘁哩卡嚓一下子就做完了】。

零舍 ling^{4} se^{3} 特別；格外：今日去睇波嘅人～多【今天去看球的人特別多】。

零星落索 ling^{4} sing^{1} lok^{9} sok^{8} 七零八落的：以前幾百人一條村，而家～，淨返幾十個人【以前幾百個人的一個村子，現在七零八落的，只剩幾十口人】。

玲瓏浮突 ling^{4} lung^{4} fau^{4} dat^{9} 形容物件精巧細緻，清晰，有透明感和立體感。引申以形容女性身材的曲線凹凸有致。

伶牙利齒 ling^{4} nga^{4} lei^{6} tsi^{2} 口齒伶俐；能說會道：你個女～，做主持實掂【你女兒口齒伶俐，做主持人肯定行】。

靈灰 ling^{4} fui^{1} 骨灰：～閣【骨灰存放館】。

靈機一觸 ling^{4} gei^{1} jat^{7} dzuk^{7} 靈機一動：佢～，諗咗條絕橋【她靈機一動，想出一個妙計】。

靈媒 ling^{4} mui^{4} 舊時指具有通靈的神通（能夠與故人靈魂溝通）的人。

靈屋 ling^{4} nguk^{7} 用紙紮成、用以在葬禮上火化以供死者在「陰間」居住的「房屋」。

領袖生 ling^{5} dzau^{6} sang^{1} 有領導才能的學生，一般被挑選擔任各種學生組織中的領導人。

領銜 ling^{5} haam^{4} 牽頭演出；出演主要角色：～主演。

令到 ling^{6} dou^{3} 使得；導致：事頭朝令夕改，～啲僱員無所適從【老闆朝令夕改，使得僱員無所適從】。｜大雪～機場被迫關閉【大雪導致機場被迫關閉】。

另自 ling^{6} dzi^{6} 另外：佢個病會傳染，所以～坐開食飯【他的病會傳染，所以另外讓他坐在一邊吃飯】。

軳 lip^{7} 升降機；（升降式）電梯。英語 lift 的音譯詞：搭～【搭升降機】｜貨～【載貨電梯】。

獵頭公司 lip^{9} tau^{4} gung^{1} si^{1} 職業及人才中介公司。

䌁 lit^{8} ❶（繩、帶子的）結：綁個～【打個結】。❷ 節：竹～【竹節】。

裂 lit^{9} 裂紋：個砂煲底有條～【這個砂鍋底部有條裂紋】。

溜之趷之 liu^{1} dzi^{1} gat^{9} dzi^{1} 溜之大吉；逃走：賊仔趁機～【小偷趁機逃走了】。

鷯（了）哥 liu[1] go[1] 八哥。

吖啷 liu[1] lang[1] 形容事物罕見，或要求很特殊、刁鑽，意近北方話「各色」：佢要啲裝修材料好～㗎，瓷磚要有百合花嘅，水龍頭要真係有個龍頭嘅，廁所板都要有圖案嘅【他要的裝修材料挺各色的，瓷磚要有百合花（圖案）的，水龍頭要真有個龍頭狀的，坐廁板都要有圖案的】。

料 liu[2]* ❶餡兒。❷喻指學問、才幹、技術：佢啲～係咁多喇【他的能耐就這麼多了】。❸ 新聞線索；素材：做記者最緊要就係搵到～【做記者最關鍵的就是要捕捉到新聞素材】。❹ 泛指事情或事件的內容：乜嘢～【甚麼事】？｜你去參加嗰個講座有冇～到【你去參加那個講座有沒有甚麼有益的內容】？

繚 liu[2]*（字體）潦草：啲字寫得咁～【怎麼這些字寫得這麼潦草呢】？

撩 liu[2]*（用棍子、勺子、細長的東西等）挖；挑；攪弄：～耳仔【挖耳垢】｜用竹～開塊布佢【用竹竿把布挑開】。｜～下啲粥，唔好畀佢黐底【攪一下（鍋裏的）粥，別讓它沾了鍋底】。

撩耳仔 liu[2]* ji[5] dzai[2] 挖耳垢；掏耳朵：千祈要小心，唔可以亂咁～【千萬小心，不可以亂挖耳垢】。

撩牙 liu[2]* nga[4] 剔牙縫兒：搵枝牙籤嚟～【找枝牙籤來剔一剔牙縫兒】。

撩 liu[4] 招惹；逗弄：唔好～我發惱呀【別惹我發火】！｜個仔啱啱瞓着，唔好～到佢醒番【兒子剛睡着，別把他逗弄醒了】。

撩交 liu[4] gaau[1] 挑起打架；惹起口角。意同「嘍打」：想～打係唔係呀？我奉陪【想挑是非打架是不是？我奉陪】！

撩是鬥非 liu[4] si[6] dau[3] fei[1] 惹是生非：班爛仔成日響街邊～【這班流氓無賴整天在街道上惹是生非】。

寮 liu[4] ❶ 簡陋的小屋、棚子：草～【草棚子】。❷ 妓院。

寮仔部 liu[4] dzai[2] bou[6] 寮屋管制組的俗稱。

【小知識】香港政府於 1950 年代設立寮屋管制組，專責取締非法搭建「木屋」，初期由房屋署管轄，2002 年開始逐步轉交地政總署管理，負責全港的「寮屋」管制工作。

寮屋 liu[4] nguk[7] 早期來港難民非法搭建自住的「木屋」、「鐵皮屋」。

【小知識】寮屋建於全港各處，是相對簡陋的房屋，為窮人所聚居。1980 年代，政府為全港寮屋進行登記，發出「臨時屋牌照」。自此，這種有檔案記錄的寮屋成為合法房屋。

料理店 liu[6] lei[5] dim[3] 賣日式生、熟食品的商店；日式菜館。

囉 lo[1] 語氣詞。❶ 表示事實或道理明顯，容易了解；或很容易得出結論，有「很簡單」之意，一般用在反問句中，意近「（不就）了嗎？」：中意咪買～【（你）喜歡就買下來唄】。｜噉唔係得～【這不就行了嗎】！❷ 表示判斷：我覺得你噉做好傻～【我覺得你這麼做挺傻的】。

囉（籮）柚 lo[1] jau[2] 屁股。

囉囉攣 lo[1] lo[1] lyn[1] ❶ 小孩因身體不適而煩躁不安或哭鬧：個女發燒，成晚～，搞到我冇覺好瞓【女兒發燒了，夜裏一直煩躁不安，搞得我覺也睡不成】。❷ 形容因心情不佳或身體不適而坐立不安或輾轉反側的樣子：你成晚～係唔係邊度唔舒服呀【你整夜輾轉反側的，是不是哪兒不舒服呢】？｜一日唔見個女朋友佢個心就～【一天不見女朋友他就坐立不安】。

囉□ lo[1] pet[7]【謔】屁股。又作「□□（pet[7] pet[7]）」：再唔聽話就打你～【再不聽話打你屁股】。

籮 lo[1]* 小簍子；小籃子：字紙～【字紙簍】。

攞 lo[2] ❶ 拿；取：～枝筆畀我【給我拿枝筆】｜啲申請表格喺邊度～【這些申請表在哪兒取的】？❷ 介詞。用；以；拿：～個桶裝水【用水桶盛水】｜你～乜嘢同我換呀【你拿啥跟我換呢】？

攞膽 lo[2] daam[2] 要命：拍呢個鏡頭要喺幾層樓高跳落嚟，真係～【拍這個要從幾層高的樓房跳下來，真要命】！

攞苦嚟辛 lo[2] fu[2] lai[4] san[1] 自討苦吃，同「攞嚟衰」：有車唔坐，係要行路，真係～【有車不坐，偏要步行，真是自討苦吃】。

攞鏡 lo[2] geng[3] 拍攝：一有人出嚟，啲記者就頻頻～【一有人出來，記者們就頻頻拍照】。

攞景定贈興 lo[2] ging[2] ding[6] dzang[6] hing[3] 故意做出跟場合氣氛不相稱或相反的舉動，讓當事人尷尬、難堪；在人家失意時諷刺人家：人哋咁慘你仲講笑，～呀【人家那麼慘你還說笑，是不是故意讓人難堪呢】。

攞景 lo[2] ging[2] ❶ 抓鏡頭；取景。❷ 同「攞景定贈興」：人哋輸咗你仲送禮畀人，～咩【人家輸了你還給他送禮，這不是作弄人嗎】。

攞意頭 lo[2] ji[3] tau[4] 圖個好兆頭；討彩頭：我揀 88 號係為咗～【我挑 88 號是為了圖個好兆頭】。

攞嚟賤 lo[2] lai[4] dzin[6] 自甘下賤；自討苦吃：經理唔做要去行船，真係自己～【經理不做要去做船員，真是自甘下賤】。｜有工人唔用，寧願自己做，唔係～【有傭人不使，寧願自己做，這不是自討苦吃】？

攞嚟搞 lo[2] lai[4] gaau[2] 自找麻煩；白費功夫；做沒必要的事。又作「搵嚟搞」：你未問清楚就做，而家做錯晒，係咪～吖【你不先問清楚就做，結果全弄錯了，這不是自找麻煩嗎】？

攞嚟講 lo[2] lai[4] gong[2] 扯淡；胡扯蛋；開玩笑。又作「搵嚟講」：佢話佢會幫手？～啫【他說他會幫忙？扯淡】！｜兩日就寫一本書？～啦【兩天就寫一本書？開玩笑】！

攞嚟衰 lo[2] lai[4] soey[1] 自討苦吃；自找倒霉：同差人鬥，唔係自己～【跟警察鬥，那不是自找倒霉】？

攞料 lo[2] liu[2]* 查找或索取資料：同樣去採訪，個靚女～就攞到，我就攞唔到【同樣去採訪，那個美女去索取資料就拿得到，我就拿不到】。

攞命 lo[2] meng[6] 要命：嘟下攞你命【動一動就要你的命】！｜聽日就要考試，我仲未溫過書，真係～【明天就要考試了，我一點沒複習，真要命】。

攞便宜 lo[2] pin[4] ji[2]* 佔便宜；吃豆腐：個鹹濕佬一見女人就想～【這色鬼一見女人就想佔便宜】。

攞軚 lo[2] taai[5] 調整方向盤；打方向：你遲咗～，就入唔到個泊車位【你不及時調整方向盤，就進不了這個停車位】。

攞彩 lo[2] tsoi[2] ❶ 討個吉利；討個面子：佢連輸五局，最後贏返一局攞番個彩【他連輸五局，最後贏了一局掙回點面子】。

❷ 出（盡）風頭；掙得面子：喺董事會上面，佢攞晒彩啦【在董事會議上他出盡了風頭】。

裸照 lo² dziu³ 裸體照片：嗰份雜誌登咗佢嘅～，引起咗一場官司【那份雜誌登了她的裸體照片，引起了一場訴訟】。

裸泳 lo² wing⁶ 裸體游泳。

螺 lo²* 同「田螺」。

囉 lo³ 語氣詞。❶ 用於陳述句，相當於「了」、「啦」：天黑～【天黑了】｜呢場飛一早賣晒～【這場票一早賣光了】。❷ 用於祈使句，相當於「吧」：走～【走吧】。

囉噃 lo³ bo³ 語氣詞。表示提醒、暗示、催促、儆戒：夠鐘去開會～【到點去開會了】。｜人哋要瞓～【人家要睡覺了】。｜走～【該走了】。｜好～，你再講我嬲㗎啦【行啦，你再說我要發火了】。

燶 lo³ 煳味兒：有啲～嗝，係唔係電線漏電呀【有點兒煳味兒，是不是電線漏電了】？

燶爆 lo³ baau³ 非常丟臉；尷尬極了：琴晚上台表演唱歌，點知走晒音，真係～【昨晚上台表演唱歌，誰知唱走音兒了，真是丟臉丟到家了】。

羅斗 lo⁴ dau² 篩子；用竹條、鐵絲、紗布等製造的有許多小孔的工具：你去用～篩下米粉【你去用篩子篩一下米粉】。

羅經 lo⁴ gaang¹ 確定方向和觀測目標方位的儀器；羅盤：風水先生梗要帶住個～【風水先生當然要帶着羅盤】。

羅漢齋 lo⁴ hon³ dzaai¹ 一種素菜名，用蘑菇、腐竹、髮菜、麵筋等合煮。

羅漢果 lo⁴ hon³ gwo² 一種原產兩廣、海南的亞熱帶植物果實，葉子卵形，果實近圓形，有一定藥用價值。

羅漢請觀音——人多好擔當 lo⁴ hon³ tseng² gun¹ jam¹ jan⁴ do¹ hou² daam¹ dong¹【歇】羅漢人數眾多，只請觀音一個吃飯，每人各分擔一小份就行。比喻人多易辦事。

羅傘 lo⁴ saan³ 華蓋；用綾羅做的傘形遮蔽物。舊時帝王等達官貴人出行時遮蓋於轎子、車輦等上方，以示威儀。

羅省 lo⁴ saang² 指美國洛杉磯。

羅生門 lo⁴ sang¹ mun⁴ 原為一日本電影名稱，引指事情有不同版本：車禍事件～。疑父為子頂罪【車禍事件責任人有不同說法，有人懷疑是父親頂替兒子承擔罪責】。

羅宋湯 lo⁴ sung³ tong¹ 亦稱俄國菜湯。源於烏克蘭，流行於斯拉夫國家。以牛肉、土豆、西紅柿等熬成。

囉 lo⁴ 語氣詞。表示不言而喻：學英文梗係去英國好～【學英語當然是去英國好啦】。｜係～，都係佢去好啲【對呀，還是他去的好】。

蘿蔔頭 lo⁴ baak⁸ tau⁴【貶】日本人。

蘿蔔仔 lo⁴ baak⁹ dzai² 又稱「蘿蔔」。凍瘡：生～【長凍瘡】。

籮 lo⁴ 量詞。籮筐：一～垃圾｜一～穀｜佢啲衰嘢多到一～～【他幹的壞事多得能裝幾大籮筐】。

籮底橙 lo⁴ dai² tsaang² ❶ 喻指下腳貨；別人挑剩的東西或次品；劣貨：揀剩嘅都係～，梗係平啦【挑剩的都是次品，當然便宜了】。❷【貶】比喻指水平、程度低下的人：學校收到嘅學生都係～，真係教死人【學校收到的都是成績最差的學生，真難教】。

螺絲鑽 lo4 si1 dzyn3 開瓶器（用於開啟瓶子的木塞）。

螺絲口 lo4 si1 hau2 連接口是螺紋的，又稱「螺絲頭」：呢個電燈膽係～嘅【這燈泡是螺紋的】。

螺絲帽 lo4 si1 mou2* 省稱「絲帽」。螺母；螺絲母。

螺絲批 lo4 si1 pai1 螺絲刀；改錐。

𡃶 loe1 吐：～魚骨【吐魚刺】。

𡃶飯應 loe1 faan6 jing3 原意指（嘴裏正吃着的飯都趕快吐掉）迅速答應，表示別人所說的事情正中下懷：陳小姐問你可唔可以陪佢返屋企，你～啦【陳小姐問你可不可以陪她回家，這可正中你下懷了】。

𡃶 loe2 ❶ 同「𡃶（loe1）」。❷ 糾纏；蘑菇：我都冇晒錢囉，你再～都冇用【我的錢全沒了，你再糾纏也沒用】。

𡃶地 loe2 dei2* 在地上打滾：佢痛到～【他痛得在地上打滾】。

𡃶脷 loe2 lei6 說話口齒不清；說話含糊：佢講嘢～嘅【他說話口齒不清】。

掠水 loek7 soey2 搜刮錢財：呢間電訊公司服務咁差，淨係識～，幫襯第二間啦【這家電訊公司服務這麼差勁，只顧搜刮錢財，光顧另一家吧】。

略略 loek9 loek2* 略微；稍為；佢嘅樣～有啲似老竇【他的模樣略微有點像父親】。

嶙 loen1 啃（多指啃小的東西）：～豬腳【啃豬蹄子】。

嶙豬頭骨 loen1 dzy1 gwat7 tau4 啃骨頭，喻指沒有油水可撈：佢做呢份工收入麻麻，～嘅啫【他做這種工作收入一般，啃啃骨頭而已】。

輪 loen4 ❶ 排隊：～飛【排隊買票】。❷ 陣子；陣兒（表示一段時間）：呢～【這陣子，最近】｜先嗰～【前一陣兒】。❸ 量詞。表示動量，有「下」、「次」、「頓」、「趟」等意：畀老竇省咗一～【讓父親訓了一頓】。｜去街行咗一～【上街逛了一趟】。

輪候 loen4 hau6【文】排隊等候：～入場【排隊等候入場】。

輪籌 loen4 tsau2* 排隊等待拿號兒；排號兒：睇醫生要一早去～【看病要一早去排隊拿號兒】。

論盡 loen6 dzoen6 ❶ 行動不便；不利索；笨手笨腳：人老咗做嘢係～啲【人老了，幹活是不太利索了】。｜乜你做嘢咁～㗎【怎麼你幹活這麼笨手笨腳的呢】？❷ 粗心大意；馬大哈：又唔記得帶鎖匙，真係～【又忘了帶鑰匙，真馬大哈】。❸ 麻煩；不方便；狼狽：拎住咁多嘢行路，真係～【拿着這麼多東西走路，真麻煩】。｜架車喺半路壞咗，又撞啱落大雨，真係～【車壞在半道上，又碰上下大雨，可真狼狽】。

論論盡盡 loen5 loen5 dzoen6 dzoen6 同「論盡」：你～，等我嚟啦【你笨手笨腳的，我來吧】。

量地官 loeng4 dei6 gun1【諧】待業人士。待業者沒事兒幹只能逛街，好像在用雙腳丈量土地，故稱。

糧 loeng4【俗】工資；薪水：出～【發工資】｜雙～【雙薪】。

糧簿 loeng4 bou2* 工資存摺。

糧單 loeng4 daang1 工資單；工資證明。

糧期 loeng4 kei4 發放工資的日期：～準【工資發放準時】。

糧尾 loeng4 mei5 臨近再發工資的那幾天（此時一般手頭比較緊）：而家係～，要慳啲使先得【現在是月底手頭緊的時候，得省着點兒花才行】。

糧頭 loeng4 tau4 剛領工資的頭幾天（此時一般手頭較寬裕）。與「糧尾」相對（參見該條）：你要借錢都等～再嚟吖【你要借錢得等我發了工資再來呀】！

涼浸浸 loeng4 dzam3 dzam3 冷颼颼；涼颼颼：啲風吹埋嚟，～【風吹過來，冷颼颼的】。

涼粉 loeng4 fan2 一種消暑食品，以涼粉草（一種味道獨特的草藥）煮水，再加生粉煮熟後晾涼而成，顏色近於灰黑色。食用時通常淋以糖漿或加糖，加蜜。

涼瓜 loeng4 gwa1 苦瓜。因「苦」字不吉利，又因為粵人認為苦瓜性寒涼，故改用「涼」字。

涼果 loeng4 gwo2 蜜餞果脯。

涼氣 loeng4 hei3（食物、藥物）性涼。又作「涼」：呢種藥～過頭【這種藥藥性太寒涼】。

涼水 loeng4 soey2 用清涼去火的食物熬成的飲料：用綠豆煲～【用綠豆熬清涼飲料】。

涼爽 loeng4 song2 涼快。

涼茶 loeng4 tsa4 清涼去火的藥劑：廣東～。

涼茶舖 loeng4 tsa4 pou2* 專賣清涼茶的小店。現在的「涼茶舖」一般還售賣龜苓膏以及茶葉蛋等小吃。

良民證 loeng4 man4 dzing3【俗】無犯罪記錄證明書（在某些情形下申請就業、移民、留學等須具備的證明材料之一）。

兩仔爺 loeng5 dzai2 je4 父子倆。

兩仔爺報佳音——代代平安 loeng5 dzai2 je4 bou3 gaai1 jam1 doi6 doi6 ping4 ngon1【歇】父子倆都報佳音，每一代都平安。「代代平安」諧音「袋袋平安」，即心安理得地把錢收起來（參見該條）。

兩仔乸 loeng5 dzai2 na2 母子倆；母女倆。

兩份 loeng5 fan2* ❶（兩個）一起地；共同地：一碟餸～吃【一盤菜（兩人）一起吃】｜呢本書我哋～睇【這本書我們一塊兒看】。｜呢間公司係～嘅【這間公司是雙方共有的】。❷ 分作兩份；各分一半：中咗獎嘅話我哋～呀【中獎的話我們倆對半分呀】。

兩家 loeng5 ga1 ❶ 兩個；兩個一起地：佢～住埋同一棟樓【他倆住同一棟樓】。❷ 雙方：價錢你～自己傾掂佢【價錢你們雙方自己談妥它】。

兩個就夠晒數 loeng5 go3 dzau6 gau3 saai3 sou3 生兩個孩子就足夠了。源自1970年代香港家庭計劃指導會宣傳片，（下句為「生仔也好，生女也好，兩個已經夠晒數」）後成為家喻戶曉的名句。

兩句 loeng5 goey3 不一致的意見；矛盾：我不溜同佢都冇～嘅【我向來跟他沒啥矛盾】。

兩公婆 loeng5 gung1 po2* 夫妻倆。

兩公婆見鬼——唔係你就係我 loeng5 gung1 po2* gin3 gwai2 m4 hai6 nei5 dzau6 hai6 ngo5【歇】夫妻倆看見鬼，（這鬼）不是丈夫就是妻子。意指非此即彼；非對方即本方：你問場比賽邊個贏？～囉【你問那場比賽誰贏了？反正不是我們贏就是他們贏唄】。

兩爺孫 loeng5 je4 syn1 祖孫倆。

兩摳 loeng5 kau1 兩種東西混合、摻合在一起：牛奶同咖啡～【牛奶和咖啡混合在一起】。

兩騎牛 loeng5 ke4 ngau4 原指騎牛時一會兒朝左，一會兒朝右，喻指立場游移不堅定：你而家噉樣～點得呀？贊成邊個嘅意見，你講清楚好唔好【你現在這麼反覆無常怎麼行？贊成誰的意見，你說清楚行不行】？

兩文三語 loeng5 man4 saam1 jy5 1997 年後香港特區政府推行的語文政策。「兩文」指中文、英文；「三語」指粵語、普通話、英語。

兩撇雞 loeng5 pit8 gai1【諧】兩撇鬍子，八字鬍子。

兩婆孫 loeng5 po4 syn1 祖孫倆（指祖母與孫兒或孫女）。

兩嬸母 loeng5 sam2 mou5 妯娌倆。

兩梳蕉 loeng5 so1 dziu1【諧】空着手、沒帶禮物上門。空着兩隻手十隻手指，就像兩串香蕉，故稱：乜都冇，就噉～，點去見外母嘅吖【甚麼都沒有，就這麼空着手，怎麼去見丈母娘呢】？

兩睇 loeng5 tai2（成敗、得失、好壞等）兩種可能性都有：有咗錢係唔係一定幸福，～啦【有了錢是不是一定幸福，兩種可能性都存在】。

兩頭走 loeng5 tau4 dzau2 走來走去；兩邊忙；兩頭忙：佢日日深圳、香港～【他每天在深圳和香港之間奔波忙碌】。

兩頭唔到岸 loeng5 tau4 m4 dou3 ngon6【俗】兩頭的好處都沒撈着，意近「賠了夫人又折兵」：拍拖一腳踏兩船，因住～呀【談戀愛一腳踩雙船，當心一個都遞不着】。

兩頭唔受中間受 loeng5 tau4 m4 sau6 dzung1 gaan1 sau6【俗】兩頭被損害或雙方自動退讓，讓第三者得益：份禮物你同佢都唔啱，我就～喇【禮物你和他都不合用，那我就收下了】。

兩頭蛇 loeng5 tau4 se4 兩面討好，又兩面搬弄是非、挑撥離間來從中圖利的人。

兩頭揗 loeng5 tau4 tan4 走來走去；兩邊奔忙：佢好心急，喺個廳度～【他心裏急，在客廳裏走來走去】。｜個仔返學放學都要接送，成日屋企、學校～【孩子上學、放學都要接送，整天是家裏、學校兩邊跑】。

律師紙 loet9 si1 dzi2 律師發出的各種書信文件，如律師函等。

律師樓 loet9 si1 lau4 律師事務所。

律師信 loet9 si1 soen3 律師事務所發出的控訴信。

踤 loey1 ❶（頭往裏）鑽；硬混進去；埋頭：～入被竇【鑽進被窩】｜唔關佢事佢係都要～個頭埋嚟【事情跟他無關他硬要加進來】。｜佢一放工就～落啲小說度【她一下班就埋頭看小說】。❷ 突然倒下：個賊畀差人一槍擊中頭部，即刻～低【那個劫匪被警察一槍擊中頭部，馬上倒下了】。❸ 蜷縮着身體躺着：個胃痛到我成個～喺床度唔郁得【胃疼得我蜷縮在床上動彈不得】。

騾（驢）仔 loey4 dzai2 受苦受累者；苦力：捱～｜我啱啱落嚟香港嗰陣時都係捱～嘅咋【我剛到香港時候也是吃了挺多苦的】。

雷公 loey4 gung1 雷神。

雷公打交——爭天共地 loey4 gung1 da2 gaau1 dzaang1 tin1 gung6 dei6【歇】雷公打架，爭奪天和地。「爭」

表面意思是「爭奪」，實際上是語音語意雙關，取粵語「相差、相距」之意。「爭天共地」實際是指相差遙遠：你嘅學問同佢相比直情～【你的學問跟他相比，那是相差十萬八千里】。

擂漿棍 loey4 dzoeng1 gwan3 沙盆中搗碎、研碎米或豆粒的小圓木棍：你用～將啲黑豆磨爛佢【你去用小木棍把黑豆槌碎】。

擂槌 loey4 tsoey4 ❶ 同「擂漿棍」。❷ 大而笨重的木棍。

鐳射 loey4 se6 激光。英語 laser 的音譯詞：～唱片【激光唱片】｜～槍【激光槍】。

鐳射影碟 loey4 se6 jing2 dip2* 利用激光錄影技術製成的錄像片兒、電影光盤。

鐳射槍 loey4 se6 tsoeng1 ❶ 激光槍。這是科幻影片、電子遊戲中常見的武器。❷ 警方安置於街頭用於監測汽車速度的電子監控裝置。

裏便 loey5 bin6 裏面；裏頭。

裏底 loey5 dai2 同「裏邊」。

旅行支票 loey5 hang4 dzi1 piu3 離港在外可兑換現金或作現金支付的支票。

呂宋煙 loey5 sung3 jin1 雪茄煙。用呂宋（菲律賓）產的煙草捲成的煙捲。

呂宋芒 loey5 sung3 mong1 產於菲律賓的芒果。

累 loey6 ❶ 連累：我驚～埋你【我生怕連累了你】。❷ 害：你請我飲酒，～我醉咗一日【你請我喝酒，害我醉了一天】。

累街坊 loey6 gaai1 fong1 連累身邊的鄰居、朋友、同事：佢爭人錢畀人追數追到返公司，喺度喊打喊殺，正一～【他欠債人家跑到公司來討，大吵大叫的，把我們都連累了】。

累人累物 loey6 jan4 loey6 mat9 連累別人；成了別人的累贅：我唔想變咗個廢人，～【我不想變成一個廢物，連累別人】。

來路 loi4 lou2* 外來的；外國的：～嘢個個都話好嘅【外國貨人人都說好】。

來路貨 loi4 lou2* fo3 外國貨；進口貨：呢對皮鞋係～【這皮鞋是外國貨】。

落咗棚牙 lok7* dzo2 paang4 nga4 把別人的牙齒拔光，使人說不了話，指讓人無話可說。又作「落牙骹」：你唔好睇死我，等我做成件事，落咗你棚牙【你別看扁我，等我把事情做成功了，讓你無話可說】。

落架 lok7 ga2* 儲物櫃。英語 locker 的音譯詞。

落牙骹 lok7* nga4 gaau3 同「落咗棚牙」。

咯 lok8 語氣詞。❶ 用於陳述句，相當於「了」：放學～【放學了】。｜算～，唔好理佢～【算了，別理他了】。❷ 用於重複某事實：都話唔係我攞咗～，你問細佬啦【說過不是我拿了，你問弟弟吧】！｜既然係噉～，就算啦【既然這樣，那就算了】。

落 lok9 ❶ 下：～飛機【下飛機】｜～雪【下雪】｜～本【下本錢】。❷ 上（船）。從岸上到船上通常是往下走，故稱：～船【上船，登船】。❸ 去；到……去。通常用於指往南方，因南方在地圖上處於下方，故稱：佢而家喺廣州，聽日～香港【他現在在廣州，明天去香港】。❹ 加；放；投放：～少啲味精【少放點兒味精】。｜～你個名【加上你的名字】。

落本 lok9 bun2 下本錢：你裝修間房真係好～喎【你裝修這個房間可真是下了大本錢】。

落單 lok9 daan1 下訂單：你有問題我就～咯噃【你沒問題我就下訂單了】？

落疊 lok9 daap9 被遊說或慫恿加入：佢點都唔肯～【怎麼勸他都不肯加入】。

落地蟹殼——富能窮不能

lok9 dei6 haai5 hok8 fu3 nang4 kung4 bat7 nang4【歇】掉到地上的螃蟹殼，富人有鞋敢踩過去，窮人打赤腳就踩不得，喻指某些有錢才做得到，窮人難以辦到的事物（經常不講出下句）：住豪宅，揸靚車，對好多人嚟講，都係～【住豪華住宅，開高級汽車，對很多人來說，是可望不可及的】。

落地簽證 lok9 dei6 tsim1 dzing3 可以在入境時臨時辦理的簽證。跟事先申請簽證相比，這是一種較簡易的簽證方式，通常是一國對較為友好的國家（地區）的一種優惠措施。

落定 lok9 deng6 給定錢；下定金：你畀幾多錢～【你給多少錢下定金呢】？

落D lok9 di1 去迪斯科舞廳。D為英語disco的縮寫。

落仔 lok9 dzai2 流產；墮胎：女人～好傷身體㗎【女人墮胎很傷身體的】。

落閘 lok9 dzaap9「閘」指金屬捲門，「落閘」即把捲門拉下來，喻指關上大門，拒絕對方的要求：基金會已經落咗閘，話今年唔會批准呢類研究經費【基金會已經關上門，説今年不會批准這類研究經費】。

落嘴頭 lok9 dzoey2 tau4 用動聽言辭遊説、打動他人：美容院職員～令顧客過度消費遭投訴【美容院職員花言巧語使顧客過度消費遭到投訴】。｜為咗請到呢位奇才，老闆大手筆使錢兼夾落足嘴頭【為了請到這位奇才，老闆花大筆錢還好話説盡】。

落妝 lok9 dzong1 卸妝。

落莊 lok9 dzong1 大學術語。指某學生組織的幹事會或委員會卸任；下台。與「上莊」相對。

落足功夫 lok9 dzuk7 gung1 fu1 下足了工夫；使盡渾身解數：為咗呢場波，佢真係～去做準備【為了這場球，他真是下足了工夫去做準備】。｜佢～先至爭到呢單生意【她使盡渾身解數才把這筆生意爭取過來】。

落注 lok9 dzy3 下注。

落飛 lok9 fei1（在賽馬賽事中）下注；買了賭馬票：開跑前最後一分鐘呢隻馬好多人～【賽馬比賽開始前的最後一分鐘很多人下注買這匹馬贏】。

落貨 lok9 fo3 卸貨：嗰架車停喺度～，後面啲車畀佢阻住晒【那輛車停在這兒卸貨，後面的車全讓它擋住了道】。

落格 lok9 gaak8 將應該歸公家或他人所有的財物據為己有：佢同人合夥做生意，搵到錢竟然自己～，卒之畀人發現【他跟人家合夥做生意，賺了錢竟自己私吞了，結果被人發現】。

落膈 lok9 gaak8 指吃東西後為了讓食物在胃裏穩定下來而略微休息一下：吃完飯都未～，使乜咁快走呀【吃完飯還沒消食，用得着這麼快走嗎】？

落降頭 lok9 gong3 tau4 下蠱毒；施巫術使人生病或受迷惑：佢係咪畀人～呀【她是不是被人下了蠱毒】？

落口供 lok9 hau2 gung1 警方記錄嫌疑犯或證人的口供：唔該你同我返差館～【麻煩您跟我回警局把口供記錄一下】。

落藥 lok9 joek9 ❶ 施藥；下藥。引申為採取嚴厲措施：政府再～遏抑樓價【政府再採取嚴厲措施壓低樓價】。❷ 下毒；下迷藥。引申為唆擺或迷惑對方：杯酒落咗藥【酒裏放了迷藥】。｜佢猛喺個男人耳邊～，要佢同個老婆離婚【她不斷在那男人耳邊嘮叨，唆擺他跟老婆離婚】。

落雨 lok9 jy5 下雨。

落雨擔遮——顧前唔顧後 lok9 jy5 daam1 dze1 gu3 tsin4 m4 gu3 hau6【歇】下雨打傘，只能遮前面，顧不了後面。喻指只顧眼前利益：我哋做嘢唔好～【我們做事情不能夠只顧眼前利益而不顧長遠利益】。

落雨擔遮——死擋 lok9 jy5 daam1 dze1 sei2 dong2【歇】下雨打傘，硬撐着。「死擋」諧音「死黨」：佢兩個係～嚟嘅【他倆是鐵哥們兒】。

落雨見星，難得天晴 lok9 jy5 gin3 sing1 naan4 dak7 tin1 tsing4【諺】晚上下雨間歇時能看到星星，隨後還要再下雨。即雨天還會繼續之意。

落雨濕濕 lok9 jy5 sap7 sap7 同「落雨絲濕」。

落雨收柴 lok9 jy5 sau1 tsaai4 比喻事情做到最後便草草了事，像曬木柴遇上下雨急急忙忙收攤那樣：你篇文前面寫得唔錯，但收尾部份就好似～噉【你那篇作文前面寫得不錯，但結尾部份就下雨收柴火（草草收場）了】。

落雨絲濕 lok9 jy5 si1 sap7（因下雨而到處）濕漉漉；濕淋淋的：～，出門好唔方便【下雨天到處濕漉漉的，出門挺不方便的】。

落旗 lok9 kei4 指計程車司機按下豎起來的計價器標誌，表示開始計價。又作「起錶」：以前的士～十零蚊，而家貴好多【以前計程車開始計價是十多塊起，現在貴多了】。

落區 lok9 koey1 特指官員、議員、競選者到基層活動：選舉前候選人都頻頻～拉票【選舉前候選人都頻頻到區裏做宣傳爭取選票】。

落力 lok9 lik9 賣力（氣）；賣勁兒；努力：今晚嘅演唱會佢唱到好～【今晚的演唱會他唱得很賣力】。｜～啲，好快做完喇【賣力點兒，很快就幹完了】。

落面 lok9 min2* 使丟臉；使沒面子：佢係咁多人面前落我面，我唔會原諒佢嘅【他在那麼多人面前丟我的臉，我不會原諒他的】。

落案 lok9 ngon3 涉嫌犯了刑事罪的人在警方那裏備案：喺度打交嗰班人，差佬帶晒返去～嘞【在這兒打架的那幫人，被警察全帶回去登記備案了】。

落柯打 lok9 o1 da2 下定單；定貨。「柯打」為英語order的音譯詞。（參見該條）

落晒形 lok9 saai3 jing4 精神受創、心力耗損以致樣子變得消瘦憔悴不成人樣：佢個仔入咗院之後，佢晚晚都冇得瞓，成個～【她兒子住院以後，她天天晚上都沒法睡，整個人憔悴得不像樣了】。

落身 lok9 san1 插身其中；置身其中：我唔想落埋身【我不想置身其中】。

落手 lok9 sau2 下手。

落手打三更 lok9 sau2 da2 saam1 gaang1【俗】（打更者）下手打更就打三更，

意為「剛一開始就錯了」（因為還有一更、二更未打）：對呢支守強攻弱嘅球隊仲打穩守突擊，～，唔輸就出奇啦【對這支守強攻弱的球隊還打防守反擊，一開始就錯了，不輸才怪呢】。

落手落腳 lok9 sau2 lok9 goek8 親自動手：佢雖然係老細，不過好多嘢都係自己～【他雖然是老闆，不過很多活還是親自動手做的】。

落箱 lok9 soeng1 戲班用語。指戲班巡迴演出完畢，裝箱準備離開：大家快啲～，我哋仲要趕船【大家快一點把戲服裝箱，我們還要趕船】。

落貼 lok9 tip8 給衣服上貼邊，增加長度。

落堂 lok9 tong4 下課。

落車 lok9 tse1 ❶ 下車。❷ 引指退下；終止工作：佢事業高峰已過，無奈要～【他事業高峰已過，無奈要退下來】。

落畫 lok9 wa2* 原指電影院拆除某電影的廣告畫，引指電影上映期完結：呢部戲影咗三日就～【這個片子放映了三天就收場了】。

樂與怒 lok9 jy5 nou6 滾石；搖滾；搖滾樂。英語 rock and roll 的音意合譯詞。

樂施會 lok9 si1 wui2* 香港慈善機構之一。

【小知識】香港樂施會於 1976 年由一群關注貧困問題的志願者在香港成立，1988 年在香港註冊成為獨立的扶貧、發展和救援機構，先後在全球超過 60 個國家推行扶貧及救災工作，開展綜合發展、緊急援助、教育、衛生和水利等慈善資助項目。

啷 long1 象聲詞。形容鈴鐺的響聲，類似「叮噹」。

啷啷 long1 long1 鈴鐺：喺隻貓條頸度掛個～【在貓的脖子上掛個鈴鐺】。

狼戾 long1 lai2（蠻橫無理地發）脾氣：發～【發脾氣】。

哴 long2 ❶ 用水涮、搖晃着洗一洗：～下隻杯【涮涮這杯子】｜～口【漱口】。❷ 把盛器搖一搖，讓裏面的油（或其他液體）沾勻器皿的內壁：放啲油，然之後～下隻鑊，煎嘢就冇咁易黐底【放了油，再搖搖炒鍋（讓油沾在鍋壁上），煎東西就不會那麼容易沾鍋】。｜把口～過油【那張嘴好像蘸了油似的（形容人油嘴滑舌）】。

哴口盅 long2 hau2 dzung1 漱口杯，刷牙缸。

哴釉 long2 jau2* 搪瓷器皿上釉。

□ long3 墊；架（把東西放在別的物體上）：攞幾嚿磚～高張枱【拿幾塊磚頭把桌子墊高】。｜搵塊板～喺兩嚿石頭中間當凳坐【找塊木板架在兩塊石頭中間當凳子坐】。

狼 long4 兇狠；狠心；絕情：玩都唔好咁～吖，好似打交噉【玩也不要玩得這麼兇狠嘛，好像打架似的】。｜教仔都唔好打得咁～吖【教訓兒子也別打得這麼狠嘛】。

狼過華秀隻狗 long4 gwo3 wa4 sau3 dzek8 gau2【俗】十分兇狠（比華秀的狗還兇）。華秀為人名，其身份傳說為惡霸，家中養有兇悍異常的惡狗：警察喺度你仲夠膽打人？真係～【警察在這兒你還敢打人？真是比惡狗還兇】。

狼忙 long4 mong4 匆忙；急忙：咁～要去邊呀【這麼匆忙上哪兒去】？

狼胎 long4 toi1 兇；狠；不要命：食嘢唔好咁～，因住鯁親【吃東西別那麼兇，小心噎着】。｜佢賭起嚟好～【他賭起來就不要命了】。

廊 long[4] 用於某些商業機構的名稱中，表示「商店」的意思：髮～【美髮店】｜時間～【鐘錶店】｜咖啡～【咖啡廳】。

晾 long[6] ❶ 晾曬：～衫【晾衣服】。❷ 張掛：～蚊帳【掛蚊帳】。

撈 lou[1] ❶ 混（指混日子，混飯吃）：佢～邊行【他幹哪一行（混飯吃）的】？❷ 攪；拌：將啲雞蛋同麵粉～勻佢【把雞蛋和麵粉拌勻】。｜窮到餐餐豉油～飯【窮得頓頓都吃醬油拌飯】。❸ 混合；滲合：中文嘅文件同英文嘅分開，唔好～亂【中文文件跟英文的分開，別混在一起搞亂了】。｜兩樣嘢唔好～埋嚟講【這是兩回事，別混為一談】。

撈得埋 lou[1] dak[7] maai[4] 合得來；意見一致：佢兩個冇合作過，係咪～【他倆沒合作過，能不能合得來】？

撈汁 lou[1] dzap[7] ❶ 以菜餚的汁拌（飯食）。❷ 分享最後一點兒好處，得到一點「殘羹剩菜」：做馬仔嘅，梗係大佬食肉你～啦【做小嘍囉的，當然是「老大」撈大頭，你拿小頭了】。

撈靜水 lou[1] dzing[6] soey[2] 在不起眼的行當或他人忽視的地方獲得利益、好處：識～一樣可以發達啫，唔一定要做熱門生意㗎【懂得靠冷門生意賺錢，照樣可以飛黃騰達，不一定要做熱門生意啊】。

撈家 lou[1] ga[1] 指從事投機、冒險甚至於做非法勾當來撈錢的人。

撈雞 lou[1] gai[1] 撿到便宜。同「撈嘢 ❶」。

撈過界 lou[1] gwo[3] gaai[3] 插手到別人的職權範圍或勢力範圍中去（以獲取利益、好處），有「管得太寬」、「手伸得太長」之意：呢單搶劫案係重案組管嘅，你唔好～【這件搶劫案是重案組管的，你別管得太多】。｜今次兩班人械鬥，係有人～，去人哋嘅地頭收「保護費」引起嘅【這次兩幫人械鬥，是有人手伸得太長，到別人的勢力範圍內收取「保護費」引起的】。

撈起 lou[1] hei[2] 發財；發跡；飛黃騰達：佢係靠做製衣～嘅【他是靠成衣生產發跡的】。

撈嘢 lou[1] je[5] ❶ 得到好處；撿到便宜：今次畀佢撈到嘢【這一次讓他撿到便宜】。❷ 反語。倒運；倒楣：今次買啲股票都大跌，真係～【我這一次買的股票都大跌，真倒楣】。

撈唔起 lou[1] m[4] hei[2] 混不出頭；無法發財：佢買股票又～，做生意又～【他買股票虧本，做生意也混不出頭】。

撈唔埋 lou[1] m[4] maai[4] 合不來；很難共事。與「撈得埋」相對：我同佢性格唔同，～嘅【我跟她性格不同，合不來的】。

撈麵 lou[1] min[6] 拌麵；乾麵（如炸醬麵之類）。

撈女 lou[1] noey[2]* 【貶】妓女；從事賣淫行業的女子。

撈偏門 lou[1] pin[1] mun[2]* 靠歪門邪道、違法勾當掙錢：呢條友仔以前係～嘅【這小子以前是以幹非法勾當為生的】。

撈世界 lou[1] sai[3] gaai[3] 混日子；闖江湖；謀生：冇本事點～呀【沒本事怎麼混呢】？

撈水尾 lou[1] soey[2] mei[5] 撈不到大便宜，只得到一點兒最後的小好處：佢係大老闆，我係小股東，跟住佢～啫【他是大股東，我是小股東，跟着他撈點兒小甜頭而已】。

佬 lou[2] ❶【貶】男人；漢子。❷ 用在名詞、形容詞、動賓詞組後面構成對男人的稱謂以顯示其特徵、職業或身份：鬼～【外國人】｜高～【高個兒】｜四眼～【戴眼鏡的】｜豬肉～【賣肉的】｜。

勞資審裁處 lou4 dzi1 sam2 tsoi4 tsy3 法院中一個負責審理僱傭合約糾紛的審裁機構。

【小知識】勞資審裁處1973年成立，是香港最高法院中從屬於「原訟法庭」的一個審裁機構，審理勞資糾紛的案件。案件審理採用非正式的聆訊模式，訴訟雙方不得由律師代表。

勞動 lou4 dung6 勞駕；驚動：咁小事唔使～你親自出馬【這麼點兒小事不用勞駕您親自出馬】。

勞煩 lou4 faan4 煩勞；麻煩；勞駕：我邊夠膽～佢呀【我哪兒敢煩勞他大駕呢】。

勞工假期 lou4 gung1 ga3 kei4 香港《僱傭條例》中列明的勞工享有的有薪假期，每年為12天，比「公眾假期」少。香港公眾假期中的「耶穌受難節」、「復活節」、「佛誕」等假期，均為勞工假期所無。

勞氣 lou4 hei3 多費口舌；費神，勞神：佢都唔聽，你無謂～啦【他不聽，你犯不着多費口舌啦】。｜生意嘅事有你老公理，你使乜咁～吖【生意的事有你丈夫管着，你用得着這麼勞神嗎】？

勞碌 lou4 lok7 忙碌辛苦：我～一世，到而家先可以透返啖氣【我忙碌辛苦了一輩子，到現在才可以喘上一口氣】。

嘮嘈 lou4 tsou4（說話）聲音大；吵嚷：小事嚟啫，唔好咁～【小事而已，別這麼吵吵嚷嚷的】。

爐灰 lou4 fui1 爐子裏的草木灰：你去清理下～【你去清理一下爐子裏的草木灰】。

老婆擔遮——蔭公 lou5 po4 daam1 dze1 jam1 gung1【歇】妻子打傘，為丈夫遮陰。「公」指「老公（丈夫）」，「蔭公」諧音「陰功」是「冇陰功」的省略，即殘忍、淒涼（參見「冇陰功」條）。

老伯 lou5 baak8 大伯；大爺。用作對老人的尊稱。

老表 lou5 biu2 表親：我哋兩個係～【我們倆是表親】。

老大 lou5 daai2* ❶ 年紀增大；年老：後生嗰陣時成日踢波，而家～，唔敢再玩咯【年輕的時候整天踢球，現在年紀大了，不敢玩了】。❷ 家裏的老人：啲～唔係個個肯湊孫嘅【家裏的老人不是人人肯帶孫子的】。❸ 大哥（對稱）：～，大嫂搵你【大哥，大嫂找你】。

老竇 lou5 dau6 父親。「竇」指竇燕山。《三字經》提到竇燕山是模範的父親，教子有方，五個兒子都有學問，名揚天下。廣東人就用老竇作為父親的代名詞。後來「老竇」又訛為「老豆」。

老竇養仔仔養仔 lou5 dau6 joeng5 dzai2 dzai2 joeng5 dzai2【俗】老爹養兒子，兒子又養兒子，即一代養一代，各有自己的職責。

老竇姓乜都唔知 lou5 dau6 sing3 mat7 dou1 m4 dzi1【俗】老爹姓啥都忘了，形容得意到忘乎所以的樣子：老闆讚佢兩句，佢就～咯【老闆誇獎他兩句，他就得意忘形了】。

老點 lou5 dim2 作弄；糊弄：你唔好亂嚟呀，～我我同你反面【你不要亂來，糊弄我的話我跟你翻臉】。

老頂 lou5 ding2（頂爺）頂頭上司：佢男朋友係我～，我邊夠膽得罪佢呀【她男朋友是我頂頭上司，我哪兒敢得罪她呢】！

老定 lou5 ding6 鎮定；冷靜：當其時咁牙煙你仲咁～，我真係服咗你【當時那麼危險你還這麼鎮定，我真佩服你了】。

老道 lou5 dou6 指道友（吸毒者），主要指男性吸毒者。

老積 lou5 dzik7 老成；老到：唔好睇佢十零歲，待人接物好～【別看他才十來歲，待人接物挺老成的】。

老雀 lou5 dzoek2* 老油子（在社會上混久了因而老於世故的人）：呢條友係～嚟嘅，要捉到佢犯事嘅證據冇咁輕易【這小子是個老油子了，要抓到他作案的證據沒那麼容易】。

老作 lou5 dzok8 瞎編：邊有噉嘅事啫，佢～之嘛【哪有這樣的事？他瞎編而已】。

老祖 lou5 dzou2 祖宗；祖先。

老宗 lou5 dzung1 本家；同宗族的親人：我同佢係～，係同一個太公嘅【我跟他是同宗族的親人，同一個太爺爺】。

老番 lou5 faan1 老外（對外國人的諧稱）。

老番冬 lou5 faan1 dung1【謔】洋鬼子的「冬至」，即聖誕節。因聖誕與中國的冬至（粵人稱為「冬節」，簡稱「冬」）時間相近，故稱。

老翻 lou5 faan1 翻版貨：佢喺街邊賣～【他在路邊賣翻版貨】。

老火湯 lou5 fo2 tong1 長時間慢火熬煮的湯。

老虎都要瞌眼瞓 lou5 fu2 dou1 jiu3 hap7 ngaan5 fan3【俗】老虎也有打盹兒的時候，喻指很精明的人有時也會犯錯：佢今次做錯咗，我哋原諒佢一次啦，～【他這次犯了錯，我們原諒他一次吧，再精明的人有時也會犯錯】。

老虎機 lou5 fu2 gei1 一種供投幣賭博的機器。

老虎蟹 lou5 fu2 haai5 ❶ 螃蟹的一種，因外殼花紋略近虎斑而得名。❷ 在表示意志堅定、決心已下、毫不畏懼等意思時，以「老虎蟹」作為困難、阻力、危險等的代名詞，用法類似「天王老子」、「龍潭虎穴」之類：～我都唔怕【天王老子我都不怕】。｜～都假，呢次幾大都要去【這次就是天上下刀子我都要去】。

老虎乸 lou5 fu2 na2 ❶ 母老虎；雌虎。❷ 喻指兇悍的婦人，尤其指對丈夫管得太緊的婦人：你唔驚屋企隻～咩【你不怕家裏那母老虎嗎】？

老虎頭上釘虱乸 lou5 fu2 tau4 soeng6 deng1 sat7 na2【俗】老虎頭上叮着虱子，比喻膽大包天，意近「太歲頭上動土」、「敢摸老虎屁股」等。

老奉 lou5 fung2* ❶ 朝奉，當舖的管事（為典當物訂價的人）。❷ 引指有權威，別人須奉命而行：我做乜嘢要幫你執手尾呀，好似～噉【我幹嘛要給你善後？你以為個個都得聽你的】？

老記 lou5 gei3【俗】記者：做～好辛苦【當記者挺辛苦的】。

老舉 lou5 goey2【俗】妓女。

老舉寨 lou5 goey2 dzaai2*【俗】妓院。

老姑婆 lou5 gu1 po4 老姑娘；老處女。

老倌 lou5 gun1 名伶，有聲望的男演員，尤指粵劇演員。

老公 lou5 gung1 丈夫（一般用作引稱，但近年也有用作對稱以表示親昵的）。

老公撥扇——妻涼 lou5 gung1 put8 sin3 tsai1 loeng4【歇】丈夫搖扇子，妻子涼快。「妻涼」諧音「淒涼」：佢輸晒啲錢，真係～【他錢全輸光了，可真淒涼】。

老龜殼 lou5 gwai1 hok8 喻指妓院男性老闆。又作「龜公」。

老坑 lou5 haang1【蔑】老傢伙；老頭兒。

老糠都要榨出油 lou5 hong1 dou1 jiu3 dza3 tsoet7 jau4【俗】連陳年穀糠也要榨出油來，比喻壓榨、剝削、勒索的程度很嚴重：呢個大貪官好犀利，～【這個大貪官很厲害，嚴重壓榨老百姓】。

老行專 lou5 hong4 dzyn1 亦作「老行尊」，多年從事某一行業的專家、老手：發叔係鐘錶業嘅～【發叔是鐘錶業的老前輩】。

老淫蟲 lou5 jam4 tsung4 老色鬼。

老人精 lou5 jan4 dzing1 人小鬼大的孩子；小人精。

老人院 lou5 jan4 jyn2 養老院。

老一脱 lou5 jat7 tyt8 老一輩的人：～嘅人邊會中意街舞之類嘅新潮嘢啫【老一輩的人哪兒會喜歡街舞之類的新潮玩意兒呢】？

老友 lou5 jau5 ❶ 老朋友；好朋友。❷ 朋友；哥們兒（對素不相識的人打招呼、詢問時用的稱呼）：～，去火車站點行呀【朋友，去火車站怎麼走】？❸ 夠交情；夠哥們兒；交情好：我咁幫你，夠～喇啩【我這麼幫你，夠交情了吧】？｜佢同我幾～下【他跟我交情挺好的】。

老友記 lou5 jau5 gei3 ❶ 同「老友 ❶ ❷」。❷【謔】對老年人的戲稱：你睇呢班～幾有活力【你看這些老人家多麼有活力】！

老友鬼鬼 lou5 jau5 gwai2 gwai2 （是）老朋友了：～，幫得梗幫喇【老朋友了，能幫忙當然要幫啦】。

老爺 lou5 je4 公公（丈夫的父親，對稱）。

老爺車 lou5 je4 tse1 ❶ 年代久遠的車，舊款式的車：～越舊越貴。❷ 跑不快的殘舊的車。

老嘢 lou5 je5【蔑】老東西；老傢伙。

老而不 lou5 ji4 bat7「老而不死」的省略。指年長卻行為不檢點，老不正經（通常用作罵詈語）：嗰個～，都幾十歲啦，仲成日口花花【那個老不正經的，都一把年紀了，還成天油嘴滑舌的】。

老契 lou5 kai3「契家婆」的省稱。通常用作對所寵愛的妓女或情婦的昵稱，也作引稱用。

老襟 lou5 kam1 ❶ 連襟。❷【謔】妻子的姘夫；野男人。

老虔婆 lou5 kin4 po4 鴇母（通常用作罵詈語）：呢個～好淫賤【這個鴇母太淫賤了】。

老辣 lou5 laat9 老練狠辣：佢啲手段好～【他的手段很老練狠辣】。

老利 lou5 lai2* 吉利（一般只用於否定句）。又作「老黎」：呢間屋死過人，唔多～【這套房子死過人，不是很吉利】。

老笠 lou5 lap7 強搶；搶劫。其中「笠」為英語 rob 的音譯：佢用支假槍～畀人識穿【他用假槍搶劫被人家識破】。

老來嬌 lou5 loi4 giu1 老來俏：佢着咗呢套衫，成個～噉【她穿了這套衣服整一個老來俏】。

老媽子 lou5 ma1 dzi2【俗】老媽媽；母親（通常用作引稱，多指上了年歲的）：你咁大個人冇錢仲問～攞【你長那麼大了沒錢還要向老母親要】？

老貓燒鬚 lou5 maau1 siu1 sou1 老貓倒讓火燎了鬍子，比喻有經驗的、技藝嫻熟的老手一時失手、失算：佢蟬聯好多次象棋冠軍，今次～，輸咗畀個新秀【他蟬聯好多屆象棋冠軍，這次偶然失手，敗給了一位新秀】。

老蚊公 lou5 man1 gung1 老頭子。

老母 lou5 mou2* 母親（引稱）。

老懵懂 lou5 mung2 dung2 老糊塗。

老泥 lou5 nai4 汗垢：成身～，仲唔去沖個涼【身上這麼多汗垢，還不去洗個澡】？

老泥妹 lou5 nai4 mui1* 壞女孩。

老奀茄 lou5 ngan1 ke2 長不大的老茄子，喻指個子比同齡者矮小但言談舉止卻很老成的孩子。

老牛聲喉 lou5 ngau4 seng1 hau4 破鑼嗓子：你～唱歌好難聽【你的破鑼嗓子唱歌很難聽】。

老藕 lou5 ngau5【蔑】老年婦女：煲～【跟老女人鬼混】。

老齧齧 lou5 nget9 nget9 ❶（蔬菜）老得咬不動；硬梆梆的：啲菜～，點食呀【這菜硬梆梆的，怎麼吃呀】？❷（人老得）瘦骨伶仃的樣子：個個～噉，唔做得乜嘢【個個老得瘦骨伶仃的，做不了甚麼事】。

老年咁遠 lou5 nin4 gam3 jyn5 距離很遠：你搬到～，想去探你都好難【你搬到那麼遠，想去探望你也不容易】。

老脾 lou5 pei2* 脾氣：發～｜佢唔係幾好～【他的脾氣不好】。

老皮老骨 lou5 pei4 lou5 gwat7 老骨頭；指年紀大；年老：我～仲有乜嘢好驚啫【我這把老骨頭還有啥好怕的】？

老編 lou5 pin1【俗】（報社、出版社的）編輯：～將我篇文章改淨千零字【編輯把我那篇文章改得只剩下千把字】。

老婆本 lou5 po4 bun2 成家的本錢。

老婆仔 lou5 po4 dzai2 對年輕妻子的昵稱：你～畀你出嚟咩【你妻子讓你出來嗎】？｜～，今晚食乜餸呀【老婆，今晚吃甚麼菜】？

老西 lou5 sai1【俗】西裝：做粗重嘢着乜嘢～吖【幹粗活穿甚麼西裝】？

老細 lou5 sai3 老闆。❶ 董事長；董事。又稱「大老細」。❷ 經理；上級；主管人。

老臣子 lou5 san4 dzi2 老部下，尤指企業、工商機構中參與創業的老部下。

老實 lou5 sat9（衣服）款式、顏色較樸素，不太新潮或搶眼：你咁後生，做乜着得咁～【你這麼年青，幹嘛穿得這麼樸素】。

老實威 lou5 sat9 wai1 顏色、式樣樸實大方而比較鮮豔：呢件衫好～【這件衣服式樣老但很鮮豔】。

老死 lou5 sei2 死黨；好朋友：我同佢係多年～【我跟他是多年的死黨】。

老少平安 lou5 siu3 ping4 ngon1 菜餚名，以豆腐加肉泥、魚泥蒸製而成。

老鼠斑 lou5 sy2 baan1 石斑魚的一種。因嘴似老鼠般尖細而得名，以肉質鮮嫩、價格昂貴著稱。

老鼠跌落天平——自己秤自己 lou5 sy2 dit8 lok9 tin1 ping4 dzi6 gei2 tsing3 dzi6 gei2【歇】老鼠跌到天平上，自己秤自己。用表示「秤量」的「秤」諧音雙關「稱讚」的「稱」，即「自己稱讚自己」之意。用法近於「王婆賣瓜——自賣自誇」：佢周圍話自己係校花，真係～【她到處自吹是校花，真是王婆賣瓜】。

老鼠仔 lou5 sy2 dzai2 上臂內側的肌肉在使勁、出力時鼓起的一團肌肉：嘩，你一出力～咁大隻，係唔係練過舉重呀【嚯，你一使勁手上的肌肉團就這麼一大坨，是不是練過舉重啊】？

老鼠貨 lou5 sy2 fo3 低價出賣的賊贓。

老鼠拉龜——無從入手 lou5 sy2 laai1 gwai1 mou4 tsung4 jap9 sau2【歇】老鼠拉烏龜，不知從何下手。意近「狗咬刺蝟——無從下口」：要收拾呢個殘局真係～【要收拾這個殘局可真是不知從哪兒入手】。

老鼠倉 lou5 sy2 tsong1 股票市場術語。指莊家在用大量資金推高股價之前，先用個人資金在低位增持股份，以待高位時率先賣出獲利。這些個人購買的股票稱「老鼠倉」。

老鼠搵貓——攞嚟衰 lou5 sy2 wan2 maau1 lo2 lai4 soey1【歇】老鼠找貓，自找麻煩：你同毒販做朋友，真係～【你同販毒的人做朋友，真是自找麻煩】。

老太 lou5 taai2* 老太太。

老太爺 lou5 taai3 je2* 有錢的、能享子孫福的老人：家下佢做咗～，可以享下晚年福喇【現在他子孫滿堂、生活富裕，晚年可以享享福了】。

老頭子 lou5 tau4 dzi2【俗】父親（通常用作引稱，多指上了年歲的）。

老土 lou5 tou2 土氣；不入時；不時髦：乜着得咁～【怎麼穿得這麼土氣】？｜呢啲嘢都唔識？咁～㗎【這玩藝兒都不認識？這麼土氣】？

老差骨 lou5 tsaai1 gwat7 老警察，有多年警察工作經驗的人。

老柴 lou5 tsaai4【蔑】對上了年紀的男人一種不敬的稱呼：呢條～冇用啦，唔使理佢嘞【這老廢物沒用了，甭理他】。

老襯 lou5 tsan3 ❶ 傻瓜；笨蛋（指容易受騙或已經被騙的人）：呢間舖頭專門呃人錢，但係都有好多～入去幫襯【這家店專門騙人家錢，不過還是有好多傻瓜進去光顧】。❷ 形容詞。傻帽；犯傻：你好～【你真傻冒】。｜被人呃咗一次下次就唔好咁～喇【讓人家騙了一回下次就別這麼傻冒了】。❸ 親家（夫妻雙方的父母互稱對方為老襯）：我哋四個～成日一齊飲茶【我們四個親家整天一塊兒（上茶樓）喝茶】。

老抽 lou5 tsau1 ❶ 顏色較濃但含鹽量較少，主要用於烹調時為食物上色的醬油。❷ 運動員、尤其是足球運動員對抽筋的諧稱。

老千 lou5 tsin1 騙子。「千」為「遷」之諧音，取其能「遷」他人之財為己有之意。

老吹 lou5 tsoey1 閒聊；吹牛。「吹」為「吹水」之省。（參見該條）

老屈 lou5 wat7 訛詐；欺詐：佢畀人～，唔見咗兩嚿水【他被人訛詐，丟了兩百塊錢】。｜～呀，呢啲嘢一睇就知係假啦【你騙誰？這些東西一看就知道是假的】。

滷水 lou5 soey2 做滷味用的調味汁：～雞蛋。

路 lou6 量詞。次；趟；遍：二～茶【沏第二遍的茶】。

路邊社 lou6 bin1 se5【諧】小道消息；路邊聽來的消息：～嘅消息，邊靠得住【小道消息哪兒靠得住】？

路祭 lou6 dzai3 ❶ 出殯時親友在靈柩經過的路旁祭奠。❷ 在遇難地點的路旁祭奠：

死者家屬喺車禍現場擺～【死者的家屬在車禍的現場舉行祭悼儀式】。

路障 lou6 dzoeng3 為施工、交通管制等用途而設立於道路上限制通行的障礙設施。

路人甲 lou6 jan4 gaap8【諧】路人一名。喻指無關重要的人物：我哋呢啲～、乙、丙，係用嚟做陪襯嘅咋【我們這些無關重要的人，不過是用來做陪襯的】。

路數 lou6 sou3 門路；路子：我想喺內地做房地產生意，你有冇～搵啲地皮【我想在內地做房地產生意，你有沒有甚麼路子找點兒地皮】？

露 lou6（把液體）倒過來倒過去，意同普通話的「折（zhē）」：啲湯咁熱，攞多個碗嚟～凍佢【湯這麼熱，多拿個碗來折涼它】。

露點 lou6 dim2 裸露兩乳或下體：露兩點【裸露兩乳】｜露三點【裸露乳房及生殖器官】。

露械 lou6 haai6 ❶ 亮出槍械、兇器（以恐嚇事主等）。❷【諧】裸露陽具，同「露體」。

露宿者 lou6 suk7 dze2 夜間在公共場所住宿或者流連的人士。

露體 lou6 tai2 男子因性心理變態等原因而有意暴露出生殖器。

露台 lou6 toi4（房屋的）陽台：落雨嘞，你快啲將～啲衫收入屋【下雨了，你快點兒把陽台上的衣服收屋裏來】。

睩 luk7 瞪：～大雙眼｜你～住我做乜嘢呀【你瞪着我幹甚麼】？

碌 luk7 ❶ 圓柱形物體：蝦～【蝦段兒】｜石～【石柱】。❷ 量詞。用於圓柱形長條的東西，相當於根、段等：一～蔗【一根甘蔗】｜一～竹【一段竹子】。

碌架床 luk7 ga2* tsong4 又作「雙格床」，即雙層床、架子床：你間房咁大，擺兩張床都夠，唔使用～【你這個房間這麼大，擺得下兩張床，不必用架子床了】。

碌柚 luk7 jau2 柚子。

轆 luk7 ❶ 輪子；軲轆：車～【車輪子】｜前～【前輪】。❷ 輪子狀的東西：線～【線團】。❸ 滾；（滾動着）輾、壓：將油桶～落去【把油桶滾下去】。｜佢運功之後，畀架車由佢身上～咗過去【他運氣之後，讓那輛車從他身上壓了過去】。

轆爆咭 luk7 baau3 kaat7 指用信用卡簽賬超支（參見「轆咭」條）：我已經～喇，想再簽都唔得啦【我的信用卡已經超支了，想再簽單都不行了】。

轆地 luk7 dei2* 在地上打滾：痛到～【疼得在地上打滾】｜笑到～（誇張的說法）【笑得前仰後合的】。

轆地沙 luk7 dei6 sa1（小孩貪玩）在地上打滾：細個嗰時我最中意喺草地玩～【小時後我最喜歡在草地上打滾玩兒】。

轆咭 luk7 kaat7 刷卡。「咭」指信用卡。早期用信用卡簽賬付款，收款員須把卡壓在一「轆咭機」上，用手左右拉動讓卡上的號碼印在票據上，故稱「轆咭」，亦作「簽咭」：而家好多嘢都可以～，唔使帶咁多錢喺身【現在辦很多事都可以用信用卡付賬，身上不用帶那麼多錢】。

淥 luk9（用開水、熱水）淋；燙；涮：～親隻手【燙傷了手】｜～熟【汆熟】。

綠豆公 luk9 dau2* gung1 煮不爛的綠豆。

綠豆沙 luk9 dau2* sa1 綠豆甜粥，一種常見的甜食。綠豆煮爛成稀粥狀，稱為「起沙」，故名「綠豆沙」：熱天最好食啲～下下火【夏天最好吃點兒綠豆沙去去火】。

綠印 luk⁹ jan³【俗】香港的臨時居民身份證：～客【持臨時居民身份的新移民】。

綠皮書 luk⁹ pei⁴ sy¹ 香港政府對某一政策發表的諮詢文件，因封面、封底皆為綠色，故稱。

綠色炸彈 luk⁹ sik⁷ dza³ daan²【諧】喻指稅單。因香港政府稅務局郵寄稅單的信封是綠色的，故稱。

綠色小巴 luk⁹ sik⁷ siu² ba¹ 香港的一種專線小巴。俗稱「綠巴」或「綠 van」。因其車頂油漆為綠色而得名，與車頂為紅色的「紅色小巴」相對。（參見該條）

陸軍裝 luk⁹ gwan¹ dzong¹ 一種男子的髮型，即平頭。

陸運會 luk⁹ wan⁶ wui²* 在田徑運動場舉行的運動會，與在游泳池舉行的「水運會」相對。

陸榮廷睇相——唔衰攞嚟衰 luk⁹ wing⁴ ting⁴ tai² soeng³ m⁴ soey¹ lo² lai⁴ soey¹【歇】指自取其辱。傳說廣西大軍閥陸榮廷便裝上街，請相師看相，相師認出他是陸榮廷，卻假裝不認識他，把他羞辱一番：佢噉樣做正一係～【他這樣做真是自取其辱】。

六國大封相 luk⁹ gwok⁸ daai⁶ fung¹ soeng³ 原為粵劇劇目，是每台戲演出前照例上演的墊場戲，喻指場面熱鬧壯觀。引指轟轟烈烈的大事：佢哋喺入便嘈到拍枱拍凳，好似～噉【他們在裏邊吵翻了天，鬥得很激烈】。

【小知識】1950 年代，灣仔發生一宗轟動一時的兇殺案，一個姓朱的租客因遭人白眼，狂性大發，殺死兄嫂侄兒，並放火燒屋。他行兇前曾揚言要「做齣六國大封相你哋睇」。此語後來便成為香港俚語，含「瘋狂殺戮」或「激烈爭鬥」之意。

六合彩 luk⁹ hap⁹ tsoi² 香港一種合法的賭博。賭博者買了彩票，選定 6 個數字下注，最後得獎號碼由公開搖獎決定。

【小知識】六合彩由香港賽馬會主辦，1976 年正式定名，投注形式是由 36 個號碼中選 6 個，2002 年起，改為由 49 個號碼中選 6 個，投注金額每注 10 元（最初每注 2 元）。最少選中 3 個號碼可得獎，獎金為 40 元；6 個號碼全中為頭獎，獎金根據當期和累計投注額而定。

六環彩 luk⁹ waan⁴ tsoi² 賽馬術語。在指定的六場賽事中買中每一場第一名或第二名的馬匹，即可獲取彩金。獲取這項彩金的機率不高，故通常彩金額較大。

窿 lung¹ 洞；窟窿；孔；眼兒：穿～【破了個洞】｜地上有個～【地上有個窟窿】｜鼻哥～【鼻孔】｜耳仔～【耳朵眼兒】。

窿路 lung¹ lou⁶ 門路；路子：冇～好難做得成呢單生意【沒有門路很難做得成這筆生意】。

窿窿罅罅 lung¹ lung¹ la³ la³ 犄角旮旯（偏僻狹窄的角落、地方）：～我都搵勻晒啦，都係搵唔到【犄角旮旯我都找遍了，仍然找不到】。

隆胸 lung⁴ hung¹ 通過外科手術或藥物刺激等方法使乳房增大。

隆乳 lung⁴ jy⁵ 同「隆胸」。

龍躉 lung⁴ dan² 一種體型很大的石斑魚。

龍舟 lung⁴ dzau¹ 又稱「龍舟歌」。一種

廣東説唱曲藝，演唱藝人手持木雕龍舟邊唱邊敲，故稱：舊時好多人中意唱～，而家冇囉【以前很多人喜歡唱龍船調，現在沒嘍】。

龍舟節 lung4 dzau1 dzit8 即端午節，因通常會在該節日賽龍舟而得名。

龍舟水 lung4 dzau1 soey2 ❶ 端午節前後的洪水：唔驚五月鬼，只驚～（農諺）【不怕五月的神鬼，只怕端午節前後的洪水】。❷ 端午節下水游泳，稱為「游龍舟水」。

龍精虎猛 lung4 dzing1 fu2 maang5 生龍活虎：佢咁～，邊似有病嘅啫【他生龍活虎的，哪兒像個有病的】？

龍虎榜 lung4 fu2 bong2 排名榜。

龍虎鳳 lung4 fu2 fung6 粵菜著名菜式，為一種野味大雜燴。「龍虎鳳」為蛇、貓、雞的雅稱。

龍虎武師 lung4 fu2 mou5 si1 專職的電影武打演員。

龍鳳胎 lung4 fung6 toi1 一男一女的雙胞胎。

龍拱 lung4 gung2 虹；彩虹。

龍骨 lung4 gwat7 ❶ 豬脊椎骨：我去買啲～嚟煲湯【我去買豬脊椎骨來煮湯】。❷ 甲骨。一種中藥材；古代的龜甲或獸骨：～文【甲骨文】。

龍友 lung4 jau5 攝影愛好者：啲～一早就喺嗰度霸晒位影日出【那些攝影愛好者一早就在那裏佔好位置拍日出】。

龍馬精神 lung4 ma5 dzing1 san4 過年時祝福人家或寫在紅紙上的吉祥話，意為祝願對方（或祈求家人）像飛舞的龍、奔馳的馬一樣生龍活虎，精神矍鑠。

龍門 lung4 mun4 ❶ 足球球門：三號一腳將球踢入～。❷ 引申指守門員。

龍芽豆 lung4 nga4 dau2* 扁豆，一年生草本植物。

龍牙蕉 lung4 nga4 dziu1 芭蕉的一種，果實較香蕉豐滿，皮較薄，呈淡黃色。

龍虱 lung4 sat7 一種水生甲蟲，黑色，可做菜餚，也可入藥。

龍獅旗 lung4 si1 kei4 以港英政府時期的盾徽為圖案的旗幟，由舊時的「香港旗」更改而來，去除左上方英國國旗圖案，保留香港盾徽。盾徽的設計左面是獅子、右面是龍，故稱。

龍船 lung4 syn4 龍舟：扒～【划龍舟 / 賽龍舟】。

龍床不如狗竇 lung4 tsong4 bat7 jy4 gau2 dau3【俗】皇帝的龍床不如自家的床鋪（狗窩），意同「金窩銀窩不如自己的狗窩」：我去旅遊住酒店都瞓唔好，真係～【我去旅遊住酒店都睡得不好，真是龍床不如自己的床鋪舒服】。

龍穿鳳 lung4 tsyn1 fung6 飛黃騰達；交好運：你終須有日～【你總有一天會飛黃騰達】。

籠轆 lung4 lip7 載人籠；建築工地用形似籠子的升降機。

籠裏雞作反 lung4 loey5 gai1 dzok8 faan2【俗】同一籠子裏的雞造反，比喻自己人中有人吃裏扒外，勾結外人來反對自己人。

籠民 lung4 man4 居住在「籠屋」裏的居民。這是諧「農民」的語音造出來的一個詞語。

籠屋 lung4 nguk7 一種極狹窄的「房屋」。把一個住房像鴿子籠那樣分隔成很多格，每格面積為一個床位，四周罩以鐵絲（其中一面是鐵絲做的門，人離開時可上鎖），這樣一個鳥籠似的約兩三個立方米的空間即為一個「籠屋」。這種「籠屋」床挨床，「屋」疊「屋」，往往可以住很多人。

槓 lung5 裝衣服用的大木箱；籠箱，箱子：樟木～【樟木箱子】｜咁多衫，要搵個～嚟裝先得【這麼多衣服，要找個大木箱來裝才行】。

攣 lyn1 ❶ 彎曲：啲嘢好重，壓到條擔挑都～咗【東西很重，壓得扁擔都彎了】。❷ 蜷縮、蜷曲：～埋身瞓【蜷曲着身子睡】。❸ 指男同性戀：兩個男仔行得咁密，我估佢哋係～嘅【兩個男孩子關係這麼親密，我懷疑他們是男同性戀者】。

攣弓蝦米 lyn1 gung1 ha1 mai5 身體彎曲挺不直，像蝦米那樣：要保護脊骨，就要時時坐得直，唔好坐到～噉【要保護腰椎，就要時時坐得平直，別坐得跟蝦米似的】。

攣弓鈎鼻 lyn1 gung1 ngau1 bei6 鷹鈎鼻子：好多鬼佬都係～嘅【很多洋人都有鷹鈎鼻子】。

攣毛 lyn1 mou1* ❶ 鬈毛；鬈髮。❷ 鬈髮的人。

戀 lyn2 運動、滾動着黏上別的東西：佢係沙灘度～咗成身沙【他在沙灘上滾了滿身沙】。｜將煎堆～層芝麻再炸【把煎堆黏一層芝麻再進鍋炸】。

戀物狂 lyn2 mat9 kwong4 一種專門通過對異性的某些物品如內衣褲、乳罩、頭髮等的刺激產生性幻想、進而達到性高潮的性心理病態。多見於男性。

戀物癖 lyn2 mat9 pik7 同「戀物狂」。

戀童 lyn2 tung4 ❶ 又作「孌童」。指男妓。❷ 癡迷孩童，特指癡迷與孩童性交的變態行為。

戀童癖 lyn2 tung4 pik7 又作「戀童狂」。一種有與孩童性交癖好的性心理病態。多見於男性。

亂掹 lyn2* fing6 亂揮霍；亂花錢：有錢都唔可以～【有錢也不可以胡亂揮霍】。

亂嚟 lyn2* lai4 亂來；胡來；瞎鬧；胡鬧：你放低把刀先，咪～呀【你先把刀放下，別亂來】！

亂龍 lyn2* lung4 亂了套；亂糟糟：咁多觀眾，一～就麻煩㗎喇【這麼多觀眾，一亂了套就麻煩了】。｜做乜嘢搞到間房亂晒龍都唔執下【幹嘛搞得房間裏亂糟糟都不收拾一下】？

亂噏 lyn2* ngap7 胡說；胡謅：～，冇嘅嘅事【胡說八道，沒那事】！

聯 lyn4 縫；釘：～衫【縫衣服】｜～幾針【縫幾針】｜～返粒鈕【釘上扣子】。

聯群結隊 lyn4 kwan4 git8 doey6 成群結隊：你哋～去邊呀【你們成群結隊的去哪兒】？

聯群結黨 lyn4 kwan4 git8 dong2 同「聯群結隊」。

聯手 lyn4 sau2 合作；合力：呢兩家最有實力嘅公司～，其他細公司好難同佢哋競爭【這兩家最有實力的公司合作，其他小公司很難跟他們競爭】。

亂咁春 lyn6 gam3 dzung1 東走西竄；亂碰亂撞：我唔識路㗎，～搵到嚟㗎咋【我不認得路的，是亂碰亂撞找到這兒來的】。

亂講無為 lyn6 gong2 mou4 wai4 胡說；瞎說一氣：你唔好～【你不要瞎說一氣】。

亂立立 lyn6 lap9 lap9 亂糟糟。同「立

立亂」。

亂噏廿四 lyn6 ngap7 ja6 sei3 亂吹一氣；瞎扯一通；胡説八道。同「亂噏」：你唔好喺度～【你別在這兒胡説八道】。

亂晒坑 lyn6 saai3 haang1 全亂了套；亂得一塌糊塗：老婆出咗差，我屋企即刻～【老婆出公差，我家裏立馬亂了套】。

亂車亂諦 lyn6 tse1 lyn6 dai3 胡説八道：你唔好～【你不要胡説八道】。

捋 lyt9 ❶ 撩；擼；握住物體向一端移動：你～起衫袖想做乜嘢呀？打交呀【你擼起袖子想幹嘛？想打架呀】？❷【俗】害怕；恐懼：識功夫嘅話見到壞人都唔使～【會武術的話見到壞人都不害怕】。｜我一上台就～【我一上台就感到恐懼】。

捋奶 lyt9 naai5 擠奶：你去幫奶牛～【你去給奶牛擠奶】。

m

唔 m4 副詞。不：～係【不是】｜～想【不想】。

唔打緊 m4 da2 gan2 無關緊要；沒關係：你點做都得，～【你怎樣做都行，無關緊要】。

唔單只 m4 daan1 dzi2 又作「唔只」。不只；不單；不僅；不光：～你，我都想去【不只你，我都想去】。

唔抵 m4 dai2 ❶ 不值得；划不來：為呢啲小事打交畀人告就～啦【為這種小事打架被人控告就不值得嘍】。｜件衫咁貴？真係～【這件衣服這麼貴？真划不來】。❷ 不忿；不甘心：過咗咁多關到最後失手輸咗，真係戥佢～【那麼多關都過了到最後失手輸掉了，真替她不忿】。

唔抵得 m4 dai2 dak7 ❶ 忍不住：呢啲事叫我唔出聲，我～【這種事讓我不作聲，我忍不住】。❷ 受不了：日日聽老媽子吟沉，我真係～【天天聽老娘嘮叨，我真受不了】。

唔抵得頸 m4 dai2 dak7 geng2 ❶ 氣不過；咽不下那口氣：見佢蝦蝦霸霸個樣，真係～【見他橫行霸道的樣子，真咽不下那口氣】。❷ 不服氣：唔好～，人哋係叻過你【別不服氣，人家是比你聰明】。

唔……得 m4 dak7 ❶ 在中間插入一個動詞，表示不可以、不能夠、不允許之意，相當於「……不得」：唔食得【吃不得】｜唔掂得【碰不得】｜唔走得【走不得，走不了】。❷ 在「唔……得」之後再加一個補語，則相當於「……不……」，表示動作難以達到補語所要求的效果：唔行得開【走不開】｜唔記得住【記不住】｜唔醫得好【治不好】。

唔得掂 m4 dak7 dim6 不得了；不可收拾：因住呀，跌落去～㗎【小心哪，掉下去可就不得了了】。｜呢件事畀班老記知道就～㗎啦【這件事讓那班記者知道了就不可收拾了】。

唔得閒 m4 dak7 haan4 沒空；沒工夫；忙：對唔住，～去探你【對不起，沒空去探望你】。｜近排我好～【最近我很忙】。

唔得切 m4 dak7 tsit8 來不及。同「唔切」。

唔等使 m4 dang2 sai2 不切實際的；沒用的；無關緊要的；無助於解決迫在眉睫的問題的：個會仲有好多嘢傾，唔好講咁多～嘅説話【會上還有很多事情要討論，別説這麼多廢話】。｜而家至緊要搵酒店，去邊度玩呢啲～嘅事慢慢諗都未遲【現在最要緊的是找旅店，去哪兒玩這種無關緊要的事慢慢想也不晚】。

唔嗲唔吊 m⁴ de² m⁴ diu³ 不緊不慢；愛理不理；懶洋洋：結婚嘅嘢，佢自己～，我哋點幫手吖【對婚姻的事，他自己愛理不理的，我們怎麼幫呀】？

唔定 m⁴ ding⁶「定」又音 ding²*。說不定，這是「話唔定」之省略：我聽日去都～【我說不定明天去】。｜再唔畀啲心機，唔合格都～【再不用心，說不定考不及格】。

唔多妥 m⁴ do¹ to⁵ ❶不大妥當；不對勁：你噉做～嚹【你這麼做不大妥當啊】。❷身體不大舒服：我呢排忙過頭，身體～【我最近太忙，身體不大舒服】。

唔對路 m⁴ doey³ lou⁶ 有問題；不對勁：呢條友仔喺銀行門口兜嚟兜去，好似有啲～【這小子在銀行門口轉來轉去，好像有點不對勁】。

唔……都……咗 m⁴ dou¹ dzo² 在其間插入前後相同的動詞，表示「既來之，則安之」之意，用法近於「不該……，但也……了」：唔做都做咗【不想做，但已經做了】。｜唔食都食咗【不能吃可也吃了】。

唔到 m⁴ dou² 用於動詞之後，表示動作無法完成，意為「……不了」：做～嘢【幹不了活】｜手傷咗打～波【手傷了打不了球】。

唔到 m⁴ dou³ 輪不上；輪不到：有董事長喺度，～我話事【有董事長在這兒，輪不上我拍板】。

唔到你唔…… m⁴ dou³ nei⁵ m⁴ 不由得你不……：～去【不由得你不去】｜～嬲【不由得你不發火】。

唔爭在 m⁴ dzaang¹ dzoi⁶ 不缺；不差；不計較；不在乎：你畀得成千萬，～呢十萬八萬啦【你拿得出上千萬，不會計較這十萬八萬吧】？｜架車咁大，～坐多個人嘅【這輛車這麼大，不在乎多坐個人的】。

唔制 m⁴ dzai³ 不幹；不肯；不願意（僅用作謂語，其後不能再加動詞）：啱啱食完飯就要我做功課？我～呀【剛吃完飯就要我做作業？我不幹】！｜呢啲嘢咁牙煙，係人都～喇【這事這麼危險，誰都不願意幹吶】。

唔制得過 m⁴ dzai³ dak⁸ gwo³ 划不來；不划算：要使咁多錢呀？我話就～咯【要花這麼多錢？我看就不划算】。｜幫噉嘅衰人？～【幫這種混蛋的忙？划不來的】。

唔知幾…… m⁴ dzi¹ gei² 非常；很；不知道有多……：瞓喺草地度，～舒服【躺在草坪上，不知道有多舒服】。｜你以為我嬲呀？我都～開心【你以為我生氣呢？我不知道有多高興】。

唔知好醜 m⁴ dzi¹ hou² tsau² 不知好歹；不知死活：你真係～，連大老闆都夠膽得罪【你真不知好歹，連大老闆都敢得罪】。

唔知米貴 m⁴ dzi¹ mai⁵ gwai³ 不知柴米貴（指不知道生活的艱難）：啲仔女年紀仲細，～【子女們年紀還小，不知道生活的艱難】。

唔知衰 m⁴ dzi¹ soey¹ 不知道要倒楣：老細對佢好唔滿意，就嚟要炒佢嘞，佢仲～【老闆對他很不滿意，就要開除他，他還不知道要倒楣了】。

唔知頭唔知路 m⁴ dzi¹ tau⁴ m⁴ dzi¹ lou⁶ 不知道事情的來龍去脈，又引指甚麼都不知道：佢兩個嘅恩怨我～，好難幫佢哋調解【他們兩個人的恩怨我不知來龍去脈，很難替他們調解】。｜你～就唔好亂加把嘴啦【你啥都不知道就不要亂插嘴】。

唔知醜 m⁴ dzi¹ tsau² 不害臊；沒羞：咁大個仔仲喊？～【這麼大了還哭？不害臊】。

唔知醜字點寫 m⁴ dzi¹ tsau² dzi⁴ dim² se² 不知「醜」字怎麼寫，即不知羞恥之意：噉嘅嘢你都做得出？真係～【這種事你都做得出來？真是不知人間有「羞恥」二字】。

唔只 m⁴ dzi² ❶ 不止；不只：佢～八十歲咯【她不止八十歲了】。❷ 不僅；不單。同「唔單只」：佢～識唱歌，仲識演電影【她不僅會唱歌曲，還會演電影】。

唔志在 m⁴ dzi³ dzoi⁶ 不在乎：呢批貨賺唔賺到錢我～，至緊要打開市場【這批貨能不能賺到錢我不在乎，最關鍵是要打開市場】。｜我～呢幾百蚊【我不在乎這幾百塊錢】。

唔自在 m⁴ dzi⁶ dzoi⁶ ❶ 同「唔自然」。❷（感覺上）不自在；有拘束感：叫我呢啲粗人嚟呢種高尚地方，真係周身～【叫我這種粗人來這種高貴的場所，真是渾身都不自在】。

唔自然 m⁴ dzi⁶ jin⁴（身體上）不舒服：個頭暈暈哋，有啲～嘅【頭暈乎乎的，有點兒不太舒服】。

唔精神 m⁴ dzing¹ san⁴（感到）不適、不舒服；生（小）病：～就早啲唞喇【不舒服就早點休息吧】。

唔淨只 m⁴ dzing⁶ dzi² 同「唔單只」。

唔阻你 m⁴ dzo² nei⁵ 不妨礙你：我出去先，～開會【我先出去，不妨礙你開會】。

唔着 m⁴ dzoek⁹ 不對；不是：今次係我～，對唔住【這次是我不對，對不起】。

唔在講 m⁴ dzoi⁶ gong² 即「不但」或「不用說」（僅用作補語）：呢度診金貴～，仲要輪一兩個鐘頭至有得睇【這裏醫藥費貴不說，還要排一兩個鐘頭隊才能看上病】。

唔做得 m⁴ dzou⁶ dak⁷ 不可以；不能：你細個～自己落街【你是小孩不可以一個人上街】。

唔做中唔做保，唔做媒人三代好 m⁴ dzou⁶ dzung¹ m⁴ dzou⁶ bou² m⁴ dzou⁶ mui⁴ jan⁴ saam¹ doi⁶ hou² 指不要做中間人（中）、擔保人（保）、媒人這些吃力不討好的角色。

唔中用 m⁴ dzung¹ jung⁶ 不中用；不管用；不頂用：我哋呢班老嘢，～囉【我們這幫老東西，不中用嘍】。

唔化 m⁴ fa³ 固執；頑固；迂腐；不開通；看不開：講極佢都唔聽，真係～【說破嘴皮兒他都不聽，真固執】。｜而家乜嘢年代呀？仲想包辦仔女嘅婚事，你都～嘅【現在甚麼年代了？還想包辦兒女的婚事，你可真不開通】。

唔化算 m⁴ fa³ syn³ 不划算；划不來：嗰咁多錢買咗件流嘢，真係～【花費這麼多錢買了件冒牌貨，真不划算】。

唔忿氣 m⁴ fan⁶ hei³ 不服氣：～唔係下次玩過囉【不服氣下次再玩唄】。

唔緊要 m⁴ gan² jiu³ 不要緊；沒關係：你幾時還錢都～【你甚麼時候還錢都不要緊】。

唔夠 m⁴ gau³ ❶ 不夠；不足夠：人～多｜車開得～快。❷ 用在比較的對象及動詞之前，表示比較，意為「比不過」、「比不上」：足球我～你踢，羽毛球你就～我打喇【足球我踢不過你，羽毛球你可打不過我】。❸ 用在比較的對象及形容詞之前，表示比較，意為：「比不上」、「不如」：佢～你靚，不過你又～佢高【她不如你漂亮，不過你也不如她高】。

唔夠瞓 m4 gau3 fan3 睡眠時間不足；缺睡：佢呢排成日喺醫院睇住老竇，根本就～【他這陣子整天在醫院裏看護老爸，睡眠時間根本就不夠】。

唔夠喉 m4 gau3 hau4 原意為「不夠填滿喉嚨」，即「不夠吃（或喝）」、「吃不飽」，又引申指不夠、不過癮、不滿足：三個人得半斤酒，梗～喇【三個人才半斤酒，當然不夠喝啦】。｜佢喺屋企煲劇多多都～【她在家不停看電視劇，再多也不滿足】。

唔夠氣 m4 gau3 hei3 氣力不足；中氣不足：個山咁高，我真係～爬上去【山這麼高，我真的不夠氣力爬上去】。｜咁高音，我～唱【這麼高的音，我不夠中氣唱（上去）】。

唔夠佢嚟 m4 gau3 koey5 lai4 比不上他；比不過他。（此種用法中的「佢」字，還可根據比較對象不同而換成別的代詞或名詞，如「唔夠我嚟」、「唔夠我師傅嚟」，即「比不上我」，「比不上我師傅」之意）：打乒乓波我～【打乒乓球我比不過他】｜數學我～【我數學比不上他（好）】。

唔夠眼 m4 gau3 ngaan3 ❶ 視力不佳；看不清楚：字細過頭，我～睇【字太小，我看不清楚】。❷ 判斷錯誤；眼力不好；沒看清楚：啲生果爛嘅，你買嗰陣真係～嘞【這水果都爛了，你買的時候就沒看清楚】。

唔夠皮 m4 gau3 pei2* ❶ 營業收入低於成本，保不了本：舖租咁貴，一日一萬蚊生意仲～，真係好難做落去【店租這麼貴，每天營業額一萬元都保不了本，真的很難做下去】。❷ 入不敷出；掙的錢不足以維持生活：佢家下食飯都～，邊有錢去遊埠啫【他現在吃飯都不夠錢，哪兒有錢去旅遊】？❸ 不滿足：你鑿咗老竇三嚿水仲～呀【你從老爸那兒弄了三百塊錢還不滿足嗎】？

唔夠攝牙罅 m4 gau3 sip8 nga4 la3【俗】不夠塞牙縫兒（指數量很少難以滿足需要）：畀得嗰半碗麵我食，都～【只給我半碗麵，還不夠我塞牙縫兒的】。

唔見 m4 gin3 ❶ 丢失：我本書～咗【我那本書丢失了】。❷ 損失：呢一輪嘅金融風暴，我淨係喺股市就～咗幾百萬【這一波金融風暴，我光是在股市就損失了幾百萬】。

唔見得光 m4 gin3 dak7 gwong1 不能曝光；不能公開：佢做咗咁多～嘅陰質事，個天會收佢嘅【他幹了那麼多見不得人的缺德事兒，老天爺會懲罰他的】。

唔經唔覺 m4 ging1 m4 gok8 不知不覺：～個女都咁大咯【不知不覺女兒都這麼大了】。

唔啹 m4 goe4 不服氣：佢雖然唔敢出聲，不過睇個樣好似～噉【他雖然不敢開口，不過看樣子好像不服氣似的】。

唔該 m4 goi1 禮貌用語。❶ 用於感謝他人，意為「謝謝」：幫我同佢講聲～吖【替我向他説謝謝】。❷ 用於請求他人幫忙或提供服務，提供方便，意為「勞（您）駕」、「麻煩您」、「請（您）」：～借枝筆畀我【麻煩您借我一枝筆】。｜～畀三杯咖啡【麻煩您，來三杯咖啡】。｜～借歪【勞駕，請讓讓路】。

唔該晒 m4 goi1 saai3 同「唔該 ❶」，但

語意更重，有「非常感謝」、「太謝謝您了」之意。

唔覺意 m⁴ gok⁸ ji³ 不留神；不小心：我一～撞跌咗個杯【我一不留神打翻了杯子】。｜～叫錯咗你個名添，唔好意思【不小心叫錯了你的名字，不好意思】。

唔覺眼 m⁴ gok⁸ ngaan⁵ 沒留意；沒注意：佢入過嚟咩？我～噃【他進來過嗎？我沒留意】。｜個女人有冇拖住細路我～【那個女人有沒有帶着孩子我沒注意】。

唔顧面 m⁴ gu³ min²* 不要臉：未見過啲女人好似佢咁～嘅【沒見過哪個女人像她那樣不要臉的】。

唔顧身私 m⁴ gu³ san¹ si¹ 不修邊幅：你而家係公司嘅高層，～唔得嘅【你現在是公司的高層（員工），不修邊幅是不行的】。

唔怪之 m⁴ gwaai³ dzi¹ 又作「唔怪之得」。怪不得；難怪：原來考試唔合格呀？～苦口苦面啦【原來考試不及格呀？怪不得一臉不高興吶】。

唔關事 m⁴ gwaan¹ si⁶ 否定某些人、事等因素與所發生的事情的聯繫，意為「與……無關」，「不是因為……」（還可在「事」字之前插入一些表示關涉對象的詞語，如「唔關我事」、「唔關你大佬事」，即「與我無關」、「跟你大哥無關」之意）：佢咳得咁犀利，擔心肺有問題，可能～嘅，係氣管炎都未定【他咳得這麼厲害，擔心肺有問題，可能跟這沒關係，是因氣管炎造成的也說不定】。

唔鹹唔淡 m⁴ haam⁴ m⁴ taam⁵ ❶（語言）不地道；半像不像：你講啲法文～【你說的法語不地道】。❷ 半拉子：呢件事而家做到～，幾時做得晒【這件事現在才做了半拉子，不知道甚麼時候才能做完】。

唔喺處 m⁴ hai² tsy³「處」又音 sy³。❶ 不在；不在這兒：我琴日～【我昨天不在這兒】。❷【婉】去世了；死了：佢阿爺～囉【他爺爺不在了】。

唔係 m⁴ hai⁶ ❶ 不是：係我講嘅，～佢【是我說的，不是他】。❷ 不然；要不然：出去！～我報警喇【出去！要不然我要報警了】。❸ 又合音作「咪（mai⁶）」，用於反問句，意為「不就是……（嗎）」、「就……（唄）」、「可不是」：佢老公～我囉【他丈夫不就是我嗎】？｜中意～食囉【喜歡就吃唄】。｜噉～，我早就話過啦【可不是，我早就說過了】。

唔係噉話 m⁴ hai⁶ gam² wa⁶ 不是這麼說；話不能這麼說；別這麼說：～噃，呢批貨出咗事你哋都有責任【話不能這麼說，這批貨出了事兒你們也有責任的】。｜～，你都幫咗我好多啫【別這麼說，你也幫過我很多忙】。

唔係嘅話 m⁴ hai⁶ ge³ wa⁶ 不然的話；要不然；否則：好彩有你，～我都唔知點算【幸虧有你，不然的話我都不知道該咋辦】。

唔係幾…… m⁴ hai⁶ gei² 不是很……；不太……；不大……；不怎麼……：～高【不太高】｜～中意【不大喜歡】。

唔係人噉品 m⁴ hai⁶ jan⁴ gam² ban² 失去人的常性；沒有人性。「品」指「品格、性格」：呢班人～，千祈唔好得罪佢哋呀【這班人沒有人性，可千萬別得罪】！

唔係嘢少 m⁴ hai⁶ je⁵ siu² 不簡單；不是省油的燈：呢度嘅老師～，好多係名校畢業嘅博士嚟㗎【這兒的老師可不簡單，好多是名校畢業的博士】！｜你想蝦佢？佢練過功夫，～㗎【你想欺負她？她練過武術，可不是省油的燈】。

唔係佢手腳 m4 hai6 koey5 sau2 goek8 不是他的敵手：佢攞過拳擊冠軍，我～【他得過拳擊冠軍，我不是他的對手】。

唔係路 m4 hai6 lou6 ❶ 同「唔對路」。❷ 情況不對頭；不是辦法；不像樣：噉落去～喇，要改變策略至得【這樣發展下去情況不妙，要改變策略才行】。｜你都～嘅，送貨地址都會搞錯【你太不像話了，送貨地址都能搞錯】！

唔係猛龍唔過江 m4 hai6 maang5 lung4 m4 gwo3 gong1【諺】沒有真本領就不來。表示揚名在外者都是有實力的人：～，冇咁上下實力，佢哋唔會咁輕易嚟挑戰嘅【能打出名堂的都是強者。沒有一定的實力，他們是不會輕易前來挑戰的】。

唔係你財，唔入你袋 m4 hai6 nei5 tsoi4 m4 jap9 nei5 doi2*【俗】不是你的錢財，進不了你的口袋。用於勸說為人不要作發財的非分之想，亦可用作自己喪失了發財機會時的自我解嘲：～，期貨嘅嘢你唔熟行都係唔好入市穩陣啲【不是你的錢就別想揣口袋裏，期貨這行當你不熟悉還是別入市穩妥點兒】。｜我琴晚贏咗幾千蚊，今日輸番晒，真係～【我昨晚贏了幾千塊錢，今天全輸了，真是不是自己的錢，進不了自己的口袋】。

唔係我杯茶 m4 hai6 ngo5 bui1 tsa4 表示不是自己喜歡的事物（或類型），用法近於「不是我的菜」。源自英國諺語 you are not my cup of tea。其中 cup of tea 表示喜歡的事物或人。（「我」可改換為其他名詞或代詞）：呢一款～【這種款式不是我的菜】。｜佢話你唔係佢杯茶【她說你不是她的菜】。

唔係我嗰皮 m4 hai6 ngo5 go2 pei4 比不上我；不是我對手：打籃球佢～【打籃球他比不上我】。

唔恨 m4 han6 在形容詞後面，表示程度很高，意近「……得不行」：佢懶到～【他懶得不行】｜呢份工一日返 12 個鐘，辛苦到～【這個活兒一天幹 12 個小時，累得不行】。

唔開胃 m4 hoi1 wai6 原意是沒胃口，胃口不好（食欲不振）；也引指倒胃口（對某些人、事物感到厭惡）：呢兩日食乜都～嘅【這兩天吃啥都沒胃口】。｜間餐廳咁邋遢，唔好話食嘢，一入去都～喇【這間餐廳這麼髒，別說吃東西，連進去都倒胃口】。

唔好 m4 hou2 ❶ 不好：呢味餸～食嘅【這個菜不好吃】。❷ 又作「咪（mai5）」。不要；別（表示阻止、禁止）：～喊【別哭】｜～過去【別過去】。

唔好口 m4 hou2 hau2 意為「不會有好聽的話」：相嗌～，佢一時火遮眼講嘅嘢唔好同佢計較【吵架當然沒好說話，他一時氣昏了頭，別跟他計較】。

唔好意思 m4 hou2 ji3 si3 ❶ 不好意思；過意不去：要你送佢返嚟，真係～【要你送她回來，真不好意思】。❷ 很抱歉：真係～，要你哋等咁耐【真抱歉，讓你們等這麼久】。

唔好意頭 m4 hou2 ji3 tau4 不好的兆頭；不祥之兆：架車嘅車牌係 2453，真係～，我唔坐嘞【這車的車牌是 2453（粵語諧音為「易死唔生」——即「容易死不能活」之意），這可是不祥之兆，我不坐了】。

唔好手腳 m4 hou2 sau2 goek8 愛拿別人的東西；手腳不乾淨：佢咁～，有邊個會同佢做朋友呀【他手腳不乾淨，誰會跟他做朋友呢】？

唔好話 m4 hou2 wa6 又作「咪話」。別說；慢說：～你個仔啦，畀着你都唔得啦【別說是你兒子了，就是你也不行】。

唔憂 m4 jau1 不怕；不愁；不擔心：皇帝女～嫁【皇帝的女兒不愁嫁】｜好嘢～賣唔出去【好東西不用擔心賣不出去】。

唔拘 m4 koey1 無所謂；沒問題；沒關係：你幾時嚟都～【你甚麼時候來都無所謂】。｜喺屋企點講都～，出去就唔好亂講【家裏頭怎麼說都沒關係，出門就別亂說】。

唔理點 m4 lei5 dim2 無論如何：～，見死不救就係唔啱【不管怎麼說，見死不救就是不對】！

唔撈 m4 lou1 不幹；辭職：你咁叻就自己搞掂佢，我～喇【你說行就自己弄，我不幹了】！｜呢啲嘢我點都唔做嘞，最多唔係～【這種事我不會幹的，大不了辭職】！

唔埋得鼻 m4 maai4 dak7 bei6 不能靠近鼻子，指臭不可聞：佢成個月都唔沖涼，真係～【他整個月都不洗澡，臭不可聞】。

唔嗱經（耕） m4 na1 gaang1（與）……毫無關係；（與）……不相干；一點兒也不沾邊；風馬牛不相及：佢同我都～嘅，我做乜嘢要幫佢還錢呀【他跟我毫無關係，我幹嘛要替他還錢】？｜幅畫入便畫嘅呢兩樣嘢都～嘅【畫裏頭畫的這兩樣東西毫不相干】。｜佢篇文章同今次會議嘅主題都～嘅【他那篇文章跟這次會議的主題一點兒也不沾邊】。

唔嬲就假 m4 nau1 dzau6 ga2 不生氣才怪：你三科不及格，老竇～【你三科不及格，父親不生氣才怪】。

唔啱 m4 ngaam1 ❶ 不對；錯：呢件事係你～【這件事是你不對】。❷ 不合；不符合；不合適：件衫～身【衣服不合身】｜噉做法，～規矩噃【這麼做不合規矩呀】。｜叫個女仔去搬貨～啩【叫個女孩子去搬貨不合適吧】？❸ 要不；要不就……：～你食先吖【要不你先吃吧】。｜～你一個人去吖【要不就你一個人去吧】。

唔啱講到啱 m4 ngaam1 gong2 dou3 ngaam1 通過言語溝通、說理來消除原有的隔閡、誤會、分歧，找到雙方接受的結果：大家唔好嘈住，價錢可以傾，做生意嘅嘢，～吖嘛【大家先別吵，價錢可以談，做生意嘛，不合適談到合適唄】。

唔啱key m4 ngaam1 ki1 走調，引指意見不同；合不來。key 指音樂的調：我同佢～【我跟他合不來】。

唔三唔四 m4 saam1 m4 sei3 不倫不類：你將個門口搞到～噉，都唔知似乜【你把門口裝飾得不倫不類，完全不像樣】！

唔生性 m4 saang1 sing3 ❶ 不懂事：阿爸病咗，你仲激佢，真係～【爸爸病了，你還惹他生氣，真不懂事】！❷ 沒出息：自己唔去搵錢，成日問阿媽攞，真係～【自己不去掙錢，成天跟媽媽要，真沒出息】。❸ 事情發展不如理想；不爭氣：啲馬仔又～，累到我輸晒【（投注的）那些馬不爭氣，讓我輸個精光】。

唔使 m4 sai2 不用；用不着；不必：～等我【不用等我】｜～咁多【用不着這麼多】｜～掛住我【不必惦記我】。

唔使擇日 m4 sai2 dzaak9 jat2* 隨便；隨意；輕易：呢個衰仔打人～嘅【這混蛋隨時都會打人】。

唔使指擬 m4 sai2 dzi2 ji5 甭指望；別癡心妄想。又作「咪指擬」，「咪使指擬」：

唔勤力啲做嘢就～加人工【不勤快點幹活就別指望漲工資】。｜你仲想走？～【你還想跑？別癡心妄想了】！

唔使慌 m⁴ sai² fong¹ 別指望：你～佢會還錢畀你【你別指望他會還你錢】。

唔使計 m⁴ sai² gai³ 別提啦（表示對人或事物的鄙棄或不堪回首之意）：講到呢個衰仔啲衰嘢就～咯【這渾小子呀幹的好事，就別提啦】。｜啱啱出嚟做個陣時，啲辛苦就～咯【剛出來幹活那時候，那種辛苦就別提啦】。

唔使恨 m⁴ sai² han⁶ ❶ 甭指望；別想：等個仔畀錢養家？你～喇【等兒子掙錢回來養家？你別指望了】。❷ 得不到或失去了也不用婉惜：呢啲嘢好睇唔好用，爛咗都～啦【這東西中看不中用，破了也沒甚麼可惜的】。

唔使嚟 m⁴ sai² lai⁴ 別指望；不用打算：你噉嘅水準想入校隊？你～喇【你這樣的水平想進校隊？你甭指望了】。

唔使唔該 m⁴ sai² m⁴ goi¹ 原意是「用不着謝」，用於在別人致謝時表示客套。用法近於「不客氣」，「哪裏哪裏」。

唔使問阿貴 m⁴ sai² man⁶ a³ gwai³【俗】事情已很明白，不必再問別人。阿貴原指清代廣東巡撫柏貴，相傳他昏庸無能，一切聽憑兩廣總督葉名琛做主，甚麼事問他都沒用。引指對事情十分肯定，不必懷疑：部手機咁貴，～，梗係屈男朋友送啦【這部手機那麼貴，不用問，肯定是開口要男朋友送的】。

唔使諗 m⁴ sai² nam² 甭指望；沒門兒：想我應承？你～喇【想我答應？你甭指望了】。

唔使審 m⁴ sai² sam² 不用問，明擺着：～，呢樣嘢實係呢條友做嘅【甭問，這事兒肯定是這小子幹的】。

唔使死 m⁴ sai² sei² 死不了。指沒甚麼大不了，意近「天不會塌下來」：測驗唔合格啫，～嘅【測驗不及格而已，天不會塌下來】！

唔修 m⁴ sau¹ ❶ 不積德。「修」指「修行積德」：前世～【上輩子沒積德（意指現在遭報應）】｜把口～【不積口德；説話太損】。❷ 表現很差；沒修養；夠嗆：噉嘅事都做得出，你呢個人真係～【這種事兒你都做得出來，你這人真沒修養】。

唔收貨 m⁴ sau¹ fo³ 不接受：你裝修啲用料咁差業主～【你裝修用的材料質量那麼差業主不接受】。｜局長為事故致歉，市民～【局長為事故道歉，市民不接受】。

唔受得 m⁴ sau⁶ dak⁷ 承受不了：佢份人好內向，噉樣同佢開玩笑佢～【她為人很內向，這麼跟她開玩笑她可承受不了】。

唔聲唔氣 m⁴ seng¹ m⁴ hei³ 不張揚；不聲不響；沉默寡言：他～一個人坐響度【他獨自不聲不響坐在那裏】。｜佢～幫我執好間屋【她不聲不響地替我把房子收拾乾淨】。

唔聲唔聲 m⁴ seng¹ m⁴ seng¹ 不聲不響。意近「不顯山不露水兒的」：～，嚇人一驚【不聲不響，嚇人一跳】。｜咪睇佢～呀，佢係武術高手嚟㗎【別瞧他不顯山不露水兒的，他可是個武術高手】。

唔識 m⁴ sik⁸ ❶ 不認識：我～你【我不認識你】。❷ 不懂；不會：佢～日文【他不懂日語】｜我～跳舞【我不會跳舞】。

唔少得 m⁴ siu² dak⁷ 少不了；少不得；缺不得：有錢分～你一份嘅【有錢分少不

了你一份的】。｜今晚場波～佢呢個主力【今晚這場球缺不得他這個主力】。

唔信鏡 m[4] soen[3] geng[3] 不相信鏡子，自以為漂亮。喻指對現實不肯接受，自以為是，自高自大：個個都沽貨，佢死～，結果損失好大【人人都看跌把股票賣掉，他就是不信，結果損失很大】。

唔順氣 m[4] soen[6] hei[3] 不服氣。同「條氣唔順」：你～呀，再鬥過吖【你不服氣咱們再比一次】。

唔順超 m[4] soen[6] tsiu[1]【俚】不順眼；不服氣。「超」是怒視之意：佢對我不溜都～【他一直瞧我不順眼】。

唔相干 m[4] soeng[1] gon[1] 毫不相關；沒聯繫；沒有甚麼關係：我係路過嘅啫，同呢件事～【我路過而已，跟這事毫不相關】。

唔上唔落 m[4] soeng[5] m[4] lok[9] 不上不下；半拉子：電梯～，半天吊【電梯不上不下，半中間停了】。｜而家返轉頭又唔係，繼續做又唔夠資金，～，唔知點算好【現在打退堂鼓又不行，繼續做又不夠資金，事情做得半拉子，真不知道該怎麼辦】。

唔衰攞嚟衰 m[4] soey[1] lo[2] lai[4] soey[1]【俗】沒事找事兒；自討苦吃；自找麻煩：都唔關佢事，佢夾硬要出頭，真係～【事情與他無關，他硬要出頭，真是自討苦吃】。

唔熟唔食 m[4] suk[9] m[4] sik[9]【俗】不吃未煮熟的東西，引指越是熟人，反而越算計對方，即專門坑熟人。「食」指吃掉或佔便宜，「熟」即熟人、自己人：佢呃咗佢外父五十萬，真係～【他騙了他丈人五十萬，真是越是熟人越算計】。

唔熟性 m[4] suk[9] sing[3] 不識相；不懂人情世故；不會做人：見外母嘢你帶住兩梳蕉去？乜你咁～㗎【見丈母娘你空着手去，你怎麼這麼不識相】？

唔熟書 m[4] suk[9] sy[1] 原指背書背得不熟，比喻對情況不了解或對背景資料不掌握：佢引用嘅數字錯晒，咁～點做局長呀【他引用的數字全錯了，對背景資料掌握那麼差，這局長是怎麼當的】！

唔輸蝕 m[4] sy[1] sit[9] 不落後於人；相比之下並不差：我煮餸一啲都～【我做菜一點也不比別人差】。

唔聽佢支死人笛 m[4] teng[1] koey[5] dzi[1] sei[2] jan[4] dek[2]*【俗】不聽他人的話；不聽他人説教、指揮；不理他那一套：佢成日叫我去做傳銷，我～【他整天叫我去做傳銷，我不聽他那套】。

唔停得口 m[4] ting[4] dak[7] hau[2] ❶ 嘴巴停不下來：笑到～【笑個不停】｜好食到～【好吃得停不下來】。❷ 沒完沒了：佢一講到兩個細路就～【她一説到兩個孩子的事就沒完沒了】。

唔妥 m[4] to[5] ❶ 不妥當；不對勁：份名單有啲～【這份名單有點不對勁】。❷ 身體不舒服：你邊度～【你哪兒不舒服】？❸ 動詞。對付（某人）；採取（對某人）不利的行動：佢噉做分明係～我【他這樣做分明是要對付我】。

唔湯唔水 m[4] tong[1] m[4] soey[2] ❶ 作湯太淡，作水又濃了點兒，形容（事情弄得）不三不四，不像樣，近似於「做成一鍋夾生飯」之意：單嘢搞成噉樣，～噉，都唔知點收科【這事搞成這樣，成了一鍋夾生飯，簡直不知道該如何收場】。❷ 形容不夠分量：呢筆錢～，都唔知做得乜【這筆錢少了點兒，不知道能做甚麼事】。

唔曾 m[4] tsang[4] 沒有（用於疑問句末，有

「不曾」之意）：你搭過飛機～【你坐過飛機沒有】？｜睇過呢齣戲～【看過這齣戲不曾】？

唔瞅唔睬 m4 tsau1 m4 tsoi2 不理不睬；愛答不理：我同佢打招呼，佢～，我都唔知幾時得失咗佢【我跟她打招呼，她不理不睬的，我也不知道啥時候得罪了她】。

唔嗅米氣 m4 tsau3 mai5 hei3 沒聞過米的氣味。比喻人幼稚、無知、不近人情，即「不食人間煙火」之意：真係冇你符，咁大個人都～【真拿你沒轍兒，這麼大個人了還這麼幼稚無知】。

唔黐家 m4 tsi1 ga1 不着家；不在家：呢個仔成日～，當屋企係酒店噉【這個兒子整天不着家，回家就像回酒店一樣】。

唔似 m4 tsi5 ❶ 不像：你都～你老竇嘅【你都不像你父親】。❷ 不如；比不上，沒有……（那麼）……：我～人哋咁叻吖嘛【我比不上人家那麼聰明嘛】。｜呢隻蘋果～嗰隻咁甜【這種蘋果沒有那種甜】。

唔似得 m4 tsi5 dak7 同「唔似 ❷」。

唔似樣 m4 tsi5 joeng2* 不像話：功課都未做就玩，真係～【作業還沒做就玩，真不像話】。

唔清唔楚 m4 tsing1 m4 tso2 ❶ 難以了解清楚：佢講到～【他說的別人都不明白】。❷ 不得了（指事物程度之深、數量之多等難以估量）：發到～【發財發得難以估量】。

唔切 m4 tsit8 來不及，又作「唔得切」：寫～【來不及寫】｜通知～【來不及通知】。

唔出辛苦力，點得世間財 m4 tsoet7 san1 fu2 lik9 dim2 dak7 sai3 gaan1 tsoi4【諺】不刻苦努力，怎會有好收穫：你要出人頭地，梗要勤力讀書先，～【你要出人頭地，當然先得勤奮學習，不刻苦努力，怎能有傑出成就】？

唔通 m4 tung1 難道；莫非：～輸一場波就冇晒信心【難道輸了一場球就沒了信心】？

唔通氣 m4 tung1 hei3 不識趣；不知趣：人哋兩個人拍拖你仲跟埋去？乜你咁～【人家兩個談戀愛你還跟着去？這麼不識趣】？

唔話得 m4 wa6 dak7 無可非議；沒說的（表示對人或事物覺得特別滿意、無可挑剔）：他好講義氣，對朋友真係～【他很講義氣，對朋友真是沒說的】。

唔話得埋 m4 wa6 dak7 maai4 沒準兒；難預料；說不定。又作「話唔埋」：佢嬲起上嚟攞把刀出嚟斬人都～【他氣忿起來沒準兒拿把刀出來砍人】。

唔為意 m4 wai4 ji3 沒有注意；沒有在意：呢度咁多人，佢有冇經過，我～喎【這裏這麼多人，他有沒有經過，我沒太注意】。

媽 ma1 罵娘；用粗話罵；臭罵：佢輸咗呢球畀人～到暈【他輸了這一球被人罵娘都罵暈了】。

媽打 ma1 da2【謔】媽媽（常用於戲稱）。英語 mother 的音譯詞。

媽媽生 ma1 ma1 saang1 又音 ma1 ma4 saang4。女性舞女大班（舞廳、夜總會之類風月場所中負責管理、調派舞女的女性領班）。

媽媽聲 ma1 ma1 seng1 罵娘；嘴裏不乾不淨地罵人；說粗話：一聽到話冇錢畀，佢就喺度～咯【一聽說沒錢給，他就罵起娘來了】。

媽咪 ma¹ mi⁴ ❶ 英語 mammy 的音譯詞。媽媽（可用於對稱、引稱）。❷ 同「媽媽生」。

孖 ma¹ ❶ 成雙成對的：～生仔【雙胞胎】。❷ 成雙成對連在一起的：～指【六指兒】。❸ 量詞：雙（用於成雙成對又連在一起的東西）：一～臘腸【兩條香腸】｜一～油炸鬼【一根油條】。❹ 引伸作攜同、合同、合夥：～埋佢一齊去【帶上他一塊兒去】。

孖辮 ma¹ bin¹（梳成兩根的）辮子：紮住～個女仔係邊個嘅女【紮着雙辮的女孩子是誰的女兒】？

孖咇 ma¹ bit⁷ 兩名警察一起巡邏。其中「咇」為英語 beat 的音譯：一個男警同一個女警行～係好常見嘅【一個男警察跟一個女警察編組巡邏是很常見的】。

孖寶 ma¹ bou² ❶ 一對寶貝；成雙成對的寶貝：呢兩個搞笑～做節目好受歡迎【這一對搞笑寶貝做節目很受歡迎】。❷ 賽馬術語。在連續兩場賽事中都買中第一名的馬匹（如果買中了第一場的冠軍馬，而第二場所買的馬僅獲得第二，則只獲得「孖寶」的安慰獎彩金）。

孖仔 ma¹ dzai² 孿生兄弟；孿生子。

孖指 ma¹ dzi² 六指兒（六個手指）。

孖展 ma¹ dzin² 股票市場術語。保證金。英語 margin 的音譯詞。在進行股票買賣時，投資者可利用抵押（現金或購入的證券）買入多於按金的證券或期貨等，進行槓桿投資，放大收益。

孖份 ma¹ fan²*（兩人）合夥：佢兩個～做生意【他倆合夥做生意】。

孖公仔 ma¹ gung¹ dzai² 原指並排在一起的兩個小塑像（或畫像），亦用以比喻非常要好的形影不離的人：佢兩個好老友，成日都～噉【他倆很要好，天天都形影不離】。

孖煙通 ma¹ jin¹ tung¹ ❶ 指有兩個煙囱的輪船。❷【謔】借指褲腿較長的男裝內褲：佢成日着住條～隨屋走【他成天穿着長褲衩滿屋跑】。

孖葉 ma¹ jip²* 喻指手銬。因手銬打開時像兩片細長的葉子，故稱。

孖膶腸 ma¹ joen²* tsoeng²* 喻指厚實肥大的嘴唇。其中「膶腸」原指以豬肝（粵語稱之為「豬膶」）加肥肉製成的臘腸。嘴唇豐滿者通常上下嘴唇都比較厚，就像一對臘腸，故稱：我食辣椒食到慘變～【我吃辣椒吃得嘴唇都腫了】。

孖 Q ma¹ kiu¹ 賽馬術語。在兩場賽事中都買中前兩名的馬匹。Q 為英語 Quinella（連贏）的簡稱。（這種投注方式於 1990 年代取消。）

孖女 ma¹ noey²* 孿生姐妹；孿生女兒。

孖鋪 ma¹ pou¹ 兩個擠一張床：今晚有客人，你同大佬～吖【今晚有客人，你跟哥哥擠一張床吧】。

孖生 ma¹ saang¹ 孿生。

孖四 ma¹ sei³ 兩個四，等於八。諷刺人「八卦」、愛多管閒事：佢好～【她很愛多管閒事】。

孖 T ma¹ ti¹ 賽馬術語。在指定兩場賽事中都買中前三名的馬匹（不計順序）。T 為英語 Trio 的簡稱。

孖條 ma¹ tiu²* 舊時流行的一種相連的冰棍兒：橙汁～。

媽姐 ma²* dze² 又作「馬姐」。褓姆；女傭。舊時的住家女傭，以順德「自梳」婦女為多：蘭姐係以前湊大我哋幾兄弟姊妹嘅～【蘭姐是以前把我們幾兄妹帶大的褓姆】。

碼子 ma^{2*} dzi^{2} 子彈：呢枝玩具槍可以射～嘅【這枝玩具槍是可以射出子彈的】。

麻雀 ma^{4} dzoek^{8} 又作 ma^{4} dzoek^{2*}。麻將：打～【打麻將】。

麻雀腳 ma^{4} dzoek^{8} goek^{8} 搓麻將的伴兒：我哋差一隻～，等住你嚟開枱呀【我們打麻將三缺一，就等着你來開打了】。

麻雀館 ma^{4} dzoek^{8} gun^{2} 專門提供麻將娛樂的場所，一般品流複雜。

麻骨 ma^{4} gwat^{7} 麻稈兒。

麻骨枴杖 ma^{4} gwat^{7} gwai^{2} dzoeng^{2*} 用麻稈兒作枴杖，喻指沒有用或靠不住的東西：唔好指擬佢幫手啦，呢個～唔靠得住【甭指望他能幫上甚麼忙，這傢伙是麻稈兒做的枴棍——靠不住的】。

麻油 ma^{4} jau^{4} 芝麻油；香油。

麻鷹 ma^{4} jing^{1} 鷹；老鷹。同「崖鷹」。

麻鷹拉雞仔，飛起嚟咬 ma^{4} jing^{1} laai^{1} gai^{1} dzai^{2} fei^{1} hei^{2} lai^{4} ngaau^{5} 老鷹叼小雞，飛過來叼走。喻指拼命敲詐、盤剝無法反抗的對手。其中「飛起」有「非常、狠」等意思（參見「飛起」條），語帶雙關：你賣到咁貴，簡直就係～【你賣得這麼貴，簡直是痛下殺手宰客】。

麻甩 ma^{4} lat^{7} 形容男性猥瑣、下流，或卑鄙無恥：嗰個男人個樣好～【那男人的樣子很猥瑣下流】。

麻甩佬 ma^{4} lat^{7} lou^{2} 臭男人；缺德鬼（通常用於指那些猥瑣的、或喜歡騷擾女性、愛吃女性豆腐的人）。

麻麻 ma^{4} ma^{2*} 不怎麼樣；馬馬虎虎；勉強還可以：讀書成績佢就認真～【讀書成績他可真不怎麼樣】。｜我英文～咋【我的英語馬馬虎虎而已】。

麻麻地 ma^{4} ma^{2*} dei^{2*} 馬馬虎虎；還湊合；勉強過得去：收入？～啦【收入？還湊合吧】。｜呢套傢俬唔算好靚，～啦【這套家具不算高檔，還過得去吧】

麻石 ma^{4} sek^{9} 花崗岩；花崗石。

麻通 ma^{4} tung^{1} 食品名稱，用芝麻和糖做成的圓筒形的食品。

嫲 ma^{4} 奶奶；祖母。又作「阿嫲」、「嫲嫲」

嫲嫲 ma^{4} ma^{4} 奶奶（用於對稱）。

馬鼻 ma^{5} bei^{6} 賽馬術語。指一個馬鼻子的長度。如：輸一個馬鼻。

馬標 ma^{5} biu^{1} 早年一種與賽馬結合的彩票。又寫作「馬票」。

【小知識】1931 年香港賽馬會首次發行馬票，分大馬票和小搖彩兩種，大馬票每年開 2-3 次，彩金由早期數十萬元到後期 100 萬元；小搖彩在馬季期間每月開獎，彩金較少。1977 年馬票開獎取消，由六合彩取代。

馬報 ma^{5} bou^{3} 專門刊登賽馬消息、評論的報紙。

馬膽 ma^{5} daam^{2} 賽馬術語。投注時選擇可能獲勝的幾匹馬互相搭配，搭配的中心馬（即不管作何種搭配都選擇的那匹馬）稱「馬膽」：選 5 號做～，選 3 號、9 號做配腳。

馬檔 ma^{5} dong^{3} 賽馬術語。賽馬開跑時馬匹所排的閘門的位置。

馬閘 ma^{5} dzaap^{9} ❶ 馬札（可以摺疊的凳子或躺椅）。❷ 木製躺椅：花梨木～【花梨木躺椅】。

馬仔 ma^{5} dzai^{2} ❶ 狗腿子；爪牙（黑社會頭子、惡霸等手下的聽差、打手、保鏢等）。❷ 手下：你係老細，呢啲嘢叫～做咪得囉【你是老闆，這些事叫手下去做不就行啦】。❸ 對賽馬馬匹的戲稱：今晚啲～唔聽話【今晚買的馬都輸掉】。

馬主 ma5 dzy2 賽馬馬匹的主人（擁有者）。能成為馬主的通常都是有一定資產、地位者。

馬房 ma5 fong4 ❶ 賽馬會設立及管理的料理和訓練馬匹的場所；❷（指代）提供妓女的場所。

馬夫 ma5 fu1 ❶ 負責照顧賽馬馬匹的工人。❷（指代）皮條客。

馬交 ma5 gaau1 澳門。英語 Macau 的音譯詞。

馬經 ma5 ging1 與賭馬有關的信息、評論等：報紙電視嘅～佢每日必睇【報紙、電視上與賭馬有關的消息或評論，他每天必看】。

馬季 ma5 gwai3（香港的）賽馬季節。香港從每年 9 月下旬至次年 5 月下旬舉辦賽馬，夏季則停賽，稱「歇暑」。

馬圈 ma5 hyn1 賽馬行業：呢個消息喺～度人人都知【這個消息在賽馬界人盡皆知】。

馬拉糕 ma5 laai1 gou1 一種粵式糕點名稱，以雞蛋，麵粉和糖為原料和佐料，發酵後蒸熟而成，近似蛋糕。

馬纜 ma5 laam2* 賽馬術語。下注後發給投注者的票據，一般稱「馬票」，在非法投注集團中稱「馬纜」：警方搗破一個外圍馬集團，檢獲三千萬元～【警方偵破賭外圍馬集團，繳獲非法賭資三千萬元】。

馬騮 ma5 lau1 猴子。

馬騮精 ma5 lau1 dzing1 喻指特別好動、調皮、活潑的小孩：你呢個～唔好再喺度搞搞震【你這小搗蛋鬼別再在這兒添亂】！

馬騮衣 ma5 lau1 ji1 給猴子穿的衣服，引指又窄又短的不合身的衣服：你買畀我件衫成件～噉【你買給我的那件衣服整個兒小了好幾號】。

馬迷 ma5 mai4 參與賭馬活動者；賭馬迷。

馬尾 ma5 mei5 馬尾辮（指女孩子在後腦勺處束起、狀如馬尾的長髮）。

馬牌 ma5 paai2* 賽馬會會員看台的通行證。

【小知識】申請成為香港賽馬會會員有嚴格限制，須由合資格的會員提名和附議，入會費高昂，晉身此行列被視為個人成就和顯赫地位的印證。

馬辰蓆 ma5 san2* dzek9 ❶ 一種產自印尼馬辰（即南加里曼丹省首府 Banjarmasin）的細藤席子。「馬辰」為該地名後兩個音節的譯音。❷ 信使。英語 messenger 的音譯詞。

馬死落地行 ma5 sei2 lok9 dei6 haang4【俗】馬死了就下馬自己走，比喻在失去某些有利條件後只好隨機應變地去適應新情況，意近「隨遇而安」：公司執咗笠咪去同人哋打工囉，～啫【公司倒閉我去替人家做工，馬死了就靠兩條腿走路唄】。

馬屎憑官貴 ma5 si2 pang4 gun1 gwai3【俗】指那些跟權勢者沾親帶故者倚靠其靠山作威作福，狐假虎威：佢恃住姐夫係村長，就～蝦蝦霸霸【他倚仗着姐夫是村長，就狐假虎威欺負人】。

馬蹄 ma5 tai2* 荸薺。

馬蹄粉 ma5 tai4 fan2 荸薺粉。通常用以製作粵式點心「馬蹄糕」。

馬場 ma[5] tsoeng[4] 賽馬場；特指香港的賽馬場。

馬位 ma[5] wai[2*] 賽馬術語。指一匹馬的長度：贏一個～【贏一匹馬的長度】。

馬王 ma[5] wong[4] 賽馬中成績最好的馬。

馬會 ma[5] wui[2*]「香港賽馬會」的省稱。前身為「英皇御准香港皇家賽馬會」。

> 【小知識】「香港賽馬會」於1884年成立，現為一非牟利機構，由香港政府批准獨家經營香港賽馬、六合彩及海外足球賽事博彩。

碼[1] ma[5] ❶ 箍緊：搵鐵線～住個煲【用鐵絲把鍋箍緊】。❷ 巴結；傍：～住個大老細就唔使憂啦【傍着個大老闆就不用愁了】。

碼[2] ma[5] 號；號碼：大～【大號】｜斷～【號碼不齊】。

碼釘 ma[5] deng[1] 螞蟥釘。

埋 maai[4] ❶ 動詞。靠攏，靠近：細路，～嚟【小傢伙，過來】。｜車～站【（公共）汽車靠站】。❷ 用在動詞之後，表示通過某一動作而靠攏、靠近某一目標：大家企～牆邊【大家都站到牆邊去】。｜你哋坐～嚟【你們坐過來】。❸ 動詞。表示集合、合攏在一起的含義：～堆【湊在一起】｜傷口～咗口【傷口已經癒合】。❹ 用在動詞之後，表示通過某一動作而集合、合攏在一起：將報紙釘～一本【把報紙釘成一本】。｜將垃圾掃～一堆【把垃圾掃成一堆】。｜個盒唔合得～【那盒子合不上】。❺ 用在動詞之後，表示動作涉及範圍的擴大，有「連……也……」、「把…… 也……」、「全……」之意：今次老細都得罪～【這次連老闆也得罪了】。｜食～我份【把我那份也吃了】。｜咁多嘢你拎唔拎得～【這麼多東西，你拿得了嗎】？

埋班 maai[4] baan[1] 舊時指組織戲班。

埋便 maai[4] bin[6] 靠裏頭；裏邊：呢件放～，嗰件放出邊【這件靠裏頭放，那件靠外邊放】。｜個盒響櫃桶～【盒子在抽屜裏邊（靠裏頭的地方）】。

埋單 maai[4] daan[1] 結賬；付賬。此詞現借入普通話，又寫作「買單」：伙記，～【伙記，結賬】。｜今日呢餐邊個～【今天這頓誰付賬】？

埋底 maai[4] dai[2] 同「埋便」。

埋堆 maai[4] doey[1] 湊在一塊兒；合群；結夥：唔好同班爛仔～【別跟那班小流氓混在一起】。

埋站 maai[4] dzaam[6]（公共汽車等）靠站。

埋棧 maai[4] dzaan[2] 舊時指進客棧住宿：好夜喇，我哋要早啲～【很晚了，我們得早點兒進客棧住宿】。

埋閘 maai[4] dzaap[9] 落下鐵閘，即店舖收市關門：你去～【你去落下鐵閘】。

埋席 maai[4] dzik[9] 入席，又作「埋位」：請大家～【請大家入席】。

埋街 maai[4] gaai[1] ❶ 原指水上居民上陸逛街，後也指其與陸上的居民結婚而上陸居住。❷（乘船的旅客）登岸。❸ 妓女從良嫁人，因舊時下等的妓女多住在小艇上，故稱。

埋櫃 maai[4] gwai[6] ❶ 店舖晚上結算一天的營業金額。❷ 靠近櫃枱（暗指搶劫）：小心畀人～【小心給匪徒搶劫】。

埋口 maai[4] hau[2] 傷口癒合：我大髀嘅傷經已～【我大腿上的傷口已經癒合】。

埋去 maai⁴ hoey³（走）過去；靠上去：嗰度發生乜嘢事，你～睇下【那兒發生甚麼事？你過去瞧瞧】。

埋欄 maai⁴ laan¹* ❶ 合夥：我哋幾個人～做生意【我們幾個人合夥做生意】。❷ 合拍；投合，多用於否定語氣：我同佢冇可能～【我跟她不可能投合】。❸ 成事；成功：同佢傾到差唔多～【跟他談得差不多成功了】。

埋嚟 maai⁴ lai⁴ 過來；上前來：你～睇下呢幅相【你過來看看這張照片】。

埋籠 maai⁴ lung⁴ 家禽晚上進籠：去趕啲雞～【把雞趕入窩】。

埋尾 maai⁴ mei⁵ 收尾；結尾：呢單工程仲未～咩【這樁工程還沒收尾嗎】？

埋牙 maai⁴ nga⁴ 原指鬥蟋蟀時，雙方開始用牙齒互相攻擊。引指打架雙方開始正式拼搏：佢哋講唔到兩句就～【他們說不上兩句就動手了】。

埋身 maai⁴ san¹ ❶ 指打架時一方迫近另一方的身體：佢好犀利，我點打都打唔到～【他好厲害，我怎麼打都靠近不了他】。❷ 引指事情迫到頭上來：呢件事本來唔關我事，而家迫到～，我先至出聲【這件事本來與我無關，現在搞到我頭上來了，我才開口說話】。

埋手 maai⁴ sau² 入手；下手：等賊人一入去我哋就～【等劫匪一進去我們就下手】。｜單嘢咁複雜，都唔知由邊度～【這事這麼複雜，不知道從哪兒入手】？

埋手打三更 maai⁴ sau² da² saam¹ gaang¹【俗】剛開始打更就打三更（本來是應該打一更的），喻指事情一開始就出了差錯。又作「落手打三更」：到佢演講先發現唔見咗講稿，真係～【輪到他演講才發現講稿沒帶來，真是一開始就出差錯】。

埋數 maai⁴ sou³ 算總賬；結算；結賬：收舖之後，老闆娘就～【結束營業後，老闆娘就結賬】。

埋頭 maai⁴ tau⁴ 靠碼頭；靠岸：船未～，唔好企起身【船還沒靠岸，別站起來】。

埋頭埋腦 maai⁴ tau⁴ maai⁴ nou⁵ 埋頭；專心致志地：一返屋企就～做功課【一回家就埋頭做作業】。

埋枱 maai⁴ toi²* 入座；入席（準備吃飯，打牌等）：大家～喇【請大家入座】。

埋位 maai⁴ wai²* ❶ 入席；就位。又作「埋席」：食得喇，大家～吖【可以吃了，大家入席吧】。❷（演員）就位開拍。

買定棺材掘定氹——聽死 maai⁵ ding⁶ gun¹ tsoi⁴ gwat⁹ ding⁶ tam⁵ ting³ sei²【歇】買好了棺材挖好了坑，等死。喻指結局注定不妙，死定了：大考前仲玩通宵，你～啦【學期考試前還去玩通宵，你等死吧】！

買定離手 maai⁵ ding⁶ lei⁴ sau² 賭局中主持者對賭客的用語。意思是「擺放賭注後就放手」，通常這是百家樂、輪盤之類賭博遊戲準備開始的信號。

買鐘 maai⁵ dzung¹ 支付費用換取酒吧或夜總會的女招待外出陪伴：佢幾乎日日都～帶啲小姐出去【他幾乎天天都掏錢帶女招待出去過夜】。

買花戴 maai⁵ fa¹ daai³ 把錢用於無關生計的消費，用作零花錢（如用於買花戴這樣的消費）：佢屋企咁有錢，出嚟做嘢都係賺錢～啫【她家裏那麼富裕，出來工作拿份工資就當是掙零花錢】。

買起 maai⁵ hei²【俚】僱（或派）殺手殺人；懸賞殺人：佢夠膽嚟你，我～佢【他敢碰你，我讓人幹掉他】。｜毒梟出二百萬～佢【販毒集團頭子出二百萬買他的人頭】。

買殼 maai5 hok9 金融術語。把瀕臨困境的公司、企業的所有權（或控股權）贖買過來，利用其名義（殼）來進行經營活動。這種方法最早出現於股市，後來體育界也用「買殼」的方法，利用上一級球隊的「殼」組隊參加比賽：～上市【買下上市公司的招牌將自己原來經營的業務變相上市】｜～踢甲組聯賽。

買佢怕 maai5 koey5 pa3 因不勝對方的威脅或影響而設法擺脱他（她）。意近「避而遠之」：佢成日鬧人，個個都～【她動不動就罵人，誰看到她都避而遠之】。

買路錢 maai5 lou6 tsin4 ❶ 指舊時土匪攔路要來往的旅客付錢。❷ 出殯途中拋撒的白色紙錢。

買馬 maai5 ma5 在賽馬博彩活動中下賭注。

買盤 maai5 pun2* 股票市場術語。用於購入股票的資金額：因銀行調低利息，股價上揚，吸引大量～。

買手 maai5 sau2 營銷行業中的採購員。英語 buyer 的意譯詞。現今的買手通常需要往返於世界各地，掌握和分析資訊，聯繫各種供應商，組織貨源等，職業要求頗高。

買少見少 maai5 siu2 gin3 siu2 購買的機會越來越少。引指可以見到的機會越來越少：呢啲波恤係限量版嘅，～喇【這種球衣是限量版的，賣一件少一件了】！｜佢求婚你仲唔應承？而家呢啲咁好嘅男人～喇【他求婚你還不答應？現在這麼好的男人越來越少見的了】！

買水 maai5 soey2 一種迷信風俗，流行於南方兩廣、兩湖等地。父母死了，兒子號哭着到河邊去打水回來給逝者最後清洗屍身。

買位 maai5 wai2* 香港政府因公立學校不足，為確保學生享受義務教育的權利而出資向私立學校買入學位（入學名額），稱「買位」。私立學校「賣」給政府的這部份學位不得向學生收取學費。

賣 maai6 ❶（報紙上）登載：查下報紙，睇下有冇～呢條消息【查查報紙，看有沒有登載這條消息】。❷（出錢在公共媒體上）登載、發布：喺報紙、電視都～過廣告【在報紙、電視上都發布過廣告】。❸ 量詞。飲食行業中用以計算份量的單位：半～【半份】｜一～炒麵【一份（既定份量的）炒麵】。

賣面光 maai6 min6 gwong1 巧言令色地討人喜歡或哄騙他人；討好：求親佢佢都會應承嘅，不過多數係～嘅，唔使指擬佢真係會幫手【每回求他他都會答應的，不過大多是口頭説説讓你高興而已，別指望他真會幫忙】。

賣報紙 maai6 bou3 dzi2 ❶ 在報紙上刊登廣告。❷ 刊登在報紙上：咁大件事，賣晒報紙啦【事情那麼轟動，報紙上早登出來了】。

賣大包 maai6 daai6 baau1 原指飲食行業為吸引顧客而以薄利、無利甚至免費提供給食客的優惠食品（如大包子之類），引申指廉價送人情：個個都考九十幾分？係唔係阿 Sir ～呀【個個都考了九十多分，是不是老師廉價賣人情啊】？

賣點 maai6 dim2 商品或者作品最吸引顧客的地方：呢套電影嘅～就係啲特技鏡頭【呢套電影最吸引觀眾之處就是那些特技鏡頭】。

賣當借 maai6 dong3 dze3（因生活沒有出路而）賣家當、典當、借錢；想盡辦法籌集金錢：佢失咗業半年，靠～度日【他失業半年了，只能靠典當和借錢度日】。｜我就算～都會還番啲錢畀你【我不管用甚麼方法都會把錢還你】。

賣剩蔗 maai[6] dzing[6] dze[3] 本指賣剩的甘蔗，借指好的東西給人挑完後，剩下沒人要的那些：全部都係～，唔怪得咁平啦【淨是些挑剩的貨，難怪那麼便宜】。

賣剩腳 maai[6] dzing[6] goek[8] 下腳貨；賣剩下的不好的貨物；次貨：呢啲都係～，我就唔買嘞【這些都是下腳貨，我就不買了】。

賣招牌 maai[6] dziu[1] paai[4] 商店、廠家等為擴大品牌的聲譽而低價促銷。

賣豬仔 maai[6] dzy[1] dzai[2] ❶ 以前人口販子誘騙大批青壯年人到國外去做苦工，因這些勞工簽訂賣身合同後即失去自由，成船運送出去，形同牲口，故稱：佢十幾歲就～去咗南洋【他十幾歲就賣身去南洋做苦工】。❷ 泛指不知真相而被誘騙去做某些事：我以為有錢收先至嚟咋，點知畀人～【我以為有錢分才來，誰知道是上了別人的當】。

賣埠 maai[6] fau[6] 指把商品（常特指影片）向外埠（外地）賣出：呢套影片～嘅收入幾好【這部片子出口的收入挺不錯的】。

賣飛佛 maai[6] fei[1] fat[9]【譜】模擬 My Favourite（我的最愛）的英語音譯詞：芝士係～【奶酪是我的最愛】。

賣告白 maai[6] gou[3] baak[9] 做廣告。

賣穀種 maai[6] guk[7] dzung[2] 把用作種子的糧食都賣了，喻指不顧後果地傾其所有：佢～湊夠一百萬送個仔去英國留學【他傾其所有湊足一百萬送兒子去英國留學】。

賣鹹魚 maai[6] haam[4] jy[2*]【俗】死亡；死了（「鹹魚」為屍體的俗稱）。

賣鹹鴨蛋 maai[6] haam[4] aap[8] daan[2*]【俗】「鹹鴨蛋」即「鹹蛋」，製鹹蛋要把鴨蛋埋在泥和木糠中，故以「賣鹹鴨蛋」喻指人死了：我老竇十年前經已去咗～【我老爸十年前已經翹辮子了】。

賣口乖 maai[6] hau[2] gwaai[1] ❶ 用甜言蜜語討好別人：佢最識～，氹阿爺開心【她最善於用甜言蜜語討爺爺高興】。❷ 賣空頭人情（指嘴上答應，但是不兑現）。

賣魚佬洗身——冇晒腥氣 maai[6] jy[4] lou[2] sai[2] san[1] mou[5] saai[3] seng[1] hei[3]【歇】賣魚的洗澡，沒了腥味兒。「腥氣」諧音「聲氣（聲響）」。故此語的真正含義是指「沒有動靜」或「沒有回音」：申請移民嗰件事正一～【申請移民那件事一點兒動靜也沒有了】。

賣旗 maai[6] kei[4] 一種籌款方式，指非牟利機構或慈善團體人員經政府批准，在街上進行的街頭募捐活動。

> 【小知識】早期此類募捐活動。捐款人把款項投進掛於募捐者身上的小鐵箱後，募捐者會把一面小紙旗插在捐款人衣服顯眼位置（如上衣口袋），作為捐款標誌，故稱「賣旗」。後來多以黏貼小紙片代替。

賣懶 maai[6] laan[5] 舊時的一種年俗。除夕之夜，讓小孩子打着紅燈籠，邊走邊喊：「賣懶，賣到年三十晚，人懶我唔懶！」以此祈求來年趕走懶蟲，變得勤快。

賣甩 maai[6] lat[7] 撇開；甩掉；甩在後頭：佢哋約好自己幾個去玩，～我哋【她們幾個約好去玩，把我們甩掉】。

賣物會 maai[6] mat[9] wui[2*] 一種義賣籌款活動。

賣武 maai6 mou5 在街頭賣藝、賣藥。

賣盤 maai6 pun2* ❶ 股票市場術語。沽出股票的資金額；出售公司的股權：股票市場～多，導致股價下跌。｜呢個報業集團傳出～嘅消息【這個報業集團傳出要轉售（股票）的消息】。❷ 引指房地產代理出售的「樓盤（房子）」，與「租盤（出租的房子）」相對。

賣生藕 maai6 saang1 ngau5 女人甜言蜜語賣弄風情。同「拋生藕」。

賣相 maai6 soeng3 商品的外觀（如款式、包裝等）：呢味餸幾好味，不過～就麻麻【這道菜味道挺好，不過外觀就不怎麼樣】。

擘 maak8 ❶ 撕：～爛本書【把書撕破了】｜～開張包裝紙【撕開包裝紙】。❷ 張（開）；分（開）；叉（開）（用於人體各種器官、肢體）：～開眼【張開眼】｜～大個口【張大嘴巴】｜～開大髀【叉開大腿】。

擘大口得個窿 maak8 daai6 hau2 dak7 go3 lung1【俗】啞口無言；回答不出來：佢驚到～【她害怕得回答不出來】。

擘大眼講大話 maak8 daai6 ngaan5 gong2 daai6 wa6【俗】睜大眼睛說瞎話：擺明係佢打爛嘅，你做乜～，賴係我做吖【明擺着是他打破的，你幹嘛睜大眼睛說瞎話，偏說是我做的】？

擘開眼屎 maak8 hoi2 ngaan3 si2 才睜開眼睛；剛醒來：我一～佢就喺度嘞【我一睜開眼睛她就在這兒了】。

擘面 maak8 min2* 翻臉；跟人鬧翻：佢噉對我，我遲早同佢～嘞【他這麼對待我，我早晚跟他翻臉】。

擟 maan1 ❶ 扣（扳機）：～雞【扣扳機】。❷ 扶；搭；抓；扒：～住我膊頭【搭着我肩膀】｜～住扶手唔好郁【抓着扶手別動】。❸ 扳；挽回：佢兩個三分球又將比分～番少少【他的兩個三分球又把比分扳回來一點兒】。｜佢兩個已經分咗手，呢段感情冇得～啦【他倆已經分手了，這段感情已經無法挽回】。

擟雞 maan1 gai1 扣扳機；射擊；開槍：瞄準咗就～【瞄準了就開槍】。

擟車邊 maan1 tse1 bin1 ❶ 搭順風車；搭腳：個朋友返鄉下，我～嚟玩下【有個朋友回老家，我搭順風車來玩玩】。❷ 引申指趁勢、趁方便而跟着沾光、佔便宜：今次攞獎主要係導演嘅功勞，我係～嘅啫【這次得獎主要是導演的功勞，我是跟着沾光而已】。

慢下手 maan2* ha5 sau2 搞不好：快啲訂飛喇，～連最後嗰場都賣晒喇【要趕快訂票了，搞不好連最後那場都買不到了】。

蠻力 maan4 lik9 蠻勁：做嘢唔好靠～【幹活不能光靠蠻勁】。

蠻橫 maan4 waang4 粗暴而不講理：佢個人好～，一講唔啱就郁手【他這個人蠻橫不講理，一言不合就動手】。

晚黑 maan5 hak7 同「夜晚」、「夜晚黑」。

晚霜 maan5 soeng1 晚間使用的護膚品，與「日霜」相對。

晚頭黑 maan5 tau4 hak7 晚上；夜晚。又作「晚頭」、「晚頭夜」。同「夜晚黑」。

晚禾 maan5 wo4 秋季收割的稻子，晚造稻子：今年～大豐收【今年秋季收割的稻子大豐收】。

慢 1 maan6 ❶（火）不旺；小（火）；文

（火）：火咁～嘅？係唔係個氣罐要換喇【怎麼火這麼小，是不是煤氣瓶該換了】？｜用～火煲幾個鐘頭【用文火熬幾個小時】。❷（燈火）暗：燈擰得咁～，乜都睇唔真【燈擰得這麼暗，甚麼都看不清】？

慢 2 maan6（稱東西時）斤兩稍欠；不太足：個西瓜七斤～少少【這個西瓜七斤欠一點兒】。

慢 3 maan6 請（營業汽車司機）停車：前面有～【在前面請停車】。

慢講 maan6 gong2 慢說；別說；何況：～你唔識英文，就算識都唔吻得過佢吖【別說你不懂英語，就算懂也沒他厲害呀】。

慢工出細貨 maan6 gung1 tsoet7 sai3 fo3【俗】慢工出細活兒：你唔好催衡晒，～吖嘛【你別催得那麼急，慢工出細活兒嘛】。

慢慢行 maan6 maan2* haang4 請慢走。送客用的客套語：請～【請你慢慢走】。意近「您慢走」。

慢慢搣 maan6 maan2* mit7（錢） 慢慢花；一點兒一點兒掰着用。「搣」即「掰」之意：呢幾十萬獎金我儲起佢～【這幾十萬獎金我存起來慢慢花】。

慢駛 maan6 sai2 ❶（因路況不好而被迫）緩慢行車。❷（集體性的故意）緩慢駕駛。這種做法常被汽車貨運、客運行業或汽車擁有者用來作為對政府某些政策不滿時的怠工抗議行動。

萬大有我 maan6 daai6 jau5 ngo5 天塌有我頂着；一切由我擔當：你哋放心做自己嘢，～【你們放心幹自己的活，天塌下來我頂着】。

萬子 maan6 dzi2 萬（麻將牌花色的種）。

萬字夾 maan6 dzi6 gaap2* 迴形針；曲別針。

萬金油 maan6 gam1 jau4 ❶ 指新加坡出產的一種萬用藥膏虎標萬金油。❷ 引指在有需要時能隨時頂上的人：佢喺學校乜嘢位都做過，人稱～老師【他在學校甚麼職位都做過，人稱全能老師】。

萬國旗 maan6 gwok8 kei4【諧】並陳的各國旗幟。比喻晾曬的衣服：以前家家戶戶都伸枝晾衫竹出窗口，啲～真係好壯觀【以前家家戶戶都把晾衣服的竹竿伸到窗外，衣服像張掛的各國旗幟那樣很壯觀】。

萬能老倌 maan6 nang4 lou5 gun1 甚麼都會演的演員；多面手：佢係呢個劇團嘅～【他是本劇團的多面手】。

萬能蘇 maan6 nang4 sou1 多功能插座。

萬壽果 maan6 sau6 gwo2 番木瓜；金鉤梨。

萬事有商量 maan6 si6 jau5 soeng1 loeng4【俗】甚麼事情都好商量；再大的事情都可以坐下來談：只要你肯留返喺度幫我，～【只要你肯留下來幫我，其他事情都好商量】。｜大家唔好衝動，～【大家不要衝動，再大的事情都可以慢慢談】。

萬聖節 maan6 sing3 dzit8 西方傳統節日（Halloween）。為每年 10 月 31 日。該節日源於古代凱爾特人（Celtic）的新年拜祭亡靈和鬼神的習俗。其主要活動內容是，人們（尤其是小孩）會穿上化妝服，戴上鬼神之類的面具，挨家挨户收集糖果。現代則有化妝舞會等慶祝活動。

萬歲 maan6 soey3（指代）請客：今晚邊個～【今晚誰請客】？

繃 maang[1] 張掛；拉：～蚊帳｜～橫幅【掛起橫幅的大標語】｜～條繩晾衫【拉條繩子晾衣服】。

繃繃緊 maang[1] maang[1] gan[2] 緊繃繃的；手頭緊：我手頭～，唔買咁多嘢啦【我手頭緊繃繃的，不買這麼多東西了】。

蜢 maang[2]* 螞蚱；蚱蜢。「草蜢」的省稱：佢瘦到成隻～噉【他瘦得跟螞蚱似的】。

盲 maang[4] 瞎；瞎眼：你～㗎？唔見架車開埋嚟【你瞎眼了？沒看見車子開了過來】？

盲炳 maang[4] bing[2]【蔑】瞎子阿炳，對盲眼者的籠統稱呼，亦可用以指責別人瞎了眼：你個～吖，本書明明擺喺張枱度你都見唔到【你這瞎子，那本書明明放在桌子上你都沒看到】！

盲婚啞嫁 maang[4] fan[1] nga[2] ga[3] ❶ 喻指包辦的婚姻，指男女雙方在互不了解的情況下，受別人（通常是家長）擺佈而結婚：早幾十年，好多人都係～啦【早幾十年，好多人都是由父母包辦婚事的】。❷ 借指自己的事卻任由別人決定，無從過問。

盲火 maang[4] fo[2]（指子彈、炸彈、炸藥等因故不能擊發或爆炸）啞火；瞎火：好彩劫匪嘅炸彈～【幸虧劫匪的炸彈瞎火了】。

盲公 maang[4] gung[1]（男性的）瞎子。

盲公餅 maang[4] gung[1] beng[2] 一種粵式餅食，以糯米粉粉團、沙糖、花生、芝麻、豬肉和花生油為原料烘焙而成。色澤金黃，麻香濃郁，甜而不膩。這種餅食源自佛山，創製人為清代失明算命師傅何聲朝，故稱。

盲公竹 maang[4] gung[1] dzuk[7] ❶ 失明者用以探路的導引棒（不一定都是用竹子做的）。❷ 喻指指點門路、竅門的人，起指南作用的書等事物：你咁熟行，要勞煩你做下～先得【你這麼內行，麻煩你指點指點】。

盲公開眼 maang[4] gung[1] hoi[1] ngaan[5] 瞎子也得睜開眼，通常用於形容味道酸到極點：呢個檸檬酸到～【這個檸檬酸極了】。

盲公繩 maang[4] gung[1] sing[2]* 繫着活頁的繩子。

盲棋 maang[4] kei[2]* ❶ 不看棋盤下棋（如閉眼、背對棋盤，或在既無棋盤又無棋子時以口述招數的方法下棋）。❷ 昏招；錯着；臭棋（下錯了的棋着，如把車送入馬口之類）。

盲拳打死老師傅 maang[4] kyn[4] da[2] sei[2] lou[5] si[1] fu[2]*【俗】沒有套路的拳術有時候反而叫老手、高手防備不了，比喻偶爾做對了，或無意中顯露威風：估唔到喀麥隆居然連德國都贏埋，真係～【沒想到喀麥隆隊居然贏了德國隊，真是亂棍打死高手】。

盲摸摸 maang[4] mo[2] mo[2] ❶ 瞎摸；瞎走；瞎撞：我唔知點解～噉摸咗嚟呢度【我不知道怎麼瞎走到這裏來了】。❷ 情況不明：我啱啱嚟，乜嘢事都～噉，點畀到意見你呀【我剛到，啥事都摸不清，怎麼能給你提供意見呢】？

盲毛 maang[4] mou[4] 瞎走、瞎碰的人：你～噉周街問人好難搵到乜嘢線索㗎嚰【你這麼到處胡亂打聽是很難找到線索的】。

盲妹 maang[4] mui[1]* 較年輕的女瞎子，過去又特指失明的女藝人。

盲門號碼 maang[4] mun[4] hou[6] ma[5] 博彩時

甚少出現的冷門號碼。

盲眼 maang4 ngaan5 盲；瞎；瞎眼。

盲年 maang4 nin4 沒有「立春」節氣的年份。因有的年份立春在春節之前，則由春節算起，該年無「立春」，故稱。（依廣東民俗，盲年不宜辦婚事。）

盲婆 maang4 po4 瞎女人。

盲頭烏蠅 maang4 tau4 wu1 jing4 無頭蒼蠅；沒有腦袋的蒼蠅。❶ 形容尋找事物或地方的人全無頭緒，像不辨方向的蒼蠅一樣，亂撞亂碰：你～噉，梗係搵唔到啦【你沒頭蒼蠅似的亂撞，當然找不到了】。❷ 形容做事沒有預見，沒有計劃：做嘢～噉點得【做事跟沒有腦袋的蒼蠅似的毫無計劃，這怎麼行呢】？

猛咁 maang5 gam3 副詞。使勁兒地；起勁地；拼命地；一個勁的，不斷的：～鬧人【起勁地罵人】｜～食【拼命吃】｜佢凍到～震【他冷得不斷發抖】。

猛鬼 maang5 gwai2 兇狠的鬼：聽講呢間屋好～【聽說這所房子鬧鬼鬧的挺兇】。

猛人 maang5 jan4 要人；大人物（不太恭敬的說法）：聽講話有個～加盟我哋公司【聽說有個大人物加入我們公司】。

猛男 maang5 naam4 男子漢；強壯的男人：佢身邊有個～傍住【她身邊有個壯漢陪着】。

猛片 maang5 pin2* 賣座的電影。

猛鑊 maang5 wok9 熱鍋：你要～炒菜【你要熱鍋炒菜】。

抹 maat8 擦；拭擦：～身【擦拭身體】｜～乾淨架車【把這輛車擦乾淨】。

抹枱布 maat8 toi2* bou3 擦桌布；抹布。

貓 maau1 用於形容詞之後，以指有缺點、毛病的人，用法類似「……狗」、「……鬼」：烏糟～【髒貓】｜醉～【醉鬼】。

貓兜 maau1 dau1 給貓吃、喝的盆子。

貓仔 maau1 dzai2 小貓；小公貓。

貓紙 maau1 dzi2 ❶ 小抄，作弊用的小紙條。粵語稱「作弊」為「出貓」，故稱。❷ 寫上提示的紙。

貓街 maau1 gaai1【諕】指香港的嚤囉街（常有人收購、出售「老鼠貨」（賊贓）的一條街道）。

貓公 maau1 gung1 雄貓。

貓兒 maau1 ji1* 貓（常用於兒歌之中）。

貓樣 maau1 joeng2* 難看的相貌；醜態：睇佢個～【瞧他那醜態】！

貓魚 maau1 jy2* 餵貓用的小雜魚：窮到食～【窮得要吃那些餵貓的魚】。

貓乸 maau1 na2 雌貓。

貓女 maau1 noey2* 小雌貓。

茅 maau4 ❶ 野蠻；撒野；衝動：玩之嘛，做乜嘢咁～呀【玩玩而已，幹嘛這麼粗野】？｜佢聽到個仔出咗事就發晒～【他聽到兒子出了事就衝動起來】。❷ 又作「奸茅」。耍賴：唔好同佢玩，佢好～㗎【別跟他一起玩，他最愛耍賴】。｜唔好出～招【別出陰招】。

茅竹 maau4 dzuk7 毛竹，竹子的一個種類。

茅寮 maau4 liu4 茅草棚、茅屋。

茅山師傅 maau4 saan1 si1 fu2* 會法術的人；道士。因南方的道士多屬於道教的茅山派，故稱：佢去請～來捉鬼【他去請道士來捉鬼】。

咪 1 mai1「咪高峰（麥克風）」的省稱。

咪 2 mai1 ❶（用指甲）掐：做乜～我大髀

【幹嘛掐我大腿】？❷ 用小刀割。❸ 啃（書）；用功：要考試啦仲唔快啲～書【要考試了還不快點啃啃書本】？｜佢好～得㗎【他讀書挺用功的】。

咪[3] mai¹ 英語 mile 的音譯詞。❶ 英里；哩：～錶【（出租車的）計價器】。❷ 英里（用於指每小時的速度）；邁：佢開到百幾～【他開到了一百多邁】。

咪錶 mai¹ biu¹ ❶ 出租車（按程收費）的計價器。❷ 路旁或公共停車場的停車計時收費錶，過去使用投幣方式。舊時又稱角子機，俗稱老虎機。

咪嘴 mai¹ dzoey² 假唱：歌星喺演唱會上～係欺騙觀眾嘅行為【歌星在演唱會上假唱是欺騙觀眾的行為】。

咪家 mai¹ ga¹【俗】整天啃書本的人：呢班學生幾乎個個都係～【這幫學生幾乎個個都是整天抱着書本的書呆子】。

咪高峰 mai¹ gou¹ fung¹ 麥克風；話筒。簡稱「咪」。英語 microphone 的音譯詞。

迷迷懵 mai⁴ mai⁴ mung² 同「迷迷懵懵」。

迷迷懵懵 mai⁴ mai⁴ mung² mung² 迷迷糊糊；糊裏糊塗；神志不清：佢病到～【她病得神志不清】。

迷你 mai⁴ nei⁵ 袖珍的；微型的。英語 mini 的音譯詞。～戲院【小型戲院】｜～裙【超短裙】。

迷魂黨 mai⁴ wan⁴ dong² 以含有讓人昏迷過去的物品來坑害別人，騙取、竊取受害人金錢的匪徒。

米仔蘭 mai⁵ dzai² laan⁴ 米蘭；米蘭花（Aglaia odorata）。一種常綠灌木，花小而繁密，黃色，微香。是一種常見的觀賞植物。

米飯班主 mai⁵ faan⁶ baan¹ dzy² 可以為人提供衣食之源的人；衣食父母：呢個客係我哋廠嘅～，千祈要招呼好佢【這個客戶是我們廠的衣食父母，千萬要招待好他】。

米粉 mai⁵ fan² 米粉絲。一種以大米為原料，經浸泡、蒸煮、壓條等工序製成的條狀、絲狀半成品。食用時可煮成米粉湯，亦可做成炒米粉。

米骨 mai⁵ gwat⁷ 精白的大米。

米氣 mai⁵ hei³ 米的氣味，引申指粥、稀飯、米飯等：我去到英國好耐都聞唔到～喇【我到英國後很久沒有聞到飯香了】。

米糧 mai⁵ loeng⁴ 糧食；口糧：舊陣時～唔夠，有時要食野菜【以前糧食不夠，有時要吃野菜】。

米路 mai⁵ lou⁶ 財路；活路：黑社會畀差佬斷咗～【黑社會被警察斷了財路】。

米舖 mai⁵ pou²* 糧油雜貨店。

米少飯焦燶 mai⁵ siu² faan⁴ dziu¹ nung¹【俗】做飯的米很少，偏又煮糊了，喻指雪上加霜，一再遭受災難：佢搵唔到嘢做，老婆又病咗，真係～【他找不到工作，老婆又病了，真是雪上加霜】。

米水 mai⁵ soey² 淘米水；泔水。

米碎 mai⁵ soey³ 碎米（把稻穀磨成大米時篩選出來的不完整的米粒）。一般用於餵養家禽，但以前也有窮苦家庭以此作為食糧。

米通 mai⁵ tung¹ 把爆米花加糖漿拌合後凝結成塊狀的一種甜食品。

米王 mai⁵ wong⁴（指代）白粥。

咪 mai⁵ 副詞。別；不要。同「唔好 ❷。」：～行住【先別走】｜～亂講【別胡說】。

咪制 mai^5 dzai^3 不肯；不答應；別答應。又作「唔好制」：若果佢開口求婚，你千祈～呀【如果他開口求婚，你千萬別答應】！

咪自 mai^5 dzi^6 同「咪住」。

咪住 mai^5 dzy^6 且慢；慢着；等等：～，你仲未畀錢【慢着，你還沒付錢】。｜～，我問下老細得唔得先【等等，我先問問老闆行不行再說】。

咪……住 mai^5 dzy^6 先別……：咪講住【先別說】｜咪開心住【先別高興】。

咪個 mai^5 go^3 別；不要。又作「咪」：～喺處阻住人哋行路【不要在那裏妨礙別人走路】。

咪拘 mai^5 koey^1 原用作客套話，即「不用客氣」、「別拘束」，後借用作拒絕語：睇鬼片？～嘞【看恐怖片？甭客氣了（我不看了）】。

咪話 mai^5 wa^6 別說；慢說。又作「唔好話」：你自己話要去㗎，～我逼你呀【你自己說要去的，別說我逼你】。

咪 mai^6「唔係」的合音。不是；不就……：你係～張生嘅大佬【你是不是張先生的哥哥】？｜有錢～使少啲囉【沒錢不就少花點兒嘍】。

瘰 mak^{2*} 突出的痣：佢塊面度有粒～【她臉上有一顆痣】。

嘜[1] mak^7 商標、牌子。英語 mark 的音譯詞：鷹～煉奶。

嘜[2] mak^7 英語 mug 的音譯詞。❶ 空罐頭盒子：牛奶～。❷ 量詞：筒（圓筒形罐頭罐）：一～米。

嘜[3] mak^7 玄孫；孫子的孫子。

嘜頭 mak^7 tau^4 ❶ 商標、牌子。充當詞素時只稱「嘜」，同「嘜[1]」：認住呢個～至好買【要認準這個牌子才買】。❷【貶】相貌：你嘅嘅～點見得人【你這副模樣怎見得了人呢】？

麥記 mak^9 gei^3 快餐廳「麥當勞」的簡稱。

墨硯 mak^9 jin^{2*} 硯台。

墨魚 mak^9 jy^4 烏賊；墨斗魚。

墨（瘰）屎 mak^9 si^2 雀斑。

墨水筆 mak^9 soey^2 bat^7 鋼筆。

墨七 mak^9 tsat^7 盜賊；竊賊：舖頭朝早畀～搶劫【舖子早上讓盜賊搶劫了】。

墨超 mak^9 tsiu^1 墨鏡；太陽眼鏡。同「黑超」。

默劇 mak^9 kek^9 啞劇。

脈門 mak^9 mun^4 手腕上脈搏跳動較為明顯的地方。

餂 mam^1 又軟又爛的飯（兒語）：食～～【吃飯飯】。

炆 man^1 燜；燉：蘿蔔～牛腩【蘿蔔燜牛花肉】｜～豬手【燉豬腳】。

蚊 man^1 量詞。元；塊（錢）。又寫作「文」：三百～【三百元】。

蚊髀同牛髀——冇得比 man^1 bei^2 tung^4 ngau^4 bei^2 mou^5 dak^7 bei^2【歇】蚊子腿跟牛腿一小一大，相差太遠沒法比，用法近似於「不可同日而語」（有時不講出下句）：佢賺八萬，我賺八千，～啦【他掙八萬，我掙八千，簡直無法比】。

蚊都瞓 man^1 dou^1 fan^3【俗】蚊子都睡着了，比喻太晚、太遲，用法近似於「黃花菜都涼了」：等你開完會去接個仔？～啦【等你開完會再去接孩子？黃花菜都涼了】。

蚊螆 man[1] dzi[1] 蚊子、蠓蟲之類叮咬人類的小飛蟲的總稱。

蚊瞓 man[1] fan[3]「蚊都瞓」之省略用法。(參見該條)

蚊雞 man[1] gai[1]【俗】量詞。元；塊（錢）（適用於數額不大且為整數的錢）：叉燒飯十～一盒｜搭巴士三～，搭的士就要三十零蚊【坐公共汽車三塊錢，坐出租車就要三十來塊】。

蚊型 man[1] jing[4] 小型的；規模小的：～郵局【袖珍郵局】｜～股【發行量很小的股票】。

蚊赧 man[1] naan[3] 蚊子叮咬後皮膚起的疙瘩：我畀蚊仔咬得全身～【我給蚊子叮咬得渾身疙瘩】。

抆 man[2] 揩；擦：～屎【擦屁股】。

抿 man[2] 抹（灰、泥）；泥（nei[6]）：～石灰【抹石灰】｜～磚罅【泥磚縫兒】。

璺 man[3] ❶ 靠邊；靠近邊緣：你企得咁～唔怕跌落水咩【你站得這麼靠邊兒不怕掉水裏去嗎】？｜唔好將個花樽放得咁～【別把花瓶放得那麼靠邊兒】。❷ 引申指錢、物、時間等不太充足，不太夠，不足以應付所需。又作「璺水」。意近普通話「懸」：身上得五十零蚊，搭的士～咗啲【身上才五十來塊錢，坐出租車不太夠】。｜得咁少油，仲要行幾十公里，好～嗢【剩這麼少汽油，還得跑幾十公里，挺懸的】。｜二十分鐘趕到機場？有啲～【二十分鐘趕到機場？有點懸】。

璺璺莫莫 man[3] man[3] mok[2]* mok[2]* 僅僅夠：呢幅布裁一件衫同一條褲都係～【這一幅布裁一件上衣和一條褲子都是勉強夠】。

璺尾 man[3] mei[1]* ❶ 盡頭；邊緣；最後頭：我至矮，排隊梗係排～啦【我最矮，排隊當然排在最後頭】。❷ 最後；靠後（時間）：～先輪到我【最後才輪到我】。

璺水 man[3] soey[2] 不充足；不太夠。同「璺❷」。

文膽 man[4] daam[2] 在要人身邊為其出謀劃策、代撰文書的軍師、師爺：呢個老嘢以前做過省長嘅～【這老傢伙以前做過省長的軍師】。

文雀 man[4] dzoek[2]* 【俗】扒手。

文化衫 man[4] fa[3] saam[1] 短袖圓領衫（針織品）；T 恤衫。

文康 man[4] hong[1] 文娛體育康樂的簡稱。

文胸 man[4] hung[1] 乳罩。

文儀用品 man[4] ji[4] jung[6] ban[2] 文具及辦公室用品。

文員 man[4] jyn[4] 辦公室文書人員：佢從～仔做起而家升到經理喇【他從辦公室小職員做起，現在已經升職為經理】。

文憑教師 man[4] pang[4] gaau[3] si[1] 中小學中具有香港教育學院證書課程資歷的教師，又稱「非學位教師（CM）」，與「學位教師（GM）」相對。（參見該條）

民安隊 man[4] ngon[1] doey[2]* 民眾安全服務隊的簡稱。是香港政府保安局轄下的一支志願輔助部隊，負責緊急事故時的支援服務。

民田 man[4] tin[4] 沖積形成的、地勢較高的田地，形成的時間比沙田久，也比較肥沃。

問 man[6] 介詞。向；同；跟：佢要～你借收音機【她要向你借收音機】。

問得心過 man[6] dak[7] sam[1] gwo[3] 問心無愧：我做嘢光明正大，～【我做事情光明正大，問心無愧】。

問吊 man⁶ diu³ 被處絞刑；被絞決：犯人嚟今朝～【犯人在今天早上被絞決】。

問責制 man⁶ dzaak⁸ dzai³ 政府官員責任制。（參見「高官問責制」條）

問候 man⁶ hau⁶【俚】為「問候你阿媽」之省，指用粗話辱罵人。（「問候你阿媽」為「屌你老母」的替代說法）：佢講錯一句嘢，即刻畀人～【他就說錯一句，馬上就讓人用粗話辱罵】。

問起 man⁶ hei²（被）問倒了；被問題難住了：真係畀你～，呢個字我都唔識【真讓你問倒了，這個字我也不認識】。

問心嗰句 man⁶ sam¹ go² goey³ 老實話；真心話；心底那句話：～，我唔想移民【說句老實話，我可不想移民】。｜～，你係咪真係中意佢吖【你心底裏是不是真喜歡他】？

問心唔過 man⁶ sam¹ m⁴ gwo³ 心中有愧；過意不去：我冇準時還錢～【我沒有準時歸還欠款心中有愧】。

問題少年 man⁶ tai⁴ siu³ nin⁴ 品德、行為等有問題（如有偷竊、吸毒、結伙打架、流氓等行為）的少年。類似用法的還有「問題青年」、「問題公屋」（指質量低劣、問題多多的公屋）等。

嗌雞 mang¹ gai¹ ❶ 眼皮上的疤瘌：佢個樣～豆皮醜到極【他那樣兒，眼皮上長着疤瘌難看死了】。❷ 疤瘌眼兒，眼皮上有疤瘌的人。

掹 mang¹ ❶ 又作 mang³。拉；扯；拽：～實媽咪件衫【拉緊媽媽的衣服】｜～斷條繩【拽斷了繩子】。❷ 拔：～草【拔草】｜～雞毛【拔雞毛】。

掹貓尾 mang¹ maau¹ mei⁵ 又作「扯貓尾」。指兩個人串通後一唱一和地蒙騙、坑害別人：嗰兩條友仔嚟度～你仲睇唔出【那倆小子在合夥騙人你還看不出來】？

掹衫尾 mang¹ saam¹ mei⁵ 又作「拉衫尾」。❶ 拖油瓶；跟着母親嫁到後父家：老竇死咗，他～入咗朱家【父親死了，他隨改嫁的媽媽拖油瓶進了朱家】。❷ 女人非正式結婚而到男家：她喺上海～同周先生同居【她在上海跟周先生同居】。❸ 條件未夠，要依靠他人成事：我入到呢個會，都係掹老總衫尾啫【我能參加這個協會，都是因為有老總的關係】。

瘟 mang² 又作「瘟癪」。暴躁；煩躁：個病人今日有啲～【那個病人今天有點煩躁】。

瘟癪 mang² dzang² 暴躁；煩躁。同「瘟」：發～【發火，發脾氣】。

瘟薑 mang² goeng¹ 脾氣急躁的人；脾氣暴躁：佢好～，一有啲唔順意就鬧人【他脾氣很急躁，一有點兒不順心就罵人】。

掹 mang³ 拉；扯；拽。同「掹（mang¹）❶」。

盟鼻 mang⁴ bei⁶ 鼻塞：我琴晚冷親，今朝有啲～【我昨晚着涼了，今兒早上有點兒鼻塞】。

盟籠 mang⁴ lung²* ❶ 密封住；悶住。❷ 象棋術語。悶宮。

盟塞 mang⁴ sak⁷ 愚頑不化，固執：阿爸好～，要佢改變舊習慣好難【老爸挺固執的，要讓他改變舊習慣很難】。

乜 mat⁷ 疑問代詞。❶ 甚麼；啥：唔知食～好【不知吃啥好】｜～都食【甚麼都吃】。❷ 怎麼：今日～着得咁靚呀【怎麼今天穿得這麼漂亮】？｜～你都唔知咩【怎麼，你也不知道嗎】？

乜都假 mat7 dou1 ga2 ❶ 説啥也不行；怎麼説也不行（表示意志堅決，決不讓步）：今日唔做完，～【今天不幹完，説啥也不行】。｜你唔賠錢～【你不賠錢，怎麼説也不行】！❷ 甚麼辦法也沒有；做甚麼也白搭（表示沒可能辦到，無能為力）：而家呢個世界，冇錢～【現在這個社會，沒錢想幹甚麼都白搭】。｜想入大學教書，冇博士學位～啦【想進大學教書，沒博士學位的話，簡直沒門】。

乜東東 mat7 dung1 dung1【諧】甚麼東西；啥玩意兒；啥事兒：你食～呀【你吃甚麼東西呢】？｜呢篇文章都唔知講～【這篇文章都不知道在説些啥】！｜呢排忙啲～呀【這陣子忙啥事兒呢】？

乜滯 mat7 dzai6 助詞。用於否定句中的動詞（或其賓詞）、形容詞之後，有「（不）怎麼……」、「（不）太……」或「（沒）甚麼……」、「幾乎（沒）……」之意：唔好食～【不怎麼好吃】｜佢唔理我～【他不太愛搭理我】。｜晚黑冇客～【晚上沒甚麼顧客】。

乜傢伙 mat7 ga1 fo2【謔】甚麼；啥東西：呢啲係～嚟㗎【這是啥玩意兒】？

乜鬼 mat7 gwai2 甚麼；啥：你講～【你説甚麼】？｜你買埋啲～嘢呀【你買了些啥東西來着】？

乜人 mat7 jan4 誰：～來敲門【誰來敲門了】？

乜嘢 mat7 je5 代詞。又合音作「咩」。❶ 甚麼東西：阿媽買咗～返嚟【媽媽買了甚麼東西回來】？❷ 甚麼：食～【吃甚麼】｜有～用【有甚麼用】｜佢係～人【他是甚麼人】？

乜嘢話 mat7 je5 wa2* ❶（説）甚麼（表示對對方的話聽不清楚）：～，唔該大聲啲【甚麼，請你大聲點兒】。❷ 嘆詞。甚麼，啥（表示吃驚，不滿等感情）：～？佢畀車車到【甚麼？他讓車給撞了】？｜～，你阿媽病咗你都唔去探下佢【啥，你媽病了你都不去探望一下】？

乜乜物物 mat7 mat7 mat9 mat9 這個那個的；這樣那樣的：佢講啲～，搞到我煩晒【他説東説西，把我給弄煩了】。

乜時 mat7 si4 ❶ 早已；早就：如果唔係你阻住，我做晒～咯【如果不是你礙手礙腳，我早就做完了】。❷ 任何時候；不管何時：佢～都做得好慢【他任何時候都做得很慢】。

乜誰 mat7 soey2* 甚麼來頭；甚麼人。又作「乜水」：你～呀【你甚麼來頭呀】？

乜説話 mat7 syt8 wa6 客套話：甚麼話；哪裏哪裏：～，唔使客氣【哪裏哪裏！不要客氣】。

乜頭乜路 mat7 tau4 mat7 lou6 甚麼來路；甚麼來頭：我唔知佢～【我不知道他甚麼來頭】。

乜春 mat7 tsoen1【俚】又作「乜䊵」。同「乜嘢」，語氣較粗俗。「春」原指陰囊：你講～呀【你説啥呀】？

密底算盤 mat9 dai2 syn3 pun4 指精於算計、只肯佔便宜不肯吃虧的人：呢條友係～嚟嘅，同佢做生意好難搵到乜嘢錢嘞【這老兄太精於算計了，跟他做生意很難賺到甚麼錢的】。

密斗貨車 mat9 dau2 fo3 tse1 密封式貨車。

密啲手 mat9 di1 sau2 動作快點兒；趕快；趕緊：多啲嚟，～【來得多了，動作就快點兒】。｜聽日就要交貨，～做【明天就要交貨，快點兒幹】。

密斟 mat9 dzam1 密談；密商：佢哋喺度～，

邊個都唔入得去【他們兩個正在密商，誰也不能進去】。

密質質 mat9 dzat7 dzat7 密密麻麻的：船倉入便坐到～噉【船艙裏（人）坐得密密麻麻的】。

密偈 mat9 gai2 私房話；秘密話：佢哋在角落頭傾～【他們在角落裏講私房話】。

密口 mat9 hau2 密封的；接縫處很嚴密的：呢封公文係～嘅【這封公文是密封的】。｜呢樽酒咁～，唔會漏氣嘅【這瓶酒封口這麼密實，不會泄漏的】。

密籠 mat9 lung2* 嚴密；密不透風：間屋咁～，連氣都透唔到【屋子裏（門窗關得）密不透風，連喘口氣都困難】。

密密 mat9 mat9 經常；頻密；不斷地：我呢排好多嘢做，要～出門【我最近很多事情做，要經常外出】。

密實 mat9 sat9 ❶ 嚴實；嚴密：度門閂到好～【門關得挺嚴實的】。｜～袋【一種袋口關閉後連液體都不會滲露出來的塑料袋】。❷ 嘴巴緊；守口如瓶：佢好～㗎，唔會將秘密洩露出去嘅【他嘴巴很緊，不會把秘密泄露出去的】。

密實姑娘假正經 mat9 sat9 gu1 noeng4 ga2 dzing4 ging1【俗】比喻人表面上很正經、不輕浮，其實不老實：佢平時讕高竇，而家突然間話奉子成婚，真係～【她平時裝得挺高傲的，現在突然說懷孕了要趕緊結婚，真是矜持姑娘假正經】。

密食當三番 mat9 sik9 dong3 saam1 faan1【俗】頻頻（以小的番數）和牌，也就好比是一次贏了三番的牌了。指打麻將不做大牌，只求儘快和牌。亦可引指做生意薄利多銷。

密頭鞋 mat9 tau4 haai4 鞋頭密封的鞋，與涼鞋相對。

蜜蠟 mat9 laap9 蜂蠟；黃蠟。

蜜糖 mat9 tong4 蜂蜜。

蜜糖埕 mat9 tong4 tsing4 ❶ 蜜罐子。❷ 喻心肝寶貝兒：仔女係父母嘅～【兒女是父母的心肝寶貝兒】。

襪帶 mat9 daai2* 紮褲腳的帶子。

襪褲 mat9 fu3 緊身褲襪；連褲襪。

襪箍 mat9 ku1 鬆緊襪帶。

襪頭 mat9 tau4 襪口。

物有所值 mat9 jau5 so2 dzik9（商品）質量與價值相稱；值得；值當：呢幅畫係貴咗啲，不過出於名家之手，都算～【這幅畫是貴了點兒，不過出於名家之手，還算值得】。

物業 mat9 jip9 不動產（尤指房地產）：佢喺外國有多處～【他在外國有不少不動產】。｜投資～【投資房地產】。

物語 mat9 jy5 故事。這是來自日語的借詞：動物～。

物似主人形 mat9 tsi5 dzy2 jan4 jing4 有其人則必有其物，觀其物可以知其人：睇間屋嘅佈置，～，呢個人可能幾浪漫下【看屋子的佈置，可知這裏的主人可能挺浪漫】。

踎 mau1 蹲：～低【蹲下】｜～喺門邊【蹲在門邊】。

踎墩 mau1 dan1 失業：你書又唔讀第日聽～咩【你不好好唸書，以後等着失業嗎】？

踎街 mau1 gaai1（因沒有居所）流落街頭：再搵唔到屋搬就真係要～喇【找不到合適的地方搬家就真要露宿街頭了】。

踎監 mau1 gaam1 蹲監獄；坐牢：罰錢你

唔怕，～你怕喇啩【罰款你不怕，坐牢你該怕了吧】？

踎廁 mau[1] tsi[3] 蹲式廁所。

謀人寺 mau[4] jan[4] dzi[2]* 欺騙顧客的商店或營利機構：嗰幾間成日喺電視賣廣告嘅美容院都係～嚟嘅【整天在電視上播廣告的那幾間美容院都是靠坑客牟利的】。

茂豆 mau[6] dau[2]* 呆頭呆腦；土裏土氣：我啱啱由鄉下嚟到香港嗰陣時好～【我剛從鄉下來到香港的時候很土裏土氣】。

茂利 mau[6] lei[2]* 傻瓜；蠢蛋：嗰條～居然自己入自己籃【那個傻瓜居然把球投進自家籃框】。

咩[1] me[1] 語氣詞。表示質問或反問（用於質問時讀平調，用於反問時用降調）：你冇去～【你沒去嗎】？｜佢唔係你同學～【他不是你同學嗎】？｜你當我好有錢～【你當我很有錢嗎】？｜個仔有事，唔通我唔理～【兒子有事，我能不管嗎】？

咩[2] me[1]「乜嘢」的合音。甚麼：有～事【有甚麼事】？

孭 me[1] 動詞。背：～住細佬哥做嘢【背着孩子幹活】｜～住書包返學【背着書包上學】。

孭帶 me[1] daai[2]* 背帶。

孭仔 me[1] dzai[2] 背孩子；背幼兒：～婆【背孩子的媽媽】。

孭飛 me[1] fei[1] 承擔責任（或後果、麻煩事等）：你搞出嚟嘅事，冇理由叫我同你～喫【你搞出來的事，沒理由讓我替你承擔責任嘛】。

孭數 me[1] sou[3] 承擔開支；承擔債務：佢借咗錢，佢老婆幫佢～【他借了錢，他老婆替他背這筆債】。

孭鑊 me[1] wok[9] 承受過錯；背黑鍋：你哋做錯事都係我～㗎啦【你們犯錯還不是我來受過】！｜冇人肯出嚟孭呢隻鑊【沒人肯出來背這黑鍋】。

歪 me[2] 不正；歪斜：張相掛～咗【照片掛歪了】。

歪零歪秤 me[2] ling[4] me[2] tsing[3] 歪歪斜斜：我寫啲毛筆字～【我寫的毛筆字歪歪斜斜】。

歪身歪勢 me[2] san[1] me[2] sai[3] 形容坐、立或走路姿勢不正，東倒西歪：坐到～【坐得東倒西歪的】。

糜 mei[1] 粥、米湯等在冷卻後在表面形成的一層膜。

眯 mei[1] 又作 mi[1]。閉；合（眼睛）：～埋眼【閉上眼】。

屘 mei[1] 後；末尾：最～係校長訓話【最後是校長訓話】｜排第～【排最後一名】。

屘指 mei[1] dzi[2] 小指。

屘二 mei[1] ji[2]* 倒數第二。

屘屎 mei[1] si[2]（兒語）倒數第一；最後一名：佢跑～【他跑步倒數第一】。

溦 mei[1] 用舌頭和雙唇嘗試液體的味道：你～一啖試下【你嚐一口試一試味道】。

味 mei[2]* 量詞。❶ 種；道（用於指中藥或菜餚）：呢～藥加多兩錢可能效果會好啲【這種藥多加兩錢可能效果會好點兒】。｜有人客食飯，加多兩～餸吖【有客人來吃飯，多加兩道菜吧】。❷【婉】件；種（指事情）：呢～嘢唔做得【這種事不能幹的】！

微 mei[4] 微薄；很少：我間精品店賺得好～嘅咋【我的精品店賺得很微薄的】。

微微 mei⁴ mei²* 稍微；少許；一點兒：天氣～有啲涼【天氣稍微有點冷了】。

微菌 mei⁴ kwan² 細菌。

眉豆 mei⁴ dau²* 白豇豆。

眉精眼企 mei⁴ dzing¹ ngaan⁵ kei⁵ ❶ 形容人長相精明機靈：睇佢個樣咁～，會輕易畀你呃到【看他那精明機靈的樣子，會輕易讓你騙了】？ ❷ 形容人的長相給人以狡猾的印象。

眉鉗 mei⁴ kim²*（拔眉毛的）小鑷子：攞支～嚟搣搣鬍鬚【拿支小鑷子來拔鬍子】。

眉毛 mei⁴ mou⁴ 專指一根一根的眉毛（整道的眉毛叫「眼眉」）：佢有幾條～好粗好長【他的眉毛有幾根又粗又長的】。

眉頭眼額 mei⁴ tau⁴ ngaan⁵ ngaak⁹ 臉色；眉眼高低：佢要睇老細～過日子【他要看老闆的臉色過日子】。

美指 mei⁵ dzi²「美術指導」的簡稱，指電影、電視或戲劇表演中，負責設計佈景、規劃整體視覺效果的人。

尾 mei⁵ ❶ 尾巴：牛～【牛尾巴】｜豬～【豬尾巴】。❷ 最後的；末；底：～班車【末班車】｜月～【月底】｜年～【年底】。

尾房 mei⁵ fong²* 指舊式樓房中同一層樓的最後面、最裏頭的房間：我住～【我住在最裏頭的房間】。

尾後 mei⁵ hau⁶ ❶ 後來：～我哋去海洋公園玩【後來我們到海洋公園遊覽】。❷ 最後；最後面：佢排喺～，買唔到火車飛【他排在最後面，沒有買到火車票】。

尾樓 mei⁵ lau²* 舊時大客船的三等船艙，在船的尾部：我冇錢乜滯，惟有坐～【我沒啥錢，只好坐三等艙】。

尾龍骨 mei⁵ lung⁴ gwat⁷ 尾骨（脊椎骨的末端）。

尾牙（禡） mei⁵ nga⁴ 廣東、福建一帶風俗。商號的東家在農曆十二月十六日宴請本店的店員，以酬謝其一年辛勞。這種宴席稱為尾牙。

尾車 mei⁵ tse¹ 末班車：佢日日都坐～返屋企【她天天都坐末班車回家】。

尾運 mei⁵ wan⁶ 最後的運氣：佢老竇老咗行～，中咗六合彩頭獎【他父親老了還有遲來的運氣，中了六合彩頭獎】。

未 mei⁶ 沒；還沒；還沒有；還不：～聽講過【沒聽説過】｜今日～見過佢【今天沒見過他】｜～讀書【還沒上學唸書】｜～夠多人【人還不夠多】。

未得自 mei⁶ dak⁷ dzi⁶ 還不行；再等一下：～，我仲未化完妝，唔走得【還不行，我還沒有化好妝，還不能出門】。

未知死 mei⁶ dzi¹ sei² 不知道厲害：你以為練跑步好輕鬆呀，未畀教練操過你～【你以為練跑步很輕鬆，沒讓教練訓練過你不知道厲害呢】。

未夠秤 mei⁶ gau³ tsing³ 份量不足；不足秤。比喻未成年，或年齡未達到最低限制：個女仔～㗎，你唔好搞人呀【那女孩未成年，你可別亂搞啊】。｜18 歲先可以投票，你～【18 歲才可以投票，你還不夠資格呢】。

未見過大蛇屙尿 mei⁶ gin³ gwo³ daai⁶ se⁴ ngo¹ niu⁶【俗】孤陋寡聞；沒見過世面：你真係～，幾萬人遊行都大驚小怪【你真沒見過世面，幾萬人遊行也大驚小怪】！

未學行，先學走 mei⁶ hok⁹ haang⁴ sin¹ hok⁹ dzau²【俗】還不會走路就要學

跑步，指不按部就班，急於求成：學識游水先至可以練跳水，～點得嗜【學會游泳才能練跳水的，急於求成怎麼行】？

未食五月粽，寒衣唔入槓 mei6 sik9 ng5 jyt9 dzung2* hon4 ji1 m4 jap9 lung5【諺】還沒有吃過端午節的粽子，冬衣不要收到箱子裏。指天氣還不穩定，時寒時暖，不可急於收藏夏天的衣服。

未算 mei6 syn3 還不算：一部電腦三千蚊～貴【一部電腦三千元還不算貴】。

未曾 mei6 tsang4 不曾；沒有……（過）：～出過國【沒出過國】。

未有耐 mei6 yau5 noi2* 還早着呢；還有好長時間才……：～畢業【畢業還早着呢】。｜～做完功課【還有好長時間才能做完功課】。

味 mei6 味道：好～【味道好；好味道】。

味碟 mei6 dip2* 餐桌上盛醬油、醋等的小碟。

味粥 mei6 dzuk7 有各種配料的肉、魚粥的統稱。

味菜 mei6 tsoi3「鹹酸菜」的別稱。即酸芥菜。

沒水 mei6 soey2 潛水。

沒水椿牆 mei6 soey2 dzung1 tsoeng4 扎入水中，頭撞池壁或石頭，指冒極大危險，赴湯蹈火：為了幫朋友我可以～【為了幫助朋友我可以赴湯蹈火】。

名 meng2* 名字：你叫乜嘢～【你叫甚麼名字】？

命仔凍過水 meng6 dzai2 dung3 gwo3 soey2 生命難保；危在旦夕。同「條命仔凍過水」。

命正 meng6 dzeng3 命運好：佢好～，搵到個好老公【她命運很好，找到個好丈夫】。

命水 meng6 soey2 命；命運：我～唔好，一出世就遇到戰亂【我的命不好，一出生就遇到戰亂】。

命醜 meng6 tsau2 命運不好：佢～，做乜都好多阻滯【她命運不好，做甚麼事都不順利】。

眯 mi1 同「眯（mei1）」。閉（眼睛）。

咪摸 mi1 mo1 拖拉，可重疊作「咪咪摸摸（mi4 mi1 mo4 mo4）」：我要趕時間，你唔好咁～喇【我要趕時間，你別這麼拖拉嘛】。

面 min2* ❶臉（面）；面子：唔畀～【不給面子】｜冇～見人【沒臉見人 】。❷面兒：被～【被面兒】｜底～【底面兒，底下那一面】。

面衫 min2* saam1 外衣。

面係人哋畀，架係自己丟 min2* hai6 jan4 dei6 bei2 ga2* hai6 dzi6 gei2 diu1 面子是人家給的，丟臉是自己丟的。指損害自己名聲的責任不能歸咎於人。

綿 min4 粥煮得水米很融合：你煲嘅粥好～，好好食【你煮的稀飯挺稀爛的，很好吃】。

綿羊 min4 joeng2* ❶【俗】棉被。❷又稱「綿羊仔」。一種有腳踏板的小型摩托車。

棉緊身 min4 gan2 san1 緊身棉襖；無領小棉襖。

棉褸 min4 lau1 棉大衣。

棉衲 min4 naap9 棉衣；棉襖。

棉胎 min4 toi1 ❶棉被。❷棉絮；棉被的芯。

眠乾睡濕 min4 gon1 soey6 sap7 形容母

親料理嬰兒的艱辛，要照料睡覺、換洗尿濕的衣服被褥。意近「含辛茹苦」：佢～湊大對仔女【她含辛茹苦帶大一對兒女】。

免責 min5 dzaak8 無須承擔責任。

免治 min5 dzi6 剁碎的。英語 mince 的音譯詞：～牛肉【牛肉末】。

免費午餐 min5 fai5 ng5 tsaan1 喻指不用付出代價而得到的利益：呢個世界係冇～嘅【這世界上沒有不用付出就能獲利的便宜事兒】。

面 min6 臉：洗～【洗臉】｜～紅【臉紅】｜～皮厚【臉皮厚】。

面缽 min6 but8 臉蛋兒；臉盤。

面坯 min6 bui1 臉形：佢～係鵝蛋型嘅【她臉形是鵝蛋型的】。

面左左 min6 dzo2 dzo2（因有矛盾、關係不好而導致）雙方一見面就形同陌路，或不願見面：佢哋原本係好朋友，為咗少少誤會就搞到～【他們原來是好朋友，為了一點兒誤會就弄得形同陌路】。

面珠墩 min6 dzy1 dan1 臉蛋；臉頰（多用以指小孩）。

面巾 min6 gan1（洗臉的）毛巾。

面口 min6 hau2 ❶ 面孔；臉孔：嗰個人好熟～嘅【那個人面孔很熟】。❷ 臉色；氣色：睇佢～好似有啲營養不良【看他臉色好像有點兒營養不良】。

面紅紅 min6 hung4 hung4（因興奮、害羞或飲酒而）臉色發紅；臉紅紅的：個女仔～噉唔敢望佢【那女孩紅了臉不敢望他】。

面紅面綠 min6 hung4 min6 luk9 面紅耳赤的：兩個人嗌到～【兩個人爭論得面紅耳赤的】。

面無三兩肉 min6 mou4 saam1 loeng2 juk9 指人的臉很瘦；人很瘦。

面木木 min6 muk9 muk9 表情麻木、呆滯；木呆呆：佢～唔講嘢【他面無表情不講話】。

面懵心精 min6 mung2 sam1 dzeng1「懵」即「糊塗」、「精」即「機靈、聰明」。指表面上看糊裏糊塗，其實卻很精明：佢平時唔多出聲，但其實係～【他平時不太開口，其實是外拙內秀】。

面皮 min6 pei4 臉皮。

面皮厚 min6 pei4 hau5 厚臉皮；不害臊；不要臉。

面盆 min6 pun2* 臉盆。

面善 min6 sin6 面熟；面貌熟悉：呢個人好～，但係一時醒唔起佢嘅姓名【這人很面熟，就是一下子想不起名字】。

面青口唇白 min6 tseng1 hau2 soen4 baak9 臉色發青，嘴唇發白；面無人色。形容受到很大驚嚇後的樣子：嚇到～【嚇得面無人色】。

面青青 min6 tseng1 tseng1 臉色發青；臉色蒼白；面無人色：嚇到～【嚇得臉色發白】。

面黃黃 min6 wong4 wong4 臉色枯黃：你～係咪有病呀【你臉色黃不拉嘰的是不是有病呀】？

麵餅 min6 beng2 盤成餅狀的乾麵條。

麵粉公仔 min6 fan2 gung1 dzai2 手捏的麵人兒。

麵筋 min6 gan1 即北方的水麵筋。

麵豉 min6 si2* 豆瓣醬。

名 ming2* 量詞。個（特指兒女）：以前啲人生五六個，而家最多生兩～【以前的人生五六個孩子，現在最多生兩個】。

明 ming4 明白：你～唔～【你明白不明白】？｜講極佢都唔～嘅【怎麼説他都不明白】。

明火 ming4 fo2 ❶ 用猛火煮成的：～白粥。❷ 用火；生火：～煮食【用火（爐）煮食（相對於用電爐煮食）】。

明蝦 ming4 ha1 對蝦。

明渠 ming4 koey4 陽溝；不埋入地下，露在地面上的排水溝。

明爐 ming4 lou4 敞開式用炭火燒烤的爐子，有別於密閉式的燒烤爐：～燒鵝。

明瓦 ming4 nga5 舊式房屋用的以玻璃或牡蠣殼等透明或半透明材料做的瓦片。

名嘴 ming4 dzoey2 電台著名播音員；能説會道的人：佢係電台～【他是電台著名播音員】。

名銜 ming4 haam4 ❶ 職務；職稱；頭銜：佢有十幾個～【他有十多個頭銜】。❷ 名望；名氣：捐錢畀佢哋嘅都係有～嘅人【捐錢給她們的都是名氣很大的人】。

名媛 ming4 wun4 上流社會名女人。

搣 mit7 ❶ 掐；擰：佢～到我手臂瘀晒【他掐得我手臂都瘀血了】。❷ 掰：～斷｜～啲餅乾畀魚食【掰點兒餅乾給魚吃】。❸ 撕；扯：～爛咗幅相【把照片撕破了】。❹ 戒掉：～甩鋪毒癮【戒掉毒癮】。

滅罪 mit9 dzoey6 撲滅罪行的簡稱。

滅火喉 mit9 fo2 hau4 消防水管；消防水龍頭。

藐 miu2 撇（嘴）（表示輕蔑或不以為然）。

藐嘴藐舌 miu2 dzoey2 miu2 sit9 撇嘴的表情，表示對人蔑視：你見到人點可以～咁冇禮貌㗎【你見了人怎麼能撇嘴咧牙地這麼沒禮貌呢】？

瞄 miu4 ❶ 偷看：佢～咗一眼隔籬位個同學張卷【他偷看了隔座同學的試卷一眼】。❷ 隨便地看；瀏覽：本雜誌我未認真睇過，淨係～過下目錄【那本雜誌我還沒認真看過，只瀏覽了一下目錄】。

秒殺 miu5 saat8 互聯網用語。指網絡遊戲中瞬間擊敗或殺死對手，令對方來不及反應。引指在很短時間內解決問題：呢件玩具係我喺網上～投返嚟嘅【這個玩具是我在網上極速點擊投到的】。

妙想天開 miu6 soeng2 tin1 hoi1 異想天開：佢會畀錢你？你唔好～喇【他會給你錢？你不要異想天開了】。

廟祝 miu6 dzuk7 管理寺廟的人。

摩打 mo1 da2 馬達；電動機。英語 motor 的音譯詞。

摩晞 mo1 he1 安哥拉山羊毛布料；馬海毛布料。英語 mohair 的音譯詞。

摩托車 mo1 tok8 tse1 機動車輛的統稱；汽車。英語 motorcar 的音意譯詞（與普通話「摩托車」意思不同）。

> 【小知識】香港運輸處的正式文件及道路交通標誌皆用此詞指稱汽車。另外，在香港成立的「汽車交通運輸業總工會」原名為「摩托車業職工總會」，已超過 80 年歷史。

嚤 mo1 慢；緩慢；磨蹭：乜你咁～㗎？啲同學個個都交晒卷喇【你怎麼這麼磨蹭？同學們全都交卷了】！｜快啲食，唔好咁～【快點兒吃，別這麼磨蹭】。

嚤囉差 mo1 lo1 tsa1【貶】原指上世紀三四十年代港英當局僱用的印度、巴基斯坦裔警察。「嚤囉」為印巴語音譯詞，指錫克教徒用以包裹頭髮的布條；「差」指「差人（即警察）」。引申以泛指僑居香港的印巴人。

嚤囉綢 mo¹ lo¹ tsau² 印度綢。

魔鬼身材 mo¹ gwai² san¹ tsoi⁴ 形容女性完美的身段。

魔術貼 mo¹ soet⁹ tip⁸ 尼龍搭扣；粘扣帶。是衣服鞋帽上常用的一種連接輔料，分公母兩面，一面是細小柔軟的纖維，另一面是較硬的鈎狀刺毛。兩面相貼一起產生自然粘力，用手一拉又會自然分離，有魔術般的連接效果，故稱。

摸貨 mo¹ fo³ 房地產術語。指物業交易中買家尚未最終簽署合約之前就已轉手出售的物業。在此期間業主以「確認人（confirmor）」身份轉售其尚未正式獲得業權的物業以從中牟利。

摸杯底 mo² bui¹ dai² 戲稱喝酒：退休之後佢時不時同幾個老友傾下偈，摸下杯底，過得幾寫意【退休之後他偶爾會和幾個老朋友聊聊天，喝點兒淡酒，過的挺寫意】。

摸門釘 mo² mun⁴ deng¹ 吃閉門羹（到了人家家裏才發現其家中無人）：我去搵佢，佢又啱啱嚟搵我，大家都～【我去找他，他又剛巧來找我，大家都吃了閉門羹】。

摸身摸勢 mo² san¹ mo² sai³ （對女性）動手動腳；東摸西捏：佢詐諦教女仔學游水，趁機～【他假裝教女孩子學游泳，趁機東摸西捏的】。

摸黃 mo² wong⁴ 麻將術語。一局牌摸到只剩下限定數量的牌（四張牌），該局便成為流局，稱為「摸黃」。

磨爛蓆 mo⁴ laan⁶ dzek⁹ 留戀不願意離開；賴着不走：都成十二點嘞，佢幾個仲喺度～【都快十二點了，他們幾個還賴着不走】。

剝花生 mok⁷ fa¹ sang¹【諧】陪着人家談情說愛：見佢兩個入嚟我仲唔走咩，無謂喺度～吖【看他倆進來我還不走呀？沒必要在這兒陪人談情說愛】。

剝光豬 mok⁷ gwong¹ dzy¹ ❶ 自己（或被他人）把衣服脱得精光。❷ 下棋時把對方棋子吃得精光（只剩下「將」或「帥」），即「剃了光頭」。

幕門 mok⁹ mun⁴ 安全屏蔽門，特指安裝於月台邊緣、隔離乘客和路軌的一組電動玻璃門。

芒 mon¹ 熒光屏；（電腦）顯示器。英語 monitor 省略後的音譯。

網 mong¹* ❶ 小的網狀物：蟾蟧絲～【蜘蛛網】。❷ 遮住；蓋住；罩住：用紗布～住啲生果【用紗布罩住水果】。

忙忙狼狼 mong⁴ mong⁴ long⁴ long⁴ 焦急匆忙：你～要去邊度【你匆匆忙忙要到甚麼地方去】？

網絡 mong⁵ lok²* 網兜：我帶咗個～嚟裝生果【我帶了個網兜來裝水果】。

望到頸都長 mong⁶ dou³ geng² dou¹ tsoeng⁴【俗】盼得脖子都長了；望穿秋水：佢個仔後生嗰陣時去咗南洋，佢～個仔都冇返過嚟【她兒子年輕時去了南洋，她盼得脖子都長了兒子都沒回來過】。

望微眼 mong⁶ mei⁴ ngaan⁵ 眺望極遠處：～咁遠點睇到呀【那麼遠的地方哪能看得見呢】？

望天打卦 mong⁶ tin¹ da² gwa³ 靠天吃飯：我哋耕田嘅梗係～啦【我們種田的當然是靠天吃飯了】。

毛布 mou⁴ bou³ 絨布（有絨毛的棉布）。

毛豆 mou⁴ dau²* 未成熟的嫩黃豆。

毛氈 mou⁴ dzin¹ 毛毯；毯子。

毛巾恤 mou⁴ gan¹ soet⁷ 毛巾布襯衫。其中「恤」為英語 shirt 的音譯。

毛管 mou⁴ gun² 毛孔；汗孔。

毛管戙 mou⁴ gun² dung⁶ 汗毛都豎了起來；起雞皮疙瘩。又作「毛管戙篤企」：佢唱歌走音聽到個個～【她唱歌跑調聽得人人都起雞皮疙瘩】。

毛公仔 mou⁴ gung¹ dzai² 毛絨玩偶；毛娃娃。

毛瓜 mou⁴ gwa¹「節瓜」的別稱，因瓜的表面有一層絨毛，故稱。

毛蟹 mou⁴ haai⁵ 螯上有毛的河蟹：呢度嘅炒～幾好味【這兒的炒河蟹挺好吃的】。

毛冷 mou⁴ laang¹ 簡稱「冷」。毛線。其中「冷」為法語 laine 的音譯。

毛片 mou⁴ pin²* 有性交鏡頭的色情片。

毛鬙鬙 mou⁴ sang⁴ sang⁴ 形容毛長而密；毛茸茸：隻腳～【腿毛很長】。｜我唔中意着～嘅外套【我不喜歡穿毛茸茸的外套】。

無端白事 mou⁴ dyn¹ baak⁹ si⁶ 無緣無故；平白無故：～你做乜打佢啫【無緣無故的你幹嘛打他】？｜～畀老母鬧咗一餐【平白無故被老媽罵了一頓】。

無端端 mou⁴ dyn¹ dyn¹ 無端；無緣無故；沒有來由：個球證～就判咗我犯規【裁判無緣無故就判我犯規】。

無氈無扇，神仙難變 mou⁴ dzin¹ mou⁴ sin³ san⁴ sin¹ naan⁴ bin³【俗】魔術表演沒有扇子、毯子等道具，就是神仙也變不出東西來。比喻沒有工具，缺少必要條件，就難以有所作為：～，冇米你叫我點煮飯啫【沒有金剛鑽，攬不了瓷器活兒。沒米你叫我怎麼做飯】？

無間道 mou⁴ gaan³ dou⁶ 佛教術語，即「無間地獄」。借指間諜活動。

> 【小知識】《無間道》為 2002 年拍攝的香港電影，講述警方和黑幫派「臥底」互相滲透的故事，創票房記錄。其後人們用「無間道」指稱「臥底」或間諜活動。

無殼蝸牛 mou⁴ hok⁸ wo¹ ngau⁴ 沒有殼的蝸牛，喻指沒有購買自住房子的人：而家樓價咁貴，好多後生仔都冇錢買樓，惟有做～租屋住【現在房價這麼貴，很多年輕人都沒錢買房子，只好做沒有殼的蝸牛租房子住】。

無印良品 mou⁴ jan³ loeng⁴ ban² 一日本雜貨品牌（MUJI），商品以日用品為主。日語含意是沒有商標但質量好的商品。

無煙大砲 mou⁴ jin¹ daai⁶ paau³ 吹牛吹得非常離譜的人；吹牛大王：唔好聽佢亂噏，呢條友係～嚟嘅【別聽他胡說，這小子是個吹牛大王】。

無拳（權）無勇 mou⁴ kyn⁴ mou⁴ jung⁵ 勢單力薄；沒有靠山沒有力量：我哋～唔好同佢哋硬碰【我們勢單力薄，別跟他們硬抗】。

無厘頭 mou⁴ lei⁴ tau⁴ 本應作「無來頭」，意指沒有根據或沒有道理，因「來」字粵口語音同「厘」，故寫作「無厘頭」。❶（說話）不合理、令人摸不着頭腦：呢句說話真係～，唔知你講乜【你這句話莫名其妙，真不懂你說的啥】。❷ 說話故意歪曲語義，以製造諧謔效果：而家啲人講嘢興晒～，好惹笑【現在大家都喜歡把話說得沒個正經，挺惹人發笑的】。

無聊賴 mou⁴ liu⁴ laai⁶ 無聊；無事可做。又作「百無聊賴」、「冇聊賴」：星期日喺屋企～，咪打電話搵人傾下偈囉【星期天在家無聊，就打電話找人聊天嘛】。

無嗱嗱 mou⁴ na¹ na¹ 無緣無故，同「無端端」：你點解～唔返學【你為甚麼無緣無故不上學】？

無聲狗——咬死人 mou⁴ seng¹ gau² ngaau⁵ sei² jan⁴【歇】看到人不吠的狗反會把人咬死。比喻表面上看不出來，而實際上陰險毒辣者往往在人們疏忽時禍害人。

無時無候 mou⁴ si⁴ mou⁴ hau⁶ 任何時候；不分晝夜；隨時。又作「無時無刻」：佢～都玩電子遊戲機【他不分晝夜都在玩電子遊戲機】。

無上裝 mou⁴ soeng⁶ dzong¹ 特指女子赤裸上身的裝束。

無他 mou⁴ ta¹ 沒有其他原因；沒別的緣故；不為別的：佢肯嫁畀嗰個老嘢，～嘅，貪佢有錢啫【她肯嫁給那老頭，沒別的緣故，貪圖他有錢而已】。

無頭烏蠅 mou⁴ tau⁴ wu¹ jing⁴ 喻亂衝亂撞的人，同「盲頭蒼蠅」。

無千無萬 mou⁴ tsin¹ mou⁴ maan⁶ 成千上萬；無數：一打仗，死嘅人就～啦【一打仗，死的人就無數了】。

無情雞 mou⁴ tsing⁴ gai¹ 舊時商號在「尾牙」那天（農曆十二月十六日）宴請僱員時，如果老闆夾一塊雞肉給某僱員，則意味着請他「遠走高飛」。僱員也就明白，自己已被解僱。這一塊雞肉便被稱為「無情雞」：咁懶，係唔係想食～呀【這麼懶，是不是想讓老闆解僱你呀】？

無情白事 mou⁴ tsing⁴ baak⁹ si⁶ 無緣無故。同「無端白事」。

無謂 mou⁴ wai⁶ ❶ 不必；沒必要：為呢啲小事～嘥咁多心機吖【為這種小事不必花這麼多心血】。｜你為佢做咁多嘢真係～【你為他做那麼多事真沒必要】。❷ 沒有意義；不值得：佢已經拒絕咗你啦，你仲日日去搵佢，認真～【她已經拒絕你了，你還天天去找她，實在沒意義】。

冇 mou⁵ ❶ 沒；沒有；無：～頭～尾【沒頭沒尾】｜～力【無力】｜～事【無事】。❷ 副詞。沒；沒有：～話過【沒說過】｜～睇到【沒看到】｜成晚～瞓【整晚沒睡】。❸ 副詞。不（用於少數固定詞組中）：～緊要【不要緊】｜～有怕【不用怕】。

冇表情 mou⁵ biu² tsing⁴ ❶ 沒有任何表情（看不出喜怒哀樂）：個衛兵冇厘表情，一碌木噉戙喺門口【那個衛兵面無表情，木頭似的站在門口】。❷ 窘；尷尬：佢啱啱車緊大炮，咁啱有個熟人入嚟，搞到佢冇晒表情【他正吹大牛，恰巧有個熟人進來，搞得他窘極了】。

冇本心 mou⁵ bun² sam¹ 沒良心：佢個老公～，趁佢有病提出離婚【她丈夫沒良心，趁她有病提出離婚】。

冇大冇細 mou⁵ daai⁶ mou⁵ sai⁵ 沒大沒小；不分老幼尊卑；沒有禮貌：細路唔可以～【小孩子不可以沒大沒小】。

冇膽匪類 mou⁵ daam² fei² loey²* 沒有膽量的匪徒，意近「膽小鬼」：噉都唔敢試下，真係～【這都不敢試試，真是膽小鬼】。

冇啖好食 mou⁵ daam⁶ hou² sik⁹ 連口吃的都沒有（「一啖」即「一口」），指沒有好日子過，又引申為沒有油水可撈：打仗嗰陣人人都～【打仗那會兒，人人都沒安生日子過】。｜新處長上任之後，搞到大家都～【新處長上任後，搞得大家都撈不到油水了】。

冇搭霎 mou5 daap8 saap8 做事不負責任。同「冇厘搭霎」。

冇得 mou5 dak7 ❶ 用在動詞之前，表示做不成、辦不成：～瞓【睡不了覺】｜冇錢就～玩【沒錢就別想玩（玩不成）】。❷ 用在動詞之前，相當於普通話的「沒有……的」、「沒有甚麼……的」：～食【沒有甚麼可吃的】｜乜都～賣【甚麼賣的都沒有】。

冇得頂 mou5 dak7 ding2 沒有甚麼能超過它的；沒有甚麼能抵擋它的，好極了：呢間餐廳啲菜真係～【這家餐廳的菜真好吃極了】。｜佢嘅球技真係～【他的球技真是無與倫比】。

冇得救 mou5 dak7 gaau3 ❶ 沒法醫治了（指身患絕症或傷情危殆）。❷ 沒法救治了；無可救藥了（指墮落歧途無法挽回）：又販毒，又賭錢，又入黑社會，呢個衰仔睇怕都～喇【又販毒，又賭錢，又混黑社會，這不爭氣的兒子恐怕無可救藥了】。

冇得講 mou5 dak7 gong2 ❶ 沒話可說：如果噉嘅條件你都唔滿意，～啦【如果這樣的條件你都不滿意，我也沒話可說了】。❷ 沒有商量的餘地，沒有談判的餘地：呢單嘢已經決定咗，～【這一件事情已經作出決定，沒有商量的餘地了】。

冇得傾 mou5 dak7 king1 沒甚麼好商量的（表示堅決拒絕）：想要我畀錢你去賭？～【想讓我給你錢去賭博？這沒甚麼好商量的】。

冇得撈 mou5 dak7 lou1 沒活幹；沒錢可賺；混不下去：佢失咗業兩個幾月，一直都～【他失業兩個多月，一直都沒活幹】。｜做呢行～啦【幹這一行賺不了甚麼錢啦】。｜老細溜了，班馬仔唔係～囉【老闆一逃，那班手下不就混不下去了嗎】？

冇得攞 mou5 dak7 maan1 無可挽回：佢兩個掟咗煲咁耐，～啦【他倆斬斷情絲這麼長時間，無可挽回了】。

冇得彈 mou5 dak7 taan4 沒甚麼可指責的；無可挑剔；沒說的：佢男朋友對佢，真係～【她男朋友對她，真是沒說的】。｜呢部奧斯卡獲獎影片真係～【這部獲奧斯卡獎的電影真可算得上完美無瑕】。

冇定準 mou5 ding6 dzoen2 不一定的；不固定的：個課程仲開唔開～【課程還開不開說不定呢】。

冇定性 mou5 ding6 sing3 形容小孩心野、不專心、貪玩好動：佢由細到大都～，唔畀心機讀書【他從小到大都那麼貪玩好動，不用心學習】。

冇揸拿 mou5 dza1 na4 沒把握；成功希望很低：要我咁短時間籌到呢筆錢，真係～【要我短時間籌到這筆錢，真的沒把握】。

冇爪蟛蜞 mou5 dzaau2 paang4 kei2*「蟛蜞」是生活在水邊的一種小螃蟹，失去爪牙，即喪失攻擊和防禦能力，故以此比喻失去威風或失去威脅能力者：佢以前係拳擊冠軍，不過中風之後半身不遂，早就變咗～【他以前是拳擊冠軍，不過中風後半身不遂，早就奈何不了別人了】。

冇走盞 mou5 dzau2 dzaan2 沒有空間、時間上的餘地：我日程好趕，一啲走盞都冇【我的活動日程很緊，一點兒餘地都沒有】。

冇走雞 mou5 dzau2 gai1 有把握；十拿九

穩：有咗呢兩位高手加盟，今次個冠軍實～啦【有了這兩位高手加盟，這次的冠軍肯定十拿九穩】。

冇精神 mou[5] dzing[1] san[4] 沒精神；精神狀態差：呢幾日～，唔想食嘢【這幾天精神很差，不想吃東西】。

冇咗 mou[5] dzo[2] ❶ 沒了；沒有了：錢～可以搵過，感情～就好難修補【錢沒了可以再掙，感情沒了就難以修補】。❷【婉】流產，與表示有孕的「有咗」相對：佢跌咗一跤，個胎爭啲～【她摔了一跤，差點兒流產了】。

冇着落 mou[5] dzoek[9] lok[9] ❶ 沒有落實；沒有着落：學校教育經費～【學校的教育經費沒有落實】。❷ 沒有下落：咁多年佢個仔重係～【那麼多年他兒子還是沒有下落】。

冇花冇假 mou[5] fa[1] mou[5] ga[2] 一點兒不假；絕對真實：我親眼見到嘅，～【我親眼見到的，一點兒不假】。

冇符 mou[5] fu[4] 沒辦法；沒轍兒：個仔咁百厭，我真係～【這孩子這麼淘氣，我真是毫無辦法】。｜佢唔嚟你都～【他不來你也沒轍兒】。

冇家教 mou[5] ga[1] gaau[3] 沒教養的：同老人家講嘢咁冇禮貌？真係～【跟老人家說話怎麼這麼沒禮貌的？真沒教養】。

冇解 mou[5] gaai[2] ❶ 奇怪；無從解釋；莫名其妙：無端端畀人鬧咗一餐，真係～【平白無故讓人罵了一頓，真莫名其妙】。｜真係～，有嘢食佢都唔過嚟嘅【真奇怪，有東西吃他都不過來】。❷ 不解人意；不像話：你都～嘅，唔通要人哋女仔同你道歉先咩【你真不像話，難道要人家女孩子先向你道歉嗎】？

冇交易 mou[5] gaau[1] jik[9] ❶ 不成交；生意做不成：我一百蚊嘅貨，佢九十蚊想同我攞，梗～啦【我一百塊進的貨，他九十塊就想跟我買，當然不能成交】。❷ 不來往：你噉搵人笨，以後大家～嘞【你老這麼佔人便宜，以後大家就甭來往了】。

冇覺好瞓 mou[5] gaau[3] hou[2] fan[3] 被弄得不得安寧，沒法睡覺：我住嘅酒店對正高速公路，嘈到我～【我住的旅館就在高速公路旁邊，吵得我沒法睡覺】。

冇計 mou[5] gai[2]* 沒辦法，又作「冇符」。「計」指「計謀」、「辦法」：佢唔肯去我都～【他不肯去我也沒辦法呀】。

冇計 mou[5] gai[3] 不用計較：兩兄弟，邊個蝕底啲都～喇【兄弟倆，誰吃點虧都甭計較了】。

冇咁大隻蛤乸隨街跳 mou[5] gam[3] daai[6] dzek[8] gap[8] na[2] tsoey[4] gaai[1] tiu[3]【俗】沒有那麼大的田雞滿街跳，喻指不會有那麼大的便宜等着你去撿：唔好信啲傳銷佬嘅說話，～嘅【別信那些傳銷的話，沒有那麼大的便宜等着讓你撿的】。

冇咁大個頭，唔好戴咁大頂帽 mou[5] gam[3] daai[6] go[3] tau[4] m[4] hou[2] daai[3] gam[3] daai[6] deng[2] mou[2]*【俗】沒那麼大的腦袋就不要戴那麼大的帽子，意近「沒有金剛鑽，不攬瓷器活」。表示才疏藝淺不宜擔當重任，或用於表示沒有本事則不要誇下海口。

冇咁好氣 mou[5] gam[3] hou[2] hei[3] 沒那份好心情，沒那份耐心。又說「冇你咁好氣」：要我聽佢發噏風？我～【要我聽他胡扯？我沒那份耐心】。

冇咁好死 mou[5] gam[5] hou[2] sei[2] 沒這麼好心：幫我？佢～【幫我？他沒這麼好心】！

冇根底 mou5 gan1 dai2 ❶ 沒有家業；沒有根基：佢喺香港～，乜嘢都要由頭做起【他在香港沒有家業，一切都得從頭開始】。❷ 沒有學問；學問不扎實：佢淨係識吹水，冇乜嘢根底嘅【他就會誇誇其談，沒啥學問】。

冇幾何 mou5 gei2 ho2* 不常；不經常；難得：呢間餐廳我～去【這家餐廳我不常去】。｜老媽子～咁開心【媽媽難得這麼高興的】。

冇幾耐 mou5 gei2 noi2* 沒多久；不多久；不大一會兒：我坐咗～就返咗屋企嘞【我坐了沒多久就回家了】。

冇記性 mou5 gei3 sing3 沒記性；健忘：咁細個就咁～【這麼小就這麼健忘】！｜人老咗～囉，一擰轉身唔記得眼鏡放咗去邊【人老記性差了，一轉身就忘了眼鏡擱哪兒了】。

冇下巴 mou5 ha6 pa4 字面意義是沒有下巴頦，指說話有上文而沒下文，喻言而無信。同「冇口齒」。

冇鞋挽屐走 mou5 haai4 waan2 kek9 dzau2 沒有鞋就提雙木屐，趕快跑開。意即匆忙逃離：聽到爆炸聲，乘客都嚇到～【聽到爆炸聲，乘客都嚇得慌忙逃走】。

冇口齒 mou5 hau2 tsi2 言而無信；不講信用；沒信用：呢條友～，有錢都唔好借畀佢【這小子不講信用的，有錢都別借給他】。

冇行 mou5 hong4 沒希望；沒指望：你應該考得到大學嘅，我就～喇【你應該考得上大學的，我就沒指望了】。

冇陰功 mou5 jam1 gung1 ❶ 缺德：做埋晒啲咁～嘅嘢，你唔怕着雷劈呀【連這種缺德事兒你都幹，你就不怕挨雷劈】？❷ 嘆息別人遭災：畀人打成噉，真係～咯【讓人打成這樣，真是造孽啊】！

冇人有 mou5 jan4 jau5 世間少有；沒見過（略帶誇張）：嗰個地方窮到～【那個地方特窮，世間少有】。｜個細佬哥百厭到～【那個小孩特調皮，真沒見過】。

冇人冇物 mou5 jan4 mou5 mat9 甚麼都沒有；無親無故：我喺外國～，搵鬼幫我咩【我在國外無親無故的，誰幫得了我呀】？

冇癮 mou5 jan5 ❶ 沒勁；沒意思：呢啲嘢有乜好玩吖？～【這有甚麼好玩的？沒勁】。❷ 沒趣；掃興：你噉搞法賺大家～啫【你這一折騰，讓大家落個沒趣】。｜啱啱玩到興起，佢就話要返去，真係～【正玩得高興，他就說要回去，真掃興】。

冇有怕 mou5 jau5 pa3 不用怕（原為廣西粵語的說法）：蚊叮蟲咬～，有呢種藥水就包冇事啦【蚊子叮、蟲子咬都甭怕，有這種藥水就沒事了】。

冇嘢 mou5 je5 ❶ 沒甚麼東西；沒啥；沒事兒：個雪櫃～食【冰箱裏沒啥吃的】。｜～喇，出嚟啦【沒事兒了，出來吧】。❷ 沒有（情感方面的）瓜葛、牽連：我同佢係同事啫，～㗎【我跟她是同事，沒啥瓜葛的啊】。

冇衣食 mou5 ji1 sik9 ❶ 折壽；缺德：你嘥咗咁多錢，真係～喇【你浪費那麼多錢，真是缺德】。❷ 忘恩負義：做人唔可以～嘅【做人不可以忘恩負義的】。

冇耳性 mou5 ji5 sing3 沒記性；健忘：琴日先至話過，今日又唔記得，真係～【昨天剛說過，今天又忘了，真沒記性】。

冇耳茶壺——得把嘴 mou5 ji5

tsa[4] wu[2]* dak[7] ba[2] dzoey[2]【歇】沒有把兒的茶壺，只有壺嘴。喻指人誇誇其談，吹牛皮：佢沒乜嘢本事，直情就係～【他沒有啥本領，就剩那張嘴皮子了】。

冇益 mou[5] jik[7]（對身體、健康）無益；沒好處：呢啲嘢食得多～【這些東西吃多了沒好處】。

冇掩雞籠——自出自入 mou[5] jim[2] gai[1] lung[4] dzi[6] tsoek[7] dzi[6] jap[9]【歇】沒有掩上門的雞籠，可以隨意出入。比喻門禁太鬆，缺乏管理，秩序混亂（有時不講出下句）：呢度放咗好多機密資料，唔好當～先得㗎【這兒有很多機密資料，別當是自由開放的地方，想進就進想出就出】。

冇研究 mou[5] jin[4] gau[3] 沒問題；沒意見；無所謂；不講究：你想我送晒畀你？～之至【你想讓我全送給你？沒問題】！

冇影 mou[5] jing[2] 沒影兒；沒下文：佢話轉頭攞畀我，點解冇晒影嘅【他說回頭給我拿來，怎麼沒影兒了】？

冇腰骨 mou[5] jiu[1] gwat[7] 沒脊梁骨；沒骨氣；沒原則；沒信義：咁快就轉軚㗎？真係～【怎麼這麼快就轉變立場啦？真沒骨氣】！

冇藥醫 mou[5] joek[9] ji[1] 無可救藥：人蠢～【人要是愚蠢的話那是無可救藥的】。

冇肉食 mou[5] juk[9] sik[9] 沒有甚麼油水、好處、利益可獲得：呢一行近年～乜滯，唔係好順景【這一行業近年沒啥利潤可撈，不太景氣】。

冇厘搭霎 mou[5] lei[4] daap[8] saap[8] 又作「冇搭霎」。❶ 形容人做事不負責任、有始無終：執返啲手尾啦，做嘢唔好咁～【把這點收尾工作幹完吧，幹活不要這麼虎頭蛇尾的】。❷ 漫不經心；大大咧咧；沒分寸：呢個人講嘢周時都係咁～㗎啦【這個人說話啥時候都是這麼沒譜兒的】。

冇厘正經 mou[5] lei[4] dzing[3] ging[1] 不嚴肅；不正兒八經：你講嘢～噉，啲女仔都畀你嚇走晒喇【你說話油腔滑調的，女孩子全給你嚇跑了】。

冇厘神氣 mou[5] lei[4] san[4] hei[3] 無精打采的：睇你吖，～噉，係唔係個胃又唔舒服呀【瞧你，無精打采的，是不是胃又不舒服了】？

冇理由 mou[5] lei[5] jau[4] ❶ 沒道理；不合道理；不合情理：老媽子病咗都唔去探下；～啩【媽病了都不去探望，不合情理吧】？｜放學咁耐都未返屋企，～【放學這麼久還沒回家？沒道理的】。❷ 不可能：我啱啱打過電話畀佢，～咁快走咗啩【我剛跟他通過電話，不可能這麼快就走了吧】？｜咁大筆生意，佢～唔做嘅【這麼大一筆生意，他不可能不做的】。

冇料 mou[5] liu[2]* 沒水平；沒學問；沒能耐；沒本事：佢～嘅，唔使驚佢【他沒啥能耐，甭怕他】。

冇料到 mou[5] liu[2]* dou[3] ❶ 不是事實，不是那一回事：件事根本唔係噉，佢講嘅嘢～【根本不是那麼回事，他說的不是事實】。❷ 同「冇料」：佢自己吹水之嘛，查實就～嘅【他自我吹噓而已，其實沒有真本領】。

冇聊賴 mou[5] liu[4] laai[6] 無聊，無事可做。同「無聊賴」。

冇雷公咁遠 mou[5] loey[4] gung[1] gam[3] jyn[5] 雷公也到不了的遠地方，指非常遙遠：你而家搬到去～，想探多你幾次都好難【你現在搬到那麼遠的地方，想多來探望你都很難】。

冇米粥 mou5 mai5 dzuk7 沒有米的稀飯，比喻沒有結果的事或不能成功的事：呢單生意睇嚟又係～【這樁生意看來又成了泡影】。｜唔好成日煲埋呢啲～啦【別整天幹這種沒結果的事】。

冇紋路 mou5 man4 lou6 馬虎；不正經；吊兒郎當；沒有條理：佢做嘢咁～，叫我點信得佢過吖【他做事情這麼吊兒郎當的，叫我怎麼信得過他呢】？

冇乜 mou5 mat7 ❶ 沒甚麼：～意見｜～兩句【沒甚麼不愉快的】。❷ 沒怎麼；不怎麼：我～出聲，由佢講【我沒怎麼開口，由着他說去】。｜西餐～好食【西餐不怎麼好吃】。

冇乜點 mou5 mat7 dim2 還好；沒甚麼特別。又作「冇乜嘢」：佢個人～吖，幾肯學嘢【他這個人還好，挺好學的】。

冇乜滯 mou5 mat7 dzai6 幾乎沒有：錢用到～喇，要想下辦法喇【錢快用完了，要想想辦法】。

冇乜嘢 mou5 mat7 je5 ❶ 沒啥；沒甚麼東西：出去都～好食，不如喺屋企食啦【上街也沒啥好吃的，還不如在家裏吃吧】。❷ 沒甚麼事兒：我食咗藥～喇【我吃了藥沒甚麼事兒了】。❸ 同「冇乜點」。

冇乜兩句 mou5 mat7 loeng5 goey3 ❶ 沒二話；沒分歧；談得來：我同人～【我沒跟人鬧過意見】。❷ 很少交談；沒甚麼交往：我同佢～，唔知佢咁多嘢【我跟他沒甚麼交往，他的事不太清楚】。

冇尾飛砣（堶） mou5 mei5 fei1 to4「飛砣」為一種鐵製的兵器，用繫着的繩子操控，古時用於作戰和狩獵。沒有尾巴的飛砣，指沒有繩子牽着的飛砣，一經擲出即不知去向。喻指整天東奔西走，蹤影難覓的人：我個仔正一係～，點知去邊度搵佢吖【我兒子總是滿天飛的，誰知道上哪兒找他去】？

冇尾燒豬——唔慌好事 mou5 mei5 siu1 dzy1 m4 fong1 hou2 si6【歇】沒尾巴的烤豬端上來肯定沒好事。廣東風俗，烤豬是各種重大民俗活動如祭祀、婚禮、壽宴等所必備的。而去尾的烤豬，則用於祭奠死者。

冇面 mou5 min2* 沒面子；丟臉：你噉倒我米我好～嘅噃【你這麼拆我的台我挺沒面子的】。

冇面畀 mou5 min2* bei2 不給面子；不留情面：就算係村長都～【就算是村長都不會留情面】。

冇嗱經 mou5 na1 gaang1 沒關係；不相干；不沾邊：我同佢都～，做乜嘢要我幫佢呀【我跟他沒啥關係，幹嘛要我幫他】？

冇嗱冇掕 mou5 na1 mou5 lang3 沒關係；沒瓜葛；不沾邊兒：呢單嘢同我～，我使乜驚呀【這事跟我沒絲毫瓜葛，我有啥好怕的】？

冇牙老虎 mou5 nga4 lou5 fu2 沒牙齒的老虎。❶ 喻指火災。❷ 紙老虎；比喻人或機構喪失了本來的聲威：監察機構變咗～，冇晒阻嚇作用【監察機構沒有強有力對策，起不了威嚇作用】。

冇瓦遮頭 mou5 nga5 dze1 tau4 上無片瓦，即沒有住的地方：香港仲有好多人～【香港還有很多人上無片瓦】。

冇挨冇憑 mou5 ngaai1 mou5 bang6 沒有依靠：佢孤零零一個人去咗加拿大，～幾淒涼下【她孤零零一個人去了加拿大，無依無靠挺淒涼的】。

冇眼屎乾淨盲 mou5 ngaan5 si2 gon1 dzeng6 maang4【俗】眼不見心不煩：個仔咁不孝，佢索性搬咗去朋友度住，～

【兒子這麼不孝，他索性搬到朋友家住，眼不見心不煩】。

冇眼睇 mou5 ngaan5 tai2 原意為「不願看」，現用以表示「撒手不管」，「懶得管」之意：你中意去賭咪係去囉，我～【你喜歡賭錢就去唄，我懶得再管你】。

冇呢支歌唱喇 mou5 ni1 dzi1 go1 tsoeng3 la3【俗】原意近於「此曲只應天上有」，現在的用法類似於「沒這種好事了」：以前置樓可以借足九成，而家～【以前買房子貸款可高達九成，現在？沒這種好事了】。

冇腦 mou5 nou5 沒有智慧。形容人笨，缺心眼兒：佢都～嘅，噉都會畀人呃嘅【他可真笨，就這麼讓人給騙了】。

冇朋友 mou5 pang4 jau5「冇人有」的諧音。世間少有；至極；絕頂：呢齣戲真係悶到～【這套電影真是絕頂無聊】。

冇皮蕉 mou5 pei4 dziu1 沒皮的香蕉，喻指大便。因其形狀相似，故稱。

冇皮柴 mou5 pei4 tsaai4 沒有樹皮的木柴，即「光棍」。（「光棍」多有貶義，指流氓無賴）：光棍佬遇着～【無賴碰上流氓】。

冇譜 mou5 pou2 ❶ 離譜；不像話（指人做事不合情理，不合常情）：老母私己錢都偷，真係～【母親的私房錢都偷；真不像話】。｜考試都唔帶筆，～啲啩【考試都不帶筆，離譜了點兒吧】？❷ 沒規律；沒準兒：呢排嘅天氣真係～，一時熱到死，一時又凍到死【這陣子的天氣真沒個準，一會兒熱得要命，一會兒又冷得要死】。❸ 形容某種狀態達到令人難以忍受的地步：巴士逼到～【巴士擠得要命】。

冇晒表情 mou5 saai3 biu2 tsing4 原指人因受刺激、失意而臉部表情及眼睛呆滯，引申指人碰上不愉快、不順心的事時不高興的情形：聽到呢個消息，佢即刻～【聽到這個消息，他一下愣了】。

冇晒符 mou5 saai3 fu4 毫無辦法；一點轍兒都沒有：警方對呢個隱身殺手～【警方對這個隱形兇手毫無辦法】。

冇細藝 mou5 sai3 ngai6 沒事兒幹；百無聊賴：佢退咗休之後冇乜細藝，響屋企種下花【他退休後百無聊賴，在家裏種種花】。

冇心 mou5 sam1 ❶ 無意；不小心：對唔住，我～嘅【對不起，我不小心的】。❷ 沒有感情：你醒下吖，佢對你～㗎【你清醒一下吧，她對你沒有感情的】。

冇心裝載 mou5 sam1 dzong1 dzoi3 ❶ 心不在焉；不在意：人哋～，你着緊嚟都冇用【人家心不在焉，你再着急也沒用】。❷ 不用心聽講：阿 Sir 上堂，你～，噉點學到嘢呀【老師教課，你不用心聽講，這怎麼能學到東西呢】？

冇心機 mou5 sam1 gei1 ❶ 沒心情：自從老公出咗事，佢就做乜嘢都～嘞【自從丈夫出了事，她就做甚麼事都沒心情了】。❷ 不專心；不用心：～做功課【做作業不專心】。

冇心肝 mou5 sam1 gon1 不用心記住：乜你咁～？老婆生日都唔記得【你怎麼這麼不用心？老婆生日都不記得】。

冇修 mou5 sau1 ❶ 沒辦法；沒轍：我都冇佢修【我也拿他沒轍】。❷ 狼狽不堪：要煮飯嘞先發覺冇晒煤氣，真係～【要做飯了才發覺煤氣沒了，真是狼狽】。

冇手尾 mou5 sau2 mei5 形容人做事有始無終，虎頭蛇尾；或做完事情不收拾好東西：寫完功課就執拾下啲紙筆，唔好咁～【做完作業就收拾一下紙筆甚麼的，別這麼丟三落四】。

冇仇報 mou⁵ sau⁴ bou³ 要報仇也無從下手；責任無從追究：你架車喺停車場畀人撞花真係～【你的車在停車場給人撞了真是無從追究】。

冇聲氣 mou⁵ seng¹ hei³ 沒消息；沒動靜；沒回音：聽講話油價要調低，點解而家又～【聽說（燃料）油價格要下調，為甚麼現在又沒了消息】？｜佢話呢個月要結婚，不過到而家仲～【他說這個月要結婚，不過到現在還沒動靜】。｜前一排寫咗啲求職信，到而家仲～【前一陣子寫了些求職信，到現在還沒回音】。

冇聲出 mou⁵ seng¹ tsoet⁷ 沒話說；不說話：你頭先仲喺度阿支阿左嘅，點解而家又～呀【剛才你還在說這說那的，幹嘛這會兒又住口了】？｜佢畀人駁到～【他讓人反駁得沒話說】。

冇時 mou⁵ si⁴ 沒有一刻：我呢排～得閒【我最近沒有一刻空閒】。

冇時定 mou⁵ si⁴ ding⁶ ❶ 經常變化；沒有固定的時間或地點：贏輸都～【輸贏都沒個一定】。｜我食晏嘅地方～【我吃午飯的地方可沒有一定】。❷（小孩）沒一刻安生。又作「冇時閒」：呢個仔呀，食飯都～嘅【這孩子呀，吃飯都沒一刻安生】。

冇時閒 mou⁵ si⁴ haan⁴ ❶（忙得）一點空兒也沒有：呢排老竇入咗醫院，搞到我～【這陣子父親住院，搞得我一點空兒都沒有】。❷ 同「冇時定 ❷」。

冇時冇候 mou⁵ si⁴ mou⁵ hau⁶（時間）沒個準點兒：唔使等佢食飯啦，佢忙起嚟就～㗎嘞【甭等他吃飯了，他一忙起來，（吃飯或回家）就沒個準點兒了】。

冇所謂 mou⁵ so² wai⁶ 無所謂；不要緊：你幾點嚟都～【你幾點來都無所謂】。

冇相干 mou⁵ soeng¹ gon¹ ❶ 毫不相干：我哋自己屋企嘅事，做乜叫咁多～嘅人嚟【我們自己家裏的事，幹嘛叫這麼多毫不相干的人來】？❷ 不要緊；沒關係：攞去睇啦，幾時還都～嘅【你拿去看吧，啥時候還都沒關係】。

冇數為 mou⁵ sou³ wai⁴ 划不來；不划算：呢筆生意～【這筆生意划不來的】。

冇天裝 mou⁵ tin¹ dzong¹ 無法無天之徒；逆天行事者：呢班～你惹唔起【這幫無法無天之徒你惹不起的】。

冇穿冇爛 mou⁵ tsyn¹ mou⁵ laan⁶ 無病無災；好好的：移民呢幾年，發達就講唔上喇，總算～噉啦【移民這幾年，發財就談不上了，總算沒病沒災就是了】。

冇話 mou⁵ wa⁶ 副詞。從來不會；從來沒有：個衰仔由細到大～畀啲錢阿媽使㗎喎【這個不孝子，從小到大從來沒給過媽媽錢】。｜我知道～唔講嘅【我知道的話一定不會隱瞞的】。

冇王管 mou⁵ wong²* gun² 沒人管理：呢度秩序咁亂，唔通～嘅咩【這兒秩序這麼混亂，難道沒人管嗎】？

母帶 mou⁵ daai²* 據以複製錄音帶、錄像帶的原帶。

舞 mou⁵ ❶ 作弄；捉弄：佢成日畀啲同事～【他經常給同事作弄】。❷ 做；作；搞；弄：我～來～去都～唔掂【我弄來弄去都弄不好】。

舞龍 mou⁵ lung⁴ ❶ 耍龍（中秋節傳統活動。龍以竹子紮成，插上香火）。又稱「舞火龍」。❷（駕車）左搖右擺：乜你揸到架車～噉【你開車怎麼開得左搖右擺的】。

舞男 mou5 naam4 職業的男性伴舞者，與舞女相對。

舞小姐 mou5 siu2 dze2 舞女。

武俠劇 mou5 haap9 kek9 武俠題材的戲劇、電視劇。

霧水 mou6 soey2 ❶ 露水：啲衫夜晚黑都唔收，畀佢打～咩【（晾的）衣服晚上也不收，由它被露水打濕嗎】！❷ 摸不着頭腦；茫然不知所措：你搞得我一頭～【你搞得我摸不着頭腦】。

霧水夫妻 mou6 soey2 fu1 tsai1 ❶ 喻指婚姻短暫的夫妻：佢哋結婚三個月就離婚，正一～嚟嘅【他們結婚三個月就離婚，真是短命夫妻】。❷ 臨時拼湊的「夫妻」，即情夫情婦。

妹 mui1* ❶ 妞兒：學生～｜肥～｜鬼～【洋妞】。❷ 婢女；女傭人：賓～【菲律賓女傭人】｜妝嫁～【陪嫁婢女】。

妹釘 mui1* deng1 小女孩；小丫頭：呢個～人仔細細好醒目㗎【這丫頭小小年紀挺機靈的】。

妹豬 mui1* dzy1 對小妹妹、小姑娘的昵稱。

妹仔 mui1* dzai2 婢女。

妹仔大過主人婆 mui1* dzai2 daai6 gwo3 dzy2 jan4 po4【俗】婢女比女主人還要大，比喻喧賓奪主，次要的超過了主要的：個甜酸排骨得五六嚿排骨，菠蘿就唔少，真係～【這個糖醋排骨，排骨才五六塊，菠蘿倒不少，真是喧賓奪主】。

妹頭 mui1* tau4 對小妹妹、小姑娘或女兒的昵稱。

燘 mui2 沒有牙齒的人吃東西，用舌頭和雙唇把食物弄碎吞下去：～爛啲飯至吞到【用舌頭和嘴唇把飯研爛才能吞下去】。

媒 mui2* 跟主謀串通好誘騙別人上當的人；媒子，托兒：嗰啲幫襯佢買嘢嘅都係～嚟咋【那些買東西的人都是騙子的托兒，用來引誘顧客上當的】。

妹 mui2* 妹妹：我排行最大，有兩個～【我排行最大，有兩個妹妹】。

霉 mui4 ❶ 霉爛：條魚～咗【魚霉爛了】。❷ 倒楣；落魄：今年好～【今年很倒楣】。❸ 磨損快破了；糟：抹枱布～咗【抹布磨得快破了】。

霉髧墮 mui4 dam3 doe3 形容東西霉爛得拿不起來；霉爛不堪。引指倒運、拮据：我呢排～，出嚟見人可免則免嘞【我這陣子成了窮光蛋，出來見人可免則免】。

霉薑 mui4 goeng1 食品名稱，用鹽腌製的薑。通常用作零食。

霉香 mui4 hoeng1 長期腌製的食物發出的香味（專指鹹魚、腐乳）：～鹹魚。

霉（梅）菜 mui4 tsoi3 霉乾菜。

梅酌 mui4 dzoek8（男方辦的）結婚酒席。

梅花間竹 mui4 fa1 gaan3 dzuk7 梅樹間又種着竹子，喻指兩類事物交替出現：兩個球隊入球～，卒之打成三比三【兩個球隊的進球交替而來，最後打成了三比三】。

梅香 mui4 hoeng1 ❶ 婢女；婢女名。❷ 扮婢女的年輕演員。

脢肉 mui4 juk9 豬、牛脊背上的瘦肉，尤指裏脊。

煤氣喉 mui4 hei3 hau4 煤氣管道。

煤氣爐 mui4 hei3 lou4 ❶ 又作「火水爐」。舊時的打氣式煤油爐。❷ 煤氣灶：炒菜用～油煙好大，用電磁爐好過【炒菜用煤氣灶油煙很大，還是用電磁爐好】。

煤屎 mui^{4} si^{2} 煤煙灰（從煙囱上掉下來的煙塵灰）。

媒人婆 mui^{4} jan^{4} po^{2*} 媒婆。

每口價 mui^{5} hau^{2} ga^{3} 拍賣時，每次叫價競投所增加的金額數。競買者必須依這一金額數或其倍數加價競投：呢幅地～一百萬【這塊地每次叫價是一百萬（及倍數遞增）】。

木嘴 muk^{7*} dzoey^{2}【俚】撅起嘴巴的樣子。借以取笑人呆笨；或用作罵人語：呢條～成日係度搞搞震【這個蠢傢伙整天在搗亂】。

木 muk^{9} ❶ 木頭。❷ 木訥；呆頭呆腦；表情呆滯。又作「木獨」：乜你咁～㗎【你怎麼這麼呆頭呆腦的】？

木獨 muk^{9} duk^{9} 動作遲鈍，表情呆滯；發愣：佢木木獨獨噉，發生乜事佢都冇反應【他傻愣愣的，發生甚麼事都沒反應】。｜他成晚冇瞓，唔怪之得咁～【他一夜沒睡，怪不得動作那麼遲鈍】。

木口木面 muk^{9} hau^{2} muk^{9} min^{6} 臉上肌肉僵硬；表情呆滯而缺乏變化：你上台攞獎應該開心啲，做咩～呀【你上台領獎應該高興才對，幹嗎木無表情呢】？

木糠 muk^{9} hong^{1} 鋸末。

木魚歌 muk^{9} jy^{4} go^{1} 簡稱「木魚」。一種廣東曲藝，源於説唱文學，演唱時邊敲木魚邊唱。早期是即興表演，後來發展出唱本，稱木魚書。演唱者漸少，遂為後來興起的龍舟歌取而代之。

木屋 muk^{9} nguk^{7} 特指以木頭、木板搭建的臨時性住房：～區。

木筲箕——滴水不漏 muk^{9} saau^{1} gei^{1} dik^{9} soey^{2} bat^{7} lau^{6}【歇】用木做的筲箕，滴水不漏。喻指一毛不拔，非常吝嗇的人：佢正一～，問佢借錢？唔使指擬嘞【他非常吝嗇，跟他借錢？甭指望嘍】。

木虱 muk^{9} sat^{7} 臭蟲。

木頭公仔 muk^{9} tau^{4} gung^{1} dzai^{2} 提線木偶。同「扯線公仔」。

木頭車 muk^{9} tau^{4} tse^{1} ❶ 以前香港街道中承接短途運輸業務的手推貨車，一般是木製的。❷ 流動小攤販營業時擺放貨品用的木製手推車。

目擊證人 muk^{9} gik^{7} dzing^{3} jan^{4} 在現場目睹案件發生的證人。

門 mun^{4} 地名用字。指海峽或水道的出口：鯉魚～｜汲水～｜虎～｜崖～。

門鐘 mun^{4} dzung^{1} 門鈴；電門鈴。

門鉸 mun^{4} gaau^{3} 門的合頁；合葉：大門門鉸壞咗，快啲搵人來整好佢【大門的合葉壞了，趕快去找人來修好它】。

門口狗 mun^{4} hau^{2} gau^{2} ❶ 看門狗。❷ 窩裏橫（在內部稱王稱霸的人）：佢正一～嚟嘅，喺出便就縮頭烏龜一隻【他就會窩裏橫，在外面就一縮頭烏龜】。

門戌 mun^{4} soet^{7} 門閂。

門褃 mun^{4} tsaam^{5} 門坎兒；門檻。

滿江紅 mun^{5} gong^{1} hung^{4}【諧】成績表上全部科目不及格。

滿意紙 mun^{5} ji^{3} dzi^{2} 香港政府發給地產商的一種認可證明書。英語 letter of compliance 的意譯。地產商人在興建商業樓房時，必須依政府的要求興建與之配套的交通設施等，在樓房交付使用前，由香港政府地政署派人檢查驗收，驗收合格，則發給此證，否則政府有權收回地皮。

滿天神佛 mun5 tin1 san4 fat9 ❶ 翻了天；沸沸揚揚：咁細件事為乜搞到～呀【小事一樁幹嘛搞得沸沸揚揚的】。❷ 事情忙亂；難以招架：煮呢餐飯搞到我～【這頓飯把我弄得手忙腳亂】。

滿肚密圈 mun5 tou5 mat9 hyn1 心中很有策略或主意：對於點樣發展間公司，佢～【對於公司如何發展，他有滿腦子的主意】。

矇 mung1 瞇縫着（眼）：字太細，我要～起隻眼睇【字太小了，我得瞇着眼睛看】。

矇豬眼 mung1 dzy1 ngaan5 瞇縫眼兒：佢身材幾好，弊在生咗對～【她身材不錯，可惜長了對眯縫眼】。

矇矇光 mung1 mung1 gwong1 矇矇亮：天～就要起身煮飯【天矇矇亮就得起床做飯】。

矇矇忪忪 mung1 mung1 sung1 sung1 半睡半醒；睡眼惺忪：佢啱啱起身，仲～，等佢清醒啲先同佢講【她剛起床，睡眼惺忪的，等她清醒點兒再跟她說】。

懵 mung2 ❶ 傻；懵懂；糊塗：～佬【糊塗蛋】。❷ 犯糊塗：你～咗呀？老竇都認唔出【你犯糊塗啦？老爸都認不出來】！❸ 昏迷；迷糊；發昏：喺車入邊焗到～【在車裏頭悶得發昏】。

懵閉閉 mung2 bai3 bai3 糊裏糊塗。又作「懵盛盛」：佢平時都幾叻，唔知點解一到考試就～嘅【他平時還挺聰明的，不知為啥一到考試就糊裏糊塗】。

懵到上心口 mung2 dou3 soeng5 sam1 hau2【俗】糊塗之極：你真係～，為噉嘅小事就想自殺【你真是糊塗之極，為了這麼點小事就想自殺】？

懵仔針 mung2 dzai2 dzam1（指代）給囚犯注射的鎮靜劑。

懵口懵面 mung2 hau2 mung2 min6 呆滯；發怔；發愣：佢成日～【他整天發怔】。

懵盛盛 mung2 sing6 sing6 糊裏糊塗。同「懵閉閉」。

蒙主寵召 mung4 dzy2 tsung2 dziu6 承蒙上帝寵愛、召喚，指上天堂（即去世）。用於基督教或天主教喪葬場合。

矇 mung4 模糊；看不清：我睇嘢有啲～，係唔係近視呀【我看東西有點兒模糊，是不是近視啊】？

矇查查 mung4 tsa4 tsa4 ❶ 朦朦朧朧：天就嚟黑嘞，周圍啲嘢都有啲～【天快要黑了，四周的景物有點朦朦朧朧的】。❷ 糊裏糊塗：你講咗咁多，我都仲係～【你說了這麼多，我還是糊裏糊塗的】。❸ 形容人對某事情況不明，有「一無所知」或「不太清楚」之類含義：我啱啱返到香港，對呢件事仲～，唔好問我意見【我剛回到香港，對這件事還不太清楚，別問我的意見】。

n

𤺪 na1 疤痕；疤癩：佢面上便有笪～【他臉上有塊疤】。

嗱 na1 連詞。❶ 跟；與：我～你一齊去【我跟你一起去】。❷ 帶着；連帶；偕同：～埋個細路一齊返鄉下【帶上小孩一起回老家】。❸ 替；為；幫：你～我睇下封信寫乜【你幫我看看信裏寫甚麼】。

嗱家 na[1] ga[1] 着家；在家；呆在家裏。現多說「竇家」：佢成日唔～【他很少呆在家裏】。

嗱揼 na[1] lang[3] 牽連；關係（作名詞用）：呢件事同我冇乜～【這件事跟我沒啥關係】。

乸 na[2] ❶ 雌性動物：我養咗兩隻狗，一隻公，一隻～【我養了兩條狗，一條公狗，一條母狗】。❷ 母的；雌性的（附於動物名詞之後）：豬～【母豬】。❸【貶】妻子；女人：呢個係我隻～【這是我老婆】。❹「乸型」的省稱：佢個人～～地，成日埋女人堆【他這個人有點女性化，常常跟女人們混在一起】。

乸型 na[2] jing[4] 又作「女人型」。形容男人的性格、打扮或行為女性化：乜佢講嘢咁～嘅【他說話怎麼那麼娘娘腔】？｜男人老狗扭扭擰擰，咁～㗎【男子漢大丈夫扭扭捏捏的，像個女人那樣】。

嗱 na[4] 嘆詞。喏（用於讓人注意自己所指示的事物或給別人東西）：～，嗰個咪就係我老竇囉【喏，那個不就是我父親嗎】。｜～，你嘅藥【喏，你的藥】。

□ naai[3] 拖帶；連帶：佢冇辦法，惟有～個仔去返工【她沒辦法，只好拖帶着孩子上班】。

奶奶 naai[4]* naai[2]* 婆婆。又作「家婆」。

乃念 naai[5] nim[6] 體念；念及：～你年老體衰，就唔使你去啦【念及你年老體衰，就不用你去了】。

奶泵 naai[5] bam[1] 吸奶器。「泵」是英文 pump 的音譯詞。

奶膽 naai[5] daam[2] 乳白色的燈泡；磨砂燈泡。

奶樽 naai[5] dzoen[1] 奶瓶。

奶昔 naai[5] sik[7] 牛奶加冰淇淋配成的飲料。英語 milkshake 的意音合譯詞。

奶糊 naai[5] wu[2]* 牛奶加配料做的甜食：蘋果～｜椰子～。

揇 naam[3] ❶ 拃（張開大拇指和食指或中指以量度長度）：～下條竹夠唔夠長【拃一下這根竹子夠不夠長】。❷ 量詞。拃（張開的大拇指和食指或中指間的距離）：嚿木板有三～闊，四～長【這塊木板有三拃寬，四拃長】。❸ 量詞。步（大步）：呢個距離有十～度【這個距離有十步左右】。

踹 naam[3] 又音 laam[3]。❶ 跨；跨越：唔使助跑我都～得過去【不用助跑我都跨得過去】。❷ 隔；間隔（指時間）：～兩日去一次醫院檢查【（每）隔兩天去醫院檢查一次】。

男仔 naam[4] dzai[2] ❶ 男孩；兒子：生咗個～【生了個男孩】。❷ 男孩子（男青少年）：我今朝見到你個女同個～行街【今早我看見你女兒跟一個男孩子逛街】。

男仔頭 naam[4] dzai[2] tau[4] ❶ 形容女孩子的性格、打扮或行為像男孩子；假小子：佢成個～噉【她整一個假小子似的】。｜阿珠細個嗰陣好～【阿珠小時候挺像個假小子】。❷ 名詞。假小子：呢個～又試蝦你【這假小子又欺負你了】？

男界 naam[4] gaai[3] 男廁所（只作標示之用）。

男人老狗 naam[4] jan[4] lou[5] gau[2] 男子漢大丈夫：～仲喊成噉，似咩樣吖【男子漢大丈夫還哭成這樣，像甚麼樣子嘛】？

男人婆 naam[4] jan[4] po[4] 性格、打扮和行為男性化的女人：事頭婆成個～噉【老闆娘整一個男人似的】。

男優 naam[4] jau[1] 男演員。這是來自日語的外來詞。與「女優」相對。

男怕入錯行，女怕嫁錯郎 naam4 pa3 jap9 tso3 hong4 noey5 pa3 ga3 tso3 long4【俗】男人怕選錯了行業，女人怕嫁錯了丈夫，指做錯了決定會影響一生。

男童院 naam4 tung4 jyn2* 十六歲以下的男童罪犯接受監管和感化的地方。

南北行 naam4 bak7 hong2* 香港早年從事轉口貿易的行業。「南」指南洋貨，主要是來自南洋及印度支那的木材、橡膠、海產、土特產等；北指中國大陸的貨物，主要是糧油、中藥材、日用品、雜貨等。

南棗 naam4 dzou2 紅棗的一種，肉較厚，個兒較大。

南風窗 naam4 fung1 tsoeng1 喻指給內地親友以金錢、物質幫助的港澳人。因其來自廣東以南，故稱：佢屋企有～，好多呢度買唔到嘅嘢佢都有【他家有港澳親戚，很多這裏買不到的東西他都有】。

南韓 naam4 hon4 韓國（南朝鮮）。

南洋 naam4 joeng2* 指東南亞一帶，尤指印度尼西亞、馬來西亞、新加坡等國家。

南洋伯 naam4 joeng2* baak8 南洋華僑中的中、老年男性。

南乳 naam4 jy5 即紅腐乳，醬豆腐的一種，製作時加入紅麴米、五香料等一同發酵，紅色，塊兒較大。

南乳花生 naam4 jy5 fa1 sang1 五香花生。

南乳肉 naam4 jy5 juk9 同「南乳花生」。

南無 naam4 mo4 唸經語。

南無佬 naam4 mo4 lou2 道士；和尚；術士；法師；巫師：喺靈堂度啲～不停唸經【靈堂上的道士不停地在唸經】。

南華李 naam4 wa4 lei2* 李子的一種，因產於廣東曲江縣南華寺附近，故稱。其皮呈淺綠色，略泛紅，味甜，爽脆。

蝻（蚺）蛇 naam4 se4 蟒。

腩 naam5 腹部肋骨周圍的肉：牛～｜魚～。

□ naan3 絎：～被【絎被子】。

赧 naan3（皮膚因被蚊蟲叮咬、過敏而起的）疙瘩：蚊～。

難抵 naan4 dai2 難以忍受；受不了：痛到好～【疼得很難忍受】。

難頂 naan4 ding2 難以忍耐；受不了；難熬：朕煙味真係～【那股煙味兒真受不了】。｜噉嘅日子真係～【這樣的日子真難熬】。

焫 naat8 ❶ 灼；燙：～到隻腳【燙傷了腳】｜畀煙頭～傷隻手【讓煙頭灼傷了手】。❷ 滾燙的：個碟啱啱由微波爐攞出嚟，仲好～【盤子剛從微波爐拿出來，還很燙】。❸【諧】槍斃。又作「焫低」：佢因販毒罪響大陸畀人～咗【他因販毒罪在大陸被槍斃了】。

焫雞 naat8 gai1 烙鐵。

鬧 naau6 罵：～人【罵人】。

鬧交 naau6 gaau1 吵架：唔好～【別吵架】。

鬧熱 naau6 jit9 熱鬧：全家一齊過新年好～【全家一起過新年很熱鬧】。

泥1 nai4 ❶ 泥；泥巴：一拢～【一攤泥巴】。❷ 土；泥土：～山【土山】。

泥2 nai4 搗；擂（使成泥狀、糊狀）：～爛啲薑【把薑搗爛】。

泥湴 nai4 baan6 爛泥；稀泥：踩到一腳都係～【踩得滿腳都是泥巴】。

泥磚 nai4 dzyn1 ❶（用泥加稻草做的）大土坯。❷ 磚坯（用來燒磚的土坯）。

泥公仔 nai4 gung1 dzai2 泥人；泥做的玩偶：我買咗幾個～畀孫女玩【我買了幾個泥人給孫女玩】。

泥路 nai4 lou6 土路：佢出錢將條～鋪成石屎路【他出錢把這條土路修成水泥路】。

泥艋 nai4 maang1 在香港海邊淺水中常見的一種魚，學名為長鰭籃子魚：釣～。

泥艋的 nai4 maang1 dik7「泥艋的士」的省稱。（指代）把互不相識的數名乘客接載於一車的的士。

泥艋客 nai4 maang1 haak8（指代）因的士司機非法攬客而乘坐同一輛車的、相互之間並不相識的乘客。

泥鴨 nai4 ngaap8 旱鴨子。

泥水 nai4 soey2 砌磚抹牆的工作。我以前做～嘅【我以前是泥水工】。

泥水佬 nai4 soey2 lou2 泥水工；泥水師傅。

泥水佬造門——過得自己過得人 nai4 soey2 lou2 dzou6 mun4 gwo3 dak7 dzi6 gei2 gwo3 dak7 jan4【歇】砌磚工造門，自己過得去，也讓人家過得去。意即為自己牟取利益之餘，也要為人着想，不能太自私，要對大家都好。

泥氹 nai4 tam5 泥潭；水坑：佢跌落～，搞到周身泥水【他跌到水坑裏，弄得滿身泥水】。

泥頭 nai4 tau4 建築工程的沙石磚瓦等廢料：裝修完要自己清理好～【裝修完了要自己清理好建築廢料】。

泥頭車 nai4 tau4 tse1 運載建築餘泥的大型卡車。

泥塵 nai4 tsan4 灰塵；塵土：書架鋪滿晒～【書架布滿了灰塵】。｜車一過就周街～【車一過就滿街塵土的】。

□牙 nak7 nga2* 又作「甩牙」。大舌頭（人說話口齒不清）：佢講嘢有啲～【他說話有點兒大舌頭】。

□生 nak7 saang1 米飯夾生：啲飯～，好難食【飯夾生，很難吃】。

冧巴溫 nam1 ba1 wan1「冧」又作 lam1。英語 number one 的音譯詞。第一、第一流；第一號人物：我哋公司喺廣告界係～【我們公司在廣告界是一流的】。

冧巴 nam1 ba2*「冧」又作 lam1。號碼；編號；號數。英語 number 的音譯詞：你屋企電話～係幾多【你家電話號碼是多少】？

諗 nam2 想；考慮：～嚟～去【想來想去】｜等我～下先決定【等我考慮一下再決定】。

諗真啲 nam2 dzan1 di1 想清楚點兒；仔細想想：你～，噉搞法對唔對得住阿媽【你想清楚點兒，這樣做對得起媽媽嗎】？｜～我都覺得呢單嘢唔制得過【仔細想想我還是覺得這件事不值得去做】。

諗住 nam2 dzy6 想着；考慮：我～年初五就返香港【我打算年初五就回香港】。

諗番轉頭 nam2 faan1 dzyn3 tau4 回想起來；反思：～，呢單嘢我係有啲唔啱【回想起來這件事兒我是有點兒不對】。

諗計 nam2 gai2* 想辦法；想計策；找轍兒：大家一齊～，睇下點搞掂呢單嘢【大家一起想辦法，看看怎麼處理好這件事】。

諗落 nam2 lok9 想了想；考慮了一下：呢單生意～都應該有得賺嘅【這樁生意想想還是應該有賺頭的】。

諗唔過 nam² m⁴ gwo³ 划不來；不划算：問大耳窿借錢？～㗎【借高利貸？划不來的】。

諗諗下 nam² nam² ha⁵ 想來想去；反覆考慮：本嚟想移民嘅，不過～都是留低好啲【原來我想移民的，不過想來想去還是留下來的好】。

諗縮數 nam² suk⁷ sou³ 做事貪圖省力；為自己打如意算盤：叫你溫兩次，你就溫一次算數，成日～【叫你複習兩遍，你就複習一遍算了，總是不肯下工夫】。｜你咁中意～，唔怪之得啲生意畀人哋搶走晒咯【你老為自己打如意算盤，難怪生意全被人家搶走了】。

諗頭 nam² tau⁴ ❶ 想法：有乜嘢～講出嚟斟下吖【有甚麼想法說出來商量商量】。❷ 值得考慮之處：呢單生意有～呀【這樁生意有值得考慮之處呢（意即有賺頭）】。❸ 思考力：佢好有～【他很善於思考】。

腍 nam⁴ ❶（食物）爛熟；軟和：啲肉煲唔～【這肉煮不爛】。｜老人家中意食～嘢【老人家喜歡吃軟和的東西】。❷（人）軟弱；過份善良：做人唔好咁～，唔係會畀人蝦㗎【做人別那麼軟弱，要不會被人欺負的】。

腍□□ nam⁴ be⁴ be⁴ 又作 nam⁴ bet⁹ bet⁹。❶ 稀爛稀爛的；軟綿綿的：鄉下地方，一落雨就周圍都～【鄉下的地方，一下雨就到處一片稀爛】。｜啲豆腐～點攞啫【這豆腐那麼軟怎麼拿呢】？❷ 善良；溫和。同「腍善」。

腍善 nam⁴ sin⁶ 善良；溫和：我哋班新嚟個阿 Sir 好～【我們班新來的老師很溫和】。

腍柿 nam⁴ tsi² （軟）柿子。「腍」即軟。

淰 nam⁶ ❶ 洇：啲紙一寫就～㗎【這紙一寫就洇的】。❷ 吸滿；吸透（水份等）：成身濕到～晒【全身濕透了】。❸（睡）熟：佢瞓到～晒【他睡熟了】。

淰瞓 nam⁶ fan³ 熟睡；睡得太熟：我喺自己屋企靈舍～【我在自己家睡得格外香】。

撚¹ nan² ❶ 擺弄；耍：～下鬚【捻捻鬍子】｜～下花草【擺弄花草】。❷ 打扮：～到咁靚【打扮得這麼漂亮】。❸ 捉弄；逗：扮鬼～人【裝鬼捉弄人】。

撚²（𨳊） nan² 又作 lan²。男性生殖器；陽具。粗話，常夾在詞語中間作加強語氣用：屌～你。

撚化 nan² fa³ 捉弄；愚弄：佢中意～人，你哋唔好信佢【他老愛捉弄人，你們別信他】。

撚手 nan² sau² 精緻的、精心製作的（菜式）：～小菜。

襛 nang³ ❶ 牽；拴；連：將啲珍珠～埋一串【把珍珠連成一串】。❷ 拖帶；連帶。同「□（naai³）」。❸ 礙；拖累：佗手～腳【礙手礙腳】。❹ 綁；繫：你個衫袖～住條線【你的袖子繫着條線】。

凹 nap⁷ ❶ 凹（四周高中間低）：凹凹凸凸【凹凸不平】。❷ 癟；陷：～入去【癟進去】。

粒 nap⁷ ❶ 丁兒：肉～【肉丁】｜切～【切成丁兒】。❷ 量詞。顆；個（子女；兒孫）；球：一～紅棗【一顆紅棗】｜一～女【一個女兒】｜又入咗一～【又進了一球】。

粒聲都唔出 nap⁷ seng¹ dou¹ m⁴ tsoet⁷ 一聲不吭：我問佢發生乜嘢事，佢～【我問他發生了甚麼事，他一聲不吭】。

涊 nap⁹ ❶ 澀（不滑潤，摩擦阻力大）：個門鎖有啲～【門鎖有點澀】。❷ 黏黏糊糊的：玩到成身都咁～，仲唔去沖個涼【玩得全身黏黏糊糊的，還不去洗個澡】。❸ 同「泅懦」。

泅油 nap[9] jau[2*] ❶ 澀（油澀了機器）：個鬧鐘有少少～【鬧鐘有點兒油澀了】。❷ 比喻人舉動不靈活、遲鈍或行動緩慢。❸ 同「泅懦」。

泅懦 nap[9] no[6] 磨蹭；黏糊（指行動緩慢、拖沓）：你咁～幾時先做得完呀【你這麼磨蹭啥時候才幹得完呢】？

泅黐黐 nap[9] tsi[3] tsi[3] 黏乎乎的；黏黏糊糊的。又作「黐（tsi[1]）泅泅」：糯米飯～噉，我唔中意【糯米飯黏黏糊糊的，我不喜歡】。

嬲 nau[1] ❶ 生氣；發火：再講我～㗎喇【再說下去我要生氣了】！｜我大佬一～起嚟鬼都驚【我大哥發起火來鬼都怕】。❷ 討厭；恨：我～死你【我討厭死你了】。｜我至～嗰個投資經紀，累我蝕好多錢【我最恨那個投資經紀，害我虧了好多錢】。

嬲爆爆 nau[1] baau[3] baau[3] 氣鼓鼓的：做乜嘢～呀，邊個得罪咗你呀【幹嘛氣鼓鼓的，誰得罪了你呀】？

嬲咗成村人 nau[1] dzo[2] seng[4] tsyn[1] jan[4] 生所有人的氣：佢黑起塊面，好似～噉【她板起臉孔，好像對誰都生氣】。

嬲嬲地 nau[1] nau[1] dei[2*] 決斷地；生氣地；乾脆。（因感到不滿而作出某些行為）：我～關咗部電話，睇下佢仲點搵我【我乾脆把電話關掉，看他還怎麼找我！｜啲嘢放喺度阻住晒，我～抌晒佢【東西放在這兒礙手礙腳的，我氣頭一上來全扔掉了】。

扭 nau[2] ❶ 設法弄到東西；設法達到目的：阿爸唔畀我去睇演唱會，張飛係～我媽咪買畀我咋【爸爸不讓我去看演唱會，票是我千方百計求我媽替我買的】。❷ 又作「擰」。旋動；調（音量、頻道等）：～螺絲【擰螺絲】｜～開個樽蓋【把瓶蓋旋開】｜～大聲啲【聲量調大點兒】。

扭計祖宗 nau[2] gai[2*] dzou[2] dzung[1] 同「扭計師爺」。

扭計 nau[2] gai[2*] ❶（小孩）鬧彆扭；不聽話：你再～我叫老竇嚟啦【你再鬧彆扭我叫爸爸來啦】。❷ 出鬼點子刁難人；暗中搗鬼：你同我～仲未夠班【你跟我搗鬼還不夠資格】。

扭計師爺 nau[2] gai[2*] si[1] je[4]【貶】狗頭軍師，專門出謀劃策的人。

扭計骰 nau[2] gai[2*] sik[7] 魔方（一種玩具）。

扭耳仔 nau[2] ji[5] dzai[2] ❶ 擰耳朵。❷【諧】妻子責罰丈夫的一種方式：唔返去唔驚你老婆～呀【不回去不怕你老婆懲罰呀】？

扭腰舞 nau[2] jiu[1] mou[5] 搖擺舞，流行於1950至60年代。跳舞時扭動腰部，故稱。

扭六壬 nau[2] luk[9] jam[4] ❶「六壬」是用陰陽五行占卜吉凶的一種術數，占卜專用的「六壬盤」，其中有天盤和地盤，占卜時要轉動天盤與地盤對應，故稱「扭六壬」。❷ 引指動腦筋；想法子；處心積慮等（通常含有貶義）：佢點都不應承嫁畀你，你扭盡六壬都冇符【她怎麼都不答應嫁給你，你絞盡腦汁也沒用】。

扭紋 nau[2] man[4] ❶（木材）紋理扭曲不直。❷ 喻指小孩胡攪蠻纏，動輒以哭鬧相要挾：你咁～，真係唔打都唔得【你這麼胡鬧，真是不打不行】！

扭紋柴 nau[2] man[4] tsaai[4] ❶ 紋理扭曲不直的木柴。❷ 胡攪蠻纏，動輒以哭鬧相要挾的小孩：撞到呢啲～，真係佛都有火【碰上這種胡攪蠻纏的孩子，真是菩薩都得發火】。

扭扭擰擰 nau² nau² ning⁶ ning⁶ 扭扭捏捏：你有說話就直接講，唔好～【你有話就直截了當說，不要扭扭捏捏的】。

扭擰 nau² ning⁶ 扭捏；扭扭捏捏：應承佢啦，唔好咁～啦【答應他吧，別這麼扭扭捏捏的】。

扭手花 nau² sau² fa¹ 耍花招；玩弄花樣：佢喺度～你睇唔出咩【他在耍花招你看不出來嗎】？

扭屎窟花 nau² si² fat⁷ fa¹ 原指跳搖擺舞扭動臀部的動作，引指玩弄花樣：場戲就嚟開場啦，你再～就趕唔切啦【戲就要開場了，你再玩花樣就趕不及了】。

扭數 nau² sou³ 暗算；算計；想壞主意：唔驚市場有風險，驚自己人～嘅啫【不怕市場有風險，就怕被內部的人暗算】。

扭軚 nau² taai⁵ 轉舵。又作「轉軚」。引申為改變主意或立場：你而家～仲嚟得切【你現在改變主意還來得及】。

鈕 nau² 扣子；紐扣。

鈕公 nau² gung¹ 摁扣中凸出的一邊。

鈕耳 nau² ji⁵ 紐襻；扣住紐扣的套兒。

鈕門 nau² mun⁴ 扣眼兒。

鈕乸 nau² na² 摁扣中凹入的一邊。

膝 nau⁶ ❶膩（因吃油脂食物和甜食過多而發膩）：肥肉咁多，睇到都～啦【肥肉這麼多，一看就膩了】。｜啲糖水甜到～【糖水甜得發膩】。❷引申指慢、黏糊：佢做嘢好～【他做事挺黏糊的】。

膝喉 nau⁶ hau⁴ 膩；膩人：啲豬肉咁肥好～【肥豬肉挺膩人的】。

膝市 nau⁶ si⁵ 滯銷；銷路不暢：呢排牛肉好～【近來牛肉很滯銷】。

匿 nei¹ 匿藏；躲藏：～喺床下底【躲在床底下】。

匿埋 nei¹ maai⁴ 藏起來；躲起來：你～去第二度，唔好畀班差佬抄到【你去別的地方躲起來，別讓那班警察搜到了】。

你哋 nei⁵ dei⁶ 你們。

你啲人 nei⁵ di¹ jan⁴ 你們這些人；你們這幫人。

你做初一，我做十五 nei⁵ dzou⁶ tso¹ jat⁷ ngo⁵ dzou⁶ sap⁹ ng⁵【俗】民間習俗，農曆初一和十五都要拜祭祖先和神佛。你初一去拜祭，我十五也一樣去拜祭，比喻你做了對不起我的事，我也不客氣施以報復，以牙還牙：你偷摘我嘅荔枝，我先會摘你啲龍眼，～啫【你偷摘我的荔枝，我才摘你的龍眼，以牙還牙而已】。

你有張良計，我有過牆梯 nei⁵ jau⁵ dzoeng¹ loeng⁴ gai³ ngo⁵ jau⁵ gwo³ tsoeng⁴ tai¹【俗】你有好計謀把我關在裏面，我也有梯子爬出牆外。比喻儘管你用計謀使我陷入困境，但是我也有辦法讓你的陰謀失敗：～，你減價促銷，我咪買一送一搶番啲客囉【你有高招，我也有辦法應付。你減價促銷，我就買一送一吸引顧客】。

你老闆 nei⁵ lou⁵ baan²【婉】罵詈語。同「你老母」。

你老味 nei⁵ lou⁵ mei²* 罵詈語。同「你老母」，以「鹵味」的諧音「老味」作為「老母」的轉音。

你老母 nei⁵ lou⁵ mou²* 罵詈語。「屌你老母」的省略。（參見該條）

你諗你 nei5 nam2 nei5 你自己考慮自己的事（暗示別人不一定認同、理解、幫助）：你真係等落去呀？～喇，我哋走先喇【你真要等下去嗎？你要等就等好了， 我們先走】。

膩口 nei6 hau2 因食物過於油膩而倒胃口：我唔想食肥肉，好～【我不想吃肥肉，真倒胃口】。

蜈蚣彈 ng4 gung1 daan6 字面意義為「像蜈蚣那樣的彈跳」，指武術、街舞招式中的「鯉魚打挺」式的騰躍動作。

五爪金龍 ng5 dzaau2 gam1 lung4 喻指一隻手，五爪即其五個手指頭。❶ 指用手抓食物：你用～揦嘢食，唔衛生【你用手抓東西吃，不衛生】。❷ 指中藥舖不根據藥方配藥，而隨手抓配的藥。

五花腩 ng5 fa1 naam5 豬肚子上的肉，因其肥瘦相間，故稱「五花」。

五花茶 ng5 fa1 tsa4 一種粵人常飲的清涼茶。因其以金銀花、槐花、木棉花、雞蛋花、菊花（或葛花）等五種原料煮成，故名。

五更雞 ng5 gaang1 gai1 天亮前吃的燉雞，據説最滋補：我出院後，老母日日燉～畀我食【我出院後，母親天天在天亮前燉雞給我吃】。

五行欠打 ng5 hang4 him3 da2【謔】欠揍。

五行缺水 ng5 hang4 kyt8 soey2 【謔】窮；生來沒錢。（粵語中「水」有「錢財」之義，「缺水」即「缺錢」）：我～，想借畀你都有心無力喇【我窮得很，想借點兒給你也有心無力】。

五月節 ng5 jyt9 dzit8 端午節。

五窮六絕 ng5 kung4 luk9 dzyt9 五月是窮途，六月是末路，指情況陷入困境。又作「七窮六絕」。此語源自 1980 至 90 年代香港股市，因根據歷年股市升跌的規律，每逢五月開始跌市，六月再大跌，但到了七月就反彈，市場稱之為「五窮六絕七翻身」。

五柳魚 ng5 lau5 jy2* 糖醋魚（一種菜餚）。因魚所淋的酸甜汁中通常會加入切絲的木瓜、紅蘿蔔、蕎頭、大肉薑、青瓜等五種原料醃製成的酸甜小菜「五柳菜」，因而得名。

五味架 ng5 mei6 ga2* 西式的盛調味品的廚具，一套四五個瓶子，用支架承托。

五五波 ng5 ng5 bo1 成敗、勝負的機會相當（各佔百分之五十）：呢場波大家都認為係～【這場球大家都認為（雙方）勢均力敵】。｜呢筆投資賺唔賺得到，我諗都係～啫【這筆投資能否賺到錢，我想機會只有一半】。

五顏六色 ng5 ngaan4 luk9 sik7 ❶ 五光十色；七彩繽紛：啲燈膽～，夜晚着咗燈好靚【這些燈泡五光十色，晚上亮起來漂亮極了】。❷ 疾病嚴重：今年佢病到～【今年她病得非常嚴重】。❸ 受害嚴重；很不幸；很辛苦：做到我～【幹活幹得很辛苦】。

五蛇羹 ng5 se4 gang1 粵菜的一種著名菜餚。用金環蛇、銀環蛇、眼鏡蛇、水蛇、錦蛇五種蛇為原料製成的一種羹湯。

五時花六時變 ng5 si4 fa1 luk9 si4 bin3【俗】形容情勢、態度轉變得很快或變化無常，讓人捉摸不定：股市嘅嘢～，未必贏梗㗎【股市變化無常，未必一定會贏】。｜你琴日仲話想讀法律，今日就話想讀金融，真係～【你昨天還説想讀法律，今天就説想讀金融，真是變化無常】。

五台山 ng⁵ toi⁴ saan¹【謔】舊時指九龍的廣播道。因曾有香港電台、商業電台、無綫電視台、亞洲電視台、佳藝電視台共五家電台（電視台）集中於此，故稱。

五桶櫃 ng⁵ tung² gwai⁶ 一種家具。其結構一般是半邊為由上到下的五個「櫃桶（抽屜）」，另半邊為較長的衣櫃。這種款式的家具在 1960 至 70 年代曾流行一時。

午夜場 ng⁵ je⁶ tsoeng⁴ 指電影院凌晨 12 點以後放映的電影場次。(舊時泛指晚上 10 點以後放映的電影場次。)

午市 ng⁵ si⁵ 指飲食店供應午飯的營業時間：～時間茶樓通常都要等位【午飯時間茶樓通常都得花時間等待空位】。

仵作 ng⁵ dzok⁹ 舊時官府中檢驗命案死屍的人，也負責殯儀工作。同「仵工」。

仵工 ng⁵ gung¹ 又作「仵作」。專門從事殮葬的殯儀工人。

丫 nga¹ 丫杈：樹～【樹杈】。

丫角髻 nga¹ gok⁸ gai³ 少女、小女孩梳的髮型，頭的兩側各有一個圓形髻。

啞 nga² 顏色暗淡的；缺乏光澤的：呢隻玉鐲色水～咗啲【這隻玉鐲子色澤暗了點兒】。

牙 nga²* ❶ 螺紋。❷ 齒輪的齒：這部機器老到滑晒～嘞【這部機器舊得齒輪都快磨禿了】。

牙呀仔 nga⁴ a¹ dzai² 嬰兒：～邊度識講嘢呀【嬰兒哪兒會講話呢】？

牙帶魚 nga⁴ daai³ jy²* 帶魚。

牙斬斬 nga⁴ dzaam² dzaam² 形容人強詞奪理地自辯，或逞口舌之快以表現自己：明明係你錯咗，仲喺度～【明明是你錯了，還在這強詞奪理】。

牙尖嘴利 nga⁴ dzim¹ dzoey² lei⁶ 尖嘴薄舌；伶牙俐齒；嘴巴子不肯吃虧：佢咁～，我講唔過佢【她這麼伶牙俐齒的，我說不過她】。

牙灰 nga⁴ fui¹ 穀糠燒成的白灰，可作去污、打磨用。

牙鉸 nga⁴ gaau³ 下巴（下頜骨）關節：甩～【下頜骨關節脫臼】｜雞髀打人～軟【（俗語）吃了人家的嘴軟】。

牙煙 nga⁴ jin¹ ❶ 危險：擒咁高，好～【爬這麼高，很危險的】。❷ 可怕；恐怖：嗰個鬼入屋捉人嘅鏡頭，幾鬼～呀【那個鬼進屋捉人的鏡頭，多恐怖啊】。❸ 質量差：啱啱買咗兩日就出故障，呢部相機認真～【剛買兩天就出故障，這部相機也太差勁了】。

牙肉 nga⁴ juk⁹ 牙床；齒齦。

牙冤 nga⁴ jyn¹ 牙齒酸軟；倒牙（吃了太多酸性食物後牙齒的不舒服感覺）：我一食酸橙就～【我一吃了酸的橙子就牙齒酸軟】。

牙軟 nga⁴ jyn⁵ 同「牙冤」。

牙罅 nga⁴ la³ 牙縫兒。

牙力 nga⁴ lik⁹ 說話的份量：佢係唯一有～同對方爭話事權的高層職員【他是唯一能跟對方爭奪決定權的說話有份量的高級職員】。

牙屎 nga⁴ si² 牙垢。

牙擦 nga⁴ tsaat⁸ 自高自大；誇誇其談：條友～得滯【這老兄也太自以為是了】｜你成日咁～，不過啲成績都係麻麻哋嗜【你成天誇誇其談，不過成績也不怎麼樣嘛】。

牙擦擦 nga⁴ tsaat⁸ tsaat⁸ 同「牙擦」。

牙擦擦，脷刮刮 nga4 tsaat8 tsaat8 lei6 gwaat8 gwaat8【俗】誇誇其談；自吹自擂。同「牙擦擦」：呢條友周時都咁～【這小子向來都這麼誇誇其談，自吹自擂】。

牙齒當金使 nga4 tsi2 dong3 gam1 sai2【俗】比喻一諾千金，言出必信：我～，講得出就做得到【我一諾千金，說得出就做得到】。

牙齒印 nga4 tsi2 jan3 仇隙；夙怨：佢同好多人都有～【他跟很多人都結了仇】。

牙痛噉聲 nga4 tung3 gam2 seng1 說話跟牙痛似的（形容人不願意做某事、又不得不做時的神態）：捐一千蚊啫，佢都～，真係孤寒【捐一千塊，他都老大不願意的，真吝嗇】。

芽菜 nga4 tsoi3 豆芽兒。

瓦煲 nga5 bou1 砂鍋。

瓦背 nga5 bui3 （舊式瓦房的）屋頂。

瓦背頂 nga5 bui3 deng2 同「瓦背」。

瓦渣 nga5 dza1 瓦礫：～崗【瓦礫堆】。

瓦仔 nga5 dzai2（小塊）瓷磚和馬賽克方石的統稱：咁多年，外牆啲～都開始甩嘞【那麼多年，外牆的小瓷磚都開始掉了】。

瓦坑 nga5 haang1 ❶ 瓦壟；瓦溝。❷ 引指屋頂：【歇】狗上～——有條路【狗上屋頂——有路可走】。（參見該條）

瓦面 nga5 min2* 房頂：～有兩隻雀仔【房頂有兩隻小鳥】。

瓦鏳 nga5 tsaang1 較大的砂鍋。

瓦通紙 nga5 tung1 dzi2 瓦楞紙，一種厚紙。

掗 nga6 ❶ 佔：～位【佔位置；佔座位】｜啲書～住晒張枱【那些書把桌子全佔滿了】。❷ 張開：～開對腳【張開雙腳】。

掗埞 nga6 deng6 佔據的地方過大：呢張沙發放喺呢度好～【這張沙發放在這裏太佔地方了】。

掗拃 nga6 dza6 ❶ 佔地方；礙事兒：張枱擺喺度好～【這張桌子擺在這兒太佔地方】。❷ 引申作霸道、粗野：佢係老闆個仔，做嘢好～【他是老闆的兒子，做起事來挺霸道的】。

挨近 ngaai1 gan6 接近；靠近：佢棟別墅～海邊【她那棟別墅靠近海邊】。

挨晚 ngaai1 maan1* 傍晚。

挨年近晚 ngaai1 nin4 gan6 maan5 年關時；快過年了：～，好多人趕住返鄉下【快過年了，很多人趕着回老家】。

挨拼 ngaai1 peng1（椅子）靠背。

挨拼椅 ngaai1 peng1 ji2 椅子；靠背椅。

挨身挨勢 ngaai1 san1 ngaai1 sai3 擠靠着別人：你咪～，坐開啲【你別擠靠着我，挪開點兒坐】！

嗌 ngaai3 ❶ 叫；喊叫：～佢入嚟【叫他進來】。｜～救命【喊救命】。❷ 吵；吵架：你兩家唔好～啦【你們雙方都不要吵了】。

嗌交 ngaai3 gaau1 吵架：你今日為乜嘢事同人哋～【你今天為啥事跟人家吵架】。

嗌咪 ngaai3 mai1 用擴音器的話筒喊話：我喺台上～維持秩序【我在台上用擴音器喊話維持秩序】。

嗌霎 ngaai3 saap8 爭吵；鬥嘴；爭執：兩公婆～下好平常啫【夫妻倆鬥鬥嘴很正常嘛】。

嗌數 ngaai^{3} sou^{3} 大聲報出數字，如拍賣員報出客戶叫價，收款員報出收款數等。

嗌通街 ngaai^{3} tung^{1} gaai^{1} 與左鄰右舍都吵過架的人（多指潑婦）：娶嗰個～做老婆？噉你即是同街坊鄰舍、親朋戚友絕交嘅啫【娶那個潑婦做老婆？那你就是跟街坊鄰居、親戚朋友絕交】！

捱 ngaai^{4} ❶ 忍受：我一世～窮【我一生忍受貧窮】。❷ 苦熬：佢三餐都～公仔麵【他三餐都靠方便麵充飢】。❸ 拖延：～日子【拖延日子】。

捱齋 ngaai^{4} dzaai^{1}（因貧窮而）靠吃素過日子。

捱更抵夜 ngaai^{4} gaang^{1} dai^{2} je^{6} ❶ 熬夜：～趕工【熬夜加班】。❷ 早起晚睡：做餐飲呢行，日日都要～㗎啦【幹飲食這一行，天天都得早起晚睡】。

捱飢抵餓 ngaai^{4} gei^{1} dai^{2} ngo^{6} 忍飢挨餓；忍受飢餓：而家啲細路，都未試過～【現在的小孩，都沒嘗過挨餓的滋味】。

捱夜 ngaai^{4} je^{2*} 熬夜。

捱義氣 ngaai^{4} ji^{6} hei^{3} 為了義氣而非為金錢之類物質利益而做事：佢哋～幫我做嘢，真係唔話得【他們出於義氣替我幹活，真沒說的】。

捱騾仔 ngaai^{4} loey^{4} dzai^{2} 當牛做馬；勞苦謀生：我一世人～養大八個仔女【我一輩子當牛做馬養大了八個孩子】。

捱生捱死 ngaai^{4} saang^{1} ngaai^{4} sei^{2} 歷盡艱辛；拼死拼活：我～擔起成頭家【我歷盡艱辛擔負起整個家庭的重任】。

捱世界 ngaai^{4} sai^{3} gaai^{3} 忍受煎熬以謀生：有人～，有人嘆世界，呢個社會係咁唔公平㗎啦【有人苦熬謀生，有人享樂，這個社會就是這麼不公平的】。

崖鷹 ngaai^{4} jing^{1} 鷹；老鷹。又作「麻鷹」，快讀時又讀作「牙鷹（nga^{4} jing^{1}）」：～捉小雞【老鷹捉小雞（一種兒童遊戲）】。

鈪 ngaak^{2*} 鐲子：手～【手戴的鐲子】｜玉～【玉鐲子】。

額 ngaak^{2*} 名額：滿～【名額已滿】。｜今次有十八個～畀大家抽籤【這次有十八個名額讓大家抽籤】。

呃 ngaak^{7} 騙；欺騙：～人【騙人】｜畀人～咗【讓人欺騙了】。

呃鬼食豆腐 ngaak^{7} gwai^{2} sik^{9} dau^{6} fu^{6} 又作「咇鬼食豆腐」。以虛假的東西欺騙別人，連鬼都上當：佢～，你唔好信呀【他弄虛作假胡弄人，你不要相信】。

呃呃騙騙 ngaak^{7} ngaak^{7} pin^{3} pin^{3} 坑蒙拐騙；招搖撞騙：佢都係靠～過日子【他全靠坑蒙拐騙混日子】。

呃神騙鬼 ngaak^{7} san^{4} pin^{3} gwai^{2} 到處向人行騙：佢啲特異功能都係～嘅啫【他的特異功能都是欺騙世人的】。

呃秤 ngaak^{7} tsing^{3}（商販）稱東西時有意缺斤少兩：我日日喺度做生意，唔會～嘅【我天天在這兒做生意，不會缺斤少兩的】。

額 ngaak^{9} 前額；腦門兒：印度女人中意喺個～度點個紅痣【印度女人喜歡在額頭點一顆紅色的「痣」】。

逆意 ngaak^{9} ji^{3} 不順從別人意願；不順從；不聽教導；鬧彆扭：老竇老母咁錫你，你唔好逆佢哋意啦【父母親這麼疼愛你，你別跟他們鬧彆扭】。

啱 ngaam^{1} ❶ 合；合適：～心水【合心意】｜套劇集由佢演女主角至～啦【這部連

續劇由她演女主角最合適了】。❷ 對；沒錯：講得～【說得對】。❸ 碰巧；剛好：你哋嚟～喇，快啲幫手【你們來的正好，快來幫幫忙】。❹ 剛：我～～到【我剛到】。｜～～食完飯又要食【剛剛吃完又要吃】？❺ 合得來：佢兩個好～【他們倆很合得來】。

啱嘴型 ngaam[1] dzoey[2] jing[4] 談得攏；立場觀點一致：大家唔～，見面好容易嗌交【大家觀點不一致，見面很容易吵起來】。

啱 key ngaam[1] ki[1] 同「啱 ❺」。key 指音樂中的調，用歌手與調子配合完美來比喻兩人合拍、合得來：朋友之中我同佢最～嘞【朋友當中我跟他是最合得來的】。

啱傾 ngaam[1] king[1] 談得來；合得來：第一次見面我就同佢好～【第一次見面我跟她就很談得來】。

啱牙 ngaam[1] nga[2]* 配合得好；談得投機；投契。又作「啱 key」：佢哋兩個咁～，合作一定冇問題【他們倆那麼投契，合作一定沒問題】。

啱啱 ngaam[1] ngaam[1] 剛剛；剛好；正好：佢～出咗去【她剛剛出去】。

啱啱好 ngaam[1] ngaam[1] hou[2] 剛剛好；恰好：時間～【時間剛剛好】。｜呢度～擺得落個雪櫃【這兒剛剛好能擺得下一個冰箱】。

啱啱線 ngaam[1] ngaam[1] sin[3] 剛；剛剛好；正好。又作「啱啱好」：我入戲院一坐低～開場【我進電影院一坐下就正好開場】。

啱心水 ngaam[1] sam[1] soey[2] 合心意：你送啲禮物啱晒媽咪心水【你送的禮物很合媽媽的心意】。｜你要求咁高，個個男仔都話唔～【你要求那麼高，個個男孩子你都說不合心意】。

啱身 ngaam[1] san[1] 合身：你買畀我件衫好～【你買給我的衣服很合身】。

啱先 ngaam[1] sin[1] 剛才；剛剛：～我哋仲講緊你【我們剛剛還說起你】。

啱聽 ngaam[1] teng[1]（說的話）聽着順耳、有道理：佢講啲嘢～啲，唔會好似你噉成日彈人【他說的話聽着順耳點，不像你似的整天指摘人家】。

岩岩巉巉 ngaam[4] ngaam[4] tsaam[4] tsaam[4] 參差不齊；高低不平：嗰個師傅剪到我啲頭髮～【那位師傅把我的頭髮剪得參差不齊】。

岩巉 ngaam[4] tsaam[4] 同「岩岩巉巉」。

眼 ngaan[2]* 量詞。盞；口；根：一～燈【一盞燈】｜一～針【一根針】。

晏 ngaan[3] ❶ 晚；遲：咁～先起身【這麼晚才起床】？｜仲有大把時間，～啲都唔怕【還有很多時間，遲點兒也不怕】。❷ 午飯；午餐：去邊度食～呀【上哪兒吃午飯呢】。

晏晝 ngaan[3] dzau[3] 中午；下午：～兩點開會【下午兩點開會】。

晏覺 ngaan[3] gaau[3] 午覺：香港人都好少瞓～嘅【香港人很少睡午覺的】。

研 ngaan[4] ❶ 細磨；碾：～胡椒【碾胡椒】。❷ 擀：～麵【擀麵】。❸ 用刀在棍狀物體沿表切一圈：～一爽蔗【切一截甘蔗】。

研船 ngaan[4] syn[4] 藥碾子。因其形狀像船，故稱。

眼白 ngaan[5] baak[2]* 白眼珠兒。

眼白白 ngaan[5] baak[9] baak[9] 平白無故；

眼巴巴地：～畀個賊仔走甩咗【眼巴巴讓小偷逃掉了】。

眼大睇過龍 ngaan5 daai6 tai2 gwo3 lung4【俗】目光只看到遠處，沒有留意近處：本書就放喺枱度，點解你睇唔到，～呀【那本書就放在你桌子上，為甚麼你看不到？你的目光只看到遠處，沒有留意近處嗎】？

眼凸凸 ngaan5 dat9 dat9 瞪大了眼；乾瞪眼；目瞪口呆：嬲到佢～【氣得他乾瞪眼】。｜嚇到～【嚇得目瞪口呆】。

眼定定 ngaan5 ding6 ding6 兩眼發直：佢輸咗之後，～噉企咗好耐【他輸了後，兩眼發直地站了好久】。

眼斬斬 ngaan5 dzaam2 dzaam2 眨巴着眼的樣子：你～噉係咪隻眼好痕呀【你老眨巴眼，是不是眼睛挺癢的】？

眼花花 ngaan5 fa1 fa1 ❶ 眼睛昏花：光線唔夠，睇書睇到我～【光線不夠，看書看得我眼睛昏花】。❷ 眼花繚亂：咁多靚女出場，睇到佢～【這麼多漂亮姑娘出場，看得他眼花繚亂】。

眼瞓 ngaan5 fan3 睏；犯睏：十二點幾啦，你唔～咩【十二點多了，你不睏嗎】？

眼火爆 ngaan5 fo2 baau3 因十分憤怒而眼睛冒火：呢的衰人我一見就～【這種壞蛋我一見就眼裏直冒火】。

眼火標 ngaan5 fo2 biu1 同「眼火爆」：佢畀你激到～【他讓你氣得眼裏直冒火】。

眼闊肚窄 ngaan5 fut8 tou5 dzaak8 眼睛大肚子小；以為能多吃，但是吃不下：叫咗咁多嘢又食唔晒，真係～【叫得太多結果吃不完，以為能多吃，肚子卻裝不下。】

眼界 ngaan5 gaai3 眼力；準頭：練～｜～幾好【挺有準頭】。

眼甘甘 ngaan5 gam1 gam1 形容用貪婪的目光一眼不眨地盯着的樣子：佢～望住粒大鑽石，口水幾乎要流出嚟【他貪婪地望着那顆大鑽石，口水都幾乎流出來了】。

眼鏡髀 ngaan5 geng2* bei2 眼鏡腿兒。

眼鏡房 ngaan5 geng2* fong2* 住宅單元內一種房間間隔的格局，即兩個房間並排，房門正對着客廳，像眼鏡的兩塊鏡片，故稱。

眼見心謀 ngaan5 gin3 sam1 mau4 看見了就想佔有、奪取：佢睇見人哋有靚嘢就～【他一看見人家有好東西就想佔有】。

眼蓋 ngaan5 goi3 眼皮、眼瞼的通稱。

眼角高 ngaan5 gok8 gou1 要求高，不容易看得上眼，意近「眼光太高」：白小姐如果唔係～，一早就結咗婚喇【白小姐如果不是眼光太高，老早就結婚了】。

眼公仔 ngaan5 gung1 dzai2 瞳人；瞳仁。

眼倔倔 ngaan5 gwat9 gwat9 目光含怒；怒目而視；怒視：一個人霸兩個位會畀人～【一個人佔兩個位置會招人怒目而視】。

眼光光 ngaan5 gwong1 gwong1 ❶ 睜着眼；沒合眼：佢琴晚瞓唔着，成晚都～【他昨晚睡不着，整個晚上都沒合眼】。❷ 因心有旁騖而對身邊的人或事物視而不見的樣子：佢～噉唔知望住乜嘢，架車開到身邊都唔知【他眼睜睜的不知在看啥，車開到他身邊都不知道】。❸ 乾瞪眼（形容人對眼前發生的事一時無法或無力應付，束手無策的樣子）：佢～噉望住啲劫匪搶走晒啲珠寶首飾【她乾瞪着眼看着劫匪把珠寶首飾搶掠一空】。

眼挹毛 ngaan5 jap7 mou1* 睫毛。

眼簷 ngaan5 jim4 上眼皮：她去整容，單～整成雙～【她去整容，單眼皮整成了雙眼皮】。

眼影 ngaan5 jing2 化妝時在眉毛以下、眼睛上方塗抹的深色化妝粉彩。

眼熱 ngaan5 jit9 眼紅（羨慕或妒忌）：人哋係有錢，不過淨係～冇用㗎，要自己去搏先得吖嘛【人家是有錢，不過光羨慕人家是沒用的，得自己去拼搏爭取才行】。｜佢成日～人哋成績好過佢【他老是妒忌人家成績比他好】。

眼冤 ngaan5 jyn1（一見到不想見的人或事物就）感到討厭、反感：一見佢個衰樣我就～【一見他那副模樣我就討厭】。

眼緣 ngaan5 jyn4 一見之後產生的印象、感情、緣份：個女仔唔算好靚，不過啱佢～【那女孩子不算太漂亮，不過他看着合眼】。

眼瓊瓊 ngaan5 king4 king4 因受挫或受驚而發愣、目光呆滯：佢連本都賭到冇得剩，真係輸到～【他連本錢都輸得精光，在那裏發愣】。

眼矋矋 ngaan5 lai6 lai6 斜着眼睛瞪人的樣子（用以表示不滿、警告）。

眼利 ngaan5 lei6 眼尖；看得快：佢好～，咁多人佢一眼就睇到我【她眼很尖，那麼多人她一眼就看到我】。

眼淚水 ngaan5 loey6 soey2 淚水；眼淚。

眼睩睩 ngaan5 luk7 luk7 ❶ 怒目圓睜（指因憤怒而瞪大雙眼）。❷ 眼珠子轉來轉去：個細佬哥～噉，梗係好聰明定啦【這小孩眼珠子骨碌碌轉，肯定很聰明】。

眼眉 ngaan5 mei4 眉毛。

眼眉毛 ngaan5 mei4 mou4 同「眼眉」。

眼眉毛長 ngaan5 mei4 mou4 tsoeng4 眉毛都長得很長了，即「人已老了」之意：佢一結婚就申請入住公屋，等到～先輪到【他一結婚就申請住（廉租的）公共屋邨，等到人都老了才排上他】。

眼眉跳 ngaan5 mei4 tiu4* 眼皮跳動，一種生理現象。迷信的人認為這預示將有事情發生：原來你喺背後鬧我，唔怪得我～啦【原來你在背後說我壞話，怪不得我眼皮跳】。

眼尾 ngaan5 mei5 眼睛的外角：佢～有好多皺紋【她的眼角已有很多皺紋】。

眼毛 ngaan5 mou4 睫毛。

眼矇 ngaan5 mung1* 老眯着眼的毛病：老人家好多都～㗎啦【老人家好多都會瞇縫着眼】。

眼矇矇 ngaan5 mung1* mung1* ❶ 睡眼惺忪的：佢啱啱瞓醒，～噉【他剛睡醒，睡眼惺忪的】。❷ 眯縫着眼的樣子：你咪成日～噉啦，無厘精神噉【你別整天眯縫着眼，顯得沒有精神】。

眼濕濕 ngaan5 sap7 sap7 眼眶濕潤；眼淚汪汪的：一講到以前嘅事佢就～【一說到以前的事她就淚眼汪汪】。

眼蛇蛇 ngaan5 se4 se4 斜着眼睛看（不正派的樣子）。

眼屎 ngaan5 si2 眼眵；眵目糊。

眼水 ngaan5 soey2 ❶ 淚水。❷ 眼藥水。

眼坦坦 ngaan5 taan2 taan2 翻白眼（非輕蔑他人之意），形容生氣而無奈的樣子：畀佢激到我～【讓他氣得我光會翻白眼卻拿他沒轍兒】。

眼挑針 ngaan5 tiu1 dzam1 麥粒腫：阿媽話睇咗啲衰嘢會生～【媽媽說看了不乾淨的東西，會生麥粒腫】。

眼肚 ngaan5 tou5 下眼皮。

眼淺 ngaan5 tsin2 眼皮子淺，裝不住眼淚，指人動不動就愛哭：少少事就喊，咁～【一點兒事就哭，怎麼眼皮子這麼淺】。

眼超超 ngaan5 tsiu1 tsiu1 用不滿的、挑釁的眼神怒視別人：你～噉係唔係想打交呀【你瞪甚麼眼睛，是不是想打一架】？

眼核 ngaan5 wat9 眼珠子。

罌 ngaang1 小瓦罐；小陶罐：錢～【撲滿】｜糖～【糖罐】。

硬打硬 ngaang6 da2 ngaang6 ❶ 硬碰硬：佢哋都好有實力，比賽鬥起嚟真係～【他們都很有實力，比賽起來真是硬碰硬】。❷ 實實在在的：我日日都～做足十個鐘頭㗎【我每天都實實在在幹足十個小時】。

硬淨 ngaang6 dzeng6 ❶（物體）堅固、結實；（身體）堅實；硬朗：呢塊紙皮夠～【這塊硬紙板挺堅固的】。｜佢九十幾歲仲好～【她九十多歲身體還挺結實的】。❷ 堅強；堅挺：冇咗爸爸媽媽，你更加要～啲，細佬仲要你照顧【爸爸媽媽不在了，你更要堅強，弟弟還要你照顧呢】。｜寫字樓嘅售價相當～【寫字樓的售價相當堅挺】。

硬膠 ngaang6 gaau1 ❶ 指聚苯乙烯，一種塑膠物料。❷ 粗話「戇鳩」的諧音。（參見該條）

硬頸 ngaang6 geng2 固執；倔強；犟：人哋講得啱嘅你就應該聽，唔好咁～【人家說得對的你就得聽，別這麼固執】！｜咪咁～，快啲同阿媽認錯【別這麼犟，快點向媽認錯】。

硬倔倔 ngaang6 gwak9 gwak9 硬梆梆：啲麵包～點食呀【這麵包硬梆梆的，怎麼吃呢】？

硬係 ngaang6 hai6 「硬」又音 ngaang2*。就是；偏偏；非……不可：叫佢唔好去佢～要去【叫他別去他偏偏要去】。｜他～要畀禮物我，我惟有收啦【他非要給我禮物不可，我只好收下】。

硬橋硬馬 ngaang6 kiu4 ngaang6 ma5 ❶ 武術術語。南拳中有「練得硬橋硬馬、方能穩紮穩打」的要訣。其中「橋」跟「馬」指手和腳的功夫。硬橋硬馬，指武功扎實，武藝高強。❷ 真功夫；真本事：呢場雜技表演，個個都～、冇花冇假【這場雜技表演，個個都使出真本領，不會擺花架子】。

硬晒軚 ngaang6 saai3 taai5 汽車方向盤（軚）動不了，比喻事情已鬧僵了，無法轉變，沒有了轉圜的餘地：董事會已經決定撤佢職，而家件事～嘞【董事會已經決定撤他的職，現在事情已經沒有轉圜的餘地了】。｜單生意搞到而家噉地步，～，好難傾得成囉【那樁生意到了現在這種地步，無法扭轉局面，很難談成功了】。

硬食 ngaang6 sik9 在無法拒絕或抗拒的情況下，迫不得已全部接受：你又唔想搬去第二區，業主加租你都要～啦【你又不想搬到別的區，業主加租金你也只好接受了】。

鴨 ngaap2*【俗】喻指男妓。與「雞（妓女）」相對。

押 ngaap8 又作「□（jaap8）」。❶ 掖：～好件衫【掖好上衣】。❷ 綰；捲：～高衫袖【綰起袖子】。

鴨巴甸 ngaap8 ba1 din1 英語 Aberdeen 的音譯詞。❶ 一種混紡毛布料。❷ 香港仔的舊稱。原指石排灣一帶，以此命名是為紀念當時英國外交大臣鴨巴甸勳爵。

鴨仔聽雷 ngaap[8] dzai[2] teng[1] loey[4] 【謔】小鴨子聽打雷。❶ 喻指一句也聽不懂：我唔識英文，聽啲鬼佬講嘢就好似～噉【我不懂英語，聽那些洋人講話是一句也沒聽明白】。❷ 全都不聽：勸極佢都～噉【怎麼勸他他全不理會】。

鴨仔團 ngaap[8] dzai[2] tyn[4] 【謔】旅行團。因遊客全聽導遊指揮，成群跟在導遊旗後面轉，像放鴨子一樣，故稱。

鴨乸蹄 ngaap[8] na[2] tai[4] 扁平腳。

鴨腎 ngaap[8] san[2]* 鴨胗（鴨的胃）。

餲 ngaat[8]（尿）臊臭；臊味。

餲堪堪 ngaat[8] ham[1] ham[1] 臊哄哄的（形容尿臊味大）：蘇蝦仔係會～㗎喇【嬰兒嘛是會有點兒臊哄哄的】。

遏抑 ngaat[8] jik[7] 遏制；抑制：政府～樓價政策失敗。

壓力團體 ngaat[8] lik[9] tyn[4] tai[2] 有別於政黨的團體，代表某一部份人的利益而組織起來的社會團體，如工會、專業團體等。它們在政策決定過程中會向政府施加壓力，故稱。

扤 ngaat[9] 磨檫：條繩就嚟～斷囉【那根繩子就快磨斷了】。

嚙 ngaat[9] 啃；蛀：～骨頭【啃骨頭】｜冷衫畀蟲～爛【毛衣給蟲蛀爛】。

嚙牙 ngaat[9] nga[4]（睡熟時）磨牙。

揹 ngaau[1] 撓；抓；搔：～痕【抓癢，撓癢癢】｜～頭【撓頭】。

揹痕 ngaau[1] han[4] 撓癢癢：你幫我～【你給我撓癢癢】。

拗胡婆 ngaau[1]* wu[1]* po[2]* 傳說中一種怪物；老巫婆。大人常用以嚇唬小孩。

拗 ngaau[2]（用手）弄彎物體使之折斷：～斷【折斷】｜～開兩節【折成兩段】。

拗腰 ngaau[2] jiu[1] 向後彎腰；扳腰：你做唔做到～呢個動作【你能不能做這個向後彎腰的動作】？

拗手瓜 ngaau[2] sau[2] gwa[1] ❶ 扳手腕；掰腕子。❷ 比喻較量：如果唔係幾個主力都受咗傷，呢場波我仲可以同對方拗下手瓜嘅【如果不是幾位主力隊員都受了傷，這場球我還可以和對方較量的】。

拗柴 ngaau[2] tsaai[4] 扭傷腳腕子；腳崴了：踢波嗰陣唔小心～【踢球不小心腳給崴了】。

拗 ngaau[3] 爭論；爭辯：唔好同佢～，佢都打橫嚟講嘅【別跟他爭，他蠻不講理的】。｜呢個問題睇嚟仲有排～【這個問題看來還有一番爭論】。

拗頸 ngaau[3] geng[2] ❶ 抬槓：我講親嘢佢都同我～嘅【我一說話他總跟我抬槓】。❷（脾氣）犟；執拗：嫁到個～老公，我都冇符【嫁了個犟脾氣的丈夫，我也沒轍兒】。

拗撬 ngaau[3] giu[6] 爭執；糾紛：佢兩兄弟不溜都有啲～【他兄弟倆向來就有點兒磨擦】。

拗氣 ngaau[3] hei[3] 鬥氣：事頭兩公婆一～，我哋就當黑【老闆夫妻倆一鬥氣，我們就倒霉】。

拗數 ngaau[3] sou[3] 爭執；爭論：佢唔認賬嘅話，我實同佢～㗎【他要是不認賬，我非跟他爭論不可】。

骰 ngaau[4]（木板因變乾而）變形；翹曲：塊板乾透之後我驚會～【這塊板完全變乾以後，我擔心會變形】。

淆底 ngaau⁴ dai² 害怕；臨陣退縮；不敢承擔責任：我本來想約個女仔出嚟，最後都係～【我本來想約那個女孩子出來，最後還是鼓不起勇氣】。

咬 ngaau⁵ ❶（商販趁人急需或貨物供不應求之機漫天要價來）盤剝顧客，宰客：飛擒大～【漫天要價】。❷（在替人辦事時）從中漁利：畀佢～咗一啖【讓他刮了一筆】。

咬口 ngaau⁵ hau² ❶ 拗口；說起來彆扭；不順口：好多英文譯名讀起嚟好～【很多英文譯名讀起來很拗口】。❷ 口感；咬感：花生芝麻餅脆得嚟又好～【花生芝麻餅很脆而且咬感又好】。

咬耳仔 ngaau⁵ ji⁵ dzai² 說悄悄話：頭先見你同佢～，有乜嘢料到呀【剛才見你跟他說悄悄話，有甚麼消息嗎】？

咬弦 ngaau⁵ jin⁴【文】合得來；配合默契；協調（多用於否定形式）：老闆同董事長唔～個個都知啦【老闆跟董事長合不來是人人都知道的】。

咬糧 ngaau⁵ loeng⁴ 公務員退休後享有每月發放的退休金和福利。又稱「食長糧」。

咬唔入 ngaau⁵ m⁴ jap⁹ ❶ 咬不動。❷ 佔不了便宜；打不了主意；奈何不得：佢咁精，你～嘅【他這麼精明，你佔不了便宜的】。｜冇證據你咬佢唔入【沒證據你奈何不了他（即無法控告他）】。

咜 ngai¹ 央求；懇求；哀求；請求：佢～我幫手【他求我幫忙】。｜我已經決定咗，你～都冇用【我已經決定了，你再央求也沒用】。

咜求 ngai¹ kau⁴ 同「咜」。

矮凳仔 ngai² dang³ dzai² 小板凳。

矮凸凸 ngai² dat⁷ dat⁷ 矮墩墩的：佢兩姊妹都～【她們姐妹倆都矮墩墩的】。

矮仔多計 ngai² dzai² do¹ gai²* 個子矮的人智謀多：小心啲呀，人哋話～，你要提防下佢呀【小心點兒，人家說矮子多心計，你得防着他】！

矮仔上樓梯——步步高 ngai² dzai² soeng⁵ lau⁴ tai¹ bou⁶ bou⁶ gou¹【歇】矮人上樓梯，一步步地往高處爬。形容人的職位或生活逐步提高，意近「芝麻開花節節高」：我幾個仔都大學畢業出嚟搵錢嘞，屋企收入自不然就～【我幾個兒子都大學畢業出來掙錢了，家裏的收入自然就芝麻開花——節節高了】。

矮瓜 ngai² gwa¹ 茄子。

矮細 ngai² sai³ 矮小：佢身材～【他個子矮小】。

翳 ngai³ ❶ 陰暗；昏暗：天咁～，睇怕要落雨【天這麼陰，恐怕要下雨】。｜屋入便咁～點睇書呀【屋裏這麼暗怎麼看書呢】？❷ 引申指房屋低矮而使人產生的壓抑感。❸ 心情抑鬱、沉重：出咗咁多事，我個心好～【出了這麼多事，我心裏挺鬱悶的】。❹ 氣（人）；惹人生氣：佢約唔到個女仔已經好無心機，你哋唔好再～佢喇【那女孩子沒約成他已經沒心情了，你們別再氣他了】。

翳焗 ngai³ guk⁹ 悶熱：間屋好～，快啲開風扇啦【房子裏很悶熱，快開電扇】。

翳氣 ngai³ hei³ 憋氣；生悶氣；把氣憋在心裏：睇開啲，唔好～啦【看開點兒，別憋氣了】。

翳熱 ngai³ jit⁹ 天氣悶熱：香港八月份好～【香港八月份天氣很悶熱】。

危危乎 ngai⁴ ngai⁴ fu⁴ 危險的樣子：佢企

響船邊，船一搖就～要跌落海噉【他站在船（舷）邊，船一搖就懸乎兮兮的好像要掉海裏去】。

蟻 ngai[5] ❶ 螞蟻。❷ 喻指微不足道的人或東西：～民【小老百姓】。

蟻多摟死象 ngai[5] do[1] lau[1] sei[2] dzoeng[6]【諺】螞蟻多也能把大象咬死，喻指人多力量大：我哋咁大幫人，～，使鬼驚嗰幾條爛仔咩【我們這麼一大幫人，人多力量大，用得着害怕那幾個小流氓嗎】？

蟻躝噉 ngai[5] laan[1] gam[2] 像螞蟻似的走（形容很慢）：你行到～，幾時返得到屋企呀【你走路像螞蟻爬似的，啥時候才能回到家】？

毅進文憑 ngai[6] dzoen[3] man[4] pang[4] 香港政府於 2012 年為中六離校生或已年滿 21 歲人士而設的持續進修途徑，完成課程者可獲得等同中學文憑試（中六）五科第二級學歷。

毅進計劃 ngai[6] dzoen[3] gai[3] waak[9] 香港政府為中五離校生或已年滿 21 歲人士而設的持續進修途徑，完成課程者可獲得等同中學會考（中五）五科合格的學歷。

【小知識】毅進計劃由香港高等院校持續教育聯盟提供課程，香港政府撥款資助，於 2000 年開辦，2012 年結束。2012 年 9 月由毅進文憑課程取代，招收「新高中」制的中六離校生。

毅行 ngai[6] hang[4]【文】遠足：呢個～活動好多人參加【這個遠足活動有好多人參加】。

藝能界 ngai[6] nang[4] gaai[3] 文藝界；娛樂界。

鵪鶉 ngam[1] tsoen[1]（喻指）遇事退縮的、怯懦的人。意近「縮頭烏龜」：有起事上嚟佢就縮埋一便成隻～噉【出了甚麼事他就像縮頭烏龜那樣躲在一邊】。

揞 ngam[2] 捂；捂着：～住嘴笑【捂着嘴偷偷笑】｜你～住我對眼做乜嘢【你捂住我雙眼幹嘛】？

揞脈 ngam[2] mak[9] 把脈；按脈；診脈：中醫睇病梗係要～喇【中醫看病當然要把脈的呀】。

暗 ngam[3]（陪在孩子身邊）哄小孩睡覺：你～個仔瞓先【你先哄孩子睡吧】。

暗渠 ngam[3] koey[4] 陰溝；地下水道。

暗戀 ngam[3] lyn[2] 迷戀對方但沒有向對方表明；單相思：佢～我但係我一直唔知【他暗地裏迷戀我，但我一直不知道】。

暗啞抵 ngam[3] nga[2] dai[2] 又作「暗啞底」。不作聲；暗中忍受不敢告訴別人：佢老公有婚外情，佢唔想話畀人聽，惟有～咯【她丈夫有婚外情，她不想告訴別人，惟有暗自忍受】。

暗瘡 ngam[3] tsong[1] 粉刺：～膏【治粉刺的藥膏】。

拎 ngam[4] 掏：～啲錢出來【掏錢出來】｜～雀仔竇【掏鳥窩】。

拎荷包 ngam[4] ho[4] baau[1] 原意為從荷包（即錢包）中把錢掏出來，引指「出錢」，「掏錢」：次次出去食飯都係我～【每次去外面吃飯都是我掏錢】。

吟沉 ngam[4] tsam[4] 嘮叨：我知道喇，你唔好再～啦【我知道了，你別再嘮叨了】。

奀 ngan[1] ❶ 瘦小；弱小：全班同學入便佢係至～【全班同學之中他是最瘦小的】。｜乜啲番茄咁～【怎麼這些西紅柿個兒這麼小】？❷（所得的錢）少：我份人工好～咋【我的工資錢很少】。

奀嫋鬼命 ngan[1] niu[1] gwai[2] meng[6] 又說

「奀挑鬼命」。形容人弱不禁風的樣子，亦可用以形容其他生物瘦小孱弱：佢～噉點打得籃球呀【他弱不禁風的，怎麼打得了籃球呢】？｜你養啲魚～噉，點賣呀【你養的魚這麼瘦小，怎麼賣呀】？

奀細 ngan1 sai3 瘦弱；瘦小：佢個仔好～，同班同學個個都高過佢【她兒子很瘦小，同班同學誰都比他高】。

奀雌雌 ngan1 tsi1 tsi1 特別瘦弱（多指孩子）：個啤啤～噉，唔係有病都係營養不良【這嬰兒特別瘦弱，不是有病也屬營養不良】。

韌皮 ngan1* pei4 皮；頑皮：啲學生好～，先生都管佢哋唔掂【這班學生很頑皮，老師都管不住他們】。

銀 ngan2* 錢：有～咪問老竇攞囉【沒錢就跟老爸要唄】。｜件衫買咗幾多～呀【這件衣服花了多少錢】？

銀仔 ngan2* dzai2 硬幣。

踬 ngan3 使物體顫動：坐喺梳化度～腳【坐在沙發上顫着腳（很愜意的一種坐姿）】。

踬高 ngan3 gou1 踮；踮起（腳）；提起腳後跟：～由個窗望入去【踮起腳跟從窗戶往裏望】。

踬踬腳 ngan3 ngan3 goek8 抖二郎腿（坐着時，腳有節奏地上下抖動），喻舒適自在地享受：你中咗一千萬獎金，下半世可以～啦【你中了一千萬獎金，下半輩子可以自自在在地享受了】。

踬身踬勢 ngan3 san1 ngan3 sai3 腿、腳抖動不已：女仔人家～唔好睇【女孩子家腿、腳不停抖動的不雅觀】。

仁（銀） ngan4 ❶（瓜菜的）種子：番茄～【西紅柿的種子】。❷ 仁兒（瓜果核內的肉）：瓜子～【瓜子仁兒】。

銀包 ngan4 baau1 錢包。

銀彈政策 ngan4 daan2* dzing3 tsaak8 利用金錢誘因以推動某項措施或計劃的手段：公司用～高薪喺其他電視台挖角，果然有效【公司用金錢利誘，高薪把其他電視台的演員請過來，果然有效】。

銀針粉 ngan4 dzam1 fan2 一種粵式食品原料。以米粉蒸製而成。因其外形兩頭尖中間粗，白色而略帶光澤，故稱。吃法主要有炒、做湯、涼拌等。

銀紙 ngan4 dzi2 ❶ 鈔票：啲～整濕晒【鈔票全弄濕了】。❷ 錢：大把～【多的是錢】。

銀雞 ngan4 gai1 警笛。

銀腳帶 ngan4 goek8 daai3 銀環蛇。一種毒性猛烈的毒蛇，背面顏色呈黑白相間的環狀。

銀禧 ngan4 hei1 二十五週年紀念。英語 silver jubilee 的意譯詞：～慶典。

銀咭 ngan4 kaat7「咭」指「信用卡」（參見該條）「銀咭」為透支額度比「金咭」低的信用卡，一般為銀色，故稱。

銀芽 ngan4 nga4 去掉頭尾的綠豆芽菜。

銀樂隊 ngan4 ngok9 doey2* 管弦樂隊；銅管樂隊。

銀粘 ngan4 nim1 水稻的一個品種。米粒較細長，質量較好。適用於晚造時種植。

銀稔 ngan4 nim2 一種植物果實。其大小如李子，皮厚而韌，青綠色，味酸。常用於醃製果脯或醬料。因其核有小坑，略似人臉之有五官，故別稱「人面」。也有稱為「仁面」或「銀面」的。

銀錢 ngan4 tsin2* 元；塊（錢）：三個～

【三塊錢】｜十幾個～【十幾塊錢】。

韌力 ngan6 lik9 韌性；耐力：好馬除咗要有好腳力之外，仲要有好～【好馬除了有好腿力之外，還要有好的耐力】。

韌黐黐 ngan6 tsi1 tsi1 韌韌的：牛扒～，我年老冇牙食唔到咯【牛排韌韌的，我年老缺牙嚼不動】。

哽 ngang2 硌：對鞋入咗沙，～到腳底好難頂【鞋子進了沙，硌得腳底板挺受不了的】。｜啲飯咁硬，～住個胃好唔舒服【飯這麼硬，硌得胃挺不舒服的】。

哽耳 ngang2 ji5 話不順耳；話不中聽：你講說話好～【你說話很不中聽】。

哽心哽肺 ngang2 sam1 ngang2 fai3 形容人心裏堵得厲害；心裏堵得難受：一諗起個仔畀人屈仲坐緊監，佢就～嘅【一想起兒子被人誣告還在坐牢，她就心裏堵得難受】。

□ ngang3 再……（也）……：～難嘅題佢都做得出【再難的題目他也做得出來】。｜～辛苦都要捱落去【再艱苦也要熬下去】。

□□聲 ngang4 ngang2* seng1 ❶ 哼哼（呻吟的聲音）：個胃痛到佢～【胃疼得他直哼哼】。❷ 咕咕噥噥（帶有不滿情緒的嘀咕）：佢做錯嘢話佢兩句仲～【他犯了錯說他兩句他還咕咕噥噥的】。

噏 ngap7 胡說；胡謅：亂～廿四【信口開河，胡說八道】｜佢～你就信【他說啥你就信啥】。

噏得就噏 ngap7 dak7 dzau6 ngap7 信口開河；胡說八道：你唔好～呀，我冇噉講過呀【你別信口開河，我可沒這麼說過】。

噏到口唇邊 ngap7 dou3 hau2 soen4 bin1 話到嘴邊（但記不起來）：嗰個人好熟面口，個名我～，就係唔記得【那個人很面熟，名字我一下子想不起來】。

噏三噏四 ngap7 saam1 ngap7 sei3 說三道四；妄加議論：你唔好又～，講埋啲廢話【你別再說三道四，說這麼多廢話】。

罨 ngap7 ❶ 敷：響傷口～啲藥【在傷口上敷點兒藥】。❷ 漚；捂：啲菜～到殘晒【青菜都給漚蔫黃了】。｜除咗件濕衫佢，～住好易感冒【把濕衣服脫下來，捂着很容易感冒的】。❸ 把種子放在容器內罩上濕布以催芽；發：～芽菜【發豆芽】。

罨耷 ngap7 dap7 地方狹小簡陋；淺窄：間舖頭咁～，同啲大餐廳冇得比【這家店地方淺窄，跟大餐廳沒法比】。

罨汁 ngap7 dzap7 ❶ 潮濕而又不通風：啲穀啱啱淋過雨，好～，快啲攤開曬下【這些稻穀剛淋過雨，很濕熱，快點兒攤開曬一曬】。❷ 地方狹小擁擠而不整潔：咁～嘅環境，人點住呀【這麼又窄又亂的環境，怎麼住人呢】？

岌 ngap9（來回地）動彈；晃動：～頭【點頭】｜玻璃～得咁犀利，係唔係地震呀【（窗戶）玻璃晃動得這麼厲害，是不是發生地震】？

岌岌貢 ngap9 ngap9 gung3（不停地來回）動彈；晃動；搖搖晃晃：張書枱未擺得穩，仲係～【書桌沒擺穩當，還搖搖晃晃的】。

岌頭 ngap9 tau2* 點頭；表示同意：呢件事要老細～至得【這件事要老闆同意才行】。

扤 ngat7 ❶（使勁）塞；壓實：將呢條褲～埋落行李袋【把這條褲子也塞進行李袋】。❷ 強令；勉強：佢食唔落就唔好～佢食【他吃不下就別勉強他】。

扤 ngat[9] 坐在椅子上，椅子兩條腿離地：你～高張椅坐好易跌【你讓椅子兩條腿都離地了，這樣坐小心跌倒】。

勾 ngau[1]【諧】歲：五十幾～啦，就嚟退休啦【五十幾歲了，就快退休了】。

勾地 ngau[1] dei[6] 地產發展商向政府提出自己有興趣的地皮，供政府考慮制定拍賣計劃。

勾佬 ngau[1] lou[2] ❶（女性）有外遇：佢老婆～佢都唔知【他老婆有外遇他都不知道】。❷ 勾引男性：死妹丁吖，咁細就學人～【這死丫頭，這麼小就學人家勾引男人】。

勾線 ngau[1] sin[3] 用截取電話線路的方式竊聽他人電話。

鈎 ngau[1] ❶ 鈎子：魚～【釣魚鈎】。❷ 動詞。用鈎子鈎或掛：個袋就～喺口釘度啦【袋子就掛在那根釘子上吧】。

鈎針 ngau[1] dzam[1] 編織花邊等用的帶鈎的針。

鈎骨 ngau[1] gwat[7] 一種縫紉法，用以縫合中式衣服的接縫。

甌 ngau[1] 小碗；小塑料碗；小電木碗。

歐羅 ngau[1] lo[4] 歐元。

嘔 ngau[2] ❶ 吐；嘔吐：作～【想吐】。❷ 比喻退贓；退還：你呃咗我幾多錢，同我冚嗪唥～番出來【你騙了我多少錢，給我通通退回來】！

嘔電 ngau[2] din[6]【諧】吐血。

毆 ngau[3] 用棍子打；毆打：～跛你隻腳【打瘸你的腿】。

漚 ngau[3] ❶（因潮濕而）霉爛：天氣咁潮濕，啲菜乾都～咗【天氣這麼潮濕，乾菜都發霉了】。❷ 醞釀：～仔【懷孕期間的生理反應】。

漚雨 ngau[3] jy[5] 要下雨卻長時間沒有下；天正醞釀下雨：個天～，好焗【就要下雨，很悶熱】。

牛 ngau[4] 蠻橫；野蠻：幾～嘅人我都見過，怕你個靚仔【多蠻橫的人我也見過，還怕你這毛頭小子】？

牛百葉 ngau[4] baak[8] jip[9] 牛的蜂巢胃（網胃）。

牛白腩 ngau[4] baak[9] naam[5] 牛腹部的肉。我請你食燉～【我請你吃燉牛肉】。同「牛腩」。

牛膀 ngau[4] bong[2] 牛胰臟。

牛雜 ngau[4] dzaap[9] 牛腸、牛肚、牛肺之類的雜碎：五香～【五香牛雜碎（一種粵港地區常見的風味小吃）】。

牛仔 ngau[4] dzai[2] ❶ 小牛犢。❷ 美國西部騎馬牧牛的壯漢。英語 cowboy 的意譯詞。❸ 小阿飛。

牛仔褲 ngau[4] dzai[2] fu[2] 一種用藍色斜紋勞動布製成的褲子，源於美國西部，為「牛仔」所穿，故稱。

牛脹 ngau[4] dzin[2] 帶筋的牛腿肉。

牛精 ngau[4] dzing[1] 蠻橫；蠻不講理：佢份人好～，成日同人打交【他那人很蠻橫，經常跟人打架】。

牛證 ngau[4] dzing[3] 股票市場術語。看好某種股票會升值而買入的證券。（參見「牛熊證」條）

牛嚫牡丹——唔知味道 ngau[4] dziu[6] maau[5] daan[1] m[4] dzi[1] mei[6] dou[6]【歇】牛吃牡丹，品不出味道。比喻人不識好歹或暴殄天物（經常不講出下句）：你請佢食鮑魚，佢都係～，唔識欣賞【你請他吃鮑魚，他也吃不出甚麼味道，徒然是暴殄天物】。

牛耕田，馬食穀，老竇搵錢仔享福 ngau4 gaang1 tin4 ma5 sik9 guk7 lou5 dau6 wan2 tsin2* dzai2 hoeng2 fuk7【俗】牛耕田，馬吃穀，老爸掙錢兒享福。比喻上一代辛勤勞動積累財富，為下一代能過好日子，是自然不過的事。

牛噉眼 ngau4 gam2 ngaan5 眼睛瞪得跟牛眼似的，形容人因意外或憤怒而瞪大雙眼的樣子：你～望住我做乜嘢呀？唔識我呀【你眼睛瞪得跟牛眼似的望着我幹嘛？不認識我了】？

牛記 ngau4 gei3 【謔】牛頭褲（短褲）的戲稱：着住～出街【穿着短褲上街】。

牛記笠記 ngau4 gei3 lap7 gei3【謔】穿「牛頭褲（短褲、褲衩）」和「笠衫（背心、汗衫）」。引指穿着隨意：咪睇佢係個律師，平時落街都係～咋【別看他是個律師，平時上街也穿得很隨便】。

牛頸 ngau4 geng2 固執；執拗；固執己見：聽下人勸，唔好淨係得鋪～【聽聽人家勸告，別再這麼固執任性了】！

牛高馬大 ngau4 gou1 ma5 daai6 人高馬大：你咁～，唔去打籃球真係嘥料【你這麼人高馬大的，不去打籃球真是浪費人材】！

牯 ngau4 gu2 公牛。

牛工 ngau4 gung1【俗】既辛苦報酬又低的工作：而家失業率咁高，有份～都好過冇吖【現在失業率這麼高，有份工資不高的苦力活都比沒有好啊】。

牛公 ngau4 gung1 公牛。

牛河 ngau4 ho2* 牛肉（片）炒沙河米粉的省稱。這是粵式食肆最常見的主食之一。

牛熊證 ngau4 hung4 dzing3 股票市場術語。「牛證」和「熊證」的合稱，是投資市場上一種結構性信託投資產品。投資者看好相關資產的表現，就購入「牛證」；反之則購入「熊證」。牛熊證可以使投資者投入較少資金便能追蹤相關資產價格的表現而獲利，但也有一定風險。

牛一 ngau4 jat7 生日。「生」字可拆為「牛」字和「一」字：佢今日～【他今天生日】。

牛油 ngau4 jau4 黃油（從牛奶或奶油中提煉出來的油，淡黃色，主要成份為脂肪，常用以塗抹麵包）。

牛油紙 ngau4 jau4 dzi2 俗稱「硫酸紙」，紙質較堅實，半透明，耐熱防水，適用於設計繪圖，也可作烤爐用紙。這是英語 butter paper 的意譯詞。

牛油果 ngau4 jau4 gwo2 鱷梨，一種堅果。原產美洲，皮呈淡綠或淡黃色，果肉粘稠似牛油，色、味也略與牛油相似。

牛肉乾 ngau4 juk9 gon1【謔】香港警察對違反交通規則（如在禁停路段停車等）的車輛發出的罰款通知書，通常張貼在違例車的車身上。因其大小如一塊牛肉乾，故稱：亂咁泊車好易收到～【亂停車很可能收到罰款通知書】。

牛乳 ngau4 jy5 一種食品。把牛奶煮熱後加醋使之凝結，再壓成餅乾狀，泡在鹽水中，取出後即可食用。

牛欄 ngau4 laan4 牛圈；牛棚；養牛的簡陋房屋。

牛柳 ngau4 lau5 牛裏脊肉。

牛脷 ngau4 lei6 牛舌頭。

牛力 ngau4 lik9 牛一般的力氣；猛而死板的力氣；蠻力；蠻勁：佢得鋪～，搬嘢橫衝直撞撞到人都唔理【他光有股子蠻勁，搬東西橫衝直撞的撞了人也不管】。

牛郎 ngau4 long4【婉】男妓的別稱。

牛孖筋 ngau4 ma1 gan1 牛蹄筋。又作「牛筋」。

牛奶蕉 ngau4 naai5 dziu1 香蕉的一種，細小，淡黃色，皮薄，香甜。

牛奶嘴 ngau4 naai5 dzoey2 ❶ 幼稚無知的人：我個仔仲係～，以後要你多多指點【我兒子還幼稚無知，以後請你多多教導他】。❷ 戲稱剛入行的人；需要別人扶持的人。

牛腩 ngau4 naam5 牛腹部的肉。又作「牛白腩」。

牛唔飲水唔撳得牛頭低 ngau4 m4 jam2 soey2 m4 gam6 dak7 gau4 tau4 dai1 牛不想喝水就不可能把牛頭摁下去，比喻凡事不可勉強他人，或自已若不願意別人也勉強不了：啲人貪小便宜至會咁容易畀人呃啫，～【人都愛貪小便宜，才會輕易被欺騙，自己不情願，別人又怎麼強迫得了】。

牛扒 ngau4 pa2* 牛排（西餐菜式）。

牛皮 ngau4 pei4 股票市場術語。指市場交投不興旺，股價升跌的幅度小且反反覆覆，投資者持觀望態度的狀態。

牛皮燈籠——點極都唔明 ngau4 pei4 dang1 lung4 dim2 gik9 dou1 m4 ming4【歇】用牛皮蒙的燈籠，點着了也不明亮。「點唔明」語意雙關，比喻無論怎樣指點都不明白：我點教佢都唔識用吸塵器，真係～【我怎麼教他都不會用吸塵器，真是死腦筋，老不開竅】。

牛皮賬 ngau4 pei4 dzoeng3 長期拖欠難討回的欠賬：我至驚追埋呢啲～嘞【我最怕跟別人追討這種長期拖欠的舊債】。

牛皮膠 ngau4 pei4 gaau1 用牛皮或豬皮熬成的膠。

牛屎龜 ngau4 si2 gwai1 屎殼螂，因其常把牛糞等滾成球形，故稱。

牛市 ngau4 si5 股票市場術語。指股票市場興旺，股價上升，投資者交易活躍。英語 bull market 的意譯詞。

牛頭褲 ngau4 tau4 fu3 較寬的、褲頭要綁上褲帶的短褲，後引指束橡皮筋和皮帶的短褲。

牛腸 ngau4 tsoeng2* ❶ 牛的腸子。❷ 牛肉腸粉（即蒸牛肉米卷粉）之省稱。

牛王 ngau4 wong4 橫行霸道：你咁～抵畀先生罰【你這麼霸道，活該被老師處罰】。

牛王頭 ngau4 wong4 tau4 ❶ 橫行霸道；肆無忌憚的人。❷ 淘氣調皮的小孩子。

吽 ngau6 蠢笨；愚蠢；遲鈍：佢個人好～，唔夠醒目【他這人很遲鈍，不夠聰明靈活】。

吽哣 ngau6 dau6（發）愣；（發）呆：仲唔去刷牙洗面，坐係度發乜嘢～【還不去刷牙洗臉，坐在這兒發甚麼愣】？

□□ nge4 nge1 ❶ 象聲詞，拉胡琴的聲音。❷ 引申指胡琴：邊個喺度拉～【誰在拉胡琴】？

屙 ngo1 ❶ 拉；撒；放（指排洩）：～屎【拉屎】｜～尿【撒尿】｜～屁【放屁】。❷ 拉肚子；拉稀：今日我～咗七八次【今天我拉了七八次肚子】。

屙蛋 ngo1 daan2* 本意為下蛋，喻指守門員從胯下漏掉來球而使球漏進本方球門。

屙啡啡 ngo1 fe4 fe2* 拉稀。同「屙 ❷」。

屙羊咩屎 ngo¹ joeng⁴ me¹ si² 便秘，大便乾硬，呈球形，像羊屎球兒。

屙屎唔出賴地硬 ngo¹ si² m⁴ tsoet⁷ laai⁶ dei⁶ ngaang⁶ 拉不出屎就埋怨地面太硬（以前鄉村地區可隨地大小便，故稱），喻指怨天尤人，把不如意、失敗的原因歸咎於客觀、外部條件不好：你自己唔溫書，考試唔合格就賴啲題目出得唔好，真係～【你自己不好好複習，考試不及格就怪題目出得不好，可真會推卸責任】。

屙噓噓 ngo¹ sy⁴ sy²* 小便；拉尿尿（兒語）。

屙肚 ngo¹ tou⁵ 拉稀。同「屙 ❷」。

鵝公喉 ngo⁴ gung¹ hau⁴ 公鴨嗓子（嗓音沙啞）：佢把嗽嘅～點上得台唱歌【他那公鴨嗓子怎麼能上台唱歌】？

我哋 ngo⁵ dei⁶ 我們；咱們。

臥底 ngo⁶ dai² ❶ 警方安排的打入犯罪集團或任何組織，以掌握內情，有助破案的人員。❷ 潛入敵對組織或機構以掌握情報的人員。意近「間諜」。

餓狗搶屎 ngo⁶ gau² tsoeng² si² ❶ 形容不擇手段劇烈競爭的醜態：呢班人一見平嘢就好似～噉搶購【這幫人一見便宜貨就好像餓狗搶糞吃一樣搶購】。❷ 狗吃屎，嘴啃泥（形容人跌倒，嘴巴碰到地上）：佢跌落地就好似～噉【他摔了一個狗吃屎】。

餓過飢 ngo⁶ gwo² gei¹ 餓過了勁兒（指吃飯時間過了太久還沒吃，反而不覺餓了）。

藹 ngoi² （用聲音）哄嬰兒：～下個啤啤【哄哄嬰兒】。

愛 ngoi³ 要：我～一碟炒麵，再～一個湯【我要一碟炒麵，再要個湯】。｜我唔～咁多【我不要這麼多】。

愛滋病 ngoi³ dzi¹ beng⁶ 艾滋病。英語縮寫詞 AIDS 的音譯。

愛情長跑 ngoi³ tsing⁴ tsoeng⁴ paau² （比喻）長時間地談戀愛而又不結婚：佢哋終於結束～，宣布今年結婚【他們終於結束那麼多年的戀愛日子，宣布今年結婚】。

呆鈍 ngoi⁴ doen⁶ 愚鈍；愚笨：佢唔係～，只係內向啲啫【他不是愚鈍，只是比較內向】。

外便 ngoi⁶ bin⁶ 外邊；外面。你去睇下～點解咁嘈【你去外面看看為啥這麼吵】。

外表斯文，內裏 open ngoi⁶ biu² si¹ man⁴ noi⁶ loey⁵ ou¹ pan⁴ 看外表很斯文，內在性格卻是豪放不羈。我以為佢係乖乖女，原來佢～【我以為她是個乖女孩，原來她是外表斯文，實質上很豪放】。

外底 ngoi⁶ dai² 外面。同「外便」。

外地勞工 ngoi⁶ dei⁶ lou⁴ gung¹（來自香港以外國家或地區的）外來勞工。簡稱「外勞」。

外展 ngoi⁶ dzin² ❶ 拓展訓練（一種以培養積極人生態度、面對逆境能力以及團隊精神等為目的的體驗式訓練活動）。這是英語 outward bound 的意譯詞。❷ 社會福利機構針對邊緣青少年的一種地區服務，主要形式是在公共場所接觸工作對象進行個別輔導工作。

外快 ngoi⁶ faai³ 兼職的收入：唔搵啲～，邊度夠使呀【不找點額外收入，哪兒夠花呀】？

外發工 ngoi⁶ faat⁸ gung¹ 由家庭承包、在家裏進行手工生產的人員。

外埠 ngoi6 fau6 外國；外國城市：阿爺好細個就去～搵食【爺爺很小的時候就到外國謀生】。

外父 ngoi6 fu2* 岳父；丈人（引稱）。

外家 ngoi6 ga1 娘家。

外嫁女 ngoi6 ga3 noey2* 已嫁出去的女兒。

外江佬 ngoi6 gong1 lou2 外省人。

外勞 ngoi6 lou4「外地勞工」的省稱。

外賣 ngoi6 maai6 飲食行業術語，指顧客不在餐廳、飯店吃喝，而是買了酒菜打包帶走。

外母 ngoi6 mou2* 岳母；丈母娘（引稱）。

外母見女婿，口水嗲嗲渧 ngoi6 mou2* gin3 noey5 sai3 hau2 soey2 de4 de2 dai3【俗】岳母見女婿，口水往下滴。形容非常高興。

外母乸 ngoi6 mou2* na2【謔】丈母娘：我點敢得罪～呀【我怎麼敢開罪丈母娘】？

外判 ngoi6 pun3 工作或任務給非本單位的人承包：而家好多工程都係～嘅【現在很多工程都是請外面的人承包】。

外甥多似舅 ngoi6 sang1 do1 tsi5 kau5【俗】外甥的相貌往往跟舅舅相似。

外太公 ngoi6 taai3 gung1 外曾祖父（父母的外祖父）。

外太婆 ngoi6 taai3 po2* 外曾祖母（父母的外祖母）。

外援 ngoi6 wun4 外來援助，特指本地運動隊中來自外國的運動員。

礙口 ngoi6 hau2 口吃；結巴：佢有少少～，講嘢唔係好清晰【他有點兒結巴，說話不太清晰】。

惡 ngok8 ❶ 兇：我又冇做錯嘢，做乜嘢咁～呀【我又沒做錯事，幹嘛這麼兇】？❷ 生氣；（發）火：唔好激到佢～晒【別逗得他生氣了】。｜唔好發～，有嘢慢慢講【別發火，有事慢慢說】。❸ 難：呢件事好～搞【這事兒很難辦】。｜嗰家人好～相與【那家人很難相處的】。

惡補 ngok8 bou2 短時間內拼命補習所缺的知識：佢要移民外國，呢排喺度～英文【他要移民去外國，最近正拼命補習英語】。

惡作 ngok8 dzok8 難辦；難處理：件事如果畀阿爺知道就～喇【這事要是讓爺爺知道就難辦了】。

惡瞓 ngok8 fan3 睡覺不安寧（常指小孩）：你細個嗰時好～【你小時候睡覺挺不安穩的】。

惡亨亨 ngok8 hang1 hang1 兇巴巴的：佢衝入嚟～噉指住我鬧【他衝進來兇巴巴地指着我罵娘】。

惡爺 ngok8 je1* ❶ 惡霸；惡少（指性情暴躁的小孩）。❷ 兇惡；霸道：他好～，啲同學都怕咗佢【他很霸道，同學們都怕了他】。

惡爺頭 ngok8 je1* tau2* 同「惡爺 ❶」。

惡哽 ngok8 kang2 ❶ 難以下嚥：呢個饅頭已經又乾又硬，真～【這個饅頭又乾又硬，難以下嚥】。❷ 難以承受；難以接受：呢單嘢要我哋接手，好～喎【這件事要我們接手，確實難辦】。

惡死 ngok8 sei2 ❶ 惡；兇惡：佢咁～，鬼都怕啦【他這麼兇，鬼都怕他】。❷ 不好說話的；不好打交道的，故意刁難人的：海關嗰個肥佬好～，我哋要避開佢先得【海關那個大胖子挺難打交道的，咱們得避開他才行】。

惡死睖瞪 ngok8 sei2 lang4 dang1「死」又音 si2。惡狠狠的：佢～噉望住我【他惡狠狠地望着我】。

惡揗揗 ngok8 tan4 tan4 兇巴巴的：你當時個樣～噉好得人驚【你當時兇巴巴的樣子好嚇人】。

頟 ngok9 抬（頭）；仰；昂（首）：～高頭【抬起頭】。

樂季 ngok9 gwai3 樂團表演季節。

鱷魚潭 ngok9 jy4 taam4 ❶ 有大量鱷魚的深潭。❷ 喻指在商場上興風作浪的「鱷魚頭」出沒的場所（如某些餐廳、酒店）。

鱷魚頭 ngok9 jy4 tau4 ❶ 喻指十分兇狠殘暴的人。❷ 喻指在商場上倚仗財勢興風作浪以吞噬同行、霸佔市場的巨商。

安 ngon1 ❶ 編造；捏造：生～白造【胡編亂造，憑空編造】｜佢亂～你就信【他瞎編你就信了】？❷ 強加；栽（罪名）：呢個罪名係你哋～畀我嘅，我冇做過【這個罪名是你們硬栽給我的，我沒做過】。❸ 量詞。「安士（盎斯）」的簡稱：一～奶。

安家費 ngon1 ga1 fai3 ❶ 黑社會組織成員因犯罪潛逃或入獄後，該黑社會組織發給其家屬的生活費。❷ 政府或某組織向事件受害者發放的供安家的費用：木屋區大火，政府會有一筆～發畀啲災民應急【木屋區火災，政府會先發給災民一筆安家費應急】。

安人 ngon1 jan4 舊時指婆婆（丈夫的母親）。

安樂 ngon1 lok9 ❶ 安心；放心：你冇事我就～喇【你沒事我就安心了】。❷ 快活；快樂；心情舒暢：而家啲仔女個個都成家立業，你～晒喇【現在子女個個都成家立業了，你夠快活了吧】？❸ 安寧；安定：係人都想有啖～茶飯食㗎啦【人人都想平平安安地過衣食無憂的日子啦】。

安樂茶飯 ngon1 lok9 tsa4 faan6 安穩快樂的生活；安寧平靜的生活：佢幾個仔爭老竇份遺產，搞到家嘈屋閉，冇啖～好食【她幾個兒子爭奪老爹的遺產，搞得家裏沸反盈天的，想過安寧平靜的生活都不行】。

安老院 ngon1 lou5 jyn2* 香港安置老年人的社會福利機構，也稱「養老院」、「老人院」。

安名 ngon1 meng2* 起名；命名；取名字：請阿爺幫個孫仔～好正常嘅啫【請爺爺給孫兒起名很正常的嘛】。

安士 ngon1 si2* 盎斯（十六分之一磅）。英語 ounce 的音譯詞。

安全套 ngon1 tsyn4 tou3（男用）避孕套。

按 ngon3 押；抵押：將間樓～畀銀行【把房屋抵押給銀行】。

按揭 ngon3 kit8 以將要購買的房屋的產權作為抵押向銀行貸款買房子。

案底 ngon3 dai2 犯案記錄：犯刑事案會留～【犯刑事案會留犯案記錄】。

腤 ngong3 酸菜變質後的臭味。

蕹菜 ngong3 tsoi3 又作 ngung3 tsoi3。空心菜，俗稱通菜。

戇 ngong6 ❶ 傻；笨：你都～嘅，份工人工咁高你都唔做【你真傻，這份工作工資那麼高你還不幹】！❷（不幹正經事而去）胡混；瘋：有書唔讀，唔知去邊度～咗成朝【有書不讀，不知去哪兒瘋了一個上午】。

戇直 ngong6 dzik9 為人老實憨厚而過於耿直，不通人情世故：佢係有啲～嘅啫，唔係有心落你面【他是為人憨厚不懂世故而已，不是有意讓你丟臉】。

戇鳩 ngong⁶ gau¹「戇居」的粗俗說法。笨蛋；蠢貨。意近北方話的「傻逼」。「鳩」指男性生殖器。

戇居 ngong⁶ goey¹ 傻瓜；傻冒；笨蛋：噉嘅爛鬼嘢你都買？真係～【這種破爛貨你也買？真傻冒】。

戇居居 ngong⁶ goey¹ goey¹ 傻裏傻氣；傻頭傻腦；傻呼呼的：～企喺度做乜嘢呀【傻頭傻腦地站在這兒幹嘛】？

撳 ngou⁴ 搖：唔好～嗰裔樹【別搖那棵樹】！｜～下樽香檳至開蓋【搖搖這香檳酒再開蓋】。

屋 nguk⁷ 房子：買～【買房子】｜間～有兩房一廳【這套房子有兩房一廳】。

屋主 nguk⁷ dzy² 業主；房東。

屋苑 nguk⁷ jyn² 住宅小區（一般用於指稱私營房屋）。

屋契 nguk⁷ kai³ 房屋產權證明書。同「樓契」。

屋企 nguk⁷ kei²* 家；家裏：返～【回家】｜喺～食飯【在家裏吃飯】。

屋漏更兼連夜雨 nguk⁷ lau⁶ gang³ gim¹ lin⁴ je⁶ jy⁵【俗】屋漏偏遭連夜雨。喻指已經很困難，偏偏又遭到更倒霉的事情：佢啱啱冇咗份工，老婆又病咗要入院，真係～【他剛失業，老婆又生病住院，真是屋漏偏遭連夜雨】。

屋邨 nguk⁷ tsyn¹ 住宅小區（一般指公營房屋）：我係～大【我在公共房屋的環境裏長大】。

壅 ngung¹ ❶ 埋：搵啲沙～住個金幣【用沙把金幣埋好】。❷ 培土：啲花要～多啲泥【那些花要培多點兒泥土】。

挵 ngung² 推：～開度門【推開門】｜～嚟～去【推來推去】。

甕缸 ngung³ gong¹ 大缸；大甕；大陶甕。

呢 ni¹ 這：～件事【這件事】｜～幾年【這幾年】｜～幾個人【這幾個人】。

呢便 ni¹ bin⁶ 這邊；這一邊：～有位【這邊有位置】。

呢度 ni¹ dou⁶ 這兒；這裏；這個地方：～擺床，嗰度擺櫃【這兒放床，那兒擺櫃子】。｜～要講英文【在這兒得說英語】。

呢度講呢度散 ni¹ dou⁶ gong² ni¹ dou⁶ saan³ 這裏説完就算了（不要再往外傳）：佢欠債呢件事，～【他欠債的事，這裏説完就算了】。

呢陣 ni¹ dzan⁶ 又作 ni¹ dzan²*。現在；這時候；這會兒。又説「呢陣時」：～輪到你講【現在輪到你說】。｜～仲邊有人用毛筆寫信【如今哪裏還有人用毛筆寫信的呢】。

呢隻嘢 ni¹ dzek⁸ je⁵【俗】這傢伙：～又唔知去咗邊【這傢伙又不知上哪兒去了】。

呢槓嘢 ni¹ lung²* je⁵ 這種事兒；這種把戲：我識穿你～，唔會再上當嘞【我識破了你（玩的）這種把戲，不會再上當了】。

呢排 ni¹ paai⁴ 這陣子；這一陣；近來。又說「呢輪」、「呢駁」：～好少見你嘅【這一陣子很少見到你】。

呢處 ni¹ sy³ 這裏。同「呢度」。

搦 nik⁷ ❶ 拿：你～住乜嘢【你拿着甚麼東西】？｜～去邊【拿去哪兒】？❷ 提；提溜；拎：～住條魚【提溜着一條魚】｜～住個袋【拎着袋子】。

拈花惹草 nim1 fa1 je5 tso2 沾花惹草，喻指男性對異性的不檢點行為。

黏 nim4 貼；粘貼：～郵票【貼郵票】｜張告示～喺門口【這張告示粘貼在門口】。

唸口黃 nim6 hau2 wong2* 反複背誦（文章、詩歌、順口溜等），引指不求甚解的、機械化的誦讀：細個嗰陣時成日聽大佬～，我都學識唔少【小時候整天聽哥哥背誦文章詩歌，我都學會了不少】。

𡃁 nin1 ❶ 乳房。❷ 奶；奶水：食～【吃奶】｜冇～【沒奶水】。

撚（捻） nin2 ❶ 捏：佢～下個細佬哥嘅面珠【他捏了捏小孩的臉蛋】。｜啲柿唔～得【柿子捏不得的】。❷ 卡；掐（脖子）：～頸【卡脖子】｜～死佢【掐死他】。

年報 nin4 bou3 通常指有限公司向註冊機構提交的年度報告，交代公司業績和財務狀況等。

年紀大，機器壞 nin4 gei2 daai6 gei1 hei3 waai6【俗】年紀大了，身體各器官功能衰退。「機器」比喻身體機能。

年結 nin4 git7 年度財務結算。

年晚 nin4 maan5 農曆年底：～錢，飯後煙【歲末的錢，飯後的煙（比喻最及時、最需要的東西）】。

年晚煎堆——人有我有 nin4 maan5 dzin1 doey1 jan4 jau5 ngo5 jau5【歇】過年時的煎堆（一種油炸食品），別人有我也有。亦作「歲晚煎堆——人有我有」。表示自己有的東西不特別，或不如別人，只是跟隨大眾，也要有一個：快啲娶番個老婆啦，～啫，唔使咁揀擇嘅【趕緊討個媳婦吧，早晚都要成家，你就不要再挑了】。

年尾 nin4 mei5 年底。

年卅晚 nin4 sa1 maan5 農曆除夕：～個個都返屋企食團年飯【大除夕人人都回家吃年夜飯】。

年生 nin4 saang1 年庚；生辰八字（人出生的年、月、日、時辰）。

年薪 nin4 san1 年總收入；全年工資：佢～成百萬【他一年的工資上百萬】。

年宵 nin4 siu1 同「年宵市場」：行～【逛花市】。

年宵市場 nin4 siu1 si5 tsoeg4 春節期間的盛大鮮花集市，即花市，一般從農曆十二月二十四開始延續到正月初一清晨。逛花市買花，是粵港一帶極富特色的風俗之一。

> 【小知識】香港的年宵市場由政府舉辦，攤位公開競投，除了售賣年花，還有過年的裝飾物品、玩具、食品等。全港各區的户外花市有十多個，最大的一個設於銅鑼灣維多利亞公園。

年頭 nin4 tau4 年初。

檸蜜 ning2 mat9 檸檬蜜糖水。這是茶餐廳常見的飲品之一。

檸茶 ning2 tsa4 檸檬茶。

寧教人打仔，莫教人分妻 ning4 gaau3 jan4 da2 dzai2 mok9 gaau3 jan4 fan1 tsai1【諺】寧可教人體罰孩子，絕對不要慫恿別人離婚。

寧欺白鬚公，莫欺少年窮 ning4 hei1 baak9 sou1 gung1 mok9 hei1 siu3 nin4 kung4【諺】寧可看不起老人，也不要看不起年輕人，哪怕他現在還很窮困：你唔好睇小呢班學生仔呀，～【你不要看不起這些學生，後生可畏呀】。

擰 ning⁶ ❶ 搖晃：～頭【搖頭】。❷ 扭；轉：～轉頭【扭過頭來】。❸ 同「扭 ❷」。旋：～實個樽蓋【把瓶蓋旋緊】。

擰轉 ning⁶ dzyn³ 扭；轉：～身【轉身】｜～塊面【轉過臉】。

擰轉頭 ning⁶ dzyn³ tau⁴ ❶ 扭頭；回頭：聽到後便有人嗌佢，佢即刻～【聽到後面有人叫他，他馬上回過頭來】。❷ 轉身：一見差佬，個賊即刻～走【一見警察，那個劫匪馬上轉身逃跑】。

擰歪面 ning⁶ me² min⁶ 扭轉臉，表示不同意或表示不滿意：同親佢講嘢佢都～【每回跟她說話都扭過臉去不理我】。

擰頭 ning⁶ tau²* 搖頭（表示不滿意，厭棄或婉惜等）：噉嘅水準都參賽，個個評判都～【這樣的水平都來參賽，所有裁判都搖頭】。

擰頭擰髻 ning⁶ tau⁴ nin⁶ gai³ 搖頭晃腦；使勁搖頭：我問過佢，佢～唔肯講【我問過他，他一個勁搖頭不肯說】。

呬 nip⁷ 低於周圍，同「凹」。

嫋 niu¹ 細長；瘦長：你咁～，打籃球就瘦得滯，練跳水又高得滯【你這麼又瘦又高的，打籃球嫌太瘦，練跳水又嫌太高】。｜枝竹竿咁～唔做得旗杆【這枝竹竿這麼細不能做旗杆】。

嫋嫋瘦瘦 niu¹ niu¹ sau³ sau³ 瘦瘦長長的；細細長長的。

嫋瘦 niu¹ sau³ 身材瘦小；又弱又瘦：你個孫女好～【你孫女又弱又瘦】。

鳥籠 niu⁵ lung⁴ 喻指安裝在馬路旁用於拍攝交通違例車輛的紅外線攝影機。

尿兜 niu⁶ dau¹ 廁所用的站式小便器。

尿遁 niu⁶ doen⁶【諧】借拉尿為由溜之大吉。亦作「借尿遁」：呢條友一早就～嘞【這小子早就借拉尿為名溜了】。

尿急 niu⁶ gap⁷ 急於小便；小便急了；憋着大量的尿：細佬哥～【小孩子小便急了】。

尿泡 niu⁶ paau¹ 膀胱：豬～【豬膀胱】。

尿片 niu⁶ pin²* 又簡稱「片」，指尿布。

尿壺 niu⁶ wu²* 夜壺：而家城市人好少用～咯【現在城裏人都很少用夜壺了】。

挼 no⁴ 搓洗（衣服）：衫袖、衫領要～下先再落洗衣機洗【衣袖、領子要先搓一搓再放洗衣機洗】。

糯米雞 no⁶ mai⁵ gai¹ 粵式茶樓常見食品之一。用荷葉包裹着糯米，中間放雞肉（一般為雞翅膀）、鹹蛋黃、冬菇等蒸製而成。

糯米屎忽 no⁶ mai⁵ si² fat⁷【諧】糯米屁股，指人到別人家做客時久坐不去，好像屁股粘在椅子上似的：呢個～一嚟，睇怕今晚想早啲瞓都唔得喇【這個坐下就起不來的老兄一到，恐怕今晚想早點兒睡都不行了】。

糯米糍 no⁶ mai⁵ tsi⁴ ❶ 糯米粉做的糍粑。❷ 荔枝的一個品種，核小，肉厚，味甜，是最好的品種之一。

娘 noeng¹* 俗氣：佢套衫咁～喫【她這身打扮太俗氣了】。

娘爆 noeng¹* baau³ 俗氣到極點；俗氣極了。

女 noey¹* 撲克牌中的「Q」。英語 queen（女王）的意譯：紅心～【紅心圈兒】。

女 noey²* ❶ 女兒：佢有一個～去咗美國【他有個女兒去了美國】。❷ 女孩；姑娘。同「仔（男孩）」相對：啤啤～【女嬰】｜～大十八變【女孩子大了就大變樣】。❸【俗】專用於指女友（量詞為「條」）：

佢係你條～呀【他是你女朋友嗎】？❹作詞綴，指有某種特性、身份等的女性：飛～【女阿飛】｜吧～【酒吧女郎】｜辣椒～【潑辣的女人】。❺撲克牌中的Q。同「女（noey¹）」。

女包 noey²* baau¹ 黃毛丫頭，丫頭片子：死～【死黃毛丫頭】｜衰～【死丫頭片子】。

女仔 noey⁵ dzai² ❶女孩；姑娘：五歲～就咁高【五歲女孩這麼高】？｜佢同你哋部門一個～拍緊拖【他跟你們部門一個姑娘正談戀愛】。❷指處女。

女仔之家 noey⁵ dzai² dzi¹ ga¹ 女孩子家：～唔好隨便去人哋屋企過夜【姑娘家別隨便上別人家過夜】。

女界 noey⁵ gaai³ 女廁所（只作標示之用）。

女人街 noey⁵ jan²* gaai¹ 九龍旺角通菜街的俗稱，因店舖商品以女性服裝、飾物等商品居多，故稱。

> 【小知識】通菜街於1975年起闢為香港首個「小販認可區」，有大量路邊攤檔擺賣各類日用價廉和新穎的小商品或旅遊紀念品。早期售賣的物品以女性服裝、日用品和飾物為主，俗稱女人街。如今攤檔售賣的商品漸趨多元化，成為外地遊客觀光和購物地點。

女人湯圓 noey⁵ jan²* tong¹ jyn²*【謔】容易討女性喜歡的男人。

女優 noey⁵ jau¹ 女演員。這是來自日語的外來詞。

女強人 noey⁵ koeng⁴ jan⁴ 潑辣能幹或地位較高、較為強勢的女性：以前嘅細路女而家已經係個～【以前的小女孩兒現在已經是個有能力有地位的女人了】。

女權 noey⁵ kyn⁴ 婦女的權益：現代社會，～越來越受重視。

女伶 noey⁵ ling⁴ 舊時指曲藝團中的女藝人。

女童院 noey⁵ tung⁴ jyn²* 十六歲以下的女童罪犯接受監管和感化的地方。

內籠 noi⁶ lung²* 容器內部的空間；內部容量：呢個皮箱～唔大，淨係裝得幾套衫褲嘅啫【皮箱容量不大，只能裝幾套衣服】。

內鬼 noi⁶ gwai² 內奸；內部的吃裏扒外者：公司嘅秘密點會畀人知？實有～【公司的秘密怎麼會讓人家知道了？一定有內奸】。

內傷 noi⁶ soeng¹ 舊時指肺病。

耐 noi⁶ 久；時間長：要我等幾～呀【要我等多久】？｜好～唔見【好長時間沒見了】。

耐不耐 noi⁶ bat⁷ noi²* 時不時；偶爾：我～就返次鄉下【我時不時就回趟老家】。｜佢～都有嚟坐下嘅【他偶爾也會來坐坐】。

耐中 noi⁶ dzung¹ 同「耐唔中」。

耐唔中 noi⁶ m⁴ dzung¹ 偶爾；間或；不經常：我～都去打場波運動下嘅【我偶爾也去打場球運動一下】。

奈……乜何 noi⁶ mat⁷ ho⁴ 怎能奈何，拿……怎麼着：佢賴死唔走，你奈佢乜何【他賴着不走，你能拿他怎麼着】？

襛（浪） nong⁶ 又作long⁶。（褲子的）襠：褲～【褲襠】｜開～褲【開襠褲】。

努 nou⁵ 腹部用力鼓氣：我搏命～至屙得出屎【我拼命地用腹部鼓勁，才拉得出屎】。

腦囟 nou⁵ soen²* 囟門。

腦囟未生埋 nou[5] soen[2]* mei[6] saang[1] maai[4] 幼兒頭上的囟門還沒有長合攏，形容人年輕幼稚：你～，唔好牙擦擦【你還年輕幼稚，不要自以為很了不起】。

腦充血 nou[5] tsng[1] hyt[8] ❶ 腦溢血：佢老竇～死嘅【她老爸死於腦溢血】。❷ 腦部血管血液增多的病徵。

碌士 nuk[7] si[2]* 英語 notes 的音譯詞。筆記；講義。

燶 nung[1] ❶ 焦；煳：屋入便嘅嘢都燒到～晒【屋子裏的東西全燒焦了】。｜飯煮～咗【飯燒煳了】。❷（樹葉）枯黃；乾枯：天時咁熱，樹葉都曬～咗【天氣這麼熱，樹葉都曬枯黃了】。❸ 引申作挫折、失敗：炒股票炒～咗【炒股票炒虧了】。❹（臉色）黑；陰沉：你～起塊面畀邊個睇呀【你黑着臉給誰看呢】？

燶口燶面 nung[1] hau[2] nung[1] min[6] 黑着臉；哭喪着臉：今日大家咁開心，你唔好～噉掃大家興啦【今天大家這麼開心，你就別哭喪着臉掃大家興了。】

燶起塊面 nung[1] hei[2] faai[3] min[6] 板着臉：總經理成日～，人人都驚咗佢【總經理整天板着臉，令人生怕】。

暖粒粒 nyn[5] nap[7] nap[7] 又作「暖笠笠（lap[7]）」。暖烘烘的：加拿大雖然好凍，不過有暖氣，一入屋就～啦【加拿大雖然很冷，不過有暖氣，一進屋就暖烘烘的了】。

暖水袋 nyn[5] soey[2] doi[2]* 熱水袋。

暖水壺 nyn[5] soey[2] wu[2]* 熱水瓶；暖瓶。

暖壺 nyn[5] wu[2]* 同「暖水壺」。

嫩口 nyn[6] hau[2] 年紀小；年幼；幼稚：佢仲～，要慢慢教【他年紀還小，要慢慢教導】。

嫩雀 nyn[6] dzoek[2]* ❶ 新手：佢啱啱出嚟做嘢，仲係～【她剛出來工作，還是新手】。❷ 幼稚而容易上當的人：你啲花言巧語呃啲～就得，呃唔到我嘅【你的花言巧語訛騙幼稚無知的人可以，卻騙不了我】。

O

阿哩吉諦 o[1] li[1] gat[7] dai[3] 佛語。指有法力無邊的神佛保護，安樂也，用於遇不吉利之事時作安慰之語。也作「阿彌吉諦」，意近「阿彌陀佛」。

阿華田 o[1] wa[4] tin[4] 一種麥芽飲料的品牌。英語 Ovatine 的音譯。

柯打 o[1] da[2] 英語 order 的音譯詞。❶ 下命令：你幾時落～，我哋幾時開工【你甚麼時候下命令，我們就甚麼時候開工】。❷ 訂貨單；訂單：落～【下訂單 / 點菜】。

柯哥 o[1] go[6] 麻煩；多此一舉：件衫巢咗少少都話要換過，乜佢咁～？【衣服皺了一點兒都要另換一件，他怎麼這麼麻煩】？

柯佬 o[1] lou[2] 英語 oral 的音譯詞。口試；會話：聽日考英文～【明天考英語口試】。

柯式印刷 o[1] sik[7] jan[3] tsaat[8] 膠印，一種平板印刷技術，普遍用於書刊、報紙的印刷。與傳統的「絲網印刷」相對。

□ oet[9] ❶ 飽噎：打～【打飽噎】。❷ 象聲詞。打飽噎的聲音；引作表示不屑於別人的自誇，意近「飽死」。❸ 象聲詞。嘔吐的聲音，引指倒胃口。

p

派司 pa1 si4 英語 pass 的音譯詞。❶ 通行證。❷ 通過（考試、檢查等）。❸（考試）及格。❹ 橋牌術語：放棄叫牌。

派士鉢 pa1 si4 pot7 護照。英語 passport 的音譯詞。

扒 pa2* （西式的）煎肉排：豬～【豬排】｜牛～【牛排】｜鋸～【吃牛排或豬排（因其需以帶鋸齒之餐刀切開而得名）】。

扒房 pa2* fong4 以豬排、牛排等食品為主的西餐廳。

怕者 pa3 dze2 或者；恐怕：聽日～會落雨【明天或者會下雨】｜～嚟唔到喇【恐怕來不了了】。

怕咗你先至怕米貴 pa3 dzo2 nei5 sin1 dzi3 pa3 mai5 gwai3【俗】先怕了你，然後才怕米價貴，比喻害怕或討厭對方：你咁惡死，我～【你這麼兇，我怕你超過怕大米漲價】。

怕怕 pa3 pa3【俗】害怕；怕：一聽醫生話要打針我就～【一聽醫生說要打針我就害怕】。

怕醜 pa3 tsau2 害羞；害臊：佢係第一次上台唱歌，有啲～【她是第一次上台唱歌，有點兒害羞】。

怕醜草 pa3 tsau2 tsou2 含羞草。

扒 pa4 划（船）：～艇【划船】｜～快啲，追上去【快點兒划，追上去】。

扒逆水 pa4 jik9 soey2 逆水行舟，比喻做事不合時宜，或敢於反潮流：大家急住拋售存貨，呢條友居然～收貨，幾夠膽【大家急着拋售存貨，這小子居然敢一反常規地進貨，膽子挺大的】！｜人人都捧呢隊波，我偏偏～捧支榜尾隊【人人都捧這支球隊，我偏偏反潮流，捧排名末尾的這隊】。

扒龍舟 pa4 lung4 dzau1（端午節）划龍船。

扒頭 pa4 tau4 ❶ 超越；超前；搶到別人前頭（一般用於車船等交通工具或比賽）：開快啲，唔好畀後便架車～【開快點兒，別讓後面那輛車超前】。❷ 引申指弟妹先於兄姊結婚：你仲唔結婚，個妹扒你頭㗎喇【你還不結婚，妹妹要搶在你前面了】。

扒艇仔 pa4 teng5 dzai2 划船（一種水上消遣活動）：聽日我約咗朋友去～【明天我約了朋友去划船】。

扒錢 pa4 tsin2*（用貪污、索賄的方法）刮錢；撈錢：呢啲貪官淨係識得～【這些貪官就會自己撈錢】。

彝（扒） pa4 ❶ 盜竊；偷：超級市場好容易畀人～嘢【超級市場很容易給人偷東西】。❷ 引申指擅自拿別人的東西：邊個～咗我枝筆【誰拿走了我的筆】？

爬格仔 pa4 gaak8 dzai2【謔】寫稿：～動物【撰稿人；作家；文人】。

派 paai1* 同「夠派」。

派 paai3 投遞；派發；分發：～信【投遞信件】｜～單張【（在街頭）派發傳單或廣告】｜～帖【分發請帖】。

派台 paai3 toi4 音樂創作者或唱片經理人把新歌樣本分發到電台或提供給製作人，以作宣傳或推廣。歌手宣傳新歌時，也常用「派台」方式，這種歌稱「派台歌」。

派報紙 paai3 bou3 dzi1 （給訂戶）送報。

派街坊 paai3 gaai1 fong1 向鄰居或親戚朋友轉贈多餘的或用不着的東西：你攞晒返去，食唔晒咪攞去～囉【你全拿回去，吃不完拿去送人吧】。

派米 paai3 mai5 慈善機構向低收入階層或老年人無償派發大米。

派片 paai3 pin2* 向警察行賄：以前做小販賺得少，又要～，生活好艱難【以前做小販賺錢不多，又要給警察甜頭，生活挺艱難的】。

派籌 paai3 tsau2* 原意為（對到政府醫院就診的患者）分發按序就診的號碼牌。現也泛指向入場或申請者等分發號碼牌，以控制名額及次序。

派彩 paai3 tsoi2 給投注或買彩票中獎者分發獎金。

派位 paai3 wai2* 香港教育部門按學生的居住地區或考試成績，再通過電腦隨機分配程序，將其分配到指定學校就讀。

排 paai4 一段時間：呢～【這一陣子】｜先嗰～【前一段時間】｜有～【還有很長時間】。

排粉 paai4 fan2 食品名稱，乾米粉絲，排列成排包裝。

排架 paai4 ga2* 建築工地上腳手架、支撐架、升降架的總稱。

排期 paai4 kei4 ❶ 安排日期：除咗急救，去公立醫院做手術係要～輪候嘅【除了急救，在公立醫院做手術是要安排日期排隊等候的】。❷ 日程安排：上網查下影院嘅～，睇下今日有乜嘢戲睇【上網查查電影院的日程安排，看今天有甚麼片子看】。

排長龍 paai4 tsoeng4 lung4 排長隊：～買火車飛【排長隊買火車票】。

牌 paai4（營業或駕駛）執照；牌照：考車～【考駕駛執照】｜酒～【經營酒類生意的執照】。

牌品 paai4 ban2 打牌的品格、修養：佢輸親錢就發脾氣，好冇～【她輸了錢就發脾氣，打牌沒有打牌的品格修養】。

啪針 paak7 dzam1【俚】打毒品針；用注射器「吸」毒。

啪丸 paak7 jyn2【俚】服用軟性毒品。又稱「啪丸仔」：班衰人叫你～你千祈唔好做呀【那幫壞蛋叫你服用軟性毒品你可千萬別幹】！

拍 paak8 並排；並攏；拼合：兩個人～埋衝線，並列冠軍【兩個人並排衝線，並列冠軍】。｜幾張枱～埋嚟就可以開會喇【把幾張桌子拼起來就成會議桌了】。

拍得住 paak8 dak7 dzy6 比得上：我英文成績～佢，數學就唔得啦【我的英文成績可以比得上他，數學就不行了】。

拍檔 paak8 dong3 ❶ 合作；共事：公司決定咗派多個人嚟同你～【公司決定多派個人來跟你合作】。❷ 合拍；（合作）默契：打雙打要兩個人好～先得【打雙打（比賽）兩個人得配合默契才行】。❸ 伙伴；同事：我哋兩個係～【我們倆是同事】。

拍紙簿 paak8 dzi2 bou2*（沒有格子的）本子；簿子。「拍」是英語 pad（便箋，可一張一張撕下來的本子）的音譯；「拍紙簿」是音意合譯詞。

拍友 paak8 jau5 對攝影愛好者的稱呼：呢次戶外攝影活動，參加嘅～好多【這次戶外攝影活動，參加的攝影愛好者很多】。

拍爛手掌 paak8 laan6 sau2 dzoeng2 把手

掌都拍爛了，即拼命鼓掌：咁多大牌歌星出場，歌迷梗係聽出耳油，～啦【這麼多大牌歌星出場，歌迷當然大享耳福，拼命鼓掌了】。

拍馬 paak⁸ ma⁵ 策馬；鼓勁：佢一馬當先，後面嘅騎師搏命～追趕【他一馬當先，後面的騎師拼命策馬追趕】。｜你咁叻，我～都追唔上啦【你那麼棒，我再怎麼鼓勁還是趕不上】。

拍硬檔 paak⁸ ngaang⁶ dong³ 緊密合作；密切配合；同心協力：大家～，快啲搞掂單工程【大家同心協力，快點兒把工程幹完】。

拍散拖 paak⁸ saan² to¹ 隨意、變換戀愛對象：咁多年佢都係～，冇諗過結婚【這些年他都是隨意談談戀愛，沒想過結婚】。

拍心口 paak⁸ sam¹ hau² 拍胸口；拍胸脯。喻指作了保證：放心吖，冇把炮我唔會～嘅【放心吧，沒把握我不會跟你拍胸脯的】。

拍手掌 paak⁸ sau² dzoeng² 鼓掌：大家～歡迎貴賓【大家鼓掌歡迎貴賓】。

拍拖 paak⁸ to¹ 談戀愛；交男朋友或女朋友（原指兩船由一機動輪船拖帶並排航行）：你個女～未呀【你女兒交男朋友了嗎】？

拍拖報 paak⁸ to¹ bou³ 為促銷而一起出售的兩份報紙。通常在每天黃昏，報販會將不同的兩份報紙疊在一起，以一份的價格出售。

拍拖更 paak⁸ to¹ gaang¹ 指由男女兩人搭配着的值班或執勤安排（一般用於警隊）。

拍烏蠅 paak⁸ wu¹ jing¹* （店員沒事可幹，只好拿蒼蠅拍）打蒼蠅。形容買賣清淡，門可羅雀：你噉做生意法，唔～就奇【你這樣子做生意，不清淡才怪】。

泊車 paak⁸ tse¹ 停放車輛。「泊」為英語 park 的音譯：呢度唔准～【這兒不准停放車輛】。

泊位 paak⁸ wai²* 按規定可供停放車輛或船隻靠岸的位置：呢度冇～泊唔到車【這兒沒停車位停不了車】。

攀石 paan¹ sek⁹ 攀岩（運動項目之一）。

抨 paang¹ 攆；趕：～佢扯【趕他走】。

嘭 paang¹ 勻出；抽出一部份給別人或作別用：你食唔晒碗飯～啲畀我【你這碗飯吃不完勻點兒給我】。

鎄 paang¹ ❶ 平底（煎）鍋。英語 pan 的音譯詞。❷ 白鐵桶；白鐵罐：火水～【煤油罐】。

鎄呤 paang¹ laang¹ 象聲詞：啪；啪嚓；乓（東西掉地、撞擊或器物碰碎的聲音）：～一聲隻碗打爛咗【碗乓的一聲打破了】。

棚 paang⁴ ❶（建築用的）腳手架：拆～【拆腳手架】。❷ 量詞。排（用於牙齒）；群（用於指多人）：一～牙【一排牙齒】｜成～人等住你開飯【那麼多人等着你吃飯呢】。

棚架 paang⁴ ga²* （建築用的）腳手架；棚：搭～【搭棚】。

棚寮 paang⁴ liu⁴ 竹棚；茅棚；葦棚：以前建築工人住～係好常見嘅事【以前建築工人住竹棚是很常見的事兒】。

棚尾拉箱 paang⁴ mei⁵ laai¹ soeng¹ 戲班用語。原指戲班演員剛剛退場就急忙將道具裝箱，不等劇終謝幕就匆忙離開（「棚尾」指戲台左側演員下場時退場的位置）。引指中止活動緊急撤離或偷偷溜走：佢見勢色唔對，一早就～嘞【他見情況不妙，早就偷偷溜走了】。

棚屋 paang⁴ nguk⁷ 一種用木板、鐵皮為主要材料搭建而成的水上住宅。

【小知識】棚屋特指香港離島大澳漁民在岸邊的海床上搭建的簡陋住房。這種住房以葵葉、竹竿、木板、鐵皮等興建，以木柱固定於水面之上，屋與屋之間以木橋相連。大澳的棚屋有二百多年歷史。現在這類房屋已成大澳島一大建築特色，成為其旅遊資源。

蟛蜞 paang⁴ kei²* 一種生活在水田裏或水溝邊的小螃蟹。

拍拿 paat⁷ na⁴ 又寫作「派乸」。同伴（通常指舞伴）；伙伴。英語 partner 的音譯詞：帶埋～去呀【要帶舞伴去啊】！｜我係佢生意上嘅～【我是他的生意伙伴】。

泡 paau¹ 量詞。❶ 用於腮幫子：揦起～腮【鼓起個腮幫子】。❷ 用於大小便：一～尿。

泡打粉 paau¹ da² fan²（用以使食物膨脹的）發粉；起子。英語 powder 的音意合譯詞。

拋浪頭 paau¹ long⁶ tau⁴ 虛張聲勢嚇唬人：仲喺度～？你嘅底我都起清晒啦【還在這嚇唬人？你的底細我全摸清楚了】。

拋生藕 paau¹ saang¹ ngau⁵ 指女人甜言蜜語向男性賣俏、撒嬌。又作「賣生藕」：唔使喺我面前～啦，有乜嘢事要幫手，講啦【甭在我跟前撒嬌賣俏的，有啥事要幫忙的，說吧】。

跑街 paau² gaai¹ 店舖負責買貨、接貨的人。又作「走街」。

跑馬 paau² ma² ❶ 賽馬：我哋聽日去沙田睇～【我們明天到沙田看賽馬】。❷ 騎着馬跑：行船跑馬三分險【駕駛船隻（乘船）、騎着馬跑都有一定的危險】。

跑馬射蚊鬚 paau² ma² se⁶ man¹ sou¹【俗】騎在奔馳的馬上射蚊子的「鬍子」，比喻事情極難，成功希望極渺茫：要班劫機者自動投降，我睇都係～㗎啦【要那幫劫機者自動投降，我看希望很渺茫】。

刨 paau²* ❶ 礤床（把瓜果刨絲的器具）。❷ 刨子；刨刀。

炮 paau³【俗】槍：搵～【拔槍】｜孭住枝～【背着一枝槍】。

炮仔 paau³ dzai² 用鐵仿造的武器，裝火藥，鐵砂燃放，劫匪用來當手槍用。亦引指手槍。

炮製 paau³ dzai³ 收拾；折騰（多用於對小孩）：日日掛住玩，考試就唔合格，睇你老竇返嚟點～你【天天就想着玩，考試就不及格，看你爸回來怎麼收拾你】。

炮仗 paau³ dzoeng²* 鞭炮；炮竹；爆竹：燒～【放炮竹】。

炮仗頸 paau³ dzoeng²* geng² 喻指脾氣火爆，亦指脾氣火爆者：呢個～，真係一激就爆【這個霹靂火，真是一點就着】。｜【歇】～——爆完至安樂【炮仗脾氣，非爆發出來不可】。

炮仗引 paau³ dzoeng²* jan⁵ 爆竹的火藥線；導火線：你唔好整濕～【你不要弄濕爆竹的導火線】。

炮樓 paau³ lau⁴（監獄、村莊、有錢人的莊園等的）守望台；碉堡。

泡 paau3 一種烹飪法，用油將食物慢火燙熟：油～蝦仁【用油慢火煮熟蝦仁】。

泡油 paau3 jau4 過油。一種烹飪方法，先用熱油將食物稍稍泡過：你將啲魚片泡下油先【你先把魚肉片過過油】。

刨花 paau4 fa1 含有油性的木料刨出的成捲狀的薄片。這種刨花浸水後，水帶油性，可用以梳頭。（其他一般木頭刨出的薄片叫「刨柴」，與「刨花」有別。）

刨書 paau4 sy1 啃書本：等到要考試先～，遲唔遲啲呀【臨近考試才啃書本，太遲了吧】？

刨柴 paau4 tsaai4 刨木料時刨出的成捲狀的薄片：你攞啲～嚟透火【你去拿薄木片來生火】。

㓟（批） pai1 削：～蘋果【削蘋果皮】｜～鉛筆【削鉛筆】。

㓟個頭落嚟畀你當凳坐 pai1 go3 tau4 lok9 lai4 bei2 nei5 dong3 dang3 tso5【俗】把頭砍下來給你當凳子坐。指敢於用性命來打賭，證明對自己的判斷很有信心：佢實唔會攞咁大筆錢出嚟啦，如果佢肯，我～【他絕不會拿這麼大一筆錢出來，百分之百不會，我人頭打賭】！

批 pai1 派（有餡的西式餅食）。英語 pie 的音譯詞：蘋果～【蘋果派】。

批盪 pai1 dong6 ❶（在屋頂天花和牆面上）抹灰以作為粉刷的基礎：用石膏粉～就光滑啲【用石膏粉抹牆就光滑點兒】。❷ 屋頂天花和牆面上的粉刷層或油漆層：屋頂嘅～甩咗落嚟【房頂的油漆層脫落了下來】。

批中 pai1 dzung3 估計到；預計到；料到：今次美金暴跌，我一早就～啦【這次美金（匯率）暴跌，我老早就料到了】。

噴一面屁 pan3 jat7 min6 pei3 讓（別人）碰一鼻子灰：同事好心幫佢，佢就噴人一面屁【同事好心幫她，她就讓人碰了一鼻子灰】。｜我好心幫佢，反而畀佢噴咗一面屁【我好心幫她，反而讓她給我碰了一鼻子灰】。

頻倫 pan4 lan4 匆匆忙忙；手忙腳亂：仲有時間，唔使咁～【還有時間，不用這麼匆忙】。｜一樣一樣嚟，唔好咁～【做完一件算一件，別這麼手忙腳亂】。

頻頻撲撲 pan4 pan4 pok8 pok8 奔波勞碌；東奔西跑：做記者嘅，係咁～㗎喇【做記者就是這麼奔波勞碌】。

頻撲 pan4 pok8 同「頻頻撲撲」。

崩頭 pang1 tau4 朋克青年留的髮型，兩邊剃光，只留中間一簇。「崩」是英語 punk 的音譯。

疋頭 pat7 tau4 布匹。

婄 pau3 ❶ 發空，質地變得鬆而不結實：呢個蘿蔔有啲～【這個蘿蔔有點兒糠心兒】。❷ 鬆軟：～木【泡木頭、鬆木頭】。❸ 不結實；不強壯：佢身子～，成日有病【她身體不結實，常常生病】。

婄心 pau3 sam1 糠心兒：啲蘿蔔有少少～【蘿蔔有點兒糠心兒了】。

啤（嘜） pe1 英語 pair 的音譯詞。量詞。對（用於情侶、夫婦、打牌的搭檔或點數相同的牌）：今晚除咗我，個個都一～～嚟出席嘅【今晚除了我，人人都是成雙成對來出席的】。｜我同王生一～【我跟王先生配對（搭檔）】。｜我出過一～「K」啦【我出過一對老K了】。

啤牌 pe1 paai2* 撲克；撲克牌。

啤啤夫 pe1 pe1 fu1 撲克牌術語，是十三張排陣名稱。因「啤」與表示身體歪斜的 pe5 諧音，故引指喝醉狀：佢飲到～，扶實佢呀【他醉成爛泥那樣，要扶好他】。

□ pe5 ❶ 斜着身子；歪着身子。❷ 形容做事不起勁，採放棄態度：佢知道冇得升職之後，就放～晒嘞【他知道提職沒他份兒，做事就拖沓下來了】。

披 pei1 物體表面或物體邊緣破損：張凳呢度撞～晒【櫈子這裏都碰損了】。｜塊布～咗口【布邊破損了】。

披頭士 pei1 tau4 si6 又稱「披頭四」，甲殼蟲樂隊。英語 Beatles 的音譯詞。甲殼蟲樂隊是 1960 年代英國一支四重奏爵士樂隊，曾風靡一時，對西方流行音樂影響極大。

皮1 pei2* ❶ 皮貨；皮子；皮桶子：一件～【一張皮子】。❷ 皮革製成的衣服：着～【穿皮衣】。

皮2 pei2* 本；本錢：做地產好重～【做房地產生意要花好大的本錢】。｜我一條命換佢哋三條，夠晒～啦【我一條命換他們三條，夠本兒了】。

皮褸 pei2* lau1 皮衣；毛皮大衣：去東北玩滑雪，要着～先得【去東北玩滑雪，要穿毛皮大衣才行】。

皮 pei4 ❶【俗】量詞。元；塊（錢）：廿幾～【二十多塊錢】｜一件三～【一件三塊錢】。❷【俗】量詞。萬(元)：三～【三萬元】。❸（器物大小的）號；號數；引申指級；級數：佢好大食，連大人都唔係佢嘅～【他飯量大，連大人都比不過他】。

皮蛋 pei4 daan2 松花蛋，一種蛋製食品：～瘦肉粥【松花蛋瘦肉粥】。

皮費 pei4 fai3 ❶ 貨物運輸、損耗等的費用。❷ 經營的基本費用，維持費（如店租、水電費、僱員工資支出等）。

皮篋 pei4 gip7 皮箱。

皮光肉滑 pei4 gwong1 juk9 waat9（皮膚）油光水滑；潤澤如玉：佢揀秘書，一定要揀個～、後生靚女嘅【他挑秘書，一定要挑個皮膚潤澤、年輕漂亮的】。

皮袍 pei4 pou4 長皮襖。

皮草 pei4 tsou2 ❶ 毛皮：～服裝。❷ 毛皮服裝：～店｜着～【穿毛皮服裝】。

皮黃骨瘦 pei4 wong4 gwat7 sau3 面黃肌瘦：佢病咗咁耐，出院嗰陣～，真係陰功【她病這麼長時間，出院時面黃肌瘦的，真可憐】。

琵琶仔 pei4 pa4 dzai2 舊時指妓院裏未成年的歌女，唱曲娛賓而不陪寢，因其通常手持琵琶賣藝，故稱。

枇杷果 pei4 pa4 gwo2 水果名稱，統稱枇杷。淡黃色或橙黃色，外皮上有細毛，甜而多汁。

被竇 pei5 dau3 被窩：天一凍佢就捐咗～入便唔肯起身喇【天一冷他就鑽被窩裏不肯起來】。

被袋 pei5 doi2 被套。因套在被子外，呈袋狀，故稱。

被鋪 pei5 pou1 鋪蓋；臥具的總稱：～洗到好乾淨【臥具洗得很乾淨】。

劈酒 pek8 dzau2 比拼酒量：琴晚同個客戶～，飲到要嘔咁滯【昨晚跟一個客戶拼酒，喝得快吐了】。

劈價 pek8 ga3 砍價：我開價咁優惠畀你，你仲～，唔通要蝕本賣畀你【我給你開這麼優惠的價格，你還砍價，難道要我賠本賣給你】？

劈友 pek8 jau2* 黑社會用語。持刀械鬥；

用長刀打群架：呢條傷痕係後生嗰陣跟大佬去～留低嘅【這道傷痕是年輕時跟黑社會大哥拿刀打群架留下的】。

擗炮 pek[8] paau[3]【俗】字面意義為「把槍一扔」，指警察辭職不幹了。引申作「憤而辭職」之意：女仔之家，喺嗰個鹹濕老細手下打工好蝕底，早啲～罷喇【女孩子在那個色鬼老闆手下工作是很吃虧的，早點兒辭職算了】。

擗 pek[9] 扔，丟棄；拋棄：佢入嚟～低啲書又走咗喇【他進來把書扔在那裏又走了】。｜佢搬屋嗰時就好多舊嘢～咗【他搬家的時候把很多舊物丟棄了】。｜個衰男人～低個老婆走咗【那個負心漢拋棄老婆跑了】。

拼（憑） peng[1] ❶（椅子的）靠背：挨～椅【靠背椅】。❷（床兩頭的）擋板。

骿骨 peng[1] gwat[7] 肋骨：佢畀人打咗一身，～都斷埋【他讓人給打了一頓，肋骨都斷了】。

平 peng[4] 便宜；價廉：好～【很便宜】｜又～又靚【價廉物美】。

平價 peng[4] ga[3] 廉價：～機票【廉價機票】｜呢間餐廳啲～套餐好抵食【這家餐廳的廉價套餐很划算】。

平沽 peng[4] gu[1]【文】廉價出售。

平靚正 peng[4] leng[3] dzeng[3] 形容商品或服務價廉物美、品質上乘：呢間餐廳啲嘢～，生意梗係好啦【這家餐廳的菜又便宜又好吃，生意當然好】。

平通街 peng[4] tung[1] gaai[1] 最便宜；找不到更便宜的：我呢檔賣嘅菜～【我這攤兒賣的菜是最便宜的了】。

呯 peng[4] 象聲詞。打銅鑼的聲音。

□□ pet[7] pet[7] 指嬰兒、小孩子的屁股：你唔聽話就打你～【你不聽話就打你屁股】。

坺 pet[9] 量詞。用於軟爛成糊狀的東西：一～泥【一灘泥巴】｜一～鼻涕【一坨鼻涕】。

披薩 pi[1] sa[4] 又稱「意大利薄餅」。比薩餅；意大利餡餅。意大利語 pizza 的音譯詞。

僻 pik[7] 偏僻：住呢度係好舒服，但係太～喇【住這裏是舒服，但太偏僻了】。

偏幫 pin[1] bong[1] 在幾個人當中，特別袒護或幫助其中一個：次次有爭執，主管都係～佢嘅【每次有爭議，主管都是偏袒他的】。

偏門 pin[1] mun[2]* 非法的行當、職業：佢係撈～嘅【他是幹非法行當掙錢的】。

片 pin[2]* ❶同「屎片」。❷片兒：切～【切成片兒】｜藥～【藥片兒】。❸切（成片狀）：～皮雞【切成片的炸雞】｜將肉～成薄片【把肉切成薄片】。

片糖 pin[3] tong[4] 片狀的紅糖。

便宜 pin[4] ji[2]* 不應得的利益：你至叻係攞～【你最擅長佔人便宜】。

便宜仔 pin[4] ji[4] dzai[2] 非自己生養的孩子，通常是指「拖油瓶」的孩子：佢話一定要同呢個女人結婚，唔介意養埋個～【他說一定要跟這個女人結婚，不介意養育這女人帶來的孩子】。

娉婷淡定 ping[1] ting[4] daam[6] ding[6] 形容女人舉止文雅大方：佢個女～，大家閨秀果然係唔同啲【他女兒舉止文雅大方，大家閨秀果然與眾不同】。

屏風樓 ping[4] fung[1] lau[2]* 呈一字排開格局的成組高樓，狀如屏風，故稱：前面起晒啲～，而家成個區嘅空氣流通都好成問題【前面蓋了一排排高樓，如今整個區域的空氣流通都很成問題】。

平機會 ping⁴ gei¹ wui²* 香港「平等機會委員會」的簡稱。該會於 1996 年成立，為香港政府轄下的法定機構，專責香港的反歧視工作，及處理任何關於歧視的投訴，如性別歧視、年齡歧視、疾病歧視等。

平喉 ping⁴ hau⁴ 粵劇生角所用的唱腔，其特點是比較平穩、低沉，有的還略帶沙啞。

平日 ping⁴ jat⁹ 星期一至五的統稱，相對於週末和假日，也作「週日」，英語 weekday 的意譯（「週日」為書面語，又因避免與「星期日」概念混淆，故多用「平日」）：～托兒服務｜呢個課程，～晚仲有位，星期六日就滿晒喇【這個課程，星期六、日就滿了，別的日子晚上還有】。

平安紙 ping⁴ ngon¹ dzi² 遺囑的俗稱。

平安鐘 ping⁴ ngon¹ dzung¹ 緊急求救用的隨身按鈴裝置。

平安米 ping⁴ ngon¹ mai⁵ 慈善機構在盂蘭節或其他節慶日免費分發的大米。

平頭裝 ping⁴ tau⁴ dzong¹ 男人平頭髮型。

平倉 ping⁴ tsong¹ 金融術語。指金融市場投資者購入或沽出等量的、但方向相反的期貨合約，以了結交易（即沽出原先購入的股票、貨幣、期貨合約；或購入原先沽出的等量的股票、貨幣、期貨合約）。

撇¹ pit⁸ 潲（雨水斜着灑下來）：閂好個窗，唔好畀雨水～入嚟【關好窗戶，別讓雨潲進來】。

撇² pit⁸【俗】千（元）：一～水【一千元】。

撇賬 pit⁸ dzoeng³ 將呆賬勾銷：除非借款人去世，先至可以～【除非借款人去世，才能把欠賬一筆勾銷】。

撇甩 pit⁸ lat⁷ 甩掉：跟蹤我嘅人已經畀我～咗【跟蹤我的人已經被我甩掉了】。

撇水片 pit⁸ soey² pin²* 打水漂兒（一種用瓦片等平削水面從而形成瓦片等在水面上多次跳躍的遊戲）。

撇脫 pit⁸ tyt⁸ 爽快乾脆；直截了當：你同人分手最好～啲，唔好拖泥帶水【你跟人家分手最好乾脆點兒，不要拖泥帶水】。

瞥伯 pit⁸ baak⁸【文】愛偷窺女性更衣、沐浴、如廁的人。

票 piu³「支票」的省略：入～【存入支票】。

票房毒藥 piu³ fong⁴ duk⁹ joek⁹ 喻指不賣座的電影：藝術電影多數係～，好難搵人投資【藝術電影大多賣不了座，找人投資很難】。

票后 piu³ hau⁶ 得票最多的女演員。又可泛指選舉中得票最多的女當選者。與「票王」相對。

票控 piu³ hung³ 發出傳票控告：亂過馬路會遭～【亂過馬路會被指控】。

票尾 piu³ mei⁵ 用過的門票、車票；廢票：留番張車飛～返去可以報銷【保留用過的車票，回去可以報銷】。｜竟然有騙子攞演唱會嘅～嚟賣【竟然有騙子售賣演唱會的廢票】！

票王 piu³ wong⁴ 得票最多的男演員。又可泛指選舉中得票最多的男當選者。與「票后」相對。

嫖賭飲吹 piu⁴ dou² jam² tsoey¹ 逛妓院、賭博、喝酒、抽大煙。這是形容人過糜爛生活的慣用語，意近「吃喝嫖賭」：呢個二世祖淨係識～【這個敗家子只懂得吃喝嫖賭】。

髙 po1 ❶ 量詞。棵，株：一～樹【一棵樹】｜一～草【一株草】。❷ 棵兒：村口髙大榕樹好大～【村口的那棵大榕樹很高大】。

婆乸 po2* na2【蔑】婆娘；娘們（多指上了年歲的婦女）。

破 po3 劈：～柴【劈柴】｜～開幾嚿【劈成幾塊】。

破蛋 po3 daan2* 打破零蛋；突破零分；得第一分。通常用於指體育比賽：香港隊完場前一分鐘由前鋒～獲勝【香港隊終場前一分鐘由前鋒打破（雙方）不進球的紀錄而獲勝】。

破日 po3 jat2* 曆書上寫的不吉利的日子：嫲嫲話，結婚要揀好日子，避開～【奶奶說，結婚要挑好日子，避開不吉利的日子】。

破水囊 po3 soey2 nong1* 破水（產婦分娩前羊水流出）：我太太～喇，幫我 call 白車吖【我太太破水了，替我打電話叫救護車】！

破柴 po3 tsaai4 劈柴；將大塊木柴劈細。

破財擋災 po3 tsoi4 dong2 dzoi1 破財消災：唔見咗筆錢，惟有當～囉【損失了一筆錢，就當是破財消災唄】。

婆 po4 與某些名詞、形容詞等詞類組成詞組，構成稱呼女人的稱謂。多帶輕蔑意。又可作 po2*。：潮州～【潮州婦女】｜肥～【肥胖女人】｜老姑～【老處女】｜八～【饒舌婦】｜煮飯～（po2*）【老婆的戲稱】｜垃圾～（po2*）【倒垃圾的女工】。

婆仔 po4 dzai2 老婆婆；婆婆媽媽的小婦人。

婆仔數 po4 dzai2 sou3 零零碎碎的小數目。同「婆乸數」。

婆媽 po4 ma1 婆婆媽媽。你做嘢唔好咁～【你做事情不要那麼婆婆媽媽】。

婆乸 po4 na2【俗】又作 po2* na2。女人；小婦人。意近普通話的「娘兒們」：成班～喺外便嘈喧巴閉【那幫娘兒們在外邊吵吵鬧鬧的】。

婆乸數 po4 na2 sou3 又作「婆仔數」。喻指零零碎碎的小數目：你無謂計埋啲～，為嗰幾十蚊大費周章【你沒有必要去計較那些零零碎碎的小數目，為那幾十塊錢大費周章的】！

婆婆 po4 po2* ❶ 外婆；姥姥（多用於面稱）。❷ 指年老的女性；老婆婆。與「公公」相對：畀～坐啦【讓座給老婆婆啊】。

巴仙 poe3 sen1 百分之一；百分點。英語 percent 的音譯詞。又作 ba1 sin1：三個～【三個百分點；百分之三】｜增加咗幾個～【增加了幾個百分點】。

瀑 pok7 泡兒：水～｜隻手都起～喇【手都起水泡兒了】。

撲 1 pok8 ❶ 袼褙（用漿糊黏結成的用以做布鞋鞋底的厚布片）：打～。❷（用若干紙裱成的）厚紙：元寶～【做紙元寶的厚紙】。

撲 2 pok8 奔波；跑動：為咗搵呢隻藥，我四圍～【為了找這種藥，我到處奔波】。

撲飛 pok8 fei1 四處想辦法找票：呢場波可能會爆棚，要早啲～先得【這場球可能會滿座，要早點兒想辦法搞票才行】。

撲料 pok8 liu2* 又作「搲料（we2 liu2*）」。❶（記者）到處搜尋新聞素材。❷（為某種目的）搜集材料：呢單嘢士證據唔夠，要去周圍啲街坊度撲下料先得【這件案子證據不足，要去周圍的鄰居那兒搜集一下材料才行】。

撲水 pok⁸ soey² 到處籌款；調頭寸：佢去搵朋友～【他去找朋友籌錢】。

旁（傍）身 pong⁴ san¹ 身上帶備某種物件或具備某種技能以應付所需：一卡～，全城通行｜一技～。

旁證 pong⁴ 球類比賽中的巡邊員，司線員：～幾次錯判，德國隊提出抗議【巡邊員幾次錯判，德國隊提出抗議】。

甫士 pou¹ si²* 姿勢。英語 pose 的音譯詞：擺個靚～畀人影相【擺個好姿勢讓人照相】。

甫士咭 pou¹ si⁴ kaat⁷ 明信片。英語 postcard 的音譯詞。

鋪¹ pou¹ 量詞。❶ 副；盤；把（用於各種牌局、賭局）：呢～牌我實贏嘅【這副牌我贏定了】。｜呢～我輸咗三百幾蚊【這一把我輸了三百多塊】。❷ 用於較抽象的事物：佢得～牛力【他只有一股牛勁】。｜你呢～講法即係怪我啫【你這樣說就是怪我了】。

鋪² pou¹ 貼（特指在社交網站上載圖文或影片）。英語 post 的音譯詞：你唔應該隨便～我哋張相上個網度【你不該隨便把我們的照片貼到網上】。

鋪草皮 pou¹ tsou² pei⁴【諺】字面意義是拿錢給賽馬會鋪了賽馬場的草皮，指賭馬輸了錢：琴日一場馬，我幾百蚊就鋪咗草皮【昨天（賭了）一場馬，我幾百塊錢全輸光了】。

譜 pou² 常規；慣例；準則；規矩：離～｜冇～【不像話；亂來；不合常情】。

舖仔 pou³ dzai² 小店，特指小雜貨店：我開咗間～，生意仲過得去【我開了個小雜貨店，生意還過得去】。

舖面 pou³ min²* 商店的門面：呢個～夠闊【這個門面夠寬闊的】。

舖頭 pou³ tau²* 舖子；商店。

舖位 pou³ wai²* 可作商業用途的房屋或攤位。通常是臨街的地面（或較低樓層）的房屋：呢條街啲～租金好貴【這條街上的店舖租金很貴】。

浮 pou⁴ 浮；浮起來：啲油會～面【油會浮在上面】。

蒲 pou⁴ ❶ 泡：～D【泡迪廳（迪斯科舞廳）】｜～機舖【泡遊戲機中心】。❷ 玩樂：今晚一齊出去～【今晚一起出去玩兒】。❸ 混：冇咁上下本事，邊個夠膽出來～呀【沒那麼點兒本事，誰敢出來混呢】？

蒲 D pou⁴ di¹ 到迪斯科舞廳消遣。D 為英語 disco 的縮寫。

蒲點 pou⁴ dim² 娛樂消遣的去處：蘭桂坊係香港出名嘅～【蘭桂坊是香港著名的娛樂消費點】。

蒲（浮）頭 pou⁴ tau⁴ ❶ 浮上來；浮出出面：三號泳道嘅選手入水後最先～【三號泳道的選手入水後最先浮出水面】。❷ 引申指露面：警方通緝緊佢，佢邊夠膽～呀【警方正通緝他，他哪兒敢露面呢】。

菩達 pou⁴ daat⁹ 苦瓜。同「芙達」。

菩提子 pou⁴ tai⁴ dzi² 葡萄。

葡撻 pou⁴ taat⁷ 葡萄牙式「蛋撻」，是澳門的著名小吃。（參見「蛋撻」條）

袍金 pou⁴ gam¹「董事袍金」的簡稱。指董事為公司工作的報酬，包括薪金、傭金、花紅、車馬費等。

泡 pou⁵ 泡兒；泡沫：梘～【肥皂泡】。

配料 pui³ liu²*（烹調用的）作料兒。

配售 pui3 sau6 ❶ 限量發售。❷ 股票市場術語。上市公司在發行新股或擴充股權時，在公開發售以外，將一定比例的股份分配給某些特定的申購者。

陪嫁妹 pui4 ga3 mui1* 舊時的陪嫁丫鬟。

陪月 pui4 jyt2* 伺候產婦坐月子的女傭人；月嫂：我請呢個～好有經驗【我請的這個月嫂很有經驗】。

陪跑 pui4 paau2 在沒有爭勝欲望或爭勝機會的情況下參賽：佢今次參選睇嚟都係～㗎喇【他這次參選看來就是湊個熱鬧而已】。

陪太子讀書 pui4 taai3 dzi2 duk9 sy1 在學習上沒有成功機會而跟其他人一起上學。引指陪伴別人做跟自己無關的事情：特殊學生放喺正常班級上課，等於～【特殊學生放在正常班級上課，等於陪別人上課，學習很難有效果】。

賠湯藥 pui4 tong1 joek9 賠償醫藥費：他打傷咗同學，一定要～【他打傷了同學，一定要賠償醫療費】。

仆 puk7 趴；俯臥：～喺地下【趴在地上】｜～喺度瞓【趴着睡】。

仆直 puk7 dzik9 作補語以表示程度極深：要死；要命。意近「仆街❷」但程度更甚：佢炒股～，生意失敗，慘到要借錢過日【他炒股票損失慘重，做生意也失敗了，慘得要借錢度日】。

仆轉 puk7 dzyn3 反轉；反扣：～個桶晾乾佢【把桶反扣過來晾乾】。

仆街 puk7 gaai1 ❶ 罵詈語。死在路上、街上，即不得好死之意：你個～吖，夠膽打我個仔【你個不得好死的，敢打我的兒子】！❷ 作補語，以表示程度很深，意近「要死」、「要命」：做到～【幹活累得要命】｜畀人鬧到佢～【讓人家給臭罵了一頓】。

仆心仆命 puk7 sam1 puk7 meng6 盡心盡力：老公～擔起成頭家，我梗係要照顧好佢【丈夫盡心盡力承擔起整個家庭（的經濟負擔），我當然得照顧好他】。

拚爛 pun2* laan2* 撒野；撒潑；耍賴：佢若果～，點搞呀【她要是撒潑，怎麼辦】？

拚□ pun2* pe5 ❶ 同「拚爛」。❷ 撒賴；做事不帶勁；態度消極：老闆咁刻薄，啲員工自然就～啦【老闆那麼刻薄，員工自然就不會起勁工作】。

拚死無大害 pun2* sei2 mou4 daai6 hoi6 敢於拼命，就沒有更危險的事了。意近「豁出去」：就等我去見佢啦，～【就由我去見他吧，豁出去了】！

拚 pun3 ❶ 又音 pun2*。豁出去；拼着：我～呢條老命同佢搏過【我豁出這條老命跟他拼了】。❷ 估堆兒賣（只憑眼力估量着出售）：呢啲青瓜我十蚊雞～畀你【這些黃瓜我十塊錢全賣給你了】。

判例 pun3 lai6 已經生效的判決。香港法律沿襲英美法系的傳統，已生效的判例往往是裁決罪名是否成立及量刑的依據。

判上判 pun3 soeng6 pun3 承包工程以後再分包給下級承包商。香港稱發承包為「外判」，「判上判」即外判之後再外判，就是「分包」之意。

判頭 pun3 tau2* 分包商；包工頭（尤指建築行業的包工頭）。

盤[1] pun4 盆子；盤子。也可作 pun2*：面～（pun2*）【洗臉盆】｜用個～收咗啲碗碟入嚟【用個盤子把碗碟收拾好拿進來】。

盤 [2] pun^{4} 量詞。❶ 筆（指賬目，數目）：你～數計清楚未呀【你那筆賬目算清楚沒有】。❷ 門（指生意）：佢兩～生意，一～交畀個大仔做，一～叫個細仔做【他兩門生意，一門交給大兒子做；一門叫小兒子做】。❸【俗】萬（元）：一～水【一萬元】。

盤 [3] pun^{4}【俗】盤問：佢知道好多嘢，你去～下佢【他知道很多事，你去盤問一下他吧】。

盤口 pun^{4} hau^{2} 買賣的價格：今日黃金開市乜嘢～【今天黃金市場開市時是甚麼價格】？

盤滿缽滿 pun^{4} mun^{5} but^{8} mun^{5} 指金錢上的收穫很豐富：佢今年賺到～【他今年賺的錢櫃子都裝不下了】。

□ pung^{1} 蒙蓋；蒙上：呢張辦公枱好耐冇人用，～晒塵咯【這張辦公桌好久沒人用，蒙上塵土了】。

□塵 pung^{1} tsan^{4} 灰塵；塵土：建築工地左近啲～好犀利【建築工地附近的塵土很厲害】。

捧蛋 pung^{2} daan^{2*} 拿零分（常用於指足球賽沒有入球）。

碰啱 pung^{3} ngaam^{1} 碰巧；恰巧；正好碰上：嗰日我～唔得閒，嚟唔到【那天我碰巧有事，來不了】。

碰碰車 pung^{3} pung^{3} tse^{1} 一種駕駛遊戲車互相碰撞的機動遊戲。

碰彩 pung^{3} tsoi^{2} 碰運氣；碰巧。同「撞彩」：攞唔攞到獎都係靠～嘅啫【能否得獎全靠碰運氣】。｜～畀我估到【碰巧讓我猜中了】。

蓬蓬鬆鬆 pung^{4} pung^{4} sung^{1} sung^{1} 蓬亂；毛髮散亂的樣子：你啲頭髮～好似個雞竇噉，仲唔快啲去梳下【你的頭髮蓬亂得跟雞窩似的，還不趕快去梳梳】。

撥 put^{8} 扇（搧，煽）：～下個爐【煽一下爐子】｜～扇【搧扇子】｜～大葵扇【拿大葵扇扇風（指為人保媒。因媒人常拿把扇子到處串門拉縴，故稱）】。

S

卅 sa^{1} 三十。這是「三」和「十」的合音，實際讀音作 sa^{1} a^{6}：～七【三十七】｜～幾層樓【三十幾層樓】。

沙板 sa^{1} baan^{2} 汽車表面的鋼鐵板。

沙膽 sa^{1} daam^{2} 斗膽；膽大包天：佢老竇係黑社會嘅大佬，你咁～敢郁佢【他爹是黑社會的「大哥」，你這麼斗膽敢碰他】？

沙甸魚 sa^{1} din^{1} jy^{2*} 沙丁魚。英語 sardine 的音譯與「魚」構成的合成詞。

沙井 sa^{1} dzeng^{2} 窨井（馬路上供積水、雨水等向下水道宣洩的狀似水井但上有井蓋的孔道）。

沙紙 sa^{1} dzi^{2}【俗】文憑、畢業證書或學位證書。又作「cert」（參見該條）：有張～，搵工易好多【有張文憑，找工作容易多了】。

沙展 sa^{1} dzin^{2} 英語 sergeant 的音譯詞。❶ 香港警察的警長職級（比一般警員高一級的一種警銜）。❷ 中士（英軍中比士兵及下士高的一種軍銜）。

沙葛 sa^{1} got^{8} 豆薯；涼薯。其塊根形狀類似紅薯，皮黃肉白，味清甜，可生吃或做菜。

沙穀米 sa^{1} guk^{7} mai^{3} 用葛粉做的小圓粒狀食品原料，又叫「西米」、「洋西米」。其中「沙穀」是英語 sago 的音譯。

沙河粉 sa^{1} ho^{4} fan^{2} 熟米粉條。以米粉漿置於容器中蒸熟後切成寬一厘米左右的條狀即成。食用時可炒肉或做成湯粉。因其原產地為廣州沙河，故稱。在飲食等行當中，又簡稱為「河粉 ho^{2*} fan^{2}」或「河 ho^{2*}」：炒河粉｜乾炒牛河【乾炒牛肉米粉條】。

沙翁 sa^{1} jung^{1} 一種甜食品，用雞蛋、油及麵粉混合而成的麵團油炸後在外層粘上一層白砂糖而成，猶如滿頭白髮的老翁，故稱。

沙冚 sa^{1} kam^{2} 自行車輪子上的防塵罩。

沙梨 sa^{1} lei^{2*} 梨子的一種，即糖梨。皮呈茶褐色，帶淡黃小點。果肉為白色，較鴨梨粗，水份少於鴨梨，但糖份則過之。

沙梨篤 sa^{1} lei^{4} duk^{7} 豬後臀肉。

沙律 sa^{1} loet^{2*} 沙拉（西餐中以蔬菜、肉類等製成的涼盤）。英語 salad 的音譯詞。

沙龍 sa^{1} lung^{4} 法語 salon 的音譯。❶ 攝影作品展覽。❷ 好的攝影作品。❸ 喻指安裝在馬路旁的用於偵測違例車輛的攝影機。❹ 專用於美髮廳的命名：美髮～。

沙虱 sa^{1} sat^{7} 象鼻蟲，一種危害薯類植物的害蟲：用農藥殺～【用農藥噴殺象鼻蟲】。

沙士 sa^{1} si^{2*} 薩斯（嚴重急性呼吸系統綜合症，非典型肺炎）。英語名稱 severe acute respiratory syndrome 的縮略語 SARS 的音譯詞。

沙示 sa^{1} si^{2*} 一種口味獨特的汽水，色澤和味道略近可樂。英語 Sarsae 的音譯詞。

沙蟬 sa^{1} sim^{4} 蟬；知了：～殼【蟬蛻（可做中藥）】。

沙灘老鼠 sa^{1} taan^{1} lou^{5} sy^{2} 【俗】在海濱浴場作案的竊賊：去沙灘游水要小心～【到海濱浴場游泳要提防盜賊】。

沙灘裝 sa^{1} tan^{1} dzong^{1} 專為在海邊、沙灘活動時穿着的休閒式服裝。

沙田 sa^{1} tin^{4} ❶ 江、河、溪沖積成的沙土耕地，不甚肥沃，通常用以種植花生、甘蔗、地瓜等。❷ 香港地名。

沙田柚 sa^{1} tin^{4} jau^{2*} 柚子的一種，略呈葫蘆狀，味甜質好，因原產廣西容縣沙田地區而得名。

沙茶醬 sa^{1} tsa^{4} dzoeng^{3} 一種辛辣口味的醬料，同「沙爹」。

沙塵 sa^{1} tsan^{4} 形容人傲慢，囂張，愛出風頭：你做呢行有幾多日呀？喺老行尊面前都咁～【你幹這行才幾天？在老前輩面前還這麼傲慢】？

沙塵白霍 sa^{1} tsan^{4} baak^{9} fok^{8} 同「沙塵」（語氣較強）：佢個人～，個個佢都睇唔起【他這人傲慢囂張、不可一世，誰都瞧不起】。

沙池 sa^{1} tsi^{4}（跳高、跳遠訓練、比賽用的）沙坑。

沙蟲 sa^{1} tsung^{2*} ❶ 蚊子的幼蟲。❷ 一種海產動物，可以做菜，曬乾後可以煮湯。

紗 sa^{1} ❶「雲紗」的省稱，指廣東雲紗，又叫「香雲紗」或「響雲紗」是一種用特殊染整技藝加工製成的絲織品，常見有黑色和本色兩種，黑色的又稱「黑膠綢」。❷「婚紗」的省稱：舊時西化嘅人結婚都會摟～㗎【過去西化的人結婚也有披婚紗的】。

紗紙 sa^{1} dzi^{2} 一種柔軟而堅韌的紙，多用於糊燈籠或作紙藝燈的材料。

砂煲 sa1 bou1 沙鍋。

砂煲兄弟 sa1 bou1 hing1 dai6 把兄弟；盟兄弟（拉幫派、拜把子的人）。因其常在一塊兒混，一塊兒生活，粵語稱之為「同撈同煲」，故稱。

砂煲罌罉 sa1 bou1 ngaang1 tsaang1 壜壜罐罐；鍋碗瓢盆：搬新屋，淨係買～之類煮飯架撐都要使唔少錢【搬新家，光是買鍋碗瓢盆之類煮飯的傢伙事兒都得花不少錢】。

砂盆 sa1 pun4（擂碎東西用的）瓦盆。

耍花槍 sa2 fa1 tsoeng1 ❶ 練武術時，不用真功夫，而舞弄好看的槍法。❷ 耍花招；賣弄小聰明：你唔好喺我面前～【你不要在我面前耍花招】。❸ 指夫妻或情侶間打情罵俏。

耍家 sa2 ga1 拿手：沖奶茶我都幾～【沖奶茶我挺拿手的】。

耍功夫 sa2 gung1 fu1 演練武術；表演武術：佢識～，叫佢展示下武功【他會武術，叫他展示一下武功】。

耍手 sa2 sau2 擺手（表示推辭、拒絕等）：佢～話唔想去【他擺手說不想去】。

耍手兼擰頭 sa2 sau2 gim1 ning6 tau2* 擺手加上搖頭，表示堅決不同意：阿媽叫我家姐去相睇，佢～【媽媽讓我姐姐去相親，她堅決不同意】。

耍太極 sa2 taai3 gik9 打太極拳。喻指推脫、拖延、敷衍：一問佢幾時還錢，佢就一味～【問起他甚麼時候還錢，他就一個勁地敷衍】。

挲（抄） sa3 手或樹枝、裙子等張開、伸展開的樣子：我問佢點算，佢～開手話佢都冇符【我問他怎麼辦，他攤開雙手說他也沒法子】。｜韓國女人一跳舞，條裙就～到好似大燈籠噉【朝鮮女人一跳舞，那條裙子就張得跟大燈籠似的】。

沙爹 sa3 de1 又作「沙茶醬」。一種醬料，印度尼西亞語 satay 的音譯，原意為「烤肉串」。因這種烤肉串味道辛辣，後來發展出一種以辛辣為主要口味的醬料。其產地以東南亞（印尼、馬來西亞）較為知名；中國則以廣東潮汕地區及福建為主。主要成份有蝦、辣椒、薑、花生、芝麻、香料等。

沙冧 sa3 lam1 敬禮（表示敬意或歉意）。英語 salaam 的音譯詞：下屬對住上司～好正常嘅啫【下屬向上司敬禮很正常嘛】。

沙哩弄銃 sa4 li1 lung6 tsung3 毛手毛腳；輕率莽撞：睇住我個花樽，唔好～噉打爛咗【當心我的花瓶，別莽莽撞撞的打爛了】。

沙沙滾 sa4 sa4 gwan2 ❶ 咋咋呼呼地；嘴皮子上逞能；不踏實：人哋有麻煩，你幫得就幫，唔好喺度～【人家有麻煩，你能幫就幫，別在這兒咋咋呼呼的】。｜佢個人～，做乜都唔成【他這個人不踏實，做甚麼都做不成】。❷ 去外面玩（混），尤指在男女關係方面有不檢點行為：你老婆咁賢良淑德，你仲喺出便～，對得佢住咩【你老婆這麼賢慧，你還在外面亂搞，對得起她嗎】？

嘥 1 saai1 ❶ 浪費；糟蹋：～錢｜～時間｜食得唔好～【吃得下就別（把東西）糟蹋了】。❷ 錯過；錯失（機會）：有咁好機會就唔好～呀【有這麼好的機會就別錯過呀】。

嘥 2 saai1 故意貶低；諷刺；挖苦：你就算想自己出風頭都唔使～人哋啩【你就算想自己出風頭都不用貶低別人吧】？

嘥口水 saai[1] hau[2] soey[2] 白費唇舌：你無謂～嘞，佢唔會聽嘅【你犯不着白費唇舌了，他不會聽的】。

嘥氣 saai[1] hei[3] ❶ 徒勞；白費勁：勸極佢都唔聽，唔好～喇【怎麼勸他都不聽，別白費勁兒了】。❷ 做夢；做白日夢（指人的想法、做法不切實際）：咁少錢想買樓，～啦【這麼點兒錢就想買房子？做夢吧】。

嘥心機 saai[1] sam[1] gei[1] 枉費心機：呢單生意冇乜着數嘅，唔好～喇【這樁生意沒甚麼賺頭的，別枉費心機了】。

嘥心機，捱眼瞓 saai[1] sam[1] gei[1] ngaai[4] ngaan[5] fan[3]【俗】白費心思、力氣和時間：咁辛苦做出嚟，佢而家話唔要，真係～【這麼辛苦做出來，他現在倒說不要了，真是白費勁兒了】。

晒士 saai[1] si[2]* 尺寸；尺碼；規格；大小。英語 size 的音譯詞：你着衫着乜嘢～【你穿甚麼尺碼的衣服】？

徙置 saai[2] dzi[3] 遷移並暫時安置因天災或清拆等原因而失去居所的人。

徙置區 saai[2] dzi[3] koey[1] 早年香港政府興建的第一代出租公共屋邨，由徙置事務處管理。

> 【小知識】首座徙置大廈建於 1954 年，位於石硤尾，原為安置受火災影響的居民而建。

晒 saai[3] ❶ 用在動詞或形容詞之後，表示「全」、「都」或「完」、「光」、「盡」等意思：講～出嚟【全說出來】｜成塊面都紅～【整張臉都紅了】｜使～身上啲錢【花光了身上的錢】｜咁少飯都食唔～【這麼點兒飯都吃不完】。❷ 用於形容詞之後，表示程度很高，有「很」、「最」之類的意思：惡～【最惡；最狠】｜靚～【漂亮得不得了】。❸ 用於表示感謝之意的動詞之後以加重語氣：多謝～【太謝謝了】！｜麻煩～【太麻煩您了】！

晒冷 saai[3] laang[1] 賭博術語。指賭「沙蟹」將全部賭注押上，孤注一擲。引指傾盡所有本錢；傾巢而出：電視台介紹來年節目，啲演員大～【電視台介紹來年節目，全部演員傾巢而出】。

晒馬 saai[3] ma[5] 黑社會用語。指聚集人馬向對方展示陣容：兩批黑幫～，警方拘捕九人【兩批黑幫分子聚集人馬向對方示威，警方拘捕了九個人】。

晒命 saai[3] meng[6] 炫耀自己：佢喺度～，話啲錢多到唔識點使【他炫耀說（自己的）錢多得都不知該怎麼花】。

曬 saai[3] ❶ 曝曬。❷ 沖洗（照片）：～相【洗照片】。

曬蓆 saai[3] dzek[9] 生意清淡；門可羅雀。原為賭場用語。以前賭博時，開賭場者通常在賭桌上鋪一蓆子，若無人參賭，蓆子便「暴曬」於燈光之下。後引指其他生意清淡：舖頭啱啱開張，～都唔出奇吖【店子剛開張，生意清淡也不奇怪】。

曬月光 saai[3] jyt[9] gwong[1]【諧】在夜裏（月光下）談情說愛：佢哋兩個又出去～嘞【他們倆又出去談情說愛了】。

曬棚 saai[3] paang[4] 同「天棚」。

曬衫夾 saai[3] saam[1] gaap[2]* 曬衣服用的夾子。

三步擸埋兩步 saam[1] bou[6] laap[8] maai[4] loeng[5] bou[6] 三步併作兩步，形容走動快捷：佢一接到女朋友嘅電話，就～走咗【他一接到女朋友的電話，就三步併作兩步走了】。

三點不露 saam[1] dim[2] bat[7] lou[6] ❶ 沒有

裸露；穿着沒有暴露身體敏感部位。「三點」指雙乳及陰部三個性感部位。❷【諧】借用作諷刺議員不盡開會本份，到下午三點鐘還不露面。

三點式 saam[1] dim[2] sik[7] 比基尼泳裝。

三讀 saam[1] duk[9] 立法機關通過法案的程序，因法案需要宣讀三次，故稱。英語 third reading 的意譯詞。

【小知識】三讀制度源於英國，以後為許多國家所仿效。三讀的過程是：一讀又稱初讀，即提議者宣讀法案名稱或要點；隨即進入二讀程序，法案交有關委員會審查和研究，然後重交議會辯論，並提出修改意見；三讀是進行文字修改和正式表決。現香港立法會，通過法例亦按此「三讀」程序進行修改和表決。

三隻手 saam[1] dzek[8] sau[2] 小偷；扒手：車上有～，大家小心啲【車上有小偷，大家小心點兒】。

三字經 saam[1] dzi[6] ging[1]【諧】指所謂廣東之「省罵」——「丟那媽」三字，是為粗話，其意義、用法皆與「他媽的」近似：唔好一開口就講～【別一開口就說粗話】。

三尖八角 saam[1] dzim[1] baat[8] gok[8] 形容物體形狀不規則，棱角很多，不好利用。引作形容人相貌和性格不討好。

三朝兩日 saam[1] dziu[1] loeng[5] jat[9] 三長兩短；難以預料之事：佢有肝癌，有乜～都好難講【他患肝癌，有甚麼三長兩短都很難預料】。

三分顏色上大紅 saam[1] fan[1] ngaan[4] sik[7] soeng[5] daai[6] hung[4]【俗】有一點點成績就自以為了不起，得意忘形；小人得志：佢升咗做總經理助理，就～【他升為總經理助理後，就自以為了不起，得意忘形了】。

三幅被 saam[1] fuk[7] pei[5] 原指用三幅布做成的棉被套子，引指翻來覆去都是老一套，沒有新東西：講嚟講去都係嗰～，佢唔煩我都煩啦【說來說去老一套，他不煩我都煩了】。

三甲 saam[1] gaap[8] 前三名：今次比賽佢～不入【這次比賽她沒能進入前三名】。

三夾板 saam[1] gaap[8] baan[2] 三合板：佢用～間房【他用三合板間隔房間】。

三急 saam[1] gap[7]【俗】指「內急、性急、心急」三種「人生之急」。現多用於指上廁之急的「內急」：對唔住，人有～，我出一出去先【對不起，人有「內急」，我出去一會兒】。

三九唔識七 saam[1] gau[2] m[4] sik[7] tsat[7] 互相不認識。同「三唔識七」。

三幾個 saam[1] gei[2] go[3] 三個至五個；不定數；數量不多：嚟嘅人唔多，得～【來的人不多，才三五個人】。

三個骨 saam[1] go[3] gwat[7] 四分之三，「骨」是英語 quarter 的音譯。❶（時間上的）三刻鐘；（重量上的）四分之三磅。❷引申用作形容衣袖、褲腿、襪子等的長度比一般的短（以長袖衣服、長褲、長襪作比較）：～襪｜～褲。

三個女人一個墟 saam[1] go[3] noey[5] jan[2]* jat[7] go[3] hoey[1]【俗】三個女人一台戲（形容女人在一起就吱吱喳喳沒個完）。

三腳凳 saam[1] goek[8] dang[3] 就剩三隻腳的凳子。❶喻指不可靠的事物。❷喻指為難人的小障礙；作弄人的小陷阱：你明知佢冇準備，仲叫佢去開會，噉即係畀～佢坐啫【你明知他沒準備，還讓他去開會，這不是為難他嗎】？

三腳雞 saam1 goek8 gai1 指三輪汽車、三輪摩托車。

三腳貓功夫 saam1 goek8 maau1 gung1 fu1 只有像三條腿的貓一樣站也站不穩的功夫（武術），比喻沒有真本領，功夫不扎實：佢嗰啲～，去參加比賽賺丟架嘅啫【就他那點本事，去參加比賽那只會丟臉】。

三姑六婆 saam1 gu1 luk9 po4【貶】原指舊時恃着某些一技之長而走東家串西門混錢、混吃喝的女人。據陶宗儀《綴耕錄》載，三姑指尼姑、道姑、卦姑；六婆指牙婆、媒婆、師婆、虔婆、藥婆、隱婆。現亦用以指那些思想、言行較為守舊的或愛東走西串油嘴滑舌的女人。

三下五落二 saam1 ha6 ng5 lok9 ji6 珠算口訣，三下五去二。形容動作迅速，事情容易處理：呢件事佢～就搞掂咗【這件事他很迅速就處理好了】。

三口六面 saam1 hau2 luk9 min6 三方面；各方面；當着眾人：老細喺度，我哋最好將呢單嘢～講清楚佢【趁老闆在，我們最好當面把這事兒說清楚】。

三行 saam1 hong2* 泥水、木工、油漆三種行業的統稱：做～。

三級 saam1 kap7 形容事物或行為含色情或暴力成份，詞義源自「三級片」一詞：咪講埋啲～笑話【別說這些不雅的笑話】。｜呢本書的內容好～【這本書的內容挺黃的】。

三級片 saam1 kap7 pin2* 指內容含有色情暴力成份的、只限十八歲以上成人觀看的電影或電視節目。

> 【小知識】香港電影檢查部門把電影、電視節目等分為三級。第三級的電影或有過份的打鬥、血腥的場面，或含色情裸露的內容，或有過於粗俗的對白，俗稱「三級片」。

三及第 saam1 kap9 dai2* ❶ 同「及第粥」。即加入豬肝、豬粉腸、豬腰煮成的粥。❷ 指下面糊、中間爛、上面夾生的飯。❸ 指文章夾用、混雜着幾種語言（如英語、粵方言口語與書面語互相混淆的文章語言）。

三缺一 saam1 kyt8 jat7（打麻將）缺一個人。

三兩下手勢 saam1 loeng5 ha5 sau2 sai3 不費吹灰之力；三拳兩腳：賊人拒捕，差佬～就揿低咗佢【劫匪拒捕，警察幾下子就把他按倒了】。

三六 saam1 luk9【諧】狗肉。三、六之和為九，粵音「九」「狗」同音，故稱：食～【吃狗肉】。

三唔識七 saam1 m4 sik7 tsat7 完全沒有關係；互不認識。亦作「三九唔識七」：我同佢～，做乜要幫佢嗜【我跟他一點兒關係沒有，幹嗎要幫他呀】？｜～佢都可以傾一餐嘅【他跟素不相識的人也可以聊上半天】。

三文治 saam1 man4 dzi6 三明治。英語 sandwich 的音譯詞。

三文魚 saam1 man4 jy2* 鮭魚；大馬哈魚。英語 salmon 的音譯與「魚」構成的合成詞。

三粒星 saam1 nap7 sing1 香港永久性居民身份證。因其正面左下角有三個星號，故稱。

三年唔發市，發市當三年 saam1 nin4 m4 faat8 si5 faat8 si5 dong3 saam1 nin4【俗】很長時間沒有生意，一旦成交

一筆生意就可以頂得上很長時間的營業收入：好耐未試過有咁大筆，真係～【很久沒有接過那麼大的生意，這一筆賺的頂得上三年賺的了】。

三年唔逢一潤 saam1 nin4 m4 fung4 jat7 joen6【俗】三年了都沒碰上個閏年，形容很罕見的概率。亦作「十年不逢一潤」：我平時幫襯茶餐廳多，酒店餐廳就～，通常係有人請至會去【我平時大多光顧茶餐廳，酒店餐廳去得很少，一般是有人請客我才去】。

三年抱兩 saam1 nin4 pou5 loeng5 三年裏生了兩胎：個仔同心抱～，呢兩個老嘢開心到日日見牙唔見眼【兒子媳婦三年裏生了倆，這兩個老傢伙高興得天天笑瞇瞇的】。

三鳥 saam1 niu5 雞、鴨、鵝三類家禽的總稱。

三扒兩撥 saam1 pa4 loeng5 but9 ❶ 形容吃飯動作快：佢～，唔使十分鐘就食完一餐飯【他猛一陣扒拉，不用十分鐘就吃完了一頓飯】。❷ 形容做事迅速：積埋咁多嘢，佢～就搞掂晒【積累下來的這麼多事情，他三下五去二就處理完了】。

三煞位 saam1 saat8 wai2* 風水術語。指極為兇險的位置。三煞指劫煞、災煞和歲煞。

三蛇 saam1 se4 指金腳帶（金環蛇）、飯鏟頭（眼鏡蛇）、過樹榕（灰鼠蛇）三種蛇，常用作泡酒或做菜餚的材料：你有風濕，飲啲～酒應該有效嘅【你有風濕，喝點兒三蛇酒應該有效】。

三蛇羹 saam1 se4 gang1 粵菜的著名菜餚之一。是以「三蛇」（參見該條）的肉加上各種作料烹製而成。

三衰六旺 saam1 soey1 luk9 wong6（運氣）有好有壞；（人生）沉浮興衰：人有～，凡事睇開啲【人生有沉浮興衰，甚麼事都看開點兒】。

三歲定八十 saam1 soey3 ding6 baat8 sap9【俗】指從小孩的行為就可以看出其長大以後品行、成就如何；三歲看老：～，你個仔咁細就咁叻，以後實撈得起【三歲看老，你兒子這麼小就這麼出色，以後肯定能混出頭】。

三索 saam1 sok8 ❶ 麻將牌中的「三條」。❷【諧】指門牙外突的人， 因其突出的門牙如麻將牌中「三條」的圖案般呈品字形排列，故稱。

三 T saam1 ti1 賽馬術語。在指定三場賽事中都買中前三名的馬匹（不計順序）。獲取這項彩金的機率不高，故通常彩金額較大。T 為英語 Trio 的簡稱。

三條九 saam1 tiu4 gau2 緊急電話號碼 999。

三叉蘇 saam1 tsa1 sou1 又作「萬能蘇」。多用插板；多用插座。

三柴 saam1 tsaai4【俗】即「沙展」。香港警察的警長職級，因肩章有三道銀色條子，故稱：佢警校出嚟冇幾年就升咗～【他從警校出來沒幾年就升了警長】。

三催四請 saam1 tsoey1 sei3 tseng2 多番催請：佢如果有心嚟就唔使人～啦【他如果有意要來就不用別人三番四次去請了】。

三重彩 saam1 tsung4 tsoi2 賽馬術語。在在一場賽事中順序買中前三名的馬匹。

三寸釘 saam1 tsyn3 deng1 比喻身材矮小的人：你身材矮到～噉，點打籃球呀【你身材矮成這樣，怎麼打籃球吶】？

三推四搪 saam1 toey1 sei3 tong2 一再推

卻；一再推搪：叫佢幫手做少少嘢啫，佢都～，真係唔夠朋友【叫他幫忙做那麼點事，他都一再推搪，真不夠朋友】。

三圍 saam1 wai4 女性的胸圍、腰圍、臀圍的合稱。

三魂唔見咗七魄 saam1 wan4 m4 gin3 dzo2 tsat7 paak8【俗】失魂落魄：佢一聽到個仔出咗事，就～【她一聽到兒子出了事，就失魂落魄】。

衫 saam1 ❶ 上衣：職業拳擊手比賽係唔着～嘅【職業拳擊手比賽時是不穿上衣的】。❷ 衣服：沖涼梗要除～啦【洗澡當然得脱衣服】。

衫襬 saam1 baai2 上衣的下緣；下襬。

衫袋 saam1 doi2* 上衣的袋子：佢～插住三枝筆【他的上衣口袋插着三枝筆】。

衫度 saam1 dou2* 衣服的尺寸大小。

衫仔 saam1 dzai2 舊時婦女用的中式奶罩，長條形，圍在乳房上，有排扣扣緊。

衫袖 saam1 dzau6 衣袖；袖子。

衫褲 saam1 fu3 衣服：返屋企換番套～至去飲【回家換套衣服再去赴宴】。

衫架 saam1 ga2* 衣架；晾衣架。

衫腳 saam1 goek8（衣服的）下襬：你～爛咗【你的衣腳破了】。

衫裙 saam1 kwan4 連衣裙：你身材咁高，着～實好好睇【你身材這麼高挑，穿連衣裙肯定很好看】。

衫裏 saam1 lei5 夾層衣服的裏子。

衫領 saam1 leng5 衣領：件衫～皺咗【上衣衣領皺了】。

衫尾 saam1 mei5 上衣的後襬。

衫鈕 saam1 nau2（衣服）扣子；鈕扣：你上便粒～跌咗【你（衣服的）最上面那顆扣子掉了】。

衫帔 saam1 pei1 上衣的前襟。

衫衩 saam1 tsa3 衣服旁邊開衩的地方。

衫刷 saam1 tsaat8 洗刷衣服的刷子。

衫長褲短 saam1 tsoeng4 fu2 dyn2 借指三長兩短。「衫長」諧音「三長」。

山 saan1 墳墓：上～【下葬】｜拜～【掃墓】。

山大斬埋有柴 saan1 daai6 dzaam2 maai4 jau5 tsaai4【俗】大山再怎麼禿，每次也能砍到些柴火，指數量雖然不多，但積聚起來便很可觀了。意近「集腋成裘」：雖然多數人都係捐十元八塊，不過～，幾百萬係一定有嘅【雖然多數人都只捐十塊八塊，不過集腋成裘，幾百萬是肯定有的】。

山蔸 saan1 dau1 滑竿，一種兩個人抬的簡便的轎子。

山頂 saan1 deng2 特指香港島太平山山巔，是香港著名的高級住宅區及觀光旅遊點：佢住～嘅【他住在（太平）山頂的（言下之意為「他是有錢人家」）】。

山寨廠 saan1 dzaai6 tsong2 香港的家庭作坊式小工廠，因過去此類廠有不少設於山坡上的木屋裏，故稱。

山豬 saan1 dzy1 野豬。

山墳 saan1 fan4 墳墓；山上的墳墓。

山雞 saan1 gai1 野雞；雉。

山坑 saan1 haang1 山溝；山谷：山上好難搵到水源嘅，落去～底睇下或者會有水【山上很難找到水源的，下去山溝底看看或許會有水】。

山坑水 saan1 haang1 soey2 山泉水：用～

嚟沖茶零舍唔同【用山泉水泡茶（比用一般水）是格外不同的】。

山卡罅 saan[1] ka[1] la[1] 窮鄉僻壤；偏僻的地方；山旮旯：呢啲～地方，手機信號都冇，邊有網絡吖【這種窮鄉僻壤，手機信號都沒有，哪會有網絡呢】。

山蜞 saan[1] kei[4] 旱螞蝗，蛭綱動物，暗綠色，能吸血，能刺傷皮膚。

山窿 saan[1] lung[1] 山洞：揖～【鑽山洞】｜～山罅【山洞山溝（指偏遠山區）】。

山泥傾瀉 saan[1] nai[4] king[1] se[3] 斜坡上的土石大量滑下。意近「山體滑坡」、「泥石流」、「塌方」：一場豪雨，多處發生～【一場特大暴雨，多處發生山體滑坡】。

山埃 saan[1] ngaai[1] 氰化鉀，一種毒藥名稱。

山埃貼士 saan[1] ngaai[1] tip[7] si[2] ❶（指代）不準確的內幕消息。❷（指代）極其有害的點子。

山棯 saan[1] nim[1] 桃金娘的果實，熟後紫黑色，味甜可口。又稱「棯仔」。

山婆 saan[1] po[4] 卑陋的鄉下妻子（有時只是謙辭，意近「拙荊」之類）。

山水有相逢 saan[1] soey[2] jau[5] soeng[1] fung[4]【俗】人生總有相逢之時（用作與故人重逢的感慨之語；後多用於與對手告別時的威脅之語）：～，你唔好做得咁絕【大家以後還有相遇的機會，你不要做得那麼絕】。

山瑞 saan[1] soey[6] 鱉的一種，生活在溪流中，烹煮後鮮美富營養，為補品的一種。

山長水遠 saan[1] tsoeng[4] soey[2] jyn[5] 長途跋涉：我～走嚟美國探佢，佢居然返咗香港【我長途跋涉跑到美國探望他，他居然回了香港】！

山草藥 saan[1] tsou[2] joek[9] 草藥。同「生草藥」。

閂 saan[1] 關上（門窗）；拴上（門窗）：風好大，～埋個窗【風很大，關上窗戶】。

閂定度門 saan[1] ding[6] dou[6] mun[4] 先關上門（喻先用語言或行動以阻止對方說明來意）：我都未問佢借錢佢就～【我還沒向他借錢他就先關上了門】。

閂死 saan[1] sei[2]（在球賽中用「關門」戰術）緊緊看守住對方球員，阻止對方帶球的隊員突破。

散仔 saan[2] dzai[2] ❶ 打雜的；跑腿的：做～，搵極有限【做打雜的，再怎麼掙也多不到哪兒去】。❷ 遊手好閒的人。

散紙 saan[2] dzi[2] 零錢；零票：冇～贖【沒零錢找】。

散咗 saan[2] dzo[2] 散架：通宵佈置會場，個個都做到～【通宵佈置會場，全部人都散架了】。

散租 saan[2] dzou[1] 不穩定的租賃關係。

散工 saan[2] gung[1] 零工：做～｜打～搵飯食【做零工掙飯吃】。

散客 saan[2] haak[8] 非結隊成群的、團體的，而是零星的顧客：呢間旅行社唔做～生意【這家旅行社不做零星遊客的生意】。

散賣 saan[2] maai[6] 零售：本公司是批發店，唔～【本公司是批發店，不零售】。

散銀 saan[2] ngan[2]* 同「散紙」。

散使 saan[2] sai[2] 零用；零用錢：阿媽一個禮拜畀一百蚊我～【媽媽一星期給我一百元做零用錢】。

散收收 saan[2] sau[1] sau[1] 鬆鬆散散的；零零散散的：啲嘢包到～嘅，點拎呀【東西包得鬆鬆散散的，怎麼拿呀】？｜啲材料～嘅，好難整理【材料零零散散的，很難整理】。

散手 saan2 sau2 本領；本事；技能：佢做生意係有幾度～【他做生意是有點兒本事】。｜學返幾度～先搵到食【學會幾套技能才混得了飯吃】。

散餐 saan2 tsaan1 ❶ 自行點的、零散點的餐，與「包餐」相對。❷ 喻指（男性）與不固定伴侶的做愛行為：佢係個中意食～嘅賤男【他是個愛跟不同女人胡混的賤男人】。

散 band saan3 ben1 原意指音樂組合（band）散夥，引指一般的散夥結束。

散檔 saan3 dong3 ❶ 散夥；分手：旅行團一返到機場就～【旅行團一回到機場就散夥】。｜佢同女友散咗檔【他跟女友分手了】。❷ 結束；（商家）停業：個畫展聽日～【那個畫展明天結束】。｜公司一～佢就搵咗份新職【公司剛一停業他就找了份新工作】。

散貨 saan3 fo3 傾銷貨品：公司有好多貨尾要清倉，所以大減價～【公司有很多舊產品要清理，所以削價傾銷】。

散水 saan3 soey2 作案後迅速分頭逃走；引指一般的解散、離開：幫歹徒一得手就即刻～，好難一網打盡【這伙歹徒一得手就馬上分散潛逃，很難一網打盡】。

散水餅 saan3 soey2 beng2 在辦公室工作的「上班族」離職，上班最後一天有請同事、上司吃糕點（餅）的習慣，派送的糕點稱為「散水餅」。

孱 saan4 ❶ 孱弱；身體虛弱：佢嘅傷啱啱好咗冇幾耐，仲好～【他的傷剛好不久，身體還很虛弱】。❷ 軟弱無能：乜你咁～，畀人打都唔還手【你怎麼這麼軟弱無能的，讓人打都不還手】。

潺 saan4 ❶ 粘液；涎：條魚周身～，點捉呀【這魚滿身粘液，怎麼捉呢】？❷ 麻煩：佢想幫人，點知搞到自己一身～【他想幫人家，誰知給自己惹了一身麻煩】。

潺菜 saan4 tsoi3 藤菜；落葵；滑菜。因其煮熟後滑溜溜的，故稱。

生 1 saang1 活；活着：死過翻～【死了又復活（指死裏逃生）】｜隻山豬仲～，補多一槍吖【野豬還活着，再補一槍吧】。

生 2 saang1 長：～鏽【長銹】｜～熱痱【長痱子】｜屋四周～滿晒野草【屋子四周長滿了野草】。

生 3 saang1「先生」之略稱（實際是「先生 sin1 saang1」的合音，後漸簡化）：李～【李先生】。

生不入官門，死不入地獄 saang1 bat7 jap9 gun1 mun4 sei2 bat7 jap9 dei6 juk9【俗】活着不願進衙門（指上公堂打官司），死了不願進地獄。把上公堂與進地獄相提並論，說明了舊時官府「衙門口朝南開，有理無錢莫進來」的殘酷現實。

生暴 saang1 bou2* 陌生；面生：唔好畀～人入嚟【別讓陌生人進來】。｜嗰位小姐有啲～，係唔係新嚟嘅【那位小姐有點兒面生，是不是新來的呢】？

生仔唔知仔心肝 saang1 dzai2 m4 dzi1 dzai2 sam1 gon1【俗】兒子是我生的，可他的心思我也不知道（指子女與長輩間有隔閡，互不理解）。

生仔冇屎窟 saang1 dzai2 mou5 si2 fat7 罵人語。生個孩子沒屁眼兒（詛咒人會遭報應）。

生蠔 saang1 dzi1 ❶ 患皮膚病（如疥瘡、癬

等）：貓狗都要沖涼，唔嘛都好易～【貓狗也要洗澡，否則也很容易生皮膚病的】。❷ 植物長微小的寄生蟲：啲菜～，要噴藥先得【這菜長細蟲子了，要噴（農）藥才行】。

生螆貓入眼 saang[1] dzi[1] maau[1] jap[9] ngaan[5]【俗】喻第一眼就看上了。意近「王八看蛤蟆——對上眼兒了」。「生螆」的貓即病貓：佢一見嗰個靚女就～噉【他一見那個美女好像就對上眼了】。

生癪 saang[1] dzik[7] 得疳積病：你個仔咁瘦，面黃黃噉，係唔係～呀【你兒子這麼瘦，臉黃黃的，是不是得了疳積啊】？

生招牌 saang[1] dziu[1] paai[4] 活招牌；活廣告：佢個女參加過選美，去親舖頭幫手客仔就多咗好多，直情係～【他女兒參加過選美，每次去店裏幫忙，顧客就多了很多，簡直是活廣告】。

生豬 saang[1] dzy[1] ❶ 未閹割過的公豬。❷ 肉食行業術語。活豬：～肉【新鮮豬肉】。

生花 saang[1] fa[1] 鮮花。

生粉 saang[1] fan[2] 芡粉。

生飛（痱）滋 saang[1] fei[1] dzi[1] 長口瘡。

生膠 saang[1] gaau[1] 一種半透明的橡膠。其顏色通常呈淺黃色或乳白色，質地較堅韌耐磨。通常用於做鞋底。

生雞 saang[1] gai[1] 未閹過的公雞。

生筋 saang[1] gan[1] 油炸過的水麵筋。

生勾勾 saang[1] ngau[1] ngau[1] ❶ 活生生的；活的：隻蟹剝咗殼仲～【這隻螃蟹剝了殼還活生生的】。❷ 不熟；生的：牛扒煎到～噉，我唔夠膽食【牛排煎得不熟，我不敢吃】。

生乾精 saang[1] gon[1] dzing[1] ❶ 水果失去水份；乾心兒：呢啲橙～咯，唔好食【這些橙乾心兒了，不好吃了】。❷ 人長得乾瘦：又老又～【又老又乾瘦】。

生鬼 saang[1] gwai[2] 詼諧而生動：佢嘅表演好～【他的表演很生動詼諧】。

生滾 saang[1] gwan[2] 一種烹調方法。把生的薄肉片、魚片放到煮開的湯、粥裏稍煮一下即連湯（或粥）離火盛入碗中食用：～肉粥｜～魚片粥。

生骨大頭菜——種壞 saang[1] gwat[7] daai[6] tau[4] tsoi[3] dzung[3] waai[6]【歇】長出硬纖維的大頭菜，種壞了。「種壞」諧音「縱壞」、「寵壞」。指被慣壞了的孩子（一般不講出下句）：你個生骨大頭菜係唔係想激死老竇搵山拜呀【你這被寵壞的不孝子是不是想氣死老爸好去掃墓啊】？

生果 saang[1] gwo[2] 水果。

生果金 saang[1] gwo[2] gam[1]【俗】香港政府給老人家按月發放的「長者生活津貼（65 歲或以上）」和「高齡津貼（70 歲或以上）」。因其數額不多，僅能供一個月買水果之用，故稱。

生人霸死地 saang[1] jan[4] ba[3] sai[2] dei[6]【俗】為活人先修築墓地，指霸佔着地方卻不使用，意近「佔着茅坑不拉屎」：你冇咁多人就唔好要人留咁多位啦，正一～【你沒那麼多人就不要讓人家給你預留那麼多位子，佔着茅坑不拉屎】！

生人勿近 saang[1] jan[4] mat[9] gan[6] 形容人窮兇極惡，不要接近：呢個惡爺嚟，～呀【這是個惡霸，窮兇極惡，不要接近他】。

生人唔生膽 saang[1] jan[4] m[4] saang[1] daam[2]【俗】指人膽子小：呢個世界冇鬼嘅，咪～啦【這個世界沒有鬼，別那麼膽小】。

生油 saang1 jau4 ❶ 花生油。❷ 生的（沒熱過的，沒用過的）油。

生意佬 saang1 ji3 lou2 商人；買賣人。

生鹽 saang1 jim4 食鹽；粗鹽。

生魚 saang1 jy2* 班鱧；烏鱧；烏魚：食～好補【吃烏魚挺滋補的】。

生魚治塘虱，一物治一物 saang1 jy2* dzi6 tong4 sat7 jat7 mat9 dzi6 jat7 mat9【俗】生魚即烏鱧，塘虱即鯰魚。在魚類生活鏈中，烏鱧吃鯰魚，鯰魚吃小魚、蛙類等，故稱。意近「鹵水點豆腐，一物降一物」：孫悟空係好犀利，不過～，佢師傅一唸咒佢就冇晒符【孫悟空是很厲害，不過鹵水點豆腐，一物降一物，他師傅一唸咒語他就徹底沒轍了】。

生冷 saang1 laang5 沒有煮熟過的瓜菜、水果，或雪糕、冰激淩等冰凍食品，其性質均屬「生冷」：你肚屙唔好食～嘢【你拉肚子不要再吃沒有煮的、冰凍的東西】。

生冷槓 saang1 laang5 gong3 剩飯結了塊變冷、變硬：啲飯～，炒番熱至食啦【飯變硬結團了，炒熱再吃吧】。

生纈 saang1 lit8 活結；容易解開的結子，與「死纈」相對：鞋帶要打～先至容易解開嘛【鞋帶子要打活結，才容易解開嘛】。

生累朋友，死累街坊 saang1 loey6 pang4 jau5 sei2 loey6 gaai1 fong1【俗】形容所作所為惡劣，做許多壞事的人，生前死後都連累親戚、朋友：賭徒十個九個都無好收場，～【賭徒十個有九個沒好下場，活着、死了都連累親戚朋友】。

生猛 saang1 maang5 ❶ 生龍活虎；生氣勃勃：唔好睇佢冇厘神氣噉，一上球場就好～啦【別看他沒精打彩的，一上球場就挺生龍活虎的了】。❷ 鮮活的；活蹦亂跳的：～海鮮【鮮活的海鮮】。❸ 勇猛：隻狗追獵物嗰陣時幾～呀【那隻（獵）狗追捕獵物時真勇猛】。

生安白造 saang1 ngon1 baak9 dzou6 胡編亂造：做新聞要講事實，～點得【幹新聞的要講事實，胡編亂造怎麼行】？

生壅 saang1 ngung1 活埋。

生沙林 saang1 sa1 lam4 患泌尿系統結石病。

生晒 saang1 saai3 用於動詞之後，表示動作不斷重複，令人生厭：嘈～【吵個不停】｜講～【説個沒完】。

生曬 saang1 saai3 把新鮮的海產或肉類直接曬乾：～臘肉｜～蠔豉【直接曬乾的鮮牡蠣肉】。

生蛇 saang1 se4【俗】生帶狀疱疹。

生性 saang1 sing3 懂事：咁大個仲唔～【這麼大了還不懂事】。｜阿爸唔喺度，你要～啲，聽阿媽話【爸爸不在，你要懂事點兒，聽媽媽的話】。

生水 saang1 soey2 ❶ 沒有燒開的水。與「沸水」、「開水」相對：你唔好飲～【你不要喝沒有燒開的水】。❷ 活水（與死水相對）：冇～流入嚟河道好易污染【沒有活水流入河道很容易污染的】。❸ 艮，不鬆軟。同「脹 ❶」。

生水芋頭 saang1 soey2 wu6 tau2* ❶ 煮熟後硬滑而不鬆軟的芋頭。❷ 喻指傻乎乎的，腦筋不靈活的或神經不太正常的人。

生雪 saang1 syt8 非食用的人造冰。

生劏 saang1 tong1 活着宰殺：～鯉魚【宰殺活鯉魚】。

生抽 saang1 tsau1 醬油的一種，色較淡，味較鮮，鹽份含量較高，可用於烹調時調味，也可用於蘸食。與「老抽」相對。

生菜 saang[1] tsoi[3] 葉用萵苣（一種蔬菜）。因可用於生吃，故稱。

生菜包 saang[1] tsoi[3] baau[1] 用生菜（葉用萵苣）菜葉包裹肉碎等所做的一種菜餚。

生草藥 saang[1] tsou[2] joek[9] 又作「山草藥」。草藥；青草藥：佢上山採～【他上山去採青草藥】。

生草藥——係又罨唔係又罨 saang[1] tsou[2] joek[9] hai[6] jau[6] ngap[7] m[4] hai[6] jau[6] ngap[7]【歇】草藥可用於敷傷患，有人不管對不對症都把它敷上。「罨」即「敷」，諧音「噏（胡說）」，故以此表示「不管有理無理都胡說一通」之意：呢個人正一～【這個人就會胡說】。

生蟲 saang[1] tsung[4] 患寄生蟲病：個仔肚～，你聽日帶佢睇醫生【孩子患寄生蟲病，你明天帶他去找醫生】。

生蟲枴杖——靠唔住 saang[1] tsung[4] gwaai[2] dzoeng[2]* kaau[3] m[4] dzy[6]【歇】蟲蛀過的枴杖，不能依靠、使用。比喻不能依靠、靠不住的人：佢係～㗎【他這個人靠不住的】。

生烏雞 saang[1] wu[1] gai[1]（衣物上）長黑色小霉點。

省 saang[2] 省會的簡稱，特指廣州市：～港澳【廣州—香港—澳門】。

省鏡 saang[2] geng[3] 字面意義為「連鏡子都可以省了」，指人長相極美，無需對鏡化妝：人事部新嚟個小姐好～【人事部新來的那個小姐好漂亮】。

省港旗兵 saang[2] gong[2] kei[4] bing[1] 特指由廣東偷渡或移民到香港後結伙作案的跨境犯罪團伙。

> 【小知識】「省港旗兵」為 1984 年上演的一部港產片，故事講述一群由廣州來港作案的匪幫。稱之為「旗兵」是因為劇中人物為文革時期廣州的「紅旗派紅衛兵」。

省城 saang[2] seng[4] 省會，特指廣東省會廣州：佢聽日去～【他明兒上廣州去】。

揹 saang[2] ❶（用去污粉、溶劑）刷洗；搓洗：～乾淨個面盆【把臉盆刷洗乾淨】。｜衫袖要攞番梘～多幾下【袖口要拿肥皂多搓幾下】。❷引申作訓斥：佢畀校長～咗一輪【他被校長訓了一頓】。❸（被球）砸；打：佢畀個波～到個鼻哥【他被球砸中了鼻子】。

霎 saap[7] 拍攝；搶拍：佢～咗個冠軍衝線嘅鏡頭【他搶拍了一個冠軍衝線的鏡頭】。

霎[1] saap[8] 眨（眼）：一～眼就唔見人【一眨眼人就不見了】。

霎[2] saap[8]（嗓子）沙啞：唱到把聲～晒【（唱歌）唱得嗓子都沙啞了】。

霎氣 saap[8] hei[3] 操心；掛慮；生氣：個仔成績麻麻，成日要為佢啲功課～【兒子成績勉勉強強的，整天都要為他的功課操心】。

霎眼嬌 saap[8] ngaan[5] giu[1] 乍一看似乎挺漂亮的（指女人）。

霎戇 saap[8] ngong[6] 犯糊塗；犯傻（指責人行動不合常情時用）：你～啦，冇電梯你點上五十樓呀【你犯傻了？沒電梯你怎麼上五十樓】？

霎時間 saap[8] si[4] gaan[1] 一下子；時間短促：～唔記得咗【一下子忘記了】。｜～你要我去邊度搵咁多人嚟呀【時間那麼短你讓我上哪兒去找那麼多人】？

熠（煠） saap[9] 熬；煮（一般指加湯水

後較長時間地或將食物整個地、大塊地煮）：～豬潲【熬豬食】｜～粟米【煮玉米棒子】。

熠熟狗頭 saap[9] suk[9] gau[2] tau[4]【貶】煮熟的狗頭，喻指人笑得呲牙咧嘴的：贏咗一局棋就～噉【贏了一盤棋就笑得呲牙咧嘴的】。

殺 saat[8] ❶ 表示接受對方開出的條件的慣用語，意為「成交」「就聽……的」：廿蚊一斤？好，～佢【二十塊一斤？好，就聽他的】！❷（指代）賭場上贏家收取輸家下注的錢：有～冇賠【有贏無輸；只贏不輸】。

殺訂 saat[8] deng[6] 因買家未有履行合約而沒收買家預付的定金：聽日記住要去埋單提貨呀，唔係過咗期對方要～㗎啦【明天別忘了去結賬提貨，要不過了期對方要沒收預付定金了】！

殺到埋身 saat[8] dou[3] maai[4] san[1] 原意是「被人家追殺到身邊了」，引指「（對方）兵臨城下」或「（事情）逼到頭上了」等意思：對手人強馬壯～，我哋就傷兵滿營，要小心啲應付先得【對手人強馬壯兵臨城下，我們就傷兵滿營，要小心點兒應付才行】。｜當初覺得唔關自己事，而家人哋～至知驚【當初覺得事情與己無關，現在人家欺負到頭上來了，才知道事態嚴重】。

殺校 saat[8] haau[6] 政府強行停辦（招收學生不足的）學校：～政策令大批教師失業。

【小知識】由於出生率下降，2004年開始，香港小學出現嚴重的收生不足，政府採取縮減班級數目及強制學校停辦的對策，但卻導致超額教師失業，學生也要面對轉校的問題。2009年，「殺校」危機蔓延到中學。

殺人放火金腰帶，修橋整路冇屍骸 saat[8] jan[4] fong[3] fo[2] gam[1] jiu[1] daai[3] sau[1] kiu[4] dzing[2] lou[6] mou[5] si[1] haai[4]【俗】殺人放火幹盡壞事的人升官發財，修橋築路的好人，卻死無葬身之地。控訴社會不公平，賞罰無章：～，專制社會係咁冇天理啦【殺人放火的升官發財，修橋鋪路的暴屍荒野，專制社會就是這麼沒天理的】。

殺錯良民 saat[8] tso[3] loeng[4] man[4] 誤傷了好人；打擊了無辜的人：新措施被認為～，打擊唔到炒家，令真正用家成為受害者【新措施被認為誤傷好人，打擊不了炒家，反而令真正用家成為受害者】。

煞 saat[8] 惡神惡煞之省稱，指歹徒：三～殺人後搶咗架的士，逃逸無蹤【三個歹徒殺人後搶了輛計程車逃得了無蹤跡】。

煞掣 saat[8] dzai[3] 剎車：車速太快，嚟唔切～【車速太快，來不及剎車】。

煞食 saat[8] sik[9] ❶ 有份量；有號召力；壓得住（場面）：請到明星級嘅人馬嚟壓軸，夠～喇啩【請到明星一級的人來壓陣，夠撐得住場面了吧】？❷ 頂用；管用：對付呢挺人，呢一招至～【對付這種人，這招最管用】。

哨牙 saau[3] nga[4] 長齙牙；齜牙（通常指天包地，即上門牙突出）。

潲 saau[3] 豬食：豬～【豬飼料】。

潲（餿）水 saau[3] soey[2] 泔腳，即準備倒掉的殘湯剩菜，現多稱作「廚餘」。

捎 saau[4]（不徵得同意即自作主張地）拿；取：乜你唔問下我就～咗我枝筆去用【你怎麼也不問問我就拿我的筆去用】？

睄 saau[4] 瞥；瞅（很快地看一下）：老師～咗佢一眼，佢即刻就唔敢出聲喇【老師瞥了他一眼，他馬上就不敢開口了】。

篩 sai1 ❶ 篩子。❷ 動詞。篩：～沙【篩沙子】。❸ 搖晃；搖擺：車開上山路，啲人就～過嚟～過去【車一開上山路，（車上的）人就搖來晃去的】。❹ 淘汰：他第一輪就～咗出局，入唔到決賽【他第一輪就被淘汰出局，進不了決賽】。❺（乒乓球之類的）旋轉：呢一板佢落咗～，我冇發覺到，卒之打咗出界【這一拍他加了轉，我沒發覺，終於打出了界】。

西餅 sai1 beng2 西式糕餅、點心（如蛋糕等）。

西多士 sai1 do1 si2* 香港茶餐廳小食之一，傳說從法國傳入。全名「法蘭西多士」，簡稱「西多」。其做法通常是以多士（英語 toast 的音譯，即烤麵包片）的其中一面塗上花生醬，再把兩片多士夾在一起，蘸滿蛋漿後炸製而成。食用時蘸以牛油、糖漿。

西紙 sai1 dzi2 外幣。

西裝 sai1 dzong1 ❶ 西服。❷ 分頭（一種男性髮型）：梳個～頭【留分頭】。

西裝褲 sai1 dzong1 fu3 西褲。

西裝友 sai1 dzong1 jau2* 穿西裝的人。

西瓜刀 sai1 gwa1 dou1 一種長而薄的刀。因常用於切西瓜，故稱。

西人 sai1 jan4 西洋人；歐美的白種人：我後生嗰時幫過～打工【我年輕時給洋人打過工】。

西洋菜 sai1 jeong4 tsoi3 ❶ 豆瓣菜（一種廣東常見的蔬菜）。因原產歐洲，故稱。❷【俚】指西方女性：嗰條友識親女仔都係～嚟嘅【那小子找的女友全是西方女孩】。

西洋參 sai1 joeng4 sam1 多年生的草本植物，跟人參同屬，原產北美。又稱「洋參」。

西芹 sai1 kan4 西洋芹菜。「芹」又作 kan2*。其植株較一般芹菜高大，莖粗，口感爽脆。

西蘭花 sai1 laan4 fa1 西花菜；綠花菜。源於意大利，與花椰菜近似，但菜花為綠色。

西冷 sai1 laang1 牛腰部以上的肉；牛腰肉。英語 sirloin 的音譯詞。

西米 sai1 mai5 一種用葛粉做的細圓粒的食品，又作「沙穀米」，多用作甜食原料。

西文 sai1 man4 外文，主要指歐美文字。

西南二伯父 sai1 naam4 ji6 baak8 fu2*【俗】放縱甚至縱恿青少年不學好的老好人。有典故指，有一位老年男人（二伯父）放縱小輩，最終導致其或謀生無門、或喪失生命的結局：教育學生係你嘅職責，淨係做～點得啫【教育學生是你的職責，光會做老好人放縱學生怎麼行呢】？

西片 sai1 pin2* 歐美等國家拍攝的英語電影片，也泛指外國影片。

西斜 sai1 tse4 西曬：間房下晝會～【這房間下午會西曬】。

茜 sai1 金魚藻，又稱「金魚茜」。水生草本植物，是魚類食料：我買好金魚缸，金魚～，再買金魚【我先買了金魚缸，金魚藻，再買金魚】。

犀飛利 sai1 fei1 lei2* 厲害；很厲害；了不起。同「犀利」，但語意較強。

犀利 sai1 lei6 厲害：對手真係～，比賽唔到三個字我就輸咗【對手真厲害，比賽不到十五分鐘我就輸了】。

使 sai² ❶ 用；使用：呢把電鬚刨點～【這隻電動剃鬚刀怎麼使用】？❷ 使喚：我識打字都唔係畀你～嘅【我會打字但也不是聽你使喚的呀】。❸ 花（錢）：淨係買傢俬就～咗十幾萬【光買家具就花了十幾萬】。｜你夠唔夠～呀【你夠不夠（錢）花】？❹ 用；用得着；要；需要：仲～講【那還用說】？｜～唔～我幫手吖【需不需要我幫忙呢】？

使得 sai² dak⁷ ❶ 能幹；有能力：我呢幾個拍檔都好～【我這幾個搭檔都挺能幹的】。❷（東西）管用；有效：呢隻藥醫胃病幾～㗎【這種藥對胃病挺管用的】。❸ 行；可以：呢把萬用刀切嘢、開罐頭、剪指甲，樣樣都～【這把萬能刀切東西、開罐頭、剪指甲，樣樣都行】。

使費 sai² fai³ 同「使用」。

使頸 sai² geng² 使性子；耍脾氣：我唔畀佢食朱古力，佢就同我～【我不讓他吃巧克力，他就跟我使小性子】。

使用 sai² jung⁶（日常的）開支；開銷；費用：個仔一個月畀五千蚊我做～【兒子每月給我五千塊做日常開銷】。｜喺美國留學一年要幾多～【在美國留學一年要多少費用】？

使脷 sai² lei⁵ 操縱船帆：見風～【見風使舵】｜船長親自～【船長親自操縱船帆】。

使媽 sai² ma¹ 舊時指女傭人。

使乜 sai² mat⁷ 表示沒必要、不需要之意，語氣較委婉時，相當於「何必」；語氣不太客氣時，相當於「用得着……嗎」：自己人，～咁客氣【自己人，何必這麼客氣】。｜我自己嘅事，～同你講呀【我自己的事，用得着跟你說嗎】？

使乜講 sai² mat⁷ gong² 那還用說；還用得着說嗎：～，咁好嘅機會我點會唔去喏【那還用說，這麼好的機會我怎麼會不去呢】？｜呢份工人工咁高，梗係揀呢份啦，～呀【這份工作工資這麼高，當然選這份了，那還用說】？

使牛 sai² ngau⁴ 駕牛（耕田）：唔識～點可以算係農民呀【不會駕牛（耕田）怎麼能算是農民呢】？

使婆 sai² po²* 女僕；老媽子：我喺潘家做～三十年嘞【我在潘家做了三十年老媽子了】。

使銅銀夾大聲 sai² tung⁴ ngan²* gaap⁸ daai⁶ seng¹【俗】把銅錢充當銀幣用，還惡聲惡語地威壓別人。形容蠻橫無理的人：佢唔識規矩亂過馬路，仲～話架車唔讓佢【他不守交通規則亂過馬路，還罵人家開車的不讓他，真是無理取鬧】。

使橫手 sai² waang⁴ sau² 請別人代自己幹傷害他人的事：佢～買起個證人【他找人把證人幹掉】。

駛 sai² 駕駛；開（車、船）：～架車過去【把車開過去】。｜～埋頭【駕（船）靠岸】。

洗白白 sai² baak⁹ baak⁹ 洗澡澡（對兒童用語）。

洗版 sai² baan² 互聯網用語，刷屏。同「炸版」。

洗大餅 sai² daai⁶ beng²【謔】（為掙錢而在餐廳中）洗盤子：我響美國嘅學費、生活費都係～得返嚟嘅【我在美國的學費、生活費都是靠洗碗碟掙來的】。

洗底 sai² dai² 黑社會組織的成員向警方自首，放棄其成員身份，即「洗脫黑底」之意。

洗地 sai2 dei6 洗地板；用水和竹掃把刷洗水泥地、磚地等。

洗袋 sai2 doi2* 把身上的錢都輸光了，口袋裏如同洗過一樣分文不剩：佢啱啱去澳門～返嚟，身上一個仙都冇【他剛從澳門輸光了回來，身上一個子兒都沒有】。

洗粉 sai2 fan2 洗衣粉的簡稱。

洗腳唔抹腳 sai2 goek8 m4 maat8 goek8【俗】洗完腳卻不擦乾，任水到處滴，喻指毫無節制地花錢（粵語「水」有「錢財」之義，故稱）。

洗黑錢 sai2 hak7 tsin2 簡稱作「洗錢」。利用合法手段（如異地投資、郵寄現款等）把非法得來的錢轉變成合法財富。這個轉變的過程，即謂之「洗」：佢靠販毒發達嘅，開酒樓唔係為咗賺錢，係為咗～啫【他是靠販賣毒品發家的，開餐館不是為了賺錢，是為了把那些非法收入偷龍轉鳳地變成合法財富而已】。

洗樓 sai2 lau2* 喻指選舉期間候選人或助選團逐層逐戶地動員選民去投其一票。

洗腦 sai2 nou5 思想意識控制。即採用各種手段，有意圖地向人灌輸一種異於一般價值觀的思想，改變人的原有的認識和態度，以符合操縱者的意願：呢度隨時可以接觸到各種資訊，唔會咁容易畀人～【這裡隨時可以接觸各種資訊，不會那麼輕易被人改變和控制思想】。

洗牌 sai2 paai2* 打牌術語。將牌弄亂，弄均勻，再排好：贏嘅唔使～，由輸家洗【贏家不用洗牌，由輸家洗】。

洗衫板 sai2 saam1 baan2 ❶ 搓板。❷【諧】喻指女性胸部平坦。

洗衫梘 sai2 saam1 gaan2 洗衣服用的肥皂。

洗身 sai2 san1 洗澡。

洗濕個頭 sai2 sap7 go3 tau4 頭已經濕了，不洗澡也不行了，喻指已經下水（指已置身於事情之中，已沒有回頭的餘地）：呢件事你已經～，唔做都要做啦【這事你已經下了水，不幹也得幹】。

洗手 sai2 sau2 比喻壞人、強盜等改邪歸正：做完呢一單我就～唔撈嘞【幹完這一票我就金盆洗手不幹了】。

洗手間 sai2 sau2 gaan1 廁所的雅稱。英語 washroom 的意譯詞。

洗太平地 sai2 taai3 ping4 dei6 ❶ 指舊時對發生瘟疫的地區、街道等進行徹底清洗、消毒。❷ 引指為預防傳染病或針對色情、賭博、吸毒等不良現象而採取的預防措施或實施的除害行動。

洗肚 sai2 tou5 ❶ 清腸胃，即去掉腸胃中的油膩：呢幾日我淨係食白粥嚟～【這幾天我只喝稀飯清腸胃】。❷（用腹膜透析療法）洗腎。

洗錢 sai2 tsin2* 同「洗黑錢」。

洗胃 sai2 wai6 對因飲食而中毒的病人或服毒者所作的一種治療，因要把胃部的物質清洗乾淨，故稱：睇佢個樣好似係藥物中毒，要即刻送去醫院～先得【看樣子他好像是藥物中毒，要馬上送去醫院沖洗胃部才行】。

世伯 sai3 baak8 對無親屬關係的長輩的尊稱，與普通話尊稱他人「伯父」用法相同：～，我今日正式向你個女求婚【伯父，我今天正式向你女兒求婚】。

世侄 sai3 dzat9 對晚一輩的年輕人的較客氣的稱呼。

世界 sai3 gaai3 ❶ 生活；光景：嘆～【享受（美好的）生活】｜捱～【忍受（困苦

的）生活】。❷ 財富：撈～【撈錢財】｜做～【（作案）謀取錢財】。❸ 美好前程：你咁後生，仲有大把～【你這麼年輕，還有不盡的美好前程】。

世界波 sai³ gaai³ bo¹ 世界一流的球技，尤指精彩的射門：佢響三十公尺外一腳～，將比分改寫成一比零【他在三十米外一腳世界一流的射門，把比分改寫成一比零】。

世界仔 sai³ gaai³ dzai² 指那些善於為人處世，機靈善變，在社會上很吃得開的年輕人：呢個～，醒目係醒目，不過唔係幾穩重【這個機靈鬼，聰明是聰明，不過不是太穩重】。

世界輪流轉 sai³ gaai³ loen⁴ lau⁴ dzyn² 【俗】世界上的事物是經常變化不定的，意近「三十年河西，三十年河東」：你唔使驚，～，銀行股會止跌回升嘅【你不必擔心，三十年河西，三十年河東，銀行股票會止跌回升的】。

世叔 sai³ suk⁷ 對父輩朋友的尊稱。

細 sai³ 小；細小：～雨【小雨】｜～仔【小兒子】｜頭大身～【頭大，身體細小】。

細啤 sai³ be¹ 特指小瓶裝（330 毫升）的啤酒。

細半 sai³ bun³ 一小半：裝～杯水畀我就夠嘞【給我倒小半杯水就夠了】。

細膽 sai³ daam² 膽小：我好～，唔好嚇我呀【我膽子很小的，別嚇唬我】。

細電 sai³ din⁶ 細電 AA 型電池（內地稱五號電池；台灣稱三號電池），常用於攜帶式電器或電子產品。

細姐 sai³ dze² 庶母。

細紙 sai³ dzi² 小面額的鈔票（10 元至 100 元），與「大紙」相對：我身上得一張金牛，你若果有～同我畀住六十蚊的士錢先【我身上就一張千元的鈔票，你要是有小額的鈔票先替我付了六十塊計程車費用】。

細價股 sai³ ga³ gu² 每股股價低於一元的股票。股價在一毫（角）和一元之間的，又稱「毫股」，股價低於一毫的，又稱「仙股」。

細價盤 sai³ ga³ pun²* 面積較小、售價較低的住宅樓房。

細個 sai³ go³ ❶（年紀）小：～個嗰陣時成日激老母【小時候整天氣媽媽】。｜細佬仲～，唔好蝦佢【弟弟還小，別欺負他】。❷ 個兒小：你個人咁～，打波好蝕底嘅【你個頭這麼小，打球很吃虧的】。｜呢隻西瓜好～【這西瓜個兒很小】。

細個仔 sai³ go³ dzai² 小孩子。與「大個仔」相對：你～，大人嘅嘢你唔明㗎喇【你還小，大人的事你還不懂】。

細姑 sai³ gu¹ 夫之妹，也稱「姑仔」。

細鬼 sai³ gwai² 撲克牌的小王；小鬼。

細蓉 sai³ jung²* 飲食行業術語。廣東餛飩麵（雲吞麵）在行內稱「蓉」，分量較小的稱為「細蓉」，與「大蓉」相對（參見該條），有餛飩四顆。「細」即小。

細佬 sai³ lou² ❶ 弟弟（用作引稱）。❷ 老弟（用作對稱）：呢樣嘢你未見過啩，～【這玩藝兒你還沒見過吧，老弟】？❸ 兄弟；小弟（用作自稱）：～初初入行，以後請各位多多關照【兄弟我剛入門，以後請各位多多關照】。❹【諱】小弟弟（指男性生殖器）：嚇到我～都縮埋【嚇得我小弟弟都縮了回去】。

細佬哥 sai³ lou² go¹ 又作「細路」。❶ 小孩；小孩子：頭先有三個～響度玩【剛才有三個小孩子在這兒玩】。❷ 孩子；

子女：你有幾個～【你有幾個孩子】？

細路 sai3 lou6 ❶ 同「細佬哥」。❷ 小朋友；小子（用作對稱）：～，唔好喺度踢波【小子，不要在這兒踢球】！

細路仔 sai3 lou6 dzai2 小男孩。（也可泛指小孩兒。）

細路女 sai3 lou6 noey2* 小女孩；小姑娘。

細媽 sai3 ma1 舊時多妻制家庭中嫡出的子女對庶母的稱呼。

細蚊仔 sai3 man1 dzai2 ❶ 小娃娃；小孩（語意略帶親切）：呢個～好得意【這個小娃娃真好玩】。❷ 孩子。同「細佬哥」。

細妹 sai3 mui2* 妹妹 (用作引稱) 。

細粒 sai3 nap7 ❶（顆粒）小：芝麻好～【芝麻很小】｜～嗰隻藥丸要食三次【小粒的那種藥片要吃三次】。❷ 體型矮小：佢生得好～【他個兒長得很矮小】。

細押 sai3 ngaat8 以三十天為典押期的當舖。

細□ sai3 ngai1 ❶ 不大方；吝嗇；斤斤計較：佢好～嘅，一蚊都要同人家計較【他很吝嗇，一塊錢也要跟人家計較】。❷ 不重要的；小的：～公司【規模小的公司】｜呢啲～嘢，唔使大佬你出手【這點兒小事，不用大哥您出手】。

細藝 sai3 ngai6 ❶ 用來打發時間的小玩意兒，如做衣服、繡花、栽種、攝影等：退咗休咁得閒，學啲～都好㗎【退休了這麼空閒，學點兒小手藝也好呀】。❷ 作為消遣的活動：喺屋企冇乜～唔係出嚟行下囉【在家裏閒着無聊，便出來走走嘛】。

細婆 sai3 po2* 妾；小老婆。與「大婆（即正妻）」相對。

細細個 sai3 sai3 go3 年紀很小；個兒很小：我～嗰陣時喺鄉下見過呢樣嘢【我很小的時候在老家見過這玩意兒】。

細嬸 sai3 sam2 丈夫的弟媳婦（背稱）。

細時 sai3 si4 小時候：你～好肥【你小時候挺胖的】。

細食 sai3 sik9 飯量小；吃得少：咁～，係唔係想減肥呀【吃得這麼少，是不是想減肥呢】？

細餸 sai3 sung5（吃飯）省菜；吃菜很少：唔使整咁多嘢，我好～嘅【甭做那麼多東西，我菜吃得很少】。

勢估唔到 sai3 gu2 m4 dou3 萬萬沒想到；怎麼也沒想到：佢～會考唔到大學【他萬萬沒想到會考不上大學】。｜～佢連老闆都敢得罪【怎麼也沒想到他連老闆都敢得罪】。

勢兇夾狼 sai3 hung1 gaap8 long4 ❶ 氣勢洶洶：你～噉，係唔係想打交呀【你氣勢洶洶的，是不是想打架啊】？❷ 胃口大；野心大：呢條友真係～，居然話要攞我哋一半股份【這老兄野心不小，居然說要我們一半的股份】。❸ 指某些事情做得過份：食飯～噉，做嘢唔見你咁落力【吃飯狼吞虎嚥的，幹活沒見你這麼賣力】！

勢色 sai3 sik7 情勢；形勢；情況：佢見～唔對，啦啦聲走人【他見情況不對勁，趕快溜】。

噬 sai4 咬：唔使驚，隻狗唔會～人嘅【不用怕，這隻狗不會咬人的】。

誓願 sai6 jyn6 發誓：真係嘅，我可以～【真的，我可以發誓】。

誓願當食生菜 sai6 jyn6 dong3 sik9 saang1 tsoi3【俗】發誓跟吃萵苣菜似的，指人隨口發誓卻從不履行。

誓神劈願 sai6 san4 pek8 jyn6 義同「誓

願」。語氣較強烈，意近「詛咒發誓」：佢～話佢冇偷嘢【他詛咒發誓說他沒有偷東西】。

塞 sak[7] 曾孫。

塞豆窿 sak[7] dau[6] lung[1] 字面意指「（只夠用來）塞豆大的窟窿」，指代小孩兒；小不點兒：呢張圖畫係呢幾個～畫畀你嘅【這張圖畫是這幾個小傢伙畫給你的】。

塞車 sak[7] tse[1] 堵車；交通堵塞：一～就塞咗個幾鐘頭【一堵車就堵了一個多小時】。

心大心細 sam[1] daai[6] sam[1] sai[3] 猶豫不決；難以決斷：畀唔畀個仔去留學，我到而家仲係～【讓不讓兒子去留學，我到現在還是猶豫不決】。

心多多 sam[1] do[1] do[1] 三心兩意（形容想法不少卻拿不定主意）：你又想去加拿大滑雪，又想去夏威夷浸海水，～噉唔得㗎噃【你又想去加拿大滑雪，又想去夏威夷泡海水，三心兩意的可不行】。

心知肚明 sam[1] dzi[1] tou[5] ming[4] 心裏明白；心中有數：應該點做，你～，我無謂再講吖【應該怎麼做，你心裏明白，我沒必要再說了】。

心照 sam[1] dziu[3] 意會；理解；心裏明白：佢究竟想點，大家～吖【他到底想幹啥，大家心裏明白】。

心足 sam[1] dzuk[7] 心中滿足：我加咗三百蚊人工，已經～喇【我的工資加了三百塊，已經心滿意足了】。

心火盛 sam[1] fo[2] sing[6] 中醫術語，指體內氣血亢盈，心煩氣躁。引指煩躁不安而遷怒於他人：佢呢排～，脾氣好差，你都係唔好惹佢喇【他最近很煩躁，脾氣很壞，你就別惹他了】。

心甘命抵 sam[1] gam[1] meng[6] dai[2] 心甘情願：我幫佢捱係～嘅【我為他吃苦是心甘情願的】。

心機 sam[1] gei[1] ❶ 心血；心計：設計呢個方案佢嘥咗唔少～【設計這個方案他費了不少心血】。｜追女仔就咁叻，讀書又唔見你咁有～【追女孩這麼精明，讀書沒見你這麼用心】。❷（好的）心情；興趣：冇～去玩【沒心情去玩】。

心驚膽跳 sam[1] geng[1] daam[2] tiu[3] 心驚膽顫，形容非常害怕：一出街就撞到警匪槍戰，嚇到我～【一上街就遇上警匪槍戰，嚇得我心驚膽顫】。

心肝椗 sam[1] gon[1] ding[3] 心肝寶貝。

心掛掛 sam[1] gwa[3] gwa[3] 心中牽掛着；老想着；念念不忘：個仔去美國留學，佢媽咪梗係～啦【兒子到美國留學，他母親當然心中很牽掛了】。

心口 sam[1] hau[2] 胸脯；胸口：拍～【拍胸脯（保證）】。｜～痛【胸痛】。

心口針 sam[1] hau[2] dzam[1] 佩帶在胸前的飾物；胸針。

心氣痛 sam[1] hei[3] tung[3] 心窩部位痛；胃痛。

心意咭 sam[1] ji[3] kaat[7] 為某種特定目的（如祝賀生日、結婚、祝賀添丁、表示謝意或歉意等）而送給別人以表心意的卡片。

心郁郁 sam[1] juk[7] juk[7] 動心；心裏癢癢：聽講話佢炒樓賺咗一大筆，我都有啲～【聽說他炒買炒賣樓房賺了一大筆錢，我都有點兒動心】。｜個鹹濕老細一見靚女就～【那個色鬼老闆一見漂亮女孩子就心裏癢癢】。

心涼 sam[1] loeng[4] 心中痛快；心裏十分高興：睇見嗰個大貪官判咗死刑，我真係

～【看到那個大貪官被判了死刑，我心裏真痛快】。

心翳 sam1 ngai3 ❶ 因飲食過量而淤滯不化，引起胸口發堵、心中難受。❷ 有心事；不痛快：輸咗呢場咁重要嘅比賽，佢好～【輸了這場這麼重要的比賽，他心裏很不痛快】。

心罨 sam1 ngap7 心酸；心裏鬱悶：睇到佢個慘樣我都～【看到他那副悽慘的樣子我都心酸】。｜大家都睇唔到有乜嘢出路，好～【大家都看不到有甚麼出路，心裏很鬱悶】。

心抱 sam1 pou5 兒媳婦。這是「新婦」的變音：娶～【娶兒媳婦】｜孫～【孫媳婦】。

心實 sam1 sat7 憂慮；憂心忡忡；一籌莫展：聽到公司要執笠，個個心都實晒【聽到公司要倒閉，大家都憂心忡忡】。

心思思 sam1 si1 si1 心裏老想着；老惦着：個女仔係幾靚，唔怪得你一見就～啦【那女孩子是挺漂亮，難怪你一見就老惦記着】。｜唔好成日～諗住去玩【別成天老惦記着去玩】。

心息 sam1 sik7 死心；心灰意冷：佢咁遠嚟到，見唔到偶像佢唔會～【他老遠跑來，見不到偶像是不會死心的】。｜佢考車考咗三次都唔得，睇怕都～喇【他考駕駛執照三次沒過，恐怕心灰意冷了】。

心想事成 sam1 soeng2 si6 sing4 心裏想着的事情都能成功。這是粵語常用的祝福語：祝你～，馬到功成【祝你如願以償，馬到成功】。

心水 sam1 soey2 ❶ 心意；心願：件衫幾啱我～【這件衣服挺合我的心意】。❷ 合心意的：～號碼｜～樓【合心意的樓房】。

心水馬 sam1 soey2 ma6 賽馬用語。心中估計會獲勝的馬匹。

心水清 sam1 soey2 tsing1 心思細密，頭腦清醒，能注意到容易被人忽略的事情：佢連你中意食乜都留意到，真係～【他連你喜歡吃甚麼都留心到了，真是心思縝密】。

心淡 sam1 taam5 ❶ 心灰意懶：經過今次打擊，佢對婚姻嘅事已經好～咯【經過這次打擊，她對婚姻的事已經心灰意懶了】。❷ 看淡了；沒興趣：對於權勢嘅嘢，我不溜都好～嘅【對於權勢之類，我向來都看得很淡】。

心頭高 sam1 tau4 gou1 志向高；心氣高傲：你個女～，好難搵到男朋友【你女兒心氣高傲，很難找到男朋友】。

心躁 sam1 tsou3 煩躁；心裏煩悶急躁：個仔離家出走幾日冇返嚟，唔到我唔～【兒子離家出走幾天沒回，不由得我不焦急煩躁】。

深切治療 sam1 tsit8 dzi6 liu4 對重病傷患者所作的高度監護及醫療照料，所特設的病房稱「深切治療部（Intensive Care Unit，縮寫為 ICU）」。

審 sam2 撒：～啲胡椒粉【撒點兒胡椒麵】。｜花生炒熟後再～啲鹽【花生炒熟後再撒點兒鹽花】。

審裁處 sam2 tsoi4 tsy3 法庭中負責審理裁決的部門：勞資～。

甚至無 sam6 dzi3 mou4 甚至於；就算是：買唔到今日嘅飛就買聽日嘅，～後日嘅都得【買不到今天的票就買明天的，甚至於後天的都行】。｜唔好話佢受咗少少傷，～重傷、殘廢，我都唔會離開佢嘅【別說他才受了點兒傷，就算是重傷、殘廢，我都不會離開他的】。

身 san¹ ❶（器物的）主要部份立體結構：薄～花樽【薄壁花瓶】｜企～琴【立式鋼琴】。❷ 量詞。頓：打一～【打一頓】。

身子 san¹ dzi² 身體：天一凍～就唔舒服【天一冷身體就不舒服】。

身家 san¹ ga¹ 資產；財產；家當：呢個地產商～過億【這個地產商資產超過億元】。｜一張床、一個櫃，就係佢全副～喇【一張床、一個櫃子，這就是他全套家當了】。

身跟 san¹ gan¹ 身邊；旁邊：你受咗傷，要有人喺你～至得【你受傷了，要有人在身邊才行】。

身（娠）紀 san¹ gei² 身孕：有咗～【有孕了】。

身嬌玉貴 san¹ giu¹ juk⁹ gwai³（女性）身體嬌貴。通常用於形容女性嬌生慣養或不用幹活：佢～，點會識得點做呢啲粗重嘢呀【她這麼嬌貴，哪裏會幹這種粗重活】？

身光頸靚 san¹ gwong¹ geng² leng³ 衣着光鮮；打扮漂亮：佢呢排～，一定撈得好掂【她最近衣着光鮮、裝戴名貴，一定混得不錯】。

身熨 san¹ hing³ 發燒；體溫高：個女琴晚有啲～【女兒昨晚有點兒發燒】。

身有屎 san¹ jau⁵ si² 身上有糞便。比喻自身不乾淨、犯有過失或做了不可公開的醜事：你自己～仲話人哋【你自己都不乾淨還說人家】？

身水身汗 san¹ soey² san¹ hon⁶ 汗流浹背；大汗淋漓：一場波踢完，個個都～【一場球踢完，個個都大汗淋漓的】。

身位 san¹ wai²* ❶ 球類比賽中可以搶到或處理球的身體位置：我畀對方後衛捱咗個～，攞唔到波【我被對方後衛搶佔了有利位置，拿不到球】。❷（人、馬匹）身體的寬度或長度：「新王子」贏舊冠軍一個～做咗呢屆馬王【新王子贏舊冠軍一匹馬長度的距離成了這一屆的馬王】。

辛苦 san¹ fu² 難受；累：感冒好～【感冒很難受】。｜做到好～【工作做得很累】。

辛苦搵嚟自在食 san¹ fu² wan² lai⁴ dzi⁶ dzoi⁶ sik⁹【俗】辛辛苦苦掙錢，圖的就是吃得舒服點兒：～，唔好咁慳喇【辛辛苦苦掙錢就得吃好點兒，別這麼省嘛】。

新地 san¹ dei²* ❶ 在頂部加有壓碎的水果、核果或果汁的冰淇淋。英語 sundae 的音譯詞。❷ 新鴻基地產公司的簡稱。

新丁 san¹ ding¹ 新加入的人：公司嘅同事對我呢個～好客氣【公司同事對我這個新人很客氣】。

新澤西——食水深 san¹ dzaak⁹ sai¹ sik⁸ soey² sam¹【歇】新澤西指美國戰艦「新澤西號」，吃水很深，比喻牟取暴利，賺錢賺得太狠：你賣串魚蛋都賺咁多，真係～【你賣魚丸子都賺那麼多，簡直是牟取暴利】！

> 【小知識】新澤西號 1953 年來港，因排水量大（吃水深），而香港維多利亞港水淺，故該艦只能泊於港外。其後一段時間，人們以「新澤西」借代「食水深」。現已少用。

新紮 san¹ dzaat⁸ 新近紅起來的；新崛起的：～師兄【新近紅起來的新星；剛崛起的新人（師兄只是一種客氣的稱呼）】。

新仔 san¹ dzai² 新來的人；新手：佢係～

嚟嘅，你帶下佢吖【他是新手，你帶帶他吧】。

新淨 san[1] dzeng[6] 新；整潔；不顯舊：件衫咁～就唔要【衣服還那麼新就不要了】？｜呢間屋住咗咁多年仲好～【這房子住了那麼多年還不顯舊】。

新正頭 san[1] dzing[1]* tau[2]* 又作「新年頭」。指農曆年初一到元宵節（正月十五）這段時間：～咪講埋啲唔好意頭嘅嘢【新春別說些不吉利的話】。｜響鄉下，～多數都唔做嘢㗎啦【在鄉下，春節後半個月大多不幹活了】。

新界 san[1] gaai[3] 香港三大區域之一。指1898年英國據《展拓香港界址專條》向清政府租借的從九龍界限街以北至深圳河以南之間的地區。其英語名稱是 New Territories。

新記 san[1] gei[3] 【俗】新華社香港分社。其在香港之角色現為「中央人民政府駐香港特別行政區聯絡辦公室（簡稱中聯辦）」所取代。

新血 san[1] hyt[8] 新的血液。喻團體中新加入的成員；新生力量：警隊啱入嚟嘅一批～，好有潛質【警察隊伍中剛進來的一批新鮮血液，很有潛力】。

新人 san[1] jan[4] ❶ 新郎新娘：一對～向雙方父母行禮【新郎新娘向雙方父母行禮】。❷ 新手：佢係～，你教下佢【她是新手，你教教她】。

新人王 san[1] jan[4] wong[4] 新人當中的佼佼者，特指影視歌唱界傑出的新晉演員。

新義安 san[1] ji[6] ngon[1] 香港三合會組織，為香港第一大黑社會幫派，由1946年赴港的原國民黨軍軍官向前改組而成，現龍頭職位仍由向氏後人世襲。

新奇士 san[1] kei[4] si[2]* 一種產自美國的優質橙子的牌子。英語 Sunkist 的音譯詞：～橙【金山橙（一種個兒大，色美，汁多，在香港銷量最大的橙子）】。

新嚟新豬肉 san[1] lai[4] san[1] jy[1] juk[9]【俗】大家都可以欺負的新人、新同學。「新豬肉」喻指其可被宰割、瓜分：我哋開會輪流做記錄嘅，你～，今次就輪到你喇【我們開會是輪流做記錄的，你新來乍到，活該倒霉，這次就輪到你了】。

新曆年 san[1] lik[9] nin[4] ❶ 陽曆新年；元旦。❷ 陽曆：我嘅生日係年廿八，按～計，係一月廿三號【我的生日是臘月二十八，按陽曆算，是一月二十三日】。

新郎哥 san[1] long[4] go[1] 新郎；新郎倌。

新聞紙 san[1] man[4] dzi[2] 舊時指報紙。英語 newspaper 的意譯詞。

新年頭 san[1] nin[4] tau[2]* 指農曆年初一到年十五這段時間。同「新正頭」：～去睇醫生？大吉利是咩【新年期間去醫院看病？太不吉利了】！

新牌 san[1] paai[4] 領取執照不久的：～仔【新司機】。

新婦 san[1] pou[5] 兒媳婦。音變讀作「心抱」。

新婦仔 san[1] pou[5] dzai[2] 又作「心抱仔」。❶ 舊時指童養媳。❷ 對兒媳婦的昵稱。

新婦茶 san[1] pou[5] tsa[4] 又作「心抱茶」。特指新婚的兒媳婦奉給翁姑的茶，也泛指新娘在中式婚禮中奉給親友的茶，敬茶後親友通常會送上紅包表示祝福：你幾時飲～呀【你甚麼時候娶（兒）媳婦啊】？

新絲蘿蔔皮 san[1] si[1] lo[4] baak[8] pei[4]【俗】亦被訛作「新屍蘿蔔皮」或「新鮮蘿蔔皮」。指代材質低下的毛皮衣物。舊時普通人家以這種衣物充門面以示身份高貴，往往被達官貴人嗤之以鼻。後引以諷刺暴發戶或不自量力者：你以為自己係乜嘢～呀，學人入呢啲高級餐廳【你以為自己是甚麼身份，學人家進這樣的高級餐廳】？

新屎坑——三日香 san1 si2 haang1 saam1 jat9 hoeng1【歇】「屎坑」指廁所，意即新廁所受歡迎只會維持三天，過了這兩三天廁所一髒，人們的興趣便隨之消失了。喻人的興趣、愛好不長久，喜歡某些事物只是一時圖新鮮：佢買咗副圍棋，日日要人同佢捉，睇怕都係～啫【他買了副圍棋，天天要人陪他下，瞧着吧，恐怕也就圖個新鮮而已】。

新鮮滾熱辣 san1 sin1 gwan2 jit9 laat9【俗】又說「新鮮熱辣」。原指食物剛做好，還熱氣騰騰的，喻指剛出現的新鮮事物，引人注目：佢係啱啱選出嘅香港小姐，～，邊個唔識呀【她是剛選出來的香港小姐，正是新聞熱點，誰不認識她】。

新鮮人 san1 sin1 jan4 2000年播映的一套電視劇名稱。後常用作指稱新加入某一公司、組織的成員或新入學（多指大學）的學生。

新潮 san1 tsiu4 指人的觀念、行為、衣着或器物的款式時髦，領先或合乎潮流：着得咁～【穿得這麼時髦】。｜而家啲後生思想好～，同居係好平常嘅事【現在的年輕人思想都緊跟潮流，同居是很平常的事】。

新出 san1 tsoet7 新上市的：呢啲係～嘅唱碟【這些是新上市的唱片】。

新簇簇 san1 tsuk7 tsuk7 很新；嶄新：呢套衫仲～【這套衣服還很新】。

薪俸 san1 fung2* 薪金；工資。

薪俸稅 san1 fung2* soey3 個人工資收入稅。

申訴專員公署 san1 sou3 dzyn1 jyn4 gung1 tsy5 監察政府運作的獨立的法定機構，專責處理對政府部門及公營機構不滿而引發的申訴。申訴專員由香港特別行政區行政長官委任。

呻 san3 ❶ 嘆；怨；訴苦：佢～自己行衰運【他怨嘆自己走了霉運】。❷ 呻吟：你～下就好啲喇【你呻吟一下就會舒服些】。

呻笨 san3 ban6 自嘆蠢笨；自嘆倒霉：佢知道有贈券嗰時已經買咗飛，惟有自己～【他知道有贈票的時候已經買好了票，只好自嘆倒霉】。

神 san4 又作 san2*。「神經病」的省稱，引指不正常；壞了；出了毛病：架車～咗【車壞了】。｜架電視～起上嚟就一陣彩色一陣黑白【這台電視發起神經來就一會兒彩色一會兒黑白的】。

神打 san4 da2 一種表現神力的武功表演，又稱「神拳」。表演的神功師父會請神靈附身，然後表演刀槍不入、燙油淋身等以示得神靈保護而身體無損。

神主牌 san4 dzy2 paai2* 祖宗牌位；親人的靈牌。

神經 san4 ging1 精神不正常；有精神病：佢有啲～，有時會亂咁講嘢【他有點兒精神不正常，有時會胡言亂語】。

神高神大 san4 gou1 san4 daai6 人高馬大：佢咁～，點解唔去打籃球啫【他這麼高大魁梧，幹嘛不去打籃球】？

神棍 san4 gwan3 巫師，利用神佛迷信騙取錢財的人：呢啲係～呃人嘅手法，千祈唔好上當【這是利用神佛騙取錢財的騙子的欺騙手法，千萬別上當】。

神又係佢鬼又係佢 san4 jau6 hai6 koey5 gwai2 jau6 hai6 koey5【俗】一會兒唱紅臉，一會兒唱白臉（好人壞人都是他）；當面說好話，背後另搞一套：當初佢撐我坐主席個位，而家又去董事長度唱衰我，真係～【當初他力薦我坐主席的位置，現在又去董事長那兒說我壞話，真正是一會兒唱紅臉，一會兒唱白臉】。

神嘢 san4 je5 有毛病，靠不住的東西：你架～仲用得咩【你那部破玩意還能用嗎】？｜嗰咁多錢買咗部～，真係激氣【花這麼多錢買了部破玩意兒，真讓人惱火】。

神級 san4 kap7 電子遊戲用語。最高級別；最高境界。引指很厲害；水平極高：～核潛艇｜佢演嘅口技簡直係～水準【他表演的口技水平極高】。

神樓 san4 lau4 神龕（供奉神像或祖宗牌位的閣子）。

神砂 san4 sa1 喻面值小的輔幣，指其不值錢，沒有獨立使用的價值：全部都係一毫、兩毫嘅～，你要埋我份啦【盡是一兩毛錢的鋼鏰兒，你連我那份都拿走吧】！

神心 san4 sam1 原指人敬奉神靈的誠意，引指誠心、專心、有恆心：嘩，咁～，專登嚟探我【唷，這麼誠心，專門來探望我】。

神神地 san4 san2* dei2* ❶ 不正常；有毛病：個收音機有啲～【這部收音機有點兒不太正常】。❷ 精神有點不正常：嗰個人～，唔好行埋去【那個人精神有點兒不正常，別走過去】。

神神化化 san4 san4 fa3 fa3 言行不太正常；或有點兒古怪，真假難辨；或故作神秘，難以捉摸：呢條友講嘢～嘅【這小子說話怪怪的（不知道葫蘆裏賣的甚麼藥）】。

神神經經 san4 san4 ging1 ging1 精神有點不正常的樣子：嗰條友～噉，我哋都係離佢遠啲好過【那小子有點神經不正常，我們還是離他遠點兒的好】。

神仙魚 san4 sin1 jy2* 一種顏色、形狀、花紋頗具觀賞價值的熱帶魚。

神仙肚 san4 sin1 tou5 能捱餓，似乎不用吃飯的肚子：做老記嘅，個個都係～，一餐唔食好正常啫【做記者的，個個都能捱餓，一頓不吃挺正常的嘛】。

神推鬼㧬 san4 toey1 gwai2 ngung2 鬼使神差：平時呢個鐘數我仲攤喺床度，唔知點解嗰日～噉想出街食早餐，結果一出門就遇到車禍【平時這個鐘點我還躺在床上，那天鬼使神差似的想上街吃早餐，結果一出門就遇到了車禍】。

神台橘——陰乾 san4 toi4 gat7 jam1 gon1【歇】擺在神主台上供神的橘子，擱時間長了自然就乾癟了。喻指乾癟枯瘦的老人（經常不講下句）：我已經係～喇【我已經是乾癟枯瘦的老人了】。

神台貓屎——神憎鬼厭 san4 toi4 maau1 si2 san4 dzang1 gwai2 jim3【歇】喻指人人討厭、憎惡的傢伙：呢條友講親嘢都出口傷人嘅，而家好似～【那小子一說話就出口傷人，現在人人都討厭他】。

晨早 san4 dzou2 一早：我～搞妥晒啦【我一早就辦好了】。

晨早流流 san4 dzou2 lau4 lau4 一大清早：大吉利是！～講埋呢啲說話【呸！一大清早說這種（不吉利的）話）】！

晨咁早 san⁴ gam³ dzou² 一大早：聽日～就要出發【明天一大早就要出發】。｜你～就叫醒人做乜呀【你一大早就把人叫醒幹嘛呢】！

晨褸 san⁴ lau¹ 起床後暫時穿的長衣。

晨操 san⁴ tsou¹ 參與賽馬的馬匹早晨所做的奔跑操練。

晨運 san⁴ wan⁶ 早上或清晨進行的體育鍛煉。常見的活動為沿山徑緩跑、步行，或到公園做操打拳等：日日有好多～客經過呢度【天天有很多早鍛煉的人打這兒經過】。

腎 san⁵ 牛、豬的腰子；雞、鴨的胃。

脤 san⁵ ❶ 艮（指芋頭、白薯、馬鈴薯、藕等含澱粉較多的東西煮熟後硬滑而不鬆軟，不麵）：啲番薯咁～，唔好食嘅【這白薯不鬆軟，不好吃】。❷ 比喻人死板，不靈活，傻、笨：冷氣機壞咗都唔識開風扇，你都～嘅【冷氣機壞了也不開電風扇，你真笨】。

脤人 san⁵ jan⁴ 傻瓜；傻冒：你唔好當我係～【你不要把我當傻瓜】。

濕 sap⁷ ❶ 賞；賞賜：老細～咗佢一筆【老闆賞了他一筆錢】。❷ 因被打而流血：佢畀人～【他讓人打得頭破血流】。

濕包 sap⁷ baau¹ 榴槤、菠蘿蜜等果實中果肉多汁且較為鬆軟的一種（與「乾包」相對）。

濕□□ sap⁷ det⁹ det⁹ 濕漉漉：我畀雨淋到周身～【我被雨淋得渾身濕漉漉的】。

濕滯 sap⁷ dzai⁶ ❶ 腸胃不適，消化不良；也指某些食物容易使人腸胃不適的特性：我呢輪食唔落嘢，可能有啲～【我這陣子吃不下東西，可能有點兒消化不良】。｜荔枝好～，唔好食咁多【荔枝很容易使人腸胃不適，別吃那麼多】。❷ 有阻力；有麻煩；難辦；棘手：呢單生意有啲～【這樁生意有點兒麻煩】。

濕貨 sap⁷ fo³ 市場中出售的與乾貨相對的物品，包括鮮花、鮮活肉類、家禽等：～攤位。

濕氣 sap⁷ hei³ 空氣中的潮濕水氣：就嚟落雨嘞，～好重【快下雨了，天氣很潮濕】。

濕熱 sap⁷ jit⁹ 同「濕滯」❶。

濕吻 sap⁷ man⁵ 深度接吻。

濕淰淰 sap⁷ nam⁶ nam⁶ 濕漉漉：一到春天，周圍都～嘅【一到春天，到處都濕漉漉的】。

濕泅泅 sap⁷ nap⁹ nap⁹ 濕淋淋：件衫～嘅，快啲換咗佢【衣服濕淋淋的，快換了】！

濕身 sap⁷ san¹ ❶ 身上沾了水：我哋去沙灘玩水，個個都濕晒身【我們去沙灘玩水，個個都渾身濕透】。❷ 與壞事有牽連：呢單嘢一直都係佢老婆出面，所以出咗事佢都冇～【這件事一直都是他老婆出面，所以出了事他也沒被牽連進去】。

濕濕碎 sap⁷ sap⁷ soey³ 小意思。同「濕碎❷」：食餐飯幾百蚊～啦【吃一餐飯花幾百元，小意思】。

濕星 sap⁷ sing¹ 零星；瑣碎：我去百貨公司買啲～嘢【我到百貨公司買些瑣碎東西】。

濕水狗上岸 sap⁷ soey² gau² soeng⁵ ngon⁶【俗】落水狗上了岸，習慣地猛一搖晃，甩得水花四濺；而「水」在粵語中有「錢財」義，故以「濕水狗上岸」喻毫不吝嗇地大筆大筆花錢：佢中咗六合彩頭獎，所以一出街就～噉【他中了六合彩一等獎，所以一上街就一個勁兒地大筆大筆花錢】。

濕水雞 sap7 soey2 gai1 落湯雞：畀雨淋到成隻～噉【被雨澆得落湯雞似的】。

濕水欖核——兩頭滑 sap7 soey2 laam2 wat9 loeng5 tau4 waat9【歇】濕了水的橄欖核，兩頭都又硬又滑，很難掌握（經常不講出下句）。❶ 比喻好動、調皮的孩子：三四歲細路邊個唔係～噉冇時定吖【三四歲的小孩哪個不是活蹦活跳坐不穩的】？❷ 比喻滑頭、善於投機取巧的人。呢條友係～，我唔信得過佢【這小子老滑頭一個，我信不過他】。

濕水棉胎——冇得彈 sap7 soey2 min4 toi1 mou5 dak7 taan4【歇】濕了水的棉胎是不能彈鬆的。「彈」字語意雙關，明指「彈棉花」實指彈劾，抨擊。「冇得彈」即「無可挑剔」之意：他工作態度咁好，真係～【他工作態度這麼好，真是沒有甚麼可說的】。

濕水炮仗——唔響 sap7 soey2 paau3 dzoeng2* m4 hoeng2【歇】浸濕了的炮竹，點不着，不會響。喻指脾氣極好或極有涵養、從不發火的人。

濕碎 sap7 soey3 ❶ 零碎；瑣碎：執枱洗碗呢啲～嘢，通常都係女人做喇【收拾飯桌洗碗這種瑣碎的事，通常都是女人做的嘛】。｜得閒執下櫃桶啲～嘢啦【有空就收拾一下抽屜裏那些零零碎碎的東西吧】。❷ 小意思；容易；不值一提的小事。意近普通話的「小菜一碟」：今日出咗糧，請你食餐飯好～啫【今天剛發工資，請你吃頓飯，小意思】。｜佢係數學博士，解你呢啲題好～啫【他是數學博士，做你這些題目，小菜一碟】。

濕柴 sap7 tsaai4（燒不着的、用處不大的）濕的木柴，喻指面額不大的鈔票：身上得幾張～，搭的士都唔夠【身上才幾張零票，坐計程車都不夠】。

十八廿二 sap9 baat8 ja6 ji2* 二十歲左右，很年輕：佢而家先至～，大把前途【他現在才二十來歲，前途無量】。｜你以為你仲係～咩，學人玩跳傘【你以為還年輕啊，去學人家玩跳傘】！

十賭九輸 sap9 dou2 gau2 sy1 十次賭博九次輸。

十之八九 sap9 dzi1 baat8 gau2 八九成；機會很大：啲街坊～都贊成我嘅提議【八九成街坊都贊成我的提議】。

十指緊扣 sap9 dzi2 gan2 kau3 雙方的十根手指互相穿插着緊緊相扣相握。通常這是戀人或夫妻之間情到深處的親密動作。

十字界（鎅）豆腐 sap9 dzi6 gaai3 dau6 fu6 ❶ 舊時一種兒童遊戲。❷ 像劃十字般把一板豆腐切開，喻指把地方劃分或間隔：規劃呢個地方好容易，將市中心～分成四份就得【規劃這個地方很容易，把市中心方方正正分成四份就行】。❸【謔】在胸前劃十字，借指祈禱。

十字車 sap9 dzi6 tse1【俗】緊急救護車，同「白車」。因其車廂漆有紅十字，故稱。

十字鋤 sap9 dzi6 tso4 鎬頭；十字鎬。又稱「番啄」。

十足十 sap9 dzuk7 sap9 百分之百：嗰對孖仔似到～【那對雙胞胎長得一模一樣】。

十冤九仇 sap9 jyn1 gau2 sau4 深仇大恨：我同你又冇～，你做乜嘢噉對我呀【我跟你又沒甚麼深仇大恨，你幹嗎這麼對待我呢】？

十月芥菜——起心 sap9 jyt9 gaai3 tsoi3 hei2 sam1【歇】芥菜到了農曆十月份就會長出了菜心、開花。「起心」語意雙關，指對異性有愛慕之心：嗰個男仔對你咁好，睇怕係～咯【那個男孩子對你這麼好，恐怕是起了愛慕之心】。

十萬九千七 sap9 maan6 gau2 tsin1 tsat7 形容數目龐大；非常多；十萬八千里：我嘅身家同你比爭～啦【我的財產跟你比還相差十萬八千里呢】。

十問九唔應 sap9 man6 gau2 m4 jing3 怎麼問都沒反應；不理不睬：佢嬲咗我，對我～【她生我的氣，對我不理不睬】。

十五十六 sap9 ng5 sap9 luk9 ❶ 拿不定主意；七上八下：佢對呢件事～，唔知點好【他對這件事拿不定主意，不知怎樣辦才好】。❷ 害怕；擔憂：個女咁夜都未返嚟，佢個心～【女兒這麼晚還沒回來，她心裏很擔憂】。

十卜 sap9 pot7 互聯網用語。英語 support 的諧音詞，表示支持的意思。又寫作「十扑」、「十仆」。

十三點 sap9 saam1 dim2 形容人行為乖張，不明事理，傻裏傻氣。這是一個來自吳方言的借詞：你都明知佢係～咯，仲同佢講咁多道理做乜吖【你明知道他傻乎乎的不明事理，還跟他講甚麼大道理呢】？

十世 sap9 sai3 喻時間很長；很久以前：乜佢入咗去～都未出嚟㗎【怎麼他進去那麼長時間都還沒出來】？｜我畀咗份文件佢～啦【文件我一早就給了他】。

十四仔 sap9 sei3 dzai2 香港黑社會組織 14K 的會眾。

十四座 sap9 sei3 dzo6 指十四個座位的小巴。

十成九 sap9 sing4 gau2 很可能；八九不離十。也説「十成」、「十成十」：～係佢靜雞雞攞咗去【很可能是她偷偷地拿走了】。

十畫未有一撇 sap9 waak9 mei6 jau5 jat7 pit8【俗】八字還沒一撇（形容事情剛開始，離成功還遠）：呢單生意而家～，你唔好講出去先【這樁生意現在八字還沒一撇，你先別說出去】！

11 號車 sap9 jat7 hou6 tse1 用兩條腿走。兩條腿狀如阿拉伯數目字 11，故稱。又稱「11 號巴士」：我住得好近學校，日日都係搭～返學【我家離學校很近，天天都是走路上學】。

失打 sat7 da2（照相機的）快門。英語 shutter 的音譯詞。

失婚 sat7 fan1 離了婚的；夫妻離異的：～婦人【離了婚的婦女】。

失驚無神 sat7 geng1 mou4 san4 ❶（人被嚇得）驚恐萬狀；驚惶失色：路過嘅人畀爆炸聲嚇到～【路過的人被爆炸聲嚇得驚恐萬狀】。❷ 突然；在別人沒有準備的情況下：你～噉咁大聲嗌，想嚇死人咩【你突然這麼大聲喊叫，想把人嚇死呐】？❸ 慌裏慌張的；冒冒失失的：人哋喺度開緊會佢就～撞咗入嚟【人家正在開會他就冒冒失失地衝了進來】。

失覺 sat7 gok8 ❶ 不留心；沒留意；沒注意：唔好意思，～踩到你腳【對不起，不留心踩到你的腳】。❷ 初次見面時的客套話，表示尊敬。意近「怠慢了」：～晒嘞潘先生【怠慢您了潘先生】。

失口 sat7 hau2 失言；漏嘴：我至驚酒後～得失咗人【我最怕酒後失言得罪了人】。

失儀 sat7 ji4 失去應有的儀態：噉嘅場合

你着住拖鞋就去好～嘅㗎【這種場合你穿着拖鞋去是有失儀態的呀】。

失禮 sat7 lai5 ❶ 有失禮貌；禮數不周：琴日飲到發酒癲，真係～死人【昨天喝得撒酒瘋，太失禮貌了】。❷ 禮貌用語。不成敬意；不像樣子：一杯薄酒，～，～【一杯薄酒，不成敬意，不成敬意】。｜我就講呢幾句，算係拋磚引玉，～晒【我就說這麼幾句，算是拋磚引玉，不像樣子】。

失失慌 sat7 sat7 fong1 慌慌張張，驚慌失措。同「慌失失」。

失匙夾萬 sat7 si4 gaap8 maan6 字面意義為「丟了鑰匙的保險櫃」，喻指沒有財權的富家子弟（取其「雖有錢卻沒法拿來花」之意）：佢老竇身家過億，不過出名孤寒，所以佢暫時仲係～【他父親財產過億，不過吝嗇得出了名，所以他暫時還只是個名義上的「有錢公子」】。

失蹄 sat7 tai4 打前失（牲口因前蹄沒站穩而失去平衡或跌倒），比喻犯錯誤：人有錯手，馬有～【人會做錯事，馬會打前失】。

失拖 sat7 to1 又作「甩拖」。❶ 被拖的船失去拖帶；脫鉤了。❷ 失約；答應了的事情辦不成：佢永冇～【他從不失約】。❸ 失去機會：呢次重演我一早去買飛，唔想再～【這次重演我一早去買了票，不想再錯過了】。

失威 sat7 wai1 丟人；丟臉；喪失體面：連佢都贏唔到，你好～㗎喎【連他都贏不了，你豈不很丟臉】？

失魂 sat7 wan4 ❶ 精神恍惚；神不守舍：唔知點解呢排咁～，成日做錯嘢【不知為甚麼這一陣子這麼精神恍惚，整天出錯】。❷ 神色慌張：咁～做乜嘢？快啲打 999【這麼慌張幹甚麼？快點兒打 999（報警電話）】。❸ 魂飛魄散：嚇到佢失晒魂【嚇得他魂飛魄散】。

失魂魚 sat7 wan4 jy2* ❶ 形容人驚慌、匆忙，像受驚的魚似的：佢畀你嚇到手揗腳震，～噉【他被你嚇得手腳發抖，跟受驚的魚似的】。❷ 形容人做事魯莽大意；馬大哈：好多～賴低啲嘢喺車度【很多馬大哈會把東西落在車上】。

虱乸 sat7 na2 虱子。

膝頭 sat7 tau4 膝蓋。

膝頭哥 sat7 tau4 go1 同「膝頭」。

膝頭大過髀 sat7 tau4 daai6 gwo3 bei2【俗】膝蓋比大腿還粗，形容人骨瘦如柴：佢住咗三個月醫院，而家～【他住院治病三個月，現在骨瘦如柴】。

膝頭撟眼淚 sat7 tau4 giu2 ngaan5 loey6【俗】蹲着哭，用膝蓋擦眼淚，形容十分傷心：你夠膽吸毒、販毒？畀差佬捉到，你～都得喇【你敢吸毒、賣毒品？讓警察抓到，你哭都來不及】。

膝頭蓋 sat7 tau4 goi3 膝蓋骨，亦作「菠蘿蓋」：我個～琴日踢波跌傷咗【我的膝蓋骨昨天踢球摔傷了】。

實 sat9 ❶ 結實：佢周身啲肌肉好～【他渾身的肌肉都很結實】。❷ 硬；堅固；堅硬：啲花生咁～，老人家點食呀【花生這麼硬，老人家怎麼吃呀】？｜紅木傢俬係老土啲，不過好～【紅木家具是土了點，不過挺堅固的】。❸ 肯定；一定；一準；準：今日～落雨嘅【今天肯定下雨】！｜一話要出錢佢～唔肯去【一說要掏錢他準不肯去】。❹ 用在動詞之後，表示動作正在進行或持續：睇～佢，唔好畀佢走甩【看着他，別讓他脫逃了】。

實枳枳 sat9 dzat7 dzat7 密密實實的：個旅行袋裝到～【旅行袋裝得滿滿當當的】。

實淨 sat⁹ dzeng⁶ 結實；硬朗：張枱好～【桌子很結實】。｜我七十幾嘞身體仲好～【我七十多了身子骨還挺硬朗】。

實倔倔 sat⁹ gwak⁹ gwak⁹ 硬梆梆：啲肉啱啱由雪櫃攞出嚟，～點切呀【這肉剛從冰箱裏拿出來，硬梆梆的怎麼切】？

實行 sat⁹ hang⁴ ❶ 當然；自然：你送佢去外國留學～好啦【你送他到外國留學當然很好呀】。❷ 決意；決定；堅決：個老闆咁無良，我哋～抵制佢【老闆那麼無良，我們堅決抵制他】。❸ 勢必；必定：你比賽前完全冇練習，～輸都得嘞【你比賽前完全不練習，必定會輸】。

實Q sat⁹ kiu¹ 保安人員。英語 security 省略後的音譯。

實牙實齒 sat⁹ nga⁴ sat⁹ tsi² 肯定地；實實在在地：佢～話我知，今晚一定出席會議【他很肯定的告訴我，今晚一定出席會議】。｜我哋～講好晒，你唔好反口呀【我們已經實實在在地說好了，你可別反悔】。

實食冇黐牙 sat⁹ sik⁹ mou⁵ tsi¹ nga⁴【俗】喻指有充份把握，肯定能處理好：佢最識同人談判㗎嘞，叫佢去～嘅【他最有談判經驗，叫他去準能談成】。

實情 sat⁹ tsing⁴ ❶ 實在；敢情：～好啦【那敢情好】。❷ 事實上；實際上；其實：琴日我唔來，～係病咗【昨天我沒來，其實是生病了】。

收 sau¹ 藏；收藏：我上次份文件你～咗去邊【我上次那份文件你收藏在哪兒了】？

收得 sau¹ dak⁷（比賽、影劇、展覽、歌舞表演等）賣座；收入好：今年嘅甲組聯賽幾～【今年的甲組（足球）聯賽收入挺好】。

收嗲 sau¹ de¹【俗】閉嘴。「嗲」代表茶，借指「口水」。「收嗲」意為不要再噴口水，即不要多言。

收檔 sau¹ dong³ ❶ 停止營業；收攤兒：你間舖頭平時幾點～【你的商店一般幾點鐘停止營業】？❷ 結束；玩完：個賣物會就快～啦，你而家至嚟【賣物會快結束了，你現在才來】？❸ 收起來；別再幹了：你啲把戲畀人識穿晒，都係～罷啦【你的把戲被人識破了，還是收起來吧】。｜電腦玩得耐對眼冇益㗎，快啲～喇【電腦玩久了對眼睛無益，快別玩了】。

收到 sau¹ dou²【俗】知道了；明白了：乜嘢話？即刻畀錢過佢？OK，～【甚麼？馬上給他錢？行，知道了】。

收科 sau¹ fo¹ 收場：件事搞大咗我驚冇辦法～【這件事搞大了我擔心沒法收場】。

收貨 sau¹ fo³ 接收貨物，引指接受：篇論文寫到咁差我驚教授唔肯～【這篇論文寫得這麼差我怕教授不肯接受】。

收風 sau¹ fung¹ 得到風聲；接到信息：警方收到風，話有走私船埋岸【警方收到信息，說有走私船靠岸】。

收監 sau¹ gaam¹ 關進監牢。

收工 sau¹ gung¹ ❶ 下班：我哋公司正常係五點鐘～【我們公司正常是五點鐘下班】。❷ 結束工作：大家爽手啲，拍完呢個鏡頭就～【大家利索點兒，拍完這個鏡頭就結束工作】。

收口 sau¹ hau² ❶ 閉嘴；住嘴：你哋都～，唔准再嘈【你們都閉嘴，不許再吵了】。❷ 傷口癒合：我前日鎅親隻手指，不過而家已經～【我前天割傷了手指，不過現在傷口已經癒合了】。

收熱頭 sau¹ jit⁹ tau²* 太陽下山；日落：

快啲行，～嘞【快點走，太陽下山了】。

收規 sau¹ kwai¹ 非法收取營業保護費：呢條友夠膽嚟～你哋就報警【這小子敢來勒索保護費你們就報警】。

收樓 sau¹ lau²* ❶ 把租賃給別人的樓宇收回來：呢棟樓嘅絕大多數租戶已接到～通知【這棟樓的絕大部份租戶已收到（業主的）回收樓宇通知】。❷ 預先購買「樓花」者接收建好的新物業：我間新屋下個月～【我買的新房子下個月建好可以接收了】。

收爐 sau¹ lou⁴ 飯館、茶樓等的廚房暫時停止運作，表示關門不營業：歲晚～【歲暮關門不營業】。

收埋 sau¹ maai⁴ ❶ 藏起來：你～啲乜嘢喺後便【你後面藏了甚麼東西】？❷ 積攢下來：我將阿媽畀嘅零用錢都～【我把媽媽給的零用錢都積攢下來】。❸ 收拾好：我日日都～枱面啲嘢至走【我每天都收拾好桌面的東西才走】。

收買人命 sau¹ maai⁵ jan⁴ meng⁶ 殺人；要人的命：你攞條咁粗嘅棍嚟打人，想～咩【你拿這麼粗的棍子來打人，想要人的命嗎】？

收買佬 sau¹ maai⁵ lou² 收破爛的。

收尾 sau¹ mei¹* 後來；最後：我冇睇晒齣戲，個男主角～點呀【電影我沒看完，男主角後來怎麼樣了】？｜～都係我哋隊贏咗【最後還是我們隊贏了】。

收納 sau¹ naap⁹（雜物）收集存放（多用於書面）：～盒｜家居物品～得好成間屋都企理好多【家居物品存放得好讓一切井然有序】。

收銀員 sau¹ ngan²* jyn⁴ 收款員。

收銀台 sau¹ ngan²* toi⁴ 結賬收錢的櫃枱。

收皮 sau¹ pei⁴，又作 sau¹ pei²*。【俗】指斥別人，讓別人閉嘴或停止某種行為：你一味講埋啲廢話，～啦【你盡講廢話，快閉嘴吧】！

收山 sau¹ saan¹ 指退休；不再幹原來從事的職業：呢一行我做咗幾十年，就嚟～喇【這一行我幹了幾十年，快退休了】。

收收併併 sau¹ sau¹ beng³ beng³ 將錢財、物品等暗藏起來：阿嫲將金戒指、金項鏈、銀元都～【奶奶把金戒指、金項鏈、銀元等都藏了起來】。也用「收收埋埋」。

收收散 sau¹ sau¹ saan² 鬆散；鬆鬆散散，亦作「散收收」：咁多嘢～叫我點攞呀【這麼多東西，鬆鬆散散的，讓我怎樣拿】？

收手 sau¹ sau² 停手；住手；罷手：你兩個唔好打啦，～喇【你倆別打了，快停手】。｜你已經搞到人家散人亡，～啦【你已經弄得人家家散人亡，該罷手了】。

收聲 sau¹ seng¹ 住口；閉口：你同我～【你給我住口（阻止他人繼續說話；或威嚇小孩別再哭）】。｜講多都冇用，你都係～罷啦【講再多也沒用，你還是閉口吧】。

收線 sau¹ sin³ 掛斷電話：我聽到啲推銷嘅電話就會即刻～【我聽到那些推銷的電話就會馬上掛斷】。

收水 sau¹ soey² 收錢。

收數 sau¹ sou³ 收回債款、欠款；收債：上門～【上門收回債款】。

收枱 sau¹ toi²* ❶ 賭局收了；賭局散了：佢哋～嘞【他們的賭局結束了】。❷ 吃完飯把桌子收拾好：啲客人食完飯嘞，你去～【客人吃完飯了，你去把飯桌收拾好】。

收肚 sau¹ tou⁵ 縮小腹部：啱啱生完仔，我要做運動～【剛生完孩子，我要運動運動縮減腹部脂肪】。

修整 sau¹ dzing² 修；修理：～下架車【把車修一修】。

修悠 sau¹ jau⁴ 原詞為「優悠」，因「優」與「憂」同音，避其忌而改讀為「修」。意為從容不迫，不慌不忙：就快開車喇，你仲咁～【快開車了，你還這麼不緊不慢的】！｜仲有大把時間，修修悠悠慢慢行都未遲【還有很多時間，從從容容地慢慢走，不急】。

修身 sau¹ san¹ 減肥的別稱。

羞家 sau¹ ga¹ 羞；羞人：咁大個仔都唔識綁鞋帶，真係～【這麼大了還不會繫鞋帶，真害羞】！

手 sau² ❶ 量詞。用於使人害怕、討厭、忌諱、難堪的事：我至驚呢～嘢喇【我最怕這種事了】。❷ 量詞。買賣股票的基本單位。香港股市每「手」的具體數量因不同上市公司而異（如匯豐銀行每「手」為 400 股）。

手板 sau² baan² 手掌；手心：～好厚【手掌很厚】｜打～【打手心】。

手板眼見工夫 sau² baan² ngaan⁵ gin³ gung¹ fu¹ 比喻工作範圍小，一眼可見：呢啲都係～，好易做嘅啫【這裏的活兒都是一眼可見，很容易做】。

手板心 sau² baan² sam¹ 手心；手掌的中心部份。

手板堂 sau² baan² tong⁴ 手心，比喻所控制的範圍：你跳唔出我嘅～【你跳不出我的手心】。

手筆 sau² bat⁷ ❶ 筆跡：呢個係佢嘅～【這個是他的筆跡】。❷ 文章風格；文筆：魯迅嘅～同胡適唔同【魯迅的文章風格跟胡適不同】。❸ 辦事、用錢的能力、氣派：大～【大氣派】。

手臂 sau² bei³ 胳膊。

手多多 sau² do¹ do¹ 多手多腳：呢啲係展品，唔好～亂咁摸【這些是展品，別多手多腳亂摸】。

手袋 sau² doi²* 女性使用的提包。

手踭 sau² dzaang¹ 肘；胳膊肘。

手掣 sau² dzai³ ❶（汽車的）制動裝置；手剎車；手閘。與「腳掣」相對。❷ 電腦遊戲手柄。

手枕 sau² dzam² 手上磨起的繭子：我以前打鐵嘅，成手～有咩出奇啫【我以前是打鐵的，滿手繭子有啥好奇怪的】？

手指 sau² dzi²【諧】電腦所用的閃存盤；U 盤。

手指指 sau² dzi² dzi² 用手指頭指人；指指點點：你講還講，唔好～，尊重下人好【你有話好好說，別老用手指指人，對人放尊重點兒好】。

手指公 sau² dzi² gung¹ 拇指；大拇指。

手指罅 sau² dzi² la³ 手指縫兒。

手指罅疏 sau² dzi² la³ so¹ 手指縫太寬。指人存不住錢，花錢大手大腳：我人工係唔少，弊在～，所以積蓄好少【我工資是不少，可惜花錢大手大腳的，所以很少積蓄】。

手指尾 sau² dzi² mei¹* 小拇指；小指頭。

手指模 sau² dzi² mou⁴ 指印；指模：打～【摁指印】。

手指拗出唔拗入 sau2 dzi2 ngaau2 tsoet7 m4 ngaau2 jap9【俗】手指只向外彎，不朝裏頭彎，即不向着自己人反而偏袒外人。意同「胳膊肘朝外拐」。反其意而用的有「手指拗入唔拗出」。

手作 sau2 dzok8 手工技藝。

手作仔 sau2 dzok8 dzai2 手藝人。

手風 sau2 fung1 手氣：今日打牌～唔順【今天打牌手氣不好】。

手甲 sau2 gaap8 手指甲。

手骹 sau2 gaau3 手腕子：佢～傷咗【她手腕子受傷了】。

手巾 sau2 gan1（洗臉、擦手用）毛巾：洗面～【洗臉毛巾】。

手巾仔 sau2 gan1 dzai2 手絹。

手緊 sau2 gan2 手頭拮据；缺錢：呢排～，借住啲錢嚟使下【最近手頭挺緊的，先借點錢花花】。

手腳 sau2 goek8 ❶ 本領；武功：佢啲～好犀利【他的武功很厲害】。❷ 對手；敵手：我唔係佢～，同佢比賽實輸【我不是他的對手，跟他比賽一定輸】。

手工 sau2 gung1 ❶ 技藝；手藝：林師傅～好過我【林師傅的手藝比我好】。❷ 泛指布藝、紙藝等各種工藝：做～。

手工紙 sau2 gung1 dzi2 做手工用的彩色紙。一般指兒童摺紙用的方形彩色紙。

手瓜 sau2 gwa1 胳膊；上臂。

手瓜起腱 sau2 gwa1 hei2 dzin2 胳膊粗壯顯出腱子，形容強壯有力：練舉重嘅，個個都～【練舉重的，個個胳膊都強壯有力】。

手瓜硬 sau2 gwa1 ngaang6 喻有實力：係唔係想試下邊個～呀【是不是想試試誰的實力雄厚】？

手瓜囊 sau2 gwa1 nong1* 上臂的腱子肉。

手骨 sau2 gwat7 胳膊：打出～【露出胳膊】。

手痕 sau2 han4 ❶ 手癢；技癢：好耐冇打牌，真係有啲～【好久沒打牌，真有點手癢】。❷ 多手（形容人隨便亂碰亂動東西）：咁～！打爛咗你賠唔起【多手！摔破了你賠不起的】。

手軟 sau2 jyn5 手沒勁兒，喻應接不暇：寫字寫咗幾個鐘頭，梗係～啦【寫字寫了幾個小時，手當然沒了勁兒】。｜今日生意咁好，收錢都收到～【今天生意這麼好，收錢收得手都沒勁兒了】。

手鏈 sau2 lin2* 戴在手腕上的鏈狀金銀或珠寶飾品。

手紋 sau2 man4 手掌、手指紋路的總稱：個賊有冇留低～【這個小偷有沒有留下指紋】？

手襪 sau2 mat9 保暖用的皮製或棉織手套的統稱：皮～【皮手套】。

手尾 sau2 mei5 善後或收尾工作；尚未了結的工作、事情：單工程基本搞掂，剩返嘅～留兩三個人執下得喇【這樁工程基本完成了，剩下那點收尾工作留兩三個人幹就行了】。

手眼 sau2 ngaan5 手腕骨兩側突出的部位（即撓骨、尺骨下端鼓起之處）。

手硬 sau2 ngaang6 ❶ 手僵：凍到～【凍得手都僵了】。❷ 夠手段；有能耐：邊個～邊個着數【誰夠手段誰佔便宜】。

手坳 sau2 ngaau3 肘窩（手肘內側凹進去的部位）。

手勢 sau2 sai3 ❶ 手藝：佢老婆煮餸好好

～【他老婆做飯菜的手藝頂呱呱】。❷（賭博、抽簽等方面的）運氣；手氣：我今日～唔錯，贏咗幾百蚊【我今兒運氣不錯，贏了幾百塊】。

手疏 sau2 so1 手鬆；花錢大手大腳：我使錢～啲，我老婆就慳啲【我花錢手鬆了點，我老婆就節省一點】。

手信 sau2 soen3 拜訪親友時隨身攜帶的見面禮。尤指出外旅遊買回來的禮物（通常是點心、餅食等食品或當地特產一類的東西）：佢喺泰國買咗好多～返嚟【他從泰國買了很多禮物回來送人】。

手爽 sau2 song2 花錢大方；用錢隨便；手鬆：佢～過頭，份人工成日唔夠使【他花錢太大方，工資經常不夠花】。

手揗腳震 sau2 tan4 goek8 dzan3 ❶ 手腳發抖：人老喇，行步路都～噉【人老了，走走路手腳都顫巍巍的】。｜嗰個過路嘅女人，畀槍聲嚇到～【那個過路的女人，被槍聲嚇得手腳發抖】。❷ 手忙腳亂：嚟多咗幾個人啫，佢就～噉嘞【不過多來了幾個人，他就手忙腳亂的】。

手停口停 sau2 ting4 hau2 ting4 不幹活就沒飯吃了。指收入僅夠維持生活的基本需求，沒有積蓄也沒有別的收入來源：全家人指擬晒我份人工過日，～，唔做唔得【全家人就指望我那份工資過日子，不工作就沒飯吃，不能不幹】。

手抽 sau2 tsau1（塑料製的或以藤、草編成的）手提籃；手提袋。

手袖 sau2 dzau6 套袖，套在衣袖外面的、單層短袖子。

守得雲開見月明 sau2 dak7 wan4 hoi1 gin3 jyt9 ming4【俗】等到烏雲散開就能見到明月，比喻堅持下去，終會等到好日子：公司頭嗰三年都蝕，而家終於～，開始有盈利喇【公司頭三年都虧本，守到現在終於看到光明，開始有盈利了】。

守行為 sau2 hang4 wai4 對犯有輕微罪責者的一種處分。被處分者必須在一段時間內（一般為 1-2 年）安分守己，不得有違法行為；否則將可能加重處罰。

守禮拜 sau2 lei5 baai3 教徒長期堅持做禮拜。

守生寡 sau2 saang1 gwa2 守活寡：佢老公走咗咁多年，抌低佢一個同～冇乜分別【她丈夫走了那麼多年，撇下她一個人跟守活寡沒甚麼分別】。

首本 sau2 bun2 演員最拿手的代表劇目：《梁山伯與祝英台》係佢嘅～戲【《梁山伯與祝英台》是她的代表劇目】。

首席 sau2 dzik9 ❶ 用於官階，表示同類官員中首要的一位：～大法官｜～議員。❷ 用於樂團，表示同類樂器樂手中首要的一位：～小提琴手。

首罪 sau2 dzoey6 被起訴者多項罪名中因其嚴重性而排在第一的罪行。

首期 sau2 kei4 分期付款購買商品（常用於指買房屋）第一次交款時所要付的款項。

首尾 sau2 mei5 ❶ 始終；做善後：佢做嘢有～【他做事情有始有終】。❷ 事情來龍去脈；底細：件事你唔知～，都係等我跟番啦【事情你不清楚底細，還是我去處理吧】。❸ 手續：申請出國啲～好繁【申請出國的手續很繁瑣】。

瘦骨瀨柴 sau3 gwat7 laai4 tsaai4 瘦骨如柴；瘦骨嶙峋：睇佢～個樣都幾似道友噃【瞧他瘦骨嶙峋的樣子還真挺像個吸毒的】。

瘦骨仙 sau3 gwat7 sin1 戲稱骨瘦如柴的

人：佢以前成個～嗰，估唔到而家變咗肥婆【她以前骨瘦如柴，想不到現在變成個胖女人】。

瘦蜢蜢 sau3 maang2* maang2* 瘦瘦的：睇你吖，～嗰，仲唔食多啲【瞧你，瘦巴巴的，還不多吃點兒】？

瘦身 sau3 san1 使身體保持苗條的鍛煉方法；使身體苗條。

瘦田冇人耕，耕開有人爭 sau3 tin4 mou5 jan4 gaang1 gaang1 hoi1 jau5 jan4 dzaang1【俗】比喻有些東西本來沒有人要，但是若有人要了就會有其他人來爭奪：林小姐咁多年都冇人睺，但而家反而有兩三個男人追佢，真係～【林小姐這麼多年瞅都沒人瞅，但最近卻有兩三個男人先後來追求她，真是不起眼兒的時候沒人要，有人要了就會大家爭搶】。

仇家 sau4 ga1 仇人：佢係老實人，應該冇乜嘢～【他是老實人，應該沒啥仇人】。

仇口 sau4 hau2 宿怨；積怨：以前大家有啲～，而家唔好提喇【以前大家是有點宿怨，現在就不要再提了】。

受 sau6 ❶ 接受；接納：佢想參加我哋隊，大家～唔～呀【他想加入我們隊，大家接不接受】？❷ 忍受：佢嘅衰脾氣，邊個都唔～得【他那壞脾氣，誰都忍受不了】。❸ 承受：虛不～補【身子虛就不能承受太大的滋補】。｜我唔～得煎炸嘢【我吃不了煎炸的東西】。

受眾 sau6 dzung3 會受到傳播媒界影響的群體、階層，包括觀眾、聽眾甚至網民：呢類節目嘅～可以覆蓋全世界【這類節目影響的觀眾可以覆蓋全世界】。

受人二分四 sau6 jan4 ji6 fan1 sei3【俗】拿了人家的錢（就要為人家辦事）。「二分四」指很少的錢：喺度打工雖然人工少，不過～，我會盡力做【在這裏打工雖然工資少，但是既然拿了薪水，我會盡力做】。

受軟唔受硬 sau6 jyn5 m4 sau6 ngaang6 吃軟不吃硬：嗰條友～，你逼佢冇用嘅【那小子吃軟不吃硬，你逼迫他是沒用的】。

受力 sau6 lik9 承受重力、壓力；能承受重力、壓力：呢條係～樑【這條是承重樑】。｜條棍咁幼唔～【這棍子這麼細不能承受大壓力的】。

受落 sau6 lok9 接受；接納：你嘅行為咁西化，我諗老一輩嘅人未必咁～【你的行為這麼西化，我想老一輩的人未必能接受】。

受唔住 sau6 m4 dzy6 吃不消；受不了；支持不住：我驚畀咁大壓力佢佢會～【給他太大的壓力我怕他會受不了】。

受唔起 sau6 m4 hei2 消受不了：你太客氣喇，我～【你太客氣了，我消受不了】。

受茶禮 sau6 tsa4 lai5 女方接受男家聘禮：我個女已經受咗人哋茶禮囉噃【我女兒已經收了人家的聘禮了】。

受薪 sau6 san1 支取薪水：公司嘅董事係唔～嘅【公司的董事是不領取薪水的】。

壽 sau6 傻；笨：唔好咁～啦，人哋呃你嘅咋【別這麼傻，人家騙你的】。

壽板 sau6 baan2【婉】棺木板；棺材。

壽包 sau6 baau1 做壽用的包子，上印壽字，甜餡。一般壽宴上用的壽包較小，為桃形，象徵壽桃。

壽仔 sau6 dzai2 傻小子；白癡。

壽衣 sau6 ji1【婉】死者入殮時屍身所穿的衣服。

壽司 sau6 si1 源自日語。一種日本飯糰，以魚肉或其他肉類、蔬菜、雞蛋等作配料製成。

壽星公 sau6 sing1 gung1 ❶ 老壽星（民間傳說中長壽的象徵）。❷ 做壽的人；壽星（通常指男性成年人）：叫～切蛋糕【讓壽星來切蛋糕】。

壽星公吊頸——嫌命長 sau6 sing1 gung1 diu3 geng2 jim4 meng6 tsoeng4【歇】壽星上吊，嫌自己太長壽，活膩了。比喻人不知死活，太冒險：嗰度打緊仗喎，你仲去？係唔係～呀【那裏正打仗，你還要去？是不是活膩了】？

壽頭 sau6 tau4 傻瓜：嗰個～畀人呃咗幾十萬【那個傻瓜讓人家騙了幾十萬】。

壽頭壽腦 sau6 tou4 sau6 nou5 呆頭呆腦；傻頭傻腦：他～噉，點識諗計吖【他呆頭呆腦的，哪裏會出甚麼主意】。

些少 se1 siu2 ❶ 一些；一點兒：我有～唔舒服【我有點兒不舒服】。｜我有～意見想講【我有一些意見想說】。❷ 少許；少量：落～味精【加少許味精】。

賒數 se1 sou3 賒賬。

寫包單 se2 baau1 daan1 打保票：你投資我哋公司，實有得賺，我可以～【你投資我們公司，一定可以賺錢，我可以打保票】。

寫真 se2 dzan1 裸體照片，尤指影視女演員的裸體照片（這是個源於日語的外來詞，日語的原意為拍照）。也引指一般的個人照片集：佢拍咗套～集【她拍攝了一套裸體照片集】。

寫字樓 se2 dzi6 lou4 ❶ 辦公樓：呢座樓下便兩層係商場、茶樓，上便二十層都係～【這座樓下邊兩層是商場和飯館，上面二十層都是辦公樓】。❷ 辦公室：打～工【幹辦公室的工作】｜下晝去我～簽合約吖【下午到我辦公室簽合同吧】。

寫字枱 se2 dzi6 toi2* 辦公桌；書桌。

瀉 se2 液體排出、溢出；傾灑：杯酒滿～喇【那杯酒滿得漫出來了】。

卸膊 se3 bok8 推卸責任：佢話乜都唔關佢事，真係識～【他說甚麼都與他無關，真會推卸責任】。

舍監 se3 gaam1 管理、監督宿舍事務的管理、辦事人員。

蛇 se4 懶；偷懶：你咁～，仲想扎職【你這麼懶，還想提升職務】？｜出去～一陣，食口煙【出去偷會兒懶，抽口煙】。

蛇竇 se4 dau3 ❶「人蛇（偷渡者）」的藏身之地：佢攞自己屋企當～【他把自己家做為非法入境者的藏身之地】。❷「蛇王（偷懶者）」偷閒的地方（如茶樓、餐廳等）：嗰間餐廳係呢棟寫字樓好多上班一族嘅～【那間餐廳是這棟辦公大樓中好多上班族偷閒的地方】。

蛇都死 se4 dou1 sei2【俗】無可挽救了；甚麼辦法也不行了：等到你嚟～啦【等你來到已經太晚了】。

蛇仔 se4 dzai2 ❶ 無證運營的小客車中負責招呼搭客上下車的人。❷【蔑】汽車司機的助手。

蛇齋餅粽 se4 dzaai1 peng2 dzung2* 舉辦「蛇宴」、「齋宴」，贈送「月餅」、「粽子」，這四種手段合稱「蛇齋餅粽」。比喻某些政黨、團體向基層市民施以小恩小惠以籠絡人心，換取選票。我哋唔係靠～，啲選民都係真心支持我哋嘅【我們不必用利益收買人心，選民都是真心支持我們的】。

蛇呱 se4 gwe1 源自舊時警察用語，即膽怯、害怕，不敢面對問題。英語 scared 的音譯詞：佢又怕痛又～，一聽到要打針就擰轉頭走人【她這人又怕痛膽子又小，一聽到要打針扭頭就走】。

蛇果 se4 gwo2 一種美國產的優質蘋果，果皮紅潤、個兒大、水份多、味清甜，頗受歡迎。「蛇果」是其美式英語名稱 Delicious 的香港譯名「地厘蛇果」的省稱。

蛇殼 se4 hok8 去掉內臟的蛇。可入藥，能治白內障等疾病。

蛇有蛇路，鼠有鼠路 se4 jau5 se4 lou6 sy2 jau5 sy2 lou6【貶】各人有各人的門路：有錢嘅就去大商場，啲窮人咪去行下廟街、女人街囉，～，一樣可以消遣嘅【有錢的就去大商場，窮人也可以上廟街、女人街這些平民市集，各人有各人的門路，一樣可以消遣】。

蛇喱眼 se4 lei1 ngaan5 又作「斜喱眼」。❶ 斜眼：佢有啲～，睇嘢唔係幾正常【他有點兒斜眼，看東西不是太正常】。❷ 有斜視毛病的人：嗰個～邊個嚟【那個斜眼的是誰】？

蛇鼠一窩 se4 sy2 jat7 wo1 喻壞人勾結在一起，義近「狼狽為奸」、「沆瀣一氣」等：佢哋～，淨係做埋啲唔見得光嘅衰嘢【他們狼狽為奸，淨幹些見不得人的壞事】。

蛇頭 se4 tau4（組織偷渡者潛入港澳或其他地區而從中謀利的）引渡集團頭目。

蛇頭鼠眼 se4 tau4 sy2 ngaan5 賊眉鼠眼：睇佢個樣～噉，唔慌好人【瞧他賊眉鼠眼的，恐怕不會是好人】。

蛇王 se4 wong4 同「蛇」。

社工 se5 gung1 社會工作者的省稱。社會工作者是一種職業，職能是為有需要的人們解決因家庭、社會問題而產生的精神困擾、實際困難等問題，為受助者提供輔導、尋求援助。

社署 se5 tsy5 香港政府機構「社會福利署」的簡稱。

死 sei2 ❶ 與結構助詞「到」組合成「……到死」的結構，用於形容詞之後，表示程度到了極點，用法與普通話「……得要死」、「…… 得要命」相同：凍到～【冷得要死】｜難聽到～【難聽得要命】。❷ 拼命：～慳～抵【拼命節省】｜～咪書【拼命讀書】。

死界你睇 sei2 bei2 nei5 tai2 陷入困境；事態嚴重。比喻沒有辦法、絕望。亦作「死界佢睇」：呢次投資如果衰咗就～嘞【這次投資如果失敗就徹底完蛋了】。

死得人多 sei2 dak7 jan4 do1 ❶ 比喻問題嚴重：公司盤數如果要查起上嚟就～囉【公司的賬如果真要查起來那問題可就嚴重了】。❷ 比喻慘敗：今次金融風暴香港～囉【這次金融風暴香港人輸得焦頭爛額】。

死黨 sei2 dong2 有捨命交情的好朋友；鐵哥們兒：佢係我～，我有事佢實幫我嘅【他是我的鐵哥們，我有事兒他肯定會幫我忙的】。

死到臨頭 sei2 dou3 lam4 tau4 火燒眉毛；十分危急：～都唔知驚【火燒眉毛了都不警覺】。

死仔包 sei2 dzai2 baau1 臭小子（罵小孩子用語）。

死直 sei2 dzik9 ❶ 死了；僵直：一槍佢就～【一槍他就倒下死了】。❷ 死定了，比喻事情無法挽回，無可挽救：以前冇證據告佢唔入，今次人證物證都齊晒，佢～嘞【以前沒證據告不了他，這次人證物證齊全，他死定了】！

死剩把口 sei² dzing⁶ ba² hau² ❶ 形容人只會說三道四，胡說八道：佢乜都唔識做，就係～【他啥都不會做，光會說三道四】。❷ 形容人無理強辯，嘴硬：明明是你做錯咗，仲～硬撐【明明是你做錯事，還無理強辯】。｜【歇】半斤重豬頭，～【半斤重的豬頭，就剩那張破嘴了（譏諷人嘴硬或光說不練）】。

死剩種 sei² dzing⁶ dzung² 罵詈語。原意為「死人堆裏爬出來的」或「沒死絕的」，用法近似於普通話「老不死的」，但可用於罵任何年紀者：你班～，想搶番我呢個位嚟坐，冇咁易【你們這些死不絕的，想把我的位置搶回去，沒那麼容易】！

死絕種 sei² dzyt⁹ dzung² 罵詈語。斷子絕孫的：你個～吖，呃咗我咁多錢【你這斷子絕孫的，騙了我這麼多錢】！

死火 sei² fo² ❶（機器）熄滅；熄火：架車開唔到兩公里就～【車開了不到兩公里就熄火了】。❷（事情因有困難、阻力而）耽擱下來；半途而廢：攞唔到簽證，移民嘅事唔係～【拿不到簽證，移民的事豈不是半途而廢了】？❸ 壞了；糟糕：～，個銀包賴低響屋企【壞了，錢包落家裏了】。

死雞撐飯蓋 sei² gai¹ tsaang³ faan⁵ goi³【俗】形容人明明理虧仍強詞奪理地辯解，或明知有錯仍不願認錯、改正：唔好～喇，個個都見到你郁手打人先嘅【別強詞奪理了，大家都看到你先動手打人的】。｜分明寫錯咗仲係度～【明明寫錯了還堅決不改】。

死咁 sei² gam³ 副詞，表示程度較高。❶ 很；太；極。又作「鬼咁」：你對鞋～難睇【你雙鞋子很難看】。啲湯～鹹【湯太鹹了】。❷ 拼命地。又作「猛咁」：你去睇下，點解細路仔～喊【你去看一下，為甚麼小孩子拼命地哭】。

死梗 sei² gang² 死定了。同「死直 ❷」。

死估估 sei² gu⁴ gu⁴ ❶ 呆板；死板；不靈活；不懂變通：冇樽裝唔係買罐裝囉，乜咁～【沒瓶裝的就買罐裝的唄，怎麼這麼死板】！❷ 毫無生氣的；一動不動的：佢望住窗口～噉，一坐兩三個鐘頭【他望着窗外一動不動的，一坐兩三個小時】。

死鬼 sei² gwai² ❶ 加在人的稱謂或人名之前，表示該人已去世：你個～老竇以前好惜你【你的亡父以前很疼你的】。❷ 有時加於人名或人物稱謂詞前作罵人語：約咗佢八點鐘嚟，呢個～阿梁到而家都仲未到嘅【約了他八點鐘來，這個死人小梁這會兒還沒到】。

死過 sei² gwo³ 拼命；拼了：你夠膽唔畀錢，我同你～【你敢不給錢，我就跟你拼了】。

死過翻生 sei² gwo³ faan¹ saang¹ ❶ 九死一生；死裏逃生：他跌落海被人救番上嚟，真係～【他掉進海裏被人救了上來，真是死裏逃生】。❷ 死去活來：佢喺監度畀人打到～【他在獄中被人打得死去活來】。

死慳死抵 sei² haan¹ sei² dai² 拼命節省；極力省儉：佢～先儲錢買咗呢間舊屋【他拼命節省才積攢錢買了這所舊房子】。

死口唔認 sei² hau² m⁴ jing⁶ 死不承認：有人證實佢就喺現場，但係佢～【有人證實他就在現場，但他死不承認】。

死氣喉 sei² hei³ hau⁴ 汽車、柴油機排廢氣用的排氣管。

死開 sei² hoi¹ 滾開；躲遠點兒：你～啦，

見到你都冇運行呀【你躲遠點兒，見到你就倒霉】！

死因庭 sei2 jan1 ting4 死因裁判庭的簡稱。這是專門調查並裁定死者死亡原因的法律機構。

死人 sei2 jan4 ❶ 用於名詞之前作罵人語（但不一定是真罵，也可能是因親密無間而放言無忌），相當於「死」：你個～肥佬，咁耐都唔畀個電話我【你這死胖子，這麼久也不打個電話給我】！❷ 壞了；糟了：～喇，唔記得帶錢【壞了，忘了帶錢】。

死人燈籠——報大數 sei2 jan4 dang1 lung4 bou3 daai6 sou3【歇】辦喪事用的燈籠，誇大數字。粵人風俗，辦喪事時寫有死者年齡的燈籠，一般都加大三歲，故稱。

死人兼冧屋 sei2 jan4 gim1 lam3 nguk7 人死了，房子又倒了，指禍不單行，或遭遇較大的災難。又作「死人冧樓」：佢失咗業，老婆又入咗醫院，～，你話慘唔慘【他失業，妻子又進了醫院（住院），禍不單行，你說慘不慘】？

死人嘢 sei2 jan4 je5 罵詈語。死傢伙；死東西；死鬼：你隻～呢排都唔來搵我【你這死東西最近都不來找我】。

死人頭 sei2 jan4 tau4 ❶ 罵詈語。用法與「混蛋」之類接近：嗰個～話今日唔得閒嚟嚁【那混蛋說他今天沒空來了】。❷ 與代詞「你」及量詞「個」結合，組成短語「你個死人頭」，用作動詞的賓語，表示對對方行為的不滿，用法近於普通話的「……個屁」：搵你個～呀？人都走咗【找個屁呀？人都走了】！

死橋 sei2 kiu2* ❶ 餿主意，壞主意。又作「屎橋」：你叫我賣屋？噉嘅～你都諗得出【你叫我賣房子，這種餿主意你都能想出來】？❷ 絕招：佢度呢兩度～幾使得㗎【他使的這兩手絕招挺管用的】。

死𦢊 sei2 loe2 死死糾纏不放：法例規定話唔得，你噉～冇用㗎【法例規定說不行，你這麼纏着不放沒用的】。

死佬 sei2 lou2 死鬼（罵丈夫的話）：呢個～放咗工咁耐都唔返嚟嘅【這死鬼下班這麼久了還不回來】。

死唔斷氣 sei2 m4 tyn5 hei3（說話）斷斷續續，有氣無力：佢電話入便講嘢講到～噉，唔係身體有乜嘢問題吖嘛【他電話裏說話有氣無力的，不會是身體有甚麼問題吧】？

死妹釘 sei2 mui1* deng1 死丫頭；臭丫頭：個～去咗邊呀【那死丫頭上哪兒去了】？

死硬 sei2 ngaang6 死定了；肯定完蛋。又作「死梗」：今次考試我～嘞【這次考試我肯定完蛋】。

死牛一便頸 sei2 ngau4 jat7 bin6 geng1 牛脾氣；犟脾氣（形容人固執己見，一意孤行）：點勸佢都唔肯聽，真係～【怎麼勸他都不肯聽，真是個犟驢】。

死女包 sei2 noey2* baau1 臭丫頭。同「死妹釘」。

死心不息 sei2 sam1 bat7 sik7 不死心：個女仔拒絕咗佢，但係佢仲係～【那女孩子已經拒絕了他，但他還是不死心】。

死實 sei2 sat9 ❶ 同「死梗」。❷ 不鬆軟：棉胎死死實實【棉胎不鬆軟了】。❸ 顏色暗淡：呢匹花布啲顏色好～【這一匹花布的顏色很暗淡】。

死蛇爛蟮 sei2 se4 laan6 sin5 ❶ 喻指懶得無可救藥的人。❷ 喻指年老而精力衰退一到晚上就只想睡覺的丈夫（通常用於妻子罵丈夫）。

死死地氣 sei² sei² dei⁶ hei³ 同「死死氣」。

死死下 sei² sei² ha² ❶ 同「死 ❶」。❷ 垂頭喪氣；無精打彩；毫無生氣：病到～【病得很嚴重】。｜佢畀老竇鬧到～【他讓老爸罵得垂頭喪氣的】。

死死氣 sei² sei² hei³ 勉為其難地；勉強地：叫你食飯仲～噉，唔食咪算囉【叫你吃飯還勉勉強強的，不吃就算了唄】。｜佢知呃唔到人，咪～認咗佢囉【他知道再騙不了人，就勉為其難地承認了】。

死纏爛打 sei² tsin⁴ laan⁶ da² 纏着不放：畀個保險經紀揼住你，佢實～，你好難走得甩【要讓個拉保險的經紀人抓住，他肯定死纏着不放，你就很難脱得了身】。

死蠢 sei² tsoen² ❶ 愚蠢；蠢得要死：咁簡單嘅題目都唔識？乜你咁～【這麼簡單的題目都不懂？你怎麼這麼愚蠢】？❷ 罵人話。蠢蛋；笨蛋：字典查唔到你唔識上網查呀，～【字典查不到你不會上網查嘛，笨蛋】！

死……爛…… sei² laan⁴ 與同一個動詞組合，表示拼死拼活地、用盡辦法地（做某事）：我死做爛做老闆都唔會加人工，我搏乜呀【我拼死拼活地幹老闆也不會多加工資，我圖個啥】？｜我死諗爛諗都記唔起【我怎麼想都記不起來】。

四邊 sei³ bin¹ 同「四便」。

四便 sei³ bin⁶ 四周；周圍：～都係海【四周都是海】。｜～都有人圍住【周圍都有人圍着】。

四塊半 sei³ faai³ bun³【諧】指棺材，因只需四塊半木板就能做一具（上等的）棺材，故稱。

四方㩴 sei³ fong¹ kwaak⁷ 方框。

四方木 sei³ fong¹ muk⁹ 原指正方體或長方體的木頭，喻指不主動的人（取其踢一踢才動一動之意）。

四九仔 sei³ gau² dzai² 黑社會組織三合會的會眾，即經入會儀式入會者。入會者均須背誦洪門三十六誓，四九相乘為三十六，故稱「四九」。

四腳爬爬 sei³ goek⁹ pa⁴ pa²* 爬行：細佬哥～嗰陣時至好玩【小孩子剛剛會爬行的時候最好玩兒】。

四腳蛇 sei³ goek⁹ se⁴ 蜥蜴。

四季豆 sei³ gwai³ dau²* 扁豆。

四季桔 sei³ gwai³ gat⁷ 一種柑橘類植物，四季長青，通常做觀賞用。其果實味酸，可入藥。

四邑 sei³ jap⁷ 指廣東省新會、台山、開平、恩平四縣（也有將鶴山與「四邑」合稱為「五邑」的）。這是廣東著名的僑鄉，早年美洲華僑大多來自「四邑」。

四兩鐵 sei³ loeng² tit⁸【諧】手槍的別稱，小手槍大約四兩重。

四萬噉口 sei³ maan⁶ gam² hau² 比喻笑容燦爛。中國字「四」的字形跟露齒的笑容相似，故稱。

【小知識】「四萬」特指麻將牌中「四萬」這隻牌，牌中「四萬」的「四」字易於引起對笑容的聯想，假設換成「4字噉口」，則未必能產生特定聯想（阿拉伯數目字4跟露齒的笑容不相似）。

四眼佬 sei³ ngaan⁵ lou²【俗】戴眼鏡的人。

四四六六 sei³ sei³ luk⁹ luk⁹ 宋代有「四司六局」，負責處理政務、民事，故以

「四六」或「四四六六」形容處事得當，辦事熟練，合乎格局：我哋坐低～講掂佢，你可以放心【我們坐下來公公正正地把事情談妥，你大可放心】。

四圍 sei³ wai⁴ 到處。亦作「周圍」：你唔好～走，因住蕩失路【你別到處亂跑，小心迷了路】。

石 sek²* 鑽石；寶石：廿一～手錶【二十一鑽的手錶】｜呢粒～好大【這顆鑽石（寶石）很大】。

錫（惜） sek⁸ ❶疼；疼愛：阿爺～大孫，父母～細仔【爺爺疼長孫，父母疼小兒子】。❷（親昵地）吻；親：畀阿媽～一啖【讓媽媽親一下】。

錫身 sek⁸ san¹ ❶ 顧惜自己；善於養生：佢好～，做乜嘢都唔會搏到盡捱壞自己【他很顧惜身體，做甚麼事都不會拼死去做讓自己累壞】。❷ 怕死：佢～，唔敢做差佬【他怕死，不敢做警察】。

石壆 sek⁹ bok⁸ 馬路中間的石頭或水泥隔離帶，以及馬路邊的水泥防撞欄：肇事巴士衝力好大，路邊嘅綠化區同埋～都撞爛晒【肇事巴士衝力很大，馬路邊的綠化區和水泥隔離帶都被撞毀】。

石地塘鐵掃把——硬打硬 sek⁹ dei⁶ tong⁴ tit⁸ sou³ ba² ngaang⁶ da² ngaang⁶ 【歇】石板鋪的曬穀坪碰上鐵的掃帚，硬碰硬。形容態度強硬或實力強勁的雙方交鋒：兩隊勁旅碰頭，真係～喇【兩隊勁旅碰頭，真是硬碰硬了】。

石狗公 sek⁹ gau² gung¹ ❶ 一種較廉價的魚。❷ 喻指表面上很闊氣的窮光蛋，意近北方方言中的「驢糞蛋——表面光」。因「石狗公」的外形略似很名貴的石斑魚，故稱：咪睇佢巴巴閉閉噉，～嚟㗎咋【別瞧他挺了不起似的，驢糞蛋表面光而已】。

石油氣 sek⁹ jau⁴ hei³ 天然氣或油製氣。

石級 sek⁹ kap⁷ 台階：啲～好高【台階挺高的】。

石米 sek⁹ mai⁵ 建築用的米粒狀碎石。

石山 sek⁹ saan¹ 石頭山；園林或盆景上的假石頭山。

石屎 sek⁹ si² 混凝土：外牆～剝落【外牆混凝土剝落】。

石屎樓 sek⁹ si² lau²* 用鋼筋水泥建成的樓房。

石屎森林 sek⁹ si² sam¹ lam⁴ 鋼筋水泥的世界，喻指城市密集的樓宇建築。

石春 sek⁹ tsoen¹ 卵石。

聲 seng¹ ❶ 聲音：個電視大～過頭【電視的聲音太大了】。｜屋入便嗰個人把～好熟【屋裏那個人的聲音（聽起來）很熟】。❷ 作聲；吭聲；說話：問你咁耐，你～都唔～【問你這麼久，你一聲都不吭】。｜一句話都唔～【一句話都不說】。❸ 用於重疊的象聲詞後，表示「……（地）響」之意：肚餓到咕咕～【肚子餓得咕咕響】。｜風吹到呼呼～【風吹得呼呼響】。❹ 用於重疊的動詞或形容詞後，表示說話總是把該詞掛在嘴邊：打打～【喊打喊殺的】｜咪成日死死～【別老把「死」字掛在嘴邊】。❺ 用於重疊的數量詞後，表示數額大：佢捐錢出親手都億億～【他捐錢動不動就上億】。

聲大夾冇準 seng¹ daai⁶ gaap⁸ mou⁵ dzoen² 大聲胡說：佢成日～，唔使理佢【他總是扯開嗓門亂嚷嚷，別理他】。

聲大夾惡 seng¹ daai⁶ gaap⁸ ngok⁸ 聲音大且態度兇惡：你冇道理仲～【你沒有道理還這麼惡狠狠地嚷嚷】？

聲都唔聲 seng[1] dou[1] m[4] seng[1] 一聲不吭：佢～就走咗【他一聲不吭地走了】。

聲喉 seng[1] hau[4] ❶ 嗓子：嗌到～都啞晒【喊叫得嗓子都啞了】。❷ 嗓門兒；嗓音：十二點喇，講嘢唔好咁大～【十二點了，說話別這麼大嗓門兒】。

聲氣 seng[1] hei[3] ❶ 希望：你去留學嘅事，有冇～呀【你去留學的事，有沒有希望】？❷ 信息；回音：呢件事我同佢提過，不過就冇乜嘢～【這事兒我跟他提起過，不過就沒啥回音】。

聲沙 seng[1] sa[1] 聲音沙啞：我喉嚨發炎～咗【我喉嚨發炎聲音沙啞了】。

聲線 seng[1] sin[3]（嗓子的）音色：呢首歌唔啱我嘅～【這首歌不適合我的音色】。｜你嘅～係幾好【你的音色挺好的】。

腥悶 seng[1] mun[6] ❶ 腥臭：魚檔好～【賣魚店很腥臭】。❷ 引申指討人厭：他份人好～，所以一直都娶唔到老婆【他為人很討人厭，所以一直娶不到老婆】。

腥瘟瘟 seng[1] wan[1] wan[1] 腥腥的：啲魚唔落薑，～噉，點食呀【這魚不放薑，腥腥的，怎麼吃】？

醒瞓 seng[2] fan[3] 有動靜立刻醒來；睡時很警覺：我好～，唔使用鬧鐘【我睡覺很警覺，不用靠鬧鐘】。

成 seng[4] ❶ 將近；快：～一點鐘仲唔返屋企【快一點了還沒回家】。❷ 整；整個；滿：～間學校得一個波場【整所學校才一個球場】。｜～屋煙【滿屋子煙】。❸ 幾乎；將近：～斤重【將近一斤重】。｜～廿米高【幾乎二十米高】。

成日 seng[4] jat[9] ❶ 整天：～都未食嘢【整天沒吃過東西】。❷ 老是；常常：考試～偷睇【考試老是偷看】。❸ 大半天；老半天：等咗你～【等了你老半天】。

成世 seng[4] sai[3] 一生；一輩子：～冇老婆【一輩子沒娶老婆】｜～都咁孤寒【一輩子都這麼吝嗇】。

成世人 seng[4] sai[3] jan[4] 同「成世」。

成世流流長 seng[4] sai[3] lau[4] lau[4] tsoeng[4] 一輩子那麼長，形容時間非常長久：細路仔至緊要讀書，～，拍拖嘅嘢二十歲之後先諗都未遲【小孩子最重要的是讀書，一輩子長着呢，談戀愛的事情二十歲以後再考慮都來得及】。

成村人 seng[4] tsyn[1] jan[4] 整個村子的人，喻很多人、所有人：快啲，～等緊你【快點兒，大夥兒都等着你吶】。

私竇 si[1] dau[3] 私下進行某些活動的場所；秘密住所：佢喺新界有個～，要嚟會情人嘅【他在新界有個秘密住處，用來幽會情人】。

私伙 si[1] fo[2] 屬於自己個人的、私人的東西：佢拍呢場戲戴嘅首飾係～嘢嚟嘅【她拍這場戲戴的首飾是自個兒的東西】。

私房菜 si[1] fong[4] tsoi[3] ❶ 家庭式餐館。❷ 家庭式餐館的菜餚。

私家 si[1] ga[1] 私人的；私有的：～醫生【私人醫生】｜～路【私人土地或樓房範圍內的、非政府管理的道路】。

私家偵探 si[1] ga[1] dzing[1] taam[3] 受私人委託從事偵查的人員。

私家樓 si[1] ga[1] lau[2]* 私人擁有所有權的樓房。

私家路 si[1] ga[1] lou[6] 私人專用的道路。

私家車 si[1] ga[1] tse[1] 私人的小型車。

私己 si[1] gei[2] 私房錢：攞～補貼家用【拿私房錢補貼家庭開支】。

私隱 si[1] jan[2] 隱私：～權｜每個人都有自己嘅～【每個人都有自己的隱私】。

私人屋邨 si[1] jan[4] nguk[7] tsyn[1] 私人樓房組成的小區，與「公共屋邨」相對。

施暴 si[1] bou[6]【婉】施行暴力姦淫；強姦。

施襲 si[1] dzaap[9] 施行襲擊：警察向示威者～。

施施然 si[1] si[1] jin[4] 慢條斯理的；慢吞吞；不慌不忙的：過咗成個鐘頭，佢先至～嚟到【過了快一個鐘頭，他才慢吞吞地來了】。

絲髮 si[1] faat[8] 絲綢；絲織衣料的統稱。

絲苗 si[1] miu[4] 即「絲苗米」，一種顆粒細長的優質大米。

絲母 si[1] mou[2]* 螺帽；螺母。

師傅 si[1] fu[2]*【諧】味精：佢煮餸淨係靠～咋【他做菜全靠味精】。

師父 si[1] fu[2]* ❶ 和尚、尼姑的老師，徒弟稱他們為師父。❷ 齋堂的主持人。❸ 師傅：木匠～【木匠師傅】。

師姑 si[1] gu[1] 尼姑。

師公 si[1] gung[1] 師父的師父。

師爺 si[1] je[4] ❶ 軍師；專門出謀劃策的人。❷ 喻指多謀而又有學究氣的人。❸ 律師事務所的文職人員，負責協助律師處理文件及與客戶接洽。

師奶 si[1] naai[1]* 原指師母，或略有地位的人的太太，現則用作對中年以上的家庭婦女的稱呼，且往往含貶義：人哋兩公婆嘅事，你哋班～理咁多做乜【人家夫妻倆的事，你們這幫女人管那麼多幹啥】？

師奶殺手 si[1] naai[1]* saat[8] sau[2] 喻指對家庭婦女有極大吸引力的男明星，通常是英俊小生型的演員：佢演嘅電視劇好受歡迎，被封為～【他演的電視劇很受歡迎，簡直就是家庭婦女的偶像】。

師太 si[1] taai[2]* ❶ 師母；師娘。❷ 對老尼姑的尊稱。

獅子開大口 si[1] dzi[2] hoi[1] daai[6] hau[2] 獅子大開口。比喻胃口很大，要價很高：呢件嘢邊值咁多錢呀，你唔好～喎【這東西哪裏值那麼多，你別胃口太大了】！

獅子山 si[1] dzi[2] saan[1] 香港著名山峰，位於九龍與新界之間，因形狀似獅子而得名。也被視為香港的地標之一。

獅子山下 si[1] dzi[2] saan[1] ha[6] 源於電視劇集名稱，因故事反映基層市民的生活和他們面對挫折的掙扎，見證了香港的歷史，被視為香港精神的象徵，故「獅子山下」又被用作香港的別稱。

> 【小知識】《獅子山下》為香港電台於 1972 年至 2006 年間陸續製作的實況電視劇集系列，述説香港人奮鬥的故事。此電視劇也是早年影視文化的代表作，主題曲為著名歌手羅文所唱，家喻户曉。

思疑 si[1] ji[4] 懷疑；猜疑：我～佢喺度講大話【我懷疑他在説謊】。｜唔好成日～人先得【別整天猜疑人家呀】。

思思縮縮 si[1] si[1] suk[7] suk[7] ❶ 同「思縮」。❷（因寒冷而）蜷縮；縮成一團：凍到～噉【凍得縮成一團】。❸ 鬼頭鬼腦的；探頭探腦的：條友響金舖門口～噉，有啲可疑嚅【那小子在金飾店門前探頭探腦的，有點可疑】。

思縮 si[1] suk[7] 拘束；拘謹：呢個係你二叔，唔使咁～【這位是你二叔，別那麼拘謹】。

司理 si¹ lei⁵ 舊時商店的總管，地位在經理之下。

司馬秤 si¹ ma⁵ tsing³ 一種舊制的秤，比市秤大。

斯文淡定 si¹ man⁴ daam⁶ ding⁶ 從容鎮定：佢第一次對住咁多人講嘢，都咁～，真係難得【他第一次面對那麼多人講話都這麼從容鎮定，真是難得】。

屎 si² 差勁；水平低：我英文好～【我的英語水平很差勁】。｜咁～嘅，舞都唔識跳【這麼差勁，舞都不會跳】。

屎波 si² bo¹ ❶ 球藝很差；臭球。❷ 水平低。同「屎」。

屎斗 si² dau² ❶ 水平低。同「屎」。❷ 質量差：咁～嘅嘢，畀我都唔要喇【（質量）這麼低劣的東西，白送我我都不要】。

屎窟 si² fat⁷ 屁股：打～【打屁股】。

屎窟鬼 si² fat⁷ gwai² 兩面三刀的人，口蜜腹劍的人：當面讚你，轉頭就篤你背脊，呢啲～我見得多啦【當面稱讚你，一回頭就背後戳你一刀，這種兩面派我見多了】。

屎窟痕 si² fat⁷ han⁴【諧】屁股癢；該打屁股：你又玩遊戲機？係咪～呀【你還玩遊戲機？屁股癢癢啦】？

屎窟窿 si² fat⁷ lung¹ 屁眼兒；肛門。

屎計 si² gai²* ❶ 不高明的計謀、見解。❷ 鬼主意；壞主意；餿主意：你條～一早畀人識穿晒【你那鬼主意早就被人識破了】。

屎坑 si² haang¹【俗】茅坑；廁所。

屎坑公賣草紙——問心

si² haang¹ gung¹ maai⁶ tsou² dzi² man⁶ sam¹【歇】舊時看管糞坑的人賣的手紙，置於門邊，旁設收款箱，取用手紙者隨意給錢，給多少全憑良心。此語表示做事要憑良心：啲仔女夾唔夾錢修葺鄉下間祖屋，都係～㗎咋【兒女們會不會湊錢修葺家鄉的祖屋，只能憑他們的心了】！

屎坑計 si² haang¹ gai²* 拙劣的計謀；餿主意：你啲～呃唔到我【你的拙劣計謀騙不了我】。

屎坑閼刀——聞（文）又唔得，舞（武）又唔得

si² haang¹ gwaan¹ dou¹ man⁴ jau⁶ m⁴ dak⁷ mou⁵ jau⁶ m⁴ dak⁷【歇】關刀掉進糞坑裏，既聞不得又揮舞不得。「聞」諧音「文」；「舞」諧音「武」，喻指人一點本事也沒有：佢學歷好好，點知係～，做乜都唔掂【他學歷很好，誰知道一點兒本事都沒有，甚麼都做不好】。

屎坑蟲 si² haang¹ tsung⁴ 糞蛆。又作「屎蟲」：唔好～噉周圍亂咁貢【別跟糞蛆似的到處亂鑽】。

屎橋 si² kiu²* 不高明的計謀。同「屎計」。

屎眼 si² ngaan⁵ 屁眼兒。同「屎窟窿」。

屎片 si² pin²* 尿片；尿布：洗～｜押～【掖尿布】。

屎塔 si² taap⁸ 馬桶。

屎塔蓋 si² taap⁸ goi³ ❶ 馬桶蓋子。❷【謔】男孩子的小平頭。

屎蟲 si² tsung⁴ 糞蛆。同「屎坑蟲」。

四正 si³ dzeng³ 端正；方正：幅相擺得唔～【照片擺得不正】。｜啲字寫得好～【這字寫得很端正】。｜你間屋好～【你這房子方方正正的】。

試鏡 si³ geng³ 為挑選演員而進行的試驗性拍攝：電視台通知我去～【電視台通

知我去試拍】。

試工 si³ gung¹ ❶ 試用的工人：佢係～，半年後轉正【他是試用工人，半年後才轉正】。❷ 試用；被僱傭的人到主人家試着做一段時間，合用則留下。

試過 si³ gwo³ 曾有過；曾出現過；曾經歷過：未～咁熱【沒遇到過那麼熱】。｜最緊張嗰陣時我～三日三夜冇瞓覺【最緊張時我曾經三天三夜沒合眼】。

試味 si³ mei⁶ 嚐試滋味；品味：餸煮好咗，請你幫我～【菜煮好了，請幫我嚐試滋味】。

試身 si³ san¹ 試穿（衣服）：不設～【不設試穿】。

時不時 si⁴ bat⁷ si⁴ ❶ 有時：禮拜日我～會去郊外爬下山【星期天我有時會去郊外爬爬山】。❷ 不時；經常：差人～會嚟巡查【警察不時會來巡查】。

時代曲 si⁴ doi⁶ kuk⁷ 流行曲：國語～。

時裝劇 si⁴ dzong¹ kek⁹ 現代劇。與「古裝劇」相對。

時鐘酒店 si⁴ dzung¹ dzau² dim³ 以小時為收費單位的酒店。

時款 si⁴ fun² 形容（款式）很流行，追得上潮流：～手錶【款式很流行的手錶】｜佢至中意啲～嘢【他最喜歡款式新穎的東西】。

時候 si⁴ hau⁶ 時間：夠～喇【時間到；到點了】。｜～唔夠【時間不夠】。｜趕～【趕時間】。

時哩沙啦 si⁴ li¹ sa⁴ la⁴ 嘁哩喀喳；稀哩嘩啦（形容做事乾脆利索）：大家一齊郁手，～啲啲貨好快就搬完晒【大家一起動手，貨物嘁哩喀喳的一會兒就搬完了】。

時來運到 si⁴ loi⁴ wan⁶ dou³ 運氣來了；好運氣：風水佬話我四十歲之後就會～【風水先生説我四十歲以後就會有好運氣】。

時嘜 si⁴ maak⁷ 又作「士嘜」。時髦；漂亮；瀟灑。這是英語 smart 的音譯詞：呢個新經理夠～【這個新經理夠瀟灑】。

時年 si⁴ nin⁴ 年成；年頭兒；流年：今年～唔錯【今年流年不錯】。

時辰八字 si⁴ san⁴ baat⁸ zi⁶ 生辰八字：人出生的年、月、日、時。皆用干支表示，共八個字。

時辰鐘 si⁴ san⁴ dzung¹ 計時的器具。時鐘的舊稱。

時時 si⁴ si⁴ 時常；常常。

時菜 si⁴ tsoi³ 當令的菜蔬：～炒牛肉（菜餚名）。

匙 si⁴ 鑰匙。同「鎖匙」：門～｜呢條～開唔到度門【這把鑰匙開不了這扇門】。

市肺 si⁵ fai³ 喻指城市裏有淨化空氣、環境作用的公園、花園、綠化帶及空曠處。

市虎 si⁵ fu² 喻指汽車（取其居鬧市而傷人之意）。

市橋蠟燭——假細芯 si⁵ kiu⁴ laap⁹ dzuk⁷ ga² sai³ sam¹【歇】市橋做的蠟燭，外層的蠟薄，燭芯粗，不耐點，但卻把露在外邊的芯弄得很細，裝假欺騙顧客。「假細芯」諧音「假細心」，喻指賣弄殷勤。

士巴拿 si⁶ ba¹ na²* 扳手；搬子。英語 spanner 的音譯詞。

士啤 si⁶ be¹ 備用品。英語 spare 的音譯詞。

士擔 si⁶ daam¹ 郵票。英語 stamp 的音譯詞。

士的 si6 dik7 手杖；枴棍。英語 stick 的音譯詞。

士多 si6 do1（賣日用的食品及雜貨的）小商店；小賣店。英語 store 的音譯詞。

士多啤梨 si6 do1 be1 lei2* 草莓。英語 strawberry 的音譯詞。

士多房 si6 do1 fong4（住宅內的）儲藏室；貯物室。「士多」是英語 store 的音譯。

士叻 si6 lik7 一種家具塗料。即蟲膠漆，清漆。英語 slick 的音譯詞。

士碌架 si6 luk7 ga2* 原指英式枱球「斯諾克」，亦泛指枱球。英語 snooker 的音譯詞。

士撻膽 si6 taat7 daam2（日光燈的）啟輝器，啟動器。英語 start 的音譯與「膽」組成的合成詞。

示範單位 si6 faan6 daan1 wai2* 樣品房（房地產商推銷大型住宅時開放給有意購房者參觀的住宅單元）。

是必 si6 bit7 必定；一定；非得：唔係～要噉做嘅【不是非得那樣做的】。

是但 si6 daan6 隨便：｜～幫我揀一件【隨便幫我挑一件】。

是非啄 si6 fei1 doeng1 愛搬弄是非的人；是非很多的人：我哋班有呢兩個～，多咗好多麻煩【我們班裏有這兩個愛惹是生非的，多了很多麻煩】。

是非根 si6 fei1 gan1 【諧】男性生殖器。

事不離實 si6 bat7 lei4 sat9 確確實實；的確如此：阿爸份遺囑都寫明分一百萬畀我，～呀【爸爸的遺囑已經寫清楚給我一百萬，這是確確實實的嘛】。

事急馬行田 si6 gap7 ma5 haang4 tin4 【俗】喻事急從權（指事情緊急時採取權宜之計或不擇手段）。象棋中「馬」進退的路線是「日」字形，「象」才走「田」字形；「馬」行「象」步，則不合規則，故稱：呢條路唔畀車行嘅，而家救人緊要，～，阿 Sir 會原諒嘅【這條路不讓車走的，現在救人要緊，事急從權，警察會原諒的】。

事件簿 si6 gin2* bou2* 人物事跡或事件始末的記錄。源自日語：澳洲流浪～。

事幹 si6 gon3 事情；事兒：你老竇因乜嘢～鬧你呀【你老爸為甚麼事情罵你呢】？

事關 si6 gwaan1 因為；由於：～我唔得閒，咪冇嚟到囉【因為我沒空，不就來不了了嘛】。

事主 si6 dzy2 事件的當事人或受害者：車禍中女～受咗輕傷【車禍中女當事人受了輕傷】。

事頭 si6 tau2* 老闆；頭兒（僱員對僱主、下級對上級的稱呼）：～搵你【頭兒找你】。

事頭婆 si6 tau4 po4 ❶老闆娘。❷【諧】英女皇的代稱。因港英政府時期英國女皇是香港的元首，故稱。

侍仔 si6 dzai2 ❶（男性）僕人；下人。❷【貶】（男性）服務員（尤指餐廳中招呼客人或旅店中幫客人拎行李、負責清潔衛生的服務員）。

侍應 si6 jing3（餐廳、咖啡廳等的）服務員。又稱「侍應生」。

侍應生 si6 jing3 sang1 同「侍應」。

豉汁 si6 dzap7 豆豉汁（用搗碎的豆豉加油熱炒而成）：～排骨（菜餚名）。

豉椒炒魷 si6 dziu1 tsaai2 jau2* 【諧】同「炒魷魚」，即被解僱。以酒樓餐廳常見菜名稱之以起諧趣之效。

豉油 si⁶ jau⁴ 醬油：～雞【醬油雞】。

豉油西餐 si⁶ jau⁴ sai¹ tsaan¹ ❶ 港式西餐廳。❷ 港式西餐廳供應的西餐。主菜會以醬油（豉油）作調味料，故稱。

【小知識】這是一款頗具香港特色的西餐，常見的菜式為：前菜是黃油（牛油）麵包和餐湯，餐湯有紅湯（羅宋湯）和白湯（忌廉湯）兩種選擇；主菜為牛排（牛扒）或豬排（豬扒）或雞肉等各種肉類（雜扒），配以白飯或意大利麵條（意粉）或薯條；餐飲為咖啡或奶茶或檸檬茶；如有甜品，一般為冰淇淋或果凍。

豉油撈飯——整色水 si⁶ jau⁴ lou¹ faan⁶ dzing² sik⁷ soey²【歇】用醬油拌飯，令米飯增加顏色。比喻弄虛作假欺騙別人：呢盒茶葉是粗茶，但係包裝到咁靚，～嘅啫【這盒茶葉是粗茶，但是包裝得這麼高級，弄虛作假而已】。

視障人士 si⁶ dzoeng³ jan⁴ si⁶ 盲人、弱視者等視力有障礙者的統稱。

視乎 si⁶ fu⁴ 取決於；視……而定：公司係唔係擴大經營，～你嘅決定【公司是不是擴大經營，取決於你的決定】。｜去唔去得成～天氣情況【去不去得成看天氣情況而定】。

視藝 si⁶ ngai⁶ 視覺藝術的省稱：～科【視覺藝術科】。

蒔田 si⁶ tin⁴ 插秧。

骰仔 sik⁷ dzai² 色子；骰子。桌上遊戲常用的道具，舊時為賭博用具。

色誘 sik⁷ jau⁵ 以姿色引誘：佢唔認性騷擾個女下屬，反而話對方～佢【他不承認性騷擾女性下屬，反說對方以美色誘惑他】。

色狼 sik⁷ long⁴ 侵犯女性的色鬼；淫棍。

色魔 sik⁷ mo¹ 專指以女性為目標，對其污辱、強姦甚至殺害的慣匪：琴晚又有一個女仔畀人強姦，梗係嗰個～做啦【昨晚又有個女孩子被人強姦，肯定是那個慣匪幹的】。

色士風 sik⁷ si⁶ fung¹ 薩克斯管（一種銅管樂器）。英語 saxophone 的音譯詞。

色水 sik⁷ soey² 顏色：呢件褸嘅～我唔中意【這件外套的顏色我不喜歡】。

色情架步 sik⁷ tsing⁴ ga³ bou⁶ 特指有色情經營活動的場所。又稱「黃色架步」，簡稱「架步」。呢個區有好多～【這個區有很多色情場所】。

息口 sik⁷ hau² 利息。

息影 sik⁷ jing² 電影演員不再從事電影演出的活動：我都七十歲嘞，想～唔做嘞【我都七十歲了，想退出電影圈不幹了】。

息心 sik⁷ sam¹ 不要想；不再想；死心：你息咗條心罷啦【你死心吧】！

熄 sik⁷ 關（指切斷家用電器、煤氣爐的能源）：～電視【關電視】｜～冷氣【關空調機】｜～煤氣爐【關煤氣爐】。

熄匙 sik⁷ si⁴（汽車駕駛者擰動車鑰匙）主動熄火：停車～【停車主動熄火】｜你停架車喺度等人唔～，警察可以告你【你的車停在這裏等人又不熄火，有可能被警察控告的】。

識 sik⁷ ❶ 認識：我～你老竇【我認識你爸】。❷ 懂；會：～法律【懂法律】｜～英文【懂英語】｜～打羽毛球【會打羽毛球】。

識 do sik⁷ du¹【俚】知趣。同「識做」。

識得 sik⁷ dak⁷ 認識。同「識」。

識啲唔識啲 sik⁷ di¹ m⁴ sik⁷ di¹ 半懂不懂的；只懂得皮毛：股票嘅嘢我～咋【股票的事兒我只懂得些皮毛】。

識做 sik⁷ dzou⁶ 會做人；知趣；明白該怎麼做。又作「識 do」：你幫咗咁大忙，應該點多謝你，我～嘅【你幫了大忙，該怎麼感謝你，我明白的】。

識飲識食 sik⁷ jam² sik⁷ sik⁹ 懂得吃喝；懂得美食之道：佢寫飲食雜誌專欄，梗係～啦【他在飲食雜誌寫專欄，當然懂得美食之道】。

識認 sik⁷ jing⁶ 標記；特殊的記號：你唔見咗個手袋咁普通，又冇乜～，好難搵得番㗎嚊【你丢了的那個手提包很普通，又沒啥標記，挺難找回來的】。

識撈 sik⁷ lou¹ ❶ 會掙錢：落雨賣遮，天熱賣扇，你都幾～【下雨天賣傘，天熱了賣扇子，你挺會掙錢的嘛】。❷ 會鑽營；會往上爬：扎得咁快，佢都算～喇【這麼快走紅（指演員），他也算挺會往上爬的嘛】。

識性 sik⁷ sing³ ❶ 有出息；懂事：我個孫仔好～【我的孫兒很懂事】。❷（動物）懂人性：呢隻狗好～【這隻狗很懂人性】。

識少少扮代表 sik⁷ siu² siu² baan⁶ doi⁶ biu²【俗】一知半解就充內行：你唔好喺度～啦【你別一知半解的就在這兒充內行了】。

識穿 sik⁷ tsyn¹ 識破：佢嘅真面目卒之畀人～晒【他的真面目終於被完全識破了】。

適值 sik⁷ dzik⁹ 恰逢；正好：我去過佢寫字樓，～佢出咗去【我去過他辦公室，正好他出去了】。

適啱 sik⁷ ngaam¹ ❶ 剛才：佢哋～都走咗【他們剛才都走了】。❷ 剛好；適合；符合：呢頂帽～我戴【這頂帽子適合我】。

飾金 sik⁷ gaam¹ 加工裝飾過的黃金。

飾櫃 sik⁷ gwai²* 用於裝飾宣傳的專櫃。

食¹ sik⁹ ❶ 吃：～飯【吃飯】｜～藥【吃藥】。❷ 喝：～粥【喝稀飯】。❸ 抽：～煙【抽煙】。

食² sik⁹ ❶ 別住；咬住；互相卡住：啲螺絲生鏽～死晒【這些螺絲長鏽鏽死了】。❷ 承受：個架唔～力，唔好放重嘢呀【這個架子吃不住勁，別放太重的東西】。❸ 借助本來的優勢：～住上【趁着有成績繼續做】。｜而家流行呢樣嘢，佢仲唔～住條水搵大錢咩【如今這玩藝正流行，他還不趁機賺他一大筆】？

食霸王飯 sik⁹ ba³ wong⁴ faan⁶（依仗權勢）吃飯不給錢。

食白果 sik⁹ baak⁹ gwo² 指賭注輸光；剃光頭。引指做事情毫無收穫：今日～，輸咗幾千蚊【今天被剃了光頭，輸了幾千塊錢】。｜成個上晝，一個客都無，～【整個上午一個顧客都沒有，交了白卷】。

食包包食飽 sik⁹ baau¹ baau¹ sik⁹ baau² 吃包子包管能吃飽。此為對聯之出句，求下聯。因難度高，成為「絕對」。

食飽無憂米 sik⁹ baau² mou⁴ jau¹ mai⁵【俗】❶ 吃飽了就不管米價貴賤，形容人飽食終日無所用心：佢老竇咁有米，佢梗係～啦【他父親這麼有錢，他當然可以飽食終日無所用心了】。❷ 無憂無慮過日子：佢係警察退咗休，終於可以～咯【她從警隊退休，終於可以無憂無慮過日子了】。

食飽睡一睡，好過做元帥 sik⁹ baau² soey⁶ jat⁷ soey⁶ hou² gwo³ dzou⁶ jyn⁴ soey³【諺】吃飽飯後睡一會兒，勝過當元帥。

食波餅 sik⁹ bo¹ beng² 比喻打球時被球打中：唔好行入球場，因住～【不要走進球場，小心被球打中】。

食大茶飯 sik⁹ daai⁶ tsa⁴ faan⁶「大茶飯」指酒樓宴席的酒菜，引申為有油水的好事。「食大茶飯」意近「幹大事、做大買賣」，引指打劫、走私等嚴重犯法活動：跟住大佬～大把世界撈啦【跟着大哥幹大事不愁撈不到錢】。

食得鹹魚抵得渴 sik⁹ dak⁷ haam⁴ jy⁴ dai² dak⁷ hot⁸【俗】要吃鹹魚就得忍得住渴，喻敢做敢當，得其利就得忍其害：～，有事我唔會埋怨你嘅【敢做就敢當，有事我不會埋怨你的】。

食得唔好嘥 sik⁹ dak⁷ m⁴ hou² saai¹ ❶ 能吃的就別浪費了。用於勸告別人多吃，或作自己想多吃的藉口。❷ 引指好東西或有用的資源與其白白糟蹋不如取為己用：個女仔主動接近我，噉我當然～，即刻同佢約會【那女孩主動接近我，這種好事我當然不能讓它溜走，馬上跟她約會】。

食得禾米多 sik⁹ dak⁷ wo⁴ mai⁵ do¹【俗】喻人多行不義；做的壞事太多；作惡多端：呢個衰神～，卒之都畀警察捉到【這個壞蛋作惡多端，終於被警察抓住了】。

食豆腐 sik⁹ dau⁶ fu⁶ 男性以輕佻的言詞逗弄女性，佔女性便宜：佢為人唔正經，最中意食女同事豆腐【他為人不正經，最喜歡佔女同事的便宜】。

食店 sik⁹ dim³ 小型的飲食店、飯館。又作「食肆」。

食電 sik⁹ din⁶ 耗電；費電：呢部手機好～【這部手機很費電】。

食凍柑 sik⁹ dung³ gaam¹ 一種開玩笑的舉動。用冰冷的手觸摸別人的身體取樂。意近普通話的「吃冰棍兒」：佢着到咁密實，想請佢～都幾難【他穿得這麼嚴實，想讓他吃冰棍還挺難的】。

食詐糊 sik⁹ dza³ wu²* ❶（打麻將）和了牌以後才發覺牌張組合不合和牌的規定，並不是真能取勝。❷ 引指以為十拿九穩的事情突然落了空，意近普通話「煮熟的鴨子飛了」：呢單生意你以為賺梗呀？因住～【這樁生意你以為賺定了？小心煮熟的鴨子飛了】。

食齋 sik⁹ dzaai¹ ❶ 吃素：和尚梗係要～啦【和尚當然要吃素了】。❷ 信佛修行：我自細跟住阿嫲～【我從小就跟着奶奶信佛修行】。

食滯 sik⁹ dzai⁶ 因吃得過飽，胃脹而難受：我今日～咗【我今天吃得太多胃脹得難受】。

食井水 sik⁹ dzeng² soey² 艇上的妓女嫁給住在陸地上的男人（可以食用井水）：佢而家～【她現在嫁給岸上的男人了】。

食指大動 sik⁹ dzi² daai⁶ dung⁶ 引發強烈的食欲。古人的說法，遇到可口的食品，人的食指會顫動，故稱。

食自己 sik⁹ dzi⁶ gei² ❶ 靠自己；自己動手：你唔使指擬有人幫你，～啦【你不要指望有人幫你，靠自己吧】！｜呢個星期無人煮飯，惟有～【這個星期沒人做飯，只好自己動手】。❷ 喻指手淫、自慰。

食蕉 sik⁹ dzi¹ ❶【俚】吃香蕉，又說「喫(jaak⁸)蕉」。比作把香蕉放進口中的動作，帶有罵人含意。意近叫人吃屎：

你以為你大晒呀，返去～啦你【你以為你是誰，去吃屎吧你】！❷ 諧音「實Q」即保安人員。

食咗人隻車 sik9 dzo2 jan4 dzek8 goey1【俗】下象棋吃了別人的車。中國象棋中的「車」是最為重要的棋子。吃人家的車，喻指損害別人的重要利益而讓自己獲得好處：讓佢攞晒棺材本出嚟買你啲保險，～咩【讓他把老本全拿出來買你的保險，想要人家老命嗎】？

食咗草龍 sik9 dzo2 tsou2 lung2* 形容説個不停。草龍是飼養鳥的蟲子，鳥兒很喜歡吃，吃了就會唱得歡：你～呀，咁煩嘅【你喋喋不休，真煩人】。

食粥食飯靠晒你 sik9 dzuk7 sik9 faan6 kaau3 saai3 nei5【俗】吃稀飯還是吃乾飯全靠你。喻指事情成敗全掌握在你手上：加油呀！今勻～喇【加油啊！這回能不能成功全指望你了】！

食家 sik9 ga1 美食家；精於飲食的人。

食價 sik9 ga3 當商業活動中介人時，向委託出售者付低於買方出價的價錢，從中賺取差價：地產代理公司經常～，令到賣樓業主遭致損失。

食夾棍 sik9 gaap8 gwan3 ❶ 賭博術語。莊家通殺，兩面都吃。❷ 引指兩面受傷，兩面受打擊。❸ 引指隱瞞買賣兩方，從中取利：我咁信你，估唔到你食我夾棍【我那麼信任你，想不到你在中間吞掉我的錢】。

食夾搦 sik9 gaap8 nik7 又作「又食又搦」。吃飽了還要拿走，形容人貪心、佔盡便宜：呢餐食完仲剩咁多嘢，實行～，冇蝕底【這桌菜吃剩那麼多，乾脆全帶走，可別虧了】。

食幾多着幾多整定嘅 sik9 gei2 do1 dzoek8 gei2 do1 dzing2 ding6 ge3【俗】吃多少穿多少都是命裏注定的。喻指人生的軌跡，生命的長短，都是注定的，自己不能控制。多用於慨嘆生命無常或人生的失意。

食經 sik9 ging1 關於飲食的學問、技藝（常用作書名、報刊欄目名）。

食古不化 sik9 gu2 bat7 fa3 過於拘泥於舊的思想觀念而不會變通；頑固不化：有計數機唔用，係要用算盤，咁～嘅人而家真係少有【有計算器不用，硬是要用算盤，這種老頑固現在可真少見】。

食穀種 sik9 guk7 dzung2 把糧食種子都吃了，喻指吃老本：你而家四十幾歲人就唔去搵嘢做？你～食得幾耐吖【你四十多歲就不去找工作，吃老本能吃多久】？

食過翻尋味 sik9 gwo3 faan1 tsam4 mei6【俗】原意為嚐過美食之後還想再嚐嚐；也引指嚐到甜頭之後還想故技重演：上次我唔覺意畀你隻卒過咗河，呢鋪你仲想～【上次我沒留意讓你的卒過了河，這盤你還想故技重演】？

食過夜粥 sik9 gwo3 je6 dzuk7 指人曾練過武術，有些功夫：呢個人～，搵佢做保鏢啱晒【這個人練過武術，找他做保鏢太合適了】。

食嘢打背脊骨落 sik9 je5 da2 bui3 dzek8 gwak7 lok9【俗】吃東西從後脊樑下去，即難以吞下或不是滋味的意思：佢講嘢句句都有骨嘅，呢餐飯真係～囉【他說的每一句都話裏帶刺，這頓飯吃得可真不是滋味兒】。

食嘢唔做嘢，做嘢打爛嘢 sik9 je5 m4 dzou6 je5 dzou6 je5 da2 laan6 je5【俗】平時不做事，遊手好閒，偶爾做點事，又把器物打爛。形容又懶又粗心大意的人。

食嘢食味道，睇戲睇全套 sik[9] je[5] sik[9] mei[6] dou[6] tai[2] hei[3] tai[2] tsyn[4] tou[3]【諺】吃東西要講究味道好，看戲要從頭到尾看完。比喻做事要完美，有始有終。

食鹽多過你食米 sik[9] jim[4] do[1] gwo[3] nei[5] sik[9] mai[5]【俗】（我一生）吃的鹽比你吃的米還多。喻人生閱歷豐富。下句為「行橋多過你行路」。

食軟飯 sik[9] jyn[5] faan[6] 靠女人吃飯；靠女人養活：畀人話～你估我好開心呀？我搵唔到嘢做都冇符【讓別人說我靠女人吃飯你以為我很高興嗎？我找不到工作沒辦法而已】！

食蓮子羹 sik[9] lin[4] dzi[2] gang[1]【謔】吃槍子兒（指被槍斃）。

食療 sik[9] liu[4] 吃有營養或有藥用價值的食物，以滋補身體、醫治疾病：近年興～【近年流行飲食療法】。

食螺絲 sik[9] lo[4] si[1] 指（演員等）說話含糊，口齒不清：佢～食成噉，都唔知講乜【他口齒那麼不清，都不知道他說啥】。

食兩家茶禮 sik[9] loeng[5] ga[1] tsa[4] lai[5]【俗】字面的意思是「收了兩家的聘禮」、「一女許配給二夫」，喻指不合規矩的兩頭撈好處：你同呢間公司簽咗約，又同第二間公司傾，想～呀【你跟這家公司簽了約，又跟另一家公司談，你想兩頭撈好處啊】？

食龍肉都冇味 sik[9] lung[4] juk[9] dou[1] mou[5] mei[6]【俗】食慾不振，吃甚麼都沒有味道：我重感冒，～啦【我得重感冒了，吃甚麼都沒有味道】。

食貓面 sik[9] maau[1] min[6] 挨罵；被訓斥：你打爛咗玻璃，畀校長知實～嘞【你打碎玻璃，讓校長知道了準挨訓】。

食米唔知米貴 sik[9] mai[5] m[4] dzi[1] mai[5] gwai[3]【俗】（天天）吃飯卻不知米價高。喻指過生活卻不知生活費貴：你真係～，而家仲畀咁少家用點夠呀【你真是不知道生活困難，才給那麼點家庭日常開支費怎麼夠用】？

食尾糊 sik[9] mei[5] wu[2]*（打麻將）在最後一局和了牌；引指最後撈一把或最後才得到好處：隻股票我一放咗之後股市就大跌，我都算係好彩食到尾糊啦【那隻股票我賣出去之後股市就大跌，我算是幸運地最後撈了一把了】。

食味 sik[9] mei[6] 食物的味道：你整啲餸又幾好～喎【你做的菜味道還挺不錯的】。

食懵你 sik[9] mung[2] nei[5] 罵詈語。腦子灌水了，吃糊塗了：人哋問你攞錢你就畀，～呀【人家向你要錢你就給他，你腦子灌水了】！

食額 sik[9] ngaak[2]* 吃空額（虛報人數冒領工資及其他款項）。

食晏 sik[9] ngaan[6] 吃中午飯：我請你～【我請你吃中午飯】。

食檸檬 sik[9] ning[4] mung[1] ❶ 喻碰壁或被拒絕。一般指女方拒絕男方讓對方尷尬：佢約女仔次次都～【他約女孩子每次都被拒絕】。❷ 喻指吃閉門羹。

食腦 sik[9] nou[6] 靠動腦筋吃飯；憑智力吃飯：做設計呢一行，有邊個唔係～㗎【幹設計這一行，哪個不是靠腦袋瓜吃飯的呢】？

食偏門 sik[9] pin[1] mun[2]* 同「撈偏門」。

食生菜 sik[9] saang[1] tsoi[3] 吃萵苣，喻指（某事）稀鬆平常；（做某事）很容易；易如反掌：易過～【太容易了】。｜誓願當～【發誓跟吃萵苣似的（指人太容易發誓又從不履行）】。

食西北風 sik9 sai1 bak7 fung1 喝西北風，即沒飯吃：冇咗份工，你叫我一家大細～呀【沒了這份工作，你讓我一家老小喝西北風啊】？

食塞米 sik9 sak7 mai5 白吃飯（指人無能，無用）：咁簡單嘅事都幫唔到手，真係～【這麼簡單的事都幫不了忙，真是白吃飯】。

食神 sik9 san4 口福：燒乳豬啱啱送到，你真係有～【烤乳豬剛送到，你真有口福】。

食死貓 sik9 sei2 maau1 背黑鍋（指蒙冤受屈）：你做錯嘢就走咗去，累我～畀人揸咗一輪【你做錯了事就溜了，連累我背黑鍋，讓人訓了一頓】。

食屎屙飯 sik9 si2 ngo1 faan6 【俗】顛倒黑白，顛倒是非，喻指人根本不講道理，做事完全背離常規。

食肆 sik9 si5 飲食店、餐館的雅稱：酒樓～【酒樓和飲食店】。

食水深 sik9 soey2 sam1 牟取暴利；賺得太狠（粵語中「水」有「錢財」義）：呢間舊屋值兩百萬？～啲啩【這間舊房子值兩百萬？賺得太狠了點吧】？

食 tea sik9 ti1 喝下午茶。（參見「下午茶」條）

食拖鞋飯 sik9 to1 haai2* faan6 指男人靠女人養活。

食叉燒 sik9 tsa1 siu1 排球運動術語。喻指把握機會（通常是指打探頭球）得分。「叉燒」是英語 chance 的音譯：收尾卒之由中國隊 2 號隊員～得咗一分，結束咗呢場龍爭虎鬥【最終由中國隊的 2 號隊員打探頭球得了一分，結束了這場龍爭虎鬥】。

食七咁食 sik9 tsat7 gam3 sik9 拼命吃；狼吞虎嚥。廣東舊俗，家中有人去世後，每七天一祭，至七七（第四十九天）止。每次拜祭都設酒飯款待親友，有些親友便趁機大吃大喝，故有此喻。

食長糧 sik9 tsoeng4 loeng4 退休後可以按月領退休金。

食材 sik9 tsoi4 用作烹調的原材料：當令～【正合時宜的烹調原材料】。

食環 sik9 waan4 即「食環署」，香港政府機構「食物環境衞生署」的簡稱。

食枉米 sik9 wong2 mai5 白吃飯。同「食塞米」。

食皇家飯 sik9 wong4 ga1 faan6【諧】進監獄；坐牢。因在獄中伙食都由政府供應，而皇家是過去英國殖民政府的代稱（如「皇家御准賽馬會」、「打皇家工」），故稱。

食糊 sik9 wu2* 麻將術語。和牌（指贏得該局）。

食碗面反碗底 sik9 wun2 min2* faan2 wun2 dai2【俗】喻忘恩負義；恩將仇報；吃裏扒外：我養到你咁大，你就～，幫人吞我家產【我把你養大，你卻恩將仇報，幫人家侵吞我的財產】。

閃 sim2（快速）離開；躲開；不聲不響的冒出來：好晏喇，～喇【很晚了，得走了】。｜你喺邊度～出嚟【你從哪兒冒出來的】？

閃電 sim2 din6 打閃：出邊行雷～，唔好出去罷啦【外面打雷打閃的，別出去吧】。

閃閃熗 sim2 sim2 ling3 平滑鋥亮；閃閃

發亮：架車抹到～【車擦得閃閃發亮】。

閃縮 sim2 suk7 ❶ 躲閃；躲躲閃閃：佢出庭作供嗰陣時眼神～，好可能係講大話【他出庭說供詞時眼神躲躲閃閃的，很有可能是說謊】。❷ 言辭閃爍；說話吞吞吐吐：被人問到幾時拉埋天窗，佢閃縮縮唔想答【被問到何時結婚，她吞吞吐吐不想回答】。

簷篷 sim4 pung4 屋簷，建築物伸展出牆外，用以遮擋雨水、陽光的附屬裝置。「簷」又音 jim4、jam4。

先¹ sin1 副詞。❶ 再：食完～講【吃完再說】。❷ 才：搭車要一個鐘頭～到【坐車要一個小時才到】。

先² sin1 前（以前）：～排【前一陣子，前些時候】。

先³ sin1 秤東西時多秤了點兒（秤桿尾部翹起）：一斤有～【一斤還多了點兒】｜我～啲畀你【我多秤一點兒給你】。

先至 sin1 dzi3 再；才。同「先¹」。

先敬羅衣後敬人 sin1 ging3 lo4 ji1 hau6 ging3 jan4【俗】勢利眼，對人只看衣着，對衣着華麗的人恭恭敬敬，而不看人品、學問：呢個社會係～嘅，你着成噉人哋連門都唔畀你入【這個社會只會尊重衣着光鮮的人，你穿成這樣子人家連門都不讓你進】！

先嗰排 sin1 go2 paai4 前一陣子；前些日子：～我好忙【前一陣子我很忙】。

先嗰輪 sin1 go2 loen4 同「先嗰排」。

先撩者賤，打死無怨 sin1 liu4 dze2 dzin6 da2 sei2 mou4 jyn3 先挑起事端的人是自己犯賤，即使被打死了也怨不了人。

先生 sin1 saang1 ❶ 老師：畀～鬧【挨老師罵】。❷ 對成年男性的尊稱。❸ 舊時指醫生。❹ 引稱自己或他人的丈夫：呢個係我～【這位是我丈夫】。｜佢～係差人【她丈夫是警察】。

先使未來錢 sin1 sai2 mei6 loi4 tsin4【俗】預先支用了以後的收入；寅吃卯糧：而家啲後生仔，嘟啲就簽咭，～係好平常嘅事【現在的年輕人，動不動就刷卡，預先花掉以後才掙的錢，那是很平常的事】。

先時 sin1 si4 以前：～呢度係碼頭【以前這兒是碼頭】。

先頭 sin1 tau4 剛才。亦作「頭先」，「求先」：～有電話搵你【剛才有電話找你】。

仙 sin1（一）分錢；（一個）銅子兒。英語 cent 的音譯詞：一個～都唔值【不值一分錢】。

仙都唔仙下 sin1 dou1 m4 sin1 ha5【俗】一分錢都沒有，喻窮得很厲害。「仙」即「分」：我而家～，仲點去賭呀【我現在一個子兒沒有，還怎麼去賭呀】？

仙股 sin1 gu2 股票術語。最小的股，通常指每股股票低於一角錢的股票，故稱。英語 penny stock 的意譯詞。

仙屎 sin1 si2 銅子兒；子兒；一分幣。英語 cents 的音譯詞。

鮮鮑 sin1 baau1 新鮮鮑魚。

鮮魷 sin1 jau2* 新鮮魷魚。與「土魷（乾魷魚）」相對。

鮮甜 sin1 tim4（味道）鮮；鮮美：啲湯夠～【這湯夠鮮】。

線報 sin3 bou3 線人（見該條）所提供的報告、情報：警方根據～破獲一個販毒集團【警方根據情報破獲了一個販毒集團】。

線步 sin³ bou⁶ ❶ 針腳：～好密【針腳好密】。❷ 縫線（縫在布料上面的線）：個袋甩咗～【袋子的縫線鬆脫了】。

線人 sin³ jan⁴ 負責做眼線的人（指為警察通風報信或幫助搜集情報者）。

線絡 sin³ lok²* 網兜。

線轆 sin³ luk⁷ 線軸兒；纏着線的軸兒：空～【空線軸兒】｜白～【白線軸兒】。

線眼 sin³ ngaan⁵（搜集情報、協助尋找破案線索的）眼線：警察已廣布～， 搜尋破案線索【警察已廣布眼線，搜尋破案線索】。

線衫 sin³ saam¹（針織的）汗衫。

煽情 sin³ tsing⁴ 煽動情感；或令人感情衝動（如催人下淚、令人憤怒等）：呢啲～嘅說話，我覺得唔夠理智【這些富有煽動性的話，我覺得不夠理智】。

跣（蹁） sin³ ❶ 滑；打滑：地板好～腳【地板很滑腳】。｜～呔【車輪打滑】。❷ 滑跌（因打滑而摔跤）；滑墜：～咗落地【滑倒在地上】。｜架車～咗落海【汽車滑墜到海裏】。❸ 害；陷害：係佢設個局嚟～我【是他設了個圈套來害我的】。

跣西瓜皮 sin³ sai¹ gwa¹ pei⁴ 讓人踩着西瓜皮滑倒，比喻暗中使人受傷害：佢畀人～，損失慘重【他給人暗中陷害，損失慘重】。

騸雞 sin³ gai¹ 閹雞。

鱔稿 sin⁵ gou² 指以自我宣傳為目的而發佈的新聞稿。

> 【小知識】早年報館多位於香港中上環一帶，傳聞有一家以吃鱔為名的食府，很多人想刊登新聞稿協助宣傳，便在食府請報館有關人員吃飯，通常會點上一道鱔。故此，新聞稿俗稱為「鱔稿」。

善長仁翁 sin⁶ dzoeng² jan⁴ jung¹ 對熱心慈善事業者的尊稱。

善終服務 sin⁶ dzung¹ fuk⁹ mou⁶ 照顧臨終病人的服務。

善款 sin⁶ fun² 用作慈善事業的款項、捐款。

善信 sin⁶ soen³（佛教）信徒。

善堂 sin⁶ tong²* 泛指慈善機構：我冇可能贊助咁大筆錢，我唔係開～【我沒有可能贊助那麼大筆錢，我不是開慈善機構的】。

升 sing¹ 摑：再係噉我就～你一巴【再這樣我就摑你一巴掌】。

升呢 sing¹ ne¹【俚】層次、檔次上升；升級。該詞原為網絡遊戲用語，英語為 level up，「呢」為 level 頭一音節的音譯，又作 le¹：一當選影后，佢嘅片酬即刻～【剛當選最佳女演員，她的片酬馬上升級】。｜我個電話咁舊，都係時候～換部新嚟喇【我的電話那麼舊，是升級換部新機子的時候了】。

星君仔 sing¹ gwan¹ dzai² 小頑皮；小調皮；小搗蛋鬼。

星級人馬 sing¹ kap⁷ jan⁴ ma⁵ 有明星聲譽的影視、歌唱演員。

星期美點 sing¹ kei⁴ mei⁵ dim² 舊時茶樓為招徠客人，定期更換的新款點心：今次嘅～係三星燒賣【這次的新款點心是三星燒賣】。

星媽 sing¹ ma¹ 明星的媽媽。

星味 sing¹ mei⁶ 成為明星的潛質、韻味、氣質。

星探 sing^{1} taam^{3} 物色影視演員的人。

星運 sing^{1} wan^{6} 當明星以後的運氣；影、視、歌事業的運氣：佢從影後～唔錯【他從影後事業方面的運氣不錯】。

鋅（星）盤 sing^{1} pun^{2*} 特指廚房的洗手盆。「鋅（星）」是英語sink的音譯。

鋅鐵 sing^{1} tit^{8} 鍍鋅鐵；馬口鐵。個罐頭盒係～嘅【這個罐頭盒子是用馬口鐵製的】。

醒 sing^{2} ❶ 聰明；機靈；有頭腦：佢真係～，全部題目都答啱晒【他頭腦真靈，全部題目都答對了】。❷ 神氣；氣派：你咁大隻，着西裝一定好～【你這麼大塊頭，穿西裝一定夠氣派】。❸ 賞：呢一千蚊係老細～你嘅【這一千塊錢是老闆賞你的】。❹ 想起；想到：我一時～唔起佢係邊個【我一時想不起來他是誰】？

醒定 sing^{2} ding^{6} 留心；當心；小心謹慎：揸車～啲呀【開車當心點兒】。

醒目 sing^{2} muk^{9} 同「醒 ❶」。

醒目仔 sing^{2} muk^{9} dzai^{2} 小機靈；機靈鬼：你個仔係～嚟，唔會咁易畀人呃嘅【你兒子是個小機靈，不會那麼容易上當受騙的】。

醒神 sing^{2} san^{4} 同「醒 ❷」。

醒水 sing^{2} soey^{2} 警覺；察覺：夜晚黑當更要～啲先得【晚上值班得警覺點兒才行】。｜佢呃咗你咁耐你都唔～【他騙了你這麼久你還沒察覺】。

醒胃 sing^{2} wai^{6}（指某些食物使人）開胃：食酸嘢好～【吃酸東西很令人開胃】。

繩 sing^{2*} 繩子。

聖誕花 sing^{3} daan^{3} fa^{1} 一品紅。一種落葉灌木，葉綠色，頂端的葉片較小，鮮紅色，很像花瓣。主要用作觀賞植物。因其在聖誕節前後最美麗，故稱。

性工作者 sing^{3} gung^{1} dzok^{8} dze^{2} 對提供性服務者的婉稱。

性事 sing^{3} si^{6} 男女間的性行為：發育期少年應該有～常識。

性騷擾 sing^{3} sou^{1} jiu^{2} 以猥褻的言詞、行為騷擾異性：辦公室～行為逐漸受到關注。

性侵犯 sing^{3} tsam^{1} faan^{6} 以猥褻的行為、動作侵犯異性：佢對八名女學生進行～，被判徒刑【他對八名女學生進行猥褻、誘姦，被判處徒刑】。

姓賴 sing^{3} laai^{6}【諧】「賴」指「推委、抵賴、不認賬」。指某人「姓賴」，是借「賴」之意去批評、諷刺別人，意近「賴皮」、「耍賴」：你～，明明係你做嘅又唔認【你賴皮，明明是你做的卻不承認】。

勝瓜 sing^{3} gwa^{1} 絲瓜（粵語「絲」的讀音近於「輸」，為避諱而改以「輸」的反義詞「勝」來代替）。

勝數 sing^{3} sou^{3} 成功的機率：呢場官司完全冇～【這場官司完全沒有成功機會】。

勝出 sing^{3} tsoet^{7}（體育比賽中）獲勝：香港隊以三比零～【港隊以三比零獲勝】。

承你貴言 sing^{4} nei^{5} gwai^{3} jin^{4} 用以感謝他人的良好祝願的客套話。

成 sing^{4} 整個；幾乎。同「成（seng^{4}）❷❸」。

成行成市 sing^{4} hong^{4} sing^{4} si^{5} 指某些新興行業業務擴大了，已經形成一定規模、市場：呢幾條街火鍋店開到～【這幾條街道火鍋店開得很多、很有規模】。

成人電影 sing^{4} jan^{4} din^{6} jing^{2} 兒童不宜

觀看的電影，通常指色情電影。

成盤 sing4 pun2* 成交。

成數 sing4 sou3 又作 tsing4 sou3。原指百分率，引申指成功的可能性，成功的希望：～唔大【把握不大】｜計你話呢件事嘅～會有幾高【依你看這事成功的可能性會有多高】？

誠心 sing4 sam1 成心；故意：～同我作對【成心跟我作對】。

盛 sing6 表示不定指，多用於「又……又盛」的句式中，起強調作用。意即「又……又（那）甚麼的」：今日又凍又～【今天又冷又那甚麼的】。｜我又煮飯又～，邊得閒同你玩呀【我又煮飯又那甚麼的，哪有空陪你玩】？｜冇錢冇～，點結婚呀【又沒錢又沒甚麼的，怎麼結婚】？

盛惠 sing6 wai6 向顧客收款時用的客套話；謝謝（惠顧）：～三十蚊【謝謝，（請付）三十塊】。

涉嫌 sip8 jim4 有嫌疑；有……嫌疑（通常用作法律用語）：～嘅兩個男子被警方帶走【有嫌疑的兩個男子被警方帶走】。｜～貪污【有貪污嫌疑】。

涉案 sip8 ngon3 與案情有關的：～人員被拘留【與案情有關的人員被拘留】。

攝 sip8 ❶ 塞；插；掖（指把薄的或細小的東西塞進縫裏）：～張紙入傳真機【塞張紙進傳真機】。｜～蚊帳【掖蚊帳】。❷（塞東西）墊：張枱唔平，要～高隻腳先得【這桌子不平，要墊高一條腿才行】。

攝電 sip8 din6 同「閃電」。

攝灶罅 sip8 dzou3 la3 塞進灶底下，指東西沒有用，粵人常用此來比喻女子嫁不出去：年紀咁大都唔結婚，唔通留返嚟～咩【年紀這麼大還不結婚，難道留着吃閒飯】？

攝牙罅 sip8 nga4 la3 塞牙縫兒：咁少嘢，都唔夠我～【這麼點兒東西，還不夠我塞牙縫兒呢】。

攝石 sip8 sek9 磁石；磁鐵。

攝鐵 sip8 tit8 磁鐵。

攝青鬼 sip8 tseng1 gwai2 ❶ 原指傳説中一種死而不僵的厲鬼。引申為像鬼魅似的悄無聲息突然冒出來者。❷ 喻指行蹤飄忽、行跡詭秘的人：你呢個～吖，突然間返咗嚟都冇人知【你這個行跡詭秘的傢伙，突然回來誰都不知道】。

攝位 sip8 wai2* 填補原屬別人的位置；填補空檔：佢同老公感情破裂，好容易畀第三者～【她跟丈夫感情破裂，很容易被第三者插足】。｜公司加拍呢套愛情劇係為咗安排啲演員～演出【公司加拍這套愛情劇是為了填補演員的空檔】。

蝕 sit9 虧損；磨損；損耗：～咗一百萬【虧損了一百萬】。｜把刀有啲～【這把刀有一點磨損】。

蝕本 sit9 bun2 虧本：～生意【虧本生意】。

蝕底 sit9 dai2 吃虧：同佢換你就～喇【跟他交換你就吃虧了】。

蝕張 sit9 dzoeng1 ❶ 麻將術語。容易招致損失的牌張：呢隻牌～嚟，唔好亂打【這張牌對你很不利，別亂打】。❷ 引申作吃虧：佢咁矮，比賽實～畀人【他那麼矮，比賽肯定吃虧】。

消滯 siu1 dzai6 消食；幫助消化：散下步～【散散步消食】。｜～藥【幫助消化的藥】。

消防喉 siu1 fong4 hau4 消防水龍頭；消防水管。

消委會 siu1 wai2 wui2*「消費者委員會」的簡稱。

【小知識】消委會成立於 1974 年，為一受政府資助的獨立法定團體。

銷金窩 siu1 gam1 wo1 指讓人大量花費金錢的場所，如：歌廳、舞廳、妓院等。

宵（消）夜 siu1 je2* ❶ 吃夜宵；（用）……做夜點：去邊度～【去哪兒吃夜宵】？｜煮啲麵～【煮點兒麵條兒做夜宵】。❷ 夜宵（名詞）：煮～【煮夜宵】。

燒 siu1 ❶ 燃放；燃燒：～炮仗【放鞭炮】｜～煙花【放焰火】。❷ 烤：～鴨【烤鴨】｜～乳豬【烤乳豬】。

燒碟 siu1 dip2* 刻錄光盤；複製光盤（如 CD、VCD 等）。

燒到埋身 siu1 dou3 maai4 san1 喻指危害已經迫近甚至降臨。意近「火燒眉毛」：污染問題早就～，但係好多人習以為常【污染問題的危害早已降臨，但很多人卻習以為常】。

燒酒 siu1 dzau2 白酒。

燒脂 siu1 dzi1 消除人體多餘的脂肪。

燒骨 siu1 gwat7 燒豬肉中的骨架：～粥｜京都醬～。

燒烤 siu1 haau1 烤東西吃，又作「BBQ」，特指到野外自己烤東西吃：好多郊野公園都有～場【很多郊野公園都設立了燒烤食物的場地】。

燒烤爐 siu1 haau1 lou4 特指在室外固定的供燒烤食物的爐子。

燒嘢食 siu1 je5 sik9 烤東西吃。同「燒烤」。

燒衣 siu1 ji1 農曆七月十四盂蘭節習俗，即焚燒紙錢、紙紮的「衣服」之類祭品給死者。

燒肉 siu1 juk9 烤豬切出來的肉。

燒乳豬 siu1 jy5 dzy1 烤乳豬，又稱「燒豬仔」。這是著名粵菜之一，也是拜神、拜祭先祖最常用的祭品。

燒冷灶 siu1 laang5 dzou3 ❶ 喻指賭博中押寶於冷門以期獲得更大賠付。❷ 喻幫助或討好暫時失勢者或未來可能得勢者以期將來獲得回報，有「放長線釣大魚」之意。

燒臘 siu1 laap9 燒烤、醃臘熟食：～舖。

燒賣 siu1 maai2*「乾蒸燒賣」的簡稱，用麵粉和小粒的豬肉、蝦肉、香菇做成，是粵式茶樓最普遍的點心之一。

燒埋我嗰疊 siu1 maai4 ngo5 go2 daap9 把我也牽扯進去：而家講緊你，做咩又～【現在講的是你，幹嗎又把我牽扯進去】。

燒味 siu1 mei2* 同「燒臘」：呢間酒家啲～好靚【這家餐館的烤製肉食很好吃】。

燒鴨 siu1 ngaap8 烤鴨。

燒銀紙 siu1 ngan4 dzi1 燒錢；喻指不斷耗掉大量金錢（而沒有效益）：投資呢部電影簡直係～【投資這部電影，大筆資金很快就沒了】。

燒鵝 siu1 ngo2* 烤鵝：深井～好有名【深井的烤鵝很出名】。

燒炭 siu1 taan3 一種在門窗密閉的室內燃點焦炭，造成一氧化碳中毒的自殺方式。

燒青 siu1 tseng1 銅胎琺瑯製造的工藝品。

燒腸 siu1 tsoeng2* 一種肉食製品。用豬腸衣填肉後燒烤製成。

瀟湘 siu1 soeng1 秀氣；苗條：【俗】抵冷貪～【為顯示美好身段而情願少穿衣服受凍】。｜你着呢件衫靈舍～【你穿這件衣服顯得特別苗條】。

小巴 siu2 ba1 只容十幾個人乘坐的小型公共汽車。英語 minibus 的意、音合譯詞。

小電影 siu2 din6 jing2 指小型銀幕的電影，又喻指黃色電影。

小賭怡情，大賭亂性 siu2 dou2 ji4 tsing4 daai6 dou2 lyn6 sing3【諺】有節制的賭博可以愉悦心情，賭得太大就會精神迷惑不能自拔。

小造 siu2 dzou6 小年；水果、蔬菜等收成少的年份：荔枝舊年～，今年大造【荔枝去年是小年，今年會大豐收】。

小家 siu2 ga1 小家子氣；小氣；不大方：男人老狗，唔好咁～啦【男子漢大丈夫，別這麼小家子氣】。

小氣（器） siu2 hei3 小心眼兒；氣量小：話咗你兩句就唔理人，唔係咁～啩【説了你兩句就不理睬人，不是這麼小心眼吧】？

小學雞 siu2 hok9 gai1【謔】小學生。

小人蛇 siu2 jan4 se4 偷渡的少年兒童。

小兒科 siu2 ji4 fo1 ❶ 小意思：佢係讀中文嘅，寫封信，～啦【他是讀中文（專業）的，寫封信，小意思】。❷ 幼稚；嫩：咁大個仔仲玩埋呢啲～嘅遊戲【這麼大了還玩這種幼稚的遊戲】？｜同職業棋手比，我仲係～【跟職業棋手比，我（棋藝）還很嫩】。

小𦟌 siu2 jim2 亦稱「脶𦟌」。指肋下（腹部的兩側）。

小強 siu2 koeng4【謔】指蟑螂。香港某電視劇中一個男主角所養的寵物是一隻蟑螂，它為這隻蟑螂起名為小強，故有此稱呼。

小輪 siu2 loen4 特指香港島與九龍之間的渡輪和輪渡公司：搭～過海【坐渡輪過海】｜天星～【天星渡輪公司】。

小貓三四隻 siu2 maau1 saam1 sei3 dzek8 比喻人很少：就嚟開場嘞，先得嗰～【快開場了，才那麼幾個人】。

小朋友 siu2 pang4 jau5（指代）子女；孩子：你哋結婚咁耐，點解唔生～【你們結婚那麼久，為甚麼不生小孩】？

小心駛得萬年船 siu2 sam1 sai2 dak7 maan6 nin4 syn4【諺】小心可保長久平安。

小手 siu2 sau2 指第三隻手，喻小偷；扒手：提防～【提防扒手】。

小小意思 siu2 siu2 ji3 si1 一點兒小意思（送禮常用的客套語）：～，唔成敬意【一點點禮物，不成敬意】。

小數怕長計 siu2 sou3 pa3 tsoeng4 gai3【俗】數目雖小，但日積月累也很可觀：～，一日慳十蚊，一年都有三千幾【集腋成裘，一天省十塊，一年也有三千多】。｜～，唔慳啲今年公司財政有赤字都未定【一點一滴的支出累積起來就可觀了，若不省着點兒，今年公司的財政説不定會出現赤字】。

小肚 siu2 tou5 ❶ 豬、牛、羊等的膀胱，可用來做菜餚。❷ 人的小腹；小肚子：佢減肥成功，～縮細咗【她減肥成功，小肚子縮小了】。

小腸氣 siu2 tsoeng4 hei3 疝氣；小腸串氣。一般病徵是在腹股溝或陰囊腫脹，患者多為男性。

小財唔出大財唔入 siu2 tsoi4 m4 tsoet7 daai6 tsoi4 m4 jap9【諺】不投入一定的資金，就得不到大的利潤：做生意梗要攞返咁上下資金出嚟先，～吖嘛【做生意當然要先投入一定資金，小錢花出去，大錢才能進來】。

少食多滋味 siu2 sik7 do1 dzi1 mei6

【俗】東西少吃一些會感覺味道好，吃太多就會膩：荔枝～，食多無益【荔枝少吃一些味道好，吃太多有害無益】。

少食 siu2 sik9 很少抽煙，即不吃、不抽。謝絕別人請抽煙的專用語：我～，多謝【我不抽煙，謝謝】。

少少 siu2 siu2 一點兒；一點點：畀～糖【放一點兒糖】。｜法文我識～【法語我會一點點】。

少甜 siu2 tim4 飲食行業術語。少放糖：一杯奶茶，～【要一杯奶茶，少放糖】。

少 siu3 ❶ 對大伯子、小叔子（丈夫的兄弟）的當面稱呼：大～【丈夫的大哥】｜二～【丈夫的二哥或二弟】。❷ 少爺：對有錢人或有權勢者的兒子的尊稱）：大～【大少爺】｜七～【七少爺】。

少東 siu3 dung1 少東家。

少奶 siu3 naai1* 舊時指年輕的婦女；少奶奶，與「少爺」相對。大～【大少奶奶】。

笑片 siu3 pin2* 喜劇片：我中意～多啲，輕輕鬆鬆笑一笑就冇晒壓力【我更喜歡喜劇片，輕輕鬆鬆笑一笑壓力就消除了】。

笑大人個口 siu3 daai6 jan5 go3 hau2 【俗】形容事情非常可笑，把人的嘴巴都笑大了，意近「笑掉人大牙」：你噉嘅水平想話攞冠軍，唔驚～呀【你這樣的水平還想拿冠軍，不怕人家笑掉大牙了】？

笑到轆地 siu3 dou3 luk7 dei2* 笑得在地上打滾（語意略帶誇張）：睇見佢扮豬八戒嗰個樣，大家都～【看到他扮豬八戒那個樣子，大家都笑得前仰後合】。

笑口棗 siu3 hau2 dzou2 開口笑（一種油炸點心）。以糖、水、麵粉和在一起揉成團，表面粘上芝麻後油炸。因炸好後表面裂開，故稱。

笑口吟吟 siu3 hau2 jam4 jam4 笑眯眯的：睇佢一入門就～個樣，實有好消息【瞧他一進門就笑瞇瞇的樣子，肯定有好消息】。

笑口噬噬 siu3 hau2 sai4 sai4 咧着嘴（假）笑：咪睇佢～噉，惡起嚟好得人驚【別瞧他咧着嘴笑，兇起來很可怕的】。

笑騎騎 siu3 ke4 ke4 笑嘻嘻：佢同人講嘢～噉，但係未必係真心嘅【他跟人說話笑嘻嘻的，但不見得是真心的】。

笑甩棚牙 siu3 lat7 paang4 nga4 笑掉大牙。

笑微微 siu3 mei1 mei1 笑瞇瞇；微笑：佢成日～，個樣好友善【她整天笑瞇瞇，樣子很友善】。

笑笑口 siu3 siu3 hau2 （帶着）微笑：佢係～同我講嘅，冇發嬲呀【他是微笑着跟我說的，沒發火呀】。

紹酒 siu6 dzau2 浙江紹興出產的黃酒。

紹菜 siu6 tsoi3 大白菜。同「黃牙白」。

梳 so1 量詞。梭；串（指子彈、香蕉等成排的東西）：一～子彈【一梭子彈】｜一～蕉【一串香蕉】。

梳打 so1 da2 蘇打；碳酸鈉。英語 soda 的音譯詞。

梳打埠 so1 da2 fau6 【諧】香港人對澳門的別稱。梳打，即蘇打，可將任何油膩的東西清除淨盡。澳門博彩業興旺，各地賭客往往乘興而來，卻常常在賭場輸光，離開澳門時口袋彷彿被蘇打洗過般乾乾淨淨的，故戲稱澳門為梳打埠。

梳妝枱 so1 dzong1 toi2* 女性梳妝打扮用的帶有鏡子的桌子。

梳化 so1 fa2* 沙發。英語 sofa 的音譯詞：

真皮～【真皮沙發】。

梳化床 so1 fa2* tsong4 沙發床。

梳芙 so1 fu4 享樂；享受；舒暢愉快的感受：佢放咗假去曼谷～【他放了假去曼谷享樂去了】。｜你就～啦，有咁多靚女陪你【你就舒坦啦，有那麼多漂亮女孩子陪着你】。

梳乎厘 so1 fu4 lei2 蛋奶酥，食品名稱。英語 souffle 的音譯詞。

梳起 so1 hei2 自願終身不嫁。同「自梳」。

梳嘞嚿 so1 laak8 kwaak8 又作 so1 laang3 kwaang3。稀稀疏疏；稀稀拉拉：北方一到秋天，啲樹就～噉【北方一到秋天，樹（葉）就稀稀疏疏的】。｜佢啲頭髮～噉【他的頭髮稀稀拉拉的】。

梳菜 so1 tsoi3 大頭菜的一種，形狀像蘿蔔，切成片後，形狀像梳子，通常用鹽腌製成醃菜。

疏肝 so1 gon1 心情愉快；浪漫溫存：你同女朋友去海邊度假，好～啦【你和女朋友到海邊度假，肯定很浪漫溫存了】。

疏冷冷 so1 laang1 laang1 稀疏；稀稀鬆鬆：張枱太大，啲人坐到～噉，好難開會【桌子太大，人坐得稀稀拉拉的很難開會】。

疏籬 so1 lei1* 眼兒較疏的竹篩子。

疏門 so1 mun2* 很少有；不常見的；很罕見：呢啲古董好～【這種古董很少有】。

疏疏落落 so1 so1 lok9 lok9（人）很少；稀稀拉拉：個商場行嘅人～，生意好差【這商場逛的人很少，生意很差】。

疏爽 so1 song2 大方豪爽：佢份人好～，好中意幫人【他為人很豪爽大方，很喜歡幫助別人】。

疏堂 so1 tong4 堂（指同祖父的兄弟姐妹）：～細佬【堂弟】｜～姊妹【堂姐妹】。

鎖 so2（用手銬）銬住；銬起來：佢藏毒畀差佬～咗返去【他藏有毒品被警察銬起來帶回去】！

鎖匙 so2 si4 鑰匙。又簡作「匙」。

傻仔 so4 dzai2 ❶ 傻瓜；傻小子；傻冒。❷ 傻小子（長輩昵稱晚輩，不一定有罵人之意）：～，仲唔多謝阿爺【傻孩子，還不謝謝爺爺】？

傻更 so4 gaang1 傻；傻瓜：咁～㗎，平嘢唔買買貴嘢【這麼傻，便宜的不買買貴的】！｜人哋中意你你都唔知，正一～嚟【人家喜歡你你還不知道，真是傻瓜】。

傻更更 so4 gaang1 gaang1 傻乎乎；傻裏傻氣；傻頭傻腦。又說「傻傻更更」：你仲～喺度等，人哋一早走咗喇【你還傻乎乎的在這兒等，人家早走了】。

傻人 so4 jan4 傻瓜（用於較親昵的笑罵時用）：～，喊乜嘢呀，你老公我唔會有事嘅【傻瓜，哭甚麼？你老公我不會出事的】。

傻傻地 so4 so2* dei2* 傻乎乎的：我唔知佢就係經理，仲～問佢識唔識經理添【我不知道他就是經理，還傻乎乎地問他認不認識經理呢】。

傻傻更更 so4 so4 gaang1 gaang1 傻乎乎。同「傻更更」：咪睇佢～噉，佢對人好真心【別看她傻裏傻氣的，但對人很真心】。

傻傻戇戇 so4 so4 ngong6 ngong6 呆頭呆腦；傻裏傻氣：佢～，成日畀人蝦【他呆頭呆腦，老讓人欺負】。

灉 soe4 滑；滑動：～滑梯【滑滑梯】。

削 soek8 形容米飯、粉條等食物不夠軟，口感差：呢隻米煮啲飯好～【這種米煮出來的飯不夠軟】。

削資 soek8 dzi1「削減資助」的簡稱。通常特指香港政府削減對某些機構的資助。

徇眾要求 soen1 dzung3 jiu1 kau4 應群眾的要求：大劇院～加演一場【大劇院應觀眾要求加演一場】。

筍 soen2 好的；稱心的；價廉物美的：隻名牌錶三折咁～【這塊名牌手錶三折那麼便宜】？｜我搵到份～工，幫人試食【我找到份稱心的工作：替人試吃（菜餚之類）】。

筍嘢 soen2 je5 好東西：有乜～記得益下老友呀【有啥好東西別忘了也讓老朋友沾沾光啊】！

筍盤 soen2 pun2* ❶ 價廉物美的「樓盤」。❷ 喻指理想的追求對象（多指男性）。

信肉 soen3 juk2* 裝入信封中的寫好的信，與「信封」相對。

馴品 soen4 ban2（性情）溫順；馴良：佢兩個仔都好～【她兩個兒子都挺溫順的】。

純粹租房 soen4 soey5 dzou1 fong2* 標明只供出租、無附加服務（例如按鐘點出租給臨時嫖宿者）的出租屋。

純情 soen4 tsing4 ❶ 對愛情忠貞：林黛玉好～【林黛玉愛情很忠貞】。❷ 純真：呢個女仔個樣好～【這位女孩兒的樣子很純真】。

順得哥情失嫂意 soen6 dak7 go1 tsing4 sat7 sou2 ji3【俗】聽了哥哥的，就得惹惱嫂嫂，喻夾在中間左右為難，總會得罪一方，難以兩全：老竇叫我學經濟，老媽子叫我學醫，～，我都唔知聽邊個好【老爸叫我學經濟，老媽叫我學醫，兩個總得得罪一個，我都不知聽誰的好】。

順檔 soen6 dong3 順當；順利：佢由小學讀到大學，一路都好～【他從小學讀到大學，一直很順利】。

順風順水 soen6 fung1 soen6 soey2 ❶ 辦事順利：佢呢排做嘢～【他最近辦事非常順利】。❷ 祝賀語。一路順風、平安：祝你～【祝你一路平安】。

順風車 soen6 fung1 tse1 順路車；便車：我搭老闆嘅～返公司【我坐老闆的便車回公司】。

順境 soen6 ging2 發展順利；走運：佢今年又攞最佳男歌手獎，又接拍幾部電影，真係～【他又拿最佳男歌手獎，又接拍幾部電影，事業真順利】。

順口 soen6 hau2 ❶ 語言流暢：佢背唐詩背到好～【他唐詩背得很流暢】。❷ 隨口説，沒有經過考慮；隨便説出：我從來唔會～噏【我從來不會沒經考慮，隨便説話】。

順溜 soen6 lau6 ❶ 有次序；整齊，不參差：佢將頭髮梳～【她把頭髮梳整齊了】。❷ 通暢順當；舒適：佢日子過得幾～【他日子過得很舒適】。

順攤 soen6 taan1 容易通過；順當；方便：今年經費唔夠，上頭批撥款冇咁～喇【今年經費不足，上面不會那麼輕易把撥款批下來】。

順頭順路 soen6 tau4 soen6 lou6 ❶ 很順利。同「順風順水」。❷ 順着；一直：你～行就到地鐵站【你一直往前走，就到地鐵站了】。

相就 soeng1 dzau6 ❶ 將就；勉強適應：你～下住住先啦【你將就着先住下吧】。❷ 引申為請對方幫助、關照：～下，借你個電腦用下【請關照一下，借你的電腦用一用】。

相見好，同住難 soeng¹ gin³ hou² tung⁴ dzy⁶ naan⁴【諺】相聚容易相處難。形容長期生活在一起容易產生矛盾甚至摩擦：～，心抱同老爺奶奶住得埋，幾難得下【相聚容易相處難，媳婦跟公公婆婆能一起生活，挺難得的】。

相宜 soeng¹ ji⁴ 便宜：票價好～【票價很便宜】。

相與 soeng¹ jy⁵ ❶ 相處：同呢個好難～嘅人拍檔，真係頭赤【跟這個很難相處的人搭檔，真頭疼】。❷ 商量：價錢方面我好好～嘅【價錢方面我很好商量的】。

相嗌唔好口 soeng¹ ngaai³ m⁴ hou² hau²【俗】吵架肯定沒有好聽的話：～，你原諒佢罷啦【吵架沒好話，你原諒他吧】。

相思 soeng¹ si¹ 鳥名，即黃鶯，黃鸝：～嘅叫聲好婉轉悅耳【黃鶯的鳴聲很婉轉悅耳】。

相睇 soeng¹ tai² 相親：而家乜嘢年代呀，仲同個仔搞～【現在都甚麼年代了，還給兒子安排相親】？

相請不如偶遇 soeng¹ tsing² bat⁷ jy⁴ ngau⁵ jy⁶【俗】專門邀請不如偶然巧遇，這是對不速之客的客氣話：～，既然咁啱撞到你，你千祈唔好走，一陣間一齊食飯【特邀不如巧遇，既然這麼巧碰上你了，你千萬別走，一會兒一塊吃飯】！

箱頭筆 soeng¹ tau⁴ bat⁷ 麥克筆。英語為 marker。

商住兩用 soeng¹ dzy⁶ loeng⁵ jung⁶ 作商業、住宅兩種用途均可（的房屋）。

商家佬 soeng¹ ga¹ lou²【俗】商人；資本家；經營生意者。

商廈 soeng¹ ha⁶「商業大廈」的簡稱。商業樓宇；作辦公室用途的樓宇；寫字樓。

商務午餐 soeng¹ mou⁶ ng⁵ tsaan¹（邊吃飯邊洽談商務的）工作午餐。

雙蒸 soeng¹ dzing¹ 經兩次蒸餾而成的、酒精含量較低的燒酒。

雙非 soeng¹ fei¹ 在香港出生而父母均非香港居民的兒童。

雙封 soeng¹ fung¹ 雙幅（指布的寬度）：我要買～花布【我要買雙幅寬的花布】。

雙格床 soeng¹ gaak⁸ tsong⁴ 雙層床；架子床。亦作「碌架床」。

雙行 soeng¹ hong²* 用雙線間隔成的行：～紙｜～簿。

雙襟 soeng¹ kam¹ 又作「孖襟」。雙排紐扣：佢着～西裝【他穿雙排紐扣的西裝】。

雙企人 soeng¹ kei⁵ jan²* 雙人旁，雙立人兒（漢字偏旁「彳」）。

雙糧 soeng¹ loeng⁴ 雙薪，雙份的工資：我哋舊曆正月有～【我們農曆正月有雙薪】。

雙眼簷 soeng¹ ngaan⁵ jam⁴ 雙眼皮。「簷」又音 jim⁴。

雙皮奶 soeng¹ pei⁴ naai⁵ 甜奶酪的一種。為廣東順德特產。

雙失 soeng¹ sat⁷ 指失學加失業：～青年【失學兼失業的青年人】。

雙體船 soeng¹ tai² syn⁴ 一種高速輪船，由左右兩部份船身支撐中央的客艙，客艙底露出水面，看上去就像兩隻船併合在一起，故稱。

雙程證 soeng¹ tsing⁴ dzing³ 中國內地居民來回港澳的通行證。與「單程證」相對（參見該條）。

傷健人士 soeng1 gin6 jan4 si6【婉】傷殘人士。

相 soeng2* 相片；照片：曬～【洗照片】｜～底【底片】｜風景～【風景照片】。

相簿 soeng2* bou2* 相冊。

相架 soeng2* ga2* 裝相片的鏡框。

相底 soeng2* dai2（照片的）底片。

想唔……都幾難 soeng2 m4 dou1 gei2 naan4 不……不行，非……不可：噉做生意法想唔蝕本都幾難【這樣做生意非虧本不可】。｜佢咁熱情相邀，你想唔去都幾難【他這麼熱情邀請，你想不去都不行】。

想愴你個心 soeng2 tsong3 nei3 go3 sam1【俗】癡心妄想；追求不可能得到的東西。意近「你想得倒美」：你想分我份身家，～呀【你想分我的家財，想得倒美】！

想話 soeng2 wa6 打算；想：我啱啱～打電話畀你你就嚟到【我正想給你打電話你就來了】。

相士 soeng3 si6 算命先生；給人看相的人。

上得山多終遇虎 soeng5 dak7 saan1 do1 dzung1 jy6 fu2【俗】喻指百密難免一疏，冒險的事情做多了就會遇到危險：你咪以為次次都咁好彩，～，犯咗法始終走唔甩【你別以為永遠都能交好運，老幹冒險事，難保不出事，犯了法始終都逃不掉】。

上得床嚟拉被冚 soeng5 dak7 tsong4 lai4 laai1 pei5 kam2【俗】上了床就想掀被子來蓋，喻指得寸進尺：我應承請佢食飯，佢又～，仲要揀去邊間餐廳【我答應請他吃飯，他得寸進尺，還要挑到哪家餐廳吃】。

上電 soeng5 din6 ❶ 充電。❷【俚】喻指吸食毒品。因吸毒者吸食毒品後人就像充了電一樣，馬上就精神起來，故稱：啲「毒青」夜晚就喺呢條後巷～【那些吸毒青年晚上就在這條巷子吸毒】。

上莊 soeng5 dzong1 ❶ 做莊家。❷ 大學術語。指某學生組織的幹事會或委員會上任，與「落莊」相對：新一屆學生會～【新一屆學生會成員上任】。

上鏡 soeng5 geng3 ❶ 出現於鏡頭上；上電視：我無端端上咗鏡【我意外地上了電視】。❷ 形容相貌出眾，很搶鏡：最～小姐｜佢個樣好～【她模樣出眾，很能搶鏡頭】。

上契 soeng5 kai3 認乾親：～儀式【認乾親儀式】。

上樓 soeng5 lau2* 搬到政府資助的樓房居住：等咗咁多年，政府都未安排到我哋～【等了那麼多年，政府都還沒安排我們住進廉租樓房】。

上鏈 soeng5 lin2* 上發條；上弦：而家啲電子鐘係唔使～嘅【現在的電子鐘是不用上發條的】。

上落 soeng5 lok9 ❶ 上下：我棟樓個�壞咗，～好不方便【我那棟樓電梯壞了，上下樓很不方便】。❷ 差距；相差：兩次測驗嘅分數有好大～【兩次測驗的分數相差很遠】。

上岸 soeng5 ngon6 ❶ 發財。因舊時的「蜑家」（水上居民）以船為家，在陸地上是無立錐之地的，只有發了財才能買房子上岸居住，故稱。❷ 引指發財後洗手不幹，坐享清福；或富足後不用再承受經濟壓力：佢以前入過黑社會，不過十年前就已經～【他以前參加過黑社會（組織），不過十年前就已經洗手不幹享清福去了】。｜你對仔女都出嚟做嘢嘞，你上晒岸啦【你兩個孩子都出來工作了，你的擔子全放下了】。

上鋪 soeng5 pou3 商店晚上收市關門：佢負責～【他負責商店晚上收市關門】。

上心 soeng5 sam1 往心裏去；留心；在意：佢講嗰番説話你唔使咁～【他説的那番話你別往心裏去】。

上身 soeng5 san1 ❶（把責任）放在自己身上：佢為咗幫個仔脱罪，將件事攬晒～【他為了給兒子脱罪，承認事情全是自己幹的】。❷ 附體；附身：鬼～【妖魔附體】。｜佢又識爬樹又識打關斗，簡直係孫悟空～【他又會爬樹又會翻跟頭，簡直是孫悟空附身】。

上市 soeng5 si5 企業向社會公開發行股票；企業的股票進入交易市場：～公司【股票公開發行的公司】。

上數 soeng5 sou3 記賬：賬房負責～【賬房先生負責記賬】。

上堂 soeng5 tong4 ❶ 上課：夠鐘～喇【到點上課了】。｜中文今日上三堂，數學一堂【語文今天上三（節）課，數學一節】。❷ 到法院接受審理或旁聽。

上車 soeng5 tse1 房地產術語。置業者首次購置房產：～盤【適合初次置業者購買的房屋】。｜而家樓價咁貴，後生仔想～都好難【現在房價那麼貴，年輕人想買個房子都很難】。

上倉 soeng5 tsong1 把物資運送到貨倉儲存，形容瘋狂買東西，或一次買進大量物品：你買咁多零食返嚟，～呀【你一次買那麼多零食回來，放倉庫儲存呀】？

上床 soeng5 tsong4【婉】指發生性關係；性交：你啱啱識佢就同佢～【你剛剛認識他就跟他性交】？

上畫 soeng5 wa2 指電影院掛出新上映電影的廣告畫，喻指電影上映。與「落畫」相對：呢齣片～第一日就有理想嘅收入【這部影片上映第一天就有理想的收入】。

上位 soeng5 wai2* 佔據好的職位。意近「向上爬」：佢靠踩低人㗎嚟～【他靠踩低別人爬上去】。

上會 soeng5 wui2* 做銀行按揭：舊車～可以做到幾多成【買舊車銀行按揭能做幾成】？

上便 soeng6 bin6 ❶ 上面：你個眼鏡放響電視機～【你的眼鏡放在電視機上面】。｜我～嗰家人係啱啱搬入嚟嘅【我樓上那家人是剛搬進來的】。❷ 上頭（指上司、上級）：～派我嚟核下數【上頭派我來審核一下賬目】。❸ 特指大陸地區：佢琴日啱啱由～落嚟【他昨天剛從大陸來】。

上晝 soeng6 dzau3 上午。

上高 soeng6 gou1 上面；上方（指高處）：啲重嘢唔好責響雪櫃～【重物別壓在冰箱上面】。

上下 soeng6 ha2* ❶ 左右（表示概數）：四十斤～【四十斤左右】｜返屋企要半個鐘咁～【回家去要半小時左右】。❷ 將近；快要：～天黑啦個仔仲未返【天快要黑了兒子還沒回來】。❸ 差不多；差不離兒：錢賺得晒嘅咩？有返咁～唔係算數囉【錢賺得完的嗎？有個差不離兒的就行啦】。

上下家 soeng6 ha6 ga1 麻將術語。打牌時坐在自己兩邊的人。（可分別稱為「上家」和「下家」。）

上面蒸鬆糕，下面賣涼粉

soeng6 min6 dzing1 sung1 gou1 ha6 min6

maai[6] loeng[4] fan[2] 【諧】取笑人穿衣服上身穿得又多又厚，下身卻穿得很單薄。

上屋搬下屋，唔見一籮穀 soeng[6] nguk[7] bun[1] ha[6] nguk[7] m[4] gin[3] jat[7] lo[4] guk[7]【俗】即使從樓上搬到樓下，損失至少也值一籮筐糧食。喻指搬家總是會有損耗的：我今次搬屋好多舊傢俬都抌咗，真係～【我這一次搬家扔了好多舊家具，家當搬一次總會損耗不少】。

上年 soeng[6] nin[2]* 去年。

上排 soeng[6] paai[2]* 前些日子；以前：～佢去咗北京開會【前些日子她到北京開會了】。

上訴庭 soeng[6] sou[3] ting[4] 上訴法庭的省稱。隸屬於高等法院，負責審理原訟法庭的上訴案件。

上頭 soeng[6] tau[4] 上司；上級：呢啲係～嘅意思【這是上級的意思】。

上湯 soeng[6] tong[1] 餐廳裏用來烹調的較高級的湯水，用肉、雞、火腿等熬成。又稱「清湯」、「高湯」：～小籠包。

戌 soet[7] ❶ 門閂：度門冇～嘅【這個門沒門閂的】。❷ 閂：～番度門【閂上門】。

恤[1] soet[7] 投籃。英語 shoot 的音譯詞：～波【投籃】｜喺三分線外～入一球【在三分線外投中一球】。

恤[2] soet[7] 某些類型的上衣。英語 shirt 的音譯詞：夏威夷～【夏威夷襯衫】｜波～【球衣】。

恤髮 soet[7] faat[8]（理髮時）把頭髮定型，一般指捲曲成波浪形，現又稱為「set頭」。「恤」是英語 set 的音譯：今晚去飲，去恤返個髮先【今晚要參加宴會，先去燙個髮】。

恤衫 soet[7] saam[1] 襯衣。英語 shirt 的音譯與「衫」組成的合成詞。

術科 soet[9] fo[1] 美術、音樂、勞作、體育等非主要科目的統稱。

衰 soey[1] ❶ 討厭；缺德：咁～嘅，畫到人哋本書花晒【真討厭，把我的書畫得花里胡哨的】。｜邊個咁～潑水出街呀【誰這麼缺德把水潑到街上】？ ❷ 下賤；下作；墮落：你睇佢響事頭面前個～樣，真係作嘔【你瞧她在老闆面前那種下賤相，真噁心】。｜你自己～都唔好帶壞個仔吖【你自甘墮落可別把孩子帶壞】！ ❸ 倒霉：一出街就撞啱落雨，真係～【一上街剛好碰上下雨，真倒霉】。｜今次又～咗【這次又倒了霉（指失敗）】。 ❹ 因為……而倒霉：佢今次～乜嘢呀【他這次因為啥事兒而倒了霉】？

衰多口 soey[1] do[1] hau[2] 因為多嘴多舌而倒霉；因言獲罪：我～勸佢離婚，畀佢老婆鬧到飛起【我多嘴勸他離婚，被他老婆罵得狗血淋頭】。

衰多二錢重 soey[1] do[1] ji[6] tsin[4] tsung[5] 比原來的更差、更壞：聽佢講食呢隻藥，仲～【聽他說吃這種藥，情況更差】。

衰到貼地 soey[1] dou[3] tip[8] dei[2]* 倒霉透頂，運氣背到了極點：屋冧咗，人又傷埋，今次真係～【屋子倒了，人又傷了，這次真是背到了極點】。

衰仔 soey[1] dzai[2] 兔崽子；渾小子；混蛋；調皮鬼（罵男孩子的話）：你個～吖，叫你等我你就自己走咗先【你這渾小子，叫你等我你就自己先走了】。

衰咗 soey[1] dzo[2] 失敗了：今次考車牌又～【這次考駕駛執照又失敗了】。

衰格 soey[1] gaak[8] 格調低下。意近普通話的「損」：乜你咁～，特登整污糟張凳唔畀人坐【你怎麼那麼損，故意把椅子弄髒不讓別人坐】。

衰公 soey¹ gung¹ 缺德鬼；下流痞子；討厭鬼；壞傢伙（罵男人的話）。

衰鬼 soey¹ gwai² 討厭鬼；壞傢伙；壞東西（主要是女性用）：個～好耐都冇買嘢送畀我喇【這討厭鬼好久都沒買東西送我了】。

衰鬼豆 soey¹ gwai² dau⁶ 小壞蛋；壞東西；討厭鬼（並非惡意罵人）。

衰樣 soey¹ joeng²* 壞樣兒；倒楣的樣子；寒酸的相貌：睇你個～唔慌會發財【看你的寒酸相準發不了財】。

衰女 soey¹ noey²* 死丫頭；小賤人；討厭鬼；壞女孩（罵女孩子的話）：～，仲唔快啲過嚟幫手【死丫頭，還不快點過來幫忙】？

衰女包 soey¹ noey²* baau¹ 同「衰女」。（非惡意罵人的話）。

衰牌 soey¹ paai²* ❶ 不體面的東西（罵女人的話）：呢啲噉嘅～唔使可憐【這種賤女人不用可憐】。❷ 賭博用語。不好的牌；壞牌：我攞住呢手～實輸【我拿着這一手壞牌一定會輸】。

衰婆 soey¹ po²* 缺德女人；賤貨；討厭的女人；壞女人（罵女人的話）。

衰神 soey¹ san⁴ 倒霉蛋；壞蛋，混蛋（非惡意罵人的話）。

衰收尾 soey¹ sau¹ mei⁵ 功敗垂成；因為最後一步沒做好而倒霉、失敗：佢競選議員本嚟幾有希望，點知選舉前嗰日講錯一句說話，卒之～【他競選議員本來很有希望，誰知選舉前那一天說錯了一句話，終於功敗垂成】。

衰衰地 soey¹ soey¹ dei²* 怎麼着也……；再不濟也……：我～都算自己有樓，唔使捱貴租【我再不濟也算自己有房子，不用租高價房過日子】。｜佢～都係你個侄，你始終要關照佢啩【他怎麼着也是你侄子，你總得關照他吧】？

衰衰噉 soey¹ soey¹ gam² 討厭；真壞；德性（帶有親昵意味的罵人語）：咪掂我呀，～【別碰我啊，討厭】。｜～，將人哋啲頭髮整亂晒【真壞，把人家的頭髮都弄亂了】。

水¹ soey²（用食物、藥物加水熬成的較稀的）湯：綠豆～【綠豆湯】｜紅蘿蔔～【紅蘿蔔湯】。

水² soey² 量詞。❶ 船往返一次：條船去新加坡一～要十零日【這條船去新加坡一個往返得十來天】。❷ 新衣服洗滌的次數：套褲洗咗一～就縮水喇【這條褲子洗了一次就縮水了】。

水³ soey²（水平、技術、質量等）差勁。又作「水皮」：佢嘅文字功夫好～【他的文字功夫很差勁】。｜啲貨咁～，點賣得出去呀【這貨這麼差勁，怎麼賣得出去】？

水⁴ soey² ❶ 錢；錢財：磅～【給錢】｜度～【借錢】｜一撇～【一千塊錢】。❷ 飯；飯碗（謀生的行當、門徑。通常指非法的行當）：呢條～係我食開嘅，你想踩埋嚟？咪使指擬呀【這飯碗是我在吃着的，你想插一手？別指望了】。

水吧 soey² ba¹ 餐廳、酒樓、酒吧裏供應飲品的「酒水部」或櫃枱，櫃枱前一般設有較高的座椅。

水筆 soey² bat⁷ 墨水筆、自來水筆的簡稱。

水蛋 soey² daan²* 雞蛋羹：蒸～【蒸雞蛋羹】。

水彈 soey² daan²* 喻指從高空拋下的用透明塑膠袋裝滿了水的水袋。

水斗 soey2 dau2 差勁；水平低。又作「水」、「水皮」：你唱功咁～就唔好學人去唱 K 喇【你唱功這麼差勁就別學人家上卡拉 OK 去唱歌了】。

水豆腐 soey2 dau6 fu6 嫩豆腐；南豆腐。

水浸 soey2 dzam3 ❶（地方）被水淹沒；水患；水災：琴晚落大雨，今朝周街都～【昨晚下大雨，今天早上到處都積水】。｜佢出門口唔記得閂水喉，搞到屋企～【他出門忘了關水龍頭，弄得家裏到處灌滿水】。❷喻指銀行等機構資金過剩：有學者指本港銀行～係高樓價嘅主因【有學者指出本港銀行資金過剩是樓價過高的主要原因】。

水浸眼眉 soey2 dzam3 ngaan5 mei4 水已經淹到眉毛，喻指事情到了緊急關頭，意近「火燒眉毛」：都～喇你仲喺度打機【都火燒眉毛了你還在這兒打遊戲機】？

水圳 soey2 dzan3 水渠；大水溝：挖～【挖水渠】。

水蠘 soey2 dzi1 水蚤等水中浮游生物。

水積 soey2 dzik7 水垢；水鏽；水鹼（附在水容器裏的白色固體）：你個水壺有～【你的水壺有水垢】。

水靜河飛 soey2 dzing6 ho4 fei1 亦作「水靜鵝飛」。❶風平浪靜、一片寧靜的樣子：仲以為返屋企會有一場家庭風暴添，點知～，乜事都冇【還以為回家以後會有一場家庭風暴呢，哪知道風平浪靜，啥事兒沒有】。❷形容人煙稀少的樣子：呢度～，鬼都冇多隻，點做生意吖【這兒人煙稀少，鬼影兒都沒有，怎麼做生意】？

水着 soey2 dzoek8 游泳衣褲。這是源自日語的外來詞。

水中無魚蝦自大 soey2 dzung1 mou4 jy4 ha1 dzi6 daai6【俗】水裏沒有魚，蝦成為最大的動物，意近「山中無老虎，猴子稱霸王」：大佬瓜咗，～，班馬仔就跟住佢撈【老大死了，山中無老虎，猢猻稱霸王，那幫小嘍囉就跟着他混】。

水貨 soey2 fo3 非經正式代理商進口，而通過非法管道（如走私）流入的貨品。與正式進口的「行貨」相對：海關嚴查非法～【海關嚴厲查禁非法進口的貨品】。

水房 soey2 fong4 港澳黑社會組織三合會幫派之一「和安樂」的俗稱，亦稱「汽水房」。

水甲由 soey2 gaat9 dzaat2* 一種水生昆蟲，黑色，形如蜣螂，在水面行走如飛，可食用。亦稱「龍虱」。

水緊 soey2 gan2 手頭緊：呢排有啲～，借住兩千蚊頂住檔先【最近手頭有點兒緊，先借我兩千塊錢救救急】。

水警 soey2 ging2 香港警隊中專責水上巡邏、維持香港海域及離島安全的隊伍，也是香港警務處轄下的一個警區。

水腳 soey2 goek8 路費；運費：我返香港啲～都係自己洗大餅搵嘅【我回香港的路費都是自己（在餐館裏）洗碗碟掙的】。｜你咁多行李要收～錢㗎【你這麼多行李要收運費的】。

水乾 soey2 gon1 ❶退潮。❷比喻缺錢：呢排～，要搵嘢做先得【最近沒錢了，得找點活兒幹幹才行】。

水瓜 soey2 gwa1（無稜）絲瓜。

水瓜打狗——唔見咗一橛 soey2 gwa1 da2 gau2 m4 gin3 dzo2 jat7 gyt9【歇】絲瓜用來打狗，立即斷開，少了一截，指損失慘重：股票一跌，佢嘅資產就～【股票一下跌，他的資產就去了一大截】。

水鬼隊 soey2 gwai2 doey2*【俗】香港警察的飛虎隊（特警隊）屬下的水上突擊隊。

水鬼升城隍 soey2 gwai2 sing1 sing4 wong4【俗】小鬼變城隍，喻指小人得志：董事長一死，佢就～做咗總經理【董事長一死，他就小鬼變城隍做了總經理】。

水過鴨背 soey2 gwo3 ngaap8 bui3 水從鴨子腳背上淹過，來得快去得也快。比喻聽人勸諭或教誨時漫不經心，一點兒也沒聽進去：我呢頭講，佢嗰頭顧住打機，～噉【我這邊説（他），他那邊光顧着打（遊戲）機，充耳不聞】。

水鞋 soey2 haai4 雨鞋；雨靴。

水蟹 soey2 haai5 ❶ 一種水份多、肉少的螃蟹。❷ 比喻徒有外表而無能力的人：佢係～嚟，冇乜能力【他徒有外表，毫無能力】。❸ 辦事馬虎塞責，靠不住：佢做嘢好～【他做事情馬虎塞責】。❹ 比喻便宜貨；便宜事：撈返啲～都好吖【撿點便宜貨也不錯】。

水客 soey2 haak8 ❶ 又稱「水貨客」。往返境內境外幫人帶錢、帶貨以賺取酬金的人。現一般指攜帶非法貨品出入境的人。❷ 靠水路運輸販運貨物的人。

水喉 soey2 hau4 ❶ 水龍頭：開～【開水龍頭】❷ 引指自來水管。❸【諧】喻指錢很多的人；富翁；大款：佢而家碼住條大～【她現在傍着一個大款】。

水喉通 soey2 hau1 tung1 水管。

水喉水 soey2 hau4 soey2 自來水。

水喉鐵 soey2 hau4 tit8 較細的自來水管。又作「水喉通」。

水靴 soey2 hoe1 雨靴；較高幫的雨鞋。

水殼 soey2 hok8 水瓢。

水虹 soey2 hung6 衣物被水弄濕，乾後留下的痕跡。

水印 soey2 jan3 印在鈔票上須有較強光線或特殊裝置才能看到的起防偽作用的文字、圖案：假一千蚊紙嘅～係矇啲嘅【假的一千元面鈔的防偽隱形圖案比較模糊】。

水嘢 soey2 je5 質量差的事物：呢批布料，全部都係～嚟嘅【這批布料，全是劣質貨】。

水煙帶 soey2 jin1 daai2* 水煙袋，一種吸煙用具：阿爺嘅～裝住煙絲【爺爺的水煙袋裏裝着煙絲】。

水煙筒 soey2 jin1 tung2* 一種以水為過濾媒介的煙斗。廣東最常見的這類煙斗是用粗竹筒做的，俗稱「大碌竹」。

水魚 soey2 jy2* ❶ 鱉；王八。❷【諧】指容易上鈎受騙的有錢人。「水」指有錢；「魚」則易上鈎，故稱：佢捉黃腳雞鑿咗條～一筆【他（與女方串通）假裝捉奸敲了那個傻冒有錢佬一筆錢】。

水溝油 soey2 kau1 jau4 像水跟油攙在一起，不能混合，喻合不來：佢哋兩個～噉，你唔睬我，我唔睬你【他們倆跟水和油似的合不來，你不理我，我不理你】。

水渠 soey2 koey4 又稱「去水渠」。樓房用以排放污水和雨水的泄水管，包括屋內的和外牆設置的管道：以前啲賊仔常爬～入屋偷嘢【以前的小偷常會攀着樓房的泄水管爬進屋子偷東西】。

水馬 soey2 ma5 灌滿水的、做路障或隔離帶用的鞍馬型塑膠水箱。

水尾 soey² mei⁵ ❶ 賣剩的、別人挑揀後剩下的東西：冇喇，淨返啲～你要唔要吖【沒了，剩下的餘貨你要不要】？❷ 撈剩的油水：你而家嚟做地產生意已經係～喇【你現在才做房地產生意已經沒甚麼油水了】。

水磨磚 soey² mo⁴ dzyn¹ 一種經過精細加工平滑的磚。

水鴨 soey² ngaap⁸ 野鴨。因其常棲息於江湖岸邊水草叢中，故稱。

水牌 soey² paai²* ❶ 店舖裏臨時記賬或者記事用的廣告牌。❷ 商業大廈門口標明大廈內各機構名稱、地址的告示牌。

水炮 soey² paau³ 高壓水龍；高壓水槍。

水皮 soey² pei⁴ 差勁。同「水 ³」。

水浮蓮 soey² pou⁴ lin⁴ 一種野生的水生植物，葉片像蓮葉浮在水面上。

水泡 soey² pou⁵ 救生圈：日日抱住～學唔識游水嘅【天天抱着救生圈是學不會游泳的】。

水洗都唔清 soey² sai² dou¹ m⁴ tsing¹【俗】形容受人誣衊、冤枉無法洗雪：個女人入錯我間房，咁啱就畀老婆見到，今次真係～喇【有個女人進錯了我的房間，碰巧讓我老婆見到，這次可是跳進黃河洗不清了】。

水蛇腰 soey² se⁴ jiu¹ 細長而腰部有曲線的身材，形容女人的細腰：佢中意太太條～【他喜歡太太細而有曲線的腰】。

水蛇𡃁咁長 soey² se⁴ tsoen¹ gam³ tsoeng⁴【俗】喻指很長，長得令人生厭。「𡃁」又作「春」，即動物的卵。據説水蛇的卵連成一長串，故稱：嗰個官員講嘢～，好多人都瞓着咗【那官員講話又長又乏味，有好多人都睡着了】。

水上新娘 soey² soeng⁶ san¹ noeng⁴ 香港漁民所娶的內地妻子。因她們有流動漁民證，可隨夫在船上生活，但無香港合法居留權，無法上岸，只能住在船上，故稱。

水氹 soey² tam⁵ 水坑；水窪兒。

水頭 soey² tau⁴ ❶ 洪峰：呢個～好勁【這個洪峰很厲害】。❷ 錢：～緊【錢不夠】。

水台 soey² toi⁴ 餐館的廚房中負責宰殺雞鴨魚鱉等的部門或其工作：我做過兩年～。

水塘 soey² tong⁴ 水庫：城門～｜咁耐冇落雨，～冇晒水【這麼久沒下雨，水庫的水都乾了】。

水柿 soey² tsi² 柿子的一種。成熟後呈青黃色，需用石灰水醃漬數天後才可吃，肉質脆而不軟。

水廁 soey² tsi³ 抽水馬桶；有沖水裝置的廁所。與「旱廁」相對：而家鄉下起嘅新屋都有～喇【現在鄉下蓋的新房子都有帶沖洗裝置的廁所了】。

水槽 soey² tsou⁴ 舊式房屋外牆的圓形或方形的泄水管道。同「水渠」。

水橫枝 soey² waang⁴ dzi¹ 梔子樹。

水位 soey² wai²* ❶ 某個價格升跌的空間：睇呢隻股票嘅走勢仲有～，可以入市【看這隻股票的走勢還有上升空間，可以入市】。❷ 喻指價位：樓價喺高～徘徊【房價在高價位徘徊】。

水運會 soey² wan⁶ wui²* 水上運動會。與「陸運會」相對。

水汪 soey² wong¹ 渺茫的；希望不大的：問呢個孤寒佬借錢？我諗都好～喇【向這吝嗇鬼借錢？我看希望不大】。

水汪汪 soey[2] wong[1] wong[1] ❶ 不踏實；不牢靠：呢條友做嘢～噉，我信唔過佢【這小子做事情不踏實，我信不過他】。❷ 水平低；質量不好：佢篇文～噉鬼睇咩【他那篇文章水平那麼低鬼才看呢】。

水壺 soey[2] wu[2]* ❶ 熱水瓶。❷ 旅行用水瓶；軍用水壺。

碎紙 soey[3] dzi[2] 零鈔；零票；零錢：有冇～呀，咁大張好難找喎【有沒有零錢啊？這麼大面額的鈔票很難找得開的】。

碎料 soey[3] liu[2]* ❶ 小事兒：呢啲～，一個人都搞得掂，使乜去咁多人呀【這種小事兒，一個人就能幹完，何必去這麼多人呢】？❷ 小意思；不在話下：捉啲噉嘅賊仔，～啫【捉這種小毛賊，小意思】。

碎銀 soey[3] ngan[2]* 面額較小的金屬輔幣，一般指元以下的零錢。意近普通話的「鋼鏰兒」。

碎濕濕 soey[3] sap[7] sap[7] 非常零碎：張紙摵到～，好難砌得番【這張紙給撕得零零碎碎的，很難再拼起來了】。｜啲材料～，好難整理【材料零碎，很難整理】。

稅種 soey[3] dzung[2] 政府稅收的種類。

稅基 soey[3] gei[1] 字面義為「稅收的基礎」，指政府徵稅的依據或標準：要擴闊～，其中一個方法係增加稅項【要擴充稅收的基礎，其中一個方法就是增加稅收項目】。

歲晚 soey[3] maan[5] 年底；年末。同「年晚」。

誰不知 soey[4] bat[7] dzi[1] 誰知；誰料得到；沒想到（表示出乎意料之外）。又作「點不知」：我仲以為趕得切添，～我返到嚟佢已經走咗【我還以為來得及呢，誰料到我回來之前他已經走了】。

隧巴 soey[6] ba[1] 隧道巴士的簡稱。

擿 sok[7]（用小棍子之類的東西）敲打：你做乜嘢攞鉛筆～我嘅手指【你幹嘛拿鉛筆敲我的手指】？

擿擿脆 sok[7] sok[7] tsoey[3] 嘎嘣脆；很脆：呢啲餅乾～，幾好食【這些餅乾很脆，挺好吃的】。

索[1] sok[8] ❶ 繩索；（較大的）繩子。❷ 繩套；活套：唔使綁咁死，打個～索住得嘞【甭綁那麼緊，打個活套套上得了】。❸ 套；勒：以前佢就成日偷偷哋～人哋啲狗嚟食【以前他經常偷偷套人家的狗宰來吃】。｜～實條褲帶【把褲腰帶勒緊】。

索[2] sok[8]【俚】形容女性性感、有誘惑力：～女【性感女人】｜條𡃁妹好～【那小妞兒真誘人】。

索子 sok[8] dzi[2] 條（麻將牌花色的一種）。

嗍 sok[8] 小睡；午睡：我中午要～返一覺【我中午要小睡一會兒】。

嗍（索） sok[8] 吸：～咗啖煙【吸了口煙】。

嗍氣 sok[8] hei[3] ❶ 喘氣；氣喘吁吁：走到猛～【跑得氣喘吁吁的】。❷ 引指吃力、辛苦：咁重嘅嘢一個人搬，真係～【這麼重的東西一個人搬，真吃力】。｜咁多嘢，做到～【這麼多活，幹得辛苦得要命】。

嗍油 sok[8] jau[4] ❶ 吸油：炸魚柳好～【炸魚塊很吸油】。❷【俗】揩油；佔（女人）便宜。意近「吃豆腐」：女人出嚟做嘢，有時難免畀啲男同事～【女人出來工作，有時難免被那些男同事吃豆腐】。

嗍水 sok[8] soey[1] 吸水：搵塊～啲嘅布抹下枱面啲水【找塊易吸水的布來擦乾桌子上的水】。

塑膠 sok⁸ gaau¹ 塑料；塑料的：～廠【塑料廠】｜～桶【塑料桶】。

塑身 sok⁸ san¹ 一種以追求苗條身材為目標的保健運動。

桑拿（那）浴 song¹ na⁴ juk⁹ 蒸氣浴，芬蘭浴。其中「桑拿」為英語 sauna 的音譯：～室【蒸氣浴室】。

爽¹ song² ❶（食物）脆：個蘋果又甜又～【這個蘋果又甜又脆】。❷ 舒服；舒暢；痛快；過癮：沖完涼成身都～晒【洗完澡全身舒暢】。｜揸跑車飛高速公路，感覺真係～【開跑車跑高速公路，感覺特痛快】。｜今日玩足一日，真係～【今天玩了一整天，真過癮】。❸ 爽快：佢份人好～嘅，得就得，唔得就唔會應承【他為人爽快，行就行，不行就不會答應】。

爽² song² 量詞。截（用於甘蔗）：一～蔗【一截甘蔗】。

爽口 song² hau² 脆（進食時的感覺）：啲牛丸好～【這牛肉丸子很脆】。

爽癮 song² jan⁵ 滿足某種愛好而感到痛快。同「爽❷」：我哋贏咗嘅梗係～吖【我們贏了當然非常高興】。

爽身 song² san¹ 使身體很爽快：浸溫泉好～【泡溫泉能使身體感覺爽快】。

爽神 song² san⁴ 使人精神振奮、爽快；神清氣爽：朝早出嚟行山係靈舍～【大清早出來爬爬山格外讓人神清氣爽】。

爽手 song² sau² ❶ 麻利；利索：大家～啲，做完早啲收工【大家利索點兒，幹完早點兒收工】。｜❷ 辦事爽快；出手大方：你搵佢贊助啦，佢好～㗎【你找他贊助吧，他出手很大方】。❸（摸上去）手感好：呢件褸嘅布料幾～【這件大衣的布料（摸上去）手感挺好】。

爽脆 song² tsoey³ ❶ 食物脆。同「爽❶」。❷ 乾脆利落：佢做嘢好～【他幹活挺乾脆利落】。

喪 song³ ❶（心）野；（心）散：個個玩到～晒，冇心機做嘢【大家玩得心都散了，沒心思幹活】。❷ 沒正經；瘋瘋癲癲；喪心病狂：佢～～地，好難搵人嫁【她有點瘋瘋癲癲的，很難嫁得出去】。｜個賊～晒喇，殺人都有之呀【那賊人喪心病狂，殺人的事兒都會幹得出來】。❸【俚】副詞：用於動詞前，表示不可遏止地；瘋狂地：～喊【痛哭】｜～玩【瘋狂玩樂】｜佢一唔開心就～買嘢嚟到發泄【她心情不好就不停地買東西發泄情緒】。

騷 sou¹ 英語 show 的音譯詞。❶ 表演；演出：做～【表演】｜呢個場館一年有十幾個大～【這個場館一年有十幾場大型演出】。❷ 顯示；展示：見佢～疊咭出嚟，就知係大客仔【見他拿一大疊（信用）卡出來，就知道是個大主顧】。｜我哋成班人一齊去，～下啲實力畀佢哋睇【我們一大幫人一起去，顯示一下實力給他們看】。

騷擾晒 sou¹ jiu² saai³ 打攪了；打擾了（客氣話）：成日煩住你，真係～【整天麻煩你，真是打擾了】。

騷 quali sou¹ ko¹ li² 把資歷、才幹、本錢展示或表現出來，其中 quali 為英語 qualification 的簡縮（見「quali」條）：佢新官上任，梗係要～啦【他新官上任，當然要顯顯本事】。｜呢個女明星成日着埋啲低胸短裙，話自己身材好要～【這個女明星成天穿那些領口開得很低的短（連衣）裙，說是自己身材好要顯示一下本錢】。

蘇 sou¹ ❶ 理；理睬：我哋唔～佢，佢有咩符喏【我們不理他，他有啥轍呢】？❷「插蘇」的省稱。插座；插頭：萬能蘇【多用轉換插座】｜拖～【活動插座】｜三腳～【三腳插頭】｜。

蘇（臊） sou¹ 分娩；生（較少用）：佢仲未～得【她還沒到分娩的時候】。｜佢～咗對孖女【她生了一對雙胞胎女兒】。

蘇板 sou¹ baan² 裝在小塊木板上的活動插座。同「拖板」：電鑽嘅線唔夠長，你去攞個～嚟駁長佢【電鑽的電線不夠長，你去拿個活動插板來接一接】。

蘇州過後冇艇搭 sou¹ dzau¹ gwo³ hau⁶ mou⁵ teng⁵ daap⁸【諺】過了蘇州（已非江南水鄉），就沒小船可搭乘了，喻指錯過的機會不會再來，意近「過了這個村就沒那個店」：股票仲會升，快啲買，～喇【股票看漲，趕快買，過了這個村就沒那個店嘍】。

蘇州屎 sou¹ dzau¹ si² 麻煩的人或事；爛攤子：佢自己走咗，留返啲～等我執手尾【他自己跑了，留下爛攤子讓我擦屁股】。

蘇蝦 sou¹ ha¹ 幼兒；嬰兒：個～未出世老竇就發生咗呢場變故，都算幾苦命下【這孩子還沒出世老爸就發生了這場變故，都算挺苦命的】。

蘇蝦仔 sou¹ ha¹ dzai² 同「蘇蝦」。

酥炸 sou¹ dza³ 沾上用麵粉和雞蛋作成的粉漿再油炸的烹調方法：～魷魚。

臊 sou¹ 羶：羊肉好～【羊肉很羶】。

鬚刨 sou¹ paau² 刮臉刀；鬍子刀。

數 sou² （大比數）贏；大勝：香港隊狂～對手 5：0【香港隊狂勝對手 5：0】。

數碗數碟 sou² wun² sou² dip⁹ 一一數落；一五一十講出來：佢將老公嘅衰嘢～講晒出嚟【她把丈夫的醜事一五一十數落出來】。

掃 sou²* 小刷子：油～【油漆刷】。

數 sou³ ❶ 數目：唔啱～【數目不對】。❷ 賬；賬目：賒～【賒賬】｜追～【討賬】｜計清盤～【算清這筆賬目】。❸ 錢；開支，價：呢筆～好大【這筆錢很大】。｜呢餐開公～【這頓飯由公司（公家）支付】。｜唱～【唱價（拍賣行職員大聲報出競拍者的出價）】。❹（欠下的）人情、情誼：補返～【還人情】。

數簿 sou³ bou²* 賬本；賬簿。

數口 sou³ hau² 數字及計算等方面的事務：佢～咁精，好啱做生意【他對算數的事兒這麼精通，挺適合做生意的】。

數尾 sou³ mei⁵ 尾數：你幾時畀埋啲～【你甚麼時候把尾數付清】？

數還數路還路 sou³ waan⁴ sou³ lou⁶ waan⁴ lou⁶【俗】人情歸人情，賬目要分明：雖然我哋好老友，不過～，佢借畀我嘅錢一定要畀返佢【雖然我們交情很好，不過人情歸人情，賬目要分明，他借給我的錢一定要還給他】。

掃把 sou³ ba² 掃帚；笤帚。

掃把星 sou³ ba² sing¹ ❶ 掃帚星；彗星。❷ 喪門星（舊時用以喻指會給別人帶來不幸的女人）：佢真係～，嫁咗三個老公都病死晒【她真是喪門星，嫁了三個丈夫都病死了】。

掃貨 sou³ fo³ 瘋狂購物：班師奶耐不耐都會組團去韓國日本～【這幫婆娘時不時會組團去韓國、日本瘋狂採購】。

掃灰水 sou³ fui¹ soey² 粉刷牆壁：間屋啱啱起好，仲未～【房子剛蓋好，還沒粉刷牆壁】。

掃街 sou³ gaai¹ 原指打掃街道、做清潔工，引申指：❶ 跑遍整個街區，嚐遍街頭小吃。❷ 競選者跑遍整個街區進行宣傳、拉票。❸ 拿着相機到任意的某條街上去抓拍各色人等、各種事物。❹ 銷售中開拓市場、熟悉市場的一種方式。在未有固定的目標客戶、顧客前，就以一條街或一個工業區為限，逐一拜訪推銷。

掃場 sou³ tsoeng⁴ ❶ 黑社會人員搗亂破壞：佢間餐廳因保護費問題畀黑社會～【他那間餐廳因保護費問題被黑社會搗亂破壞】。❷ 引指警方針對某一區域或某一場所的違法犯罪行為的突擊搜查行動：警察五日內第三次～，拉咗十九名非法勞工【警察五天內第三次突擊搜查，拘捕十九名非法勞工】。

數 sou⁴【俚】「着數（又音 dzek⁷ sou⁴）」的省略。便宜；好處：幫你做咁多嘢，有冇～先【要幫你幹這麼多事兒，先說說有沒有好處呢】？

叔仔 suk⁷ dzai² 小叔子（丈夫的弟弟）。

叔公 suk⁷ gung¹ 叔祖（父親的叔叔）。

叔婆 suk⁷ po⁴ 叔祖母（父親的嬸母）。

宿 suk⁷ ❶ 餿：啲肉都～晒【肉都餿了】。❷ 酸臭（指汗臭味）：件波衫都～咗啦仲唔換【球衣都酸臭了還不換下來】？

宿包 suk⁷ baau¹ 滿身臭汗的人。

宿堪堪 suk⁷ ham¹ ham¹ ❶ 汗臭味重：你成身～，快啲去沖涼【你渾身汗臭味，趕快去洗澡】。❷ 形容嬰兒的奶臊氣味。

宿位 suk⁷ wai²*（寄宿式學校的）床位：呢間大學現時有一萬個～【這家大學目前有一萬個住宿生床位】。

縮班 suk⁷ baan¹（因招生不足）減少學校原有的教學班數量：～教師【因壓縮學校規模而多餘出來的教師】。

縮膊 suk⁷ bok⁸ 聳肩膀：我問佢嘢，佢縮一～就當答我【我問他問題，他聳聳肩膀就算回答了】。

縮骨 suk⁷ gwat⁷ 形容人吝嗇、自私自利而又工於心計：呢條友咁～，鬼同佢做朋友【這小子吝嗇自私還心眼兒多多，鬼才跟他做朋友】。

縮骨遮 suk⁷ gwat⁷ dze¹ 摺疊傘。

縮開 suk⁷ hoi¹ 躲開：車過嚟喇，～啲【車過來了，躲開點兒】。

縮埋一嚿 suk⁷ maai⁴ jat⁷ gau⁴ 縮成一團；縮成一堆：凍到～【冷得縮成一團】。

縮埋一二角 suk⁷ maai⁴ jat⁷ ji⁶ gok⁸ 躲在一邊；縮在一個角落裏：爆炸聲一響，啲細路仔嚇到～【爆炸聲一響，孩子們嚇得縮在一個角落裏】。

縮皮 suk⁷ pei²* 節省支出；節約成本：市道不景，公司～，員工嘅花紅都少咗好多【市道不景氣，公司節省開支，員工的獎金大幅減少】。

縮沙 suk⁷ sa¹ 變卦；打退堂鼓：大家講好一齊去㗎嘛，而家你又～【大家說好一起去的嘛，現在你又變了卦】！

縮水 suk⁷ soey² ❶ 布料、衣服浸水後稍微縮短、縮小。❷（金錢）貶值；（質量）打折扣：通脹咁犀利，啲銀紙縮晒水【通脹那麼厲害，手裏的錢都貶值了】。｜你哋介紹嘅行程好豐富，而家好～噃【你們介紹的行程很豐富，現在卻大打折扣】。

縮水樓 suk⁷ soey² lau²* 指實際面積比原圖紙或銷售說明書上所標示的有所減縮的樓房。

縮數 suk⁷ sou³ 小算盤（指個人的考慮）：

大家合作啲，如果各人都諗~就乜都唔使做【大家合作點兒，如果每個人都打各自的小算盤，那就甚麼也做不成了】。

縮頭龜 suk7 tau4 gwai1 縮頭烏龜（指事到臨頭膽怯逃避的人）。

粟米 suk7 mai5 玉米；包米：~羹【玉米濃湯】｜~油【玉米油】。

熟 suk9 蔫（指瓜果等因受擠壓、揉捏而軟爛）：個蘋果要食就食，唔好玩~咗佢【那蘋果你要吃就吃，別玩蔫了】。

熟品 suk9 ban2 司空見慣的；老生常談的：呢啲古仔~啦，冇人中意聽喇【這些故事都是老生常談，沒人願意聽的了】。

熟檔 suk9 dong3 內行：做呢的事我至~啦【做這種事我最內行了】。

熟客仔 suk9 haak8 dzai2 熟客；回頭客；老主顧：我係呢度嘅~【我是這裏的老主顧】。

熟口熟面 suk9 hau2 suk9 min6 ❶ 面孔很熟；似曾相識：我覺得你~，但係尊姓大名就醒唔起【我覺得你面孔很熟，但是尊姓大名卻想不起來】。❷ 老相識；很熟悉：我哋~，唔使咁客氣【我們交情那麼深，別客氣】。

熟行 suk9 hong4 內行；在行；熟練：買賣股票我唔~【我買賣股票不在行】。

熟人買爛鑊 suk9 jan4 maai5 laan6 wok9【諺】從熟人那裏買到的鍋是破的，意為跟熟人做生意最容易受騙：~，你老友推銷畀你嘅嘢未必信得過【跟熟人買容易上當，老朋友給你推銷的東西未必可靠】。

熟鹽 suk9 jim4 精鹽。除去雜質，再熬乾後形成結晶的上等鹽。

熟煙 suk9 jin1 製過的煙絲。

熟落 suk9 lok9 熟；熟悉；熟練：我哋好~㗎喇，唔使你介紹喇【我們挺熟的，用不着你介紹了】。｜佢設計行程好~【他設計行程很熟練】。

熟食檔 suk9 sik9 dong3 街上賣熟食的小攤檔。

熟性 suk9 sing3 通達情理；會做人：佢哋傾密偈我就行開，我好~嘅【他們談心我就躲開，我會通情達理的】。｜你~啲，啲衰人咪唔嚟搞你囉【你會做人（指送禮或行賄）的話，那幫混蛋不就不找你麻煩了嘛】！

鬆 sung1 溜；走；溜之大吉。又作「鬆人」：一話要做嘢佢就~【一說要幹活他就溜之大吉】。

鬆啲 sung1 di1 比某個數目略多一點：呢次旅行我使咗五千蚊~【這次旅行我花了五千多塊】。

鬆踭 sung1 dzaang1 用手肘擠、碰；肘擊：地鐵人迫嗰陣，成日畀人~【地鐵人擠的時候，常會被人用肘擠碰】。｜打籃球嘅時候球員之間~幾常見下【打籃球時球員之間相互肘擊挺常見的】。

鬆張 sung1 dzoeng1 麻將術語。故意打出對別人有利的牌張：佢同老細打牌，時時都~畀佢【他跟老闆打牌，常常故意打出他要的牌】。

鬆化 sung1 fa3（食物）酥；酥脆：啲油角好~【這油炸糖餃子挺酥脆的】。

鬆糕 sung1 gou1 點心名稱，用米粉、紅糖加水經發酵後蒸熟，近似北方的發糕。

鬆糕鞋 sung1 gou1 haai4 鞋底墊着厚膠墊的一種女鞋。因鞋墊像「鬆糕」，故稱。

鬆骨 sung1 gwat7 ❶（用雙掌拍打或拳頭擊打的方式）按摩：你識唔識~【你會

不會按摩】？❷【諧】揍；打：係唔係想我同你～呀【是不是想讓我揍你一頓】？

鬆人 sung1 jan4 溜走；逃走。同「鬆」。

鬆啷矇 sung1 juk7 mung4 指照片或畫面拍攝時焦點對不準，影像模糊：你手震震噉，影出嚟啲相實～啦【你手顫成這樣，拍出來的照片肯定模模糊糊啦】。

鬆毛狗 sung1 mou4 gau2 長毛狗；獅子狗。

鬆毛鬆翼 sung1 mou4 sung1 jik9 禽鳥伸展羽翅，躍躍欲飛狀。比喻人洋洋得意；得意忘形：佢比賽贏咗一次亞軍，就～【他比賽得了一次亞軍就得意忘形】。

鬆焙 sung1 pau3 暄；暄騰，暄乎；鬆軟：啲饅頭好～【這饅頭很暄】。｜咪睇佢大隻，佢啲肉好～咋【別看他塊頭大，其實他的肌肉很鬆軟】。

鬆□□ sung1 pet9 pet9 鬆鬆垮垮的；鬆鬆散散的：包嘢都唔綁好，～點拎呀【這包東西沒綁緊，鬆鬆垮垮的怎麼拿呢】？

送 sung3 用……下……，就（指與某些東西一起吃）：凍滾水～藥【用涼開水服藥】。｜花生～酒【用花生下酒】。｜鹹菜～飯【吃飯就鹹菜】。

送檢 sung3 gim2（出版物或電影等）送交有關部門審查。

送口果 sung3 hau2 gwo2 服藥後用來消除口中藥物的苦味的果脯。

餸 sung3 菜；菜餚：買～【買菜】｜煮～【做菜】｜隔夜～【昨天的剩菜】。

鱅魚 sung4 jy2* 花鰱魚；胖頭魚。

書記 sy1 gei3 書記員；記錄員。

書館 sy1 gun2 舊時指學校。

書友 sy1 jau2* 舊時指同學。

書院 sy1 jyn2* 中學的別稱（一般指英文中學）：英文～【英文中學】｜～仔【英文中學的男學生】。

書枱 sy1 toi2* 書桌。

書蟲 sy1 tsung4 書呆子；蛀書蟲（一心讀書不問窗外事的人）。

輸 sy1 用某物打賭：同你賭咪賭，～乜嘢吖【打賭就打賭，賭甚麼】？

輸打贏要 sy1 da2 jeng4 jiu3 原為賭博用語，「輸打」指輸錢不甘心、不肯罷休；「贏要」指贏了錢則趕緊要輸家給錢結束牌戲。引作泛指不遵守遊戲規則、不服輸的耍賴行為：份報告嘅結論對佢不利，佢就話個調查唔可信，分明係～【報告的結論對他不利，他就説調查不可信，分明是耍賴】。

輸賭 sy1 dou2 打賭：我敢～香港隊實贏【我敢打賭，香港隊肯定能贏】。

輸到貼地 sy1 dou3 tip8 dei2* 輸了個徹底；輸得精光：佢炒股票～【她炒股票把錢都賠光了】。

輸蝕 sy1 sit9 ❶ 差；差勁（用於比較）：寫文章我唔得，打波我唔會～過佢嘅【寫文章我不行，打球我不會比他差勁】。❷ 吃虧：買我啲貨包你冇～【買我的貨保你不吃虧】。

輸少當贏 sy1 siu2 dong3 jeng4 少輸點兒就算是贏了（用於指與對方實力相差太遠的較量）：呢次對手係世界級人馬，～啦【這次對手是世界級人馬，少輸點兒已經算是贏了】。

鼠 sy2 ❶ 偷：啲磚畀人～咗唔少【磚頭被人偷了不少】。❷ 偷偷拿走：細佬～咗我隻遊戲碟去玩【弟弟偷偷拿走我的遊戲光盤去玩】。

鼠摸 sy2 mo1 小偷：呢度好少有～嘅【這兒很少有小偷】。

處 sy3 又音 tsy3 處；地方：一家人分三～住｜邊～【甚麼地方；哪兒】｜佢去咗朋友～打麻雀【她去了朋友那裏打麻將】。

薯 sy4 ❶ 笨：～頭～腦｜佢係勤力，不過～咗啲【他是勤快，不過笨了點兒】。❷ 同「薯仔」：～片【馬鈴薯片】｜炸～條【炸土豆條】。

薯鈍 sy4 doen6 愚笨；愚鈍；不靈活：佢個人好～【他這人做事情很不靈活】。

薯仔 sy4 dzai2 馬鈴薯；土豆。做成各種食品時，又常省作「薯」：咖喱～。

薯茸 sy4 jung4 土豆泥；馬鈴薯泥。

薯嘜 sy4 mak7 愚蠢；無知；呆頭呆腦：初初見佢覺得佢好～【初次見他感覺他呆頭呆腦的】。

薯頭 sy4 tau4 ❶ 笨。同「薯 ❶」：你戴住副眼鏡仲四圍搵？乜你咁～㗎【你戴着眼鏡還到處找？你怎麼這麼笨】！❷ 笨蛋；蠢豬：你成個～嚟【你真是個笨蛋】。

樹大有枯枝 sy6 daai6 jau5 fu1 dzi1 【諺】樹大了會有枯枝，喻人良莠不齊，義近「林子大了甚麼鳥都有」：一間學校出幾個問題學生有咩嘢出奇啫，～吖嘛【一家學校出幾個有問題的學生有啥奇怪的？林子大了甚麼鳥都有嘛】。

樹搖葉落，人搖福薄 sy6 jiu4 jip8 lok9 jan4 jiu4 fuk7 bok9【諺】樹木搖動樹葉會掉落，人搖來晃去有損福氣。寓意人要注意儀態，站有站相、坐有坐相。

樹椏 sy6 nga1 樹枝椏；樹杈。

樹頭 sy6 tau4 樹根；樹墩：挖～【刨樹根】｜坐響～上邊【坐在樹墩上】。

孫 syn1 孫子。

酸 syn1 醋腌製過的瓜果蔬菜，或用比較多的醋烹製的菜餚：排骨～【醋溜排骨】｜豬腳～【醋泡豬蹄兒】｜黃瓜～【腌酸黃瓜】。

酸枝 syn1 dzi1 一種堅硬的木頭，紫紅色，是製作家具的名貴材料：～椅｜～傢俬。

酸薑 syn1 goeng1 糖醋薑片；酸甜薑片：佢有咗啤啤，中意食～【她懷孕了，喜歡吃糖醋薑片】。

酸微微 syn1 mei1 mei1 酸溜溜：啲柑未熟得晒，～嘅【這橘子還沒熟透，酸溜溜的】。

酸微草 syn1 mei1 tsou2 酢漿草，野生植物，莖、葉有酸味，繁殖力很強，可作草藥。

酸梅 syn1 mui2* 梅子；青梅。

酸宿 syn1 suk7 酸臭；酸餿（通常用於形容汗臭味）：我跑完三千米，成身都～咯【我跑完了三千公尺，身上有汗臭味了】。

酸宿爛臭 syn1 suk7 laan6 tsau3 難聞的酸臭味：你成身～，仲唔啦啦聲去沖涼【你全身酸臭哄哄的，還不快點兒去洗澡】！

損 syn2（皮膚）破損；損傷：跌到兩個膝頭哥都～晒【摔得兩個膝蓋都破了皮】。

損友 syn2 jau5 壞朋友；對自己有壞影響的朋友：你唔好識埋晒啲～【你不要濫交這些壞朋友】。

損益賬 syn2 jik7 dzoeng3 即收支盈虧賬。

損爛 syn2 laan6 破損：碗碟用得耐梗有～㗎喇【碗碟用久了當然會有破損了】。

損手爛腳 syn2 sau2 laan6 goek8 手腳都有

傷；手腳都摔破了：一場波踢完就～，你真係唔識保護自己【一場球踢下來就手腳都掛了花，你真不會保護自己】。

算死草 syn3 sei2 tsou2 指吝嗇且精於算計的人：想搵呢個～嘅錢，好難嘞【想掙這個精於算計的人的錢，難嘍】！

算係噉 syn3 hai6 gam2 還算過得去吧：佢讀書冇乜嘢天份，考到噉嘅成績都～啦【他讀書沒啥天份，能考到這樣的成績也算過得去了】。

算數 syn3 sou3 算了；拉倒：唔食～【不吃就算了】。｜你打唔過佢嘅，～罷喇【你打不過他的，算了吧】。｜唔講～【不說拉倒】。

蒜子 syn3 dzi2 蒜瓣兒。

蒜子肉 syn3 dzi3 juk9 田雞的大腿肉。因其形狀像蒜瓣兒，故稱。

蒜茸 syn3 jung4（把大蒜拍爛剁碎而成的）蒜泥。

蒜心 syn3 sam1 蒜苗；蒜薹。

蒜頭 syn3 tau4 蒜；大蒜。

船民 syn4 man4 由海上坐船到香港尋求居留的難民（主要來自越南）。

船頭驚鬼，船尾驚賊 syn4 tau4 geng1 gwai2 syn4 mei5 geng1 tsaak9【俗】船頭怕鬼，船尾怕賊。形容人前怕狼，後怕虎，做事畏首畏尾：你～，點做大事呀【你前怕狼，後怕虎，怎麼做得了大事呢】？

船頭尺——度水 syn4 tau4 tsek7 dok9 soey2【歇】刻劃在船頭的標尺，用來測量吃水的深度。「度水」有雙關意，又指「借錢」：佢搵親我都係～嘅啫【他每回找我無非是想向我借錢】。

船王 syn4 wong4 ❶ 造船業的大亨。❷ 航運業的大亨。

吮 syn5 又舔又嘬：好多細路仔中意～手指【很多小孩子喜歡嘬手指頭】。

雪 syt8 ❶ 冰：～屐【旱冰鞋】｜生～【人造冰】。❷ 冰鎮；冷藏；凍：西瓜～過先好食【西瓜冰鎮了才好吃】。｜～住慢慢食【冷藏起來慢慢吃】。｜～豬肉【凍豬肉】。

雪種 syt8 dzung2（空調機、冰箱等的）製冷劑；氟利昂：你去請師傅嚟同雪櫃加～【你去請修理工人來給冰箱加製冷劑】。

雪珠 syt8 dzy1 冰雹；雹子：落～【下冰雹】。

雪蛤 syt8 gaap8 一種珍貴的蛙科兩棲類動物，學名「東北林蛙」。因其在寒冬中可冬眠長達五個月之久，因此得名「雪蛤」。雪蛤含有大量的蛋白質、氨基酸、各種微量元素、動物多肽物質，是日常滋補養顏的滋補品。

雪蛤膏 syt8 gaap8 gou1 雌雪蛤的輸卵管，此處聚集了雪蛤來年繁殖後代的所有營養。

雪糕 syt8 gou1 冰淇淋。

雪糕批 syt8 gou1 pai1 冰棍狀的冰淇淋。

雪糕筒 syt8 gou1 tung2* ❶ 盛冰淇淋球的漏斗狀脆餅。❷ 用作臨時分隔行車道的一種活動路障，因形狀像倒轉的「雪糕筒」，故稱。

雪櫃 syt8 gwai6 冰箱；電冰箱。

雪油 syt8 jau4 滑潤油；黃油（作滑潤劑用的礦物油）。

雪耳 syt8 ji5 銀耳；白木耳。

雪屐 syt8 kek9 旱冰鞋：滑～【滑旱冰】。

雪褸 syt8 lau1 棉猴兒；皮猴兒。

雪梨 syt8 lei4 鴨梨。

雪帽 syt8 mou2* 風帽。

雪批 syt8 pai1 冰棍狀的冰淇淋，「雪糕批」的簡稱。

雪水 syt8 soey2 ❶ 冰冷的水：天凍嗰陣時去洗衫，啲～凍到我隻手僵晒【天冷的時候去洗衣服，那冰冷的水把我的手都凍僵了】。❷ 凍雨；天氣特別寒冷時下的雨：我從來未見過呢度落～【我從沒見過這裏下凍雨】。

雪條 syt8 tiu2* 冰棍兒。

雪藏 syt8 tsong4 ❶ 冰鎮的；冷藏的：～汽水【冰鎮汽水】。❷ 有意不讓人公開露面或參與活動：香港隊特登～咗頭號主力【香港隊特意不派頭號主力上場】。｜某藝員因得罪高層而被～【某演員因得罪了上層領導而被（電視台）有意冷落（即不讓其上鏡頭）】。

説話 syt8 wa6 話：有乜嘢～要同阿媽講吖【有甚麼話要跟你媽說的】？｜你啲～我會記住嘅【你的話我會記住的】。

t

他條 ta1 tiu4 工作輕鬆清閒，生活舒適自在：而家份工好～【現在這份工作很輕鬆】。

呔 taai1 ❶ 輪胎。英語 tyre 的音譯詞：前面兩條～漏氣【前面兩個輪胎漏氣】。❷ 又作「袂」。領帶。英語 tie 的音譯詞：打～【打領帶】。

袂 taai1 領帶。同「呔 ❷」。

太 taai2* 太太的簡稱。用於丈夫姓氏之後以稱呼其妻子；有時也可用在職稱之後以指稱其妻子）：張～【張太太】｜校長～【校長的太太】。

太子爺 taai3 dzi2 je2* ❶ 少東家。❷ 引指遊手好閒、只會吃喝玩樂的年輕人。

太座 taai3 dzo6【諧】尊夫人：你～唔岌頭你都冇符【你太太不點頭你也沒轍】。

太公 taai3 gung1 ❶ 曾祖父。❷ 祖先；祖宗。

太公分豬肉——人人有份 taai3 gung1 fan1 dzy1 juk9 jan4 jan4 jau5 fan2*【歇】拜祭完祖先以後，通常會把拜祭用的豬肉均分給所有子孫，故稱：呢啲頒獎禮，照例係～，大家開心【這類頒獎禮，照例是給每個人分發一個獎，皆大歡喜】。

太空人 taai3 hung1 jan4 【諧】太太不在身邊的人（特指全家已移民外國，自己獨自一人留在香港照料生意、處理業務的男子）：佢成家人去咗加拿大，留低個老公喺香港做～【她全家去了加拿大，留下丈夫獨自一個人在香港工作】。

太空褸 taai3 hung1 lau1 一種類似羽絨服的加厚的保暖外套，其填充物為人造化學纖維。

太空穿梭機 taai3 hung1 tsyn1 so1 gei1 航天飛機。簡稱「穿梭機」。

太陽蛋 taai3 joeng4 daan2* 一種煎雞蛋，蛋黃裸露，蛋白在其下，狀如太陽，故稱。

太嫲 taai3 ma4 曾祖母。又稱「太婆」。

太平門 taai3 ping4 mun4 ❶ 在危急時疏散人群的門口或出口。一般建築物及公共場所除正門外都設有後門或其他出口，大型載客汽車後部也有逃生門，均稱為太平門：～唔可以鎖住【緊急出口的門不能鎖緊】。❷ 引申為後路：佢哋申請移民外國，係為咗開～【他們申請移民外國，是為了準備一條後路】。

太平山 taai3 ping4 saan1 香港島最高的山。又名「扯旗山」。

太平山下 taai3 ping4 saan1 ha6 香港的別稱。因太平山為香港島的主峰，故稱。

太平紳士 taai3 ping4 san1 si2* 港英政府時期，由港督委任的一種義務職銜。此職位於香港開埠初期已設立，初名非官守治安委員，以無官職而有社會名望之人充當。以其有一定社會名望而稱之為「紳士」，取其協助維持治安以期達至「太平」之意，故以「太平紳士」為名。此身份後來漸漸成一種榮譽，被委任的一般為社會名流、富商等。

太平梯 taai3 ping4 tai1 住宅樓房或公共場所作緊急通道用的樓梯。

太婆 taai3 po2* ❶ 曾祖母。❷ 曾祖母以上的女性祖先。

太師椅 taai3 si1 ji2 兩邊有扶手的中式靠背椅。

軚 taai5 舵：擺～【轉舵】。

軑 taai5（汽車）方向盤：左～車（方向盤在左邊的汽車）。

貪 taam1 ❶ 愛好；喜歡：～靚【愛漂亮】。❷ 圖；貪圖：～平可能買到流嘢【貪圖便宜可能會買了次貨】。｜～佢又有錢又靚仔【貪圖他又有錢又長得帥】。

貪得意 taam1 dak7 ji3 ❶ 好奇：唔好鬧佢，細佬哥～之嘛【別罵他，小孩子好奇而已】。❷ 圖好玩：你都夠分去讀大學嘅，做乜嘢讀警校呀？～吖【你的分數足夠去讀大學，幹嘛讀警校呢？圖好玩嗎】？

貪字得個貧 taam1 dzi6 dak7 go3 pan4 【諺】貪婪的結果往往會導致一無所得、一貧如洗：佢想賭多幾鋪贏多啲，誰不知～，卒之連本錢都輸埋【他想多賭幾盤多贏點兒，誰知道貪心導致吃虧，最後連本錢都輸光了】。

貪口爽 taam1 hau2 song2 說話圖一時之快，不考慮責任及影響：你係唔係講真，唔好～喎【你說的是不是真的？別只圖口舌之快】。

貪威識食 taam1 wai1 sik7 sik9 「貪威」即好出風頭、好逞強，「識食」即吃喝多有講究，有任意揮霍之意：佢個仔～，書又讀唔成，真係戥佢擔心【他兒子愛出風頭，花錢又大手大腳，書也讀不成，真替他擔心】。

探 taam3 ❶ 測試；測量：～熱【量體溫】。❷ 探望；看望：得閒去～你【有空再去看你】。

探班 taam3 baan1 探望正在工作或即將開始工作的人：足總會長親自去賽地～【足球總會會長親自去賽地探望（參加比賽的隊員們）】。｜佢太太專程飛到加拿大拍外景嘅地方～【他太太專程飛到加拿大拍攝外景的地方探望（正在拍戲的丈夫）】。

探熱 taam3 jit9 量體溫：我幫你～【我幫你量體溫】。

探熱針 taam3 jit9 dzam1 體溫計。

探員 taam3 jyn4 刑警（專責刑事偵緝及調查的警務人員）。

探路 taam3 lou6 查探路途上的情況以方便正式上路。又引申為做事先查探情勢以作進一步行動：前面好難行，我去～先，你哋等陣再行【前面很難走，讓我先去查探路況，你們等會再走】。｜唔探下路先就貿貿然投資嗽好牙煙㗎嚕【不探探路就貿然投資很危險的】。

探脈 taam3 mak9 號脈；把脈。

探盤 taam3 pun2* 摸底；試探：呢條友想～，唔好同佢傾咁多嘢【這小子想摸底，別跟他聊那麼多】。｜唔好咁急投資咁多，攞一千萬探下盤先【別急着投資那麼多，先拿一千萬試一試】。

燂 taam4 燒；烤；燎：～豬毛。

痰罐 taam4 gun3 痰盂。

痰塞肺眼 taam4 sak7 fai3 ngaan5 好像給痰堵塞了肺部的氣管一樣，形容人糊裏糊塗，懵懵懂懂，一竅不通：你咁簡單嘅道理都唔明，真係～【你連這麼簡單的道理都不懂，真是一竅不通】。

痰上頸 taam4 soeng4 geng2 痰堵在喉嚨部位，妨礙說話或呼吸，常用於指人快將斷氣：佢突然～，送到醫院已經救唔番【他突然一口氣上不來，送到醫院已經救不活了】。

談判專家 taam4 pun3 dzyn1 ga1 警方負責與負隅頑抗的罪犯或欲自殺者談判、說服其放棄抵抗或自殺企圖的專家。

淡口 taam5 hau2 鹹中帶鮮，鹹味適口：～鹹魚【鹹味適口的鹹魚】。

淡汗 taam5 hon6 虛汗，沒有鹹味的汗：佢成日流～【他經常出虛汗】。

淡茂茂 taam5 mau6 mau6 淡而無味：啲湯～，落啲鹽添啦【這湯淡而無味，再放點兒鹽吧】。

淡滅滅 taam5 mit9 mit9 淡而無味。同「淡茂茂」。

淡奶 taam5 naai5 一種奶類食品。把鮮奶去除部份水份、糖份而成，營養、維生素含量比一般鮮奶高，奶香味較濃。通常用於調製奶茶、咖啡，或烹調菜餚、製作西式點心。

攤[1] taan1 ❶ 晾；晾涼（把熱的東西擱一會使之變涼）：啲湯咁熱，～凍佢先吖【這湯這麼燙，先晾涼它再說】。❷（四肢舒展着）仰臥：～響草地度【仰臥在草地上】。

攤[2] taan1 ❶ 攤子：雜架～【賣雜貨的攤子】。❷ 同「番攤」。

攤大手板 taan1 daai6 sau2 baan2 攤開手，指跟別人要錢：咁大個人仲～問屋企攞錢都唔好意思啦【長那麼大了還伸手向家裏要錢，自己臉上都過不去】！

攤檔 taan1 dong3 攤兒。指在路旁或空地上臨時擺設或架設的售貨處：呢條街啲～晚晚八點鐘就開檔【這條街上的攤販每天晚上八點鐘就開始營業】。

攤凍 taan1 dung3 晾涼：涼茶太滾，～再飲【中藥湯太燙，晾一晾再喝】。

攤直 taan1 dzik9 死：一刀㓤落去佢就～【一刀刺進去他就沒命】！

攤屍 taan1 si1 挺屍。用作罵人話，指攤在床上不起：我忙到死，你就喺度～【我忙死了，你倒在這兒挺屍】！

攤位 taan1 wai2* 攤兒；攤子。指在路旁、空地上或場館、商場中臨時擺設或架設的售貨處或展覽、推銷點：地鐵站今日擺咗一個推銷手提電話嘅～【地鐵站今天擺了一個推銷手提電話的攤兒】。

攤位遊戲 taan1 wai2* jau4 hei3 在遊園會、慶祝會、宣傳推廣會等場合中，供參加者玩的遊戲，通常是一個一個攤子的擺設：中秋晚會有花燈展覽，有節目表演，又有～。

癱 taan2 癱瘓：佢下半身～咗【他下半身癱瘓了】。

嘆 taan³（舒服自在地）享受：～咖啡【享受咖啡】｜～冷氣【享受冷氣】｜人哋做到仆街，你就喺度～報紙【人家幹得快累癱了，你就在這兒舒服自在地看報紙】。

嘆世界 taan³ sai³ gaai³ 享受生活；享清福：捱咗幾十年，而家老咗，係時候嘆下世界囉【熬了幾十年，現在老了，到了享享清福的時候了】。

碳紙 taan³ dzi² 又稱「過底紙」，即複寫紙。

彈 taan⁴ 批評；指責：冇得～【無可非議；無可指摘】｜識～唔識唱【只會一味批評別人，自己卻做不到（這是句雙關語，字面義為「只會彈琴不會唱」）】。

彈到一戙都冇 taan⁴ dou³ jat⁷ dung⁶ dou¹ mou⁵【俗】批評得一無是處：呢個計劃畀人～【這個計劃被批評得一無是處】。

彈到樹葉都落 taan⁴ dou³ sy⁶ jip⁹ dou¹ lok⁹【俗】貶得一文不值；批評得一無是處；罵得狗血淋頭：佢將呢部新片～【他把這部新影片貶得一文不值】。

彈聲四起 taan⁴ sing¹ sei³ hei²（作品或觀點）招來一片批評之聲：佢嘅講法過份激進，篇文章一出街就～【他的說法過份激進，那篇文章一發表就罵聲四起】。

壇 taan⁴ 量詞。一件；一堆；一攤子：呢～嘢係你搞出嚟嘅，你自己搞番掂佢【這攤子事是你弄出來的，你得自己處理好】。

塔¹ taap⁸ ❶ 寶塔。❷ 一種底寬口小的罎子：骨～【裝先人遺骨的罎子】。❸【俗】「屎塔」（馬桶）的簡稱。

塔² taap⁸ ❶ 套：～好枝筆【把筆套好】。❷ 鎖；鎖上。引指逮捕：走之前記得～門【走之前記住要鎖門】。｜～佢返去【逮捕他】❸ 鎖（名詞）。

塔香 taap⁸ hoeng¹ 盤狀的香。因吊起來以後外圈自然下垂，形狀像個寶塔，故稱。

撻¹ taat⁷ 一種餡露在外面的小碟子狀的西式餅食。英語 tart 的音譯詞：蛋～【雞蛋餡餅】。

撻² taat⁷ 用板子或手掌打：佢～咗一下個仔嘅囉柚【他打了兒子屁股一下】。

撻³ taat⁷ ❶ 乘某種方便擅自拿走或騙取公家或別人的錢財物品等：佢屋企廁紙、文具全部係喺公司～返嚟嘅【他家裏的衛生紙、文具，全是從公司弄回來的】。❷ 引指偷竊：我個手機琴日喺火車站畀人～咗【我的手機昨天在火車站被偷了】。

撻着 taat⁷ dzoek⁹ ❶ 打火點着；點燃：個煤氣爐撻唔着【煤氣爐點不着】。❷ 啟動引擎：～架車【啟動車的引擎】。❸ 引指觸動；觸發。多指男女觸發感情，意近「擦出火花」：呢個故事～咗大家嘅心【這個故事觸動了大家的心】。｜傳聞佢哋兩個拍戲嗰時～咗【傳聞他們拍戲的時候擦出了火花】。

踏 taat⁸ 又音 tet⁷。穿鞋時腳跟踩着鞋後幫；踏拉着：你噉樣～住對鞋好難睇【你這樣踏拉着鞋子很難看】。

撻定 taat⁸ deng⁶ 捨棄已預付的定金以取消原定的買賣：我同你講明先呀，到月尾你唔嚟交埋尾數提貨我就當你～㗎啦【我先跟你說清楚，到月底你要是不來交付餘款提貨的話，我就算你是捨棄定金取消這筆交易了】。

撻Q taat⁸ kiu¹ 原指打枱球控制球桿（俗稱 cue 棍）失誤打空了。引指因失誤而功敗垂成；失手。也常用於指足球員踢球時一腳踢空：觀眾投票失利，佢影帝個獎好可能～【觀眾投票失利，他的影帝寶座很可能落空】。｜佢擺咗個好靚嘅姿勢想淩空飛射，點知一腳～撲咗落地【他擺了個漂亮的姿勢想淩空抽射，誰知一腳踢空撲倒在地】。

撻沙魚 taat[8] sa[1] jy[2]* 比目魚。

銻 tai[1] 鋁；鋁製的（早年粵人誤以「鋁」為「銻」，鋁製器皿大都誤稱為「銻」）：～煲【鋁飯鍋】｜～盆【鋁盆】。

梯級 tai[1] kap[7] 樓梯的台階：小心～【小心台階】。

睇 tai[2] 看；瞧：～電視【看電視】｜～報紙【看報紙】｜～唔起【瞧不起】。

睇……頭 tai[2] ……tau[2]* 跟隨領頭人去做：我哋個個都係睇你頭嘅【我們聽你的，你怎麼做我們就怎麼做】。

睇白 tai[2] baak[9] 看得出；可以斷定：～佢好難好番啦【看得出來他很難痊癒了】。｜我～佢唔會嚟【我可以斷定他不會來】。

睇辦 tai[2] baan[2]* ❶看樣品、樣本：唔～我點訂貨啫【沒看樣品我怎麼訂貨呢】？❷（到照相館）看底片。以前照相館給顧客照完相後，會定一個時間請顧客來看底片，顧客滿意再送去沖洗：你聽日嚟～吖【你明天來看底片吧】。

睇病 tai[2] beng[6]（找醫生）看病：去醫院～【到醫院看病】。

睇低 tai[2] dai[1] 小看；瞧不起：你要勤力讀書，唔好畀人～【你要努力讀書，不要被人瞧不起】。

睇定 tai[2] ding[6] 看準；看清楚；看仔細：～啲至決定，唔好人去你又去【看清楚情況再決定，別人家說去你跟着去】。

睇真 tai[2] dzan[1] 看真切；看準；看清楚：～啲，打你嘅係唔係嗰個人【看清楚點兒，打你的是不是那個人】？

睇症 tai[2] dzing[3]（醫生給病人）看病；診治：醫生星期日唔～【醫生星期天不看病】。

睇準起筷 tai[2] dzoen[2] hei[2] faai[3] 看準了再下筷子，喻看清了時機、形勢再採取行動。

睇住嚟 tai[2] dzy[6] lai[4] 等着瞧；走着瞧（表示預測或警告）：你～，我唔會放過你嘅【你等着瞧，我不會放過你的】。

睇化 tai[2] fa[3] 看開了；看淡了；看透了：功名利祿呢啲身外物，佢早就～晒【功名利祿這些身外之物，他早就看淡了】。｜幾十歲乜都～咗喇【這把年紀了甚麼也看開了】。

睇法 tai[2] faat[8] 看法：呢單嘢我嘅～同你唔同【這件事兒我的看法跟你不同】。

睇火 tai[2] fo[2] 看火：我煲緊湯，你幫手～吖【我正在熬湯你幫忙看火吧】！

睇風水 tai[2] fung[1] soey[2] 看風水；看墓穴或地基等地點是否吉利：喺呢度起屋要搵人返嚟睇下風水先【在這裏蓋房子要先找個人來看看風水】。

睇更 tai[2] gaang[1] 看更；守夜；值夜班。

睇起 tai[2] hei[2] 看得起；看得上：佢～你你就有前途喇【他看得起你你就有前途了】。

睇好 tai[2] hou[2] 看好：我～銀行股【我看好銀行股】。

睇醫生 tai[2] ji[1] sang[1] 看病；找醫生：有病就要～【有病就要找醫生】。

睇樓 tai2 lau2* 租、買樓宇前上門實地參觀、考察，看是否滿意：我帶張太去～【我帶張太太去看（她想要的）房子】。｜～團【以參觀樓盤為目的的旅行團】。

睇漏眼 tai2 lau6 ngaan3 看走眼：件新衫係次貨，買嗰陣時～【這件新買的衣服是次貨，買的時候看走眼了】。

睇落 tai2 lok9 看上去：呢對鞋～都幾靚下【這雙鞋看上去挺漂亮的】。

睇唔過眼 tai2 m4 gwo3 ngaan5 看不過眼；看不慣；看不順眼：佢噉蝦個細路，我～走過去鬧佢【他這樣欺負一個小孩，我看不過眼走過去訓他】。｜你着露背裝我真係～【你穿露背裝我真的看不慣】。

睇唔開 tai2 m4 hoi1 想不開；看不開：佢一時～，竟然想自殺【他一時想不開，竟然想自殺】。

睇唔入眼 tai2 m4 jap9 ngaan5 ❶ 看不下去：呢啲鏡頭我真係～【這些鏡頭我真看不下去】。❷ 看不上眼；瞧不上眼。又説「睇唔上眼」：呢件嘢咁差，佢實～【這件東西質量那麼差，他肯定看不上眼】。

睇脈 tai2 mak9 看病；診治（特指中醫）：搵醫師～【找中醫生看病】。

睇門口 tai2 mun4 hau2 ❶ 看門兒。❷（在家中配備一些常用的藥物以）備用：佢氣管唔好，所以我不溜都買定啲咳藥水～【他氣管不好，我向來都買好了咳嗽藥水備用】。

睇啱 tai2 ngaam1 看中；看上：你～乜嘢即管買啦，我埋單【你看中甚麼儘管買好了，我來付賬】。

睇牛 tai2 ngau4 放牛。

睇實 tai2 sat9 緊盯着；看緊；緊看着：帶細路仔過馬路要～【帶小孩子過馬路要緊盯着】。

睇死 tai2 sei2 ❶ 料定；斷定（多用於貶低別人）：我～佢唔夠膽同我打【我料定他沒膽量跟我打架】。❷ 看扁。同「睇衰」。

睇小 tai2 siu2 ❶ 瞧不起。同「睇低」。❷ 掉以輕心；看輕：咳得咁犀利，唔好～佢呀【咳得這麼厲害，不要掉以輕心啊】。

睇相 tai2 soeng3 看相；相面：佢喺廟街幫人～【他在廟街替人看相】。

睇上眼 tai2 soeng5 ngaan5 看上眼；看上；看中：呢啲噉嘅街邊貨佢點會～吖【這種路邊攤兒的貨色她怎麼會看上眼呢】？

睇衰 tai2 soey1 瞧不起，看扁；輕視，蔑視。又作「睇死」：畀心機讀書，唔好畀人～【用心點兒讀書，別讓人瞧不起】。

睇水 tai2 soey2 望風；把風：啲賊喺入便，出邊嗰個係～嘅【劫匪在裏頭，外邊那個是把風的】。

睇數 tai2 sou3 ❶ 結賬；會賬。又作「埋單」：伙計，唔該～【服務員，麻煩你結賬】。❷ 引指請客、做東：今日我～，大家去食韓國餐【今天我請客，大家去食韓國餐】。

睇餸食飯 tai2 sung3 sik9 faan6 看菜吃飯。喻看條件如何決定對策；看情況辦事：呢個計劃，可能得好少經費，你～啦【這個計劃，經費可能不多，你看着辦吧】。

睇淡 tai2 taam5 看淡；不看好；對該事物消極：我～下半年嘅股市【我看淡下半年的股票市場】。

睇頭 tai2 tau4 看頭；可看性；可讀性：呢部小說有～【這部小說有可讀性】。

睇頭睇尾 tai2 tau4 tai2 mei5 並非擔當專門的實際工作，而是在別人需要協助時負責照應或處理特別的和零碎的事務：呢份工淨係～，好易做啫【這份工作只是打打雜，很容易做的】。

睇錢份上 tai2 tsin2* fan6 soeng6 看在錢的份上：咁辛苦，唔係～邊個做呀【這麼辛苦，不是看在錢的份上誰幹吶】？

睇場 tai2 tsoeng2* 黑社會組織在對其勢力範圍內的營業場所經營者進行勒索、收取「保護費」之後，派若干大漢到這些場所維持秩序，以盡「保護」之責，此舉稱「睇場」，意為「看守場地」。也可指擔任此任務者，意近「保安員」：佢喺嗰間舞廳～【他在那家舞廳看場子】。｜佢係呢間舞廳嘅～【他是這家舞廳的「保安員」】。

睇穿 tai2 tsyn1 看透；看穿：個騙局我哋一早～咗【這個騙局我們早就看穿了】。

睇全相 tai2 tsyn4 soeng3 ❶ 看相先生替人看全身的相來測算命運。❷ 指看到全裸的人體（通常是指女性）。

體能 tai2 nang4 體力：班運動員每日要做三個鐘頭～訓練【這幫運動員每天要做三個小時的體力訓練】。

替工 tai3 gung1 臨時代替別人做工的人：我係公司嘅～啫【我只是公司臨時請來頂替的】。

替槍 tai3 tsoeng1 當槍手（替人答卷作弊）：佢考試搵人～【他考試找人當槍手】。

剃眼眉 tai3 ngaan5 mei4 使人當眾出醜：佢想剃我眼眉，點知反而令我大出風頭【他想讓我當場出醜，誰知反而使我大出風頭】。

剃鬚 tai3 sou1 刮鬍子。

提子 tai4 dzi2「菩提子」的簡稱，葡萄：買兩斤～【買兩斤葡萄】。｜～乾【葡萄乾】。

提款機 tai4 fun2 gei1 銀行的一種供客戶自行提款的裝置，存戶憑提款卡輸入密碼後即可提取現金。設置在銀行門外的「提款機」，通常24小時運作。又作「（自動）櫃員機」。

提水 tai4 soey2 ❶ 給別人口頭提示：呢啲場面應該點做你自己應該明啦，仲使我～咩【這種場面應該怎麼做你自己該明白吧，還用得着我提示嗎】？❷ 提詞兒：佢唔識背講稿，全靠我～畀佢咋【他講稿背不熟，全靠我幫他提詞兒】。

提堂 tai4 tong4 提審，指把當事人帶到法庭等處受審。

冚（諗） tam3 哄；哄騙：個仔喊成噉都唔～下佢【兒子哭成這樣還不哄哄他】？｜你唔使講大話～我開心喇【你不用說謊話來哄我高興了】。

冚鬼食豆腐 tam3 gwai2 sik9 dau6 fu6 欺騙；騙人。同「呃鬼食豆腐」。

氹氹轉 tam4 tam4 dzyn3 ❶（圍圈）旋轉；轉圈圈。又作 dam4 dam4 dzyn3：（廣東童謠）～，菊花園【手拉手轉圈圈，轉到菊花園】｜遊樂場個～好好玩【遊樂場那個「轉圈圈」很好玩】。❷ 又作 tam4 tam2* dzyn3。轉圈兒；團團轉（形容忙碌、焦急）：急到～【急得團團轉】。

氹氹圈 tam4 tam4 hyn1 ❶ 團團（圍住），形成圓圈：～圍住裔樹【團團圍住這棵樹】。❷ 圓圈：大家圍成～【大家圍成圓圈】。

氹（凼） tam5 坑：水～【水坑】｜地

上有個～【地上有個坑】。

吞拿魚 tan¹ na⁴ jy²* 金槍魚。英語 tuna 的音譯與「魚」構成的合成詞。

吞泡（瀑） tan¹ pok⁷ 原指吸鴉片，引指工作時間偷懶：喂，開緊工唔好～嗃【喂，工作時間不要開小差偷懶啊】！

【小知識】舊時吸食鴉片普遍。鴉片用煙槍吸食，點燃鴉片時會形成一個個「泡」，吸食者在煙槍另一端吸入泡內的氣，故稱為「吞泡」。抽大煙的人都是躲進煙館偷懶的，吞泡於是引申為偷懶。

吞槍 tan¹ tsoeng¹ 用槍自殺：佢受咗傷，唔想做俘虜，卒之～自盡【他受了傷，不想當俘虜，最後用槍自殺】。

褪 tan³ ❶（向後）退：唔該～後啲【麻煩你退後點兒】｜～幾步【後退幾步】。❷ 挪；移動：將個櫃～過啲【把櫃子挪過去點兒】。

褪軚 tan³ taai⁵「褪」即退後，「軚」指方向盤，原意指將車子往後倒，引申為本已打算進行某事但後來卻退縮：我哋幾個講好夾錢一齊做，點知佢而家又～【我們幾個說好了湊錢（指合股）一塊兒做，誰知現在他又縮手不幹了】。

褪車 tan³ tse¹ 倒車，使車向後退：後便有人，你～要小心啲呀【後面有人，你倒車要小心點兒】！

褪腸頭 tan³ tsoeng²* tau⁴ 脫肛。

揗 tan⁴ ❶（因受驚而）發抖；哆嗦：嚇到手～腳震【嚇得手腳都哆嗦】。❷ 徘徊；（來回）走動：～嚟～去【轉來轉去】｜～上～落【上上下下（一會兒上去，一會兒下來）】。

揗雞 tan⁴ gai¹ 手忙腳亂；手足無措：一多啲嘢做佢就～嘞【事情稍多一點他就手忙腳亂的】。｜你咁遲通知我，搞到我揗晒雞【你這麼遲才通知我，搞得我手忙腳亂的】。

揗揗震 tan⁴ tan²* dzan³ 直打哆嗦；不停地顫抖：凍到～【凍得直打哆嗦】｜一聽到警察嘅腳步聲佢就驚到～【一聽到警察的腳步聲他就嚇得不停顫抖】。

藤篋 tang⁴ gip⁷ 舊式的藤製旅行箱。

藤條 tang⁴ tiu²* 用藤莖造成的體罰用的工具：～炆豬肉【吃了頓雞毛撣子（詼諧的說法）】。

□□掂 tap⁷ tap⁷ dim⁶ ❶ 妥妥當當；井井有條：今次旅行嘅交通、飲食、住宿，佢都安排到～【這次旅行的交通、飲食、住宿，他都安排得妥妥當當的】。❷ 服服帖帖：佢老婆管到佢～【他老婆把他管得服服帖帖的】。

□□冚 tap⁷ tap⁷ ham⁶（指兩種物體吻合或配合得）天衣無縫；嚴絲合縫：呢個畫框鑲我幅油畫～【這個畫框鑲我那幅油畫大小正好合適】。

偷薄 tau¹ bok⁹（把頭髮）剪薄；削薄：唔該將後便啲頭髮～啲【麻煩你把後面的頭髮剪短削薄一點兒】。

偷步 tau¹ bou⁶ ❶（田徑比賽中）搶跑：你千祈唔好～【你千萬不要搶跑】。❷ 引指利用自己了解機密的優勢而搶先做於己有利的事情：｜～買樓｜～入市。

偷渡客 tau¹ dou⁶ haak⁸ 偷渡出入境者。

偷雞 tau¹ gai¹ ❶ 沒正當理由而缺席、缺課或中途開溜；開小差；暗地裏做別的事：佢～冇去開會【他偷懶沒去開會】。｜我喺公司～做自己嘅嘢，你唔好話畀人知呀【我在公司偷偷做自己的事，你不要告訴別人】。❷ 作弊、不按規則辦事：

我話開始至開始，唔好～呀【我說開始才開始，可別搶先（回答等）】。❸ 趁人不備而偷襲：3 號入嘅兩個波都係呢啲～波【3 號進的兩個球都是這種偷襲進去的球】。

偷雞唔到蝕揸米 tau1 gai1 m4 dou2 sit9 dza1* mai5【俗】偷雞不成蝕把米，即弄巧成拙：嗰個賊仔走佬嗰陣時跌咗自己隻手銬，真是～【那小偷逃走時把手銬掉了，真是偷雞不成倒蝕了一把米】。

偷龍轉鳳 tau1 lung4 dzyn2 fung6 以欺騙手段暗中把原來的東西換掉；偷梁換柱；以劣充好：你買到嘅係假貨，畀人～【你買到的是假貨，給人偷梁換柱了】。

偷呃拐騙 tau1 ngaak7 gwai2 pin3 偷訛拐騙；坑蒙拐騙：呢啲爛仔，成日做埋啲～嘅嘢【這些流氓盡幹坑蒙拐騙的事】。

偷師 tau1 si1 偷學；請教：黃小姐嘅手藝係同媽咪～學返嚟嘅【黃小姐的手藝是偷偷跟媽媽學來的】。

偷食 tau1 sik9 原意為偷吃，喻指搞婚外性行為。

偷食唔識擠嘴 tau1 sik9 m4 sik7 giu2 dzoey2【俗】偷吃了東西卻不懂得要把嘴巴擦乾淨，喻做壞事不懂得掩飾：佢偷咗主人啲嘢又亂咁放畀人睇到，真係～【她偷了主人家的東西，卻隨便亂放被人發現，真是偷吃卻不懂擦嘴】。

偷笑 tau1 siu3（私下）慶幸：呢單生意唔蝕你都～喇，仲想賺【這樁生意不虧本你就該慶幸了，還想賺】？

透大氣 tau2 daai6 hei3 深呼吸；大喘氣，急促地呼吸：佢啱啱跑完馬拉松，喺度～【他剛跑完馬拉松，在大喘氣】。

透氣 tau2 hei3 ❶ 呼吸：響水入便點～啫【在水裏怎麼能呼吸】？❷ 喘氣：透啖氣【喘一口氣】。

唞 tau2 歇；休息：～一陣先【先歇一會兒】。｜今晚早啲～【今晚早點兒休息】。

唞涼 tau2 loeng4 乘涼。

唞暑 tau2 sy2 ❶ 暑假休息：放暑假最好去有海灘嘅地方旅行～【放暑假最好到有海灘的地方旅遊休息】。❷ 特指香港馬場在夏季（一般是 7-8 月）不辦賽事，讓馬匹休息。

頭 tau2* 頭兒，頭頭；上司；領導者：阿～去咗邊【頭兒去哪啦】？

透火 tau3 fo2 生火；引火：呢度荒山野嶺邊度搵火柴嚟～呀【這荒山野嶺上哪兒找火柴來引火】？

透過 tau3 gwo3 ❶ 通過：我哋～電話接觸佢【我們通過電話跟他接觸】。❷ 經過；經由：～呢個活動，大家可以對呢個問題認識多啲【通過這個活動，大家可以對這個問題有多點兒認識】。

透爐 tau3 lou2* 生爐子：你去～準備煮晚飯【你去生爐子準備做晚飯】。

透明度 tau3 ming4 dou6 物體透明的程度。多引指政府部門或公眾團體容許運作內情公開的程度，亦指容許將內情公開的處事特點。

頭 tau4 ❶ 量詞。個；樁。用於指家庭或婚姻：呢～親事【這樁婚事】｜呢～家【這個家】。❷ 一帶：我住喺呢～【我住在這一帶】。

頭崩額裂 tau4 bang1 ngaak9 lit9 頭破血流；焦頭爛額：個玻璃樽照頭揼落嚟，佢即刻～【玻璃瓶朝他頭上砸下來，他馬上頭破血流】。

頭大 tau4 daai6（因碰到麻煩、窮於應付而）頭昏腦脹，心煩意亂：估唔到呢件事咁鬼麻煩，搞到我頭都大【想不到這事兒那麼麻煩，弄得我煩透了】。

頭大冇腦 tau4 daai6 mou5 nou5 頭雖大但腦袋卻不靈，指人愚笨或不明事理：噉你都唔識做，真係～【這你還不會做，真是白長了個大腦袋瓜】。

頭啖湯 tau4 daam6 tong1 第一口湯，多用作比喻做事先別人一步而得到利益：人哋飲咗～，你再去就冇乜油水㗎喇【人家已經先嘗了甜頭，你再去就沒啥油水嘍】。

頭耷耷 tau4 dap7 dap7 ❶ 低着頭；低着腦袋：佢～顧住睇書【他低着頭只顧看書】。❷ 垂頭喪氣的；耷拉着腦袋：～噉，係唔係考試又考唔合格呀【垂頭喪氣的，是不是考試又不及格】？

頭耷耷，眼濕濕 tau4 dap7 dap7 ngaan5 sap7 sap7【俗】耷拉着腦袋淚眼汪汪的。

頭簪 tau4 dzaam1 簪子。

頭長仔 tau4 dzoeng2 dzai2 長子；大兒子。

頭房 tau4 fong2* 指舊式樓房中同一層樓的最前面、靠近客廳的第一間房，又稱「騎樓房」：～最光猛【最前面的房間光線最充足】。

【小知識】以前的舊式樓房（唐樓），很多都劃分出若干房間分租，至少分為頭房、中間房、尾房三間。頭房亦稱「騎樓房」，面積較大又光線充足（因臨陽台或有臨街窗口）。

頭風 tau4 fung1 頭痛病：中醫話我有～【中醫說有頭痛病】。

頭夾 tau4 gaap2* 頭髮卡子。又作「頂夾」。

頭痕 tau4 han4 心煩意亂；麻煩：啲飛唔夠分，又個個都話要，真係～【票不夠，可人人都說要，煩死了】！

頭㷫 tau4 hing3 舊稱發燒；頭發熱。

頭殼 tau4 hok8 頭；腦袋：個～撞到條柱【腦袋撞到柱子上】。

頭殼頂 tau4 hok8 deng2 ❶ 頭頂：佢～已經冇晒頭髮【他頭頂已經沒有頭髮了】。❷ 頭頂上（頭的上方）：你～有隻蚊飛嚟飛去【你頭頂上有隻蚊子飛來飛去】。

頭箍 tau4 ku1 髮箍；一種頭飾，作用是將撥向後面的頭髮箍在頭頂到耳朵兩旁的位置。

頭蠟 tau4 laap9 髮蠟。

頭鑼 tau4 lo4 開場鑼鼓：佢好中意睇大戲，一聽～響就開心大聲叫好【他很喜歡看粵劇，一聽開場鑼鼓就高興得大聲叫好】。

頭路 tau4 lou6 頭髮的分隔線。

頭尾 tau4 mei5 前後：～有十零日【前後有十來天】｜～七八年【前後七八年】。

頭泥 tau4 nai4 頭垢。

頭顎顎 tau4 ngok9 ngok9 ❶ 抬頭東張西望的樣子：你～噉，望乜嘢呀【你仰着頭東張西望的，看甚麼】？❷ 仰着腦袋（趾高氣揚的樣子）。

頭擰擰 tau4 ning6 ning6 ❶ 搖頭表示不滿：你篇文作成噉，先生睇到實～【你這篇文章寫成這個樣子，老師看了準得搖頭】。❷ 頭轉來轉去、東張西望的：嗰條友～噉，係唔係等緊你呀【那小子東張西望的，是不是就在等你呀】？

頭先 tau4 sin1 剛才：～你去咗邊【剛才你去哪兒啦】？

頭頭 tau4 tau2* ❶ 開頭；起先；最初：我

哋廠～得十幾個人【最初我們廠才十幾個人】。❷ 剛才，同「頭先」。

頭頭尾尾 tau^4 tau^4 mei^3 mei^3 較為複雜的事情中的零碎工作：你做大事，～啲嘢等我嚟【你幹大事，零碎的工作讓我來】！

頭頭碰着黑 tau^4 tau^4 pung^3 dzoek^9 hak^7 【俗】到處碰上倒楣事；甚麼倒楣事都碰上了：今年真係～，炒樓樓價跌，炒股股市冧，間舖都執咗笠【今年真是啥倒楣事都碰上了，炒樓樓價下跌，炒股股市崩盤，自家商店也倒閉了】。

頭車 tau^4 tse^1 首班車；第一班車：～開六點【第一班車六點開】。

頭赤 tau^4 tsek^8 頭疼；頭痛：我有啲～，要去睇醫生【我有點兒頭痛，要去看病】。｜要對付佢真係～【要對付他真頭疼】。

頭槌 tau^4 tsoey^4 用頭頂球（或其他物體）入門的動作：八號球員一記～將球頂入龍門【八號球員一記頭球把球頂入龍門】。

頭威頭勢 tau^4 wai^1 tau^4 sai^3 指一開始聲勢凌厲、氣勢十足：佢打第一場～，點知後來幾場輸番晒【他第一場比賽贏得很漂亮，誰料後來幾場全都敗陣】。

頭暈身㷫 tau^4 wan^4 san^1 hing^3 頭疼腦熱，指身體不適或健康出問題。又作「頭暈身熱」：出差帶定啲藥，有乜～都有個防備【出差要帶點藥，有啥頭疼腦熱的也有個防備】。

投注 tau^4 dzy^3 在賽馬、六合彩等賭博中投入的注碼：～額【在搏彩遊戲中投入的注碼總額】。

投懷送抱 tau^4 waai^4 sung^3 pou^5 指女人向男人主動親近及親密接觸：你有錢嘅話，大把女仔向你～啦【你要有錢的話，多多女孩子會投入你懷抱】。

踢爆 tek^8 baau^3 擋破；揭露；揭穿：呢位女星畀人～喺上個月同某富豪一齊去美國遊埠【這位女明星被人揭露在上個月跟某富豪一起去美國旅遊】。

踢波 tek^8 bo^1 踢球玩；踢足球。

踢保 tek^8 bou^2 被警方刑事拘捕的人可以繳付保釋金的方式離開警署，等待正式起訴。被捕者若選擇不作保釋，稱為「踢保」，根據法例，警方須在 48 小時內提出足夠證據作出檢控，否則須釋放被捕者。

踢竇 tek^8 dau^3 ❶ 丈夫與別的女人私下同居，妻子到其住處去興師問罪，打砸家具等以出氣。❷ 警方搗破色情、賭博、吸毒等非法營業或活動的場所：警察上嚟～拉咗好多人【警察來圍捕抓走好多人】。

踢腳 tek^8 goek^8 事情難以解決，陷入困境：忙到踢晒腳【忙得昏頭轉向】。｜再唔注入資金，呢個工程都幾～【再不注入資金，這工程就難辦了】。

踢入會 tek^8 jap^9 wui^{2*} 黑社會組織以各種威脅利誘手段誘逼市民特別是青少年加入黑社會組織。

踢契 tek^8 kai^3 取消已經簽訂的合約：聽對方口氣好似想～嘅嗜【聽對方的口氣好像想取消簽好的合同】。

踢死兔 tek^8 sei^2 tou^3 燕尾服；男士禮服。英語 tuxedo 的音譯。

聽教 teng^1 gaau^3 接受教育；聽從教導；聽話：你個仔～聽話，我真係好羨慕【你兒子那麼聽你教導，我真羨慕】。

聽講 teng^1 gong^2 聽說。

聽聞 teng1 man4 同上「聽講」。

聽書 teng1 sy1 聽老師講課：你唔～點識做功課呀【你上課不專心聽課，怎麼會做作業呢】？

聽出耳油 teng1 tsoet7 ji5 jau4 聽得很過癮；聽得入了迷：佢唱歌令聽眾～【他唱歌讓聽眾聽入了迷】。

聽筒 teng1 tung2* 聽診器。

廳長 teng1 dzoeng2【諧】（因房間少、房屋狹小而）在客廳裏過夜的人：做～【當「廳長」（即在客廳裏睡覺）】。

艇 teng5 小船：去公園扒～【去公園划船】。

艇仔 teng5 dzai2 ❶ 小艇；小舢舨。❷【俗】為借貸者向高利貸者借錢作介紹的中間人。

艇仔粥 teng5 dzai2 dzuk7 一種粥品。粥裏放魷魚、海蜇、魚肉、烤肉、油炸花生米等。因以前多由水上居民在小艇上賣，故稱。

艇家 teng5 ga1 水上人家；水上居民。

艇屋 teng5 nguk7 水上居民住的「房屋」，即船。

踕 tet7 腳跟踩着鞋後幫。同「踕（taat8）」。

剔 tik7 英語 tick 的音譯。❶ 打勾：同意就喺表格上便～下【同意的話就在表格上面勾一下】。❷ 勾（即符號√）：同意係打個～，唔係打交叉【同意是打個勾，不是打叉】。

剔手邊 tik7 sau2 bin1 提手旁兒；剔手旁兒（漢字的偏旁「扌」）。

添 tim1 ❶ 用在動詞、動詞詞組之後或句末，表示擴充範圍，相當於「再」：畀多兩蚊～【再多給兩塊】。｜食多啲～【多吃點兒】。❷ 與副詞「仲」組成「仲……添」的句式，表示「還……（呢）」、或「更……」之意：撞到人唔道歉，仲鬧人～【撞了人不道歉，還罵人】？｜噉做法仲弊～【這麼做更糟糕】。

添飯 tim1 faan6 加（一碗）飯；（再）盛飯：咁快食完喇？我幫你～吖【這麼快吃完啦？我幫你盛飯吧】。

添食 tim1 sik9 ❶ 照樣再來一碗。❷ 因受歡迎而增加份量或供應量：劇集收視好，公司決定～再拍十集【電視劇受歡迎，公司決定多拍十集】。

甜品 tim4 ban2 即甜食，包括甜的點心或其他小食，例如冰淇淋、甜湯之類。一般使用的概念源自英語 dessert，指正餐的最後一道：呢間茶樓嘅晚飯，有～送【這家餐廳的晚餐還附送甜食】。

甜竹 tim4 dzuk7 甜豆腐皮；甜腐竹。

甜曳曳 tim4 jai4 jai4 同「甜耶耶」。

甜耶耶 tim4 je4 je4 甜絲絲（多指太甜）：啲紅豆糕～，我唔中意食【紅豆糕太甜了，我不愛吃】。

甜心 tim4 sam1【文】對親愛者的稱呼，譯自英語 sweetheart：～，我永遠愛你。

甜醋 tim4 tsou3 黑醋加紅糖製成的紅黑色醋：添丁～。

甜筒 tim4 tung2* 一種冰淇淋甜食。冰淇淋裝在一個錐形的脆皮筒裏面，可以拿在手上，脆皮可連冰淇淋一起吃。

舔 tim5 蘸：～啲辣椒醬【蘸點兒辣醬】。

天地線 tin1 dei6 sin3 人際關係，尤指與高層人士的關係：要預先搭通～，件事至容易成功【先要建立跟高層的聯繫網，事情才容易成功】。

天跌落嚟當被冚 tin1 dit8 lok9 lai4

dong3 pei3 kam2【俗】天塌下來當被子蓋，指無懼任何艱難困苦：你唔使諗咁多，放膽做，～【你不用顧慮那麼多，大膽幹，天塌下來也沒甚麼大不了】。

天井 tin1 dzeng2 平房、樓房中間的露天空地。

天婦羅 tin1 fu5 lo4 源自日語。一種日本油炸食品，以魚、蝦、紅薯、青椒、筍片等蘸漿油炸而成。

天九 tin1 gau2 即天九牌；牌九。

天腳底 tin1 goek8 dai2 天底下；天邊：你走到～我都會搵到你【你跑到天邊我都會找到你】。

天光 tin1 gwong1 天亮：～喇【天亮了】。

天光大白 tin1 gwong1 daai6 baak9 ❶ 天大亮：～喇，仲唔起身【天大亮了，還不起床】？❷ 光天化日。同「日光日白」。

天光墟 tin1 gwong1 hoey1 黎明前開市，天亮收市的集市。

【小知識】香港最早的天光墟之一在旺角，上世紀五六十年代已經出現，主要售賣各地的觀賞魚。另外，深水埗、觀塘也有天光墟，商販多為弱勢老人，憑雙手掙兩頓餬口，擺賣貨品一般為生活用品，多是二手物品、也有拾荒回來或他人捐贈的。

天口 tin1 hau2 天氣；氣溫：～熱｜～凍【天氣冷；氣溫低】。

天后 tin1 hau6 ❶ 天后娘娘（媽祖）的省稱。❷ 最走紅的歌、影、視女明星。與「天王」相對。

天開眼 tin1 hoi1 ngaan6 上天有眼；老天爺睜眼：個貪官判無期徒刑，～囉【那貪官被判處無期徒刑，上天睜了眼了】。

天虹 tin1 hung4 虹；彩虹。

天陰 tin1 jam1 陰天；天色陰暗：一到～落雨我就關節痛【一到陰天下雨我就關節疼】。

天橋 tin1 kiu4 ❶ 在馬路上空架設的旱橋或行車道路：行人～｜車行嘅～唔畀人行【架空的行車道行人不能走】。❷ 模特兒在表演時走過的狹長表演台，常用於指代此行業：佢係～上嘅女郎【她是位模特兒】。

天文台 tin1 man4 toi4 ❶ 香港天文台的簡稱；氣象台。❷ 非法營業場所的把風者。把風者負責望風，與天文台預報颱風有類似之處，故稱。❸【諧】喻指擅長搜獲各方消息的人：有乜想知你問佢啦，佢出名係～【有啥要打聽的問她好了，她最擅長搜集消息】。

天面 tin1 min2* 建築物內部的上頂部；房頂；房頂曬台的地面：～防水工程。

天無絕人之路 tin1 mou4 dzyt9 jan4 dzi1 lou6【俗】遇到困境最終總會有出路（安慰他人或自我安慰之辭）：我哋唔使驚，～【我們不必害怕，總會有出路】。（普通話也有此說法）

天矇光 tin1 mung1* gwong1 天矇矇亮：～我哋就開始爬山【天矇矇亮，我們就開始爬山】。

天拿水 tin1 na4 soey2 一種稀釋劑。英語 thinner 的音譯與「水」組成的合成詞。

天鵝絨 tin1 ngo4 jung2* 絲絨。

天棚 tin1 paang2* 房頂曬台。同「天台」。

天生天養 tin1 saang1 tin1 joeng5 老天讓人生了下來，人也能自然生存下去：舊時啲細路都係～，邊有而家咁矜貴【過去孩子生下來都是拉扯大的，哪有現在的這麼嬌貴】。

天收 tin1 sau1 罵人話。上天不饒：你做咁多傷天害理嘅事，會畀～【你幹盡壞事，上天不會饒你】。

天時 tin1 si4 天氣；氣候：～唔好【天氣不好；氣候反常】。

天時旱 tin1 si4 hon5 ❶ 天旱：今年～，收成唔會好【今年天旱，收成不會好】。❷ 旱季：要起屋都等～至講吖【要蓋房子也等旱季再說呀】。

天時熱 tin1 si4 jit9 ❶ 熱天；天熱時：～個個都想去游水【大熱天人人都想去游泳】。❷ 夏天。

天時冷 tin1 si4 laang5 ❶ 冷天；天冷時：一到～個病就發作【一到冷天病就復發】。❷ 冬天。

天時暑熱 tin1 si4 sy2 jit9 天氣炎熱：而家～，至啱去沙灘游水嘞【現在天氣炎熱，到沙灘游泳最合適】。

天仙局 tin1 sin1 guk9 計劃完美、不露痕跡的騙局。

天上雷公，地下舅公 tin1 soeng6 loey4 gung1 dei6 ha6 kau5 gung1【俗】舅父的權威跟雷公的威嚴一樣大（與母系社會習俗傳統有關）。

天書 tin1 sy1 原特指中學會考應試書籍，後泛指圍繞某一專題提供齊備資料的書籍：物業買賣～。

天體營 tin1 tai2 jing4 互相裸體相對的一種集體宿營活動。

天台 tin1 toi2* 房頂曬台，屋頂上的涼台。也作「天棚」：咁大個～，唔種啲花草好嘥嗜【這麼大的屋頂曬台，不種點兒花草挺浪費的】。

天才表演 tin1 tsoi4 biu2 jin2 ❶ 純靠天份而有出色的表現：佢唱得咁好簡直係～【她唱得那麼出色，真是天生的金嗓子】。❷ 表現個人潛能和創意的才藝表演：職員聯歡嘅～我會表演倒立寫大字【職員聯歡的「才藝表演」我會表演倒立寫毛筆字】。

天王 tin1 wong4 同「天王巨星」。特指男明星，與「天后」相對。

天王巨星 tin1 wong4 goey6 sing1 最走紅的歌、影、視大明星。

田 tin4 ❶ 地：耕～【種地】。❷ 特指水田。

田雞 tin4 gai2（可食用的）青蛙。

田雞東 tin4 gai2 dung1 田雞（青蛙）即「蛤」，「蛤」與「夾」諧音；東即東道。故本詞實指「夾東」，即幾個人湊錢（夾）吃東西，打平伙。

田雞過河——各有各撐 tin4 gai2 gwo3 ho4 gok8 jau5 gok8 jaang3【歇】青蛙過河，自己蹬自己的。形容遇事自己顧自己，意近「黃牛過水——各顧各」。

田基 tin4 gei1 田埂；田間小路。

田螺 tin4 lo2* 水田裏生長的螺螄。

田螺車 tin4 lo2* tse1 運送混凝土的大型車輛，因車身為圓筒形的攪拌筒，狀似「田螺」，故稱。

填氹 tin4 tam5 填水坑，喻指投入金錢以填補不足：佢長期入不敷出，你借錢畀佢～都唔係辦法【他長期入不敷出，你借錢幫他解困也無濟於事】。

聽朝 ting1 dziu1 明早；明天早上。

聽朝早 ting1 dziu1 dzou2 同「聽朝」。

聽下 ting1 ha1* ❶ 過一會兒；待一會兒：～就食得飯啦【過一會就可以吃飯了】。｜我而家唔得閒，～先同你傾【我現在沒空，待會兒再跟你談】。❷ 如果；倘若；萬一：～佢唔肯去點算呀【如果他不肯去怎麼辦】？

聽日 ting[1] jat[9] 明天。

聽晚 ting[1] maan[1]* 明晚；明天晚上。

聽尼士 ting[1] ni[4] si[2]* 網球。英語 tennis 的音譯詞。

停 ting[2]* 量詞。種；款（指品種，式樣）：呢～人【這種人】｜呢～車【這款車】。

聽 ting[3] 聽候；等着：你噉做生意法公司～執笠都得嘞【你用這種手法做生意，公司等着倒閉吧】！｜考唔合格你就～鬧喇【考不及格你就等着挨罵吧】。

停口 ting[4] hau[2] 住口；住嘴：你咪唔～噉食糖啦【你別不住嘴吃糖果】。

停牌 ting[4] paai[2]* 某種股票因漲、跌幅度過大或其他原因而暫停在證券所交易。過去每種股票在買賣價顯示板上都掛有自己的名牌，故稱：今日有兩隻股票～。

停牌 ting[4] paai[4] 因違章而被吊銷執照。「牌」即「牌照」：你成日違例駕駛，唔驚～呀【你老是違章駕駛，不怕給吊銷駕照嗎】？

貼 tip[7]* 猜；推測。「貼」取「貼士」之意轉作動詞用：我～中晒啲題目【我把題目全猜中了】。

貼士 tip[7]* si[2]* ❶ 小費。英語 tips 的音譯詞：畀幾蚊～過佢【給他幾塊錢小費】。❷ 預測的結果。❸ 內幕消息：今晚場馬有冇乜嘢～呀【今晚那場跑馬有沒有甚麼內幕消息】？❹ 提示：題目咁難，畀啲～啦【題目這麼難，給點兒提示吧】。

貼[1] tip[8] ❶（衣服的）貼邊：衫尾要落條～【衣服下襬要有貼邊】。❷ 黏貼；貼上：～膏藥【貼上膏藥】。❸ 倒貼；賠錢：～錢我都唔會去【倒貼錢我也不會去】。

貼[2] tip[8] 貼近；靠近：你唔好太～河邊行【你不要太靠近河邊走】。

貼地 tip[8] dei[2]* 徹底；透頂（僅用作補語）：佢衰到～【他倒楣透頂】。

貼紙 tip[8] dzi[2] 一種可即刻粘貼的小紙片，原為英語 label 的意譯詞，一般作標籤之用，現亦常印上圖畫、人物，成為兒童玩意之一。

貼埋大床 tip[8] maai[4] daai[6] tsong[4]（出嫁時）連大床也賠上（當作嫁妝）。比喻做吃虧或賠錢的事：你噉嘅環境，唔通要我個女～嫁你咩【你這種境況，難道要我女兒賠錢嫁給你】？｜佢開出咁優惠嘅條件直情係～益你哋啦【他開出這麼優惠的條件明擺着是讓你們佔便宜嘛】。

貼身膏藥 tip[8] san[1] gou[1] joek[9] 整天貼在身上的膏藥，比喻緊跟着別人的人：我個女好似～噉成日黐住我【我女兒整天跟貼在身上的膏藥似的整天粘着我】。

貼堂 tip[8] tong[4] 把學生的優秀作業貼在課室裏做示範。

貼錢買難受 tip[8] tsin[2]* maai[5] naan[6] sau[6]【俗】花了錢還受罪；花錢買罪受：我都唔明攀石嘅運動員點解咁中意～嘅【我真不明白那些攀岩運動員幹嘛那麼喜歡花錢買罪受】。

貼錯門神——面左左 tip[8] tso[3] mun[4] san[4] min[6] dzo[2] dzo[2]【歇】門神貼錯了，兩尊神像便好像都擰着頭互不理睬的樣子，喻兩人鬧彆扭，互不理睬，見面都擰過頭去（經常不講出下句）：做乜兩公婆搞到～噉呀【幹嘛夫妻倆鬧得誰也不理誰呀】？

鐵票 tit8 piu3 選舉中某一候選人的忠實支持者：若果冇咗呢幾個社團嘅～，佢唔使指擬選到議員【如果沒有這幾個社團的忠實支持者，他甭指望能選上議員】。

鐵腥 tit8 seng1 鐵鏽。

鐵筆 tit8 bat7 鋼釬。

鐵竇 tit8 dau3（比喻）警方難以發現的窩點。

鐵閘 tit8 dzaap9 活動金屬門；鐵柵欄：出門口記得鎖～【離家別忘了把鐵柵欄鎖好】。

鐵枝 tit8 dzi1 鐵條兒。

鐵嘴雞——牙尖嘴利 tit8 dzoey2 gai1 nga4 dzim1 dzoey2 lei6【歇】形容人伶牙俐齒，能言善辯，擅長鬥嘴（有時不講出下句）：佢成隻～噉，我頂佢唔順【她嘴巴不饒人，我真受不了】。

鐵腳馬眼神仙肚 tit8 goek8 ma5 ngaan5 san4 sin1 tou5【俗】形容香港記者必須具備的三個條件：勤奔走；善觀察；能挨餓。

鐵拐李打足球——一腳踢 tit8 gwaai2 lei5 da2 dzuk7 kau4 jat7 goek8 tek8【歇】鐵拐李是民間傳説的八仙之一，他跛了一條腿，只能用剩下的一隻腳踢球。喻指各種事務全由一個人包辦：呢啲公司仔，我做經理要～【這種小公司，各種事務全得我這個經理一人包辦】。

鐵騎士 tit8 ke4 si6 摩托車手。

鐵馬 tit8 ma5 ❶ 交通警察巡邏用的摩托車，借指交通警察：警察一邊追個賊一邊 call ～嚟增援【警察一邊追賊一邊召喚巡警來增援】。❷ 可以移動的鐵護欄：現場人逼人，連路邊嘅～都推冧【現場人擠人，連路邊的鐵護欄都推倒了】。

鐵沙梨 tit8 sa1 lei2* 鐵公雞（指吝嗇至極，一毛不拔的人）。

鐵線 tit8 sin2* 鐵絲。

鐵通 tit8 tung1 鐵管。

挑 tiu1 ❶ 用牙籤、針等撥、剔：你要用牙籤～牙【你要用牙籤剔牙齒】。❷ 縫紉法之一：～骨｜～邊。

挑機 tiu1 gei1【俚】挑戰對方。源於電子遊戲，指對戰雙方，一方向另一方提出挑戰：你咁大膽挑佢機【你膽敢挑戰他】？

挑通眼眉 tiu1 tung1 ngaan5 mei4【貶】形容人精明，常用於指那些從不肯吃虧，喜歡算計別人的人：佢個人～，點會咁容易畀人呃到吖【他那人那麼精明，哪會輕易讓人騙了呢】。

跳大海 tiu3 daai6 hoi2 一種兒童遊戲，類似跳房子。

跳橡筋繩 tiu3 dzoeng6 gan1 sing2* 跳皮筋兒，一種兒童遊戲，通常是女孩子玩。

跳蚤市場 tiu3 dzou2 si5 tsoeng4 小店舖組成的市場。同「跳虱市場」。

跳飛機 tiu3 fei1 gei1 跳房子，一種兒童遊戲。

跳灰 tiu3 fui1【俗】賣海洛英。「跳」為「糶（賣出）」之誤，但已相沿成習。

跳樓貨 tiu3 lau2* fo3 賣不出去的貨；不計成本出售的貨（「跳樓」意謂「因虧本老闆得跳樓自殺了」，語意誇張）。

跳樓價 tiu3 lau2* ga3 不計成本出售的價格（參見「跳樓貨」條）：呢架鋼琴賣呢個價錢真係～【這鋼琴賣這個價是不計成本了】。

跳皮 tiu3 pei1 調皮；淘氣：成班細路都好～【這幫小孩兒都很淘氣】。

跳虱市場 tiu³ sat⁷ si⁵ tsoeng⁴ 又作「跳蚤市場」。賣各種日常生活用品及小玩意的小店舖組成的市場。

跳船 tiu³ syn⁴ 從船上跳下，喻指離職或逃離險境：資深員工紛紛～，公司肯定會出現斷層【資深員工紛紛離職，公司肯定會出現人才斷層】。｜你投資係呢度分分鐘血本無歸，快啲～啦【你投資在這裏很可能血本無歸，趕快撤走吧】。

跳跳扎 tiu³ tiu³ dzat⁸ 跳來跳去；蹦蹦跳跳；活潑好動：啲細路成日～【小孩兒整天蹦蹦跳跳】。

跳草裙舞 tiu³ tsou² kwan⁴ mou⁵【諧】做事故意推搪；磨洋工。與「扭擰」意思相近。因跳草裙舞要不停扭動腰部，故稱：佢最叻～，話做又唔做，無非想要高啲價【他喜歡耍點手段，答應了又推掉，無非想抬高點價錢】。

跳槽 tiu³ tsou⁴ 自行轉到其他單位工作：既然嗰間公司人工高啲，點解唔～啫【既然那家公司工資更高，為甚麼不轉過去呢】？

條 tiu⁴ 量詞。❶ 根：一～線【一根線】。❷ 把：一～鎖匙【一把鑰匙】。❸【貶】個（指人）：嗰～友【那個傢伙】。

條氣唔順 tiu⁴ hei³ m⁴ soen⁶ 吞不下那口氣；心中憋氣；不服氣：嗰次佢摑咗我一巴，我到而家都～【那次他打了我一巴掌，我到現在還嚥不下這口氣】。｜輸咗畀佢，我一直～【輸給他，我一直不服氣】。

條型碼 tiu⁴ jing⁴ ma⁵ 商品包裝上印着的粗細、距離不等的條狀識別碼。

條命仔凍過水 tiu⁴ meng⁶ dzai² dung³ gwo³ soey²【俗】字面義為「小命比水還涼」，形容人生命難保；危在旦夕。亦作「命仔凍過水」：咁高，跌落去就～喇【這麼高，要摔下去就小命難保了】。

拖板 to¹ baan² 裝在小板上供多插頭使用的活動插座，又作「蘇板」：電線唔夠長，要用～【電線不夠長，要用活動插座】。

拖鉢 to¹ but⁷ 拖船；牽引力強的機動船。專用作牽引沒有動力機器的船隻航行。

拖地 to¹ dei⁶ 用拖把擦地板：兩日要拖一次地【兩天要用拖把擦地板一次】。

拖刀 to¹ dou¹ 用刀切東西沒完全切斷，每每幾片相連：刀嘴唔利，切牛肉時～嘅【刀口不鋒利，切牛肉時幾片相連沒切斷】。

拖艔 to¹ dou²* 由機動船牽引的客船。

拖肥糖 to¹ fei²* tong²* 「太妃糖」。即奶糖。英語 toffee 的音譯與「糖」構成的合成詞。

拖友 to¹ jau²* 戀人：佢大佬係我家姐嘅～【他哥哥是我姐姐的男朋友】。

拖卡 to¹ ka¹（汽車後掛的）拖掛車。

拖拉手 to¹ laai¹ sau² 手拉手：～行街【手拉手逛街】。

拖累 to¹ loey⁶ 又作「佗累」。連累：我一人做事一人當，唔會～大家【我一人做事一人當，決不會連累大家】。

拖落水 to¹ lok⁹ soey² 被牽連；受連累：他畀人～【他被別人連累了】。

拖馬 to¹ ma⁵ 同「班馬」。搬救兵：人咁少，快啲打電話～嚟撐場啦【（來的）人那麼少，快點兒打電話叫人來充場面】。

拖手仔 to¹ sau² dzai² 喻指談戀愛。因戀人上街常手拉着手，故稱：我見到你個女同人～嚠【我看到你女兒跟人談戀愛】。

拖蘇 to[1] sou[1] 即活動插座，有時又作「拖板」。

拖頭 to[1] tau[2]* 又作「拖頭車」。貨櫃車（集裝箱車）的車頭；亦指貨櫃車的車頭和車架。

拖頭車 to[1] tau[2]* tse[1] 同「拖頭」。

佗 to[4] ❶ 負荷；牽累；困：～住咁多嘢好難上樓【扛着這麼多東西很難上樓的】。｜成日畀細蚊仔～住【成天被孩子們困住】。❷ 懷着（孩子）：～仔婆【孕婦】。

佗仔 to[4] dzai[2] 懷孕；懷上孩子：～好辛苦【懷孩子很辛苦】。

佗累 to[4] loey[6] 又作「拖累」。連累：我唔想～你【我不想連累你】。

佗手褦腳 to[4] sau[2] nang[3] goek[8] 拖住了手腳；礙手礙腳的：對仔女～，點出得去搵嘢做吖【這倆孩子拖住了手腳，怎麼出去找活幹呢】？

佗衰 to[4] soey[1] 牽累；影響別人聲譽；連累別人倒楣：你做埋啲噉嘅嘢，成組人都畀你～晒【你幹了這種事，全組的人都讓你連累了】。

佗衰家 to[4] soey[1] ga[1] 牽累、連累別人的人：佢成日畀差人拉，正一係～【他經常讓警察抓去，真是個專拖累人的災星】。

佗佗擰 to[4] to[2]* ning[6] 團團轉：一陣又話嚟呢度，一陣又話去嗰度，真係畀你搞到～【一會兒說要來這兒，一會兒說要去那兒，真讓你搞得團團轉】。

砣 to[4] 秤砣；鐵砣：公不離婆，秤不離～【丈夫離不開老婆，秤離不開秤砣】。

砣錶 to[4] biu[1] 懷錶；掛錶。

陀地 to[4] dei[2]* 地方上有權勢的人物，一般指地方上橫行霸道的黑道人物。或作「舵地」。

陀地費 to[4] dei[2]* fai[3] 黑道人物向他人勒索的保護費。

陀鐵 to[4] tit[8] ❶ 佩槍。❷ 佩槍的人，多指警察：我冇做衰嘢，你就算叫個～嚟我都唔會驚【我沒幹壞事，你就算叫警察來我也不怕】。

妥 to[5] ❶ 妥當；恰當：噉做唔係幾～啩【這麼做不太妥當吧】？❷ 正常；對勁：嗰個人響銀行門口轉嚟轉去，好似唔係幾～【那個人在銀行門口轉來轉去，好像不太對勁】。

推莊 toey[1] dzong[1] 放棄或者拒絕承擔責任，推卸責任：有人投訴佢～畀第二個部門【有人投訴他把責任推卸給其他部門】。

推介 toey[1] gaai[3] 推廣介紹：勁歌～｜最近我哋公司正喺度～歐洲鋼琴【最近我們公司正在推廣介紹歐洲（產的）鋼琴】。

推出 toey[1] tsoet[7] 推薦、推行、拿出（新的產品、方案、節目等），多用於宣傳、廣告方面：公司最近～新僱員獎勵計劃【公司最近拿出了新的員工獎勵計劃】。

頹 toey[4]【俚】頹廢；消沉；委靡。引申為敷衍；得過且過：做人做到咁～點得【做人整天委靡不振，哪成】！｜佢啱畀阿Sir鬧完，好～【他剛被老師訓了一頓，挺沮喪的】！

頹飯 toey[4] faan[6]【俚】大學流行用語，指用料單調、烹調方法簡單的低檔飯食。

【小知識】「頹飯」是2000年代初在各大專院校流行的一個術語，泛指學生食堂售賣的簡便低廉的快餐。頹飯的用料主要是煎雞蛋、火腿片、香腸和午餐肉，款式每天不變，只改換搭配，但求填飽肚子，價錢維持在10-15元。因為製作得過且過，故以「穎」來形容。

枱 toi2* 桌子；案子：搬～【搬桌子】｜寫字～【書桌】。

枱波 toi2* bo1 枱球。

枱布 toi2* bou3 桌布；抹布。

枱底交易 toi2* dai2 gaau1 jik9（比喻）暗中交易；幕後交易。

枱腳 toi2* goek8 桌子腿：～斷咗【桌子腿斷折了】。

枱枱凳凳 toi2* toi2* dang3 dang3 桌椅板凳：課室啲～好多損壞咗，要搵人嚟修整下【課室的桌椅板凳好多都壞了，得找人來修理一下】。

枱 toi4 量詞。桌（一般指賭桌）：呢度可以開五～麻將【這裏可以開五桌麻將】。

抬棺材甩褲——失禮死人 toi4 gun1 tsoi4 lat7 fu3 sat7 lai5 sei2 jan4【歇】抬棺材時褲子掉了，對死人沒有禮貌。引申為對人沒有禮貌，太失禮：你喺圖書館大吵大鬧，真係～【你在圖書館大吵大鬧，太失禮了】。

抬轎 toi4 kiu2* 喻指幫人競選：～佬【助選的人】。

抬亭 toi4 ting2* ❶ 抬着辦喜事、喪事使用的木亭子。舊時抬亭者地位低下，常被人看不起。❷ 引申為辦事失敗；被拒絕而丟面子：三場比賽全部～【三場比賽全部落敗】。｜佢叫下屬去捧佢場，點知個個都同佢～【他讓下屬去捧他的場，可人人都拒絕不去】。

台柱 toi4 tsy5 台柱子。原指演藝團體的主要演員，亦引指團體、機構的首要或重要人才：佢係呢個電視台嘅～【她是這家電視台的台柱子】。｜佢係呢屆政府嘅～，辭職嘅話政府就好傷【他是這屆政府的台柱子，辭職的話對政府打擊會很大】。

托騷 tok7 sou1 脱口秀（電台、電視台的談話節目）。英語 talk show 的音譯詞。

托 tok8 ❶ 抬；捧：一齊～起張枱【一起把桌子抬起來】。｜個侍應一隻手可以～三份餐【這個服務員一隻手可以捧三份餐】。❷ 扛：一人～三枝水喉【一人扛三根水管】。❸ 拍馬屁，「托大腳」的簡稱。

托大腳 tok8 daai6 goek8 拍馬屁：佢升到職全靠識得～嘅啫，邊有料到吖【他能升職全靠會拍馬屁，哪兒有甚麼真本事呢】？

托賴 tok8 laai6 有福氣、託福：我哋兩老都算～，班仔女都好孝順【我們老倆口還算有福氣，兒女都挺孝順的】。

托手踭 tok8 sau2 dzaang1 ❶ 掣肘（喻阻礙別人做事）：你放心，我唔會～嘅【你放心，我不會礙你事兒的】。❷ 拒絕幫助：佢好熱心嘅，求親佢都唔會～【他很熱心，每次求他他都不會拒絕】。

托市 tok8 si5 用人為的手段，令股票格價避免下跌。「市」指股票市場：呢幾日個市唔冧，係有人～【這幾天股市沒垮，是有人用手段支撐着（股價）】。

托水龍 tok8 soey2 lung4 在代人收款或交款時私吞款項：佢咁奸猾，你同佢合作做生意，因住佢～呀【他那麼狡猾，你跟他合作做生意，小心他私吞款項呀】。

托塔都應承 tok8 taap8 dou1 jing1 sing4【俗】連扛「屎塔（馬桶）」都答應，即幹啥都願意：去一去就有三千蚊喎，

～喇【去一回就有三千塊錢掙呢，幹啥都沒問題】！

湯底 tong¹ dai² 烹調時用來做各種湯（或火鍋）的基礎，事先準備好的湯水，如高湯、牛肉湯等。

湯渣 tong¹ dza¹ 熬過湯的材料。粵人習慣只喝湯，熬湯材料作為渣滓丟棄。

湯藥 tong¹ joek⁹ 治療費；醫藥費。又作「湯藥費」：你要賠～畀我【你要賠我醫藥費】。

湯丸 tong¹ jyn²* 湯圓；元宵。

湯水 tong¹ soey²（久熬材料而成的）湯：天熱，飲多啲～【天氣熱，多喝點兒湯】。

劏 tong¹ ❶ 殺；宰（動物）：～雞【殺雞】｜～牛【宰牛】。❷ 剖開；切開：～魚｜～西瓜【切開西瓜】。

劏豬凳——上親就死 tong¹ dzy¹ dang³ soeng⁵ tsan¹ dzau⁶ sei²【歇】豬一擺到殺豬凳上就肯定被宰了。舊俗把「剋夫」的女人稱為「劏豬凳」，即誰娶了她誰就沒命。

劏房 tong¹ fong²* 把一套房子分隔開以分別出租給不同租客的獨立房間或套間：呢間屋間咗五間～【這套房子間隔了五個獨立房間出租】。

劏客 tong¹ haak⁸ 宰客；敲詐顧客：我間茶餐廳從來唔會～【我的茶餐廳從來不敲詐客人】。

劏死牛 tong¹ sei² ngau⁴ 攔路搶劫：夜晚一個人出街要小心畀人～【晚上一個人上街要小心讓人攔路搶劫】。

糖 tong²* 糖果：朱古力～【巧克力】｜妹妹最中意食～【妹妹最喜歡吃糖果】。

趟 tong³ ❶（順着凹槽、軌道）移動：～門【拉門（有滑軌的門）】。❷ 塗；抹：～下埲牆先至油啦【牆壁塗抹完再粉刷吧】。

燙斗 tong³ dau² 熨斗。

堂¹ tong⁴ 量詞。❶ 用於面積較大的物品，類似於「盤」、「塊」、「頂（床）」：一～磨【一盤磨】｜一～窗簾【一塊窗簾】｜一～蚊帳【一床蚊帳】。❷ 節：兩～課【兩節課】。

堂² tong⁴ 量詞。十里：去嗰條村仲有三～路【去那個村子還有三十里路】。

堂座 tong⁴ dzo⁶ 電影院、劇院等大堂的座位，與「樓座」相對而言。

堂費 tong⁴ fai³ ❶ 訴訟費；過堂費。❷ 政府向高中學生提供免費教育後，校方可自行向高中學生收取一定金額的費用作為支援教育的開支，稱為「堂費」。

> 【小知識】2008 年起政府將免費教育擴展到高中，同時批准學校自行收取每年不超過 290 元的堂費（其性質近似私立學校的學費）。學校須向家長説明收取堂費的原因並審慎監察款項的運用。

堂倌 tong⁴ gun¹ 舊時稱受僱為人操辦紅白二事各種事務的人。

堂口 tong⁴ hau² 三合會（香港黑社會組織之一）的基層組織、分會：你係邊個～嘅【你是哪裏的分會】？

堂食 tong⁴ sik⁹ 又稱「堂吃」。指買了食物就在店內吃，與「外賣」（讓顧客打包買回家吃）相對：呢間餐廳淨係做～，唔做外賣【這家餐館只做在這吃的食客的生意，不外賣】。

唐餐 tong⁴ tsaan¹ 中餐；中式飯菜。

唐裝 tong⁴ dzong¹ 中式男女便裝。

唐人 tong4 jan4 中國人；華人：～街【中國人聚居區】。

唐山 tong4 saan1 華僑對祖國的稱呼：返～【回國】。

唐樓 tong4 lau2* （相對於「洋樓」來說的）中國式、傳統式樓房。這種樓房一般為三、四層，沒有電梯。

糖不甩 tong4 bat7 lat7 一種甜食。用煮熟的糯米搓成一小團，然後拌白糖和碎花生一起吃。

糖果 tong4 gwo2 特指中式糖果，即用白糖或紅糖加入蓮子、冬瓜、核桃等製成的甜食品，例如：糖冬瓜、糖蓮子等。

糖水 tong4 soey2 有湯的甜食：綠豆～【綠豆湯】｜雪耳～【銀耳湯】。

糖黐豆 tong4 tsi1 dau2* 形影不離，關係很親密，像糖黏在豆上一樣：佢兩姊妹好似～噉，去邊都一齊【她們姐兒倆好得形影不離，去哪兒都在一塊兒】。

糖環 tong4 waan4 一種環狀、形如銅錢的油炸甜食。

塘邊鶴 tong4 bin1 hok2* ❶站在池塘邊的鶴，等魚兒一出現，就看準目標捕食。原句為歇後語「塘邊鶴——睇準嚟食」，喻指站在旁邊等着時機獲取好處的人：警察入非法賭場扮～，睇準時機拉人【警察進非法賭場假裝觀看牌局，看準時機抓人】。❷ 比喻胡亂插嘴的旁觀者：棋友話佢係～，對佢好不滿【棋友說他觀棋老在旁邊插嘴，對他十分不滿】。

塘底泥——水乾至見 tong4 dai2 nai4 soey2 gon1 dzi3 gin3【歇】池塘底的泥，要水乾了才見得着。喻人有錢（粵語亦稱之為「水」）時只顧自己揮霍，沒錢時才去找親戚朋友。

塘蒿 tong4 hou1 蔬菜名稱，茼蒿。

塘魚 tong4 jy2* 在水庫或池塘裏養殖的魚。

塘蜫 tong4 mei1* ❶ 蜻蜓。❷ 一種無篷小船。

塘虱 tong4 sat7 鬍子鮎；鮎魚。一種淡水魚。

塘水滾塘魚 tong4 soey2 gwan2 tong4 jy4【俗】魚塘裏只有塘水和塘魚。比喻封閉的市場、小圈子：新開職位係補充流失嘅人手，實際係～，就業市場活躍只係假象【新開職位是補充流失的人手，實際是個封閉的循環，就業市場活躍只是假象】。

溏心 tong4 sam1 蛋類煮得半熟，蛋黃還沒有凝固：～蛋。

淌 tong5 因搖動容器致使液體溢灑出來：你小心咪～瀉杯茶【你小心別灑了茶】。

土地 tou2 dei2* 土地爺；土地公公：拜～。【拜祭土地爺】。

土魷 tou2 jau2* 乾魷魚。「乾」字不吉利，故改用「土」字。

土鯪魚 tou2 leng4 jy2* 鯪魚。一種華南地區特產的淡水魚。味美但刺多，可人工養殖。

土佬 tou2 lou2 世居本地的人。亦引指帶土氣的人。

土炮 tou2 paau3 指國產米酒。

套餐 tou3 tsaan1 模式化的飯菜；和菜。這是飲食業為迎合一些人數少（如一、兩個人吃飯）或想省時間、省錢的顧客而事先訂好菜譜、事先做好菜餚，供客人依菜譜選擇食用的飯菜。

套戥 tou3 dang6 金融術語。即套利、套購交易，指通過同時沽出和購入商品或期貨等來賺取中間差價的一種投資策略：買入現貨，賣出三個月後嘅期貨嚟～，實賺啦【買入現貨，再作為三個月後的期貨賣出去，肯定賺錢】。

套現 tou3 jin6 又作 tou3 jin2*。出賣股權、有價證券以套回現金。

套票 tou3 piu3 可系統參觀、觀賞的總票（如憑票可玩各種遊樂項目的遊樂園套票、一票可觀看一支球隊整個賽季的所有比賽的足球、籃球套票等）。

套滙 tou3 wui6 非法套取外匯。

淘 tou4 泡（用水、湯等泡飯吃）：～湯【用湯泡飯】。

淘古井 tou4 gu2 dzeng2 喻指通過接近有錢的老年女性來獲得利益：呢種～嘅男人，大家都睇佢唔起【這種靠傍老富婆過活的男人，大家都瞧不起他】。

屠房 tou4 fong4 屠宰牲口的場所。

肚 tou5 ❶ 人的腹部：大～婆【大腹部的女人；懷孕的女人】｜大～腩【大腹部】。❷ 腹內（腸、胃）：飽～｜～餓。❸ 用作食品的動物的胃：豬～【豬肚子】｜牛～【牛肚子】。

肚肬 tou5 dam1 肚子（通常用於小孩子）。

肚兜 tou5 dau1 兜肚；貼身護在胸部和腹部的菱形的布。

肚箍 tou5 ku1 用作束緊腹部的圍腰：戴～。

肚腩 tou5 naam5 肚皮；腹部；腹部的脂肪：～大【腹部大】。

肚唥 tou5 nam4 肚子不對勁（通常指要拉肚子的感覺）：晏晝食啲蟹唔係幾新鮮，而家有啲～【中午吃的螃蟹不太新鮮，現在肚子有點兒不對勁】。

肚屙 tou5 ngo1 拉肚子；拉稀；腹瀉：我有啲～，唔想食海鮮【我有點兒拉肚子，不想吃海鮮】。

肚餓 tou5 ngo6 餓；肚子餓：大家都好～嘞【大家肚子都很餓了】。

叉電 tsa1 din6 即「充電 ❶」。「叉」是英語 charge 的音譯詞。

叉電器 tsa1 din6 hei3 充電器。

叉燒 tsa1 siu1 用切成長條的精肉燒烤而成的粵式烤肉。

叉廚 tsa1 tsy4 英語 charge 的音譯詞。❶ 指控：落～【提出控告】｜警方～佢涉嫌危險駕駛【警方指控他涉嫌危險駕駛】。❷ 索價；收取（費用）：手續費都要～你 50 蚊【手續費都要收取 50 元】。

跴 tsa1 踩；踏：一腳～落個水氹【一腳踩進水坑】。

跴錯腳 tsa1 tso3 goek8 失腳；一腳踩空：佢～，跌倒了【他一腳踩空，跌倒了】。

差一皮 tsa1 jat7 pei4（技術、水平）差一等；低一級。這種結構還可將「一」改為「兩」、「三」等，表示更大的差別：佢哋同職業球員比始終～【他們跟職業球員（水平）比始終差了一等】。

差唔多 tsa1 m4 do1 差不多。

差遲 tsa1 tsi4 差池；差錯：我保證唔會有～【我保證不會有差池】。

茶 tsa4 ❶ 開水：成身汗瞰，飲啖～先【滿身是汗，先喝口水】。❷（中藥）湯劑；湯藥：煲～【煎藥】｜飲～易過食藥丸【喝湯藥比吃藥片容易】。

茶包 tsa4 baau1 袋泡茶。

茶煲 tsa4 bou1 ❶【諧】英語 trouble 的音譯，麻煩之意，亦借代以指女人。❷ 煎藥用的砂鍋。

茶走 tsa4 dzau2 奶茶不放糖和奶（淡奶），改為加「煉奶」。

茶盅 tsa⁴ dzung¹ 有蓋有墊碟的茶碗。

茶芥 tsa⁴ gaai³ 茶和芥末的合稱。專指餐館、酒家內供應給客人的茶、各種調味品、醬菜、小食等：新張期內，～全免。

茶腳 tsa⁴ goek⁸ ❶ 喝剩的茶；隔夜的茶。❷ 舊時習俗，新媳婦回門時，女方回送的糕點、糖果等，男方將其分送給親友，叫送茶腳。

茶居 tsa⁴ goey¹ 舊指「茶樓」。(參見該條)

茶瓜 tsa⁴ gwa¹ 腌製的小白瓜，香甜可口。

茶瓜送飯——好人有限 tsa⁴ gwa¹ sung³ faan⁶ hou² jan⁴ jau⁵ haan⁶【歇】用醬瓜下飯，此人好不到哪兒去。茶瓜，即醬瓜。粵俗，只有病人才以醬瓜下飯。表面指人的身體不好，實指心地不好，不安好心。

茶果 tsa⁴ gwo² 舊時喝茶時就茶一起吃的糕點之類點心。

茶樓 tsa⁴ lau⁴ 有早茶（及各種點心、早餐食品）供應的餐館。廣東的茶樓供應早、午、晚餐，與其他地方的茶館只供茶客喝茶、吃點心不同。

茶寮 tsa⁴ liu⁴ 即「茶樓」。「茶寮」有時用作茶樓的名稱以顯其風雅。

茶泡 tsa⁴ paau²* 喝茶時吃的各種小食品，糕點等，例如白薯片、魷魚絲、油炸芋頭絲等。

茶餐廳 tsa⁴ tsaan¹ teng¹ 一種大眾化的港式餐館，通常供應較廉價的西餐及中式飯菜。

搽 tsa⁴ 擦；塗抹：～潤手霜【擦潤手霜】。｜～啲跌打油【塗點跌打藥油】。

搽脂蕩粉 tsa⁴ dzi¹ dong⁶ fan²【貶】塗脂抹粉（指化濃妝）：佢越係～越難睇【她越塗脂抹粉的就越難看】。

查家宅 tsa⁴ ga¹ dzaak⁹ ❶ 人口調查。❷ 引指對個人背景和家庭狀況等的詳細調查：申請交通津貼要問咁多嘢好似～噉【申請交通補助要查問那麼多事，就好比查三代】！

查牌 tsa⁴ paai⁴ 警察檢查營業執照。

查實 tsa⁴ sat⁹ 其實：大家都以為佢會出席個宴會，～佢根本唔喺香港【大家都以為他會出席宴會，其實他根本不在香港】。

喳篤撐 tsa⁴ duk⁷ tsaang³【謔】粵劇的戲稱。「喳篤撐」音近粵劇的鑼鼓鼓點聲，故稱。

喳喳 tsa⁴ tsa²* 鈸：打～。

扠 tsa⁵ 塗（指用筆劃掉）：唔好～住，再睇清楚有冇用先【先別劃掉，看清楚有沒有用再說】。

扠禍 tsa⁵ wo⁵ 弄糟；破壞：呢件事畀你～晒咯【這事全給你弄糟了】。

差館 tsaai¹ gun² 警察局。

差餉 tsaai¹ hoeng² 舊時指支付給警察的費用；又稱「警捐」。現在則引指產業擁有者須向政府繳付的稅項（其額度按產業市值租金一定的百分比來計算）。

差人 tsaai¹ jan⁴ 警察。

差佬 tsaai¹ lou²【俗】警察。

差婆 tsaai¹ po⁴【俗】女警察。

搓 tsaai¹ ❶ 合（麵）；揉：～粉｜～泥。❷（球類運動做訓練或熱身時）來回打、托、傳：～下波先【先打打熱身球】｜將足球～嚟～去【把足球互相傳來傳去】。

猜飲唱靚柄 tsaai¹ jam² tsoeng³ leng³

beng³【俗】舊時謂高級妓女必須具備的五個條件：會猜拳，能喝酒，曲子唱得好，長得美，健談（善於找話柄）。

猜枚 tsaai¹ mui²* 猜拳；划拳。

猜呈尋 tsaai¹ tsing⁴ tsam⁴ 一種猜拳遊戲，同「包剪揼」，即「剪子石頭布」。因出拳時各人同説「呈尋磨鉸叉燒包」，故稱。

踩 tsaai² ❶ 蹬；騎（車）：～單車｜～三輪車。❷ 同「踩低 ❶」：畀人～。

踩……地盤 tsaai² ……dei⁶ pun⁴ 侵入……的勢力範圍：今次開片係因為有人踩咗某黑社會組織嘅地盤引致嘅【這次鬥毆是因為有人侵入某黑社會組織的勢力範圍而導致的】。

踩低 tsaai² dai¹ ❶ 搞垮；擠垮：佢去到邊都要～人【他到哪裏都要擠垮別人】。❷ 壓低：～個價【壓低價錢】。

踩踭 tsaai² dzaang¹ 後鞋幫踩平了；後鞋幫踩壞了：佢對鞋都～咯【他那雙鞋後鞋幫都已經踩壞了】。

踩蕉皮 tsaai² dziu¹ pei⁴ 踩西瓜皮，喻指上了別人的圈套：我以前畀佢跣過，你都要小心，因住～【我以前上過他的圈套，你也要當心，小心被陷害】。

踩着芋莢當蛇 tsaai² dzoek⁹ wu⁶ haap⁸ dong³ se⁴【俗】一朝被蛇咬，三年怕井繩，形容人太驚惶，太膽小：你咁冇膽，～【你膽子太小了，一朝被蛇咬，三年怕井繩】。

踩住人膊頭 tsaai² dzy⁶ jan⁴ bok⁸ tau⁴ 踩着別人肩膀（指損人利己）：佢升親職都係～上去嘅【他每次升職都是踩着別人的肩膀上去的】。

踩界 tsaai² gaai³ 踩到界線上：你呢一跳（跳遠）～，輸咗【你這一跳踩線，失敗了】。

踩鋼線 tsaai² gong³ sin²* 踩鋼絲；走鋼絲。喻指做極度危險的事：去救呢班人質，就好似～噉【去救那批人質，就跟走鋼絲似的】。

踩過界 tsaai² gwo³ gaai³ 踩到界線以外。喻把腿伸進別人的管轄範圍；管得太寬：呢啲嘢係我負責嘅，你唔好～【這些是我負責的，你別管得太寬】。

踩撈拿 tsaai² lou¹ la² 又作「滾軸溜冰」，即滑旱冰。「撈拿」是英語 roller 的音譯詞。

踩死蟻 tsaai² sei² ngai⁵（怕）踩死螞蟻似的，形容走路慢吞吞的樣子：快啲喇，行路～噉【快點兒，走路怕踩死螞蟻似的】。

踩水影 tsaai² soey² jing² 踩水，游泳方法之一。

踩雪屐 tsaai² syt⁸ kek⁹（舊式）滑旱冰，即穿着帶四個小輪子的鞋在堅硬、平滑的地面上溜。現稱「滾軸溜冰」。

踩台 tsaai² toi⁴ 演出前到舞台試走位，試燈光，試音響效果及熟悉演出場地：開親演唱會佢都要事前～，唔係就唔放心【每次開演唱會他都要事先做好現場準備，要不就不放心】。

踩沉船 tsaai² tsam⁴ syn⁴ 落井下石，乘人之危加害：我畀老闆話，其他人竟然唔幫我仲要～【我被老闆責備，其他人不支持不説，還踩上一腳】。

踩親……條尾 tsaai² tsan¹……tiu⁴ mei⁵ 指得罪某人：做乜嘢咁嬲啫？邊個踩親你條尾呀【幹嘛這麼惱火？誰踩了你尾巴了】？

踩場 tsaai² tsoeng⁴ 踏進別人的（黑社會）勢力範圍活動：你同我看住呢個場，有人嚟～就即刻 call 我【你給我看着這個場所，有人來搗蛋就馬上打電話給我】。

柴 1 tsaai4 柴火。

柴 2 tsaai4 喝倒采。同「柴台」。

柴可夫 tsaai4 ho2 fu1 【諧】歇後語以指代司機（這是著名的俄國作曲家柴可夫斯基譯名的後兩個字的諧音）：佢老竇係～【他爸爸是司機】。

柴魚 tsaai4 jy4 明太魚。

柴台 tsaai4 toi4 喝倒采：畀人～【被人喝倒采】。

柴哇哇 tsaai4 wa1 wa1 又寫作「儕嘩嘩」。❶ 隨隨便便；馬馬虎虎：考試溫習佢都係～噉，一陣就話溫完【考試複習他都馬馬虎虎的，沒幾分鐘就説複習完了】。❷ 鬧着玩：佢哋～你唔使咁認真【他們鬧着玩的你別那麼認真】。❸ 吵吵鬧鬧的；熱熱鬧鬧的：班後生仔一嚟，～噉，都幾開心吖【那幫小伙子一來，吵吵鬧鬧的，倒是挺高興的】。

測量師 tsaak7 loeng4 si1 專職丈量房屋建築的工程師。

坼 tsaak8 ❶ 開裂；破裂；皸：室外零下十幾度，手腳都凍～晒【室外零下十幾度，手腳全都凍得開裂了】。❷ 沙啞；破：我把聲喉～咗【我嗓子沙啞了】。

拆 tsaak8 ❶ 揭露；拆穿：～佢底【揭露他的底細】。❷ 解開難題：唔使擔心，我同你～掂佢【別發愁，有難題我跟你一起想辦法解決】。

拆檔 tsaak8 dong3 ❶ 散夥：佢哋意見不和，決定～【他們意見不合，決定散夥了】。❷ 離婚；兩人分手：我哋拆咗檔【我們分手了】。

拆招牌 tsaak8 dziu1 paai4 把招牌拆掉，喻對經營者不滿而毀其聲譽：你醫壞咗人，人哋會嚟拆你招牌㗎【你（要是）把病人治壞了，人家會來拆你的招牌的】。

拆家 tsaak8 ga1 接到大工程、大生意後分包給他人做而從中漁利者。

拆骨 tsaak8 gwat7 把人打得骨架子都散了，比喻被對方殘酷打擊：你唔還錢，我同你～【你還不還錢，我把你給廢了】。

拆肉 tsaak8 juk9 脱骨；把肉跟骨頭分開：做手撕雞要將隻雞煮熟然後～【做手撕雞要把雞煮熟然後脱骨】。

拆你屋 tsaak8 nei5 nguk7 籃球運動術語。源自英語 alley-oop。指躍起接球後不落地而以連貫動作直接扣籃得分。

拆息 tsaak8 sik7 分拆借出款項的利息。專指銀行與銀行之間的借貸利率：同業～。

拆祠堂 tsaak8 tsi4 tong2* （比喻）毀傷男子的生殖器：喂，你踢波定踢人呀，想拆人祠堂咩【喂，你是踢球還是踢人，是想絕了人家的後嗎】？

策騎 tsaak8 ke4 驅騎；駕馭（馬）。一般用於賽馬比賽：名馬當然由名騎師～。

賊阿爸 tsaak9 a3 ba1 盜取或劫走不義之財的人；向盜賊集團敲竹槓的人：佢冇晒辦法，惟有做～偷班爛仔啲贓物【他沒有辦法，只好偷那幫惡棍的贓物】。

賊仔 tsaak9 dzai2 小偷。同「賊佬」。

賊贜 tsaak9 dzong1 盜竊得來的贓物。

賊公 tsaak9 gung1 賊；強盜。

賊佬 tsaak9 lou2 竊賊；小偷：我追唔到個～【我追不上那個小偷】。

賊佬試沙煲 tsaak9 lou2 si3 sa1 bou1 【俗】從前竊賊盜竊時，先把一個沙煲（砂鍋）從牆洞扔進去，試試屋內有無反應再決定是否繼續作案。喻指試探；嘗試：佢哋定呢個價係～，反應好就加價【他們定這個價錢是試探市場，反應好就加價】。

參詳 tsaam¹ tsoeng⁴ 斟酌；研究；商量：我請你哋嚟～一下【我請你們來研究一下】。

慘 tsaam² 倒楣：佢爭一分就合格，真是～囉【他差一分就及格，真倒楣】。

慘綠少年 tsaam² luk⁹ siu³ nin⁴ ❶ 有不少前科的無業青少年。❷ 拉皮條的青少年。

慘情 tsaam² tsing⁴ 情況淒慘：佢失咗業，又畀人偷晒啲錢，真係～【他失業了，錢又讓人偷光，情況真淒慘】。

篸 tsaam² ❶ 簸箕；泥箕：垃圾～【撮垃圾用的鐵皮、木或塑膠製的簸箕】｜一個人擔兩～泥幾重下【一個人挑兩筐土挺重的】。❷ 箕（簸箕形的指紋）：我雙手有四個～六個渦【我雙手有四個箕六個斗】。

杉 tsaam³ ❶ 杉木：柳州～【柳州杉木】。❷ 杆子：電燈～【電燈杆子】

杉木靈牌——唔做得主 tsaam³ muk⁹ ling⁴ paai⁴ m⁴ dzou⁶ dak⁷ dzy²【歇】杉木質地鬆軟，不宜製作神主牌位。喻做不了主：我喺屋企係～【我在家裏是做不了主的】。

蠶蟲 tsaam⁴ tsung²* 蠶；家蠶。

蠶蟲師爺 tsaam⁴ tsung²* si¹ je⁴「蠶蟲」比喻作繭自縛；「師爺」為獻計的人。意即計謀沒有成功反而對自己造成損害：佢正一係～，你信佢就死喇【他盡出餿主意，你信他就倒霉了】。

劖 tsaam⁵ 扎；劃破：畀玻璃碎片～親隻手【被玻璃碎片劃破了手】。

餐 tsaan¹ 量詞。頓：一日食三～【一天吃三頓（飯）】｜畀人鬧咗一～【讓人罵了一頓】。

餐單 tsaan¹ daan¹ 菜單。同「餐牌」。

餐飲 tsaan¹ jam² 套餐中的飲料：兩位要乜嘢～【兩位的套餐要甚麼飲料】？

餐牌 tsaan¹ paai²*（印有菜餚名稱及價格、供食客點菜用的）菜單。又作「餐單」、「菜牌」。

餐室 tsaan¹ sat⁷ 小型西餐館。

餐搵餐食——餐餐清 tsaan¹ wan² tsaan¹ sik⁹ tsaan¹ tsaan¹ tsing¹ 【歇】掙一頓飯的錢才能吃一頓；吃了上頓沒下頓。形容生活艱辛，收入僅夠餬口：佢而家～，邊有錢借畀我呀【他收入僅夠餬口，哪有錢借給我呢】？

剷 tsaan² ❶ 磨利（刀、剪）。❷ 推（頭）；剃（頭）：～光頭【剃光頭】。❸（汽車因失控而）衝向：我煞唔切掣～埋前便架車度【我來不及剎車跟前面的車撞上了】。

剷泥車 tsaan² nai⁴ tse¹ 推土機。

燦妹 tsaan³ mui¹*【貶】指剛從內地到香港不久的土裏土氣的姑娘，年紀稍長的稱「燦婆」。源自「阿燦」。（參見該條）

殘 tsaan⁴ 指人的精神面貌很疲倦，氣色很差的樣子：開咗三個通宵，成個人～晒【連幹了三個通宵，整個人累得精疲力竭】。

殘片 tsaan⁴ pin²* 陳舊的電影片，尤指粵語舊片。

鏳 tsaang¹ 平底高邊的鍋：瓦～【砂鍋】｜煲一～湯【煮一鍋湯】。

撐艇 tsaang[1] teng[5] ❶ 用撐竹竿的方式使小船前進或後退；撐船。❷ 漢字偏旁，走之旁「辶」。又稱「撐艇仔」。

瞠 tsaang[3] 睜：～大雙眼睇清楚啲【睜大眼睛看清楚點兒】。

撐 tsaang[3] 撐腰：唔使怕，老竇～你【甭怕，老爸給你撐腰】。

撐枱腳 tsaang[3] toi[2*] goek[8]「撐」又音 jaang[3]。指二人同桌吃飯，通常指情侶或夫妻共餐：同個男仔～，仲唔係拍拖【跟男孩子兩個人吃飯，還不是談戀愛】？

撐場 tsaang[3] tsoeng[4] 到場支持打氣：到時你叫多啲人嚟～呀【到時你多叫些人到場支持打氣】。

棖雞 tsaang[4] gai[1] 女人潑辣不講理：佢咁～，邊個敢娶佢呀【她這麼潑辣，誰敢娶她呀】？

棖雞婆 tsaang[4] gai[1] po[4] 潑婦。

振眼 tsaang[4] ngaan[5] 晃眼；刺眼：日頭咁曬，好～【陽光猛烈，很晃眼】。

插 tsaap[8] 扶，扶着；攙扶，攙着：佢要人～住至行得穩【他要人攙着才走得穩】。

插把嘴 tsaap[8] ba[2] dzoey[2] 插嘴。又作「加把嘴」：大人講嘢細路仔唔好～【大人講話小孩子不要插嘴】。

插水 tsaap[8] soey[2] ❶ 跳水；扎猛子。❷ 喻指大幅度下跌：呢位政壇明星，近日因包二奶醜聞曝光而形象～【這位政壇明星，近來因為包養情婦醜聞曝光而形象猛然下跌】。❸ 足球術語。假摔（指球員為了博取罰球假裝被對手侵犯倒地）：完場前佢突然喺禁區內～博「十二碼」罰球【球賽完結前他突然假摔博取「十二碼」罰球】。

插蘇 tsaap[8] sou[1] ❶（電源）插頭；插銷：電視機～【電視機插頭】｜三腳～【三腳插頭】。❷ 插座。又簡作「蘇」：萬能～【多用轉換插座】。

擦 tsaat[8]【俗】吃：～嘢【吃東西】｜～餐飽【吃個飽】。

擦紙膠 tsaat[8] dzi[2] gaau[1] 又稱「擦膠」，即橡皮擦。

擦鞋 tsaat[8] haai[4] 溜鬚拍馬：～仔【馬屁精】｜佢升職都係靠識～【他職務能提升全靠會拍馬屁】。

擦鞋仔 tsaat[8] haai[4] dzai[2] 拍馬屁的人。

抄橋 tsaau[1] kiu[2*] 抄襲別人的創作意念如演出的表現手法或者作品的故事內容。「橋」即辦法、招數、主意。

抄牌 tsaau[1] paai[4] 警察檢查司機的駕駛執照並登記其號碼，記錄其違反交通規則的情況以備日後處理。

抄炒操 tsaau[1] tsaau[2] tsaau[3]「抄」即抄襲、「炒」即炒冷飯（舊事重提）、「操」即搜尋。指寫作照抄照搬，沒有新意：佢寫稿淨係識～，吸引唔到讀者【他寫稿照抄照搬，沒有新意，吸引不了讀者】。

炒 tsaau[2] ❶「炒魷魚」之省稱。❷（帶投機性質的）買賣活動：～買～賣【倒買倒賣】｜～樓【炒買炒賣房地產】｜～外幣【倒買倒賣外幣】。

炒粉 tsaau[2] fan[2] ❶ 炒米粉條。這是粵港澳最常見的早餐品種，亦可作為午餐的主食。❷ 體育比賽術語。喻指打籃球時投籃涮籃筐後彈出，引指投籃失準，射門不中，扣球出界等。

炒家 tsaau[2] ga[1] 從事倒買倒賣股票、外匯或樓宇等以牟取利潤的人：排隊買樓嘅，好多都係～【排隊買房子的人，好多都是想倒買倒賣的人】。

炒蝦拆蟹 tsaau[2] ha[1] tsaak[8] haai[5] 嘴裏不乾不淨地罵罵咧咧；說粗話：成日～，乜咁粗魯呀【整天罵罵咧咧的，怎麼這麼粗魯呢】？

炒魷魚 tsaau[2] jau[4] jy[2]* 被解僱；被開除。因炒熟的魷魚捲起成筒狀，就像被解僱者捲起的鋪蓋卷，故稱：畀人～【被人解僱】｜我炒你魷魚【我開除你】。

炒冷飯 tsaau[2] laang[5] faan[6] ❶ 炒剩飯：我唔食～【我不吃炒剩飯】。❷ 引指把已經過時的事情拿出來炒作；舊節目安排重播或重演：電視台深夜嘅節目多數都係～喫啦【電視台深夜的節目多半是重播的節目】。

炒老細魷魚 tsaau[2] lou[5] sai[3] jau[4] jy[2]*【俗】「老細」，即老闆；「炒魷魚」，本指被解僱。僱員反過來「解僱」老闆，意為辭職不幹：份工人工咁少，係我一早就～喇【那份工作工資這麼少，要是我早就辭職不幹了】。

炒埋一碟 tsaau[2] maai[4] jat[7] dip[9] 把各種東西放在一起炒，比喻互相混雜；互相碰撞、亂成一團：佢講嘢將廣東話、潮州話、普通話～【他說話時廣東話、潮州話、普通話互相混雜】。｜喺轉彎嗰時幾架電單車撞到～【拐彎時好幾部摩托車撞成一團】。

炒米 tsaau[2] mai[5]「炒米粉絲」的省稱：星洲～【新加坡炒米粉絲】。

炒米餅 tsaau[2] mai[5] beng[2] 一種粵式點心。原出廣東陽江。以炒米粉、糖、芝麻、杏仁等製成。

炒車 tsaau[2] tse[1] 車輛相撞，常指多車互撞：佢喺高速公路～受咗傷【他在高速公路撞車受了傷】。

炒黃牛 tsaau[2] wong[4] ngau[4] 將買來的或通過不合法手段得到的各種車、船、戲票再高價出售，牟取暴利：你買咁多飛，係咪想攞去～【你買這麼多票，是不是想拿去倒賣】？

吵耳 tsaau[2] ji[5] 刺耳：你把聲好～【你的聲音很刺耳】。

操 tsaau[3] 搜查；搜尋；找：差佬～過佢屋企【警察搜查過他家】。｜你～下個櫃桶睇下有冇【你翻抽屜找找看有沒有】？

巢 tsaau[4] ❶ 皺；起皺：唔好整～我件衫【別把我衣服弄皺了】。｜塊面都～晒【臉全起皺了】。❷ 蔫：啲花有啲～，要淋下水先得【花有點兒蔫，要澆點兒水才行】。

巢嗌嗌 tsaau[4] mang[1] mang[1] 皺巴巴的：件衫～，幫我熨下吖【衣服皺巴巴的，幫我熨熨吧】。

巢皮 tsaau[4] pei[4]（動植物的）表皮起皺紋；蔫皮：橙子乾到～【橙子已經乾得蔫皮了】。

巢皮眯嗌 tsaau[4] pei[4] mi[1] mang[1] 皮膚皺皺的：老到～噉【老得皮膚皺皺的】。

淒涼 tsai[1] loeng[4] ❶ 可憐：細細個就冇咗阿媽，真係～【小小年紀就沒了媽，真可憐】。❷ 悲戚：喊到咁～【哭得這麼悲戚】。❸ 引指厲害、要命：今日人少得～【今天實在太少人】。｜個天熱得咁～【天氣熱得要命】。

砌 tsai[3] ❶ 狠揍；痛打：畀人～咗一餐【讓人狠狠揍了一頓】。❷ 編造：呢個罪名係幫差佬～出嚟嘅，我冇做過【這個罪名是那幫警察編造出來的，我沒做過】。❸ 打（麻將）：咁得閒～幾圈吖【閒着沒事打幾圈（麻將）吧】。

砌機 tsai[3] gei[1]（嵌機）自行裝配電腦主機。

砌生豬肉 tsai[3] saang[1] dzy[1] juk[9] 誣陷：

佢畀人～革咗職【他被人誣陷革了職】。｜砌人生豬肉【誣陷人】。

砌圖 tsai³ tou⁴ 拼圖（一種玩具，把零散的碎塊拼成一幅圖）。

齊整 tsai⁴ dzing² 整齊。

齊黑 tsai⁴ hak⁷ 傍晚（天剛黑時）：～先返屋企，而家又要出去【傍晚才回家，現在又要出去】？

齊頭 tsai⁴ tau⁴ 整（剛剛好）：十蚊～【十元整】。

齊頭數 tsai⁴ tau⁴ sou³ 整數（沒有零頭的數）：一斤六十二蚊，收你～六十啦【一斤六十二塊，收你個整數六十塊吧】。

齊齊 tsai⁴ tsai⁴ 一起；一塊兒：大家～嚟玩遊戲【大家一起來玩遊戲】。

齊葺葺 tsai⁴ tsap⁷ tsap⁷ 整整齊齊的：啲書擺到～【書擺得整整齊齊的】。

侵 1 tsam¹ 加添（液體的東西）；續：再～啲油【再加點兒油】｜你杯茶飲完未，我同你～啲水吖【茶喝完沒有？我再給你續點兒開水】。

侵 2 tsam¹ 和……一起；讓……參加：我唔～你哋玩【我不和你們一起玩】。｜～埋佢喇【讓他也參加（一份）吧】。

譖氣 tsam³ hei³ 囉嗦、嘮叨個沒完：仲未講完？乜咁～【還沒說完？真囉嗦】。

尋（㝷）日 tsam⁴ jat⁹ 昨天。同「琴日」。

尋晚 tsam⁴ maan⁵ 昨天晚上。同「琴晚」。

尋晚黑 tsam⁴ maan⁵ hak⁷ 同「尋晚」、「琴晚」。

親 tsan¹ 助詞。❶ 用在動詞之後表示受動，被動：因住冷～【小心受涼】｜鎅～隻手指【割傷了手指】｜爭啲畀你嚇～【差點被你嚇着了】。❷ 用於動詞之後、「就」或「都」字之前，構成「……親就（都）……」的句式，相當於普通話的「一……就……」或「每次……都……」：落～雨就水浸【一下雨就積水】｜去～都唔喺度【每次去（找他）都不在】。

親子 tsan¹ dzi² 父母與子女：～關係｜～繪畫班【家長陪同孩子一起參加的繪畫班】。

親中 tsan¹ dzung¹ 政治態度傾向中國政府：港英時期香港知識界就已經有親英同～之分【港英時期香港知識界就已經有傾向於英國和傾向於中國兩派區別】。

親力親為 tsan¹ lik⁹ tsan¹ wai⁴ 親自動手（做事）：你係波士，有事就出聲，唔使樣樣都～嘅【你是老闆，有事就吩咐，不必事事都親自動手】。

親朋戚友 tsan¹ pang⁴ tsik⁷ jau⁵ 親戚朋友。

親生 tsan¹ saang¹ ❶ 自己生育的；生育了自己的：～女｜～父母。❷ 親，嫡親的（指同父母所生的）：～大佬【親哥哥】｜～姐妹【親姐妹】。

親生仔不如近身錢 tsan¹ saang¹ dzai² bat⁷ jy⁴ gan⁶ san¹ tsin⁴ 【諺】親生兒子也不如身邊的錢頂用。

親家老爺 tsan³ ga¹ lou⁵ je⁴ 親家公，稱兒子的丈人或女兒的公公。

親家奶奶 tsan³ ga¹ naai⁴* naai²* 親家母，稱兒子的丈母娘或女兒的婆婆。

襯 tsan³ 配搭：件衫唔～條裙【衣服跟裙子不配搭】。

趁地腍 tsan³ dei⁶ nam⁴ 罵人話。趁地皮軟，容易挖墳墓，趕快去死：你個衰人，快啲～啦【你個混蛋，趕快去死吧】。

趁風使㷫 tsan³ fung¹ sai² lei⁵ 見風使舵：佢一向～，好識政治投機【他一貫見風使舵，善於政治投機】。

趁高興 tsan³ gou¹ hing³ 湊熱鬧：我都會去～【我也會去湊湊熱鬧】。

趁墟 tsan³ hoey¹ ❶ 趕集。❷ 餐館的一種較新穎的經營手法。顧客先在餐館現有的海鮮、河鮮、肉菜中選定自己想吃的品種，再指定烹調方式給餐館去烹製。

趁你病，攞你命 tsan³ nei⁵ beng⁶ lo² nei⁵ meng⁶【俗】趁你有病，要你的命。形容落井下石，趁火打劫。

趁手 tsan³ sau² 順手：～幫我倒埋啲垃圾吖【順手幫我把垃圾給倒了】。

塵 tsan⁴ ❶ 灰塵；塵土：書架上有好多～【書架上有很多灰塵】。｜車一過就好大～【車一過就塵土飛揚】。❷ 同「沙塵」。形容人傲慢、囂張。

塵拂 tsan⁴ fat⁷ 拂塵（拂塵土和驅趕蚊子、蒼蠅等的用具，柄的一端紮馬尾）。

陳皮 tsan⁴ pei⁴ 陳舊；舊的：未夠半個學期本書就～嗽【不到半個學期書就破成這個樣子】！

陳皮梅 tsan⁴ pei⁴ mui²* 一種涼果，用陳皮炮製的梅子。

層 tsang⁴ 量詞。❶ 步：佢遲早諗到呢～【他早晚會想到這一步】。❷ 點：呢～你唔知【這一點你不清楚】。

層面 tsang⁴ min²* 層次；社會階層；社會某一族群：諮詢～唔夠闊【諮詢的階層不夠廣泛】。

七仔 tsat⁷ dzai² 對「7-11 便利店」的昵稱。

七姐 tsat⁷ dze² 織女：傳説七月初七牛郎～相會【傳説七月初七牛郎織女相會】。｜～誕【七巧節】。

七扶八插 tsat⁷ fu⁴ baat⁸ tsaap⁸ ❶ 一個人做事得到許多人幫助：我完成到呢個任務，全靠大家～【我能完成任務，全靠大家協力幫助】。❷ 形容眾人前呼後擁的樣子。

七國咁亂 tsat⁷ gwok⁸ gam³ lyn⁶ 形容非常混亂，亂糟糟的（就像戰國七雄互相攻殺時那樣亂）：間屋搞到～【屋子裏搞得亂糟糟的】。

七窮六絕 tsat⁷ kung⁴ luk⁹ dzyt⁹ 形容人極度窮困或情況陷入果境。又作「五窮六絕」：佢啱啱嚟香港嗰陣真係～【他剛到香港那會兒真是窮困潦倒】。

七老八十 tsat⁷ lou⁵ baat⁸ sap⁹ 形容年紀大了（七八十歲了）：嚫下眼我哋都～咯【一眨眼我們都七八十歲了】。

七星仔 tsat⁷ sing¹ dzai² 懷孕七個月就分娩的早產兒。

七星茶 tsat⁷ sing¹ tsa⁴ 一種供小童服用的平安藥劑。由燈芯花、淡竹葉、薏米、穀芽（或麥芽）、蟬蜕、鉤藤、山渣等七種中藥配製而成。

七七八八 tsat⁷ tsat⁷ baat⁸ baat⁸ 指工作已將近結束、已完成七八成，或事情行將進行完畢：呢單工程已經做到～【這個工程已經快完成了】。｜食到～你先到【快吃完了你才來】。

七情上面 tsat⁷ tsing⁴ soeng⁵ min⁶ 指臉上多種表情交替出現，形容人表情十足或感情投入。「七情」指人的表情（中醫學觀點指：喜、怒、憂、思、悲、恐、驚）：佢真係識扮嘢，一篇競選政綱居然講到～【他真會裝模作樣，一篇競選政綱居然讀得表情十足】。｜佢演戲～，乜角色都做得好好【他演戲感情投入，甚麼角色都演得很好】。

七除八扣 tsat[7] tsoey[4] baat[8] kau[3] 七折八扣。

七彩 tsat[7] tsoi[2] 程度副詞，用於動詞、形容詞及其後的連詞「到」之後，表示程度甚深：忙到～【忙得不可開交】。｜畀人鬧到～【讓人罵得狗血淋頭】。

漆油 tsat[7] jau[2]* 油漆。

漆皮 tsat[7] pei[2]* 一種人造皮：～鞋【人造皮鞋】。

柒（閂） tsat[9] 又音 tsat[7]。男性生殖器；陽具。❶ 粗話，通常用作罵詈語，常夾在詞語中間作加強語氣用，意同「鳩」：碌～【一根陽具】｜打～佢【揍他】！❷ 形容人笨拙、頭腦不靈活：～頭～腦【笨頭笨腦】❸ 在動詞之後，表示否定的態度（常與量詞「碌」連用。意近「……個屁」：你識碌～咩【你懂個屁呀】！

抽（搊） tsau[1] ❶ 量詞。串；嘟嚕；掛：一～鎖匙【一串鑰匙】｜一～提子【一嘟嚕葡萄】｜一～豬肉【一掛豬肉】。❷ 有挽手的袋子：手～【手提袋子】。

抽後腳 tsau[1] hau[6] goek[8] 拉住對方後腿使跌倒，喻指抓住對方把柄或破綻：你唔好抽我後腳，我好難落台【你別抓住我的破綻，我很難下台的】。

抽油 tsau[1] jau[2]* 醬油。

抽佣 tsau[1] jung[2]* 交易中抽取佣金：我介紹啲客畀佢，係中間～賺番些少【我介紹客人給他，從中抽取佣金賺點兒】。

抽水 tsau[1] soey[2] ❶ 為麻將之類賭博提供場所及服務者，而向贏家提取報酬。❷ 沾別人的光：件事佢冇出過力又嚟參加慶功宴，分明係想～啦【事情他沒出過力又來參加慶功宴，分明是想沾我們的光】。

抽秤 tsau[1] tsing[3] 挑剔；為難：以佢嘅能力，已經做得好好㗎喇，你唔好～佢啦【以他的能力，已經做得夠好的了，你對他就別太挑剔了】。

秋風起，三蛇肥 tsau[1] fung[1] hei[2] saam[1] se[4] fei[4]【諺】三蛇指眼鏡蛇、金環蛇、灰鼠蛇，秋天是這幾種蛇最肥的季節。

丑生 tsau[2] sang[1] 戲曲行當中的丑角：佢演～好出色【他扮演丑角很出色】。

醜 tsau[2] ❶ 羞；臊：你知唔知～【你知不知道害臊】？❷（相貌）醜陋；難看：生得咁～【長得這麼難看】。❸ 動詞。羞（使難為情）：～下佢【羞他一下】。

醜頸 tsau[2] geng[2] 脾氣大；脾氣壞：我仲未講完你就發嬲，乜咁～【我還沒說完你就發火，怎麼脾氣那麼大】？

醜怪 tsau[2] gwaai[3] ❶ 醜；難看：佢生得～，很自卑【他長得醜，很自卑】。｜啲字寫得咁～【字寫得這麼難看】。❷ 羞：你咁大個仲喊，真係～【你長這麼大了還哭，真羞】。

醜人 tsau[2] jan[2]* 得罪人的人；紅臉：你做好人，我做～【你唱白臉，我唱紅臉】。

醜樣 tsau[2] joeng[2]* 相貌醜陋；長得難看：佢咁～，鬼嫁佢咩【他長得這麼醜，鬼才嫁給他】！

醜甩耳仔 tsau[2] lat[7] ji[5] dzai[2] 羞死人了（多對小孩說）：醜、醜、醜，～送燒酒【好羞呀！好羞呀！羞得耳朵掉了拿來下酒】。

醜死鬼 tsau[2] sei[2] gwai[2] 羞死人；丟人現眼：咁大個仲賴尿～【這麼大了還尿床，真羞死人】。

籌 tsau[2]* 號兒；簽兒：去醫院攞～【去醫

院掛號兒】。｜執～【抽簽】。

綢 tsau2* ❶ 綢子。❷ 同「黑膠綢」。

湊 tsau3 ❶ 照料（孩子）：～仔婆【家庭婦女】｜我係阿婆～大嘅【我是外婆帶大的】。❷ 帶；陪同：阿爸應承～我去公園玩【爸爸答應帶我去公園玩】。｜你～阿爺去姑姐度【你陪爺爺去姑姑家】。

湊仔 tsau3 dzai2 帶孩子。

湊仔婆 tsau3 dzai2 po2* 帶孩子的女人；家庭婦女，因其通常在家帶孩子，故稱：我生咗兩個仔之後，辭職做咗～【我生了兩個孩子後，辭職成了帶孩子的家庭婦女】。

湊夠一個好字 tsau3 gau3 jat7 go3 hou2 dzi6 有一兒一女。「女」加「子」是「好」字，且一子一女在一般人的觀念中也是較理想的，故稱。

湊腳 tsau3 goek8（比喻）湊足打麻將的人數：張師奶打電話過嚟～嗜，你去唔去呀【張太太打電話過來邀人打麻將呢，你去不去呀】？

湊埋 tsau3 maai4 ❶ 湊夠，湊齊；湊起來：～二百萬就去買樓【湊夠二百萬就去買房子】。｜兩公婆嘅人工～都唔夠兩萬蚊【夫妻倆的工資湊起來都不夠兩萬塊】。❷ 加上；連同：我哋三個～佢唔係夠腳開枱囉【我們仨加上他，打麻將的人不就夠了嗎】？

湊啱 tsau3 ngaam1 正好；剛好；恰巧：～你要去，幫我帶埋封信畀佢吖【正好你要去，幫我帶封信給他吧】。

臭崩崩 tsau3 bang1 bang1 臭烘烘。同「臭亨亨」。

臭飛 tsau3 fei1 流氓；阿飛：夜晚球場好多～【晚上球場來了很多流氓、阿飛】。

臭亨亨 tsau3 hang1 hang1 臭烘烘的：今日停水，個洗手間～噉【今天停水，廁所臭烘烘的】。

臭口 tsau3 hau2 嘴巴臭（指說話難聽、常出口傷人）：大家咁開心，你唔好咁～講埋呢啲衰嘢啦【大家這麼高興，你就別這麼臭嘴巴說這些爛事兒了】。

臭油膉 tsau3 jau4 jik7 油類、脂肪等變質的氣味；哈喇：啲火腿有啲～，唔好食啦【這火腿有點哈喇了，別吃了】。

臭丸 tsau3 jyn2* 衛生球；樟腦丸。

臭罌出臭草 tsau3 ngaang1 tsoet7 tsau3 tsou2【俗】臭的花盆只能長出臭的花草，形容壞的環境、條件只能出壞人壞事，導致壞的結果。意近「老鼠生兒打地洞」：～，喺噉嘅環境中大嘅，你慌會出乜好人咩【老鼠生兒打地洞，在這種環境中長大的，你以為會出甚麼好人嗎】？

臭噶 tsau3 ngaat8 尿臊味，尿臊氣：廁所有～【廁所有尿臊氣】。

臭屁瘌 tsau3 pei3 laat8 一種昆蟲。即椿象；放屁蟲；臭大姐。灰黑色，扁圓形，常生活在樹上。因能放出惡臭，故稱。

臭屎密冚 tsau3 si2 mat9 kan2【俗】臭大糞就得密密實實地蓋住，喻指「家醜不可外揚」：戴咗綠帽佢梗係～啦【老婆出了軌這種醜事兒他當然得捂嚴實點兒】。

臭水 tsau3 soey2 來蘇水；拉蘇，英語 lysol 的音譯詞。

臭青 tsau3 tseng1 蔬菜等未熟的味道：啲菜仲有～嚹，你就話熟咗啦【菜還有股生味兒，你就說熟了】？

臭草 tsau3 tsou2 一種草的名稱，有特殊氣味，又稱香草，可以跟綠豆等煮食，清涼解毒。

臭狐 tsau3 wu4 狐臭。

酬神 tsau4 san4 酬謝神靈保佑，又叫還神，意近「還願」：聽日去黃大仙～【明天到黃大仙廟酬謝神仙】。

車 1 tse1 ❶ 用縫紉機縫：～衫【縫製衣服】。❷「衣車」的簡稱，即縫紉機。❸ 開（車）：～前少少【往前開點兒】。❹（用車）運：～啲貨去碼頭【把貨運去碼頭】。❺（車）軋；撞：爭啲～到人【差點兒軋了人】。

車 2 tse1 扔；擲（指扔大件或長條形的東西）：風浪咁大，條大纜～唔過去【風浪這麼大，纜繩扔不過去】。

車 3 tse1 吹（誇口）；吹牛；吹牛皮：咪聽佢亂～【別聽他胡吹】。

車大炮 tse1 daai6 paau3 吹牛，吹牛皮；誇口：佢仲～話捉贏過香港冠軍添【他還吹牛說（下棋）贏過香港冠軍呢】。

車仔 tse1 dzai2 舊時的人力車；黃包車。

車長 tse1 dzoeng2 公共巴士或者地鐵列車的駕駛員。

車房 tse1 fong4 修理汽車的舖子。

車房仔 tse1 fong4 dzai2 【貶】在「車房」工作的學徒。

車腳 tse1 goek8 車錢；交通費：去一趟～都唔平【去一趟交通費不便宜】。

車行 tse1 hong2* 買賣汽車的商店。

車衣 tse1 ji1（用縫紉機）縫紉衣服。

車葉 tse1 jip2* 螺旋槳。

車卡 tse1 ka1 車廂；火車廂：呢班火車有十一節～【這趟列車有十一節車廂】。

車厘子 tse1 lei4 dzi2 櫻桃。英語 cherry 的音譯與「子」組成的合成詞。

車轆 tse1 luk7 車輪；車軲轆。

車乜 tse1 me2 陀螺。

車尾箱 tse1 mei5 soeng1（轎車的）行李箱。

車牌 tse1 paai4 ❶ 駕駛執照：考～【考駕駛執照】。❷ 車牌號碼：而家拍賣 8888 呢個～【現在拍賣 8888 這個車牌號碼】。

車呔 tse1 taai1 車輪胎。

車頭 tse1 tau2* 車的引擎：～水滾出煙【車的引擎水太熱冒煙】。

車頭 tse1 tau4（汽車、貨車）駕駛室：～可以坐多一個人【司機位置旁邊還可以多坐一個人】。

車頭冚 tse1 tau4 kam2 引擎罩。

車頭相 tse1 tau4 soeng2* 掛在靈車車頭的照片：呢張相係你老竇至中意嘅，就攞嚟做～啦【這張照片是你爸最喜歡的，拿來做靈車車頭的遺照吧】。

車天車地 tse1 tin1 tse1 dei6 吹牛吹得天花亂墜；胡吹：佢最中意～，佢講啲嘢唔好信呀【他最喜歡胡吹，他說的話你可別信】。

車位 tse1 wai2* 擺放車輛的位置，地面劃有線條表示可停車位置的範圍，通常用於出售或出租：停車場～不足。

唓 tse1 嘆詞。哼（音 hng）；呸（表示不滿意、不以為然、不信任）：～，唔去算數【哼！不去就算了】。｜～，佢呃人嘅【呸！他騙人的】！

扯 1 tse2 ❶ 抽；吸：廚房裝個油煙機一～就得喇【廚房裏裝個抽油煙機把油煙抽走就行了】。｜啲花插咗幾日就～乾晒樽水【花插了幾天就把花瓶的水都吸乾了】。❷ 喘息；出氣兒：佢身子弱，跑兩步都～氣【他身體衰弱，跑幾步都會喘氣】。

扯[2] tse[2] 走；離開：你幾時～呀【你甚麼時候走】？｜你同我～，我唔想再見到你【你給我走，我不想再見到你】！

扯[3] tse[2] ❶ 拉扯：～住我件衫【拉着我的衣服】｜～大纜【拔河】。❷ 升（旗）：～起支旗【升起這面旗】。

扯鼻鼾 tse[2] bei[6] hon[4] 打鼾；打呼嚕。

扯火 tse[2] fo[2] 發火；火氣冒上來：你聽佢講晒先，唔好～住【你先聽他把話說完，別發火】。｜我一見到你個衰仔就～啦【我一見你這臭小子就來氣兒】。

扯風 tse[2] fung[1] 通風；使空氣流通：呢度好焗，你去開窗～【這裏很悶，你去開窗，讓空氣流通】。

扯瘕 tse[2] ha[1] 哮喘。又作「牽瘕」。

扯氣 tse[2] hei[3] 倒氣（指人將死前急促地呼吸）。

扯人 tse[2] jan[4] 同「扯[2]」。

扯旗 tse[2] kei[4] 【謔】字面意思是指升起旗幟，喻指男陽具勃起。因其狀類旗杆豎起，故稱。

扯旗山 tse[2] kei[4] saan[1] 香港島最高峰太平山的別稱。清朝嘉慶年間海盜張保仔佔據該山，在山頂設瞭望台，發現海上有情況即升旗發出信號，故稱。

扯唔埋欄 tse[2] m[4] maai[4] laan[1]* 兩者差距太遠完全不相關，或無法聯繫在一起。又作「大纜扯唔埋」：佢哋係兩個世界嘅人，根本～【他們是兩個世界的人，不可能把他們拉在一起】。

扯貓尾 tse[2] maau[1] mei[5] 串通矇騙別人。同「搣貓尾」。

扯皮條 tse[2] pei[4] tiu[2]* 撮合男女發生不正當性關係。

扯線 tse[2] sin[3] 比喻為雙方牽線搭橋。同「拉線」：呢單生意我可以幫你哋～，價錢你哋自己斟【這樁生意我可以幫你們牽線搭橋，價錢你們自己談】。

扯線公仔 tse[2] sin[3] gung[1] dzai[2] 又作「木頭公仔」。❶ 提線木偶。❷ 喻指被後台操控，不能自主的人：佢名份上係董事長，查實就係～嚟嘅【她名義上是董事長，其實是被人操控的木偶】。

扯頭纜 tse[2] tau[4] laam[6] 帶頭；牽頭。同「拉頭纜」：呢件嘢我嚟～【這事我來領頭】。

斜 tse[2]* 斜紋布（如卡其、華達呢等）：藍～褲【藍色斜紋布褲子】。

斜 tse[3]* ❶ 傾斜；陡：枝旗杆～～地【旗杆有點兒傾斜】。｜山路好～【山路好陡】。❷ 斜坡：上～【上坡】｜落～【下坡】。

邪 tse[4] ❶ 不正常；不吉利，怪異不祥：間屋發生過命案，好～【這間房子以前發生過命案，很不吉利的】。❷ 倒楣事：撞～【碰上倒楣事】。❸ 不正經；不正派：嗰個人～～地，唔好同佢喺埋一齊【那個人有點不太正派，別跟他在一起】。

邪不能勝正 tse[4] bat[7] nang[4] sing[3] dzing[3] 【諺】邪惡不能戰勝正義的力量：你唔使驚班爛仔，～【你不必怕那幫流氓，邪惡不能戰勝正義】。

邪牌 tse[4] paai[4] 喻指不正派的人：佢個樣生成噉，做戲都惟有做～奸角啦【他長成這副模樣，演戲也只能演不正派的奸邪角色嘍】。

畬 tse[4] ❶ 梯田。❷ 地名用字：禾～。

赤（刺） tsek8 ❶ 疼；痛：頭～【頭痛】。❷ 冰涼刺骨：啲水好～【水冰冷刺骨】。

赤口 tsek8 hau2 農曆正月初三。粵俗認為該日人們見面易生口角，會招口舌之災，故不宜外出拜年。

青□□ tseng1 bi1 bi1 青青的（指水果未成熟時的顏色）；煞白（形容人的臉色）：啲香蕉仲～，點食得呀【香蕉還青青的，怎麼能吃呢】？｜嚇到佢塊面～嘅【嚇得他臉色煞白】。

青豆 tseng1 dau2* 豆科豌豆屬，一年生或兩年生草本植物，扁身的叫青豆，圓身的叫蜜糖豆、蜜豆。

青竹蛇 tseng1 dzuk7 se4 竹葉青蛇（一種毒蛇）。全身綠色，類似竹葉，又常棲息於青竹樹上，故稱。

青瓜 tseng1 gwa1 黃瓜。

青蟹 tseng1 haai5【俗】舊時面額十元的港幣紙鈔，因鈔票為青色，故稱。（最新發行紫色十元紙鈔，稱「花蟹」。）

青口 tseng1 hau2 海虹。一種貝類生物，學名貽貝。曬乾後稱淡菜，味道鮮美。

青靚白淨 tseng1 leng3 baak9 dzeng6 形容人（一般用於男子）面孔白淨，樣子俊俏：你揀佢都係貪佢～啫【你挑他（當男朋友）還不是貪圖他長那副小白臉】。

青頭仔 tseng1 tau4 dzai2 舊稱未婚男青年：佢唔細囉喎，仲係～呀【他不小了，還是未婚青年嗎】？

請飲 tseng2 jam2 請喝喜酒；請吃宴席：今晚有人～【今晚有人請吃宴席】。

請飲茶 tseng2 jam2 tsa4 泛指請客吃飯；飲酒；上茶樓吃點心：今日父親節，啲仔女～【今天父親節，孩子們請我上茶樓吃點心】。

請槍 tseng2 tsoeng1 請人代筆（冒充）：我英文好唔掂，若果考試有得～就好喇【我的英語很差，如果考試可以請人冒名代考就好了】。

黐 tsi1 ❶ 動詞。粘：～郵票【粘郵票】｜身上～滿晒油污【身上粘滿油污】。❷ 形容詞。黏：啲膠水唔夠～【這膠水不夠黏】。❸ 引申指緊緊纏着：個仔成日～住，行唔開【整天被兒子纏着，走不開】。❹ 沾光；揩油：佢幫老細揸車，一出門就跟住～飲～食【他給老闆開車，一外出就沾光跟着吃吃喝喝】。

黐總掣 tsi1 dzung2 dzai3 字面的意義是電源總開關的線路粘在一起，即短路，用法同「黐線」。喻指人精神完全失常，傻得無可救藥（作罵人語為主）：你都～嘅【你真是瘋了】！

黐家 tsi1 ga1 戀家（不喜歡往外跑）：佢老公好～，一放工就即刻返屋企【她丈夫很戀家，一下班就馬上回家】。

黐筋 tsi1 gan1 嚴重精神失常（也可用作罵人語）：你都～嘅，咁大筆錢捐出去【你有神經病啊，這麼大一筆錢捐出去】？

黐脷筋 tsi1 lei6 gan1 字面的意義是舌根黏住了，用以形容說話時舌頭控制不好，發音不清晰、不準確。意即「大舌頭」：呢個細佬仔有啲～【這孩子說話大舌頭】。

黐泅泅 tsi1 nap9 nap9 黏黏糊糊的。同「泅黐黐」。

黐牙 tsi1 nga4 黏牙：年糕好～【年糕挺黏牙齒】。

黐牙罅 tsi1 nga4 la3 塞牙縫：你煮咁少嘢，都唔夠我～【你煮這麼少，還不夠我塞牙縫兒】。

黐身膏藥 tsi1 san1 gou1 joek9 黏在身上

的膏藥，喻指老纏着別人的人（尤指老纏着大人的孩子）：有呢塊～，我想去邊都唔方便【有這孩子纏着，我想上哪兒都不方便】。

黐手黐腳 tsi[1] sau[2] tsi[1] goek[8] 纏住手腳，指小孩子老纏住大人：啲細路～，邊有你咁自由吖【小孩兒整天纏住（我的）手腳，哪像你那麼自由】。

黐線 tsi[1] sin[3] 本指電話線糾纏在一起，串了線；因電話串線，話筒裏傳出的話音就顛三倒四，一塌糊塗，故用以喻指人精神錯亂，行事糊塗，說話顛三倒四（也常用作罵人語）：嗰個人有啲～【那個人神經不正常】。｜咁貴你都買？你～咩【這麼貴你還買？你腦筋有毛病】？

黐頭芒 tsi[1] tau[4] mong[1] ❶一種野草名稱，其種子有尖芒，會附於行路人衣褲上。❷ 比喻愛跟着大人的小孩子：我兩個細路都是～【我的兩個小孩都愛纏着我】。

黐餐 tsi[1] tsaan[1] 又說「黐飯餐」。蹭飯吃：我屋企今日冇煤氣，去你度～【我家裏今兒沒煤氣，上你那蹭飯吃】。

黐黐地 tsi[1] tsi[1] dei[2]* 精神有點兒不正常；有點傻氣（也可用作罵人語）：佢失咗戀，呢幾日好似有啲～【他剛失戀，這幾天好像有點兒不太正常】。｜佢有啲～，唔好理佢【他有點兒冒傻氣，別理他】。

黐纏 tsi[1] tsin[4] 纏綿；糾纏不已。形容形影不離：你哋兩公婆結婚咁耐仲咁～嘅【你們夫妻倆結婚這麼久了還這麼恩愛纏綿的】。

趑車轉 tsi[1] tse[1] dzyn[3] 又作「趑趄轉 tsi[1] tsoe[1] dzyn[3]」。團團轉；走來走去；來來往往：你咪喺度～【你別在這兒走來走去】。｜商場啲人趑車噉轉，點記得邊個打邊個【商場裏的人來來往往，哪能記得誰是誰】？

廁紙 tsi[3] dzi[2] 廁所用的手紙。

刺身 tsi[3] san[1] 源自日語。一種把魚、八爪魚等水產食物切成厚條狀蘸着醬油吃的日式生魚片：龍蝦～｜三文魚～。

遲 tsi[4] ❶ 緩；慢：我個錶～咗【我的錶走得慢了】。❷ 遲；晚：三點鐘開會，兩點半出門都未～【三點鐘開會，兩點半出門還不晚】。｜咁～先放工【這麼晚才下班】？

遲下 tsi[4] ha[5] 過一陣子；過些日子。又作「遲啲」：～我會落香港【過些日子我會去香港】。

遲嚟先上岸 tsi[4] lai[4] sin[1] soeng[5] ngon[6] 【俗】後來居上；捷足先登。多含貶義：你遲過我入公司，但係升職快過我，真係～【你比我遲進公司工作，但提升比我快，真是後來居上】。

雉雞 tsi[4] gai[1] 野雞；山雞；飛龍。

雉雞尾 tsi[4] gai[1] mei[5] 雄野雞翎，特指戲裝頭飾中的長翎毛。

匙羹 tsi[4] gang[1] 調羹；匙子。又簡作「羹」：一～糖【一匙子糖】。

慈姑椗 tsi[4] gu[1] ding[3] 慈姑的球莖。喻指小男孩的生殖器。

慈善騷 tsi[4] sin[6] sou[1] 大型慈善表演。

辭工 tsi[4] gung[1] 辭去工作；辭職：佢得咗重病，惟有～【他患了重病，只好辭職】。

辭靈 tsi[4] ling[4] 送殯的親友離開前，到靈前向死者告別，行禮後離去：佢同死者好老友，～嗰陣時喊到成個跌咗落地【他跟死者很要好，靈前告別時哭得整個撲倒在地上】。

持牌 tsi⁴ paai⁴ 持有牌照（執照）：～中醫【有行醫執照的中醫】。

祠堂 tsi⁴ tong²* 【諧】喻指男性的陰囊，因其有傳宗接代之功能，故稱。

似¹ tsi⁵ 像；相像：佢～老竇，唔～老母【他像父親，不像母親】。

似² tsi⁵ 有可能；很可能：唔係你借錢畀佢，佢間公司執笠都～【要不是你借錢給他，他的公司很可能就倒閉了】。

似足 tsi⁵ dzuk⁷ 像極了；與……十分相像：你再留啲鬚就～你老竇【你再留點兒鬍子就像極了你爸】。

似樣 tsi⁵ joeng²* ❶ 像；相像：畫得幾～【畫得挺像】｜佢兩兄弟～到極【他們兄弟倆像極了】。❷ 像樣：你間公司都幾～喎【你這公司挺像樣的（指已有一定規模）】。｜我細妹啲字寫得幾～㗎【我妹妹的字寫得挺像樣的】。❸ 像話（指言行合理）：係囉，噉先～吖嘛【對了，這才像話】。｜做錯仲唔認，似乜嘢樣呀【做錯了還不認錯，像甚麼話】？

似模似樣 tsi⁵ mou⁴ tsi⁵ joeng⁶ 像模像樣的；有一定水平：佢扮皇帝都幾～喎【他扮演皇帝還挺像模像樣的】。｜佢雖然年紀細細，捉圍棋都～【他雖然小小年紀，圍棋還下得有一定水平】。

似層層 tsi⁵ tsang⁴ tsang⁴ 像真的一樣：佢講到～噉，我咪畀佢呃到囉【他講的很逼真，我不就上當咯】。

恃 tsi⁵ 仗；依仗：唔好～住有錢就蝦人【別仗着有錢就欺負人】。

恃老賣老 tsi⁵ lou⁵ maai⁴ lou⁵ 倚老賣老；仗着年紀大，賣弄老資格：佢最中意～，要個個都聽晒佢講【他喜歡倚老賣老，要大家都聽他的】。

摵 tsik⁷ ❶ 提：幫我～呢袋米上樓吖【幫我提這袋米上樓】。❷ 抓；揪：～住佢【抓住他】！｜～住佢心口【揪着他胸口】。❸ 抬（高）身體某些部位：～起對眼【抬起雙眼】。❹ 撩：～起條裙【撩起裙子】。

簽保 tsim¹ bou² 案件在正式審訊前，嫌疑犯被准許擔保外出候審，稱為「簽保」。作保的可以是人事，也可以用金錢：你可以～【你可以擔保外出候審】。

簽單 tsim¹ daan¹ 在結賬單據上簽字確認付款。

簽咭 tsim¹ kaat⁷ 用信用卡付賬。因結賬後需在打印的付款單據上簽字，故稱：超過二百蚊至可以～【超過二百塊才可以用信用卡付賬】。

纖體 tsim¹ tai² 追求體型纖細苗條的鍛煉活動：～療程。

撍（撏） tsim⁴ 抽（從容器中拿出來）：伸隻手入個箱度～張咭【把手伸入箱子裏抽出一張卡片】。

潛質 tsim⁴ dzat⁷ 隱藏着尚未被發現的能力，潛在的素質：佢好有藝術～，磨煉下第日肯定可以做明星【他有深厚的藝術潛在能力，加以磨煉，將來肯定可以成為名演員】。

潛水 tsim⁴ soey² 比喻潛逃；不露面：自從出咗事佢就～避開啲傳媒【自從出了事他就不再露面以避開媒體】。

僭建 tsim⁵ gin³ 私自搭建（非法建築物）：你天台嗰間屋係～嘅，政府查到會要你拆除【你屋頂天台上的房子是私下搭建的，政府查出來的話會要你拆除】。

千揀萬揀揀個爛燈盞 tsin¹ gaan² maan⁶ gaan² gaan² go³ laan⁶ dang¹ dzaan² 【俗】千挑萬選結果還是挑了個破燈盞，喻指挑選的標準很高，但最後找到的原來不過是個次等貨色：咁多人應徵，結果請咗呢個大食懶，真係～【那麼多人應徵，結果請了這個好吃懶做的，真是千挑萬選選個次等貨】。

千祈 tsin¹ kei⁴ 千萬：～唔好出聲【千萬別吭聲】。｜～要小心【千萬要小心】！

遷冊 tsin¹ tsaak⁸ 將公司注冊地點遷到他處、他國。

淺窄 tsin² dzaak⁸ 窄小局促：我間辦公室地方～【我的辦公室很窄小局促】。

錢銀 tsin²* ngan²* 金錢；錢：講到～啲嘢，好容易傷感情【說到錢的事，很容意傷感情】。

前便 tsin⁴ bin⁶ 前面；前邊：我喺～落車【我到前面下車】。｜佢嘅名次排響我～三位【他的名次排在我前邊三位】。

前度 tsin⁴ dou⁶ 源自英語 Ex。以前的男朋友或女朋友：你同～合作演出會唔會尷尬【你跟前任女朋友合作演出會不會尷尬】？

前座 tsin⁴ dzo⁶ 電影院或戲院下層最前的幾排座位。詳見「戲院」條。

前嗰排 tsin⁴ go² paai⁴ 前一陣子；前些時候：～我去咗英國【前一陣子我去了英國】。

前日 tsin⁴ jat⁹ 前天。

前世唔修 tsin⁴ sai³ m⁴ sau¹ 前一輩子沒積德；上一輩子作了孽：生咗個噉嘅不孝仔，佢真係～【生了這樣一個不孝子，她真是前世作了孽】。

前衛 tsin⁴ wai⁶ 形容打扮或作風行為走在潮流的前面：～電影｜～音樂。

錢罌 tsin⁴ ngaang¹ 撲滿（供兒童把零錢儲蓄起來的容器）。

錢七 tsin⁴ tsat⁷【諧】接近報廢的汽車或機器，因其運轉時發出「埕埕層層」的噪音，故稱。

青山 tsing¹ saan¹ 香港地名，因香港精神病院位於該地區，故常被用來指代精神病院：佢發晒癲噉鬧人，十足似～放出嚟噉【他發了瘋似的罵人，簡直像個從精神病院跑出來的】。

青春痘 tsing¹ tsoen¹ dau²「暗瘡（粉刺）」的雅稱。

清吧 tsing¹ ba¹ 純粹供顧客飲酒聽歌的酒吧。

清補涼 tsing¹ bou² loeng²* 一種湯料，以薏米、淮山、芡實、桂圓肉、百合、蓮子、沙參、玉竹、京柿等藥材為原料。亦有人將其煮成糖水作夏天的清補飲料。

清減 tsing¹ gaam² 消瘦：佢流感十多日，～咗好多【她患流感十多天，消廋了許多】。

清景 tsing¹ ging² 清雅；雅致：呢度嘅陳設好～【這裏的陳設很清雅】。

清潔 tsing¹ git⁸ 動詞。打掃；洗；清洗：搬入去前要～間屋【搬進去前房子要打掃一下】。｜～雙手【把雙手洗乾淨】。

清潔龍 tsing¹ git⁸ lung⁴ 1990 年代香港政府清潔運動中用作宣傳的卡通人物。

【小知識】1980 年代清潔運動設計了形象惹人厭惡的「垃圾蟲」作宣傳人物；1990 年代則改用正面的形象，創造了「清潔龍家族」，人物分別有「清潔龍」、「沙灘龍」、「郊野龍」、「小清」和「小潔」。

清盤 tsing¹ pun²* 結算及清理有限公司的資產和負債，將公司結束。

清數 tsing[1] sou[3] 清算了債務，兩不相欠：你幾時清到筆數呀【你甚麼時候能清還這筆債款】？

清暑 tsing[1] sy[2] 去火；去暑氣：綠豆湯可以～【綠豆湯可以去暑氣】。

清甜 tsing[1] tim[4] 味道鮮美不油膩：你煲嘅豬肺湯都好～【你燉的豬肺湯味道很鮮美】。

清倉 tsing[1] tsong[1] 倉庫裏的存貨全賣清了，喻物資或財富全部用光或耗盡：不計成本，旨在～｜你為佢哋賺錢，佢哋幫你～【你為他們掙錢，他們替你把錢花光】。

拯溺 tsing[2] nik[7] 拯救遇溺者：佢游水好叻，畀人請咗去做游水教練同埋～專家【他很會游泳，被人請去當游泳教練和拯救溺水者的專家】。

秤 tsing[3] 提溜；拎：你咁輕，我一隻手就～得起你【你這麼輕，我一隻手就能把你提溜起來】。｜呢個篋你～唔～得起【這個箱子你拎得起來嗎】？

呈堂 tsing[4] tong[4] 遞交給法庭：你所講嘅一切都會作為～證供【你所說的一切都會作為呈交法庭的證據】。

埕 tsing[4] 罎子：酒～【酒罎子】。

埕埕塔塔 tsing[4] tsing[4] taap[8] taap[8] 本指罎罎罐罐，因「埕」與「情」諧音，故藉以指情情愛愛的、卿卿我我的、談情說愛的：佢最中意睇埋啲～嘅戲【她最喜歡看那些談情說愛的電影】。

懲教署 tsing[4] gaau[3] tsy[5] 香港政府部門之一，隸屬保安局，負責管理懲教院所，包括監獄、懲教所、戒毒所、更生中心、精神病治療中心、收押所、醫院羈留病房等。

情願 tsing[4] jyn[2]* 寧願；寧可：去求佢幫手？我～自己試下【去求他幫忙？我寧可自己試一試】。

妾侍 tsip[8] si[6] 小老婆；姨太太。

切 tsit[8] 及：嚟得～【來得及】｜食唔～【來不及吃】。

切線 tsit[8] sin[3] 車子在路上越過分隔線進入其他車道：喺橋度係唔畀～嘅嚡【在橋上是不能越線進入其他車道的】。

切醋 tsit[8] tsou[3] 浙醋（一種棕紅色的醋）。

超 tsiu[1]【俚】副詞。非常；極：呢齣戲～好睇【這部電影非常好看】。｜商場嘅人～多【商場的人多極了】。

超班 tsiu[1] baan[1] 超過同級、同輩人；成績或能力超出一般水準：呢隊波直情超對手兩班【這支球隊的球技簡直超過對手兩個等級】。｜你哋嘅表演簡直係～【你們的表演簡直是超水準的】。

超班馬 tsiu[1] baan[1] ma[5] 賽馬比賽中表現特別突出的、大大超過同一級別其他馬匹的良馬。

超等 tsiu[1] dang[2] 電影院或戲院上層的座位，票價較貴。詳見「戲院」條。

超值 tsiu[1] dzik[9] 物超所值：噉嘅價錢就住到五星級酒店認真～【這個價錢能住上五星級酒店實在是物超所值】。

超級市場 tsiu[1] kap[7] si[5] tsoeng[4] 又省作「超市」。英語 supermarket 的意譯。即自選商場，商品敞開陳列，任由顧客挑選，然後在出口處計價付款。

潮 tsiu[4] 新潮；入時；貼近潮流：～語【貼近潮流的詞語】｜我父母嘅思想都好～㗎【我父母的思想也很跟得上潮流】。

潮爆 tsiu[4] baau[3] 走在潮流尖端；貼近最

新潮流：呢款設計真係～【這種設計趕得上最新潮流】。

潮州音樂——自己顧自己 tsiu4 dzau1 jam1 ngok9 gi6 gi1 gu3 gi6 gi1【歇】各自努力；各顧各。因潮州音樂中某些樂段在粵語系居民聽來就像「自己顧自己」的諧音，故稱：老竇冇咗，又分咗家，幾兄弟就惟有～咯【老爸死了，又分了家，幾兄弟就只好各顧各了】。

潮氣 tsiu4 hei3 舊指女子舉止輕佻；風騷：佢好～，啲男人最中意黏埋去【她很風騷，那些男人最喜歡跟她黏糊】。

潮流興 tsiu4 lau4 hing1 時興：而家～食有機菜，唔怕貴，最緊要健康【現在時興吃有機蔬菜，不怕貴，最重要是健康】。

潮文 tsiu4 man4 以舊新聞、傳聞或廣受關注的社會事件為內容而寫成的文章或故事。

初哥 tso1 go1 新手；生手：一睇你揸拍嘅姿勢就知你係～【一看你拿球拍的姿勢就知道你是新手】。

初嚟甫到 tso1 lai4 bou6 dou3 初來乍到：我～，請大家多啲關照【我初來乍到，請大家多關照點兒】。

初時 tso1 si4 起初；最初；起先：～仲有畫面嘅，而家就乜都睇唔到【起先還有畫面，現在就甚麼也看不到了】。

初初 tso1 tso1 起初；一開始：～大家傾得幾好，點知收尾反面收場【一開始大家談得不錯，誰料最後鬧翻了】。

搓圓撳扁 tso1 jyn4 gam6 bin2（像對待麵團似的）想搓圓就搓圓，想摁扁就摁扁。喻指對弱小者任意處置、欺凌：公司畀人接管，惟有任人～啦【公司被別人接管，只好任人處置】。

錯蕩 tso3 dong6 字面的意義是「走錯了地方」，用作對貴客或稀客表示受寵若驚之意的客套語，略似普通話「甚麼風把你吹來了」之類：今日咁～嚟探我呀【今兒吹的甚麼風，您竟然會來看我】？

錯就要認，打就企定 tso3 dzau6 jiu3 jing6 da2 dzau6 kei5 ding6【俗】有錯就要承認，挨打就要站好受罰。意指犯錯就要勇於承認、甘於面對懲罰：就算係名作家都會寫錯嘢，～，唔應該逃避【即使是名作家都有出錯的時候，要坦誠面對，不應該逃避】。

錯有錯着 tso3 jau5 tso3 dzoek9 歪打正着；雖然錯了，卻有意外的好效果：有貼士話 1 號馬會跑出，我買錯咗 7 號，點知贏咗，真係～【有內幕消息說 1 號馬會跑贏，我卻錯買了 7 號，誰知還真的贏了，真是歪打正着】。

錯手 tso3 sau2 失手：我～打爛咗隻碟【我失手打破了碟子】。

鋤 tso4【俗】埋頭幹某事：就快考試啦，要～下書先得【就快考試了，要埋頭讀書才行】。

鋤大弟 tso4 daai6 di2* 亦作「鋤大 D」。一種撲克牌的玩法，類似「爭上游」。常被用於賭博。

坐霸王車 tso5 ba3 wong4 tse1 乘客逃票，或倚仗權勢坐車不買票：衰仔，想～呀【臭小子，想逃票嗎】？

坐波監 tso5 bo1 gaam1【諧】（球員）被罰停賽；不能參加比賽：佢已經累積三張黃牌，下一場要～【他累計已經（吃了）三張黃牌，下一場不能參加比賽】。

坐低 tso5 dai1 坐下：上車就～【上車就坐下】。

坐定定 tso5 ding6 ding6 ❶ 坐定；坐穩：你～做完功課，先至去睇電視【你先坐穩做完功課，才去看電視】。❷ 坐着不動：大家～，要影相嘞【大家坐着不要動，要拍照了】。

坐正 tso5 dzeng3 由副手或次一級的位置提升為第一號人物：總經理一日未退休你邊度有機會～吖【總經理一天沒退休，你怎麼會有機會升正職呢】？｜個大婆死咗，二奶自然～啦【大太太死了，二姨太自然就升級為太太了】。

坐花廳 tso5 fa1 teng1【謔】坐牢；蹲監獄。「花廳」原指妓院中宴客之廳，借用作坐牢的戲稱：你夠膽賺呢啲錢，唔驚政府拉你去～咩【你夠膽量掙這種錢，不怕政府抓你去坐牢嗎】？

坐飛機位 tso5 fei1 gei1 wai2* ❶（在劇場、體育場館中）坐最遠最高的座位。❷（在工廠、尤其是製衣、電子廠等）當替班工人。因替班工人沒有固定位子，頂替誰就坐誰的位子，故稱。

坐監 tso5 gaam1 坐牢。

坐館 tso5 gun2 黑社會組織三合會的最高領導人，又稱「龍頭」或「話事人」。

坐夜 tso5 je2* 守靈；夜裏在靈堂陪伴死者。又作「作死夜」。

坐移民監 tso5 ji4 man4 gaam1（比喻）為獲取居留權須按所在國法律的規定在移民地連續居留一段時間不得離境。因一定程度上失去旅行自由，故稱「坐監」。

坐月 tso5 jyt2* 坐月子。

坐埋一條船 tso5 maai4 jat7 tiu4 syn4【俗】坐同一條板凳。喻指大家因命運安排，遭遇同一境況、處於相同處境：大家～，你整死我你都冇好處【大家同坐一條板凳，你把我整死你也得不到甚麼好處】。

坐艇 tso5 teng5 股票市場術語。套牢股票，指買入股票後，股價下跌不能即時賣出獲利，只好繼續持有等待時機，這種狀態稱「坐艇」：我入錯貨逼住～【我買入的股票下跌了，現在套牢了】。

坐穩船 tso5 wan2 syn4 送人遠行的客氣話。另有「坐穩車」。

坐穩車 tso5 wan2 tse1 送人遠行的客氣話。另有「坐穩船」。

杵 tsoe2 鏟：～乾淨啲菜【把鍋裏的菜都鏟乾淨】。

□ tsoe2 一般以英語譯音 chur 為通用寫法。❶ 繃緊；拼搏；加緊做某事：～到衡【繃得很緊】｜～咗一個通宵成個人散曬【拼搏了一個通宵人都散架了】！❷ 催促或逼迫人加緊進行某事：考試前阿 Sir 係咁～我哋【考試前老師一個勁兒逼迫我們不停複習】。

桌球 tsoek8 kau4 枱球。

焯 tsoek8 汆（用開水略微燙一下）：～生菜。

㞗（春） tsoen1（動物的）蛋；卵（一般不單獨用而與表示動物的名詞結合組成合成詞）：雞～【雞蛋】｜蝦～【蝦卵】。

春袋 tsoen1 doi2* 又作「㞗袋」。陰囊。

春茗 tsoen1 ming5 農曆新年為親朋聯誼所設的宴席：初五同鄉會請～【初五同鄉會設宴請大家新春聯誼】。

蠢鈍 tsoen2 dun6 愚蠢；愚笨：聰明一世，～一時【一生聰明，一時愚蠢】。｜佢有啲～【他有點兒愚笨】。

巡行 tsoen4 hang4 巡遊；遊行：～隊伍由銀樂隊行先【慶祝遊行的隊伍由銅管樂隊帶頭】。

巡遊 tsoen4 jau4（帶有慶祝、娛樂目的的）遊行：今日有慶祝新年嘅花車～【今天有慶祝新年的彩車遊行】。

巡城馬 tsoen4 sing4 ma5 舊時來往於市內與周邊鄉村之間，專門替人傳遞書信、搬運貨物的人。

循例 tsoen4 lai6 照例；按慣例：每年過年佢哋一家都會～返鄉下探下老人家【每年過年時他們一家都會按慣例回老家探望一下老人】。

窗花 tsoeng1 fa1 窗欞：有啲舊式唐樓嘅～好鬼靚【有些舊式樓房的窗欞非常漂亮】。

窗口 tsoeng1 hau2 窗戶：間房冇～又黑又焗【屋子沒有窗戶又黑又悶】。

長 tsoeng1* 「長」的變音，「短」的意思：條繩咁～，點夠綁呀【繩子這麼短，怎麼夠綁呢】？

搶包山 tsoeng2 baau1 saan1 香港長洲島太平清醮的一項儀式。

【小知識】太平清醮期間，長洲北帝廟前會豎立三個掛滿包子的包山，儀式開始時，參加搶包山的人會爬上包山搶奪包子，上萬包子一瞬間便一掃而空。傳統認為，奪得越多包子，福氣越多。此傳統始於十八世紀清朝，1978年因發生塌包山意外而一度停辦，2005年重辦，包山加入鋼架作支撐，包子數量也有所減少。

搶閘 tsoeng2 dzaap9 賽馬術語，指開跑時攔着馬匹的閘門一打開，馬匹搶先衝出。喻搶先別人一步：呢單生意本來好有把握傾成，點知畀佢哋～【本來（我們）很有把握談成這樁生意，誰知讓他們搶了先】。

搶火 tsoeng2 fo2 火舌猛然噴吐；營火晚會發生～意外【營火晚會發生火舌噴吐傷人的意外】。

搶鏡 tsoeng2 geng3 搶鏡頭：你今日咁靚，搶晒鏡喎【你今天這麼漂亮，把鏡頭全搶走了】。

搶眼 tsoeng2 ngaan5 奪目；顯眼；醒目：你哋公司嘅廣告牌夠晒～【你們公司的廣告牌夠顯眼的】。

搶手 tsoeng2 sau2 暢銷（顧客爭相搶購）：～貨【暢銷商品】｜今日開賣嘅幾棟樓因價格適中，好～【今天發售的幾棟樓房因價格適中，十分暢銷】。

腸 tsoeng2 ❶ 動物消化器官的一部份：魚～｜豬大～。❷ 臘腸的簡稱：生抽～【醬油臘腸】。❸「腸粉」的簡稱（參見該條）：牛～【牛肉腸粉】｜蝦～【蝦肉腸粉】。❹ 香腸：豬肉～【豬肉香腸】｜法國～【法國香腸】｜～蛋麵【香腸雞蛋麵條】。

腸仔 tsoeng2 dzai2 較短的香腸：～包【香腸麵包】。

腸粉 tsoeng2 fan2 蒸米粉卷兒。亦稱「豬腸粉」。這是廣東一帶最常見的早餐食品。

長 tsoeng2* 「長」的變音，「就這麼短」的意思：條繩係咁～㗎嘞，唔夠都無辦法【繩子也就這麼點兒長，不夠也沒辦法】。

唱 tsoeng3（背後）議論、譏彈：做呢啲事你唔怕畀人～咩【做這種事你不怕被人議論嗎】？｜我一定唔會喺背後～人嘅【我絕不會在背後説別人的不是】。

唱碟 tsoeng3 dip2* 唱片。

唱作人 tsoeng3 dzok8 jan4 歌曲創作者以

及歌手。

唱家班 tsoeng3 ga1 baan1 歌唱水平較高的人；歌藝不凡的人：估唔到公司啲同事有咁多～【沒料到公司的同事有那麼多歌藝不凡的】。

唱口 tsoeng3 hau2 ❶（人的）歌聲；（鳥類的）鳴聲：佢今日咁好～嘅【他今天嘴裏哼個不停】。❷ 賣乖的話：唔使咁好～喇，我唔受呢一套㗎【用不着再賣乖了，我不吃這一套】。

唱 K tsoeng3 kei1 唱卡拉 OK：你真係去～，定係去飲酒溝女呀【你是真的去唱卡拉 OK，還是去喝酒玩女人呢】？

唱片騎師 tsoeng3 pin2* ke4 si1 電台音樂節目主持人。亦作「DJ」。

唱衰 tsoeng3 soey1 宣揚某人的缺點、過錯；說某人壞話：你噉呃啲客，以後人哋實會～你嘅【你這樣欺騙顧客，以後人家肯定把你幹的壞事宣揚開去】。

唱通街 tsoeng3 tung1 gaai1 把某人的缺點、過錯廣為宣揚：人哋做錯小小嘢，你使乜～呀【人家犯點兒小錯你用不着到處宣揚吧】？

暢 tsoeng3 ❶ 破開（鈔票）；整的換成零的。英語 change 的音譯：幫我～開呢張大牛吖【幫我破開這張五百元的鈔票】。❷ 兑換：我要去找換店～啲人民幣【我要去兑換店換些人民幣】。

熗 tsoeng3 ❶（火舌）噴吐：個爐啲火係噉～出嚟【爐子裏的火一個勁噴吐出來】。❷ 灼；燎：我係燒玻璃嘅，畀火～到係好平常嘅事【我是燒製玻璃（器皿）的，讓火灼傷是經常的事】。｜啲火一～，埲牆黑晒【火舌一燎，牆壁都熏黑了】。

長臂猿 tsoeng4 bei3 jyn4【諧】喻指有雲梯的消防車。

長短週 tsoeng4 dyn2 dzau1 兩星期中一個長週（上班六天）一個短週（上班五天）交替輪轉：公司今年開始實行～制。

長俸 tsoeng4 fung2* 香港退休公務員按月領取的佔退休前工資一定比例的退休金。此制度於 2000 年轉為公積金制度。

長氣 tsoeng4 hei3 ❶ 囉嗦個沒完：講簡單的，唔好咁～【說簡單點兒，別這麼囉嗦個沒完】。❷ 引申指說話或哭的時間特別長：佢講親嘢都靈舍～嘅【他每次發言時間都特別長】。｜個衰仔係噉喊，夠晒～【這小子一直哭，怎麼也停不了】。

長氣袋 tsoeng4 hei3 doi2* ❶ 善於長跑，能堅持長時間運動的人：佢係個～【他很善於長跑】。❷ 指說話沒完沒了的人。

長□□ tsoeng4 laai4 laai4 長長的；太長了；過長了（指長得過份）：條褲～，要改短啲先得【這條褲子太長了，要改短點兒才行】。

長龍 tsoeng4 lung4 喻指排得很長的隊伍。一般指人流、車流：門口排晒～【門口排了很長的隊伍】。

長命 tsoeng4 meng6 ❶ 壽命長；長壽。❷ 引指持續、持久：呢種組織，唔會～【這種組織不會長久維持得下去】。｜～斜【很長的斜坡】。

長命工夫長命做 tsoeng4 meng6 gung1 fu1 tsoeng4 meng6 dzou6【俗】耗時較長的工作就要持續地慢慢做（不急於一時）：～，你急都冇用嘅【耗時費勁的工作只能一步一步地做，你着急也沒用】。

長命雨 tsoeng4 meng6 jy5 下個不停的雨。

長命斜 tsoeng4 meng6 tse4【俗】很長的

斜坡：嗰條～累到好多車死火【那個長陡坡連累多少車輛熄了火】。

長衫 tsoeng[4] saam[1] 男裝長衫與女裝旗袍的總稱：以前阿媽去飲一定着番件～【以前媽媽去赴宴一定穿旗袍】。

長生板 tsoeng[4] sang[1] baan[2]【婉】棺材；壽材。

出便 tsoet[7] bin[6] ❶ 外面；外頭（指說話者身處的處所之外）：唔好企響～，上車先【別站在外面，上車吧】。｜～橫風橫雨，點出街啫【外面風雨交加的，怎麼上街】？❷ 外邊（指說話者身處的處所內靠近門邊的地方）：唔好坐喺～，坐近啲【別坐外邊，坐近點兒】。

出得嚟行，預咗要還 tsoet[7] dak[7] lai[4] haang[4] jy[6] dzo[2] jiu[3] waan[4]【俗】源自一電影中黑道人物的對白，意為「出來混的，（欠了誰）早晚要還」。引指做事情就得有付出代價的心理準備。

【小知識】「出得嚟行，預咗要還」是 2003 香港警匪電影《無間道 2》的角色之一、黑幫龍頭倪坤的次子倪永孝的常用對白。

出得廳堂，入得廚房 tsoet[7] dak[7] teng[1] tong[4] jap[9] dak[7] tsoey[4] fong[2]*【俗】出外則漂亮大方能應酬賓客；歸家則精明能幹會操持家務（一些人選擇好妻子的標準）。

出閘 tsoet[7] dzaap[9] 賽馬術語，指賽馬起跑。因賽馬起跑時需衝出閘門，故稱。

出盡八寶 tsoet[7] dzoen[6] baat[8] bou[2] 使盡渾身解數：～先至勸到佢【使盡渾身解數才勸服了他】。

出鐘 tsoet[7] dzung[1] 舞女應邀外出陪客，因按鐘點（時間）計算報酬，故稱。

出街 tsoet[7] gaai[1] ❶ 上街：～行下【上街走走】。❷ 通過媒體發佈；公佈：條新聞一～，即刻引致對方反駁【新聞一公佈，馬上引起對方反駁】。

出更 tsoet[7] gaang[1]（警察、軍人等）上班值勤。

出鏡 tsoet[7] geng[3]（在電視節目中）露面：冇化妝點～呀【沒化妝怎麼能上鏡頭呢】。

出蠱惑 tsoet[7] gu[2] waak[9] 耍花招，同「出術」：佢啲波咁屎，若果唔係～點贏得到吖【他打球這麼差，不玩花招怎麼可能會贏呢】？

出局 tsoet[7] guk[9] ❶ 體育競賽中落敗離場：佢喺準決賽畀對手 foul ～【他在準決賽被對手擊敗離場】。❷ 被淘汰；被除名；被排除在外；落選：三個候選人有兩個最後都要～【三個候選人總有兩個最後落選】。

出公數 tsoet[7] gung[1] sou[3] 費用由公家負擔；向公家報銷：請朋友食飯冇可能～【請朋友吃飯的開支不可能報銷】。

出恭 tsoet[7] gung[1] 大便的雅稱。

出櫃 tsoet[7] gwai[3] 公開同性戀身份。

出骨 tsoet[7] gwat[7] 露骨；不隱藏：佢貪到～【她貪心得很露骨】。

出口術 tsoet[7] hau[2] soet[9] 運用語言技巧傳達某種信息或影響他人想法的一種行為：政府～話要壓抑樓價，安撫社會情緒【政府發出要壓抑樓價的信息，安撫社會情緒】。

出氣 tsoet[7] hei[3] 發洩怒氣：佢輸咗麻雀就攞個仔嚟～【她打麻將輸了錢就把怒氣發洩在兒了身上】。

出入口 tsoet[7] jap[9] hau[2] 進出口：他間公

司係做～嘅【他經營進出口生意】。

出力 tsoet7 lik9 使勁兒：～推｜～跳。

出糧 tsoet7 loeng4 發工資；領工資：我哋公司今日～【我們公司今天發工資】。｜出咗糧至交屋租【領了工資再交房租】。

出爐 tsoet7 lou4 ❶ 餅乾、麵包等烤熟後剛從爐裏拿出來：啲麵包啱啱～【這是剛烤製好的麵包】。❷ 喻指新發行；新完成；剛推出：新方案下月～。❸ 喻指新選出；新製造出：～港姐【新選出的香港小姐】。

出爐鐵——唔打唔得 tsoet7 lou4 tit8 m4 da2 m4 dak7【歇】剛出爐的鐵，不打不行，喻指人欠揍：佢咁韌皮，真係～【他那麼調皮搗蛋，真是欠揍】。

出老千 tsoet7 lou5 tsin1 作弊。同「出千」。

出麻 tsoet7 ma2* 出麻疹；出疹子。

出貓 tsoet7 maau1（學生在考試時）作弊，又作「出貓仔」：佢考試～畀阿 Sir 捉到【他考試時作弊讓老師發現了】。

出門 tsoet7 mun4 出嫁；出門子。

出年 tsoet7 nin2* 明年：我～退休【我明年退休】。

出山 tsoet7 saan1 ❶ 舊時指出殯。❷ 已退休或改行者重新出來擔任原來的職位或工作。與「收山」相對：請到呢位前世界冠軍～做教練，好大面嗮【能請到這位前世界冠軍重新出來擔任教練，真有面子】。

出世 tsoet7 sai3 出生。

出世紙 tsoet7 sai3 dzi2 ❶ 出生證明書的俗稱。❷ 喻指產品的出產地（或出產機構）證明書：我隻錶貴嘢嚟，有～【我這塊錶挺名貴，有產地證明書的】。

出身 tsoet7 san1 自立；出去工作；有出息了：你啲仔女都～咯，你安樂晒啦【你的子女個個都自立了，你可以放心了】。

出聲 tsoet7 seng1 作聲；吭聲；吱聲：問極佢都唔～【怎麼問他都不吱聲】。｜畀人蝦佢都唔敢～【讓人欺負他都不敢吭聲】。

出術 tsoet7 soet9 耍花招；玩花招；用詭計。又作「出蠱惑」：佢點～都呃唔到我嘅【他怎麼耍花招都騙不了我】。

出水 tsoet7 soey2 焯；汆（把食物放在開水裏稍燙一下就拿出來）：將啲菜出下水【把菜焯一下】。

出冊 tsoet7 tsaak8（指代）犯人出獄。與表示入獄的「入冊」相對。

出千 tsoet7 tsin1 在打牌、賭博中耍騙術、作弊（如偷窺、換牌、串通互利等）。又作「出老千」：成晚都係佢食糊，都唔知有冇～【整個晚上都是他在和牌，也不知道有沒有作弊】。

出位 tsoet7 wai2* ❶ 出人頭地：你如果想畀多啲人識，就要搏～【你如果想讓更多人認識你，就得拼命爭取出人頭地】。❷（為出人頭地而）標新立異：佢啲行為咁～，都係搏宣傳啫【他這麼標新立異，還不是為了宣傳自己】。

出會景 tsoet7 wui6 ging2 舊時逢神誕節慶，擺出各種景物供人參觀，並沿街巡行。

吹 tsoey1 ❶ 抽（大煙）：嫖、賭、飲、蕩、～【吃喝嫖賭抽】。❷「吹脹」之省（即「奈何」之意）：我係唔去呀，你～咩【我就不去，你奈何得了我嗎】？

吹爆 tsoey1 baau3 氣死；氣壞：成日都唔讀書，真係畀佢～【成天不讀書，真讓他氣死了】！

吹乒乓 tsoey1 bing1 bam1【俚】奈何，

用法近「吹脹」，又作「吹唔脹」。意近「拿我怎麼樣」：我係都唔走，你～呀【我就是不走，你能拿我怎麼樣】？

吹波 tsoey[1] bo[1]（額前頭髮）吹成波浪紋。（六十年代男子流行的髮型）：佢飛親髮都要～【他每次理髮都要把前髮吹成波浪形】。

吹波波 tsoey[1] bo[1] bo[1]【俗】吹氣式的體內酒精含量測試：差佬懷疑佢醉酒駕駛，叫佢～【警察懷疑他醉酒駕駛，讓他吹氣測量酒精含量】。

吹波糖 tsoey[1] bo[1] tong[2] 泡泡糖；口香糖。

吹脹 tsoey[1] dzoeng[3] ❶ 奈何，對……有甚麼辦法：我唔理你，你吹得我脹咩【我不理你，你拿我有甚麼辦法】？❷ 同「吹爆」：佢係都唔肯幫手，真係畀佢～【他就是不肯幫忙，真氣死人】。

吹雞 tsoey[1] gai[1] ❶ 吹哨子：球證未～，場波就未完場【裁判沒吹哨子，這場球就沒結束】。❷ 比喻發號施令；發命令：阿頭一～，啲手下即刻行動【頭領一發命令，手下馬上行動】。

吹喇叭 tsoey[1] la[3] ba[1] ❶ 喻指拿着酒瓶子往嘴裏灌酒：佢兩個一人一支 XO，面對面～【他倆每人一支 XO 洋酒，面對面整瓶地往嘴裏灌】。❷ 同「吹簫」。

吹簫 tsoey[1] siu[1]【俗】喻指女性為男性口交。又作「吹喇叭」。

吹水 tsoey[1] soey[2] ❶ 吹牛；談天說地：佢淨係識～，做唔到實際嘢【他只會吹牛，做不了實事】。｜幾個老友坐埋吹下水好爽【幾個老朋友聚頭天南地北的閒聊真痛快】。❷ 往宰殺後的動物體內注水，借此增加重量以圖利。

吹鬚睩眼 tsoey[1] sou[1] luk[7] ngaan[5] 吹鬍子瞪眼：老竇畀佢激到～【父親被他氣得吹鬍子瞪眼的】。

催谷 tsoey[1] guk[7] 採取措施使人、動物進入興奮狀態：聽日要考試，食啲補腦劑～下【明天要考試，吃點兒腦營養液提提神】。｜禮拜日就要比賽啦，而家嚟～有乜用吖【星期天就要比賽了，現在才加強訓練有甚麼用】。

催命 tsoey[1] meng[6] 緊急催逼：我已經搏命做嘞，你唔好再～得唔得【我已經在拼命做了，你別再使勁催逼行不行】？

取錄 tsoey[2] luk[9] 錄取。

脆卜卜 tsoey[3] bok[7] bok[7] 嘎嘣脆的，形容脆裂的聲音：我中意食～嘅油炸花生【我喜歡吃嘎嘣脆的油炸花生米】。

脆皮 tsoey[3] pei[2]* 皮薄而脆（多指油炸或燒烤後的雞、鴨、豬肉等）：～燒鵝【皮脆的燒鵝】。

脆皮雞 tsoey[3] pei[2]* gai[1] 著名菜餚之一。以嫩雞燒烤而成。因烤製後雞皮甘香爽脆，故稱。

脆輯輯 tsoey[3] tsap[7] tsap[7] 形容很脆：啲餅乾～【餅乾很脆】。

趣致 tsoey[3] dzi[3] ❶ 天真可愛：個細佬哥表情好～【那小孩兒表情天真可愛】。❷ 有趣兒；雅致：你頂帽好～【你這頂帽子真雅致】。

趣怪 tsoey[3] gwaai[3] 有趣；有意思：佢個表情好～【他的表情很有趣】。

趣趣地 tsoey[3] tsoey[2]* dei[2]* 很少；一點兒；象徵性地：～畀返封利是仔佢就得喇【給他個小紅包意思意思就行了】。

除 tsoey[4]（把身上的穿戴）脫下；摘下：～衫【脫衣服】｜～低啲首飾【摘下首飾】。

除笨有精 tsoey[4] ban[6] jau[5] dzeng[1] ❶ 形

容愚笨的人偶爾也有聰明之時。❷ 除了損失之外，尚有得益之處，意近「塞翁失馬」：今次畀人呃咗，不過～，佢識咗個女朋友【這次讓人給騙了，不過尚有得益之處，交了個女朋友】。

除大赤腳 tsoey^{4} daai^{6} tsek^{8} goek^{8} 脱了鞋襪，光着腳：喺沙灘個個都～㗎啦【在沙灘人人都不穿鞋襪，光着腳丫子】。

除咗 tsoey^{4} dzo^{2} 除了：～呢個辦法之外，仲有冇第二個辦法【除了這個辦法之外，還有沒有別的辦法】？

除褲放屁——多此一舉 tsoey^{4} fu^{3} fong^{3} pei^{3} do^{1} tsi^{2} jat^{7} goey^{2}【歇】下句或作「多餘」。脱了褲子放屁，全無必要（有時不講出下句）：喺廁所貼個「小便處」嘅告示簡直係～【在廁所裏貼個「小便處」的告示簡直是多此一舉】。

除牌 tsoey^{4} paai^{4} 股票術語。停止某家上市公司的股票交易資格：呢間公司舊年年尾因債務問題解決唔到，畀聯交所～【這家公司去年年底因為債務問題無法解決，被聯合交易所停止股票交易資格】。

捶 tsoey^{4} ❶ 捶打：幫我～下個背脊【替我捶捶背】。❷ 量詞。拳：一～打過去【一拳打過去】。

廚房 tsoey^{4} fong^{2*} 又作「廚（tsy^{2*}）」。對廚師、炊事員的引稱：刀功唔好點做～呀【刀功不好怎麼做廚師】？

隨得 tsoey^{4} dak^{7} 隨便；任隨；由着：佢唔想去就～佢啦【他不想去就隨便他吧】。｜馬路咁多車，點可以～啲細路周圍走【馬路車多，哪能由着小孩兒到處走】？

隨街 tsoey^{4} gaai^{1} 到處；處處：呢啲花～都有得賣啦【這種花到處都有賣的】。

隨口噏 tsoey^{4} hau^{2} ngap^{7} 信口而言；信口開河：佢～嘅啫，唔好信佢【他就那麼隨便説説而已，別信他的】。

隨口噏，當秘笈 tsoey^{4} hau^{2} ngap^{7} dong^{3} bei^{3} kap^{7}【俗】信口之言就當成是錦囊妙計。喻指人説話輕率，隨口亂説就當真：件事係唔係真，你唔好～嘢【這事情是不是真的？你不要隨口亂説呀】！

𡃶 tsoey^{4} 氣味；味兒：成身酒～【一身酒味】｜朕臭～嚮邊度嚟嘅【這股臭味是從哪兒來的】？

啋 tsoi^{1} 嘆詞。表示斥責、反感：～！咪亂咁噏啦【去你的！別胡説八道】！｜～！鬼中意佢呀【呸！鬼才喜歡他呢】！

啋過你 tsoi^{1} gwo^{3} nei^{5} 婦女在聽到不吉利的或討厭的話時的斥責用語，意為把對方説的不吉利、討厭的事物還給對方：我～，你先有病【我呸！你才有病呢】！

睬 tsoi^{2} 理睬；理：唔好～佢【別理他】。

睬佢都傻 tsoi^{2} koey^{5} dou^{1} so^{4} 傻瓜才理睬他（它），表示對人或事不屑於理睬：呢啲衰人～【這種混蛋鬼才理他】。｜橫掂都辭咗職咯，公司嘅事～【反正已經辭職了，公司的事，管它呢】。

彩數 tsoi^{2} sou^{3} 運氣：賭錢贏唔贏，純粹睇～嘅啫【賭錢能不能贏，純粹靠運氣】。

彩池 tsoi^{2} tsi^{4} 賽馬、六合彩等博彩活動所設置的供人下注的各種項目。

彩雀 tsoi^{2} dzoek^{2*} 羽毛色彩美麗的雀鳥。喻指穿着華麗、鮮豔的女性：佢着到好似隻～噉【她穿得好像一隻羽毛美麗的雀鳥】。

採青 tsoi^{2} tseng^{1} 傳統的舞獅活動中的「搶

紅包」環節。舊時舞獅時，組織者會把包有獎金的紅包跟樹葉（或菜葉）捆紮在一起，懸於高處，讓參與活動的各舞獅隊爭搶，舞獅者以疊羅漢之類方式「採摘」紅包，先得之者為獲勝隊。因葉子用「青」代表，故稱。

菜膽 tsoi[3] daam[2] 青菜中間最細嫩的菜心部份，比「菜蘧」更短。

菜汁 tsoi[3] dzap[7] 菜餚裏的湯水：因住～整污糟件衫【小心菜餚的湯水弄髒衣服】。

菜腳 tsoi[3] goek[8] 舊稱（餐館的）殘羹剩菜。現也稱作「廚餘」。

菜乾 tsoi[3] gon[1] 乾菜；脱水蔬菜（一般指乾白菜）。

菜莢 tsoi[3] haap[8] 菜幫子；白菜、包菜最外層的葉子。

菜蘧 tsoi[3] jyn[5] 又作「菜芛」、「菜軟」。青菜中間最細嫩的部份：蠔油～【蠔油炒嫩菜心】。

菜欄 tsoi[3] laan[1]* 蔬菜批發市場。

菜脯 tsoi[3] pou[2] 用蘿蔔等醃製的鹹菜；蘿蔔乾。

菜心 tsoi[3] sam[1] 香港常見蔬菜種類之一。菜苔。

財不可露眼 tsoi[4] bat[7] ho[2] lou[6] ngaan[5]【諺】錢財不外露：小心三隻手，～【提防小偷，錢財不外露】。

財多身子弱 tsoi[4] do[1] san[1] dzi[2] joek[9]【諺】錢財多了，身體變衰弱了：佢成日話自己身體唔妥，正一～【她老説自己身體有毛病，真是多財多病】。

財主佬 tsoi[4] dzy[2] lou[2] 財主；大老闆；有錢人。

財爺 tsoi[4] je[4]【謔】對香港財政司司長的俗稱。

財路 tsoi[4] lou[6] 賺錢或掙錢的途徑；收入的來源：佢有好多～，唔使驚餓親【他有很多掙錢的門路，甭擔心會餓着】。｜佢斷咗我哋條～【他把我們生財的門路給掐斷了】。

財散人安樂 tsoi[4] saan[3] jan[4] ngon[1] lok[9]【俗】錢財損失、散盡了，再無誘惑牽掛，人也安心快樂了：啲錢投資蝕晒，～，而家少好多煩惱【投資虧損，錢全沒了，沒錢反而沒牽掛，現在少了很多煩惱】。

戳[1] tsok[8] ❶ 拽（猛一使勁拉）：我一～，佢啲衫紐就全部甩晒出嚟【我猛一拽，他的衣扣就全掉了下來】。❷ 引申作逗引出來：細佬哥唔識講大話，一～就會講晒出嚟【小孩不懂撒謊，一逗引就會全説出來】。❸ 壓抑着；憋着：佢噉踩我哋，個個聽到都～住度氣【他這樣貶損我們，個個聽了憋着一口氣】。

戳[2] tsok[8] 一般以英語譯音 chok 為通用寫法。原意為使勁拉或憋住氣。引指做出與眾不同或異於平常的表情、動作來搶鏡頭：～樣【裝嫩、扮可愛的樣子】｜我呢個樣夠唔夠～【我這個樣子帥不帥】？

【小知識】此詞最初在互聯網流行，2010 年一電視台頒獎禮上，主持人請男演員表演「chok 樣」，最後並推舉出「chok 王」，其後 chok 一詞被廣泛使用。

倉底貨 tsong[1] dai[2] fo[3] 箱底貨；積壓在倉庫裏賣不出去的貨：呢間舖頭賣埋啲都係～【這家店賣的都是些箱底貨】。

倉租 tsong[1] dzou[1] 租用倉庫的租金。

廠廈 tsong[2] ha[6]「工廠大廈」的簡稱，又

作「工廈」。由政府或建築商興建作工業用途的樓房。

床下底 tsong[4] ha[6] dai[2] 床底下；床底下的空間：個波碌咗入～【球滾入床底下】。｜而家啲床好多都冇～【現在的床有好多床底下沒留空間】。

床下底破柴——包撞板 tsong[4] ha[6] dai[2] po[3] tsaai[4] baau[1] dzong[6] baan[2]【歇】在床底下砍柴，肯定得撞上床板。粵語「撞板」即「碰壁」。此語意指「肯定得碰壁」：佢咁孤寒，問佢借錢，睇怕都係～【他那麼吝嗇，去找他借錢，那肯定得碰一鼻子灰】。

床口 tsong[4] hau[2] 床邊；靠外的床沿。

床褥 tsong[4] juk[2]* 床墊。

床拼 tsong[4] peng[1] 舊式大床兩頭的擋板或橫木。

床鋪被蓆 tsong[4] pou[1] pei[5] dzek[9] 鋪蓋；床上用品：淨係得張床，連～都冇，點瞓呀【光有床，連鋪蓋都沒有怎麼睡覺呀】。

床上戲 tsong[4] soeng[6] hei[3] 男女在床上的調情、親熱或性交的表演：這部電影老小咸宜，冇～鏡頭【這部電影老小咸宜，沒有男女在床上表演的鏡頭】。

操 tsou[1] 操練；練習：大家～ fit 啲，呢場比賽好緊要【大家把狀態練好點，這場比賽非常重要】。

操兵 tsou[1] bing[1] 步操：啲軍隊～好整齊【軍隊步操很整齊】。

操肌 tsou[1] gei[1] 操練肌肉，即通過體力鍛煉使身體肌肉變結實堅壯：佢下個月開演唱會，近日密密～【他下個月開演唱會，最近加緊操練肌肉】。

操曲 tsou[1] kuk[7] 練習唱曲（戲曲）：我第一次～師傅話我都算唔錯【我第一次練習唱曲，師傅說我算不錯了】。

粗着 tsou[1] dzoek[8] 平日穿；隨意的場合裏穿：件衫舊咗可以留番嚟～，唔使抌咗佢【衣服穿舊了可以留着平時穿，不必扔掉】。

粗嚡 tsou[1] haai[4] 粗糙；不光滑：摸上去好～，唔知乜嘢布嚟嘅【摸上去很粗糙，不知道這是啥布料】。

粗口 tsou[1] hau[2] ❶（語言）粗俗：講嘢唔好～爛舌【說話別那麼粗俗】。❷ 粗話；粗言穢語：成日講～，真係乞人憎【整天粗言穢語的，真討厭】。

粗口爛舌 tsou[1] hau[2] laan[6] sit[9] 說話粗俗下流：佢講嘢～，冇厘質素，我唔中意佢【他說話粗俗下流，一點素質都沒有，我不喜歡他】。

粗嘢 tsou[1] je[5] ❶ 粗糙的、普通的東西：我呢隻錶，～嚟啫【我這塊錶只是普通貨色】。❷【俗】指貴重值錢的東西；一大筆錢：佢撈到～【他賺了一大筆】。

粗鹽 tsou[1] jim[4] 顆粒較大的鹽。

粗生 tsou[1] saang[1] 指植物對環境的適應能力強：呢啲花好～，一種就生【這種花適應能力很強，一種就活】。

粗生粗養 tsou[1] saang[1] tsou[1] joeng[5] 形容不講究（或沒條件）為孩子提供錦衣玉食，只是粗茶淡飯、荊衩衣布地養育孩子：細佬哥～反而身體會好啲【小孩子不要給他過份講究的衣食，身體反而會好點兒】。

粗身大勢 tsou[1] san[1] daai[5] sai[3] 大腹便便的樣子（用於孕婦）：你～，行路要小心啲【你挺着個大肚子，走路小心點兒】！

粗手粗腳 tsou[1] sau[2] tsou[1] goek[8] 毛手毛

腳；笨手笨腳：佢做嘢～，我驚佢打爛我啲古董【他做事笨手笨腳的，我擔心他摔破我的古董】。

粗聲粗氣 tsou¹ seng¹ tsou¹ hei³ 說話嗓門大；粗聲大氣：女仔之家講嘢唔可以～【女孩子家說話不要粗聲大氣的】。

粗重嘢 tsou¹ tsung⁵ je⁵ 累人的活兒；重活兒：你整親條腰，呢啲～就唔好做啦【你的腰受了傷，這種重活兒就別幹了】。

草紙 tsou² dzi² 手紙；上廁所用的紙。

草花頭 tsou² fa¹ tau²* 草頭兒；草字頭兒（漢字偏旁「艹」）。

草根階層 tsou² gan¹ gaai¹ tsang⁴ 社會最底層的人。英語 grass-roots 的意譯詞。

草菇 tsou² gu¹ 又名蘭花菇，傘菌科，原產地中國，在半腐熟的藁桿上生長，也可以在稻草上培植的一種食用菌，為世界第三大人工培植的菇類。

草龜 tsou² gwai¹ 一種龜的名稱，可燉食作為補品。

草羊 tsou² joeng²* 山羊。

草龍 tsou² lung²* 一種可用於餵養鳥雀的昆蟲：你食咗～呀，講唔停口嘅【你是鳥兒吃了蟲子了，一個勁兒的說個不停】。

草蜢 tsou² maang²* 螞蚱；蚱蜢。又作「蜢」。

草披 tsou² pei¹ 草地。又稱「草披地」。

草皮 tsou² pei⁴ ❶ 體育場、公園或廣場等的大片草坪。❷ 連帶薄薄的一層泥土鏟下的草，用於鋪設草坪。

躁 tsou³ 煩躁；急躁：唔好咁～，聽佢講完先【別這麼急躁，先聽他說完嘛】。

燥火 tsou³ fo² 中醫術語。上火，又作「燥熱」。常見症狀是咽喉痛、嘴唇乾裂、皮膚乾燥等：我呢排～，嘴唇流血【我最近上火，嘴唇流血】。

燥熱 tsou³ jit⁹ ❶ 同「燥火」。❷ 指某些食物能令人上火的性質：當歸好～【當歸吃了上火】。

醋埕 tsou³ tsing⁴ 醋缸子；醋罈子（喻指妒性大、愛吃醋的女人）。

嘈 tsou⁴ ❶ 吵；吵鬧；嘈雜：出便啲車聲好～【外面的汽車聲音很嘈雜】。｜大家唔好～，靜一靜【大家別吵，靜一靜】。❷ 爭吵：你哋無謂再～啦【你們不必再爭吵了】。

嘈交 tsou⁴ gaau¹ 吵架：你喺學校唔好同人～【你在學校裏不要跟同學吵架】。

嘈喧巴閉 tsou⁴ hyn¹ ba¹ bai³ 吵吵嚷嚷；鬧哄哄；人聲鼎沸：要嗌交去出便，唔好喺度～【要吵架到外面去，別在這兒吵吵嚷嚷的】。｜出便乜嘢事呀，～嘅【外面（發生了）甚麼事，鬧哄哄的】？

嘈生晒 tsou⁴ saang¹ saai³ 吵得厲害；吵死人：隔籬個電視機～，想瞓都瞓唔到【隔壁的電視機吵死人了，想睡都睡不着】。

嘈嘈閉 tsou⁴ tsou⁴ bai³ 吵吵鬧鬧；鬧個不停：我做緊嘢，你哋唔好喺度～【我正在幹活，你們別在這兒吵吵鬧鬧的】。｜都十二點咯仲～【都十二點了，還鬧個沒完】？

槽 tsou⁴ 把將要出售的家禽、家畜關起來餵養，使之變肥：～鴨｜～豬。

儲 tsou⁵ 攢；積蓄：～郵票【攢郵票】｜～多啲錢養老【多積蓄點錢養老】。

儲埋 tsou⁵ maai⁴ 積攢起來：佢中意集郵，

十幾年間～都有成萬張咁多嘞【他喜歡集郵，十幾年裏積攢起來也有萬把張了】。

儲錢 tsou5 tsin2* 存錢；儲蓄：我要～買樓【我要存錢買房子】。

速遞 tsuk7 dai6 快遞。

畜牲 tsuk7 saang1 牲口；牲畜；畜生。

充 tsung1 冒充；假裝：～闊佬【裝成有錢人】。

充大頭鬼 tsung1 daai6 tau4 gwai2 ❶ 沒有本事卻裝懂、自誇：佢根本做唔嚟，一味～啫【他根本做不來，沒有本事卻要裝懂】。❷ 沒有錢而裝闊佬。

充電 tsung1 din6 ❶ 補充電力。又作「叉電」。❷ 喻人通過充份休息或吃富有營養的食物以恢復體力：捱完成個月，要充下電至做得喇【苦熬了整一個月，要補充一下營養才能幹下去】。

充撐 tsung1 tsaang1 支撐；應酬：叫多啲人去～下場面【多叫些人去支撐一下場面】。｜潘總請客你幫我去～下【潘總經理請客，你替我去應酬一下】。

沖涼 tsung1 loeng4 洗澡：天冷我都日日～【冬天我也天天洗澡】。｜沖熱水涼【洗熱水澡】。

沖涼房 tsung1 loeng4 fong2* 浴室；洗澡間。

沖茶 tsung1 tsa4 泡茶；用開水泡茶：你去～畀人客【你去給客人泡茶】。

沖菜 tsung1 tsoi3 大頭菜的一種，常用以醃製鹹菜。

涌 tsung1 ❶ 小河溝；河汊：村口有條～【村口有條小河汊】。❷ 地名用字：東～｜黃泥～。

衝燈 tsung1 dang1 衝紅燈。

衝閘 tsung1 dzaap9 賽馬術語。指比賽的馬匹進入起跑的賽道後，不聽騎師控制，未等發號就衝出起跑閘門（多見於作賽經驗少的馬匹）。

衝鋒車 tsung1 fung1 tse1 警用防暴車。

衝門 tsung1 mun4 ❶ 列車自動門正在關上時強行衝進車廂：你嘅～法好危險【門要關上時你這樣衝進車廂很危險】。❷ 足球比賽術語。一種犯規行為，指衝撞對方的守門員以影響其接球。

衝刺 tsung1 tsi3 原指賽跑最後階段的全速奔跑，喻指（在最後階段）全力拼搏：聽日考試，今晚最後～【明兒考試，今晚做最後拼搏】。

寵物 tsung2 mat9 家庭飼養的用以消遣解悶的動物，以狗、貓、鳥、魚為常見：～店【賣消閒小動物的商店】｜～醫院【為供消閒的動物治病的獸醫診所】。

松雞 tsung4 gai1 松果。

松毛 tsung4 mou4 松針。

松柴 tsung4 tsaai4 松木的柴火。

重揼揼 tsung5 dap9 dap9 沉甸甸：個盒～，入便裝咗乜嘢呀【這盒子沉甸甸的，裏頭裝的甚麼呀】？

重口味 tsung5 hau2 mei6 原指菜式味道濃烈，比喻具有一般人不接受的、大膽出格的特性或格調（多指怪異、殘暴、淫邪等）：呢個節目講埋啲鹹濕笑話，好～嗰【這個節目有很多黃色笑話，很出格】。

重案組 tsung5 ngon3 dzou2 香港警務處部門之一，隸屬於警隊行動處的行動部，設於各警區專責調查嚴重罪案。

重皮 tsung5 pei2* 成本很高；花錢很多：自助旅遊住五星級酒店～咗啲啩【自助旅遊住五星級飯店成本重了點兒吧】？

重手 tsung5 sau2 花大力氣；使大勁；指使用較大力量或較多資源：你打仔唔使咁～啩【你打兒子用得着使那麼大勁嗎】？｜佢～投資落股票度【他花很大的資本投資在股票上】。｜警方～出擊打擊黑社會勢力【警方強力出擊打擊黑社會勢力】。

重秤 tsung5 tsing3 壓秤（指東西份量很重）：兩個西瓜咁上下大，不過呢個～啲，應該熟啲【兩個西瓜差不多大，不過這個壓秤點兒，應該比較熟】。

廚 tsy2* 廚師。同「廚房」：做～【當廚師】。

柱躉 tsy5 dan2 柱石；柱子下面的基石。

柱侯 tsy5 hau4 乾貝。又名江珧柱、乾瑤柱。

柱侯醬 tsy5 hau4 dzoeng3 一種以豆醬、醬油、食糖、蒜肉、食油等原料精製而成的烹調用醬料。源於廣東佛山。

儲值票 tsy5 dzik9 piu3 能存儲一定金額以用於消費的票，實際上是一張磁卡，票額用完後可再充值使用。一般指舊時地鐵公司發售的一種車票。車票也通用於各種公共汽車。

【小知識】地下鐵路儲值車票（後稱為香港通用儲值票）在 1981 年至 1999 年期間通用，有不同面值（如五十元、一百元等）。1999 年儲值票停止發行，由具有多種用途的「八達通」取代。

儲水 tsy5 soey2 儲備用水；存水：聽日呢座大廈停水，今晚記住～呀【明天這座大廈停止供水，要記住預先儲備用水呀】。

署理 tsy5 lei5 官員出缺或因公務外出，由其他官員暫時代理其職務：～特首｜～司長。

穿 tsyn1 ❶ 破：件衫～咗窿【衣服破了個洞】｜畀人打～個頭【讓人打得頭破血流】。❷ 通：挖～隧道【挖通隧道】。

穿崩 tsyn1 bang1 演藝術語。穿幫。指戲劇影視演員演出時服裝或道具露出破綻：你着住古裝戲服重戴住隻錶，一陣出場就～喇【你穿着古裝戲服還戴着手錶，一會出場就露出馬腳了】。

穿煲 tsyn1 bou1 原指砂鍋破了個窟窿，因鍋破了盛的東西就會漏出來，故引指露餡兒、穿幫（指秘密、隱私洩露了）：上次你仲話你兩個唔係拍拖，今次～咯啩【上次你還説你倆沒談戀愛，這次露餡兒了吧】？

穿櫃桶底 tsyn1 gwai6 tung2 dai2 喻指挪用、侵吞公款或家人的錢財：穿老竇櫃桶底【偷老爸的錢】。

穿窿 tsyn1 lung1 破了個洞：爆炸過後，間屋穿咗個大窿【爆炸過後，房子破了個大洞】。

穿梭機 tsyn1 so1 gei1「太空穿梭機（航天飛機）」的簡稱。

邨（村） tsyn1 即住宅小區，又稱「屋邨」；一般用於指公營房屋：公共屋～｜華富～。

邨巴 tsyn1 ba1 穿梭於屋邨（居民住宅小區）與各主要交通點之間的小型巴士。

村屋 tsyn1 nguk7 新界鄉間原住民居住的房屋。一般多為平房或三層左右的較低矮樓房。

喘定 tsyn2 ding6 ❶ 喘息停止：佢喘喘走完馬拉松，你要採訪都等佢～至做呀嘛【他剛跑完馬拉松，你要採訪也得等他喘喘氣再做吧】。❷（比喻）股票停止狂升或狂跌：股市經過半月大幅波動之後，琴日開始～【股市經過半個月大幅波動之後，昨天開始有停止波動的跡象】。

寸（串） tsyn³ ❶ 形容人發橫、蠻橫，態度囂張：做人唔好咁～，要厚道啲【做人別這麼蠻橫，要厚道點兒】。❷ 以囂張言行向人挑釁或示威：佢～我哋，我哋咪～返佢囉【他跟我們使橫，我們也跟他發橫唄】。

寸嘴 tsyn³ dzoey² 說話不饒人；態度囂張跋扈、趾高氣揚：識佢嘅人個個都知佢～【認識他的人個個都知道他態度囂張，嘴巴不饒人】。

寸金尺土 tsyn³ gam¹ tsek⁸ tou² 喻土地資源珍貴，樓房價格高昂：香港～，幾百呎嘅樓都可以叫豪宅【香港的土地很貴，幾百平方呎的住房都可以稱為豪宅】。

串字 tsyn³ dzi⁶ 拼寫或拼讀英文詞：先生叫我哋串熟呢課啲字【老師叫我們把這課的英文生字背熟拼出來】。

串埋 tsyn³ maai⁴ 串通；合謀：佢哋～來呃我【他們串通來訛詐我】。

串燒 tsyn³ siu¹ 成串的烤肉：雞肉～。

全蛋麵 tsyn⁴ daan² min⁶ 用雞蛋和麵粉做成的麵條。

全餐 tsyn⁴ tsaan¹ 全套飯菜，包括湯、頭盤、主菜、甜品等。

攢（全）盒 tsyn⁴ hap²* 裝糖果、瓜子等食品的盒子，內分很多格，多用來盛裝過年食品款待客人。

傳譯 tsyn⁴ jik⁹「同聲傳譯」的簡稱，即口頭翻譯：呢個會場有即時～【這個會場安排了口頭翻譯】。

傳媒 tsyn⁴ mui⁴ 傳播媒體，指報紙、雜誌、廣播、電視等。

傳票 tsyn⁴ piu³ 由法庭發出的傳召原告、被告與證人出庭的通知書。

傳菜 tsyn⁴ tsoi³（規模較大的）餐廳、酒樓中，專門負責把做好的菜餚端到飯桌前的服務員，亦稱「地喱」。這種服務員不負責上菜擺枱（負責上菜擺枱的服務員稱「樓面」）：佢喺呢間酒樓做～【他在這家酒樓做端盤子的工作】。

通¹ tung¹ ❶ 整：～屋都係人【整間屋子都是人】。❷ 對；合理：你噉講唔～嚕【你這麼說不在理】。

通² tung¹ 管子；管狀物：膠～【塑膠管；橡膠管】｜水喉～【水管】。

通波仔 tung¹ bo¹ dzai² 做心血管支架的微創手術。

通頂 tung¹ deng² ❶ 整個屋頂被毀：場火好大，幾十間屋都燒～【這場火很大，十幾間房子連屋頂都燒穿了】。❷ 通宵：捱～【熬通宵】。

通街 tung¹ gaai¹ 滿大街；整條街：～車【滿街車輛】。

通氣 tung¹ hei³ 形容通情達理；能體貼人；知趣，不妨礙人：～啲啦，佢啱啱輸錢你咪追佢還錢喇【體諒一下吧，他剛輸了錢你就別追着他還錢了】。｜人哋兩公婆咁耐冇見，你仲唔走？咁唔～【人家夫妻倆這麼長時間沒見面，你還不走？怎麼這麼不知趣】。

通渠 tung¹ koey⁴ 疏通溝渠：佢係專業～師傅，好有經驗【他是專門疏通溝渠的師傅，很有經驗的】。

通窿 tung¹ lung¹ ❶ 穿孔的：塊板係～嘅【那塊板是穿孔的】。❷（管道等）不堵塞；通暢：條抽水管唔～【這條抽水管不通暢】。

通殺 tung¹ saat⁸ 賭博術語。贏家席捲輸家賭注：呢鋪莊家自摸清一色，三家～【這盤莊家自摸清一色，對手三家全輸了】。

通心 tung[1] sam[1] 空心的；中心空的：～粉【意大利通心麵】｜枝竹係～嘅，所以吹得響【竹子是空心的，所以能吹得響】。

通勝 tung[1] sing[3] 通書（因「書」與「輸」同音，為避諱而改用「輸」的反義詞「勝」）。

通水 tung[1] soey[2] ❶ 通風報信：你喺老闆度知道啲乜嘢消息，至緊要～畀我【你在老闆那兒知道了甚麼消息，一定要給我透個信兒】。❷ 考試時將題目答法或答案告知別人；串通作弊：佢哋因為～被取消考試資格【他們因串通作弊而被取消考試資格】。

通透 tung[1] tau[3] 透徹；明白：你等我諗通諗透，我就會去做【等我想透徹了，我就會去做】。

通天 tung[1] tin[1] ❶ 與最高領導人有關係：呢條友～嘅，講嘢小心啲【這小子跟頭兒挺熟，說話小聲點兒】。❷ 秘密被揭露及傳播開去：佢要辭職嘅事已經通晒天【他要辭職的事已經傳開了】。❸ 天井。

通天巴士 tung[1] tin[1] ba[1] si[2]* 1980年代九龍巴士公司來往啟德機場的公共汽車，車身均有「通天巴士」字樣。

通天曉 tung[1] tin[1] hiu[2] 無所不知的人；萬事通：佢好有學問，正一係～【他很有學問，真正是個無所不知的人】。

通菜 tung[1] tsoi[3]「蕹菜（空心菜）」的別稱。

通處 tung[1] tsy[3]「處」又音 sy[3]。到處；處處：香港～都有垃圾桶【香港到處都有垃圾桶】。

桶啤 tung[2] be[1] 一公升的啤酒。

桶裙 tung[2] kwan[4] ❶ 襯裙。❷ 較緊身的無褶的裙子。

痛腳 tung[3] goek[8] 把柄：我哋又冇～喺人哋手，唔使驚嘅【我們又沒把柄在人家手裏，用不着害怕的】。

疼錫 tung[3] sek[8] 疼愛；愛惜：媽咪好～我【媽媽很疼愛我】。

同 tung[4] ❶ 連詞。和；跟：我～佢一樣【我和他一樣】。❷ 介詞。跟；向：你去～佢講【你去跟他說】。❸ 介詞。替，為；給：～我問候佢【替我問候他】｜你～我收聲【你給我住嘴】！

同志 tung[4] dzi[3] 指同性戀者。

同居 tung[4] goey[1] ❶ 同住一間房的鄰居。❷ 同住在一起，特指異性朋友、情人等同住在一起。

同行如敵國 tung[4] hong[4] jy[4] dik[9] gwok[8] 形容同一行業的人互相之間劇烈競爭。

同人唔同命，同遮唔同柄 tung[4] jan[4] m[4] tung[4] meng[6] tung[4] dze[1] m[4] tung[4] beng[3]【諺】同是人，命運卻各有不同（就像同是雨傘，傘柄卻貴賤有別一樣）。

同撈同煲 tung[4] lou[1] tung[4] bou[1] 一塊兒掙錢，一口鍋裏吃飯，即「同甘共苦」之意：我哋係～嘅沙煲兄弟，我唔會出賣佢嘅【我們是一起混的結義兄弟，我不會出賣他的】。

同埋 tung[4] maai[4] ❶ 連詞。和；與：我～你都唔合格【我和你都不及格】。❷ 同一的；相同的：佢兩個～間公司【他倆（在）同一家公司（工作）】。❸ 一塊兒：畀我～去啦【讓我一塊兒去吧】。

同你有親 tung[4] nei[5] jau[5] tsan[1] 跟你有親戚（或親密）關係：人哋又唔係～，做乜要分一份畀你啫【人家又不是跟你有甚麼親密關係，憑甚麼給你分一份】！

同屋 tung4 nguk7 同住一所（或一套房子）的住客。

同屋主 tung4 nguk7 dzy2 同「同屋」。

同袍 tung4 pou4【文】同事，一般用於警隊。

同聲同氣 tung4 seng1 tung4 hei3 指大家的鄉音相同，又引申為意見一致：你哋同埋一間公司，梗係～啦【你們是在同一家公司（工作），當然口徑相同了】。

同枱食飯，各自修行 tung4 toi4 sik9 faan6 gok8 dzi6 sau1 hang4【俗】雖然同一張桌子吃飯，但是各人有不同的修行，指世間人與事千差萬別，處在一起的人，也可以各不相關。

同儕 tung4 tsaai4【文】同輩，同伴；年齡、身份相近的伙伴：提倡～協作學習，可改善教學效能。

同錢有仇 tung4 tsin2* jau6 sau4 跟錢有仇，指不要錢或亂花錢；不珍惜錢財：咁大筆遺產你都放棄？你～呀【這麼一大筆遺產你都放棄？你跟錢有仇嗎】？

桐油灰 tung4 jau4 fui1 油灰膩子（熟桐油跟石灰混合而成的建築材料，用作密封防水）。

桐油埕裝桐油 tung4 jau4 tsing4 dzong1 tung4 jau4【俗】桐油罐始終只能裝桐油，比喻人的本性難移：佢以前食大麻，而家食冰毒，～，冇得改㗎喇【他以前吸鴉片，現在吃冰毒，本性難移，改不了的了】。

筒 tung4 量詞，用於長筒形等物體：一～袖【一隻袖子】｜一～糖【（長筒形的）一包糖果】｜一～碗【一摞碗】。

筒子 tung4 dzi2 餅（麻將牌花色的一種）。

銅銀 tung4 ngan2* 假銀元；用銅做的銀元。

銅盤 tung4 pun4 鏇子（用於蒸製糕點的沒有孔的盤子）。因通常以銅製成，故稱。

童黨 tung4 dong2 結夥偷竊或幹其他壞事的兒童或少年。

童子雞 tung4 dzi2 gai1 筍雞（小而嫩的雞）。

童子軍跳彈床——是鳩但 tung4 dzi2 gwan1 tiu3 daan6 tsong4 si6 gau1 daan6【歇】童子軍英語為 Scout（男童軍），與「彈」合成的「Scout 彈」諧音「是鳩但」（通常不講出下句）。「鳩」為粗話，在此只起加重語氣作用，「是但」意即無所謂、隨便：去邊度食飯使乜傾咁耐啫，～啦【上哪兒吃飯用得着商量半天嗎，隨便行了】。

童軍 tung4 gwan1 舊稱童子軍，一個世界性的青少年組織。

童星 tung4 sing1 兒童明星。

團友 tyn4 jau5 同一個參觀團或旅行團的人：佢向～解釋行程【他向參加旅行團的朋友解釋行程】。

團契 tyn4 kai3 基督教用語，源自英語 fellowship，意即相互交往、分享，現用作教徒之間的一種聚會名稱。團契生活是基督徒最基本的教會生活。

團年 tyn4 nin4 除夕夜家人團聚；吃年夜飯：佢好多年都冇同屋企人～咯【他好多年沒跟家裏人吃年夜飯了】。

斷擔挑 tyn5 daam3 tiu1「擔挑」即扁擔，喻生活的擔子，「斷擔挑」指（因孩子過多造成）生活負擔太重，支持不住：一個嬌，兩個妙，三個～（1970 年代家庭計劃指導會宣傳計劃生育的口號）。

斷碼 tyn5 ma5 只剩下部份尺碼：呢啲鞋都係～嘅，所以咁平【這些鞋都只剩下某些尺碼有貨，所以才這麼便宜】。

斷尾 tyn5 mei5 根治；徹底治癒：呢啲慢性病係好難～嘅【這種慢性病是很難根治的】。

斷片 tyn5 pin2* 放映的影片忽然斷了，喻指人的記憶其中某一段忽然變成空白：飲醉之後～係好有可能嘅【喝醉了出現短暫失憶是很有可能的】。

斷市 tyn5 si5 貨物脫銷；缺貨：嬰兒奶粉～【嬰兒奶粉脫銷了】。

脫 tyt8 量詞。套；身（用於衣服）：一～衫【一套衣服】。

脫服 tyt8 fuk9 除服；守孝期滿，脫去喪服：我今日～【我今天除服】。

脫戲 tyt8 hei3 又作「脫片」。有女（或男）演員身體全裸露鏡頭的電影。「脫」指脫衣服。

脫衣舞 tyt8 ji1 mou5 一種賣弄色情的舞蹈表演，表演者一邊扭動身體，一邊把身上的衣服逐件脫去。

脫片 tyt8 pin2* 同「脫戲」。

脫市 tyt8 si5 同「斷市」。

脫星 tyt8 sing1 常在電影中有裸體表演的女明星。

W

蛙人 wa1 jan4 潛水員：～潛入水搵個失蹤者【潛水員潛入水中尋找那個失蹤者】。

哇喇哇喇 wa1 la1 wa1 la4 一種小型的電動擺渡船，又稱「電船仔」，「哇喇哇喇」是形容行駛時發出的海浪聲。

【小知識】1950至60年代，海底隧道仍未建成，居民要「過海」主要乘坐渡海小輪，渡輪晚上停航後，便要乘坐行駛於尖沙嘴至灣仔的電動小輪，稱為「哇喇哇喇」。由於小輪碼頭位於遊客區和夜間消費場所集中地，因此生意極好。

娃娃裝 wa1 wa1 dzong1 一種服裝款式，指從胸夾一直向衣腳散開成傘型的寬闊上衣。

搲 wa2 又作 we2。抓；（用爪）劃：～花塊面【抓破了臉皮】｜隻貓～爛咗本書【貓（爪）抓破了書頁】。

搲子 wa2 dzi2 用手抓小石頭玩，一種兒童遊戲。

華埠 wa4 fau6 海外華人的聚居地（通常指位於大城市內的）：洛杉磯～【洛杉磯唐人街】。

華府 wa4 fu2 ❶ 美國首都華盛頓。❷ 美國政府；白宮：～發言人召開記者會【白宮發言人召開記者招待會】。

華界 wa4 gaai3 港英政府時期稱中港邊界地區屬於中國管轄的地域。與「英界」相對：羅湖橋嘅嗰便係～，呢便係英界【羅湖橋的那一邊屬中國管轄，這一邊屬英國管轄】。

嘩 wa4 嘆詞。表示驚嘆、讚嘆，相當於普通話的「嚯」：～，好犀利【嚯，真厲害】！｜～，咁平嘅【嚯，這麼便宜】？

話 wa6 ❶ 說：邊個～嘅【誰說的】？❷ 告訴：係佢～畀我知嘅【是他告訴我的】。❸ 批評；責備：你做老竇嘅應該～下佢【你做父親的應該批評他】。❹ 認為；看：計我～你就唔好去【依我看你就別去】。

話得埋 wa6 dak7 maai4（可以）預料：乜

嘢結果～嘅咩【甚麼結果能預料得到嗎】？

話都冇咁快 wa6 dou1 mou5 gam3 faai3 說話都沒那麼快的，意近「說時遲，那時快」：～，對手一拳就打過嚟【說時遲，那時快，對手一拳就打了過來】。

話齋 wa6 dzaai1 正如……所說（的）：啲老人家～，冬大過年【正如老人們說的，過冬節（冬至）比過年還重要】。

話啫 wa6 dze1 語氣詞。用於表示不完全同意對方的看法，常用在一句的開頭或前一分句的句尾，前者的用法近於「話雖如此」；後者的用法近於「還勉強」、「還湊合」：～，仲係小心啲好【話雖如此，但還是小心點兒的好】！｜一千蚊就～，幾百蚊就唔得【一千元還湊合，幾百塊就不行】。

話之佢 wa6 dzi1 koey5 管他的；管他呢。可說成「話之你」（對象為「你」）：～應唔應承，我決定咗嘞【管他答應不答應，我已經決定了】。

話咁快 wa6 gam3 faai3（就像說句話似的）很快；十分迅速：～一年就過去咗【很快地一年就過去了】。

話咁易 wa6 gam3 ji6 十分容易：要打探佢嘅消息～【要打聽他的消息再容易不過了】。

話口未完 wa6 hau2 mei6 jyn4 話音未落：佢～，條繩就斷咗【他話音未落，繩子就斷了】。

話落 wa6 lok9 囑咐；吩咐，交代：阿媽～，叫我一放學就返屋企【媽媽囑咐我一放學就回家】。

話唔定 wa6 m4 ding6 同「話唔埋」：聽日～會落雨【明天說不定會下雨】。

話唔埋 wa6 m4 maai4 說不定；說不準。又作「唔話得埋」：車開得咁快，出事都～【車開得這麼快，出事也說不定】。｜聽日會唔會有人去，而家真係～【明天會不會有人去，現在還真說不準】。

話名 wa6 meng2* 名義上；應名兒，雖說是……：佢～係經理，其實冇實權嘅【他名義上是經理，其實沒實權】。｜佢哋～係親戚，查實好少來往【他們應名兒是親戚，其實很少來往】。

話明 wa6 ming4 說清楚；說明白；講明：張合約已經～係貨到付款，冇理由嚟收錢先啩【合同上已經說清楚是貨到付款的，沒有理由現在就來收款吧】？

話晒 wa6 saai3 說到底；不管怎麼說：～我哋都係兄弟，我唔會唔幫佢嘅【說到底我們總還是兄弟，我不會不幫他的】。

話實 wa6 sat9 ❶ 說定：～聽朝八點喺度等【說定了明天早上八點在這兒等】。｜傾咗下價錢，不過未～【談了一下價錢，不過還沒說定】。❷ 極力勸阻：～佢都係要去【怎麼勸他都還是要去】。

話時話 wa6 si4 wa6 改變話題時用，即順便說或附帶說說：～，你幾時得閒同我哋食餐飯【對了，你甚麼時候有空跟我們吃頓飯】？

話事 wa6 si6 說了算；主事；能拍板：呢度係我～【這兒是我說了算】。｜你哋公司邊個係～嘅【你們公司誰是拍板的】？

話事偈 wa6 si6 gai2 正如……所說的。同「話齋」。現此詞少用。

話頭醒尾 wa6 tau4 sing2 mei5 形容人聰明，腦筋反應很快，略一提示即能明白並舉一反三，觸類旁通：做秘書嘅，要反應夠快，～先得【做秘書的，要反應夠快，（上司）剛一開口就能馬上領會才行】。

槐枝 waai[4] dzi[1] 荔枝的一個最常見的品種，可曬、烤成荔枝乾。

淮鹽 waai[4] jim[4] 椒鹽，用花椒炒製過後磨碎加上鹽製成的調味品。

淮山 waai[4] saan[1] 山藥。粵人常用以煮湯。

壞鬼 waai[6] gwai[2] 不好的；不良的；壞的：你啲～脾性要改嘞【你的壞脾氣可得改改了】。

嚄嚄 waak[7] waak[7] 形容扯開嗓門説個沒完，意近「嘰嘰呱呱」：成日口～，煩死人【那張破嘴成天嘰嘰呱呱的，聽得人都煩死了】。

或者 waak[9] dze[2] ❶ 也許；或許：～係我多心，不過你始終都係小心啲好【或許是我多心了，不過你還是小心一點兒的好】。❷ 要不；要不然：佢唔喺度，～你第日來過【他不在，要不你以後再來】？

畫則師 waak[9] dzik[7] si[1] 繪畫建築設計圖的專業人士。同「則師」。

畫花口面 waak[9] fa[1] hau[2] min[6] 背後散佈流言蜚語以中傷、醜化他人：無端端畀人～，你話我嬲唔嬲吖【平白無故被人家誣賴，你説我生不生氣呢】？

畫公仔畫出腸 waak[9] gung[1] dzai[2] waak[9] tsoet[7] tsoeng[2]* 畫人像把腸子都畫出來，比喻説得太露骨，把該忌諱的、沒必要説的都説出來了：你做咗乜嘢事，你自己心知肚明，唔使我～啩【你做了啥事，你自己心裏明白，用不着我説得那麼清楚吧】？

畫鬼腳 waak[9] gwai[2] goek[8] 又稱「撳鬼腳」，一種類似於抓鬮兒的遊戲。

畫位 waak[9] wai[2]* 確定座位；選定座位：你張機票已經畫咗位【你的機票已經確定座位了】。｜以前戲院係人手～【以前電影院是用人手把座號寫在票上】。｜不設～【自由入座】。

灣 waan[1] 泊；停靠：～船【停泊船】｜～三號碼頭【停靠三號碼頭】。

灣水 waan[1] soey[2] ❶ 歇腳；暫時休息：就快到啦仲～【快到了還歇腳】？❷ 失業；暫斷生計。

挽 waan[2] ❶ 提；提溜：一手～住啲菜，一手抱住個細路【一手提溜着菜，一手抱着小孩】。❷ 挎：～住手袋【（用臂彎）挎着手提包】。

挽鞋 waan[2] haai[4] 提鞋子；拿鞋子：你幫我～都無資格【你給我提鞋子的資格都沒有】！

挽手 waan[2] sau[2] 提梁；籃子、提包上面的用手提的部份：呢個籃嘅～好靚【這個籃子的提梁很漂亮】。

玩 waan[2] ❶ 非專業、非職業地從事某些工作、做某些事：得閒就～下電腦【有空就玩一玩電腦】。｜間中都～下股票、期貨【偶爾也玩一玩股票、期貨】。❷ 玩弄；作弄；戲弄：唔好～我喇，快啲講吖【別作弄我啦，快點兒説吧】！

玩大咗 waan[2] daai[6] dzo[2] 玩過火了：炒股票本嚟係玩下嘅，誰不知～，而家想收手都難【炒股票本來是想玩一玩，誰知玩過了頭，如今騎虎難下】。

玩謝 waan[2] dze[6] 把對方整垮、玩垮。同「玩殘」。

玩家 waan[2] ga[1] 非專業、非職業地愛好某些事物、且有一定經驗、水平的人：古董～【愛好收藏古董且已有一定經驗、眼光的人】｜電腦遊戲～【電腦遊戲愛好者】。

玩嘢 waan² je⁵ 耍花招：你若果～，我哋唔會放過你【你如果耍甚麼花招，我們不會放過你】。

玩完 waan² jyn⁴ 玩完了；完了；壞了；吹了；結束了：噉嘅病，搶救唔切好快就～【這種病，搶救不及很快就完蛋】。｜佢兩個拍咗兩個月拖就～【他倆談了兩個月戀愛就吹了】。

玩 line waan² laai¹ 一種通過打電話進行的遊戲：啲後生仔有邊個唔～㗎【年輕人有誰不玩電話遊戲呢】？

玩馬騮 waan² ma⁵ lau¹ 耍猴子。比喻故意玩弄人：你唔好當～噉玩我哋喎【你不要像耍猴子那樣耍我們】。｜呢個少爺仔認真難服侍，真係畀佢玩死馬騮【這個小少爺真難對付，被他耍弄得夠嗆了】。

玩泥沙 waan² nai⁴ sa¹ 原指兒童堆沙玩兒，亦喻指做事很兒戲：要個仔接手打理成間公司？做生意唔係～喎【讓你兒子接手管理公司？做生意不能那麼兒戲吧】。

玩新人 waan² san¹ jan⁴ 鬧新房；鬧洞房；鬧房：而家～嘅方式真係千奇百怪【現在鬧洞房的方式真是千奇百怪】。

玩失蹤 waan² sat⁷ dzung¹ 故意隱藏形跡；故意躲起來：佢爭咗人成身數，而家～【他欠了人家一屁股債，現在故意躲起來了】。

玩餐飽 waan² tsaan¹ baau² 玩個夠：星期日唔使返工，佢坐喺電腦前便～【星期天不用上班，她坐在電腦跟前玩了個夠】。

玩殘 waan² tsaan⁴ 故意施展手段，玩弄技巧，或處事失當，使對方處於筋疲力竭的境地，或把對方整垮：一個叫我去東，一個叫我去西，真係畀佢哋～【一個叫我往東，一個叫我往西，真讓他們給弄得累癱了】。｜佢用呢幾招想～我？冇咁易【他用這幾招就想把我整死？沒那麼容易】。

玩出火 waan² tsoet⁷ fo² 玩得過火而導致不好的結局：你哋好收手囉噃，因住～佢同你哋反面【你們該罷手了，小心玩過火他跟你們翻臉】。

還 waan⁴ 連詞。❶ 用在兩個相同的詞之間，表示與別的事物、情況有別：辭典～辭典，字典～字典，唔同【辭典是辭典，字典是字典，（這是）不同的】。❷ 用在兩個相同的詞之間，表示讓步：講定先，去～去，我唔做嘢【先說好，去就去，我可不幹活】。

還得神落 waan⁴ dak⁷ san⁴ lok⁹ 可以拜謝神靈或告慰祖宗；喻幸運：呢次意外你執番條命，真係～咯【這次意外你撿回性命，真是要拜謝神恩了】。

還神 waan⁴ san⁴ 為感謝神的庇佑或恩賜，而進行的祭神儀式：個仔娶到個咁好嘅老婆，真係要～至得囉【兒子能娶到這麼好的媳婦兒，真得去拜神還願才行】。

環頭 waan⁴ tau⁴ 早期香港島的行政區域之一，現泛指一般區域、地盤：呢個～係邊個差館管嘅【這個地區是哪個警察分局管的】？

繯首死刑 waan⁴ sau² sei² jing⁴ 絞刑。這是香港 1966 年以前對謀殺等嚴重罪行執行的最重刑罰。

鯇魚 waan⁵ jy²* 草魚；青魚。

□ waang¹ 壞事；砸鍋；吹了：唔好將件事搞～咗【別把事弄砸了】。｜佢兩個幾時～㗎【他倆甚麼時候吹了】？

橫繃繃 waang⁴ baang¹ baang⁶ ❶ 橫着：

架車～喺泊正喺學校門口【這輛車橫着擺在學校門前】。❷ 引指人蠻橫無理，無理取鬧：做人要講理，唔可以～【做人要講道理，不可以蠻橫無理】。

橫掂 waang4 dim6 橫豎；反正：～你得閒，就幫下手啦【反正你有空，就幫幫忙唄】！

橫幅 waang4 fuk7 特指橫幅大標語：會場佈置好了，掛埋條～就搞掂嘞【會場佈置好了，把橫幅大標語掛上就完事】。｜示威者舉住～遊行【示威者舉着橫幅大標語遊行】。

橫街窄巷 waang4 gaai1 dzaak9 hong6 小街小巷：做乜有大路唔行行埋啲～【幹嘛有大路不走偏走這種小街巷呢】？

橫脷 waang4 lei6 豬的脾臟。

橫紋柴 waang4 man4 tsaai4 比喻不講理、難對付的人，又作「扭紋柴（多形容小孩）」：佢係～，唔會聽人講【他是不講理的人，聽不進別人的話】。

橫門 waang4 mun2* 側門；旁門：正門鎖咗要喺～入【正門鎖了要從側門進去】。

橫丫腸 waang4 nga1 tsoeng2* ❶ 闌尾；盲腸。❷ 喻指心眼、主意、鬼點子：佢份人直腸直肚，冇～嘅【他那人一條腸子通到底，沒甚麼心眼】。

橫額 waang4 ngaak2* 對聯的橫批；橫幅；橫匾。

橫死掂死 waang4 sei2 dim6 sei2 怎麼樣都是死：～，我同佢攬住一齊死【橫豎是死，我跟他同歸於盡】。

橫水艔 waang4 soey2 dou2*（橫渡江河的）渡船。

橫財就手 waang4 tsoi4 dzau6 sau2 發橫財；橫財到手。一般用於恭賀語：祝你～【祝你橫財到手】。

橫 waang6 ❶ 桌椅腿中間的橫木：枱～。❷ 梯子的橫木：梯～。

滑 waat9 豬、牛、魚等肉絞碎後加調料製成的肉醬：魚～。

滑落 waat9 lok9 股票市場術語。價格或價位連續下跌：美股繼續～，令投資者缺乏信心【美股價位繼續下跌，使投資者缺乏信心】。

滑捋捋 waat9 lyt7 lyt7 滑溜溜：條魚～，點捉呀【這條魚滑溜溜的，怎麼捉呢】？

滑牙 waat9 nga2* 螺紋、齒輪等因磨損而上不緊或咬合不良：粒螺絲有啲～【這個螺絲釘有點上不緊】。

滑牛 waat9 ngau4* 嫩滑的牛肉；滑溜牛肉：皮蛋～粥。

滑潺潺 waat9 saan4 saan4 黏黏滑滑的；滑溜溜的（指某些粘液）：啲碗洗唔乾淨，仲係～【碗沒洗乾淨，還是黏黏滑滑的】。

滑鼠 waat9 sy2 鼠標。因使用時要滑動，且狀似老鼠，故稱。

滑頭 waat9 tau2* 油滑；油：呢個人好～，好識得鑽營【這個人很油滑，很會鑽營】。

滑鐵盧 waat9 tit8 lou4 喻指遭受慘敗、挫折，又特指考試受挫。滑鐵盧為比利時城鎮名，英語作 Waterloo（香港有以 Waterloo Road 為名的街道，譯作「窩打老道」）。1815 年 6 月英國、普魯士聯軍在此擊敗拿破崙的大軍，結束其「百日王朝」。

威 wai1 ❶ 顯威風。同「威水」。❷【俗】尋找娛樂消遣，甚或色情遊戲：今晚去邊度～呀【今晚上哪兒去消遣消遣】？

威化餅 wai1 fa3 beng2 維夫餅乾（一種由麵粉、蛋、牛奶等做成的鬆脆的餅乾）。英語 wafer 的音譯與「餅」組成的合成詞。

威也 wai1 ja2 鋼絲繩（常用作高空作業時的保險繩）。英語 wire 的音譯詞：佢表演空中飛人都唔吊～嘅【他表演空中飛人時也不吊鋼絲繩（作保險）】。

威猛 wai1 maang5 威風；有氣派：你男朋友好高大～呀【你男朋友很高大威風啊】。

威士 wai1 si2* 廢棉紗；棉紗頭（多作擦機器等用）。英語 waste 的音譯詞。

威水 wai1 soey2 ❶ 威風；神氣：呢場球佢真係～，居然獨得三十分【這場球他真是威風八面，居然獨得三十分】。｜你騎馬個樣真係夠～【你騎馬的樣子可真神氣】。❷ 顯威風；出風頭：今次玩我至要家嘅項目，噉仲唔畀我～返一次【這次玩我最擅長的項目，還不讓我大顯一下威風】？❸ 鮮豔；醒目：咁多人我一眼就認出你，事關你件衫夠～【這麼多人我一眼認出你，因為你的衣服夠醒目】。

威水史 wai1 soey2 si2 引以為傲的成功過去；光榮歷史：以前我成日聽佢講打日本仔嗰陣時嘅～【以前我經常聽他講抗日戰爭時的光榮歷史】。

位 wai2* ❶ 座位；位置：我坐靠門口～【我坐在靠門口的座位】。｜呢度唔夠～擺張床【這個位置放不下一張床】。❷ 空白的地方：張紙仲有好多～可以寫【這張紙還有許多空白的地方可以寫字】。

餵老虎 wai3 lou5 fu2 將硬幣投入老虎機內。

為 wai4 算成本；算平均價：做呢單工程～起嚟都唔少錢㗎【做這個工程算起來成本都花了不少】。｜呢個三日團兩千蚊，一日～到幾百蚊啫【三天遊團費是兩千，算起來平均一天才幾百塊】。

為得過 wai4 dak7 gwo3 划得來：有錢買呢啲樓都～嘅【有錢的話，買這種房子還是划得來的】。

為老不尊，教壞子孫 wai4 lou5 bat7 dzyn1 gaau3 waai6 dzi2 syn1【諺】老人家沒有修養，不自尊自重就會教壞子孫：佢又賭又吹，認真～【他又賭博、又吸鴉片，不自尊自重準會教壞子孫】。

為皮 wai4 pei2* ❶ 成本：玩期貨～高得滯，我冇咁多錢【買賣期貨成本太高，我沒這麼多錢】。❷ 維持成本：租咁大地方，叫我點～【租那麼大的地方，我哪能維持成本】。

圍 1 wai4 量詞。席；桌（用於酒宴）：你結婚擺咗幾多～【你結婚擺了多少席】？

圍 2 wai4 ❶ 村；屯；圍子：呢條～有百零家人家【這村子有一百來戶人家】。❷ 地名用字，用於客家人的圍屋構成的村落名：吉慶～｜桃衙前～村（均為香港新界地名）。❸ 珠江三角洲水網地區由堤壩圍着的大片田地。

圍內 wai4 noi2* ❶ 老朋友；自己人：呢啲嘢大家～唔怕講【這些事大家自己人不怕說】。❷ 某個範圍內，特指利益相關的集團內：今次酒會淨係請～嘅人【這次酒會只請集團內的人】。

圍威喂 wai4 wai1 wai3 形容有密切關係的人或自己人之間自成一個群體、小圈子：話就話公開評選，其實都係佢哋～自己傾掂數【說是公開評選，其實是他們那幫人內部協商好的】。

唯獨是 wai4 duk9 si6 只是；只不過：香港

乜都好，~樓價貴過頭【香港甚麼都好只是房價太高】。

惟有 wai[4] jau[5] 只好；只得：佢唔喺屋企，我哋~第二日嚟過啦【他不在家，我們只好改天再來了】。

維他奶 wai[4] ta[1] naai[5] 香港一著名豆奶飲料品牌。

【小知識】維他奶為香港家喻户曉的豆奶飲料，1940年開始由香港荳品有限公司在香港生產和銷售，英文名稱為 Vitasoy，現已成為國際品牌，由上市公司維他奶國際集團管理。

違例 wai[4] lai[6] 違章；違反法例：~僭建【違反法例私自搭建（非法建築物）】。

位置 wai[6] dzi[3] 賽馬術語。在一場賽事中投注的馬匹獲第一名、第二名或第三名，即可獲取彩金。

惠 wai[6]【文】付款：相金先~【要看相請先付款】。

為口奔馳 wai[6] hau[2] ban[1] tsi[4] 為了生活而奔波勞碌：以前個個~，邊有時間管教細路【以前人人為了生活奔波勞碌，哪裏有時間管教孩子】？

為人為到底，送佛送到西 wai[6] jan[4] wai[6] dou[3] dai[2] sung[3] fat[9] sung[3] dou[3] sai[1]【俗】幫助人要幫到底，不要半途而廢：你幫佢買咗船飛，不如陪埋佢返鄉下，~啦【你幫她買了船票，不如也陪她一起回鄉吧，幫助人就要幫到底嘛】。

為乜 wai[6] mat[7] 為甚麼；為啥；幹嘛：明知會落雨你~唔帶遮【明知會下雨你幹嘛不帶傘】？

為食 wai[6] sik[9] 饞嘴：~鬼【饞鬼】｜都咁肥咯你仲咁~【都這麼胖了你還這麼饞嘴】。

為食貓 wai[6] sik[9] maau[1] 饞貓；饞鬼：美食當前，個個都變晒~【美食擺在眼前，個個都變成了饞貓】。

衛生巾 wai[6] sang[1] gan[1] 婦女用的月經帶的婉稱。

衛生麻雀 wai[6] sang[1] ma[4] dzoek[2]*【諧】指不賭錢或輸贏不大且玩的時間也不太長的麻將。

溫暖牌 wan[1] nyn[5] paai[4]【謔】親手做來贈送給別人的（衣物）。因穿在身上感覺格外溫暖，故稱：多謝你哋送嚟畀啲老人家嘅~圍巾【謝謝你們給老人家送來的親手織的圍巾】。

瘟君 wan[1] gwan[1] 被女色迷住的男人：你個~，今晚又約咗邊個呀【你這個色鬼，今晚又跟誰約會了】？

瘟瘟沌沌 wan[1] wan[1] dan[6] dan[6] 迷迷糊糊的；暈乎乎的：飲酒飲到~，都唔知做咗乜嘢【喝酒喝得暈乎乎的，都不知幹了甚麼】。

搵 wan[2] ❶ 找：~位坐【找位置坐】｜~人幫手【找人幫忙】。❷ 介詞。拿；用：~我出氣【拿我出氣】｜~繩綁【用繩子綁】。

搵笨 wan[2] ban[6] 騙；愚弄，作弄；佔便宜：你~咩，一睇就知道呢啲係假貨啦【你想騙人嗎？一看就知道這些全是假貨】！｜畀人哋~【讓人家愚弄了】。｜叫我出錢？想搵我笨呀【叫我出錢？想佔我便宜】？

搵丁 wan[2] ding[1] 騙人；誘騙人上當：佢一味靠~呃人啲錢【他就靠着誘騙人上當來騙人家錢】。

搵真銀 wan[2] dzan[1] ngan[2]* 掙錢；掙外

快。「真銀」是強調真正的錢（現金），意近「白花花的銀子」：佢兩個齊齊出埠開騷～【他們倆一起到外地開演唱會掙錢】。

搵周公 wan² dzau¹ gung¹【諧】睡覺；入夢；睡着了。《論語·述而》：「子曰：『……久矣，吾不復夢見周公。』」，「搵（找）周公」即典出於此：佢而家肯定去～啦【他現在肯定已經睡了】。

搵朝唔得晚 wan² dziu¹ m⁴ dak⁷ maan⁵【俗】有早餐沒有晚餐；吃了上頓沒有下頓：以前生活艱難，好多人都係～【以前生活艱難，很多人都是吃了上頓沒下頓】。

搵着數 wan² dzoek⁹ sou³ 佔便宜；討便宜：呢個人呀，成日都想～，會有乜嘢知心朋友吖【這個人，啥事都想佔便宜，會有甚麼知心朋友呢】？

搵快錢 wan² faai³ tsin²* 用快捷的方法掙錢；在很短的時間內獲取金錢：犯罪集團利用青少年想～嘅心理，引誘佢哋帶貨販毒【犯罪集團利用青少年想快速掙錢的心理，引誘他們攜帶、販賣毒品】。

搵腳 wan² goek⁸（打麻將、打牌的人數不夠時）找搭檔，找人（湊夠所需人數）：～開枱【再找個人打麻將】。

搵工 wan² gung¹ 找工作：而家興上網～【現在流行上網找工作】。

搵兩餐 wan² loeng⁵ tsaan¹ 謀生；找生計：打份工～，剩唔到幾多錢嘅【替人打工維持生計，剩不了多少閒錢】。

搵老襯 wan² lou⁵ tsan³【俗】騙人；讓……當冤大頭；讓……上當吃虧：人哋搵你老襯你仲以為執到寶【人家騙你你還以為撿到寶貝了】。

搵窿捐 wan² lung¹ gyn¹（恨不得）找一個洞鑽進去，喻無地自容：佢好唔畀面講晒出嚟，搞到我真係想～【他不留情面全都說了出來，弄得我恨不得找條縫兒鑽進去】。

搵窿路 wan² lung¹ lou⁶ 找門路，尤指不大正當的門路：你要落力啲～，先至推銷得到啲貨【你去努力多找些門路，產品才能推銷得出去】。

搵米路 wan² mai⁵ lou⁶【俗】找生計；找活路。

搵命搏 wan² meng⁶ bok⁸ 拼命；拼老命：做運動健下身啫，唔使～啩【運動一下健健身而已，用不着拼老命吧】？

搵銀 wan² ngaan²* 賺錢。同「搵錢」。

搵食 wan² sik⁹ ❶ 覓食：由啲雞自己去周圍～【由着雞到處去覓食】。❷ 謀生；找生計：而家嘅市道，真係～艱難呀【現在的市道，真是謀生艱難吶】。

搵食車 wan² sik⁹ tse¹ 運貨或載客謀生的貨運或客運車輛，與「私家車」相對。

搵餐食餐 wan² tsaan¹ sik⁹ tsaan¹ 吃了上頓沒下頓。同「餐搵餐食」。

搵錢 wan² tsin²* 賺錢；掙錢：佢以前用勞力～，而家識得用錢～【他以前用勞力來掙錢，現在懂得用錢去賺錢】。

搵嘢做 wan² je⁵ dzou⁶ 找活幹；找工作；找職業：畢咗業梗要～啦【畢業了當然得找活幹】。

穩陣 wan² dzan⁶ 穩重；穩當；穩妥：佢做嘢至～啦【他做事最穩重的了】。｜啲磚沓咁高，穩唔～【磚摞得那麼高，穩不穩當呢】？｜錢擺係銀行度未必～【錢放在銀行裏也未必穩妥】。

韞 wan³ ❶ 關；圈（禽獸）：響動物園～得耐，老虎都冇晒野性【在動物園裏關久了，老虎都沒了野性】。❷ 關押；囚禁：佢而家仲～喺監度唔知幾時至放得【他還關在監獄裏，甚麼時候放出來還不知道】。

韞粒 wan³ lip⁷（因停電、機械故障等原因）被困於升降式電梯中：啱啱停咗電，要去睇下有冇人～先得【剛才停電，得去看看有沒有人困在電梯裏才行】。

雲呢拿 wan³ nei¹ na²* ❶ 香草。英語 Vanilla 的音譯詞：～雪糕【香草冰淇淋】。❷ 一種加入香草的甜品。

匀 wan⁴ ❶ 遍（作補語用）：搵～書店都買唔到呢本書【找遍了書店都買不到這本書】。❷ 量詞。遍；次；回；趟：再讀一～【再唸一遍】。｜～～都係你接機，辛苦晒【回回都是你接（飛）機，辛苦你了】。

匀循 wan⁴ tsoen⁴ 匀稱；均匀：呢啲荔枝揀啲～嘅秤兩磅畀我【這些荔枝，挑匀稱點兒的稱兩磅給我】。｜啲線步幾～【針腳縫得挺均匀的】。

雲耳 wan⁴ ji⁵ 木耳。

雲石 wan⁴ sek⁹ 大理石。粵產大理石以雲浮縣產的最為知名，故稱。

雲吞 wan⁴ tan¹ 餛飩。

雲吞麵 wan⁴ tan¹ min⁶ 水煮餛飩麵條。這是粵式麵食店最典型的食品之一。

魂精 wan⁴ dzeng¹ 太陽穴。

魂魄唔齊 wan⁴ paak⁸ m⁴ tsai⁴ 魂飛魄散；驚恐萬分：佢畀班流氓嚇到～【她給流氓嚇得驚恐萬分】。

暈浪 wan⁴ long⁶ ❶ 暈船。又作「暈船浪」。❷ 用於形容某些男性在女色之前心神搖蕩、神魂顛倒的樣子：佢一見到靚女就暈晒大浪【他一看見漂亮姑娘就神魂顛倒】。

暈酡酡 wan⁴ to⁴ to⁴ 暈眩；暈乎乎的：佢頂頭槌嘅時候個頭撞到門柱，爬起身好耐仲～噉【他頂頭球時頭部撞上球門柱，爬起來好長時間還暈乎乎的】。

暈車浪 wan⁴ tse¹ long⁶ 暈車：我搭長途車會～【我坐長途汽車會暈車】。

運 wan⁶ ❶ 繞道：警方封鎖咗出事路段，車輛行人都要～路行【 警方封鎖了出事路段，車輛行人都得繞道行走】。❷ 介詞。從；打：～呢條路去唔去得機場【走這條路到得了機場嗎】？

運滯 wan⁶ dzai⁶ 運氣差：呢排真係～，炒親邊隻股都跌【這陣子運氣糟透了，炒哪個股票哪個就跌】。

運路走 wan⁶ lou⁶ dzau² 繞遠路走。引指故意避開、躲開：見到個債主嚟緊仲唔～咩【見到債主走來還不繞道走啊】！

運程 wan⁶ tsing⁴ 命運的走向、趨勢（算命用語）。意近「運氣」：搵個睇相佬嚟幫我睇下今年～點樣【找個看相的來替我看看今年運氣如何】。

混吉 wan⁶ gat⁷ 亂來；搗亂；添亂；白忙活（通常指想幫忙卻勞而無功甚至幫倒忙）：你～嘅，快啲走啦【你這是來搗亂，快滾】！｜你又唔係醫生，唔好喺度～啦【你又不是醫生，別在這兒添亂了】。

□ wang⁶ 暈；（線狀的）圈兒：月光有個～，聽日實有雨落【月亮有月暈，明天肯定會下雨】。｜掟粒石落水，水面就會一個一個～【把石頭扔進水裏，水面上就會出現一個一個圈兒】。

屈[1] wat⁷ ❶ 弄彎；撅：將條鐵線～成一個圈【把鐵絲彎成一個圈】。｜唔好將我枝筆～斷呀【別把我的筆撅斷了】。❷ 扭（傷）：～親條腰【扭傷了腰】。❸

蜷縮；彎曲（身體）：張床唔夠長，惟有～住瞓【床不夠長，只好彎曲着身體睡覺】。❹ 兜；繞：～咗好遠先搵到位泊車【兜了挺遠才找到位置停車】。

屈[2] wat⁷ ❶ 憋。同「屈氣」：有事講出嚟，唔好～埋喺個心度【有事說出來，別憋在心裏】。❷ 誣賴：我冇做過，你哋唔好～我【我沒做過，你們別誣賴我】。❸ 強迫：被告每次都～佢講大話【被告每次都強迫他說謊】。

屈質 wat⁷ dzat⁷ 局促；擁擠：我屋企好～，嚟多幾個人客就坐唔落【我家很局促，多來幾個客人就坐不下】。

屈機 wat⁷ gei¹【俚】❶ 電子遊戲用詞，指利用遊戲程序的某些漏洞讓對手毫無反擊之力地陷入失敗境地。❷ 引指利用規則漏洞或依仗強勢使對手無力反抗：搵個校隊冠軍嚟打佢個新仔，擺明係屈佢機啫【找個校隊隊員來打他這種新手，明擺着是想把他打趴下】。❸ 引作形容強弱懸殊的競爭中強方的強勢狀態：個比賽佢哋學校幾乎掃晒所有奬項，勁～【這比賽他們學校幾乎囊括全部奬項，那氣勢可厲害了】。

屈氣 wat⁷ hei³ 憋氣（有氣卻無法發泄）：眼白白睇住個衰仔走咗，真係～【眼睜睜看着那個壞蛋跑了，真憋氣】。

屈尾十 wat⁷ mei⁵ sap⁹ 喻掉頭：佢一個～就走人【他掉頭就走】。

屈悶 wat⁷ mun⁶ 心中憋悶、憋屈：佢返工好受氣，所以成日都好～【她上班很受氣，所以老覺得憋悶】。

屈蛇 wat⁷ se⁴【俗】（乘船）偷渡。因偷渡船往往船小人多，偷渡者蜷曲着擠在艙中，如同蛇被販蛇者塞在鐵絲籠中擠得滿滿當當地一樣，故稱。

屈頭雞 wat⁷ tau⁴ gai¹ 沒孵出的小雞（指小雞在蛋內已成形但沒出殼）。

屈親 wat⁷ tsan¹ 扭傷：我隻腳～【我這隻腳扭傷了】。

熰 wat⁷ 燻：～魚｜～蚊【熏蚊子】。

核 wat⁹（瓜果的）核兒；籽兒：荔枝～【荔枝核兒】｜西瓜～【西瓜籽兒】。

核（鶻）突 wat⁹ dat⁹ 肉麻；難看：睇佢響個闊佬身邊個樣呀，鬼咁～【瞧她在那有錢佬身邊的樣子，真肉麻】。｜張相影到我好鬼～【那張相片把我照得難看死了】。

搲 we² 抓；（用爪）劃。同「搲（wa²）」。

搲爛塊面 we² lan⁶ faai³ min⁶ ❶ 撕破臉皮；翻臉：最好大家商量下，唔好～【最好大家商量一下，用不着撕破臉皮】。❷ 不顧臉面：我噉樣～唲佢，佢都唔肯應承【我這麼不顧臉皮地求他，他都不肯答應】。

□ we⁵ ❶ 咧開：件衫個袋～晒喇【衣兜都咧開了】。❷ 垮；不筆挺（常指衣服過於柔軟，穿着不筆挺）。

□嘩鬼震 wi¹ wa¹ gwai² dzan³ 喧嘩嘈鬧：隔籬啲人嘈到～，點讀書呀【隔壁的人喧鬧嘈雜的，怎麼讀書呢】？

扔 wing¹ 扔：唔好～咗佢，我仲有用【別扔了它，我還有用】。

永久居民 wing⁵ gau² goey¹ man⁴ 特指有香港永久居留權的市民。

【小知識】根據香港法例，在香港出生的中國籍公民、或在香港連續居住滿七年的中國籍公民，均享有永久居留權。上述兩類居民在香港以外國家或地區出生的子女、在香港合法地連續居住滿七年的外國籍人士及其在香港所生子女，這些人也有權獲得永久居留權。

泳裝 wing6 dzong1 游泳衣褲。

泳褲 wing6 fu3 游泳褲。主要是指男用游泳褲。

泳季 wing6 gwai3 游泳的季節。

泳客 wing6 haak8 游泳的人：冬天沙灘嘅～梗係少啲啦【冬天沙灘上的游泳者當然會少點兒】。

泳衣 wing6 ji1 游泳衣。通常是特指女用游泳衣。

泳屋 wing6 nguk7 為游泳者在海邊設立的房子，裏面有簡單的更衣室和沖洗設備。

泳手 wing6 sau2 游泳選手。

泳灘 wing6 taan1 特指由政府部門管理的供公眾游泳的海灘。這類海灘通常風浪不大、礁石陷坑較少，海水清潔，適合游泳。泳灘有救生員值班，也設有各種安全防護設施及警告訊號標誌。

泳池 wing6 tsi4 游泳池。

窩[1] wo1 鉚：要～緊啲先得【要鉚緊點兒才行】。

窩[2] wo1 ❶ 大碗：～米【大碗盛裝的米粉條】｜～麵【大碗盛裝的麵條】。❷ 飲食行業用語。量詞。大碗，與「碗（小碗）」相對。一～粥｜幫我寫一～肉絲湯麵【給我來一個大（碗） 的肉絲湯麵】。

窩蛋 wo1 daan2* 將整個不打散的雞蛋（包括蛋清和蛋黃）放進鍋中煮，或直接打在剛煮熟的食物上面。這個過程及這樣加工的雞蛋都可以稱為「窩蛋」：～牛肉飯。

窩釘 wo1 deng1 鉚釘。

窩輪 wo1 loen2 英語 warrant 的音譯詞。❶ 股票用語。認股證。❷ 許可證；證明書；委任狀；逮捕令。又譯作「花令紙」：冇～警察都冇權入嚟搜查【沒有（搜查）許可證警察也無權進來搜查】。

窩心 wo1 sam1 溫暖；溫馨：一家人團聚嘅場面好～【一家人團聚的場面很溫馨】。

喎 wo3 語氣詞。❶ 表示強調：唔好唔記得～【別忘了呀】！｜你係冠軍～，我點打得過你呀【你是冠軍吶，我哪兒打得過你】？❷ 表示嫌棄（發音時聲調略降）：咁高跳落去～，咪搞我【這麼高跳下去，我可不幹】。

禾 wo4 稻子；稻秧：割～【收割稻子】｜插～【插秧】。

禾花雀 wo4 fa1 dzoek2* 一種類似麻雀的小鳥，學名叫黃胸鵐。這種鳥秋涼時成群南下，以稻穀為食。粵人常捕捉以為菜餚，肉鮮美。

禾稈 wo4 gon2 稻草。

禾稈冚珍珠 wo4 gon2 kam2 dzan1 dzy1【俗】珍珠被稻草掩蓋了，喻指有錢人裝窮不露富，或珍貴的事物被不起眼的外表所掩蓋着。

禾田 wo4 tin4 稻田：呢度以前都係～【這裏過去都是稻田】。

禾塘 wo4 tong4 曬穀坪；曬場。同「地塘」。

禾蟲 wo4 tsung2* 輪沙蟲，紅色，體扁長，可食用。因常生活於水稻田中，故稱。

和波 wo4 bo1 球賽雙方平手：呢場又係～【這場球賽又是平手】。

和味 wo4 mei6 美味；味道美：～小炒【美

味小炒】｜啲炒田螺幾～【這炒田螺味道挺好的】。

和暖 wo⁴ nyn⁵ ❶ 暖和：天時～【天氣暖和】。❷ 溫；溫和：用～嘅水送藥，唔好太熱【用溫水送藥，別太熱了】。

和事佬 wo⁴ si⁶ lou⁵ 好好先生；老好人；凡事主張和氣收場的人：佢性格溫和，中意做～【他性格溫和，喜歡做老好人】。

和頭酒 wo⁴ tau⁴ dzau² 原為黑社會用語，指雙方為解決糾紛、表示和好而設的酒宴，引指為矛盾雙方勸和而設置的酒宴：你班兄弟激嬲咗我大佬，點都要擺番幾圍～至得【你們的人惹惱了我大哥，怎麼樣也得擺上幾席酒宴講和才行】。

喎 wo⁵ 語氣詞。❶ 表示轉述他人的意願：佢話唔想食～【他說他不想吃】。❷ 用於反駁：係囉～【才不是呢】！

搞 wo⁵ ❶（蛋類）變質；壞了：隻雞蛋～咗【這個雞蛋壞了】。❷ 引指事情壞了；搞糟了：一件好事就畀佢搞～咗【一件好事就讓他弄糟了】。

鑊 wok⁹ ❶（炒菜或煮飯用的）鐵鍋：一個～【一個鐵鍋】｜～蓋【鍋蓋】。❷ 量詞。件；宗（指事情，特別是麻煩事、禍事）：呢～嘢真係傷腦筋【這件事真傷腦筋】。

鑊底噉面 wok⁹ dai² gam² min⁶ 難看的臉色；滿臉怒色；臉色黑得鍋底似的；黑着臉：佢由老細房出嚟，～【他從老闆房間出來，臉色黑得鍋底似的】。

鑊氣 wok⁹ hei³ 用大火且鍋中放較多油炒菜，菜炒好後散發出的濃烈的香味：呢個菜夠～【這個菜炒得夠火候，香味濃】。

鑊撈 wok⁹ lou¹ 鍋底灰；鍋灰。

鑊頭 wok⁹ tau⁴ 大鐵鍋：我哋做伙頭嘅，成日都對住個～【我們當伙夫的，整天對着個大鐵鍋】。

鑊鏟 wok⁹ tsaan² 鍋鏟。

枉 wong² 徒勞；白白地：噉都唔識，～你讀咗咁多書【連這個都不懂，你真是白讀了那麼多書】。

枉費 wong² fai³ 白白耗費；徒然耗費：你唔好再～心機咯【你不要再白白耗費心機了】。

王老五 wong⁴ lou⁵ ng⁵ 單身漢：鑽石～【指一直處於單身狀況的英俊、富貴男子】。

王老吉 wong⁴ lou⁵ gat⁷ 一種粵式清涼茶。因其創始人而得名：有啲熱氣，要飲杯～先得【有點上火，要喝杯王老吉涼茶才行】。

黃 wong⁴ ❶（作物）成熟：啲禾仲未～【稻穀還沒熟】。❷【俚】事情失敗；預定計劃沒有實現：件事～咗，散水【計劃失敗，撤走】！

黃大仙 wong⁴ daai⁶ sin¹ ❶ 道教神仙，原名黃初平，相傳他「有求必應」，慈悲為懷，得道成仙。又喻指慷慨大方、樂於助人者：冇錢就去問二嬸借喇，佢係呢座樓出名嘅～【沒錢就去向二嬸借，她是這棟樓出名的慈善家】。❷ 借指「有求必應」（民間傳說求黃大仙很靈驗）。原句為歇後語「黃大仙——有求必應」：佢係～嚟嘅，你想要乜問佢攞得喇【他有求必應的，你要甚麼找他要就行】。❸ 地名，特指黃大仙區的黃大仙祠：去～拜神【到黃大仙祠拜神】。

黃淨 wong⁴ dzeng⁶ 黃而漂亮：我呢啲枇杷好～【我這些枇杷很黃很漂亮】。

黃腫腳——不消蹄 wong[4] dzung[2] goek[8] bat[7] siu[1] tai[4]【歇】腳上浮腫，即蹄兒消不了（腫）。「蹄」諧音「提」，其實際意義是指「不消提」，即「甭提它了」、「甭說了」。

黃花筒 wong[4] fa[1] tung[2]* 黃花魚。

黃蜂 wong[4] fung[1] 馬蜂。

黃蜂竇 wong[4] fung[1] dau[3] ❶ 馬蜂巢，中藥的一種。❷ 比喻惡人：我哋唔好撩嗰個～【我們不要去惹那惡人】。

黃金 wong[4] gam[1] 最佳的；最好的：～時間【最佳時間，最佳時機】｜～舖位【（所處位置）最好的店舖】。

黃金時段 wong[4] gam[1] si[4] dyn[6] 又稱「黃金時間」。最佳時間段。如電台、電視台的黃金時間為節目播放時觀眾、聽眾最多的晚上七點到九點左右。

黃黚黚 wong[4] gam[4] gam[4] 黃得暗淡難看：佢啲皮膚～【她的膚色黃不拉嘰的】。

黃腳雞 wong[4] goek[8] gai[1] 男人被性誘惑，捉姦在床，並被敲詐勒索：嗰條友畀人捉～【那小子被人借「捉姦」為名敲詐勒索】。

黃瓜酸 wong[4] gwa[1] syn[1] 腌酸黃瓜。

黃蟮（犬） wong[4] hyn[2] 蚯蚓。

黃頁 wong[4] jip[9] 帶有指南性質的資料匯編。原指電話號碼本中，工商企業電話那部份，這類電話分類排列，帶廣告性質，因用黃色紙印刷，故稱：求職～【（報紙的）招聘廣告版】｜升學～【升學指南】。

黃雨 wong[4] jy[5]「黃色暴雨警告信號」的簡稱。香港天文台在遇到雨量超過 30 毫米的大雨時會懸掛這種警告信號，故稱。（信號級別參見「黑雨」條）

黃六（綠）醫生 wong[4] luk[9] ji[1] sang[1] 庸醫；江湖醫生。

黃六醫生醫病尾——行運 wong[4] luk[9] ji[1] sang[1] ji[1] beng[6] mei[5] haang[4] wan[6]【歇】庸醫在病情進入尾聲時把病人治好，只不過走運而已。形容靠運氣獲得成功：其實我都係～啫，冇咁大功勞【其實我也是走運，前面的人做了好多事，我沒有那麼大的功勞】。

黃馬褂 wong[4] ma[5] kwa[2] 清代皇家會對皇親國戚或功臣「御賜黃馬褂」，身着這種馬褂就意味着身份地位顯赫。故以此喻指頭面人物的親信：老總個～今日要過嚟，大家小心啲做嘢【總裁的親信今天要過來，大家幹活小心點兒】！

黃面婆 wong[4] min[6] po[4]【貶】黃臉婆（男性對自己妻子的蔑稱，僅用作他稱）。

黃泥 wong[4] nai[4] 黃土。

黃芽白 wong[4] nga[4] baak[9] 廣東的一個大白菜品種，又稱「紹菜」。

黃牛 wong[4] ngau[4] 轉手倒賣的（各種表演和球賽門票、車船票等）：～飛【轉手倒賣的票】｜球場門口有班人喺度炒～【球場門口有幫人在炒賣門票】。

黃牛黨 wong[4] ngau[4] dong[2] 炒賣各種表演和球賽門票、車船票等的人（一般為黑社會分子）：演唱會飛畀啲～炒到幾千蚊一張【演唱會的票讓那些倒賣分子炒高到幾千塊一張】。

黃皮 wong[4] pei[2]* 一種熱帶水果，味酸甜，果皮黃色。

黃皮樹鷯哥——唔熟唔食 wong[4] pei[2]* sy[6] liu[1]* go[1] m[4] suk[9] m[4] sik[9]【歇】黃皮樹上的八哥鳥，專挑熟透的黃皮果吃。喻指某些人專門佔熟人的便宜、騙取熟人錢財：做傳銷嘅都係～【幹傳銷的都是專門騙取熟人的錢財】。

黃絲蟻 wong4 si1 ngai5 一種黃色的小螞蟻。

黃色架步 wong4 sik7 ga3 bou6 色情營業場所。

黃鱔上沙灘——唔死一身潺 wong4 sin5 soeng5 sa1 taan1 m4 sei2 jat7 san1 saan4【歇】黃鱔上了沙灘，不死也得沾一身沙，滿身傷殘。意近「不死也要脱一層皮」：佢得罪咗黑社會大佬，今次佢～喇【他得罪了黑社會的「大哥」，這次他不死也得脱一層皮】。

黃粟 wong4 suk7 黃米；黍子。

黃糖 wong4 tong4 紅糖。

黃黃瘀瘀 wong4 wong4 jy2 jy2 ❶ 東西不新鮮，無光澤，變色：你買啲牛肉～【你買的牛肉不新鮮】。❷ 比喻人沒有學問，沒有本領：以前我都喺鄉下教過書，其實係～㗎咋【以前我也在鄉下教過書，其實也沒甚麼大本領】。

皇帝女 wong4 dai3 noey2* ❶ 原句為歇後語「皇帝女——唔憂嫁」，即皇帝的女兒，不愁嫁不出去。喻指條件優越的女性；又指搶手的貨物：我哋啲產品係～，都唔使賣廣告嘅【我們的產品完全就是皇帝的女兒——不愁嫁，不用賣廣告的】。❷ 受寵愛的女兒：呢個～，要乜你都實畀佢啦【這個寶貝女兒，要甚麼你肯定都會給】。

皇家工 wong4 ga1 gung1 又稱「政府工」，特指港英政府時期的公務員，因當時為香港政府工作也就等於為英國皇家工作，故稱：打～【做政府公務人員】。

皇氣 wong4 hei3 指警察或便衣警員：有～，快啲散水【有警察，快逃】！

往陣時 wong5 dzan6 si2* 從前。同「往時」。

往年時 wong5 nin4 si2* 往年；從前：～天后誕呢度會搭戲棚演大戲【往年天后誕這裏會搭戲棚演粵劇】。

往時 wong5 si2* 從前；過去；往昔；以往：～過年可以燒炮仗，而家唔得喇【以前過年可以放鞭炮，現在不行了】。

旺 wong6 ❶ 熱鬧；繁華：成個九龍旺角係至～喇【整個九龍要數旺角最熱鬧繁華了】。❷ 生意興隆：一到過年啲餐館都好～【一到過年那些餐館都生意興隆】。

旺丁唔旺財 wong6 ding1 m4 wong6 tsoi4【俗】人丁興旺，卻不能財源廣進：啲客係多，但係～，睇嘅多買嘅少【顧客雖然多，但人進來財不進來，他們是看得多買得少】。

旺月 wong6 jyt2* 生意興隆的月份。與「淡月」相對：農曆新年係超市～【新春過年是超級市場生意興隆的月份】。

旺門號碼 wong6 mun4 hou6 ma5 博彩時經常中獎的熱門號碼。

旺舖 wong6 pou3 位於熱鬧地區的舖子；生意興隆的舖子：～出租｜呢間係～，唔怕冇客【這是生意興隆的舖子，不愁沒顧客】。

旺市 wong6 si5 買賣興隆。與「淡市」相對：呢個月股票～【這個月股票買賣興隆】。

旺場 wong6 tsoeng4 商場或娛樂場所生意興旺：你哋清貨大平賣果然好～喎【你們清貨大甩賣果然生意不絕】。

旺菜 wong6 tsoi3 即淡菜，由紫貽貝（俗稱青口）的肉煮製曬乾而成。粵人諱忌「淡」字而改用其反義字「旺」為其命名。

□ wou1 ❶ 象聲詞。汪（狗吠聲）：狗仔～～叫【小狗汪汪叫】。❷ 狗：隻～～好得意【這隻狗很可愛】。

烏低 wu[1] dai[1] 俯下：～身綁鞋帶【俯下身子繫鞋帶】。

烏燈黑火 wu[1] dang[1] hak[7] fo[2] 黑燈瞎火：間屋咁暗又唔着燈，～點睇書呀【屋子那麼暗又不開燈，黑燈瞎火的怎麼看書呢】？

烏豆 wu[1] dau[2]* 黑豆，表皮黑色的大豆。

烏啄啄 wu[1] doeng[1] doeng[1] ❶ 一點兒沒聽明白；莫名其妙：講咗咁耐你仲～，真係笨【說了這麼長時間你還一點兒沒明白，真笨】。❷ 完全不知情；完全不了解：總經理想點處理呢件事，我都～【總經理想怎麼處理這事兒我也一點兒不知道】。

烏卒卒 wu[1] dzoet[7] dzoet[7] ❶ 深黑色；很黑：佢啲頭髮～【她的頭髮很黑】。❷ 情況不明；不知情：呢單嘢我都～【這件事我也不知情】。

烏雞 wu[1] gai[1] 烏骨雞。以其喙、眼、腳、皮膚等顏色烏黑而得名。是一種營養價值較高的家禽。又作「竹絲雞」。

烏龜 wu[1] gwai[1] 皮條客（為賣淫者拉皮條的男人）。又作「龜公」。

烏下烏下 wu[1] ha[5] wu[1] ha[5] ❶ 精神恍惚；糊塗：佢個人成日～噉，今日搭車又坐過站【他這人很糊塗，今天坐車又坐過了站】。❷ 老打瞌睡。同「烏眉瞌睡」。

烏口烏面 wu[1] hau[2] wu[1] min[6] 同「黑口黑面」。

烏蠅 wu[1] jing[1]* 蒼蠅。

烏蠅摟馬尾——一拍兩散 wu[1] jing[1]* lau[1] ma[5] mei[5] jat[7] paak[8] loeng[5] saan[3]【歇】蒼蠅停在馬尾巴上，一拍就全散了。喻指一刀兩斷：你哋噉都唔肯接受，噉就惟有～囉【你們連這都不肯接受，那就只好散夥算了】。

烏欖 wu[1] laam[2] 洋橄欖；齊墩果。可醃製成鹹菜。因果實成熟時呈紫黑色，故稱。

烏喱單刀 wu[1] lei[1] daan[1] dou[1] 糊裏糊塗；一塌糊塗：佢將個場搞到～噉，話係新意念喎【他把場地佈置得一塌糊塗，還說是新意念】！

烏喱馬扠 wu[1] lei[1] ma[5] tsa[5] 亂七八糟；（字蹟）潦草：你篇文抄到～，邊個識睇呀【你這篇文章抄得潦草不堪，誰看得懂】？

烏龍 wu[1] lung[2]* 傻；糊塗（形容做事常出差錯）：乜咁～，小數點都唔記得寫【怎麼這麼糊塗，小數點都忘了寫】。

烏龍王 wu[1] lung[2]* wong[4] 糊塗蟲：噉都搞錯，你正一～【這都會搞錯，你真是糊塗蟲】。

烏劣劣 wu[1] lyt[7] lyt[7] 黑油油的；烏黑而發亮：佢五十幾歲人啲頭髮仲～【他五十多歲的人了頭髮還黑油油的】。

烏眉瞌睡 wu[1] mei[4] hap[7] soey[6] 睡眠不足，老打瞌睡：睇佢～個樣，梗係又捱通宵嘞【瞧他連眼皮都抬不起來的樣子，肯定是昨晚又熬了個通宵】。

烏鴉口 wu[1] nga[1] hau[2] 烏鴉嘴。中國人的風俗，以為聽到烏鴉叫就會有不吉利的事情發生，故以此喻指那些說了不吉利的話、或預測壞結果的人：我冧過你個～啊，你先至考唔到大學呀【我呸，你這烏鴉嘴，你才考不上大學呢】！

烏□□ wu[1] soe[2] soe[4] 同「烏啄啄」。

烏頭 wu[1] tau[2]* 鯔魚，一種常見的海魚名稱。

烏□ wu[1] we[5] 形容蓬頭垢面，不修邊幅的樣子：你去見工都咁～，想人請你都好難【你去應聘面試都那麼不修邊幅的，很難指望人家聘用你】。

污點證人 wu1 dim2 dzing3 jan4 以證人身份出庭指證其他涉案者的犯罪嫌疑人。這樣做可換取法律上的從寬處理（免於起訴或減刑）。

污糟 wu1 dzou1 骯髒：隻手咁～，去洗下先【手這麼髒，先去洗洗】。

污糟邋遢 wu1 dzou1 laat9 taat8 ❶ 骯髒（比「污糟」語氣更重）。❷ 卑鄙下流：唔好成日講埋晒啲～嘢【別成天説這種卑陋下流的東西】。

污糟貓 wu1 dzou1 maau1 比喻骯髒的小孩子；骯髒的人；髒貓：你食嘢食到成隻～噉【你吃到滿嘴都是，像隻髒貓】。

胡天胡帝 wu4 tin1 wu4 dai3 胡鬧；鬧成一團：呢度係正經場所，你哋咪喺度～呀【這兒是正經的地方，你們別在這兒胡鬧】！

胡胡混混 wu4 wu4 wan6 wan6 庸庸碌碌：～都過咗半世【庸庸碌碌地也過了半輩子】。

葫蘆 wu4 lou2* 虛假的（多用以指言語的虛假）：～王【牛皮大王】。

湖水藍 wu4 soey2 laam4 淡綠色；湖綠：佢着住條～嘅長裙【她穿一條淡綠色的長裙】。

鬍鬚仔 wu4 sou1 dzai2 小鬍子；長着小鬍子的青年。

鬍鬚簕特 wu4 sou1 lak9 dak9 鬍子拉碴的：～仲唔去剃下【鬍子拉碴的也不去刮刮】。

鬍鬚佬 wu4 sou1 lou2 大鬍子；長着絡腮鬍的人。

芋仔 wu6 dzai2 一種小的芋頭。

芋角 wu6 gok2* 粵港一種著名點心，以芋泥做皮，包上肉餡等用油炸熟。

芋蝦 wu6 ha1 一種油炸食品，把芋頭切成絲，加入米粉，做成團，用油炸熟。通常在過農曆年時食用。

戶口 wu6 hau2 銀行賬戶：我個～淨返千零蚊【我銀行賬戶只剩下千把塊錢】。

戶外活動 wu6 ngoi6 wut9 dung6 在室外進行的活動，尤其指室外的體育鍛煉。

互片 wu6 pin2* 互相進行言論攻擊或肢體衝突；互相惡斗：佢兩個～，結果都受重傷【他們兩人互相惡鬥，結果都受了重傷】。

> 【小知識】香港的大專院校迎新營中，有一種以學院或宿舍為單位的活動，各單位對陣，互喊自創的口號互相挑戰。比較有傳統的是香港中文大學四個學院的「四院會師」，活動有時也會出現挑釁的場面，俗稱「互片」。

互插 wu6 tsaap8 互相進行言論攻擊、指責：同一政黨嘅議員喺立法會～【同一政黨的議員在立法會互相攻擊】。

護督 wu6 duk7 舊時指代理港督。

護衛員 wu6 wai6 jyn4 警衛人員，特指銀行押款車上擔任安全保衛工作的警衛人員。

煨 wui1 煮食方法之一，保留整體，不剝去食物的皮，用火烤熟；或放在燃燒的爐子下面用爐灰的餘熱烤熟：～番薯【（連皮）烤紅薯】。

會 wui2* 錢會。指一種依靠互相信任維繫的，進行集資及貸款活動的組織：～頭【錢會負責人】｜標一份～【加入錢會的借貸活動】。（參見「標會」條）

會仔 wui2* dzai2 錢會的成員。

會金 wui2* gam1 參加互相借貸的錢會成員每月交納的錢。

會頭 wui2* tau4 組織錢會的人，負責收錢，通常是由一個大家信任的人擔任。

回報率 wui4 bou3 loet2* 投資與利潤的比例：投資地產嘅～好高【投資房地產的利潤率很高】。

回本 wui4 bun2 經營後賺回或贏回本錢：一日賺得咁少，好難～【一天只賺這麼點錢，很難賺回本錢的】。

回樽 wui4 dzoen1 退瓶子。買瓶裝的東西用完後，將瓶子退回給賣家，換取退回瓶子的錢：以前買汽水係要～嘅【以前買汽水是要回收汽水瓶的】。

回鄉證 wui4 hoeng1 dzing3 又稱「回鄉卡」。「港澳居民來往內地通行證」的簡稱。

回佣 wui4 jung2* 回扣。又簡作「佣」：收～【收回扣】。

回軟 wui4 jyn5 金融術語。價格或價位從高位回跌：美元兑馬克～。

回購 wui4 kau3 金融術語。某方售出其證券或股票時，承諾在一定時間內用一定價格購回：公司嘅～股份超過規定限額【公司的應購回股份超過規定限額】。

回門 wui4 mun4 婚禮儀式之一。結婚後第三天，新娘由新郎陪伴回娘家：今日大嫂三朝回門【今天大嫂結婚後三天回娘家】。

回奶 wui4 naai5 嬰兒斷奶後產婦不再分泌乳汁：～階段係會有啲乳汁分泌嘅【孩子剛斷奶的階段還是會有些奶水分泌的】。

回南 wui4 naam4（天氣，特別是冬天）轉暖；轉颳南風：個天～天氣冇咁凍嘞【轉颳南風了，天氣沒那麼冷了】。

回水 wui4 soey2 把錢拿回來；退錢：旅行團行程延誤，服務又差，團員要求～【旅行團行程延誤，服務又差，團員要求退款】。

回軚 wui4 taai5 把方向盤旋回來：架車轉彎後記住要～【開車轉彎後記得要把方向盤旋回來】。

回吐 wui4 tou3 金融術語。在獲得一定收益後，售出所持有的證券、股票等：股價創新高，投資者紛紛獲利～。

回挫 wui4 tso3 股票市場術語。股票回落。

回穩 wui4 wan2 股票市場術語。價格或價位回復穩定：午市後大市～，恒生指數回升至全日最高點收市。

回魂 wui4 wan4 魂魄回家來。傳説人死後，魂魄在三七之日（四十九天）會回家享用祭品。

迴旋處 wui4 syn4 tsy3 指允許車輛掉頭的環形交叉路口。

會考 wui6 haau2 集合某一地區各校畢業生所舉行的公開考試。特指「香港中學會考」（考生主要為七年制中學完成中五的學校考生） 和「香港高級程度會考」（考生通常為修畢兩年制的中六及中七預科課程的學校考生）。

> 【小知識】香港政府 2009 年進行高中學制改革，2012 年為六年制中學完成中六的學生舉行首屆「香港中學文憑考試」，取代以往的「中學會考」和「高級程度會考」。

會所 wui6 so2 ❶ 擁有會員的社團或機構供會員聚會及進行活動的場所。❷ 住宅小區中具有各種文娛康樂設施的場所。

會錯意 wui⁶ tso³ ji³ 誤解；誤會：唔好～呀，我唔係話你【別誤會，我不是說你】。

匯市 wui⁶ si⁵ 外匯市場。

匯水 wui⁶ soey² 匯費；匯款時所收的手續費。

碗仔翅 wun² dzai² tsi³ 仿魚翅湯羹。一種街頭小吃，材料以粉絲為主，加入澱粉煮成羹狀，再以浙醋、麻油、胡椒粉調味。因以小碗盛載，故稱。

碗箸 wun² dzy⁶ 碗筷。

碗碗碟碟 wun² wun² dip⁹ dip⁹ 煮食和進食用具的統稱：傢俬買齊，但係未有～，都唔搬得入去住【家具買齊全了，但鍋碗瓢盆還沒有，還是不能住進去】。

緩跑徑 wun⁴ paau² ging³ 某些公園、公共場所等特別開闢供慢跑的小徑。

換轉 wun⁶ dzyn³ 調換：～你嚟做，你都未必做得好【調換你來做，你也未必能做得好】。

換樓 wun⁶ lau²* 更換住宅。通常指購入條件較好的住宅來更換以前條件較差的住宅：佢兩年就換一次樓【他兩年就換一所新房子】。

換馬 wun⁶ ma⁵ 換人。通常指機構更換管理人員、辦事人員，或球隊更換比賽球員：做呢個經理你掂唔掂？唔掂你出聲，我即刻～【做這個經理你行不行？不行你開口，我馬上換人】。｜個後衛狀態咁差，～啦【這個後衛狀態那麼差，得換人】。

換畫 wun⁶ wa²* ❶ 電影院更換新一輪放映的電影。❷ 引指更換男朋友或女朋友：有啲人視愛情如遊戲，頻頻～，甚至以此為榮【有些人視愛情如遊戲，頻頻更換對象，甚至以此為榮】。

字母詞（以外文字母開頭的詞語）

A-Level ei1 le1 fou2* 香港「高級程度會考」的習慣稱呼，指預科中七學生考的公開試。

【小知識】因高中學制改革，學校考生的最後一屆高級程度會考在2012年舉行，該年亦舉行首屆香港中學文憑考試。

AA 制 ei1 ei1 dzai3 賬項大家分攤，各自付賬：今日呢餐～啦【今天這頓飯的費用大家均攤吧】。

ABC ei1 bi1 si1 美國出生的華人。英語 American Born Chinese 的縮寫。

add et7 社交網站用語。加上；加入為：你～咗佢，咪可以知多啲佢嘅嘢囉【你（在社交網上）加入為他的朋友，不就可以多了解他了】。

agent ei1 dzoen2* 經理人；中介人。

antie aan1 ti4 嬸嬸；阿姨。

apps ep7 si2* 智慧型手機軟件應用程式。或只稱 app（ep7）。

AV ei1 wi1 ❶ 廣播影視等媒體的總稱。英語 audio-video 的縮寫：～界【影視界】。❷ 成人電影；色情電影。英語 adult video 的縮寫。

band 仔 ben1 dzai2 樂隊成員。

book buk7 預訂（位置、場地）。又作「卜」：～位【訂座兒】。

buffet bou6 fei1 自助餐。又作「布菲」。

BB bi4 bi1 嬰兒。又作「BB 仔」，即「啤啤」、「啤啤仔」。也可簡作「B」：～車【嬰兒車】｜個～幾大呀【寶寶多大了】？

BBQ bi1 bi1 kiu1 同「燒烤」。英語 barbecue 的縮寫。

BB 機 bi1 bi1 gei1 傳呼機；call 機。因響時發出 BB 聲，故稱。

block bok9 lok7 英語 roadblock 的省略。路障。

bye baai1 再見。bye-bye 的省略。

bye-bye 肉 baai1 baai3 juk9 手臂鬆弛下垂的贅肉。因舉手說「拜拜」時贅肉甩動，故稱。

call ko1 ❶ 無線電傳呼：～機｜～台。❷ 打電話：得閒～我吖【有空給我來電話】。

cancer ken1 sa2* 癌；癌症：生～｜～有啲都有得醫嘅【有些癌症還是可以治的】。

cap 圖 kep7 tou4 又稱「截圖」，即從電腦擷取圖片、網頁畫面、影象畫面等。cap 是英語 capture 的省略。

care ke1 a4 關心；在意：件衫唔係佢嘅，你整烏糟佢都唔會～【衣服不是她的，你弄髒了她也不會在意】。

CD si1 di1 激光唱片。英語 compact disc 的縮寫。

cert soet7 證明書；特指畢業證書或學

位證書、文憑。英語 certificate 的省略。意同「沙紙」：讀書唔係淨係為張～嘅【讀書也不光是為了一張文憑】。

cheap tsip7 ❶ 低賤，身份地位較低：咪應承得咁容易，畀人覺得你好～【別那麼輕易答應，讓人家覺得你太賤】。❷ 品味差：乜你着到咁～㗎【你幹嘛穿得這麼沒品味】？❸ 檔次不高；便宜：呢啲都係～嘢嚟嘅【這些都是便宜貨】。

check tsek7 ❶ 檢查；查核；查問：～下啲貨【檢查一下這批貨】。｜幫我～下呢班機仲有冇位【請幫我查查這班飛機（航班）還有沒有座兒】。❷ 核對；校對：份稿～咗幾次仲有錯【這份稿子校對了幾次還有錯】。

cheque tsek7 支票。舊時又稱「仄」或「仄紙」。

CID si1 aai1 di1 以前香港警察隊負責刑事偵緝的部門。英語 Criminal Investigation Department 的縮寫。

claim kem1 索取賠償或已墊支的款項：住院費可以～得番【住院費保險公司會賠】。｜留返張車飛可以～番錢【留着車票可以報銷】。

click kik7 電腦術語。點擊（用滑鼠在電腦屏幕上選擇目標）：呢個係我哋嘅網頁，你可以～入去睇下【這是我們的網頁，你可以點擊進去看看】。

colour ka1 la4 彩色；顏色；色彩：啲～太沉唔好睇【顏色太深不好看】。

comission kam6 mit7 soen2* 同「回佣」。

cool ku1 ❶ 冷漠：扮晒～【裝出很冷漠的樣子】。❷ 寒色的（服飾）：你今日成身都黑色，好～喎【你今天一身黑色感覺很深沉】。

copy kop7 pi4 ❶ 複製：～一份留底【複製一份留下（存底）】。❷ 副本；份：呢份稿我想要兩個～【這份稿子我想要（複製）兩個副本】。

counter kaang1 ta2* 櫃枱：去門口詢問處個～問下【到門口詢問處的櫃枱問問】。

cut kat7 剪斷；刪剪；削減：～短｜～咗呢個鏡頭【把這個鏡頭剪掉】。｜～經費【削減經費】。

cute kiu1 可愛；逗人喜愛。亦可寫作 Q：個毛公仔個樣好～【這絨毛玩具娃娃樣子好可愛】。

DJ di1 dzei1 同「唱片騎師」。電台音樂節目主持人。英語 disk jockey 的縮寫：佢喺一間電台做～【他在一家電台做唱片騎師】。

down 機 daang1 gei1 電腦死機；當機（電腦突然不能正常運作）。「down」是英語 shutdown 的省略。

down 聲 daang1 seng1 告訴（人家）；說出來（讓人知道）：你唔嚟就～吖，我等咗你成個鐘【你不來就早告訴我嘛，我都等你一個鐘頭了】！

dry dzwaai1 沉悶；枯燥；沒有新鮮感：放假冇節目好～喎【放假不出去玩太沉悶了吧】！

easy ji1 si4 容易：打字之嘛，好～啫【打字而已，太容易了】。

encore en1 ko1 再來一個（歡迎表演者再加演的用語）。又寫作「安哥」。

EQ ji1 kiu1 情商（情感商數），與「智

商」相對。英語 emotional quotient 的縮寫。

e 道 ji¹ dou⁶ 又稱「e 通道」。香港海關為方便出入境過關所設的自助式電子身份證查驗通道。

facial fei¹ sou⁴ 面部美容：做～。

fans fen¹ si²* 歌迷；粉絲（偶像的崇拜者、支持者）。又寫作「fan 屎」。

fax fek⁷ si²* 傳真機；傳真。英語 facsimile 的省略。

feel fiu¹ ❶ 感覺；領會：我～到佢好唔開心【我感覺到他很不開心】。❷ 名詞。感覺；有……感覺：我始終覺得我同佢之間冇～【我始終覺得我跟她之間沒感覺】。｜間屋佈置仲好有酒店～【這房子的佈置有（身處）酒店的感覺】。

fit fit⁷ ❶ 合適；合身：時間好～｜件衫～晒你【這件衣服你穿很合身】。❷ 健康；狀態好：｜我日日跑步所以咁～【我天天跑步，所以這麼健康】。｜成隊波都操得好～【整個球隊都練得狀態棒極了】。

foul fau¹ 淘汰：畀人～出局【被淘汰出局】。

friend fen¹ ❶ 朋友：我同個～一齊嚟【我跟一個朋友一塊兒來】。❷ 有交情；交情深：我同佢好～，佢乜都話我知【我跟他很要好，他甚麼都告訴我】。❸ 動詞。親近；套近乎：個女仔咁靚，我好想過去同佢～下【那女孩那麼漂亮，我很想過去跟她套一下近乎】。

friend 過打 band fen¹ gwo³ da² ben¹ 指幾個朋友經常在一起，相互之間的關係比組合樂隊（打 band）者還要親密。

game gem¹ 遊戲，一般指電腦遊戲：呢個～係新出嘅【這個遊戲（卡）是新出的】。

gel dzeu¹ ❶ 凝膠體；定型頭臘。又稱「啫喱」：佢個頭落咗好多～【他的頭髮塗了很多定型頭臘】。❷ 用凝膠體定型或塑型：～頭【用定型頭臘弄髮型】｜～甲【用凝膠指甲油做指甲美容】。

happy hep⁷ pi²* 高興；開心：你噉話佢，佢好唔～【你這麼說她，她很不高興】。｜去～下【去哪兒開開心】。

Hi-Fi haai¹ faai¹ 高保真的音響器材組合。英語 high fidelity 的省略。

high haai¹ ❶ 高級：呢間餐廳好～【這家餐廳真高級】。❷ 興奮；引申為濫用興奮劑等藥物所獲得的快感：琴晚玩到鬼死咁～【昨天晚上玩得開心極了】。

hold hou¹ ❶ 維持着；保持着（在某狀態下）：批貨幫我～住先，唔好送住【那批貨給我留着，先別送】。｜～住條線（電話線）【先別掛斷（電話）】。❷ 拿着；佔着：～住個波【霸着球】。

horn on¹ 汽車喇叭：響～。

hurt hoet⁷ ❶ 傷害；刺痛：我唔同佢講係唔想～到佢【我不告訴她是不想傷害她】。❷ 感到受傷害，被刺痛：你咁講我好～【你這麼說我感到受傷害】。

ICAC aai¹ si¹ ei¹ si¹ 廉政公署。英語 Independent Commission Against Corruption 的縮寫。

ICU aai¹ si¹ ju¹ 重症監護病房。英語 Intensive Care Unit 的縮寫。

IDD aai¹ di¹ di¹ 直撥國際長途電話。英語 International Direct Distance 的縮寫：打～。

in in¹ ❶ 英語 in fashion 的省略。入時，跟得上潮流。與「out」相對：佢哋個個着得好～【他們個個都衣着入時】。❷ 英語 interview 的省略。指應徵職位或入學前的面試：咁多間公司得一間叫我去～【這麼多公司只有一家叫我去面試】。

IQ aai¹ kiu¹ 智商。英語 intelligence quotient 的縮寫。

J dzei¹「朘朘（dzoe⁴ dzoe¹）」英語譯音 jer jer 的簡稱，指男性性器官，引指自慰：打～～【打飛機（男性自慰）】｜～咗【自慰了】｜～圖【用來自慰的圖片】。

jacket dzek⁷ kek⁴ 夾克。又作「啫屐」。

jam 紙 dzem¹ dzi² （複印機或打印機等）卡紙：部影印機成日～，搵人整下至得【複印機常常卡紙，要找人修修才行】。

jam 歌 dzem¹ go¹ 樂隊即興合作演奏，引指臨時組合演唱：佢兩父子難得同台～【他們父子倆難得同台合唱】。

job dzop⁷ 工作；項目：呢個～好�喎【真個工作很趕的】。｜我最近接咗幾個～【我最近接了好幾個項目】。

join dzon¹ 加入；會合：我哋去先，你放工就嚟～我哋啦【我們先去，你下班就來加入】。｜我喺碼頭～你哋【我在碼頭跟你們會合】。

keep kip⁷ ❶ 盯；看守（球賽中使用盯人戰術時的用語）：你～住對手個中鋒，唔好畀佢頭球攻門【你盯住對方的中鋒，別讓他頭球攻門】。❷ 控制；套牢：你唔肯使錢點～得住個女朋友呀【你不肯花錢怎麼能套牢女朋友呢】？❸ 保持；保養；維持：你～得咁好，真係唔似五十歲【你保養得這麼好，真不像五十歲】。｜～住呢個表情【保持這個表情】。❹ 保存：我仲～住你讀小學嗰陣時張相【我還保存着你讀小學時拍的那張照片】。

kilo ki¹ lou²* 英語 kilogram 的省略。千克；公斤。

king king¹ 撲克牌中的「K」，英語 king 的轉音：紅心～【紅心 K】。

kiss ki¹ si⁴ 吻；接吻：啲後生仔當眾～，而家好平常㗎咋【年青人當眾接吻，現在很平常的了】。

K 仔 kei¹ dzai² 軟性毒品氯胺酮的俗稱。K 是英語英 Ketamine 的縮寫。

K 場 kei¹ tsoeng⁴ 卡拉 OK 營業場所。

K 歌 kei¹ go¹ 專為卡拉 OK 而創作的歌曲，特點是音域較窄、旋律較慢，適合大眾口味。

label lei¹ bou²* 又作「呢保」。❶ 標籤；可粘貼的小紙片：將寫好地址嘅～黐喺個信封度【把寫好地址的標簽貼在信封上】。❷ 動詞。標籤：殘疾人好容易畀人～咗係工作能力低過人【殘疾人很容易被人貼上「工作能力比人低」的標籤】。

last la¹ si²* 又作「拉士」。最後：我排～，實無份啦【我排在最後，肯定沒份兒了】。

like[1] lai¹ 社交網站中表示讚好的標誌，又稱「讚」：佢鋪呢張相出來好受歡迎，好多人畀～【他貼這張照片出來很受歡迎，很多人給「讚」】。

like[2] lai¹ ki²* 喜歡：佢功高蓋主，所以佢上司一向都唔～佢【他功高震主，所以上司向來都不太喜歡他】。

logo lou¹ gou²*（公司）標誌；徽號；圖案。英語 logotype 的省略。

look luk⁷ 面貌；形象：你呢個～最受啲歌迷歡迎【你這個形象最受歌迷歡迎】。

M 巾 em¹ gan¹ 衛生巾。M 是英語 menstruation 的縮寫。

man men¹ 指富於男性氣質。英語 manly 的省略：佢男朋友好～㗎【她的男友挺有男子漢氣質的】。

mark maak⁷ ❶（球賽中的）釘人：～住對方個 5 號【釘住對方的 5 號】。❷（給作業、試卷）打分；作記號：得咁多分？係唔係阿 Sir ～錯咗呀【才這麼點兒分？是不是老師把分打錯了】？｜呢幾箱要搬走嘅，我都～起咗喇【這幾箱是要搬走的，我都作了記號了】。

marker maak⁷ ka²* 麥克筆（做記號或繪畫用的粗線條筆）。又作「箱頭筆」。

Meg mek⁷ Megabyte（MB）的省略。電腦儲存器容量單位。

memo mi¹ mou²* 備忘錄；便箋（公司內部通傳用）。英語 memorandum 的省略。

mind maai¹ 介意：我好開通㗎，老公去揼骨洗腳我唔～嘅【我很開通的，丈夫去按摩、洗腳我都不介意的】。

mink ming¹ 貂皮大衣。也泛指毛皮服裝，又作「皮草」：着～【穿毛皮服裝】。

Miss mi¹ si⁴ ❶ 小姐。❷ 對女老師的稱呼：佢今日畀～罰【他今天被老師處罰】。

mock mok⁷ 模擬試：公開試之前要喺學校考～【公開試之前要在學校考模擬試】。

mood mut⁷ 心情；心境：今日冇～，唔去玩喇【今天心情不好、不去玩了】。

movie mu¹ fi²* 手提攝像機。

NG en¹ dzi¹ 不行；重來。又特指影片拍攝中的鏡頭重拍。英語 no good 的縮寫：拍呢個鏡頭，～咗十幾次【拍這個鏡頭，重拍了十幾次】。

N 次 en¹ tsi³ 很多次。

N 無人士 en¹ mou⁴ jan⁴ si⁶ 指社會上未能享用各種社會福利或從政府的抒困措施中獲益的基層市民。

OK ou¹ kei¹ 口頭語，表示事情辦妥或表示答應、同意，意近「行」、「可以了」。英語 okey 的省略：～，我聽日畀你【行，我明天給你】。｜呢度啲餸～啦【這裏的菜還可以】。

OL ou¹ e¹ lou⁴ 在辦公室工作的女性；白領麗人。英語 office lady 的縮寫：中環～係唔係真係有品味啲【中環的女白領是不是真的比別人有品味】？

OT ou¹ ti¹ 超時工作。英語 overtime 的縮寫．開～【加班】。

out au1 英語 out of fashion 的省略。不時髦；土氣；與時代脱節。與「in」相對：乜你咁～㗎，咁出名嘅明星你都唔識【你怎麼這麼土，這麼出名的明星你都不認識】？

O 記 ou1 gei3 香港警務處「有組織罪案及三合會調查科」的俗稱。O 是英語 The Organised Crime and Triad Bureau 的濃縮。

O 嘴 ou1 dzoey2 指驚訝得嘴巴張大唇如英文字母 O 的形狀，人們通常用來表示突如其來的驚訝、訝異等：大家聽到宣布得獎嗰個唔係佢，都 O 晒嘴【大家聽到宣布得獎的人不是他，都感到驚訝】。

pack pek7 包；捆：啲試卷收齊～好晒，一共三包【試卷已經收齊包好，一共三包】。

part paat7 部分；單元：下一～我哋會玩第二個遊戲【下一部分我們會玩別的遊戲】。

party paat7 ti4 派對（舞會；慶祝會或聯歡聚會）：開～【開舞會；舉行聚會】｜生日～【生日聚會】。

part time paat7 taai1 m4 兼職；兼職工作：做～｜呢份係～，你做唔做【這是份兼職工作，你幹不幹】？

PK pi1 kei1「仆街」的粵語讀音縮寫，意近「死鬼」（罵詈語）。

port pot7 投訴；告發。英語 report 的省略：我要去警察投訴科～你【我要去警察投訴科投訴你】！

post pou1 又簡作「po」。❶ 帖子；話題（特指在社交網站上載的文字、文章）：開～【發帖】。❷ 同「鋪 2」，在社交網站上載（圖文或影片）。

PR pi1 a1 lou4 公關人員。英語 public relations 的縮寫。

pizza pi1 sa4 又稱「意大利薄餅」、「披薩」。比薩餅；意大利餡餅。

present pi6 sen1 ❶ 演示；講述；呈交：個計劃你頭先～得好好【這個計劃你講解得很好】。❷presentation 的省略，又作 pi6 sen6。演示；講述：今日要做～，阿 Sir 話當測驗㗎【今天要作演示，老師説這就當作測驗了】。

P 波 pi1 bo1（汽車變速桿的）停車檔。P 為英語 parking 的縮寫：紅燈前臨時停車都要轉～【遇紅燈臨時停車都得換停車檔】。

quali ko1 li2* ❶ 資歷；學歷：英語 qualification 的省略：佢好高～【他的學歷很高】。❷ 才幹；本事；能耐：你同我鬥？仲未夠～【你跟我鬥？還不夠格】！

quota kou1 ta2* 配額；定額：買奶粉嘅～我無用，畀埋你啦【買奶粉的配額我沒用，都給你吧】。｜我哋已經提前完成今年嘅～【我們已經提前完成今年的定額了】。

Q 版 kiu1 baan2 Q 同「cute」，取其同音而用字母代之。「Q 版」即人物趣味化或造型「卡通」化的版本。

rap 歌 wep7 go1 一種流行歌曲。以快速且有節奏地念出歌詞為主要特色。rap 又作「繞舌」。

round laang1 ❶ 圈；轉圈；回合：我出去打個～返嚟【我出去兜個圈再回

來】。｜呢個～我贏【這個回合我贏了】。❷ 酒吧用語。在酒吧櫃枱上每人的一杯酒或飲料：呢個～我嘅【大家這一杯，我請】！

sales seu¹ si²* 售貨員；推銷員：我啱啱畢業嗰陣時做過兩年～【我剛畢業時做過兩年推銷員】。

seat 位 sit⁷ wai²*（自行車或汽車的）車座；座鞍。

sell seu¹ 推銷：你用咁嘅手法去～保險點得㗎【你用這樣的手法推銷保險哪兒成】？

sem sem⁶ 英語 semester 的省略。學期：呢個～要選三科至夠學分【這個學期要選三門課才夠學分】。

sent sen¹ 傳送；傳遞：你返去～個檔案畀我【你回去把檔案傳送給我】。｜啲文件我哋處理好，仲要～去董事會審核【這些文件我們處理完了，還要送到董事會審核】。

sence sen¹ si²* 感覺；識別力：我對味道冇乜～【我對味道沒甚麼感覺】。

set set⁷ ❶ 設定；裝置：呢個套餐～好咗，唔可以改㗎【這種套餐的飯菜是預配好了的，不能改的】。｜部電視我哋淨係負責送貨，唔負責～機【電視機我們只負責送貨，不負責安裝】。❷ 弄（髮型）。意同「恤」：要出場喇，快啲～頭啦【要出場了，快點兒把頭髮弄一弄】。

sexy sek⁷ si⁴ 性感：唔好着得咁～【別穿得這麼性感】。

sharp saap⁷ 鮮明清晰；顯眼：啲相影得好～【這些照片拍得很鮮豔清晰】。｜你着呢件紅衫夠晒～【你穿這件紅衣服真夠亮眼的】。

shopping sop⁷ ping⁴ 購物：去日本最好就係去～【去日本最好就是去購物】。

short sot⁷ 原意指電線短路，引作罵人語，同「黐線」：你都～嘅【你神經真有問題】。

Sir soe⁴ ❶ 對男警察的稱呼。❷ 對男老師的稱呼。

sorry so¹ li⁴ 對不起：～，我寫錯咗【對不起，我寫錯了】。｜【俚】～ monkey 大肚臍（說對不起的一種詼諧形式）。

style si⁴ daai¹ lou²* 風格；格調；類型：新舊兩個老闆嘅～完全唔同【新舊兩個老闆的風格完全不同】。｜場內嘅佈置全部係東方嘅～【場內的佈置全部是東方格調的】。

take 嘢 tik⁷ je⁵ 吸毒；服食毒品：～衰硬【吸毒沒有好下場（政府禁毒廣告）】。

talk tok⁷ 說話：齋～【淨是說話（沒有其他別的形式）】。

taste tei¹ si²* 品味：我着衫不溜都咁有～㗎喇【我穿衣服向來都這麼有品味的呀】。

thank you fen¹ kiu⁴ 謝謝。

tissue ti¹ su⁴ 同「紙巾」。

title taai¹ tou⁴ 名銜；職稱；標題：卡片上面有佢嘅～【名片上有他的職稱】。

top top⁷（最）頂尖；（最）高級：佢

喺學校係成績最～嗰十個之一【他在學校是成績最好的十個人之一】。｜佢去到邊都要住最～嘅酒店【他到哪兒都要住最高級的酒店】。

T 恤 ti[1] soet[7] T shirt 的音譯詞。T 字形的套頭襯衣或汗衫。

U ju[1] 大學。英語 university 的縮寫：入～｜～仔【（男）大學生】。

uncle ang[1] kou[4] 叔叔。

up-date ap[7] dei[1] ❶ 最新的；追得上潮流（常用於否定句）：本書入便啲資料唔～【書裏頭的資料過時了】。｜你啲思想真係唔～【你的思想真是落伍了】。❷ 更新：要～番啲資料【要把資料更新一下】。

van wen[1] 小型公共汽車或輕型貨車：～仔【小巴】｜貨～【貨運麵包車】。

view wiu[1] 景色；風景：呢個窗個海景～好靚【這個窗戶（能看到的）的海景很美】。｜低層係冇乜～㗎喇【低層樓房沒啥風景看的】。

VIP wi[1] aai[1] pi[1] 非常重要的人物，貴賓。英語 very important person 的縮寫：呢個～房係留畀陳先生嘅【這個貴賓房是留給陳先生的】。

VS wi[1] e[1] si[4] ……對……（只用於書面）。英語 versus 的省略：美國 VS 中國【美國（隊）對中國（隊）】。

walkman wok[7] man[2]* 手提耳筒收音錄音機；「隨身聽」。

wasabi wa[6] sa[1] bi[4] 源自日語「わさび」。日本芥末，用作吃魚生（生魚片）的佐料；華沙比芥辣醬。

watt wok[7] 量詞。瓦；瓦特（電的功率的單位）：買個六十～嘅燈膽【買個六十瓦的燈泡】。

wet wet[7]【俚】（去）玩兒；找樂子：今晚去邊度～【今晚到哪兒找樂子】？｜我帶你出去～，等你見識下【我帶你出去玩兒，讓你見識見識（世面）】。

zoom sun[1] 用變焦鏡頭把景物推遠或拉近：～近啲，影個人頭大啲【鏡頭拉近點兒，把人頭拍得大點兒】。

附錄一：本詞典粵語方言用字一覽表

說明：

1、本詞典採用的「粵語字」，參考了以下資料：《廣州話正音字典》（詹伯慧，2002）、《廣州話方言詞典》（饒秉才等，2010）、《廣州方言詞典》（白宛如，1998）、《粵語字打法大全（網頁版）》（粵語協會，2007）

2、本字表所列的字主要為沒有收錄於《現代漢語詞典》的粵語特殊用字（如「啲」、「呔」），部分為《現代漢語詞典》中標注為〈方〉（方言）和〈書〉（文言）的字（如「湴」、「睇」），也有部分屬於借用字，即借用現有漢字來表示方言中的意思（如「髀」、「唔」）。

3、如一字多於一個讀音，以直線（｜）在字旁標示。

粵語字	**注音**	**解釋及舉例**
吖	a1	好～【好的】
湴	baan6	泥～【爛泥】
唪	baang6	冚～呤【全部；統統】
骲	baau6	佢見到人就～開【他見人就推擠開】
凴	bang6	～喺枱邊【靠在桌子旁邊】
撻	bat7	～飯【盛飯】
睥	be1	～住我【盯着我】
畀（俾）	bei2	～我【給我】
髀（肶）	bei2	雞～【雞腿】
吡	bei2	打～（derby）【跑馬賽事的一種】
泌（潷）	bei3	～啲菜汁出嚟【把菜汁濾出來】
併	beng3	～埋啲錢【把錢藏起來】
煏	bik7	～乾【烤乾】
咇	bit7	❶ ～啲水出嚟【把水擠出來】 ❷ 行～（beat）【警察巡邏】
嚤	bo3	你幾叻～【你真能幹啊】

擈	bok7	～落去【砸下去】
煲	bou1	～湯【熬湯】
埲	bung6	一～牆【一堵牆】
𩙪	bung6	一～噏【一股味兒】
啉	but7	汽車喇叭聲
嗒	daap7	～一～【咂一咂】
沓	daap9	一～書【一摞書】
躂（撻）	daat8	～低 【跌到】
撻｜	daat8	～朵【亮出後台勢力】
笪	daat8	買咗～地【買了一塊地】
渧	dai3	口水嗲嗲～【口水往外滴】
揼｜	dam1	～時間【拖時間】
肒	dam1	肚～【肚子】
抌	dam2	唔好～嘢落街【別把東西扔到街上】
燉	dam2	～一聲【撲通一聲】
揼｜	dam3	～波鐘【球類比賽中故意拖延時間】
氹｜	dam4	～～轉【團團轉】
踩	dam6	～腳【跺腳】
扽	dan3	架車好～【這車顛的不行】
戥	dang6	❶ 我～你開心【我替你高興】❷ ～穿石【結婚當天陪伴新郎去接新娘的一群男士】
搭（揼）	dap9	～下條腰【捶捶腰】
湆	dap9	～雨 【淋雨】
咄	dat7	話佢一聲佢就～番轉頭【說了他一聲他就頂回來】
朏	dat7	成晚～喺個電視機前面【一整晚釘在電視機跟前】
腯	dat7	肥～～【胖墩墩】
抖	dau6	❶ ～利是【討紅包】❷ ～住 【托着】
哣	dau6	發吽～【發楞；發呆】

嗲｜	de^{1}	唔好～咁耐喇【別說那麼長時間了】
嗲｜	de^{2}	～聲～氣【嬌聲嬌氣】
嗲｜	de^{4}	～～聲【滴滴答答響】
地（哋）	dei^{2*}	甜甜～【有點兒甜】
哋	dei^{6}	我～【我們】
趯	dek^{8}	快啲～【快跑】
掟｜	deng^{3}	攞膠擦～佢【拿橡皮擦扔他】
埞（定）	deng^{6}	搵～坐【找地方坐】
啲	di^{1}	有～【有些，有的】
掂｜	dim^{3}	唔好～我 【不要碰我】
掂｜	dim^{6}	搞唔～【他做不了】
捵	din^{2}	痛到～床～蓆【痛得在床上打滾】
掟｜	ding^{3}	倒～【倒掛；倒置】
椗	ding^{3}	青瓜～【黃瓜的蒂】
屌（閉）	diu^{2}	～佢老母【操他媽的】
墮	doe^{3}	霉髲～【霉爛不堪】
斲（剁）	doek^{8}	～豬肉【剁豬肉】
啄	doeng^{1}	❶ 鼻哥～【鼻尖兒】❷ 啄食
𢭃	doey^{2}	～條鎖匙入把鎖度【把鑰匙插進鎖眼裏】
艔（渡）	dou^{2*}	（橫渡江河的）渡船
篤	duk^{7}	❶ 行到～【走到盡頭】❷ 量詞。泡（用於糞便）❸ 氣球一～就爆【氣球一扎就爆】
戙	dung^{6}	～起枝旗【把旗子豎起來】
揸	dza^{1}	❶ ～住 【拿着】❷ ～車【開車】
鮓｜	dza^{2}	❶ 好～【很差勁兒】❷ 刺～【骯髒】
鮓｜	dza^{3}	白～【水母】
咋｜	dza^{3}	得三個人～【才三個人而已】
咋｜	dza^{4}	得咁少～【就這麼少嗎】

拃	dza⁶	一～花生【一把花生】
嘶	dzaam²	～眼【眨眼】
盞（儹）	dzaan²	又幾～噃【真有意思】
濽	dzaan³	❶ 淬火 ❷ 給熱的東西加入冷的刺激：炒菜要～啲酒【炒菜時要加點酒】
踭	dzaang¹	手～【胳膊肘】
掙	dzaang⁶	～壞個肚【撐壞肚子】
咂	dzaap⁹	食到～～聲【吃得咂咂有聲】
箚	dzaap⁹	～數【記賬】
鈒	dzaap⁹	～骨【（衣料）鎖邊】
甴	dzaat⁹	甲～【蟑螂】
罩（焯）	dzaau³	～花生【油炸花生】
棹	dzaau⁶	～艇【划船】
仔	dzai²	❶ 兒子 ❷ 男孩
掣	dzai³	❶ 電～【電源開關】❷ 手～【手剎車】
朕	dzam⁶	一～味 【一股味】
朾	dzang¹	乾～～【乾；（人）乾瘦】
癥	dzang²	猛～【暴躁；煩躁】
枳	dzat⁷	❶ 樽～【瓶塞】❷ ～住佢把口【把他的嘴堵住】❸ ～低個價【大量拋售令股價下跌】
質	dzat⁷	❶ ～佢兩錘【揍他兩拳】❷ 陰～【沒陰德；作孽】
啫｜	dze¹	你咁做都唔係幾啱嘅～【你這麼做也不太對吧】
啫｜	dzek⁷	邊係我講嘅～【哪兒是我講的】
螆	dzi¹	生～【長小蟲子；患皮膚病】
癪	dzik⁷	生～【患疳積病】
尖（臢）	dzim¹	腌～【愛挑剔】
脤	dzin²	牛～【牛的腱子肉】
薦（墊）	dzin³	～褥【褥子】

㩭	dzit[7]	～牙膏【擠牙膏】
擳	dzit[7]	我怕～【我怕被人撓癢癢】
皭（焦）	dziu[1]	起～【結痂】
撨｜	dziu[6]	～佢一身【打他一頓】
噍（嚼）	dziu[6]	～香口膠【嚼口香糖】
咗	dzo[2]	食～【吃了】
捽	dzoet[7]	～跌打酒【擦跌打酒】
鰛	dzoey[1]	油～【花鰻】
瞍（裝）	dzong[1]	～下入便有乜【探頭看看裏面有甚麼】
仲（重）	dzung[6]	～未到【還沒到】
箸（筯）	dzy[6]	擺碗～【擺碗筷】
瞓	fan[3]	～着咗【睡着了】
揈｜	fang[4]	一棍～落去【一棍子打下去】
捴	fat[7]	～水【舀水】
窟	fat[7]	一～布【一小塊布】
揈｜	fing[6]	～嚟～去【晃來晃去】
弗	fit[7]	❶ 噏～（keep fit）【健身，保持良好身材】❷ 符～【辦法；招兒】❸ 揸～【掌握權力】
㗎｜	ga[2]	有錢都唔係噉嘥～【有錢也不是這樣亂花】
㗎｜	ga[3]	件衫好貴～【這件衣服挺貴的】
㗎｜	ga[4]	❶ 架車你～【這輛車是你的？】❷ ～仔【日本人】
喀	ga[4]	踞～兵（Gurkha）【駐港英軍中來自尼泊爾的僱佣兵】
鎅	gaai[3]	～開木板【鋸開木板】
㗎	gaak[8]	佢打人，你都親眼見到～【他打人，你也是親眼見到的】
梘	gaan[2]	香～【香皂】
㴇	gaang[3]	～水【蹚水】
㨴	gaang[3]	夠～【足以匹敵；拼得過】

裌	gaap^{8}	衣服的腋下前後相連處
挾｜	gaap^{8}	～餸【夾菜】
甲	gaat^{9}	～甴【蟑螂】
滘	gaau^{3}	大埔～（地名）
骹	gaau^{3}	腳～【腿關節；腳腕子】
噉	gam^{2}	❶ 變成～【變成這樣】❷ 大聲～叫【大聲地叫】
咁	gam^{3}	❶ ～大個【這麼大】❷ 猛～走【拼命地跑】
撳（揿）	gam^{6}	～門鐘【摁門鈴】
梗	gang^{2}	❶ 頸～【脖子僵硬】❷ 我～知啦【我當然知道啦】
眼｜	gap^{9}	～住【監視着】
扢	gat^{7}	一刀～入去【一刀刺進去】
趷	gat^{9}	❶ ～下～下【一瘸一拐的】❷ ～起條尾【翹起尾巴】
嚿	gau^{6}	一～木【一塊木頭】
嘅｜	ge^{2}	點解冇人～【為甚麼沒人】
嘅｜	ge^{3}	❶ 我～書【我的書】❷ 佢係長頭髮～【她是長頭髮的】
撳	geng^{6}	～住佢【提防他】
嘰	gi^{1}	佢同主任有～吃（gat^{9}）【他和主任意見不合】
篋（喼）	gip^{7}	皮～【皮箱】
喼	gip^{7}	～汁【一種辣醬油】
挾｜	gip^{9}	～住本書【腋下夾着一本書】
撟	giu^{2}	～眼淚【擦眼淚】
嗰	go^{2}	～邊【那邊】
啹｜	goe^{1}	～咗隻雞【殺雞（割斷喉嚨）】
啹｜	goe^{4}	條氣唔～【不服氣】
踞	goey^{1}	～喀兵（Gurkha）【駐港英軍中來自尼泊爾的僱佣兵】
弶（螯）	gong^{6}	蟹～【（螃蟹的）鉗】
攰（癐）	gui^{6}	好～【很累】

焗（谷）	guk[7]	❶ ～住度氣【屏住氣】❷ ～佢快啲大【催它長快點】❸ ～奶【乳房因奶水過多而發脹】
焗	guk[9]	❶ ～薯【（用烤爐）烤馬鈴薯】❷ 車入便好～【車裏很悶】
啩	gwa[3]	唔係～【不是吧？】
詋 |	gwan[3]	畀人～咗好多錢【被人家騙走了很多錢】
䁪	gwat[9]	佢～住我【他盯着我】
蛶	gwaai[2]	蛤～【蟾蜍；青蛙】
躀	gwaan[3]	～低【摔倒】
呱	gwe[1]	蛇～（scared）【膽怯；害怕】
捐（鑽）	gyn[1]	隻老鼠～咗入窿【老鼠鑽到洞裏去了】
蝦 |	ha[1]	❶ 大～細【以大欺小】❷ 蘇～【幼兒；嬰兒】
蝦（瘕）	ha[1]	扯～【哮喘】
吓	ha[2]	～，原來係你呀【呀，原來是你】
嚡	haai[4]	皮膚好～【皮膚很粗糙】
姣	haau[4]	佢個樣好～ 【她那樣子很淫蕩】
屄（閪）	hai[1]	對女性外生殖器官的粗俗叫法
喺	hai[2]	～屋企【在家】
扻	ham[2]	～頭埋牆【把頭往牆上撞】
冚 |	ham[6]	❶ 個窗門唔～【窗戶關不嚴實】❷ ～轉【反扣過來】❸ ～家【全家】❹ 墟～【場面熱鬧喧騰】
掔	hang[1]	～爛個碗【把碗磕爛了】
恰	hap[7]	畀人～【被人欺負】
焫	hap[9]	熒～～【熱辣辣】
睺（吼）	hau[1]	～佢唔覺意【趁他不注意】
吼	hau[4]	～住你袋禮物【盯着你那袋子禮物（等着分）】
餼	hei[3]	～雞【餵雞】
熒	hing[3]	❶ 額頭有啲～ 【額頭有點燙】❷ 玩到好～【情緒高漲】❸ 畀人噉激法，你話～唔～【讓人家那麼個氣法，你說火不火】

嘞｜	hoe[1]	畀人～【被人喝倒彩】
嘞｜	hoe[4]	～一啖氣【哈一口氣】
寒（犴）	hon[4]	～背【輕微的駝背】
粠	hong[2]	啲米好～【這些米有霉味兒】
炕	hong[3]	～乾【烘乾】
桁	hong[4]	幫我～下豬仔【幫助我攔擋小豬】
蠔（犬）	hyn[2]	黃～【蚯蚓】
吔｜	ja[1]	哎～ 【哎呀】
吔｜	ja[4]	～～烏【最差勁的】
揞	jaap[9]	～手【招手；揚手】
吙	jaau[1]	左～【左撇子】
曳	jai[5]	唔好咁～【別那麼淘氣】
髺（陰）	jam[1]	劉海兒（婦女垂在額前的短髮）
嘢	je[5]	買～【買東西】
�（依）	ji[1]	～嘴笑【咧嘴笑】
膉	jik[7]	有蛤喇味兒（指含油的食物變質後發出難聞的臭味）
靨	jim[2]	傷口結～ 【傷口結痂】
覮	jing[4]	～住【心裏想着就覺得某種事物、情況存在】
膶	joen[2]*	豬～【豬肝】
抰	joeng[2]	～乾淨【抖摟乾淨】
嘟	juk[7]	～手【動手】
蘧	jyn[5]	菜～【嫩菜苔】
械	kaai[3]	呢件衫～嚟替換嘅【這件衣服是用來替換的】
咭（卡）	kaat[7]	（card） 聖誕～（聖誕卡）
撠｜	kak[7]	同「撠 kik[7]」。個轆～住咗 【輪子卡住了】
咳｜	kak[7]	甩～【結結巴巴】
冚｜	kam[2]	❶ ～被【蓋被子】❷ ～檔【警察查封非法經營的攤檔】❸ 佢～咗我一巴 【她摑了我一巴掌】

蠄	kam^4	～蟝【癩蛤蟆】
揹	$kang^3$	呢樽酒真係～【這一瓶酒味真醇厚】
扱｜	kap^7	～印【蓋章】
扱｜	kap^9	倒～牙【下牙包住上牙】
氹	kap^9	畀隻狗～咗一啖【讓那隻狗咬了一口】
眍｜	kap^9	同「眍 gap^9」。～住 【監視着】
溝	kau^1	～女【結識女孩子】
摳	kau^1	～啲水【摻點水】
擎	$keng^4$	❶ 靈～【靈驗】❷ 輕～【輕便；輕巧】
戟	kik^7	班～（pancake）【西式烤薄餅】
撠｜	kik^7	個轆～住咗 【輪子卡住了】
揵	kin^2	～開個蓋【揭開蓋子】
瓊	$king^4$	❶ 碗茶～清咗至飲【這碗藥澄清了再喝】 ❷ 啲油～咗【油凝結了】
噏	kip^7	～弗（keep fit） 【健身，保持良好身材】
蹺	kiu^{2*}	❶ 真係～【真湊巧】❷ ～妙【巧妙；奇妙】
繑	kiu^5	❶ ～實【纏得很緊】❷ ～埋對手【交叉着手】
蟝	$koey^{2*}$	蠄～【癩蛤蟆】
佢（渠）	$koey^5$	他；她；它
搉	kok^7	～爛玻璃【敲破玻璃】
㡁	$kwaai^5$	𢃇𢃇～～【衣服不合身；敞開胸】
㗘（框）	$kwaak^7$	❶ 兜咗一個大～ 【繞了一個大圈兒】❷ 四方～【方框】
砉	$kwaak^7$	～算盤【打算盤】
訇｜	$kwan^1$	畀人～晒啲錢【讓人騙走了所有的錢】
纊	$kwang^3$	件衫畀口釘～住【衣服被釘子鉤住了】
揦｜	la^2	❶ 跌落地～翻揸沙【跌倒了抓一把沙】❷ 好～【被鹽、醃料或化學物質侵蝕的感覺】
喇	la^3	唔好再遲到～【別再遲到了】

揦｜	la5	～鮓【骯髒】
孻	laai1	～仔【小兒子】
𦧺（舐）	laai2	～嘴唇【舔嘴唇】
𢃇	laai5	～～𢂋𢂋【衣服不合身；敞開胸】
瀨｜	laai4	❶ 一排～【成排的】❷ 瘦骨～柴【瘦骨如柴】
瀨｜	laai6	～粉【米粉條的一種】
嚦	laak7	～～聲【（水平或能力）頂尖】
嘞	laak8	今次個賊實走唔甩～【這次那個小偷肯定跑不掉了】
踹｜	laam3	同「踹 naam3」。❶ ～過去【跨過去】❷ ～兩日去一次【（每）隔兩天去一次】
躝	laan1	～出去【爬出去】
讕	laan2*	～叻【逞能】
呤｜	laang1	個鬧鐘～咗好耐【鬧鐘響了很久】
呤｜	laang6	冚唪～【全部；統統】
擸	laap8	❶ ～平嘢【搶購便宜貨】❷ ～咗一眼【掃了一眼】
爉	laap8	佢畀火尾～親【他被火苗灼傷】
𤉶	laat8	蠟燭啲火～着咗張被【蠟燭的火把被子點着了】
迾	laat9	擺開一～【排成一列】
戾	lai2	❶ 發狼～【大發雷霆】❷ 冤～【冤枉】
捩	lai2	～轉頭【轉頭，掉頭】
嚟	lai4	❶ ～我屋企【來我家】❷ 睇住～【看着點兒】
覶	lai6	～咗佢一眼 【瞟了他一眼】
甩	lak7	～咳【結結巴巴】
冧｜	lam1	❶ 花蕾 ❷ ～女朋友【討女朋友喜歡】
冧｜	lam3	～樓【樓房倒塌】
㨆	lam6	～幾本書當枕頭【摞幾本書當作枕頭】
冧｜	lam6	❶ ～班【留級；留班】❷ ～莊【再次當莊家】
撚（𨶙）｜	lan2	同「撚 2 nan2」。屌～你（粗話）

<table>
<tr><td>𠹌</td><td>lang1</td><td>叮～【事物罕見；要求很特殊、刁鑽】</td></tr>
<tr><td>掕</td><td>lang3</td><td>一～荔枝【一串荔枝】</td></tr>
<tr><td>睖</td><td>lang4</td><td>惡死～瞪【惡狠狠】</td></tr>
<tr><td>摟</td><td>lau1</td><td>❶ ～住個頭【蒙着頭】❷ 蟻多～死象【螞蟻多了連大象也咬得死】</td></tr>
<tr><td>褸</td><td>lau1</td><td>長～【長大衣】</td></tr>
<tr><td>嘍</td><td>lau3</td><td>他～我一齊去 【他邀我一塊兒去】</td></tr>
<tr><td>瘺</td><td>lau6</td><td>～□ （bau6） 【肥胖；臃腫而行動不便】</td></tr>
<tr><td>咧 │</td><td>le2</td><td>～□ （he3） 【狼狽；夠嗆】</td></tr>
<tr><td>咧 │</td><td>le4</td><td>畀我睇下～【讓我看看吧】</td></tr>
<tr><td>咧 │</td><td>le5</td><td>❶ 我唔想去～【我真的不想去】
❷ ～□ （fe5） 【吊兒郎當；衣冠不整】</td></tr>
<tr><td>幔</td><td>lei5</td><td>有風駛盡～【順風就掛滿帆】</td></tr>
<tr><td>脷</td><td>lei6</td><td>舌頭</td></tr>
<tr><td>叻</td><td>lek7</td><td>好～【挺聰明的】</td></tr>
<tr><td>舐</td><td>lem2</td><td>用條脷～乾淨 【用舌頭舔乾淨】</td></tr>
<tr><td>𡃁</td><td>leng1*</td><td>❶ ～仔【小子；傢伙】❷ 佢條～【他的手下】</td></tr>
<tr><td>撻</td><td>lin2*</td><td>～車 【互相比賽開快車】</td></tr>
<tr><td>燐</td><td>ling3</td><td>攞攞～【油光鋥亮】</td></tr>
<tr><td>轄</td><td>lip7</td><td>（lift） 升降機</td></tr>
<tr><td>繚</td><td>lit8</td><td>綁個～【打個結】</td></tr>
<tr><td>叮</td><td>liu1</td><td>～𠹌 【事物罕見；要求很特殊、刁鑽】</td></tr>
<tr><td>囉 │</td><td>lo1</td><td>❶ 中意咪買～【喜歡就買下來唄】❷ ～柚【屁股】</td></tr>
<tr><td>攞</td><td>lo2</td><td>～枝筆畀我【給我拿枝筆】</td></tr>
<tr><td>囉 │</td><td>lo3</td><td>天黑～【天黑了】</td></tr>
<tr><td>㶶</td><td>lo3</td><td>❶ 有啲～味 【有點兒煳味兒】❷ ～爆【非常丟臉、尷尬】</td></tr>
<tr><td>囉 │</td><td>lo4</td><td>係～，都係佢去好啲【對呀，還是他去的好】</td></tr>
<tr><td>𠾍 │</td><td>loe1</td><td>～魚骨【吐魚刺】</td></tr>
</table>

𨂽		loe^2	你再～都冇用【你再糾纏也沒用】
掠	$loek^7$	～水【搜刮錢財】
噒	$loen^1$	～豬腳【啃豬蹄子】
跦	$loey^1$	❶ ～個頭埋嚟【硬要加進來】❷ ～低【倒下】
咯	lok^8	都話唔係我攞咗～【都說了不是我拿了】
啷	$long^1$	形容鈴鐺的響聲
哴	$long^2$	～下隻杯【涮涮這杯子】
佬	lou^2	高～【高個兒】
蟧	lou^{2*}	蟧～【大蜘蛛】
睩	luk^7	～大雙眼【瞪着眼】
碌	luk^7	一～蔗【一根甘蔗】
淥	luk^9	～親隻手【（被熱水）燙傷了手】
槓	$lung^5$	樟木～【樟木箱子】
捋	lyt^9	～起衫袖 【擼起袖子】
唔	m^4	～係【不是】
孖	ma^1	～生仔【雙胞胎】
嫲	ma^4	奶奶；祖母
擘	$maak^8$	～開眼【張開眼】
擟	$maan^1$	❶ ～住扶手 【抓着扶手】❷ 冇得～【無法挽回】
鯭	$maang^1$	泥～【長鰭籃子魚】
茅	$maau^4$	❶ 發晒～【行為很衝動】❷ 奸～【耍賴】
咪		mai^1	❶ 咪高峰（麥克風）❷ ～書【用功讀書】❸（mile）英里；哩
咪		mai^5	～行住【先別走】
咪		mai^6	係～【是不是？】
癦	mak^{2*}	佢塊面度有粒～【她臉上有一顆痣】
嘜	mak^7	❶（mark） 雙妹～【商標之一】❷（mug） 的牛奶～【牛奶罐頭盒】
𩠌	mam^1	食～～【吃飯飯】

炆	man[1]	燜；燉
抆	man[2]	～屎【擦屁股】
抿	man[2]	～石灰【抹石灰】
𠼱	man[3]	❶ 企得咁～【站得這麼靠邊兒】❷ 時間～咗啲 【時間不太夠】
𥊖	mang[1]	～雞【眼皮上的疤痢】
掹｜	mang[1]	～斷條繩【拽斷了繩子】
𤺪	mang[2]	個病人有啲～【那個病人有點煩躁】
掹｜	mang[3]	同「掹 mang[1]」。～斷條繩【拽斷了繩子】
乜｜	mat[7]	❶ ～都食【甚麼都吃】❷ ～着得咁靚呀【怎麼穿得這麼漂亮？】
踎	mau[1]	～低【蹲下】
咩	me[1]	你冇去～【你沒去嗎？】
孭	me[1]	～書包【背書包】
歪	me[2]	～咗【歪了】
乜｜	me[2]	車～【陀螺】
屘	mei[1]	排第～【排最後一名】
溮	mei[1]	～一啖【嚐一口】
蜫	mei[1]	塘～【蜻蜓】
微	mei[1*]	雨～【毛毛雨】
搣	mit[7]	❶ 唔好～我【別掐我】❷ ～爛 【撕破】
藐	miu[2]	～嘴～舌【撇嘴咧牙】
嚤	mo[1]	❶ 行得～【走得慢】❷ ～囉差【印巴人】
芒	mon[1]	（monitor）熒光屏；（電腦）顯示器
冇	mou[5]	～事【沒事】
燘	mui[2]	～爛啲飯【用舌頭和嘴唇把飯研爛】
㾺	na[1]	佢面度有笪～【他臉上有塊疤】
嗱	na[1]	我～你一齊去【我跟你一起去】
乸	na[2]	豬～【母豬】

嗱	na⁴	～，你嘅藥【喏，你的藥】
揇	naam³	一～【張開的大拇指和中指間的距離】
踹｜	naam³	❶ ～過去【跨過去】❷ ～兩日去一次【（每）隔兩天去一次】
腩	naam⁵	牛～【牛腹部肋骨周圍的肉】
赧｜	naan³	蚊～【被蚊子叮後起的疙瘩】
焫	naat⁸	啲水好～【水好燙】
冧｜	nam¹	～巴（number）【號碼】
諗	nam²	～下 【想想】
腍	nam⁴	啲肉煲唔～【這肉煮不爛】
淰	nam⁶	❶ 成身濕到～晒【全身濕透了】❷ 瞓到～晒【睡熟了】
撚｜	nan²	～下花草【擺弄花草】
撚（閵）｜	nan²	屌～你（粗話）
赧｜	nan²	鹹～～【（味道）太鹹】
䘉	nang³	❶ ～埋一串【連成一串】❷ 佗手～腳【礙手礙腳】
洇	nap⁹	❶ 玩到成身～晒 【玩得全身黏黏糊糊的】❷ ～懦【行動緩慢、拖沓】
嬲	nau¹	❶ 發～【發火】❷ ～死你【討厭死你】
膩	nau⁶	甜到～【甜得發膩】
匿	nei¹	～喺床下底【躲在床底下】
牙（禡）	nga⁴	尾～【商號的東家在農曆十二月十六日宴請本店的店員的宴席】
扡	nga⁶	～開對腳【張開雙腳】
嗌	ngaai³	～救命【喊救命】
鈪	ngaak²*	金～【金鐲子】
呃	ngaak⁷	～人【騙人】
啱	ngaam¹	❶ 講得～【說得對】❷ 咁～【碰巧】
餲	ngaat⁸	～味【臊味】

扤丨	ngaat^{9}	～斷條繩【磨斷那根繩子】
揹	ngaau^{1}	～痕【抓癢】
啀	ngai^{1}	他～我幫手【他求我幫忙】
扲	ngam^{4}	～啲錢出來【掏出錢來】
奀	ngan^{1}	～細【瘦弱】
踬	ngan^{3}	～腳【顫腳】
哽	ngang^{2}	啲沙～到腳底好難頂【沙子硌得腳底板受不了】
噏	ngap^{7}	亂～【胡說八道】
罨	ngap^{7}	濕衫～住好辛苦【濕衣服捂着很難受】
岌	ngap^{9}	～頭【點頭】
扤丨	ngat^{7}	❶ ～實【壓實】❷ 佢食【勉強他吃】
扤丨	ngat^{9}	～凳【坐在椅子上，椅子兩條腿離地】
吽	ngau^{6}	好～【很遲鈍】
屙	ngo^{1}	～尿【撒尿】
藹	ngoi^{2}	～下個啤啤【哄哄嬰兒】
顎	ngok^{9}	～高頭【抬起頭】
腍	ngong^{3}	酸菜變質後的臭味
撽	ngou^{4}	～下樽香檳【搖搖這香檳】
壅	ngung^{1}	搵啲沙～住 【用沙埋好】
挐	ngung^{2}	～開度門【推開門】
搦	nik^{7}	～住個袋【提着袋子】
棯	nim^{1}	山～【桃金娘的果實】
羓	nin^{1}	乳房
吶	nip^{7}	～咗入去【陷了進去】
挼	no^{4}	～下衫領【搓一搓領子】
襠（浪）	nong^{6}	褲～【褲檔】
燶	nung^{1}	～咗【焦了；煳了】
瓶	paang^{1}	飯～【一種平底、圓柱形的金屬飯盒】

嘭	paang¹	碗飯～啲畀我【碗飯勻點兒給我】
鎊	paang¹	❶（pan）平底鍋。❷ 火水～【煤油罐】
刺（批）	pai¹	～皮【削皮】
㾓	pau³	❶ 個蘿蔔有啲～【這蘿蔔有點兒糠心兒】❷ ～木【泡木頭】
啤（啵）	pe¹	一～（pair）【一對】
擗 ǀ	pek⁸	～炮【憤而辭職】
擗 ǀ	pek⁹	～低啲書【把書扔在那裏】
拼（憑）	peng¹	椅～【椅子靠背】
骿	peng¹	～骨【肋骨】
坺	pet⁹	一～泥【一灘泥巴】
稿	po¹	一～樹【一棵樹】
㬥	pok⁷	水～【水泡兒】
挲（抄）	sa³	～開手【攤開雙手】
嘥	saai¹	～錢【浪費錢】
㩄	saai⁴	㦬㦬～【不修邊幅；衣衫襤褸】
晒	saai³	❶ 講～出來【全講出來】❷ ～命【炫耀自己】
揞	saang²	❶ ～乾淨個面盆【把臉盆刷洗乾淨】❷ 佢畀校長～【他被校長訓斥】❸ 畀個波～到【被球砸中了】
熠（煠）	saap⁹	～粟米【煮玉米棒子】
捎	saau⁴	佢～咗我枝筆【他也不問問我就拿走我的筆】
睄	saau⁴	～咗一眼 【瞥了一眼】
脤	san⁵	❶ 啲蕃薯好～【這白薯不鬆軟】❷ 你都～嘅【你真笨】
錫（惜）	sek⁸	❶ 父母好～佢【父母很疼他】❷ ～一啖【親一下】
俬	si¹	傢～【家具】
跣（蹦）	sin³	❶ ～咗落地【滑倒在地上】❷ 佢～我【他設了個圈套來害我】
攝	sip⁸	❶ ～張紙入去【把紙塞進去】❷ ～高【墊高】❸ ～位【填補空檔或位置】

瀡	soe[4]	～滑梯【滑滑梯】
戌	soet[7]	～返度門【閂上門】
⿰扌肅	sok[7]	攞鉛筆～手指【拿鉛筆敲手指】
嗍	sok[8]	～一覺【小睡一會兒】
餸	sung[3]	買～【買菜】
呔	taai[1]	❶ 車～（tyre）【輪胎】❷ 領～（tie）【領帶】
⿰衤太	taai[1]	領帶
舦	taai[5]	擺～【轉舵】
軚	taai[5]	左～車【方向盤在左邊的汽車】
燂	taam[4]	～豬毛【燎豬毛】
撻 ｜	taat[7]	❶（tart）蛋～【一種西式餅食】❷ ～嘢【擅自拿走公家的財物】❸ ～着【點着】
撻 ｜	taat[8]	～定（訂）【捨棄定金以取消原定的買賣】
撻 ｜	taat[9]	傑～～【稠乎乎的】
睇	tai[2]	～電視【看電視】
⿰口氹（⿰訁罙）	tam[3]	～佢開心【哄她高興】
氹 ｜	tam[4]	～～轉【團團轉】
氹（凼） ｜	tam[5]	水～【水坑】
揗	tan[4]	❶ 手～腳震【手腳都哆嗦】❷ ～嚟～去【轉來轉去】
唞	tau[2]	～一陣先【先歇一會兒】
佗	to[4]	❶ ～衰【連累】❷ ～仔【懷孕】
劏	tong[1]	❶ ～雞【殺雞】❷ ～魚【把魚剖開處理乾淨】
⿰⻊叉	tsa[1]	～落水氹【踩上個水坑】
喳	tsa[4]	～～（tsa[4] tsa[2*]）【鈸】
扠	tsa[5]	寫錯就～咗佢 【寫錯了就把它劃掉】
坼	tsaak[8]	爆～【皮膚皴裂】
篸	tsaam[2]	垃圾～【撮垃圾用的簸箕】
槧	tsaam[5]	門～【門坎兒；門檻】

劗	tsaam^{5}	畀玻璃～親隻手【被玻璃劃破了手】
鐺	tsaang^{1}	瓦～【砂鍋】
瞠	tsaang^{3}	～大雙眼 【睜大眼睛】
錚	tsaang^{4}	～雞【女人潑辣不講理】
振	tsaang^{4}	～眼【晃眼；刺眼】
摷 ｜	tsaau^{3}	～下個櫃桶【在抽屜裏找找看】
柒（閂）	tsat^{9}	笨～（粗話）【大笨蛋】
抽（搊）	tsau^{1}	❶ 一～鎖匙【一串鑰匙】❷ 手～【手提袋子】
唓	tse^{1}	～，唔去算數【哼！不去就算了】
扯	tse^{2}	你幾時～【你甚麼時候走？】
畬	tse^{4}	❶ 梯田 ❷ 禾～（地名）
趦	tsi^{1}	～趄轉【團團轉；走來走去】
搣	tsik^{7}	❶ ～呢袋米上樓【提這袋米上樓】❷ ～起對眼【抬起雙眼】
撍（撏）	tsim^{4}	～張卡【抽一張卡片】
䞍（春）	tsoen^{1}	雞～【雞蛋】
暢	tsoeng^{3}	❶（change）～錢【換零錢】❷ ～啲人民幣【兑換些人民幣】
趄	tsoe^{1}	趦～轉【團團轉；走來走去】
𡃓	tsoey^{4}	成身酒～【一身酒味】
啋	tsoi^{1}	～！咪亂咁噏啦【去你的！別胡説八道】
戳 ｜	tsok^{8}	❶ 大力～【猛一扽】❷ 畀人～就講晒出嚟【讓人一逗引就全説出來】❸ ～住度氣【憋着一口氣】
戳（chok） ｜	tsok^{8}	～樣【裝嫩、扮可愛的樣子】
邨（村）	tsyn^{1}	屋～【住宅小區】
寸（串）	tsyn^{3}	唔好咁～ 【別這麼蠻橫】
搲 ｜	wa^{2}	～花塊面【抓破了臉皮】
嚄	waak^{7}	口～～ 【嘰嘰呱呱】
搵	wan^{2}	～人 【找人】

韞	wan³	～住 【關着】
煀	wat⁷	～蚊【熏蚊子】
核（鶻）	wat⁹	～突【肉麻；難看】
搲｜	we²	同「搲 wa²」。～花塊面【抓破了臉皮】
抓	wing¹	～咗佢【扔了它】
喎｜	wo³	唔好唔記得～【別忘了呀】
喎｜	wo⁵	佢話唔想食～【他說他不想吃】
捣（涴）	wo⁵	件事畀佢搞～咗【這件事讓他弄糟了】
鑊	wok⁹	❶ 鐵鍋 ❷ 大～【大事不好了】

附錄二：粵語量詞表

讀音	量詞	舉例
ba²	把	一～草、一～口
beng²	餅	一～錄音帶、一～嘢（一萬塊錢）
bou¹	煲	一～湯
bung⁶	埲	一～牆
bung⁶	飆	一～𡁻
daam⁶	啖	一～水、錫一～
daan¹	單	呢～嘢（事情）、一～生意
daap⁹	沓	一～書、一～樓
daat⁸	笪	一～地
dai²	底	一～蛋糕
dan²	不（躉）	一～大廈、一～銅像
dau¹	兜（蔸）	一～金魚、嗰～友（人）
dau¹	蔸	一～樹、一～禾
dau³	竇	一～老鼠
ding¹	丁	一～人
doey³	對	一～鞋、一～新人
dong³	檔	一～生果
dou⁶	度	一～門、一～橋
duk⁷	篤	一～牛屎、一～口水痰
dung⁶	棟	一～（麻將）牌、一～磚
dza¹	渣	一～啤酒
dza⁶	拃	一～花生
dzaan²	盞	一～燕窩

dzaat[8]	紮	一～花
dzam[3]	浸	一～皮、一～油漆
dzam[6]	朕	一～臭㶶、一～風
dzap[7]	執	一～毛
dzek[8]	隻	一～古仔、一～光碟、一～歌、一～牛、一～牌子、呢～嘢（人）
dzi[1]	支	一～公（人）
dzi[1]	枝	一～槍、一～火柴、一～汽水、一～牙膏、一～旗
dzoen[1]	樽	一～酒
dzoeng[1]	張	一～刀、一～被單、一～氈、三～幾嘢（三十多歲）
dzoeng[3]	仗	呢～弊嘞（這次糟了）
dzou[6]	造	一年兩～
dzy[3]	箸	夾一～餸
dzyn[1]	磚	一～豆腐
faan[6]	瓣	衰邊～
fat[7]	窟	一～布
fo[2]	伙	一～人
fu[3]	副	一～酸枝枱椅
fuk[7]	幅	一～地、一～相、一～網
gaan[1]	間	一～公司、一～醫院、一～學校
gang[1]	羹	一～糖
gau[6]	嚿	一～木、一～水（一百元）
gin[6]	件	一～蛋糕
go[3]	個	三～六（三塊六毛）、一～（一萬元）
gung[1]	工	雙～（雙倍工時）
gwo[3]	過	過咗兩～（漂洗了兩次）
gyt[9]	橛	一～路
haap[8]	莢	一～白菜

ham^{2}	坎	一～大炮
hau^{2}	口	一～煙、一～針
hok^{8}	殼	一～水
hou^{4}	毫	一～（一毛）
je^{5}	嘢	打咗兩～（打了兩下）
ka^{1}	卡	一～貨物
kaai^{2}	楷	一～柑
kung^{1}	蓊	一～包粟
laat^{9}	辣	擺開一～
lang^{3}	掕	一～荔枝
lo^{1*}	籮	一～垃圾
loen^{4}	輪	講咗一～
lou^{6}	路	二～茶（沏第二遍的茶）
luk^{7}	碌	一～蔗、一～竹
ma^{1}	孖	一～臘腸
maai^{6}	賣	半～（半份）、一～炒面
mak^{7}	嘜	一～米
man^{1}	蚊	一～（一元）
man^{1} gai^{1}	蚊雞	一～（一元）
mei^{2*}	味	幾～餸、呢～藥、呢～嘢（東西）
ming^{2}	名	一～（人）
naam^{3}	揇	三～（三拃 / 三步）
nap^{7}	粒	一～紅棗、一～女、一～波
ngaan^{2*}	眼	一～燈、一～針
ngon^{1}	安	一～奶
paang^{4}	棚	一～牙、成～人
paau^{1}	泡	揦起～腮、一～尿
pe^{1}	啤（啵）	一～～（成雙成對）、一～「K」

pei4	皮	幾～（幾塊錢）
pet9	坺	一～泥
pit8	撇	一～水（一千元）
po1	畬	一～樹
pou1	鋪	一～牌、一～牛力、呢～講法
pun4	盤	一～數、兩～生意、一～水（一萬元）
san1	身	打一～
sau2	手	呢～嘢（事情）、每～ 400 股
so1	梳	一～子彈、一～蕉
soey2	水	一～船、洗咗一～
song2	爽	一～蔗
taan4	壇	呢～嘢（事情）
tau4	頭	呢～親事、兩～住家
ting2*	停	呢～人、呢～車
tiu4	條	一～線、一～鎖匙、一～友（人）
toi4	枱	一～麻將
tong4	堂 1	一～磨、一～窗簾、一～課
tong4	堂 2	三～路（三十里路）
tsaan1	餐	一日三～、鬧咗一～
tsang4	層	諗到呢～（想到這一步 / 這一點）
tsoey4	捶	打一～
tung4	筒	一～袖、一～糖、一～碗
tyt8	脱	一～衫
wai4	圍	一～酒席
wan4	匀	讀一～、行多～
wo1	鍋	一～粥（相對一碗）
wok9	鑊	呢～嘢（事情）

附錄三：粵語拼音系統

（據香港教育署語文教育學院中文系編 1992 年《常用字廣州話讀音表》）

一、聲母

b	巴	p	爬	m	媽	f	花
d	打	t	他	n	那	l	啦
dz	渣	ts	叉	s	沙	j	也
g	加	k	卡	ng	牙	h	蝦
gw	瓜	kw	誇	w	蛙		

二、韻母

a	阿	aai	唉	aau	坳	aam	三	aan	翻	aang	盲	aap	鴨	aat	壓	aak	額
		ai	哎	au	歐	am	暗	an	分	ang	盟	ap	急	at	不	ak	厄
e	爹	ei	你	(eu)		(em)		(en)		eng	贏	(ep)		(et)		ek	尺
oe	靴	oey	居					oen	津	oeng	香			oet	出	oek	腳
o	柯	oi	愛	ou	澳			on	安	ong	昂	(op)		ot	喝	ok	惡
i	衣			iu	腰	im	嚴	in	煙	ing	影	ip	業	it	熱	ik	益
u	污	ui	回					un	換	ung	空			ut	活	uk	屋
y	魚							yn	冤					yt	月		

鼻韻 m 唔 ng 五

三、聲調

調類	調號	例字	注音
陰平	1	分	fan^{1}
陰上	2	粉	fan^{2}
陰去	3	訓	fan^{3}
陽平	4	焚	fan^{4}
陽上	5	憤	fan^{5}
陽去	6	份	fan^{6}
陰入	7	忽	fat^{7}
中入	8	發	$faat^{8}$
陽入	9	佛	fat^{9}

附錄四：粵語拼音方案對照表

聲母

國際音標	《常用字廣州話讀音表》[1]	《粵語拼音方案》[2]	《廣州話方言詞典》[3]	《粵音韻彙》[4]	例字
p	b	b	b	b	巴
p‘	p	p	p	p	爬
m	m	m	m	m	媽
f	f	f	f	f	花
t	d	d	d	d	打
t‘	t	t	t	t	他
n	n	n	n	n	那
l	l	l	l	l	啦
tʃ	dz	z	j(z)	dz	渣
tʃ ‘	ts	c	q(c)	ts	叉
ʃ	s	s	x(s)	s	沙
j	j	j	y	j	也
k	g	g	g	g	家
k‘	k	k	k	k	卡
ŋ	ng	ng	ng	ŋ	牙
h	h	h	h	h	蝦
kw	gw	gw	gu	gw	瓜
k‘w	kw	kw	ku	kw	誇
w	w	w	w	w	蛙

韻母

國際音標	《常用字廣州話讀音表》	《粵語拼音方案》	《廣州話方言詞典》	《粵音韻彙》	例字
a	a	aa	a	a	阿
ai	aai	aai	ai	ai	唉
au	aau	aau	ao	au	坳
am	aam	aam	am	am	三
an	aan	aan	an	an	翻
aŋ	aang	aang	ang	aŋ	盲
ap	aap	aap	ab	ap	鴨
at	aat	aat	ad	at	壓
ak	aak	aak	ag	ak	額
ɐi	ai	ai	ei	ɐi	哎
ɐu	au	au	eo	ɐu	歐
ɐm	am	am	em	ɐm	暗
ɐn	an	an	en	ɐn	分
ɐŋ	ang	ang	eng	ɐŋ	盟
ɐp	ap	ap	eb	ɐp	急
ɐt	at	at	ed	ɐt	不
ɐk	ak	ak	eg	ɐk	厄
ɛ	e	e	é	ɛ	爹
ei	ei	ei	éi	ei	你
ɛŋ	eng	eng	éng	ɛŋ	贏
ɛk	ek	ek	ég	ɛk	尺
œ	oe	oe	ê	œ	靴
øy	oey	eoi	êu	œy	居
øn	oen	eon	ên	œn	津
œŋ	oeng	oeng	êng	œŋ	香
øt	oet	eot	êd	œt	出
œk	oek	oek	êg	œk	腳

國際音標	《常用字廣州話讀音表》	《粵語拼音方案》	《廣州話方言詞典》	《粵音韻彙》	例字
ɔ	o	o	o	ɔ	柯
ɔi	oi	oi	oi	ɔi	愛
ɔu	ou	ou	ou	ɔu	澳
ɔn	on	on	on	ɔn	安
ɔŋ	ong	ong	ong	ɔŋ	昂
ɔt	ot	ot	od	ɔt	喝
ɔk	ok	ok	og	ɔk	惡
i	i	i	i	i	衣
iu	iu	iu	iu	iu	腰
im	im	im	im	im	嚴
in	in	in	in	in	煙
Iŋ	ing	ing	ing	iŋ	影
ip	ip	ip	ib	ip	業
it	it	it	id	it	熱
Ik	ik	ik	ig	ik	益
u	u	u	u	u	污
ui	ui	ui	ui	ui	回
un	un	un	un	un	換
Uŋ	ung	ung	ung	uŋ	空
ut	ut	ut	ud	ut	活
Uk	uk	uk	ug	uk	屋
y	y	yu	ü	y	魚
yn	yn	yun	ün	yn	冤
yt	yt	yut	üd	yt	月
m	m	m	m	m	唔
ŋ	ng	ng	ng	ŋ	五

聲調

調類	國際音標	《常用字廣州話讀音表》	《粵語拼音方案》	《廣州話方言詞典》	《粵音韻彙》	例字
陰平	1	1	1	1	1	分
陰上	2	2	2	2	2	粉
陰去	3	3	3	3	3	訓
陽平	4	4	4	4	4	焚
陽上	5	5	5	5	5	憤
陽去	6	6	6	6	6	份
陰入	1	7	1	1	1	忽
中入	3	8	3	3	3	發
陽入	6	9	6	6	6	佛

1、《常用字廣州話讀音表》，香港教育署語文教育學院中文系編訂（1992）。
（本書採用之粵音系統）

2、《粵語拼音方案》，香港語言學學會（1993）。

3、《廣州話方言詞典》，饒秉才、歐陽覺亞、周無忌（1981，商務印書館香港分館）。

4、《粵音韻彙》，黃錫淩（1941，中華書局（香港）有限公司）。

附錄五：粵語音節表説明

1、 粵語音節表顯示粵語聲母和韻母組合而成的所有音節，涵蓋常用漢字讀音和口語音，編制的依據主要為本詞典收錄的詞條，另外還參考了《漢語多功能字庫》（香港中文大學人文電算研究中心，2014），以及《廣州話方言詞典》（饒秉才、歐陽覺亞、周無忌，1981，商務印書館香港分館）。

2、 本表所列聲母19個，韻母59個，其中eu、em、en、ep、et、op六個韻母，大部份音節都只用於口語。

3、 部分韻母可獨立成音節，也即「零聲母」音節，這些音節多為嘆詞或外語借詞音節，如「aai 唉」、「au（out）」。而「鴉（nga[1]）」、「挨（ngaai[1]）」、「歐（ngau[1]）」……等有讀ng聲母和零聲母兩可的情況，這裏則作ng聲母處理。

4、 m、ng為輔音韻母，除了與h組成「hng 哼」外，不與其他聲母相拼。

5、 表中部份音節，為漢字的口語讀音（白讀），如「heng 輕」、「bek 壁」，例字後均以「（白）」作標示。

6、 表中所列音節，均列舉字例，所用漢字，部份為方言用字，如「jaap 擒」、「kwaak 嚹」、「mam 錇」、「di 啲」、「we 搲」、「dzeu 噍」、「loe 𡃶」。這些字均以星號 * 標示。

7、 部份音節只在口語中使用，但會借用某一漢字作書寫形式，如「（keu）喬溜」、「（doeng）雞啄米」，列舉字例時會以詞語形式標示。

8、 有音而沒有常見字形的音節，列舉字例時，以□代表，並以詞語形式標示，如「（faak）□雞蛋」。部份例子為外語詞原文（包括縮略詞），如「（gem）game」、「（ju）U」，只列出音節，例子則列於此文後。

9、 只在口語中出現的音節，一律加括號。

10、據表中統計所得，粵語音節總數為718個，其中字音音節為624個（包括方言字），非字音音節為94個（包括「借用字」、「有音無字」音節和字母詞音節）。

字母詞音節 52 個及外語詞原文（包括縮略詞）列寫如下：

1. （aan） antie
2. （ang） uncle
3. （ap） up-date
4. （au） out
5. （ben） 夾 band
6. （daang） down 機
7. （dzei） DJ
8. （dzem） jam 歌
9. （dzon） join
10. （dzop） job
11. （et） add
12. （en） encore
13. （ep） apps
14. （fek） fax
15. （fen） friend
16. （fiu） feel
17. （fou） level
18. （gem） game
19. （hep） happy
20. （hoet） hurt
21. （in） in
22. （ju） U
23. （kaang） counter
24. （kem） claim
25. （ken） cancer
26. （kep） cap 圖
27. （ki） 啱 key
28. （kop） copy
29. （kou） quota
30. （mek） mag
31. （men） man
32. （mu） movie
33. （on） horn
34. （ou） O.K.
35. （pon） coupon
36. （pot） port
37. （sem） sem
38. （sen） sent
39. （set） set
40. （seu） sell
41. （sop） shopping
42. （sot） short
43. （su） tissue
44. （sun） zoom
45. （tei） taste
46. （ti） T 恤
47. （top） top
48. （tu） take two
49. （wen） van
50. （wep） rap
51. （wet） wet
52. （wiu） view

*未包括在音節表內的特殊音節：（dzwai） dry

附錄六：粵語音節表

b	ba 巴	baai 擺	baau 包	baan 班	baang 綳	baat 八
	baak 百	bai 閉	bam 泵	ban 賓	bang 崩	bat 不
	bak 北	be 啤	bei 鼻	(ben)	beng 餅	bek 壁（白）
	bo 波	bou 保	bong 幫	bok 博	(bi) 啤啤仔	biu 標
	bin 邊	bing 兵	bit 必	bik 迫	bui 背	bun 搬
	bung 捧	but 缽	buk 卜			
p	pa 爬	paai 派	paau 拋	paan 攀	paang 棚	(paat) 拍拿
	paak 拍	pai 批	pau 焙	pan 頻	pang 朋	pat 疋
	(pe) 啤牌	pei 皮	peng 平	(pet) 一坺	pek 擗	(poe) 巴仙
	po 婆	pou 鋪	(pon)	pong 旁	(pot)	pok 撲
	(pi) 披薩	piu 票	pin 偏	ping 平	pit 撇	pik 僻
	pui 配	pun 判	pung 碰	put 潑	puk 仆	
m	ma 媽	maai 買	maau 貓	maan 慢	maang 猛	maat 抹
	maak 擘	mai 迷	mau 謀	mam 鍴 *	man 蚊	mang 盟
	mat 物	mak 墨	me 咩	mei 尾	(men)	meng 名（白）
	(mek)	mo 摩	mou 毛	(mon) 芒	mong 望	mok 剝
	mi 眯	miu 瞄	min 面	ming 明	mit 滅	mik 覓
	(mu)	mui 妹	mun 門	mung 蒙	mut 沒	muk 木
f	fa 花	faai 快	faan 返	faat 發	(faak) □雞蛋	fai 揮
	fau 浮	fan 分	fang 揈	fat 忽	fe 啡	fei 飛

	(fen)	(fek)	fo 火	(fou)	fong 放	fok 霍
	(fi) 咈哩咈咧	(fiu)	(fing) 吊吊㨃	(fit) □□聲	(fik) □乾	fu 苦
	fui 灰	fun 款	fung 風	fut 闊	fuk 福	
d	da 打	daai 大	daam 擔	daan 單	(daang)	daap 搭
	daat 笪	daak 啲	dai 低	dau 兜	dam 扰	dan 墩
	dang 等	dap 耷	dat 突	dak 特	de 爹	dei 地
	deu 掉	deng 釘（白）	dek 笛	doe 朵（白）	doey 對	doen 敦
	(doeng) 雞啄米	doet 咄	doek 剁	do 多	doi 代	dou 刀
	dong 當	dok 度	di 啲 *	diu 丟	dim 點	din 電
	ding 定	dip 碟	dit 跌	dik 的	dung 冬	(dut) 嘟卡
	duk 督	dyn 斷	dyt 奪			
t	ta 他	taai 太	taam 貪	taan 攤	taap 塔	taat 撻
	tai 提	tau 頭	tam 氹	tan 褪	tang 藤	(tap) □□掂
	(tei)	teng 艇	(tet) 趿住對鞋	tek 踢	toe 唾	toey 推
	toen 盾	to 拖	toi 抬	tou 土	tong 糖	(top)
	tok 托	(ti)	tiu 挑	tim 添	tin 天	ting 停
	tip 貼	tit 鐵	tik 剔	(tu)	tung 通	tuk 禿
	tyn 團	tyt 脱				
n	na 拿	naai 奶	naau 鬧	naam 男	naan 難	naap 納
	naat 焫	nai 泥	nau 扭	nam 諗	nan 撚	nang 能
	nap 粒	nat 吶	(nak) □牙	ne 呢	nei 你	noey 女
	noeng 娘	noet 吶	no 糯	noi 內	nou 腦	nong 囊

	nok 諾	ni 呢	niu 尿	nim 黏	nin 年	ning 擰
	nip 揑	nik 搦	nung 燶	(nuk) 碌士	nyn 暖	
l	la 啦	laai 拉	laau 撈	laam 攬	laan 爛	laang 冷
	laap 蠟	laat 邋	laak 嘞	lai 厲	lau 留	lam 林
	lan 撚	lang 掕	lap 笠	lat 甩	lak 勒	le 咧
	lei 利	(leu) 空寥寥	lem 舐	leng 靚	lek 叻	loe 膠 *
	loey 雷	loen 論	loeng 兩	loet 津	loek 略	lo 籮
	loi 來	lou 勞	long 狼	lok 落	(li) 哩哩啦啦	liu 料
	lim 廉	lin 連	ling 零	lip 獵	lit 裂	lik 力
	(lu) 嘰哩咕嚕	lung 龍	luk 六	lyn 亂	lyt 捋	
dz	dza 渣	dzaai 齋	dzaau 找	dzaam 斬	dzaan 贊	dzaang 掙
	dzaap 雜	dzaat 扎	dzaak 責	dzai 擠	dzau 周	dzam 針
	dzan 真	dzang 憎	dzap 執	dzat 質	dzak 側	dze 姐
	(dzei)	dzeu 噍 *	(dzem)	dzeng 鄭	dzek 隻	(dzoe) 朘朘
	dzoey 嘴	dzoen 樽	dzoeng 將	dzoet 卒	dzoek 雀	dzo 左
	dzoi 在	dzou 做	(dzon)	dzong 裝	(dzop)	dzok 作
	dzi 子	dziu 招	dzim 尖	dzin 煎	dzing 蒸	dzip 接
	dzit 節	dzik 積	dzung 中	dzuk 捉	dzy 豬	dzyn 專
	dzyt 絕					
ts	tsa 叉	tsaai 猜	tsaau 炒	tsaam 慘	tsaan 餐	tsaang 撐
	tsaap 插	tsaat 擦	tsaak 拆	tsai 齊	tsau 抽	tsam 侵
	tsan 親	tsang 層	tsap 緝	tsat 七	tsak 測	tse 車

	tseng 請（白）	tsek 赤	(tsoe) □到衡	tsoey 催	tsoen 春	tsoeng 窗
	tsoet 出	tsoek 桌	tso 初	tsoi 彩	tsou 嘈	tsong 床
	tsok 剒	tsi 黐	tsiu 超	tsim 簽	tsin 千	tsing 清
	tsip 妾	tsit 切	tsik 戚	tsung 充	tsuk 畜	tsy 儲
	tsyn 穿	tsyt 撮				
s	sa 沙	saa 晒	saau 哨	saam 三	saan 山	saang 生（白）
	saap 霎	saat 殺	saak 索	sai 西	sau 收	sam 心
	san 新	sang 生	sap 濕	sat 失	sak 塞	se 些
	sei 死	(seu)	(sem)	(sen)	seng 腥（白）	(set)
	sek 石	(soe) 𨅝滑梯	soey 水	soen 筍	soeng 相	soet 恤
	soek 削	so 鎖	soi 腮	sou 騷	song 爽	(sop)
	(sot)	sok 塑	si 私	siu 小	sim 閃	sin 先
	sing 星	sip 攝	sit 蝕	sik 色	(su)	(sun)
	sung 鬆	suk 縮	sy 書	syn 算	syt 雪	
j	ja 也	jaai 踹	(jaau) 撓仁	(jaam) 染豉油	(jaang) □一腳	jaap 擒 *
	jaak 喫	jai 曳	jau 有	jam 任	jan 人	jap 入
	jat 日	je 夜	jeng 贏（白）	joey 銳	joen 潤	joeng 樣
	joek 藥	jo 喲	ji 衣	jiu 腰	jim 嚴	jin 煙
	jing 影	jip 業	jit 熱	jik 益	(ju)	jung 用
	juk 肉	jy 魚	jyn 冤	jyt 月		
g	ga 加	gaai 街	gaau 交	gaam 監	gaan 間	gaang 耕
	gaap 夾	gaat 軋	gaak 隔	gai 雞	gau 狗	gam 金

	gan 跟	gang 更	gap 急	gat 吉	ge 痂	gei 基
	(gem)	geng 鏡	gep 夾	goe 踞	goey 居	goeng 薑
	(goet) □□聲	goek 腳	go 哥	goi 改	gou 高	gon 乾
	gong 講	got 閣	gok 各	(gi) 嘰哩咕嚕	giu 叫	gim 兼
	gin 堅	ging 經	gip 澀	git 結	gik 激	gu 姑
	gui 攰	gun 官	gung 公	(gut) □水	guk 谷	gyn 捐
	gyt 橛					
k	ka 卡	kaai 楷	kaau 靠	(kaang)	kaat 咭	kaak 緙
	kai 契	kau 球	kam 琴	kan 勤	kang 啃	kap 吸
	kat 咳	kak 擳	ke 茄	kei 奇	(keu) 喬溜	(kem)
	(ken)	(keng) 靈擎	(kep)	kek 劇	koe 瘸	koey 拘
	koeng 強	koek 卻	(ko) 可恕也	koi 鈣	(kou)	kong 抗
	(kop)	kok 確	(ki)	kiu 橋	kim 鉗	kin 虔
	king 傾	(kip) 噏*弗	kit 揭	kik 棘	ku 箍	kui 繪
	kung 窮	kut 括	kuk 曲	kyn 拳	kyt 缺	
ng	nga 牙	ngaai 挨	ngaau 咬	ngaam 岩	ngaan 眼	ngaang 硬
	ngaap 鴨	ngaat 押	ngaak 呃	ngai 矮	ngau 牛	ngam 暗
	ngan 銀	ngang 哽	ngap 岌	ngat 迄	ngak 握	(nge) 拉□□
	ngo 我	ngoi 愛	ngou 傲	ngon 安	ngong 戇	ngok 惡
	(ngi) 咿咿哦哦	ngit 齧	ngung 甕	nguk 屋		
h	ha 蝦	haai 鞋	haau 考	haam 喊	haan 閒	haang 坑
	haap 呷	haak 客	hai 係	hau 口	ham 坎	han 恨

	hang 衡	hap 合	hat 乞	hak 黑	(he) □（嘆詞）	hei 起
	heng 輕（白）	(hep)	hek 吃	hoe 靴	hoey 墟	hoeng 香
	(hoet)	ho 河	hoi 開	hou 好	hon 看	hong 行
	hot 渴	hok 學	hiu 曉	him 欠	hin 憲	hing 慶
	hip 協	hit 歇	hung 空	huk 哭	hyn 勸	hyt 血
	hng 哼					
gw	gwa 瓜	gwaai 拐	gwaan 關	gwaang 逛	gwaat 刮	gwaak 摑
	gwai 鬼	gwan 滾	gwang 轟	gwat 倔	(gwak) 硬倔倔	(gwe) 蛇呱
	gwo 果	gwong 光	gwok 國	gwing 炯	gwik 隙	
kw	kwa 誇	kwaai 噲	kwaang 框	kwaak 嘓 *	kwai 虧	kwan 坤
	kwang 纊 *	kwong 礦	kwok 擴	kwik 闃		
w	wa 娃	waai 淮	waan 灣	waang 横	waat 滑	waak 畫
	wai 威	wan 雲	wang 宏	wat 屈	we 掠 *	(wen)
	(wep)	(wet)	wo 窩	(wou) □□狗	wong 王	wok 鑊
	(wi) □嗶鬼震	(wiu)	wing 永	wik 域	wu 污	wui 回
	wun 換	wut 活				
零聲母	a 阿	aai 唉	(aan)	ai 哎	(au)	(ang)
	(ap)	e 唉	ei 欸	(en)	(ep)	(et)
	(oet) 打□	o 柯	(ou)	(on)	(in)	m 唔
	ng 五					

作者簡介

張勵妍

廣東省珠海市人，生於香港。1982 年獲廣州暨南大學文學學士學位。1989 年獲香港大學中文系哲學碩士學位。2003 年獲香港中大學學位教師教育文憑。曾任香港中文大學普通話教育研究及發展中心專業顧問、課程副主任。張勵妍多年來一直從事中國語文及語言教學與研究，且專注研究粵方言以及普通話與粵語的對比，曾參與《全球華語詞典》的編撰（2010，商務印書館），出版的著作還有《國音粵音索音字彙〔修訂版〕》（2016，中華書局〔香港〕）、《港式廣州話詞典》（1999，香港萬里機構），並著有《粵語香港話教程〔修訂版〕》（2014，三聯書店〔香港〕）等多種廣州話和普通話教程及學習叢書。

倪列懷

廣東省揭東縣人，生於汕頭。1982 年獲廣州暨南大學文學學士學位，此後長期任教於暨南大學中文系、中國語言文化教學中心。曾任暨南大學中文系副主任。現任廣東財經大學華商學院文學系副主任。倪列懷長期從事中國語言文化課程教學及研究，其主要著作有《古漢語知識詞典》（1988，武漢大學出版社）、《港式廣州話詞典》（1999，香港萬里機構），並先後在暨南大學出版社、中山大學出版社、高等教育出版社出版的三部《大學語文》教材任主編、副主編，參與編寫出版的其他教材還有《大學寫作》、《大學漢語》等。

潘禮美

福建省泉州市人。1957年畢業於廈門大學中文系，留校任教。1964年調任福建省教育學院，曾編寫對外現代漢語廣播教材。1975年參與《漢語大詞典》的編撰。1978年移居香港後，曾任《香港語文建設通訊》常務編輯，後在香港理工大學、香港大學教授現代漢語、公文寫作、習作等課程。曾獲中國作家協會及香港市政局頒發散文創作獎。著作有：《現代漢語》（1958，廈門大學出版）、《中文修辭入門》（2000，香港智匯語文培訓中心）、《中華青少年禮儀故事》（2012，天地圖書）等。

書　　名　香港粵語大詞典
編　　著　張勵妍　倪列懷　潘禮美
審　　訂　詹伯慧　丘學強　劉扳盛
責任編輯　郭坤輝　王穎嫻
校　　對　宋寶欣
美術編輯　楊曉林
出　　版　天地圖書有限公司
香港黃竹坑道46號新興工業大廈11樓（總寫字樓）
電話：2528 3671　傳真：2865 2609
香港灣仔莊士敦道30號地庫（門市部）
電話：2865 0708　傳真：2861 1541
印　　刷　亨泰印刷有限公司
柴灣利眾街德景工業大廈10字樓
電話：2896 3687　傳真：2558 1902
發　　行　聯合新零售（香港）有限公司
香港新界荃灣德士古道220-248號荃灣工業中心16樓
電話：2150 2100　傳真：2407 3062
出版日期　2018年7月初版 / 2022年10月第五版・香港

ISBN : 978-988-8547-06-7